Guntram Vesper

FROHBURG

Roman

btb

Sollte diese Publikation Links auf Webseiten Dritter enthalten,
so übernehmen wir für deren Inhalte keine Haftung,
da wir uns diese nicht zu eigen machen, sondern lediglich auf
deren Stand zum Zeitpunkt der Erstveröffentlichung verweisen.

Verlagsgruppe Random House FSC® N001967

1. Auflage
Genehmigte Taschenbuchausgabe Oktober 2017
btb Verlag in der Verlagsgruppe Random House GmbH,
Neumarkter Str. 28, 81673 München
Copyright © Schöffling & Co. Verlagsbuchhandlung GmbH,
Frankfurt am Main 2016, Lizenzausgabe mit freundlicher Genehmigung
Umschlaggestaltung: semper smile, München
nach einem Entwurf von Schöffling & Co.
Covermotiv und Innenklappenillustrationen: © Guntram Vesper
Druck und Einband: CPI books GmbH, Leck
cb · Herstellung: sc
Printed in Germany
ISBN 978-3-442-71507-7

www.btb-verlag.de
www.facebook.com/btbverlag

»Für etwaige Zweifler also sei es Roman!«
Theodor Fontane

Möbel. Zimmerwände. Tür. Der lange schmale Korridor. Braunes Linoleum. Halbdunkel. Widerhall der Schritte.

Die Steintreppe abwärts. Unten Eingangshalle. Der Quergang. Rechts die Küche, links das Restaurant. Weißgefleckt der Hund des Gastwirts, Dreibein, blind, nach allen Seiten horchend, schnuppernd, nach allen Seiten schnappend. Der Hund hieß Hink, der Gastwirt Kuntz, die Leute sagten Hink und Kuntz. In der *Post*, so die Säufer, kriegst du von Hink und Kuntz dein Bier. Eines Tages verschwunden der Kuntz, verschwunden der Hink und auch die restliche Familie. Fluchtpunkt Schwarzwald. Dort ging der Köter ein. Aus Heimweh, schrieb Frau Kuntz nach Frohburg. In der vertrauten engen *Post* hat er jede Ecke, jedes Zentimeterchen gekannt, im großen Schwarzwald nichts. Mutter las das Vater vor und drückte die Augen raus: Siehste.

Der *Posthof* hinten. Laderampe. Fässerluke. Waschhaus. Hasenställe. Schuppen für Feuerholz, Briketts, Handwagen, Benzinkanister, Fahrräder. In der Remise das rote Paketauto. Jeden Werktag früh halb sechs den Kellerberg hinauf zum Bahnhof, lautlos fast, nur leise surrend, an den Zug aus Leipzig, dann durch die Stadt von Haus zu Haus. Akkuantrieb, Gleichrichter, Ladekabel. Aus dem braunen Olympiajahr.

Torweg: Weg ins Leben, auf die Thälmannstraße.

Um die Ecke unser ganzer Stolz, der weite Markt. Dreiunddreißig, 1. Mai, Festtagsfoto. Weiß Gott ein Fahnenmeer. Jede Bahn schwarzweiß und rot bei Braunsberg aus den Druckmaschinen. Bis in die letzte Ecke gefüllt der große Platz mit Uniformen, Arbeitsmänteln, weißen Kitteln. Im Vordergrund, mit dem Vergrößerungsglas entdeckt, Mutter, einundzwanzig, Krimmermantel, unterm Arm ein Buch, *Der Graf von Monte Christo*, wie ich später hörte. Vergingen zwanzig Jahre, dann neuer Auftrieb, Nuschke kam, der alte Mann aus der Regierung. Am 17. Juni nach Westberlin verbracht, anderntags zurückgekehrt aus Amischutzhaft, jetzt zur Belohnung Ehrenbürger, Spalierstehen auf der Rathaustreppe, Klatschen. Unsere ureigene Sache, unser eigentliches Ding: die endlos langen Sommerabende. Fußball. Räuber und Gendarm, Versteckspiel, renn ums Leben, sonst abgeschlagen, ausgeschieden, rausgenommen, zu den Toten. In den Auguststaub klopfende Igelitsandalen, hallende Rufe, spitze Schreie, Grölen, Quieken, zurückgeworfen vom dämmergrauen Geviert der Häuserreihen. Geschiebe, Geschubse, Gezerre, Gerangel, bei zunehmender Dunkelheit, gemeint die Mädchen, wer sonst.

Brückengasse. Wyhrabrücke. Gußeisenkonstruktion aus Cainsdorf, Königin-Marien-Hütte. Unter jedem Laster Zittern, Beben, Schwingen. Auch bei Hochwasser und Eisgang: Treibgut Balken, Schollenstoß.

Töpferplatz. Die Maulbeerhecke. Eßbar oder. Drei Trittstufen zur Schöpfe. Der alte Bürstenmacher Prause bis zum Knie im seichten Fluß: Auf Wiedersehn, du schöne Welt. Von der Tochter zurückgeschleppt ins Haus und eingeschlossen, warum auch nicht, muß sein. Lindenreihe. In den Hundstagswochen, vor Gewittern schwarzrotes Gewimmel der Franzosenkäfer. Greifenhainer Straße.

Die Großeltern. Nach dem großen Brand am Markt das Haus am Fluß gekauft. Dort ich geboren.

Rechts vom Eingang Tierarztzimmer. Vitrine. Ausgekochte bleiche Schädel von Marder, Dachs und Katze. War das gleich nach dem Krieg in deinen Töpfen, Oma. Im Arzneiregal die

Tüte mit dem weißen Pulver. Um Gottes Willen, Kinder, schon aufgewehter Staub kann tödlich sein. Gekreuzte Knochen, Totenkopf. Arsen.

Auf der anderen, der linken Hausflurseite die Schlesier, von den Russen, den Polen herausgedrückt, angeweht von der Vertreibung, ins Erdgeschoß hineingepreßt, Leibigs, fünf Personen, eng an eng. Den neuen Fahrradschlauch geklaut. Wer sonst.

Im ersten Stock Wohnstube. Großvater, auf den Stuhl neben dem Klavier gestiegen, zog jeden Tag die Wanduhr auf, mit neunundachtzig noch. Westminsterschlag. Undenkbar eine volle Stunde ohne. Eßzimmer. An der hinteren Wand die Jugendstilumbauung des Sofas mit Regal. Dort der *Brehm* im Großformat, zehn Bände, Chromlithos unter Seidenpapier, und *Meyers* großes Lexikon von 1906, mit bunten Tafeln wie im *Brehm*, und dann noch dreißig, fünfunddreißig Klassiker, Novalis auch und Heine. Eine Tür weiter: Schlafraum. Das Ehebett. In dreizehn Jahren elf Geburten. Die Küche gegenüber. Unterm Fenster die Gußeisenwanne auf vier Füßen, abgedeckt, sonnabends der Badereigen aus acht, neun, manchmal zehn Personen, je drei im gleichen Wasser, Dampfschwaden zogen in den Korridor und in die Zimmer, Fenster auf, sonst setzt sich Schimmel fest.

Mansardenwohnung. Seit dem großen Umbau 1909. Als Urgroßvater zuzog, verwitwet, von Freiberg her, mit seinem Geld.

Oberboden. Schränke, Kommoden, Truhen. Vaters verbeulte Säbelmaske. Die Worte Paukboden, Schmiß, Mensur, wenn ich die Maske sonntags mit nach unten schleppte und durch das enge Gitter auf die gerasterte Kaffeerunde guckte. Ansichtskarten der Cousinen aus Böhmen, Protektorat genannt. Die Fahne. Eingerolltes Hakenkreuz. Kriegszeitschrift *Signal*, gebündelt, mit Blondschopfbildern, manche farbig, Heldenfotos,

Kampfberichte, siegessicher Stalingrad gestürmt, noch kannte man die Namen der Berichterstatter nicht, Buchheim, Maegerlein und Nannen. Peter v. Zahn vielleicht, den ja, weil Ehefrau und Mutter in Frohburg wohnten, sein Stern ging später auf, NWDR, Reporter der Windrose, Verdienstkreuz am Band.

Die Aussicht aus der Bodenkammer. Einmalig fast, laut Großmutter. In alle Straßen, alle Gassen sahst du hinein. Rundblick auf die Umgebung.

Das Wyhraufer drüben. Holzgeländer. Rechts das Schützenhaus. Der Wirt ein Russenopfer ohne Spur. Vier riesige Kastanien. Die Festhalle am Eisenberg. Schützenkönig der Rentier Mendelssohn. Neuerbaute Villa oberhalb des Kellerbergs. Drei Jahre später Großvater mit der Königskette.

Graben der Schloßmühle. Die Töchter des Müllers, ganz in Weiß, mit Hüten, im Kahn vorübertreibend. Traumgesicht an einem Sommerabend. Der Vater stand sich auch im Nachkrieg gut, er mahlte schwarz und zweigte ab, Selbstsucht muß nicht häßlich sein. Molchwiesen am Eisenberg. Durch die Tümpel waten, lauern, mit Teesieb und mit Einmachglas. Die beiden Männchen, hochzeitsbunte Kämme, im Aquarium. Alsbald verschwunden. Nach einem Monat vertrocknet unter meinem Bett, ein Daumennagel Dreck.

Baracke des Panzerkommandanten. Narbenzerfressenes Brandgesicht. Nicht hinsehn lieber.

Die Abfallgruben. Angekokelt *Mein Kampf*. Neben den Gruben der Bahndamm der Kohrenbahn. Die Italiener, die 1907 die Schienen legten. Tanz. Messerstechen. Wie vorausgesehen von Alleswissern. Alter Friedhof, neuer Friedhof. Kirchturm. Amtsgericht.

Schule. Stadtbücherei. Polizeistation. Der abgeknallte Karnikkeldieb lag auf dem Pflaster in der Morgensonne, stundenlang. Eisdiele des wortkargen unrasierten Herrn Wanzig, genannt die *Wanzsche*. Zwei Kugeln für zehn Pfennig. Konnte den Kindern, war nicht schwer, die Groschen aus der Tasche hexen. Schreibwarenladen am Karlfranzberg. Heil Hitler, Karl Franz. Noch in der letzten Ortschronik vor dem Zusammenbruch. Naivling, sagte Vater. Dallmers Schnapsgeschäft. Auf dem Weg zur Konfirmandenstunde reingeschlüpft. Zwoachtzig für die Taschenflasche. Im Nachbarhaus im ersten Stock der SSD-Mann Mäser. Die Apotheke am Markt: Tablettenmaschine im Korridor, auf dem Hof Tretroller und Holländer mit Kurbelschwinge, man lenkte mit den Füßen. Pistole 08, ertastbar im hinteren spannhohen Dachwinkel der Gartenlaube. Der älteste Sohn Kinderlähmung. Starb. Vier weitere Kinder überlebten die Krankheit in der Stadt. Gasthof *Roter Hirsch*, im Obergeschoß das Kino, *Frummser*-Automat im Pissoir. Im Hochparterre nebenan der fehlgeformte Kleiderhändler Hallerfred, zwergenhaft nach vorn gebogen, Bechterew. Ein Männerfreund. Die jungen Fußballspieler unter seinem Fenster, jeden späten Nachmittag.

Arbeitsdienstbaracken im Wolfslückenweg, in Krieg und Nachkrieg bis in die hinterste Ecke vollgestopft, Zwangsarbeiter, Ausgebombte und Vertriebene, wild durcheinandergewürfelt, jeder erzählte eine andere Geschichte. Oder erzählte sie auch nicht. Alles aus dem gleichen Buch. Textildruckerei der Braunsbergbrüder. Mutter bis neununddreißig im Büro. Das Judenthema. Nach der Enteignung VEB Wäsche-Union Mittweida, Werk II. Sheddachhallen, Dreischichtbetrieb.

Pappenfabrik *Wiesenmühle*. Kollergänge stoßend, schlagend, mahlend rund um die Uhr. Karl May von Fehsenfeld im Altpapier. Hastig herausgefischt die dunkelgrünen Bände. Paß auf die Pfoten auf.

Bachtäler. Maus. Ratte. Katze. Spruch von Kindesbeinen an: Die Maus wird von der Ratte gefressen, die Ratte von der Katze, und der Katze macht die Wyhra den Garaus. Garaus. Erstbegegnung, Märchenwort. Bedeutungszuwachs ungeahnt.

Dazu die vielen vielen Wälder, Waldstücke, Buschpartien, in denen man verschwinden konnte, untertauchen, sich verlieren, für einen Nachmittag, das Lot auswerfen, ausprobieren, was möglich ist, was geht. Wo heute hin. Infrage kamen Hölzchen, Erligt, Eisenberg, Himmelreich, Harzberg, Tannicht, Mittelholz, Rohrwiesen, Probstei, Stöckigt, Streitwald, Deutsches Holz. Nicht immer ganz geheuer. Unter dem Laub alte Handgranaten. Rufe in der Ferne, wie nach Hilfe. Oder beim Stubbenroden gefunden die verscharrte Frauenleiche, zerlegt, in Packpapier gehüllt, verschnürt. Wie die Hacke durch das Papier knallte und schmatzend in den Packen fuhr. Das war vom Waldarbeiter Krusche bis an sein Lebensende fast jeden Tag zu hören.

Der Porphyrsteinbruch am Gautenberg. Mein Fünfmetersturz in die Büsche, ich hielt, den Hammer hatte ich verloren, den abgeschlagenen Brocken noch in der Hand, die Kostbarkeit, den Amethyst. Geklammerte Augenbraue, Narbe. Im Harzberg Sandgruben. Verschüttungsgefahr beim Höhlengraben. Ein Fall von Verblödung durch minutenlange Absperrung der Luft. Die kleine lange Ewigkeit, bis wir ihn an den Knöcheln herauszerren konnten. Der Kalkbruch hinter den Teichen. Von der Umarmung im Schilf, auf die man einmal stieß, war man halb abgestoßen, halb gefesselt. Erst nach einer Weile wurde klar: das Mädchen kannte ich.

Überhaupt die Teiche. Schloßteich, Mauerteich, Oberer und Unterer Hahnteich, Straßenteich, Neuteich, Ziegelteich, Streckteich, Kinderteich, Großer Teich, Altteich, Töpferteich, Seebischteich, Ölteich, Brüderteich, in jedem konntest du, kams dumm, ertrinken, an jedem Ufer, kams noch dümmer, erschossen werden. In alten Zeiten durch die Jäger aus dem Schloß und nach dem Krieg von Russen. Später die LPG-Vorsitzenden, die Chefs vom Rat des Kreises, mit Suhler Büchsen, genau wie Wilhelm zwei, der Göring und dann Honecker und Mielke, wer weiß, wer jetzt, wer fernerhin. Ich sage Hinterhalt. Nicht gern gehört von Jägern.

Die Russenviertel. In Borna zwischen Bahnhof und Wyhrabrücke, in Altenburg am Weißen Berg. Blickdichte Bretterzäune da und dort. Volkes Stimme. Dahinter verdreschen die Russkis die eigenen Muschkoten. Bei Tante *Hühnchen* auf dem Flur die Schüsse in die Decke: Frau, gib Schnaps.

Brikettfabrik Neukirchen. Vater Betriebsarzt. Mein Felixmüllerbild des Kohlenbunkers. Am Abstreicher, guck an, das ist doch, ja das ist der alte Zetzsche, ganz genau, aus Benndorf, das Apfelbackenrundgesicht. Erst Bauernknecht, dann Krieg, die nächsten fünfunddreißig Jahre am Förderband, mit Schaufel.

Die Werke Espenhain und Böhlen. Kilometerweite Tagebaue. Restloch Schacht Bubendorf. Nackt baden, früh um fünf, halb sechs. Nachtkaltes Wasser. Kopfsprung, Wasserpeitschen, Kraulen. Schreie von dir zu mir, von mir zu dir, wie Feuer und wie Eis, Haut lag an Haut.

Starkstromleitungen nach Süden, Richtung *Wismut*. Armstarke schwarze Drähte, bis zu den Endstationen Johanngeorgenstadt und Aue. Böses Brummen, abgrundtief, das einen vibrieren ließ.

Was im nahen Erzgebirge der widerborstigen Erde entrissen, mit Preßlufthämmern aus ihr herausgebrochen wurde, von hunderttausend Arbeitern in Hunderten von Schächten, kam mit fünftausend Kilometern Umweg zu uns zurück, als Megabombe.

Forst Leina bei Altenburg. Einst Paradies für Schmetterlingssammler aus Leipzig, Dresden, Chemnitz und Berlin. Jetzt staatsgeheime Startbahn, in den Wald planiert. Übungsflüge Tag und Nacht. Geheul. Atom. Macht mich nicht heiß. Was ich nicht weiß.

Zerschellter Düsenjäger kurz vor Roda. Über fernen Äckern Qualm und Trümmer, davor Absperrung, Postenketten. Uniformierte in meinem Opernglas. Erkennbar Fetzen in den Ästen der Kirschenallee. Ob Arme, Beine.

Im Norden und Nordwesten Rauchfahnenhorizont der Tieflandsbucht, endlose Kohlenebene, Schleppen aus Giftgas wälzten sich nach Süden und Südosten.

Das Gas zog Tag und Nacht auf Frohburg zu und heftete sich an die Staub- und Ascheflocken, die ununterbrochen aufstiegen aus dem Schornstein der Textilfabrik und, sanfter Dauerregen, leise raschelnd, ätzend, nach unten rieselten, auf Straßen, Dächer, Gärten. Ich sonntags, im Hof der Greifenhainer Straße, auf der Mauer, mit einem Buch, vor dem Umblättern den Ruß von jeder Seite blasen.

Schadstoffe, Schädlinge und Schäden überall, auch hinter Backsteinwänden, Türen, Vorhängen, auch bei den Großeltern, den Eltern, im Haus am Fluß. Im Mauerwerk die Nässe, der Salpeter, Holzwurmticken, Holzwurmraspeln in allen Balken, Fensterkreuzen, Dielen, in Möbeln, Bilderrahmen, Werkzeugstielen, Holzpantinen. Und in den dunklen Winkeln ganze Sippschaften von Eulen, Mardern, Ratten, das raschelte und ruschelte und fiepte die ganze Nacht, zum Fürchten. Inmitten von Verrottung und Verfall die hintere Mansardenstube. Meine Geburt da oben. Drei Wochen vor Beginn des Ostfeldzugs.

Über mir Gesichter. Stimmen. Von Anfang an die eine zugeteilte, aufgenötigte, die heißgeliebte Sprache. Im Sommer fünfundvierzig kommt unser guter Großvater, beinahe achtzig Jahre alt, auf das Frohburger Rathaus. Die Stadtverwaltung, fünf Köpfe, bis auf den neuen Bürgermeister Frenzel alles altgediente Frauen aus der braunen Zeit, arbeitet kurz nach dem Abzug der Amerikaner und dem Einmarsch der Russen zur eigenen Sicherheit mit Blickkontakt in der großen Halle im Erdgeschoß, in der später, in geordneteren Zeiten, die Sparkasse untergebracht ist. Dein Großvater betritt die Halle, in Gedanken sonstwo, er hebt andeutungsweise, wie er das immer gemacht hat, den Arm und sagt: Heil Hitler. Die Frauen von der Stadt zucken zusammen. Pst, zischt es von allen Seiten, ist doch vorbei, Herr Doktor. Ach ja, sagt er und dann, eine halbe Stunde später, wieder zuhause: Ist nicht schade drum, das Goldene Parteiabzeichen haben sie mir auch nicht gegeben.

Oder: Weißt du noch, kannst du dich noch daran erinnern, daß du einmal im Sommer, du warst gerade vier geworden, bei uns in der Greifenhainer Straße aus dem Fenster im ersten Stock geguckt und mit den Kindern von Hülsbergs, Boses, Rößners, Fritzsches, Prauses und Lüdkes geredet hast, die alle ein bißchen älter waren als du und die während der ersten wirklich heißen Tage auf der Straße spielten. Wer mal laut Heil Hitler sagt, hast du plötzlich runtergerufen, der kriegt von mir eine Tafel Schokolade. Dabei hattest du nie ein Stück Schokolade gegessen, nicht einmal gesehen. Die Kinder unten kreischten und lachten, Heil Hitler, Heil Hitler, konnte man erst aus der Nähe, dann, als die Korona weiterzog, noch lange vom Töpferplatz her hören.

Die Geschichten, die ich als Kind vorgebetet, eingeredet, eingetrichtert bekam, auf die ich mich stürzte, an die ich mich hielt, waren meist falsch. Erst die Fortsetzungen, die ich mir selber ausdachte, bald danach oder später, sogar sehr viel später und kürzlich erst, klangen einigermaßen wahr, wenn ich sie mir erzählte, immer wieder erzählte, mit Ergänzungen, Wiederholungen, mit Abweichungen, Abirrungen, unzähligen Fassungen, von Widersprüchen durchsetzt, von Verschleierungen überzogen, im sommergrünen Fliederbaum der Großeltern auf dem waagerecht wippenden Hauptast sitzend und auf und nieder schaukelnd, dicht über dem Gartenzaun zum Hölzchen hin. Oder kurz vor dem Einschlafen, im Bett, halblaut, den Kopf unter der Decke, damals, Ende der vierziger, Anfang der fünfziger Jahre, an den Winterabenden, in den Winternächten der Nachkriegszeit, im schmalen ungeheizten Kinderzimmer unserer alten Wohnung im ersten Stock der *Post*, Markt Ecke Thälmannstraße, wenn die Kälte gegen die knackenden Scheiben drückte. In Frohburg war das, auf halber Fernstraßenstrecke zwischen Leipzig und Chemnitz, dort, wo die Tieflandsbucht, die Kohlenebene aufhört und das sächsische Hügelland anfängt, eine Vorstufe des Erzgebirges.

Eingezogen. Abgehauen. Abgeholt. Vermißt. Verpfiffen. Nicht durchgekommen. Über die Klinge gesprungen. Hopsgegangen. Allegemacht. An die Wand gestellt. Damit, mit dem Echo der Sprache von Krieg und Nachkrieg, dämmerte ich gelegentlich, nein oft, eigentlich jede oder allermindestens jede zweite Nacht in den Schlaf, flackernde Bilder, jagende Schatten, Blitze. Übertragung, Spiegelung von etwas, das hinter der nächsten Ecke oder weiter weg passierte, vielleicht, möglicherweise, eines Nachts Ende Juli fünfundvierzig etwa, da ließ mich eine zitternde Ahnung ein paar Atemzüge hastiger als sonst, mühsamer machen, mich, das Kind von vier Jahren, zehn, fünfzehn Sekunden lang. Drei Wochen vorher, am Tag der Sonnenfinsternis, der Sonnenwende, wie du willst, wie es beliebt, hatten Männer aus dem obereichsfeldischen Dorf Küllstedt, zwischen den ersten Häusern hing ein Transparent: Wir Antifaschisten begrüßen die Rote Armee, einen Trupp Plünderer umringt, der plötzlich wie aus dem Nichts auf dem Hof des Landesproduktenhändlers Degenhardt in der Niedergasse stand. Den ersten Gerüchten zufolge, die als Alarmmeldung in Windeseile durch den Ort gingen, bekräftigt erst nur durch die Feuersirene und dann auch noch durch die Glocken der katholischen und der evangelischen Kirche, sollte es sich wie am Vortag und am Vorvortag um Polen handeln, um Fremdarbeiter, einer von ihnen hätte beim Bauern Mathias gearbeitet. Die ungebetenen Gäste hatten gerade, als die Menge der aufgescheuchten Dorfbewohner herbeiströmte und den Hof füllte, Degenhardts kleinen Laster *Opel Blitz* geentert und verlangten unter dem Vorhalten einer Pistole außer dem Auto und dem Zündschlüssel eine anständige Zuladung, nämlich ein Schwein, ein ganzes, dazu Kartoffeln und Kohlen. Alles damals mehr als heißbegehrte Waren. Den Polen gegenüber hatte inzwischen das halbe Dorf Posten bezogen, ganz vorne die Angehörigen der improvisierten Bürgerwehr mit Mistgabeln und Knüppeln, in der zweiten Reihe die älteren Männer und die Halbwüchsigen, dahinter die Frauen und Kinder, die bis auf die Straße standen. Eingefrorene Szene. Bis der älteste der Polen die Wut bekam, mit dem Schießeisen herumfuchtelte und Flüche ausstieß, polnisch, russisch, schwer zu sagen, *jubtwoimatch*, wurde die nächsten drei Wochen überliefert und fiel dann wie die ganze Geschichte dem allgemeinen jahrzehntelangen Schweigen zum Opfer. Nicht wenige der einheimischen Männer, die im Osten Soldat gewesen waren, mehr als die Hälfte, verstanden, was mit der Beschimpfung gemeint war, dazu das Durchladen der Waffe, eine wilde Schlägerei entstand, sogar zwei Schüsse fielen, die Polen flüchteten, drei wurden, am Verbund der Frauen war kein Vorbeikommen, auf der Gasse direkt vor dem Hof eingeholt und niedergeschlagen, den vierten, den mit der Waffe, trieben die Halbwüchsigen in den Dorfteich, er warf schon am Ufer seine Pistole weg, arbeitete sich durch Schlick und Weidengestrüpp ans andere Ufer und verschwand hinter der Friedhofsmauer, wo der Weg nach Mühlhausen anfing. Inzwischen hatte einer der zu Boden gestreckten Fremden ächzend und stöhnend einen Ausweis aus der Hosentasche gezogen und sich als *Starschina*, als Feldwebel der Roten Armee ausgewiesen. Russen also. Die Leute erschraken, sie machten, daß sie nachhause kamen. Wir Soldaten von Rußland, erklärten mal jammernd, mal drohend die drei den Helfern, die sie auf die Pritsche von Degenhardts *Opel* luden und nach Mühlhausen zur Kommandantur fuhren, erstens dem Landesproduktenhändler selbst, zweitens dem betagten Tierarzt Dr. Wendel, der dank zweier Jahre im Generalkommissariat Minsk, er hatte ein Fleischbeschauwesen in den weißrussischen Schlachthöfen aufgebaut, annehmbar Russisch sprach, außerdem dem Polizeiwachtmeister Weigelt und schließlich einem Umsiedler aus Essen, untergebracht im Schützenhaus, der am siebten Juli – als in Westsachsen, Frohburg eingeschlossen, in Thüringen und damit auch auf dem Obereichsfeld sowjetische Besatzungstruppen die amerikanischen ersetzten – eine einsame allererste rote Fahne rausgehängt hatte. Habt ihr gehört, was heute bei Degenhardt im Oberdorf los war. Der Krieg verloren, aber für einen Tag hatte man die alte Ordnung wieder. Freilich kam schon am nächsten Tag eine Kommission aus Russen, NKWD wahrscheinlich oder *Smersch*, und aus einheimischen Funktionären der ersten Stunde nach Küllstedt, die Russen mit fleischigen Köpfen, tadellosen Uniformen, wie frisch vom Schneider, die Deutschen, blaß und hohlwangig, konnten die abgewetzten dunkelblauen Anzüge nicht füllen. Zwei Tage Vorladungen, Verhöre und Haussuchungen. Am Nachmittag des zweiten Tages, Gewitterschwüle über der ganzen Gegend bis hin nach Eisenach und Göttingen, fast sechsunddreißig Grad, im Ort Hochspannung und in den beiden Kirchen banges Beten, gab es, den Bürgermeister und den Dorfpolizisten hatte man schon vorher abgeholt, die vertrimmten Russen wurden genau zu dieser Stunde aus dem Krankenhaus entlassen, sechsunddreißig Verhaftungen. Drei Wochen blieben die mutmaßlich nach Mühlhausen transportierten Männer verschwunden. Statt ihrer kamen sechs Rotarmisten und ein Kommissar zur Einquartierung. Was für ein Kommissar denn. Niemand wußte das, NKWD war unbekannt, erst recht *Smersch*, vorerst, Goebbels hatte immer von GPU gesprochen. Um die Zurückgebliebenen aufzuheitern, ließ der neue Herr des Ortes an drei Abenden im Kinosaal des *Hotels zur Post* bei freiem Eintritt einen Spielfilm aus dem Kriegsjahr 1942 zeigen, *Der blaue Schleier*, woher nur die Produktion aus dem besiegten Frankreich den Weg nach Küllstedt fand. Hauptrolle Gaby Morlay, die mit Sacha Guitry und Max Ophüls gedreht hatte und mit Max Bonnafous verheiratet war, einem Minister der Petain-Regierung. Der Film hatte mit den momentanen Problemen der Küllstedter Familien herzlich wenig, genau genommen, gar nichts zu tun, aber zumindest der Kommissar sah ihn sich hörbar gerne an. Wie er im dunklen Saal vor Begeisterung mit dem Sperrsitzsessel knarrte und sich auf die Schenkel klatschte und gurrend lachte, trug der Besitzer des Hotels und auch des Kinos als Berichterstatter im Dorf herum. Am letzten, am allerletzten Julitag spitzte sich die Lage zu. Gegen zehn Uhr zogen zwei Kompanien der Roten Armee mit Pferd und Wagen in das Dorf. Küllstedt wurde abgeriegelt. Posten an den Ortseingängen und an allen Straßenecken, Patrouillen in den Gassen. Unsere Männer kommen jetzt endlich zurück, ging die Nachricht von Haus zu Haus und von Hof zu Hof. Und richtig, auf zwei Lastwagen wurden die Inhaftierten vor das *Posthotel* gebracht und dort in den Kinosaal geführt. Niemand durfte mit ihnen reden. Vielmehr wurde bekanntgemacht, jedermann habe in seiner Wohnung zu bleiben, andernfalls werde gezielt geschossen, nur Kinder dürften die Milch an der Ausgabestelle beim Friseur Mathias abholen. Das außerordentliche Gericht aus russischen Offizieren und Beisitzern aus Halle trat erst am späten Abend zusammen, nachdem es zu Lasten des Hotelbesitzers getafelt hatte, es verhandelte von elf Uhr abends bis kurz nach Mitternacht, Schnellverfahren, am Ende wurden den Angeklagten die Strafen verkündet. Viele Jahre Haft in Zuchthaus oder Lager und vor allem sieben Todesurteile. Das Dorf blieb weiter ahnungslos. Allerdings hatte der Wirt an einem Bühnenzugang gelauscht und etwas von Erschießung gehört, ein einziges Wort, *Rassdrjell*, mindestens jeder zehnte Wehrmachtssoldat hatte es von der Ostfront mit in die Nachkriegszeit gebracht. Nach Mitternacht schlüpfte der Wirt durch eine Hintertür in den Garten, stieg über fünf, sechs Zäune und klopfte, ganz außer Atem, am katholischen Pfarrhaus, beim Ortsgeistlichen Horstkemper an und brachte ihm die Hiobsbotschaft. Die Gefangenen waren längst in die Kellerräume des neuen Bürgermeisters Sonnabend in der Poststraße geschafft worden, wo sie bewacht, gefesselt die Nacht verbrachten, hundertzwanzig Rotarmisten lagerten im Hof. Es war die Nacht, in der ich mich, vier Jahre alt, unruhig hin und her gewälzt habe, im ersten Stock der Braunsbergschen Villa am Kellerberg, mit der alten Pfitzner im Erdgeschoß, wir wohnten dort nach meiner Geburt im großelterlichen Haus in der Greifenhainer Straße, nach dem von den Russen beendeten Zwischenspiel im Amtsgericht und vor dem Umzug in die Frohburger *Post*. So unruhig gewälzt und auch aufgeweint, daß Vater aufstand, Mutter hatte wie später oft Blinddarmreizung, an mein Kinderbett trat und mich aufnahm, ist doch gut, kein Bombenalarm mehr, der Krieg ist aus, schlaf jetzt schön. Annähernd zur gleichen Zeit beauftragte Pfarrer Horstkemper, der seine Wohnung an diesem und am folgenden Tag um nichts auf der Welt verlassen wollte, seinen fünfunddreißigjährigen Vikar, mit den Gefangenen, insbesondere den Todeskandidaten, in Verbindung zu treten. Reden wollte ich mit ihnen und ihnen eine Notbeichte abnehmen, die Posten ließen mich zwar auf den Hof, auf dem ein großes Feuer brannte, doch nicht die Kellertreppe hinunter, ich bat und bettelte und flehte, es half nichts, also wartete ich draußen am Feuer. So der Vikar. Wenn ich auf Vaters Tröstung und Besänftigung hin damals wirklich eingeschlafen bin, dann habe ich den Beginn des Tages verpaßt, an dem morgens halb sechs in Küllstedt, hundertvierzig Kilometer von Frohburg und eine halbe Stunde Autofahrt von Göttingen entfernt, durch die Ortsschelle bekanntgegeben wurde, sämtliche Einwohner hätten um zehn vor dem Hotel zu erscheinen. Die Leute glaubten an einen Lokaltermin bei Degenhardt im Hof und am Teich. Statt dessen wurden sie nach endlos langer Warterei halb zwei an den Ortsrand befohlen, sie mußten sich in Friedhofsnähe an der Trift aufstellen. Dort harrten alle, restlos alle Dorfbewohner, Alte, Kranke, Kinder eingeschlossen, eine Stunde, anderthalb Stunden aus, unwissend, ahnungslos, bis die beiden Laster der Russen heranrumpelten und die verurteilten Männer, untereinander an den Armen festgebunden, heruntergetrieben wurden, torkelnd, schwankend, eine erbarmungswürdige Kette. Neunundzwanzig von den Herantransportierten, darunter ein gerade Vierzehnjähriger, der, ohne es zu wissen, in der vergangenen Nacht fünf Jahre bekommen hatte, mußten bei den Fahrzeugen bleiben, die restlichen sieben Männer wurden aus der Reihe gelöst und einzeln gefesselt, man führte sie an die Friedhofsmauer hinüber, sie konnten den Vikar sehen, er sah sie ebenfalls, und so gab er ihnen erst ein Zeichen und dann, das Schlimmste ahnend, die Lossprechung. Inzwischen hatte einer der Russenoffiziere mit der Verlesung des Urteils begonnen, die baltendeutsche Dolmetscherin übersetzte Satz für Satz und stotterte dabei immer wieder, einmal versagte ihr die Stimme. Erst jetzt erfuhr das Dorf, was ihm und vor allem den sieben Männern bevorstand. Die Delinquenten mußten sich mit auf dem Rükken gefesselten Händen zur Mauer drehen und auf die Knie gehen, der Russenoffizier von der *Smersch*, auf Säuberungsaktionen in eroberten und vor allem in wiedereroberten Gebieten spezialisiert, der Roman *August 44* von Wladimir Bogomolow, 1978 bei Volk und Welt in Ostberlin auf deutsch erschienen, gibt Auskunft, weiß viel zu erzählen, dieser Fachmann für Entsorgung von Menschenschwäche, der jetzt auch in Küllstedt den Takt angab, spazierte hinter den sieben auf die Knie gezwungenen Dorfbewohnern die Reihe lang und teilte wie nebenbei die Genickschüsse aus. Wer einen bekommen hatte, fiel nach vorn, keiner schrie in das Krachen der Pistole hinein, eisige Stille herrschte, die Zuschauer, weit mehr als tausend an der Zahl, wie erstarrt. Nachdem das letzte Opfer zusammengesunken war, machte der Offizier kehrt und ging langsam die Reihe zurück, bei jedem Bündel auf dem verdorrten Unkrautstreifen an der Mauer machte er halt und stieß es mit dem Fuß an. Der dritte Mann von links, halb auf dem Rücken liegend, zuckte noch, da gab er ihm einen zweiten Schuß, diesmal gleich ins Gesicht, das auseinanderplatzte. Ein tiefes jammervolles Stöhnen wie ein Orgelton stieg über der Menge auf, dann wieder Stille, nur ein Kleinkind schrie. Sofort wurden die beiden Maschinengewehre, die die Küllstedter flankierten, klirrend durchgeladen. Eine ganze Kompanie war eingesetzt, die Soldaten trieben die Einwohner, fast alle weinten, in das Dorf zurück. Eine Stunde später waren die sieben Leichen, die Russen, ihre einheimischen Helfer mit dem Umsiedler aus Essen an der Spitze und sogar die blutgetränkte Erde an der Friedhofsmauer verschwunden wie ein Spuk. Ebenso die mit dem Leben davongekommenen Gefangenen, von denen nur drei nach langen Jahren und langer Ungewißheit über ihr Schicksal in die Dorfgemeinschaft zurückkehrten. Fünfundvierzig Jahre eisiges Schweigen, selbst die Stelle im Mühlhäuser Stadtwald, hinter dem Holzarbeiterdorf Eigenrieden, an der die Erschossenen abgeworfen und heimlich verscharrt worden waren, blieb unbekannt und wäre weiter unbekannt geblieben, wenn ein Förster sich nicht an seine Baummarkierung von einst erinnert hätte, erst 1990 haben Angehörige ein Holzkreuz dort aufgestellt, tief im Wald, so gut wie nicht zu finden. Klick mal die Homepage von Eigenrieden an, kein Wort davon. Aber auch in Küllstedt ließ man sich Zeit, erst sieben Jahre nach der Wende setzte man in der Nähe der Erschießungsstätte an der Straße nach Struth für die Väter und Großväter einen Gedenkstein, der eine gegossene Bronzeplatte mit der Aufschrift trägt: Im Gedenken an die tragischen Ereignisse des 1. August 1945. Schöne Verklausulierung, die der langen mündlichen Erläuterung bedarf. Wem die wohl beigekommen, eingefallen ist. Jeden Mai ein paar Geranien. Genügt vielleicht doch nicht ganz. Die Sache wenigstens beim Namen nennen, nicht nur der Opfer wegen. Am Abend nach den Hinrichtungen lief auf Befehl des Kommandanten der Film *Die Philharmoniker* im Küllstedter Kino. Er war ein Jahr vorher unter ganz anderen Verhältnissen gedreht worden. Regie führte Paul Verhoeven, der spätere Schwiegervater von Senta Berger, das Drehbuch hatte der Regisseur zusammen mit dem homosexuellen Erich Ebermayer geschrieben, dem Sohn eines Reichsgerichtsrates, der wie sein Vater promovierter Jurist war und der sich durch seine Drehbucharbeit während der Kriegsjahre, von Goebbels und Göring gefördert, nicht jeder Schwule landete im KZ, ein ganzes freilich marodes Schloß verdiente, Kaibitz bei Bayreuth. Kaum war Ebermayer 1970 während eines Aufenthalts in seiner Villa *Casa Ebermayer* in Terracina bei Rom an einem Herzinfarkt gestorben, auf der Fahrt ins Krankenhaus, ein Autounfall verzögerte die ärztliche Hilfeleistung, drangen in das verwaiste Schloß Kaibitz die Gauner der umliegenden fränkischen Dörfer ein und transportierten alles ab, was nicht niet- und nagelfest war, dünnes Eis des Alltags, über den Tiefen und Untiefen darunter. In Verhoevens Film sah man nacheinander Richard Strauss, Hans Knappertsbusch, Eugen Jochum und Karl Böhm dirigieren, und der junge Will Quadflieg, in den fünfziger Jahren großartiger Rezitator Rilkes, trat dort auf, mit seinem Filmbruder um eine Frau kämpfend, als Virtuose seines Lebens und seiner Kunst schlechthin, wie die Presse schrieb. Im Advent 1958, ein Jahr nach unserem Weggang aus Frohburg, legte ich mir von dem Geld, das der Verkauf meines zurückgelassenen Diamantfahrrades aus Karl-Marx-Städter Produktion an den Mann der Cousine Sigrun Plaut nach der Umrechnung eins zu fünf in Westmark gebracht hatte, einen schwarz-rot gestreiften Kofferplattenspieler von Quelle zu und erbat mir dazu von den Eltern als Weihnachtsgeschenk eine Langspielplatte der Reihe *Wort und Stimmen* von Telefunken: Will Quadflieg liest Rainer Maria Rilke, aus dem *Stundenbuch*, Herbstgedichte, Liebesgedichte, *Sonette an Orpheus*. Brennend dunkle Augen, sagte mir Heiligabend 1958 in der

Zweizimmerwohnung in der Ebelstraße in Gießen der Text auf der Plattenhülle, eine hohe kühne Stirn, schwarzes Haar, eine Stimme von fesselndem, leidenschaftlichem Timbre, das ist Will Quadflieg. Er spielt nie zur Schau, so immer weiter der Covertext, sondern immer aus einer Schau heraus. In einer Nebenrolle von *Die Philharmoniker* auch Eduard v. Winterstein, der 1893 als Schauspieler im erzgebirgischen Annaberg debütiert hatte, im Dritten Reich so gut wie jede Rolle annahm und nach dem Krieg dem Theater in Annaberg-Buchholz seinen Namen gab, den eines zweifachen Nationalpreisträgers der DDR, der zu Goebbels' Zeiten im englandfeindlichen bis heute verbotenen Film *Ohm Krüger* mitspielte und unter Ulbricht, besonders innig mit dem Text verschmelzend, die *Ringparabel* Lessings auf Schallplatte sprach. Quadflieg mit seiner Rilkerezitation beeindruckte mich so stark, daß ich im folgenden Sommer, ich war schon Heimschüler an der Aufbauschule in Friedberg, auf der Freilichtbühne im Burggarten stand und zur Verwunderung der paar Spaziergänger, die in die abseits gelegenen Anlagen fanden, lauthals in der einmaligen Intonation meines Vorbildes von der Schallplatte Strophen aus dem *Stundenbuch* vorlas, in der linken Hand das Buch, das ich bald über große Strecken auswendig kannte, in der rechten eine Zigarette der erschwinglichen Marke *Supra*, Sechserpackung. Lauthals las ich vor, wie gesagt. Allenfalls wenn Mädchen aus der weiblichen Abteilung des Internats, zwölf waren es im ganzen, vorbeikamen, dämpfte ich die Stimme ein bißchen. Im folgenden Jahr war Benn an der Reihe, ebenfalls mit voller Kraft: Es ist ein Garten, den ich manchmal sehe, östlich der Oder, wo die Ebenen weit. Ein paar Monate später las ich gar nicht mehr von der Freilichtbühne herunter, Brechts *Buckower Elegien*, auf die ich gestoßen war, eigneten sich, wie ich meinte, nur noch für das lautlose Zwiegespräch, ich gönnte sie den Hörern nicht, höchstens halblautes Gemurmel, auf der im Holunderwildwuchs versteckten, in die Brennesseln geduckten Bank im hintersten Zwinger, den kaum jemals ein Besucher der Burg betrat. Eines

Tages, die Sommerferien waren zu Ende gegangen, inklusive zweier Wochen in Italien, wollte ich in meinem abgeschiedenen Versteck, an das keine stille Ecke im Internat herankam, nicht in der Bücherei unter dem Dach, auch nicht im Keller, den gerade erschienenen Gedichtband *Irdisches Vergnügen in g* von Jungautor Rühmkorf von der *konkret* unter die Lupe nehmen, da fand ich meine Bank belegt, auf ihr saß ein Mädchen, das ich vom Sehen aus dem Speisesaal kannte, das aber neu an der Schule oder zumindest im Schülerheim war, dunkler Pferdeschwanz, weiße Haut, wache blitzende Augen. Als wollte ich nur eine Runde drehen, als würde die Bank mich nicht interessieren, ging ich an der Quartanerin, vielleicht Tertianerin vorbei, hast du mal eine Zigarette, hörte ich hinter mir, wie ferngelenkt ging ich zurück, es war Heidrun, die mich angesprochen hatte.

Den lange vergessenen rot-schwarzen Kofferplattenspieler von Quelle, meine Quadfliegmaschine, meine Quadfliegzauberkiste, fand ich im Sommer 2012 wieder. Als ich zum ersten Mal nach dem überraschenden Tod meines Bruders Ulrich durch sein Haus im Niebergallweg im Gießener Vorort Kleinlinden ging, am zwölften März, hatte ich zu meiner Unterstützung seinen besten Freund Detlef Ludwig um sein Kommen gebeten. Nachdem ich eine Stunde still in Ulrichs Ledersessel im bücherüberfüllten Wohnzimmer gesessen und mir das Bild des toten Bruders vergegenwärtigt hatte, wie er streng, beinahe finster im Abschiedsraum der Gießener Klinik lag, mit mir irgendwie unzufrieden, so sah es aus, ich mußte sterben, und du lebst weiter, konnte das heißen, nach dieser Besinnungspause im Sessel, die ich nötig hatte, weil ich, dem verpflichtenden Beispiel Detlef Ludwigs folgend, anderthalb Stunden vorher Ulrichs eiskalte Hand gestreichelt hatte, klingelte es an der Haustür, der Freund kam zurück, der mir das einstündige Atemholen zugestanden hatte. Vor Jahrzehnten war er mit Ulrich, mit Heidrun und mir im Friedberger Internat gewesen, jetzt begleitete er mich auf dem Gang durch das verwaiste Haus, Bücherhaufen, Bücherberge in allen Räumen, auch in der Küche, auch im Bad, dazu zwanzig große Briefmarkenalben, mehr als sechzig Fotoapparate, Modellautos die Menge, und half mir bei der Suche nach dem Familienstammbuch und dem Fahrzeugbrief, Ulrich versteckte oft Geldscheine in Büchern, wies mich Detlef ein, und dann hatte dein Bruder auch noch eine wertvolle Armbanduhr aus Glashütte, *Nomos*, von Manufactum, wo war die. Bei diesem ersten noch zögernden Gang durch das Haus, einem Eindringen, einem Suchen, Tasten, Forschen, weder Stammbuch noch Fahrzeugbrief noch Armbanduhr ließen sich auf Anhieb finden, statt dessen hatte ich plötzlich einen abgegriffenen einmal gefalteten Briefumschlag in der Hand, drin ein Packen Fotos sieben mal neun, ich erkannte auf den verblichenen rotstichigen Farbbildern Uschi, Ulrichs Exfrau, im Adams- oder besser Evakostüm. Und auch mein Bruder war abgelichtet, vor einem Zelt, unserem noch aus Frohburger Zeiten stammenden khakifarbenen Ostprodukt, splitterfasernackt saß er in einem Klappsessel, in Jugoslawien wahrscheinlich, auf einem Campingplatz, so entblößt, bar jeder Kleidung hatte ich ihn seit Kindertagen, wenn wir sonnabends zusammen in der Badewanne hockten und mit Vaters Spritzen und Klistierbällen Seekrieg spielten, nicht mehr gesehen, von FKK hatte er nie erzählt, keine Andeutung, kein Sterbenswörtchen, schnell steckte ich die Fotos in den Umschlag zurück, bis heute habe ich sie nicht wieder herausgenommen. Ähnlich ging es mir mit den fünf Kladden voller Tagebuchnotizen, die Heidrun beim dritten oder vierten Besuch im Haus fand, ich schlug nur zwei der dicken Hefte auf, um die Zeit in Erfahrung zu bringen, in der die Notizen gemacht worden waren, die einen stammten von 1987, dem Jahr seiner Trennung, von einer Kontaktanzeige war die Rede, die lag sogar bei, säuberlich ausgeschnitten aus dem *Gießener Anzeiger*, kein Schulmeister, nicht vergreist, nicht emanzipiert, nicht cool, nannte er sich in der Anpreisung, kein großes Interesse an Tanzen, Kunst, Sport, dagegen Interesse an Literatur und Zeitgeschichte, von zwanzig Bewerberinnen, die er nacheinander eingeladen hatte, war keine infrage gekommen. Die Notizen im zweiten Heft waren nicht so leicht einzuordnen, ich mußte die nicht abgesetzte Jahreszahl im fortlaufenden Text suchen und stieß dabei auf einen Absatz, den ich lieber nicht gelesen hätte. Am 28. Februar 2003, achtzehn Tage nach Vaters Tod in der Kurzzeitpflege des AWO-Altenzentrums Albert-Osswald-Hein in Gießen, hinter dem Philosophenwald, einen Steinwurf weit weg von unserer Notunterkunft des Jahres 1958, Dreizimmerwohnung, drei Flüchtlingsfamilien, gemeinsame Küche, gemeinsames Klo, hatte ich der Eintragung zufolge zu Ulrich gesagt: Wenn du nicht wärst, würde ich alles erben. Das sollte ich gesagt haben, und das hatte ich damals, kurz nach Vaters Tod, tatsächlich gesagt, nicht ernst gemeint, eher spielerisch, aus lauter Übermut, manche Aussprüche aber klingen nur spaßig. Vielleicht war der Satz auch die Antwort auf Ulrichs Weigerung gewesen, mit mir zu Vaters Schließfach in der Volksbank in Reiskirchen zu gehen, wie wir es verabredet hatten, bevor ich mich mit Heidrun auf die zweihundert Kilometer lange Fahrt von Göttingen aus machte. Im Safe lagen die Reste von Mutters Schmuck, soweit Vater die Stücke nicht während der neunziger Jahre nach und nach seiner Aufwartung Elvira Ladisch hatte zukommen lassen, mindestens einmal gegen meinen Willen. Eines Abends rief er mich an, Mutter war vielleicht zwei, höchstens drei Jahre tot, Frau Ladisch hätte doch in zwei Wochen fünfzigsten Geburtstag, da wolle er ihr Mutters Ring mit dem Aquamarin schenken. Mit dem großen Aquamarin, ergänzte ich bei mir. Heidrun hatte mir gerade erzählt, wie sehr gute Aquamarinsteine in letzter Zeit im Wert gestiegen waren. Aber nicht das ließ mich Vaters Versuchsballon skeptisch sehen. Es war vielmehr die Tatsache, daß er ausgerechnet diesen Ring Mutter nach meiner Geburt im Haus der Großeltern in der Greifenhainer Straße geschenkt hatte. Nach der vergeblichen Meldung zum Einsatz an der neuen Ostfront, gehen Sie mal ruhig nachhause, Herr Doktor, hatte es auf dem Kreiswehrersatzamt in Borna geheißen, der Spuk mit den Russen ist bald vorbei, und der Führer braucht Nachwuchs, nach der Abweisung seines Opfers also war er auf dem Weg zum Zug in der Bornaer Bahnhofstraße, dort, wo vier Jahre später die Russen saßen, mit denen er nicht nur wegen seines requirierten Autos zu tun bekam, am Schaufenster des Juweliers Frühauf vorbeigekommen und hatte den Ring entdeckt und kurzerhand mitgenommen. Zahlung in drei Raten bitte, bis jetzt bin ich nur wochenweiser Vertreter von niedergelassenen Kollegen. Der zum Ring passende, zu ihm gehörende Anhänger mit einem noch größeren Stein wurde erst zweieinhalb Jahre später erworben und Mutter kredenzt, nach Ulrichs Geburt. Nun also, dreiundneunzig vielleicht, fragte mich Vater, sechsundachtzig Jahre alt, wegen des Rings. Da nehme ich ihn lieber, sagte ich, mach Frau Ladisch ein Geldgeschenk, ich gebe dir, was das gute Stück wert ist. Vater wollte es sich überlegen. Er kam dann nicht noch einmal auf sein Vorhaben zurück. Im Nachlaß jedenfalls war der Ring, als wir endlich das Schließfach bei der Volksbank gemeinsam öffneten, nicht mehr zu finden, enge Zellen, in denen wir stecken. Kurz nach Mutters Tod besuchten wir Ulrich in seinem Haus, wir müssen mal hin, hatte ich zu Heidrun gesagt. Angekündigt, wie wir waren, klingelten wir an der freundlich blaugestrichenen Haustür im Niebergallweg. Neben der Tür sah man durch die bodentiefe Glasscheibe der Diele ein Beil am Türrahmen lehnen. Drei weitere Beile dieser Art entdeckte ich Jahre später, im Frühjahr 2012, an allen Türen des Hauses, die nach draußen gingen: in der Küche, im Abstellraum, im Wohnzimmer. Unvergeßlich Ulrichs verschmitzte Erzählung: Es war am Martinstag, ich hatte für alle Fälle ein paar Tüten mit Bonbons bereitliegen, es klingelte auch wirklich, eine Traube Kinder aus der Nachbarschaft, ich machte die Dielenbeleuchtung und die Außenlampe an, kaum sahen die Kinder mein Beil, da stoben sie schreiend und lachend davon. Auch wir hatten geklingelt, und Ulrich riß, als hätte er bereitgestanden, die Tür auf, das Beil schreckte uns nicht, aber bevor wir etwas sagen konnten, hörten wir: Den Schmuck von Mutter kriegt ihr nicht alleine, ich will die Hälfte haben, damit ihrs wißt. Was denn, wieso denn, fragte ich entgeistert. Als Andenken, was sonst. Und richtig wurden Monate nach Vaters Tod der Schmuck und anschließend auch das große Meißner Porzellanservice, Feldblumen mit Insekten, Stück für Stück geteilt. Wir hockten *Am Stock* in Reiskirchen im Wohnzimmer auf dem Fußboden und schoben Teller auf Teller, Tasse auf Tasse, Schüssel auf Schüssel, Platte auf Platte, manche einen halben Meter im Oval, abwechselnd auf unsere und auf seine Seite. Am Ende blieben drei Kaffeekannen übrig, davon eine für uns, eine für ihn. Wir haben in Göttingen schon eine, sagte Heidrun, nimm du die dritte. Dankedanke, kam es von Ulrich, das vergesse ich euch nie. Dann, reichlich acht Jahre weiter, er lebte nicht mehr, war ich Alleinerbe des kinderlosen, seit langem rechtskräftig geschiedenen Bruders, wir mußten sein Haus räumen, in dem sich zehntausend, vielleicht sogar zwölf- oder fünfzehntausend Bücher befanden, teils geordnet, größtenteils ungeordnet, schon die große Diele, die Haustür ließ sich nur noch durchschlupfgroß öffnen, war fast vollständig von kniehohen Bücherstößen zugesetzt, bis auf einen engen Trampelpfad zur Küche und zur Treppe ins Dachgeschoß, auf die Stöße hatte Ulrich in den letzten Monaten, vielleicht Jahren Plastiktüten und Leinenbeutel voller Bücher gesetzt, hundertfünfzig, hundertsechzig Stück im ganzen, dicht an dicht, leinenüberzogene kunststoffumhüllte Grabsteine, wie geschrumpfte Installationen von Christo, ich kam beim Zählen und Ausleeren der Beutel durcheinander, in ihnen staken die zuallerletzt auf Basaren und Flohmärkten und bei Bibliotheksverkäufen aufgesammelten Bücher, so wie sie eingesackt und vom Auto vors Haus getragen worden waren, anscheinend war Ulrich durch die beginnende Leukämie spätestens ab Frühsommer 2011 so angeschlagen, daß er die Bücher nicht mehr auspacken und den entsprechenden halbmannshohen Stapeln im Wohnzimmer zuordnen konnte. Dort, im Wohnzimmer, zwischen Bücherwand und Eßgruppe, unter vielen, sehr vielen anderen Ernst Kreuder, sechsmal das gleiche Buch, *Das Haus mit den drei Bäumen*, Grass, dreimal *Blechtrommel* von 1959, Erstausgabe, fünfmal *Katz und Maus*, ebenfalls erste Auflage, Stück für Stück mit Schutzumschlag, Jüngers *Der Arbeiter*, Johnson, *Mutmassungen, Jahrestage*, der frühe Brinkmann, Ilse Aichinger, *Die größere Hoffnung*, mit dem raren Umschlag, alles, alles Erstausgaben. Und seitwärts, auf einem Tischchen, in Klarsichthüllen die Zimelien aus der Anfangszeit der Sammelei, Robert Walsers *Die Rose*, Ingeborg Bachmanns *Die gestundete Zeit*, *Karl May als Erzieher* und *Die Wahrheit über Karl May*, beides von May selber, drei großformatige Fotobände von Renger-Patzsch und *Frost* von Thomas Bernhard. Diese Schätze des Bruders entdeckte ich schnell, eine mühelose Belohnung. Schwieriger festzustellen, was sich unter der flusenumspülten, von Schimmel bedrohten Bücherdüne in der Diele versteckte. Ich brauchte dazu drei Tage, drei Besuche in Kleinlinden, jeden Titel nahm ich ein, zwei Mal in die Hand, musterte Verfasser, Verlag, Erscheinungsjahr und setzte, was ich nicht gebrauchen konnte, was mich nicht interessierte, auch seltenere Ausgaben, auch Wertvolles, was sollte ich mit fünfmal *Katz und Maus*, zu vier Verbundpfeilern zusammen, ein mal ein Meter, fast bis zur Decke, viel Spaß, ihr lieben Antiquare. (Über dieses trostlose Kapitel kein Wort.) Bei dem fortwährenden Buchhochnehmen, Aufblättern, Weglegen kam mir das Wort Selektion in den Sinn, Rampe, Leben oder Tod, nach rechts, nach links. Die Spreu vom Weizen trennen, worfeln, das gefiel mir besser. Am Abend des dritten Tages, die Diele war so gut wie freigeräumt, die Plastikbütten mit den ausgesuchten Büchern stapelten sich im Kofferraum, saß ich abfahrbereit im Auto, und wie unter einer Eingebung stieg ich plötzlich, statt den Zündschlüssel umzudrehen, wieder aus und ging ins Haus zurück, gab es nicht vor dem Gästeklo noch einen letzten angeschmuddelten Bücherhaufen in der feuchten Ecke, unter den abgelösten schwarzfleckigen Tapetenbahnen, Lesering, Western von Heyne, Kosmoshefte, eingerahmt von einem Ulbrichtbild und einer halb um den Stock gewickelten FDJ-Fahne, war alles nix für mich. In Windeseile grub ich die flache Halde um, draußen wurde es schon dunkel, es war Freitag, ich hatte den Höllenbetrieb auf der A5 und der A7 noch vor mir, Schwerlastkolonnen, Wochenendraser, über die Vogelsbergflanke zwischen Grünberg und Alsfeld und jenseits des Kirchheimer Dreiecks durch die nordhessischen Berge, die drei Riesenanstiege, zuerst nach Rimberg, dann auf Kassel zu, die endlos lange scharfgebogene Abfahrt in das enge Knülltal, zuletzt die Werrabrücke und die Auffahrt aus dem Werratal, rechts Schloß Berlepsch in den Wäldern, jedesmal, wenn ich dort, das Gaspedal durchgedrückt, hochschoß, dachte ich an Hans Werner Richter und seine Gruppe-47-Tagung auf dem Schloß. So gut wie nicht bekannt. Ganz unten im Haufen der Drucksachen vor dem Klo, ganz hinten, direkt an der schmieriggewordenen Sockelleiste, lag, vor Schimmel, Schmuddel und Gilb durch die darübergeschütteten Buchklubbände notdürftig geschützt, eine zwar gründlich verstaubte, aber noch erkennbar weiße Broschüre, die ich von Format und Layout her, das rote Quadrat unter schwarzer Schrift, gleich als Bändchen der *suhrkamp texte* ausmachte, ich hob sie auf, Günter Eich, *Ausgewählte Gedichte*, Nachwort Walter Höllerer, hatte ich noch nicht, ich freute mich, und meine Freude bekam noch einen nachhaltigen Verstärkungsstoß, als ich auf Seite fünf, untypischer Platz für Signaturen, die Unterschrift Eichs als unverhofftes Geschenk entdeckte, mit Ort und Datum versehen, Bad Nauheim, 21. Oktober 1960. Anderthalb Stunden später, kurz nach Mitternacht, stand ich, die Eich-Gedichte neben mir auf dem Beifahrersitz, nach der Einmündung der Autobahn aus München auf der dreispurigen Gefällestrecke zur Raststätte Kirchheim hinunter im Lastwagenstau, vor mir, hinter mir Laster, rechts, links. Im hochtourigen Kriechgang ächzend, heulend, beim Greifen der Hydraulikbremsen klirrend, schlagend, rasselnd, überragten mich die Kästen riesenhoch, schlossen mich ein, machten mir angst, von den unablässig anfahrenden und abbremsenden Dieselmotoren um mich herum wehte nächtliche Hitze wie glühender Anhauch durch mein offenes Fenster. Einmal ging zehn Minuten gar nichts mehr, gelangweilt griff ich nach Eichs Gedichten, um mir das Datum der Signatur noch einmal anzusehen, dabei fiel ein eingelegter Zeitungsausschnitt heraus, die Todesanzeige Eichs vom Dezember 1972, etwas in mir zuckte erschrocken zusammen, dann war er ja sieben Jahre jünger als ich heute. Davon umgetrieben, wurde mir in bezug auf das Datum der Widmung klar, fiel es mir, hätten Karl May und vielleicht auch Fontane gesagt, wie Schuppen von den Augen: das war genau der Leseabend im Kursaal von Nauheim, für den ich mir vom Heimleiter Burhenne, dieser undurchsichtigen mißgunstbehafteten Natur, Ausgang hatte geben lassen, auf dem erstbesten Fahrrad, das nicht angeschlossen im Schuppen hinter der Turnhalle gestanden hatte, Besitzer unbekannt, war ich, nachdem wir vom Speisemeister aus dem Abendessen entlassen worden waren, auf der Nebenstraße nach Nauheim gefahren, kühler Herbstabend, Vollmond, ungeheurer Sternenhimmel, war das eben ein Komet oder ein Düsenflugzeug, in Höhe der Saline hatte ich einen Platten, holte mich ein Platter am Vorderrad auf die Erde zurück, ich stellte die Klapperkiste am Sockel des Gradierwerks ab und hetzte zu Fuß weiter, als ich in den Saal kam, hatte Eich schon angefangen, ein kleiner dicklicher Mann, nichts Markantes, auch in der Stimme nicht. Kann sein, daß es dieser schwache Eindruck im Verein mit der Panne war, der mich davon abhielt, die gerade erschienene Nummer eins der *suhrkamp texte* mit seinen Gedichten zu erstehen und ihm zur Signatur vorzulegen. Außerdem mußte ich spätestens um zehn wieder im Internat sein, die Schlange war lang. Schon in der Woche darauf aber, ich hatte mir das Heft bei Bindernagel auf der Kaiserstraße doch gekauft und die Gedichte gelesen, bedauerte ich meine Reserviertheit. Alle paar Jahre fiel mir das ein. Jetzt, auf einer restlos überfüllten Nordsüdautobahn des vor zweiundzwanzig Jahren wiedervereinigten Deutschlands, des zusammenwachsenden Europas mit dem auch logistisch wiederauferstandenen Osten, eingepfercht zwischen Lastzügen aus aller Herren Länder, vorzugsweise Polen und Ukrainer, wurde mir klar, dämmerte mir, daß an meiner Statt damals jemand anderes vor dem Tisch, hinter dem Eich saß, angestanden und die Signatur für mich geholt hatte, über wer weiß welche Umwege war sie zu Ulrich und letztenendes heute zu mir gekommen. Eine Woche nach der Vierstundenheimfahrt erneut Kleinlinden. Die Überraschungen, die der Niebergallweg bot, hörten nicht auf, sie häuften sich. Zuerst Ernst Bloch. Im Heizungskeller nahm ich hinter der Therme eine bisher noch nicht bemerkte fünffache Bücherwand von halber Raumhöhe wahr. Auch hier ging beim Abbauen jedes Buch durch meine Hände, eilig aufgeschlagen und umgeblättert, ich musterte blitzartig Titelblatt und Impressum, wieder war es ein unscheinbares Bändchen aus der Lindenstraße, dem Frankfurt Unselds, wieder weiß, das ich aus dem Schattenwinkel nach oben beförderte und das mich einhalten ließ mit dem Sortieren, Ernst Bloch, *Spuren*, Bibliothek Suhrkamp 1959, die Signatur Blochs sprang mir aus dem geöffneten Buch direkt ins Auge, wie konnte Ulrich den Eintrag so gänzlich übersehen, daß er das Buch in den zur Entsorgung vorgesehenen Bereich seiner schier unerschöpflichen Bestände verbannte, in die Gesellschaft abgewetzter Bettvorleger, ausgetretener Schuhe, jahrzehntealter Spiegelausgaben und zerknitterter Nummern von auto-motor-sport. Ernst Bloch, mit dunkelblauem Kuli, in markanter Krakelschrift. Darunter: 12. August 1961. Kaum zu glauben für mich, Herzschlag wie nach einem verbotenen Griff. In lange zurückliegender Zeit, als Internatsschüler, hatte ich aus dem Amelangschen Katalog dieses erste richtige Buch Blochs, fünfundvierzig war er bei Erscheinen immerhin schon, bestellt, Paul Cassirer Verlag Berlin 1930, Katalogpreis für mich zwölf Mark, was ankam, was ich abends auf der Zweierbude auspackte, auf der ich im Schülerheim mit dem Trickser hauste, in freundlicher Distanz, ich Leser, er nicht, war ein makelloses Exemplar mit frischem Schutzumschlag, im Schuber sogar, die Blätter im Schnitt noch aneinanderhaftend, also, schloß ich angenehm überrascht, nach finsterer Zeit, großem Krieg und abgrundtiefer Pleite noch ungelesen. Statt das Buch für eine Widmung an Bloch nach Leipzig zu schicken, Hans Mayer kannte ich schon, mit ihm wechselte ich Briefe, Leipzig C 1 Tschaikowskistraße, verlor ich es im Lauf der Jahre und Umzüge, erst von Gießen nach Reiskirchen, dann nach Steinheim, anschließend nach Göttingen und dort zu fünf verschiedenen Adressen, aus den Augen, nicht restlos auszuschließen, daß es in einer Phase der Schwerpunktverlagerung Anfang der siebziger Jahre hin zu den Aufständen, Revolutionen, Kriegen und Bürgerkriegen des achtzehnten und neunzehnten Jahrhunderts zusammen mit den meisten Bänden meiner Expressionismussammlung zurückgewandert ist zum alt gewordenen Amelang, der das florierende Antiquariat im Großen Hirschgraben, unter den nachwehenden Fittichen des jungen Goethe, wenn man so will, längst aufgegeben hatte und von Frankfurt an den Stadtrand von Hamburg gezogen war, alte Bücher im Erdgeschoß der Villa, in deren erstem Stock er wohnte. Eich und Bloch, die beiden Kleinlindener Fundstücke, löschten zwei von meinen kleinen und großen, in jedem Fall aber schmerzhaften Fehlern aus, ich war Ulrich dankbar, hätte aber auch, man bleibt nicht stehen, gibt sich schwer zufrieden, sehr gerne von ihm gehört, woher die Blochsche Spur in seine Hände gekommen war, wo er sie gefunden hatte und vielleicht auch, wo der Namenszug des Philosophen im Hochsommer einundsechzig in das Buch gekommen war. Hatte der in Leipzig kaltgestellte, aber dort wohnhafte Sechsundsiebzigjährige, wie von mir vermutet, eine Lesung in Oberhessen absolviert, in Gießen beim Buchhändler Gideon Schüler am Ludwigsplatz vielleicht oder irgendwo in Wetzlar, in einer Kirchgemeinde etwa, oder, am wahrscheinlichsten, bei Wolfgang Abendroth in Marburg. Das in Erfahrung zu bringen, waren, weil der Bruder ausfiel, echte Autoritäten aufgefordert und gefragt, Marbach und die Ernst-Bloch-Gesellschaft Mannheim, wo hielt sich

Ernst Bloch am 12. August 1961 auf, bei beiden Fehlanzeige, für Wißbegierige von außerhalb, und wenns auch zehnmal ein Autor ist, setzt sich ein selbstbewußter Apparat noch lange nicht ingang, auch der Hertziana habe ich einmal, ein zweites und möglicherweise ein drittes Mal geschrieben, ich kann mich nicht mehr genau erinnern, jedenfalls Salvatore Rosa und das geheimnisvolle alte Ölbild *Artemis und Apollo töten Niobes Kinder* betreffend, das ich im Laden von Kauders in der Düsteren Straße aufgetan hatte, schräg gegenüber Steidl und sein Verlag. Ich bin immer ohne Antwort geblieben. Wie wärs in bezug auf Bloch mit Fummeln, Spielen, so die Idee am übernächsten Tag. In einer leeren Minute fütterte ich Google mit Blochs Namen und sah mir an, was angeboten wurde, es brachte nichts in meinem Sinn, bis ich ergänzte: 12. August 1961. Und siehe da, Ernst und Karola Bloch waren seinerzeit, wie ich aus dem Netz serviert bekam, an jenem Zwölften im August als Gäste der Freunde von Bayreuth bei den Festspielen gewesen, wie fast jedes Jahr. Und Bloch hatte, vielleicht in einer der langen Pausen auf dem Hügel, vielleicht auch im Hotel, eine gleichsam historische Unterschrift ins Buch gesetzt. Denn ganz sicher war das seine letzte Signatur als Staatsbürger der DDR. Während er nämlich seinen Namen schrieb, dort in Bayreuth, aus Freundlichkeit, für einen Leser, eine Leserin, bezog Erich Honecker schon im Polizeipräsidium am Alexanderplatz seinen Befehlsstand für den Mauerbau, die Kampftruppen rückten ein in die Bereitschaftsräume, und die Westgruppe der Sowjetarmee war unter Kriegsalarm. Am nächsten Mittag standen Zaun und erste Mauerstücke, Blochs gingen nicht zurück nach Leipzig, Wohnung und Bibliothek verwaisten, auch Tübingen war schließlich eine deutsche Stadt und möglich. Mein Fund im Heizungskeller zog noch zwei weitere Entdeckungen nach sich. Nach dem Abräumen der oberen Lagen der Büchermauer wurden, in die dreiviertelmeterdicke Papierwand eingebaut, zwei Umzugskisten sichtbar, hoffentlich nicht noch mehr Bücher oder vielleicht gar, viel schlimmer noch, schwere Auktionskataloge auf Kunstdruckpapier, ich legte die ineinandergesteckten Deckelhälften der linken Kiste frei und klappte sie auf, bis obenhin Zeitungsfetzen, Zeitungspapier, zusammengeknäult, als wäre etwas eingewickelt, ich langte erst eins der Päckchen und dann ein zweites und drittes hervor und knisterte, raschelte, schälte den Inhalt aus dem Papier, Abendbrotteller, Kaffeetassen, Meißner Schwerter, Feldblumen mit Insekten, weiter und immer weiter packte ich aus, auch die zweite Kiste, auf dem Betonboden ein Meer von zerknitterten Zeitungen, und schnell und immer schneller wuchsen unaufhaltsam die Stöße und Stapel mit dem Porzellan der Eltern, bis das halbe Service plus die eine zusätzliche Kaffeekanne, das vergesse ich euch nie, auf dem Boden standen. Ich nahm mit einer Ahnung ein Papierknäuel auf und glättete die Seite, sie war vom Januar 2003, noch mal ein anderer Fetzen, er stammte aus dem Februar vor neun Jahren. Offensichtlich hatte mein Bruder die beiden Kisten aus Reiskirchen mitgenommen, in den Heizungsraum gestellt und sie im gleichen Maß vergessen, in dem sie von den Büchern immer höher überwuchert wurden, immer tiefer unter ihnen verschwanden. Mit dem Überraschungsfund war das Service der Eltern wieder zusammengeführt, vierundzwanzig Gedecke, komplett für Kaffeetrinken, Teestunde, großes Essen, mit allem Drum und Dran, Anfang der fünfziger Jahre einer ehemals gutgestellten Arztwitwe aus Chemnitz abgekauft und auf so seltsamen wie riskanten Wegen in den Westen geschafft, man hätte, als Kind zumindest und noch lange später, den Eltern dieses Potential an Findigkeit, Verschlagenheit, Tarnungsintensität nicht zugetraut, so zwingend ehrbar, wie die Ermahnungen vor allem Mutters in Frohburg klangen. Wohin damit, mußten nach dem Bruder nun wir uns fragen. Was sich nicht nur auf das Riesengeschirr bezog, sondern auch auf den Inhalt eines mit pludrigem Anflug von Schimmel bedeckten Zigarrenkästchens, das mit einem gerade noch lesbaren Aufdruck, *Möser*, Gießen, Seltersweg, zwischen den beiden Porzellankisten zum Vorschein kam. Der Aufkleber der Zigarrenfabrik und Tabakwarenhandlung halb abgefetzt, was kann schon drin sein, habe ich gedacht, ich schüttelte das Balsaholzding, drinnen Geklapper, leichtes Zeug mithin, nichts von Bedeutung. Erst nachdem das *Meißner*, Sprachgebrauch der Eltern, wieder zurück in die Umzugskisten gewandert war, nahm ich das Kästchen von *Möser* mit auf die Terrasse und wischte, auf einem von Ulrichs verrosteten Gartenstühlen sitzend, mit einem Lappen, so gut es ging, den Schimmel ab und klappte den Deckel auf, ich staunte nicht schlecht, was mir zuerst unter die Augen kam, war eine Agraffe mit weißen fächerförmig angeordneten Federn und einem roten Stein darunter, Jahrzehnte hatte ich das Stück nicht gesehen, Vaters Verzierung für seinen weißseidenen indischen Turban, mit dem er sich auf den Frohburger Maskenbällen der ersten zehn Jahre nach dem Krieg, denk nicht an Trauer und Depression, das Gegenteil war angesagt und üblich, zu unserer ungarisch kostümierten Mutter gesellte, deren wadenumschließende rotbraune Stiefel, deren kurzer wippender Rock und deren enges Mieder nicht nur den Russenmajor und den alten Lohr begeisterten, sondern auch den Neid ihrer Altersgenossinnen erweckten, der Klassenkameradinnen von früher. Auf einem Foto, das ich seit langem besitze und das ich liebe, weil es von unserem Volksschulwesen vor dreiunddreißig erzählt, ist die Mädchenklasse von Mutter zu sehen, laut Notiz auf der Rückseite im Jahr 1924, ich erkenne Mutters Schrift, sie hat in ihren guten Zeiten, bevor sie sechzig wurde, alle Familienfotos, die vor allem Vater machte, datiert und mit Anlaß und Ort beschriftet, als hätte sie gewußt oder doch geahnt, daß im Zeitalter der Box und folgender Verkaufsschlager Fotos an sich nichts wert sind. Man sieht auf dem Klassenbild, dank ihrer Notiz weiß ich das, die beiden Lehrer Jahn und Bachmann, junge Männer, umlagert und eingerahmt von ihren zwölf- und dreizehnjährigen Schülerinnen, von denen manche andeuten, beinahe versprechen, sie würden einmal, in vier, fünf Jahren längstens, reizvolle junge Frauen sein, die Tochter des Baumeisters Schulze etwa, zwei Häuser oberhalb der Großeltern, später verheiratete Hülsberg, auch die Tochter des Hoteliers vom *Roten Hirsch*, zukünftig verheiratete und kriegsverwitwete Lämmel, sowie die Tochter des Kunstkeramikers Brenntag, verheiratet mit einem Lüdke, der fiel, dann mit dem Kommunisten Denke, außerdem die Tochter des Brauhofbesitzers Altenburg, Lisa hieß sie, Mutters beste Freundin lebenslang, verheiratete und geschiedene Horn und wiederverheiratete Kirstein, nicht zuletzt eine von drei Töchtern des Bahnhofsvorstehers Mehlhorn, aus der eine verehelichte Bause wurde, und am Ende die einzige Tochter der Süßwarenhändlerin Fängler, *Süße Lotti* genannt, verheiratet mit einem Kärger, der nicht von der Front zurückkam, später, im Westen, zu Wirtschaftswunderzeiten, fiel der appetitlichen gutgepolsterten Frau sogar ein General aus dem finalen Führerbunker zu, der während des Krieges eine der drei Hitlersekretärinnen, Dara genannt, geehelicht hatte. Sie alle, diese Frohburger Klassenkameradinnen, besaßen Väter, im Gegensatz zu Mutter, von welcher Art und Eigenart diese Väter auch immer waren, und sahen auf die Halbwaise, das Mädchen aus der Schmiede herunter, ohne große böse Absicht, unbewußt, wie sie sich da alle mittags auf dem von Kastanien beschatteten Rasenstreifen am Rand des Schulhofs an die beiden Pädagogen angelagert hatten, in hellen Sonntagskleidern, wegen des Fotografen, Aufnahmen, die dort entstanden, überlebten Jahre, Jahrzehnte, fast ein Jahrhundert, wenn dann auch niemand mehr die Namen nennen konnte. Die Mädchen schnitten Fratzen und machten Faxen, fuchtelten hinter den Lehrern mit den Armen, ein lustiges, irgendwie auch herausforderndes Bild, nur Mutter, auf den zweiten Blick erkennbar, mit Lupe, die allerhübscheste, ist dunkel angezogen und sieht ernst aus. Die Frohburger Turbanagraffe in der Zigarrenkiste löste flüchtige Erinnerungsbilder aus, erst recht die anderen bemerkenswerten Sachen, die ich zwischen Haushaltsschrott wie alten Pfennigen und Groschen, halben Bleistiften, Radiergummis, einer Packung Schlaftabletten, zwei Reiskirchener Praxisstempeln und einem handhohen Bergmannsleuchter fand, Ablagerungen von

Jahren und Jahrzehnten, ins Auge fiel sofort Vaters Zigarettenetui aus Silber zum Beispiel, quadratisch, gerifflt, schwer wie anderthalb Schokoladentafeln, es hatte mich durch die ganze Kindheit begleitet, überdeutlich kann ich mir vorstellen, wie Vater das vor ihm auf der Marmorplatte des Rauchtischs liegende Etui in die Hand nimmt, es mit einem Druck auf den Verschluß aufspringen läßt und aus der mit zwei gelben Gummibändern fixierten Doppelreihe der Zigaretten eine auswählt und entnimmt, dann wurde mit ihren beiden Enden mehrmals gekonnt auf den Daumennagel geklopft, um den Tabak zu verdichten, das Streichholz wurde angerissen, flammte auf und setzte, Vater zog, die Zigarette in Brand, jetzt klappte Vater das Etui gekonnt wieder zu, mit dem Daumen auf dem vorderen, mit Mittel- und Ringfinger auf dem hinteren Deckel, das klakkende, aber auch weiche Geräusch klang, wie ich immer fand, satt, fast schon erlesen, nach Wohlstand, Schätzen, purem Silber, ein Mal hatte ich auch wirklich den Stempel 835 gesehen und Ulrich unter Vaters Splitterlupe gezeigt, da sind wir doch reich, hatte er gesagt und war mit dem Kriegsruf *reich reich* in die Küche geeilt, zu Mutter und dem Mädchen, wenn Vater stirbt, geht es uns nicht wie dir und der Windoma, Mutti. Kann sein, er hat sich beim Verbannen des Etuis in die Zigarrenkiste daran erinnert. Kann sein, kann nicht sein. Mutti, Mutti. Fast bis zuletzt. Wir waren beide in den Fünfzigern, da hörte ich es in Reiskirchen wieder, dieses Mutti, Mutti. Jetzt ist Schluß mit Mutti, fuhr ich ihn an, du bist kein Kind mehr, nenn sie endlich Mutter, mit siebzig ist sie alt genug. Älterer Bruder eben, wird er gedacht haben, hat er oft gedacht. Beim Weiterkramen im staubigen Durcheinander, im Bodensatz das Kistchens stieß ich zu meiner Verblüffung nacheinander auf einen Brillantring mit drei Steinen, auf eine brillantbesetzte Damenarmbanduhr aus Weißgold, auf ein Goldcollier, von uns wegen seines Gewichts von jeher das Kumt genannt, auf eine Brillantnadel zum Anstecken, auf einen Einkaräter und auf einen breiten Trauring aus Dreihundertdreiunddreißigergold, kurz gesagt auf Mutters

Schmuck, den Ulrich dreizehn Jahre vor Vaters Tod uns gegenüber so nachhaltig für sich reklamiert hatte, zumindest die eine Hälfte, und die hat er dann offensichtlich schon 2003 in dem Sammelsurium der Krempelkiste mit dem Zigarrenduft im Balsaholz in der hintersten Ecke des Heizungskellers entsorgt. Das trat bei mir Gedanken los, Erinnerungen, Zweifel auch und Selbstvorwürfe. Da war dann kaum noch Platz für großes Erstaunen, als ich im gleichen Keller neben der Waschmaschine, von vier, fünf Wäschekörben zugestellt, auf meinen schwarzrotgestreiften Kofferplattenspieler der Anfangszeit im Westen stieß. Mindestens vierzig Jahre hatte ich das Ding der ausgehenden fünfziger Jahre weder gesehen noch etwas geahnt von seinem Vorhandensein. Während ich, nebenbei gesagt, die Langspielplatte mit Quadflieg bis heute besitze. Aber die auch wieder nur, weil sie in Steinheim bei Heidrun in der Musiktruhe im Anbau überdauert hat, in der Gesellschaft von Sidney Bechet, Elvis und Satchmo, ein kleiner Plattenstapel, gerade genug für den eingebauten Zehnplattenwechsler. Was war dagegen ein Koffergrammophon, selbst mit elektrischem Antrieb. Und auch Ulrich wußte nichts mehr mit dem Gerät aus der allerbesten Zeit von Quelle anzufangen, nur sichergestellt, eingelagert, Schrott gewordene Erinnerung, vielleicht auch an meine Rilkebegeisterung. Er war im Bild, natürlich. Wenn wir zusammenkamen, gab es immer viel zu reden. Schon im Schlierbachhaus in der Gießener Straße in Reiskirchen und auch nach dem Umzug der Eltern in den Neubau *Am Stock*. In den Nächten zum Sonntag kam ich gegen eins, halb zwei von Heidrun aus Steinheim, Ulrich hat dann schon jedesmal auf mich gewartet, kaum war ich in meinem Zimmer und hatte mir eine Zigarette angebrannt, klopfte es, die Tür ging auf: Störe ich. Im Gegenteil, komm rein. Die erste halbe Stunde blieb er noch an der Tür stehen, dann zog er einen Stuhl in die Nähe des Aschenbechers und setzte sich. Stundenlang handelten wir unsere Themen ab, das Internat, die Mädchen, Autos, Bücher, Frohburg, das Schwierigste blieb ausgeklammert. Auch zuletzt noch. Rat mal, wer ich bin.

Am Abend des ersten August fünfundvierzig erschienen nur fünf Einwohner von Küllstedt im Kinosaal des Hotels, um den Film *Die Philharmoniker* anzusehen, der laut Vorspann der Filmgesellschaft *Tobis* Musik mit den privaten Episoden menschlicher Schicksale hatte verknüpfen sollen, in einer anderen Zeit, vor dem Zusammenbruch. Nur fünf Personen also, fünf Finger einer Hand. Nach dem Nachmittag an der Friedhofsmauer hatte kaum jemand einen Sinn für die von den Filmleuten angestrebte Verknüpfung von Musik und Einzelschicksalen, die in sozusagen letzter Viertelstunde des Dritten Reiches erstmals unter die Leute gebracht wurde, am vierten Dezember vierundvierzig, es gab durchaus noch kleinere Premieren. Wie ja auch Furtwängler die Berliner Philharmoniker in jenen Wochen noch dirigierte, im Titania-Palast in Steglitz, es gibt Aufnahmen, man hört in den Beethoven hinein die Bomben rumsen, draußen, jenseits der Konzerthausmauern verbrannten Leute, wurden erschlagen, zerfetzt, die Reste verschüttet, besser nicht dran denken, du könntest neben der Musik die eigenen Grundgeräusche hören, Tinnitus. Von beinahe zweieinhalbtausend Einwohnern ganze fünf. Der Kommissar, mit sich zufrieden, die Aufträge von oben waren fast zweihundertprozentig erfüllt, Karlshorst hatte vier Erschießungen verlangt, sieben hatte er geschafft, war gewillt, sich im gähnend leeren Kino häuslich einzurichten, gleichwohl tobte er über die Leere des Saals. Zumal die paar Männeken, die sich eingefunden hatten, aus welchen Gründen immer, sich in der entferntesten Ecke nicht niedergelassen, sondern hingeklemmt hatten, verdreht, verkrepelt, rückzugsbereit. Was nützte es, wenn er sich von der Frau und der Küchenhilfe des Hoteliers Kartoffelpuffer auftragen, an seinen Kinosessel bringen ließ und zu seinen Füßen eine halbleere Drittelliterflasche Weinbrandverschnitt griffbereit stehen hatte, er schäumte. Zur gleichen Zeit gab Pfarrer Horstkemper drüben in der Kirche, in die sich die Küllstedter geflüchtet hatten, bekannt, daß am nächsten Abend der Kreuzweg eine Stunde früher gebetet werde, damit die Wiederholung der Kinovorstellung zahlreicher, nein sehr zahlreich, ja außerordentlich zahlreich besucht werden könne und keine weitere unnötige Verärgerung entstehe. Unnötige Verärgerung, ein Alptraum, schrieb der Tierarzt Wendel im folgenden Herbst, als der Schock allmählich abklang, an meinen Großvater nach Frohburg, beide hatten vor langer Zeit die Tierärztliche Hochschule in Dresden besucht und seitdem im sicheren Bewußtsein anhaltender Verbundenheit in großen Abständen Briefe gewechselt, den Tod seines ältesten Sohnes vor Ypern hatte Großvater dem ehemaligen Kommilitonen in Küllstedt mitgeteilt, ebenso seinen Kutschenunfall, eine unselige amouröse Verstrickung in Kohren und die Vertreibung der jüngsten Tochter nebst Mann und zwei Kindern vom enteigneten Rittergut ihrer Schwiegereltern in Bosberg. Und Wendel seinerseits hatte vom Bauchspeicheldrüsenkrebs seiner Frau im Jahr der Machtergreifung berichtet, von ihrem schnellen Tod. Sein nächster Brief kam zehn Jahre später, jetzt hatte es auch seinen Sohn, den einzigen, erwischt, gefallen in Stalingrad.

Küllstedt. Spuk. Alptraum. Dabei hatte Befreiung stattgefunden, war Frieden eingekehrt. Aber nur an den Fronten. Der große Sieger über den Massenmörder, selbst Massenmörder, hatte gesagt und hunderttausendfach abdrucken und in die Gehirne stempeln lassen: Die Hitler kommen und gehen, das deutsche Volk, der deutsche Staat aber bleiben bestehen. Der soll sich lieber um sein eigenes Volk kümmern, sagte Großvater immer, wenn ich nach der Schule um den Graupeneintopf zuhause einen Bogen machte und in der Greifenhainer Straße Gulasch aus den Proben der Fleischbeschau vertilgte. Der alte Haß, er war noch da, hatte sich nicht verflüchtigt, war nicht begraben worden, und neuer wurde ausgebracht, Volkswut, von oben angestachelt, Vertreibung, Neuausrichtung der Armeen. In den Gewehrfabriken, in den Panzerschmieden hatte es kaum ein paar Frühsommerwochen Pause gegeben Jetzt kehrte sich die Wut auch gegen die Wälder. Und man riß die Erde mit mörderischer Verbissenheit auf und weidete sie aus. Hunderttausende Männer und Frauen holzten Hänge und Hügel bis auf den allerletzten Baum ab, wühlten aus Riesenlöchern die Braunkohle nach oben und suchten Uran in jedem Winkel des Landes. Mit schockstarren Gesichtern, trostlosen Gemütern. Richtig erkennbar erst jetzt, aus großer Entfernung.

Meine ersten Jahre, die ersten anderthalb Jahrzehnte, dort drüben, da hinten, in Frohburg. Als hätte man sie im Hinterzimmer einer riesengroßen, rastlos stampfenden Mühle verbracht, die Ideen und Gefühle und noch die leisesten Regungen zerschrotete und Menschen verbrauchte, in maßloser Menge, ganze Städte, Landstriche, Provinzen und Länder wurden zu Schutt und Erinnerung, während man selber Lesen und Schreiben lernte und die Sonne aufgehen und hinter dem Horizont wieder versinken sah. Zitternde Bilder, zitternder Boden. Wirkt und wühlt in uns weiter, wirst sehen.

Kindheit ohne Ziel, ohne Mitte. Musik war Kirchengesang oder FDJ-Lied, Wörter wie Oper, Sinfonie, Streichquartett hast du kaum oder gar nicht gehört, sie kamen, wenn du genau überlegst, einfach nicht vor, einfach, das sagt sich so leicht, von Mozart, Beethoven, von Hans Pfitzner, sein Vater in Frohburg geboren, und Schönberg keine Spur. Rückschritt, den man Fortschritt nannte. Fortschritt, der Rückschritt hieß. Dazu die Lehrer, Uniformfotos von gestern bestens versteckt, wenn nicht verbrannt, was sie als junge Offiziere und Unteroffiziere an der Ostfront oder im Hinterland getrieben hatten, darüber kein Wort, sie lobten Johannes R. Becher und Kuba über alles und beteten jede Eloge der Zeitungen auf Aschajew und Babajewski nach, *Fern von Moskau*, *Ritter des goldenen Sterns*, was sie wirklich dachten, behielten sie lieber für sich. In allen Städten Puschkinplatz und Maximgorkischule. Überhaupt Puschkin, der Adelsgeck und Duellkönig als Genie, als verzögerter Goethe. Von Gorki ganz zu schweigen, Verfasser von *Die Mut-*

ter, der Busenfreund Jagodas. Stalin kam einmal in der Woche zu Besuch in die Moskauer Staatsvilla der Peschkows, mitten in der schlimmsten Säuberungszeit, in der er alle zwei Tage und streckenweise sogar täglich Listen mit tausend und tausend Namen unterschrieb: Höchststrafe. Also Tod. Schriftsteller als Ingenieure der Seele, es war Gorkis Idee, die Stalin aufgriff. Wer da nicht und vor allem nicht mehr ins Bild paßte, hatte Pech gehabt. Trotzki, Kamenew, Sinowjew, Bucharin, alles Namen von allergrößter Bedeutung, Mitarbeiter Lenins überdies, unbeugsam und unbelehrbar in der Verranntheit wie er. Mußten ausgelöscht werden und sahen das zum Teil auch noch ein, in einer mehr als verrückten Welt. Und, ein weiteres Wunder, die bekannten Autoren Mandelstam, Kolzow, Isaak Babel, Piljnak und hundert Andere hatten erst gar nicht gelebt. Und auch bei uns, im östlichen Drittel, wurde gesiebt und gefiltert, für uns oder gegen uns, *Neues Deutschland, Neuer Tag, Leipziger Volkszeitung, Volksstimme, Volkswacht, Das Volk, Freie Presse, Freies Wort, Freie Erde, Freiheit*, urkomische Zeitungsnamen in urkomischer Steigerung, Freud und Brecht und Peter Huchel jedenfalls nebst *Sinn und Form* kamen nur bis kurz vor oder hinter Leipzig, bei uns keine Kunde, kein Echo, nichts. Solche Zeiten, solche Lehrer. Der Anhauch Verbitterung.

Nur einmal, vor ein paar Jahren, auf der Feier zum achtzigsten Geburtstag von Grass in der Göttinger Lokhalle, zweitausend Gäste, NDR-Aufzeichnung, der betagte Autor als Popstar, er sang sogar, *Ännchen von Tharau*, mit Tochter Helene, Verleger Steidl sein Labelmanager, Moderatorin auf der Riesenbühne Caren Miosga von den *Tagesthemen*, das mußte schon sein, auf der Riesenfeier erzählte mir Erich Loest, nachdem er, kurz vor Mitternacht, wir tranken das vierte, fünfte oder sechste Bier, meine Frohburger Rückwärtsklage, meine Vorgesternbeschwerde gehört hatte, er sei in den ersten Nachkriegsjahren, als er anfing zu schreiben, zu Beginn keine Bücher, sondern Zeitungsartikel, als Genosse, für die LVZ, öfter mit dem Fahrrad durch Frohburg gekommen, wenn er von Leipzig aus seine Eltern in Mittweida besuchte, den Vater, der mit der Zugehörigkeit des Sohnes zur neuen Einheitspartei alles andere als einverstanden war. An das Verfassen von Erzählungen habe er da noch nicht gedacht. Wenn auch die Artikel aus seiner Feder durchaus etwas Fabulöses gehabt hätten. Sein Arbeitseinsatz in der Braunkohle bei Kahnsdorf beispielsweise, mit der Schaufel in der Hand. Was habe er aus dem halben Tag in der Produktion, im Tagebau, genau genommen zweieinhalb Stunden, nicht alles an Aufbaupathos herausgeholt. Erst Anfang der fünfziger Jahre erschienen Erzählbände, *Die Westmark fällt weiter* zum Beispiel, Mitteldeutscher Verlag Halle. Genau dieses Buch war es, das Loest Ende 1953 nicht nur durch unsere am kleinen Fluß Wyhra gelegene Stadt führte, auf das Frohburger knochen-, achsen- und fahrradgabelbrechende Kopfsteinpflaster, berüchtigt seit den dreißiger Jahren, seit dem Abdruck einer Warnung an alle Kraftfahrer in den *Leipziger Neuesten Nachrichten*, sondern ihn einmal auch dazu brachte, sie gezielt zu besuchen. Er bekam nämlich über die Bezirksleitung des Kulturbundes eine Einladung aus Frohburg, im Saal des Gasthauses *Grüne Aue* an der Ecke äußere Bahnhofstraße, damals Ernst-Thälmann-Straße, und Untere Amtsgasse, damals und bis heute August-Bebel-Straße, aus dem neuen Buch vorzulesen. Ein gewisser Fritz Lachert holte ihn gegen Abend von der Bahn ab. Der Leipziger Zug brauchte für die fünfunddreißig, sechsunddreißig Kilometer, für die Durchquerung der aufgeschlitzten, schon damals horizontweit aufgespreizten Braunkohlenebene südlich der Messestadt beinahe drei Stunden. Fast auf jedem Bahnhof, auf jeder Haltestelle stand man zehn Minuten, eine Viertelstunde, es konnte auch mal eine volle Stunde oder noch mehr sein, bis jedesmal ein endloser Güterzug, vierzig, fünfzig, manchmal sechzig Waggons polternd, dröhnend, quietschend in nicht viel mehr als Schrittempo, beladen mit später, sehr später Reparationsfracht wie Holz, Kohle, neugefertigten Maschinen und ganzen Fabrikausrüstungen, aber auch mit Klavieren, Flügeln und sogar zerlegten Kirchenorgeln, durchgekommen war und die inzwischen auf ein einziges Gleis amputierte Strecke kurzzeitig wieder freigegeben wurde. Gastbetreuer Lachert war klein, dünngliedrig und von cholerischem Temperament, er ging leicht in die Luft. Als ich ihn kennenlernte, über einen Brief, den er mir sechsundachtzig schrieb, war er, schon hochbetagt, in der lokalen Gruppe des Kulturbunds zur grauen Eminenz aufgerückt, ich solle, warnte er mich, das Andenken meiner Großeltern nicht durch törichte Schreibereien beschädigen, in den Dreck ziehen, das könne mir noch mal leid tun. Heute weiß ich, daß er ein bei der Staatssicherheit in Geithain aufgesetztes Schreiben, so gut es ging, auf einer Uraltschreibmaschine sauber abtippte, mit seiner Unterschrift versah und an mich weiterleitete. In den ersten Jahren nach Kriegsende nannte er sich vorübergehend Spielzeugfabrikant, was hatte er vorher gemacht, niemand weiß das mehr. Seine beiden halboffenen Remisen in der Webergasse, man hätte auch Wagenunterstellplätze sagen können, in denen Frauen sommers wie winters im Halbdunkel bei Gegenlicht auf Hockern saßen und kleine Holzklötzchen zu Häuschen zusammenleimten und bunt anstrichen, hießen bei ihm Werk I und Werk II. Die Klötzchen wurden in Gazebeutel gesteckt und auf Jahrmärkten und in Läden, zum Beispiel dem der alten Schubert in der inneren Peniger Straße, als Groschenware der Not- und Elendsjahre vertrieben, wie auch die buntgläsernen Flaschenteufelchen, die *Frummser* genannten Pariser, die als schwer aufzublasender Luftballonersatz herhalten mußten, und die Fiepen, die man in den Mund nahm und an den Gaumen drückte, wo sie haften blieben, wenn man fiepte, klang es wie die Notlaute einer Ziege, die die scharfe Stahlklinge an der Gurgel spürt. Lachert wohnte damals schon und noch beinahe fünf Jahrzehnte bis zu seinem Tod achtundneunzig bei Tabberts am Markt, im ausgebauten Dachgeschoß des Textilkonsums neben dem *Roten Hirsch*, von wo aus er den ganzen großen Platz übersehen und sogar den stark belebten Gehweg im toten Winkel vor dem Konsum, vor dem *Hirsch*, vor Hallerfreds Textilgeschäft und vor Dallmers Schnaps- und Zigarettenladen mit Hilfe einer am Steuerungsstab drehbaren Spiegelkonstruktion, die ihm der Optiker Guckeland zusammengebastelt hatte, überwachen konnte. Neben Hallerfred, seinem buckligen Nachbarn, war er der am besten informierte Frohburger. Er brachte seinen gerade eingetroffenen Leipziger Gast, den noch unbekannten, aber vom Kulturbund nachdrücklich empfohlenen Schriftsteller, untersetzt, mit schütterem Haar und kehliger sächsisch getönter Stimme, gleich zur *Grünen Aue*, es war sieben, und um acht sollte die Lesung beginnen, warum erst noch in die Unterkunft, deren Bekanntschaft den Besucher vielleicht die gute Stimmung kostete, lieber nichts riskieren, der Autor konnte sich auch am Waschbecken hinter der Bühne frischmachen, da guckt Ihnen keiner etwas ab. So saßen also Loest und Lachert nach dem Halbstundenmarsch vom Bahnhof in die Stadt, vorbei an der Villa des Rentiers Victor Mendelssohn, des Schützenkönigs von 1912, an dem Mehrfamilienhaus oberhalb des Erligts mit der Hausbesitzerin im Erdgeschoß, die den Sohn ihrer Mieter im ersten Stock wegen einer Damenpistole, gab es sie wirklich, gab es sie nicht, bei den Russen angezeigt hatte, der Zwanzigjährige verschwand und wurde nicht wieder gesehen, vorbei auch an der Villa Schmittenhöhe, vom Gründer der Kattundruckerei erbaut, an dem Pfitznerschen und dem Ebnerschen Landhaus, das eine fünfundvierzig unser vorübergehendes Obdach, das andere Anfang der fünfziger Jahre von meinen Eltern der Witwe Ebner ab gekauft, dem *Café Otto* mit der Glastanzdiele, Ende der neunziger Jahre abgerissen, zu DDR-Zeiten noch betrieben, nun spurlos verschwunden, und der Turmvilla des Braunkohlengrubenbesitzers Piatschek, Loest und Lachert, will ich sagen, saßen im Eckzimmer der *Aue*, halbmeterdicke Wände, Blick auf das hohe Haus des Klempners Zeidler, auf das noch höhere ADCA-Bank-Gebäude am Beginn der inneren Bahnhofstraße und auf das Mühlgrabengeländer auf der anderen Straßenseite: Granitpfosten, siebzig Zentimeter hoch, Querschnitt zwanzig mal zwanzig, L-förmige Stahlschienen gleichschenklig aufgeschraubt, mit dem Winkelrücken nach oben. Für die dreißiger Jahre so charakteristisch wie die kalkweißen Rechtecke auf den Blickfluchtseiten der Chausseebäume. Wenn ich heute solche Überbleibsel sehe, kommen sie mir wie ein Gruß aus Kindheitstagen vor. Loest bestellte sich ein großes Bier, dir und mir Riebeckbier, und eine Portion Flecke, anderswo Kuddeln genannt, Abfälle aus der Schlachtung von Rindern, als da sind Pansen, Euter und andere Appetitlichkeiten, oft aus Freibankangeboten, weichgekocht, süßsauer, damals kurzzeitig markenfrei, eine Spezialität des alten Gasthauses an der Fernstraße nach Prag bis heute, und löffelte die Riesenterrine in Windeseile aus, eine Scheibe schwarzes Feuchtbrot in der Hand, *Chljeb*, so heißt das bei den Freunden, erklärte Loest seinem Gegenüber, weder der noch er hatten wirklich Ahnung von der russischen Sprache, von der englischen auch nicht, ihr Glück, sie waren nicht wie Hunderttausende, Millionen ihrer Altersgenossen in die Gefangenschaft der Sieger geraten. Zur Lesung in der Ecke des Saals, nahe am Bühnenaufgang, über den ich sechs Jahre vorher während der Einschulungsfeier zum Deklamieren nach oben gestiegen war, hatte der Wirt der *Aue* fünfzehn, zwanzig Stühle aufgestellt, es kamen ganze acht Leute, darunter der lesebesessene Apotheker Fricke aus Stettin, der Schulleiter und zwei meiner Lehrer, wie ich seit neuestem weiß, der für Mathe hieß Horst Krause, er war unser Klassenlehrer, der andere war der Russischlehrer Martin Thon, beide auf der Suche nach Gedrucktem der genießbaren Art, nach bekömmlichem Lesefutter, aber schließlich ließ sich der Besuch von Loests Vortragsabend auch als gesellschaftliches Engagement verkaufen, das auf Antrag in der Kaderakte gutgeschrieben wurde. *Die Westmark fällt weiter*, las Loest vor, und Lachert nickte, aber die Frohburger wußten es ein bißchen besser, zum großen Teil aus eigener nicht schmerzfreier Erfahrung, sie mußten nur eine Tagesfahrt mit der Bahn nach Berlin machen und in einer Wechselstube hinter der Sektorengrenze vorsprechen, in der Potsdamer Straße oder am Gesundbrunnen, das eigene, bei Monatsgehältern von dreihundert, vierhundert Mark mühsam verdiente Geld in der Hand, wurde ihnen von den Geldwechslern umgehend der Star gestochen hinsichtlich des Ertrages, der Wertschätzung ihrer Arbeit, eins zu fünf, in Krisenzeiten eins zu sechs und nach dem 17. Juni durch die vielen Flüchtlinge und ihr Geld sogar eins zu sieben, eins zu acht. Nach der Lesung, sie dauerte fast zwei Stunden, Anfängerfehler, kam später nicht mehr vor, setzten sich Loest und Lachert, zu denen sich der neue Direktor der Zentralschule Frohburg namens Egon Koeben gesellt hatte, der Nachfolger meines angeheirateten Cousins Hans Grzewski, wieder in das Eckzimmer. Koeben verspürte die Verpflichtung, dem schreibenden Genossen aus der Bezirkshauptstadt mit der vermuteten Anbindung an obere Etagen die Aufwartung zu machen, zumal er selber sich mit der Feder versuchte. Deshalb saß er anfangs auch wie auf glühenden Kohlen, denn zuhause in der Walter-Kirsten-Straße am Eisenberg, im zweiten Wohnungsbau nach Kriegsende, für Volkspolizisten, MAS-Traktoristen und für Neulehrer hochgezogen, wartete das ganze am Morgen mit einem Auto der Kreisleitung angelieferte Material aus den Gemeindeverwaltungen und aus dem Kreisarchiv in Bad Lausick auf ihn, um in Wochen und Monaten durchgesehen und exzerpiert zu werden, für seine geplante *Geschichte der Arbeiterbewegung im Kreise Geithain*. In der ersten Niederschrift der Arbeit Jahre später gab es tatsächlich dieses Dativ-e. Später wurde es getilgt. Ähnlich wie Ernst Jünger es machte. Merkwürdige Verbindung. Den papierenen Niederschlag von Lebensgeschichten in den Akten abklopfen auf seinen Nutzen, seine Brauchbarkeit und mit dem endlich herausgefilterten Absud den Beweis antreten, daß der Ablauf der Geschichte, an Blutzeugen wie Spartacus, Müntzer und Thälmann war kein Mangel, auch regional und sogar lokal zwangsläufig auf die Gründung der SED zulief. So gut wie zwangsläufig. Ein Projekt für Jahre und Jahrzehnte, das neben einem ganzen Arbeitsleben als Schulleiter und den diversen

Parteilehrjahren herlaufen konnte, herlaufen mußte, aber auch geeignet war, am Ende den Titel eines Diplomhistorikers einzuheimsen. Freilich, es konnte auch die eigene Ehe knacken. Was solls, sag ich jetzt einmal ganz ohne Filter unter uns Genossen, auch Sie, Lachert, mit Ihrer LDPD, gehören ja letztenendes mit dazu, wenn meine Frau nicht mitspielt, will ich sagen, gibt es an meiner Schule junge Lehrerinnen genug, die Partei ist kein verdruckster Moralapostel, nur klar und sauber muß es halt zugehn, denkt nur mal an den hochverehrten Genossen Erich und die Genossin Margot, wenn es stimmt, was ich so höre, haben sie sich durchgerungen, durchgekämpft, zu dritt sogar, mit ihrem Baby. Loest, über die Ambitionen des Direktors und seine Abwägungen ins Bild gesetzt, ließ sich noch einmal Flecke auftischen, so lecker wie am frühen Abend kamen sie ihm jetzt nicht mehr vor, Übersättigung, mit dem und dem und dem, sagte er zu Lachert und Koeben, das tut nicht gut, wessen man zu viel hat, dess achtet man wenig, wie schon Luther wußte. Die beiden Frohburger brachten ihn, alles war ausgelöffelt, ausgewischt, ausgedrückt und ausgetrunken, im vorderen Schankraum saßen schon keine Gäste mehr, zum *Posthotel*, so war jedenfalls der ursprüngliche Gedanke, aber in Höhe der Schlossergasse, das Ziel war oben links an der Ecke zum Markt schon sichtbar, überlegten es sich die beiden ortskundigen Führer trotz des einsetzenden Nieselregens anders, hier mal rechts rein, bitteschön, da ist das Geburtshaus des größten Sohnes dieser Stadt, des stellvertretenden Ministerpräsidenten Otto Nuschke, da oben die Tafel, der Vater war Druckereibesitzer, wie man lesen kann. Einmal von der Direttissima abgewichen, baute man den Umweg aus, machte eine große Runde, Loest als großstädtischer Genosse sollte notfalls eben auch bei Nacht und im spärlichen Licht funzliger Straßenlampen die Schule von 1904 sehen, zwei Eingänge an der *Straße der Roten Armee*, Für Mädchen, Für Knaben, aber wir gehen alle hinten rein, sagte Koeben, nächstes Jahr haben wir Schuljubiläum, hundert schwere menschenfeindliche Jahre, die in unsere neue Pädagogik und in den fortschrittlichsten Staat der deutschen Geschichte münden. Koeben stammte aus Eilenburg oder Delitzsch, aus dem tellerebenen Landstrich oberhalb Leipzigs, der von Frohburg aus wie ein Stück Steppe erschien, na gut, Rübensteppe, immerhin ertragreich, er konnte und mußte nicht wissen, daß seine Schule seinerzeit eine der modernsten im Kreis Borna gewesen war, mit Wannenbädern, Duschen, einer Werkstatt und einer großen Küche im Souterrain. In den oberen Stockwerken Bücherei, Lehrmittelsammlung, Zeichensaal und Aula mit Flügel, die Stadt hatte keine viereinhalbtausend Einwohner, aber sechshundert, siebenhundert, in der einen oder anderen Dekade sogar achthundert Kinder.

Ein großer gelber Klinkerkasten war die Schule, auf der Hofseite mit einer überdachten Pergola, die zum separaten ebenerdigen Toilettenhaus führte. In dieser Pergola riß mich der Altlehrer Friedel im September 1947, nach drei Wochen im ersten Schuljahr, Klassenlehrerin war meine Cousine Lachtari, in der großen Pause, als wir schreiend und kreischend Richtung Klo stürmten, aus dem Schwarm der Kinder. Riß mich heraus und verprügelte mich, haute mich durch. Weinend, schluchzend saß ich für den Rest der Pause im Klassenzimmer, auf meinem Platz am Fenster, während die anderen Kinder sich an die Wände drückten und unter der Tür standen und mich aus dem Abstand heraus beobachteten, erstaunt, erschrocken, nur bei zwei, drei Mädchen konnte ich eine Andeutung von Mitleid erkennen. Markiert kam ich mir vor, gezeichnet. Ausgerechnet Friedel, der während des Dritten Reichs an seiner jüdischen Frau festgehalten hatte, im Gegensatz zu Heinz Rühmann etwa und zu tausend und tausend anderen, wie Mutter immer betonte, und der deshalb fünfunddreißig oder sechsunddreißig aus dem Schuldienst gedrängt worden war. Er war es und nicht einer der sieben, acht jungen Männer an der Schule, die vom Feldwebel, vom Leutnant zum Neulehrer mutiert waren, Ostfronterfahrung, Nahkampferinnerung, Bandenkrieg, Seuchenzone, Gefangenschaft. Für das Jubiläum im nächsten Jahr machen wir schon Pläne, fuhr Koeben fort, unser Zeichenlehrer Otto Delling skizziert die Schule für eine Ansichtskarte, und es gibt einen Umzug durch die Stadt, Deutsche an einen Tisch, da kennen wir nichts, da wird der Stahlbaron aus dem Ruhrgebiet, kenntlich an Anzug und Zylinder, neben den Genossenschaftsbauern unserer jungen Republik auf den Festwagen gesetzt, der Arzt im weißen Kittel neben den Bergmann in seinem Habit und der Hafenarbeiter neben den Lehrer. Alle von Schülern dargestellt und alle so gekleidet, daß man ihnen die Rolle gleich ansehen kann. Der Stahlbaron bekommt natürlich eine dicke Zigarre, die allerdickste, die wir bei Dallmers auftreiben können. So staffieren wir die Schüler aus. Dabei müssen wir aufpassen, daß der neue Lehrer, der Genossenschaftsbauer auf dem Wagen auf keinen Fall Kreppsohlensandalen aus dem Westen anhat, wie das leider auch in meiner Truppe hier üblich ist, bei Schülern und bei Lehrern, die Frontstadt ist zu nahe, sogar mein Vorgänger, Genosse Grzewski, hatte ohne Zwiespalt oder schlechtes Gewissen, ohne hin- und hergerissen zu sein, solche Kernleder- und Kreppsohlenprodukte an den Füßen und rauchte bedenkenlos *Camel*, *Lucky Strike* und *Gold Dollar*, wenn er rankam an das Zeugs, über seine Schwägerin aus Hannover und seine Schwiegermutter, die bei ihren Eltern in der Greifenhainer Straße wohnt und von der es heißt, daß sie Zahlungen aus dem Westen bekommt. Mehr sage ich dazu nicht, ich will nicht rumbohren in der Sache, dem Genossen Grzewski zuliebe, der mir den Tip mit der frei werdenden Schulleiterstelle hier gegeben hat, nachdem er als Dozent an der Handelshochschule angenommen worden war.

Weiter gingen die drei nächtlichen Wanderer mit Rede und Wechselrede die *Straße der Roten Armee* hinauf zur Vorstadt *Auf dem Wind*, der Regen hatte aufgehört, das nasse Pflaster schimmerte schwarz, es wurde kälter. Oben an der Kreuzung, wo die äußere Peniger Straße im rechten Winkel in die weiter unten deutlich abfallende innere Peniger Straße Richtung Marktplatz überging, donnerte ein Laster mit Anhänger aus Richtung Chemnitz durch die Stadt, ohne Ladung, das dröhnte und polterte immer besonders stark, vor allem nachts, wahrscheinlich war die Brikettfabrik Neukirchen sein Ziel, dort holte die *Wismut* jede Nacht Briketts für Aue, Schlema und Johanngeorgenstadt. Linkerhand das Frohburger Amtsgericht, im zweiten Stock unsere Wohnung von dreiundvierzig bis fünfundvierzig, Erinnerung an nächtliche Bombenalarme mit dem anschwellenden Heulen der Feuersirene über uns auf dem Dach und dem bepackten Abstieg aller Hausbewohner in den Keller, mit Decken, Ausweisen, Sparbüchern, Familienstammbüchern, Ariernachweisen versehen, obwohl gerade der Abstammungsbeleg, hier denke ich an Mutter und ihre Probleme damit, in der einsetzenden Auflösung der Ordnung und besonders nach dem Kahlschlag des Massenmords an den Juden schon an Relevanz verlor. Auch den Einzug der Roten Armee kann ich noch deutlich vor mir sehen, ich stand eine Stunde auf dem Gehweg vor dem Amtsgericht, erst dann wurde ich nach oben geholt, weg von der Straße, bis dahin hatte ich den Strom der kleinen Pferde, der Panjewagen gesehen, in zwei, drei Metern Entfernung an mir vorbeiziehen lassen, erdbraune Uniformen, keine Gewehre, bärtige Gesichter, die Soldaten erkennbar älter als die Amerikaner, die am Vortag abgezogen waren. Die Amis unordentlich im Reichtum, die Russen schon auf den ersten Blick knappgehalten und keinesfalls ordentlicher, wie alle sehen konnten, mit Ordnung allein und ohne Benzin und Luftherrschaft gewinnt man keine Kriege, hatte Onkel Karl Herbig, Doris-Muttis Mann, Volksschulrektor und alter Ostafrikaner, Heia Safari, bei seinem letzten Urlaub gesagt, bevor er an der Heimatfront in Essen, wo das Haus der Familie auf der Margarethenhöhe schon in Trümmer gefallen war, als Hauptmann von einer Bombe getroffen wurde. Mein Kinderzimmer im Amtsgericht, das ich mit dem neugeborenen Bruder Ulrich teilte, falls er nicht gerade wegen seiner Ernährungsstörung im Krankenhaus Borna behandelt wurde, ging nach Westen, zum Milchgeschäft Prinz und zum *Wettiner Hof*, wenn ich an hellen heißen Sommerabenden nicht ins Bett gehen, nicht schlafen wollte, drohte Mutter mir mit dem Abendbock, der gleich ungerufen aus den großen Kornfeldern hinter dem Vorwerk Rödgen kommen und mich holen würde. Vielleicht rührte daher eine meiner von Mutter überlieferten Eigenheiten, in ihren Augen eher Verdrehtheiten, nämlich die, nur dann auf den Topf zu gehen, nur dann mich auf dem schmalen einschneidenden Rand niederzulassen, wenn der Henkel genau nach Westen, gegen das Fenster hin ausgerichtet war, im rechten Winkel zur Glasscheibe, Abwehr des gefürchteten Besuchs. Ins Amtsgericht gezogen waren die Eltern mit mir, als der Bruder unterwegs war, als er erwartet wurde, seine Ankunft näherrückte, die Eltern kündigten ihn kurzfristig an, wir bekommen noch jemanden, ich hatte keine Ahnung, plötzlich war er da. In der Greifenhainer Straße war es für uns zu klein geworden, sagte Mutter, ich wollte eine eigene Küche, eine Wirtschaft nur für mich. Für sie, damals einunddreißig und hochschwanger, war es eine Art Heimkehr. Denn das Amtsgericht lag ein ganzes Stück westlich des Marktes, beinahe außerhalb, an der Kreuzung der inneren Peniger Straße und des Eschefelder Weges mit der v. Falkenstein- und der äußeren Peniger Straße, schräg gegenüber stand links von der Bruchsteinmauer des Alten Friedhofs und seines Gittertores die Plautsche Schmiede, aus der Mutter stammte und in der sie mit drei Geschwistern ohne Vater aufgewachsen war, ein breites tiefes Haus mit einem Seitenflügel für den Auszügler. Es wurde von der Straße oder vom Hof aus betreten. In den Hof kam man durch eine Einfahrt unter den beiden Altenteilerräumen, einer engen Stube und einer noch engeren Kammer. Der Haupteingang lag an der Peniger Straße. Von den hohen Fenstern im Amtsgericht aus konnte die Tochter in die ebenerdigen kleineren Wohnstubenfenster ihrer Mutter hinuntergucken, der Windoma, wie ich sie nannte. Dort drüben auf der anderen Seite der Kreuzung lebten nicht nur meine Großmutter, sondern auch der alte Russe Iwan, 1917 aus dem Kriegsgefangenenlager in die Schmiede und zu der Familie ohne Ernährer geschickt, und ihr jüngerer Bruder Karl, der Schmiedemeister, mit seiner Frau Elli Krantzi. Großmutter starb schon 1946, die kleinen Streifen Film mit ihr, die ich ablaufen lassen kann, sind stumm. Eine schwarzgekleidete ältere, nein alte Frau, seit 1917 Kriegerwitwe, wortkarg, wortlos sogar, mir zugetan, wie Iwan auch. Ihre hübsche, sehr hübsche Tochter, schnell gebräunte Haut bis weit in den Herbst, der dunkle Typ, schwere Flechten zwischen Kastanienbraun und Schwarz, je nach Jahreszeit und Sonnenkraft, und blendend weiße Zähne, von den Jungen auf dem Wind nicht ohne Anerkennung die Nixe oder die Wasserratte vom Straßenteich genannt, je nach Sympathie, hatte sich in den fünf Jahre älteren Realgymnasiasten und Medizinstudenten aus der Tierarztfamilie in der Greifenhainer Straße am anderen Ende der Stadt verliebt. Sein Spitzname bei den Mädchen in der Stadt war *Tom Mix*, wegen der breitkrempigen Hüte, die er trug, in der Familie hieß er Wölfchen, noch als Student, und später Wolf, er war der jüngste von vier Söhnen. Sie hatte ihn nach anfänglichen und immer neuen Schwierigkeiten geangelt, seine beiden Schwestern mischten mit und auch zwei Schwägerinnen, von seiner Mutter und deren unverheirateter Schwester, Tante Frieda, ganz zu schweigen. Vielleicht war es ein Nachhall dieser Kämpfe, daß Mutter Mitte der fünfziger Jahre, als die Windoma längst tot und die Bergoma verwitwet war, fortstrebte aus der Kleinstadt, nicht nach Leipzig, nicht nach Ostberlin, gleich in den Westen.

Die drei späten Stadtspaziergänger von 1953, Loest, Lachert, Koeben, gingen zwischen der Schmiede Plaut und dem Anwesen des Altwarenhändlers Naß, eines laut Mutter echten Sozialdemokraten voll Mutterwitz und Selbstironie, die äußere Peniger Straße entlang stadtauswärts, sie bogen nach links ab, an der Mündung der Teichgasse vorbei nahmen sie ihren Weg über den Damm zwischen Mauer- und Schloßteich und bewältigten die pappelbestandene, leicht eisüberhauchte Auffahrt zum Schloß und zum Rittergut. Der Gutshof heißt bei uns jetzt Florian-Geyer-Straße, setzte Koeben den angehenden Schriftsteller ins Bild, Lachert wußte ohnehin Bescheid, man hat den Hof durch die Beseitigung des barocken Taubenturms nach Süden geöffnet, Richtung Streitwald und Wolftitz. Der Abriß des Tores war eine fixe Idee des nach dem achten Mai plötzlich kommunistisch angehauchten und von Tatendrang befallenen Schloßgärtners Wehle und seiner Schwester, die die Leitung des Nachkriegskinos übernommen hatte, viel Ufafilm, dagegen Mosfilm oder Lenfilm bei diesem Alltag, diesem Hundeleben, nur in kleinen Dosen, höchstens gab es für die Kinder halb zwei am Sonntagnachmittag neben den sowjetischen Märchenfilmen, *Baba Jaja*, einmal den Kriegs- und Partisanenfilm *Flammende Herzen* aus Rußland und ein andermal *Die Jungen vom Kranichsee*, eine DEFA-Produktion, die den Wandel auf dem Land schönfärbte, den Neulehrer, der, ins Dorf geschickt, den frischen Wind mitbrachte, spielte der junge Blondschopf Gunnar Möller, eine Art Lichtgestalt, die später in den Westen wechselte und dort die Rolle ihres Lebens fand, *Ich denke oft an Piroschka*, knapp dreißig Jahre später, Filmschnitt, Genrewechsel, wir sind jetzt im Justizbereich, brachte der Vater dreier Kinder, einundfünfzig Jahre alt, während eines Ehestreits in London seine Frau um, ebenfalls Schauspielerin, er brach, nachdem die Polizei schon einmal in der Wohnung gewesen war, die Tür zum Zimmer seiner Frau auf, würgte sie schwer und schlug ihr auf der Terrasse den Schemel, den sie schützend vor sich hielt, auf den Schädel, einmal, zweimal, bis sie tot zusammenbrach, die fünfzehnjährige Tochter, gerade von der Post gekommen, sah zu. Dafür gab es fünf Jahre, von denen er, bekannter Schauspieler, die erschlagene Frau war nach dem Zeugnis der Filmagentinnen des Ehepaars unteres Mittelmaß gewesen, nur zwei absitzen mußte, dann ging es ab nach Deutschland und in die nächste Ehe.

Linkerhand der nun weit geöffneten Ausfahrt aus dem Gut, mit einem Federstrich in Volkseigentum verwandelt, die Schloßgärtnerei, die Fachmann Wehle auf eigene undurchsichtige Rechnung weiterführte und in deren Gewächshaus Mutter Jahre vorher als junges Mädchen im Profil fotografiert worden war, wie sie den Kopf, schön anzusehen in der Linie, zu einer Orchidee neigte, als rieche sie an ihr. Der Fotograf Johannes Mühler aus Leipzig, der zwischen den Kriegen mindestens einmal im Monat nach Frohburg kam, hatte das Bild aufgenommen, auf der Rückseite des Fotos, das sich als schüchterne Reverenz nehmen läßt, war ein Stempel aufgedrückt mit der Berufsbezeichnung Pressefotograf, die Zeitungen sind nicht bekannt, die er mit seinen entwickelten Glasplatten belieferte. Mühlers erster Weg vom Bahnhof war immer der durch die Wyhrawiesen und an der Schule vorbei zu Großmutter in die Schmiede, er stammte aus Frohburg, war in Frohburg auf dem Wind aufgewachsen und hatte um die Jahrhundertwende zur Schar der Verehrer gehört, die das Kindermädchen des Amtsrichters umschwärmten, das mit der Richterfamilie aus Zittau gekommen war und so ganz anders als die angestammten jungen Frauen sprach. Kaum war er von der Straße aus in die Schmiedewerkstatt eingetreten, kaum hatte er an die Wohnstubentür geklopft und war ins Zimmer gerufen worden, herein, da ließ er sich, auf der Truhenbank am Fenster sitzend, erst einmal in aller Ruhe einen Kaffee vorsetzen und die Neuigkeiten erzählen, bevor er mit Stativ und Plattenapparat durch Frohburg und die Dörfer des Umlands wanderte, im schwarzen, knapp geschnittenen, abgewetzten Anzug und mit dunklem Künstlerhut, bis heute habe ich in meinen Unterlagen fünfunddreißig, vierzig seiner gestochen scharfen Schwarzweißfotografien, die sich um Frohburg drehen, ein bildliches Museum von vielem, was mich als Kind umgab. Im ersten Jahr im Internat in Friedberg hatte ich mir Anfang 1958 in der Vierbettstube im Erdgeschoß einen alten Schreibtisch mit Unterschrank erobert, innen an die Tür des Schranks heftete ich mit Reißzwecken vier der Mühlerfotos: *Post* am Markt, Schloßteich mit Alter Farbe und sogenannter Baaderei, Bahnhof und Schützenhaus. Zu jedem Bild gehörte eine meiner Internatsnacht für Internatsnacht fortgesponnenen Geschichten, die nie ein Ende gefunden haben und die ich immer noch fortzuführen versuche, wenn ich nicht schlafen kann. Anstelle des langgestreckten Rittergutshofes, des umschlossenen Rechtecks eindeutiger Besitzverhältnisse, war tatsächlich unmittelbar nach Kriegsende und Bodenreform eine Straße entstanden, mit Gärten voller Gemüsebeete rechts und links, mit Zäunen und sogar, merkwürdig, mit Stacheldraht, hier war die Umgestaltung augenscheinlich, hier konnte man den Aufbruch am deutlichsten erkennen. Ansonsten in der Stadt: neuer Wein, wenn das so stimmte, in alten Schläuchen, das auf alle Fälle. Die drei Männer, von deren Gang durch Frohburg ich hier schreibe, standen mitten in der Nacht, sie hatten sich von der Gutshofperspektive abgekehrt, vor dem hochragenden schlichten Vierseitenbau der adligen Herrschaft, von den Frohburgern Schloß genannt, die schrundigen Mauern aus Porphyrbruch wurden vom durch die Wolken gestoßenen Vollmond bleich belichtet. Im dritten Stock auf der Wyhraseite bin ich als Vierjähriger, weil Mutter mit der Frau des Apothekers Meißner, mit der Frau des Pfarrers v. Derne und mit Frau Fricke einen Arbeitseinsatz in den Zuckerrüben absolvierte, einen Tag im Kindergarten gewesen, ich rannte ins Klo, von dessen Fenster man eine gute Aussicht auf die Wyhra, auf das Stadtbad und die Felswand dahinter hatte, vor mir im Becken, an sich nicht sauber, lag eine braune Wurst, wie serviert, wie hindrapiert, nie wieder wollte ich, nie wieder mußte ich dorthin. Lachert, der bei aller Angepaßtheit einen Hang zu alten Zeiten, alten Verhältnissen hatte, erzählte Loest im Beisein Koebens plusminus das heißt ohne Überschwang und Häme von der Schloßherrschaft, der Familie Krug v. Nidda und v. Falkenstein, die nur die Sommerwochen oder allerhöchstens mal zwei, drei Monate bis Ende September in Frohburg lebte, ansonsten wohnten ihre Mitglieder in der Residenz, die sich bis zum Untergang beinahe zu Recht Elbflorenz nennen konnte. Hofadel, dauernd eingebunden, immer mit Ämtern auch in der Verwaltung, der vorletzte Besitzer von Schloß und Rittergut mit tausend Hektar Land zum Beispiel, Friedrich Krug v. Nidda, war Amtshauptmann in Schwarzenberg im Erzgebirge gewesen, dort, wo der Vater von Ernst und Friedrich Georg Jünger, der alle Sachsen und den sächsischen Dialekt aus vollem Herzen haßte, vor dem Ersten Weltkrieg eine Apotheke besaß, zwischen Markt und Kirche. Lange nach der Abdankung des Wettiner Fürstenhauses, gegen Ende der Weimarer Republik, fungierte der pensionierte Staatsbeamte Krug v. Nidda sogar drei Jahre als sächsischer Wirtschaftsminister und stellvertretender Ministerpräsident. Das waren genau die beiden Ämter, die kurze Zeit vorher der Vater unseres Dresdner Freundes Oskar Siebert in der SPD-Regierung Sachsens innehatte. Im Herbst 1923 Putschversuche von rechts und links, Hexensabbat der Inflation, Siebert übernahm nach dem Einmarsch der Reichswehr in Sachsen auch noch das Amt des eigentlichen Ministerpräsidenten. Nach 1945 wieder SPD und alsbald in der SED gelandet, im Zug des Zusammenschlusses, gegen den, abweichend von der heute gängigen Überlieferung, durchaus nicht alle Sozialdemokraten waren, es winkten ja auch Posten. Und wieder stellvertretender Ministerpräsident der Landesregierung in Dresden. Dann kamen die Differenzen, der Abstand, die Aussonderung. Sieberts Frau, deutlich jünger, war blind, sie hatte ein einziges Kind zur Welt gebracht, einen Sohn. Als junger Mann lehnte der den Wehrdienst bei der Fahne ab und wurde Bausoldat in Prora. Wenn er im seltenen Urlaub zuhause war, im Radebeuler Elternhaus, und eine Wanderung mit dem betagten, aber rüstigen Vater machte, zum Spitzhaus und nach Friedewald, wo vor dreiunddreißig seines Vaters Freunde Otto Rühle und Alice Gerstel gelebt hatten, oder, eine kurze Bahnfahrt vorgeschaltet, von Wehlen aus über die Rauensteine nach Oberrathen, wo ein familieneigenes Wochenendhaus auf sie wartete, dann blieb die alte Frau Siebert allein zuhause. Es dauerte jedes zweite oder dritte Mal nicht lange, da hörte sie Schritte in der Wohnung, Fenster wurden geöffnet, Zimmertüren, Schränke, sie fragte nach, keine Antwort, sie hörte nur nach einer Weile die Vorhänge im Zugwind flattern. Gelegentlich machten auch alle drei gemeinsam einen Spaziergang, vielleicht in die Gegend der Villa Shatterhand, bei ihrer Rückkehr waren alle Fenster aufgeflügelt, alle Wasserhähne aufgedreht, es zischte aus den Hähnen und gurgelte im Ausguß. Dann, in den achtziger Jahren, heiratete Siebert jun., der Bausoldat von ehedem, die Tochter eines Thüringer Verlegers, *Dirnitz Verlag* hieß sein kleines, gerade noch zugelassenes, aber eng beaufsichtigtes Unternehmen in Jena, es war bis achtundachtzig in seinem privaten Besitz, der evangelischen Kirche eng verbunden, zu Zeiten des Thüringer Landesbischofs Mitzenheim, über den Vater, an sich nicht allzu leicht erregbar, in Frohburg jedesmal, wenn von ihm die Rede war, in Wut geriet: Kann mir jemand vielleicht einmal erklären, warum die Spitze der Lutherkirche hierzulande so anfällig ist für die Extreme braun und rot. Vielleicht weil es belohnt wird, denn bis in unsere Tage heißt in Eisenach die stille Straße über der Stadt, die zum Amtssitz des Bischofs führte, Dr.-Moritz-Mitzenheim-Straße. Der alte Siebert in Radebeul starb, auch die Mutter lebte eines Tages nicht mehr, für den jungen Siebert und seine Frau, inzwischen Antiquare in einer christlichen Buchhandlung in Dresden-Löbtau, Kinder gab es nur aus zurückliegenden Beziehungen, war das elterliche Haus viel zu groß, so kam er mit einer ehemaligen Radebeuler Mitschülerin, seiner Klassenkameradin aus dem zwölften Schuljahr ins Gespräch, in zweiter Ehe war sie mit dem in eingeweihten Kreisen geschätzten, beinahe verehrten Dresdner Sänger Lenz verheiratet, sie betreute gelegentlich Schriftsteller aus Polen und aus der ČSSR, das Ehepaar hatte ein gemeinsames Dauervisum für das sogenannte Nichtsozialistische Währungsgebiet, vor allem war die Bundesrepublik gemeint, als Ausland, darauf kam es den Ostbehörden in allererster Linie an, die Oper in Hannover machte eine Liederabendreihe mit Lenz unter dem Titel *Dort oben brennt noch Licht*, in Kassel hatten der Sänger und seine Frau Besprechungen wegen der Teilnahme an einem Konzert im Großen Haus. Dort, in Kassel, bekam Sieberts Bekannte, die Lenz, starke Unterleibsbeschwerden, sie wurde zu einem Gynäkologen gewiesen, der seine Praxis gleich neben dem Kulturamt hatte. Arzt und Patientin freundeten sich während der Behandlungen an, eine Rechnung gab es nicht, Lenz kam auch ins Spiel, man besuchte einander in Kassel und in Dresden, dort, an der Elbe, verlockend für westmarkbetuchte Ärzte und Apotheker, gab es Meißner Porzellan und goldene Glashütter Taschenuhren von *Lange & Söhne* in kleinen versteckten Trödelgeschäften, in der Königsbrücker Straße etwa, noch zu unserer Stadtschreiberzeit siebenundneunzig in Klotzsche geisterte der alte Händler, wie ich erst von der Straßenbahn aus sah und dann bei einem Besuch bestätigt bekam, durch den nun endgültig verstaubten Laden, keine reizvollen Stücke, keine Kunden mehr, die waren, wenn Westler, inzwischen auf der Jagd nach Treuhandimmobilien, oder, wenn Ostler, längst damit beschäftigt, die eigenen überzähligen Stücke und Schätze und die Wendebeute beispielsweise aus dem Stahlschrank des Leipziger Kiepenheuer Verlages in die Kölner und Münchner Auktionen zu geben. Dort tauchten dann plötzlich Bücher, Druckwerke auf, wahre Zimelien wie *Die Schaffenden*, die der Westhandel schon seit längerem nicht mehr gesehen hatte. Oder Felixmüllers ABC, von ihm in Holz geschnitten, von seiner Frau Londa mit gereimten Versen versehen und von beiden endlich in Klotzscher Nächten in der Etagenwohnung in der Kieler Straße handkoloriert, wenn die beiden kleinen Söhne schliefen. Eine dieser raren Mappen verbrachte Gudrun Lenz schon Jahre vor der Wende in den Westen und verkaufte sie an den Grassverleger Steidl. Denn jedesmal, wenn das Dresdner Ehepaar von Nord nach Süd, von Süd nach Nord in der Bundesrepublik unterwegs war, auch in Sachen Liedbegleitung für Grass bei seinen Lesungen der kompletten *Blechtrommel*, was Grass liest, das intoniert auch Lenz, war das Motto aller Abende, dann machte es in Kassel beim

Gynäkologen und seiner Frau Station, mit Ausflügen nach Göttingen, war ja nicht weit. Jeder DDR-Künstler, der anders als die ostdeutschen Normalos hin und wieder oder häufig in den Westen durfte, hatte solche Anlaufstellen wie Steidl, solche Vertrauensleute wie den Frauenarzt. Oft, sehr oft, ja meist wurden von denen insgeheim Konten für die Besucher aus dem Osten geführt, für Honorare, Erlöse, Zuwendungen. Das habe ich in stillen Stunden von Richard, Wolfgang, Harald und sogar von Stephan gehört. Man wäre ja schön blöd gewesen, wurde mir nicht nur einmal gesagt, wenn man diese Art modernes Gold, die Deutsche Mark, zuhause gegen Aluminium, die Kaufhallenwährung, getauscht hätte, von der es eh schon übergenug gab. Einmal, sechsundachtzig oder siebenundachtzig, luden wir das Kasseler Ehepaar, mit dem wir seit gemeinsamen Göttinger Zeiten in der zweiten Hälfte der sechziger Jahre befreundet waren, Hochhaus in der Goßlerstraße, zum Abendessen ein, diesmal mit den Dresdner Gästen. Lenz, ein kleiner, verschmitzt wirkender Mann mit rötlichem kurzgehaltenem Vollbart, durch die Dienstbarkeit für Grass mit untypischem Selbstbewußtsein versorgt, erzählte, während wir Heidruns provenzalischen Filettopf aßen und den gerade in Mode gekommenen Pinot Grigio tranken, von seinen Eltern, die beide bei der Volkspolizei gewesen waren. Es dauerte Jahre und einen Umschwung, bis wir hörten, das Heim der Eltern Lenz sei eine konspirative Wohnung des SSD gewesen. Dagegen wurde uns durchaus lauthals unterbreitet, nunmehr von Gudrun Lenz, es sei ein Werk des Friedens, der Entspannung, wenn die BRD endlich die Staatsbürgerschaft der DDR anerkennen würde. Und gleich noch Salzgitter, die Erfassungsstelle, beseitigte. Für die doch Rau in Düsseldorf und Schröder in Hannover nicht einen Groschen mehr geben wollten. Sagte Gudrun Lenz an jenem Abend in der Herzberger Landstraße in Göttingen, wir verzogen keine Miene. Erst vierundneunzig, sie hatte gleich nach der Wende eine maßgebliche Stelle im Kulturrathaus in der Königstraße an Land gezogen und besetzt, wurde für uns offenbar, was die

Sängerkollegen ihres Mannes schon seit längerer Zeit wußten. Daß sie nämlich unter dem Decknamen Herbst die Bezirksverwaltung in der Bautzner Straße jahrelang mit Einzelheiten aus der Künstlerszene Dresdens und Radebeuls versorgt hatte, bei einem Maler in der Fichtestraße war von ihr sogar das winzige Klo mit dem Zollstock ausgemessen worden. Und sie hatte, wohl auf der Brille sitzend, penibel und von der Intimität des Örtchens geschützt, jedes Bild an der Wand, jeden angepinnten Zettel, jede Szenelosung, jeden blöden Spruch aufnotiert. Dann wieder zurück ins Zimmer, wo die Freunde saßen und sich die Köpfe heißredeten. Dieser Frau, die er zu kennen glaubte, verkaufte Oskar Siebert sein Radebeuler Elternhaus. Über den notariellen Kaufpreis hinaus besorgte die Käuferin zwei Plattenbauwohnungen, eine für das Ehepaar Siebert selbst, die andere kleinere für eine alleinstehende ältere Frau, die mit in der Siebertschen Villa gelebt hatte. Gut möglich, daß sie einmal die Sekretärin von Siebert sen. war. Und dann wechselten auch noch dreißigtausend Westmark ohne Notar und Kaufvertrag den Besitzer, im Jahr achtundachtzig. Fast kommt es einem wie ausgleichende Gerechtigkeit vor, wenn Siebert Büroleiter des Dresdner Kulturbürgermeisters, eines hochgelobten Westfalen, wurde und seine Frau eine neugegründete Buchhandlung in der Sterngasse als Geschäftsführerin übernahm, während Gudrun Lenz wegen ihrer Spitzeleien aus dem Kulturamt flog und die Lenzsche Ehe in die Brüche ging. Lenz' später Weg führte nach oben, Professur, junge Frau, Villa dicht beim Spitzhaus, an der Kante des Elbhangs, Altstadtblick Richtung Südwesten, unbezahlbar. Buchhändler Gerber aus der Neustadt, Westimport, nebenbei als Makler tätig, hatte ihm das Anwesen angeboten und verkauft, Stasibesitz, Stasiverschanzung, vielleicht, der hohe graugestrichene Metallzaun verschwand nach dem Kauf. Zehn Jahre nach dem Immobiliendeal brachte sich Gerber um, der Grund aus der Ferne nicht entzifferbar, er erschoß sich in der Sächsischen Schweiz, am *Kuhstall* hinter Bad Schandau, einer beidseits offenen Halle im Sandsteinfelsen, Fluchtpunkt für die Bauern und ihr Vieh im Dreißigjährigen und auch noch im Siebenjährigen Krieg und Station auf der antifaschistischen Route in die Tschechoslowakei, später einmal mehr davon, ich kannte die Gegend genau, von unserem Urlaub 1955, als die junge Frau, die in der Ausflugsgaststätte bediente, eine Gallenkolik bekam, sich auf den Boden warf und mit den Beinen im feuchten Erdreich scharrte, der Speichel lief ihr aus dem Mund. Vater hatte sich, umringt von den Gästen, hingehockt, er nahm ihre Hand und sprach halblaut mit ihr. Nachdem er seine Notfalltasche geholt hatte, spritzte er der Geplagten unter Mithilfe von Mutter, die den Gummischlauch zum Abbinden anzog, eine Portion Schmerzmittel in den Arm. Die einsamen Trockenwälder auf dem sandigen Verwitterungsboden da oben erstreckten sich bis zur in den fünfziger Jahren abgeriegelten, befestigten und dichtgemachten Grenze. Unmöglich, außerhalb der knappen Übergänge, zwei, höchstens drei, zu den tschechischen Freunden zu kommen. Das war, gerade angedeutet, im Dritten Reich anders. Kommunistische Kuriere und Funktionäre überschritten in beiden Richtungen die Linie zwischen hier und dort, manchmal gab es Verhaftungen, fielen Schüsse, fand ein kurzes Feuergefecht statt. In dieser stillen Gegend, nur selten belebt von einzelnen Wanderern, Kletterern und Waldarbeitern, verkroch sich Buchhändler Gerber aus der Neustadt von Dresden bei starkem Regen unter einem Felsüberhang, der nach hinten immer niedriger wurde, ich stelle mir vor, daß er, durchnäßt dort angekommen, den trockenen Winkel genoß, eine halbe, vielleicht eine ganze Stunde, Kiefernnadeln, Sand, ein paar Kippen nahm er wahr, sogar einen Pariser als Beleg abgelegener Verlustierung, bevor er die Pistole, woher, er hatte vielerlei Beziehungen, entsicherte, durchlud und abzog. Abgedrückt hat er, nun liegt er da, hat sich vorher nicht gefragt, wie er jetzt aussieht, für den Ahnungslosen, der ihn früher oder später findet.

Die Frohburger Schloßherrschaft, in erster Linie Verpächter

von tausend Hektar Land, wie Lachert, zwischen Loest und Koeben im vorderen Teil des nächtlichen Parks stehend, wußte, war Ende der zwanziger Jahre in mächtige Verlegenheit geraten, der Ruin war nicht weit weg, eine ganz eigene Geschichte, sagte Lachert, ich sehe noch nicht richtig klar, ich muß meinem Gewährsmann noch die Würmer aus der Nase ziehen, es ist Halde, der Notar, der Doktor jur., die Kinder rufen ihm Waldbub nach, er ist seit Jahren ohne Lohn und Brot und Einkommen und dankbar für jede Mark, die ich ihm gebe, erzählte Lachert. Loest war weder auf die Geschichten des abgehalfterten Adels und noch des entwidmeten Rechtsanwaltes besonders scharf, er schwieg, als der redselige Führer seine beiden Begleiter aus dem Gutshof heraus und am Nordflügel des Schlosses entlang bergab führte, linkerhand der Schloßteich mit dem Dammweg zur Goldgasse, in vergangener Zeit der Weg zur Kirche für die Bediensteten der Herrschaft und des Gutspächters, dann folgte Baderhampels Haus, Holzschuhmacher war der Mann, bitterarmer Leidensgefährte der Waldleute in Grimms Märchen, frag nicht, was das bedeutete: Baderhampel oder Bandenhampel, nie geschrieben, nur gesprochen, meist gerufen, um die Ecke, als Verhöhnung, zuletzt die Brauerei von Leuschels, wie Schloßmühle und Alte Farbe und alle Teiche und die meisten Wälder der Gegend bis Kriegsende im Besitz der Krug v. Niddas. Noch ein weiteres Mal rechtsrum, anschließend in fast vollkommener, jedenfalls bodenlos erscheinender Finsternis nach links, das Wehr der Mühle rauschte in der Nacht, ein Bohlenbelag, auf dem die Schritte klopften, das war die Schafbrücke über die Wyhra, dort, wo der Fluß, zum ersten Mal angestaut, aus dem Park des Schlosses trat. Die weite Wiese, wo ist die geblieben, staunte Koeben, wie verschluckt, wie weggezaubert von der Dunkelheit. Aber was ist denn das, zischte er erschrocken. Feuerschein von kleiner Flamme zwischen Buschwerk und Ufer. Da sitzt auch bei der bösesten Winterkälte fast jede Nacht der Kimmich mit seinen Angeln, merkte Lachert halblaut an, war Ortsgruppenleiter hier, jetzt schiebt er Kohldampf, das hat er nun davon, kann froh sein, daß die Freunde ihn übersehen haben, jede Schleie, jede Rotfeder, die er rauszieht aus dem Wasser, ist wichtig für ihn und seine Frau, den drallen, ziemlich jungen Rotschopf, den er halten will, wie jeder weiß, es gab und gibt so manchen Interessenten, voran den Kaganowitsch, den Oberleutnant, Major Kasanzews rechte Hand, der sich im Gegensatz zu seinem zurückgerufenen Chef hier in der Gegend gehalten hat, wenn auch nicht in Frohburg, so doch in Borna, er besucht die Kimmichs fast jede Woche und bringt die Kartoffeln zu den Fischgerichten und den Wodka mit, die Nachbarn in der Amtsgasse, allen voran Wiesenbachs Eia, wissen ein Lied zu singen von dem Gegröle, dem Tanzgestampfe die halbe Nacht, denn meist kommt Kaganowitsch nicht allein, sein Vater ist ein hohes Tier in Moskau, behauptet er, vier, fünf Offiziere und Unteroffiziere, die den Hochgeborenen umschwänzeln und bedienen, begleiten ihn jedesmal und kommen bei Kimmichs mit drei, vier blutjungen Mädchen zusammen, Lehrlingen aus dem *Konsum* auf dem Wind, dem ehemaligen Milchladen Prinz, die Leiterin der Verkaufsstelle, erst BDM-Führerin und jetzt Parteimitglied, Busenfreundin der Kimmich, hat sie bequatscht und weichgeklopft, Flüchtlingsmädchen aus dem Osten, aus Schlesien, wenn sie um eins, halb zwei, um zwei endlich nachhause entlassen werden, bekommen sie zur Belohnung Tabak mit und Schnaps für ihre Väter.

Loest brummte etwas vor sich hin, nicht ja, nicht nein zum Treiben des ehemaligen Ortsgruppenleiters, als junger Spund, kaum achtzehn Jahre alt, war er Werwolf in einem Waldversteck in Franken oder Böhmen gewesen, in einer ersten Aufwallung bereit zu Großdeutschlands Errettung mit dem alten WKI-Karabiner des Zusammenbruchs, alte Waffe, junges Blut, die erste, zweite oder dritte Mainacht mit Bodenfrost hatte ihn und seinen Trupp zur Besinnung gebracht, *Jungen die übrigblieben*, so nannte er sein erstes Buch. Und nun ließ er sich in einer gleichfalls kalten Nacht acht Jahre später von zwei beinahe Unbekannten durch die verhängte abgedunkelte öde Kleinstadt schleppen, der Mond ist raus, sagte Lachert, da können wir doch noch durchs Dörfchen und durch das Hölzchen gehen, das macht Sie warm, was wollen Sie in der *Post*, die Zimmer haben keine Öfen, und eine Wärmflasche kriegen Sie um die Zeit auch nicht mehr, ich schlage vor, daß Sie nachher, am Ende unseres Rundgangs noch auf einen Sprung zu mir hoch kommen, auf ein Schlummerschlückchen. Loest stimmte zu, der Weg zurück schien ihm genauso lang zu sein wie der voraus, die Nachtwanderung wurde also fortgesetzt, wo keine Gaslaternen mehr an den Häusern hingen, schimmerte das Mondlicht auf dem bereiften Weg. Links unten, ließ sich Koeben vernehmen, ist der Bornaische Steinbruch, die Leute hier sagen *Bornscher Schdainbruch* mit ai, vorletzten Sommer ist einer von den Freunden aus Borna, Kreiskommandantur, von der zwölf Meter hohen Porphyrwand ins tiefe Wasser gesprungen, der Mädchen wegen, und wirklich hat das ganze Bad, als er hier oben, da hinter dem Zaun, an der Kante stand, das Maul vor Staunen aufgerissen, endlich stieß er sich ab, sichtbar besoffen, und sprang, mit einem Bauchklatscher wie noch nie schlug er auf die Wasseroberfläche, gab es dort Untiefen, Felsgrate, niemand wußte es, bewußtlos wurde er herausgefischt, drei Ärzte kamen, der alte Möring, Groß und der junge Doktor vom Markt. Alles, was wir hatten, sagte Lachert, wurde aufgeboten, denn wenn der Mann jetzt den Löffel abgab, wenn er starb, fiel das auf die Stadt und unter Umständen auch auf den einzelnen Arzt zurück, die Kollegen sicherten sich gegenseitig, drei auf einmal werden die nicht hopsnehmen. Der Russe mußte ins Bornaer Krankenhaus gebracht werden, alles war sofort geheim, der Flur der Chirurgie abgeriegelt, wegen der Westpropaganda, bis heute weiß niemand vor Ort, wie schwer seine Verletzungen waren, aber die Halbwüchsigen, die den ganzen Sommer hindurch jeden Nachmittag die Kanzel des Bademeisters belagern, dort herumwuseln, sagen, der Russe habe sich die Bauchdecke aufgerissen, Gedärme hingen heraus, ganz sicher sei er eingegangen. Die Sowjetmenschen sind manchmal halt noch wie Kinder, sagte Loest. Aber das spricht doch eher für sie, wandte Lachert ein. Und nach einer Weile, man war schon an der Wegbiegung auf dem Steinberg angekommen: Mit unserem Freibad verbinden sich nicht nur schlimme Geschichten. Die Männer waren stehengeblieben. Unter sich hatten sie in nordwestlicher Richtung die Wäschebleiche und noch ein Stück tiefer die ersten Häuser der Stadt, das waren die Töpferei Brenntag mit der halbhohen Esse des Brennofens und das Anwesen des Brunnenmeisters Knappe, rechts stach nahe beim Haus der Großeltern Vesper am Schützenhausberg der Schornstein der in der Nachtschicht rumorenden Schmittschen, später Braunsbergschen, jetzt angeblich treuhandverwalteten, in Wahrheit schon volkseigenen Textildruckerei in den mondhellen Himmel, nach links folgten im Halbrund das hohe Dach des Rathauses mit dem filigranen Dachreiter, das Ecktürmchen der *Post*, zwei Stockwerke unter dem runden Schieferdach unser Erker, weiter weg der massige Kasten der Schule, etwas näher dann wieder der ausgewogene, nicht zu geduckte und nicht zu hochfahrende Kirchturm, der elf Jahre, von 1946 bis 1957, im Fenster unseres Kinderzimmers stand, das Zimmer viermal zwei Meter, und der in seinem zurückgenommenen Anspruch, fast dreißig Jahre später nahm ich ihn erst richtig wahr, fast alles verkörpert, was ich auch jetzt noch mit Frohburg verbinde, der Vaterstadt, der Mutterstadt, sie lieferte im rein guten, so es das gibt, und im weniger guten die Meßlatte, die Richtschnur und, im heutigen Sprachgebrauch, die Grundkonfiguration. Insgesamt vom Steinberg aus ein Bild, ein Panorama, wie es entsteht, wenn fünfhundert Häuser, fünfzehn Straßen, ein Fluß, keine mickrige fünf Meter breit, ein großer Marktplatz, eine Fabrik zusammentreten und in angekippter Vogelperspektive betrachtet werden, Google Earth schräggestellt, ohne die Spielfiguren, die fünftausend Einwohner, die zur nächtlichen Stunde hinter Mauern, unter Dächern verschwunden sind, sichtbar nur zeitversetzt, auf dem Kleinstadtkorso nachmittags, nach der Schicht, halb fünf, wenn alles aus den Betrieben, den Häusern flutet und, die Lebensmittelmarken und Bezugsscheine in der Tasche, in die paar Geschäfte strömt, Bäckereien, Fleischereien, Kolonialwarenläden, Schuhgeschäfte, Gärtnereien, HO, *Konsum* und eine Zeitlang noch der Rest Private. Wir haben großes Glück, keine Stromsperre heute, ausnahmsweise, sagte Lachert, von den paar Straßenlampen und den drei, vier schwach erleuchteten Fenstern angeregt, die man sehen konnte, lassen Sie mich aber, bevor wir weitergehen, noch etwas zu unserem Freibad sagen. Das hat der Arbeitsdienst angelegt, Göring war Pate, pünktlich zu den Olympischen Spielen mußte alles auch in Frohburg fertig sein, bis in die Berliner Zeitungen wurde für das sogenannte Felsenbad geworben, das am Eingang zum Kohrener und Gnandsteiner Land lag, unser Zeichenlehrer Otto Delling, ein ausgebildeter Gebrauchsgraphiker, lebte bis zu seiner Ausbombung in Berlin und hat für das Haus des Fremdenverkehrs einen Frohburgprospekt gestaltet: Liegewiesen, Umkleidekabinen, Sprungturm, Nichtschwimmerbereich und Planschbecken, alles war zu sehen, im Hintergrund die Felswand, von Birkenhainen eingefaßt. Dazu kamen zwei enorme Fahnenstangen für die Feiertage, Hitlers Geburtstag, Erster Mai, Marsch auf die Feldherrenhalle und für die Heimkehr der Ostmark und die Siege, erst gegen Polen, dann Dänemark und Norwegen, dann gegen Frankreich und gegen die Engländer in Nordafrika, danach kam nicht mehr viel zum Feiern, das Anlaß gab für Flaggenschmuck und Feuerwerk, hartes Ringen an den Fronten, stand in der Zeitung jahrelang, zunehmend die Todesanzeigen, in stolzer Trauer. Freilich gibt es, wie gesagt, nicht nur schlimme Geschichten, das Bad hat auch glückliche Momente, glückliche Errettungen gesehen, zwei davon verbinden sich mit einer einzigen Familie. Der alte Tierarzt aus der Greifenhainer Straße hatte sich im Ersten Weltkrieg, als sein Kutscher eingezogen wurde, fast vierzig Jahre ist das her, einen zweisitzigen *Opel Doktorwagen* gekauft, der Autohändler aus Leipzig überführte ihn höchstpersönlich auf der Leipzig-Chemnitzer Überlandstraße nach Frohburg und stellte ihn vor das Haus am Fuß des Schützenhausberges, der Tierarzt, mittlere Größe, eher hager, Schnauzbart, lederne Gamaschen, trat, von zweien seiner Sprößlinge begleitet, Jonas und Wolfram, vor die Tür, die beiden anderen Söhne, der älteste, Bernhard, und Albert, der zweitälteste, standen damals, wie man sagte, an der Front, Bernhard, der Dichter der Familie, fiel einen Monat später bei Hollebeke. Dem Kleinstadtkunden wurden vom Lieferanten des begehrten Gefährts zwei, drei Hebel erklärt, dann setzte sich der Tierarzt ans Volant und drehte, den Autohändler neben sich, eine erste Runde auf dem Schützenplatz, eine zweite noch, jetzt mal allein, sagte er und ließ den Händler aussteigen. Bevor die Söhne ihr Interesse am Beifahrersitz anmelden konnten, brauste er knatternd davon in Richtung Markt, seine Familie, seine Hausgenossen sahen ihn noch auf der Wyhrabrücke, dann war er weg. Alles blieb stehen vor dem Haus, auch die Nachbarn lagen in den Fenstern, die Boses, Rößners, Pöhlmanns, Winters, Prauses, nach einer Stunde Warten hatte man genug, noch einmal eine Stunde, und die Besorgnis griff langsam um sich und wurde stärker und immer stärker, ohgottohgott, wo bleibt der Vater, rief die Tierarztfrau, die mit neunzehn geheiratet und elf Geburten hinter sich gebracht hatte, jetzt war sie vierzig, soll man den Gendarm um Hilfe bitten oder Liebings Fritze von der Feuerwehr, wer weiß das denn, nach der Katastrophe mit der Kutsche ist womöglich ein noch viel größeres Unglück im Anmarsch. Die beiden Söhne wurden ausgeschickt, die vier Töchter ebenfalls, natürlich auch das Mädchen und die Aufwartung aus Greifenhain, sie kehrten nach und nach zurück, nichts zu sehen. So ein Auto, erklärte Jonas seinem Bruder Wolfram, acht Jahre alt, ist, eh du dich versiehst, um alle Ecken, das ist das Gute dran, vielleicht hat er sich aus dem Staub gemacht. Doch nichts davon, drei Stunden nach dem Beginn der Probefahrt kehrte der Hausherr zu den Seinen zurück, humpelnd, zerschunden, staubbedeckt und ölverschmiert, die Dame des Hauses fackelte nach dem ersten Schreck nicht lange, gleich wurde in der Küche die Abdeckplatte von der Badewanne genommen und auf dem Gasherd auf vier Flammen Wasser heiß gemacht. Kaum war die Wanne voll, flogen auch schon alle aus der Küche raus, wie es sonnabends die Regel war, wenn vierzehn, fünfzehn Personen nacheinander baden wollten, baden sollten, baden mußten. Als das Ehepaar allein war, als der Tierarzt endlich in der Wanne saß und sozusagen unter den Händen seiner Frau die Sprache wiederfand, brach es aus ihm heraus: die Fahrt war schön gewesen, Heuernte, Frauen allenthalben auf den Sommerwiesen, helle Kleider, weiße Tücher, alle hatten zu ihm hingesehen, ein Rufen und Winken, das entlang der Straße von Wiese zu Wiese sprang, weiter durch den Streitwald, die Partien mit den Birken und den alten Buchen, bis nach Sahlis war er vorgestoßen, wo Börries v. Münchhausen für seinen noch minderjährigen Stiefsohn Friedel Crusius das Rittergut bewirtschaftete. Dort, auf dem Gut, wollte er das am Vortag gefallene, das heißt krepierte Rind in Augenschein nehmen, ob Seuche oder so, doch Schreck laß nach, das Fahrzeug ließ sich nicht mehr stoppen, ganz im Gegenteil, als er ein Pedal trat und einen von den vielen Hebeln zog, wurde die Fahrt nur immer schneller, mit Ach und Krach konnte er auf dem Gutshof die Kurve kratzen und um den Misthaufen wenden, dann ging es im Galopp, so sagte er, Tierarzt der er war und Pferdenarr, die Auffahrt wieder hinunter, selbst auf dem steil ansteigenden Kohrener Markt mit dem Kopfsteinpflaster war das Tempo zum Abspringen zu hoch, nach einer Stunde, wieder am Ortseingang von Frohburg angekommen, lenkte er durch die Taubenturmeinfahrt auf den Gutshof der Krug v. Niddas und von dort, ein mehr als schwieriges Kunststück, am Schloß vorbei durch die Mühlgasse zum Markt. Hier hätte er mit dem wie von Geisterhänden geschobenen, stürmisch vorwärtsdrängenden fahrbaren Untersatz eigentlich nur die Reichsstraße 95 verlassen müssen, statt dessen folgte er ihr und rollte, erstaunt über die Entwicklung, in Richtung Bahnhof Frohburg und nach Borna. Was soll ich da, ich will nachhause, Besen, Besen, seids gewesen, aber nichts zu machen. Nach drei vollen Stunden der Irrfahrt, der förmlichen Verschleppung durch die Maschine, er wußte selbst nicht mehr, wo überall er durchgekommen, wo er gewesen war, vielleicht sogar am Stadtrand von Leipzig, tuckerte er wieder unaufhaltsam auf die Heimatgemeinde zu, auf keinen Fall wollte er an einer Hauswand, einer Gartenmauer zerschellen, freies Feld ohne Straßengraben, mindestens eine unbebaute Fläche war dringend nötig, mitten in der Stadt, wo gab es das, da fiel ihm nur der aufgelassene Bornsche Steinbruch ein, die große Unkrautwiese mit den Porphyrbrocken und dem Schutt und Schotter, hinter der das dunkle Wasser der vollgelaufenen Abbaulöcher lauerte. Dorthin fuhr er mit seinem funkelnagelneuen rüttelnden und rasselnden Doktorwagen, näher, immer näher kam das Wasser, Angstattacke. Und plötzlich: ruckartig Halt. Und Stille. Nur der heiße Motor knackte und tickte leise vor sich hin, lammfromm, kreuzbrav, angeblich. Bis auf den heutigen Tag gehen die Meinungen in Frohburg nämlich auseinander, warum das Auto fünf Meter vor dem Wasser zum Halten kam. Und ob er aus dem Auto geschleudert und von einem Hinterrad überrollt wurde, ja oder nein. Das Benzin war alle, sagen die einen, der Tank war leer, das Auto rollte und ruckte einfach stotternd aus, deshalb kam er mit heiler Haut davon. Die anderen, die meisten sind bei uns der Meinung, ein Felsblock habe der ziellosen Fahrt ein Ende gemacht, es tat einen mächtigen Schlag, die Vorderachse knickte ein, das Lenkrad rammte sich gegen die Brust des Fahrers und zerbrach, der Tierarzt fand sich zerschunden in einer Pfütze wieder. Übrig blieb ein Autowrack, ein Totalschaden, zumal das Motoröl in Brand geraten war und das Feuer Reifen, Sitze und das Klappdach verschlungen hatte. Nie wieder ist der Tierarzt in den Steinbruch zurückgekommen, er hat die Reste des Doktorwagens, den er nach zwei Prozessen ohne Abschlag bezahlen mußte, auch nicht abtransportieren lassen, das Wrack blieb als eine Art Beleg an Ort und Stelle, jeden Sommer spielen die Kinder damit Autofahren, seit zwei Generationen schon, und erzählen sich dabei zig Geschichten von der Irrfahrt, die sie aufgeschnappt und endlos abgewandelt haben, Volksmärchen, irgendwie. Merkwürdig auch, sagte Lachert, daß aus derselben Familie im selben Steinbruch, zum Schwimmbad umgewidmet, im August 1943 ein kleines Kind, zweijährig, ein Junge, vom Steg aus in das Wasser fiel, in den Bereich für Schwimmer, bei uns das Tiefe genannt. Seine Eltern lagen mit dem Amtsrichter und dessen Frau, ihren späteren Wohnungsnachbarn, auf einer Decke, in Badeanzug und Badehosen, und unterhielten sich. Niemandem am Ort, auch den Eltern nicht, kam der Gedanke, der Urlauber Dr. jur. Burrmann könnte dort, wo die Front verlief, wo war das eigentlich genau in jenem Kursker Sommer der bewegten Linien, NS-Führungsoffizier sein. Die Eltern des Zweijährigen waren ins Gespräch vertieft, Burrmann bot ihnen, ein zweites Kind war unterwegs, die Hälfte seiner Wohnung an, um einer Einweisung wildfremder Leute zu entgehen, die Eltern überlegten noch, da hatte sich ihr Sprößling schon selbständig gemacht und war auf Erkundungstour gegangen. Hätte nicht Frenzel Erich, Thälmannkommunist, zwischen zwei KZ-Aufenthalten von neununddreißig bis Herbst dreiundvierzig frei, heute Bürgermeister, das zuckende gurgelnde Küken vom Steg aus gesehen, der kleine Junge wäre jämmerlich ertrunken, am hellen Nachmittag, im Volksgewimmel des gutbesuchten Bades, schloß Lachert seine mehr als kurze Freibadchronik und forderte zum Weitergehen auf. Guntram hieß der gerettete Junge, fügte er nach ein paar Schritten noch an, komischer Name, hat aber schon Schule gemacht, in der Thälmannstraße haben wir einen Guntram Müller, und in Greifenhain gibt es seit kurzem den Enkel Guntram der Gastwirtin an der Kirche. Die drei Männer folgten dem von Hunderten von Fahrrädern der Schichtarbeiter nach jedem Regen immer wieder glattgefahrenen Weg, der an der Kante des ehemaligen Steinbruchs verlief. Rechts allmählich abfallende Äcker, unten der schrittbreite Greifenhainer Bach mit seinen Kiesbänken, Wasserpflanzen, Wasserschnecken, Fischen. Überbrückt von der auf einem Damm verlaufenden Nebenbahn nach Kohren, mündete er zwischen Dörfchen und Schloßpark in die Wyhra. Hinter den Bachwiesen und der Bahn der Harzberg, Buchenpartien, trockene Kiefernhänge und ein Teich, dahinter, wo der Wald aufhörte, lag auf die Abtmühle zu das sogenannte Aschenloch, eine stillgelegte Sandgrube, in der nicht nur die Asche sämtlicher Feuerstellen Frohburgs, sondern auch jedweder Abfall landete. Links von unseren drei Nachtschwärmern, es war bei einem Grad minus schon gegen eins, das Hölzchen, stadtnahe Müllkippe seit etwa 1860 und 1905 vom neugegründeten Verschönerungsverein mit Wegen, Wanderwegweisern, Abfallkörben und Bänken zur Anlage gemacht, zur städtischen Anlage, sagte Lachert, und nicht zur Geldanlage, er lachte kurz, Messingschildchen mit den Spendernamen auf den Rückenlehnen durften nicht fehlen, der Bürger, so er Gutes tut, will nicht glänzen, aber doch genannt werden. Hier stolzieren keine Damen und höheren Töchter mehr in weißen Kleidern und mit Sonnenschirm umher, sagte Koeben, das ist vorbei, im Gebüsch, im Dickicht bauen jetzt Kinderbanden ihre Buden, und in den Sonnabendnächten, wenn der Tanz auf dem Saal des Schützenhauses nach dem Rausschmeißer zu Ende ist, verziehen sich die Liebespaare entweder in den Eisenberg oder hierher ins Hölzchen, dann gibt es keine freie Bank mehr, keinen Sitzplatz, gar nichts, im Stehen kann man es genauso machen wie im Liegen, im Sitzen, wenn man jung ist jedenfalls, das muß ich euch nicht sagen. Inzwischen hatte man nach langer Dunkelstrecke wieder eine Straßenlampe erreicht, zehn Meter Lichtkreis an der Haltstelle Schützenhaus, hier kreuzte die Greifenhainer Straße oberhalb des Schießhausberges das Kohrener Gleis, unbeschrankt, ohne Blinksignal, nur mit Baken und der stilisierten Lok auf dem rotumrandeten dreieckigen Warnschild markiert. Jetzt könnte ich dem berühmten Schriftsteller neben mir mancherlei von hier erzählen, von Lust und Last, die in fast allen Geschichten stecken, sagte Lachert, der, kein Mensch in der Stadt wußte davon, ein heimlicher Sammler kleinstädtischer Begebenheiten und Anekdoten war, nachts saß er oft stundenlang am Küchentisch und formulierte und schrieb auf, was er tagsüber gehört hatte, das fiel ihm nicht leicht, mit der Zunge war er viel flinker, geübter als mit dem Kugelschreiber, er kämpfte beinahe um jedes Wort, um jeden Satz, an den Malern sieht man das Problem, dachte er beim Schreiben oft, ein Bild mit dem inneren Auge sehen, seiner gewiß sein, das ist etwas ganz anderes als auch nur eine Zeichnung, eine Skizze hinzubekommen, warum. Die Frau des Tierarztes mit dem Doktorwagen wäre ein Thema, wollen Sie was hören von ihr. Loest nickte. Na dann will ich mal zum besten geben, wie die Tierarztfrau aus dem Haus am Beginn des Schießhausberges, Sie sehen es dort linkerhand, die Kohrener Bimmelbahn zu dirigieren, aufzuhalten pflegte, über die Abfahrtszeit hinaus, fünf Minuten, acht Minuten, sogar volle zehn Minuten, wobei sie angeblich immer schon im gehetzten Anmarsch durch das Hölzchen war, in Wahrheit jedoch noch nicht einmal das Haus verlassen hatte, vielmehr vor dem Spiegel stand, schon auf den ersten Blick bei all ihren Figurproblemen nicht völlig frei von Eitelkeit. Sie drehte und wendete sich, sie nahm einen Hut und setzte ihn auf, sie legte ihn wieder weg und griff nach einem anderen, dann kam eine Stola dran, das war schon besser. Mutter, was ist los, fragte Wolfram, der jüngste Sohn der Familie, ihr Liebling, den die klappernden Schranktüren, die Geschäftigkeit herbeigelockt hatten, wohin willst du. Nirgends hin, mein Junge, sagte seine Mutter, nirgends. Dabei hatte sie die Fahrkarte nach Leipzig schon seit Tagen in der Handtasche. Sie posierte weiter, hängte um und warf ab, bis sich die Ausstaffierung endlich der Vollendung näherte, Wölfchen-Kind, sagte sie jetzt, noch mit der schwierigen Wahl des passenden Mantels und des zugehörigen Schals beschäftigt, lauf mal schnell zur Haltestelle rauf und sag dem alten Herrn Prahles, dem Schaffner, wenn die Bimmelbahn aus Kohren einläuft, deine Mutter käme in der nächsten Minute, ich sei kurz hinter dir. Wolfram, zehn, elf Jahre alt, hetzte den Hölzchenweg hinter den Anwesen der Greifenhainer Straße hinauf, im Winter war dieser Fußweg eine nicht ungefährliche

Schlittenbahn, bei vereistem Belag schossen die zum Bob aneinandergebundenen Rodelschlitten mit der achtköpfigen Mannschaft an Bord, acht, unbedingt acht, nicht sechs und auch nicht sieben, das verlangte ein ungeschriebenes Gesetz der Straßenjugend, bis auf den Töpferplatz, so stark war das Gefälle, das Wolfram nun in umgekehrter Richtung, als Steigung, bewältigen mußte. Keuchend kam er am Haltepunkt an, die Bimmelbahn stand schon vor dem Wartehäuschen, der Dampf rumorte in den Leitungen, Rohren und Ventilen, gerade wollte der Schaffner dem Lokführer das Zeichen zur Weiterfahrt geben, da hörte er die atemlose Kinderstimme: Bitte warten, meine Mutter kommt noch, sie ist dicht hinter mir. Schon wieder mal, sagte von oben nach unten der Lokführer, der von früher her gut im Bild war, und widmete sich seiner Zigarre, während der Heizer Kohle in das Feuerloch nachwarf. Zwei, drei Minuten vergingen, die Lokomotive zischte. Na, sagte der Schaffner, wo denn. Noch eine halbe Minute, bittebitte. Die halbe Minute verstrich, eine weitere halbe Minute, dann eine ganze, zwei Minuten, jetzt betrug die Verspätung schon sechs Minuten, genau die Zeit, die auf dem Bahnhof Frohburg zum Umsteigen auf den großen Zug nach Leipzig zur Verfügung stand. In den gut besetzten Holzklassewagen der Bimmelbahn gab es anscheinend ein paar Leute mit sehr genauen Uhren, die Schiebefenster quietschten und klapperten nach unten, *wasn los*, wurde den Zug entlang nach vorne gerufen und geschimpft, *fahrt doch nu endlich ab, der Anschlußzug ist schon vorische Woche zweema ohne uns abgedampft. Was sollnschn machen*, gab der Schaffner zurück, *hier der Junge ist das Vorauskommando, seine Mutti muß glei komm.* Ach Gott, schon wieder die Frau Doktor, hieß es an den Fenstern, in den Wagen. Und alles lehnte sich zurück, schicksalsergeben, fast entspannt: Das kann noch einmal gut und gerne fünf Minuten dauern, nichts zu machen, der Zug ist weg.

Die Geschichte muß ich mir merken, sagte Loest, vielleicht schenken Sie mir die ja zur gelegentlichen Verwendung. Warum denn nicht, entgegnete Lachert knapp, mit gedämpfter Begeisterung, er spürte einen Anflug von Neid und Mißgunst, wurde dann aber überrollt, förmlich mitgerissen von der eigenen Freude am Fabulieren, an der Ausbreitung des Zurechtgedachten. Das ist noch nicht alles, was ich von der Tierarztfrau zu bieten habe. Die NS-Frauenschaft: Schwamm drüber. Es gibt lustigere Sachen, als nach einem verlorenen Krieg mit der verantwortlichen Staatspartei zu tun gehabt zu haben. Aber der Krieg war nun einmal verloren, der größte aller Zeiten, er mußte von allen bezahlt werden, und das äußerte sich auch in vielen kleinen und großen Rucken nach unten, was Kleidung, Essen, Wohnen, Heizung und Beleuchtung anging. Textilien und Schuhe bekamen die Leute nur gegen Bezugsschein, Butter, Fett, Fleisch und Zucker waren nur auf Marken erhältlich, es gab Einquartierungen und Einweisungen, die Brikettzuteilungen reichten nie aus in den strengen Nachkriegswintern, außerdem wurden fast jeden Abend Strom und Stadtgas abgesperrt, für Stunden. Die Tierarztfrau, 1947 zweiundsiebzig, siebenfache Großmutter, spann Lachert seinen Faden weiter, versuchte unter Aufbietung aller Kräfte, mit allen Mitteln die große unter den Hackmessern der Zeit, sag ich einmal, zerwürfelte Familie zusammenzuhalten. Mari, die älteste Enkeltochter, in Essen geboren, ihr Vater Karl Herbig, einstmals in Deutsch-Ost-Afrika Volksschulrektor und in den letzten Kriegswochen im Ruhrgebiet als Hauptmann von einem Bombensplitter tödlich getroffen, war vierundzwanzig Jahre alt und bewarb sich immer wieder in Westdeutschland um die Wiederzulassung zum Medizinstudium, zwei Trimester hatte sie kurz vor dem Zusammenbruch in Köln schon hinter sich gebracht. Im Oktober siebenundvierzig war sie wieder im Rheinland, das Wintersemester stand an, sie hatte geräucherte Bratwürste des Tierarztgroßvaters im Gepäck, auch zwei Flaschen Grubenschnaps, für alle Fälle, wenn es auf der Kippe stand vielleicht, auch wenn das erste Eis gebrochen werden mußte, wir kennen uns doch selber und wissen ganz genau, wo ansetzen, wenn es klemmt. Mit Maris Rückkehr rechneten die Großeltern in der Greifenhainer Straße, ihre Mutter Doris Herbig und ihre Schwester Lachtari, damals schon mit Grzewski verheiratet, frühestens für Mitte November. Der Oktober war noch nicht ganz zu Ende, da stand die junge Grenzgängerin an einem sturmdurchtosten Regenabend vor der Haustür, die seit Einbruch der Dunkelheit wie die Hintertür auch abgeschlossen, gesichert und verrammelt war, jeweils mit einem Balken, der von innen vorgelegt, in zwei vom Maurer Eidner in die Wand eingelassene Krampen gehängt wurde, die Hausgehilfin Erna, die auch Chauffeuse des alten Herrn war, erledigte das, seit Herbst vierundvierzig schon, nichts war mehr sicher, Untergang, die Schotten dicht, zumindest bei Dunkelheit. Stromsperre, deshalb ging die Klingel nicht, Mari, als sie ankam, schlug, so stark sie konnte, mit den Fäusten gegen die rappelnde Tür, bis oben im ersten Stock ein Fenster aufging und ihre Mutter sich herausbeugte, auf die Straße spähte, was ist denn los, was wollen Sie. Ich bins. Nach zwei, drei Minuten wurde der Balken polternd aus den Haken gewuchtet und abgestellt, dann rasselte das Schloß, die Tür flog auf, seitwärts Erna mit dem großen Schlüssel in der Hand, Maris Mutter trat vor und hob die bauchige Petroleumlampe mit dem weißen Schirm hoch, der kreisrunde blankgeputzte Reflektor hinter dem Glaszylinder lenkte ein bißchen Helligkeit auf das Gesicht der Tochter, mein Gott, Kind, was ist passiert. Die beiden Frauen zogen Mari in den Hausflur, Erna verbarrikadierte die Tür wieder, dann schleppten sie die Rückkehrerin über die steinerne Treppe mit den ausgetretenen grau angestrichenen Stufen in den ersten Stock und durch Flur und Speisesaal geradenwegs ins Wohnzimmer, wo der Tierarzt, die ledernen Gamaschen abgeschnallt, auf dem Kanapee unter der Wanduhr lag und ruhte, während seine Frau in ihrem mit rotem Samt bezogenen Sessel am Ofen saß, dort, wo sie immer saß, ich habe sie bei meinen beinahe täglichen Besuchen noch in den fünfziger Jahren fast ausnahmslos dort vorgefunden. Auf dem Eßtisch zwischen den beiden alten Leuten stand die Petroleumlampe und rußte vor sich hin. In ihrem bleichen Licht wurde sofort offenbar, daß mit Mari Schreckliches geschehen war. Ihr Gesicht zerkratzt, verschwollen, schmutzverschmiert, durch die Dreckschicht Tränenspuren, die blonden Haare, in der Familie Engelshaar genannt, aufgelöst und strähnig fettig, ihre hohen Schuhe voll Lehm, und der Mantel mit fehlenden Knöpfen und einem klaffenden Riß am rechten Ärmelansatz. Die Mutter und Erna nahmen Mari den Rucksack mit der aufgebundenen Decke ab und zogen ihr den Mantel aus, die Skihose, die Windjacke sahen nicht besser als der Mantel aus, Mari, was ist los. Doch Mari schwieg, sie machte ein verschlossenes Gesicht und drehte sich aus dem Licht, kein Weinen, kein Schluchzen. Immer heftiger drängten die beiden Betreuerinnen in die junge Frau, nun sag schon, wir wollen dir doch helfen, bis ihre Großmutter, die Tierarztfrau, sich schnaufend aus ihrem Sessel stemmte, das Wasser, an dem sie litt, machte sie immer schwerer, und mit langsamen Schritten quer durch das Zimmer ging, bis zum Vertiko zwischen Schiebetür und Fenster, dort stand das Telefon, Frohburg zwei eins zwei, den Hörer aus der Gabel nahm und wählte, Herr Graubner, ich bins, sagte sie nach einer Weile, Elsa Vesper, Sie müssen mir helfen, es geht nicht anders, meine Enkeltochter Mari, Sie kennen sie ja, ist gerade ganz zerschlagen und verdreckt aus dem Westen gekommen, Sie wissen selber, was an der grünen Grenze los ist, daß es dort drunter und drüber geht, bitte tun Sie mir die Liebe und stellen Sie für ein halbes Stündchen das Gas an, damit wir Mari in die Badewanne stecken können. Pause. Lange Pause. Natürlich weiß ich, daß Sie mich nicht getrennt versorgen können, sondern nur mit der ganzen Stadt, aber haben Sie denn gar kein Herz. Denken Sie doch an das arme Kind. Und denken Sie einmal daran, wie gut wir ihren Rex letztes Jahr behandelt, wieder auf die Beine gebracht haben, so ein schlimmer Notfall ist das jetzt auch. Na also, das ist wunderbar, da bedanke ich mich auch schön. Sprachs und schlurfte in die Küche, zum Gasbadeofen, der seit den dreißiger Jahren zwischen den beiden Fenstern über der

Wanne an der Wand hing. Jetzt heißt es nur noch kurz warten, der Gaser, Gasmeister Graubner war gemeint, dreht gleich auf. Doris und Erna wuchteten die Abdeckplatte von der Wanne, holten frische Wäsche, nach zehn Minuten war ein leises Zischen am Zündröhrchen zu hören, Erna steckte die Pilotflamme an, über den vielen Austrittslöchern ploppte es, der Ofen legte los. Es dauerte keine fünfzehn Minuten, dann lag Mari in der Wanne. Und ganz Frohburg hatte für eine halbe Stunde Gas.

Inzwischen waren die Männer den Schießhausberg hinuntergegangen, rechts fünf Häuser, links zwei, dann kamen das Schützenhaus mit dem angebauten Saal und dem kastanienbestandenen Platz und gegenüber das Anwesen des Tierarztes zwischen dem Rößnerschen und dem Winterschen Haus. Gegen Lachert ließ sich vieles sagen, aber die verbreitete, von Jahr zu Jahr wachsende Scheu, über vergangene Zeiten außerhalb des von oben, von den Stalinjüngern vorgegebenen antifaschistischen Korridors, außerhalb der parteigenehmen Stanzform zu sprechen, hatte er nicht. Deshalb erwähnte er auch trotz der Anwesenheit des Genossen Schuldirektors den Schützenhauswirt Pöhlmann, die Russen haben ihn abgeholt, gleich nach dem Einmarsch, über die Gründe hat die ganze Stadt vergeblich gerätselt, er ist nicht wiedergekommen. Wie ja auch der Sohn des auf Lebenszeit gewählten Bürgermeisters Schröter, über vierzig Jahre hat der die Geschicke der Stadt geleitet, in seiner Schule, dem Gymnasium in Borna, wo er Lehrer war, verhaftet wurde, auch er blieb verschwunden, und niemand außer den allerengsten Angehörigen, der Vater Bürgermeister lebte nicht mehr, wollte wirklich wissen, wo er geblieben war. Erst nach drei Jahren ließ einer der Offiziere der Kreiskommandantur, wahrscheinlich NKWD, bei einer fortschreitenden Sauferei, auf solchen Touren war er in Zivil, im *Posthotel* in Frohburg lallend verlauten, in Wahrheit sei nicht Schröter, sondern sein Kollege Schröder gemeint gewesen, Oberstudienrat, Parteimitglied, er war sofort nach Schröters Verhaftung in den Westen gegangen. Das verwunderte die Saufause der Stadt nicht wenig, wie ein Russe so virtuos mit Schröder und Schröter jonglieren und den Fehlgriff, die Verwechslung in Worte kleiden konnte. Zumal er auch noch mehr als reichlich getankt hatte. Das ist ein Jude, das sieht man doch, sagte der junge Hentschel vom Wind auf dem Pissoir zum Fuhrunternehmer Zurbrück, der seinen Lastwagen mit Holzgas betrieb, im Sommer einundvierzig bei Brest-Litowsk und Pinsk wimmelten sie wie Sand am Meer herum, die lernen fremde Sprachen wie von selbst, Deutsch sowieso, Ungarisch, sogar Kroatisch habe ich von denen gehört. Und guck dir mal den grauen Zweireiheranzug an, sieht aus wie beste Vorkriegsware, Schurwolle, ich wette, den hat er vom Schneider Heinzmann am Markt in Geithain machen lassen, gegen Schieberware, Butter, Zucker, Wodka, was weiß ich, der arbeitet wie am Fließband für die Russen, der warme Bruder.

Jetzt, setzte Lachert seine Führung fort, wo wir am Schützenhaus vorbei sind und die Wyhra und die grellerleuchtete Textildruckerei dahinter sehen können und das Tosen und Heulen der Nachtschicht nicht zu überhören ist, der Dampfmaschinen, Walzen, Gebläse, Rührwerke, müssen wir nur eine Vierteldrehung machen, und schon haben wir das Haus der Tierarztleute dicht vor der Nase, man muß den Kopf nur in den Nacken legen. Keine Villa, wie man auch jetzt, mitten in der Nacht, unschwer erkennen kann. Immerhin fünf breite Stufen zum Eingang, zählte Loest auf, von Haus aus Sohn eines bescheidenen Ladeninhabers und überdies vom Parteilehrjahr sensibilisiert, Haustür mit zwei Flügeln, ovales Emailleschild, Dr. med. vet., und Messingklingel, fünf Fenster in der Front, und oben das gebrochene Dach mit den hohen Mansardenfenstern. Wissen Sie, sagte Koeben, der aus guten Gründen höchst selten offenbarte, daß er als Leutnant, und was für einer, Feldgendarmerie, im besetzten Frankreich stationiert gewesen war, der aber, weil er bei der Unterhaltung nicht ganz außen vor sein wollte, aus seiner Dauerreserve auftauchte, wissen Sie, woher das kommt,

Mansarde. Loest zuckte die Schulter. Von zwei Pariser Architekten namens Mansart, wobei allerdings schon hundert Jahre vor ihnen der Erbauer des Louvre den epochalen Einfall hatte, unter den Dächern von Paris großzügig Raum zu schaffen. Sieh mal einer an, das weiß auch nicht jeder, konstatierte Loest, und irgendwie wehte, Körperhaltung, Mienen, etwas wie Verstimmung, wie Mißtrauen zwischen die drei Männer, war das vielleicht schon kosmopolitisch. Man darf sich da nicht täuschen, nahm Lachert seinen Faden wieder auf, das sieht nach mehr aus, als es wirklich ist, bei denen war nie viel zu holen, die Frau des Hauses mindestens elfmal schwanger, von Abtreibung ist nichts bekannt, acht Sprößlinge überlebten, viel Arbeit gab es, manche Träne floß, schlaflose Nächte ohne Trost und Rat wurden absolviert im Zimmer mit den Ehebetten, dessen Fenster nach hinten geht, zum Hölzchen, wegen der späten Zecher aus dem Schützenhaus und der nächtlich lärmenden Kattundruckerei, dazu kam für die Tierarztfrau auch noch die Betreuung ihrer alten Mutter, die aus Oederan zugezogen war, arm wie eine Kirchenmaus, des alten Schwiegervaters aus der Schmiede Niederreinsberg bei Nossen, in Freiberg während seiner vorgezogenen Rentierszeit zum Witwer geworden, und außerdem noch einer unverheirateten Schwester namens Frieda, die sich aus der auch für sie entzauberten Residenz Dresden, *machd eiern Dregg alleene*, nach Frohburg gerettet hatte, in Sicherheit gebracht vor im Jahresrhythmus fortgeschriebenen Enttäuschungskapiteln ihres eigenen Heftchenromans. Zu diesen Kostgängern muß man noch den Sommer- und den Weihnachtsbesuch der großen Verwandtschaft rechnen, der in manchen Jahren durch sieben bis zehn überfüllte Pfingsttage und die Herbstferien ergänzt wurde, nicht zu vergessen der Zustrom bei Familienfeiern, das Haus war jedesmal voll bis obenhin. Denken Sie auch daran, der Veterinär in der ländlichen Kleinstadt ist immer Einzelkämpfer, von gelegentlichen Impfassistenten einmal abgesehen, er muß sich mit den kleinen und großen Bauern so gut stellen wie früher mit den Rittergutsbesitzern oder ihren Pächtern. Natürlich hatte der große ich will mal sagen Geschäftshaushalt vor dem Ersten Weltkrieg und auch noch zwischen den Kriegen Personal, zwei, in manchen Jahren, als die Zwillinge ankamen zum Beispiel, drei Mädchen, die eine Hilfe, im Dritten Reich Stütze genannt, fünfzehn, die andere sechzehn, die dritte siebzehn Jahre alt, meist aus Greifenhain, Roda, Frauendorf oder Eschefeld, seinen Küchendörfern, wie der Tierarzt zu sagen pflegte, dann eine Aufwartung, die dreimal in der Woche kam, eine Frau Biller, früh verheiratet, zwei Söhne, woher auch immer, jetzt Matrone, die in ihren besten Zeiten Teilen der Familie besonders nahestand, lebt heute noch in Greifenhain. Die Löhne waren ein Pappenstiel, aber ausgezahlt werden mußten sie doch, dabei wurden nur einmal im Jahr, meist um den Martinstag herum, die Rechnungen für die Bauern geschrieben und auf die Dörfer getragen, das machten besonders gerne für ein paar Groschen die halbwüchsigen Söhne des Bürstenbinders Prause zwei Häuser weiter stadteinwärts, seine Bruchbude, Sie sehen es, ist winzig, zwölf Personen leben drin, das jüngste Familienmitglied, eine Enkelin, haben sie Rufina genannt, weiß Gott, woher der Name, könnte katholisch, italienisch sein, nach Frohburg gefunden hat, ich wollte schon manchmal nachfragen und habe es immer wieder vergessen. Das ebenerdige Häuschen der Prauses mit dem steilen Dach könnte gut und gerne auf dem Erzgebirgskamm stehen, in Zinnwald beispielsweise oder in Georgenfeld, acht-, neunhundert Meter hoch, dort oben, wo die Winter endlos dauern, würde es sich bestens machen. Für die Leute hier ist es eine *Bubburdzsche*. Stammt offensichtlich aus dem Slawischen, das Wort, aus dem Sorbischen vielleicht, das jetzt obrigkeitlich groß rauskommt, und ist in den innersten Wortschatz unseres Dialekts eingewandert und gehört dazu wie *Mengkengke*, *Rohrbumbe*, *Nille*, *Gaksch* oder *Sauhacksch*. Fragen Sie mal morgen beim Frühstück im *Posthotel* Frau Bader, die Bedienung, nach diesen Wörtern, lieber Erich Loest, da können Sie Studien treiben. Sie wissen wohl nicht, obwohl mans hören kann, daß ich aus Mittweida stamme, wehrte Loest ab, ich kenne diese Wörter von Kindesbeinen an, mit ihnen bin ich aufgewachsen wie mit den Schlafaugen der Dächer, dem rotgeflammten Porphyrtuff aus Rochlitz an jedem dritten, vierten Haus und den mehr als derben Kreidezeichen der Straßenjugend auf den Mauern aller Kleinstädte hierzulande, seit ich vierzehn war, habe ich sogar einen kleinen Karteikasten, auf die Karten notiere ich bis heute, was ich an seltenen Vokabeln zuhause in Mittweida und in Leipzig am Ostplatz, im Verlag, im Stadion und nicht zuletzt in der Straßenbahn und auch im *Thüringer Hof* zu hören kriege, in der *Bierschwemme* dort. Ein ganz bescheidenes sächsisches Wörterbuch, das schwebt mir vor, nur dreißig, vierzig, allerhöchstens fünfzig Seiten, leider ist nicht daran zu denken, dabei würden mir die Leute das Büchlein aus den Händen reißen und mit Gold aufwiegen, aber für eine Druckgenehmigung auch minimalster Auflage müßte es schon wie das neuerschienene Fremdwörterbuch des *Bibliographischen Instituts* vom heiligen Wilhelm Liebknecht stammen oder wenigstens ein deutschsorbisches Kompendium sein. Apropos sorbisch, ergänzte Lachert, noch keine drei Monate ist es her, da war für acht Wochen ein junger Mensch aus Leipzig hier bei uns, Götzel hieß er oder Göschel, Zwenkauer von Geburt, Student der Volkskunde, Ethnologe sollte man ihn nennen, Volkskunde war gestern, heute steht Ethnologie auf der Tagesordnung, in Moskau ist sie groß angesagt, die Nenzen und die Tschuktschen undsoweiter, sagte der junge Feldforscher immer am Stammtisch im *Posthotel*, dort wohnte er nämlich, genau wie heutenacht Sie, er hatte den Auftrag der Fakultät und der Hochschulgruppe der FDJ, für eine Veröffentlichung die Ortsnamen um Frohburg herum und vielleicht auch noch die Flurbezeichnungen auf ihre slawischen Wurzeln hin zu untersuchen, mit Hilfe der Kirchenbücher und aller städtischen, dörflichen und gutsherrschaftlichen Akten, die er greifen konnte, Empfehlungsschreiben hatte er genug. Da kam viel mehr als nur ein bißchen was zusammen: Wolftitz, Zedlitz, Wyhra, Windischleuba, Pähnitz, Prießnitz, Syhra,

Sahlis, Walditz, Terpitz, Altmörbitz, Gaschwitz, Gestewitz, Kitzscher. Reichlich Material für einen Kampfartikel, eine Broschüre über das urangestammte Slawentum zwischen Elbe und Saale, aus diesem Ethnologen wird ganz ohne Zweifel mal ein großes Tier. Aber weiß man es denn, vielleicht haut er eines Tages auch ab und macht im Westen Karriere, an einer der kleinstädtischen Universitäten wie beispielsweise Tübingen oder auch Marburg. Noch was zum Thema Haushaltsführung, nahm Lachert einen neuen Anlauf. Die Rechnungen des Tierarztes, habe ich vorhin gesagt, wurden nur einmal im Jahr zugestellt, um den elften November herum, den Martinstag, rechtzeitig genug, daß mit den Zahlungen der Bauern noch für den Advent gerechnet werden konnte. Das war sehr wichtig, weil die Tierarztfamilie ihrerseits auch nur einmal alle zwölf Monate, am Ende des Jahres, die Rechnungen des Fleischers, des Bäckers, des Milchhändlers, des Drogisten, des Weinagenten, des Apothekers und des Arztes erhielt. Schnell eine Anmerkung bezüglich Arzt und Heilkunst. Wenn es sich irgend machen ließ, kurierte der Veterinär die Seinen lieber selbst, schon allein aus Kostengründen. Außerdem lag eine gewisse ländliche Heilbefähigung seit alters her in der Familie. Vor seinem Vater hatte schon sein Großvater als Schmied in Niederreinsberg dem Herkommen gemäß die Tiere der Bauern und Häusler behandelt, Kühe und Ziegen zumeist, Pferde gab es nur auf den Gütern. Dem Schmied und einem Ziehsohn waren aber auch so manche Kur bei Kranken aus dem Dorf und später aus der Umgebung bis nach Freiberg hin geglückt. Um 1850, 1860 herum, der Schwiegervater des Schmieds aus dem benachbarten Gotthelffriedrichsgrund, nun ansässig auf einer Halbhufe in Bieberstein, arbeitete als Bergmann mit am Vierten Lichtloch des Rothschönberger Stollns, Mitte des vorigen Jahrhunderts, will ich sagen, war kurz vor Erntedank eine Zigeunersippe mit zwei Wagen durch das langgezogene Dorf Reinsberg gekommen und hatte hinter den letzten Häusern ihr Lager aufgeschlagen, dicht am Dittmannsdorfer Bach. Schon in der ersten Nacht und lauter und länger in der zweiten Nacht hörten die Leute in der nahen Schmiede von der Gemeindewiese her das weltverlorene Weinen, das Schreien und Heulen eines Kindes. Am Ende war das so schrecklich anzuhören, daß der Schmied selbst sich aus den Federn im ersten Stock des Umgebindehauses hob und durch das nasse Gras zum runtergebrannten Lagerfeuer tappte, die alte Anführerin der Bande kam ihm aus dem Bachnebel entgegen, weißes Hemd, bestickte Weste, weite bunte Röcke, ein Öllämpchen in der Hand, und wies ihn, fremde zischende und zischelnde Wörter ausstoßend, zu einem der Wagen. Gleich hinter der Tür lag dort im Kreis der Sippe ein Kind, vielleicht zwei Jahre alt, zuckend, krampfend auf dem Boden, die blutjunge hinduschöne Mutter drängte ihn nach vorn, er kniete sich hin und legte seine Hände auf Brust und Stirn des Kindes, sofort wurde es still, nach ein paar Sekunden war es eingeschlafen. Am Morgen, die Pferde waren schon angespannt, brachten die Zigeuner das epileptische Wesen vor die Niederreinsberger Schmiede und hielten es zwischen Kissen gesteckt und in Decken gewickelt den Bewohnern hin, die brachten es nicht über sich, das arme Wurm zurückzuweisen. Der Hausvater hatte offensichtlich Kräfte solcher oder solcher Art, sie waren die nächtliche Rettung für den Zigeunerjungen gewesen, die Himmelsgabe war Verpflichtung. Auf diese Weise kamen die Schmiedeleute zu einem weiteren Kind. Vier Jahre später, der Junge war sechs Jahre alt, kam die Kunde auf, er habe wie sein Pflegevater und noch viel mehr als der die Fähigkeit zur Heilung dort, wo jede Kunst der Ärzte, der ortsüblichen Besprecher und weisen Frauen versagte. Die Hand des Kindes, aufgelegt auf Kopf, Leib oder Glieder, vollbrachte wahre Wunder. Einer der vielen Bäcker aus Siebenlehn, die die Silberstadt Freiberg seit Menschengedenken mit Brot beschickten, der bestgestellte, reichste von ihnen, verspürte seit Monaten, fast Jahren ein Rumoren im Bauch und im Gedärm, ein inneres Auf- und Niedersteigen, wie er seine Qual beschrieb, mit ungeheurem Kräfteverbrauch, er lag nur noch im Bett, das er in der Backstube hatte aufschlagen lassen, hier fühl mal, sagte er zu seiner ältesten Tochter, wie es tobt in mir, leg deine Hand auf meinen Bauch. Tatsächlich, auch die Tochter stellte merkwürdige Bewegungen, beängstigende Wellen unter der väterlichen Speckschicht fest, beinahe wie Wehen, sagte sie, wehewehewehe, äffte sie der Kranke nach, kannst es wohl nicht erwarten, bis ich mir die *Rabbunzeln* von unten angucke. Eines Morgens dann: Es geht nicht mehr, ich kann nicht mehr, holt mir vom Schmied das Taternkind hierher, egal, was er verlangt. In Erfüllung des dringenden Wunsches schickte die Familie noch am gleichen Vormittag nach Niederreinsberg. Aber nicht der Junge kam gegen Abend herüber, sondern der Schmiedemeister selbst stellte sich ein. Im Dämmerlicht der Backstube, man war auf sein Verlangen hin zu zweit allein, besah er sich den Kranken, hob das Federbett ab und schob das Nachthemd nach oben, Sie Armer, murmelte er, wie hilft man Ihnen denn, na dann gebe ich Ihnen hier ein Kissen, das Ihnen wohltun wird, was in der Füllung ist, wird nicht verraten, das legen Sie sich unters Kreuz, das stützt und läßt das Übel nach unten wandern, morgen kommt unser Kleiner dann und erlöst Sie. Anderntags wurde der Junge, städtisch angezogen, von seinem Pflegevater tatsächlich in die Backstube geführt, auf der Schwelle verhielt er kurz den Schritt, wie festgehalten von üblen Mächten, er ließ die Arme herunterhängen und machte halb verdeckt ein Abwehrzeichen, Zeige- und Mittelfinger unauffällig gegen das Bett gestoßen, was alle, die sich hinter ihm und neben ihm wie ein Gefolge drängten, sehen konnten und auch sehen sollten, die Bahn war freigemacht. Am Bett angekommen, sagte er kein Wort, er wendete sich halb um, zur Frau des Hauses und den Töchtern, und veranlaßte durch zwei, drei Gesten, daß der Kranke aufgedeckt wurde, da lag er nun, zweieinhalb Zentner schwer, mit bleicher Haut, verschwitzt, der wundersame Knabe stieg zu ihm auf das Bett, kniete sich auf seine Oberschenkel und knetete und drückte mit voller Kraft den breit hingeflossenen Fettbauch seines ächzenden Opfers. Und nicht nur den. Auch dem Bettzeug, der Matratze und den Kissen ließ er seine Heilkraft zukommen, indem er mit den Fäusten an ihnen herumfuhrwerkte und sie walkte. Plötzlich ploppte eine Kette Körperwinde in den Strohsack, mit angstvoll aufgerissenen Augen furzte und furzte der Bäcker ganz fürchterlich, am Ende war es still in der Backstube, still aber stinkig, wieder eine Geste des Jungen, der Kranke wurde von den Frauen der Familie auf die Seite gedreht, Gesicht zur Wand, um Gottes Willen, die Zuschauer erschraken, was war denn das, anscheinend hatte er ein glitschig schimmerndes langgestrecktes Tier mit vier Beinen von sich gegeben, eine übergroße Eidechse, ähnlich einem Grottenolm oder einem Molch, das Tier schnappte mit seinem breiten Maul voll spitzer Zähne nach Luft und versuchte, sich zwischen Fußende des Bettes und Wand in Sicherheit zu bringen, der Junge packte es im letzten Moment am Schwanz, wirbelte es herum und schlug es gegen die Wand, einmal, zweimal, dreimal, halblaute Worte ausstoßend, die das jämmerliche Quäken des Tieres, das fette Klatschen überlagerten, Fenster auf, rief er unvermittelt mit hoher Stimme, und als das Fenster endlich offen war, auf der Fensterbank hatten Krüge mit Milch und Schüsseln mit Teig gestanden, warf er die Überreste der bäckermeisterlichen Leibesfrucht in hohem Bogen auf den Hof, in den Bereich des Kettenhundes, der kam sofort herangesprungen und fraß das Dargebotene hastig auf, danach eine Art Wolfsgeheul, das nicht enden wollte. Von Stund an war der Bäcker gesund und munter wie zu seinen besten Zeiten. Na, du Luder, sagte er zu seiner ältesten Tochter, jetzt bist du aber sauer, *nich woahr*. Die Kunde von der Wunderheilung in Siebenlehn drang bis nach Freiberg, Tage, ganze Wochen gab es jetzt, an denen der Junge aus der Schmiede in der Reinsberger Dorfschule fehlte, weil er zu Kranken geführt wurde, geführt werden mußte, in Oederan, in Tharandt, in Brand und Flöha und in allen Dörfern, die dazwischenlagen. An seinem elften Geburtstag wanderten der Pflegevater und die Pflegemutter mit ihm zum ersten Mal über Halsbrücke nach Freiberg. Nicht ohne Absicht, die Eltern mieteten in einem Bergmannshaus hinter der Meißner Gasse, in der Gegend der ersten Silberfunde, von der Witwe eines Pochsteigers eine Erdgeschoßstube mit einem Fenster und einer Extratür zur Straße, hier hatte die Vermieterin einmal einen Kramladen für die weitere Nachbarschaft betrieben. Zweimal in der Woche, am Mittwoch und am Sonnabend, empfingen in diesem Zimmer, in dem nur sechs Stühle standen, die drei aus Reinsberg hoffnungsfrohe Bittsteller und hoffnungslose Kranke, die Bergmannswitwe versah das Pförtneramt. Der Junge wurde mehr hofiert als ein Samuel Hahnemann, ein Hufeland, ein Heim oder ähnliche Größen der Heilkunst. Vor allem überhäufte man ihn mit Geschenken, Geld nahm er offiziell nicht an, klugerweise. Denn die vier Ärzte am Platz sahen ihre Felle davonschwimmen und stachelten die Behörden auf, aber nichts zu machen, es handelte sich nur um Gebetsstunden. Und gebetet wurde auch wirklich. Gebetet und gesungen. Stundenlang. Alle Bewohner der Gasse konnten es hören. Und bezeugen. Die meisten sangen und beteten sogar mit. Nicht selten, ja häufig gab es besonders an den Wochenenden in der Gasse, vor dem Haus großen Andrang, die Nachbarn richteten einen Ordnungsdienst ein, als der nicht ausreichte, tauchte die hohe Polizei auf. Um das Chaos zu bändigen, sammelten die Schutzleute alsbald von den Hilfesuchenden Zettel mit den Namen und Anliegen ein und reichte die Packen durch das Fenster in die Stube, alles nicht genug, ein paarmal mußte eine halbe Kompanie Soldaten des in der Stadt stationierten Jägerbataillons aufziehen, ein lokales Blättchen berichtete darüber. Der Volksschullehrer, der dort schrieb, war auch Korrespondent der *Haude-Spenerschen Zeitung* in Berlin und der *Gartenlaube*, beiden Organen schickte er die Geschichte des Bäckers mit der Eidechse im Bauch zu, außerdem reicherte er seinen Artikel mit der Erzählung von dem Freiberger Bergmann an, der in der Kantine des Abrahamschachtes aus Jux und vorschneller Prahlerei eine schwere silberne Ausbeutemünze, einen Doppeltaler, in den Mund nahm und hinunterschluckte und dann die sozusagen edle, aber mehr als nachhaltige Speise nicht wieder loswerden konnte, bis der Goldjunge aus Reinsberg kam und ihn davon befreite, durch Abgang auf natürlichem Weg, aus Schonung für den Geplagten wars kein Talerstück mit scharfen Rändern, das kam und klotzte, jetzt waren es sechzig kleine Silbergroschen, die aus ihm kleckerten, fast flutschten. So nahm die Nachricht vom wunderheilenden Zigeunerjungen ihren Weg in die Welt. Selbst in Amerika las man von dem Mirakel. Erst recht in Hannover. Der König dort, Georg v., hatte als Kronprinz in ganz jungen Jahren schlimmes Pech mit seinen Augen gehabt. Erst verlor er durch eine Infektion die Sehkraft auf dem einen Auge, dann spießte er sich mit vierzehn Jahren beim spielerischen Auseinandernehmen einer Taschenuhr deren Feder in das andere Auge, es lief aus. Erblindung, im Höhenbereich regierender Fürsten, der allerobersten Etage gleich unter dem lieben Gott, wo man alles, fast alles hatte, ein besonders schlimmes Schicksal. Deshalb wurde auch, Georg saß noch nicht auf dem Hannoverschen Thron, das Wundermädchen aus der Schifferstraße in Berlin geholt, Luise Braun, die Schutzbefohlene der schreibenden Gräfin Ida Hahn-Hahn. Vergeblich. Wie schwer das war, nach der Krönung: so tun zu wollen, tun zu müssen, als ob man sehen konnte. Marie, die Königin an Georgs Seite, war eine Prinzessin Sachsen-Altenburg, in Hildburghausen geboren und in unserer Nachbarschaft aufgewachsen, erzählte Lachert, im nahen Altenburg. Als junges Mädchen war sie öfter auf Einladung der sächsischen Verwandtschaft, der Wettiner, in Dresden gewesen und hatte einmal auch einen Ausflug nach Freiberg gemacht, um die traditionsreiche Bergakademie zu besuchen, die älteste der Welt, angeblich. Und um die *Goldene Pforte* zu sehen und die Silbermannorgel im Dom zu hören. Sie war auch eingefahren, umringt, gestützt, beschirmt, in den Abrahamschacht der Himmelfahrt Fundgrube östlich der Altstadt, bei den Friedhöfen, hinter denen sich Richtung Halsbrücke die Kette der um die Haspelplätze aufgeschütteten kleinen Rundhalden bis zur Mulde zog. Der aus dem Fels gehauene

Schacht, die niedrigen Stollen, von den Bergbeamten merkwürdigerweise beharrlich *Stolln* genannt, die hohen Radstuben unten und die Enge und Feuchtigkeit und Dunkelheit hatten sie ebenso beeindruckt wie das ferne rätselhafte Rauschen der Grubenwässer, die in der Tiefe zum Rothschönberger Stolln schossen, noch viele Jahre später, in Hannover, längst Ehefrau und Mutter, spielte sie in Tagträumen die Grubenbefahrung nach, frei sein im Berg. Und nun las sie in der Zeitung von dem kindlichen Wunderheiler, der in Freiberg auf den Plan getreten war. Eine fast mädchenhafte Sehnsucht nach der Bergstadt und dem Vermögen, der Befähigung des Jungen, über jede Grenze der Vernunft hinwegzuspringen, vielleicht zum Nutzen ihres Mannes, wuchs in ihr und brachte sie am Ende dazu, in kleinster Gesellschaft eine Reise nach Sachsen zu unternehmen. Nur zwei ältere Hofdamen begleiteten sie auf der Eisenbahnfahrt nach Dresden. Der Hof dort war ins Bild gesetzt, zugleich aber um Diskretion gebeten worden. Folglich war das Empfangskomitee entsprechend unauffällig, eine Kammerfrau, ein Haushofmeister und drei Dienstmänner warteten auf dem Bahnsteig zusammen mit dem Bahnhofsvorsteher. Im *Hotel am Neumarkt*, nicht allzu weit entfernt vom Schloß, schrieb sich eine Gräfin Greifenklau mit Gesellschafterinnen ein. Längst ausradiert das ganze Gehabe, der ganze Klüngel. Schon am nächsten Morgen ging es in einer zweispännigen gedeckten Kutsche durch den felsigen Plauenschen Grund mit seinen Schächten und Hüttenwerken nach der Kleinstadt Tharandt, Sitz der Forstakademie, und weiter durch den Grillenburger Wald ins langgestreckte Reinsberg. Am unteren Ende des Dorfes ließ Königin Marie vor der Schmiede halten, eine ihrer Damen stieg aus und klopfte an der Haustür, sie bat die Frau des Schmieds, den Jungen, den berühmten, Sie wissen schon, an den Wagenschlag zu schicken, die Gräfin Greifenklau wolle ihn kennenlernen. Ein Bub wie Milch und Blut und Ebenholz, sagten die Begleiterinnen, beide unverheiratet, und sahen in dem schwarzhaarigen Knaben, wie er da an der Kutsche stand, zwölf Jahre alt, doch auch schon den Mann. Die angebliche Gräfin und der Junge fixierten sich, *was gannstn du*, wurde aus der Kutsche heraus thüringisch gefragt, was Sie wollen, mit Gottes Hilfe, gab er hochdeutsch zur Antwort, wenn Sie beten. Hochdeutsch hieß, er hatte mit der Dorfjugend nichts zu tun, der Pfarrer, aus der Oberlausitz gebürtig, ging in der Schmiede ein und aus, in Bann geschlagen von dem Treiben, auch der Kantor, auch der Steiger vom Lichtloch. Alle drei stammten nicht aus Sachsen und waren frei vom Brei des Dialekts. *Nu gut, bis balde*, kam von der vornehmen Dame die Antwort. Die Kutsche rollte an, und der Junge ging über den Hof mit den zerbrochenen Wagenrädern, den Haufen Alteisen, den Pferdeäpfeln, Kuhfladen und Ziegenköddeln zum Haus zurück, von der Pflegemutter beobachtet, die während des kurzen Auftritts unter der Tür gestanden hatte. Wetten, daß die nicht nur Gräfin war, sagte sie, wir werden sehen. Mit ihrer Vermutung sollte sie tatsächlich recht behalten, denn vier Wochen später rollten drei schwere Kutschen vor die Schmiede und holten den jungen Zigeuner für zwei Wochen weg von zuhause, mit häufigem Pferdewechsel ging es am ersten Tag ins Tiefland hinunter, bis nach Frohburg, ja wirklich Frohburg, so haben es mir die Tierarztleute vor ein paar Wochen erst erneut bestätigt, sagte Lachert, der sich gegen das Wyhrageländer lehnte, die Hände in den Manteltaschen, in der kalten Nacht der vielen kleinen Erzählungen, einem der Höhepunkte eines Kleinstadtlebens. Die Reisegesellschaft mit dem Jungen stieg im Gasthof *Zu den drei Schwanen* ab, am Markt, an der nordwestlichen Ecke, mit Nachmittagssonne von der Kirche her, die große Handelsstraße von Wien und Prag nach Leipzig zur Messe und nach Berlin, die über das Erzgebirge kam, ging direkt am Haus vorbei, einer behaglichen Herberge mit Ausspann, einem wohleingerichteten Unterkommen noch aus der Goethe- und Biedermeierzeit, Hermann und Dorothea ließen grüßen, der tiefe Hof mit Schuppen, Ställen und Remisen griff weit in die handtuchgroßen Gärten der Webergasse hinein, an der die armen Leute wohnten. Die Passagiere aus den Kutschen, fast zwanzig Köpfe, verhandelten vertraulich mit dem Wirt und ließen sich die ganze erste Etage zuweisen, dicke Mauern, kleine Fenster, klappernde Türen. Und dennoch für den Zigeunerjungen aus der Dorfschmiede, der die Wappen auf dem Reisegepäck seiner Begleitung längst erspäht hatte, wie ein Traum. Den Residenzton der Gespräche, die anscheinend reibungslose Hierarchie der Hofleute genoß er wie ein persönliches Geschenk. Solche Sphären kennenlernen, in ihnen leben. Vielleicht behielten sie ihn da. Ein paar Jahrzehnte später ging der gesamte Gasthof mit sämtlichen Nebengebäuden und der Nachbarschaft von drei, vier Ackerbürgerhäusern in Flammen auf, alles brannte innerhalb von fünf, sechs Nachtstunden nieder, zwei weitere Häuser mußten überdies in aller Eile niedergerissen werden, um der Feuersbrunst Einhalt zu gebieten, ein alter Zigeuner, der, einsam und allein unterwegs, ohne Quartier geblieben war, sollte das gewesen sein, sieh an, hatte er nicht im ganzen Ort nach seinem erst Niederreinsberger, dann Freiberger Ziehbruder gefragt, nach Wilhelm, so undeutlich hatte er sich ausgedrückt, so verwirrt hatte er auf die Frohburger gewirkt, daß sie sich an die Stirne tippten oder ihn einfach stehen ließen, *wegg da, ford midd dihr*. Am Morgen nach dem Brand war der Alte aus der Herberge zur Heimat, in die ihn der Gendarm gewiesen, ja gezwungen hatte, spurlos verschwunden. Bis man drei Jahre später, die Ortschronik berichtet davon, im Harzberg in einem Dickicht an der gerade eröffneten Kleinbahnstrecke von Frohburg nach Kohren eine zur Harmlosigkeit geschrumpfte und getrocknete Leiche fand, die Haut gefältelt und geschwärzt, uraltes Leder, das knackte und brach und helle Knochen und Knöchelchen ans Tageslicht entließ. Die Brandstelle *Zu den drei Schwanen* lag lange brach, zwei Jahre mindestens, wer auf dem Weg zur Leipziger Messe durchkam, mußte sich mit dem *Roten Hirsch* schräg gegenüber begnügen, der Konkurrenz, genauso groß, aber billiger, aus gutem Grund. Erst kurz vor dem Ersten Weltkrieg erfuhr dieser zweite Frohburger Gasthof eine Aufwertung, indem in den

Tanzsaal im ersten Stock das Kino eingebaut wurde, mit einer breiten Treppe nach oben, einem eleganten Kassenschalter, mit roten Plüschsesseln und einem Sperrsitz. Vor allem in der Kriegszeit von 1941 bis 1945 und in den folgenden Jahren und Jahrzehnten, bis vorgestern, wenn ich es recht bedenke, war das Kino eine Oase in der Wüste.

Die nächsten Etappenstationen der eiligen Hannoverschen Reisegesellschaft, fuhr Lachert fort, waren am anderen Ende der Leipziger Tieflandsbucht Eisleben, die heutige Lutherstadt, dann Roßla am Fuß des Kyffhäusers, das gelehrte Göttingen und dann noch Seesen, ein weitgehend unbekannter Flecken, der allerdings die Familie Steinweg gleich Steinway hervorgebracht hat, Klavierbauer erst am Harzrand, dann in Nordamerika. Am Ende des fünften Tages fuhren die drei Kutschen endlich in der Residenzstadt der Welfen ein. Das Königtum dort hatte nur noch wenige Jahre, dann verspielte der blinde Herrscher, Herrscher von Gottes Gnaden, wie er ebenso beharrlich wie unbelehrbar meinte, sein Reich in der Schlacht bei Langensalza, 1866, gegen die Preußen, an jenem schicksalhaften Sommermorgen ließ er sich, bevor der brudermörderische Kampf losbrach, auf seinem Pferd sitzend, an die Kante des Talhangs bringen, schwarze beinahe unsichtbare Fäden leiteten das edelste Warmblut, das die Zucht im Königlichen Landgestüt Celle bis dahin hervorgebracht hatte, kerzengerade saß der König im Sattel und winkte, nachdem der Flügeladjutant die Richtung angegeben und gleich auch korrigiert hatte, seinen Truppen zu, als könnte er sie sehen und durch seinen festen fordernden Blick auf das Blutvergießen, fremdes Blut, eigenes Blut, egal, es kam doch, wie es kommen mußte, festlegen. Daraus folgt, wandte Lachert sich nicht nur an Loest, sondern auch an Koeben, falls Sie die Geschichte nicht ohnehin schon kennen, daß der Zigeunerjunge den Fürsten in Hannover ebensowenig von seiner Blindheit hat befreien können wie die besten Ärzte jener Jahre und das Berliner Mädchen aus der Schiffergasse. Dabei hatte der Junge sich alle Mühe gegeben, an vier verschiedenen Tagen hatte er je eine Stunde die Hand auf König Georgs Stirn gelegt, doch der blieb, was er nun einmal war: blind und, wenn man das anfügen darf, borniert. Es folgte nach einer reichlich abschätzigen Verabschiedung die Rückreise, man mußte nichts mehr geheimhalten, man brauchte den gescheiterten Wunderheiler nicht mehr abzuschirmen und setzte ihn auf die Bahn mit dem Ziel Dresden, von dort kam er auf einem Steinkohlenfuhrwerk der Grube auf dem Windberg nachhause, es war schon dunkel. Trotzdem ging es in Niederreinsberg wie auch in Freiberg noch am gleichen Abend und am nächsten Tag von Haus zu Haus: Der Schmiedejunge ist weit weg bei einem fremden König, *Geenich* ausgesprochen, gewesen, er hat ihm nicht geholfen, hat ihm nicht helfen können, die Gabe ist ihm wieder abgenommen worden, sie war allein für uns bestimmt. So sagten bald die Leute. Und blieben weg. Bis auf zwei gutgestellte Schwestern aus Oederan, fünfundvierzig und achtundvierzig Jahre alt, unverheiratet, die von Anfang an zum innersten Kreis der Anhänger gehört hatten, Besitzer einer Spinnerei, Geld spielte keine Rolle, sie hatten es und traten dennoch mehr als einfach und bescheiden auf, der Mensch lebt nicht vom Brot allein, Jesum ist unser Herr, sagten sie, und der Pfarrer runzelte die Stirn, wenn er das hörte, was für ein frömmelnder Quatsch von euch Kanzellerchen, eiferte er sich, euer geschwollenes Jesumgerede, es heißt Jesus, Jesus ist unser Herr, und damit basta. Den beiden ältlichen, aber durchaus noch, wie der Volksmund sagt, im Saft stehenden, üppig spätblühenden Frauen von der eher handfesten Sorte, nur die bleichen Ergriffenheitsmasken, das innige Getue störten, auch den Pfarrer, nebenbei gesagt, warum wohl, ihnen präsentierte der Zigeunerjunge immer häufiger Himmelsbriefe, die ihm sein persönlicher Engel mit Namen Michum geschrieben und in der Betkammer im ersten Stock der Schmiede übergeben hatte. Die Kammer, an der Hintertreppe gelegen und gerade erst vom Gerümpel befreit und christlich eingerichtet, sollte den Jungen über den Mißerfolg in Hannover hinwegtrösten, sie erfüllte die ihr zugedachte Aufgabe tatsächlich, denn in ihr ließ sich trefflich mit den beiden Oederaner alten Jungfern sprechen, beten, singen, nicht selten, aber stets angekündigt, kam der Schmiedemeister dazu, niemals die Schmiedemeistersfrau. Raten Sie mal, was in den vorgezeigten Briefen stand. Ja, ganz genau, es ging um Geld, mal sollten drei, mal sieben Taler gespendet werden, für Traktate, Bildchen, Kruzifixe, die Heidenbekehrung in Afrika und Grönland, heute gespendet, und morgen, spätestens übermorgen würden die großzügigen Spender das Zehnfache zurückbekommen, als Belohnung für die Selbstlosigkeit. Dem war nicht so. Vielmehr wuchs der Finanzbedarf des Engels für seine guten Werke ins Zehnfache, ins Hundertfache, nach einem Jahr konnte die Spinnerei der Schwestern die benötigte Baumwolle nicht mehr bezahlen, der Importeur in Chemnitz, ein Großhändler Georgi, sagte nein, der Clauß in Flöha bezahlt mir mehr, er zahlt überhaupt, und Ihr habt Schulden über Schulden bei mir. Und auch anderwärts, wie ich höre, gibt es Verbindlichkeiten. Wenn kein Material, dann keine Arbeit, die vielen hundert Spindeln drehten sich nicht mehr, und der Lohn für die hauptsächlich im Tage- oder Wochenlohn Beschäftigten blieb aus, die meisten waren Frauen, auch Kinder gab es im Betrieb, nicht wenige sogar, die Pleite nahm einem Sechstel, fast einem Fünftel der Oederaner Einwohner den Verdienst, das tägliche Brot, so daß die Furcht vor Hungeraufläufen alles andere als aus der Luft gegriffen war, schon hatten Unbekannte beim Bäcker am Altmarkt nachts zweimal eine Scheibe eingeworfen, es gab auch Kreideschmierereien am Rathaus, an der Kirche und am Haus des Gendarmen, Die Laternen stehen noch, Unser Kohldampf macht euch Dampf, Kein Kaiser und kein Gott, dergleichen Sprüche und Drohungen konnte man lesen, Erinnerung an 1848 mit den Barrikadenkämpfen in Dresden und mit den Freiwilligen, die mit Jagdflinten, Stutzen und Kutscherpistolen von allen Seiten auf die Residenz zuströmten, auch aus Oederan, hin zu Schüsseknattern, Hufgetrappel, Kommandos und Kanonendonner in den engen Straßenschluchten, der Aufstand achtundvierzig, will ich sagen, war noch nicht vergessen, weder unten im Volk noch bei den Kleinstadtoberen. Bis heute, sagte Lachert, Sie wissen es, gibt es den Unterschied, den Riß, der durch alle Gemeinden, alle Dörfer und Städte geht, durchs ganze Land, bis in unsere Tage, und der alle zehn oder zwanzig Jahre andere Gruppen und Grüppchen voneinander trennt und einander gegenüberstellt, Notwehr, Bürgerkrieg, Haß, Terror, wir werden unser Schicksal niemals los, den Reichen vor Hunger hassen, auch vor nacktem Neid, den Habenichts aus Angst, den Andersgläubigen aus Kurzsicht und Beschränktheit und den Disputanten und Eiferer aus Unsicherheit und Gedankenfaulheit, sie alle hassen, müssen hassen, wollen hassen, in einer Richtung und in der Gegenrichtung, immer hin und her, das ist unser Problem, fast möchte ich sagen unser Los in alle Ewigkeit, bis ans Ende aller Tage. Sie spinnen wohl, wurde der halb weggetretene Koeben wieder munter, bleiben Sie mir bloß vom Leib mit Ihrem Schicksalslos und Ihrer albernen Ewigkeit, die Zeit ist neu, und neu ist auch der Mensch, noch neuer die Gemeinschaft, in der er bei uns lebt. Wie ging es denn weiter mit dem Jungen, schaltete Loest sich ein, er kannte solche Streitgespräche bestens, bis zum Überdruß, einmal, noch gebremst, aus den Hinterzimmern der Messestadtcafés und Kneipen und weiter aus den Wohnungen seiner Volkszeitungskollegen, wenn Alkohol die Zungen löste und hinwegtrug über die Angst vor Spitzeln, die Dämme brachen oft, denn niemand konnte auf Dauer nahtlos das genaue Gegenteil von dem nachbeten, was er wirklich dachte, einmal mußte es heraus, und wenns im Suff war, um so besser, ich war hinüber, tut mir leid, Genossen, Geistesverwirrung, ließ sich dann notfalls sagen, die Sache schien erledigt, tatsächlich aber war der Argwohn, wenn nicht längst vorhanden, geweckt, das Mißtrauen wurde zwischen Aktendeckeln untergebracht und bereitgehalten. Das Wunderkind aus der Schmiede, ein stundenlanges Thema für mich, Sie merken es, war inzwischen fünfzehn Jahre alt geworden, die ältere seiner beiden Gönnerinnen blieb weg, sie verschanzte sich in ihrem Haus in der Dresdner Straße in Oederan vor den Gläubigern und den eigenen unbezahlten Leuten aus der Spinnerei, zwei der betroffenen Familien wohnten auf der anderen Straßenseite, erst wenn es dunkel war, huschte sie aus der Hintertür und klopfte beim Kaufmann nebenan an das Küchenfenster, ich nehme, was Sie nicht loswerden, was sich nicht absetzen läßt, für den halben Preis, und mit Anschreiben, natürlich, leider, bitte. Nur noch die jüngere Schwester kam nach Niederreinsberg, die aber immer öfter, immer länger, manchmal, wenn es spät geworden war mit dem Beten, dem Gesang, dem Reden, übernachtete sie auch in der Schmiede, von Sonnabend auf Sonntag meist. Der obere Flur war lang, es gab Kammern mehr als genug, und der Schmied und seine Frau hatten nichts dagegen, wer weiß, wozu es gut ist. Schließlich gehört sie auch ohne Moos noch oben dazu, auf der Höheren Töchterschule in Radebeul ist sie gewesen, sie tut und spricht so fein, das läßt sich nicht verlernen. Eines Nachts, der Herbststurm peitschte Regen gegen die Fenster, die Ziegel auf dem Dach klapperten, kam die Besucherin ans Bett des jugendlichen Mentors, ich kann nicht schlafen, der Lärm, und etwas krampft mein Herz zusammen, wie soll es weitergehen mit mir, du mußt mir helfen. Laß uns noch einmal beten, sagte der Junge, noch im Halbschlaf. Halt mich lieber fest, ganz fest, und wärme mich, mehr will ich nicht. Am anderen Morgen, der Wind hatte sich gelegt, es regnete nicht mehr, wurde der Junge wach, als das erste Tageslicht in die Kammer fiel, er sah neben sich den Kopf seiner allerletzten Verehrerin aus neuer Perspektive, von schräg hinten, schütteres falbes Haar, und als ihm bewußt war, was er sah, fühlte er auch den fremden wohligwarmen Körper, sie regte und räkelte sich und drückte sich gegen ihn, laß uns abhauen, nach Amerika, ich werde dir dort kräftige Söhne schenken, und du wirst reich und angesehen. Traum von der Ferne, von Übersee als Flucht vor Armenhaus oder Strick im Wald. Tatsächlich waren im folgenden Advent, der erste Schnee war längst gefallen, von Oederan bis Olbernhau wurden die

Lichterbögen in die Fenster gestellt, die Bergparaden zogen durch die kleinen Städte des Erzgebirges, das Fräulein Fabrikbesitzerin und der Pflegesohn aus der Schmiede verschwunden. Hatten sie den Liebestod gesucht, Tötung auf Verlangen vielleicht, wie bei Kleist, fragte sich der Pfarrer, er hatte in Berlin studiert, oder waren sie wirklich in Bremerhaven an Bord eines Lloyddampfers gegangen, hatten sie jenseits des Großen Teichs vielleicht sogar wirklich geheiratet und eine Familie gegründet, wie auch immer, wer weiß es denn, schwer zu ergründen, schwer nachzuerzählen eins zu eins das fremde Leben, der Familienname des Jungen, von den Pflegeeltern übernommen, hat sich auf jeden Fall in Amerika erhalten, wie ich aus einem Brief weiß, den mir jemand aus unserer Stadt gezeigt hat, ich sage nicht, wer, Post von der us-amerikanischen Seite ist nicht ganz ohne. Drüben in Übersee jedenfalls gibt es einen Träger des Namens, der keine zehn Wörter Deutsch versteht, der sich aber auf die Spur der Familie gesetzt hat, seit Anfang der dreißiger Jahre hat er drüben und auf drei Reisen nach Europa fast fünftausend Personen seines Namens gesammelt, bei Einwohnermeldeämtern und in Kirchenbüchern in Sachsen, in Mecklenburg-Schwerin, in Hessen-Waldeck und im Sauerland, und kunstvoll, wie es Genealogen machen, zueinander in Beziehung gesetzt, Soltan, so wurde der Pflegesohn aus der Schmiede genannt, soll ebenso darunter sein wie sein Nennbruder Wilhelm, der eigentliche Sohn des Schmieds, der nach dem Verschwinden des zweiten, des angenommenen Jungen im Haus erst das Handwerk seines Vaters erlernte und dann die Schmiede übernahm. Inzwischen hatte man von Siebenlehn her die Schienen einer Kleinbahn bis Reinsberg verlegt, das Geleis lief in der Talenge zwischen Bach und Hof der Schmiede von West nach Ost durch das Straßendorf, man mußte nicht mehr zu Fuß die drei, vier Stunden nach Freiberg gehen, wer ein paar Groschen hatte, konnte unter Nutzung der Bahnverbindung einen Tagesausflug in die Silberstadt machen und dort in aller Ruhe seine Geschäfte erledigen. Geschäfte, darauf kam es dem jungen Schmiedemeister Wilhelm an. Er hatte Charlotte Ilgen geheiratet, die Tochter eines Bergmanns, eines Doppelhäuers aus Gotthelffriedrichsgrund, einer als Anbau bezeichneten kleinen Siedlung nahebei, das Ehepaar Ilgen war noch vor der Geburt der Tochter nach Bieberstein gezogen, die gutbezahlte Arbeit am vierten Lichtloch des Freiberger Grubenwasserstollens und die Aussicht auf eine Erbschaft im Dorf lockten, in der Tat vermachte eine verwitwete kinderlose Tante dem jungen Familienvater eine halbe Hufe, nämlich ein paar Hektar Acker und Weide und drei Kühe, außerdem wurde der, als der Niederreinsberger Schacht niedergebracht war, als Kunstarbeiter, der die Seilfahrt zu warten hatte, auf Dauer angestellt. Bei sparsamem Wirtschaften reichte das für die Übergabe von ein paar Leinensäckchen voller Taler, vier, fünf vielleicht, an die ausbezahlte Tochter Charlotte. Und genau diese Säckchen, ihr Inhalt waren es, die Schmied Wilhelm dazu dienten, in Freiberg, dicht bei der Roten Grube außerhalb der Stadtmauern ein zweites Haus für die Familie zu kaufen. Das erste hatte sein Vater in der gleichen Ecke der Stadt zwei Jahrzehnte vorher erworben, insgeheim, zu einer Zeit, in der alle Welt zu Soltan drängte. Selbstlos war man gewesen, honorarfrei hatte man gewirkt. Und doch war Geld hereingekommen, hatte Geld sich angesammelt. Ungewollt, ohne unser Zutun, ja gegen unseren ausdrücklichen Willen, wurde bei jeder Gelegenheit betont. Geld, das viel zu schade war, in einen Acker, eine Wiese, einen dörflichen Landerwerb gesteckt zu werden, ins biedere Geschäft der Bauern, der Gütermakler und der Ausleiher ländlicher Kapitalien, keinem Dorfbewohner wäre eine solche Transaktion entgangen, woher die Kohle dafür kam, hätte alle Welt gefragt, mit dem Schmieden von Haken, Krampen, Spatenblättern für die Männer vom Lichtlochbau ließ sich doch höchstens verdienen, was über ein bißchen Gartenland nicht hinausging. Stadtluft macht frei, wußten der alte und der junge Schmied, der alte Spruch galt auch noch im neunzehnten Jahrhundert, und damals ganz besonders, als an jedem noch so kleinen Fluß im Erzgebirge, im Weichbild jeder noch so abseits gelegenen sächsischen Bergstadt die großen und vor allem kleinen Fabriken förmlich aus dem Boden schossen. Wo von alters her Mühlen, Eisenhämmer, Schmelzöfen gearbeitet hatten, wurden nun in erst schieferbehängten, später ziegelverkleideten Hallen ganze Batterien, wahre Alleen von Spinnmaschinen, Stanzen, Pressen aufgestellt, die Bedienung, Handhabung, Fütterung verlangten. An solchen Orten einer neuen Zeit, schien es, war weit besser wohnen als auf dem Dorf. Noch verführerischer, verlockender als eine Kleinstadt oben im Gebirge sah in Wilhelms Augen Freiberg aus, Ort des Silberbergbaus, der großen Hüttenwerke, der rastlosen Arsenfabriken, Sitz der weltberühmten Bergakademie, eines Landgerichts, Todesurteil Grete Beier, eines Lehrerseminars, der Kreisverwaltung, eines Gendarmeriekommandos, einer Garnison. Bei aller Prosperität kein hingehauenes, hingeklatschtes Gründerzeitchaos wie im durcheinandergewürfelten Aue, im aufgeblähten Chemnitz, sondern eine in allen Ehren gewerbefleißige Stadt, in der zwar das erste sächsische Silber gefunden worden war, mit dem frühesten Berggeschrei als Echo, die aber gewachsen und nicht gewuchert war, dem Gestern verhaftet, dem Heute mehr zugewandt als anheimgegeben. Kein Wunder, wenn sich alle Wünsche Wilhelms und seiner von ihm angesteckten Frau auf Freiberg, auf eine wie auch immer geartete Existenz in Freiberg richteten. Gerade war er vierzig geworden, da zog er, in den Augen seines Vaters viel zu früh zum Privatier geworden, mit Frau und zwei Söhnen aus Niederreinsberg in die Silberstadt, was aus der Schmiede wurde, ob sie ein Verwandter übernahm, ein Fremder kaufte, ob sie vorübergehend stillgelegt wurde, kümmerte ihn nicht, wird in den Unterlagen ebensowenig erwähnt wie das Schicksal seiner Eltern, der Pflegeeltern Soltans. Zu viert zog man ins eigene Haus in der Humboldtstraße ein, der jüngere der beiden Söhne, damals zehn Jahre alt, war unser Tierarzt, vor dessen Haus wir stehen, schloß Lachert den Niederreinsberger Teil seiner Erzählung. So viel, fuhr er dann fort, zur Vorgeschichte unseres die eigenen kranken Kinder behandelnden Tierarztes. Aber als die älteste Tochter Hilde an Hirnhautentzündung erkrankte, mußte in letzter Minute eben doch Möring ran. Vergebliche Mühe. Zu spät. Das Mädchen starb mit dreizehn Jahren. Wer aus der Familie wußte in der anschließenden turbulenten Zeit, wenn die Rechnungen der Frohburger Geschäftswelt in der Greifenhainer Straße ankamen, was man im Juni oder gar im März des zu Ende gehenden Jahres aus den Läden der Stadt bezogen hatte. Der Selbstbedienung durch die heranwachsenden Kinder und die Hausangestellten war Tür und Tor geöffnet. Zu diesen mehr oder weniger reellen Forderungen und Ausgaben gesellten sich später die Ausbildungskosten. Realgymnasium Borna, auch für die drei Mädchen. Schulbücher. Fahrkarten. Kleidung. Kein Wunder, daß die Familienmutter, die Tierarztfrau nicht selten bis in die Nacht hinein an der Nähmaschine saß und für die heranwachsenden Töchter Kleider und für die Herren Söhne sogar Anzüge, ja Wintermäntel nähte, sie hatte das in Oederan gelernt, wo ihre Mutter einen Putzmacher- und Handarbeitsladen unterhielt, im schmalsten Haus am Markt, gleich neben der Gastwirtschaft *Zum Hackepeter*, die der Tochter des Landesscharfrichters Moritz Brand gehörte, der, vom hochgelegenen Pfaffroda nach Oederan gezogen, seine Abdeckerei unterhalb der Kirche, am Teich, betrieb, bis sich die Anwohner mit ihren dauernden Klagen über den Gestank endlich durchsetzten und Brand auf die Höhe im Süden der Stadt auswich, weit jenseits der Bahnlinie von Dresden nach Chemnitz, das Grundstück hatte freie Sicht nach Westen, auf die hochgelegene Augustusburg, er nannte sein Anwesen, ein Wohnhaus mit verbrettertem Giebel, die holzverkleidete Scheune und einen aus Bruchsteinen gemauerten Stall Neuhohelinde. Oederan, ein Kleinstadtkosmos, der nicht ohne war, vielleicht schreibe ich einmal über ihn, merkte Lachert an. Obwohl, Frohburg steht mir näher, hier habe ich nicht nur die eigenen Augen und Ohren, hier sprudelt für mich auch mehr als eine Quelle, mitteilen kommt von teilen, abgeben, weitergeben, so sind wir nun mal, Versteckspiel ist nicht unbedingt unsere Sache. Selbst unser heißgeliebtes Zentralorgan *Neues Deutschland*, heißgeliebt von Ihnen als Schulleiter todsicher, spöttelte Lachert, funktioniert nicht nur als Verordnungsblatt, das runterrattert, was uns abgefordert wird, es braucht noch mehr, das Griffige, das Malerische, die Sensation. Und da es das bei uns nicht gibt, nicht geben kann, kommt es von außen oder spielt sich draußen ab. Agenten, Spione, Diversanten. Da muß schon mal ein Todesurteil nicht nur fallen, sondern auch, am Münchner Platz in Dresden, vollstreckt werden, zum Beispiel an der Sekretärin Grotewohls, einer Freundin der Familie. Vielleicht gibt es ein Tonband des Prozesses. Man könnte, spielte man es ab, noch heute hören, wie sie aufschreit bei der Verkündung der Strafe, die sie trifft. Hinrichtung per Fallbeil im Kellergeschoß, zwei Stockwerke drüber saßen zur gleichen Zeit Studenten der Technischen Hochschule Dresden in ihren Seminaren. Das Übel ist uns von außen aufgedrängt worden, hieß es in allen Zeitungen der Republik, die Sekretärin war Geliebte eines Westagenten, eines promovierten Ostberliner Juristen, der über die Todesstrafe, die einmal gegen ihn verhängt würde, seine Doktorarbeit in Prag geschrieben hatte. Oder, noch besser, das Übel ist gleich ganz dem nichtsozialistischen Ausland zuzuweisen und anzulasten, wie in der Weltkampagne für Ethel und Julius Rosenberg und ihre beiden Söhne: Rettet die Eltern des kleinen Robbi Rosenberg. Ich wette mit Ihnen beiden um je fünf Mark, daß mit Hunderttausenden anderer Schulkinder auch die acht oder neun Enkel unseres Tierarztehepaares die, ich möchte nicht unbedingt sagen, haßtriefenden, aber doch aggressiven, höchst kämpferischen Rosenbergresolutionen unterschrieben haben, von denen niemand, der sie unterzeichnete, der sie mit seiner einmaligen ureigenen Signatur versah, wußte oder wissen konnte oder auch nur wissen wollte, wer sie tatsächlich ausgeheckt und formuliert hatte. Kein Wort auch, wohin sie gegeben werden sollten. Ein ganzes Stück leichter, aber keinesfalls leicht ließ sich einordnen, was in Frohburg passierte. Überschaubare Szenerie, vertrautes Personal. Nehmen wir unseren Mörder Zeidler, setzte Lachert zu einer neuen Tirade an. Was habe ich über ihn nicht alles gehört, zusammengetragen, aufgeschrieben. Mindestens drei Menschen hatte der auf dem Gewissen. Ich habe es selbst miterlebt, als zwischen Machtergreifung und Kriegsausbruch eine schwerlastende Angst die Stadt jahrelang niederdrückte, besonders im Winterhalbjahr nach der zweiten Tat, bei früher Dunkelheit verschloß, verrammelte die ganze Stadt die Tore und die Türen. Erst war in einer Sommernacht der Viehhändler Karte in seiner Obstplantagenhütte am Nenkersdorfer Weg mit seiner eigenen Axt erschlagen worden, dann, zwei Jahre später, waren an einem Abend Ende Oktober die beiden Bartels dran, der Bäckermeister vom unteren Markt, neben der Gastwirtschaft *Brauhof*, und seine Frau. Rasiermesserschnitte durch die Kehlen. Bartel war seit Jahren im Ruhestand, die alten Leute waren aus der Bäckerei in die obere Wohnung des Rößnerschen Hauses in der Greifenhainer Straße umgezogen, eben gerade sind wir an dem Haus vorbeigekommen, dort drüben. Wie seine Frau verlieh auch Bartel Gelder zu hohen Zinsen in die Stadt und auf die Dörfer, wer zwei Prozent pro Monat zahlen mußte, konnte sich noch glücklich schätzen. Die Kunde von dem Bartelschen Schreibsekretär mit den Geldschublädchen und Geheimfächern spukte in den Köpfen mancher Frohburger herum, zumal es Leute gab, im Lauf der Jahre nicht ganz wenige, die mit eigenen Augen gesehen hatten, wie das bißchen Leihgeld für sie herausgenommen wurde aus dem Schatzbehälter und wie der Zins, den sie ablieferten, dort reinkam. Das reizte an und machte scharf auf schnellverdientes Geld. Wir sind, nicht wahr, Herr Koeben, gesellschaftliche Wesen und brauchen Gegenüber, Bezugspersonen, um Pläne machen zu können, im guten wie im schlechten. Auf welche Weise in unserem Fall der Mörder und seine beiden letzten Opfer mit den Tierarztleuten zusammenhängen, das will ich Ihnen gerne sagen, lieber Herr Loest. Vom Bahnübergang bergab in Richtung Stadt kommt auf der linken Straßenseite des Schützenhausbergs der Betriebshof des Baumeisters Schulze. Die Kinder gehen gerne hin, in zwei Betonbecken zwischen Straße und Abstellplatz werden Nutrias gehalten, in unserer Mordgeschichte spielt das keine Rolle. Aber das nächste Haus, ich habe es Ihnen schon gezeigt, dort war es, wo die alten Bartels ermordet wurden. Und zwei Häuser weiter wohnte der junge Mörder Zeidler mit seinen Eltern, der Weg zu seinen beiden letzten Opfern war nicht weit, er brauchte sich nur bei winterlicher Dunkelheit durch die Hinterpforte auf den Hölzchenweg zu schleichen und keinen Steinwurf weiter über den Zaun zu klettern, schon war er am Haustor der Rößners. Das Kastenschloß war letzte Hürde vor der Wohnungstür der Bartels, an der sich schellen ließ. Was man dabei wissen muß, ist die Tatsache, daß genau dazwischen, zwischen dem Mörder- und dem Mordhaus, ein weiteres Besitztum lag, das Anwesen der Tierarztfamilie. Das betont man doch nur, darauf reitet man doch nur herum, wenn man wirklich was zu berichten hat. Na gut. Genaueres erzähle ich Ihnen morgen, lieber Herr Loest, wenn Sie zu mir zum Frühstück kommen, heut nacht ist es zu spät dafür geworden. Auch die Besichtigung meines kleinen Frohburgmuseums heben wir uns für morgen auf. So Lachert, gegen halb zwei in der Nacht, auf der Höhe der Litfaßsäule, die die Stelle markierte, an der sich der Hölzchenweg zur Haltstelle der Bimmelbahn in spitzem Winkel von der Greifenhainer Straße trennte. Die drei Nachtwanderer ließen den Töpferplatz links liegen, rechts Getöse, Lichtbahnen auf dem Wasser, die Textildruckerei, damals aus voller Kraft arbeitend, heute abgerissen, spurlos verschwunden, wie nie dagewesen, sie überquerten die Wyhra auf der Sparborthbrücke, der alten eisernen Kastenkonstruktion mit den übergroßen Nieten aus der Königin-Marien-Hütte in Cainsdorf bei Zwickau, die bei jedem Fuhrwerk, jedem Auto, sogar bei Handwagen, wenn bis obenhin beladen, zitterte und bebte und die in zwei Jahren, rostgeschwächt und altersmüde wie sie nun einmal leider ist, abgerissen werden muß. Die Brücke, merkte Lachert an, dient nicht zuletzt militärischen Belangen, sie war seit jeher Teil einer

Vormarschstraße, von West nach Ost in der Napoleonzeit, dagegen in stabiler Ausführung für die Strausberger Strategen Mitte des zwanzigsten Jahrhunderts von Ost nach West, die neuen Meßtischblätter weisen in der strenggeheimen Fassung »m« für die NVA auch die Länge der Sparborthbrücke, ihre Breite, ihre Tragkraft aus sowie, wichtig im Zerstörungsfall, wenn eine Furt gefunden werden mußte, die Breite und Tiefe der Wyhra oberhalb und unterhalb der Brücke, zudem ist aus dem gleichen Grund die Gewässersohle klassifiziert: Sand, Schlamm, Kies, Fels. Und wenn du einmal tanken mußt, Kommandant eines Panzers, Fahrer eines Stabswagens, wenn du Diesel suchst oder Rapsöl, mit beiden läuft dein Motor, im Kriegsfall, wenn unser Vormarsch keinen Aufschub duldet, dann zeige ich dir auf der Karte, wo du hier in der Gegend die Tankstelle, den Treibstoffvorrat einer Fabrik, zum Beispiel der Textildruckerei, der *Wiesenmühle*, des Milchhofs oder einer LPG, der Genossenschaft *Florian Geyer* etwa, vielleicht auch einer PGH wie der Anstreichergenossenschaft *Pablo Picasso* oder einer Behörde finden kannst, wie wäre es mit der Kreisparteileitung in Geithain oder dem MfS daselbst, eine kleine unauffällige Markierung, in Kartenkunde hat man dir schon zu Schülerzeiten in der GST gesagt, was gemeint ist und worauf du achten mußt. Aber nicht nur die Wyhra, auch der nahe Eisenberg zwischen Greifenhainer Straße und Wolfslücke war militärvermessungstechnisch aufgenommen worden, welche Bäume, in welchem Abstand voneinander, mit wie dicken Stämmen. Erinnert mich. An was. Ich weiß es nicht. Vielleicht an das Frühjahr fünfundvierzig, wo sonst im Buchenwald die Jungen ihre Räuberspiele machten und im Winter die Rodelschlitten über die vereiste Piste rasten, gab es mit einemmal unter den Bäumen, zwischen ihnen ein paar flüchtig planierte Plätze, eilig aufgeworfene anderthalb Meter hohe Wälle, dort standen geschützt, versteckt, getarnt vier, fünf leichte Panzer, vier Wochen lang, die Besatzungen, nach oben und unten an den Altersgrenzen, schliefen im Schützenhaus, auf dem Saal, sie verteidigten, wenn alles schiefging, eine Art örtliche Siegfriedlinie, an der die US-Army zerschellen, verbluten würde. Sie sind mir ja ein schöner neuer Mensch, sagte Loest halb im Spaß und halb im Ernst, war er doch selber einst bei den Werwölfen der Endzeit gewesen, ein schöner Patriot sind Sie, was meinen Sie, Genosse Koeben, zu solchen Reden von den geheimen Karten. In meiner Parteigruppe bin ich als Liberaler abgestempelt, weil ich nach den Junivorkommnissen ansatzweise zum Ausgleich rate, wer nicht gegen uns ist, ist für uns, in Umkehrung von Lenin. Das ist auch meine Meinung, sagte Lachert, hier treffen wir uns. Loest schwieg. Zwischen Schusters Laden, in dem es neben Lebensmitteln, wer weiß warum, auch Puppen gab, und dem Haus von Liebings Fritze, dem Feuerwehrhauptmann, und seiner Frau, der Schneiderin, hatten die drei Männer die Brückengasse betreten und stadteinwärts durchmessen, vorbei an der Einfahrt zur Kattundruckerei und der ehemals Bartelschen Bäckerei, nun öffnete sich vor ihnen der nach Westen leicht ansteigende riesengroße Marktplatz, unbefestigt, rauhreifüberzogen, auf drei Seiten von kahlen jungen Linden umstanden, die dem Alter nach aus der Zeit des Dritten Reiches stammten, wie das Schwimmbad, die Wyhraregulierung am Harzberg, das HJ-Heim in der Nähe der Schule und das Arbeitsdienstlager an der Wolfslücke. Nun haben wir fast alles gesehen, was man bei uns in Frohburg sehen kann, sagte Lachert, der sich nicht ganz zu Unrecht als kompetenter Fremdenführer fühlte. Da hatten die drei, die endlich ins Warme wollten, den Platz schon zügig überquert und waren am *Posthotel* angekommen. Bis morgen dann, ja morgen, sagte man in Eile zueinander und vergaß, daß mindestens der Dritte im Bund am nächsten Vormittag Unterricht hatte. Loest wandte sich um, schloß die Hoteltür mit dem von Lachert erhaltenen Riesenschlüssel auf und verschwand, und auch sein Führer und Koeben, alleingelassen, trennten sich, der eine ging die Thälmannstraße hinauf, der andere hinunter. Loest tastete sich durch die Eingangshalle, stieg die steinerne Treppe zur Arztpraxis im ersten und zu den Hotelzimmern im zweiten Stock hinauf, suchte im Funzellicht der Notbeleuchtung, einer Petroleumlampe an der Wand, seine Zimmernummer neun, die Tür war nicht verschlossen, er trat ein, eiskalt das schmale Zimmer mit dem Bett an der Wand, als er von innen abschloß, polterte der eiförmige Hartgummiknebel, der am Schlüssel hing, gegen das Türblatt, fünf Minuten später war er schon im klammen Bett, die Hand um einen Flaschenhals, für den schnellen Rutsch in die Schlafgefilde. Oder las er noch in Stalins drei Jahre alter Schrift über die Sprachwissenschaft, die er in seinem kleinen Koffer mitgebracht hatte und die erst jetzt, acht Monate nach dem Tod ihres Verfassers, einigermaßen genießbar war. Loest wußte nicht, konnte nicht wissen, daß genau unter ihm, vier Meter tiefer, ein ausrangiertes weißes Krankenhausbett mit abgeblätterter abgestoßener Farbe dicht am Fenster stand, in dem Bett ein Junge, ich, zwölf Jahre alt.

Auf die Welt gekommen nicht im Krankenhaus, in Borna etwa, in der Frauenklinik Leipzig oder in St. Georg dort, sondern als sogenannte Hausgeburt, in der Greifenhainer Straße, im weitläufigen Haus der Großeltern, in dem meine Eltern von der Heirat Januar neununddreißig an bis weit ins Jahr dreiundvierzig in der Mansarde wohnten. Zwei Zimmer, die Gaubenfenster zur Greifenhainer Straße, nach Nordwesten, mit schöner Abendsonne im Sommer, im Winter vom kalten Nachtwind ausgekühlt. Auf der anderen Seite des Flurs im Dachgeschoß war das Einzimmerreich von Tante Frieda, der unverheirateten Schwester meiner Großmutter, im Haushalt ihres Schwagers hatte sie nach turbulenten Jahren in Dresden Aufnahme gefunden, von ihren Nichten und Neffen bei aller Liebe auch belächelt ob ihrer Schrulligkeiten. Mittags wurde eine Etage tiefer, im ersten Stock, gegessen, wo neben der großelterlichen Küche das langgestreckte Speisezimmer lag, eine Art kleinstädtischer Salon, in dem auch unerwartete Besucher plaziert und abgefertigt wurden. Aber nur, wenn sie nicht in tierärztlichen Angelegenheiten kamen. Dann nämlich gab es im Hochparterre gleich neben der Haustür das sogenannte Sprechzimmer mit der Vitrine für die griffbereit drapierten Instrumente und fünf, sechs Tierschädel, vom Fuchs, vom Dachs und von der Katze, sogar von Eichhörnchen und Maus. Gebleichtes Bein, von blitzendem Chromstahl umgeben. Zarteste Formen, ziselierte Kurvenlinien, Fissuren wie allerfeinste Bleistiftstriche. An frühen Nachmittagen, wenn nach der kartoffelstarken Hausmannskost der Nachkriegsjahre alles ruhte und die stille Stunde für Forschungs- und Erkundungszüge durchs Haus, durch seine Zimmer und Böden, seine Winkel und für das Stöbern in Schränken und Schubladen günstig war, öffnete ich die Vitrinentür, Glas klapperte gegen Holz, und nahm die Schädel in die Hand, mit Ehrfurcht vor der Feinheit und mit Angst vor der Zerbrechlichkeit. Das waren in der Regel Zeiten, in denen das Haus voll war, oft bis obenhin. Die Zuordnung der Räume, die Verteilung der Betten auf die Zimmer wechselte, wenn Andrang herrschte. Großfamilie, weitverzweigt bis Borna, Altenburg, Pegau, Chemnitz, Freiberg, Leipzig-Connewitz, Leipzig-Lindenau, Leipzig-Wiederitzsch, Neustadt/Glewe, Hannover, Westberlin und Köln. Immer wieder, an Festtagen, zu Ferienzeiten, für Familienfeiern der Besuch der Kinder und der Kindeskinder, manchmal sechs Wochen lang. Dazu, Nennonkel Fehlanzeige, die vielen Nenntanten, die man kaum an den Fingern zweier Hände aufzählen konnte: Tante Kurio, Tante Keeferstein, Tante Sernau, Tante Arnold, Tante Siegfried, Tante Walther, Tante Mehlhorn, Tante Georgi usw. usf. Für die Großeltern war ich das fünfte Enkelkind, nach Doris-Muttis beiden Töchtern Mari und Lachtari, Onkel Alberts einzigem Sohn Gotthelf, hinter seinem Rücken Goldhilf genannt, und Wend, dem zweiten Sohn von Tante Ilsabe, der erste, Udo, war bald nach der Geburt auf dem Rittergut Bosberg gestorben. Mein Vater legte bei meiner Ankunft auf der Erdenwelt Hand an, als es nötig war, weil die Hebamme Pötter an jenem Mittag ab halb eins allein nicht weiterkam, ich hatte Mühe, große Mühe, aus meiner neunundzwanzigjährigen grünäugigen, schwarzhaarigen Mutter herauszuschlüpfen, herauszugleiten, mich herauszukämpfen ans Tageslicht, die Zange kam ins Spiel, vielleicht, Ende Mai einundvierzig, drei Wochen vor dem Losschlagen Hitlers gegen Stalin. Der unerhörte rauhe Kriegsbeginn, Millionen Männer gingen aufeinander los, entfesselt und gelenkt, mit aller Wucht und List und Hinterlist der Technik, hat meine Geburt, und nicht nur die, mit einem Gewicht, fast einem Fluch belegt, für viele Jahre. Das Unglück kam, und es kam bald. Im zweiten Ostkriegssommer stürmte die Wehrmacht nach einem schlimmen Winter, ihrer ersten Rußlandpein, ein zweites, wir wissen letztes Mal entfesselt in die weiten Räume, auf die Wolga zu, mit Zielpunkt Stalingrad. Charkow, Rostow am Don, das waren Stationen auf dem Weg der Schußbahn, immer weiter in die Sackgasse hinein. Während sich so das Heer, einem Riesenkraken ähnlich, mit unendlich vielen Spähtrupps, Marschkolonnen, Gespannzügen, Panzerrudeln, Artillerie und Führungsstäben vorwärtsschob, unterfüttert mit ausgeklügelten Versorgungsnetzen und umspielt von Görings flinken Fischlein in der Luft, fand in Frohburg zur gleichen Zeit der Augustjahrmarkt statt, ein Privileg, zweihundertfünfzig Jahre alt. Vier Wochen Trockenheit und heiße Tage. Der Markt war gut besucht von Händlern. Ihre Stände füllten den Töpferplatz wie eine Wagenburg, und von der Sparborthbrücke bis fast zum Schützenhaus stand die Doppelreihe der Buden in der Greifenhainer Straße, Verkaufstisch an Verkaufstisch. Wie überall im Land, war auch bei den Ambulanten, die nicht selten aus dem oberen Muldenland, aus dem Erzgebirge und aus Böhmen stammten, den armen Gegenden, das jüngere männliche Element eher selten zu finden, Opas, gesetzte Männer und junge und reife Frauen packten aus und bauten auf und boten an. Ihre Enkel, Söhne, Ehemänner hatte der Führer auf Jahre hinaus von der Notwendigkeit befreit, einem Broterwerb nachgehen zu müssen, der nur kleinkariert und krämerisch zu nennen war, wenn es in Wirklichkeit um den Lebensraum des Volkes im Osten ging. Aber ganz so einfach, wie sarkastisch überhauchte

Sätze es haben wollen, ist es meistens nicht, laß dich nicht täuschen. An vier, fünf Ständen waren die gedämpfte Stimmung, die Trübsal und die Trauer nicht zu übersehen, schon am zweiundzwanzigsten Juni einundvierzig hatte es ab vier Uhr früh am Grenzfluß Bug die ersten Toten gegeben, gar nicht wenig, überraschend viele sogar, der Widerstand der Roten Armee vor allem bei der Festung Brest-Litowsk war unerwartet zäh. Seitdem mehr und immer mehr Verluste. Ein interessantes Wort: wie hoch sind die Verluste. Wir haben keine Toten, wir haben nur Verluste an Kampfkraft. Die kleinen Leute waren deutlicher als ihre Führung. Abserviert. Gefallen. Abgeschrieben. Für Volk und Vaterland und dies und das und nichts. Ein Brief kam an, die Nachricht selbst, dann gab es die Todesanzeige in der lokalen Zeitung und mit ihr eine Art Wunde, die zur Narbe wurde und nie mehr ganz verschwand. So stelle ich mir die Stimmung jener sieben, acht Wochen nach der Jahresmitte zweiundvierzig vor, auf Messers Schneide steht es mit dem Krieg, wahrscheinlich geht es gut, womöglich aber geht es schief, für alle, insgesamt, für uns ist es schon schiefgegangen, unser Sohn kommt nicht zurück. Dabei war Hochsommer, auch in Frohburg hatten die Männer weiße kurzärmlige Baumwollhemden an, die Frauen trugen leichte Kleider, meist in hellen Farben, man flanierte, schlenderte an den Buden, den Auslagen entlang, die Schuhe schlurften durch den Staub des Rinnsteins und der unbefestigten Greifenhainer Straße, zwischen den Erwachsenen wuselten Schulkinder mit ihrem Jahrmarktsgeld von ein, zwei Mark herum, die zwischen ihren Lieblingsbuden hin- und hergerissen waren und am Ende, weil sie sich nicht entscheiden konnten, gar nichts kauften oder schon nach einer Stunde keinen Pfennig mehr besaßen, dafür aber die Taschen voller Lutscher, Knallfrösche, Winterhilfsabzeichen hatten. Auch meine Eltern, von der gedämpften Geräuschkulisse des Jahrmarktssonntags, den Rufen, dem Gemurmel vor dem Haus angezogen und froh, der aufgeheizten Mansardenwohnung zu entkommen, setzten mich nach dem Mittagsschlaf in die Sportkarre, die sie von Vaters jüngerer Schwester aus Bosberg übernommen hatten, und schoben los. Beide waren in Frohburg auf die Welt gekommen und in der Stadt auch aufgewachsen, Vater am östlichen, Mutter am westlichen Ende, alle paar Schritte trafen sie jemanden aus der großen näheren und der noch zahlreicheren entfernten Verwandtschaft, dazu Freunde, Bekannte und Mutters ehemalige Kolleginnen aus den Büroetagen der *Braunsbergschen Kattundruckerei* an der Sparborthbrücke. Diese kleinstädtische Umfangung, Einbettung, die Nähe und Wärme bedeuten konnte, wurde für Mutter in den folgenden anderthalb Jahrzehnten immer mehr zu Enge, Fessel, Unfreiheit. Das ging so weit, daß, wenn wir von vierzehn Tagen Ostseeurlaub, unter mehr als bescheidenen Bedingungen, in Ahlbeck einmal, ein andermal in Heringsdorf, zurück nach Frohburg kamen, Mutter die steile Kellerbergabfahrt, die enge Kurve an der *Grünen Aue* und das schlechte Pflaster der Thälmann-Straße nicht vertrug, mir ist ganz drehend mit einemmal, speiübel, sagte sie dann und fing an zu würgen, Mutti Muttilein, rief Bruder Ulrich, Mutters Kleinchen, ratlos und erschrocken, und wenn der DKW mit uns und dem Gepäck durch die enge dunkle Toreinfahrt, für mich in umgekehrter Richtung Weg ins Leben, auf den heimatlichen *Posthof* rollte und der Nachbar Born im zweiten Stock des Marktflügels im Fenster lag und rauchte, wollte Mutter um nichts auf der Welt und nicht ums Verrecken, wie sie sagte, aus dem Auto steigen, auch als Vater den Zündschlüssel schon abgezogen hatte und der Motor keinen Mucks mehr von sich gab, blieb sie unbeweglich sitzen, und solange sie keine Anstalten machte auszusteigen, waren wir hinter ihr auf der Rückbank wie gefangen, angeweht von Bangigkeit und in eine Vorstufe der Panik versetzt von etwas, das wir nicht verstanden. Komm, steig aus, sagte Vater immer wieder, wir sind am Ziel, wir sind zuhause. Von ihr, ganz steif auf den Sitz gebäumt, kein Wort, bis Vater darauf hinwies, daß Born verschwunden war, nachdem er seine Kippe in den Hof, in Richtung unseres Autos geschnickt hatte. Sie war dicht beim rechten

Vorderrad in einer Unkrautfuge des Pflasters gelandet und verglühte dort mit einem dünnen Faden Rauch. Saukerl, Saukerl, rief Mutter, während sie sich aus dem Wagen mühte und den Glimmstengelrest zertrat. Das Echo ihrer Rufe kam von den Klinkermauern der *Post* in den gepflasterten Hof zurück und lockte andere Mieter, Baders, Frau Kienbaum, Altmanns, an die Fenster der oberen Etagen. Was gaffen denn die Affen, wandte sich Mutter mit erhobener Stimme an Vater, um gleich darauf seelenruhig zu fordern: Los, Kinder, nehmt eure Sachen, wir sind endlich da. Unklar bis heute, woher die zunehmende Empfindlichkeit kam, aus welchen unterirdischen Vorkommnissen oder Quellen sie sich speiste. Vielleicht wußte Mutter, daß die Leute etwas wußten, wovon wir Kinder keine Ahnung hatten. War das, worum es ging, wenn es um etwas ging, nun auf die Jahre vor fünfundvierzig oder auf die danach zurückzuführen. Mutter war eine Schönheit, darf ich sagen, bis 1945, ja sogar bis 1950 noch war sie so jung, so stark, so gegenwärtig, das sie keine Abkapselung, keine Attitüden nötig hatte. Das kam erst später und kündigte sich zweiundfünfzig an, am fünfzehnten März, als sie Geburtstag hatte, an einem warmen Frühlingstag, die Erkerfenster unseres Eßzimmers, das in der kalten Jahreszeit wegen seiner Größe und dem Kohlenmangel nur zwischen Weihnachten und Silvester geheizt werden konnte, standen weit offen, ein Geruch nach umgebrochenen Äckern und herbem Frühling wehte herein. Aus der Greifenhainer Straße waren nachmittags die Großeltern und Doris-Mutti gekommen, dazu Gretel Bachmann und Lisa Horn, Mutters Freundinnen, aus der Apotheke auf der anderen Marktseite die Apothekerwitwe Siegfried und aus Leipzig-Connewitz, nicht ganz unproblematisch, Tante Lore, die Frau von Mutters gefallenem ältestem Bruder. Dazu Schwester Edeltraud, die Sprechstundenhilfe. Die Runde am ovalen Eßtisch, weißes Tafeltuch, Meißner Blumen mit Insekten, hatte den ersten Durchgang Kuchen und die erste Kanne Kaffee hinter sich gebracht, da trat ich auf. Vater hatte mich eben erst in seinem Sprechzimmer, an seinem schwarzen Schreibtisch aus Eichenholz, instruiert, er hatte mir ein paar Verse eingetrichtert, schon bei meinem Auftritt in der *Grünen Aue* am Beginn der zweiten Klasse hatte ich meine Merkfähigkeit unter Beweis gestellt, jetzt hatte er mir eine große noch ofenwarme Brezel aufgehalst, die der Bäcker Müller nach seinen Vorgaben gebacken hatte. So programmiert und ausgestattet, betrat ich das Eßzimmer und blieb dicht an der Tür stehen, bis alle Gäste sich mir zugewandt hatten. Dann hielt ich die Brezel mit einer großen Sechsunddreißig im Zentrum vor meine Brust und sagte mein Verslein auf: *Heut wird Mutter sechsunddreißig, zweifelt nicht daran, das weiß ich.* Flüchtiges Nicken in meine Richtung, weil man mich nicht verprellen wollte, ein bißchen Händeklatschen. Allen im Raum war bestens bekannt, daß Mutter, 1912 geboren, in Wahrheit ihren vierzigsten Geburtstag feierte. Deshalb hielt sich auch der Erfolg meines Auftritts über den flüchtigen Beifall hinaus sehr in Grenzen, kaum jemand lachte, ausgenommen Gretel Bachmann, die für jeden Spaß zu haben war. Warum, frage ich mich, hat Vater damals die Sache in Szene gesetzt. Hatte er eine schwache Stelle bei Mutter entdeckt, ihr Erschrecken vor dem Abnehmen der Zugkraft. Oder wollte er der Greifenhainer Straße, seiner Mutter und den Schwestern, zeigen, wie sehr er seine Frau auf den Schild hob. Vielleicht sprach er aber überhaupt nur zu Mutter und vielleicht noch zu Schwester Edeltraud, der geschiedenen Frau von vierunddreißig Jahren, die man nicht mit dem beibehaltenen Familiennamen ihres Ex-Mannes ansprechen durfte. Es ging um Mutters Strahlkraft, so viel ist klar. Und es hatte vor allem mit Vater zu tun.

Zehn Jahre vorher, im August 1942, während des Frohburger Jahrmarkts, konnte von nachlassender Wirkung auf andere keine Rede sein, Mutter war dreißig Jahre alt. Gegen Ende des Sommers fiel ihr kupferfarbener Teint noch mehr ins Auge als während des übrigen Jahres. Er betonte die hohen Wangenknochen und ließ ihre Zähne besonders weiß erscheinen. Dazu kamen die zurückgenommenen, leicht gewellten rötlichschwarzen Haare und der schwere Knoten. Jedes Foto aus der Zeit, das sie im Profil zeigt, weist eine Nackenlinie auf, die mich, wenn ich sie nachzeichne, mit Zuneigung und Rührung erfüllt, schon allein im Bewußtsein des Anblicks, den sie gegen Ende ihres Lebens bot, in den Monaten des Vierzigsten Jahrestags, der Ostberliner Auflösung und der Wende: klein und immer kleiner geworden, unendlich abgemagert, elend. Ganz anders an dem Jahrmarktssonntag, an dem sie neben Vater herging, der die Sportkarre mit mir an den Buden und Tischen der Händler vorbeischob. Dort, wo diesseits der Brücke die schmale Wiese mit der Maulbeerhecke die Greifenhainer Straße und den anstoßenden Töpferplatz von der tieferliegenden Wyhra und einem Uferstreifen trennte, trafen sie erst auf Dr. Heinz Burrmann und Frau, das Amtsrichterehepaar, mit dem eine Wohnungsteilung im Amtsgericht ins Auge gefaßt wurde, im Fall einer weiteren Schwangerschaft von Mutter. Dann kamen uns Ernst Bachmann, Wob genannt, Vaters ältester Freund, und seine Frau Gretel entgegen, Miterbin der *Wiesenmühle*, Tennisspielerin, eine Schwester von Bruder Leichtfuß. Die Eltern von Wob betrieben in ihrem Geschäftshaus in der inneren Peniger Straße einen Textilladen mit zwei Schaufenstern, Wob hatte an der Handelshochschule in Leipzig seinen Diplomkaufmann gemacht und war Geschäftsführer bei den eigenen Eltern. Ein passabler Typ, gutaussehend, sportlich, Tenniscrack auf Kreisebene, wie Gretel. Jeden Abend auf dem Tennisplatz an den Erligtwiesen zu finden. Aber jetzt war Krieg, von Tennis keine Rede mehr, jetzt war er als Hilfspolizist in München stationiert, er wohnte dort zur Untermiete und kam alle sechs Wochen mit der Bahn für zwei Nächte nachhause zu Frau und Söhnen, zehn und drei Jahre alt. Der Jüngere hieß Gerd, er hatte ein klapperndes Kaleidoskop in der Hand, eine Jahrmarktsneuerwerbung, und schlug damit nach mir, ein Sekundenbild, dann war er für mich verschwunden. Zweimal im Zehnjahresabstand tauchte er wieder auf. Das erste Mal 1952, als sich unsere beiden Familien außerhalb Frohburgs begegneten, im Urlaub auf der Insel Usedom, in Ahlbeck, und Gerd seinem Vater an der Imbißbude auf der Seebrücke, an der man auch für die kleinste nahrhafte Bestellung Lebensmittelmarken abgeben mußte, die Extramahlzeit übelnahm, die der Ernährer der Familie sich genehmigte, Frau und Sohn verzichteten, freiwillig die eine, unfreiwillig, notgedrungen der andere. *Jung Gerd mit muckigem Gesicht gönnt seinem Vater die Bockwurst nicht*, dichtete ich vor mich hin, leiernd, so laut, daß alle es hören konnten. Am Abend des gleichen Tages gingen die vier Erwachsenen aus, Bachmanns wohnten in der Nähe unseres Quartiers, in einem FDGB-Heim mit strengem Regiment, macht nichts, man findet sich, sie trafen sich auf der Seebrücke, auf der ab acht Tanz war, und schwoften stundenlang, zu den Klängen der Leipziger Tanzkapelle von Kurt Henkels, der ein paar Jahre später abhaute, will sagen in den Westen ging. Während unsere Eltern das Tanzbein schwangen, bekamen Bruder Ulrich und ich Besuch von Gerd Bachmann, der sich aus dem Heim weggestohlen und auf dem Weg zu uns eine räudige schwarzweiße Katze mit eitrigen Augen aufgelesen hatte, die er uns brachte. Wir übernahmen die bedauernswerte Kreatur im Gemüsegarten unserer Quartiergeber, der Familie Vogt, und lockten sie, als Gerd gegangen war, in das Gartenhaus, in dem wir untergebracht waren, streichelten sie, spielten mit ihr und bereiteten ihr in einem Nachtschränkchen ein Kissenlager. Es war uns klar, daß wir das Türchen besser nur anlehnten, unbemerkt aber war es dennoch in die Arretierung geklickt. Früh um sechs, die Morgensonne lag im Zimmer, hörte ich ein Kratzen und Jammern, ich sprang aus dem Bett und riß das Nachttopffach auf, die Katze schoß aus ihrem Gefängnis heraus und wischte durch das offene Fenster, sie hatte sich in ihrer Not entleert und die Kissen beschmutzt, besudelt, eingesaut, es stankt widerlich. Wohin die Kissen. Schnell unters Bett. Als wir gegen Abend vom Strand kamen, waren die Kissen aus dem Versteck verschwunden. Weder von unseren Eltern noch von Vogts ein Wort. Nicht das erste und nicht das letzte

Mal, daß etwas mit Schweigen übergangen wurde, auch noch in Reiskirchen, als ich Mitte Zwanzig war und im leeren hinteren Keller des Schlierbachhauses eine Decke ausgebreitet hatte. Bereits vorher, noch in Frohburg, hatte man ein paarmal die Augen zugedrückt, Vater beispielsweise, als er nachmittags ins Eßzimmer kam und mich erstarrt, ertappt am Fenster stehen sah, er sagte kein Wort und ließ mich allein, ich rieb die Spritzer mit dem Schuh breit, damit sie schneller trocknen konnten. Nach dem Ahlbeckurlaub verbanden sich die Bockwurst vom Imbißstand und der Katzendurchfall zu einem Erinnerungsgemenge, einer einzigen Erinnerung, die, nicht angenehm, mit Gerd verbunden war. Zehn Jahre weiter, 1962, dreizehn, vierzehn Monate nach dem Mauerbau, gab es Neuigkeiten über ihn. Wir lebten bereits in Reiskirchen, und in zwei der vielen Briefe, die die Eltern aus Frohburg bekamen und die ich bis heute in einem Riesenkarton in der Garage aufbewahre, schrieb Wob Bachmann von seinem jüngeren Sohn, verschleiert, aber doch so entschlüsselbar, daß man aus dem ersten Brief herauslesen konnte, was übermittelt werden sollte: Gerd, Medizinstudent an der Humboldt-Uni in Ostberlin, hatte mit drei Kommilitonen eine DDR-Flucht über Rumänien nach Jugoslawien geplant und war verraten worden, die eigene Freundin hatte den entsprechenden Stellen die Pläne der jungen Leute offengelegt, unter Druck gesetzt durch Unterschlagungen ihres Vaters, der hinten in der Lausitz stellvertretender Vorsitzender des Rates des Kreises gewesen war, zuständig für die Versorgung der Bonzen und der Bevölkerung, erst einmal in Friedenszeiten, die in der DDR immer auch Kampfzeiten waren, vor allem aber in den jederzeit denkbaren Krisen- und, hör doch auf mit dem Geunke, Kriegszeiten. Zehn Farbfernseher hatte er bestellt, im Namen seiner Einrichtung, des Staatsorgans, und vier davon waren verschwunden, versickert auf Nimmerwiedersehen, kein Mensch außer ihm und den hochwohlernannten Bedachten wußte, wo sie gelandet waren. Gerd Bachmann wurde früh um vier festgenommen in seiner Bude in der Christinenstraße, er lernte gerade, strebsam, wie er nicht nur beim Tennis war, Physiologie. Mit seinen Freunden wanderte er in die Zellen von Hohenschönhausen, er wußte nicht, wo er war, wer außer ihm verhaftet worden war und wer gesungen hatte. In seinem zweiten Brief schrieb Wob, der Sohn sei aus dem Lehrgang endlich zurückgekommen, Gott sei Dank, aber danach böse krank geworden, wie sie erst nach und nach gemerkt hätten, das Herunterspielen der Beschwerden gehöre zu der Krankheit. Wir wußten so gut wie der Briefschreiber, welche Dienstbarkeit man im Osten mit krank umschrieb. Mehr oder weniger lange krank waren viele mit bekanntem Namen: Havemann, Schnur, Stolpe, Gysi, Böhme, Christa Wolf. Auch Gerd hatte, wie meine Eltern von Gretel und Wob bei einem ihrer Besuche in Reiskirchen erfuhren, nach drei oder vier Monaten Einzelhaft mit seinem Vernehmer unter Zwang und Erpressung, was man nicht von allen Dienstbaren sagen konnte, einen Deal gemacht. Das fiel ihm, beweglich wie er letztenendes war, nicht wirklich schwer, schon dem Fluchtplan war eine Abwägung der Möglichkeiten vorausgegangen, was war im Westen für einen Arzt nicht alles abzusahnen und was blieb ihm dagegen im heimatlichen Osten mit den Ambulanzen. Auch in dieser Beziehung war er alles andere als ahnungslos, mit einem Cousin in Düsseldorf, in eigener Röntgenpraxis, der hatte ihm gesteckt, was möglich war in der BRD, schon 1960 bei einer großen Familienfeier, der Silbernen Hochzeit seiner Eltern, die über dem Kleiderladen im ersten Stock des Familienhauses gefeiert wurde, drei Zimmer, Küche, dreißig Gäste. Damals, ein Jahr vor der Verhaftung des Sohnes, war Wob, der Silberbräutigam, noch Arbeiter in der Baumbachschen Pappenfabrik *Wiesenmühle* gewesen, einer von drei Frohburger Mühlen, der unteren, wo die Wyhra auf Benndorf zu das Stadtgebiet verließ. Im Umbruch der Zeiten waren die Schicksale der Familie nichts besonderes. Kleinbürger sind das, wachsam, gierig, sagte Onkel Bruno, wenn Wob Bachmann zu Vater in die Greifenhainer Straße kam, junge Männer, noch nicht verheiratet. Der Alte von Wob, führte Großmutters Bruder weiter aus, hat vor nicht allzu vielen Jahren mit dem Fahrrad angefangen, er radelte auf die Dörfer, einen Koffer auf dem Gepäckträger, aus dem heraus er den Bauersfrauen und ihren Töchtern Röcke, Blusen und Kleider verkaufte. Erst später machte er in Frohburg den Laden auf. Und noch später konnte er das Haus mit seinem Laden und mit der kleinen Werkstatt eines Stellmachers im Anbau kaufen, innere Peniger Straße Ecke Mühlgasse. Das Geschäft ließ sich gut an und lief auch auf Dauer prima, bis in Leipzig und auch im nahen Borna die ersten modernen Warenhäuser öffneten. Da waren es mit einemmal die Juden, die Schuld am Umsatzrückgang in den Krisen nach dem Weltkrieg waren, wußte Onkel Bruno, ich kenne diese Typen des kleinkarierten familiären Profits aus den Romanen von Balzac, in den *Verlorenen Illusionen* ist es gleich am Anfang der Vater mit der Druckerei, der den eigenen Sohn nach Strich und Faden und nach allen Regeln der Kunst ausnimmt. Genauso erging es Wob, als er die Rolle des Geschäftsführers mit der des Inhabers vertauschte. Bei der Festsetzung der monatlichen Ablöse merkte er zum ersten Mal wirklich, was an geschäftlichem Raffinement in seinem Vater steckte. Und auch in seinem Schwager, dem Finanzbeamten Seeger, der mit ihm auf der gleichen Etage wohnte, verheiratet mit Wobs Schwester, von den Gleichaltrigen im Ort wegen ihrer meckernden Lache die *Hehehn* genannt. Sechsundvierzig, Wob war nach dem mehr als heiklen Polizeidienst auf dem Balkan noch in jugoslawischer Gefangenschaft, er konnte von Glück sagen, mit dem bißchen Leben davongekommen zu sein, fand die Volkskontrolle bei seinen Eltern im Keller hinter einer schnell hochgezogenen und von den Kontrolleuren eingetretenen Ziegelwand ein ganzes Lager mit funkelnagelneuer Kleidung aus der Vorkriegszeit, es sah wie eine Musterkollektion von Bleyle aus. Die Entdeckung führte zum Verlust der Hamsterware und des ganzen Ladens und zu einer Reichsmarkstrafe von fünf Mille. Aber was war das schon, in jenen Zeiten. Die alten Bachmanns konnten noch froh sein, daß sie nicht in Buchenwald oder Fünfeichen landeten oder als Anschauung für alle anderen vors Bezirksgericht gestellt wurden, mit Übertragung der Verhandlung über den Leipziger Sender. Als dann Wob endlich nach fünf vollen Jahren von den Titoleuten entlassen wurde und zurück nach Frohburg kam, war es nichts, aber auch gar nichts mehr mit Diplomkaufmann und Erbe eines eingeführten Geschäfts, er mußte zum alten Baumbach, seinem Schwiegervater, in die *Wiesenmühle* pilgern und bitten und betteln und konnte heilfroh sein, als er unter Seifert, dem zweiten Mann der Schwester seiner Frau, unter seinem Schwager also, den Hilfsarbeiter auf den Altpapierhalden im Hof und in den Hallen und an den Kollergängen der Pappenfabrik spielen durfte. Erst nach der Entlassung Gerds aus der Haft und nach dessen Wiederaufnahme des Studiums, die Kommilitonen wunderten sich, es gab Gemurmel und Gerüchte, durfte Wob der *Wiesenmühle*, die ohnehin nach der staatlichen Beteiligung vor der endgültigen Enteignung unter Honecker stand, den Rücken kehren und, seine Eltern waren aus Kummer über den Verlust des Ladens allmählich aus dem Leben gedämmert, auf dem Rat des Kreises in Geithain eine Bewerbung einreichen, unter seiner Wohnung, im Erdgeschoß seines Elternhauses hatte sich nämlich der alte Bachmann-Laden wieder aufgetan, nunmehr als Textil HO, mit zwei Verkäuferinnen, der Ehefrau Born aus der *Post* und der jungen Elke Frenzel, Nichte des ersten Bürgermeisters nach dem Krieg, nun wurde noch ein Geschäftsführer gesucht, der etwas von der Sache verstand, Sohn Gerd hatte ihn am Telefon ermuntert, sein Interesse an dem Posten auf dem Rat des Kreises zu bekunden, er, Gerd, kenne jemanden, der jemanden kenne, er wolle das nicht lang und breit ausführen, es sei sicher, daß die Bewerbung klappen würde. Und genau so war es auch. Mit einemmal war Wobs Arbeitstag wieder genau so wie vor Ausbruch des Krieges. Um sieben standen er und Gretel auf, er wusch und rasierte sich im schmalen fensterlosen Bad, dann wurde gefrühstückt, in der Küche, man konnte unten den Hof mit der Bank an der Hauswand, die abfallende Mühlgasse und die Schloßmühle sehen und linkerhand die Krausesche Schraubendreherei, eine Bohrmaschine, zwei Drehbänke, im Sommer fünfundvierzig ungesäumt enteignet, mitsamt der Minol-Zapfsäule auf dem Gehweg vor dem Haus, wegen Beförderung des Angriffskrieges der Faschisten, wie schriftlich niedergelegt wurde, folglich gemäß Einigungsvertrag, von Schäuble und Krause ausgehandelt und unterschrieben, keine Rückgabe und auch keine nennenswerte Entschädigung, über deren Höhe Anfang der Neunziger ohnehin Leute entschieden hätten, die vorher schon beim Rat des Bezirks Leipzig gearbeitet hatten. Halb neun ließ Wob die Wohnungstür hinter sich ins scheppernde Schloß fallen und stieg, wie viele Jahre hindurch sein Vater und eine Weile auch er, die Treppe runter ins Erdgeschoß, er schloß die Hintertür des Ladens auf, drei Schlösser, drei Schlüssel, und öffnete eine halbe Stunde später die Tür zur Straße, erst für die beiden Frauen vom Verkauf und dann auch für die Kunden. Wenn die beiden Schaufenster neu beschickt und gestaltet werden mußten, blieb die Verkaufsstelle ein paar Stunden geschlossen. Das gleiche war auch wegen Warenannahme gestattet und üblich. In beiden Fällen mußte ein Zettel mit dem Anlaß und der Dauer der Schließung an die Ladentür gehängt werden. Da konnte es schnell passieren, daß der alte Zettel einem neuen weichen mußte, auf dem der Zeitpunkt der Eröffnung um weitere zwei Stunden verschoben wurde. Das ließ sich am gleichen Tag noch zwei-, dreimal wiederholen, bis zum Ladenschluß. Ansonsten gute Geschäfte, soweit der Nachschub klappte, die Verteilung. *Malimo*, das Ersatzprodukt von Mauersberger aus Limbach-Oberfrohna, ich denke an Gert Hofmann und seinen *Kinoerzähler*, war verhältnismäßig leicht zu bekommen. Weiche Frotteehandtücher dagegen, heißbegehrt und rar, gingen im Eiltempo über den Ladentisch, Winterjacken ebenso, dazu Jeans aus heimischer Produktion, meist aus dem Erzgebirge und dem Vogtland. Knapp waren auch Bettbezüge, bedruckt mit modischen Dessins. Sie wurden keine dreihundert Meter vom Laden entfernt in der Textildruckerei am unteren Ende des

Markts hergestellt, mußten aber den Weg über die Zuteilungszentrale des VEB *Wäscheunion Mittweida* nehmen, Frohburg war Werk IV, die Ware kam mit enormem Schwund in die Stadt zurück, nur drei, vier Garnituren jedes Quartal landeten bei Wob unter dem Ladentisch, er mußte genau überlegen und abwägen, wem er sie zukommen ließ, alten Verbindungen oder Leuten, die liefern, reparieren konnten, was er gerade brauchte, was gerade kaputtgegangen war. Über solchen Verteilungsproblemen trat manches zurück, was einen unter normalen Verhältnissen, aber was ist das schon: normal, ununterbrochen oder zumindest immer wieder beschäftigt hätte. Da war der dreiundvierzig in Borna aufgehängte Pole, der Landarbeiter, an dessen Strick man mitgezogen hatte. Dann die uneheliche Tochter in München, ein nicht gerade willkommenes Andenken an die Einquartierung, erst dreiundfünfzig manifest geworden, durch das Einklagen von Unterhalt. Und im Gegenzug das Verhältnis von Gretel mit Lesswitz aus dem benachbarten Graichenhaus, Nennonkel der Kinder des Haus- und Tischlereibesitzers, Ehemann einer unheilbar kranken Frau und Gretel zuliebe exzessiver oder mindestens regelmäßiger Tennisspieler, Tag für Tag. Aber auch Wob spielte noch, mit ansehnlichen Erfolgen. Wenn das Ehepaar zu einem Turnier in Leipzig eingeladen worden war, von einem der großstädtischen Klubs, bürgerlichen Inseln, Rettungsflößen, Wagenburgen, weiße Sportkleidung, Getue, Tanzabende, dann fuhren sie mit dem Goliathdreirad bis Probstheida, dort stieg Gretel, die sich schämte, aus und nahm die Straßenbahn in das Viertel des Vereins, notfalls mit dreimaligem Umsteigen, während Wob das knatternde Vorkriegsgefährt durch den Messestadtverkehr, wie dünn auch immer, lenkte, unerschütterlich, beschränkt, bescheiden, er hatte viel gesehen, Vater respektierte ihn. Wen man seit dem fünften Lebensjahr kennt, den kann man kritisch sehen, sagte Vater manchmal, man kann mit ihm diskutieren bis zum Exzeß, zum Krach, aber das Tischtuch kann man nicht zerschneiden. Er hielt das durch bis an Wobs Lebensende.

Nach dem Zusammentreffen mit uns auf dem Jahrmarkt zogen die drei Bachmanns weiter Richtung Schützenhaus, zu Kaffee und Kuchen unter den hohen Kastanien, und Mutter konnte sich wieder den Ständen zuwenden, an der nächsten Bude kaufte sie für drei Mark eine weiße Sonnenbrille mit extradunklen Gläsern, zu der ihr Vater riet, weil sie ihren Typ betonte und etwas Geheimnisvolles in ihr Gesicht brachte. Die Brille spielte nach dem siebzehnten Juni eine Rolle, der Mutter in der Folgezeit dazu zwang, sich in Leipzig zu tarnen. Drei Jahre später, Ende Oktober sechsundfünfzig, trug ich die gleiche Brille, die ich in ihrer Nachttischschublade beim Stöbern neben einer Taschenpackung Kondome und einer Dose Fettcreme gefunden hatte, in der Oberschule Geithain drei Vormittage lang, die ungarischen Entwicklungen gaben, bevor die russischen Panzer zurückkamen und das Blutbad anfing, Anlaß zu Zuversicht. In diesen von der Heuchelei befreiten Schulstunden hatte ich Lust und wagte es, mir einen amerikanischen Anstrich zu geben. Nicht nur Anstrich, nicht nur Farbe, ein winziger Tropfen Herzblut war auch dabei, es ging um Abweichung, Eigenart, Wahrgenommenwerden.

Als die Eltern mit mir nach dem Überschreiten der Wyhrabrücke am Torweg der Kattundruckerei, der Haupteinfahrt in den verwinkelten Fabrikkomplex, vorbeigekommen waren, an der Bäckerei Karte, früher Bartel, und am Nachbaranwesen, dem Brauhof mit der Autowerkstatt von Kirstein, und Richtung Rathaus weitergingen, stießen sie auf eine Gruppe Jahrmarktsbesucher, die ihnen, um einen Stand mit Bürsten jeder Art geballt, unbeabsichtigt den Weg verstellte, Familie Meißner. Das waren Dr. Jeremias Meißner, Inhaber der Frohburger Apotheke im Siegfriedschen Haus am oberen Markt, dazu seine Frau Elisa, aus Annaberg im Erzgebirge stammend, Mädchenname Ziege, zuhause wegen ihrer überwiegenden Gutmütigkeit und gelegentlichen Starrköpfigkeit als junges Mädchen Zicklein oder Meckerliese genannt, und die Kinder Randolf, Corinne,

Ludwinde und Jörg, begleitet von einem Kindermädchen und der wackligen norddeutsch gewirkten Mutter des Familienvaters, der aus Ostfriesland zu uns in die westsächsische Provinz mit ihrem breiigen Sprachklang gefunden hatte, ohne große Begeisterung, der breite Dialekt hatte Jahrzehnte vorher schon einmal, wie erwähnt, einen seiner Kollegen von der Apothekerzunft abgestoßen, den Vater der Brüder Jünger, bei der vorübergehenden Ansiedlung in Schwarzenberg. Im Hintergrund, am Rand der Meißnerschen Gruppe außerdem ein junger Provisor und eine noch jüngere Apothekenhelferin, hellhäutig, rothaarig, bildschön, aus St. Joachimsthal in Böhmen. Vater sprach Meißner auf die Möglichkeit einer Tuberkuloseimpfung bei mir an, und der Apotheker, angestoßen, erzählte daraufhin, von Mutter hörte ich das drei, vier Jahre vor ihrem Tod zum erstenmal, von der Lübecker Erprobung eines neuentwickelten Serums gegen Tbc und von dem sogenannten Impfunglück, das sich einunddreißig in Lübeck ereignet hatte, unsachgemäß aufbewahrtes verunreinigtes Material aus Paris hatte bei einem Testdurchlauf den Tod von siebenundsiebzig Kindern in der Hansestadt an der Trave verursacht und die Impfung geächtet, bis man Jahre nach dem Krieg westlich der Zonengrenze einen neuen Anlauf nahm. Infolge dieses neuen Anlaufs wurden Ulrich und ich und ebenso die fünf Kinder des Apothekers von Vater im August 1952 gegen Tb geimpft, der Impfstoff kam von Meißner und stammte aus dem Westen, woher er auf verschlungenen Wegen nach Frohburg gelangt war, schließlich hatte Meißner beste Verbindungen nach drüben, nämlich einen Bruder in der Gegend von Bremen, der dabei war, sich in den Bundestag zu arbeiten. Wir hatten nichts ähnliches jenseits der Grenze aufzuweisen, kein Vergleich, keine Verlockung, fremdes Land da drüben, aber glänzend.

Wo die Kanüle der Spritze in meinen linken Oberschenkel gedrungen war, entstand innerhalb von vier, fünf Tagen ein um sich greifender, am Ende bierdeckelgroßer Abszeß, der sich blaurot und kraterförmig aufwölbte und vertiefte und der nach jedem der täglich von Vater vorgenommenen Einschnitte einen Fingerhut Eiter abgab, ich hatte neununddreißig Fieber und war zehn Tage ins Bett und anschließend noch eine Woche auf das Sofa im Herrenzimmer gebannt, auf dem ich die Impfung über mich hatte ergehen lassen müssen. Wie ich so dalag, infiziert, mit glühendem Gesicht, kam Vater die Begegnung zehn Jahre vorher auf dem Jahrmarkt wieder in den Sinn und das sich ausweitende Gespräch inmitten von zehn, fünfzehn Verwandten und Begleitern. Meißner, der sich als promovierter Apotheker den Ärzten am Ort, Möring, Schwedt und halb und halb auch Vater, der, fünfunddreißig Jahre alt, noch keine eigene Praxis hatte, nur dienstverpflichtet für die Dauer des Krieges, in Sachen Medikamente, Infektionskrankheiten und Impfungen an Wissen gleichgestellt, wenn nicht überlegen fühlte, hatte Vater nach einem akuten Fall von Polio gefragt, so nannten Eingeweihte die Poliomyelitis gleich spinale Kinderlähmung, die im Frühsommer zweiundvierzig in Eschefeld aufgetreten war, einem Großbauerndorf westlich von Frohburg, zwischen dem Großen Teich und den kleinen Braunkohlengruben der dortigen Gutsbesitzer. Über die Erkrankung, wußte Vater zu berichten, hatte aus übergeordneten Gründen, die mit dem Krieg zu tun hatten und Beunruhigung der ländlichen Heimatfront vermeiden sollten, nichts in den Zeitungen geschrieben werden dürfen, auch in der Todesanzeige wurde sie nicht genannt, aber natürlich liefen Gerüchte um, die, auch Vater einbezogen, die Apotheke erreichten. Und tatsächlich, Vater hatte, vom Oberkirchenrat Krieger aus, am späten Abend in der Greifenhainer Straße angerufen, unter der Nummer zweieinszwei, nachdem er den fünfundvierzigjährigen Dorfschneider, Werkstatt und Wohnung gegenüber der Eschefelder Kirche, ein paar Stunden vor seinem Tod besucht hatte, Möring, der behandelnde Arzt, war im Theater in Altenburg und nicht zu erreichen. Vater hatte gesehen, wie der bedauernswerte Schneider, ein Bündel, mitten in der Nacht verdreht und schwer atmend, nach Luft röchelnd im Ehebett lag, von Zeit zu Zeit ein schauderhaftes markerschütterndes Geheul von sich gebend, während die Frau mit den drei Töchtern zwischen vierzehn und achtzehn Jahren jenseits der offenen Zimmertür in der Küche saß, erstarrt, wie festgebannt. Gehen Sie nach oben, in die Kammer, hatte Vater gesagt, legen Sie sich hin, hier kann niemand mehr helfen, Sie nicht und ich auch nicht. Am nächsten Morgen war der Schneider tot. Ist wegen der Lähmungen vielleicht auch besser so, sagte der Apotheker, im Land des größten Krieges aller Zeiten war man nicht gerade zimperlich, im Durchschnitt fielen jeden Tag zweitausend meist junge Männer an den Fronten, in den kleinen und großen Kampfaufwallungen, während der Vormärsche, der Rückzüge, in den Kesselschlachten natürlich mehr, sehr viel mehr, das Zehn-, das Fünfzehnfache. Während Vater und Meißner miteinander fachsimpelten und gar nicht aufhören konnten mit ihren Erörterungen, wie das Schicksal in die geordnetste Familie einbrechen konnte, in Krieg und Frieden, wandten sich die beiden Frauen und die Apothekenhelferin erneut dem Angebot des Bürstenhändlers zu, für die Reagenzgläser und die gläsernen Spritzen, in denen sich die Edelstahlkolben auf- und abbewegten, gab es feine und feinste Ausführungen von Flaschenbürsten, die durch den engsten Flaschenhals paßten und in den kleinsten Winkel, auf den entferntesten Boden reichten, man mußte nur das Angebot mit dem praktischen Sachverstand der Ehefrauen mustern und mit der kleinlichen Sorgfalt von haushälterischen Partnerinnen auswählen aus dem, was ausgebreitet war, Holz und Bürsten waren nicht kontingentiert, nicht bewirtschaftet, sie konnten zuteilungsfrei gekauft werden, daher die reichsortierte Bude. Inzwischen hatte ich mich, fünfzehn Monate alt, von Mutter schnell aus der Karre gehoben, damit ich Ruhe gab, zwischen den Beinen der Erwachsenen auf eine Entdeckungstour gemacht, beaufsichtigt von Corinne und Ludwinde und gefolgt von Randolf. Die beiden Mädchen nahmen mich an die Hand und führten mich ein paar Meter bis zur letzten Bude vor dem Schuhgeschäft Rammner. Dort machte ich mich los, hockte mich in den mit Papierresten, zerrissenen Losen und Zigarettenkippen übersäten Rinnstein und suchte mit Randolf, der sich neben mich gekauert hatte, ein paar bunte Anhänger des Winterhilfswerks, die jemand weggeworfen oder verloren hatte, aus dem Straßenstaub und Dreck. Der Provisor, den das Gespräch der beiden Familienväter langweilte und der sich auch bei den Frauen nicht am Platz fühlte, zumal ihn die Apothekenhelferin, die Dritte im Bund, am Vorabend abgewiesen hatte, nach der gemeinsamen Kassenabrechnung, im Hinterzimmer mit der Tablettenmaschine, der Provisor hob seine Box und machte ein Bild von mir, dem gutgenährten Kleinen mit den schwarzen Haaren, mit dunkelblauem Strickhöschen und angestrickten Hosenträgern, ich war ahnungslos. Das Foto mit dem welliggezackten Rand, ein unscheinbares Stück Papier, muß in den Besitz der Eltern gekommen sein, vielleicht aus Verehrung des unbeweibten jungen Boxbesitzers für Mutter. Und irgendwie, durch Großmutters und Doris-Muttis Bemühung, ist es uns in den Westen nachgefolgt. Im Sommer 1970, zwei Tage vor Heidruns und meiner Hochzeit in Göttingen, sagte Mutter zu mir in Reiskirchen, im Haus *Am Stock*, nachdem wir, Doris-Mutti war für fünf Wochen aus Hannover zu Besuch gekommen, im Familienkreis die alten Aufnahmen aus dem Schuhkarton durchgesehen hatten und eine Zigarettenlänge allein im Zimmer waren: Hier das Foto vom Jahrmarkt, da hast du dich angesteckt. Bruchteile von Sekunden der dunkle Ton der Nähe. Dann kamen Vater und Doris-Mutti, die in der Dämmerung des Sommerabends auf dem Balkon geraucht und den verdunkelten rotgetönten Ausblick über das Wiesecktal hinweg zur Ganseburg und fast bis Gießen genossen hatten, ins Zimmer zurück, und an einer leichtfertigen oder ahnungslosen Bemerkung von mir, die einen Nerv berührte, der offenlag, entzündete sich ein Streit mit Mutter, ihr aufgeregtes Reden hatte wenig mit dem zu tun, was ich an Wärme empfunden hatte, als sie über das Foto sprach, jetzt ging es, vom Affekt hervorgerissen, um mich und um das Hier und Heute.

Da hast du dich angesteckt. In der Tat war ich eine Woche nach dem Jahrmarktsbesuch krank geworden. Ich hatte drei Tage hohes Fieber, Durchfall und Erbrechen. Allmählich klang das Fieber wieder ab, die Beschwerden verschwanden für sechs, sieben Tage, dann wieder Fieber. Vater rief Möring noch am gleichen Abend an und trug ihm vor, was ihn erschreckte und was er doppelgipfeligen Fieberverlauf nannte. Er hatte den Eschefelder Krankheitsfall aus der Nähe erlebt und wußte aus seinen beiden Halbfranzkompendien der Diagnose und Therapie, was das für ein Anzeichen sein konnte oder war. Lieber Kollege, sagte Möring, Sie wissen doch, wie schnell die Kinder Fieber bekommen, je kleiner, desto schneller, neununddreißig abends, und am nächsten Vormittag ist alles wieder in Ordnung, machen Sie sich keinen Kopf. Doch konnten die Eltern und auch Tante Frieda, die immer wieder aus ihrem Zimmer kam und nach mir sah, keine Ruhe finden, und eine halbe Stunde vor Mitternacht hielt es Vater nicht mehr aus und griff erneut zum Telefon und ließ sich mit Apotheker Meißner verbinden, vom Fräulein in der Vermittlung, das den Nachtdienst in der schmalen einfenstrigen Frohburger Telefonzentrale über dem Postamt versah, neben der in späteren Jahren unser Herrenzimmer lag, auf der einen Seite der Wand unser Bücherschrank, auf der anderen Seite die Stöpselapparatur der Vermittlung. Nachtdienst hatte es vor einundvierzig nicht gegeben, jetzt aber doch, damit die Soldaten von der fernen Ostfront mit zuhause sprechen konnten. Während Vater auf das Gespräch wartete, ging ihm durch den Kopf, daß der Anruf Quatsch war, peinlich, überhastet, am liebsten hätte er aufgelegt. Es tutete endlos lange, mindestens dreißigmal, bis bei den Apothekers der Hörer abgenommen wurde und Meißner sich meldete. Vater trug ihm seine Befürchtung vor, doppelter Fiebergipfel, und der andere schwieg minutenlang, sind Sie noch da, ja, sagte Meißner, meine Kinder sind auch krank, ich bringe sie morgen nach Leipzig. Am Ende des Satzes ein tiefinnerer gurgelnder Laut, das verzweifelte Schluchzen eines gestandenen, im Ort angesehenen, ja bewunderten Mannes, Akademiker, Geschäftsmann, Kirchenvorstand, der am Ende seiner Kräfte war. Am liebsten hätte ich gleich mitgeheult, sagte Vater, aber deine Mutter stand neben mir, da habe ichs runtergewürgt.

Wenn Vater noch Zweifel an meiner Polio gehabt hätte, was aber nicht der Fall war, so wären sie am nächsten Vormittag erledigt gewesen, denn nachdem ich geweckt und von Mutter und Tante Frieda gewaschen und angezogen worden war, bemerkten die beiden eine Veränderung der Art, wie ich den rechten Fuß aufsetzte und wie ich ging, unbeholfen tastend und merkwürdig taumelnd. Vater, aus der Sprechstunde in Schwedts Praxis herbeitelefoniert, machte ein maskenhaftes Gesicht, wie es Mutter, erzählte sie, nur drei, vier Mal in den fünfzig Jahren des Zusammenlebens bei ihm gesehen hatte. Er sagte nur ein Wort: Morgenlähmung.

Bei einem Prozent der Kranken, die meist Kinder waren, traten solche Lähmungen auf. Meldung an das Gesundheitsamt war vorgeschrieben. Auch Isolierung. So landeten Randolf, Corinne, Ludwinde und Jörg Meißner und ich, von den beiden Vätern auf getrennten Fahrten hingebracht, in der Universitätskinderklinik in Leipzig, in der Oststraße, an der Bahn, mit dem Auto von Frohburg aus leicht anzufahren, weil man die Innenstadt nicht durchqueren mußte, sondern an Südfriedhof, Völkerschlachtdenkmal und Mustermesse vorbei in den Bereich der dichteren Bebauung kam und am Ostplatz abbog nach rechts. Loest wohnte dort, bei seinem Frohburgbesuch 1953. Wir wurden isoliert, einzeln, in fünf Krankenzimmern, bis, soweit die Erfahrung lehrte, die Gefahr der Virenstreuung nicht mehr bestand. Am Ende dieser zwei, drei Wochen, man hatte vor Tagen in der morgendlichen Runde der Klinikärzte, Assistenten und Famuli erstmals über das vorübergehende Zurückgeben von uns Kindern in die Familien gesprochen, waren die Väter, in einem Auto diesmal, auf dem Weg nach Leipzig, da verschlechterte sich Randolfs Zustand innerhalb von zwei, drei Stunden so sehr, daß wenig Platz für irgendwelche Hoffnung blieb. Lähmung der unteren Körperhälfte, Erschwerung oder Reduzierung der Atmung konnten, falls er überhaupt mit dem Leben davonkam, die Folgen sein. Das wurde Meißner, nachdem er mit Vater in der Oststraße eingetroffen war, vom Oberarzt in seinem Zimmer eröffnet. Durch den wochenlangen Klinikaufenthalt seiner Kinder war der Apotheker beinahe auf alles vorbereitet, jetzt dachte er im stillen, was er in bezug auf den Eschefelder Schneider laut zu Vater gesagt hatte: Vielleicht gut, wenn der Lebensfaden abgeschnitten wird, ich muß das nicht entscheiden, ich lade keine Schuld auf mich. Die Zeiten waren so, der Verlust des eigenen Kindes durch vollständige Verkrüppelung konnte den Eltern schlimmer erscheinen als der Tod. An einer solchen Einstellung war, sagte Vater zu Beginn der siebziger Jahre in einem angespannten, aber nicht aggressiven langen Nachtgespräch, neben der Eugenikdiskussion in Schweden und in den USA zwischen den Kriegen auch ganz besonders der Tobis-Film *Ich klage an* vom August 1941 schuld, Regie Wolfgang Liebeneiner, weibliche Hauptrolle Heidemarie Hatheyer, Nebenrollen sowohl Mathias Wieman als auch Albert Florath, Franz Schafheitlin und Erich Ponto, bis heute, siebzig Jahre nach der Erstaufführung, ein sogenannter Vorbehaltsfilm, der seinerzeit in Frohburg großen Zustrom hatte, obwohl er, wie die Leute, aus dem Kino quellend, durchatmend und sich innerlich schüttelnd, sagten, starker Tobak war, so eng am Zügel ließ sich niemand gerne führen, so eng festlegen auch nicht, multiple Sklerose, Unwert, Sterbehilfe, das kam nicht aus dem Wörterbuch der Kleinstadt, sagte Vater, da paßten eher lebensmüde, Strick nehmen, ins Wasser gehen, den Gashahn aufdrehen.

Wir vorerst entlassenen, aber nicht durchweg geheilten Kinder wurden, zu viert auf der Rückbank von Meißners DKW zusammengepfercht, nachhause gebracht. Ludwinde und Jörg Meißner waren ohne bleibende Folgen wiederhergestellt, so viel konnten die Ärzte sagen, bei Corinne und mir war nichts sicher, war der Ausgang offen, und Randolf, in der Klinik zurückgeblieben, starb noch am Tag unserer Heimkehr, acht oder neun Jahre alt. Er hinterließ dem sechs Jahre jüngeren Bruder einen Holländer mit Fußlenkung und Schubstangenantrieb, einen Tretroller, eine Dampfmaschine von Bing, einen großen Metallbaukasten von Märklin und, wenn man es genau nahm, auch ein Spielzimmer, Fenster zum Garten, der bis zum Mühlgraben der Schloßmühle reichte, Kinderstühle, Kindertische, halbhohe Regale voller Bilderbücher und Gesellschaftsspiele, das war Randolfs Hoheitsgebiet gewesen, in dem er die beiden jüngeren Schwestern auf Kinderart überspielt hatte, der kaum zweieinhalbjährige Jörg, nun unversehens zum Stammhalter und Erben geworden, zählte dabei nicht. Mein Aufenthalt zuhause in der Greifenhainer Straße dauerte nicht lange, zwei, drei Wochen höchstens, gerade genug, um mich wieder an Mutter, an Tante Frieda, die Bergoma und all die anderen weiblichen Mitglieder der Familie und des Haushalts zu gewöhnen, die mich umsorgten und bemutterten. Mit welchen Augen sie mich, den kleinen Unglücksraben, den lieben bedauernswerten Pechvogel, das arme Kind, ansahen, habe ich mich nie gefragt, aber wenn ich daran dachte, hatte ich immer ein gutes Gefühl, Mitleid verwandelt sich in Zuneigung und schiebt sich vor den Hintergrund. Vielleicht ahnten alle schon oder hofften, was bei den Ärzten in Leipzig durchaus noch nicht feststand, daß von meiner Krankheit nicht mehr als ein Schönheitsfehler bleiben würde, eine mal schwerere, mal leichtere, mal fühlbare, mal vergessene Last, ohne jede Pflegeverpflichtung für die Familie. Eben weil die Spezialisten noch nicht sicher waren, wie es weitergehen würde mit mir, landete ich Anfang Oktober wieder in der Kinderklinik. Vorgesehen war ein Aufenthalt von zweieinhalb Monaten, ich war noch nicht anderthalb Jahre alt. Wenigstens wurde ich, eine Ansteckung durch mich war nicht mehr zu befürchten, in ein Dreibettzimmer gelegt, zu zwei Mädchen in meinem Alter, wie Fotos zeigen.

Vater war, wenn auch vom Land, Kollege, und wohl deshalb wurde ich vom Chef selbst behandelt. Chef war Prof. Werner Catel, Jahrgang 1894, ab 1927 Oberarzt an der Universitätskinderklinik. Vater, der mit seinem schmalen Wechsel das Studium bis auf ein Grazer Semester in Leipzig absolviert hatte, nur siebenunddreißig Kilometer von Frohburg entfernt, kannte ihn aus den ersten klinischen Semestern: kein schlechter Mann, er setzte sich schnell durch, kam bald nach oben, Chefarzt, Heirat, Wohnung Kickerlingsberg, auch keine ganz schlechte Adresse. Im April 1933 löste der Neununddreißigjährige, großgewachsen, dunkles Haar, den bisherigen Direktor Siegfried Rosenbaum an der Spitze der Universitätskinderklinik ab, mit dem er bis dahin vertrauensvoll, schien es, zusammengearbeitet hatte. Die Mördergrube. Vier Jahre später, nach dem Ende des Aufnahmestops, trat Catel gemeinsam mit seiner Frau in die Partei ein. Und wieder vier Jahre weiter, 1941, richtete er die sogenannte Kinderfachabteilung erst in der Heil- und Pflegeanstalt Leipzig-Dösen, dann auch in seiner Universitätskinderklinik ein, mindestens fünfhundert schwerstbehinderte Kinder wurden mit *Luminal*, *Scopolamin* und *Morphin* getötet, manche auf schriftliches Verlangen der eigenen Eltern hin. Es gab Erwartungen ganz oben, in Berlin, aber keine direkten Vorgaben, keine Befehle, die katholische Kirche, Vorsicht, ganz klar, es war Krieg, Anspannung aller Kräfte, ohne Störung, der Einzelne traf die Entscheidung. Parallel dazu Catels Versuche zur Behandlung und Übertragung von Kinderlähmung. Für die Übertragung, krank wie ich war, kam ich nicht mehr infrage, insofern hatte ich nichts mehr zu befürchten und war in seiner Klinik gut, wenn nicht bestens untergebracht. Auch hatte er Interesse daran, wollte er auch fachlich wissen, wie es für so ein Kindchen wie mich weiterging, nach dem Pech der Erkrankung, die wie aus einer Lostrommel gefallen war. Vielleicht lud Catel deshalb meine Eltern am fünften Dezember zum Tee in seine Privatwohnung ein. Ich war längst selber verheiratet, da hörte ich erstmals, wie Mutter die große Wohnung in der noblen Straße nordöstlich des Zoos erlebt hatte, in der gleichen Gegend, um die Ecke, hat zu DDR-Zeiten der Malerfürst Tübke seine Residenz gehabt, in der Springerstraße. Der Catelsche Wintergarten im ersten Stock, mit weitem Blick auf die von alten Eichen und Buchen gesäumten Auenwiesen des Stadtparks Rosenthal, die eleganten leichten Bugholzsessel, das Meißner Service, Mutter wußte noch nach dreißig Jahren, in einem anderen Zeitalter, in einer anderen Welt, daß es sich um das Dekor *Deutsche Blumen mit Insekten* gehandelt hatte, wußte es auch deshalb noch, weil die Eltern acht oder neun Jahre nach dem Besuch am Kickerlingsberg von der alten Melanie Geißler, der Arztwitwe aus Chemnitz, die nach der Bombardierung Anfang März 1945 im Altersheim Schloß Wolftitz gelandet war, nach und nach das gleiche Service gekauft hatten, Kaffee- und Speisegedecke für je vierundzwanzig Personen, mit allem Drum und Dran an Kannen, Schüsseln, Beizeug, sogar eine übergroße Fischplatte war dabei, ein Oval von siebzig Zentimeter Länge. Die zwei Männer, beide Ärzte, der Gastgeber dreizehn Jahre älter als der Besucher, mit ganz anderer Reputation, sprachen, vielleicht um sich am Thema Krankheit nicht gleich festzubeißen, über die Bücher, die sie gerade lasen. Catel, aus Mannheim gebürtig, man konnte es schwach hören, hatte, seit er zweiundzwanzig als Assistent nach Leipzig gekommen war, Karl May für sich entdeckt, er besaß, wie der Bücherschrank in seinem Rücken mit den drei Fächern voller charakteristischer grüner Bücherrücken bezeugte, die komplette Edition aus Radebeul. Ein Weberjunge, sollte Lehrer werden und glitt ab zum Gewohnheitsverbrecher, man stelle sich das vor, Jahre in Waldheim verbracht, entehrt, verachtet, und dann der Erfolg, zu Recht kam der, auch inhaltlich, vor allem durch die neuen Titel, *Der Fremde aus Indien*, *Das Buschgespenst*, eigentlich Frühwerke, aus dem *Verlorenen Sohn* herausgelöst und dennoch Perlen der Unterhaltung, dabei auch noch lebenswahr, wenn ich zum Beispiel an die Kapitel denke, die im Erzgebirge spielen, in den Dörfern auf dem Kamm. Vergangenen Februar, erzählte Catel weiter, haben wir Skiferien in

Gottesgab gemacht, das in einer flachen Sattelmulde zwischen Keil- und Fichtelberg liegt, zweitausend Seelen harren seit Jahrhunderten dort oben aus, auf knapp tausend Meter Höhe, Schnee fünf, sechs Monate im Jahr, die Sommer kühl und regenreich, kein Ackerbau, keine Obstbäume, nur Ebereschen, Torfmoore und Fichtenwald, wir wohnten im *Grünen Haus* am Ortseingang, Luther sollte laut Inschrift an der Wand der Eingangshalle im Jahr 1542 Übernachtungsgast gewesen sein, auf der Reise nach Joachimsthal, wir sahen die abgehärmten bleichsüchtigen Gottesgaber Frauen, die uns im Gasthof bedienten und die Zimmer machten, und fragten uns, was die Leute dazu brachte, diese mehr als karge Öde auszuhalten, in die wir eben mal für zwei Wochen kamen, um tagsüber, so lange es hell war, am Spitzberg mit unseren Schneeschuhen Spaß zu haben und abends in der Gaststube mit der bemalten Kassettendecke Grog zu trinken und den kleinwüchsigen einheimischen Gottesgabern zuzuhören, den Vätern und Großvätern rachitischer Kinder, wenn sie von ihren Musikantenreisen als Fatzer, vom jahrhundertelangen Schmuggel, dem Holzdiebstahl, der Wilderei, von Beichtbetrug und Meineid, von Ehebruch und Inzucht erzählten. Das ist ein zähes, überfordertes Geschlecht da oben, es hält die Stellung, aber bei kleinem Lebenslicht, um welchen Preis. Und Vater seinerseits berichtete von den Barrings, vor fünf Jahren erschienen, die er gerade gemeinsam mit Mutter las, du eine halbe Stunde, ich eine halbe Stunde Dekadenz des Adels, Herzenswirren, abends, im Bett, wenn das Haus ruhig war und der Kanonenofen im Schlafzimmer das letzte Brikett verglühte und dann langsam auskühlte. Als er den Eindruck hatte, daß die Barrings bei Catel nicht wirklich ankamen, ihn nicht wirklich interessierten, ging er zu Max Stirner über, *Der Einzige und sein Eigentum*, Deutsche Buchgemeinschaft 1925, mit achtzehn hatte er das Buch während eines Besuchs beim älteren Bruder erworben, der in Gießen Veterinärmedizin studierte, erworben in einer kleinen Buchhandlung auf dem Seltersweg und noch am gleichen Abend mit seinem Namen auf dem Vorsatzblatt versehen, nun, 1942, las er es noch einmal und hörte dabei eine Stimme heraus wie die von Goebbels, besitzergreifend und in die fremde Drehung zwingend. Der innere Aufbruch, sagte Vater zu Catel, den ich als Primaner bei der Lektüre empfunden habe, ich im Zentrum, aber mit Nutzen für alle, umwälzungssüchtig wie ich war, ist einer Bedrückung gewichen, jetzt habe ich Angst vor Risiko, Absturz und Abgrund, kein Wunder, wenn ich an unseren Sohn und an den Ostkrieg denke, an die Wolga. Die beiden Frauen hörten zu. Als Mutter einmal nach draußen mußte, wurde sie vor der Rückkehr in den Wintergarten von der Frau des Hauses in der Diele abgefangen und in den Damensalon geführt, Sie können sich nicht vorstellen, wie sehr ich Sie trotzdem beneide, sagte die Catel, wir können nämlich keine Kinder bekommen, das liegt an mir. Und eins annehmen, fragte Mutter, wie ist es damit. Ja woher nehmen, die Kinder in der Klink sind alle krank. Da gibt es doch, sagte Mutter, bei uns in der Nähe, in Kohren, den neuen Lebensborn *Sonnenwiese*, mein Mann hat die ärztliche Betreuung der hundertsiebzig Kinder übernehmen müssen, ich habe ein Foto in der Tasche, hier, das Motorrad meines Mannes, abgestellt vor dem neugebauten Unterbringungshaus, die kleinen Kindern wuseln drum herum, adrett angezogen, fast alle blond. Frau Catel seufzte: Ach ja, an sowas hab ich auch schon gedenkt, aber mein Mann will net recht da dera. Dann holte sie tief Luft. Mutter sollte sich nicht entmutigen lassen und einen zweiten Anlauf nehmen, sagte sie noch, halblaut, mit ihrem deutlicher gewordenen Pfälzer Anklang in der Stimme. Auf Mutters Frage: Ja, sie stamme aus einem Weingut in Maikammer bei Neustadt an der Haardt, das ihr noch heute gehöre. Dann gab sie Mutter ein Foto aus der Klinik, sie selber war zu sehen, in Schwesterntracht, ich auf ihrem Arm, den Oberkörper zurückgebogen, die Beine gegen ihren Leib gedrückt. Ein Stofftier in der Hand, gucke ich in die Kamera, vor einer halb offenen weißen Schiebetür, hinter der ein Kinderbett und ein Laufstall zu erkennen sind und die beiden kleinen Mädchen, die mit mir das Zimmer teilten, Poliopatienten wie ich.

Zweimal pro Woche bin ich in der Oststraße und spiele und singe mit den Kindern, Ihr Junge ist mir besonders ans Herz gewachsen, ich habe ihn sogar hier in der Wohnung gehabt, für einen Nachmittag, am liebsten hätte ich ihn gar nicht mehr hergegeben. Halb fühlte ich mich bauchgepinselt, sagte Mutter, als sie mir davon erzählte, halb war ich in Eifersucht erstarrt und voller Abwehr.

Nachbar im nächsten Krankenzimmer war ein Junge aus Leipzig-Plagwitz, zehn Jahre alt, eine Großstadtpflanze, die Familie kam aus Essen, der Vater war als leitender Ingenieur an die *Hasag* dienstverpflichtet, mit der Anfangsidee der Panzerfaust im Kopf, Projekt Gretchen, sein Sohn hatte seit der Erkrankung im Frühjahr mit Beugeschwierigkeiten der Arme und mit einer Griffschwäche beider Hände zu tun, viel Massage, viele Übungen standen auf dem Stundenplan, wenn er das Programm nachmittags hinter sich hatte, kam er zu uns herüber, führte mich über den Flur und unterhielt sich mit mir. Was zur Folge hatte, daß ich, kurz vor Weihnachten 1942 wieder zuhause, eine Sprache hatte, wie sie für die Bewohner der Leipziger Tieflandsbucht, des Sächsischen Hügellandes und des Erzgebirges ganz und gar ungewöhnlich war, beispielsweise fragte ich Onkel Bruno, Großmutters Bruder, als er am zweiten Weihnachtsfeiertag mit eingegipstem Arm aus Leipzig in die Greifenhainer Straße kam, was ist geschehen, während vor Ort ein *Woaswoardn* üblich war. Oder ich sagte *S-talinngrradd*, während es sonst, in jenen Wochen besonders häufig, *Schdoahlihngrooad* hieß, was den Namen keineswegs annehmlicher, sondern noch unheimlicher, noch kälter machte.

Kinderlähmung. Stalingrad. Doppeltes Unglück, drinnen, draußen, das den Auftritt meines Vaters im Wohnzimmer der Großeltern bewirkte. Nachdem an der unvorstellbar weit entfernten Wolga Paulus, achtzigtausend seiner Soldaten waren tot, mehr als neunzigtausend standen auf der Abgangsliste, mit seiner

Entourage aus dem Keller des Kaufhauses *Univermag* gestiegen war und sich, statt die Pistole an die eigene Schläfe zu setzen und abzudrücken, bei klickenden Fotoapparaten und laufenden Kameras in die Hand der Sieger gegeben hatte, mit wadenlangem Generalsmantel, enggegürtet, die Mütze frisch abgebürstet, und Hitler in der Wolfsschanze seinem zwei Tage vorher ernannten Generalfeldmarschall in Abwesenheit den Tod auf den Hals befohlen hatte, kam Vater am dritten Februar dreiundvierzig gegen Abend durch die Schiebetür zu Großmutter ins Wohnzimmer, ein paar Stunden nach der Radiosondermeldung vom tragischen, aber ruhmreichen Untergang der Sechsten Armee, Komplettverlust, wurde behauptet, aber die Hälfte der Soldaten lebte noch, vorerst, auch in Frohburg blieben das Kino und alle Gaststätten für die nächsten drei Tage geschlossen, Tage des deutschlandweiten Gedenkens, ohne Flaggen, ohne Halbmast, nur stille Einkehr, nur Erschütterung, aus denen durch gelenkte Erinnerung an Leonidas und die erste Thermopylenschlacht und an den Untergang der Nibelungen an König Etzels Hof eine übermenschliche Kampfkraft wie Funkenflug aus Feuersteinen geschlagen werden sollte. Hast du die Meldung gehört, Mutter, fragte Vater, nachdem er die Schiebetür hinter sich zugezogen hatte. Jetzt werden alle Kräfte angespannt, sagte Großmutter, die 1915 den ältesten Sohn vor Ypern verloren und nun den verbliebenen zweitältesten und den drittältesten Sohn an der Ostfront stehen hatte, endlich wird jetzt alles gut. Mutter, wir können nicht mehr gewinnen, kein Gedanke dran, sagte Vater, der Krieg ist verloren. Was redest du für Unsinn, zischte seine Mutter, sonst Güte und Verständnis in Person, das vergesse ich dir nie, nie, nie. Szene, die Vater mir alle zehn Jahre schilderte, mit wechselnden Akzenten. Mal hatte Großmutter nichts entgegnet, war stumm geblieben und in Tränen ausgebrochen. Ein andermal hatte sie geschrien, meine Krankheit sei doch genug, alle Zweifel darüber hinaus seien Gotteslästerung. Und vielleicht hatte sie auch in grenzloser Aufregung einen Gestapomann in Borna erwähnt, der einmal seinen Pudel von Großvater hatte behandeln lassen und der die Hälfte der Rechnung schuldig geblieben war. Was würden die beiden kurzzeitigen Kontrahenten, die Mutter von achtundsechzig und der Sohn von sechsunddreißig Jahren, gesagt haben, wenn sie an jenem Spätnachmittag im Februar etwas über zehn Jahre in die Zukunft hätten sehen können: nach Stalins Tod kam Hitlers ungetreuer Generalfeldmarschall, bis dahin in der Sowjetunion festgehalten, wer weiß, für welche Eventualität und Planung, in die DDR. In Dresden, auf dem Weißen Hirsch, Preußstraße zehn, wurde für Paulus eine Villa freigemacht, oberhalb der Grundstraße, seitlich, versteckt und doch mit Aussicht Richtung Süden, leicht abzusichern, er bekam einen *Opel Kapitän* mit Sechszylindermotor nebst Fahrer zur Verfügung gestellt und eine eigene Handfeuerwaffe zugestanden, es war so üblich, jeder LPG-Vorsitzende und jeder Kreisparteisekretär der Ostwelt hatte seine Pistole Marke *Makarow*, neun Millimeter, acht Schuß, eine Kopie der *Walther* PPK aus dem Fundus der Freunde, sogar der Chef der Sektion Geschichte der Ostberliner Humboldt-Uni. Vielleicht auch, warum nicht, unser Abordnungssorbe und Grenzschütze Stanislaw, als stellvertretender Vorsitzender des Rates des Kreises Kamenz, der sich in jedem tagtäglichen Sachsenspiegel des MDR zwei-, dreimal zeigen läßt, im blaßsteinernen Gesicht mit demokratisch süffisantem Lächeln, das unter den alten Verhältnissen nicht infrage gekommen wäre, undenkbar war, etwas hat er also doch gelernt, der Tillich. Man würde gerne einmal Mäuschen sein und hören, wie er heutzutage mit seinem SED-Vater, ebenfalls Zuteilungssorbe, Domowinabonze, über die alten Zeiten spricht.

Zusammenbruch. Wende. Wechsel. Anpassung. Bezeichnend auch, wie es mit dem Kinderlähmungsforscher Catel nach fünfundvierzig weiterging. Daß er nicht in Leipzig blieb, war klar. Erst im Sommer 1976, Wolfram war schon zwei Jahre auf der Welt, wir waren eine Woche vorher von der ersten Reise zu dritt nach Altenburg und Frohburg zurückgekehrt, ich hatte

Heidrun auch in Leipzig die Kinderklinik aus dem Auto heraus gezeigt, entdeckte ich in einer Ärztezeitung eine Mitteilung über den emeritierten Direktor der Universitätskinderklinik Kiel namens Werner Catel. Er hatte im Ruhestand 1962 ein Buch veröffentlicht, *Grenzsituationen des Lebens*, und zwölf Jahre später ein weiteres herausgebracht, eine Autobiographie mit dem Titel *Leben im Widerstand, Bekenntnisse eines Arztes*. Dazwischen hatte er 1969 im Fach Mineralogie promoviert. Unklar, ob schuldig geworden. Leben. Und noch einmal Leben. Im Buchtitel. *Grenzsituationen. Widerstand*. Die Bandbreite war groß. Zu Dank verpflichtet ich.

Paulus, auf den Großmutter nicht gut zu sprechen war, für viele Jahre noch in Rußland, Catel, mein betreuender Arzt, in den Westen entfleucht, auch so begann die Nachkriegszeit für mich, meine Eltern, die Familie, nach dem Höllensturz des ganzen Landes vor und nach dem achten Mai fünfundvierzig, dem Datum des Zusammenbruchs, vier Jahrzehnte später von einem zum Politiker aufgestiegenen Oberleutnant der Wehrmacht aus dem feudalen Infanterieregiment Nummer neun, im Volksmund *Graf Neun* genannt, zum Tag der Befreiung ernannt, vom Sohn eines nach dem Krieg vor Gericht gestellten und verurteilten Staatssekretärs des braunen Auswärtigen Amtes. Botschaftersohn Richard v. Weizsäcker hatte als Offiziersdienstgrad an der Einschließung und Belagerung von Leningrad teilgenommen, aus seinem Besitz hätten die zwei Karten der Stadt an der Newa und ihrer Umgebung gut und gerne stammen können, die ich vor drei Jahren aus einer Wühlkiste der *Hölty*-Stube hinter Karstadt zog, eine Wehrmachtkarte und eine noch genauere Karte der finnischen Armee, beide mit Bleistifteinzeichnungen, die den waffenstarrenden stählernen Ring der Deutschen und Finnen markierten, der Hunderttausende Großstadtbewohner tausend Tage zusammenzwang, ohne Wasser, Strom und Heizung, ein bis dahin unerhörter Vernichtungsplan, der in verdeckten Orgien des Kannibalismus, in

Massensterben und Schostakowitschs Siebter Sinfonie gipfelte. Nach der Flucht vor dem drohenden Zusammenbruch an den Bodensee verwandelte sich der hoffnungsvolle Sprößling der von Wilhelm II. in den letzten Jahren des Kaiserreichs geadelten Familie vom Hauptmann in einen Göttinger Jurastudenten und wurde Hilfsverteidiger beim Versuch der Reinwaschung seines Vaters, der Vater bekam neun Jahre. Schön dumm, wer im Berlin der letzten Tage, statt auf den Obersalzberg, zur Regierung Dönitz oder eben an den Bodensee abzureisen, als Soldat die Knochen, ja sogar die Rübe hinhielt, wie der dreißigjährige Oberst Erich Bärenfänger mit seiner jungen Frau in einem Königstiger auf der Friedrichstraße, an der Weidendammer Brücke, wie zehntausend arme Schweine in Uniform, die in Berlin feststeckten und nicht kalkulieren konnten, vielleicht nicht kalkulieren wollten, wie es jenseits des Untergangs weiterging. Der Tag der Befreiung, von den Russen und ihrem deutschen Gefolge ungesäumt so getauft und zum Staatsfeiertag erhoben, sie brauchten keine vierzig Jahre wie Weizsäcker, bewegte Catel zum Verzicht auf seine Klinikleitung, auf die schöne Wohnung am Kickerlingsberg und auf Leipzig überhaupt und unterbrach somit meine Behandlung, man hatte anderes zu tun, als sich um die unscheinbaren Belange eines Drei- oder Vierjährigen zu kümmern, Leipzig lag seit dem großen Bombenangriff in den frühesten Morgenstunden des vierten Dezember 1943 in Trümmern, vor allem der südliche Rand der Innenstadt und der Süden und Südosten mit dem Graphischen Viertel, knapp zwei Wochen nach der Bombardierung war, auf längere Sicht der Anregung der Catel folgend, mein Bruder Ulrich geboren worden, in die um sich greifende Unsicherheit hinein, die fünfundvierzig ihren Höhepunkt erreichte, in einem Kollaps, das ganze Land hatte Hunger, und die Evakuierten, Flüchtlinge und Vertriebenen ließen die zerstörten Großstädte, die mittleren und kleinen Städte und jedes Dorf, auch noch so abgelegen, anschwellen bis fast zum Platzen. Erst Anfang 1947, wir wohnten inzwischen in der ehemaligen Bürgermeisterwohnung im ersten Stock des *Posthotels*, Markt Ecke Thälmannstraße, Vater hatte im vorderen Teil der Wohnung seine vor zwei Jahren eröffnete Praxis, ich sollte Anfang September in die Schule kommen, erst da nahmen meine Eltern wieder Kontakt zur verwaisten, des Experten verlustig gegangenen, teilzerstörten Kinderklinik in Leipzig auf und wurden beinahe folgerichtig an die Orthopädische Universitätsklinik gewiesen. Der Chef dort, Prof. Franz Schede, Lehrstuhlinhaber seit 1929, war eine Kapazität in Sachen Polio und Orthopädie, insbesondere des Fußes, und galt als Operateur von großen Graden. 1954, mit zweiundsiebzig Jahren, würde er, als endgültiges Fazit seiner Arbeit, eine letzte Schrift veröffentlichen: *Die orthopädische Behandlung der spinalen Kinderlähmung*. Seine langen Gespräche mit den Eltern. Einmal kam der wenn nicht gefeierte, so doch hochberühmte Professor, mensurzerhackte linke Wange, randlose Brille, wacher Blick, sogar mit dem Schichtarbeiterzug um zwei am Nachmittag nach Frohburg, im Februar, an einem Frosttag, und wurde von Vater am Bahnhof mit dem Soziusmotorrad abgeholt, zwei Kilometer waren es zum Markt, Vater war in den dicken Winterüberzieher aus der Werkstatt des Eschefelder Schneiders verpackt, des Sohnes des Polioopfers, für den Gast hielt er seinen gefütterten Kradmantel bereit, den er vor sich auf dem Tank des Motorrades zum Bahnhof bugsiert hatte. Nach dem Tee blieb Schede auch noch zum Abendbrot, es gab Kartoffelpuffer, Vater hatte vom Bauern Wiesehügel in Greifenhain eine Flasche Rapsöl zugesteckt bekommen, wie so oft. Nach dem Nachtessen machte Vater in der Küche Grog, und dann war es mit einemmal zu spät für den letzten Leipziger Zug, Schede rief zuhause bei seiner Frau an, ließ sich das Glas von Mutter noch zwei-, dreimal füllen und nahm dann mit der Couch im Herrenzimmer für die Nacht vorlieb. An jenem Abend kristallisierte sich, eher leicht beschwingt vom Grog als bedrückt, heraus, daß es, um eine eventuell zunehmende Behinderung zu mildern, günstig wäre, mich einer Operation am rechten Bein zu unterziehen. Schede war in den späten Stunden mit seinen jungen Gastgebern, meinen Eltern, auch zu anderen persönlicheren Mitteilungen geneigt. Die Kliniken und die ganze Universität waren, wie er sagte, im Umbruch begriffen. Oder eigentlich wurden sie, seiner Meinung nach, von außen umgebrochen. Halb zu Recht und halb zu Unrecht wurde das gemacht. Aber gerade eine Säuberung wie die müsse reinen Herzens erfolgen. Sonst kommen, sagte er, andere, ganz andere Gesichtspunkte ins Spiel, häßliche Motive. Dann lieber keine Säuberung. Das leite er aus seiner eigenen neuesten Erfahrung ab. Er stehe weniger den Russen als vielmehr der im vergangenen Jahr gegründeten Einheitspartei und den von ihr lancierten aufstiegsbewußten Nachwuchskräften im Weg, die ihre chirurgischen Erfahrungen nicht wie er in der Klinik mit den unendlich vielen Alltagspatienten, nicht selten Kindern, erworben hätten, sondern auf den Operationsplätzen des Krieges gegen die Sowjets, mit der Säge und dem Meißel in der Hand. Aktuell wurden Verdächtigungen ausgestreut, die ihn mit Catel in Verbindung brachten, wobei er allerdings nicht wußte, ob dem überhaupt etwas anzulasten war. Wie gut immerhin, daß es einen Zufall gab, auf den er aufbauen konnte. Aus den USA habe ihn der Brief seines ehemaligen Oberarztes Egon Rettmann erreicht, eines Juden, dessen Ernennung zum Privatdozenten er ein Jahr vor der Machtergreifung durchgesetzt habe, schon damals gegen vielfachen Widerstand, obwohl der Vater Rettmanns eine seit vielen Jahren bestens eingeführte orthopädische Privatklinik im Leipziger Zentrum betrieb. Egon Rettmann mußte nach dreiunddreißig aus der Universitätsorthopädie ausscheiden, eines Tages verwehrte ihm der Pförtner den Zutritt zu seinem Arbeitszimmer und zum Labor mit seinen Versuchsaufbauten, notgedrungen trat er in die Klinik seines Vaters ein, Dittrichring 20a, das Gebäude, gebaut vom Stadtbaurat Hugo Licht für beinahe alle Ewigkeit, wie auch sein Neues Rathaus, gehörte zum Komplex der Leipziger Feuerversicherung, in dem sich in der zweiten Hälfte der vierziger Jahre erst die getarnte Vorläufertruppe K5, dann die eigentliche Staatssicherheit mit der Bezirksdienststelle Leipzig einnistete, im Volksmund *Runde Ecke,* bis Anfang 1990. Am ersten Januar dieses Jahres war ich auf Anregung Manfred Bissingers, jetzt können Sie doch für *Merian* endlich über die Braunkohlenebene und Ihr Frohburg schreiben, in der Messestadt angekommen, ich wohnte im *Hotel Stadt Leipzig* am Brühl, das drei Tage später wegen der alljährlichen Schabenbekämpfung für eine Woche geschlossen wurde, und reihte mich abends in die erste Montagsdemonstration nach den Feiertagen ein, der unübersehbare Menschenstrom wälzte sich über den Ring, Sprechchöre, Transparente, jetzt dem System den allerletzten Stoß versetzen, daß es in die Grube der Geschichte kippt, hatte ich den Eindruck. Wir kamen auch an der *Runden Ecke* vorbei, von Isidor Rettmanns Klinik wußte ich nichts, Stasi in den Tagebau, wurde hundertfach skandiert, im Vorüberziehen. Und dann tauchten wie aus dem Nichts eifrige Aktivisten auf, keine Gewalt, riefen sie beschwörend und aufstachelnd in einem und hielten Schilder hoch, auf denen das gleiche stand, keine Gewalt. Die drei Paare, mit denen ich auf dem Ring unterwegs war, das eine in meinem Alter, die beiden anderen zwanzig Jahre jünger, rasteten fast aus, ihr spinnt wohl, wo ist denn hier Gewalt, haut ab. Wer weiß, woher die kommen, wer die schickt, sagte die ältere der Frauen, die mir erzählt hatte, sie sei Bibliothekarin in der Deutschen Bücherei, die Bezirksleitung der FDJ ist gleich um die Ecke, die sind mit allen Wassern gewaschen, jetzt ziehen sie erst mal den Schwanz ein und versuchen es hintenrum, keine Gewalt, eine Frechheit.

Rettmann jun., so Schede weiter, sah überdeutlich, daß er in Deutschland keine Perspektive mehr hatte und ging mit der Hilfe von Verwandten 1937 nach Nordamerika. Während sein Vater im folgenden Jahr in Leipzig, zum jüdischen Krankenbehandler und Heiler heruntergedrückt, aus der *Gesellschaft der Bibliophilen,* den Leipziger Neunundneunzig, mit achtundneunzig Stimmen ausgeschlossen und in einem sogenannten Judenhaus einquartiert wurde, machte er in Übersee noch einmal fachliche Karriere, sagte Schede, wahrscheinlich mußte er die ärztlichen Prüfungen nicht noch einmal nach den dortigen Examenskriterien ablegen, anders als heute, wenn Ärzte nach drüben gehen. Vater stimmte zu: Mein Freund und Bundesbruder Georgi aus Wechselburg an der Zwickauer Mulde ist vor einem halben Jahr nach Boston ausgewandert, ich weiß warum, denn ich habe selber seit zwei Jahren genau die gleiche Idee, mich davonzumachen, allerdings mit Zielpunkt Zuckerhut. Eltern und Geschwister aber halten mich hier. Georgi hatte diese Bedenken nicht, er muß alle Testate und Scheine der Mediziner noch einmal machen, wie er mir vor zwei Wochen schrieb, ein schwerer Weg vor allem, wenn ich an seinen Lebensstil in den dreißiger und ersten vierziger Jahren denke, offener Mercedes mit Autoradio, Filmkamera, Koffergrammophon, Hochzeitsreise ins *Hotel Miramar* in Westerland, ich habe ihn in seiner Praxis am Wechselburger Markt vertreten, als er mit seiner gutaussehenden blonden Frau eine sechswöchige Schiffsreise nach Teneriffa machte. Haushälterin, Besuchstour zu den Kranken auf den Dörfern mit Chauffeur, vom feinsten alles, Möbel, Porzellan, die Bilder an den Wänden, Grützner, *Weinprobe der Mönche* das eine, das andere, noch größer, *Klosterkeller mit lüsternem Mönch und junger Frau*, im Hintergrund ein lauschender Bruder, ich staunte, zweiunddreißig Jahre alt, frisch verheiratet, mit nicht mehr als zwei Zimmern im Haus der Eltern, unterm Dach. Aber das nur nebenbei, sagte Vater, ich habe Sie unterbrochen, bitte reden Sie weiter.

Der Brief von Rettmann aus den USA, nahm Schede den Faden wieder auf, kam mir gerade recht, ich ließ ihn übersetzen und reichte ihn weiter an den Rektor der Universität Leipzig, Herrn Gadamer, einen Philosophen, der bis kurz vor Kriegsende an dem Projekt Kriegseinsatz der Geisteswissenschaften mitgearbeitet hatte, neben dem besten Soldaten der Welt sollte der beste Wissenschaftler der Welt stehen, gleichwohl. Rettmann bescheinigte mir in dem Brief, der mir unaufgefordert ins Haus geschneit war, vielleicht aus einer Ahnung in der Ferne, ich könnte sein Zeugnis brauchen, daß ich zweiunddreißig treu zu ihm gehalten hatte, aus Achtung vor seinen Fähigkeiten und nicht, um einen Juden durchzusetzen. Diese Bekundung gab ich in Gadamers Hände, und der zeigte sie erst dem Russenmajor Patent, der in der Universität das Sagen hat, mehr hinter den Kulissen, und ließ sie nach Genehmigung durch Patent im Senat und in der Betriebsgruppe der SED herumgehen, die Betriebsgruppe hat heute schon zweihundertfünfzig Mitglieder, und ich lege meine Hand dafür ins Feuer, in zwei Jahren sind es mindestens dreitausend, meine Tage in Leipzig sind gezählt, wie auch die von Gadamer, Sie werden sehen. Deshalb meine ich, daß spätestens im Sommer, rechtzeitig vor Beginn des Schuljahrs, operiert werden sollte, am besten Mitte Juli. Die Eltern stimmten dankbar zu. Bevor man sich hinlegte, klingelte Vater mit einem späten Anruf noch den Fuhrunternehmer Zurbrück in Bubendorf aus dem Schlaf, der ihm wegen einer heiklen Angelegenheit einen Gefallen schuldig war, und bestellte Zurbrück mit seinem Holzgaslieferwagen für den nächsten Morgen um sechs vor die *Post*, damit Schede nicht den überfüllten Schichtarbeiterzug früh um vier nehmen mußte und trotzdem pünktlich zur Morgenvisite in seine Klinik gelangte.

Als der Sommer kam, war Schede noch in Leipzig, auch Gadamer, der sich mit drei, vier Relegationen ein paar Wochen und Monate Ruhe vor der FDJ verschafft hatte, die relegierten Studenten wurden abgeholt und verschwanden, Strafmaß ein Viertel. Was hieß: fünfundzwanzig Jahre. Mit der Operation und ihrer Vorbereitung lief alles wie verabredet, ich mußte vom Tag nach meinem sechsten Geburtstag an den ganzen Juni und den halben Juli hindurch mit unbelasteten, sozusagen ruhiggestellten Beinen liegen, höchstens durfte ich sitzen, entweder im Bett oder tagsüber auf dem Ledersofa aus der Klubgarnitur, das normalerweise an der Wand zur Thälmannstraße stand, neben dem Zentnersack mit Russenzucker, und das nun an die beiden südlichen Eßzimmerfenster geschoben worden war, die auf den Markt gingen und die Apotheke, das Haus des Wagenbauers Berger, dem Vater um das Jahr 1955 herum einen geharnischten Brief schrieb, und die Fleischerei Hilbig zum Gegenüber hatten. Links davon das Haus der *Nationalen Front*, ein schäbiges Ladenlokal, das alle mieden, als doppelbödigen Firlefanz zum Dummenfang, es gab Graupensuppe und Propagandaschriften und in den fünfziger Jahren den ersten Fernsehapparat in Frohburg, dann die Polizeiwache, später Stadtbücherei, keine tausend Bände im Bestand, großartig Bibliothek genannt, hochgestochene Übernahme aus dem Russischen, und das Rathaus nebst seinem viel niedrigeren Nachbargebäude, dem *Brauhof*, in dem die örtliche KPD gegründet worden war und aus dem Mutters beste Freundin Lisa Horn stammte. Rechterhand der *Rote Hirsch* mit dem Kino und dem Laden von Hallerfred und weiter auf uns zu das Tabbertsche Textilgeschäft mit der Wohnung von Lachert im ausgebauten Dachgeschoß. Ich, eben sechs geworden, konnte noch nicht lesen. Wie mich beschäftigen. Die vier Füße meines Sofas waren wegen des freien Ausblicks auf je zwei Ziegelsteine gesetzt worden. So thronte ich zu Abwechslung und Zeitvertreib über dem Markt und sah dem Treiben auf dem Platz, auf den einmündenden Straßen und auf den Gehwegen zu. Wie morgens früh die Schulkinder mit ihren abgeschiffelten ausgebeulten aufgeplatzten Lederranzen und Mappen einzeln oder in Gruppen den Markt heraufkamen oder aus den umliegenden Haustüren traten und sich im oberen Bereich meines Blickfeldes teilten, die einen bogen nach rechts ab in die Thälmannstraße, die anderen gingen weiter geradeaus, in die Straße der Freundschaft, so oder so kamen alle, die einen linksherum, die anderen rechtsherum, zu der großen gelben Schule am westlichen Rand der Stadt. Wenn die Kinder durch waren, kehrte Ruhe ein, bis die ersten Rentnerinnen mit ihren Taschen und Einkaufsnetzen die Läden abklapperten und auch der Verkehr einsetzte, Autos und Motorräder auf der Durchgangsstraße von Leipzig nach Chemnitz, gestern Reichsstraße 95, heute nur noch Fernstraße gleicher Nummer, ganz schlicht. Dazu die Fuhrwerke der Bauern, die Pferde- und Kuhgespanne, die Fahrräder, eine Dampfwalze, im Schrittempo unterwegs von Penig nach Borna, bog um die Ecke am *Roten Hirsch* und rumpelte und polterte in die Thälmannstraße, das Sofa unter mir vibrierte, in der Vitrine klirrten leise Mutters Römer. Zwischen halb eins und halb zwei kamen die Schüler nachhause, eine halbe Stunde danach war in der Textildruckerei die Frühschicht zu Ende, unten in der Brückengasse quollen zweihundert Leute aus dem Torweg und verteilten sich in die anliegenden Straßen. Kurz vor sechzehn Uhr fluteten die Arbeiter aus der Braunkohle, aus den Gruben von Böhlen, Espenhain und Wyhra vom Bahnhof in die Stadt zurück, hohe Schuhe mit Holzsohlen, Aktentaschen aus Pappe, große Schritte, gruß- und wortlos pflügten sie durch das Gewimmel, frühabendlicher Korso, alle Frohburger waren aus ihren Häusern und Wohnungen gekrochen, auf Einkaufs- und Versorgungstour, nach der Arbeit. Erst der Ladenschluß sorgte wieder für leere Gehwege. Bis sich nach dem Abendessen der Markt selbst bevölkerte. Jetzt sah ich von oben, wie aus der Webergasse, aus der Brückengasse, aus der Badergasse, vom Kirchplatz, vom *Wind* und aus den Baracken hinter der Schule und an der Wolfslücke die Jungen kamen, mit Trägerhemden und Igelitsandalen oder barfuß, halbwüchsig, kratzbürstig, schon mal bereit, ein Feuerchen in einem Steinbruch, in einer Sandgrube zu machen und ein paar Gewehrpatronen, eine Handgranate reinzuwerfen, mal sehen, was passiert, drei Finger weg, eine halbe Hand, das war passiert, sie hießen Kuntze, Pester, Geyer, Henschel, erst ein paar Jahre später dämmerte mir allmählich, was die Älteren schon wußten, daß man sich mit ihnen besser nicht anlegte. Sie und ihr Anhang strömten nach dem Abendbrot zusammen, es wurde Fußball gespielt. Die Spieler alle von zwölf an aufwärts. Wer jünger war, stand mit den Mädchen an der Seite oder hinter den mit Ziegelsteinen markierten Toren. Nur einmal spielte auch ein Mädchen mit,

Rufina Prause aus der Greifenhainer, elf Jahre, fünfte Klasse, Lederhose, mit Krampen beschlagene hohe Schuhe, ein, zwei Nummern größer als erforderlich, sie schoß drei Tore, ihre Mannschaft gewann gegen die Webergassentruppe, am nächsten Abend wurde sie nach Verhandlungen der Anführer nicht wieder aufgestellt, nicht wieder reingewählt. Stürmer galten alles, Verteidiger nicht viel. Ball war jeden Abend ein anderes Knäuel Lumpen, von den älteren Mädchen schnell zurechtgemacht, eilig in eine Segeltuchhülle gestopft, doppelt faustgroß, aus dem Gerangel des Anstoßes heraus wurde es im Sturmlauf über den unbefestigten sommerstaubigen Platz auf das Tor des Gegners zugetrieben, daß Splitt und Schotter spritzten, an den Verteidigern vorbei, noch heute höre ich die kehlig heißen Rufe, die über den Markt schallten und, von den Häuserwänden zurückgeworfen, den Abend durchschnitten, bis es dunkel wurde und nur die Älteren im Schatten noch zusammenstanden, angespannte halblaute Reden führten und hastig rauchten. Das waren Bilder, die ich mitnahm, wenn ich aus dem Eßzimmer mit meinem Aussichtsplatz zum Schlafen über den langen Korridor ins Kinderzimmer getragen wurde, wo ich dann in meinem ausgemusterten Krankenhausbett lag und auf das eingerissene schwarze Papierrollo vor der Glasfüllung der Tür starrte, bis mir die Augen zufielen und ich auf Traumfetzen in den Schlaf trieb: Rufe, Laufgeräusche, Jubelschreie. Ich wußte nicht, hatte keine Ahnung davon, daß die Stadt in Wahrheit vor allem aus den Küchen, den Wohnstuben, den Schlafkammern bestand, dort spielte sich das wahre, das gnadenarme Leben ab, Verletzung, Krankheit, Verrat, geschürzte Knoten der Verwandtschaft, der Geschäfte, des Bekenntnisses, ich war erst sechs.

Schnitt. Leipzig Mitte Juli 1947. Orthopädische Universitätsklinik im Süden der Innenstadt, außerhalb der Bombardierungszone, zwischen Völkerschlachtdenkmal und Bayerischem Bahnhof, zwischen der Russischen Gedächtniskirche und der

Deutschen Bücherei. Ohne Erinnerung, wie ich dahin kam, mit einemmal umstanden Ärzte und Schwestern den Operationstisch, auf dem ich lag, oder wuselten und klapperten hinter mir im Raum. Der alte Mann, der sich zu mir beugte und dann wieder verschwand, war Schede. An seine Stelle trat ein jüngerer Arzt mit blondem Oberlippenbart, der mir von seinen beiden Kindern erzählte und mir dann ein Etwas, eine Äthermaske an Mund und Nase hielt, ich sollte ruhig atmen und ihm erzählen, was ich sah. Ameisen kamen auf mich zu, große Insekten, ein ganzer breiter Zug, sie schleppten Wagen mit sich, die wie Riesennußschalen aussahen, alle Ameisen hatten Panzer an, Rüstungen, sie bildeten einen Heerwurm und kamen immer näher, dann zogen sie über mich hinweg weiter in den Garten meiner Großeltern, dort lag ich unter dem großen Apfelbaum mit der Starbeute, meinem Lieblingsplatz, in dessen Nähe ich bei den Fliederbüschen der alten schmutzigweißen Henne, die im verwilderten Garten zuhause war, eine Staubkuhle in den Boden gekratzt hatte. Jetzt zählst du einfach mal, forderte die Henne, die sprechen konnte, mich wie von ferne auf, und ich zählte: eins, zwei, drei, vier, fünf, dann war ich weg.

Noch einmal Schnitt. Ein wolkenloser Sommertag. Ich liege in einem Klinikbett, das die Schwestern auf den Balkon geschoben haben. Klare warme Luft, mit einem Geruch nach Kellerluft und Mörtelstaub, den der leichte Nordwind von Zeit zu Zeit aus der Ruinenstadt herüberträgt, herüberschiebt. Von unten Getrappel, Stimmen, Fahrradklingeln, das sind die Studenten, die heute wie seit mehr als dreißig Jahren aus der Deutschen Bücherei kommen: nichts passiert, beinahe. Ich kann meine Beine nicht sehen, sie sind zugedeckt, aber ich weiß, daß das rechte bis zum halben Oberschenkel in einem Gipsverband steckt, der hohl klingt, wenn man mit dem Knöchel draufklopft. In die Sohle der festen weißen Hülle hat man einen Stahlbügel eingearbeitet, so daß ich nach dem Ende der vier Liegewochen ein paar Schritte machen kann, wenn auch unbeholfen, wie die

Schwestern sagen, Geduld vor allem muß ich haben, der Professor ist mit mir zufrieden. Er hat meine verkürzte Achillessehne gespalten und den Schnitt, der von der Ferse aufwärts in die Wade reicht, mit starken Stichen und kräftigem Fadengut zugenäht, mal sehen, ich muß warten. Und ich warte, notgedrungen. Das fällt mir nicht sehr schwer. Jeden Tag wird, wenn Besuchszeit ist, an der Tür geklopft. In der Regel sind es die Eltern, meist mit Großmutter und Doris-Mutti, nicht selten aber läßt sich auch jemand aus der großen Verwandtschaft sehen, aus Frohburg, aus Kohren, Borna oder Altenburg und aus Leipzig selbst. Einmal taucht an meinem Krankenbett sogar Onkel Franz Roscher auf. Nachdem er bei Großvater Kutscher war, ist er aus meinem Blickfeld verschwunden. Bis zum Sommer fünfundvierzig hat er als einziger Sohn und Erbe für seine Eltern das Rittergut Bosberg hinter Bad Lausick bewirtschaftet, dann wurde er mit seiner Frau, Vaters jüngerer Schwester Ilsabe, und zwei Kindern im Zug der Bodenreform erst vom Gut, dann aus dem Dorf gewiesen. Nach einigen Monaten bei den Großeltern in der Greifenhainer Straße mußte er den Kreis verlassen, die Familie kam bei Onkel Bruno in Connewitz unter und durfte letztenendes auch dort nicht bleiben, der Heimatkreis Borna und der Heimatbezirk, hier Leipzig, waren für den angeblichen Junkersprößling, der Vater Oberstudienrat, die Mutter Hausfrau, und seinen Anhang tabu, es blieb nur im flächenzerstörten Chemnitz die Altbauwohnung der alten Eltern Roscher, in der man oben am Schloßberg, über dem Elend der Ruinenstadt, monatelang zu sechst zusammenhockte. Das Leben konnte, durfte auf Dauer nicht aus täglichen Schwarzmarktbesuchen bestehen, es mußte weitergehen, aufwärtsgehen nach Möglichkeit, und durch irgendeine Beziehung der Großeltern konnte Franz sich tatsächlich in Leipzig als Landwirtschaftsstudent eintragen, Fortsetzung seiner Ausbildung als Eleve auf drei Rittergütern Mitte der dreißiger Jahre. Unter der Woche hatte er eine Schlafstelle bei Onkel Bruno und Tante Liebchen und besuchte die Agronomiekurse, Sonnabend und Sonntag war er in

Chemnitz bei der Familie. Und eines Tages nun trat er mit der Stationsschwester, von ihr umwieselt und hofiert, in mein Klinikzimmer, ein gutaussehender gutgekleideter Mann mit breitem Lächeln, Schwarm vieler Frauen. Nicht im Traum habe ich das damals sehen können. Alles spätere Mitteilungen, nachträgliche Einschätzung. Dagegen weiß ich noch genau, daß Onkel Franz mir bei seinem Besuch von der Bombardierung des Bosberger Ritterguts durch einen Nachtangriff der Engländer erzählte. Ich denke, er wollte mir was Interessantes bieten, das ich auch wirklich fassen konnte. So die Christbäume, die von den ersten vorausgeschickten Flugzeugen, den Markierern, abgeworfen wurden, um das Angriffsziel in seinem Umriß abzustecken. Allerdings war der Bomberpulk einer verschobenen falschen Markierung gefolgt, statt wie geplant die *Hasag* im Bosberger Wald steckten die Pfadfinderflugzeuge unser Rittergut ab, und die Fliegenden Festungen ließen dort die Bomben runtersausen, bei der *Hasag* wurden nur wie zufällig, durch Randabwürfe eine Verladehalle und ein paar Baracken zerstört, während mir auf dem Gut die Brennerei, die große Scheune und vor allem die Rinder- und die Pferdeställe zerdeppert und in Schutt und Asche gelegt wurden, sagte Onkel Franz, vor allem mußten unsere Pferde, soweit sie uns die Wehrmacht gelassen hatte, und auch alle Rinder dran glauben, erschlagen und verkohlt waren sie, und was sage ich, die polnischen Arbeiter, die sich beim Löschen erwartungsgemäß enorm ins Zeug gelegt hatten, durften sich am nächsten Morgen vom gebratenen gerösteten Fleisch abschneiden, soviel sie wollten und soviel genießbar war, ein Fest, verdient auf jeden Fall. Davongekommen waren nur das Pächterhaus, die Ferienvilla meiner Eltern an der Einfahrt und die Schweineställe, außerdem die zwischen Gutshof und Fischteich liegenden Maschinen- und Gerätehallen. Stell dir doch mal vor, in die *Hasag*-Baracken, sagte Onkel Franz, hatte man Kriegsgefangene und jüdische Arbeiterinnen aus Ungarn gepfercht, sie sollten Panzerfäuste montieren, Waffe der letzten Stunde, plötzlich, der Krieg war fast zu Ende, kamen mitten in der Nacht, die Gefangenen schliefen, Bomben der eigenen Seite aus dem schwarzen Nirgendwo herunter und machten zwei Baracken platt. Dreißig Tote, stell dir vor. Einer der Riesenbomber des Angriffs wurde über Nenkersdorf von der Flak getroffen und ging brennend in der Nähe der Wolfslücke auf freiem Feld nieder, die Feuersirene heulte minutenlang, das halbe Bahnhofsviertel und die Leute aus dem Arbeitsdienstlager, evakuierte Ansiedler aus dem Warthegau, sprangen aus den Betten und eilten an die Absturzstelle, von den acht Mann Besatzung konnten zwei sich in allerletzter Minute vor dem Höllenfeuer nach draußen retten und lebten noch eine knappe Stunde, auf dem Weg zum Rathaus wurden sie von Volkssturm und HJ auf der Nordseite in den Eisenberg geführt, auf der Südseite des Stadtwaldes kamen sie nicht wieder raus. Jedenfalls nicht lebend. Du kennst die Sandgrube doch, am Bach, der in Richtung Festhalle und Wyhra fließt. Wo die Molchwiese ist. Das Rinnsal mit den öligen Schlieren und den kleinen Sandbänken nach starken Regenfällen. Genau, dort bog der Haufe mit den beiden vom Absturz noch halbbetäubten Männern vom Weg ab in die Senke, Stangenholz lag seitwärts griffbereit, die Knüppel klatschten, ich kann dir nur sagen, nicht ums Verrecken hätte man dabeisein wollen, das kannst du glauben, Junge. Was in uns steckt.

Noch viel häufiger als die Besucher aus der Verwandtschaft kommen die Schwestern zu mir, zweimal am Tag ist Visite, mindestens eine wird von Schede angeführt, wenn er nicht da ist, vertritt ihn sein Oberarzt, der mir fast besser als sein Chef gefällt, die sonore Stimme, der blütenweiße Mantel, eine trockene warme Hand. Auch die gestaffelten Gruppen gefallen mir, mit denen Schede und der Oberarzt bei mir auftreten, die wachen, lernbegierigen Assistenten, die unbewegte Oberschwester, der man kaum etwas vormachen kann, die hübschen Medizinstudentinnen, die jeden Scherz der Klinikobrigkeit gedämpft, aber dankbar belachen, und die blutjungen Schwestern, die, auf der Jagd nach einem Mann in Weiß, noch erwachsen werden müssen. Natürlich kann ich das alles nicht wissen, aber ich fühle, empfinde, ahne manches, was mir die Zeit vertreibt und mir einhaucht, einflüstert, wie es zugeht auf der Welt, bis ich nach drei Wochen nachhause, auf meinen Beobachtungsposten auf dem Ledersofa im Eßzimmer zurückkehren kann. Aus dem Liegegips vom Juni ist nach der Operation ein Gehgips geworden, den ich allerdings noch nicht benutzen darf, ich muß wieder liegen, liegen, liegen. In der allergrößten Sommerhitze, mit Blick auf einen Marktplatz, im weißen Mittagslicht wie ausgestorben, weil alle Welt im Stadtbad ist, dem vollgelaufenen Steinbruch zwischen Hölzchen und Dörfchen, Felsenbad, hat die Zeitungswerbung der Enddreißigerjahre bis nach Leipzig und sogar bis nach Berlin getönt, heute nicht mehr nötig, auswärtige Besucher braucht man nicht, die Liegewiesen, das Planschbecken, der Nichtschwimmerbereich und auch das offene Wasser für die Schwimmer, das Tiefe genannt, sind ohnehin überfüllt, es gibt in Frohburg nach dem Krieg zur Unterhaltung nur noch das Kino, den Wochenendschwof, die Kirche und im Sommerhalbjahr das Freibad, jenachdem. Eines steht für mich fest, todsicher: wenn Anfang September die großen Ferien zu Ende sind, werde ich eingeschult. Die Aussicht hilft mir über die Hundstage hinweg.

In der letzten Augustwoche fahren die Eltern nach Kohren, zu Vaters Freund Harry Lackner und seiner Frau Irma. Die beiden Männer wollen sich beraten, wie es weitergehen soll mit Lackners Kollegen am Ort. Der ist vor einem halben Jahr aus der amerikanischen Zone zugewandert und von der Kreisärztin in die verwaiste zweite Arztpraxis in Kohren eingewiesen worden. Gerüchte aus Wiesbaden sind ihm nachgekommen, die von Spielsucht und Morphium wissen wollen. Mit seiner Spielsucht wird er hier bei uns mangels Gelegenheit null Probleme haben, hat Lackner während der Verabredung am Telefon angemerkt, mit dem Hang zum Morphium sieht es schon anders aus, der gute Mann ist vorige Woche benebelt, wie im Tran auf Besuchstour gewesen, die Leute sind auch nicht restlos blöd, die haben das gemerkt, und spätestens, seit er sein aus der Westzone mitgebrachtes Auto, den *Mercedes* 170 v, bei der Lochmühle in den Graben gesetzt hat, zerreißt man sich die Mäuler. Wiesbaden, so eine schöne Stadt, und dann noch unzerstört, da muß er doch eine Menge auf dem Kerbholz haben, wenn er die mit unserem bescheidenen Nest tauscht. Und nun hat sich die Sache zugespitzt, denn der Zugvogel aus dem Westen hat sich am Schrank mit den Betäubungsmitteln, mit dem die Praxis ausgestattet ist, zu schaffen gemacht. Gleich nach den ersten Zweifeln und Bedenken, die in der Gegend umliefen, ist die Kreisärztin hier in Kohren aufgekreuzt und hat erst den neuangesiedelten Hessen zur Enthaltsamkeit vergattert und dann den Schrank abgeschlossen und mir den Schlüssel übergeben. Wenn Sie aus dem Schrank was brauchen, wenden Sie sich an Ihren Kollegen. Denkste, sagt Lackner zu Vater, er hat gesternnacht den Schrank aufgebrochen und die Ecke mit dem Morphium ausgeräumt, bis jetzt liegt er vollgeknallt auf seiner Untersuchungspritsche, du mußt kommen. Und tatsächlich sind die Eltern gegen Abend, Vater hat die Besuchstour abgebrochen, nach Kohren gefahren. Es wird neun, es wird zehn, wir haben Sommerzeit, es wird allmählich dunkel, die Eltern sind noch nicht zurück. Jede Viertelstunde kommt Reni, die Hausgehilfin, aus der Küche, wo sie, wie sie sagt, Wäsche zusammenlegt und Socken stopft, an mein Sofa und will mich ins Bett bringen, ich weise sie ab, angeblich darf ich hier liegenbleiben, bis die Eltern wieder da sind. Schließlich gibt sie auf, mach was du willst, ich gehe jetzt ins Bett. Nach einer Weile klappert die Korridortür ins Schloß, Reni ist auf dem Weg zu ihrer Kammer unter dem Dach. Na also, hab ich Ruhe. Und schlafe selber ein. Mitten in der Nacht wache ich auf, im Zimmer Dunkelheit, auch der Markt unten in bodenloser Finsternis, kein Fenster erleuchtet in den unsichtbaren Häusern gegenüber, nicht eine Straßenlampe, ich wußte gar nicht, daß die Gaslaternen jede

Nacht nur eine Stunde brennen, von elf bis Mitternacht, wenn es zwölf schlägt, höre ich am nächsten Tag von Reni, macht sich der alte Schubert mit der langen Anzünderstange auf seine zweite Runde durch alle Straßen und zieht die Sperren wieder zu. Plötzlich eine Veränderung, draußen, unten. In der Polizeistation neben dem Rathaus fliegt die Tür zur Straße auf, der grellerleuchtete Hausflur wirft eine Gasse aus Licht auf den Markt, jemand, den ich nicht erkennen kann, unklar, ob Mann, ob Frau, wird aus dem Haus und über die Straße geschleppt und in ein schwarzes Auto gestoßen, das sofort anfährt und gleich darauf verschwunden ist. Dann fällt die Tür zu. Dunkelheit. Auf vertrauter Bühne das fremde Stück. Erst gegen Morgen, hinter der Textildruckerei ist der Himmel schon rot geworden, kommen die Eltern zurück und wecken mich. Sonnenaufgang. Mutters Kopf, ihr Gesicht, das dunkle Haar dicht über mir, im schwachen Gegenlicht. Sie trägt mich ins Kinderzimmer, was ist denn los, mein Großer. Ich sage nichts. Auch beim Frühstück kein Wort über die Nacht auf dem Sofa, am Fenster. Warum alles preisgeben. Drei, vier Jahre älter, hätte ich in eins meiner geheimen Hefte gekritzelt. Erst einmal: Hamstern. Einlagern. Vergessen und Wiederfinden, vielleicht.

Am ersten September 1947, einem Montag, kam ich in die Schule. Vater hatte am Vormittag Sprechstunde und fiel aus, er konnte nicht mitkommen. Mutter, auf sich gestellt, versetzte mich in der Küche in einen ihrer Meinung nach vorzeigbaren Zustand, spuckte in ihr Taschentuch, rieb mir damit im Gesicht herum und drückte eine Klemme in mein Haar. Bruder Ulrich wollte mitgenommen werden. Als Mutter vor ihm die Küchentür zudrückte, nahm er aus dem Winkel hinter dem Geschirrschrank den Stubenbesen, fuchtelte mit dem Stiel herum und schlug dabei die Glasfüllung aus der Tür. Na warte, alter Freund, drohte Mutter, nur im ersten Moment ganz ernst, und führte mich zehn Minuten drauf durch die Schlossergasse Richtung Schule, vorbei am Nuschkehaus und dem Haus des Stadtmusikdirektors Pfitzner. Zehn Jahre war es her, daß im Advent siebenunddreißig fünf Jungen aus der Pfitznerschen Musikschule, sie hatten sich aus der Pension davongestohlen, auf dem Straßenteich Schlittschuh gelaufen waren. Mutter hatte sich mit ihrer Freundin Lisa nach der Arbeit gerade auf den Weg von der Plautschen Schmiede zum Straßenteich gemacht, als drei der Musikschüler, alle von außerhalb, einbrachen und ertranken. Die zwei jungen Frauen, beide fünfundzwanzig Jahre alt und beide im Büro der Braunsbergschen Kattunfabrik beschäftigt, kamen gerade rechtzeitig auf dem Damm an, um die Aufregung mitzubekommen, das Rufen, Gestikulieren, das Eintreffen der Feuerwehr, die herbeigeschleppten vorgeschobenen Leitern, die Hakenstangen, schließlich das eilige Zuwasserbringen des von einem Rollwagen gewuchteten Kahns des Fischmeisters. Es wurde dunkel während der Suche, Schneeregen hatte eingesetzt, der Damm voller Zuschauer, dicht an dicht. Endlich stießen die Haken, vom Boot aus durch das eiskalte schwarze Wasser geführt, auf Widerstand, hier ist was, hier auch, bei mir dito. Die drei ertrunkenen Jungen, sie kamen aus Geithain, Lunzenau und Mühlau, wurden am vierten Adventssonntag in der Turnhalle aufgebahrt, keine fünfzig Meter von der Musikschule entfernt, in der sie in Pension gewesen waren und aus der Robert Pfitzner stammte, Violinist am Moskauer Bolschoitheater, der Vater von Hans Pfitzner. Bürgermeister Schröter hatte seinen Sohn, den Studienrat am Realgymnasium Borna, mit seinem Auto die Heimatorte der toten Jungen abfahren und die Eltern einsammeln lassen, sie saßen schon zwei Stunden vor Beginn der Trauerfeier in der ersten Reihe und sahen zu, wie halb Frohburg an den Särgen vorbeizog und dabei Blumen ablegte, die zu der Jahreszeit in der Kleinstadt nicht leicht zu bekommen waren. Der alte Musikdirektor stand am Eingang, im Bratenrock, den Zylinder in der Hand, eine Gestalt von vorgestern, versteinert, die Eltern hatten ihm schon beim Eintreffen Vorwürfe gemacht, wie konnte das passieren, wo haben Sie Ihre Augen gehabt. Und: Höheren Ortes wird man Sie zur Rechenschaft ziehen, jetzt herrscht endlich Ordnung im Land, Musik ohne alles sonst ist Quatsch, HJ wäre viel besser gewesen, dort wird auch aufgespielt und zudem aufgepaßt.

Meine schwache Erinnerung an die erste Schulstunde, an das, was die Klassenlehrerin sagte, freundlich und bestimmt, das, was man den deutschen Volksschullehrer nannte, war einmal führend in der Welt, sagte sie, warum nicht anknüpfen, auch in der neuen Zeit. Daß sie seit der Winterschlacht vor Moskau Kriegerwitwe war, daß ihr Kollege Friedel siebenunddreißig wegen seiner jüdischen Frau aus dem Schuldienst geflogen war: kein Thema. Lieber davon sprechen, was auf uns zukommt. Mit halbem Ohr zuhören. Dabei in den Bänken sitzen, um Maß zu nehmen, ernst war es noch nicht. Helles Klassenzimmer, erwartungsvolles Summen in der ganzen Schule. Die Zuckertüten wurden übergeben, mit meiner konnte ich zufrieden sein, ich warf nicht einen Blick zur Seite. Bei der Heimkehr bekam ich, noch auf der Straße, vor dem Hauseingang, von den Großeltern, die mit Doris-Mutti, den Bornaer und Kohrener Geschwistern und Schwägern der Eltern auf mich warteten, eine zweite Tüte und ganz überraschend von Karl Plaut aus der Schmiede auf dem Wind, Mutters jüngerem Bruder, eine dritte. Sie war nicht ganz so groß wie die beiden anderen, dafür aber bis obenhin mit krapfenartigem verschlungenem Backwerk gefüllt, in Öl goldgelb gesotten, Schlipse genannt von Karls Frau Elli. Der Onkel hatte in seinem Gewölbekeller, dessen Zugang hinter dem Herdfeuer, verstellt von alten Ofenblechen, nicht leicht zu finden war, eine handliche elektrische Ölmühle installiert, an einem schweren Tisch festgeklemmt mit einer Schraubzwinge, wenn es dunkel war, wurde manches Säckchen Raps und Mohn in die Schmiede getragen, Klopfen an der Hintertür, unter der Auszüglerstube, was issn, isch. Und das Tor wurde zum Einschlüpfen kurz aufgehalten. Eifrig surrendes Maschinchen. Dauerte nicht lange. Hier die Flaschen. Das für mich. Zur gleichen Stunde, in der man mir die drei Zuckertüten nacheinander in den angewinkelten Arm drückte, bekam mein Freund Reiner Tschetschorke, von dem ich zum ersten Mal das Wort *ficken* gehört und in mir verschlossen hatte, ohne es fürs erste zu übernehmen, ein halbes Kastenbrot, das er ganz allein aufessen durfte. Mit der verwitweten Mutter und einer älteren Schwester wohnte er die ersten zehn Nachkriegsjahre in einem Zimmer über dem Schuhladen der alten Rammners, quer durch den Raum war eine Leine gespannt, auf der Decken hingen. Dahinter waren die Betten aufgestellt. Manchmal kam der Freund der Mutter über Nacht. Der Onkel. Solche Onkel gab es viele, ich lernte etliche kennen. Noch viel schlimmer dran aber war, wer während der letzten Kriegsmonate in die Arbeitsdienstbaracken im Wolfslückenweg gespült worden war. Man kam aus der Bukowina, aus Bessarabien oder der Dobrudscha und war im Warthegau angesiedelt worden, auf völkisch behauptetem Gelände, für zwei, drei Ernten, dann war auch das zu Ende, wieder hieß es einpacken, aufladen, losfahren. Und dann kam der Zug mit den Güterwagen auf dem Bahnhof Frohburg an, im Osten und auch im Westen wankten alle Fronten, sieh zu, wie du Land gewinnst und Unterkunft. Die Baracken waren leer, aufgelassen, alle früheren und späteren Bewohner standen im Kampf oder verdrückten sich irgendwo als unabkömmlich, tretet ein, ihr seid uns willkommen, sagte der Ortsgruppenleiter Kimmich, aber belästigt uns nicht mit Bitten und Forderungen, dachte er weiter, bei sich. Als hätte er das mitbekommen oder herausgefühlt, hatte einer der angetriebenen Familienväter, sechs Kinder, Sömmer mit Namen, er war wie schon sein Vater Hufschmied in Stanislau gewesen, dem späteren Iwano-Frankiwsk, im Herbst vierundvierzig bei den Großeltern vorgesprochen, er könne die beiden Pferde versorgen, im Winter den Schnee vom Hof und aus der Einfahrt schieben und im Frühjahr den Garten machen, ein Angebot, das gegen Handgeld und bescheidener Entlohnung angenommen worden war. Denn der Ankömmling von ferneher besaß, wie sich auf Nachfrage herausstellte, auch einen in Landsberg ausgestellten Führerschein, eine Daseinsvorsorge der Warthelandbehörden, die es den volksdeutschen Bauern und Handwerkern ermöglichen sollte, im zu erwartenden Dienstleistungssektor des Großdeutschen Reiches ihren Unterhalt zu finden. Tatsächlich erwies sich für freilich kurze Zeit die Richtigkeit der Überlegung, Sömmer betreute nicht nur die tierärztlichen Kutschpferde, er chauffierte Großvater auch mit dem Auto auf die Dörfer, vor allem mit dem neuen Sechszylinder *Opel Kapitän*, angeschafft im April neununddreißig, nach Erledigung der Resttschechei, wie Sömmer noch sechs, sieben Jahre später zu sagen pflegte, Großvater widersprach ihm nicht. Freilich waren damals, 1946, der *Opel Kapitän*, der Sechszylinder und auch die beiden rassigen Pferde, Tierärzte waren wie die Pferdehändler Kenner, im Zug der sowjetischen Beschlagnahmungen ebenso wie das größere von zwei Radiogeräten, das sich schlecht verstecken ließ, die Schreibmaschine und zwei Fotoapparate verlorengegangen. Geblieben waren nur ein klappriger *Opel* P4 und dazu ein Panjegaul, von der Roten Armee krank und abgehetzt zurückgelassen, im Austausch in den Stall gestellt. Nach Franz Roschers Zwischenspiel als Kutscher und Autolenker wurde Sömmer, besänftigt wegen der zeitweisen Bevorzugung des inzwischen aus dem Kreis Borna ausgewiesenen Schwiegersohns, in sein Kutsch- und Fahreramt zurückgeholt. Er hatte sich schon zwei Jahre vorher, gleich nach der Ankunft der Warthegauer in Frohburg, mit Großvaters altem Schäferhund Astor angefreundet, so einen betagten Herrn hatten wir zuhause auch, neun Jahre alt, keinen Hof- und Kettenhund, einen Kameraden, einen Freund, ich habe ihn am Abend vor unserem Aufbruch in Galizien hinter die Scheune auf freies Feld geführt und mit der Pistole erschossen, erschießen müssen, es ging nicht anders. Und jetzt Astor in der Greifenhainer Straße, inzwischen deutlich abgeklärter noch und älter als in den ausgehenden dreißiger Jahren, in denen er im Sommerhalbjahr beinahe jeden Werktag nach fünf am offenen Eßzimmerfenster der Großeltern im ersten Stock lauerte, sieben, acht Meter über der Straße, bis die Leute von der Bimmelbahn den Schützenhausberg herunterkamen und er den Fleischermeister Hädrich aus der Töpfergasse erkannte, der in der Großküche des Hydrierwerkes Böhlen arbeitete und von dem es hieß, daß er nach Feierabend einem versteckten verschwiegenen Handwerk nachging, dem Hunde- und Katzenfang, für die Versuchsanstalten in Leipzig und Halle. Er zog auch Katzenfelle für Rheumakranke von den Kadavern ab, richtete sie zu und stopfte außerdem für einen Lehrmittelvertrieb in Altenburg reinrassige Hunde aus, jedenfalls roch Astor etwas, den Tod der Artgenossen vielleicht und seiner Feinde, der Katzen, er bellte und kläffte und tobte wie von Sinnen am Fenster oben, sobald der Fleischer in Höhe des Schützenhaussaals in Sicht kam. Eines Nachmittags brachen der Höllenlärm, die Raserei schlagartig ab, ohne daß es jemandem im Haus auffiel. Kurze Stille. Bis auf der Straße ein gottsjämmerliches Schimpfen und Fluchen einsetzte und andauerte, alter Köter, ich zeigs dir gleich, hau ab, ich schlag dich tot. Andere Stimmen kamen dazu, was ist denn los. Die Töle hat mich eben angefallen, hat in meine Wade gebissen, ich habe sie abgeschüttelt, mit Mühe, nun ist sie weg. Tante Frieda, die in der Küche mit der Aufwartung Biller aus Greifenhain eingekocht hatte und gerade Durchzug machte, hörte ein Scharren und Wummern an der Korridortür, dann flog die Tür auf, und Astor schoß herein, japsend, winselnd, wo kommst du jetzt her, du warst doch eben noch auf deinem Fensterplatz. Erst allmählich ging den beiden Frauen, ging allen im Haus auf, daß der große Hund, von seinem Haß auf den Fleischer über das Fensterbrett gerissen, aus dem ersten Stock auf die Straße gesegelt und geprallt war und zugebissen hatte. Das war der Astor der man könnte sagen besten Jahre des Dritten Reiches, Saarland, Rheinland, Olympiade, Friedensreden ohne Ende, der Krieg war nach der Einverleibung der Sudeten und Österreichs letztlich doch begonnen und am Ende verloren worden, dieses Ende war zwei Jahre her, der Astor der Besatzungszeit hatte keine Ähnlichkeit mehr mit dem Hund, den ein Fleischer und Kleintierabdecker bis zur Besinnungslosigkeit in Rage bringen konnte, nurmehr im Zeitlupentempo schlich er durch den Garten, mit trüben Augen, im Schwanz einen absurden rechtwinkligen Knick, als sei ein Bruch falsch zusammengewachsen, selbst bellen konnte er nicht mehr, nur noch blaffen, halberstickt, halblaut, dumpf. Im August 1947 fiel es Sömmer immer schwerer, das Elend mitanzusehen, endlich Schluß machen mit dem Leiden des klapprigen, stinkenden Köters. Zumal er zuhause in seinen zwei verschlagartigen Zimmern im Arbeitsdienstlager unter den sechs Kindern ein Mädchen hatte, das zweitjüngste, so alt wie ich, das auch genau wie ich Anfang September in die Schule kommen sollte. Eine Zukkertüte ließ sich mit einem spitz zugerollten Bogen Mal- oder Packpapier andeuten, auch für die Füllung würde einem etwas einfallen, Preßkuchen aus den Mohnrückständen, getrocknete Apfelringe, Kürbiskerne zum Knacken, ein paar Haselnüsse. Aber womit das Festessen nach der Einschulung bestücken, für die große, allzeit hungrige Familie. Nach langem erfolglosem Überlegen wandte Sömmer sich an Großvater und fragte, als sei ihm das, obwohl er wochenlang mit sich zu Rate gegangen war, eben erst eingefallen, nach Astor, wobei er betonte, daß der alte, uralte Hund kaum noch Zähne hatte und am Bauch und an den Hinterläufen von Geschwüren geplagt war. Wenn wir Astor, der seinen Frieden haben muß, bekommen könnten, mit einer Spritze oder einer Ätherbetäubung ruhiggestellt, wir würden Ihnen unendlich dankbar sein für das Festmahl, das wir zubereiten könnten. Großvater sagte ja. So wurde aus dem vierbeinigen Freund meiner ersten Jahre, an den ich mich auf einer Decke im Sommergarten viele Male angeschmiegt hatte, wie Fotos zeigen, zuletzt ein Braten für die ewig Hungrigen der deutschen Pleite. Ekelhaft, oder. Dabei verbreitete sich in Wirklichkeit nach der Einschulungsfeier verführerischer Brutzelduft in der Gemeinschaftsküche der Baracke, zog weiter durch die engen Gänge und vergiftete die anderen fünfzehn oder zwanzig Familien mit Neid. Man konnte schließlich nicht jede Nacht einen

Kaninchenstall unten in der Stadt aufhebeln und ausräumen. Es genügte, daß der alte Kaschubski, er stammte aus der Thorner Gegend, morgens erschossen auf dem Frohburger Markt, vor der Polizeiwache gelegen hatte, unter der Leiche ein Karnickelbock, der noch halb und halb am Leben war. Auch in der Webergasse war mitten in der Nacht etwas schiefgegangen. Dort wohnte Onkel Karl, Schmied in der Werkstatt seiner Mutter auf dem *Wind*, bei seiner Frau, die im Erdgeschoß ein Lebensmittelgeschäft betrieb. Im Hofteil des Hauses befand sich der Stall mit einer beinahe schlachtreifen Sau. Eines Nachts wurden Karl und Elli wach von Schlägen, die anscheinend von unten kamen und das Ehebett erzittern ließen. So blöd war mein Onkel nicht, daß er unbeachtet gelassen hätte, was alle Welt wußte. Daß in den Chaoszeiten Pistolen leicht in falsche Hände kommen, in falschen Händen bleiben konnten. Er riß das Fenster zur Gasse auf und rief um Hilfe. Nichts, was allein ihn anging, Einbruch, Überfall, sondern eine Bedrohung aller: Feuer. Erst als in kürzester Zeit ein Dutzend Männer vor dem Haus stand, in der engen Gasse, stieg er nach unten und öffnete das Tor. Gemeinsam ging man auf den Hof und von dort in den Stall. Die Sau, anscheinend halbbetäubt, rappelte sich mit blutendem Schädel gerade wieder auf und stieß grunzend und schwankend eine Axt beiseite, deren Rücken, wie alle sehen konnten, beim Ausholen zu den scharfkantigen finalen Hieben etliche Eindellungen der zu niedrigen Decke verursacht hatte, die geringe Höhe war Lebensrettung für das Schwein gewesen. Viel war in Frohburg in Sachen nächtlicher Beschaffungsaktionen also nicht mehr zu machen. Selbst die Schwäne auf dem Schloßteich hatte man längst abkassiert. Blieben nur die Katzen, die Igel und die Eichhörnchen. Wie zu Kommunezeiten in Paris. Oder, an uns näher dran, bei den Zigeunern. Aber so tief waren wir noch nicht gesunken. Da fiel uns doch was Besseres ein, Staatsdienst zum Beispiel. Transportpolizei, das war nicht Vopo. Oder wenn es gar nicht anders ging auch Vopo, was soll man machen. Notfalls, alleräußersten Falles sogar *Wismut*, Atombombe für die

Russen, der Krieg war eh verloren, sollten die Amis selber sehen, wo sie blieben und wie sie damit fertig wurden. Ja, so dachten wir in engen Zeiten.

Vor dem Hintergrund der abgeschriebenen verödeten Provinz meiner Kinderzeit war es schon viel, wenn unsere Eltern bei ihren häufigen Leipzigbesuchen, in den Frohburger Läden gab es wenig, in den Großstadtgeschäften vor allem während der Herbst- und Frühjahrsmesse manches, im Antiquariat auf der später weggerissenen Ostseite der Katharinenstraße, heute Sachsenplatz, mit dem glasveredelten Neubau des *Museums der bildenden Künste*, unter dem Ladentisch Eduard Stuckens *Weiße Götter* und vor allem *Vom Winde verweht* zugeschoben bekamen, Umschlagzeichnung aus dem Jahr siebenunddreißig von Gerhard Goßmann, seinerzeit junger Zeichenlehrer, der nach dem Krieg dann Coopers *Lederstrumpf* und diverse russische Jugendbücher der Stalinzeit für den Verlag Neues Leben illustrierte, mit kühn skizzierten Farbtafeln, unverwechselbar. Lebte nach der Wende noch in Fürstenwalde und schenkte mir eine Federzeichnung, Druckvorlage für eine Seite in *Tod in der Wüste* von Jefremow, 1954 in Ostberlin erstmals erschienen und immer wieder aufgelegt. Das Original steckte ich in einen Bilderrahmen, den ich bei Charlotte Kauder vom Trödelladen *Krempel und Kitsch* in der Düsteren Straße in Göttingen gekauft hatte. Zwanzig, fünfundzwanzig Jahre kreuzte ich jeden zweiten, dritten Tag für eine halbe Stunde in ihrem Laden auf. Lottchen wurde sie genannt. Zwei Tage in der Woche hatte Norbert, Lottchens Mann, Dienst an der Kasse. Wenn ich, in gesprächsbereiter Stimmung eingetreten, die ersten Worte an ihn richtete, merkte ich an der Reaktion schon, daß er eine depressive Phase hatte. Betongesicht, blaß, unbeweglich. Stimme wie weggedrückt. Es gab für ihn aber auch andere Tage. Einmal klingelte es bei uns halb acht, Heidrun hatte sich gerade auf den Weg in die Höltyschule gemacht, ich saß am Frühstückstisch, mit der *Süddeutschen Zeitung*, weil ich die wegbröckelnde *Frank-*

furter Rundschau nicht mehr aushielt, und hatte mir gerade eine Zigarette angesteckt, ich rauchte noch, zwanzig *Pall Mall* am Tag, die aus der ochsenblutroten Packung, die langen, ohne Filter, mit Mühe und Not hielt ich es, wenn ich den Vorfilm ausließ, eine Kinovorstellung lang ohne Zigarette aus, und nachts wurde ich alle drei Stunden wach, jede, aber auch wirklich jede Nacht, und rauchte im Bett einen halben Glimmstengel, las in Hitlers *Tischgesprächen* und schlief nach fünf Minuten problemlos wieder ein. Zu problemlos, wie sich nicht in bezug auf Hitler, sondern auf die Zigarettenglut hin und wieder herausstellte. Mindestens viermal glitt mir, der ich in Lesehaltung auf der rechten Seite lag, der Nachttischlampe zugewandt, die Zigarette aus der Hand, fiel auf den Bettvorleger und blieb im Winkel liegen, ich kam an die Feuerquelle nur heran, wenn ich in panischer Eile aufsprang und die verdeckte Partie des Vorlegers unter dem Bett hervorzog. Einmal rauchte ich auch auf dem Rücken liegend. Dabei war ich anscheinend eingeschlafen. Als ich die Augen wieder aufschlug, sah ich dicht vor mir einen untertassengroßen Kreis von Flämmchen, das Innere des Kreises war schon weggebrannt, die Flämmchen fraßen sich im Bettbezug weiter. Schreck, der mich durchzuckte, mit bloßen Händen klopfte und patschte ich in allerhöchster Eile das Feuer aus. Als ich aus dem Bad zurückkam, zog der Brandgeruch schon aus dem Zimmer in den Flur. Mit immer noch klopfendem Herz legte ich mich wieder hin. Heidrun neben mir atmete gleichmäßig, sie war nicht wach geworden.

Ich hatte gefrühstückt, ich las die *Süddeutsche* und rauchte, als die Türklingel ging. Für die Post viel zu früh. Ich öffnete die Tür. Draußen stand Norbert Kauder. Ich komme von meinem Therapeuten, begrüßte er mich, und will mal eine Weile an deinem Schreibtisch sitzen. Merkwürdig, wir kannten uns seit fast fünfundzwanzig Jahren und hatten uns zwanzig Jahre lang gesiezt, auch in den letzten fünf Jahren war Norbert immer dann, wenn der Moment für ihn eng wurde, wenn ihn etwas in unserer Unterhaltung auch nur entfernt unter Druck setzte, zum Sie zurückgekehrt. Jetzt aber, vor unserer Tür, mit dem unvermittelten Verlangen, hatte er keinerlei Probleme mit dem Du. Jetzt war ich es, der sich wand und herumdruckste, nein, ist nicht günstig, geht gerade nicht, ich habe oben in meinem Zimmer die Reisequittungen für die Steuer ausgebreitet, Hunderte von Zetteln, die nicht durcheinanderkommen dürfen, tut mir sehr leid. In Wirklichkeit wollte ich in meinem Zimmer, in meinem Frohburg-Museum, auf dem nackten knarrenden Holzstuhl, dessen lose Querleisten ich jeden zweiten Tag zusammendrücken mußte, keinen Eindringling sitzen lassen. Wenn der Stuhl, Ironie an der Geschichte, wie der Fichtensekretär auch aus dem Kauderschen Laden stammte. Kann man nichts machen, sagte Norbert Kauder, ich habe heute schon so viel erlebt, um vier bin ich mit dem Rad raus ans Flüthewehr gefahren und habe dort eine Stunde auf dem Horn gespielt, die Nebel in der Leineaue, die Morgenröte über den Gleichen, und vor der *Landwehrschenke* stiegen die letzten Freier oder Pokerspieler in ihre Autos und fuhren davon, nicht wie die Gesengten, sondern friedlich, wie es dem schönen Morgen angemessen war. So Norbert Kauder, schon auf der Gartentreppe, beim Abmarsch Richtung Stadt. Kann durchaus sein, daß ich, wie behauptet, auf den fünf kleinen Tischen in meinem Zimmer und auf dem Boden an jenem Morgen tatsächlich meine Quittungen des vorvergangenen Jahres ausgebreitet hatte, auf der ausgeklappten Platte des Sekretärs war davon ganz sicher nichts zu sehen, dort lagen meine vier geheimen Bildermäppchen im Brieftaschenformat, eines davon tatsächlich eine Brieftasche, Geschenk von Vaters Kollegen Möring zu meiner Konfirmation 1955. Vor allem aber lagen da die großformatigen Abzüge der Wagnerschen Fotos des sogenannten Wasserbibloser Stabes in Gymnastikkleidung, schwarze Turnhose, weißes Leibchen, und meine auf Zeichenkarton gemachten handschriftlichen Notizen zu Dr. Richard Wagner, dem Besitzer des Erbhofs Wasserbiblos beim riedhessischen Goddelau, die zurückgingen auf die Erzählungen, die ich durch die Jahre immer wieder von Heidruns Mutter gehört hatte, und auf die Auskünfte, die mir der Heimatforscher aus Crumstadt als Antwort auf meine Briefe übermittelt hatte. Für Außenstehende, für Zufallsbesucher war das alles nicht gedacht, von den Bildern, Fotos und Drucksachen, die an den Wänden und an der Pinnwand hingen, ganz zu schweigen. Wen ging es an, wer sollte sehen, daß ich den Kartonbogen mit dem gedruckten Jahreskalender 1957 aus dem Nachlaß der Eltern aufgehängt hatte, auf dem Mutter mit Bleistift, verwischt in vielen Jahren, vier, fünf Daten mit einer Anmerkung, einem Stichwort versehen hatte. Erstens den Tag, an dem die Entscheidung zum Weggang, zum Abbruch aller Zelte endgültig gefallen war, in Zusammenhang mit den Nachrichten, die über BBC aus Ungarn bis nach Frohburg kamen. Wie Stalins Nachfolger, seine Zöglinge und Kritiker, in Budapest Rache nahmen für den Aufstandsversuch. Zweitens den zwölften Oktober, an dem wir uns heimlich auf die Socken machten, morgens um sechs. Und drittens hatte sie auch noch den folgenden Tag, den Dreizehnten, markiert, der uns wegen der Umtauschaktion der DDR-Geldscheine, unter allergrößter Geheimhaltung geplant, zurück nach Frohburg führte. Zwei Wochen später, mit den neuen Banknoten, wieder weg, diesmal endgültig. In Westberlin die Wohnung von Vaters Cousine Schatzi Schneider in Steglitz. Mutter fuhr allein nach Marienfelde ins Flüchtlingslager und brachte das Aufnahmeverfahren ingang. Auf der Busfahrt zurück nach Steglitz ließ sie ihre Handtasche beim Umsteigen im Bus liegen, mit allen Papieren, allem Geld und ihrem Montblancfüller aus der Vorkriegszeit. Wenn das kein Omen war. Und tatsächlich ging es so ähnlich weiter. Ende November Flughafen Tempelhof, auch diesen Tag hatte sie angestrichen, wir verbrachten vier Stunden in der kalten zugigen Luftfrachthalle, bevor man uns zum Flugzeug führte, in dem die regulären Passagiere längst platzgenommen hatten. Wir hatten eine Zuweisung für das Aufnahmelager Gießen, fünfundfünfzig Kilometer nördlich von Frankfurt, aber die Maschine, in die man uns gesetzt hatte, machte den billigen Luftsprung nur bis Hannover, von dort aus waren es eine Busfahrt von Langenhagen in die Stadt und dreihundertfünfzig Kilometer abendlicher Bahnfahrt nach Gießen, gegen elf Uhr kamen wir dort an. Das Lager, wurde uns an der Bahnsteigsperre gesagt, war bis sieben Uhr am Morgen geschlossen, acht Stunden saßen wir im Wartesaal mit Nachtausschank und sahen dem bierdunstigen Treiben zu und bewachten unser Gepäck, besonders den großen Mädler-Koffer, der sich noch lange Jahre bei den Eltern *Am Stock* im Keller herumtrieb, Fluchtkoffer genannt.

Charlotte und Norbert Kauders *Krempel und Kitsch* in der Düsteren Straße. Nun auch schon zehn, zwölf Jahre vorbei. Nach dem Scheitern ihres Nachfolgers, der nicht nur den Laden, sondern auch den ganzen alten Nippes übernahm, Ablagerung des Unverkäuflichen, für das sich im Lauf der Zeit auch nicht der seltsamste, der verdrehteste Kauz erwärmen konnte, hat sich, wie ich letztes Wochenende bemerkt habe, ein Rechtsanwalt in den beiden Räumen eingenistet, alle Wände, alle Möbel in Weiß, aber der allerletzte Schick der gängigen Kanzleien fehlt, es handelt sich ohnehin um ein ehemaliges Wohnquartier kleiner Leute, kinderreich, die Kinder den ganzen Nachmittag vor dem Haus, auf dem Gehweg, im Rinnstein, auf der Fahrbahn, und wenn jemand mit Fotoapparat und Dreibein anrückte, um eine Armeleuteansicht aufzunehmen, lief alles zusammen und stellte sich auf, klein und groß, Rotznase und Mädchen zwischen Kind und junger Frau, solche Momente, solche Familien gibt es nicht mehr. Ich weiß noch genau, daß ich im Kauderschen Durcheinander, in ihrem Sammelsurium, das mich oft und oft in den Laden lockte, eines Tages auf ein zerfleddertes Heft mit Bauanleitungen für den *Walther*-Metallbaukasten stieß. Ganz hinten im Heft die Ergebnisliste eines Wettbewerbs für Knaben: das komplizierteste Modell. Den zweiten Preis, einen Zusatzbaukasten mit Elektromotor, hatte ein Junge aus der Düsteren Straße gewonnen. Was sagst du dazu, fragte ich Norbert Kauder, der augenscheinlich nicht seinen besten Tag hatte, wenn in der Liste hier jemand aus Göttingen zu finden ist. Na ja, sagte Norbert. Und gar noch aus eurer Düsteren Straße. Ja was soll ich sagen. Und dann noch aus dem Nachbarhaus. Wird nicht mehr leben, vom Jahrgang her, im Krieg, sagte Norbert.

In der von den angestammten Bewohnern verlassenen Gasse, in die vorübergehend ein Copyladen Leben brachte, als es solche Läden gab, hat Steidl für seinen Grass- und Lagerfeld-Verlag zwei Häuser wegreißen lassen, für den Verlagsneubau mitsamt Druckerei. Schon lange kein Kindergeschrei mehr, keine alten Frauen, die nach vorn auf die Groner Straße schlurfen, zu *Karstadt* oder zum Gemüseladen Rittmeyer, kein Antiquariat von Dörrie mehr, der jetzt lieber Vögel beobachtet und die raren Sperlinge in der Innenstadt zählt, Schluß auch mit den Türken in der Teestube und ihren aufgemotzten BMWs davor, man hört nur noch hinter den Rollgittern die Druckmaschinen arbeiten, Tag und Nacht.

Buchherstellung, Buchhandel. Dafür stand Leipzig auch noch nach dem Krieg. Im Antiquariat in der Katharinenstraße, neben der Tauschzentrale und dem Staatlichen Reisebüro eine der Hauptanlaufstellen der Eltern, habe ich Mitte der fünfziger Jahre, während der Konfirmandenzeit, erstmals die Bücherregale durchstöbert, die an der breiten Rückwand und oben auf der Galerie mit dem gußeisernen Geländer standen. Gleichzeitig beobachtete ich die Eingangstür. Wen die Ruinenstadt in den stillen staubigen Laden entließ. Knickerbocker, weiche Hüte, dicke Wintermäntel, wie aus Decken genäht. Geflüster mit dem Antiquar. Sein Bücken. Das Herüberschieben mit der Hand. Hastiges Wegpacken. Wobei Aktentaschen aufgespreizt und wie eine Art Kescher dicht über der Platte des Tresens dem Buch schnell entgegengeführt wurden. Einmal erkannte ich die weinrote Pappe der Kriminalromane von Ullstein, *Der Schuß im Nachtexpreß*, ansonsten stellte ich mir Iwan Blochs *Sexualleben unserer Zeit*, *Weiberherrschaft* und Bildbände der Lichtfreunde vor. Lehrbücher der Geburtshilfe, vieldeutige Schilderungen aller Frauenleiden. Abgegriffene Hefte über Sudabäder und die Thure-Brandt-Massage.

Mein erstes antiquarisches Buch war kein Gegenstand der Begierde für wortkarge Stammkunden, es hieß *Anleitung zum Gespräch über die Religion* und war 1772 in Hamburg erschienen, seltsame Vorliebe. Hing mit dem Preis von drei Mark zusammen. Ohnehin hätte mich der Kauf von Iwan Bloch nicht gelockt, der Band stand in unserem Bücherschrank, auf Vaters linker Seite, während Mutter ihre Bücher im rechten Teil aufgereiht hatte, er war meine Lektüre für sozusagen stille Stunden, wenn ich allein in der Wohnung war und mich in der Toilette einschloß, doppelt vor Überraschungen gesichert von Wohnungs- und Klotür. Mein Lieblingsfall war der einer beleibten Gastwirtsfrau, die im Sessel ein Nickerchen machte und vom Lehrjungen vergewaltigt wurde. Gebraucht, sagte man damals, wozu waren Frauen auch da, der Lehrling gebrauchte sie, allerdings ohne ihren Willen, sie schlief die ganze Zeit und zuckte nur höchstens unbewußt mit dem Unterleib. Nicht selten stieß ich zwischen den Seiten auf einen Fünf- oder Zehnmarkschein. Kassieren oder nicht. War ich schwach geworden, legte ich das Geld in den gerade neu herausgekommenen Heften der Reihe *Das neue Abenteuer* an, bei Bartlepps zu haben, und in klebrigen Bonbons, die ich gegenüber bei Fänglers, im Süßwaren-HO, holte. Eine grüngelbe Sorte, verpackt in eine spröde runde Kunststoffschachtel, war mir am liebsten. Angeblich mit Weintraubenfüllung. Schnell flitzte ich über die Straße, und noch schneller huschte ich in den Laden, damit Mutter mich nicht sah.

Am Leipziger Buch von 1772 reizte mich vor allem das Papier, das sich weich und doch fest anfühlte, sagenhafte Qualität von vorvorgestern, aus einem lange versunkenen goldenen Zeitalter des Handwerks und der Handarbeit, meine Fingerkuppen spürten die Prägespuren des Drucks. Der Halblederband stammte, wenn man dem Exlibris glaubte, aus der Bibliothek eines Barons Hertefeld in oder auf Liebenberg, lange Zeit dachte ich an Thüringen und an ein kleines abgelegenes Rittergut des mitteldeutschen Landadels und daran, daß ich mit der Anschaffung der *Anleitung zum Gespräch über die Religion* im Alter von vierzehn Jahren zum Nutznießer der Bodenreform und ihrer Begleitumstände geworden war. Fast wie die fast allgegenwärtigen kleinstädtischen Revolutionsgewinnler bei Balzac, die Besitztümer des geflüchteten oder untergetauchten Adels aufkaufen und weiterverramschen, auch Möbel, auch Bücher.

Aus dem Kauf in Leipzig, nicht nur aus ihm, entwickelte sich eine Fixierung auf alle Arten von Buchhandlungen, auf Antiquariate, Buchflohmärkte und Büchertische. Nicht aus Besitzgier, die das einzelne Buch nur beachtet, so lange es einem noch nicht gehört. Sondern aus Freude über den einzelnen Titel, den einzelnen Inhalt, der Preis kann hoch sein oder nicht. Allerdings muß ich zugeben, daß mir auch die Idee des Ansammelns und Hortens nicht ganz fremd ist. Von Wassermanns *Caspar Hauser*, neben *Mein Weg als Deutscher und Jude* sein bestes Buch, besser als *Der Fall Maurizius* mit seinen manchmal öden seitenschindenden Längen, habe ich die Erstausgabe, die zweite Auflage und mindestens sechs weitere Exemplare, fünf davon als Halblederausgabe der Deutschen Buchgemeinschaft aus den zwanziger Jahren, den Rücken erkennt man auf Anhieb im Regal, Flohmarktpreis drei Euro, unwiderstehlich. Sicherstellen, es soll keinem Banausen in die Hände fallen und erst recht nicht im Container landen.

Für jemanden, der, bevor er lesen konnte, vom gerade aus vierjähriger russischer Kriegsgefangenschaft entlassenen Altenburger Onkel Jonas zwei Kriegsausgaben von Karl May bekam und die illustrierten Halbleinenbände, Verlag und Druckerei Pierer in Altenburg, wie seinen Augapfel hütete, erst recht, als er endlich zur Lektüre fähig war, *Durch die Wüste, Von Bagdad nach Stambul*, diese unglaubliche, aber sehr wohl geglaubte, atemlos für bare Münze genommene Mord- und Verfolgungsgeschichte, die erste, allererste an meine Adresse gerichtete Botschaft aus dem Bezirk des Verbrechens, der Lüge, der Schuld, für jemanden mit solchen Erfahrungen, will ich sagen, und einem ersten Antiquariatsbesuch kurz vor der Konfirmation können Bücher vieles, beinahe alles sein, Zentral- oder Herzstück, lebenswichtig, Fundsache, die elektrisiert und hochstimmt, mühsam zur Strecke gebrachte Jagdbeute und ganz zuletzt erst, ganz selten Spekulationsobjekt, hier wieder Karl May, sechzig Mark bezahlt für eine Halblederausgabe von *Im Reiche des silbernen Löwen* und gegen das Achtfache nach Radebeul ans Museum weitergegeben.

Das Liebenberger Exlibris im Buch aus Leipzig: erst Ende der achtziger Jahre, als die Grenze aufging und ich Erkundungsfahrten in die Uckermark, nach Prenzlau, Pasewalk und Anklam plante und mich über die Zerstörungen der Orte bei Kriegsende informieren wollte, ich hatte noch Reste kindlicher Schreckensbilder von den Fahrten an die Ostsee, auf die Insel Usedom im Kopf, entdeckte ich beim Durcharbeiten der beiden Bände Mecklenburg und Berlin mit Brandenburg des *Handbuchs der historischen Stätten*, daß es sich beim Hertefeldschen Liebenberg um jenes Schloß nebst Dorf im Berliner Umfeld handelte, zwanzig Kilometer nördlich von Oranienburg, das durch die Affäre Eulenburg zu Anfang des zwanzigsten Jahrhunderts bekannt geworden ist.

Der Name Eulenburg war mir schon einmal begegnet. Im Gewirr der Ablagerungen auf dem Oberboden in der Greifenhainer Straße gab es neben wahren Seltsamkeiten wie *Heia Safari!* von Lettow-Vorbeck, den Lesebüchern aus dem Bornaer Realgymnasium, die Vater und seine Geschwister benutzt hatten, und vielen anderen Schätzen auch ein Buch, das durch sein quadratisches Format bemerkenswert war und das *Prozesse* hieß. Ich schmökerte es durch, in Windeseile, wahrscheinlich verstand ich nicht viel von dem, was da hitzig und auch ein bißchen besserwisserisch vorgetragen wurde, der Fürst, der Gegenstand der Ausführungen war, wurde vom Verfasser des Buches in ein Zwielicht gesetzt, das mich nichts anging, nur der Name Eulenburg blieb hängen, halb gut, halb schlecht, anziehend und bedrohlich. Eulenburg, eine Burg der Eulen, vielleicht war Rosa von Tannenburg in Mauern, die diesen Namen verdienten, eingekerkert gewesen, das schien mir passend zu sein. Zumal ein paar Meter neben dem Bodenwinkel mit den Bücherstößen der Giebelverschlag war, in dem Großvater zeitweise bis zu hundert Tauben gehalten hatte. Lange vorbei, jetzt hatten sich Schleiereulen und Steinkäuze dort eingenistet, wenn man vorsichtig das kleine Türchen öffnete, konnte man in ihre aufgerissenen Augen sehen. Die darf man nicht aufscheuchen oder vertreiben, hieß es im Haus, sonst rufen sie die ganze Nacht den Tod aus. Eulenburg.

In Liebenberg waren Mitte des neunzehnten Jahrhunderts die dortigen Hertefelds ausgestorben, ein Hagestolz ohne Nachkommen hatte hochbetagt das Zeitliche gesegnet, und die verwandte Familie von Eulenburg erbte die Herrschaft. 1875 und noch einmal um die Jahrhundertwende gaben die neuen Besitzer, vielleicht war unerwartet viel Geld im Nachlaß gewesen, umfangreiche Bauarbeiten in Auftrag, danach war das Schloß den Berichten von Zeitgenossen zufolge mit allem Komfort und Luxus der Neuzeit ausgestattet. Gefliese Bäder, groß wie Tanzsäle. Wasserklosetts. Speiseaufzüge mit Elektroantrieb. Die

Bibliothek umfaßte fünfundzwanzigtausend Bände. Sie wurde im letzten Kriegswinter, als die Ardennenoffensive noch einmal Hoffnungen bei meiner Großmutter erweckte, ohne große Illusionen in den wertvollsten Teilen nach Bayern gebracht, den Amerikanern entgegen, wenn man so will, der Rest verschwand in den Wirren des folgenden Frühlings und Sommers, ohne am Ort eine Spur zu hinterlassen, bis auf den Großen Brockhaus, den sich, den braunen Ergänzungsband von 1935 ausgenommen, der Schloßgärtner nahm. In Frohburg war es der alte Rusche, ein Waldarbeiter, in dessen Häuschen an der Einfahrt zur LPG, früher Rittergut der Krug v. Niddas und v. Falkensteins, mir bei meinem Besuch sechsundachtzig Teile des Krünitz auffielen, fünfundzwanzig, dreißig Bände, eine eindrucksvolle Doppelreihe oben auf dem Kleiderschrank, sichergestellt hab ich sie, klärte mich der Hausherr auf, sonst hätten die Schieber das Zeug mit abtransportiert. Ich weiß auch, bei wem die Bilder aus dem Taubenturm gelandet sind, die der Stadtkommandant, der Kasanzew, mitgenommen haben soll. Und wo überall unten in der Stadt Möbel aus dem Schloß stehen. Klang nach feudalen Sperrmülltagen. Auch die Eltern, seit sechs Jahren verheiratet, waren damals aktiv. Vater hatte seit jeher ein Empfinden, ein Riecher für Gelegenheiten. Sein Rufname Wolf, aus Wolfram, diente mit Artikel und Adjektiv den Schwägern zur Kennzeichnung seiner Beutegier: der alte Wolf.

Schloß Liebenberg, fünfundvierzig im Namen des Volkes und hier besonders der Landarbeiter enteignet, wurde bald von der Einheitspartei beansprucht, als Tagungsstätte und Erholungsheim für die Führung. Hinter seinen Mauern haben Ulbricht, Pieck, Grotewohl und Honecker, auch er schon damals mit von der Partie, mit den Moskauer Beratern über die Partei neuen Typs gesprochen, über das Gesetz zum Schutze des Friedens. Die Zeitungen waren übervoll von Ulbricht und Pieck und etwas weniger voll von Grotewohl, über die fremdländischen Berater, die in Liebenberg ganz oben am Tisch saßen, damals noch in Uniform, kein Wort. Und erst recht keine Namen.

Einschub Enteignungen, auf Frohburg bezogen. An erster Stelle kamen landesweit die Rittergüter, der sogenannte Großgrundbesitz dran. Hier, bei uns, standen, wenn man so wollte, tausend Hektar zur Disposition, im Besitz der Krug v. Niddas und v. Falkensteins. Das war die Dresdner Familie, deren Mitglieder mal einen Sommer und in schlechten Zeiten vielleicht auch ein paar Jahre auf dem reizlosen klotzigen Schloß verlebten, einer Trutzburg über der Wyhra, über den Rittergutsteichen und den Gassen der Stadt. Nur wenn es zwingend geboten war, nahm man mit dem alten Gemäuer vorlieb, um der Sommerhitze der Residenz zu entkommen, um den Töchtern, die sich dem heiratsfähigen Alter näherten, eine Spielwiese für etwaige Bewerber, einen Park, ein Goethehäuschen und einen Steinernen Saal für die Bälle zu bieten. Ansonsten hatte die Herrschaft mit Frohburg nicht allzu viel zu tun gehabt, vor allem nicht nach den großen, auf gemeinsame Rechnung gemachten Spekulationen Fredi Hungers, nach den Spekulationen und den Riesenverlusten, die ihr Pachtadministrator den Krug v. Niddas einfuhr. Die vielen Klein- und Mittelbauern aus Ost- und Westpreußen, aus Nieder- und Oberschlesien und aus der Mittelmark, aus dem Böhmischen Becken, aus dem Gebiet der Balkandonau, die es auch in Frohburg gab und denen keine Krume Ackerboden mehr gehörte, wollten nach der Umwertung aller Werte, vielleicht spielte ganz tief unten in den Leuten der Bauernkrieg noch eine Rolle, bedacht sein. Und wenn es nur fünf, sechs, höchstens sieben Hektar waren. Es mußte weitergehen. Und möglichst nicht in den Kohlengruben. Zu den Vertriebenen, von den Linientreuen Umsiedler genannt, sag mir auch nur ein Wort, und ich weiß, wo du stehst, kamen die einheimischen Landarbeiter, die seit zweihundert Jahren durch soundsoviel Generationen auf dem Rittergut gedient hatten. Sie alle, sowohl die Entwurzelten als auch die Tagelöhner, waren schon im Pächterhaus und in den benachbarten Baulichkeiten eingezogen, man hatte sie dort einquartiert, jetzt fiel einem jeden von ihnen auch noch ein Fetzen des adligen Landes zu. Weiter gab es Leute aus der Stadt, die bedacht werden wollten und einen Antrag auf Berücksichtigung bei der aus Dresden angereisten Bodenreformkommission stellten. Diese Gesuche wurden zumindest in Frohburg kurzfristig, meist schon am nächsten Tag, entschieden, denn die Kommission wohnte unbequem im verwaisten Schützenhaus, dessen Wirt im Lager war, die Frau hatte sich mit dem kleinen Sohn zu ihren Eltern nach Streitwald geflüchtet. Kein Frühstück, kein bezogenes Bett für die Abgesandten, waren die nun von den Russen oder von deutschen Moskauemigranten in Marsch gesetzt worden, niemand fragte danach, niemand guckte sich den Bogen Ernennungspapier mit einer Vielzahl Stempel aus der Nähe an, ohnehin war klar, wohin die Reise ging. Auch Onkel Karl Plaut, der mit der Ölmühle im Keller, ließ sich ganz oben in die Liste eintragen, ohne Probleme. Na was denn was denn, sagte er zum Bürgermeister Frenzel, gönnst mir wohl nichts, meine Frau, die Elli, ist eine geborene Krantzi, wie schon der Name sagt, kommt sie aus einer sorbischen Familie, ihr könnt euch nicht vorstellen, liebe Leute, was wir von den Faschisten erdulden mußten. Das abgezirkelte Gebarme war nicht vergeblich, am Oberen Hahnenteich sprang ein schönes ebenes Gartengelände heraus. Der Tabakanbau dort draußen vor der Stadt hatte nur einen Nachteil, man mußte einen Zaun aufstellen, mit Pappschildern, die Ungemach androhten, Achtung Selbstschüsse Lebensgefahr. Mitten in der Sommernacht, zwischen zwei Mahlaufträgen, oder auf den Morgen zu, wenn die letzten Rapsölflaschen abgefüllt und endgültig zugekorkt waren, stieg Karl auf das alte Sportrad des 1917 gefallenen Vaters, doppelt geschwungener flacher Schnellfahrlenker, kein Freilauf, Karbidlampe, und radelte zum zugeteilten Grundbesitz. Zwei Mal wurde er fündig. Oder besser: fängisch. Zuerst ertappte er die alte Zschetsche, die wie die breitgebaute, wuchtige Waschfrau und die fast taube

Weißnäherin reihum zu den Leuten kam und ihnen das Holz für die Herde und Öfen in handliche Klötze sägte und zu Scheiten kleinmachte. Mit ihrem schweren Holzbein, das bis zum halben Oberschenkel ging, aber immer im wadenlangen weiten Rock aus einer dicken schwarzen Pferdedecke versteckt war, hatte sie Latten aus dem Zaun getreten, sie hatte sich hineingezwängt in das Paradies des neuen kleinen Grundbesitzers und war gerade dabei, im ersten bleichen Morgenlicht, das dem Sonnenaufgang über dem Harzberg vorausging, weiter drinnen im Garten, hinter der Sichtbarriere des Tabakbeetes vier, fünf Kohlrabis aus der Erde zu reißen. Das arme Luder, sagte Karl Plaut nach der Rückkehr aus dem Garten zu Elli und legte ein Bündel Kohlrabis auf den Küchentisch, das feuchte Loch von Zimmer, das die Alte in der *Kaserne* hat, ich habs nicht übers Herz gebracht, dem Einbein alles wegzunehmen. Der zweite ungebetene Gast war heikler, ein Mann in den besten Jahren, rotes volles Gesicht, glattrasiert, Sportanzug mit Knickerbokkern, wie war der nur in den Garten gekommen, er hatte eine fast neue Aktentasche aus Kernleder dabei, aufgeklappt, und stopfte grüne Tabakblätter rein. Kamerad, sagte mein Onkel nachdrücklich aber mit vorsichtiger Anhebung der letzten Silbe, als Schmied hatte er auch mit den derberen Gesellen des Landstrichs und der Umwälzungszeit Umgang und Erfahrung. Nix Kammrradd, sagte der Russe, überlegte es sich aber anders, griff mit der freien Hand in die Hosentasche, was kommt denn jetzt, und langte zwei goldene oder vergoldete Taschenuhren hervor, die er auf der flachen Hand präsentierte, nehmen eins. Nach einer Verblüffungssekunde ließ Karl sich das nicht zweimal sagen, ich suchte mir, berichtete er zuhause, die Sprungdeckeluhr mit einem Taster an der Seite und mit einem Wappen auf dem Deckel aus, ein bißchen mußte ich mich nach vorne beugen, um in dem Wappen eine Krone zu erkennen, vielleicht aus dem Schloß in Altenburg, das ist ganz was Feines, dafür spricht schon die kurze dicke Kette, Gold bestimmt, du mußt nachhher die Lupe suchen, und hier, wenn ich drücke, ich hab es draußen schon probiert, hör mal das feine Zirpen und hauchdünne Klimpern, Elli. Der Beglückte hatte tatsächlich Glück gehabt, die Repetieruhr hat sich bis heute in der Familie erhalten. Es konnte aber schnell auch anders gehen. Keine vier Wochen war es her, daß Spielhaus, der Schwiegersohn aus der *Wiesenmühle*, Geschäftsführer der dortigen Pappenfabrik, mit seinem Auto am neuen Friedhof und der Krauseschen Obstplantage vorbei in Richtung Rödgen und Teichhaus gefahren war, zwei Rotarmisten hatten am Straßenrand gestanden, erst als Spielhaus auf der schlaglochübersäten Straße zwanzig, dreißig Meter weitergerollt war, rief ihm einer der Soldaten etwas hinterher, die alte Apothekerwitwe Siegfried, die das Grab ihres Mannes gegossen hatte, lebensgroße anmutige Bronzefigur einer trauernden jungen Frau an der Mauer, Gegenbild zur kleinen schrumpligen Witwe, glaubte ein viel zu spätes Halt, ein noch späteres Stoi gehört zu haben, in dieser Beziehung war sie die einzige Ohrenzeugin, während die beiden Gewehrschüsse, die anschließend fielen, von allen Bewohnern auf dem *Wind* und in der Straße der Roten Armee gehört wurden, die knallen schon wieder, *heert denn das gahr nisch mähr off*. Der zweisitzige *Goliath* von Spielhaus holperte in den Straßengraben und kam an einem Chausseebaum zum Stehen, der Motor war ausgegangen, Spielhaus, in den Hinterkopf getroffen, war tot. Neben ihm auf dem Beifahrersitz die sechsjährige Tochter, unverletzt. Zehn Sekunden brauchte es, mehr nicht, daß beider Schicksal sich erfüllte. Er tot, sie immer nachhaltiger neben sich, je älter sie wurde, bis kein Weg mehr ins Normale führte, wo wäre das.

Spielhaus zählte zu den acht, neun mit Schußwaffen, von Geschossen aus dem Leben Beförderten, die Vater kurz vor und nach Kriegsende untersuchen und begutachten mußte. Vor dem Krieg hatte er lediglich, einundzwanzig Jahre alt, Präparierkursteilnehmer in Leipzig, den toten Fredi Hunger gesehen, als der zuständige Leichenbeschauer, der Frohburger Arzt Dr. Walther, ihn, den jüngsten Sohn des befreundeten Tierarztehepaars, den Medizinstudenten einlud, als künftigen Kollegen sozusagen, einen Selbstmörder zu betrachten, der sich mit der eigenen Jagdflinte ins Jenseits geschossen hatte, damit Sie einmal sehen, Wolf, wie das aussieht, was übrigbleibt, wenn Mündung in den Mund, mit grobem Schrot, durch den Gaumen. Spielhaus war nach Hunger nicht der zweite Schußwaffentote für Vater. Da hatte es noch den geflohenen KZ-Häftling gegeben, der bei einer Dolsenhainer Bäuerin, Patientin von Vater, gebettelt hatte und nach deren telefonischem Hinweis von Hilfspolizisten aus Kohren auf dem Fahrrad verfolgt und kurz vor dem Überlandgasthof *Zeisig* bei Penig gestellt und abgeknallt worden war. Statt sich im Weißdorn zu verstecken, ist der Blödmann über freies Feld gelaufen, eine prima Zielscheibe, was sollte ich denn machen, sagte der Hilfspolizist zu Vater, als der die Leiche untersuchte, die im Tanzsaal des *Zeisig* auf einem Tisch aufgebahrt war. Nach Spielhaus setzte die Reihe der gewaltsam ums Leben Gekommenen noch der blutjunge Dolmetscher des Frohburger Stadtkommandanten fort, vom eigenen Chef erschossen. Den Doppelmord in Schwarzenberg nicht zu vergessen. Der passierte im Sommer sechsundvierzig, als Vater dort im oberen Erzgebirge, hinter Zwickau, hinter Schneeberg und hinter Aue, zwei Wochen lang seinen Bundesbruder Ferdinand Reibrich in dessen Praxis vertrat, Praxis und Wohnung lagen in der Altstadt, zwischen Rathaus und Schloß. Reibrich, Arzt vor allem für die Oberstadt und die Wohnstraßen am Rockelmann, war eines Nachts im April aus dem Bett geholt und von der Ortspolizei mitgenommen worden. Er wurde erst in den nahen Schwarzen Turm des Schlosses gesperrt, neben der Ortskommandantur, dann an den NKWD in Aue weitergereicht, wie alle dachten, gemeinsam mit kleinen Fabrikanten der Gegend, Ortsgruppenleitern und Parteikassierern, angeblich hatte er den Uranabbau ausspioniert. Nach acht Wochen wurde das Ruder herumgerissen, jetzt war keine Rede mehr von Spionage und Agententätigkeit, mit einemmal sollten die Vorwürfe gegenstandslos sein, in zehn bis vierzehn Tagen, wurde der Frau bei einem ihrer fast täglichen Besuche in Aue gesagt, sei ihr Mann wieder zuhause, die Papiere aus Moskau, die über Karlshorst und Chemnitz liefen, wären nun einmal durch die Instanzen so lange auf dem Weg. Die Reibrichsche Praxis war seit der Verhaftung verschlossen und verrammelt gewesen, mit der Aussicht auf Entlassung und Heimkehr ihres Mannes lebte Ilse Reibrich wieder auf, sie streifte die Schockstarre ab, rief Vater an und bat ihn, den Betrieb wieder in Schwung zu bringen, damit ihr Mann, anstatt Trübsal zu blasen, gleich übernehmen und weitermachen könne. Vater sagte zu, ihret- und nicht seinetwegen, wie er mir gegenüber vier Jahrzehnte später eingestand, Mutter hatte er seinerzeit das Gegenteil gesagt. Er rüstete sich mit einem Propusk der Kommandantur Borna aus, da oben ist Sperrgebiet, es fehlt ein Arzt für die Bergarbeiter, und fuhr mit der Bahn über Zwickau und Aue nach Schwarzenberg. Je weiter der Zug Richtung Erzgebirgskamm in das Urangebiet vordrang, desto enger wurde es im Waggon, vor allem ab Schlema, wo die ersten Gruben waren. Vater hatte eine beige belgische Uniformjacke an, ein abgewetztes verwaschenes Erinnerungsstück an Schwager Wilhelm Lahns Zeit als Besatzungssoldat in Brüssel. Die Jacke und der Rucksack, mein einziges Gepäck, tarnten mich, erzählte er in den Folgejahrzehnten nicht ungerne. Ich war nicht rasiert, ich drehte mir wie alle anderen im Abteil meine Zigaretten, ich spuckte sogar aus. Hinter Lauter kam die russische Kontrolle vier Mann hoch durch den Wagen, nur drei in Uniform, es wurde leiser, ich zeigte meinen Propusk und bekam ihn mit Kopfnicken zurück, der Zivilist salutierte andeutungsweise, da trafen mich denn doch ein paar leicht karierte und teilweise auch mißtrauische Blicke der um mich herum Sitzenden. An der Sperre in Schwarzenberg, fuhr Vater fort, erwartete mich Ilse Reibrich. Blond, gut gewachsen noch immer, im Sommerkleid, ich kannte sie vom Studium her, ihr Vater besaß eine gutgehende Konservenfabrik in Wurzen, sie war in unserem Kommilitonenkreis die einzige junge Frau, wir mußten pauken, sie begriff auf Anhieb. Bis in die klinischen Semester blieb sie uns erhalten, dann erwartete sie das erste Kind von Reibrich, keiner von uns wußte, warum und wieso, wir fielen aus allen Wolken, sie heiratete ihn und hängte das Studium an den Nagel. Neben meiner Begleiterin mitschwimmend im endlosen trappelnden Strom der Schichtarbeiter aus den Uranbergwerken, der sich in die Stadt ergoß, erfuhr ich auf dem langansteigenden Weg zum Schwarzenberger Markt hinauf, daß ihr Vater seinen Betrieb schon vor einem Jahr losgeworden war, er hatte den Plänen und Verordnungen zufolge ab 1941 Konserven an die Wehrmacht liefern müssen, auch er, ab dreiundvierzig arbeitete die Fabrik unter Zuweisung von Ostarbeitern, das alles war Unterstützung des Angriffskrieges. Aber was hätte er denn machen sollen, selbst zumachen durfte er nicht, nach schweren Herzattacken, rief Ilse im Gehen, und ich merkte, sie hatte den Verlust des Familienunternehmens noch weniger verwunden als die Verhaftung ihres Mannes. Die Wohnung in der Oberen Schloßstraße lag im ersten Stock, über den Praxisräumen, nach vorn gingen die Fenster auf die enge Gasse, gegenüber die ehemals Jüngersche Adler-Apotheke, auch dort die Wohnung oben, auf gleicher Höhe. Die rückwärtigen Fenster der Reibrichs öffneten sich nach Süden, aus der enggebauten Altstadt hinaus, in Weite und Licht, man hatte einen überraschenden malerischen Blick auf die tief unten liegende Vorstadt und auf das Schwarzwassertal. Ilse zeigte mir das Gästezimmer im Dachgeschoß, ich wusch mich schnell, sie schickte das Kindermädchen nachhause und brachte die beiden Töchter ins Bett, anschließend saßen wir den Abend hindurch mit einer Flasche Rotwein am offenen Fenster, erst konnte man sich noch ein Knistern zwischen uns einbilden, das von betrunkenem gewalttätigem Gegröle, vom Splittern und Krachen unsichtbarer Zäune und Türen aus dem Talgrund am Flackern gehalten wurde, dann tat der Rotwein im Verein mit der hereinbrechenden Dunkelheit des müden, stiller gewordenen Hochsommertages seine Wirkung, senkte ab und glich aus, war mir letztenendes auch lieber so, aus zwei Gründen, die du dir denken kannst. Erstens deine Mutter. Zweitens der Bundesbruder Reibrich. Am zweiundzwanzigsten Juni war ich angekommen, am nächsten Morgen um acht machten wir die Praxis auf, indem wir die Eingangstür offenstehen ließen. Im Lauf des Vormittags kam der Apotheker zu einem Kurzplausch über die Gasse gesprungen, auch er ein Hannoveraner, wie der Vater Jünger, auch er zwischen Sachsen schon vom Zungenschlag her im Exil. Im Lauf des Vormittags tröpfelten zehn, zwölf meist alte Leutchen mit dem anheimelnden, unverwechselbar sanften Dialekt der Gegend in das Sprechzimmer, alle nicht sehr groß und nicht sehr kräftig, zart auf eine ausgezehrte schrumplige Art, man durfte sie um alles in der Welt nicht Erzgebirgler nennen, wenn schon, dann mußte es Erzgebirger heißen, sonst gab es schiefe und manchmal auch schiefbleibende Gesichter, hatte mich Ilse schon eingestimmt. Und Vorsicht Vorsicht, hatte sie noch gesagt, mit jeder noch so gut gemeinten Kritik an Hausmitteln und Kräuterarzneien. Vor allem nichts von oben herab verächtlich machen. Bockau ist nicht weit, *Wurzelbucke* genannt, das Dorf der Arzneilaboranten und Wanderapotheker, dort wurden und werden Heilkräuter gesammelt und gemischt, zwei Meter hohe Angelikastauden in den Gärten und auf den feuchten Rodungsinseln angebaut, den Räumen, wie auch Liebstöckel, Huflattich, Quendel, Thymian, Salbei und Baldrian, an den Stubenöfen Stiegen zum Trocknen der Blätter, Früchte und Wurzeln, man zog und zieht bis heute alkoholische und wässrige Extrakte aus den Kräutern und gewann und gewinnt immer noch durch Eindampfen Konzentrate, zeitweise zogen bis zu zweihundert Bockauer mit Buckelkästen voller Salben, Tinkturen, Essenzen und Pillen und mit frommen Sprüchen als Medizinhausierer durch die Lande, nach Eingaben von Ärzten und Apothekern bei den Behörden in der Landeshauptstadt Dresden wurden sie mit Einschränkungen und Verboten die Menge belegt, aber man hat die Leute nicht gebrochen und erst recht nicht ihr Vertrauen auf die Heilkraft von Natur und Glauben. In diesem Sinn ist jeder Bewohner aus der Gegend und vor allem aus dem Schwarzwassertal bis heute ein Bockauer. Was glaubst du, was wir in den acht Jahren hier oben nicht alles von Handauflegen, Besprechen, Pendeln, Wünschelrutengehen und Schatzsuchen gehört haben, unbeirrbar, mit dem Brustton der Überzeugung vorgetragen. Das hat so weit geführt, daß Ferdinand, beinahe schon verzweifelt an seiner Kunst, bei einem Besuch in Leipzig, um beim Aberglauben hier mithalten zu können, sich das *Sagenbuch des Preußischen Staates* in zwei Bänden und den *Sagenschatz des Königreichs Sachsen*, beides von Grässe, zugelegt hat. Dort stieß er auf alte Phantastereien zuhauf, die blutenden Wunderhostien von Wilsnack zum Beispiel, die er für seine Zwecke passend machte, er setzte den Märchen seiner Patienten eigene noch versponnenere entgegen, mit vernünftigem Ziel, so lenkte er die Kranken und Hilfesuchenden, die vorsichtig, aber willig darauf eingingen, zu einem Leben hin, das wenigstens ein bißchen gesünder war. Nicht so viel Fett, nicht so viel Schnaps, nicht so viel Tabakrauchen. Und Obacht beim Hantieren mit der Engelwurz, eurer Giftwurz oder *Glückenwurzel*, riet Ferdinand den Leuten, er hatte etliche Fälle von Angelicadermitis behandeln müssen. *Mid däm gann ma redn*, hieß es im Ort, wachsender Zulauf war die Folge. Für uns höchst erwünscht, denn unten in den jüngeren Wohnvierteln am Bahnhof, in Neuwelt und in der Neustadt sitzen noch zwei Kollegen, auch noch jung, auch noch rege. Die Sagenbücher von Grässe stammten übrigens aus unserem alten Antiquariat in der Katharinenstraße, du erinnerst dich, einmal die Woche waren wir als Studenten dort und unterhielten uns mit dem schrulligen einäugigen Antiquar, mit dem einen Auge sieht er mehr als zwanzig seiner Kollegen, hast du immer gesagt. Und ob ich mich erinnere, zeigte er uns nicht den aus drei Teilen zusammengebundenen numerierten Privatdruck in wenigen hundert Exemplaren mit dem Titel *Weiberherrschaft*, der Verfasser nannte sich Julian Robinson oder Viscount Ladywood und kündigte schon auf dem Titelblatt die Geschichte seiner körperlichen und seelischen Erlebnisse an, man hätte besser Leiden sagen sollen, genußvolle Leiden. Der Antiquar ließ uns hineinschnuppern, hineinlesen, bis wir so gefesselt waren, daß wir uns zusammentaten, du, dein Mann, Sickel und ich, und gemeinsam die fünfzig Mark aufbringen wollten, die er mit zwei Geheimzeichen hinten in den Deckel geschrieben hatte. Vierzig langt, den jungen Herrschaften lasse ich zehn Mark nach, sagte der Alte, Sie sind ja fast vom Fach. Ich glaube, er hieß Pfefferblüth. Eine eher harmlose Vorstufe zu den Spottnamen, die wir vom Studium her kannten: Posaunenspucke, Treppengeländer. Von k.u.k.-Beamten in Galizien jüdischen Familien verpaßt, die sich im vergangenen Jahrhundert registrieren lassen mußten. Kam der eine unserer Kommilitonen, fragte Ilse, der mit dem steifen rechten Arm, nicht aus Tarnopol. Ja, bei allen wichtigen Vorlesungen war er immer schon ein halbe Stunde vor Beginn im Hörsaal und hielt die ganze erste Reihe frei für seine Landsleute, indem er Skripte und Bücher auf die Pulte legte und, wenn jemand ihn bedrängte, mit dem verkrüppelten Arm fuchtelte. Erfolgreich meist. Bis die Rüpel von der SA sich breit machten.

Das Buch von der Weiberherrschaft wurde zum Renner nicht nur bei den Medizinstudenten. Wir liehen es, Ferdinands Idee, gegen zwanzig Pfennig für vierundzwanzig Stunden an jedermann aus, ungeachtet der Fakultät, und hatten den Kaufpreis nach einem knappen halben Jahr schon raus, Ferdinand hat Buch geführt, die Philologen und noch mehr die Theologen waren am wißbegierigsten. Dabei kam es gerade bei den zukünftigen Pastoren nicht selten vor, daß die Ausleihfrist überschritten wurde, dann war eine Mark als Strafgebühr fällig. Lange haben wir während unserer Kaffeehausbesuche gerätselt, warum ausgerechnet die kommenden Pfarrer so säumige Leser waren, bei diesem schlüpfrigem Stoff noch dazu. Bis wir uns klarmachten, daß fast alle Theologiestudenten, die wir kannten, keine Freundin in Leipzig hatten, Tochter der Zimmerwirtin oder des Bäckers an der Ecke, sondern oft eine Verlobte auf dem Land, in einem Pfarrhaus, aus der Familie eines Amtskollegen in spe. Diese oft sehr hübschen Seelsorgertöchter kamen gelegentlich über das Wochenende in die Großstadt, sie wohnten bei einer bessergestellten Tante im Waldstraßen- oder Musikerviertel, durften aber auch auf die Bude ihres tatsächlich oder angeblich Verlobten in der Windmühlen-, Sternwarten- oder Seeburgstraße, bis acht in der Regel, da wurde spätnachmittags bei Tee und Gebäck gekuschelt und vorgelesen, die Versäumnisgebühr zahlte man um so lieber, als es mehr als reizvoll war, in enger Berührung mit den anschmiegsamen, hingebungsbereiten Pfarrerstöchtern die Geschichte von der strengen, unnachsichtigen und dabei aufregenden Erzieherin zu genießen, die nach jedem Mittel der Disziplinierung griff, in raffinierter Aufeinanderfolge, erniedrigende Frauenkleidung des Adepten, Rute, Klistier, Natursekt und die Drohung mit noch schlimmeren Verabreichungen. Ein schönes Geschäft für uns, diese Ausleihe. Von deinem Anteil, Wolf, hast du seinerzeit als realitätsnähere Steigerung Iwan Blochs *Sexualleben unserer Zeit* gekauft, mit der mehr als drastischen Fallsammlung, das weiß ich noch, ich habe meine Nase ja auch reingesteckt. Freilich war, was wir nicht bedacht hatten, aus unserer bibliophilen Rarität der Weiberherrschaft am Ende eine zerlesene Schwarte geworden, aus dem Leim gegangen, speckig, hier und da die Seiten bedeckt mit Flecken zweifelhafter Herkunft. Machte aber nichts, der erste Reiz war in kurzer Zeit, typisch für jede Art Pornographie, egal, ob Text oder Bild, ohnehin raus aus der Sache. Sadismus, Masochismus, sagte Vater, wenn man das einmal durchgespielt, durchkonjugiert hat, bietet das Thema kaum noch Neues, oder was meinst du. Da hast du recht, Wolf. Doch Vater sollte eines Besseren belehrt werden, durch eigene Anschauung. Wenn er die Belehrung auch nicht gleich begriff. Nach drei Tagen morgendlicher Sprechstunde hatte er sich in der Reibrichschen Praxis eingelebt, er hatte sich an die Patienten gewöhnt, an ihre immer wiederkehrenden Beschwerden und Klagen, Rückenschmerzen ohne Ende, Luftknappheit, Kurzatmigkeit schon mit fünfunddreißig, vierzig Jahren, das sind Folgen des Jahrhunderte währenden Bergbaus hier, des lebenslangen Herumkriechens in den niedrigen und feuchten Stollen, wußte Ilse. Auch das Sitzen zu zweit am offenen Fenster hoch über dem Tal war schon am dritten Abend beinahe zur schönen Gewohnheit geworden. Hätte eigentlich immer so weitergehen können, Frohburg war weit, war sehr weit weg. Das Gefühl Vaters, als wäre er ausgewandert, als wäre sein Herkommen hinter einem Weltmeer oder einem Hochgebirge verschwunden. Das zweite Glas Rotwein, und er mußte jeden Abend lächeln über seine Gedanken. Woran denkst du, Wolf. Nichts weiter. Wirklich nichts, ich fühle mich nur einfach wohl. Bei dir, hätte er noch sagen können, sagte er aber nicht. Eine Stunde später lag er im Bett, in gelöster Stimmung, immer noch mit einem nachgehuschten Lächeln. Ein Geräusch, das immer wieder zu hören war, weckte ihn aus dem ersten tiefen Schlaf, weit weg in der Tiefe des Hauses läutete irgendwo ein Telefon. Ein paar Minuten später klopfte es, Wolf. Ja, komm rein. Die Kommandantur hat angerufen, du mußt sofort nach Sachsenfeld, das ist die Siedlung unten im Tal, auf der anderen Seite, an der Ausfallstraße nach Aue, hinter dem Schwarzwasser. Sie schicken ein Motorrad, anscheinend ist jemand ums Leben gekommen, es ist dringend, sie brauchen einen Arzt. Vater sah auf die Uhr, es war kurz vor halb vier nach der verordneten russischen Sommerzeit. Während er, in seinem Schlafzimmer unter dem Dach war es stickig heiß gewesen, fröstelnd, den Arztkoffer in der Hand, vor dem Haus auf der menschenleeren Gasse stand und wartete, nur in der Backstube nebenan war Leben, brannte Licht, wurde es allmählich hell. Von weither hörte er einen hochgedrehten Motor, das Geräusch kam rasch näher, dann schien es sich zu entfernen, war aber immer noch präsent, nach kurzer Zeit wurde es wieder lauter, verschwand plötzlich beinahe ganz, die verschlungene Tallage und die gewendelte Auffahrt zur Altstadt trieben ein irritierendes Spiel mit dem Blubbern und Blaffen und giftigen

Heulen, Gasgriff bis zum Anschlag aufgedreht, mit akustischer Urgewalt brach plötzlich eine Beiwagenmaschine aus der engen Zufahrtgasse auf den Markt, schlidderte mit quietschenden Reifen um die gepflasterte Kurve am Ratskeller und kam vor Vater zu stehen. Eine BMW R75 mit Dreiviertellitermotor, zwei Zylinder, mit Rückwärts- und Geländegang, Wehrmachtsausführung, Vater kannte sich aus, das Gespann war sein Traum, einer von den wenigen Träumen, die er hatte oder, genauer, über die er bei aller sonstigen Mitteilungsfreude selten sprach. Ich denke, er wollte nicht nur, wie von ihm behauptet, ein robustes *Krad*, das nicht jeden zweiten Tag zu Kirstein in die Werkstatt mußte, ihn faszinierte wahrscheinlich auch der martialische Habitus. Der Russe, der das Motorrad fuhr, war etwa dreißig Jahre alt, eine jüngere, unübersehbar jüngere Ausgabe des Marschalls Schukow, mit quadratischem Gesicht und starkem Kinn, er hatte dunkle Hosen mit einem schmalen zivilen Gürtel an, ein weißes Hemd, eine Uniformjacke, die nach Roter Armee aussah, aber ohne Schulterstücke, Rangabzeichen und Orden, dazu braune geflochtene Halbschuhe, er knurrte etwas, das Vater nicht verstand, und machte eine einladende Handbewegung erst Richtung Beiwagen, dann mit einem Schwenk hinter sich, zum Soziussitz, Vater wollte, wie er mir einmal erzählte, nicht in den Beiwagen krabbeln, lieber stieg er hinten auf, schon ging die Fahrt los, ein paar Meter auf Schloß und Kirche zu, dann wie gehetzt in spitzem Winkel in die enge abfallende Untere Schloßstraße, die zum Markt zurückführte, dort nach links über den Platz und bergab, aus der engen Altstadt hinunter ins Schwarzwassertal und weiter auf der Straße, die von Johanngeorgenstadt kommt, in anderen Zeiten von Karlsbad, seit einem Jahr ist die Grenze dicht, über Aue führt sie weiter nach Zwickau, raus aus den Bergen. Sie passierten eine Fahrzeugkolonne, die ihnen entgegenkam, dreißig, vierzig, fünfzig Busse und Lastwagen mit Kastenaufbau, sie transportierten ohne Ende die Männer der Uranfrühschicht aus den Quartieren in Schneeberg, Aue und Lauter zu den Schächten von Johanngeorgenstadt und Wittigsthal, dem Objekt Nummer 1 der Sächsischen Bergbauverwaltung des NKWD, dazwischen immer wieder vollbesetzte offene Jeeps mit Russen, die den Konvoi in die innere Sperrzone begleiteten, sie fing gleich hinter der großen Kontrollstelle in Erla an. Das Motorrad, Vater auf dem Sozius, bollerte in entgegengesetzter Richtung unter der Eisenbahn hindurch. An der Straße, die nach Annaberg-Buchholz abzweigte, lagen in Sichtweite die großen Kraußwerke in Wildenau, Krauß sen. hatte Jahrzehnte vorher die platzsparende verzinkte Sitzbadewanne erfunden, die in kaum einer Mietskasernenwohnung des Kaiserreichs fehlte, Krauß jun., Waschmaschinenpionier, gegen Ende des Krieges auch Panzerfaustproduzent, hockte seit einem Jahr in einem Schweigelager der Russen, in Waldheim wurden ihm 1950 zwölf Jahre aufgebrummt, vierundfünfzig entlassen, floh er in den Westen, seine Firma wurde, als Vater sie an jenem Morgen, hinter dem Russen auf dem Motorrad sitzend, von ferne sah, seit Wochen demontiert, von achtzig Mann der Stammbelegschaft, als sich in den Folgemonaten in den ausgeplünderten Hallen, die Leute ließen nicht ab von ihrem angestammten Laden, doch wieder vorindustrielles handwerksähnliches Leben regte, mußte die Firma Erzkisten aus Blech für die *Wismut* herstellen. Irgendwann einmal wurde sie von Ostberlin und seinen Planern zum einzigen Produzenten von Waschmaschinen in der DDR ernannt, Marke *Foron*. Für ganz Osteuropa die wichtigste Fabrik dieser Art. Von Wildenau, von Osten, kam das Licht des Sonnenaufgangs, das die Mietshäuser des Bahnhofsviertels rötlich übergoß. Damals zum Bersten vollgestopft, heute Leerstand, schwindelerregend der Bevölkerungsverlust seit neunundachtzig. Am Schwarzenberger Neuen Rathaus vorbei, erst auf der einen, jetzt auf der anderen Seite ein Bach, das Schwarzwasser, nach der Aufnahme der Mittweida mit ihrer Quelle am Fichtelberg zehn Meter breit und kaum zwei Fuß tief. Wie Vater etwas erhöht hinter dem Russen hockte, sich auf dessen Steuerkünste verließ und über dessen Schulter nach vorn guckte, den kühlen Fahrtwind des beginnenden heißen Tages im Gesicht, hätte die Tour noch weiter, sehr viel weiter führen, hätte sie endlos lange dauern können. Kilometer um Kilometer lärmend, vibrierend, hüpfend, torkelnd Schotter, Pflaster, Asphalt fressen, bergauf, talab, durch Kurven, über Brücken, unter Brücken hindurch, quer durch das Land. Warum Auskuppeln, Bremsen, Halten, Absteigen, wozu denn Ankunft, bei dem, was zu erwarten war. Mit einemmal ein Wegweiser, Grünhain vier Kilometer, Beierfeld zwei. In die Grünhainer Straße hinein, über die Brücke, ein leichter Anstieg, hier säumten die ersten einzelstehenden Häuser von Sachsenfeld die Strecke, links an der Ecke eine Kneipe, *Gasthaus Döhler*, auf die Front gemalt, mit Fleischerei anscheinend, dann noch ein Vorstadthaus, und schon bogen sie nach links in eine schmale Siedlungsgasse ein, Stiftstraße, konnte Vater im Vorüberrattern das Schild erkennen. Dreihundert Meter weiter rechterhand eine Häuserzeile, Hausnummer vierunddreißig in der Mitte, dorthin ging ihre Fahrt, ihr Motorradritt, das konnte Vater noch nicht wissen. Nur sechs, acht Meter breit das Gebäude aus der Zwischenkriegszeit, mit hochgesetztem Erdgeschoß über dem schmalen Vorgarten, mit erstem Stock und mit einer bretterverschalten Gaube im ausgebauten Dachgeschoß. Die Haustür über dem schmalen Vorgarten offen, auch jedes Fenster, in allen Räumen brannten anscheinend Lampen, unten auf der Straße fünfzehn, zwanzig Leute, in Gruppen aufgestellt, eine Gruppe auf dem Gehweg vor dem Haus, eine andere auf der anderen Straßenseite, und eine dritte, herausgehoben, besonders auffällig, bestand aus vier massigen Männern um die Vierzig, aufgebaut neben einer schwarzblauen Limousine *Opel Super 6*, was war hier los, was kam auf einen zu. Der Motorradfahrer ruckte in Richtung der vier Männer kurz den Kopf und ging schnell ins Haus. Vater folgte ihm in den engen Flur und über die schmale Treppe in den ersten Stock und weiter eine Stiege hinauf unter das Dach. Dort gab es eine ausgemauerte Kammer, die Tür sperrangelweit geöffnet, ein Gaubenfenster in der Schräge gegenüber, ein Schrank links von der Tür, weiter ein Tisch, ein Stuhl, beiderseits der Gaube zwei Betten, auf dem linken lag eine junge Frau, die Schlafanzughose heruntergezogen, besudelte Schamhaare, schon angetrocknet der Erguß, die Jacke bis zum Hals nach oben geschoben oder hochgerissen, Kopfschuß über dem linken Ohr, dazu Durchschuß des linken Unterarms, blutiges Gesicht, Blut über Blut auf dem Bettzeug und an der Wand. Auf dem zweiten Bett ein Mädchen, fünfzehn, sechzehn Jahre alt, rosa Schlüpfer, Hemdchen, mit den Beinen auf dem Boden, der Oberkörper rücklings auf dem Bett, Einschuß zwischen rechtem Auge und Nasenansatz, Gesicht nicht zu erkennen, blutbedeckt. Zwei Schwestern, mutmaßte Vater wegen der rötlichblonden Haare bei beiden Leichen, sechs, acht, höchstens zehn Jahre auseinander, tot seit drei, vier Stunden. Nichts mehr zu machen, sagte Vater, die Schultern hebend, zu dem Russen, der ihn wieder nach unten brachte, sich von ihm löste und an den *Opel* trat, in den sich die vier Männer inzwischen gesetzt hatten, die ihrer ganzen Erscheinung nach nicht in die Straße, sondern in die Dienststellen der Besatzungsmacht gehörten. Halblautes Gespräch mit dem Fahrer, die Türen des Autos offen. Manchmal von der Rückbank ein etwas lauterer Einwurf, polternd, guttural, von oben herab, nachdrücklich, was der Zivilist entgegnete, klang noch knapper, hochgesetzter, vorgesetzter. Vater, ohne seinen Führer und Fahrer, stand hilflos in der Tür, als sich aus der Gruppe vor dem Haus, zu der auch zwei kleine Jungen gehörten, ein Mann von etwa fünfzig Jahren löste, auf ihn zutrat und sich vorstellte: Fürweg, Herwart, da oben die Mädchen, das sind meine Töchter. Dann sprudelte es aus ihm heraus, und Vater, selbstvergessener nächtelanger Leser aller greifbaren Kriminalromane und selbst Meistererzähler der Geschichte des Frohburger Dreifachmordes und seiner kleinstädtischen Folgen, hörte zu und staunte und rätselte. Dieses Rätseln hielt lange an, über fünfundfünfzig Jahre, bis zu seinem Tod, ungeachtet der Hinweise, die ihm vier Tage nach den Morden der Schwarzenberger Polizist Volkmann in der Sprechstunde gab. Wer hat damals in der

Sommernacht, fast Mitsommernacht auf die beiden jungen Frauen geschossen, was ist vor den Schüssen und danach passiert, fragte er jedes Mal sich selber und seine Zuhörer, wenn ich die Rede auf Schwarzenberg gebracht hatte, bei meinen Besuchen in Reiskirchen, in den Gesprächsnächten, zu dritt, Mutter, er und ich, Ulrich war nicht dabei, er wohnte längst mit seiner Frau in Gießen, im Riegelpfad, an der Bahn nach Lich, Hungen, Trais-Horloff, Nidda und Gelnhausen, in der zweiten Etage eines Mietshauses, über dem *Scarabä*, Heidruns und meiner Tanzkneipe zu Schülerzeiten, am Eingang zum Kellerlokal wurden oft die Studentenausweise kontrolliert, wir schmuggelten uns durch. Jahre später war eine Drogenhöhle daraus geworden, die örtliche Polizei rollte getarnt in einem Güterzug heran, der auf der Höhe der Kneipe hielt, die Polizisten, hundertzwanzig an der Zahl, sprangen heraus, stürzten den Damm hinunter, riegelten die Straße an beiden Enden ab und besetzten den Keller. Gleichzeitig wurde die ganze Aktion von Spezialisten gefilmt, und Bruder Ulrich, der genau an diesem Tag in die Gegend am Gießener Schwanenteich umzog, hörte irgendwann vom ehemaligen Polizeipräsidenten, der Möbelwagen der Umzugsfirma, er selber und der ganze Umzug seien auf den Filmrollen bestens zu erkennen.

Fürweg erzählte Vater vor dem Haus Stiftstraße Nummer 34 in Schwarzenberg, hinter ihnen die Russen im *Super 6* und die Nachbarn auf der Straße und über ihnen im Gebäude, alle Türen, alle Fenster offen wie bei einem Abbruchhaus, die tote junge Frau und das tote junge Mädchen: Wir kommen aus Bessarabien, aus einem Kolonistendorf am Dnjestr, es heißt Paris, in Erinnerung an den Sieg der Russen über Napoleon, so wie man auch den Nachbarort Waterloo getauft hat. Siedlungen im Zarenreich eben, an der südwestlichen Grenze. Daher mein gutes Russisch. Ich arbeite auf dem Landratsamt in Aue und übersetze dort die Befehle und Verordnungen der Besatzungsmacht und helfe auch den Leuten in der Gegend bei Eingaben, außerdem dolmetsche ich bei Verhandlungen der deutschen Behörden mit den Russen. Fünf Töchter haben wir. Meine Frau Aljonna, auch sie spricht russisch, ist seit vier Wochen mit unserer ältesten Tochter bei Verwandten in Rinteln an der Weser, heute oder morgen kommt sie aus den Westzonen zurück. Nach Kriegsausbruch im Sommer einundvierzig und dem Vormarsch der deutschen und rumänischen Armeen wurden wir umgesiedelt, wir kamen für ein Jahr in ein Lager bei Dresden und wohnten anschließend bis Januar fünfundvierzig bei Posen im Warthegau. Ich war dort Beamter bei der Branntweinverwaltung. Als die Front näher kam, mußten wir flüchten, wir landeten im Erzgebirge, im nahegelegenen Dorf Markersbach, von dort zogen wir im letzten November hierher in die Stiftstraße. Unsere Wohnung im Erdgeschoß besteht aus Schlafstube, Wohnzimmer, Küche, Klo und Flur, im ersten Stock wohnen Gießers, ein Ehepaar ohne Kinder, und weil bei meiner Frau und mir im Ehebett auch noch zwei Pflegekinder schlafen, zwei Jungen aus Tamsel, Vollwaisen, sechs und zehn Jahre alt, war für meine beiden Töchter Gertraude und Rosalie kein Platz in der Wohnung, sie hatten sich über der Gießerschen Wohnung die ausgebaute Bodenkammer ausgesucht und einigermaßen wohnlich eingerichtet, in der sie heutenacht ermordet worden sind. Gertraude, sechsundzwanzig Jahre alt, hat mit mir auf dem Landratsamt gearbeitet, verwitwet war sie, ihr Mann, ein ss-Obersturmführer aus der Dobrudscha, ist, wie wir gerade erst vor kaum drei Wochen von seinem Bruder per Brief erfahren haben, in den Kämpfen in Budapest durch Kopfschuß gefallen. Rosalie war neun Jahre jünger, gerade einmal sechzehn, sie hat noch vorgestern, gestern war schulfrei, die Klasse mußte Kartoffelkäfer suchen, die Handelsschule hier in Schwarzenberg besucht, zwei liebe Töchter waren das, streng erzogen von mir, wie das üblich war in den Dörfern unserer alten Heimat, die wir nicht erst 1941, sondern im Grunde schon mit dem Kriegsausbruch vierzehn und erst recht nach der Revolution 1917 und dem Bürgerkrieg verloren haben. Sie hier im Altreich erleben jetzt, was wir schon seit fünfundzwanzig Jahren kennen. Fast lächelte er ein bißchen höhnisch, kam es mir vor. Aber auch für Sie ist es doch eine schreckliche Steigerung, sagte ich. Fragen Sie nicht, was aus meinen Eltern und aus meinen Schwiegereltern geworden ist, antwortete Fürweg, wir sind viel gewohnt, sind abgehärtet, aber Sie haben recht, jetzt kann es wirklich nicht mehr schlimmer kommen. Was haben Sie denn mitgekriegt letzte Nacht, fragte Vater. Gertraude, sagte er, war schon am Nachmittag mit dem Bus aus Aue vom Dienst gekommen, sie war sehr müde und ging um neun am Abend zum Schlafen ins Dachgeschoß rauf. Ich selber legte mich, die beiden Jungen schliefen längst, um zehn ins Ehebett in der Schlafstube, nachdem auch Rosalie nach oben verschwunden war. Mitten in der Nacht, um zwei, mußte ich wie gewöhnlich auf das Klo, ich hatte nach dem Abendessen drei Flaschen Bier getrunken, eine mehr als sonst, wenn meine Frau zuhause ist. Durch das helle Oberlicht der Tür zum Flur bemerkte ich, daß auf dem Gang die Deckenlampe brannte. Als ich nach draußen wollte, kam ich nicht raus, die Tür war abgeschlossen. Ich dachte, eine meiner Töchter sei auf dem Klo, ich rief, niemand antwortete. Daraufhin wollte ich durch die zweite Tür ins Wohnzimmer. Auch diese Tür konnte ich nicht öffnen, sosehr ich auch an der Klinke rüttelte und ruckte. Ich bückte mich und guckte durch das Schlüsselloch ins Wohnzimmer, dort brannte gleichfalls Licht, mir unerklärlich. Und ich konnte erkennen, daß das Fenster zur Straße offenstand. Beunruhigt wie ich war, wandte ich mich wieder zum Ehebett zurück, ich wollte wissen, wie spät es war. Zu meiner Verblüffung war die silberne Taschenuhr mit der goldenen Kette verschwunden, die ich ein paar Stunden vorher wie jeden Abend auf den Nachttisch gelegt hatte. Nun war ich endgültig verwirrt und klopfte in meiner Ratlosigkeit, eingesperrt, beklaut, an Tür und Wände, immer in der Hoffnung, jemand im Haus oder ein Nachbar würde mich hören. Was aber nicht der Fall war. Endlos lange, wer weiß, wie lange, habe ich versucht, mich auf die Art bemerkbar zu machen, in meiner Angst und Not. Irgendwann kam ich ein bißchen zu mir und konnte einen halbwegs klaren Gedanken fassen, ich öffnete das Schlafzimmerfenster, das nach hinten geht, zum Hof, zum Garten, beugte mich hinaus und rief nach dem Mitbewohner Gießer über uns, er war schon im Krieg Lokheizer bei der Reichsbahn und ist es immer noch, ein handfester Kerl. Gießer Gießer, rief ich also, gegen zwei Uhr morgens, in die tiefste Dunkelheit der Nacht. Nach einer Weile ging oben wirklich das Fenster auf, es meldete sich nicht Gießer, sondern seine Frau. Was schreien Sie denn so, Herr Fürweg, Sie wecken ja die ganze Nachbarschaft. Ich brauche Ihren Mann. Der hat heute Nachtschicht und kommt erst in vier Stunden wieder. Was ist los im Haus, man hat mich im Schlafzimmer eingeschlossen, ich kann nicht raus. Dann steigen Sie doch durch das Fenster in den Garten und kommen Sie durch die Hintertür wieder rein, ich werfe Ihnen den Schlüssel runter. Auf diesem Weg kam ich tatsächlich ins Haus, in meinen Korridor und in mein Wohnzimmer, dort sah ich gleich, daß nicht nur das Fenster aufgeflügelt war, man hatte eine Scheibe von außen, vom Vorgarten her eingedrückt oder eingeschlagen und war anscheinend eingestiegen, ich hatte nichts gehört. Dreckspuren auf dem Fensterbrett und auf dem Stuhl darunter. Jemand mußte sogar, das wurde mir nun klar, an meinem Bett gestanden und die Taschenuhr weggenommen und mich dann eingeschlossen haben, nichts davon hatte ich mitbekommen. Was war hier los bei uns. Ich raste nach oben, die Bodenkammertür stand offen, ich sah das Unglück und wußte gleich so viel, daß ich die Gießer rausklopfte, meine Mädchen sind ermordet worden, rief ich ihr zu. Sie lief nach nebenan, in die Sechsunddreißig, dort gab es Telefon, während ich benommen nach unten ging, ins Schlafzimmer, zu den Kindern. Wie kamen sie rein, es war doch abgeschlossen. Keine Ahnung mehr, vielleicht steckte der Schlüssel außen, oder ich stieß mit der Schulter gegen die Tür, bis sie aufsprang, die Jungen waren wachgeworden, steht auf, sagte ich, es ist etwas Schreckliches passiert. Da drüben stehen sie, bei der Gießer, käsebleich, die armen Würmchen.

Kaum hatte Fürweg zu Ende erzählt, kam die Mitbewohnerin, seine Hausgenossin mit den beiden kleinen Jungen auch schon zu uns herüber. Zu fünft standen wir zusammen, die Kinder machten große Augen und sagten nichts. Was setzt sich fest bei ihnen von dieser Nacht, vom Tag danach, ging es mir durch den Kopf, zwar haben sie die Toten nicht gesehen, die wie Geschwister für sie waren, aber ihr Pflegevater, eigentlich ihr Vater, denn einen anderen gab es nicht für sie, hatte die Tür aufgesprengt oder aufgetreten oder rasselnd aufgeschlossen und war an ihr Bett getreten, es ist etwas Schreckliches passiert, an das entsprechende Gesicht, an solche Worte kann man sich ein Leben lang erinnern, oder. Was sich in uns versteckt, macht Ausflüge im Traum.

Vater fuhr fort in seinem Bericht: Die vier Männer waren wieder aus dem *Opel* ausgestiegen und gingen in Begleitung des Motorradfahrers palavernd, ohne Seitenblick an uns vorbei ins Haus. Haben Sie denn gar nichts mitgekriegt, fragte ich die Gießer, die, im Bademantel und mit Hausschuhen, die beiden Jungen in Richtung ihres Pflegevaters schob und sich mir zukehrte. Aber ja, natürlich, war ihre Antwort, ich hab doch keine tauben Ohren, und das Haus ist hellhörig genug gebaut, mit Wänden fast aus Papier, wenn meine Wanduhr mit dem Westminstergong schlägt, dann fühlen sich die Fürwegs gestört, vor allem nachts, die haben sich oft genug deshalb beschwert. Auch aus dem Hausflur und dem Treppenhaus sind alle Geräusche in den Wohnungen zu hören. Die letzte Nacht war mehr als unruhig, von Fürwegs Klopfen und Hämmern einmal abgesehen. Gegen zehn, ich war dabei, mich hinzulegen, da hörte ich, wie jemand, Rosalie Fürweg kann es den Schritten und Tritten nach gewesen sein, die Treppe zu der Bodenkammer erst hinaufging und kurz darauf wieder herunterstieg. Das Hochundrunter kam öfter vor, war lästig, aber ich mußte mir keine Gedanken machen. Gegen ein Uhr dreißig wurde ich wach, auf dem Treppenabsatz brannte Licht, Türen wurden auf- und zugemacht, ob oben, unten, keine Ahnung. Ich hörte auch Schritte, treppauf, treppab, und genau in diese Zeit fiel ein langandauerndes Wimmern, Stöhnen. Einer von den beiden kleinen Jungen unten wird krank sein, dachte ich und machte mir keinen Kopf deshalb, was gings mich an. Doch plötzlich: ein Schuß. Na wie, na wo, ich stürze ans Schlafzimmerfenster, reiße es auf und gucke in den Garten, nichts zu sehen. Schnell in die Küche. Das Fenster dort geht auf die Stiftstraße. Lieber nicht aufmachen, ich war allein im Hause. Nein, nicht allein im Haus, in der Wohnung allein, es gab Fürweg unter mir, im Erdgeschoß. Auf alle Fälle ich ins Bett zurück. Da lag ich nun, mit angehaltenem Atem und mit Schüttelfrost, nicht vor Kälte, sondern aus Angst, und dann setzte das Klopfen ein, in unregelmäßigen Abständen, erst ein Schuß, dachte ich, und jetzt ist jemand auf dem Klo eingeschlossen, das kriege ich nicht auf die Reihe. Mit einemmal das Rufen: Gießer Gießer. Vom Hof oder vom Garten aus. Wieder mache ich das Schlafzimmerfenster auf, ganz vorsichtig, und hänge mich langsam ein Stück hinaus. Und wieder nichts, es war noch dunkel. Was soll das denn, zum Donnerwetter, du Strolch schießt hier wohl herum, rief ich in das Grundstück hinunter und machte meine Stimme möglichst stark. Frau Gießer, ich bins doch, bekam ich direkt unter mir zu hören, keine drei Meter entfernt. Ich warf ihm den Schlüssel für die Hintertür zu, aufschließen, rief ich. Das machte er auch wirklich, erst ging er in seine Wohnung, dann hastete er nach oben, von dort gleich wieder herunter, bis vor meine Tür, meine Töchter sind ermordet worden, murmelte und schluchzte und schrie er, sie liegen ganz entblößt.

So weit die Gießer, sagte Vater. Ich wollte gerade fragen, was sie von den Töchtern Fürweg wußte, ob Männerbekanntschaften, Liebschaften, ein Verhältnis, da winkte mein Motorradfahrer in der Tür, ich sollte noch einmal nach oben kommen, auch die Gießer, mit warmem Wasser und Handtüchern. In der Dachkammer, der Schrank offen, auf dem Boden ein paar Kleidungsstücke, Blusen konnte ich erkennen, einen Rock und Unterwäsche, einen Kleiderbügel, zerbrochen, standen die vier Männer aus dem großen *Opel* und rauchten, einer hatte, ich sehe es noch vor mir, einen Blumentopf in der Hand und nahm die Asche aller entgegen. Massige Schädel, Fleischköpfe, könnte man sagen, Gesichter wie Beton, kein Wort. Was gewünscht war, mußte mein Cicerone mir verklickern, die Gesichter der beiden toten Frauen mit nassen Tüchern säubern, das Blut abwischen, abtragen, es war schon geronnen, festgekrustet, festgebacken, ich hatte Jahre vorher genug Leichen in der Anatomie und in der Gerichtsmedizin gesehen und mit ihnen zu tun gehabt, mit Fredi Hunger, auch mit dem toten Spielhaus, wie er im Auto hing und wie wir ihn ins Gras neben dem Graben legten, das hier war anders, ich möchte sagen, es machte mir das Herze schwer, wie meine Mutter, deine Bergoma, in schlimmen oder auch nur als schlimm empfundenen Momenten, wo ist der Unterschied, zu sagen pflegte. Wie von mir verlangt, kniete ich mich neben die ältere Fürwegtochter, Traudl, sagte die Gießer, die mir das nasse Handtuch reichte, mit dem ich das Blut vom Gesicht tupfte und rieb, bis die bleiche Haut, eine glatte Marmormaske, zum Vorschein kam. Die Russen in meinem Rücken flüsterten von Zeit zu Zeit, während ich immer wieder das Handtuch wechseln mußte, die Gießer gab mir jedesmal ein neues und spülte das blutbefleckte blutgetränkte in der Waschschüssel aus, die sie mit nach oben gebracht hatte, das Wasser wurde erst rötlich, dann rot und dann rotbraun. Allmählich sah mich Traudls hübsches Gesicht unter rötlichblonden Haaren an, die Augen offen, und es dauerte und dauerte, bis mir endlich ins Bewußtsein drang, was ich vor mir hatte. Sah mich an. Was rede ich da von ansehen, sehen, in ihr linkes Auge war etwas hineingerammt und wieder herausgezogen worden, ich sah einen Einstich, ich erkannte den Anfang eines Stichkanals, jemand hatte ihr mit einem spitzen Gegenstand in das Auge gestochen, hatte das Auge ausgestochen, es war ausgelaufen. Ein Anblick, der durch mein Inneres schnitt. So etwas hatte ich im Gegensatz zu Messerstichen, Schußwunden, zu Einschußlöchern noch nie gesehen. Und ich will es auch nie wieder sehen. Mein Unglück wollte es, ich sage das nicht leichtfertig daher, es war mein Unglück, daß ich mich auch noch der jüngeren Tochter Fürwegs zuwenden mußte, die rücklings auf der Bettkante hing. Ich säuberte ganz vorsichtig, sie war ein Mädchen, blutjung, den Einschuß neben der Nase und dann, mit meinem Tupfen und Reiben nach oben wandernd, auch die Augenpartie. Obwohl ich es halb und halb erwartet hatte, mit Herzklopfen, der Ausdruck Bangen ist nicht zu hochgegriffen, erschrak ich ebenso sehr wie die Gießer, die neben mir kniete, sie schrie erst auf und würgte dann, als auch hier ein entstelltes zerstörtes Auge des toten Mädchens zum Vorschein kam. Die Russen waren aufgerückt und standen dicht hinter mir, das beengte Gefühl in der Herzgegend, ich blieb sicherheitshalber hocken, drehte mich nur halb um und sah zu ihnen auf, was nun. Keine Antwort. Statt dessen fragte die Gießer leise vor sich hin: War das *vor* den Schüssen, lebten die noch. Sieht fast so aus, für mich, gab ich zur Antwort. Das Wimmern, sagte die Gießer, zehn, fünfzehn Minuten lang, es wollte gar nicht aufhören, ich wurde davon wach, ein krankes Kind, winselnd, jammernd, dachte ich. Mit was gemacht, fragte der älteste und massigste der Russen, so wie er auftrat, hatte er den höchsten Rang. Weiß nicht, sagte ich, keine Ahnung. Kaum hatte ich das gesagt, fiel mein Blick auf den Haufen Klamotten, Anziehsachen in der Mitte der Kammer und auf den Kleiderbügel. Einsam, ein Einzelstück, so lag der da. Harmlos, wenn man die wüste Unordnung nicht beachtete. Als hätte man eine Jacke von ihm gerissen. Aus zwei, drei Meter Entfernung fiel mir auf, daß er zerbrochen war und die beiden Bügelarme nur von der lindgrünen Umhäkelung zusammengehalten wurden. Der Haken fehlte, wie ich sah. Ich hob den Bügel auf. Blut. Hier hatte jemand in der Nacht, die eben zu Ende gegangen war, den Haken herausgebrochen und das gerade Ende des Hakens mit dem Holzgewinde an der Spitze den Schwestern in die Augen gedrückt, gestochen, gestoßen, ich weiß nicht, wie es nennen, Sadismus, das auf alle Fälle, vor zehn Minuten noch nicht vorstellbar. Wo war der Haken. Nicht zu sehen. Wir, die Gießer und ich, die Russen taten nichts dergleichen, suchten das ganze Zimmer ab, in einer Art sinnloser Betriebsamkeit, die Betten, das Fensterbrett, das Dach unter dem Fenster draußen. Nichts zu finden. Von ein paar Kippen in der Dachrinne abgesehen. Nach der ergebnislosen Suche stiegen wir, wir sieben, die noch am Leben waren, nach unten, wir trennten uns in zwei Gruppen, wie gehabt, die Russen auf der einen und die Gießer und ich auf der anderen hausnahen Seite der Straße, Fürweg mit den beiden Pflegekindern trat zu uns, wie heißt der Mann, der mich auf dem Motorrad zu euch gefahren hat, fragte ich die Gießer, Boris, gab sie zurück, hat irgendwie mit der Roten Armee zu tun, meist ist er in Zivil, ein Russe, der alles kennt, was in Aue, Schlema und Johanngeorgenstadt Rang und Namen hat, wer weiß, was für ein hohes, ganz hohes Tier er selber ist.

Ich wagte nicht, ich hatte keinen Mut, keine *Drauhde*, wie man vor Ort sich auszudrücken pflegte, Fürweg von den Stichen in die Augen zu erzählen, die seinen beiden Töchtern vier oder fünf Zentimeter tief beigebracht worden waren, zu Lebzeiten, wie ich meinte, bevor man sie, um ihre Qualen nach zwei Zigarettenlängen zu beenden, mit einer Neunmillimeterpistole, danach sah es aus, in den Kopf, in das Gesicht schoß. Wir standen wortlos auf dem Gehsteig vor dem Haus, die Sonne schien von Osten her der Länge nach in die Stiftstraße hinein und fing an, sie langsam, ganz langsam mit der Hitze des beginnenden Sommertages aufzuladen. Plötzlich kam ein Mann, den ich im starken Gegenlicht kaum sehen konnte, auf uns zu, *hoab schoun geheerd, wass lus is, schlimme, gans schlimme Soache*, sagte er zu Fürweg. Und zu mir: Ich bin ein Nachbar, aus der Straße, Hausnummer 18, ein Stück stadteinwärts, auf halbem Weg zum *Gasthaus Döhler* vorne an der Ecke, am Bach. Er stellte sich so, daß er sowohl Fürweg als auch die Gießer und mich dicht vor sich hatte, halblaut sagte er: *Um zähne gesternoahmd* bin ich von der Arbeit nachhause gekommen. Restlos dunkel wars noch nicht. Das Schlafzimmerfenster stand offen, ich habe rausgeguckt, unten machte sich jemand an unserem Hasenstall zu schaffen. *Bass uff*, rief ich runter, *wenn ich gomme, schlag ich dir alle Gnochn auseinander*. Der Kerl, eine dunkle Gestalt, verwischt, nicht zu erkennen, ob groß oder klein, lief schnell vom Hof auf die Stiftstraße. Ich über den Flur auf die andere Seite der Wohnung, in die Küche. Fenster auf. Plötzlich ein scharfer Knall, ein Schuß, Pistole. Das erkenne ich auf Anhieb, nach fünf Jahren Krieg. Ich schnell in Deckung, hingehockt. Ein paar Minuten später Schreie, wie von Tieren in Todesangst. In unserer Nachbarschaft gibt es einen Ziegenstall des Arbeitgebers meiner Tochter, zweiundzwanzig ist sie, Schneiderin. Ihr Chef hält nebenan vier Ziegen und wohnt ein ganzes Stück bergauf in Richtung Stift. Dorthin schickte ich meine Tochter, nachdem ich sie geweckt hatte, sie sollte von dem Einbruchsversuch beim Chef und Ziegenhalter Meldung machen. Das war gegen ein Uhr nachts. Sie wollte erst nicht gehen. Jetzt wundere ich mich selbst, daß ich sie in Marsch gesetzt habe, die Zeiten, wie man eben merken kann, sind wirklich nicht danach. Als sie dann doch losgegangen war und an dem Haus hier vorbeikam, sah sie, wie sie mir nach der Rückkehr erzählt hat, daß bei euch Fürwegs in der Küche und in der Wohnstube alle Lampen an waren, der Rest der Straße war dunkel. Im Lichtschein, der aus allen Fenstern nach draußen fiel, stand, soweit sie das erkennen konnte, ein breitschultriger wuchtiger Mann in Hemdsärmeln und mit dunkler Hose im Vorgarten und guckte in die hellerleuchtete Stube. Als der Unbekannte meine Tochter bemerkte, trat er aus dem Lichtkegel in den Schatten, in die Dunkelheit der Nacht zurück, seine Schritte entfernten sich in Richtung Kneipe und in Richtung Stadt, wer weiß. Ein Schuß, ein fremder Mann, der an einem Fenster spannt und lauert, Sie können sich wohl denken, daß meiner Tochter das Herz bis zum Halse schlug und sie sich nur in Begleitung ihres aufgescheuchten Arbeitgebers auf den Rückweg machte. Der Schneider kam und sah mit mir nach seinen Ziegen. Der Stall verschlossen, die Tiere wohlauf. Wieder eine unruhige Nacht. Aber nichts Schlimmes passiert. So dachten wir.

Noch während der Nachbar aus der Achtzehn uns von den nächtlichen Beobachtungen seiner Tochter, von dem rätselhaften Vorkommnissen in der Straße berichtete, hatten sich das Beiwagengespann und in seinem Schlepptau auch der *Super 6* in Bewegung gesetzt, sie waren bergan gerollt, in Richtung Marienkrankenhaus, nach einer Minute kamen sie zurück, anscheinend hatten sie oben an der Auffahrt gewendet, jetzt rasten sie bergab, in den wolkenlosen Schwarzenberger Junimorgen hinein, mit unbekanntem Ziel und unbekanntem Stundenplan. Als sie an uns vorbeibrausten, daß die Schottersteine knirschten und der Splitt spritzte, hatten weder der Motorradfahrer noch die vier Männer im Auto einen Blick für uns, mit zugepreßten Mündern, festen Lippen guckten sie nach vorn.

Sieht so aus, als wäre Ihre Fahrgelegenheit futschgegangen, Herr Doktor, sagte der Nachbar zu mir, wenn Sie mit zum Gastwirt Döhler vorne an der Ecke kommen, kriegen Sie einen Kaffee, einen echten vielleicht sogar, den könnten Sie jetzt gut vertragen, wie ich sehe. Außerdem denke ich, der Döhler bringt Sie anschließend mit seinem Motorrad in die Altstadt hoch, der hat genug Benzinvorräte in Sicherheit gebracht. Was sollte ich machen, wenn ich nicht kilometerweit gehen wollte, allein, während ich in Wahrheit Gesellschaft brauchte, sie sogar dringend nötig hatte. Ich fuhr den beiden Jungen, den Pflegekindern, zum Abschied übers Haar und drückte Fürweg und der Gießer die Hand, wegen der Totenscheine, falls niemand kommt, kein Polizeiarzt, kein Gericht, Sie finden mich bei Dr. Reibrich in der Oberen Schloßstraße. Ich folgte meinem Führer, dem zweiten schon an diesem frühen Donnerstagmorgen, durch die lange schmale Stiftstraße bis zur Grünhainer Straße, vorbei an Ein-

und Zweifamilienhäusern, zu Gruppen zusammengerückt, deren bis in jeden Winkel genutzte Nachkriegsgärten nach Norden zu anstiegen, darüber freies Feld. Hinter den Mauern Männer, die sich für die Arbeit rüsteten, wenn sie welche hatten, Kandidaten für die *Wismut*, vor anderthalb Jahren waren sie noch an der Front gewesen, im Osten allermeist, und nun hatten in ihrer Straße, in ihrer Stadt Schwarzenberg, im Land die Russen, die Sieger das Sagen, teuer erkauft, eins zu sechs war das Verhältnis der Toten, der Gefallenen, das saß für viele Jahre, für Jahrzehnte wie eine Petschaft auf den Verhältnissen.

Rechterhand das Eckhaus, auf der Anfahrt schon bemerkt: *Gastwirtschaft und Fleischerei Alfred Döhler* stand in halbmeterhohen Buchstaben auf der Fassade. Ein Bach schoß vor dem Anwesen abwärts auf das Schwarzwasser zu. Hinter dem Haus, den Hof abschließend, ein vorstädtisches Stallgebäude, Fachwerk, Ziegelmauern, mit einer Auszüglerwohnung unter dem Dach, Heubodenluke und Wasch- und Schlachteküche. Die Gaststube lag im Hochparterre, an der Ecke, stabil möbliert, mit Rabenauer Möbeln aus Eichenholz, wie Reibrich und ich sie bei unserem ersten Besuch bei den Eltern unseres gemeinsamen Kommilitonen Eberhard Lorenz in Kamenz gesehen hatten, Vater Lorenz war wie meiner Tierarzt und dabei für den gelegentlich doch sehr handfesten Beruf scheinbar zu zart gebaut, ich bin Sorbe, man hörts am Namen, sagte er gleich beim ersten Zusammensitzen, wir sind von Natur aus eher klein und dünn, aber das darf nicht täuschen, ich packe zu, wies nötig ist. Als wir die *Gastwirtschaft Döhler* betraten, muß es kurz nach sieben gewesen sein. So viel war in der Nacht passiert, hier saßen sie zwischen Theke und Tür zur Küche zu sechst am runden Frühstückstisch, in aller Ruhe, schien es auf den ersten Blick. Allerdings war man im Bild, wie die Gesichter beim Näherkommen zeigten. Kein Wunder, bis zu Fürwegs waren es zweihundert, höchstens dreihundert Meter, einer findet sich doch immer, der die Neuigkeiten, die Schreckensnachricht zur nächsten Station weiterträgt. Mein Führer stellte mich den Döhlers vor, der Doktor hier kommt aus dem Unterland, der Tieflandsbucht, der Kohlenebene, aus dem rußigen Kreis Borna und vertritt bei uns seinen Arztkollegen Reibrich in der Praxis hinter dem Markt, er ist heute von Boris vor Tau und Tag zu Fürwegs geholt worden und hat in der Dachstube eine erste Leichenschau gemacht. Die Familie Döhler, wie sie da versammelt war, bestand aus dem aufgeschossenen klapperdürren Gastwirt von reichlich fünfzig und seiner gutgepolsterten Frau von kaum vierzig Jahren. Dazu kamen zwei Töchter, die eine vielleicht achtzehn, die andere nicht mehr als fünfzehn Jahre alt. Beide mit rotgeweinten Augen. Außerdem gab es noch einen jungen Mann und eine gebeugte Alte mit zerfurchtem knittrigem Gesicht von einer Art, der man keine Erschütterung mehr ansieht. Sie war die eigentliche Besitzerin des Hauses und des Grundstücks, erst nach ihrem Tod im folgenden Jahr siebenundvierzig erbte der einzige Sohn die Immobilie mit der Kneipe und der Fleischerei, freilich nicht für lange, schon 1950 wurde ihm per Federstrich das Ganze abgenommen, und die Döhlers verschwanden nach schlimmen Tagen und Nächten aus der Gegend, spurlos, fast spurlos, ein paar Leute schrieben ihnen noch, nach Edenkoben an der Weinstraße, durch Jahre und Jahrzehnte, ohne das an die große Glocke zu hängen, während ein Betrieb aus Geithain, die dortige Emaillefabrik, die später gegen Devisen in den Westen liefern mußte, an *Neckermann*, an *Quelle*, *Otto* und nach der Wende kurzzeitig, bis zur Insolvenz, auch sogenannte Gänsebräter an *Manufactum*, in der gebäulichen Hinterlassenschaft der angestammten Gastwirtsfamilie, Hinweisen von oben folgend, das wäre doch genau das Richtige für euch, ein Ferienheim einrichtete, zehn Doppelzimmer, eine Wohnung des Objektleiters, ein hellhöriges Dienstzimmer, wer weiß für wen. Zentrale Braunkohleheizung. Wasserleitungen und Wasserhähne aus Plastik, man staunt, wenn man auf alten Urlauberfotos aus den Sechzigern sieht, wie ohne Idee von Parallele und rechtem Winkel die Rohre verlegt worden sind, grad wie es kam. Das alles, die Rigorosität der Wegnahme und auch der Pfusch des ehemals hochgeschätzten einheimischen Handwerks, ließ sich sechsundvierzig nicht unbedingt voraussehen, nur Pessimisten malten schwarz, die anderen hofften auf eine Durststrecke und auf absehbare Änderung, baldigen Umsturz sogar, so kanns nicht weitergehn.

Döhler zog zwei Stühle vom Nachbartisch heran, sie radierten orgelnd über die schwarzen geölten Dielen, wir zwei Neuankömmlinge setzten uns zu der Familienrunde, ich landete zwischen den beiden Töchtern. Gucken Sie sich nicht um bei uns, wir haben schon bessere Zeiten gesehen, vor dem Krieg hatten wir fast immer ein volles Haus, Wanderfreunde, Sommerfrischler, Winterurlauber beinahe rund um das Jahr, im letzten *Grieben-Reiseführer Erzgebirge* von neununddreißig wurden wir erwähnt, sogar empfohlen. Kaum hatte mir Frau Döhler tatsächlich den in Aussicht gestellten Bohnenkaffee aus einer Extrakanne eingegossen, erzählte ich, die niedergedrückte Runde hing an meinem Mund, was ich gesehen hatte, zwei tote junge Frauen, ermordet in ihrem Schlafzimmer, erschossen, von den ausgestochenen Augen sagte ich nichts, ich war noch nicht soweit, die Bilder aus der Dachstube in Worte umzusetzen. Das konnte ich, auch dann nur ansatzweise, erst am späten Abend, bei Ilse Reibrich, nachdem wir die zweite Flasche Wein fast ausgetrunken hatten und schon an die nächste dachten, die im Kellerregal auf den Zugriff wartete.

Rechts von mir die jüngere Döhlertochter, Ingi wurde sie genannt. Gefiel mir gut. Halb Kind, halb Weiblichkeit, mit dikkem dunkelblondem Nackenzopf und grünlichgrauen schräggestellten Augen. Kam mir wie eine ortstypische Mischung vor aus Slawentum, fränkischen Siedlern und Hussiten, reizvoll und, wenn überhaupt, mit Vorsicht zu genießen. Gerade das sucht man doch, oder, sag selbst. An deine Mutter denke ich an dieser Stelle sofort und paßgenau, sie hatte als junges Mädchen auch diesen Charme, der immer öfter, je erwachsener sie wurde, zu sich kam und sie zum Spielen mit dem Feuer anstiftete. Die Rosalie, sagte Ingi, geht mit mir auf die Handelsschule, wir sind in der gleichen Klasse, und weil wir nicht weit auseinander wohnen, haben wir uns eben angefreundet, obwohl sie älter ist als ich, ein knappes Jahr. Während wir, meine Schwester und ich, hier in der Gastwirtschaft und im Laden meiner Mutter von Kindesbeinen an mit vielen Leuten zu tun haben und jetzt, wo wir groß sind, mit den Gästen oft bis elf, manchmal bis Mitternacht zusammensitzen, wurde sie, die jüngste von fünf Töchtern, von den Eltern Fürweg kurzgehalten. Halb zehn, allerspätestens um zehn am Abend hatte sie im Bett zu liegen. Dagegen Ausgehen am Sonnabend, Tanzen, Schwofen zum Beispiel in Wildenau auf dem Saal der *Sonne*, in Bermsgrün in der Dorfkneipe oder bei Beierfeld auf dem Spiegelwald, in der Gastwirtschaft *Albertturm*, was alles ich nur selten darf, das wurde ihr erlaubt, allerdings nur mit Traudl, ihrer Schwester, unter Oberaufsicht sozusagen. Gerade die Tanzabende in der Baude am Fuß des Albertturms, abseits der Dörfer, im Wald, waren berühmt-berüchtigt bei den jungen Leuten in der ganzen Gegend. Der Wirt dort oben hat eine Dreimannkapelle an der Hand, ehemalige Gottesgaber, die noch im Krieg bis nach Berlin gefragt gewesen sind und die nur bei ihm aufspielen. Da hört man nicht nur die alten Sachen, sondern auch die neuen Töne, das ist dann ein Gespringe und Gehetze, wunderbar. Punkt elf kommt das Zeichen des Wirts in Richtung Podium: Rausschmeißer spielen. Und dann erklingt zehn Minuten lang in immer neuen Variationen das allerschönste aller schönen Lieder, Anton Günthers *Feierobnd*. Man kann sich nicht vorstellen, wie die Melodie auf Leute wirkt, die sich einen ganzen Abend, viele Stunden lang dem Gehopse hingegeben haben und sich nun erhitzt, heftig atmend, schwitzend, aufgestachelt, gierig zueinanderdrängen, aneinanderpressen. Ich habe wirklich Mädchen gesehen, die vielleicht ein bißchen zu viel am Bockauer Kräuterschnaps genippt hatten und deren Herz beim *Feierobnd* so weit aufging, daß ihnen das Wasser in die Augen stieg und ein abgewürgtes Schluchzen zu hören war. Dann ist der schöne Spuk vorbei, alles bricht auf, macht sich auf den Heimweg. Nach allen Himmelsrichtungen, ob nach Grünhain, Bernsbach oder Beierfeld, muß man auf die ersten Häuser zu durch Wald, da gibt es keine, die alleine geht. Denn manchmal zeigen sich auch Russen auf dem Saal und unter den Bäumen.

Und sonst, unter der Woche, fragte ich. Rosalie war beinahe jeden Nachmittag bei uns, wir machten unsere Hausaufgaben im Vereinszimmer, da drüben, hinter der Schiebetüre, sie war von uns allen gern gesehen, hübsch, wie sie war, so gutgelaunt, so ausgelassen und manchmal richtig schelmisch, richtig witzig, ihr Lachen steckte mich immer an, wir gickelten und gackelten über unseren Heften und Büchern stundenlang, ich glaube, auch meine Eltern hatten Spaß daran. Kein Wunder, daß mein Cousin Fritz Wolf, der mit seiner Mutter im Querhaus wohnt, da drüben sitzt er, sich sehr für sie interessierte. Wann haben Sie die Rosalie zum letztenmal gesehen, fragte ich, und der ganze Tisch spitzte die Ohren. Vor sieben, acht Stunden erst, das ist es ja, sagte Ingi, sie war so gut drauf, und jetzt soll sie plötzlich tot sein, wie kann man das verstehen. Wo gesehen, um wieviel Uhr. Kurz vor halb elf gesternabend ist sie hier bei uns in bester Laune aufgetaucht, eine halbe Stunde nach ihrer Bettgehzeit, wo kommst du denn her, habe ich in der ersten Überraschung gefragt, obwohl ich genau wußte, was los war. Na ich hab getan als ob, als ob ich schlafengehen würde, war ihre Antwort, dann bin ich wieder runter und raus aus dem Haus, mein Vater lag schon in Morpheus Armen, kein Wunder auch, nach all dem Bier, drei Flaschen hatte er intus, wenn Mutter in der Westzone ist, langt er kräftiger zu als sonst. Und Traudl, fragte ich. Kennst sie doch, seit der Todesnachricht geht sie nach der Arbeit immer schon um neun ins Bett, die Sonne scheint dann noch, egal, sagte Rosalie. Und weiter: Komm, sei kein Frosch, am Stammtisch ist noch Platz. Ich hielt den Mund. Hätte anders auch nicht viel gebracht. Denn der Abend gestern war kein Einzelfall, sie tauchte öfter zu so später Stunde bei uns auf, in manchen Wochen zwei Mal, ihre Eltern durften das nicht wissen. Nach anderthalb, zwei Stunden ging sie dann wieder, hast du denn auf dem Heimweg keine Angst, fragte mein Vater gelegentlich, *njet*, sagte sie, bin doch bei den Russen aufgewachsen, Mutti heißt nicht umsonst mit Vornamen Aljonna. Und jetzt im Sommer wird es kaum richtig dunkel, weiße Nächte, fast wie in Leningrad, wegen der Hitze stehen alle Schlafzimmerfenster offen, was kann mir da passieren, wenn jeder Schritt, jedes Husten, jedes Wort gehört werden kann. Außerdem ist mit der Schnapsverknappung nachts Ruhe eingekehrt, zumindest hier in Sachsenfeld, stellte Rosalie abschließend fest.

Gesternabend jedenfalls setzten Rosalie und ich uns an den Stammtisch, dort warteten auf uns schon, auf die Jugend, will ich mal sagen, der vor kurzem rausgeschmissene Lehrer Bernhard Stoppe, ein Witwer von fünfunddreißig, vierzig Jahren, früher mal eine gute, in den neuen Zeiten eine eher schlechte Partie mit Aussicht nur auf das Uranbergwerk, außerdem der durch die Nachkriegsnot, durch den Bedarf an gut ziehenden sparsamen Kachelöfen emporgekommene Ofensetzermeister Hinsch und seine Frau sowie der Schriftsteller Eduard Frauendorf, von dem laut meiner Mutter noch niemand in der Gegend eine Zeile gedruckt gesehen hatte, weder im Dritten Reich noch nach dem Zusammenbruch. Wenn man ihm glaubte, was auf uns nicht zutraf, hatte er Lieder für die HJ gedichtet, um seine Widerstandsarbeit zu tarnen, und im Krieg maßgeblich mitgearbeitet an der Erstellung des *Baedekers Generalgouvernement* von 1943 und auch des kleinen *Grieben-Führers Prag* in der letzten Auflage, mit einem Reinhard-Heydrich-Ufer auf dem Stadtplan, wie er gern betonte. Seine Reiseführer, das war Kulturarbeit gegen die rote und die braune Barbarei. Bloße Worte, Unsinn. Wir nahmen das nicht ernst, hatten aber immer Spaß an seinem Einfallsreichtum und seinem trockenem Humor. Und, fragten wir, wenn wir ihm begegneten oder uns zu ihm setzten. Und freuten uns schon auf seine gestanzte Antwort: Was und. Einmal sagte ich zu ihm bedauernd: Sie sehen aber heute gar nicht gut aus. Ich bin auch nicht auf der Welt, um gut auszusehen, blaffte er zurück, fast ein bißchen böse. Keine Ahnung, wovon der lebt. Er stammt aus Schwarzenberg, die Eltern hatten ein Haushaltswarengeschäft, das der ältere Bruder übernommen hat. Er selber, der jüngere Frauendorf, war zehn Jahr weg von hier, angeblich, wenn man den Gerüchten glauben kann, ist er Sekretär bei Will Vesper gewesen, in der Lüneburger Heide, auf dem Gut des Dichters. Vater spitzte die Ohren. Bei dem mit *Das harte Geschlecht*, fragte er scheinheilig. Weiß nicht, man kennt hier bei uns nur den Namen des Gutes, Zweiangel, Dreiangel oder so ähnlich.

Zu sechst am Stammtisch, da bot es sich auch gestern an, daß wir das *Menschärgerdichnicht* für sechs Teilnehmer von der Anrichte holten, das sich Stoppe im vergangenen Winter für uns und unsere Gäste ausgedacht und als Spielplan auf eine große weiße Pappe gezeichnet und gepinselt hatte. Frau Hinsch hatte keine Lust mitzuspielen. Gott sei Dank lief gerade, aus dem Olympia-Kino kommend, mein Cousin Fritz bei uns ein. Er setzte sich neben Rosalie. Kaum ging das Würfeln los, kamen gleich ein paar Gäste zu uns herüber und kiebitzten. Es ging hoch her. Selten so gelacht. Fritz hatte schnell alle Figuren mit Sechserwürfen ins Spiel gebracht und war schon im Begriff, mit zweien in das Ziel zu ziehen, da flog er Schlag auf Schlag nacheinander vier Mal raus, wir jubelten lauthals, am lautesten die Rosalie. Irgendwie, ich kann mir nicht helfen, lag so etwas wie Spannung in der Luft, zwischen Fritz und Rosalie. Und ich wußte auch den Grund.

Herr Doktor, ich muß rauchen, kommen Sie bitte mit ins Freie, unterbrach Fritz Wolf an dieser Stelle den Bericht seiner Cousine. Ich wunderte mich, die Gaststube war von Rauch durchwabert, roch wie gebeizt vom Qualm, auch am frühen Morgen noch, warum die Bitte. Wir gingen vor das Haus, ich gab ihm eine der kostbaren Zigaretten, zündete auch mir selber eine an und schnippte das Streichholz in den Bach. Vom Rauschen des Wassers untermalt, sagte der junge Mann: Ingi hat recht, es stimmt, seit Tagen war ich ärgerlich auf Rosalie, auch gesternabend. Die Fürwegs sind erst im letzten November aus Markersbach nach hier in die Stiftstraße gezogen, und seit Dezember schon hatte ich eine freundschaftliche Beziehung zu Rosalie. Gerne hätte ich mehr daraus gemacht, vor allem im April und Mai, als ich sie jedesmal nach ihren nächtlichen Ausflügen zu uns in die Gastwirtschaft zurück nachhause brachte. Leider hat in den letzten vier Wochen unsere Beziehung, von meiner Seite war sie ernst gemeint, eine Trübung erfahren. Das kam daher, daß Rosalie auf dem Tanz in Beiersfeld einen mehr als aufdringlichen Mann kennengelernt hatte, Boris heißt er. Es handelt sich um einen Russen, wahrscheinlich um einen Angehörigen der Roten Armee, der meist in Zivil unterwegs ist. Gehört er noch zur Truppe oder ist er ausgeschieden, ich weiß es nicht. Dieser Mensch ist meiner Meinung nach in jeder Beziehung undurchsichtig, mein Onkel, der viel hört, viel mehr als ich, sprach von GPU, Stoppe, der Exoberlehrer, verbesserte, nicht GPU, sondern Smert oder Smersch oder Smertsch, das hieß angeblich Schluß mit Spionen oder Tod den Spionen, das soll der schlimmste Verein von allen sein. Man hätte den alten Fürweg fragen sollen. Dieser Boris hat Rosalie den Hof gemacht, er war nicht abzuschütteln. Ich arbeite in der Drogerie am Schwarzenberger Markt, ein paar Mal habe ich in meiner Mittagspause gesehen, wie der Russe vor der Schule auf sie gewartet hat. Sie kam mit Ingi raus, und beide Mädchen gingen mit schnellem Schritt zum Bahnhof hinunter, Richtung Sachsenfeld, er machte ihnen nach und holte sie bald ein. Langes Zusammenstehen, ernste Gesichter erst, dann Herumalbern, dann wieder Ernst, keine Ahnung, was da gesprochen oder verhandelt wurde, ich glaube, Rosalie hat es genossen, so sah das aus. Ob und wo sie sich mit ihm getroffen hat, kann ich nicht sagen. Ich vermute aber sehr, daß es Verabredungen gab. Mir gegenüber war sie mit einemmal leicht unterkühlt, sie war nicht unfreundlich, wirkte aber, wenn wir uns begegneten, wie abwesend, als wäre sie woanders, als wollte sie sich mit mir nicht groß befassen. Gesternabend dann kam ich kurz vor halb elf aus dem Kino und traf in der Gaststube auf sie, ich wollte auf dem Weg in unsere Wohnung nur durchgehen, aber sie kam vom Stammtisch zu mir herüber an die Theke. Das war auch oft ihr Platz, die Theke. Gläserspülen undsoweiter. Denn wenn sie nicht bei den Gästen saß, machte sie sich meistens nützlich bei den Döhlers. Wir kamen leicht wie immer ins Gespräch, ich erzählte ihr, mit einem Ziehen in der Herzgegend wegen der Reserviertheit, die ich bei ihr spürte, von dem Film, den ich gerade gesehen hatte, *Iwan Groschi*. Gleich unterbrach sie mich, Grosny heißt das, der Schreckliche, ich kam mir ausgeschlossen vor und war zum Angriff bereit. Dieser Aufstieg ohne Verkleisterung, in dem jeder Widerstand überwunden, rücksichtslos ausgelöscht wird, paßt in die Zeit vom Väterchen in Moskau, sagte ich, noch erhitzt, noch aufgewühlt. Bevor sie Widerworte geben konnte, rief man sie an den Stammtisch zurück, zum *Menschärgerdichnicht*, ich folgte, der Spielplan lag schon auf dem Tisch, die Figuren waren aufgestellt. Plötzlich betraten zwei Rotarmisten die Gaststätte, in Uniform, mit Maschinenpistolen, eine Streife, war sofort klar, an jedem Ortseingang hier in der Gegend gibt es die Nächte durch die Doppelposten, oft stehen sie verdeckt hinter Mauervorsprungen und Büschen oder auf der Grabenböschung hinter Kilometersteinen, oft sind sie stundenweise gar nicht da, Frauen, Kneipe, man weiß es nie genau, mit bestimmten Stunden der Kontrollfreiheit läßt sich jedenfalls nicht rechnen. Rosalie zog mich mit an den Tisch der beiden Russen, dort saßen wir zu viert, ich kann mich an die Einzelheiten der Unterhaltung nicht erinnern, es war ein Radebrechen, was mich und die zwei Soldaten anging, ich sprach ihre Sprache kaum, sie sprachen wenig Deutsch, geben Schnaps, nix haben, so ging das zwischen ihnen und mir, nur Rosalie parlierte auf Russisch, freundlich, was das Zeug hergab. Dabei spielte sie mit ihrem Hausschlüssel auf dem Tisch herum. Ich schnappte mir das Ding und jonglierte selber damit. Deine Frau, fragten die beiden Russen, die nicht viel älter waren als ich, Mitte Zwanzig vielleicht. Ja was denn sonst, bejahte ich die Frage. Her mit dem Schlüssel, ich will gehen, sagte Rosalie. Kriegst du jetzt nicht, gab ich zur Antwort, erst muß ich mir einen Wachsabdruck machen, damit ich in eure Wohnung und in eure Speisekammer komme. Etwa eine halbe Stunde vor Mitternacht brachen die Russen auf. Umständliches Austrinken im Stehen, Koppelrücken, Gewehrumhängen, polternder Abmarsch. Rosalie ließ vielleicht fünf Minuten verstreichen, als wollte sie warten, bis die Luft rein, die Straße frei war, dann verschwand auch sie. Soll ich mitkommen, habe ich noch gefragt. Na hör mal, was willst du denn von mir, gab sie zurück. Das hätte mich sechs Wochen vorher nicht abgehalten, aber jetzt, so wie es zwischen uns stand, ließ ich sie gehen. Wer weiß. Wenn ich. Dann.

So weit damals in Sachsenfeld Fritz Wolf, am Morgen nach dem Doppelmord, auf dem Gehweg vor dem *Gasthaus Döhler*. Und Vater so zu mir. Wie er weiter erzählte, ging er mit Wolf ins Haus zurück, die Gaststube war leer, bis auf Ingis Schwester Magda, aus der Küche kam Geschirrklappern, Wasserhahnrauschen, anscheinend wurde weggeräumt und aufgewaschen, Magda setzte sich neben Vater und seinen neugewonnenen Freund. Aus den Fürwegtöchtern wurde man nicht recht schlau, gab sie ihre Zweifel weiter. Einerseits streng erzogen und kurzgehalten, auch die junge Witwe, drängte es die beiden andererseits doch zu den Tanzereien auf die Dörfer. Immer zusammen hin und meist zusammen auch zurück. Traudl war für die Burschen und jungen Männer von Anfang an eine feste Größe, eine fertige Frau, die erobert werden konnte, anscheinend auch erobert werden wollte, Rosalie dagegen, die irgendwie noch kindliche Begleitung, kam anfangs schon des Alters wegen ernsthaft nicht infrage und rückte dann allerdings beinahe von Monat zu Monat weiter nach vorn in der Beliebtheitsreihe der Tänzerinnen, sie blühte auf, ihre frische Schönheit, die sich herausschälte, die sich entpuppte und die jeder sehen konnte, ihr Wesen, so weit es sichtbar wurde, bezauberten alle im Saal, wenn sie etwa in den Pausen, die die Kapelle machte, über die Tanzfläche zum Einlaß ging. Mehr als die Hälfte der Männer sah ihr nach. Es blieb nicht aus, daß die Schwestern Bekanntschaften machten, auch mit Burschen, die ein Motorrad besaßen oder benutzen durften. Nacheinander ließen sie sich nach dem Rausschmeißer nachhause in die Stiftstraße fahren. Was sehr auffiel und Anlaß zu Gerede gab: wenn Russen in Zivil auf dem Tanz aufkreuzten und sich einen freien Tisch, einen Sitzplatz abseits, im Schatten aussuchten, meist junge Offiziere und noch jüngere Unteroffiziere, waren die Fürwegmädchen die einzigen im Saal, die Russisch konnten, für eine Weile bei ihnen stehenblieben und sich freundlich, beinahe zugewandt mit ihnen unterhielten. Dabei waren sie alles andere als Russenliebchen, die es auch gibt bei uns. Nicht allzuwenige sogar. Vielmehr hatte ich den Eindruck, daß es um Anknüpfung, um Wiederanschluß an etwas ging, das weit zurücklag, in ihrer Kinderzeit vielleicht, und das wir nicht verstanden, nicht verstehen konnten oder wollten. Keine Flittchen also, und doch gab es Probleme, ihr kurzes Innehalten, ihr Stehenbleiben am Russentisch, bei den Russen, die selten tanzten, selten das Tanzbein schwangen, meist nur zusahen, wurde nicht gerne gesehen. Die fremden Männer waren bewaffnet, hatten Uniformen an, waren sprachlich nicht zu erreichen, nur keinen Streit, keine Schlägerei mit denen, sonst wanderst du ab wegen Majestätsbeleidigung, wenn du Pech hast, sogar auf Nimmerwiedersehen. Von so etwas, von diesen Warnungen wollten Traudl und Rosalie nichts hören. Der Abstand zu den Einheimischen wurde noch größer, wenn die beiden Fürwegmädchen es zuwegebrachten, daß die Russen ihre Zurückhaltung vergaßen, ihre Hemmung überwanden und sie zum Tanz aufforderten, wenn sie erhitzt über das Parkett fegten und dabei mit ihren Tänzern russisch parlierten. Kannst du dich noch erinnern, Fritz, am vorletzten Sonnabend, als du im *Albertturm* auf dem Spiegelwald beim letzten Tanz über den Boris sprachst und Rosalie erst die Stirne runzelte, dann vor Erregung rot anlief und schließlich wegrannte und dich stehen ließ, irgend jemand muß sie mitgenommen haben nach Sachsenfeld, in die Stiftstraße, gelaufen ist sie ganz sicher nicht, mit ihren guten hochhackigen Schuhen, die sie in acht nahm wie die größte Kostbarkeit. Du übertreibst ein bißchen, sagte Fritz Wolf, da war doch nichts, so gut wie nichts, höchstens eine Wolke, die durchzog, denk doch an gesternabend, an unsere gute Laune, was haben wir gelacht. Aber warum die vielen Worte, müssen Sie nicht in die Schloßstraße, zur Sprechstunde, fragte er, sich zu mir wendend, der Onkel gibt mir sein Motorrad, ich soll Sie bringen. Und genauso geschah es auch. Mit dem Russen in Zivil war ich aus der Altstadt heruntergetuckert, mit Wolf tuckerte ich, erneut auf dem Sozius thronend, durch die im Schwarzwassertal stockende Junihitze wieder hinauf. Die Patienten saßen schon dichtgedrängt im Wartezimmer, das die Aufwartung, wie sie mir unter der Tür schon sagte, aufgeschlossen hatte.

Denn Ilse Reibrich war nicht da, sie war zum Arbeitseinsatz auf den Feldern und Wiesen der Talaue und der unteren Hangpartien bei Neuwelt, je einen Tag pro Woche mußte ein Sechstel aller Hausfrauen von Schwarzenberg antreten. Erinnerte mich an die Auflagen nach Goebbels' Rede vom totalen Krieg, als die Frauen ohne Kinder in die Fabriken gezwungen werden sollten und gezwungen wurden. Soweit sie keine Beziehungen hatten oder ihnen nichts Schlaues einfiel: eigene Leiden, Krankheit des Mannes, Pflegebedürftigkeit der Eltern. Als Ilse aber abends aus Neuwelt zurückkam, glühendes Gesicht, Sonnenbrand, und ich sie pro forma bedauerte, wehrte sie ab, eigentlich mache ich ganz gerne mit, ich treffe dort die Frauen der Geschäftsleute, der Hoteliers und Gastwirte, der Beamten und Akademiker, außerhalb der einstmals kleinkarierten Ordnung kommen wir zusammen, beinahe ist es wie ein großes, fast grenzenloses Kaffeekränzchen, wir rechen das Heu zusammen, laden es auf die Leiterwagen und fahren es ab, wir sammeln Kartoffelkäfer, hacken Abzugsgräben frei und unterhalten uns ohne Ende, da hört man nicht nur Schlimmes und Gemeines, es wird auch viel gelacht. Letztenendes können wir noch froh und dankbar sein, meine Schwester lebt in der englischen Besatzungszone, in Bad Gandersheim, sie schreibt mir, daß die Frauen des Ortes, sie eingeschlossen, zu einem Massengrab getrieben wurden, dort mußten sie die Leichen von KZ-Insassen und Zwangsarbeitern aus einem Außenlager von Buchenwald mit bloßen Händen aus der Erde scharren und die halbverwesten Gliedmaßen und Gesichter saubermachen, für ein anständiges Begräbnis. Da sind wir besser dran. Und dabei haben wir die Russen auf dem Hals. Einmal allerdings wurden wir straßenweise ins Kino befohlen, fast eine Woche lief in immer neuen Vorstellungen vor vollem Plenum aus immer anderen Schwarzenbergern der Film über die Befreiung von Auschwitz. Wir sahen die Brillenhaufen, die Schuhberge, klapperdürre Leichen, unvorstellbar, daß das Leben vorhält, bis man in diesem Zustand ist und stirbt, zugrunde geht, krepiert. Für uns Frauen war heute ein schöner Neuwelttag, gutes Wetter, leichte Arbeit, Späße. Bis wir von den beiden Morden hörten. Die alte Schulze, die Botenfrau aus der Apotheke in der Neustadt, kam nachmittags auf dem Weg nach Lauter bei uns vorbei und brachte die Hiobsbotschaft. Die beiden Opfer kenne ich aus der Praxis. Ferdinand hat Rosalie, die jüngere Tochter, vergangene Ostern behandelt, sie lag mit Angina im Bett, eine Woche lang hat er sie täglich besucht, anschließend kam sie noch jeden zweiten Tag in die Sprechstunde, um sich den Rachen auspinseln zu lassen. Vor ungefähr vier Wochen meldete sich ganz überraschend auch ihre ältere Schwester Traudl bei uns, sie klingelte eines Abends an der Haustür, wir saßen gerade beim Abendbrot. Bleiches Gesicht, verlegene Miene, verdrucktes Sprechen. Solche Besuche außerhalb der

Sprechstunde kennst du sicher auch. Sie wollte Ferdinand unter vier Augen sprechen. Er führte sie ins Sprechzimmer. Sie habe ein Jucken zwischen den Beinen, in der Schamgegend, eröffnete sie ihm, manchmal kaum auszuhalten. Ferdinand, der ohnehin nicht gerne mit Patientinnen im mannbaren Alter allein in der Praxis bleibt, vor allem nicht bei Untersuchungen, schlimme Anschuldigungen sind schwer, eigentlich gar nicht zu entkräften, stand wortlos auf und holte mich, die junge Dame soll sich untenherum frei machen und auf dem Untersuchungsstuhl Platz nehmen, wenn sie so weit ist, sag mir Bescheid, Ilse, ich esse inzwischen meinen Teller leer. Woher die Filzläuse, von wem aufgelesen, das wollte Traudl Fürweg nach der Untersuchung nicht preisgeben, Russen, fragte Ferdinand, wohin denken Sie, Ferdinand drängte aber weiter, weiß nicht, vielleicht, um Gottes Willen nichts bei den Eltern, nichts in Sachsenfeld sagen, bitte bitte, er gab ihr aus seiner privaten Vorkriegsapotheke, die schon in Leipziger Studentenkreisen nützlich gewesen war, Lindan oder ein ähnliches selbstangemischtes Präparat, als Pulver zum Einstäuben und Aufreiben, brennt ein bißchen auf der Haut, hilft aber um so besser. Sie bedankte sich, ließ zwei Eier und ein halbes Stück Butter da und ward nicht mehr gesehen.

Wie an den Tagen vorher, so saßen die Strohwitwe und ihr Freund und Praxisvertreter auch diesmal in den späten Abendstunden am Fenster mit dem Blick ins Schwarzwassertal, nicht viel zu sehen, ein paar trübe Lichter, am Himmel ein allerletzter Widerschein der kurz nach halb zehn untergegangenen Sonne. Die Vorstadt still, als müßten die Leute dort unten den Doppelmord verdauen, mit ihm fertigwerden, als hätte er den einquartierten Bergarbeitern, Säufern und Raufbolden die Stimme, das Grölen verschlagen. Jetzt ist sie tot, die Traudl, und auch die Rosalie lebt nicht mehr, sagte Vater und erzählte Ilse Reibrich bei der zweiten Flasche Rotwein endlich von den Augenstichen, halblaut und stockend, als könnte eine deutlicher vernehmbare Beschreibung der Bilder aus der Dachkammer, der halbentblößten Körper und vor allem der ausgelaufenen Augenhöhlen unbekannte Geister, bedrohliche Dämonen wecken. Du weißt, von was die Rede ist, fragte seine Gesprächspartnerin nach einer Weile. Nein, setzte sie gleich darauf hinzu, du weißt es nicht, du kannst es gar nicht wissen, bist nicht hier oben gewesen im Gebirge, vor einem halben Jahr. Damals, am Neujahrsmorgen, vormittags um zehn, wurden am Rand eines kleinen Fichtendickichts zwischen Beierfeld und Bernsbach, kurz hinter dem Ortsausgang Beierfeld und kaum einen Kilometer oberhalb der Stiftstraße in Sachsenfeld, zwei tote Mädchen aufgefunden, das eine, Sigrid Reichwein, war dreizehn und das andere, Heidelinde Liebolt, war noch nicht sechzehn Jahre alt. Beide hatten Wintermäntel an. Beide durch Schüsse in den Oberkörper getötet. Die Hülse einer Gewehrpatrone im Gras war nicht zu übersehen. Beim Repetieren ausgeworfen nach dem ersten Schuß, sagte der Pfarrer von Bernsbach, der auf dem Weg zum Neujahrsgottesdienst in der Dorfkirche von Beierfeld die toten Mädchen gefunden hatte. Die zweite Hülse hat der Kerl, weil er nicht wieder durchlud, in der Knarre mitgenommen, fügte er sachverständig an, wobei er auf seine Erfahrungen aus den Rückzügen an der Weichsel- und Oderfront zurückgriff, auf denen auch die Seelsorger sich oft in direktem Schußwechsel ihrer Haut hatten erwehren müssen. Die Liebolt war untenherum halb aufgedeckt. Unklar, was die zwei Mädchen in der frostkalten Silvesternacht aus dem Schutz bewohnter Häuser auf die hochgelegene einsame Verbindungsstraße und an das Wäldchen geführt hatte, von Oberpfannenstiel aus, einem Ortsteil von Bernsbach, in dem Heidelinde mit ihrer Familie im Haus Nummer 41 wohnte, einem großen alten Kasten unter Denkmalschutz, sieben Fenster in der Breite, Schieferdach mit drei, vier schmalen Gauben, Fachwerkobergeschoß, mit Schiefer verkleidet, das Erdgeschoß aus Bruchstein, verputzt, wie für alle Ewigkeit, ein breites behäbiges Haustor in der Mitte, weit genug für schwerere Handwagen, in den Schlußstein des Bogens eingemeißelt: 1796/ FH/ No 41. Ein Verleger namens Ferdinand Horn hat es seinerzeit gebaut, er war zu schnellem Wohlstand gekommen, indem er die Löffelmacher in ganz Bernsbach, in der Schwarzwassergegend Blechbach genannt, mit den verzinkten Eisenblechen belieferte, aus denen die Heimarbeiter die Löffelrohlinge erst schlugen, später stanzten, um sie von ihren Angehörigen, den Frauen, Kindern, alten Leuten, polieren zu lassen. War das erledigt, kamen die Löffel zehnschockweise zu Horn in die Einundvierzig, wo sie zu größeren Ladungen für den Versand verpackt oder in handlichen Portionen an Hausierer aus den Höhendörfern Beierfeld, Grünhain, Bernsbach und Oberpfannenstiel ausgegeben wurden, die mit der klappernden Billigware bis in die Tieflandsbucht um Leipzig, in die Dübener Heide und in die Magdeburger Börde unterwegs waren, sie pochten an die Tore der bessergestellten Höfe oder breiteten ihre Pfennigartikel auf den Jahrmärkten aus. So ein Löffel war nichts besonderes und nicht viel wert. Aber wie ohne ihn die Suppe essen. Höchstens, daß man sich wie die Alten was ähnliches aus einem geeigneten Stück Holz zurechtschnitzt. Aber das paßte irgendwie besser in die Grimmelshausenzeit, jetzt war späte Goethezeit, Dampfmaschinen machten sich so allmählich wie unwiderstehlich breit, warum nicht Anspruch erheben auf einen Blechlöffel pro Nase. Ich kenne das ehemalige Verlegerhaus nicht nur vom Vorbeifahren, Ferdinand hatte weiter unten an der steil abfallenden Straße nach Aue eine alte Patientin, um die er sich aufopfernd kümmerte, du verstehst, sie hat ihm letztenendes, fast muß ich lachen über das passende Wort, ihr Häuschen hinterlassen. Wenn er sie besuchte, was manchmal fast zwei Stunden dauerte, kam ich nicht mit, ich hätte die alte Frau doch nur irritiert, ich ließ mich vielmehr an der Oberpfaffenstieler Kirche mit dem Treppengiebel absetzen und ging im Dorf spazieren. Viel gibt es dort nicht zu sehen. Bis auf die Aussicht nach Süden, auf den Erzgebirgskamm, und drei, vier alte Häuser, von denen das Hornsche das größte ist. Die verschlissene Bude der Liebolts, Dach löchrig,

Fensterscheiben kaputt und mit Zeitungen überklebt, war und ist auch heute noch bis obenhin voll, zu den angestammten Bewohnern kamen und kommen die Ausgebombten und Flüchtlinge. Immer, wenn ich in der Nähe war, sah ich jemanden aus dem Haus kommen oder hineingehen, immer Betrieb, nie war Ruhe, Schule, Schicht, Einkaufen, Holzmachen, Beerenpflükken, Pilzesuchen, Kartoffelstoppeln, Wildern, Auer Schwarzmarkt, Wäschewaschen, die Leute schwärmten aus, egal zu welcher Tages- und Abendzeit, im ganzen müssen dort, die vielen Kindern eingerechnet, annähernd sechzig, vielleicht siebzig Personen gewohnt haben. *Gustloff* wurde die Einundvierzig in Oberpfannenstiel und Bernsbach genannt, wegen der unglaublichen Enge. Unklar, ob vielleicht nicht auch noch eine Wunschvorstellung des Verschwindens, des Untergangs mitspielte. Sigrid, das jüngere der beiden ermordeten Mädchen vom Neujahrstag, war in unserer Gegend, in der sie ums Leben kam, ihr Leben aushauchte, nur zu Besuch, sie lebte bei ihrer Großmutter in Hilbersdorf, einem Stadtteil von Chemnitz, und besuchte zwischen den Jahren ihre Patentante im geduckten Nachbarhaus der Liebolts, eine Hausnummer weiter bergauf, ihre Mutter war als Paketsortiererin der Post in der Nacht des großen Bombenangriffs auf Chemnitz am 5. März fünfundvierzig ums Leben gekommen, nachdem den Vater kurz vorher an der Oderfront die wochenlangen Kämpfe um Küstrin verschlungen hatten. Waren die beiden Mädchen im Beierdorfer *Albertturm*, auch *Spiegelwaldbaude* genannt, auf dem Silvestertanz gewesen, hatte sie jemand auf dem kleinen, in jener Nacht überfüllten Saal gesehen. Wenn ja, wann waren sie gegangen, allein oder in Begleitung, durch den Spiegelwald, der den Albertturm mit Fichten dicht umgab. Ein Gewehr wäre aufgefallen, fällt immer auf. Wie kam es dann ins Spiel. Gab es ein Fahrzeug, in dem es bereitlag. Oder hatten die Mädchen, weil Sigrid erst dreizehn war und längst noch nicht konfirmiert, nur draußen gestanden und durch die beschlagenen Saalfenster den bunten Schemen, dem überfüllten Treiben zugesehen und die Musik gehört. Hatte sie jemand angesprochen. War ihnen der Mörder unbemerkt nachgeschlichen. Das hat sich Ferdinand noch wochenlang gefragt.

Wie du heute früh in die Stiftstraße gerufen worden bist, so wurde auch er letztes Neujahr gerufen, an den Rand des Fichtenschlages oberhalb von Sachsenfeld und nur zehn Minuten unterhalb des Spiegelwalds. Es war ein klarer kalter Morgen mit weiter Sicht. Tief unten im Schwarzwassertal, hat er gesagt, konnte man Sachsenfeld, Neuwelt und die Neustadt von Schwarzenberg sehen, darüber die Altstadt mit Schloß und Kirche, in der dreißig Kilometer entfernten südlichen Horizontlinie wölbten sich die höchsten turmbestandenen Rücken des Gebirges auf, Keilberg, jetzt Tschechei, 1244 Meter, und Fichtelberg, unsere Zone, 1214 Meter. Da war einmal der geliebte Fernblick, sagte Ferdinand immer wieder zu mir, und dann gab es dort oben an der Straße noch die Nahsicht, die bot alles andere als Erfreuliches. Je länger man hinsah, desto furchtbarer wurde der Anblick. Im ersten Moment lagen die beiden Mädchen noch wie schlafend da, auf gelbem Gras und welkem Kraut, auf Laub, von Rauhreif weißgehöht. So beschrieb mir Ferdinand seinen anfänglichen Eindruck vor Ort. Ganz ähnlich, meinte er, hat es in den Schonungen, auf den kleinen Lichtungen zwischen Berlin und der Ostseeküste ausgesehen, wenn vor zehn Jahren Onkel Ticktack, der Uhrmacher, auf seinen ruhelosen Zickzackwanderungen durchgekommen war und seine Opfer hinterließ, Jungen von zehn, zwölf Jahren, die aussahen, als würden sie gleich aus einem erquickenden Schlaf erwachen, in Wirklichkeit waren sie kalt, erstarrt, vergiftet, man wußte nicht genau, wie viele im ganzen, es konnten vierzig, es konnten sogar sechzig sein. Eine dieser Schonungen hatte Ferdinand zu Gesicht bekommen, in seiner Assistenzarztzeit in Stralsund, als er an einem Wochenende den zuständigen Gerichtsmediziner vertrat. Was im Gegensatz dazu am Neujahrstag das Bild der Ruhe gewaltig störte, waren die von je einem

Schuß zerfetzte Kleidung, die durchlöcherten Oberkörper, das viele Blut. Untenherum sah es nach Ferdinands Worten auf den ersten Blick manierlich aus. Glaubte er. Getäuscht, in die Irre geführt von der schrecklichen Anmut, mit der die dreizehnjährige Sigrid, auf dem Rücken liegend, mit den kleinen dünnen wachsbleichen Fingern der rechten Hand einen Zweig des dicht neben ihr stehenden Fichtenbäumchens umschloß. Wie das eben eingeschlafene Kleinkind den Finger der Mutter. Dann nützte irgendwann kein Hinauszögern, kein Ausweichen mehr, dann mußte es sein, er lüftete mit angehaltenem Atem den anderen Zipfel des Mantel, zog ihn weg, klappte ihn auf und sah, daß der rosa Schlüpfer des Kindes, vollständig vom linken Bein gezogen, um das rechte Knie geknüllt war, die Schenkel gespreizt, leicht angehoben, im spitzen Winkel oben die Vagina geöffnet, auseinandergezwungen, etwa einen Zentimeter breit. Und dann erlebte Ferdinand genau das, was du heute auch erlebt hast. Beim Untersuchen der Gesichter, er hatte vorher, um dem Anblick der Mädchengesichter zu entgehen, nicht wirklich hingesehen, wurde er bei Sigrid Reichwein mit einer Darbietung, einer Botschaft konfrontiert, die ihn erstarren ließ. Und dabei hat er eher ein Chirurgengemüt, wie du wohl weißt. Ist ja auch im Gegensatz zu dir im Krieg gewesen. Was ich dort an der Front und in den Lazaretten gesehen habe, hat er immer gesagt, das langt für die nächsten hundert Jahre. Schien aber nicht genug zu sein, denn da oben bei Beierfeld wartete auf ihn zwischen Straßengräben und Gebüsch noch einmal eine Steigerung, die er nicht fassen konnte. Wie von einem Christbaum abgezwickt, steckten in beiden Augen des toten dreizehnjährigen Mädchens bleistiftdicke abgeknickte Fichtenzweige, schrecklich, befremdlich, aberwitzig anzusehen. Schau mir tief in meine Augen, Liebster. Diese Worte hörte er in der folgenden Nacht im Traum, beim Erwachen schrie er auf, erst danach erzählte er mir im Ehebett, dicht an mich gedrängt, die Hand zwischen meinen Beinen, was er gesehen hatte.

Für Ilse Reibrich und Vater war es eine lange Nacht, die dritte Flasche Rotwein wurde aus dem Keller geholt und erst angebrochen, dann leergemacht, beide konnten sich am nächsten Morgen nicht mehr erinnern, wie Vater auf die Chaiselongue im Schlafzimmer der Reibrichs gekommen war, fast komplett angezogen, nur ohne Schuhe und lange Hose lag er unter dem zweiten prall gestopften Deckbett wie gefesselt, fast wie begraben, was war denn los, fragte er, du hattest einen schweren Tag, ich auch, Schwamm drüber, sagte Ilse in der Tür zum Bad, in Schlüpfer und BH. Den ganzen Tag, den Abend lang zwischen ihnen leichte Anspannung, Verkrampftheit, Vater legte sich früh hin und ließ sich vorher etwas zum Lesen geben, nein keinen Krimi, mein Bedarf ist noch gedeckt, auch nicht Axel Munthes *Buch von San Michele*, das mir unser Studienfreund nach der letzten Vertretung in seiner Praxis in Windischleuba geschenkt hat, und erst recht keine *Besonnte Vergangenheit* von Schleich, beide Bücher liegen bei mir in Frohburg schon seit Jahren auf dem Nachttisch herum, erst kürzlich habe ich gehört, daß Schleich für Maximilian Harden und seine Wochenzeitung *Zukunft* geschrieben hat, vielleicht wird er doch noch einmal interessant für mich. Jetzt aber brauche ich was zum Entspannen, hier, *Im Lande des Mahdi,* von Karl May, das nehme ich, das soll es sein, das ist es. Weißt du übrigens, daß May dort Beiersfeld erwähnt, wo die kleinen Leute Löffel machen, für die Jahrmärkte im Unterland, fragte er. Von Schlaf konnte dann doch keine Rede sein, der Film aus der Stiftstraße lief ab, hineinmontiert, was Ilse ihm über den Neujahrsmorgen bei Beierfeld erzählt hatte, nach einer Stunde stand er wieder auf, zog sich an, schloß die Haustür auf und hinter sich von außen wieder zu, er ging über den Markt, die Erlauer Straße hinunter zum Schwarzwasser, weiter auf der Karlsbader und der Auer Straße in die Neustadt, zum Bahnhof und von da die Bahnhofstraße wieder hinauf zum Markt. Niemand war ihm begegnet. Als einziges Lebenszeichen, weil der Schrankenwärter, der Stellwerker, der Fahrdienstleiter zu tun hatten, ließ sich der Güterzug deuten, der hinter der heruntergelassenen Schranke an ihm vorbeipolterte, dreißig, vierzig Waggons, bestimmt brachte er im Schutz des nächtlichen Dunkels Bergbauausrüstung nach Johanngeorgenstadt, in die geheime Zone. Erst als er die Runde noch einmal, zum zweitenmal drehte, hatte er ab dem nun freigegebenen Bahnübergang das unklare Gefühl eines Geräuschs oder einer Bewegung in seinem Rücken. Keine Schritte, kein Fahrradklappern, kein blubbernder Zweitaktmotor. Das leise Surren eines wassergekühlten Sechszylinders erinnerte ihn sofort an die großen Opelwagen seines Vaters in Frohburg und seines Bruders Jonas in Altenburg. Tatsächlich sah er, als er sich in Höhe des Totensteins, im Schatten fast, endlich umdrehte, den dunkelblauen oder schwarzen *Opel Super 6*, der mit fünfzig Meter Abstand im Kriechgang hinter ihm herfuhr. Er kam sich vor, wie wenn er im Spotlight auf Stelzen über eine Bühne laufen würde, jeder Schritt kostete Kraft und wurde von ihm daraufhin geprüft, wie die Zuschauer ihn beurteilten. Wurde er langsamer, bremste auch das Auto ab, blieb er stehen, hielt auch der *Opel* an, hetzte er los, blieb der Abstand bestehen, nichts zu machen. Erst beim Einbiegen vom Markt in die Obere Schloßstraße schüttelte er den Wagen ab, war er, richtiger gesagt, den Wagen los, der, weiß Gott aus welchen Gründen, vielleicht nach einem Kommando von der Rückbank, auf dem Abstellplatz vor dem *Ratskeller* stehenblieb. Die Scheinwerfer erloschen. Der Motor ging aus. Nur nicht umsehen, ob jemand folgt. Er schlich zum Tor der Reibrichs und schlüpfte in das Haus. In der Backstube nebenan war Licht, Rumoren, ein neuer Tag begann. Mittags, in einer zigarettenlangen Pause der Sprechstunde, eine Neuigkeit. Fritz Wolf war beim Frühstück in der Gaststube der Döhlers von der Ortspolizei verhaftet und den russischen Dienststellen in Aue zugeführt worden. Über die Gründe gingen die Gerüchte auseinander. Für die meisten Schwarzenberger stand er wegen der Fürwegtöchter unter Mordverdacht. Er ist zurückgewiesen worden und hat sich gerächt. Erst beim Abendessen hörte

Vater von Ilse Reibrich, daß es noch eine andere Meinung in der Stadt gab. Wolf sollte aus den jetzt mit dem ganzen Sudetenland an die Tschechoslowakei zurückgefallenen kleinen Bergstädten südlich des Kammes, aus Platten, Abertham, Gottesgab und Joachimsthal, Familien über die streng bewachte Grenze gelotst, geführt, geschleust haben, die nicht ausgewiesen, nicht vertrieben, sondern festgehalten worden waren, weil die Männer als Schachtmeister, Geologen, Vermessungstechniker nützlich waren für die tschechischen Uranschächte der Russen in der großen Lagerzone nördlich von Schlackenwerth, auf den oberen Hängen und den Sattelflächen des Erzgebirges, das vom böhmischen Becken, von Karlsbad aus steil anstieg, von vierhundert auf über tausend Meter Meter, in jäher Auffaltung, bis hinauf zum Fichtelberg, zum Keilberg und zum Hochplateau mit seinen Streusiedlungen, Torfmooren und Waldeinsamkeiten.

Die ersten Kandidaten für eine Schleusung, erzählte Ilse Reibrich, hatten Wolf um Hilfe über eine gemeinsame Tante gebeten, deren Haus in Oberjugel bei Johanngeorgenstadt fast auf der Grenze stand, einsam und allein, die südliche Außenmauer steckte, wenn man die Übertreibung liebte, in Erde, die schon zur Tschechoslowakei gehörte. Zwei Schritte waren es hinüber und herüber, schwer zu kontrollieren. Richtig wurde später, viel später das Häuschen auch abgerissen, nach der blutigen Liquidierung des Ungarnaufstandes und der endgültigen Befestigung der Freundschaftsgrenze. Bis dahin gab es freilich aus den alten Pascherzeiten noch ein feines Netz versteckter Pfade, auf denen die inzwischen ausgetriebenen Bewohner von Irrgang, Hirschenstand, Försterhäuser, Sauersack, Halbmeil und Christophshammer jahrzehntelang die zollpflichtigen Klöppelspitzen aus Sachsen geholt und weiter nach Böhmen hineingetragen hatten. In den ersten Jahren nach dreiunddreißig waren die diskret ausgetretenen Wechsel auch in der anderen Richtung, von Süd nach Nord, benutzt, begangen worden, gelegentlich, wenn Leute von der KPD aus Aue, Annaberg und Schwarzenberg, aus Freiberg, Pirna und Dresden, die ins Exil gegangen, vor dem KZ geflüchtet und in grenznahen sudetendeutschen Dörfern untergekommen waren, ausschließlich Männer, in übervollen Rucksäcken Druckmaterialien, Flugschriften, Handzettel ins braune Reich schleppten. Diese Schleichwege hatten sich über das Kriegsende hinweg erhalten und buschten und wuchsen nur langsam zu, noch kam man durch, bergauf bergab, durch Wälder ging es, über Moore mit Sumpfbirken und Krüppelkiefern, von federnder Trittinsel zu federnder Trittinsel, vorbei an Torfstichen, Seifnerhalden, unbewohnten aufgelassenen Kammhäusern mit steilem Dach, Brettergiebel, Schneetür, alles Holz herausgerissen, die Fenster, die Türen abtransportiert ins Egertal, ins Prager Umland, bald würden abgeordnete Zuwanderer, Zugvögel aus Mähren und dem unteren Böhmen kommen, den ersten Nachkriegswinter in fast tausend Meter Höhe mit Mühe überstehen, sie würden die allerletzten Dielen, Deckenbalken und Zäune verheizen und nach dem großen Tauwetter Ende März, Anfang April auf Nimmerwiedersehen verschwinden, aus Gegenden, in denen der Schnee fünfeinhalb, sechs, in harten Wintern sogar mal sieben Monate im Jahr lag. Wobei die andere Seite der Medaille nicht unterschlagen werden darf, die Sommer waren heiß und trocken. Noch jeder, der dort oben im Juli oder August gewandert ist, kann sich an den Geruch des Kiefernharzes im Sonnenglast erinnern und an den Duft, der im Hochsommer aus den Heidelbeer- und Blaubeermulden aufsteigt.

Fritz Wolf war Ende September fünfundvierzig, vier Wochen vor dem ersten Schnee des Jahres, von seiner Tante nach Jugel bestellt worden. Als er nach stundenlanger Wanderung nicht durch das Schwarzwassertal mit den Kontrollstellen und ihren Schlagbäumen und bewaffneten Posten, sondern über die unwirtlichen Höhen, durch enge verlassene Seitentäler, über zerfahrene Holzabfuhrwege und durch verstrupptes Unterholz die Straße von Johanngeorgenstadt nach Carlsfeld überquerte, wurde er angerufen, seit dem Aufbruch in stockdunkler Nacht, früh um vier, war er keiner Menschenseele begegnet. *Gammeroahd*, rief es. Ja was, fragte er, *hasde nich ne Gibbe, gunger Freund*, ertönte es aus einer Gruppe von schütteren christbaumhohen Fichten in ortsüblicher Sprechweise, die aus dem J am Wortanfang ein G zu machen pflegt, dann kam ein alter Mann mit dem rotangelaufenen Gesicht des Bluthochdrucks hervor, eine Bügelsäge in der Hand und ein Beil im Koppel, Wolf brach eine seiner kostbaren Zigaretten auseinander, sie traten von der Straße in den Schutz des Dickichts und rauchten. *Wasn doadrmidd*, fragte Wolf, der sonst ein gehobenes Sächsisch in der Art der besseren Dresdner sprach, jedenfalls sich diesbezüglich Mühe gab, und deutete auf Säge und Beil. Wir holzen, fünfzig Mann, unter Aufsicht der Russen die Hänge ab, da oben, seit Juli, am Steinberg, kam die Antwort, stattliche Buchen und uralte mächtige Mastbaumfichten, heulen könnte man, wenn die Riesen niederdonnern, daß die Erde zittert, Jagen auf Jagen, das Kleinzeug, das mittlere Holz geht in den Bergbau gleich um die Ecke, für Fördergerüste und Ausbau der Strecken unter Tage, die Riesenstämme dagegen, Prachtexemplare ohne Ende, werden auf die Eisenbahn verladen und nach Osten abtransportiert, so steht man in diesen Tagen, in diesen Zeiten dafür in Lohn und Brot, daß man mithilft, die eigene Gegend auszuplündern oder, schlimmer noch, das Teufelszeug Uranpechblende genau der Seite zuzuschanzen, der man, wenn auch die anderen nicht viel mehr taugen, am allerwenigsten die Daumen drückt. Das bekam Wolf im ortsüblichen Dialekt vorgetragen, auf die anspruchslose, auf den ersten Blick gutmütige und anpassungsbereite Art von älteren Männern des Landstrichs. Eigene Gedanken blieben immer, auch in den folgenden vierzig Jahren. Deshalb wurde jetzt eine gleichsam private Bemerkung angefügt: Schufterei, aber nur mit langen Pausen, anders schaffst dus nicht. Da bleibt noch Zeit, sich mal ein bißchen zu verdrücken, mal ein bißchen seitab zu gehen, *e menschliches Rühren, doch guck ma*, für die ungestörten Minuten, *da habsch was in der Hosentasche, die Schlingn hier, die spannsch off, gleich zu dein Fießn, ma sehn, was sisch morschnahmd drinn verfang hadd.* Und zeigte die dünnen Drähte vor. *De Russn gnalln hier soweso alles ab, was off vier Bein leift, da gann ich ooch mei Gligg probiern, es gibd doch geene Ferschter mehr,* alleine in Grünhaide haben die Tschechen, die andauernd über die Grenze kommen, fünfe abgemurkst, kein Mensch redet drüber, aber mein Cousin wohnt dort, in Satzung, von dem weiß ich es. Vorige Woche hatte ich in meiner Schlinge einen großen Dachs mit dickem Winterspeck, das Fett haben wir ausgelassen, ist gut für Blasenschwäche. Und Diebslichter kann man draus machen, so heißts, da ist man unsichtbar, wenn man auf Raubzug geht. Hier oben auf dem Gebirge und vor allem drüben in der Einöde hinter Reitzenhain, eben in Grünhaide, Natschung und Rübenau, sind die Leute seit alters her Schnapphähne und Einbrecher gewesen, mein Urgroßvater, der aus Grünhaide stammte, hat mir noch unter Wilhelm zwo erzählt, zwölfe muß ich gewesen sein, daß die Gebirglerbanden bis in das Vorland hinunterzogen, in die Gegenden um Zwickau, Freiberg und Chemnitz, und dort Müller, Pfarrer und Gutsbesitzer in abgelegenen Höfen oder Häuslichkeiten überfielen, sie brachen in die Rückwand des Hauses ein Loch und krochen durch, oder sie rammten mit einem Rennbaum Hoftor und Haustür ein, Schüsse, Gejohle, um die meist entfernten Nachbarn abzuschrecken, dann gab es Daumenschrauben jeder Art, bis der Hausvater nicht anders konnte und seine Geld- und Wertverstecke verraten mußte. Hauptmann der größten Bande von dreißig, fünfunddreißig Köpfen war der Gastwirt von Rübenau, *Rattenkönig Birlibi* genannt, ein Trumm von einem Mann, an den sich lange Jahre niemand wagte, endlich wurde er doch festgesetzt von einer Schützenkompanie aus der Residenz, ortsfremd mußte sie sein, das unbedingt, ohne Verbindung der Soldaten zu hiesigen Verwandten, Freunden und

Nachbarn, anders gings nicht, sickerte sonst alles durch. *Rattenkönig* verlor seinen Kopf in Dresden durch das Richtschwert. Freilich traf der Henker Moritz Brand aus Oederan nicht gut, die Rübe des Rübenauers hing noch halb am Hals. Trotz des Blutstroms raffte sich der *Rattenkönig* wie ein angestochener todwunder Eber auf, warf die zwei Scharfrichtergehilfen ab und bäumte sich auf in einer gewaltigen Lebenszukkung, weg weg. Brand, der aus Erfahrung wußte, daß Pfusch bei einer Hinrichtung die Volksseele seit alters her zum Kochen brachte, Mißhandlung des Henkers eingeschlossen, manchmal sogar seine Tötung, sprang dem Gurgelnden, Taumelndem in das Kreuz, warf ihn bäuchlings nieder und schnitt, säbelte, raspelte mit dem Gurtmesser den Kopf vom Rumpf. Die Menge heulte auf, als er das schlußendliche Beutestück an den Haaren packte und hochhielt. Mein Urgroßvater war Augenzeuge, er diente bei den sächsischen Pionieren in Kleinzschachwitz, an der Gierseilfähre nach Pillnitz, und kannte den *Rattenkönig Birlibi* nicht nur vom Sehen, Genaues hat er nie erzählt, als Zwölfender war er später beim Zoll in Reitzenhain, da stand er schon vom Broterwerb her auf der gesetzestreuen Seite. Der Brand schüttelte den Nischel zu den Leuten hin, erinnerte sich mein Ahne, und so wahr ich hier vor dir sitze, der *Rattenkönig*, seines Leibs, seiner Glieder enteignet, hat die Lippen bewegt, er hat ein allerletztes Mal gesprochen, wegen des infernalischen Krachs konnte ich nicht verstehen, was er sagte, ich gäbe fast alles drum, wenn ich sein Schlußwort wüßte, wer weiß, für was es der Schlüssel, das Sesamöffnedich ist, er hatte zauberische Kräfte.

Der Redeschwall des Waldarbeiters brach ab, nach einer Weile kam die Frage: Wer bisdn, und wo willstn hin, hier, wo die Welt zu Ende ist. Nach Oberjugel, zu meiner Tante, im letzten Haus an der Grenze. Kenn ich, kenn ich gut. Eine stattliche Witwe, die Schäfer Ida, das muß der Neid ihr lassen, seitdem ihr Mann vor sechs Jahren gefallen ist, hat sie Anträge über Anträge bekommen und nicht ganz selten auch erhört, bei ihr gehts seit dem achten Mai vollends zu wie im Taubenschlag, es heißt, aber nicht weitersagen, daß sie nachts Besuch von drüben kriegt, junge Tschechenburschen, die ihr Nippes, Hausrat und Wäsche aus den verwaisten Häusern und Wohnungen der Deutschen heranschleppen, sie verkloppt die heutzutage raren Sachen an Einheimische, Flüchtlinge und an die Uranarbeiter in den Barackensiedlungen bis hin nach Schneeberg, Aue, Annaberg und Oberwiesenthal. Aber wie bezahlt sie denn die Lieferanten, fragte Fritz Wolf. Na wie schon, kannste dir doch denken, die Gunst so einer deutschen Madam steht hoch im Kurs bei den Kerlen drüben. Erneute Pause, die auch damit zusammenhing, daß Wolf der Schwester seiner Mutter viel verdankte, eine Zukkertüte zur Einschulung, Karl-May-Bücher aus dem Nachlaß des Onkels und Ferienwochen, in denen er auf der Krautwiese hinter ihrem Haus sein Zelt aufbauen und drin schlafen durfte, beim Eindämmern und beim Aufwachen vom Plätschern des nahen Baches umfangen, das vergißt man nicht. Sie jetzt neu bewerten, die Lieblingstante, warum. Womöglich noch als Flittchen vom Dienst. Kam nicht infrage. Ich muß ein paar Leute rüberholen, sagte Wolf, da kann das zweibeinige Wechselwild aus der Tschechei nur nützlich sein, wegen der Grenzwachen, wo die gehen, wann die gehen. Die brauchst du nicht, ich kenne mich bestens aus, bis weit nach Jochachimsthal hinunter, vor elf Jahren, im Frühherbst fünfunddreißig, ich war viel besser beisammen als heute, habe ich nach der Georgenfelder Schießerei und den drei Toten manchen Rucksack voll mit KPD-Gedrucksel meinem Bermsgrüner Schwager zu Gefallen ins Reich geschleppt, hat nichts gebracht, aber der Schwager war schon auf den Tod krank, da hat es ihm gutgetan zu sehen, daß die Partei nicht genauso krank, sondern anscheinend noch am Leben war. Er hatte Magenkrebs, der ausbrach, als er mitansehen mußte, wie das Arbeitersportheim, das er mit seinen Genossen in jahrelanger Freizeitarbeit oberhalb des Dorfes auf der wüsten Felskuppe Hoher Hahn gebaut hatte, in eine Schulungsburg der

DAF, der Arbeitsfront von Ley, umgewandelt wurde. Nach zwölf Jahren mit braunen Amtswalteruniformen sitzen nun die Russen drin, hinter Bretterzäunen und Stacheldraht, die geheimste Abteilung des geheimen NKWD, die Erbauer, soweit aus dem Krieg zurückgekommen, sind davon nicht begeistert. Doch *willsch* nicht nur von gestern reden, bis heute kenne ich das Grenzregime, wegen der Schlingen, die ich am liebsten im Niemandsland zwischen den Russenpatrouillen auf unserer Seite und den tschechischen Grenzern aufstelle. Die Tschechen haben nebenbei gesagt von Weg und Steg im Gebiet von Spitz- und Pleßberg nicht die Bohne Ahnung, die tappen blind und dumm herum, als kämen sie allesamt aus Mähren, manchmal aber denke ich, *das sinn goar geene Tschechn, das sinn Russn in tschechscher Uniform*, wegen der Prager Empfindlichkeiten, der Benesch ist halb Waffenbruder, halb nützlicher Idiot. Doch wie auch immer, wenn du mir pro Tour zwei Schachteln Zigaretten gibst, führe ich dich einmal in der Woche, nachts, wenn nicht gerade offener Vollmondhimmel ist, von der *Dreckschenke* aus nach Zwittermühl und weiter wieder über die Grenze zurück nach Tellerhäuser, wo dereinst der Mutschmann am Pfahlberg sein Jagdhaus hatte, von Uranerkundung dort bis jetzt noch keine Spur, also russenfrei. Bevor wir uns trennen, Johann Brendel mein Name, ich stamme von dem Waldarbeiter ab, der in den Chroniken des Erzgebirges geführt wird, weil er vor hundert Jahren bei Ehrenzipfel kurz vor Tellerhäuser beim Ausgraben eines Stubbens den Himmelsstein, den großen Meteor, gefunden hat, das schwere Ding wurde auseinandergesägt, die eine Hälfte kam nach Wien, die andere nach Freiberg in die Mineraliensammlung der Bergakademie, guck se dir mal an, wenn die Zeiten wieder normaler sind.

Fritz Wolf stimmte dem Vorschlag *Dreckschenke* zu, und so gewann er einen ebenso ortskundigen wie auch bauernschlauen Führer, der ihm Anfang Oktober, ein erster Schnee war schon gefallen und gleich wieder weggetaut, half, den Joachimsthaler

Bruder seiner Tante aus Tschechien herauszuholen. Es handelte sich um einen etwa fünfzigjährigen Bergingenieur, der zwanzig Jahre lang die Heilquellen des Radiumbades im unteren neuen Kurviertel von Joachimsthal beaufsichtigt und betreut hatte und der, bestens bekannt mit allen Schächten und Stollen vor Ort, für die neuen Herren bei ihrer Suche nach Uran unentbehrlich war. Da spielte es keine Rolle, daß der lokale Spezialist nicht Tschechisch sprach, Russisch schon gar nicht. Normalerweise konnte solche Sprachunfähigkeit bei tumbem Gebrauch des deutschen Idioms in den späten vierziger, frühen fünfziger Jahren auf offener Straße in Pilsen und Prag schnell, sehr schnell zu einer Tracht Prügel führen, die der Begriffsstutzige bekam, wie mir 1967 Frantisek Fabian aus eigener Erfahrung berichtete, als wir, Freund Schnetz, Achternbusch, Eich, die Aichinger und Tankred Dorst und Uli Raschke, in seiner Pilsener Zweizimmerwohnung, die Familie, Frau, Kinder, Schwiegereltern, war für eine Nacht bei Nachbarn und Bekannten untergekommen, ein Trinkgelage veranstalteten, das Bier hatte der Gastgeber in einem Emailleeimer aus der nächsten Kneipe herangeschleppt.

Innerhalb der Uranzone war das Problem der Sprachen nicht von Belang. Der Joachimsthaler Ingenieur, ein kleiner spilliger Mann, sehr geeignet für die Inspektion enger niedriger Stollen, zudem mit Adleraugen ausgestattet, denen unter Tage keine interessante Gesteinsformation entging, traf am frühesten Morgen in der *Dreckschenke* an der Straße von Platten nach Breitenbach ein, das neuerdings Potucky hieß. In seiner Begleitung die Ehefrau und das Dienstmädchen, eine Zwanzigjährige aus Hirschenstand, deren Eltern wenige Tage nach Kriegsende in ihrem Wäldlerhaus verbrannt waren, wahrscheinlich vor der Brandlegung erschlagen, vielleicht wollte der Mann das seit dem Feuer verschwundene Pferd nicht rausgeben, sein Arbeitstier, mit dem er im Wald Holz rückte. Der Ingenieur hatte mit der Hälfte des Familienschmucks einen Fremdarbeiter bestochen, der hängengeblieben und den sowjetischen Fahndungstrupps für Rückführungen bisher entkommen war und der nun für den Ortskommandanten fuhr, die Deutschkenntnisse des Fahrers konnten nur nützlich sein für seinen Arbeitgeber, den *Krasnaja-Armija*-Major beim Aufreißen von Frauen. Das Kommandanturauto holte die drei Deutschen zweieinhalb Stunden nach Mitternacht ab und brachte sie, an keiner Sperre gestoppt, über Abertham und Platten zu dem einsamen Gasthaus im tiefeingeschnittenen Tal des Breitenbachs, über dem auf halber Hanghöhe die seit fünf Monaten unterbrochene Bahnlinie von Schwarzenberg nach Karlsbad verlief. Zundel, der Besitzer der *Dreckschenke*, war schon im Juni fünfundvierzig verschwunden, mitsamt Kind und Kegel, das Gasthaus hatte zwei Monate verlassen und wie herrenlos leergestanden, bis förmlich aus dem Nichts ein neuer Wirt auftauchte und sich etablierte. Erst nach Wochen liefen in Johanngeorgenstadt, in Wittigsthal und Jugel die ersten Gerüchte um, aus Prag sollte er stammen, angeblich halb Deutscher und halb Tscheche, keine Ahnung, was er vor Kriegsende getrieben, zu wem er gehalten hatte, er sollte sich in den dreißiger Jahren mal Ambrosch und mal Ambros geschrieben haben, je nach Konjunktur, auch der Vorname zeitbedingt mal Josi und mal Jiri, ein grob wirkender, verschmitzter und letztlich vielleicht herzensguter Riese, der nicht schlecht in seine auch in den Umbruchzeiten noch einigermaßen gemütlich und urig wirkende Kneipe paßte. Es gab die holzgetäfelte Gaststube mit der altbemalten Decke und mit den Schattenecken noch, Luther und Goethe sollten hier im Abstand von dreihundert Jahren gesessen haben, nicht selten, sondern oft genug war vor dem Ersten Weltkrieg und in der Zwischenkriegszeit auch der Volkssänger Anton Günther auf dem Kammweg von Gottesgab herübergekommen, für einen kurzen spontanen Auftritt vor den zufällig versammelten Gästen. Das böhmische Bier der *Dreckschenke*, für Zundel und dann anscheinend auch wieder, wenn es nicht alte Vorräte waren, für Ambrosch, weiß Gott wie er es anstellte, an nichtgenanntem, geheimgehaltenem Ort gebraut, war berühmt bis in das Tiefland, sogar nach Frohburg war sein Ruf gedrungen. Wen hatte es da wundernehmen können, daß meine Eltern, seit zwei Jahren verlobt, am ersten wirklich heißen Sonntag im April 1937, der ein Vorgriff mit fast dreißig Grad auf den kommenden Hochsommer war, einen Motorradausflug ins Erzgebirge machten, der seinen Glanzpunkt durch eine Rast in der *Dreckschenke* bekommen sollte, notfalls, wenn das Bier sich als zu süffig erwies, mit Übernachtung, den Montag hatten beide freigehalten. Vater mühte, bohrte sich damals durch das Studium auf ein Ende, auf das Staatsexamen zu, das er unbedingt ablegen wollte, ablegen mußte, bei Gefahr des Abstiegs, des sozialen Untergangs, wie er später manchmal lächelnd sagte. Ganz ähnlich redete Mutter nach unserer Flucht aus Frohburg in den ersten beiden Jahren in Gießen, in denen Vater als Musterungsarzt jede Woche in eine andere Stadt mußte und in wechselnden Gasthöfen übernachtete, Neustadt an der Weinstraße, Gladenbach, Gelnhausen, wenn Vater etwas passiert, dann wird aus uns, dann müssen wir, sagte sie und ließ das Ende offen. Dabei wußte sie, wovon sie sprach, aufgewachsen in einer Handwerkerfamilie, der der Vater, der Ehemann durch den Krieg abhanden gekommen war, er ließ vier unversorgte Halbwaisen und die Schmiede zurück, der ab da der Meister fehlte. Damit war auch jeder Gedanke an einen weiterführenden Schulbesuch für die Kinder erledigt. Wo in der Nachbarschaft und in den Häusern gegenüber und auch sonst in der Stadt das Vorhandensein eines Vaters der Familie Ruckhalt gab, mußte die Witwe, mußten die Kinder aus der Plautschen Schmiede selber sehen, wo sie blieben und wie sie sich behaupten konnten. Mutter mit ihrer schönen Schrift, der Gewandtheit im schriftlichen Ausdruck, die die Lehrer in ihren Zeugnissen erwähnten, und ihrer Merkfähigkeit und Interessiertheit mußte mit vierzehn aufs Büro der Kattundruckerei und sich von älteren Frauen, die ihr wahrscheinlich kaum das Wasser reichen konnten, jahrelang herumkommandieren lassen. Bis ich meinen Platz gefunden hatte, faßte sie im Rückblick zusammen, und bis euer Vater in mein Blickfeld kam und ich in seins, wir gerieten uns nicht wirklich wieder aus den Augen. Wenn es auch Umwege gab.

Nach Heirat der Reibrichs hatte Vater die Bude in der Windmühlenstraße in Leipzig, die er mit Ferdinand zusammen nach dem Physikum gemietet hatte, behalten und keinen zweiten Mann mehr reingenommen, die Nachtwachen in der Kinderklinik bei Catel brachten schon erstes bescheidenes Geld. Mutter, fünfundzwanzig, arbeitete weiter auf dem Büro der *Braunsbergschen Textildruckerei*, ihrer Lehrstelle, sie war jetzt ihrerseits für zwei weibliche Lehrlinge zuständig, die in ihrer BDM-Kleidung, wadenlangem dunklem Rock und weißer Bluse, zur Arbeit kamen, und wohnte noch zuhause in der Plautschen Schmiede auf dem Wind. Insgesamt eng geführt, durch die Umstände, durch ihre Mutter und Bernhard und Karl, die älteren Brüder. Ausbrechen nur für Tage möglich. Wie gut, daß Jonas, Vaters zweitältester Bruder, seinerzeit schon die gutgehende Tierarztpraxis in der nicht ganz kleinen, aber auch nicht wirklich mittelgroßen Residenzstadt Altenburg des ehemaligen Herzogtums Sachsen-Altenburg hatte, fünfzehn Kilometer westlich von Frohburg. Altbelaubte fahrzeugarme Villenstraßen, gediegene Schul- und Verwaltungsgebäude, stattliche Banken. Bessergestellte Pensionäre, Hofbeamte auf dem Abstellgleis, viele Verwaltungsangestellte. Nicht wenige von ihnen waren ebenso wie die wirklich betuchten unter den Gutsbesitzern der Altenburger Pflege mit der hohen Bodenqualität und den breit hingelagerten Vierseitenhöfen Mitglied in der *Naturforschenden Gesellschaft des Osterlandes* mit ihren Publikationen und dem Museum *Mauritianum* am Saum des Schloßparks. Aber auch Fabriken gab es, für Schreibmaschinen, Nähmaschinen, Rechenmaschinen, mit Rüstungspotential. Unter den Einwohnern folgerichtig etliche tausend Arbeiter. Auch da die entsprechenden Straßen, zwischen Bahnhof und Altstadt beispielsweise. Haus an Haus in Zeile, schnurgerade ausgerichtet, vier, sechs Wohnungen pro

Gebäude. Doppeltes Pech, wenn die Wohnstubenfenster nach Norden gehen. Gegen Abend Gehsteige, Nebenstraßen und Plätze voller Kinder. Jahrzehntelang hatten sich die jeweils Heranwachsenden immer nachdrücklicher getrennt, hier links, da rechts, hier rot, da schwarzweißrot und letztenendes meistens braun. Was wollt ihr denn, sagte Jonas immer, es geht doch allen besser, ich habe mir ein Reitpferd zugelegt, wenn das ein einfacher Tierarzt mit einer Praxis für die Vieh- und Pferdeställe der Bauern und für die Köter des Bürgertums kann, ist unser Land noch nicht verloren. Und weil er, spätestens seit den Sekundajahren am anderen Geschlecht interessiert, Mutter nicht ungerne sah, die Verlobte seines jüngeren Bruders, wer weiß mit welchen Augen, bot er Vater immer wieder einmal sein mittelschweres Motorrad an für eine Tour im weiteren Umkreis, wie wärs mit Dresden, schlug er vor, oder warum nicht gleich Berlin, Olympiastadt, Führerstadt, Reichshauptstadt, was willst du mehr. Aber Spreeathen war Vater von mehreren Besuchen beim angeheirateten Onkel Dr. Dr. Schläger bekannt, den Gertrud, die Schwester seiner Mutter, 1917 im Lazarett in Saarow am Scharmützelsee gepflegt hatte, Durchschuß der Hand, ein Jahr später Eheschließung. Schläger war Ministerialrat im Außenministerium in der Wilhelmstraße. Jeder Versuch, im Gespräch mit Vater anzugeben, was er im Amt machte, blieb in überstürzten verhedderten Beschreibungen stecken, Gesandtschaftsliste, Aide-Mémoire undsoweiter, er sitzt nur rum, vermutete man in der Greifenhainer Straße. Dort wußte man durch Trud aber auch von langen Ausfallzeiten, krankheitsbedingt. Irgendwie nicht verwunderlich, war doch in der Siebenzimmerwohnung im Alsenviertel ein Raum allein für Amadeus, den Affen, reserviert, mit eingezogenen Maschendrahtwänden, wie das sirrte und tönte, wenn das Tier verrückt spielte, besonders gerne nachts. Nach solchen Nächten kam am Morgen drauf Frau Marby von nebenan herüber, deren Sohn Wolfi Arzt in der Klappsmühle war, wie sie sagte, Hans Fallada hat er auch schon behandelt und Gottfried v. Cramm, das ist ein

Lieber ganz ein Süßer, sagt mein Sohn. Bloß mit dem Affen, lieber Dr. Schläger, kann es so nicht weitergehen. Tut mir leid, sagte der Onkel dann immer, der Affe ist mein anderes Ich, was ich mit ihm mache, was ich ihm antue, richtet sich auch gegen mich, das bindet mir die Hände. Was für eine Art Affe ist das denn, Onkel Schläger, hatte Vater beim ersten und auch noch beim zweiten Besuch gefragt. Nerv mich nicht, Knabe, kam die Antwort, Amadeus heißt er, mehr brauchst du nicht zu wissen, du Naseweis, leg deine Energie auf die antiken Sprachen. Es kam vor, daß der Dr. Dr. den Neffen aus der sächsischen Kleinstadt auf seinen Morgenspaziergang mitnahm, erst zogen sie eine Schleife durch den östlichen Tiergarten, das war Blomberg eben, mit dem stimmt was nicht, komische Frau aufgegabelt, Generalfeldmarschall einstweilen noch, sagte Schläger einem Herrenreiter nach, und jetzt kommt einer von den Moltkes angetrabt, die sind so gut wie pleite mit ihrem Kreisau, der Onkel kannte eben alles, was Rang und Namen oder beides hatte. Guck nur, Speer mit seinen Kindern, als Familienvater, der Heuchler, macht sich auch damit noch lieb Kind. Bei jedem dritten, vierten Passanten im Regierungsviertel wußte er etwas anzumerken, nicht unfreundlich, aber leicht verbittert. Ihr Weg führte sie durch das Brandenburger Tor, rechts die Preußische Akademie der Künste, hehe, lachte der Onkel meckernd, da spielt jetzt euer sogenannter Verwandter, der angebliche Vetter deines Vaters den Großen, Will Vesper, Will, jawohl, der will, und ob, ganz richtig will der, nämlich groß sein, und Vesper, du kannst ja nichts dafür, aber ich bitte dich, das klingt nach Fressen, dagegen ist mein Name richtiggehend volksverbunden, in seiner Derbheit. An der Adlonecke bogen sie nach rechts in die Wilhelmstraße ein. Zwischen Kultusministerium und englischer Botschaft, früher Palais des untergegangenen Eisenbahnkönigs Bethel Strousberg, ging es in angeregter Unterhaltung auf einer der Zentralachsen des Kaiserreichs, der Republik und des Dritten Reiches nach Süden, Schritt für Schritt, die Reichskanzlei da vorne, sagte Schläger, fünfzehn Jahre hat der Meldegänger von null bis an die Macht gebraucht, ich will ihn nicht kleiner reden, als er ist, aber da muß ein Volk schon mächtig an die Wand gepreßt, unter Wasser gedrückt sein, wenn es nach einem solchen Strohhalm greift, ich laste das ausschließlich den Franzosen an, die Engländer sind umgänglicher, selbstzügelungsbereiter, haben Augenmaß, wie ich aus dem Verkehr mit ihren Diplomaten weiß, Germanen eben, während die Galloromanen sprunghaft, einseitig sind, großartige Künstler allerdings, unerreicht als Romanciers und vor allem als Maler, wenn es demnächst Krieg gibt, und wenn der gut ausgeht, wenn wir ihn gewinnen, dann fahre ich mit dir, das verspreche ich, nach Paris und an die Seine unterhalb der Stadt des Lichts und zeige dir den Fluß, die Hänge mit den Landhäusern, die Pappeln und den blauen Tüll der Sommerluft und in der Hauptstadt die entsprechenden Bilder der Impressionisten. Gutgelaunt, richtiggehend beschwingt tänzelte Schläger um seinen Neffen herum, die Olympiade war schön, das zurückgewonnene Saargebiet ist schön, das zurückbesetzte Rheinland ist auch schön, schön, schön, alles schön, rief er, machte ein paar Schritte, zuckte plötzlich zusammen, knickte ein, kauerte hechelnd auf dem Gehweg, was ist, fragte Vater erschrocken und dachte an einen Herzinfarkt, mein Amt, das Tor hier, vergessen, ich kann nicht mehr, führ mich weg. Kaum hinter der nächsten Ecke am Wilhelmsplatz angekommen, richtete er sich auf, zog die Krawatte zurecht und schlug einen schnellen Schritt an, laß uns durchs Bankenviertel gehen, das hält man besser aus, die Leutchen dort plündern die Länder nur aus, wie wir selber ausgeplündert worden sind, sie erobern und knechten sie nicht, wie es die Wilhelmstraße erträumt, mit meinem Chef, dem Freiherrn und ss-Brigadeführer an der Spitze, gleich nach dem Minister. Der Freiherrntitel übrigens stammt aus dem Jahre siebzehn, nicht 1717, nicht 1817, sondern 1917, aus dem vollen letzten Jahr von Wilhelm zwo, in dem Lenin in Petrograd den Umsturz mit seiner hochmodernen Kaderpartei in Szene setzte, im gleichen Jahr wurden dort die Adligen an die Wand gestellt, und bei uns wurden neue gemacht, von einem Kaiser, der im Jahr drauf mit seiner Flucht ins Exil von der Bildfläche verschwinden mußte.

Die Reichshauptstadt kam für die beiden Frohburger Verlobten als Ausflugsziel nicht infrage, auch die neuerbaute Autobahn von Leipzig nach Berlin lockte nicht, die auf schwindelerregender Brücke in der Nähe von Dessau die Elbe und Ausläufer des Parks von Wörlitz überquerte, für schwere Limousinen mochte die neuartige tischebene Betonplattenpiste bestens geeignet sein, für Busse auch, für Lastwagen, aber ein behendes wieseliges Zweirad schwang sich viel besser auf gewundener Straße durch ein Bergland wie das Erzgebirge, die Steigungen hinauf, die Gefällstrecken hinunter, auf Granitpflaster oder Asphalt, und vor allem gab es die Kurven im Bachgrund der Ortschaften, spitz oder entschärft, Fußbremse, Schräglage, Gas, und schon ging es für Fahrer und Sozia wie mit dem Fahrstuhl nach oben, hast du das erlebt, weißt du für den Rest deines Lebens, was staunende Freude, aufwallende Begeisterung ist, jedenfalls sein kann. Die Verlobten, meine Eltern, fuhren sonnabends nach Vaters Ankunft mit dem Zug aus Leipzig, nach dem Ende von Mutters Arbeit und nach dem wöchentlichen Wannenbad mit den Rädern nach Altenburg, am Münchhausenschloß in Windischleuba vorbei, keine acht Jahre dauerte es, bis sich hinter den halbmeterdicken Mauern seines *Schlosses in Wiesen* der dichtende Freiherr, verwitwet, vereinsamt, schwerhörig, von Depressionen geplagt, vergiftete, kurz vor der Ankunft der Amerikaner. Hätte damals, 1937, jemand den Leuten Münchhausens Selbstmord, den Anmarsch der us-Armee, die Zerbombung, Vernichtung aller großen Städte im Land vorausgesagt, man hätte ihn für geistesgestört gehalten. Quatsch. Es gab Ahnungen, durchaus. Und einen Vorlauf.

Sie übernachteten beim Bruder Jonas, gingen früh ins Bett, voll Erwartung an die intime nächste Viertelstunde und an den Sonntag, und standen am Morgen um sechs auf. Punkt sieben zog Vater das Motorrad aus der Garage, es war vollgetankt, er trat die Maschine an, nahm sie zwischen die Beine, Mutter stieg auf, den Rucksack auf dem Rücken, mit dem Proviant, einem Päckchen Brote, ein paar Äpfeln, Nachtzeug und Zahnbürsten für beide. Sie brausten los. Jonas, wie Großvater mittelgroß, wie Großvater eher hager, hob kurz die Hand, dann drehte er sich ruckartig um, ruckartig wie immer war auch sein Gang auf die Haustür zu, in der er verschwand, bevor das Motorrad die Straße hinuntergefahren war. Mit fünfzig, sechzig und auf den geraden Streckenabschnitten zwischen Penig und Mühlau mit siebzig Stundenkilometern ging es auf der Reichsstraße 95 nach Süden, auf Chemnitz zu, am oberen Ende des Hartmannsdorfer Berges, heute Adresse einer Bierbrauerei in thailändischem Besitz, lag linkerhand ein Riesenbacksteinbau, die Trikotagenfabrik *Recenia*, vor der es ein paar Jahre vorher, in der Zeit der Weltwirtschaftskrise, am 16. Januar 1930 genau, zu einem Massenauflauf gekommen war, zwölfhundert Mitglieder und Sympathisanten der Kommunistischen Partei und ihrer Untergliederungen wie der Hundertschaften und der Roten Hilfe versuchten, den Betrieb zu stürmen, die Leitung des in englischem Besitz befindlichen Betriebes hatte vorher schon polizeilichen Schutz erbeten, als die Menge vorwärtsdrängte und gegen die Ordnungshüter, im Kampfjargon jener Tage Kettenhunde der Ausbeuter genannt, mit Zaunlatten und Wurfsteinen vorging, fielen Schüsse, fünf Tote. Am Küchenwald vorbei nach Chemnitz hinunter, in das Zentrum hinein, gerade hatte der Führer die Stadt in einer Rede mit dem Titel einer nach Essen zweiten *Hauptstadt der Industrie* bedacht. Und in der Tat, selbst am Sonntag, sahen der Motorradfahrer und seine Begleiterin, rauchten die Schlote, fuhren die Straßenbahnen, waren die Gehsteige nicht nur von Kirchgängern belebt. Das Leinenhandwerk mit den Bleichen, die Spinnmühlen an den Wasserläufen hatten erst den Nachbau englischer Garnspinnstühle und dann den Bau von eigenen immer komplizierteren Konstruktionen nach sich gezogen, Textilmaschinen, Lokomotiven,

Schreibmaschinen, Motorrädern, Autos, die Stadt, *Rußchemnitz* genannt, hatte von 1813 bis 1913 ihre Einwohnerschaft vervierundzwanzigfacht, ein deutschlandweit einsames und selbst im bevölkerungsmäßig explodierenden übrigen Sachsen unerreichtes Kunststück. Später einmal, nach der Sonntagstour, von der die Rede ist, würden die Bomber kommen, spät, sehr spät, der Krieg, sieben Wochen vor dem Selbstmord Hitlers, war längst entschieden und wurde durch die Einäscherung der Stadt und anderer Städte keinen Tag eher beendet. Vater lenkte das Motorrad in die Hartmannstraße und hielt kurz an, er zeigte Mutter die große Maschinenfabrik *Germania*, die Nachfolgefirma von Hartmann, der die erste sächsische Lokomotive gebaut hatte. Weitere Stops folgten am Rathaus und auf dem Theaterplatz, wo die Ausflügler über das supermoderne Hotel *Chemnitzer Hof* staunten, von dessen Eröffnung sie in der Zeitung gelesen hatten, auf der Westterrasse saßen die augenscheinlich betuchten Gäste beim Frühstück, mit Ausblick auf Museum, Opernhaus und Petrikirche, während vor dem Haupteingang an der Schillerstraße ihre gewienerten Limousinen in Reihe warteten, bereit für eine Kaffeefahrt zu den Schlössern und Burgen über Zwickauer und Freiberger Mulde. Ein paar Steinwürfe weiter die Technische Staatslehranstalt, von hier kam mindestens einer der Rathenau-Attentäter, sagte Vater. Vorher, in der Nähe des Bahnhofs, hatten die Eltern von der blutjungen Grete Beier gesprochen, der einundzwanzigjährigen Bürgermeisterstochter aus Brand-Erbisdorf, die im Frühjahr 1907 mit dem Zug von Freiberg nach Chemnitz gekommen war, um ihren Bräutigam in seiner Wohnung erst zu vergiften, dann mit einem Revolver in den Mund zu schießen, unter Hinterlassung eines gefälschten Abschiedsbriefs, sollte aussehen wie Selbstmord. Und sah für die Polizei auch tatsächlich so aus. Das von ihr mit verstellter Handschrift aufgesetzte Testament machte zwar Mutter und Bruder des Getöteten stutzig, aber nichts weiter. Mein Großvater, merkte Vater an, hat der Hinrichtung von Grete Beier, dem Mädchen mit dem Engelsgesicht, beigewohnt, sie fand im Hof des Landgerichts in Freiberg statt, wenn er davon erzählte, klang bis ins hohe Alter Erschütterung über die Minuten mit, in denen die junge Frau aus dem Gebäude geführt und auf das zusammengezimmerte Podest gebracht und unter das Fallbeil gelegt wurde. Wie der Kopf in den Korb fiel, wie das Blut aus dem Stumpf des Halses sprudelte und spritzte. Was eben noch scheinbar engelhaft rein erschien, hätte man sich nicht häßlicher, nicht zerstörter, nicht menschenunähnlicher vorstellen können.

Auch am Chemnitzer Bahnhof, nicht nur in Hartmannsdorf, waren, was Vater als Junge vom sonntäglichen Kaffeetisch in der Greifenhainer Straße flüchtig aufgeschnappt und mit einer Zeitungsnotiz von vierunddreißig in Verbindung gebracht hatte, Schüsse im verdeckten Bürgerkrieg gefallen, schon 1919 im Sommer. Nach einem Tag mit Hungerunruhen, Plünderung von Bäckereien und Gasthäusern und mit Gefangenenbefreiung hatte die Reichsregierung Befehl gegeben, aus der nahen Garnison Frankenberg Reichswehreinheiten zur Durchsetzung des Belagerungszustands per Eisenbahn nach Chemnitz zu entsenden, der Zug sollte, um eine von SPD, USPD und KPD einberufene Massenversammlung auf dem Theaterplatz nicht zu provozieren, nur bis in den Vorort Hilbersdorf fahren, die Truppen sollten dort ausgeladen und in Bereitschaft gehalten werden. Durch ein Zusammenspiel zwischen Reichsbahnern im Zug und an der Strecke rollte der Truppentransport ohne Halt in den Hauptbahnhof ein, sofort wurde aus umliegenden Häusern mit Karabinern und einem Maschinengewehr das Feuer auf die Soldaten eröffnet. Die Soldaten, ohne Deckung, schossen zurück, es kam zu Nahkampf und Handgemenge. Auf dem Theaterplatz war inzwischen die Parole ausgegeben worden, ein Butterzug sei angekommen. Daraufhin eilten Zehntausende zum Bahnhof, teils verstärkten sie die Angreifer, teils gerieten sie zwischen die Fronten. Chaos. Panik. Fünfzehn tote Demonstranten, vierzehn tote Reichswehrangehörige. Riesenbegräbnis für die Zivilisten, alle Chemnitzer Läden geschlossen, keine Straßenbahn fuhr, Fahnen, Transparente, gegen die Reichsregierung, gegen Noske, ein neues Lied: *Wer hat uns verraten – Sozialdemokraten*. Die Soldaten wurden aus Angst vor neuen Unruhen außerhalb beerdigt. Fünfzehn Jahre nach dem Blutbad, 1934, sozusagen zum Jubiläum, griffen die Zeitungen in Sachsen das Ereignis noch einmal auf, nunmehr in dienlicher Sprache: In Chemnitz kam es vor fünfzehn Jahren, am achten August 1919, zu Unruhen. Noske-Truppen, die durch einen merkwürdigen Umstand, nämlich Verrat, nach dem Hauptbahnhof dirigiert wurden, empfingen die Spartakisten mit Maschinengewehrfeuer. Diese marxistischen Haufen benahmen sich nicht mehr wie Menschen, sondern schlimmer noch als Tiere. Verwundete Reichswehrleute wurden mit dem Kopfe so lange an die Bausteine geschlagen, bis sie tot waren. Einem Hauptmann wurde der Bauch aufgeschlitzt, einem Major die Kehle durchschnitten. Vor allem haben sich Weiber und junge Burschen wie die Tiere benommen, indem sie Verwundete zu Tode traten. Wie verständlich ist es dann, wenn der ehrliche Arbeiter den dreißigsten Januar begrüßte.

Die Eltern verließen Chemnitz gegen halb elf auf der Dresdener Straße, die, von Mietshäusern in Reihe gesäumt, anstieg bis Hilbersdorf. Fundstelle des *Steinernen Waldes*, den man am Museum auf dem Theaterplatz bewundern konnte, Geburtsort auch des Dresdner Malers Wilhelm Rudolph, des Chronisten der Vernichtung von Elbflorenz. Der nächste Zwischenhalt, den sie machten, war in Flöha. Am Zschopauufer, auf der anderen Seite des Flusses die große *Claußsche Baumwollspinnerei*, in der Vaters Großvater Louis Berger im Alter zwischen elf und vierzehn Jahren Andreherjunge und Fabrikschüler gewesen war, in Frohburg gab es noch das Gesangbuch, das er 1858 als Konfirmand von seinem Arbeitgeber Clauß bekommen hatte, mit einer handschriftlichen Widmung des Fabrikanten in feiner dünner Stahlfederschrift. Von den Formulierungen her ein Beleg für die pietistische, die frömmlerische Gesinnung vieler Leute im Erzgebirge und im Hügelland. Noch im Jahr seiner Konfirmation verließ Louis Berger seine verwitwete Mutter im benachbarten Erdmannsdorf unter der Augustusburg und folgte seinem Bruder erst nach Euba und dann nach Oederan in der Nähe von Freiberg. Der Bruder arbeitete in der dortigen Kleinstadt bei einem Klempner. Dachrinnen, Wasserbehälter, Öllampen, es gab viel zu tun in einer Zeit der langsam zunehmenden Hygiene, der schnell wachsenden Bevölkerung.

Auf Jonas' Motorrad nahmen die Eltern die nächste Etappe ihrer Tour in Angriff und fuhren auf Louis Bergers Weg, der Straße über Falkenau, nach Oederan. Auf dem Markt stellten sie ihr Zweirad ab und besuchten die große Stadtkirche mit der Silbermannorgel, am neugotischen Altar, auch ein Zeichen für die Besserung der Verhältnisse des aufsteigenden Landes vor dem Jahrhundertwechsel, daß man die von alters her überkommenen Kircheneinrichtungen rausriß, waren die Großeltern, die Eltern meines Vaters, 1893 getraut worden, die Braut war achtzehn Jahre alt, Albert Berger, ihr Bruder, der sich später in Leipzig als Aufzugfabrikant Bruno Berger nannte, mußte sich für die paar Stunden der Hochzeit eine dunkle Hose vom Nachbarn borgen. An die Besichtigung der Kirche durch die beiden Frohburger Besucher schloß sich ein Gang in die Schulgasse an, in ihr hatte es die Fleischerei der Schwiegereltern Louis Bergers gegeben, einer Familie Rilke aus Langenau bei Brand-Erbisdorf. Und genau in diesem Langenau ist Rilkes *Cornet* angesiedelt. Behauptet wird nichts. Erwähnt soll sie werden, die Möglichkeit der Verwandtschaft. An der Westseite des Oederaner Marktes stießen die Eltern bei der Rückkehr zum abgestellten Motorrad auf eine Gastwirtschaft *Zum Hackepeter*, in der sie ungeachtet der Butterbrote im Rucksack einkehrten. Was in Frohburg schon für eine wenn auch milde Verschwendung gehalten worden wäre, seinerzeit, zu jener Zeit, damals, einst.

Eine breite Frau in mittleren Jahren bediente sie, vom Dialekt her einheimisch, wozu allerdings das Berliner Wort Hackepeter im Gasthausnamen in einem gewissen Gegensatz stand, am Ort sprach man bei Hackfleisch eher von Gewiegtem. Zwei Leberwurstbrote, zwei Gläser Faßbrause wurden zum Tisch am Fenster gebracht, bis auf einen brabbelnden Alten im dunkelsten Winkel am Ofen war die Gaststube leer. Ich glaube, sagte mein Vater, ich sehe von hier aus vorn in der Freiberger Straße das massige Haus, diese spätbarocke Mietskaserne, in der meine Großmutter kurz vor ihrer Umsiedlung zu uns nach Frohburg gewohnt hat, sie besaß nicht mehr als zwei karg möblierte Zimmer, wenn sie ans Fenster trat, konnte sie über die Straße hinweg in die Schulgasse gucken, auf ihr Elternhaus, und sich fragen, wo das ganze Geld geblieben war, das sie von ihrem Vater, dem Zunftmeister der Fleischer in Oederan und Umgebung, geerbt hatte. Schließlich war ihre Mutter, die geborene Rilke, auf dem Rittergut in Langenau aufgewachsen und hatte eine entsprechende Mitgift in die Schulgasse mitgebracht, wie sie in einer adelsnahen, beinahe adligen, so gut wie adligen Familie üblich war, wie sie von ihr verlangt wurde, sollte das ganze Bild stimmen. Und nun, nachdem ihr Mann Louis Berger mit kaum fünfzig Jahren an der Trunksucht gestorben war, der Klempnermeister, wie es später in der Familie hieß, wobei noch nicht einmal eine Klempnerlehre nachweisbar war, in den Papieren der Stadt Oederan ist, was ihn anging, auch von einem Handel mit Kurzwaren die Rede. Vielleicht im Auftrag seiner Frau, meiner Urgroßmutter. Denn nach seinem frühen Tod betrieb sie, unversorgt zurückgelassen, mit vier Kindern, ein Putzmachergeschäft in einem kleinen Ladenlokal, dem kleinsten in ganz Oederan, wußte die Familienüberlieferung. Und dann: warum konnte Großmutter Elsa so gut mit Nadel und Faden umgehen, daß sie in der Lage war, für Vater und seine Brüder Mäntel und ganze Anzüge zu nähen und Zimmerteppiche zu knüpfen.

Mit der Bedienung im *Hackepeter*, einer voluminösen Frau, wenn sie reinkam, knarrten die Dielen, ergab sich für die Ausflügler bei der Nachbestellung von Brause ein Gespräch. Es stellte sich heraus, daß es sich um die Inhaberin handelte, eine geborene Brand aus Neuhohelinde, wie sie sagte. Vater entsann sich der Erzählungen seiner Mutter und seines erst in Niederreinsberg, dann in Freiberg und zuletzt in Frohburg ansässigen Großvaters, ist Ihr Vater der bekannte Moritz Brand, fragte er. Das wurde ungesäumt bejaht, deshalb heißen wir hier ja *Hackepeter*, nach seinem Hackebeil, denn für die Übernahme der Pachtung hat er mir und meinem Mann, dem Peter, einem zugezogenen Berliner, einen Kredit gegeben, den wir gestundet bekamen, bis er mit einemmal den Löffel abgab. Er hat immer bei uns eingesprochen, wenn es für ihn in der Stadt was zu erledigen gab. Die Oederaner hatten ihn ja aus der Stadt hinausgedrängt. Nicht den Scharfrichter. Aber den Abdecker, jawohl. Dabei kannst du vom Köpfen allein nicht leben hierzulande. Sein Schinderhof am Teich unterhalb der Stadtkirche war ein Ärgernis nicht nur für die nächsten Nachbarn. Bei Süd- und Ostwind ganz besonders. Wegen des Gestanks, der von den Häuten, den Därmen kam und nicht zuletzt aus der Abfallgrube mit den Luderresten, das waberte bei Windstille und Hitze oft über der halben Stadt. Eine Eingabe nach der anderen wurde aufgesetzt und nach Dresden geschickt. Bis das Ministerium meinem Vater das Grundstück oberhalb des Bahnhofs nachwies, weit außerhalb, wie von den Oederanern gewünscht, mit tollem Blick über die Hochflächen, ein kleiner Trost, in westlicher Richtung konnte man über das Flöhatal hinweg sogar die Augustusburg sehen, bei klarer Luft zum Greifen nahe, so thronte sie über den Höhenlinien des Erzgebirgshorizonts, von Ferne einer Bergfestung zum Verwechseln ähnlich. Wenn mein Vater bei uns einkehrte, gab es keine Berührungsängste bei den Leuten, unseren Gästen, sie lachte höhnisch auf, wenn Sie verstehen, was ich meine. Die hatten ja auch keinen Grund, eng wird es nur, wenn einen die Justiz wegen Mord in ihren Fängen hat. Was ich sagen will: mein Vater wurde, nachdem er vor die Tore gezogen war, hier in Oederan so gut geachtet, durch Hutziehen gegrüßt wie der erste Gastwirt am Platz, der zweite Apotheker, der dritte Lehrer, Herr über Leben und Tod, der er, vom König eingesetzt, in gewisser Weise war, wenn nicht direkt, dann doch in etwa, denn tätig wurde er nicht nach dem Votum des Gerichts, sondern erst, wenn der Landesherr beispielsweise der Grete Beier die Begnadigung versagte. Dann zog er seinen Gehrock an, fuhr mit dem Zug nach Dresden, veranlaßte dort den Transport der zerlegten Fallbeilapparatur und des Zubehörs zum Bahnhof durch eine Spedition, ließ die Teile der Maschine und des Podestes auf die Bahn verladen, folgte mit dem nächsten Personenzug, überwachte in Freiberg das Ausladen und die Übergabe an eine weitere Spedition, die die ganze Henkersendung in den Hof des Landgerichts transportierte, wo die Gemeinschaft der Freiberger Tischler in zünftiger Festtagskleidung versammelt war, um in stundenlanger ebenso fachgerechter wie feierlicher Arbeit die Kulissen und das Hauptstück der Hinrichtung aufzustellen. Bis auf die schwere rasiermesserscharfe Fallklinge, ein dickes eingeöltes Stahlblatt mit schräger Schneide, extra verpackt in vielagiges Seidenpapier, handelte es sich um Balken, Bretter, hölzerne Verbindungsstücke, es mußte viel genagelt und ins Lot geklopft werden, Grete Beier in ihrer Zelle hörte das Poltern, die Hammerschläge den ganzen Nachmittag, was wird morgen sein, nicht dran denken. Wenn möglich.

Mein Vater Wolfram erzählte der Brandtochter von seiner Mutter Elsa und von Julius, seinem Vater, der als blutjunger Tierarzt, zweiundzwanzig Jahre alt, in Vertretung eines bei Nacht und Nebel unter Hinterlassung seiner Frau und seiner Kinder aus Sachsen geflüchteten älteren Berufskollegen nach Oederan gekommen war. Der Flüchtige, den es in einer durchschüttelnden Aufwallung mit seiner einundfünfzigjährigen Schwiegermutter, achtzehn Jahre älter, nach Bremerhaven in den Auswandererhafen und weiter nach Übersee getrieben hatte, hinterließ die Frau und fünf Kinder und Gott sei Dank auch seine Praxis, die Strohwitwe suchte und fand einen Nachfolger für die dreifache Rolle des Veterinärs, des Partners und des Familienvaters in meinem Großvater Julius Vesper. Aber nur für ein knappes Jahr. Dann, eines Sonntags, seine Geliebte, die zurückgelassene Tierarztfrau des Amerikaflüchtlings, war mit Beschwerden der Wechseljahre im Bett geblieben, machte er einen Nachmittagsspaziergang vor die Stadt und setzte sich auf ein Glas Bier in den gut besuchten Ufergarten der Ausflugsgaststätte am Waldteich, als ein Ruderboot in der Vermietstation an der Terrasse anlegte und ein junges Mädchen, auch nicht gerade häßlich, an Land stieg, begleitet von einer wahrhaft entzückenden Elf- oder Zwölfjährigen, ihrer Schwester Gertrud, wie sich später erwies, alle Gäste sahen, von Anmut und Schönheit doppelt gebannt, zu dem Duo hin. Das Bild zweier weißgekleideten Schönheiten brannte sich ihm ein, wie er nach Jahrzehnten noch seinen beiden Essener Enkeltöchtern Mari und Lachtari berichtete. So schöne Augen, so ein feines und doch schon frauliches Gesicht, Elsa hieß die Entdeckung, siebzehn Jahre alt, elf Monate später war die Hochzeit. Böse Zungen wollten von einer Schwangerschaft wissen, nix dran an den Gerüchten. Vielmehr war der eigentliche Hausherr in der Tierarztwirtschaft nebst Schwiegermutter aus dem überseeischen Nebel zurückgekehrt und hatte bei seiner Gattin Wiederaufnahme gefunden und ihr Verzeihung, mindestens Duldung abgerungen. Ich nehme dir nichts übel, sagte er zu seinem jungen Kollegen, den er mit der überraschenden Heimkehr nicht ins Abseits expedieren, nicht hinausdrängen wollte, manches im Leben muß sein, Schwamm drüber, zumal meine Frau jetzt weiß, was sie an mir und ihrer Mutter hat, wir drei kommen in Zukunft bestens miteinander aus, es liegt an dir, ob wir vom Dreier auf den Vierer wechseln, du bist herzlich eingeladen. Doch Julius hatte keine Lust, auf einem Gebiet mit mehr als unsicheren Grenzen und Zuständigkeiten zu operieren, vor allem vor der Schwiegermutter im

Alter seiner eigenen Reinsberger, jetzt Freiberger Mutter hatte er Angst. Und wußte er denn, ob sein Tierarztkollege nur auf Frauen und nicht auch, wenn die Gelegenheit sich ergab, auf Männer stand. Er ließ sich vom Pfarrer der Stadtkirche, dem er den Rauhaardackel in einer sechs Tage währenden Kur schon zweimal wurmfrei gemacht hatte, ohne Rechnung, zu einem Hauskonzert des örtlichen Boccherini-Streichquartetts einladen, Pfarrer, Kantor, Dentist und Buchhändler, nur Boccherini, kein Haydn, kein Mozart, nie Beethoven, nur der Italiener eben, und bat darum, auch die Elsa Berger mit einer Einladung zu bedenken. Die Pfarrersleute kannten Elsa und ihre mehr als bescheidenen Familienverhältnisse aus der Konfirmandenstunde, sie stimmten zu. Soll der junge Tierarzt sie loslösen, sie befreien aus dem Elend in der Mietskaserne in der Hainichener Straße 10, unterhalb des Friedhofs. So konnte er sich mit gleichsam pastoraler Unterstützung in einer Pause des kleinen Konzerts mit ihr bekannt machen, in der Küche, in der sie sich unter Aufsicht der aus Hannover stammenden Frau des Hauses nützlich machte, indem sie Mockturtlesuppe auf die Teller der zwölfköpfigen Abendgesellschaft schöpfte, er half und hielt die Teller hin. Auf diese Weise fanden sie zusammen. Ein knappes Jahr später räumten sie die Stube, die sie im Tierarzthaus bewohnt hatten, sie verschwanden aus dem faktischen Dreier und erwünschten Fünfer und aus Oederan und siedelten sich in Frohburg an. *Nie geheert, wo solln das sinn,* hieß es am Ort. Frag mich nicht, warum nach Frohburg, sagte Vater, wenn die Rede auf den Umzug kam, und das war oft. Aus dem Hügelland in die Ebene. Aus der Umgebung Freibergs und der umstandslosen Erreichbarkeit der Residenz und Landeshauptstadt in das Spannungsfeld zwischen Chemnitz und Leipzig, ein paar Wälder wie Tannicht, Erligt, Eisenberg, Rohrwiesen, Harzberg, Streitwald, Deutsches Holz, Stöckigt und ein kleines bißchen weiter weg Kammerforst und Leina, sonst nichts, nur Braunkohle, Brikettfabriken, Schlote, Weizenfelder, Rübenanbau. 1988 schrieb mir Karin Rohr aus Leipzig, sie habe auf einer Westreise ein Programmheft des Südwestfunks mit ein paar Gedichten von mir in die Hände bekommen und in der Anmerkung entdeckt, daß ich aus Frohburg stammte. Sie habe in der sieben Kilometer weiter südlich gelegenen Kleinstadt Kohren ein kleines Haus am Weg nach Terpitz, und wenn sie, von Leutzsch mit ihrem *Lada* aus der Großstadt kommend, durch die Braunkohlenwüste um Espenhain, Borna und Neukirchen auf Frohburg zufuhr und unseren Kirchturm über dem Horizont auftauchen sah, das Gefühl, der Hölle der Ausweidung entkommen und in etwas weniger versehrte Zonen eingelaufen zu sein, in ein Eckchen des strapazierten Landes, in dem Bäche, Wiesentäler, Waldstücke und Dörfer mit Vierseitenhöfen zu finden waren, kollektiviert zwar, aber noch vorhanden, zuerst wurde immer die große überflüssige Scheune abgerissen, wegen des nicht zu bewältigenden löchrigen Daches.

Bevor die Eltern Oederan in östlicher Richtung verließen, machten sie noch schnell Station auf dem Friedhof am Ortsausgang. Vater zeigte Mutter auf dem hochgelegenen Gelände, von dem aus man die Kirche, das Rathaus und das Massenquartier in der Hainichener Straße sehen konnte, die besseren Begräbnisstätten an der Friedhofsmauer, mit den Grüften und ihren Überbauungen, wenn man sich über die schmiedeeisernen Zäune beugte, konnte man unten im Dreivierteldunkel der jeweiligen Gruft undeutlich die Särge sehen. Es wehte kühl und stockig herauf in die warme Sommerluft, schnell weg. Ein Stück weiter im Einschnitt die Bahnstrecke von Dresden nach Chemnitz und nach Zwickau. Vater stoppte das Motorrad bei laufendem Motor, die Füße auf dem Boden, hier hat es damals, er wies nach rechts, das Eisenbahnunglück mit dem Militärzug gegeben, das Zwickauer Infanterieregiment war zum Scharfschießen auf dem Truppenübungsplatz Zeithain hinter Dresden gewesen und fuhr nun, sechzehnhundert Mann mit Troß, in einem Sonderzug gen Zwickau. Kurz vor Oederan, in der langen Rechtskurve vor der Einfahrt in den Bahnhof, bemerkte der Lokführer nicht, daß vor ihm ein langsamer Güterzug in der gleichen Richtung unterwegs war, sah nichts, bremste nicht, stoppte nicht ab, sondern fuhr mit voller Wucht auf, sieben Waggons wurden völlig zerstört, die Lokomotive stürzte den Damm hinunter und blieb auf freiem Feld liegen, dreizehn Soldaten tot, sechzig verwundet. Als es donnernd knallte, war es schon dunkel, die Oederaner hatten längst zu Abend gegessen, und die meisten waren auf dem Weg ins Bett, da kam der Donnerschlag, dann Stille, nur die Leute in den Häusern in der Nähe des Bahndamms hörten mehr: ein Knacken von verformtem Metall, das Spannung entlud, Nachrutschen, ein zunehmendes Rumoren, Klappern und Poltern, das von den Verunglückten kam, die sich aus den Trümmern befreiten, zuletzt die Hilfeschreie, von Stöhnen und Jammern untermalt. 1895 war das. Zu früh geöffneter Blockabschnitt. Menschliches Versagen. Zeigte, was möglich war, sagte Vater, ein Jahr später ging es los, Chodynkafeld in Moskau, 1896, Massenpanik, dreizehnhundertachtzig Tote, ging es los und hörte nicht mehr auf.

Die Sonntagstour von Wolfram und Erika führte an der Abzweigung nach Memmendorf und am *Goldenen Stern* vorbei nach Freiberg. Bei der Einfahrt in die Silberstadt kamen die Ausflügler am Wasserturm, am Krankenhaus und noch außerhalb des alten Walls und der Anlagen am Landgericht vorbei, Grete Beiers letztem Platz auf Erden. Wolfram lenkte die Maschine gleich in die Bahnhofsvorstadt, die am Postplatz begann. Weißt du noch, fragte er Erika, als du elf warst, was sich da abgespielt hat bei uns, im Herbst. Landesweit Vernichtung von Vermögen, auch der kleinen Leute. Sagenhafte Geldentwertung. Die Schlägereien. Die Aufmärsche. Zusammenrottungen. Bei uns in Frohburg kam eines Nachts ein Trupp von sieben, acht Leuten in die Villa des verstorbenen Rittergutspächters Meyer in der Bahnhofstraße. Das Haus leer, bis auf die Haushälterin, die für die nach Italien gereiste Adeline Meyer die Stellung hielt. *Wosin dn de Pfänge*, fragte man mit vermummten Gesichtern und hielt der alten Dame einen Revolver an die Schläfe. Wieso denn Geld, wurde zurückgefragt, im ganzen Haus gibts nicht einen Groschen, der nicht aus meiner Rente stammt. Doch die Eindringlinge ließen sich nicht abspeisen, sie plünderten die spärlich besetzte Speisekammer und knöpften der Haushälterin zwei Mark fünfzig ab, das war alles, was sich in ihrem Portemonnaie, im Küchenschrank, im Nachttisch finden ließ. Um ihre Spuren zu verwischen, ihre Herkunft zu verschleiern, zogen sie in Richtung Bahnhof ab und schlichen von dort im Bogen durch den Eisenberg zurück zur Innenstadt, die sie durch die Brückengasse betraten. Im *Brauhof*, dem ersten Anwesen unten am Markt, ihrem Standquartier, das ihnen trotz Sperrstunde rund um die Uhr offenstand, weil sie dort 1919 die KPD gegründet und ein Vereinszimmer eingerichtet hatten, ließen sie Bier zapfen und ein Nachtessen zubereiten, von der Wirtin selbst, der alten Unger, der Mutter deiner Freundin Lisa, die wieder aufgestanden war und nun am Herd stand, Spiegeleier mit ein bißchen Speck, die Zeiten waren mehr als knapp. Aufstandsversuch der Kommunisten in Sachsen abgestoppt, in Hamburg die bewaffnete Erhebung trotz Anfangserfolgen wie der Erstürmung von Polizeirevieren niedergeschlagen. In München Marsch des rechten Lagers auf die Feldherrenhalle, mit dem Weltkriegsallgewaltigen Generalfeldmarschall Ludendorff und dem Meldegänger Hitler Arm in Arm. Von beiden Flügeln im Herbst dreiundzwanzig jeweils der Versuch, den Weimarer Staat auszuheben. Dahinter steckte politisches Kalkül der Führungsfiguren und echte Not der Massen. Ich rede nur deshalb jetzt davon, weil sich genau hier, auf dem Postplatz in Freiberg, eine der vielen kleinen, aber für die Beteiligten alles andere als nebensächlichen Tragödien abgespielt hat, die charakteristisch waren für die Jahre nach dem Ersten Weltkrieg. Mein Freiberger Onkel Moritz, der in der sächsischen Armee Militärtierarzt gewesen ist und seit zwanzig Jahren im Ruhestand lebt, hat mir davon erzählt, als er uns einmal über Pfingsten besuchte und ich ihn auf einer Wanderung durch den Leinawald begleitete, der berühmt ist für seine seltenen Schmetterlinge. Diese Exkursion mit Meßtischblatt, Kompaß, Abstreifnetz und Ätherflasche hatte er geplant, seit sich sein Bruder in Frohburg niedergelassen hatte. Also seit 1893. Nie kam der Plan zur Ausführung. Das Reich mußte erst den Großen Krieg, die deutsche Währung mußte ihren Wert verlieren, erst dann ergab es sich, wie man so schön sagt. Moritz lebte nach 1918 mit seiner Familie von einer Pension, für die du dir Essen nicht für eine Woche hättest kaufen können. Kann durchaus sein, daß er auch in Sachen Erbschaft mit meinem Vater sprach. Da Großvater bei uns gestorben war, hatte Moritz nicht die Möglichkeit, die letztwillige Verfügung zu beeinflussen. Wie auch immer, er war in der Greifenhainer Straße zu Besuch, und wir machten uns am Freitagmittag auf den Weg, durch den Streitwald und durch Kohren ging es und durch das Tal des Mausbaches bis zum *Lindenvorwerk*, dort kamen wir für die Nacht unter. Wenn du mich fragst, ob das schon beim alten Zöllner war, muß ich passen. Eine junge Kellnerin, das sehe ich noch vor mir, trug uns das Abendessen auf, sie hatte uns vorher auch die beiden kleinen Zimmer für die Geschäftsreisenden unterm Dach gezeigt, bessere Gepäckfächer, in denen seit Kaiserzeiten die Vertreter preiswert unterkamen, die mit der Bahn, mit dem Fahrrad oder per pedes das Hügelland zwischen Pleiße und Zwickauer Mulde durchstreiften und in kleinen Läden und Handwerksbetrieben oder bei den Frauen der Gutsbesitzer vorsprachen. Was man da erlebt. Wie man, will man bestehen, beschaffen sein muß. Die Bedienung spukte trotz der drei Glas Bier, die ich mit Onkel Moritz nach dem Abendessen getrunken hatte, durch meine Träume, als hätten sich die Nachtphantasien der Männer, die vor mir einsam und allein und in wirtschaftlich miesen Zeiten im gleichen Bett gelegen hatten, auf mich übertragen wie eine Infektion. Am nächsten Morgen, das Haus schlief noch, es war kurz vor fünf, zogen wir uns auf der Gartenterrasse an der Gondelstation die Kleider vom Leib und sprangen ins Wasser des großen Teichs. Nach dem Frühstück ging es dann weiter über das Gut *Goldener Pflug* in die Leina. Rat mal, was wir auf den porphyrnen Fenstergewänden der Bauernhöfe in Altmörbitz sitzen und über den Blumenkästen der Bäuerinnen schwirren sahen. Kolibris, wie ich erst dachte. Denkste, es waren Schwalbenschwänzchen, wie der Onkel wußte. Die kleinen Walzen mit Stummelflügeln standen schwirrend über den Blüten und saugten Nektar heraus mit ihrem langen dünnen Rüssel. Der alte Moritz war über die unerwartete Entdeckung ganz aus dem Häuschen. Die gibts gar nicht bei uns, die kommen aus Italien, vom Mittelmeer, über die Alpen müssen sie, und dann halten sie zwei, höchstens drei Generationen aus bei uns, dann gehen sie zugrunde. Ähnlich wie ein Volk, das in unwirtlichen Gegenden, die ihm nicht entsprechen, früher oder später untergeht. So unsere Unterhaltung, während wir zwischen den Getreidefeldern und Rübenäckern des thüringisch-sächsischen Grenzgebiets auf die Leina zuschritten, in der das Fieber der kleinen, aber feinen Schmetterlingsjagd endlich über uns kam. Eine seltene Art wie das Schwalbenschwänzchen oder den Apollofalter erbeuteten wir nicht. Dafür stießen wir am Rand eines Kahlschlags, der in der Hitze brütete, auf drei Kreuzottern, die nebeneinander wie unverfängliche Stöcke bewegungslos auf dem Fichtennadelhang in der Sonne lagen, beinahe wäre ich draufgetreten, halt, rief Moritz, der eher als ich gesehen hatte, was die Natur uns da entgegenhielt. Zwei der Schlangen ließen sich durch unser Erscheinen nicht stören, nur die dritte, die uns am nächsten war, fast schwarz, besonders lang, fast einen Meter, schätze ich, bog sich zum Halbkreis, hob den Kopf in unsere Richtung und züngelte aufgeregt. Ich konnte sogar das leise Zischeln hören. Ganz bestimmt war ich schon damals nicht gerade zimperlich, Vater Tierarzt, Haus und Hof voller Tiere, Präparierkurs undsoweiter, aber Schlangen sind mir von jeher genauso widerlich gewesen wie Ratten, ja sie haben mir immer schon eine verdeckte Art von Bangigkeit, von Angst sogar eingeflößt. Außerdem war es gerade einmal vier Wochen her, daß die zehnjährige Jutta Sämisch aus der Amtsgasse im Stöckigt

Blumen pflücken wollte, für das Grab des Vaters, wie rührend, es ging um roten und weißen Fingerhut. Das Mädchen griff an einem Reisighaufen vorbei nach den Stengeln und verspürte einen Stich und einen zweiten, etwas witschte weg, nur das Zakkenband war kurz zu sehen, das alle Kinder in der Schule per Schautafel gezeigt bekamen, weil die Gegend um Frohburg, vor allem Richtung Süden und Südosten, viele trockene Waldpartien, Sandhänge und Felswände aufwies und berüchtigt war für ihre vielen Giftschlangen. Immer wieder kamen aus Dresden und Berlin, aus Prag und selbst aus Wien junge Zoologen, um ihre Doktorarbeit über das schwer erklärliche Phänomen des massenhaften Vorkommens zu schreiben. Möring, der zuständige Arzt, der aus der benachbarten kleinen Töpferstadt Kohren stammte, dem Hauptort des Schlangengebiets, hatte, sein Vater war dort schon Arzt gewesen, genug Erfahrung mit dem Gift und damit, wie man es entschärft, wenn du durchhältst, sagte er zu Jutta, kannst du in zwei Jahren zu uns an den Kirchplatz kommen und im Haushalt helfen, du lernst dann alles, was du später als Ehefrau und Mutter brauchst. Das merkte sich das Mädchen sehr schnell. Ansonsten: keine Folgen der Bisse, Möring staunte, anscheinend nur harmlose Zwickerei, nichts in die Blutbahn, hast Glück gehabt. Und nun, in der Leina, auf unserer Tour, schoß die Kreuzotter wie abgeschossen plötzlich auf mich zu, ich schrie auf, in einer Tonhöhe, über die ich mich später selbst am meisten verwunderte, und lief blindlings weg. Aber so blindlings auch wieder nicht, daß mir nicht eingefallen wäre, was mir der Feldgärtner Frenzel aus dem Dörfchen, der jeden Tag mit seinen Henkelkörben an unserem Haus vorbeikam, gesagt hatte. Wenn du einer Giftotter begegnest, überleg nicht lange, renn weg mit Vollgas, aber nicht, um Gottes Willen nicht schnurstracks, dann folgt sie dir so schnell, daß du sie nicht mehr abschütteln kannst, du mußt im Zickzack laufen, nach hier, nach da, das verwirrt sie, macht sie irre, sie verliert die Linie, will ich einmal sagen, und beißt sich, anders geht es nicht, in den eigenen Schwanz. Und du kannst *gemiehdlich noach drheeme gehn.* Zum ersten Mal wendete ich den Ratschlag Frenzels an, in der Leina, und tatsächlich blieb die Schlange hinter mir zurück, ich drehte mich um und sah gerade noch, wie sie an einer Feuchtstelle des Waldwegs im hohen fettgrünen Kraut verschwand. Ein Ausgleich für den Schreck wurde uns noch zuteil, ein Admiral ging uns doch ins Netz, ich sah ihn, Moritz fing ihn ein, bescheidenes Jagdglück, das uns gleichwohl beflügelte, wir lenkten unsere Schritte nach Poschwitz vor den Toren Altenburgs, die Wasserburg war unser Ziel, Moritz kannte den Hausherrn Hanns-Conon v. d. Gabelentz von Dresden her, einen Junggesellen, Cousin des bekannten Balladendichters auf dem benachbarten Schloß Windischleuba und Enkel des ebenfalls bekannten Sprachforschers Hans Conon v. d. Gabelentz, der angeblich sechzig Sprachen beherrschte, es gab eine alte Einladung aus dem Ersten Weltkrieg, von 1917, als beide, der Rittmeister und der Militärtierarzt, in Galizien stationiert gewesen waren, bei Stanislau. Der Hausherr, ein großgewachsener, schlanker Hagestolz von etwa fünfunddreißig Jahren, empfing uns unter der Tür seines Bruchsteinschlosses zurückhaltend, mit einem leicht blasierten Unterton in der Stimme, und übergab uns seiner Haushälterin, so sind sie eben, sagte Moritz zu mir, als wir uns im zugewiesenen Turmzimmer wuschen, das ist das hohe Kinn des alten blauen Blutes, aber du mußt auch wissen: im Zweifelsfall ist allemal Verlaß auf ihn, und wenn er besoffen ist, kann er noch mehr als menschlich sein, zu einer Runterstufung in Richtung Normalität hat auch beigetragen, daß er mit seiner ganzen Sippe alles Geld der Familie in der Inflation verloren hat, er mußte eine kaufmännische Anstellung in Leipzig annehmen und ist nur am Wochenende hier in Poschwitz. Bis hierher Wolfram, zu Erika, auf dem Postplatz in Freiberg.

Nach einer Pause, in der er sich eine Zigarette anbrannte, fuhr er fort: Bevor es in Poschwitz Abendessen gab, war es noch anderthalb Stunden hin, wir legten uns für diese leere Zeit auf die

Betten, voll angezogen, aber ohne Schuhe, und wollten eine Runde schlafen, irgendwie fanden wir nach kurzem Abschalten, fast Einnicken doch keine wirkliche Ruhe, halblaut, mit Pausen, kam eine erst träge, dann angeregte Unterhaltung ingang, erst Schwalbenschwänzchen, Leinewald, Giftschlangen, dann brachte Moritz eine Episode aus dem Leben des Gastgebers zur Sprache, die in Freiberg spielte, vor dem Postamt, genau auf dem weiten Platz, und die er mitbekommen hatte, im Herbst 1923, als es bei uns allenthalben drunter und drüber ging, wie Moritz sagte. Wochen auf Messers Schneide, nichts schien mehr sicher, alles konnte passieren, in jeder Richtung. Die rasende Geldentwertung in der zweiten Jahreshälfte, Sturz in den Abgrund, die sächsische Volksfrontregierung in Dresden wurde gebildet, SPD und KPD, Ministerpräsident Zeigner. Seit August stellten die Kommunisten in selbstbewußter Manier Proletarische Hundertschaften auf und bewaffneten sie aus Weltkriegsbeständen und schulten sie, fronterfahrene Männer die meisten, während in München der Plan für einen Marsch zur Feldherrenhalle vielleicht schon durch des Meldegängers Schädel zog. Reichspräsident Friedrich Ebert, Sozialdemokrat wie Zeigner, verhängte den militärischen Ausnahmezustand in Sachsen und schickte Truppen im Rahmen einer Reichsexekution. Wenn ich dir das so erzähle, hat Moritz in Poschwitz zu mir gesagt, dann nehme ich nicht Partei für die eine oder die andere Seite, ich habe für den Staat gearbeitet, treu und zuverlässig, die Pension, die ich bekomme, ist angesichts der Inflation nicht den Namen wert, was soll ich also an den Parteien von gestern hängen, aber dem Lobgesang der Morgenröte kann ich auch nicht trauen. Um fortzufahren: Am 22. Oktober dreiundzwanzig marschierte die Reichswehr in Sachsen ein, und die im Freistaat ohnehin stationierten Einheiten verließen die Kasernen, um vorbereitete Feldlager in der Nähe der größeren Städte zu beziehen, das konnten Schulen, Turnhallen, stillgelegte Fabriken, Zeltstädte sein. Der noch Anfang des Monats vom Politbüro geplante Aufstand der Kommunisten wurde abgesagt, zu spät für Hamburg, dort war am dreiundzwanzigsten losgeschlagen worden, es gab drei Tage Straßenkämpfe in der Hansestadt, die Aufständischen stürmten Polizeireviere und Waffenlager und wurden doch von Polizei und Militär erst zurückgeschlagen und dann niedergekämpft. Vierundzwanzig Putschisten und siebzehn Polizisten tot. Am Tag nach dem Ende dieser Kämpfe hielten junge Männer in unserem sächsischen Freiberg zwei Gespanne des elften Infanterieregiments der Reichswehr an, die Verpflegung für die Soldaten, normalerweise in Leipzig stationiert, vom Bahnhof in die nahe Kleinstadt Brand-Erbisdorf bringen sollten, Geburtsort von Grete Beier, du weißt, ihr Vater Bürgermeister da. Das eingerückte Militär hatte ein Lager auf den Freiflächen Richtung Zug aufgeschlagen. Die Kastenwagen mit dem Proviant wurden restlos ausgeräumt, nicht ein Karton mit Hartbrot, Erbswurst oder Schweinefleisch in Büchsen, nicht ein Eimer mit Marmelade oder Bratensoße blieb zurück, alles verschwunden. Fast konnte man von Glück sagen, daß die vier Pferde nicht ausgespannt, beiseitegeführt, geschlachtet worden waren, mit einem Bolzenschußgerät oder einfach einem Meißel, auf die Stirn gesetzt und draufgehauen mit dem Vorschlaghammer, genauso war drei Wochen vorher in Zug zwischen Freiberg und Brand ein aus seinem Verschlag geholtes klappriges Grubenpferd dem allgemeinen Nahrungskreislauf zugeführt worden. Die durch die Plünderung der Trainwagen um ihre Fressalien gebrachte Truppe rückte am Siebenundzwanzigsten, knapp zwanzig Stunden später, von Süden her in die Silberstadt ein und hielt zusammen mit der Stadtpolizei bei kommunistischen Familien mit Söhnen im entsprechenden Alter Haussuchungen ab, Männer der vollziehenden Gewalt, der Obrigkeit, hungrig noch dazu und schlecht gelaunt, ich kann mir vorstellen, wie sie aufgetreten sind. Gabelentz, unser Gastgeber hier, hat mir erzählt, daß er damals dabeigewesen ist, aus Dresden delegiert, er war Rittmeister noch aus Weltkriegstagen, trug aber Zivil und dirigierte die Aktion aus dem Hintergrund, er betrat die Freiberger

Häuser und Wohnungen nicht, sondern stand hinter der nächsten Straßenecke und schickte Melder nach vorne, fast wie im Gefecht. Die Durchsuchungen führten, obwohl Ansammlungen jeder Art seit dem Morgen verboten waren, dazu, daß am Nachmittag nicht auf dem engumbauten Obermarkt, nicht auf dem überschaubaren Untermarkt mit der Einmündung schmaler Gassen, sondern auf dem weiten Postplatz außerhalb der alten Bebauung ein aufgeregtes Zusammenströmen, eine spontane Volksversammlung stattfand, das dunkle Menschenmeer der Hungerleider und Umsturzgeneigten, Umsturzbereiten wogte hin und her und wuchs unaufhaltsam weiter an. Dem Vorsteher des Postamts, vor fünf Jahren noch mit dem Titel Kaiserlicher Postrat versehen, wurde angst und bange, wie leicht konnten die Schalterräume, der Geldschrank, die Pakethalle und seine Wohnung im ersten Stock geplündert werden, er forderte telefonisch beim Bürgermeister eine Wache an, niemand kam, er telefonierte mit seinem Kollegen in Brand-Erbisdorf und bat um Aussendung eines Boten ins Reichswehrlager, tatsächlich trafen nach anderthalb Stunden vier Soldaten ein, die, kaum im Postamt angekommen, von nachdrängenden Demonstranten umringt und am Rückzug, den sie am liebsten gleich wieder angetreten hätten, gehindert wurden. Der Postvorsteher hatte kurz nach der Abdankung des Kaisers angefangen, Mignets *Geschichte der Französischen Revolution* in der Reclamausgabe zu lesen. Nach zwei Jahren war er, bedingt durch den kleinen Druck und seine nachlassende Sehkraft, beim ersten Halbjahr 1794 steckengeblieben. Immerhin hatte er noch die Stelle lesen können, an der Mignet sagt, bei einer Revolution hänge alles von einer ersten Weigerung und einem ersten Kampf ab, die Worte hatten sich ihm eingebrannt. Aus Angst vor Exzessen rief der Vorsteher noch einmal in Brand an, am späten Nachmittag fuhr am Rand der Volksversammlung, im Roten Weg, ein Lastwagen der Reichswehr mit zwanzig Soldaten vor, nicht unbemerkt und auch nicht unerwartet, das Kommando unter dem achtzehnjährigen Oberfeldwebel Fülfe versuchte, den Postplatz zu räumen, Fülfe verkündete schreiend den Ausnahmezustand, man drang durch die Menge bis zum Postamt vor und befreite die vier feststeckenden Kameraden, auf dem zugestellten Rückweg zum Lastauto hagelte es Verwünschungen, Steine wurden geworfen, Revolverschüsse fielen, vier Soldaten verwundet, Fülfe gab Feuerbefehl. Wer wirklich zuerst den Finger am Abzug krummgemacht hat, spielt keine Rolle, hat Gabelentz mir gegenüber am nächsten Tag gesagt, glaub mir, die Stunde war einfach reif für die Knallerei. Vierzehn tote Demonstranten blieben auf dem Postplatz liegen, darunter eine Frau, ein Dreizehnjähriger und ein Arbeitersamariter mit Rotkreuzfahne. Der leergefegte Platz mit der dunklen Sprenkelung, den Leichen, sah laut Gabelentz häßlich aus. Keine Heldentat, seiner Meinung nach. Aber auch kein Verbrechen. Schließlich hatte sich der Reichspräsident für die harte Gangart entschieden. Die Aufregung in der Stadt war jedenfalls ungeheuer, man strömte aus den Häusern auf die Straßen, die Mauern schwitzten richtiggehend ihre Bewohner aus, drückten sie nach draußen, es wurde agitiert und diskutiert und beraten, eine Explosion stand kurz bevor. Um die Menschenmassen zu bändigen, Ruhe und Ordnung wiederherzustellen, wurde am Abend in Brand-Erbisdorf auf das Tohuwabohu reagiert, indem eine komplette Kompanie nach Freiberg beordert wurde. Auch sie kam nur bis zum Postpatz durch. Hier stieß sie sofort auf eine Zusammenballung von Demonstranten, Schulter an Schulter, ein Bollwerk. Nach mehrfacher Aufforderung zum Auseinandergehen wurde, wie die Muttersprache, die Befehlssprache es so schön harmlos in Worte kleiden, von der Waffe Gebrauch gemacht, umgehend antwortete vom angrenzenden Betriebsgelände der Roten Grube her ein Maschinengewehr der Aufständischen, am Ende noch einmal fünfzehn Tote, auf ihrer Seite. Insgesamt neunundzwanzig Leichen. Die letzten Demonstranten, die keine Wohnung im Fluchtbereich hatten, stürzten kopflos ins Cafe Hartmann am Obermarkt und wurden dort ein paar Stunden später, mitten in der Nacht, sie lagen in der Spülküche auf dem

Boden und schliefen, von einer Zivilstreife unter Befehl von Gabelentz festgenommen und ins Brand-Erbisdorfer Lager verbracht. Staatsanwälte warteten schon auf sie, hat mir Moritz damals erzählt. Die Freiberger Post hier sieht aus wie die bei uns in Frohburg, der gleiche Baustil der Jahrhundertwende, die gleichen roten Klinker, die gleichen Erker, sagte Wolfram zu Erika, und dem Platz sieht man nichts an, besonders heute, am frühen Sonntagnachmittag, im Sonnenschein. Aber die Aura ist, wenn man Bescheid weiß, doch ein bißchen irritierend. Wer weiß, wie die Kommunisten, dreiunddreißig an die Macht gekommen, sich hier gefeiert hätten, Ruhm und Ehre den unsterblichen Helden. Nach diesen Worten, die wie das Nachwort zum Vorwort eines weiteren Schauspiels klangen, trat Wolfram das Motorrad wieder an und lenkte es an der Roten Grube vorbei, hier in der Mauernische am Huthaus hat das Maschinengewehr vielleicht gestanden, merkte er noch an, dann fuhren die beiden Ausflügler in die Humboldtstraße weiter, unterhalb des Bahnhofs lag sie, eine lange Doppelzeile aneinandergebauter Zweifamilienhäuser, dahinter Ziegenställe und Gemüsegärten, alles genauso, wie es im prosperierenden Kaiserreich an den Stadträndern aus dem Boden geschossen, angelegt worden war. In der Nummer 53 ist mein Vater aufgewachsen, sagte Wolfram. Kurz vor dem Weltkrieg hat der Großvater das Haus verkauft und ist zu uns nach Frohburg in die Greifenhainer Straße gezogen, er hat den Ausbau des Dachgeschosses bezahlt, wie so manches andere auch, du weißt ja, wie sein Ende war. Im hochgesetzten Erdgeschoß der Dreiundfünfzig ging das Fenster neben der Haustür auf, eine alte Frau: Na ihr jungen Leute, wohin des Wegs. Nach Johanngeorgenstadt, war die Antwort. Ich stamme von da oben, aus Jugel, sagte die Alte. Und: Ein Ratschlag noch, paßt vor den Tschechen auf.

Zweieinhalb Stunden später, gegen vier am Nachmittag, tauchte das Motorrad mit meinen Eltern nach schneller Fahrt über Annaberg und Oberwiesenthal im hochgelegenen Breitenbrunn auf, um von da hinunter ins Schwarzwassertal zu rollen, unten drehte Vater den Gasgriff richtig auf, die Maschine schoß durch die vielen Kurven talaufwärts, an einer losen Kette von Papierfabriken, Holzschleifereien und Eisenhütten vorbei, bis die Berg- und Exulantensiedlung Johanngeorgenstadt erreicht war, keine siebzig Jahre alt die Häuser und die Kirche, die nach einem vernichtenden Brand im Jahr 1867 neu errichtet worden waren. Die Stadt lag auf halber Höhe über dem Schwarzwasser, unten die Eisenhüttensiedlung Wittigsthal mit dem Hammerherrenhaus, hundert Meter weiter die Grenze zur Tschechoslowakei, am Beginn des Dorfes Breitenbach, das an der Einmündung des gleichnamigen Bachs in das Schwarzwasser lag und aus einer einzigen Straße bestand. Hier evangelisch, dort drüben seit der Gegenreformation wieder gut katholisch, hier deutsch, da auch deutsch, aber unter tschechischer Verwaltung. Im Schatten des Hammerherrenhauses zwei sonntägliche junge Eckensteher, trotz der Hitze trugen sie Knickerbocker und hatten breitkrempige Hüte auf dem Kopf. Wolfram hielt auf der Höhe der beiden an und fragte, im Sattel sitzend, die Hände an der Lenkstange, nach der Möglichkeit eines Grenzübertritts und nach der *Dreckschenke* weiter oben im Tal des Breitenbaches. Bis nach Frohburg war der Ruf des Biers gedrungen, das dort ausgeschenkt wurde. Süffig war es angeblich, würzig, malzig und dabei über alle Maßen billig. Ausweis genügt, sagten die jungen Männer, allerdings, fuhren sie fort und ließen erst mal offen, was sie meinten. Und fugten schließlich an: *Trau, schau wem, aber keinem Böhm*. Sie waren Arbeitsdienstleute, aus der Niederlausitz, also keine Dialektsprecher, fast schade, fand Erika, die Erzgebirgler sagten *Gunge*, wenn sie Junge meinten, aus Jahr wurde bei ihnen *Gahr*, nicht gerade angenehm zu hören und nicht unbedingt einleuchtend, auf alle Fälle mal was anderes als das Gegurgel der Leipziger Gegend, das man, einmal in Kinderzeiten eingeatmet, beim besten Willen nicht mehr loswurde. Auch wenn man heftig dran arbeitete, war eine gewisse Künstlichkeit, Geziertheit der hochdeutschen Intonation nie zu überhören. Wobei es in Momenten der Verblüffung, des Erschreckens einen Rückfall gab: *Nisch meechlisch, heer off.*

Der deutsche Grenzposten war nicht zu sehen, steckte vielleicht in dieser Totehosenstunde im Hammerherrenhaus, dafür traten die tschechischen Zöllner um so nachdrücklicher in Erscheinung. Drei Mann, in fremd anmutender Dienstkleidung, mit schauspielerhaft gestelzten Bewegungen. Eine Mischung aus italienischer und englischer Uniform. Auch an Österreich, an die kurze Zeit in Graz, fühlte sich Wolfram durch die Dekkelmützen noch erinnert, als er dem Verlangen der Kontrolleure nachkam, den Motor abzustellen und das Motorrad, von dem Erika abgestiegen war, aufzubocken. Alle Zeit der Welt hatten die drei. Das sah man schon an der ausführlichen, mehr als ausführlichen Betrachtung der Ausweise und der Fahrzeugpapiere, an die sich die Durchsicht des Inhalts der Satteltaschen anschloß. Ein paar Putzlappen, ein Kombischlüssel, ein Reparaturpäckchen für Schläuche, mehr war nicht zu verzeichnen. Und doch gab man keine Ruhe, steckte man nicht auf. Zur Abwechslung verlangte man seine Geldbörse, geöffnet. Das machte Wolfram alles ein paar Problemchen, aber kein wirkliches Problem. Auch das zischelnde Tschechisch der drei und das besonders gebrochen herausgebrachte Deutsch des Wortführers, des Jüngsten im Bund, ließen ihn scheinbar kalt. Hier wurde etwas gespielt, ein männlicher Auftritt war das, allein für Erika. Erst als sie direkt verwickelt und aufgefordert wurde, ihre Umhängetasche auszuschütten, auf den Tisch, der seitlich des Durchgangs stand, fing er an zu vibrieren. Denn in der Tasche, das wußte er, befanden sich zwei Damenbinden und ein Schächtelchen Kondome, was ging das die jungen Kerle an. *Knif*, sagte er, das war seine spezielle Abkürzung und hieß *kommt nicht infrage*, und nahm Erika das Streitobjekt schnell aus der Hand, das geht euch gar nichts an. *Njet rein*, sagte der Postenführer und stellte sich auf die Fahrbahn. So wäre das vielleicht noch lange weitergegangen, wenn nicht unterhalb der Breitenbacher Kirche aus dem dritten oder vierten Wohnhaus, dem örtlichen Konsum anscheinend, ein älterer Mann getreten und nach einer Inaugenscheinnahme der Szene aus der Ferne langsam auf den Übergang und auf die Gruppe, die sich zu ihm hin öffnete, zugekommen wäre, was wollen die von Ihnen, fragte er, geben Sie mal das Ding, ich lasse die Typen einen Blick tun, dann ist die Sache erledigt. Er riß die Bügeltasche kurz auf, hielt sie, ohne selber reinzugucken, für den Bruchteil einer Sekunde in Richtung der Zöllner, sagte etwas auf tschechisch und gab sie Erika zurück. Ich bin Sozialdemokrat, bei euch im Reich nicht mehr gerne gesehen, sagte er, aber den Tschechen kommen wir wie Verbündete vor, da läßt sich immer was machen, gute Fahrt wünsch ich. Eine beiseiteweisende Handbewegung seinerseits, und die Zöllner zogen sich mit ihm in die Kneipe *Zum Grenzstrich* zurück, *Zum Grenzstrich*, auf tschechisch, wie hieß das doch gleich, die Bahn war jedenfalls frei. Mein Gott, sagte Wolfram und wuchtete das Motorrad vom Ständer, das ist meine erste Grenze, von Österreich einmal abgesehen, während des Grazsemesters 1931, ich wußte gar nicht, wie man da vorgeführt werden kann, von jungen grünen Spunden, ganz besonders, wenn die eigene Verlobte zuguckt und zur Adresse gemacht wird. Hast dich doch gut gehalten, sagte Erika, das hätte der *Koofmich* aus Chemnitz, der letztes Wochenende im *Café Otto* wie besessen mit mir getanzt hat, bestimmt nicht geschafft. Wolfram sah den Wegweiser, fünf Kilometer bis zur Bergstadt Platten, und gab Gas Richtung *Dreckschenke*. Die Straße stieg leicht an, denn Platten, tausend Einwohner damals, bitterarm, liegt in einer flachen Mulde auf dem Erzgebirgskamm. Über ihnen die letzten Häuser von Johanngeorgenstadt, rechts im Bachgrund kurze Zeit die Grenze, die bald nach Westen abschwenkte, hinauf nach Jugel, wie Wolfram von der Generalkarte seines Bruders wußte, die am Morgen beim Frühstück herumgereicht worden war, *Großblatt 113, Zwickau – Annaberg – Oberwiesenthal*, herausgegeben vom *Reichsamt für Landesaufnahme*, Berlin 1936. Ein paar Häuser folgten, steil hängende Fichtenpartien schlossen sich an, mit Felsbrocken garniert, rechts immer noch der Breitenbach, drei, vier Kurven, dann linkerhand am Fuß eines steilen Wiesenhanges das breit hingelagerte anderthalbgeschossige Haus mit der großen Gaube: die *Dreckschenke*. Zwei Autos standen davor, drei Motorräder, alle mit tschechischen Nummernschildern. Doch nein, hinter der Scheunenecke, zwischen Holunderbüschen und Stößen von Meterholz entdeckte Wolfram ein weiteres Auto, *Horch* Sechszylinder, mit dem Kennzeichen Berlin, er stellte das Motorrad neben dem schweren Tourenwagen ab. Ich freue mich für dich, sagte Erika, jetzt bist du doch am Ziel deiner Träume. Naja Träume, kam es zurück, nur für heute ist das mein Traum, sonst ist mir ein Fahrradausflug zu unserer Schonung im Stökkigt lieber, du kennst mich doch. Ich muß mal dringend. Da drüben, im Anbau der Scheune, ich warte hier. Nach fünf Minuten betrat das Paar die niedrige holzgetäfelte Gaststube, die Gesichter rot überhaucht von der Frühjahrssonne der Tour nach Süden. Das wünscht man sich doch immer, halb und halb, in Träumen, einen großen Auftritt hinzulegen, in der Schule schon, in der Uni, im Beruf. Staunen, Bewunderung. Der beleibte Wirt, jovial auf den ersten und den zweiten Blick, hinter der Theke, seitlich einer junge Bedienung, die Bierkrüge auf ein Servierbrett stellte, vielleicht die Tochter, da auch nicht gerade mager, vier Tische besetzt, ältere und alte Gesichter, die Gespräche brachen ab, und sie, die beiden Ankömmlinge, waren jung, von der stundenlangen Fahrt hochgeschossen, beinahe aufgeputscht, in allerbester Stimmung. Wenn auch ein bißchen vorsichtig, nach der Erfahrung an der Grenze. Zumal Wolfram im gerade erschienenen Reiseführer von Grieben für das Riesengebirge von Anfang 1937 gelesen hatte, Besucher aus Schlesien und dem übrigen Reich sollten in den Bauden auf der tschechischen Seite, etwa der Riesenbaude, der Wiesenbaude, der Spindlerbaude und der Planurbaude, politische Gespräche mit anderen Gästen tunlichst vermeiden. Aber das tschechische

Nummernschildersortiment auf dem Parkplatz der *Dreckschenke* hieß nicht automatisch: Tschechen. So mischten sich in das Gespräch von Wolfram und Erika mit dem Wirt über das Woher, Wohin nach einer Weile auch die Leute von den beiden nächsten Tischen ein, mit böhmischem Zungenschlag. Anscheinend war im ganzen Raum kein einziger Tscheche. Das merkte man daran, daß auf die Prager Regierung geschimpft wurde. Prag kümmert sich fast nur um die Gebiete, in denen die Tschechen wohnen, das ist noch nicht mal die Hälfte des Landes, hier oben bei uns ist Armutei, seit achtzehn schon und noch von viel früher her, das Elend fängt gleich bei Duppau an. Je höher du kommst, desto schlimmer wird es. Keine Hilfe vom Staat, gleich nach dem Krieg nicht und noch nicht einmal nach dem Schwarzen Freitag, nichts, einfach gar nichts, aber hoher Zoll Richtung Deutschland. Und ihre Beamten schicken sie herein, Polizisten, Richter, Lehrer, Magistratsleute, Zöllner sowieso, können im reindeutschen Gebiet nicht Deutsch. Können die nicht und wollen die nicht. Von den Grenzbefestigungen nicht zu reden, die sie seit zehn, fünfzehn Jahren in die Hänge, auf die Berge betonieren, drei Stockwerke in der Erde, im Bogen von Asch bis Stachelberg. Wie die Maginotlinie ihrer Schutzherren. Der Sohn des Plattener Arztes, der bei den Tschechen dienen mußte, als Hilfsarbeiter im Generalstab in Prag, redete einmal in einer feuchtfröhlichen benebelten Stunde von zweihundert Festungen im Felsgestein und von siebentausend Bunkern, allesamt französischen Bauplänen entsprungen. Das Thema sorgte jetzt am Sonntagnachmittag fast automatisch für angehobene Stimmen, Durcheinanderreden. Irgendwann gab es eine Unterbrechung im Strom der Klagen und Anklagen. In diese Pause hinein deutete Zundel, der Wirt, auf einen alten Mann seitlich der Theke, den Erika und Wolfram erst jetzt wahrnahmen, feines Gesicht, Schnauz- und Kinnbart, dunkler Anzug, Weste, ein bißchen knittrig und an den Ärmeln abgewetzt, das ist unser Toler-Hans-Tonl, stellte ihn der Wirt vor, mit respektvollem Unterton, trotz seiner mehr als sechzig Jahre ist er heute bei dem schönen Wetter von Gottesgab herübergekommen, auf dem Kammweg. Zum *Neuen Haus* an der Oberwiesenthaler Poststraße hätte er es viel kürzer gehabt, dort drüben auf der deutschen Seite findet er immer ein Publikum, das seine Lieder und Liedpostkarten kennt und sich von ihm vorspielen und vorsingen läßt, doch jetzt hat unsere Regierung, die unsere nicht durch Abstimmung, sondern par Ordre de Mufti aus Paris ist, eine neue Devisenordnung erlassen, was er jenseits der Grenze bei euch im Reich durch Spiel, Gesang und den Verkauf seiner Karten einnimmt, wird ihm bei der abendlichen Heimkehr zum Teil gleich abgenommen, am Grenzübergang auf dem Sattel. Deshalb hat er sich trotz des viel weiteren Weges wieder auf uns besonnen, besinnen müssen. Durch die endlosen Fichtenwälder, gnadenlos und lebensgefährlich in den sechs Monaten Winter bei uns, in diesen Höhen um die tausend Meter, und über Moor und Heide gehst du gut und gerne drei Stunden, vielleicht auch mehr, von da nach hier, passierst im Spitzbergschatten den kleinen Ort Försterhäuser und biegst in Seifen auf der Heide rechts ab, nach einer halben Stunde kommst du erst durch einen Wald und dann durch Zwittermühl mit seinen wie ausgesät auf dem Plan liegenden Häusern, den zwei Forstämtern und der Zeche *Segen Gottes*. Von der Zeche aus gehst du weiter am Schwarzwasser entlang bis nach Jungenhengst, auch einer Streusiedlung, dort strikt nach Westen, nach einer langen Waldpassage kommt man an den einzelnen Häusern rund um den Ziegenschacht vorbei, von da an bergan, bis du jenseits der Kuppe die Bahn von Schwarzenberg nach Karlsbad auf halber Talhöhe siehst, überquere die Gleise, steig den steilen Wiesenhang hinunter, nimm die letzte Schleife durch das Wäldchen hinter unserem Garten, und wir können dich, wenn du die Tour geschafft hast, ebenso begrüßen wie heute unseren verehrten Anton Günther. Der Alte hielt eine Gitarre umfangen, anscheinend hatte er, bevor sie eintraten, gespielt, er zog auch jetzt noch wie zum Versuch seine Fingerkuppe zwei, drei Mal über die Saiten. Der Tonl geht seit dem Anfang des Jahrhunderts bei uns ein und aus, allzeit gern gesehen. Er ist ein großer Heimatsänger und ein noch viel größerer Heimatdichter, als wir vor zwei Jahren unser hundertjähriges Jubiläum feiern konnten, hat er uns ein ganzes Lied gewidmet, *Da Draakschänk*. Laß es doch die jungen Herrschaften mal hören, Tonl, forderte der Wirt ihn auf, während Erika und Wolfram längst am unteren Ende seines Tisches Platz genommen und bei der Kellnerin, der Zundeltochter, zwei halbe Liter Hausbier bestellt hatten. Der Tisch, schmal, lang, war einer von fünf Tischen, die in der Stube standen, zwei davon rund und zwei quadratisch. Anton Günther stand auf, setzte den rechten Fuß auf einen Stuhl am großen Ofen rechts des Eingangs in die sogenannte Erzgebirgsstube, wie der Schankraum hieß, und sang nur für die junge Frau, wie er erklärte, zu einer zeitvergrabenen, wieder hervorgebrachten Melodie mit zittriger und trotzdem nicht kraftloser Stimme: *An dr Grenz ve Sachsn, dortn stieht a Wirtshaus: Dos is de Draakschänk, is weit on braat bekannt.* Das Lied hatte vier Strophen, jeweils mit vier Versen Refrain. Nach den letzten Akkorden Toler-Hans-Tonls klatschte alles und bestellte neues Bier, auch Erika und Wolfram. Erika stand auf, ging zu Anton Günther hinüber und bedankte sich für den ihr gewidmeten Gesang. Sie drückte ihm die Hand und ließ dabei ein Fünfmarkstück hineingleiten. Besser konnte sie, war ihr augenblickliches Gefühl, einen gar nicht so kleinen Teil ihres Monatsgehalts als Stenokontoristin in der Braunsbergschen Textildruckerei nicht verwenden, Fräulein Plaut zum Diktat, wurde immer durch die halbgeöffnete Tür des Chefzimmers gerufen, in dem die beiden Brüder Braunsberg Schreibtisch an Schreibtisch saßen.

Lieber Herr Günther, sagte plötzlich aus einer Runde, die am Stammtisch saß, eine unüberhörbar berlinerisch gefärbte Stimme, jetzt wollen wir aber auch etwas von heute, etwas Aktuelles hören, singen Sie doch für uns ihr *Deutsch und frei*. Ist nicht neu, brummte der Sänger, hab ich schon 1908 geschrieben. Aber das paßt doch auf die heutige Situation, oder. Ja, stimmte

Günther leise zu, schon. Und fing auch wirklich an zu singen. Bravo, rief der Berliner Gast, und auch seine Tischgenossen klatschten. Aber an dem kleinen Tisch, der am weitesten zurück in der Zimmerecke stand, saß dem Zungenschlag nach, charakteristisches Rrr, unter all den Deutschen auch ein Tscheche oder Halbtscheche, der sich nun aus dem Halbdunkel neben dem hohen Kachelofen vernehmen ließ: Herr Günther, stammt Ihre Großmutter nicht aus Melnik. Die Mutter meiner Mutter, sagte der Sänger, die hat bei uns in der Gottesgabe gelebt, sie kam aus Melnik, stimmt. Na bittscheen, so ganz deitsch mechten Sie also auch nicht sein. Zundel, schrie der Berliner mit Stentorstimme, Sie schmeißen jetzt sofort den widerlichen Kerl da raus, den Provokateur. Großes Getöse war die Folge, zehn Minuten ging es mal lauter, mal nicht so laut hin und her, der Tonl, mit schlechtem Gewissen, der ganze Krawall hatte sich doch an seinem reichlich betagten *Deitsch und frei* aus der Zeit des alten Kaisers in Wien entzündet, machte einen Versuch mit einem neuen Lied, Altmännerstimme und Saitenklang gingen unter, bis endlich Zundel, der bisher, von ein paar halbherzigen Einwürfen abgesehen, geschwiegen hatte, für alle Freibier ansagte, sogar für den Rest des Abends, und damit die Wogen glättete. Die Stimmung in der Erzgebirgsstube hob sich mit zunehmendem Bierkonsum allmählich wieder, Anton Günther saß inzwischen auf der Theke und spielte eins seiner Lieder nach dem anderen, der Takt wurde mitgeklopft, mit dem Bierkrug auf die Tischplatte, Wolfram tanzte erst mit der Wirtstochter, die bei aller Leibesfülle schwebte wie eine Feder, dann endlos lange mit Erika, sie waren eingespielt, ein Team, das sah man gleich. Kaum hatte sich Erika erhitzt auf den Stuhl fallen lassen, machte der Berliner sich mausig, er kam zu ihr herüber und forderte sie mit dem Ansatz einer Verbeugung auf, halb ernst und halb spöttisch machte er das, sie kannte diese Typen von den Tanzböden der Frohburger Gegend, seit sie sechzehn war, das Sichspreizen, das Gebalze, die Suche nach Streit, den verdeckten Hunger nach Ichweißnichtwas, sie schüttelte den Kopf, erst mal ausruhen, sagte sie, als sie wieder Luft bekam, und war froh, als der Berliner abdrehte, Wolfram, der sich an der Theke von der Wirtstochter im zünftigen Zapfen unterweisen ließ, hatte schon mit gerunzelter Stirn herübergesehen. Er war an sich eher von ruhiger Gemütsart, allerdings konnte er auch einen verbissenen Zug um den Mund bekommen, dann war Vorsicht angesagt.

Das wußte sie spätestens, seit er einmal kurz nach ihrem achtzehnten Geburtstag von ihrem älteren Bruder Bernhard angesprochen worden war und dagegengehalten hatte. An einem Pfingstausflug der *Frohburgia* auf die Rochsburg hoch über der Zwickauer Mulde hatten außer Wolfram, seinen beiden Brüdern Albert und Jonas, dem Lehrer Sporbert, Busenfreund Bachmann und all den übrigen zwanzig, fünfundzwanzig Mitgliedern des Vereins als gerngesehene, eigentlich unverzichtbare Gäste auch die vom Alter her passenden sogenannten besseren Töchter der Stadt teilgenommen, Ilsabe natürlich, die unverheiratete jüngste Schwester der drei Vesperjungen, Charlotte Fängler aus der Bäckerei, die *Süße Lotti* genannt, Elfriede Brenntag, die Tochter des Kunstkeramikers, Margarethe Mehlhorn, deren Vater Bahnhofsvorsteher war, Evi Haller aus dem *Roten Hirsch*, Christine Schulze vom Baumeister in der Greifenhainer Straße und weitere fünfzehn Schönheiten, Erika, obwohl mit Wolfram so gut wie liiert, war nicht dabei. Sie hatte keine Einladung bekommen. Am frühen Morgen des ersten Pfingstfeiertages sah sie von ihrem Kammerfenster im Dachgeschoß der Plautschen Schmiede aus, wie schräg gegenüber, auf der anderen Seite des Albertplatzes, die kleine dünne Tochter des neuen Amtsrichters vom Sohn des Bürgermeisters Schröter abgeholt wurde, einem klapsigen Jüngling, wie sie fand, der in Jena auf Lehramt studierte. Die beiden jungen Leute, die aus dem Amtsgericht kamen und nebeneinander zum Markt hinuntergingen, trugen halb Sonntags- und halb Wanderkleidung, die stabilen, aber enggeschnittenen hohen Wanderschuhe fielen besonders auf, eine Spezialität des Schuhmachers Hüttich in der inneren Bahnhofstraße. Auch Erika hatte sich solche Schuhe machen lassen und in den Wochen zuvor aus ihren Beständen etwas Passendes herausgesucht und an den Schrank gehängt: eine leichte schicke Bluse mit farbiger Blumenstickerei, noch ungetragen, einen langen weiten über den Hüften enggeschnittenen Rock in lichtem Beige, schließlich mußte sie ihre Figur nicht verstecken, ganz im Gegenteil, dazu kam noch der leichte helle Staubmantel, den sie am liebsten von allen ihren Sachen hatte. Außerdem ein neues Chiffontuch in Weiß, das Wob Bachmann ihr in seinem Laden nachdrücklich anempfohlen hatte, paßt wunderbar zu deinem Teint und deiner Bräune. Und nun das. Nicht mitgenommen. Fast hatte sie es geahnt, in Kenntnis der unsichtbaren Fäden, die sich durch die Stadt zogen und an denen man zappelte, mit denen man gefesselt war. Noch nach dem Frühstück lief sie mit geröteten Augen herum. Sie spürte das wortlose Mitleid ihrer Mutter, die ernst wie meist aussah, und den zunehmenden Unwillen ihres Bruders Richtung Wolfram. Gleich nach dem Mittagessen stieg sie in den Badeanzug, Kleid drüber, und schon war sie entwischt zum Straßenteich. Dort war im Sommer immer Betrieb, vor allem in den Schulferien, am Wochenende und nach Feierabend, wenn die Lehrlinge aus der Kattunfabrik, die Eleven vom Rittergut und die Musikschüler auftauchten. Bevor sie das Kleid abstreifte, stampfte sie zweimal auf, den Tort zusammentreten, den man ihr angetan hatte. Waren es Wolframs Brüder, seine Schwester oder irgendeine Tusnelda, die es auf ihn abgesehen hatte, auf *Tom Mix*. Sie atmete auf, als sie mit einem Kopfsprung ins Wasser schoß. Dann ließ sie sich mit den vier jungen Männern aus dem Farblabor der Textildruckerei auf ein Wettschwimmen ein, fünf Mal vom Ufer mit der Liegewiese zum Gegenufer und zurück, sie wechselte zwischen Kraulen und Rückenschwimmen und gewann, wenn auch knapp. Ihre Gegner stammten alle vier aus der Hauptstadt, Flüsse und Seen gab es im Berlin Umland genug, wie sie sagten, aber schlecht zu erreichen von dort aus, wo sie aufgewachsen und in die Lehre gegangen waren. Überhaupt die

Chancen, die waren ungleich verteilt im Leben, meinte der, der beim Brustschwimmen noch am ehesten hatte mithalten können, ein Rotschopf mit Sommersprossen. Ungleichheit, das kannte sie, davon konnte sie ein Lied singen. Und woran liegts, deiner Meinung nach, fragte sie und betonte deiner. Es folgte ein Kurzvortrag in Sachen Klassenkampf und Kommunismus. Ziel sollte die Selbstverwirklichung, die Mündigkeit und Allseitigkeit in einem gerechten Zusammenschluß aller sein. Sie fand durchaus Gefallen sowohl am Vortrag als auch am Referenten, widersprach aber, schon allein, um das Gespräch ingangzuhalten. Aber die Menschen sind doch ganz verschieden, beharrte sie. Jeder nach seinen Fähigkeiten, jeder nach seinen Bedürfnissen, war die mühelose Antwort, im Grunde könntest du doch gut und gerne an Braunsbergs Schreibtisch sitzen und die Firma leiten, mit deinen achtzehn Jahren, so wie du bist, zupackend, nicht auf den Kopf gefallen. Hat es doch alles schon tausendfach gegeben, in Sowjetrußland, in den ersten Jahren. Hier bei uns müßtest du die Tochter der Besitzer oder ihre Erbin sein. Auf alle Fälle kämst du bei der Belegschaft besser an als unsere pfennigfuchserischen Juden. Der Gedanke amüsierte sie nicht schlecht. Erst über dem Prusten und Keuchen im Wasser, dann über dem Gespräch auf der Decke vergaß sie die ganze Rochsburg und die Kränkung, die damit zusammenhing. Nicht so ihr Bruder Bernhard. Als Enkel eines noch im Tode spendablen Stadtrats, der seine Heimatgemeinde mit einem Legat von tausend Goldmark bedacht hatte, durfte er, wie seine drei Geschwister Halbwaise des Weltkriegs, auf dem Rathaus lernen, bis heute war er in der Stadtverwaltung angestellt. Er hatte den genauen Sinn seiner Mutter übernommen, der auf nahtloser Reputation und makellosem Ruf bedachten Schmiedemeisters- und Kriegerwitwe. Also sprach er schon am nächsten Tag, dem zweiten Feiertag, beim großen Pfingsttanz auf dem *Jägerhaus*, der am Nachmittag alle, aber wirklich alle Jugend zwischen fünfzehn, sechzehn und Anfang Dreißig aus Frohburg und den umliegenden Dörfern zusammenbrachte, Wolfram an. Der hatte mit seinen Brüdern und mit der Schwester Ilsabe und auch mit Erika zusammengesessen, als sei nichts geschehen, über die Rochsburg kein Wort. Auf dem Weg zum Pissoir schloß sich ihm Bernhard an und stand auch an der Rinne neben ihm. Die Sache gestern mit Erika, fing er an. Erika Erika, fiel ihm Wolfram nachäffend ins Wort, was ist mit der, was soll mit der denn sein. Na, das war doch gar nicht schön von dir. Ist längst geklärt, zischte ihn Wolfram an, und du, laß mich in Ruhe, wenn ich bitten darf, sonst sind wir geschiedene Leute, ein für alle Mal.

In der *Dreckschenke* zog sich der tanzwütige Berliner, Unverständliches murmelnd, an den Stammtisch zurück, zu seinen Kumpanen, und Wolfram, nunmehr mit einer Schürze ausstaffiert, drehte weiter neben der Zundeltochter den Zapfhahn auf und gleich wieder zu und strich die Blume mit dem Spatel von den Gläsern und Deckelkrügen. Zundel trat aus der Küchentür, hinter der er Minuten vorher verschwunden war, und setzte sich zu Erika. Wer weiß, wer der Kerl da drüben ist, sagte er halblaut, ich bin gerade um seinen Wagen mit der Berliner Nummer herumgeschlichen, so ein Pfundsding kann sich weiß Gott nicht jeder leisten, noch dazu mit der piekfeinen Ausstattung, Holz, Leder, Messing, hab ich noch nie gesehen, und dabei kommt hier viel an Vermögen und Geburt auf dem Weg nach Karlsbad durch und hält auch an für eine Erfrischung. Und die Leute, mit denen er zusammensitzt, fragte Erika. Das sind die Motorradfahrer, drei Mann mit je einem Sozius, bei weitem nicht jeder kann sich so ein Vehikel leisten, alle sechs kommen hier aus der Nachbarschaft, aus den Kammdörfern zwischen Platten, Abertham, Gottesgab und Breitenbach, Söhne armer Familien alle, ich bin selber hier oben im Gebirge aufgewachsen, in unserer von meinem Urgroßvater gegründeten Gastwirtschaft, ich bin also ein Eingeborener, aber wie man in Höhen von fast tausend Meter seit dem Ende der Silberabbauzeiten, seit dreihundert, dreihundertfünfzig Jahren ausharren kann, mit den paar Hafer- und Kartoffeläckern und den ruppigen Wiesen voller Felsbrocken und Zinnseifenhaufen, mit der Waldarbeit, dem Torfstechen und Beeren- und Pilzesuchen, das ist mir immer ein Rätsel gewesen und wird es auch bleiben. Ich will es so sagen, ohne das Klöppeln, ohne das Sitzen der Frauen und Mädchen am Klöppelsack in jeder freien Minute und in jeder anderweit nicht belegten Abendstunde, ohne den Verkauf oder das Rüberschmuggeln, das sogenannte Paschen der Spitzen nach Sachsen wäre der Landstrich hier oben unbewohntes entweder zugebuschtes oder knieholzbedecktes Ödland. Wenn das einmal aus der Mode gerät, wenns auf der Strecke bleibt, dieses Handarbeiten, dieses Kleinklein, dann findet die Nachwelt hier oben am Ende nur noch aufgelassene und in sich zusammengesackte Ruinen vor und einige wenige Bruchbuden, in die jeder kriechen, in denen sich jeder einnisten kann, der einmal des Wegs kommt. Ich vermute stark, daß alle sechs Motorradleute, die da drüben mit dem Berliner sitzen, gute Drähte nach drüben haben, Partei oder SA, und soll ich Ihnen etwas sagen, ich kann es ihnen noch nicht einmal übelnehmen, verdenken. Nachdem er das gesagt hatte, wandte sich Zundel zu Anton Günther und tuschelte mit ihm. Unser Hausmusiker, der so schön für uns gesungen hat, muß nachhause nach Gottesgab, sagte er dann mit erhobener Stimme, daß alle es hören konnten, wer fährt ihn schnell dorthin, die paar Kilometer. Keine Reaktion. Müßt ihr nicht sowieso in die Richtung, fügte er an und meinte die Motorradfahrer. Er blieb weiter ohne Echo. Und wie wäre es mit Ihnen, Herr, Sie haben ein so schönes Auto, das rollt doch wie von selbst. Nee leider, nix zu machen, kam es von dem Berliner, ich bin schon viel zu lange hier, muß gleich los nach Tellerhäuser, dort bin ich mit meinem Freund Mutschmann verabredet, in seiner Jagdhütte, so jemanden wie ihn läßt man nicht warten, is allerseits wohl klar. Am Ende war es Wolfram, der sich, nachdem er bei Zundel ein Doppelzimmer genommen und Erika den Schlüssel in die Hand gedrückt hatte, des Volkssängers erbarmte und ihn in der kalten

Nachtluft vor der *Dreckschenke* hinter sich aufsteigen ließ, die Gitarre mußte zurückbleiben, ich habe zuhause noch ein paar Instrumente. Der Motor lief schon, die nächtliche Fahrt ging bergauf nach Platten und von dort auf dem Kamm gen Osten, bis zwischen Keilberg und Fichtelberg die winzige Stadt in der Mulde, auf der flachgehöhten Terrasse auftauchte, im blassen silbrigen Mondlicht, Kirche, Rathaus waren kaum zu erkennen, mehr zu erahnen, in der Oberen Gasse, unter einem alten Baum, Vogelbeere hieß es in der Rückschau immer, stoppte Wolfram die Maschine und ließ den alten Mann absteigen, sehr sehr freundlich, sagte der und verbeugte sich, danke vielmals. Mit einer fast elegant schlichten Freundlichkeit, die eher aus dem heimatlichen Umfeld stammte als aus der Welt, in der er in jungen Jahren auch herumgekommen war, bis Wien, Berlin und Genf. Als Wolfram vor der *Dreckschenke* das Motorrad wieder aufbockte, war es halb drei am Morgen. Im Haus kein Licht. Nur über der Hintertür eine nackte Funzelbirne. Ansonsten tiefste Dunkelheit. Bachrauschen. Oben auf der Strecke ein Güterzug, quietschend, stoßend, polternd, dann wieder Stille. Wolfram tastete sich über die Treppe in den ersten Stock. Lichtschalter rechterhand, hatte er anderthalb, zwei Stunden vorher von Zundel gehört, jetzt ging wirklich nach einer Drehbewegung die Korridorlampe an, Zimmer Nummer 3, hier, er klinkte, die Tür ging auf, Licht draußen aus, Hineintasten, drinnen an, klare Birne unter Milchglasschirm, da bist du ja, sagte Erika unter den Federbetten hervor, sie hatte gewartet, komm. Nach einer halbe Stunde lehnte er, hinter sich das dunkle Zimmer, noch lange im offenen Fenster und rauchte, die Unterarme auf dem Fensterbrett, die bloßen Füßen auf den alten warmen Dielen. Das Fenster ging nach hinten, weg von Straße und Bach. Unten der Garten, in dem es manchmal raschelte. Dicht vor ihm, fast zum Greifen nahe, aber nur zu erahnen, der Talhang. Nur die obere schwarze Kante hob sich gegen den Nachthimmel ab. Vielleicht war das Osten, der Widerschein des ersten Tageslichts. Nach der Zigarette, die er, sich an der winzigen rotschimmernden Sternschnuppe freuend, in den Garten schnippte, tastete er sich zum Bett und legte sich hin. Im Einschlafen spürte er als Nachwirkung des stundenlangen Hockens auf dem Motorrad ein Federn und Wippen und Wiegen, unter sich, in sich, lohnte nicht, darüber nachzudenken, *De Draakschenk* Anton Günthers umfing ihn noch im Hinüberdämmern und ein weiteres Lied, das der alte Sänger mit den eigenwilligen traurigen Augen angestimmt hatte, *s is Feierobnd*, Wolfram konnte, mit der einfachen Melodie in den Schlaf gleitend, nicht wissen und nicht ahnen, daß Toler-Hans-Tonl, sein Fahrgast, drei Tage später vor Tau und Tag in den Heuschuppen am Ende seines Grundstücks in der Oberen Gasse in Gottesgab gehen und sich erhängen würde. Konnte es nicht wissen, noch nicht mal ahnen, aber irgendeine Beklemmung war in den drei Minuten bis zum Einschlafen hinter dem leisen Glücksgefühl auch gewesen. Eine Woche später las er in den *Leipziger Neuesten Nachrichten* von Anton Günthers plötzlichem Tod. Die Verwirrung in Gottesgab, die Irritationen im Sudetenland und im oberen Sachsen waren groß, einerseits gaben die Nachrufe den Tschechen und den tschechischen Verhältnissen die Schuld. Andererseits geistern bis heute Behauptungen durch das Internet, der Sänger habe sich aus Kummer über die Annäherung der Sudetendeutschen an die Nationalsozialisten umgebracht.

Beim Frühstück am Morgen bekamen Erika und Wolfram nur die Tochter Zundel zu Gesicht, die ihnen Kaffee und auf Bestellung Rührei mit Schnittlauch brachte. Ich merke, wie es aus mir rausläuft, sagte Erika leise, ich kann dich riechen. Die paar Sachen, die sie für die nicht wirklich geplante Übernachtung im Tschechenland gebraucht hatten, waren längst in den Rucksack zurückgewandert, alles lag bereit, die bescheidene Rechnung war bezahlt, der Alltagstrott hat uns früh genug wieder, spätestens heuteabend, sollen wir nicht noch ein Stück gehen, einen kleinen Spaziergang machen, fragte Wolfram, bevor wir uns auf die Piste begeben. Ja warum nicht, antwortete Erika, so ein schöner Tag, hör nur mal, draußen, ein Rotkehlchen wahrscheinlich, so klar, fast schneidend, drei Jahre hat eins bei uns im Birnbaum hinter der Werkstatt gebrütet, ich kenne den Gesang. Fräulein Zundel, sagte Wolfram zur Bedienung, wenn es Ihnen recht ist, lassen wir die Sachen erst mal hier und machen einen Gang hinauf zur Bahn. Sie brachen auf. Der steile unbefestigte Weg zog sich mit einer Serpentine die Talwand hinauf, durch eine Waldpartie, erst sahen sie die *Dreckschenke* und ihre beiden Fenster der vergangenen Nacht unter sich liegen, dann überquerten sie auf halber Höhe die Schienen der Karlsbader Eisenbahn, links war ein Bauernhaus mit angefügtem Stall zu sehen, zwei Kinder spielten vor der Tür und winkten, eine alte Frau trat aus dem Schatten des Flurs und verschwand gleich wieder, weiter ging es bergan, auch heute wieder ein Sommertag, wir haben wirklich Glück, sagte Erika, wolkenloser Himmel, erste Frühlingsblumen auf den Wiesen, Vogelstimmen. Und da, ganz winzig, ganz bescheiden, am Rand der Schotterschüttung für die Schienen mein heißgeliebter Glücksbringer *Viola tricolor*. Jetzt hatten sie nach dem vielen Bier des späten Abends den Kopf endlich frei, sie guckten zurück ins Breitenbachtal und darüber hinweg nach Oberjugel, wenn sie mit der Gegend vertraut gewesen wären, hätten sie das Erbgericht erkannt. Daneben, undeutlich zu sehen, aber auf der Wanderkarte, die Wolfram aus der Jacke fischte, gut auszumachen, weil exakt eingezeichnet, ein Häuschen, bestens geeignet für die Pascherei, das Schmuggeln, sagte er, muß auf der Grenze oder dicht dran sitzen. Beim Weitergehen bergan entdeckten sie auch rechterhand, hundert Meter südlich, zwei Häuser, mit weitem Abstand voneinander, unter Ebereschen, die Gärten von Staketenzäunen umschlossen, wegen der Rehe und des Rotwilds wahrscheinlich, kein Mensch zu sehen, wovon lebt man, wenn man hier wohnt, fragten sich die beiden Spaziergänger. Wahrscheinlich waren die Leute bei der Waldarbeit oder in den Blechwerkstätten in Wittigsthal. Aber lange zerbrachen sie sich nicht den Kopf, ein kleines Waldstück lenkte ab, Birken, Kiefern, Buschwerk, dazu ein Weg, der kreuzte, er kam anscheinend von Platten herunter und konnte gut und gerne nach Breitenbach führen. Sie setzten sich auf zwei Baumstümpfe und sahen ins nächste Tal hinunter, Wolfram zog die Karte wieder aus der Jackentasche und entfaltete sie erneut, die Handvoll Häuser dort unten, wie Seifener Spielzeug, wird Ziegenschacht genannt, mit örtlichem Bergbau hat das zu tun, zwei-, dreihundert Meter weiter östlich gibt es im Wald einen Erdfall, eine Doline, wie sie auch oberhalb von Platten auf meiner Karte eingezeichnet sind, die Wolfspinge und die Eispinge, beide sind Bergbaufolgen. In meinem Erzgebirgsführer von Grieben habe ich gelesen, daß diese beiden Pingen nur ein, zwei Meter breit sind und tief hinunterreichen, so tief, daß dort den ganzen Sommer über das Wintereis ausdauert und nicht schmilzt. Nach der Völkerschlacht bei Leipzig, wird überliefert, habe man dort unten Eis herausgehauen und in dicken Strohpolstern mit Pferdefuhrwerken nach Leipzig gebracht, über hundert, hundertzehn Kilometer, um in den Lazaretten, Scheunen und Hallen die verwundeten Soldaten zu erfrischen und ihre Verletzungen zu kühlen. Sie saßen in der Sonne, ihre Unterhaltung ging hin und her, mit Pausen, einmal stand Erika auf und verschwand im Gebüsch, Wolfram ging ihr nach und hob, als sie aufstand, den Plattenapparat. Wo er eine starke Neigung, wenn nicht sogar eine ansatzweise Begabung für das Fotografische hatte, ein fotografisches Auge, wie Onkel Bruno sagte, war der, sein Onkel Bruno aus Leipzig, eigentlich Fabrikant von Aufzugen, ein wahrer Meister der Bildkunst. Bei jeder Familienfeier in der Greifenhainer Straße stellte er sein Dreibein auf und setzte den Kasten mit den Linsen drauf, bitte recht freundlich. Belichtungszeit der Glasplatten beachten, stillhalten. Dann: Rührt euch. Und: Danke, ihr Lieben. Wenn er das nächste Mal in Frohburg war, brachte er gestochen scharfe, auf Karton gezogene Schwarzweißbilder in größeren Formaten mit, die gut geeignet waren, die nächsten hundert, hundertfünfzig Jahre zu überdauern, bis niemand mehr wußte, wer auf ihnen zu sehen war. Immer wieder wurde er in der Familie auf den Stellenwert seiner Fotografiererei angesprochen. Er fühlte sich durch das Interesse der Verwandtschaft durchaus geehrt, allerdings war auch große Empfindlichkeit im Spiel. Allein das Wort Fotografiererei, arglos ausgesprochen, störte ihn schon und machte ihn rebellisch, stell dir doch mal vor, ich würde dicke Romane verfassen und jemand käme und hätte eine Frage inbezug auf meine Schriftstellerei, wie er sich ausdrücken würde, noch schlimmer wäre Schreiberei, kein Wunder, wenn ich dann die Stirn in Falten lege. Ein Maler dagegen, sagte Bruno, hat es leicht, er kann seinem Kopf und seinem Stern und seiner Sicht der Dinge folgen, vielleicht sogar im Gegenstandslosen. Wenn ihm ausreichend Worte zu Gebote stehen und wenn ihm die Zuhörer, die Kunstbetrachter obendrein geneigt sind, dann ist vieles, dann ist alles möglich an Akzeptanz oder zumindest Duldung. Ich will euch nur an Marcs Gemälde *Turm der blauen Pferde* erinnern. Eben noch als Unmöglichkeit empfunden, hing es doch gleich darauf als Reproduktion in mancher Wohnstube. Der Fotograf dagegen unterliegt ganz anders und viel enger der Überprüfung, er muß sich jedem Urteil, aus einer beliebigen Laune heraus entstanden, stellen. Bei Wolfram allerdings ging es bei der Auswahl der Motive privater, intimer als beim Familienfotografen Bruno zu, am Rand des Wäldchens oberhalb der Ziegenschachthäuser. Das ist allein für uns. Für später. Vielleicht, daß ich es liegen lasse und nicht zum Entwickeln gebe. Über lange Zeit, zwanzig, fünfundzwanzig Jahre, blieb die Bekundung gültig: nicht für fremde Augen. Noch 1962, Erika war fünfzig, machte Wolfram von ihr auf den Badefelsen von Finale Ligure eine Aufnahme im dunkelgrünen Badeanzug, und Erika schrieb auf die Rückseite des Abzugs, nachdem sie die Fotos von Gellert in Gießen abgeholt hatte: Ganz schön mollig. Mit oder ohne Ausrufezeichen. Das weiß ich nicht mehr aus dem Kopf. Sollen wir noch ein Stück weitergehen, runter nach Ziegenschacht, fragte Wolfram. Noch während die beiden in aller Gemächlichkeit des freien Tages überlegten, denn es genügte, wenn sie gegen vier, halb fünf in Altenburg waren, hörten sie aus dem Dolinenwald das zornige Bellen eines großen enthemmten Hundes, mal von links, dann, nach einer Weile, von halblinks und gleich drauf wieder von links. Als würde dort ein Riesenköter umherstreifen, wahrscheinlich herrenlos. Wolfram hatte das Messer mit dem Lederköcher und der Aufschrift auf der Klinge bei sich, das in der Familie trotz des orientalischen Anklangs der *Finnendolch* genannt wurde. Ovaler Birkenholzgriff, polierter Stahl, rasiermesserscharfe Schneide. Aber was nützte das Ding. Selbst wenn es im äußersten Notfall gelänge, den angreifenden Hund zu erwischen, wenn er ihm bei umwikkeltem rechtem Arm, in den das Vieh sich verbiß, mit der linken Hand die Kehle durchriss, gab es nicht nur eine enorme Schweinerei, sondern vor allem eine Begegnung mit der tschechischen Polizei, vielleicht auch mit dem Zöllner oder Förster als Hundehalter. Um Gottes Willen. Da traten sie doch lieber den Rückweg an. Am Bahnübergang war der ferne Hund, der sich nicht gezeigt hatte, schon vergessen, Erika fiel ein weggeworfener oder verlorengegangener Porzellanisolator der Telegraphenleitung auf, der am Fuß der Böschung lag, weiß, mit schöner Rundung. Wenn er auf ebenem Untergrund stehenbleibt, könnte das eine Vase für kleine Blumen sein, für meine *Viola tricolor* vielleicht. Sie wischte den Isolator mit dem Taschentuch ab und setzte ihn zur Probe mit der Kuppe nach unten auf die geteerten Bohlen, die zur Erleichterung des Übergangs zwischen den Schienen lagen. Wäre gegangen, er blieb aufrecht stehen, aber dann überlegte sie es sich doch anders, zu plump, zu massiv, und ließ den Isolator fallen. Unten vor der *Dreckschenke* wartete das Motorrad, sie traten noch einmal in die Erzgebirgsstube, jetzt war auch Zundel aufgetaucht und saß mit der Zeitung am Fenster, er stand auf, langte den Rucksack seiner Überraschungsgäste hinter dem Tresen hervor, kam mit vors Haus und wünschte gute Fahrt, vergeßt uns nicht, uns arme Läuse am breiten Saum des tschechischen Flickenrocks. Erika war nicht begeistert, ihr war nicht wohl bei diesen Worten, der schöne

Frühsommertag, ein Geschenk, das sie in freundliche Stimmung versetzte, und dann diese Rede, aber Wolfram, schon im Sattel sitzend, sagte zu Zundel, kurz bevor er am Gasgriff drehte: Wird schon, Sie werden sehen. Dann fuhren sie nach Breitenbach, vorbei an einer Reihe von Häusleranwesen mit Ziegenstall und Feuerholzstapeln, die kleinen Gärten mit den Primelbeeten am Zaun und den Buschwindröschen weiter hinten im Grundstück, Holunder und Haselsträucher, links oben Johanngeorgenstadt, die Kirche war zu sehen, die sogenannte Altstadt, viel mehr als zehn, zwölf Jahre waren ihr nicht mehr beschieden, bis sie abgerissen wurde, das konnte kein Mensch auf der ganzen Erde ahnen, ehrlich. Und nimms als Zeichen: nichts hienieden ist wirklich sicher, die größten Städte sind in Schutt und Asche gesunken und die kleinsten Nester, die Unterschlüpfe der Schufte und Verbrecher blieben stehen und die Dächer der Schuldlosen und Gerechten wurden kleingemahlen, zermörsert und zerstoßen mitsamt den Mauern, auf denen sie saßen, kein Bild, das du malen könntest, kein Satz, der sich sagen ließe, würde stimmen. Am Grenzübergang der Schlagbaum oben, kein Mensch, keine Uniform zu sehen, Montagmittag, sie brausten durch und tuckerten weiter und waren am späten Nachmittag zurück in Altenburg. Du hattest recht, sagte Wolfram zu seinem Bruder, als sie nach dem Abendbrot auf der Veranda saßen und rauchten, am Ende kommt es darauf an, was Paris und London sagen und wie lange Berlin darauf wartet. Eine knappe Woche später die Nachricht von Anton Günthers Tod in den Zeitungen. Das Ende des Sängers, dessen warme trockene Altmännerhand er auf der Oberen Gasse im nächtlichen Gottesgab ein paar Sekunden gehalten hatte, vermittelte Wolfram das Gefühl, als markierte es auf unaufdringliche, fast geheimnisvolle Weise das Verschwinden der letzten Reste von k.u.k. auf dem Kamm und auf dem Südhang des Gebirges, *s is Feierobnd*, und den Beginn von etwas Neuem, das sich nicht von vornherein als harmlos einstufen ließ, im Gegenteil, die Zeiten wurden schärfer, wie frisch gedengelte Sensenblätter fuhren immer neue Tage, immer neue Verlautbarungen und Drohungen sirrend und zischend in die überkommenen Verhältnisse.

Achteinhalb Jahre nach dem Besuch von Erika und Wolfram in der *Dreckschenke* war auch das damals über das Sudetenland heraufziehende tausendjährige Neue schon wieder zu Ende gegangen und hatte einem noch Neueren Platz gemacht, hatten der größte Krieg überhaupt und der tiefste kaum vorstellbare und auch nach fast siebzig Jahren kaum zu kapierende Absturz eines Landes stattgefunden, und die Tschechoslowakei war erst zerschlagen, dann auch im letzten Winkel besetzt und endlich wiedereingerichtet worden, bei diesem Stand der Dinge traf Fritz Wolf aus Sachsenfeld am 8. Oktober 1945 kurz nach zehn am Abend in der *Dreckschenke* ein, er hatte von Oberjugel aus, getarnt mit einem bräunlichgrünen Russenumhang, den Pechöfenbach und damit die Grenze überschritten und war, nunmehr auf tschechischem Gebiet, abseits aller Wege durch den dichten im Krieg verstruppten Wald ins enge Tal des Breitenbachs abgestiegen, bei Nacht und Regen war er durch den breiten Bach gewatet, im Rucksack ein Paar Ersatzschuhe, er näherte sich mit schnellem Sprung über die Plattener Chaussee der Schenke, unbeleuchtete Zimmer, dicke Vorhänge, wie auch immer, zwängte sich durch eine schmale Pforte in den Garten und klopfte an der Hintertür, immer bereit, beim kleinsten zweifelhaften Anzeichen in die Finsternis des Regenabends abzutauchen. Die Tür flog auf, es war die Hintertür der Küche, er schlüpfte ein, die Tür wurde sofort wieder zugeworfen, er sah sich um, das erste Gesicht, das er erkannte, gehörte seiner Waldbekanntschaft, dem alten Wilderei Johann Brendel. Hier, der Ambrosch, stellte Brendel vor, hat in Prag eine Kantine gehabt, vorbei, versuchts jetzt hier, mal sehn. Im halbdunklen Hintergrund, am Küchentisch fünf weitere Personen, die sich erst jetzt erhoben, Wolf trat auf sie zu, die drei Flüchtlinge, die er führen sollte, erkannt er gleich, mittelalte Frau, junge Frau und mittelalter Mann, alle mit Lodenmänteln und die Frauen obendrein mit Umhangtüchern, saßen am Tisch, die Rucksäcke zu Füßen, wie bestellt und noch nicht abgeholt, über die Tante Ida sind wir ja verwandt, Herr Ingenieur, regte er gleich nach der ersten Begrüßung an, da ist das Du wohl im Bereich des Möglichen, wenn nicht des Angebrachten. Der Flüchtling nickte. Die zwei anderen Frauen, die in der Küche waren, um die sechzig beide, hatten mit der Schleusung nichts zu tun, sie gehörten zu Ambrosch, waren mit ihm aus Prag heraufgekommen oder unterwegs an ihm hängengeblieben. Wolf kannte die Gegend um den Breitenbach und das Schwarzwasser von den Geländespielen der HJ und von den Endzeitstreifen im Winter vierundvierzig auf fünfundvierzig, als gezielt nach Fußspuren gesucht wurde, die Deserteure und entsprungene, entkommene KZ-Häftlinge und ihre Schlupfwinkel verrieten. Außerdem hatte er schon vor Monaten unter den Besitztümern seines vermißten Vaters neben der geladenen zweischüssigen Damenpistole mit übereinanderliegenden Läufen, einem ganz netten Spielzeug, aus einem Stück Stahl gefräst, zwei Ein-Zentimeter-Karten von Johanngeorgenstadt und Oberwiesenthal gefunden und nächtelang studiert, die er nun entfaltete und auf dem Küchentisch ausbreitete, *ich brauch geene Garde aus bedruggtm Babier*, brummte Brendel, aber der Ingenieur beugte sich mit Wolf sehr wohl darüber, während Ambrosch die Petroleumlampe vom Deckenhaken nahm und sie seitlich der beiden Köpfe über die feinstgezeichnete kartographische Wiedergabe der Kammregion hielt, jedes Haus, jede Hütte, jeder noch so kleinste Wasserlauf und jede Brücke, jeder Steg waren eingezeichnet, gibts hier eine Lupe, fragte der Ingenieur nach einer Weile, und nachdem er die bekommen hatte, berieten Wolf und er über die einzuschlagende Route und die Stelle, an der sie die Grenze überqueren wollten, bei Halbemeile oder Goldenhöhe vielleicht. Dabei guckten sie sich von Zeit zu Zeit nach Ambrosch und vor allem nach Brendel um, was meint ihr dazu. Quatsch, knurrte Brendel, gerade dort bewachen sie die Sperrzone wie die Schießhunde, wegen ihrer Suche nach Uran, wir dürfen nicht nach Norden oder Nordosten, sondern müssen über Ziegenschacht, Jungenhengst und Zwittermühl erst nach Osten gehen und uns dann bergauf, bergab durch die Wälder schlagen, an Seifen vorbei, wo seit ein paar Wochen tschechische Grenzer sitzen, sogar hundert oder hundertzwanzig Mann, wie es heißt, sie sollen die Abschottung endlich in den Griff kriegen, aber so schnell schießen nicht nur die Preußen nicht, da bleibt noch manches Schlupfloch offen, wie ihr erleben werdet. Gegen elf war Aufbruch, nach dem eiligen Verschlingen von ein paar in letzter Minute auf den Tisch gekommenen Kartoffelpuffern. Ambrosch schloß sich der kleinen Gruppe an, vielleicht, daß er beim Tragen helfen, daß er stützen konnte, außerdem, sagte er, kann es nicht schaden, wenn ich die Route kenne, den Notausgang, vielleicht einmal. So war es eine Sechsergruppe, die aufbrach, Brendel und Wolf an der Spitze, Ambrosch am Schluß. Der Regen hatte aufgehört, dafür hatte sich der starke Wind zum Sturm gemausert, Böen rasten durch das enge Tal wie durch einen Kamin, es heulte und pfiff im Geäst der großen Kastanien, die die *Dreckschenke* umstanden, die Windstöße peitschten die Bäume und rissen partienweise Zweige und in Schwaden das mürbe nasse Laub herab, ist gut, war Brendels Meinung, hält Neugier in vier Wänden. Sie nahmen den Hangweg hinter dem Haus, überquerten, vom mühsamen Anstieg keuchend, die Schienen im oberen Bereich und kamen am einsamen Anwesen vorbei, das man mehr ahnen als sehen konnte, dünner kaum wahrnehmbarer Lichtschein in einem Fenster, der alte Kneißl, merkte Ambrosch an, hat sich bis heute halten können, mehr schlecht als recht, vorletzte Nacht war wieder Besuch bei ihm, die haben das letzte mitgenommen, was er noch hatte, die versteckte silberne Taschenuhr mußte er rausrücken, zum Dank dafür hat ihm einer der Burschen Bruststöße mit dem Gewehrkolben versetzt, bis er stürzte, den haben sie so gut wie ausgetrieben, der geht bald stiften, wenn er nicht vorher überhaupt den Löffel abgibt. Oben auf der Höhe drückte und drängte der Sturm mit

Macht gegen sie, rechts gehts zum Plattenberg, im Sommer immer Wandergruppen und Vereine, murmelte Brendel, in der Richtung kommt ein Stück weiter noch ein Haus, weit und breit das einsamste und höchste, ergänzte Ambrosch im Weitergehen, die Bewohner, ein Waldaufseher von fast siebzig und seine Frau von zweiundfünfzig Jahren, sind vor zwei Wochen verschwunden, keine Ahnung, was da los war, nichts Gutes jedenfalls. Der Alte, Witwer mit fünf erwachsenen Kindern, hatte die Frau jenseits der Wechseljahre genommen, weil er seine Ruhe haben wollte, kein Kindergeschrei, kein Windelkochen, doch konnte er der drallen Person, die er sich da angelacht hatte, zum Ärger seiner Kinder schon in der ersten Nacht nicht widerstehen, sie lockte ihn, liebkoste ihn, kam über ihn, kurze Zeit nach der Eheschließung war sie schon schwanger, als sie dicht vor der Niederkunft stand, das hat sie mir selbst erzählt, machte sie einen Nachmittagsbesuch bei einer Freundin in Platten, kaum hatte sie sich im Wohnzimmer dort unter einem Kirchenbild von Aue auf das Sofa gesetzt, hörte sie, wie das Kind in ihrem Bauch aufweinte und greinte, das kann für uns nur Arges, Schlimmes, Allerschlimmstes heißen, wirst sehen, sagte die Freundin. Und hatte recht, das Kind kam tot zur Welt, und nun ist das Paar selbst abgängig. Entweder drüben, im Reich, wie man früher sagte, oder gleich schon oben, im Himmel. Bei ihm lebte noch die uralte Mutter des Mannes, jeden Tag seit dem Zusammenbruch rechneten die beiden mit dem Ableben der Alten, nicht zu Unrecht, denn als ich mich vor vierzehn Tagen am späten Abend zu dem Anwesen schlich, mal gucken, wie es um die Nachbarn steht, war das Haus dunkel, die Tür stand offen, im kalten feuchten Herbst, ich zündete erst ein Streichholz an und drinnen im Hausgang einen Kerzenstummel, den ich mitgenommen hatte, da sah ich, daß im Flur die als Leiche zurückgelassene Mutter des Besitzers auf der ausgehobenen aufgebockten Küchentür lag, auf ihrer Brust saß eine große schwarzweiße Katze, sie hatte schon Lippen, Nase und eine halbe Backe der Leiche weggefressen. Ich jagte sie nach draußen, holte aus dem Kleider- und Wäschehaufen im Wohnzimmer, der vom Chaos eines hastigen Aufbruchs zeugte, los machen schnell, eine Decke, legte sie über die tote alte Frau, ging um das Haus herum in die Scheune, tastete gleich hinter dem Tor nach einem Spaten, grub im Dunkeln im Gemüsegarten fast blindlings eine flache Kuhle, ging zurück zur Leiche, verharrte ein paar Sekunden, ein paar Atemzüge lang und holte tief Luft, dann griff ich unter das Bettuch, mit dem man die Küchentür bedeckt hatte, hob die Zurückgelassene, die Unbestattete, die weniger als einen Eimer Kartoffeln Wiegende bei angehaltenem Atem schnell auf, trug sie in den Garten und ließ sie in die flüchtig ausgekratzte Mulde gleiten, die ich zuscharrte, so schnell es irgend ging. Ich trat die Erde über der geschrumpften verstümmelten Puppe fest und drehte den Schlüssel um, der außen in der Haustür steckte. Auf dem Heimweg ging mir das kleine Mädchen durch den Kopf, das diese Reste, diese Überreste vor fast neun Jahrzehnten einmal gewesen sein mußten, ich rechnete und rechnete weiter den ganzen Abend lang und kam auf das Jahr 1855, so weit zurück ist zu bezahlen für ein Kind, das über eine Wiese läuft und läuft und weiter nichts. Nach zwei Tagen kehrte ich noch einmal zurück, an einem Nachmittag, um nach Brauchbarem zu suchen für die vielen Entwurzelten und Weggedrückten, die wie Sand durch eine Sanduhr rinnend auf dem Weg von Platten nach Johanngeorgenstadt bei uns vorbeikamen und bei uns Station machten, schon als ich die Schienen überquerte, sah ich die große Katze wieder, sie machte sich an dem Grab zu schaffen und versuchte, mit den Vorderpfoten die Erde wegzuscharren. Bei meinem Näherkommen schoß sie zur Seite, nicht scheu und gedrückt, sondern in weiten abgezirkelten, fast schon stolzen Sätzen, und faßte Posten auf einem Steinhaufen, nicht eine Sekunde ließ sie mich aus den Augen. Ich kannte mich selber nicht wieder, noch einmal holte ich den Spaten aus der Scheune, die Katze, meine Feindin, hielt mir unbeweglich stand, während ich näherkam. Sie starrte mich noch an, als ich schon den Spaten hob zum ersten Schlag, wie ein Fallbeil sauste das Spatenblatt mit Wucht herunter und zerschnitt den Katzenleib, wieder wieder wieder, wo Menschen ohne Wert sind, sind auch die Tiere nichts mehr wert. Während der Erzählung des Gastwirts war die sechsköpfige Schleusungsgruppe nach Ziegenschacht hinuntergestiegen, von hier sind alle weg, seit letztem Monat schon, sagte Brendel, dann nahm der Wald sie auf, es wurde dunkler und dunkler, herhören, sagte Brendel, wenn ich etwas Verdächtiges mitbekomme, schnalze ich leise und greife nach rückwärts, zu Wolf, der stößt dann seinen Hintermann an und so weiter. Ansonsten gehen gehen gehen, nicht zu langsam, nicht zu schnell, der Weg ist eben. Kann sein, daß wir über ein paar schmale Bäche springen müssen, ergänzte Wolf, und zweimal, wo das Wasser breiter wird, ist Waten angesagt, da wir die Brücken nicht benutzen dürfen, dort könnten Posten stehen. Gegen zwei in der Nacht, nach drei Stunden tastendem, taumelndem Nachtmarsch auf Waldwegen und Dorfstraßen, an den verlassenen Häusern der Streusiedlungen Jungenhengst und Zwittermühl vorbei, traten sie in der Nähe der Schwarzwassermühle aus einem schier endlosen Fichtenwald und ahnten mehr als sie sahen die sturmübertoste Seifener Heide vor sich. Ganz oben, wie aus dem Himmel geschnitten, undeutlich die Felszacken der Kammhöhe und ein Kirchturm, davor, ein bißchen unterhalb, vierhundert, fünfhundert Meter entfernt, loderte seitlich einer Gruppe von drei oder vier Häusern ein großes aufflakkerndes Biwakfeuer, vom Sturm angeblasen und in den Flammenspitzen fast in die Waagerechte gedrückt, bei jeder Böe mit einer langen Funkenschleppe, die weit über die Heide schoß. Auf der windabgewandten Seite eine Zusammenballung von Figuren, das waren Männer, und zwar genau die tschechischen Soldaten, vor denen sich die Gruppe hüten mußte. Unklar, ob die Truppe beim zu späten oder viel zu frühen Abkochen war oder ihr Lager und das Vorfeld beleuchten wollte. Gute fünf Minuten stand man am Waldrand, kam zu Atem, dann hieß es Rucksäcke wieder aufnehmen, weitergehen, jetzt kam das lange letzte Stück des Marsches, keine Siedlung, keine Häuser mehr, nur Waldmeer, Tal und Hang, nur Holzwege, Trampelpfade und Stapfen durch das Unterholz. Drei- oder viermal wußte Brendel, durch die Dunkelheit irre gemacht, an Abzweigungen nicht weiter, da holte Wolf aus seiner Tasche die Karte und die Dynamolampe mit dem Bügelgriff, falt mal auseinander, sagte er zum Ingenieur, drückte immer wieder den Bügel der Lampe und richtete den unruhigen Lichtstrahl, den er mit dem leise heulenden Gerät erzeugte, auf das Kartenblatt. Die gestrichelte Linie hier, das ist der Weg zum Höhenrücken, am Ufer des kleinen Baches aufwärts, der nach Goldenhöhe und zum Paatschhaus fließt. Noch fünf Minuten, dann sind wir da, sagte Brendel, und gottseidank, kam es von den beiden Frauen zurück, da hörten sie in der Ferne, unter sich, im tiefen Tal, an dessen Hang sie entlanggewandert waren, Motorenlärm, Kommandorufe, Hundebellen, drei, vier Schüsse fielen, peitschendes Geräusch, von Hängen hin- und hergeworfen, mit Karacho los, rief Brendel, und alle liefen auf den Waldrand und den Grenzgraben zu, setzten mit einem Sprung hinüber zur anderen Seite, *hier ham morr Ruhe*, rief Brendel, um anschließend zu flüstern: Stehenbleiben, ich gucke mal. Es war halb sechs am Morgen, vor ihnen auf der weiten Tellerhäuser Lichtung ein großes Haus mit Stall, durch den, an den Fenstern zu sehen, eine Laterne schwankte, schon nach ein paar Minuten war der Kundschafter zurück, die Scheune drüben ist offen, wir können uns ins Heu krachen, bis abends der Holzgaslaster für uns aus Zwönitz kommt. So verlief die erste Schleusung. Der Bergingenieur, um den es ging, in Joachimsthal aufgebrochen, vor der Uranarbeit aus der tschechischen Sperrzone geflüchtet, wollte weiter zu den Eltern seiner Frau in Fischerhude bei Bremen. Doch zu seiner Verblüffung stieß Wolf im Advent fünfundvierzig, ungefähr acht Wochen nach dem Abenteuer an der Grenze, vor dem *Hotel Blauer Engel* in Aue beinahe mit dem Ingenieur zusammen, hoppla, ich denke, du bist in Bremen bei Verwandten, rief Wolf, von dem Zusammentreffen überrascht und auch von der ausgesucht guten Bekleidung des Gegenübers, dicker neuer Wintermantel, Bügelfaltenhosen, Budapester Schuhe, wenn auch mit Rissen im Oberleder, er hatte scharfe Augen. Wollen wir nicht was trinken gehen, schlug der Ingenieur vor und drängte seinen Schleuser in die Tagesbar des Hotels. Dort schlürften sie Mukkefuck und kippten einen Schnaps. Was will ich denn in Bremen, flüsterte der Ingenieur, ich hätte zu den Engländern nach Goslar gehen müssen, in den Rammelsberg, statt dessen bin ich mit meinen beiden Frauen erst einmal in Oberschlema gelandet und habe dann ein Pensionszimmer mit drei Betten in der Nähe der *Wismut*zentrale hier in Aue gefunden, ich kam in Verbindung mit einem russischen Professor, einem Geologen, der in der gleichen Schlemaer Pension wohnte, es gab Gespräche und Kontakte, was soll ich sagen, am Ende habe ich einen Einzelvertrag bekommen und bin jetzt auch Besitzer eines Parteidokuments und eines russischen Sonderausweises, vor einer Woche habe ich in Johanngeorgenstadt angefangen, bei der Sächsischen Bergbauverwaltung, wir suchen Kobalt und Wismut. Kobalt, Wismut, so dumm war Wolf nun wirklich nicht, er hatte aus anderen Quellen längst gehört, was die Russen an den Erzgebirgsschätzen brennend interessierte. Und warum sie scharf waren auf Uran. Sächsische Bergbauverwaltung. Das konnte so solide wie Bergakademie und Bergsicherung klingen und war doch, wie Wolf wußte, NKWD. Also Vorsicht. Doch der Ingenieur war nicht zu stoppen in seiner Begeisterung. Ich bin Obersteiger im Objekt 1 in Wittigsthal, dort habe ich einen Büroverschlag im Herrenhaus, keine vierzig Meter von Breitenbach, von der tschechischen Grenze entfernt, zur *Dreckschenke* sind es kaum acht-, neunhundert Meter, stell dir vor, was für einen blödsinnigen Umweg ich genommen habe. Am Rand der hochgelegenen Altstadt von Johanngeorgenstadt haben sie für uns ein kleines Haus im Schweizerstil freigemacht, die Besitzer wurden nach Schwarzenberg umquartiert und sind von dort aus, wenn es zutrifft, was man hört, in die Westzonen gegangen. Das Häuschen hat ein spitzes Dach, der Giebel ist mit dunklen Brettern verschlagen, ein großer Garten gehört auch dazu, wir hoffen auf Gemüse, vielleicht, daß wir uns Ziegen halten können. Außerdem, aber nicht weitersagen, bekomme ich auch die berühmten Stalinpakete mit Lebensmitteln von den Russen. Wenn sich dann noch meine Vermutung über die Reichhaltigkeit der im Eilzugtempo prospektierten Lagerstätten bestätigt, das ganze Nest steht auf Uran, die Umgebung auch, kann ich dort oben im Gebirge fünf bis acht Jahre ein gutes Brot verdienen, bevor ich dann in Rente gehe. Was außerdem noch wichtig ist, meine Frau steht mir zur Seite, aber die Kleine, die dritte in unserem Bund, hängt mir noch ganz anders an, wenn du verstehst.

Zur Zeit der überraschenden Begegnung mit dem entfernt verwandten Ingenieur, dem er für gute Worte und sonst nichts geholfen hatte, lag schon Schnee auf dem Kamm und an manchen Tagen, in mancher Woche sogar bis nach Schwarzenberg und Aue hinunter. Da hätte jede Schleusung Spuren hinterlassen, für die Jäger in Uniform, die sich von Monat zu Monat besser organisierten und das Netz aus Patrouillenzeiten, Schleichwegen und Hinterhalten immer enger spannten. Wolf mußte deshalb trotz dringender Wünsche aus Neudeck und Schlackenwerth, die an seine Tante in Jugel herangetragen wurden, Pause machen. Genau in dieser Zeit hatte er Rosalie Fürweg, die mit ihrer Familie von Markersbach nach Sachsenfeld gezogen war, kennengelernt. Die erzwungene Ruhephase, Monate der ersten Liebe, dauerte bis in den April sechsundvierzig hinein. Erst dann führte er nach dem Hochschnellen der Tagestemperatur und massivem Tauwetter innerhalb von vierzehn Tagen drei Flüchtlingsgruppen auf dem Brendelweg, wie er ihn nannte, nach Tellerhäuser. Überall jetzt Streifen, Posten, Ansitze. Und dennoch kam er durch mit seinen Schützlingen. Nur einmal, auf dem letzten Nachtmarsch, es wurde immer früher hell, mußten sie einen aus dem Unterholz aufgetauchten tschechischen Förster, der sich ihnen in den Weg mehr warf als stellte, der schimpfte und schrie und zuletzt um Hilfe rief, entwaffnen, zu Boden ringen, zu Boden stoßen, mit der doppelschüssigen Damenpistole bedrohen und unnachsichtig fesseln und knebeln. Das ging nicht anders, meinte Wolf, als er am nächsten Abend seiner Döhler-Verwandtschaft in der leeren Gaststube Bericht erstattete, die Kanone hier, die Tokarew, hab ich ihm abgenommen, Rosalie Fürweg saß in der Runde und spitzte die Ohren.

Man kann nicht sehen, was hinter so einer jungen glatten Stirne vor sich geht, sagte Ilse Reibrich am Ende ihrer Erzählung über Wolf zu Vater. Vielleicht hat sie ihre russische Bekanntschaft über die Schleusungen mit dem Ausgangspunkt *Dreckschenke* ins Bild gesetzt, vielleicht hat sie auch von der Pistole erzählt, wer weiß. Jedenfalls ist Wolf verhaftet worden, und was noch schlimmer ist, sie selbst lebt nicht mehr. Wieder saßen sie, wie bei allen Abend- und Nachtgesprächen, am Fenster mit dem Ausblick auf die Vorstadt und das gewundene Schwarzwassertal, und wieder tranken sie Rotwein, die Kommandantur, sagte Ilse nach einer kurzen Pause, hat mir am Telefon gesagt, daß Ferdinand bald nachhause kommt, spätestens übermorgen, viel Zeit ist nicht mehr.

Am nächsten Vormittag, einem Sonnabend, wegen des Andrangs, des Rückstaus an Behandlungen war die Praxis ausnahmsweise geöffnet, kam nach Erwachen, Frühstück, Aufdenschulwegbringen der Reibrichschen Töchter und Sprechstundenbeginn kurz vor zehn nach dem Aufruf *Der Nächste bitte* ein Mann von dreißig, fünfunddreißig Jahren ins Sprechzimmer, Volkmann mein Name. Schwarzgefärbte Uniform, Zuschnitt wie bei der Bahn oder der Post, höchstwahrscheinlich früherer Wehrmachtssoldat, anschließend vermutlich Antifaschule, jetzt bei der Polizei. Ein schwerer Mann, waches Gesicht, läßt keinen Vorteil aus, nicht bösartig, dachte Vater. Und, fragte er. Man machte im Gegensatz zur Leipziger Tieflandsbucht, zur Sächsischen Schweiz und zum Vogtland im oberen Gebirge von

Altenberg bis Rautenkranz nicht gerne allzu viele Worte. Wenn doch, wurde das leicht mißverstanden oder fehlgedeutet und als Unsicherheit, städtisches Getue oder Hochmut ausgelegt, der denkt, ich bin beschränkt, *gabbiere nischt, deshalb muß er endlos quaddschn. E rischdscher diefr Schloaf*, sagte der Mann, der vor Vaters Schreibtisch saß, das ist es, was mir fehlt, durch das Durcheinander meiner Dienstzeit, mal Nachtschicht, mal Früheinteilung, ich bin immer unterwegs auf den Straßen, in den endlosen Reihendörfern und in den Wäldern, und dazu noch die vielen Zuzügler, die vielen fremden Gesichter, wie die Goldgräber bei Jack London, aus jedem Winkel kommen sie hier an, jeden Tag mehr, die Russen bauen etwas auf in großem Stil, und ich als Polizist bekomme ihre Anrufe und Streifenzettel und muß springen, wenn ich dann endlich wieder für ein paar Stunden zuhause bin und mich hingelegt habe, kann ich prompt nicht einschlafen, ich brauche was, Herr Doktor, helfen Sie mir. Und Vater half, natürlich, so wie er immer half, wenn es nötig war oder ihn eine Bitte, ein Ersuchen ansprach. Und fragte, während er das Luminalrezept für die Adler-Apotheke auf der anderen Straßenseite ausschrieb: Hält denn die Besatzungsmacht Sie wirklich so in Atem, daß Sie nicht mehr zu sich kommen. Das ist es nicht alleine, sagte Volkmann, mich lassen auch die Morde nicht mehr los, vier Tote sind es nun im ganzen, drei junge Mädchen und eine junge Frau, mir kann niemand einreden, daß wir hier vier verschiedene Mörder herumlaufen haben, das kann doch nur einer sein, ein einziger, und der heißt garantiert nicht Fürweg, den sie erst festgenommen und heute früh wieder freigelassen haben, wenn mir die Sache mit der silbernen Taschenuhr und der goldenen Uhrkette, die in der Mordnacht von seinem Nachttisch verschwunden sein sollen, ohne daß er das Geringste gemerkt hat, auch komisch vorkommt. Und mußte er, kann man fragen, in der Mordnacht erst die Gießer rufen, bevor er auf die Idee kam, aus dem Hinterfenster in den Garten zu steigen. Gehört will er auch nichts haben. Irgendwie spielt er ein Spiel. Aber welches. Auch der Fritz

Wolf, der noch immer bei den Russen einsitzt, inzwischen vielleicht in Chemnitz oder schon in Karlshorst, hat sich verdächtig gemacht, was Rosalie Fürweg angeht. Aus nackter Wut könnte er gleich die ältere Schwester mit umgebracht haben, mag sein, ich kenne ihn nicht genau. Aber die beiden Mädchen aus Oberpfannenstiel, wenn er die auch auf dem Gewissen hat, dann ist das nicht nur Zorn und Enttäuschung über eine Zurückweisung gewesen, dann ist mehr im Busch. Mehr und viel Dunkleres. Was sagen denn die Russen zu der Sache, fragte Vater, was hört man von denen. Nicht viel, doch scheint sie zu irritieren und zu stören, was Fürweg erzählt und was im Ort und in der Gegend umläuft. Daß letzten Advent zwei russische Offiziere zu Fürweg nachhause kamen, mit denen er in Aue oft zu tun hatte, daß sie abends mit am Eßtisch saßen, Schach mit dem Familienvater spielten, einen Schnaps tranken und noch einen, ihr Auto war mit ihrem Fahrer verschwunden, wie weiter nun, fragten sich Fürweg und die Russen kurz vor Mitternacht, nach Aue laufen, viel zu weit, am Ende wurden die Töchter, die schon schlafen gegangen waren, aufgeweckt, im Nachthemd, ein Tuch umgelegt, so kamen sie nach unten, das Sofa und die beiden Sessel wurden von Aljonna Fürweg, der Mutter, hergerichtet, ihr bleibt hier über Nacht, während die beiden Sowjetoffiziere von Fürweg in die Dachkammer geführt wurden, nehmen Sie vorlieb, sagte er auf russisch und ließ ihnen noch eine halbvolle Flasche da, sie schnallten die Pistolen ab, warfen die Uniformjacken auf die Stühle, zogen die Stiefel und die Hosen aus und krochen in die noch warmen Betten. So ein Bericht konnte der Kommandantur unmöglich gefallen. Deshalb streute sie, ich weiß, wovon ich rede, mein bester Freund, Sachbearbeiter im Landratsamt, war auch damit befaßt, das Gerücht aus, verschworene ss-Kameraden des gefallenen Mannes von Gertraude Fürweg, in Zweiergruppen aus Böhmen über den Kamm gekommen und in den tiefen Wäldern zwischen Oberwiesenthal und Sachsengrund untergekrochen, hätten Wind bekommen von den Tanzabenden der beiden Schwestern auf der Spiegelwaldbaude und von den Heimwegen in Russenbegleitung, auf Russenmotorrädern, das wäre als Verrat an dem in Budapest gefallenen Mann und Schwager aufgefaßt worden, zwei, drei Männer, Werwölfe, von wem auch immer gesteuert, hätten sich in das Vertrauen von Gertraude eingeschlichen, besonders der älteste von ihnen, gegen dreißig Jahre alt, ein Bild von einem Mann, bestimmt und überlegen auftretend, wäre ihr ans Herz gewachsen, hätte ihr Herz gewonnen, es gab eine Verabredung für die Mordnacht, meine Mutti ist im Westen zu Besuch, Vater ist alleine, ohne Aufsicht, er trinkt dann immer viel und schläft anschließend totengleich, ich lasse dir die Haustür offen und mache das Licht im Treppenhaus nicht aus, den Weg unters Dach findest du leicht, nur vor der Gießer, der Mieterin im ersten Stock, mußt du dich hüten, wenn die was spitzkriegt, sagt sie es sofort dem Vater. Der Liebhaber, so eingewiesen, sei tatsächlich in der Schlafkammer angekommen und habe sich nach einer bewegten Liebesviertelstunde als Doppelmörder entpuppt.

Volkmann machte eine Pause. Wenn ich ihn so beschreibe, vor mir sehe, wie er bei Vater in der Praxis sitzt, fällt mir eine Frage ein. Ob er damals in Schwarzenberg schon Vopo genannt wurde, wie seine Volkspolizeikollegen in den fünfziger Jahren in Frohburg. Zum Beispiel die beiden jungen Burschen in der von Feldgrau auf Dunkelblau umgefärbten Uniform, mit nagelneuen Lederkoppeln, die mich im August siebenundfünfzig in Höhe der Brikettfabrik Neukirchen mit der Kelle stoppten. Ich hatte kurz vor Beginn der großen Ferien den Motorradführerschein auf einer aus dem Suhler Werk *Awtowelo* stammenden AWO 425, Viertaktmotor, zweihundertfünfzig Kubik, beim Fahrlehrer Bengel in Geithain gemacht. Bengel, der am Markt eine kleine Autoreparatur mit Zapfsäule am Straßenrand betrieb, direkt neben Heinzmanns Atelier genannter Schneiderwerkstatt, lief Tag für Tag in einem schmierigen stahlblauen Kittel herum, an den Füßen schwarzgelbe Filzlatschen, mit denen er auch Motorrad fuhr. Erst Jahre nach der Wende, 1997, ein gedrucktes Gemäldeverzeichnis der Arbeiten Conrad Felixmüllers war in Vorbereitung, stellte sich heraus, daß das Blumenstilleben verschwunden war, das er für Londa Felixmüllers Fahrschulstunden auf einem alten DKW von deren Mann, dem Maler, bekommen hatte, manchmal fuhr er auch als Rentner noch nach Leipzig, vielleicht, daß er das Bild einer seiner Messeschwalben geschenkt oder in Zahlung gegeben hat, fragen Sie mich nicht, wofür, sagte die Tochter, selbst schon in reiferem Alter, zu Titus Felixmüller, dem jüngeren der beiden Söhne Conrads und Londas, der damals mit fünfundsiebzig noch von einschlägigem Privathaushalt zu einschlägigem Privathaushalt quer durch Deutschland unterwegs war, um die Gemälde seines Vaters für das geplante Verzeichnis zu fotografieren. Auch mich zog, wie den alten Bengel, aber aus anderen Gründen, die Großstadt Leipzig an, die nach Krieg und Bombardierung fast ein Drittel ihrer Einwohner verloren hatte, was mich nicht interessierte, mir noch nicht einmal bewußt war. Metropole eben. Trotz der schaurigschönen Ruinengassen. Auf Vaters Leichtmotorrad Marke *Panther* war ich, als die Vopos mich anhielten, nach Leipzig unterwegs, um im Antiquariat in der Katharinenstraße neue Angebote zu durchstöbern, in diesen Sommerferien suchte ich wie besessen den Roman *Jerusalem* von Selma Lagerlöf, von dem mir Doris-Mutti berichtet, den sie mir förmlich nacherzählt hatte, ihr Exemplar war mit dem Haus der Familie in Essen durch Bomben vernichtet worden, es war hopsgegangen, aber die Erzählung von den schwedischen Bauern hatte sich ihr eingeprägt, die im Bewußtsein ihrer Sünden und Übeltaten auf den zugewanderten Erweckungsprediger hören, ihre Höfe und Felder verkaufen und ihm nachfolgen nach Palästina, trotz der Jesusgeschichte eine völlig fremde Welt. Dieses Lagerlöfbuch also war es, das meinen letzten Besuch in Leipzig anstieß, im August siebenundfünfzig, zwei, drei Monate später verschwanden wir aus Frohburg, auch wir warfen Besitz ab, wie die Schweden im Roman, ich zwei Einkaufstaschen voller

Bücher, die ich der Buchhandlung Schnuphase in Altenburg zutrug, ich sollte wegen des Geldes in vier Wochen wiederkommen, da waren wir längst in Westberlin. Die Eltern ihrerseits schlugen unsere Möbel los, das Eßzimmer aus Nußbaum, das Herrenzimmer in geschwärzter Eiche und die Schlafzimmermöbel, finnische Birke, indem sie die ganze Wohnungseinrichtung dem staatlichen Gebrauchtwarenhandel in Leipzig anboten, der Leiter kam mit der Bahn nach Frohburg, Zweireiher, am Revers das rote Bonbon, das Parteiabzeichen, dennoch ein Geschäftsmann wie jeder andere, vielleicht sogar ein bißchen aufgeweckter als der Durchschnitt, nach der Inaugenscheinnahme, er wirkte wie ein Kenner und wollte wie ein Kenner wirken, zahlte er die Hälfte der Ankaufsumme bar aus, fünf- oder sechstausend Ostmark, und ließ sich in bezug auf die Übernahme vertrösten, wir wollen in unser Haus am Kellerberg ziehen, 1928 vom Lehrer Lehmann so sparsam wie solide gebaut und von Ebners gerade eben gekauft, da ist nicht so viel Platz wie in der Altbauwohnung hier am Markt, einstmals dem Ortsbürgermeister angemessen, 1903, als die neue kaiserliche Post mit *Posthotel* nach dem Brand des Gasthofs *Drei Schwanen* hochgezogen wurde, die Stadt Frohburg spendierte ihrem auf Lebenszeit gewählten Verwaltungschef hundertfünfzig Quadratmeter, ausgestattet mit Ankleideraum, Speisezimmer nebst Erker, Gasbadeofen und Wasserklosett, wir kamen hier unter, schöne zentrale Lage, aber Platz ist nicht unbeschränkt vorhanden, in drei Zimmern mußte die Praxis untergebracht werden, zwischen Sprechzimmer und Verbandsraum tappten die Patienten in Gruppen über den Flur, an der Küche vorbei, im ganzen blieben uns nur ein Herrenzimmer mit Fenster zum Markt, ein Eßzimmer, das sich nicht vernünftig heizen ließ, ein Kinderzimmer anderthalb mal vier Meter ohne Ofen und ein Schlafzimmer, vor dem auf dem dunklen Flur ohne Tageslicht auf einer Kommode neben dem Kühlschrank mit den Lebensmitteln und den Impfstoffen die Urinzentrifuge stand, mit Handkurbel und Zahnradübersetzung, beliebtes Spielzeug für alle

Kinder, mal wie irre kurbeln, mal richtig surren lassen das Ding, bis die beiden eingehängten Reagenzgläser, egal ob leer, ob voll, sich mit zunehmender Geschwindigkeit möglichst schnell aus der Senkrechten hoben und am Ende zu der verwischten waagerechten Scheibe wurden, auf die es bei der Spielerei ankam, einmal platzte oder zerbrach eines der Gläser, der Urin, dunkelgelb gefärbt, mit brauner Ausflockung, wurde uns ins Gesicht geschleudert, als lauwarme Dusche lief er uns über Kinn und Hals und versickerte im Hemdkragen, an der Wand gegenüber, auf der Schlafzimmertür und am Kühlschrank eine schmale dunkle triefnasse Spur. Erst wenn unsere neue Einrichtung aus der Tischlerei Graichen da ist, sagten die Eltern zum Aufkäufer, können Sie die Sachen holen lassen. Nie war von uns bei Graichens auch nur das kleinste Möbelstück in Auftrag gegeben worden. Als ich mir im Alter von zehn Jahren für meine Bücher ein Wandregal mit zwei Brettern zu Weihnachten wünschte, bestellte Mutter das beim Tischler Nietzsche am unteren Mark, am Beginn der Marktgasse, Nietzsche verschob die kleine Arbeit, für die er nur vier Bretter brauchte, von Jahr zu Jahr, erst im Advent 1956, ich war schon fünfzehn, lieferte er sie aus, inzwischen ging bei uns längst die Überlegung um, uns aus Frohburg abzusetzen. Die zwei Vopos, mit denen ich, auf der Fahrt nach Leipzig, an der Brikettfabrik zu tun hatte, ließen sich das Motorrad vorführen, funktionierte der Scheinwerfer, nein, griff die Vorderradbremse zu, ebenfalls nein, und was war mit dem Rücklicht, nicht viel, jedenfalls brannte es nicht, zwanzig Minuten wurde ich festgehalten, in diesen zwanzig Minuten wurde ein Mängelbogen ausgefüllt, in den allergrößten Notzeiten, in denen es kaum etwas Vernünftiges gibt, hat die Obrigkeit Vorräte genug an solchen Bögen, nun erst recht, ist die Devise, wenn es sonst nichts gibt, dann jedenfalls Formulare satt. In zehn Tagen kommst du wieder zu uns, ins Revier im früheren Amtsgericht, dann führst du die Schmette vor, mängelfrei, wenns dem Herrn recht ist, Gottverdammich. Endlich nach Leipzig vorgedrungen, in Leipzig angekommen, fand ich im Antiquariat von Selma Lagerlöf nur *Gösta Berling*, hatte ich schon, ich liebte, ich bewunderte den verrückten Pfarrer, so leicht, wie er durchs Leben schwebte, jedesmal, wenn wir zu zweit oder zu dritt im Hölzchen eine Drittelliterflasche Weinbranntverschnitt geleert hatten und ich mich beim Nachhausekommen wieder in den Rahmen der Familie einfügen mußte, kam ich mir fast wie Gösta vor, meine Kraft ist von anderer Art als eure. Ein zweites Exemplar von *Gösta Berling* wäre unsinniger Luxus gewesen, bei fünfzehn Mark Taschengeld, allein für das große Glas Faßlimonade, das ich nach jedem Schultag beim Warten auf den Zug in der Bahnhofswirtschaft Geithain trank, mußte ich vier, fünf Mark im Monat aufbringen. Zurückhaltung beim Bücherkauf war angesagt. Für *Jerusalem* allerdings hätte ich damals in Leipzig fast jeden Preis bezahlt, wenn man ein Buch unbedingt haben will, es haben muß, ist eine seltene Sternstunde eingetreten, von der Lektüre jetzt sofort, am Abend, am nächsten Tag, in der gleichen Woche hat man so viel wie später nicht und auch nicht früher. Ich weiß, wovon ich rede, Hans Löschers *Alles Getrennte findet sich wieder* las ich erst fünfunddreißig Jahre, nachdem ich es geschenkt bekommen hatte. *Jerusalem* war Fehlanzeige, und ich glaube, Großmutter aus der Greifenhainer Straße ließ es sich ein Jahr später von einer ihrer Kränzchenschwestern abtreten oder schenken, wahrscheinlich von der Apothekerwitwe Siegfried, jedenfalls schickte sie mir das heißersehnte Buch, in das schiefgelesene Halbleder eines Buchklubs aus den zwanziger Jahren gebunden und mit einem Stempel des Apothekers und der handschriftlichen Jahreszahl 1932 versehen, ins Schülerheim der Friedberger Aufbauschule. Der Apotheker starb Anfang dreiunddreißig, unklar, ob ihm noch Zeit geblieben war, das Buch auszulesen. Damals wertvoll, für mich bis heute wertvoll, aber inzwischen bei Pretzsch auf seinem vier Meter langen Sondertisch im Durchgang von der Gotmarstraße zur Sparkasse für fünfundsiebzig Cent zu haben. Merkwürdig, daß, wenn ich dort stehe und jeden Taschenbuchrücken, jeden Leinenband in den Bananenkartons auf seinen

Titel hin mustere, fast regelmäßig jemand aus dem Strom der Passanten ausschert, sich dicht neben mich stellt, auf Fühlung und auf Atmen in meinen Nacken, und sich genau für den gleichen Bücherkarton, nicht selten sogar für den gleichen Titel interessiert wie ich. Niemals kommt es zu einem Kauf seitens dieser Leute, trotz der lächerlichen Preise. Erst herandrängen, dann wieder eindrehen in den Strom der Passanten und in ihm untertauchen. Die altdeutsche Schrift, sagt Pretzsch immer wieder, ist kaum noch abzusetzen, die ganze Literatur, die so gedruckt ist, es gibt jetzt einen neuen Kanon, über dem steht geschrieben: geht gar nicht. Was ich in der Katharinenstraße in Leipzig statt *Jerusalem* vorfand, was ich im hintersten Regal auf dem untersten Brett entdeckte und was mir der Antiquar für fünfzig Pfennig abtrat, war eine broschierte Schrift über Sudabäder. Ich hatte nie von solchen Bädern gehört, aber die Zeichnung des sinnreichen Systems von Hähnen, Röhren und Schläuchen, die zum umschnallbaren aufblasbaren Sattelkissen in der Badewanne führten, faszinierte mich auf den ersten, zweiten und dritten Blick. Nachdem ich die Anordnung begriffen hatte, stellte ich mir vor, wie ich in der gefüllten Wanne lag und die Spülung und Reinigung über mich ergehen lassen mußte. Mit der Betreuungsperson, so las ich, könnten sich gute vertrauliche Gespräche ergeben, auch zum Nutzen einer Therapie. Der Verfasser der Broschüre bevölkerte die subaquale Darmbadeszene mit einem Arzt und seiner verheirateten Patientin, die an chronischer Verstopfung und häufiger Migräne litt und im halblaut plätschernden Gespräch Aufklärung gab, für mich, sechzehn war ich, stellte ich mir eher eine starkgebaute Ärztin oder zumindest eine Krankenschwester mit entsprechender Figur vor, wenn möglich eine strenge Oberin, ähnlich der Frau Kienbaum, der Mietwagenbesitzerin, die ich jeden Sonnabend vom Klofenster aus sehen konnte, wie sie auf dem *Posthof* ihren Wagen wusch. Schöner Sommer. Schönes letztes Jahr.

Wenn Sie versprechen, daß Sie dichthalten, Herr Doktor, sagte Volkmann, dann sage ich Ihnen, was ich meine zu den Morden. Das dürfen Sie auf keinen Fall weitergeben, höchstens an Frau Reibrich, tolle Frau, die mir gefallen könnte, aber so jemand will mit einem Vopo ja leider nichts zu tun haben. Vopo, aha, und auch noch von ihm selbst gebraucht. Sonst keine Seele einweihen, auch kein Sterbenswörtchen zu dem Mann, wenn er überhaupt wiederkommen sollte, was, wie ich höre, noch längst nicht ausgemacht ist. Und wenn er wieder auftaucht, wer weiß denn, ob sie den nicht bequatscht, zur Dienstbarkeit überredet haben. Doch Schluß mit dem Drumherum, meine Geschichte der Mordnacht besteht aus Schüssen, die man hören konnte, aus Männern, die gesehen wurden, und aus Uhrzeiten. Als Junge und vor allem als Druckerlehrling habe ich nur Krimis gelesen, wie im Fieber, erst alles von Edgar Wallace, was ich auftreiben konnte, anschließend vor allem Sherlock Holmes, an dem reizten mich die Beobachtungsgabe und das Schlußfolgern. Bis heute versuche ich, in diesem Sinn am Ball zu bleiben und mich fortzubilden. Augen auf. Und kombinieren. Vergangenen Advent bekam meine Schwiegermutter, die in der Neustadt wohnt und die noch gut beisammen ist, eine ganze Serie anonymer Briefe voller gemeiner Ferkeleien, nach einer Weile Hinundherüberlegen keimte ein Verdacht, ich schnappte mir eines der mit Bleistift geschriebenen Machwerke und ging auf die Stadtverwaltung, gebt mir doch mal die Anträge aus der Neustadt, mit denen um Zuweisung von Wohnraum oder Erhöhung der Lebensmittelration ersucht wird. Und was entdecke ich: die Nachbarin meiner Mutter aus der Etage *obndriebr* hatte die Briefe geschrieben. Und sie gab es auch zu, auf einem Spaziergang, den ich mit ihr machte, in einem Beichtgespräch. Ihr Mann hatte in intimen Momenten ihr gegenüber von meiner Mutter geschwärmt, so ein Pfundshintern, so eine Kruppe, und was für eine Oberweite, sie sollte während der ehelichen Umarmung die überreich Ausgestattete spielen, in einem Bäumchenwechsledich, er wollte sie beim anderen Vornamen nennen, Elfriede, sie hatte das Ansinnen teils zurückgewiesen, teils hatte sie sich darauf eingelassen, er war am Ende wenn nicht restlos, so doch fürs erste zufriedengestellt, aber in ihr zwickte und zehrte es und drückte ihr schließlich, so sagte sie, den Bleistift in die Hand. Entschuldigung. War nicht so gemeint. *Oabr das Se das su schnell rausgegricht hoam, Dunnrweddr, aolle Oachdung.*

Endlich kam Volkmann zur Sache und trug Vater den Reim vor, den er sich auf die Mordnacht vom 25. auf den 26. Juni machte. Alles begann, meinte er, im vergangenen Advent, einen Monat nach dem Umzug der Familie Fürweg von Markersbach nach Sachsenfeld. Der private Besuch der drei sowjetischen Offiziere in der Wohnung Stiftstraße 32 dehnte sich bis in die Abend- und Nachtstunden aus, schließlich verschwand einer der Besucher, um in Schwarzenberg ein Unterkommen zu suchen, während die anderen beiden Gäste, ein Kapitan Kapitonow und ein Leutnant Schukschin, an der Gießerschen Wohnung vorbei in die freigemachte Dachkammer geführt wurden, für mich nichts Neues, sagte Vater. Aber damit, eiferte sich Volkmann, kannten zwei Russen die Wohnung, das kleine Zimmer oben und den Weg zu ihm hinauf. Was die Stunden vor dem Doppelmord angeht, ist zuerst einmal festzustellen, daß Gertraude Deppe, Fürwegs älteste Tochter, schon um neun nach oben unters Dach verschwunden war. Eine Dreiviertelstunde später folgte ihr Rosalie, das Küken der Familie. Der Vater Fürweg leerte die letzte seiner drei Flaschen Bier kurz vor zehn, dann legte auch er sich hin, neben die beiden Waisenjungen, die bereits fest schliefen. Bis hierhin war in der sommernächtlichen Kleinstadtstraße noch alles in Ordnung. Scheinbar oder tatsächlich. Doch dann setzten die rätselhaften Bewegungen jener Nacht ein. Rosalie Fürweg kam kurz vor halb elf wieder aus der Bodenkammer, sie stieg die Treppe herunter und verließ das Haus. Rosalie ging die menschenleere Stiftstraße hinunter, bog an deren Ende nach rechts in die Grünhainer Straße ein und betrat die Gastwirtschaft Döhler im übernächsten Haus bergab. Das war halb elf. Eine halbe Stunde später bemerkte ein Anwohner der Stiftstraße vor seinem Hasenstall im rückwärtigen Hof eine Bewegung, er riß das Fenster auf, *glei gommsch rundr und brech dir aolle Gnochn*, die Gestalt, die er nur schemenhaft wahrnahm, tauchte ab, nichts Neues für Vater auch das, der Aufgeschreckte stürzte ans Wohnzimmerfenster, das auf die Straße ging, er öffnete es und beugte sich hinaus, da fiel unten ein Schuß, er warf das Fenster wieder zu und ging in Deckung. Der erste Schuß in Sachsenfeld in dieser Nacht. An den sich die Beobachtung einer Frau aus dem Haus Stiftstraße 36 anschloß, den Schuß hatte sie nicht gehört, dafür sah sie auf der Straße vor Fürwegs Wohnung ein Auto stehen, zehn nach elf. Nach einer weiteren knappen halben Stunde betraten zwei Rotarmisten in Uniform, mit Maschinenpistolen, die Döhlersche Gastube. Die Russenstreife blieb nur fünfzehn Minuten. Kaum hatten die beiden Uniformierten sich wieder auf den Weg gemacht, brach auch Rosalie Fürweg auf. Hast du denn keine Angst, fragte Döhler das Mädchen. Wer soll mir schon etwas tun, gab Rosalie zurück und entschwand in die Dunkelheit. Sie konnte kaum zuhause angekommen sein, als auf dem Schwarzenberger Polizeirevier ein Anruf der örtlichen Kommandantur einging, erzählte Volkmann, der damals Nachtdienst hatte, bei Vater in der Praxis, er wurde aufgefordert, sofort mit dem Leichtmotorrad, der Achtundneunziger, loszufahren und alle Kraftfahrzeuge, vorzugsweise PKW zu kontrollieren, die nach Johanngeorgenstadt wollten. Da kaum jemand von den Einheimischen ein Auto hatte und Nachtfahrgenehmigungen so gut wie gar nicht ausgegeben wurden, konnte nur russischer Verkehr gemeint sein. Tatsächlich stieß Volkmann in Wildenau in Höhe der Krauß-Werke auf einen großen *Opel*, der am Straßenrand hielt. Im Auto ein Zivilist und ein sowjetischer Offizier. Als er die beiden ansprechen und kontrollieren wollte, rollte der Wagen an und kam erst zweihundert Meter weiter zu stehen. Jetzt erst konnte er ins Auto hinein fragen, ob sie die

Kontrollstelle Erla zwischen Schwarzenberg und Johanngeorgenstadt passiert hatten und ob der Posten besetzt war. Das wurde doppelt bejaht. Inzwischen hatte Volkmann neben dem Personenauto ein schweres Motorrad mit Beiwagen entdeckt, der Fahrer, der dabeistand, war ebenfalls ein Offizier der Roten Armee. Volkmann fuhr erst einmal in Richtung Erla aus Schwarzenberg hinaus, wendete aber, da kein Fahrzeug kam, nach einem Kilometer und fuhr zurück. Der *Opel* und das Beiwagengespann standen noch am alten Platz. Er leuchtete mit dem hochgestellten Scheinwerfer hinüber und hatte das Gefühl, daß der Motorradfahrer sein Gesicht nicht zeigen wollte, denn er beugte sich über die Maschine, als sei mit ihr etwas nicht in Ordnung. Gleich darauf rief der Zivilist aus dem *Opel* auf deutsch: Hau ab. Mit dem H als Rachenlaut *Ch*. Volkmann machte, daß er zurückkam auf die Wache. Dort erwartete ihn ein neuer Auftrag, wieder von der Kommandatur, der ihn noch einmal an den Krauß-Werken vorbeiführte, vom *Opel* und auch vom Motorrad keine Spur mehr, die Bühne der Nacht hatte sich von Wildenau zurück nach Sachsenfeld verlagert, in der Stiftstraße hörte der Heizer Koch zwei Schüsse und nach kurzer Zeit noch einen dritten. Null Uhr fünfzehn, meinte er. Doch legte er für eine Zeitangabe kurz nach Mitternacht die Hand nicht unbedingt ins Feuer. Dagegen war die junge Frau, die ihr Vater mitten in der Nacht zu ihrem Arbeitgeber schickte, dem Ziegelhalter, ihrer Sache und der Uhrzeit sicher, genau um ein Uhr in der Nacht, hatte Volkmann ihre Aussage bei heimlichschnellen Blicken in die Akten protokolliert gefunden, kam sie bei Fürwegs vorbei, Küche und Wohnzimmer hell erleuchtet, im Vorgarten stand ein großer Mann in Zivil, der in das Wohnzimmer spähte, minutenlang, bewegungslos, und der, als er sie bemerkte, erst in den Schatten trat und dann schnell in entgegengesetzter Richtung die Stiftstraße hinunterging und nach wenigen Schritten verschwand. Seltsame Nacht, betonte Volkmann. Autos, mal hier, mal da, Schüsse, die der eine hört, der andere nicht, und Leute, die dort unterwegs sind, wo sie nicht hingehören. Beunruhigend. Doch es kam noch beängstigender, noch viel schlimmer. Denn keine halbe Stunde nach dem Auftreten des Fensterguckers wurde die Gießer wach. Unruhe im Haus. Auf der Treppe Licht. Sie hörte Türenklappern. Mindestens zweimal gingen Schritte die Treppe hinauf und wieder hinunter. Dann Wimmern, Stöhnen, lange, lange, vielleicht die Kinder unten krank, ihr wurde immer banger, enger, atemloser, sie schlich ans Schlafzimmerfenster, wie benebelt, halb betäubt, nichts zu erkennen. Das leise nichtendenwollende Wimmern, kam das wirklich von unten oder vielleicht von oben. Was war dort los, was konnte dort direkt über ihr los sein. Die Frage drückte ihr das Herz zusammen. Lag sie fünf Minuten, zehn Minuten, eine Viertelstunde. Ein dumpfer Knall, nach ihrer Annahme ein Schuß, und Schritte die Treppe runter, dann nichts mehr, jetzt Ruhe, Stille, kein Gewinsel, endlich Schlaf. Und wirklich, sie schlief ein. Bis Fürwegs unablässiges Klopfen sie wieder auffahren ließ. War da was gewesen, war da etwas. Fürweg, durch das Schlafzimmerfenster nach draußen gestiegen und durch die Hintertür wieder ins Haus gekommen, rumorte unten, schimpfend und fluchend, polterte die Treppe hoch, sie hörte seinen fistelhohen Schrei, dann pochte er bei ihr, trat gegen ihre Tür, fast wußte sie Bescheid. Bis hierher Volkmanns Darlegung. Was jetzt noch kam, fiel unter das Siegel der Verschwiegenheit, in keiner Vernehmung, vor keinem Gericht stand er dazu, wie er sagte. Den massigen Mann in Zivil in Wildenau im Auto hatte er erkannt, das war der Boris, der Verehrer Rosalies. Genau der, der Vater, wie Volkmann wußte, mit dem Motorrad aus der Schloßstraße abgeholt und nach Sachsenfeld zum Mordhaus gefahren hatte. Er kannte Boris, weil sein Vorgesetzter, der Polizeichef von Schwarzenberg, ein im Zusammenbruch hochgekommener und schon wieder so gut wie abservierter Altkommunist, ihm den Russen einmal nach einer Schulung in Aue aus der Ferne gezeigt hatte, wie der aus dem *Blauen Engel* kam, in Begleitung des dortigen Stadtkommandanten, der einen Viertelschritt zurückblieb und beharrlich

Vortritt in der Tür anbot, das ist ein wirklich Hoher, viel höher als der austauschbare Genosse Oberst Kommandant, ich halte jede Wette, daß dem seine Drähte zuhause in Moskau nur in die beiden allerobersten Etagen gehen. Die ziehen ein Programm hier durch, Weltfrieden, Weltfrieden und nochmals Weltfrieden und dann noch die Kleinigkeit der großen Bombe, so immer weiter der Polizeichef. Klar, daß jemand mit solchen Sprüchen selbst als VVN-Mitglied nicht als Polizeichef zu halten war. Zumal auch noch herauskam, daß er im Dezember zweiundvierzig, sein einziger Sohn stand bei Rostow an der Front, auf einer Sammelliste des Winterhilfswerks fünfzig Mark gezeichnet hatte, die Liste war durch die ganze Straße gegangen, in der er wohnte, ein Nachbar, Altkommunist wie er, war auf den Posten des Polizeichefs scharf und brachte den Eintrag höheren Orts zur Sprache. Bei Boris, bei wem denn sonst, so wurde Vater von Volkmann ins Bild gesetzt. Volkmann hatte im *Rathauscafé*, ihrer Arbeitsstelle als Bedienung, die junge Frau aufgesucht, die in der Mordnacht ihren Chef wegen des vermuteten Einbruchs hatte warnen sollen. Er bat sie nach draußen. In der kleinen Quergasse hinter dem Rathaus brachte er die Rede auf die Nacht in Sachsenfeld. Auf seine Frage nach dem Mann an Fürwegs Fenster, glatte schwarze Haare, leicht vornübergebeugt, ein weißes Hemd, bekam er keine klare Antwort. Ja, groß war er schon, vielleicht hatte er obenherum was Helles an, ist möglich, er stand gegen das Licht, das aus dem Fenster fiel, da kann man nicht viel erkennen. Enttäuscht zog Volkmann wieder ab. Konnte sie nicht, oder wollte sie nicht. Aber dann, am späten Abend des gleichen Tages, bekam er Besuch. Da war sie wieder. Wie aus dem Nichts hatte sie die Erleuchtung getroffen: Sie war der unheimlichen Gestalt doch noch einmal begegnet, ein paar Stunden später nur, als sie mit der halben Straße im ersten Morgenlicht vor dem Mordhaus stand, der fremde Doktor sprach mit Fürweg und der Gießer und strich den beiden kleinen Jungen über das Haar, und drüben auf der anderen Straßenseite stand der *Opel* mit den Russenoffizieren, die vier

Türen offen, alle rauchten, der Mann, der dort auf und ab ging, ebenfalls rauchte und sich von Zeit zu Zeit in das Auto beugte und etwas sagte, entsprach in Größe und Gestalt ziemlich genau der nächtlichen Erscheinung. Sie war sich sicher. Zumal ihr auch noch einfiel, daß er einem Tänzer zum Verwechseln ähnlich sah, der vor vier Wochen im *Albertturm* auf dem Spiegelwald Aufsehen und Unwillen erregt hatte, einmal, weil er, sonst in Zivil, in aufgedonnerter Uniform mit rosa Kragenspiegeln aufgekreuzt war und auftrumpfend, nicht mehr federnd und schleichend wie gewöhnlich, den Saal durchquerte, zum anderen, weil er nach Verhandlung mit der Dreimannkapelle erst Rosalie Fürweg, dann ihre Schwester Traudl in endlos stampfendem Tanz bis zur Erschöpfung herumgewirbelt, herumgehetzt hatte. *Das gann mr doch nisch mähr mid ansähn, die beedn sinn doch räsdlohs färrdsch*, hatten die jungen Burschen gesagt und sich zusammengestellt, wenn die Schwestern, in Schweiß gebadet, knallrot im Gesicht, nach Luft japsend, nicht zu der Gruppe hinübergegangen wären und abgewiegelt hätten, wer weiß. Immerhin hörten sie hinter sich noch ein Murmeln und Murren, *Russkischnallen* undsoweiter.

Was Volkmann von der jungen Frau erfuhr, war mehr, als er erwartet hatte. Boris kannte die Schwestern, das war jetzt klar. Er spielte mit ihnen, wie der Kater mit Mäusen spielt und tändelt. In der Nacht der Tat ruhelos auf Achse, stand er kurz vor den Morden unter dem Fenster der Fürwegschen Wohnung. Unklar, ob die Scheibe schon eingeschlagen war. Jedenfalls kam er ins Haus, vielleicht mit einem Komplizen oder Helfer, vielleicht mit dem Motorradfahrer, der in Wildenau sein Gesicht nicht zeigen wollte. Frage nur, wieso das Licht bereits brannte, weshalb es überhaupt angemacht worden war. Und wer bei Fürweg am Bett die Taschenuhr einkassierte und sonst nichts und die zwei Schlafzimmertüren von außen abschloß, alles unbemerkt. Rätsel über Rätsel. Denen Volkmann mit der Devise seines Meisters begegnete, Kombination ist alles. Wie das ging, hatte sich ihm erst kürzlich noch einmal eingeprägt, im Schwarzenberger Kino war auf Anordnung des Stadtkommandanten Michalkow eine in einem Winkel des Vorführraumes aufgestöberte Kopie des Films *Der Mann, der Sherlock Holmes war* mit Hans Albers und Heinz Rühmann gezeigt worden, für die Schwarzenberger war es gerade das richtige, wie die beiden Habenichtse im Luxushotel ausgiebig und genußvoll duschten und dabei sangen: *Jawoll meine Herrn, so haben wir es gern, jawoll jawoll jawoll.* Und dann Albers immerfort zu Rühmann: Und, was machen wir jetzt, Watson. Kombinieren. Richtig, Watson, ausgezeichnet, los gehts. Für Volkmann war klar, zwei Täter mußten am Werk gewesen sein. Anders hätte man die Schwestern nicht bändigen können, in dem hellhörigen Haus und in der Stille der Sommernacht. Dabei blieb immer noch schwer vorstellbar, wie die Männer sich den beiden Opfern genähert, wie sie sich die beiden Opfer vorgenommen hatten, wann Traudl vernascht oder vergewaltigt worden war, was Rosalie davon mitbekommen hatte, aus dem ersten Schlaf erwacht, möglicherweise, in welcher Reihenfolge Traudl und Rosalie die Augen ausgestochen worden waren, vielleicht im dunklen Zimmer, mit Festhalten, mit Ertasten und Maßnehmen. Doch mußte es irgendwann vorher einmal Licht gegeben haben, für die Suche nach dem Kleiderbügel, für das Zerbrechen, um an den Haken mit dem Gewinde zu gelangen. Das alles schafft keiner allein, war sich Volkmann sicher, höchstens auf das Ende zu genügte es, daß einer genau zwei Mal abdrückte, nicht mehr, nicht weniger, um das zweifache Wimmern, das doppelte Gewinsel abzuhacken mit Knall und nochmals Knall. Dann schnell nach unten, durch das Wohnzimmer aus dem Haus und weg. Hinter sich hörten die Männer, wie mehrmals ein Fenster zugeschlagen wurde. Oder war es schon Fürwegs Klopfen, das einsetzte, als sie zwischen den Gärten hindurch zur *Roten Mühle* runterliefen. Das Beiwagengespann stand jenseits des Schwarzwassers, an der Chaussee nach Aue, Boris setzte seinen Komplizen in Erla am Posten ab und wendete, kaum war er vor der Schwarzenberger Kommandanturwache im Neustädter Rathaus angekommen, ging der Anruf ein: Mord in Sachsenfeld, Arzt erforderlich. Boris fuhr wieder los.

Ich kombiniere nur, sagte Volkmann zu Vater, wenn Sie eine Version haben, die mehr einleuchtet, lasse ich mich gerne belehren. Vater schüttelte den Kopf, mit einer anderen Vorstellung konnte er nicht dienen. So viel bekam er während seiner letzten Tage in Schwarzenberg noch mit: Fürweg, von seiner aus dem Westen zurückgekehrten Frau mit Mißtrauen beobachtet und mit Vorwürfen überhäuft, wie konntest du überhören, was los war mit unseren Kindern in der Nacht, wurde verhaftet und bald wieder freigelassen, Fritz Wolf, ebenfalls abgeholt, unklar warum, blieb auch nicht ewig hinter Gittern, wenn auch für Sachsenfeld und Schwarzenberg verschwunden, er kam in Zwickau aus dem Zuchthausschloß am Altstadtrand, Karl May hat dort gesessen. Wolf kam aus dem Portal und nahm den kürzesten Weg zum Bahnhof, ab nach Chemnitz und nichts wie weiter nach Berlin, in Schöneberg wohnte eine Schwester seines Vaters, bei ihr kam er fürs erste unter. Zwei Tage nach der Volkmannschen Kombiniererei kam Reibrich frei, kein Gedanke an eine Haft in Aue, Zwickau oder Chemnitz, die ganze Zeit hatte er im Schwarzen Turm gesessen, noch nicht einmal zehn Häuser von seiner Frau und seinen Töchtern entfernt, typisch Russenart, hieß es noch Jahrzehnte später in der Familie, erst unauffindbar, wie vom Erdboden verschluckt, dann muß man nur aus dem Schloßhof auf die Straße treten und hundert Meter gehen, und schon ist man zuhause. Wolfram, ich danke dir, du Lieber, sagte der Heimgekehrte und fuhr halb im Spaß und halb im Ernst fort: Nun mach aber auch, daß du so schnell wie möglich nach deinem Frohburg kommst, sonst dreht mir mein Ilsemädchen restlos durch. Sie waren alle drei noch keine vierzig, Reibrich, Ilse, Vater.

Erwähnenswert, daß es im Spätsommer sechsundvierzig im Westerzgebirge einen durchgreifenden Austausch von Sowjetoffizieren gab. Zum Beispiel wurden Michalkow in Schwarzenberg und der Oberst in Aue, der mehr im *Blauen Engel* als in seiner Kommandantur gesessen hatte, abgelöst. Das stand in keiner Zeitung, das wurde nicht bekanntgemacht, die Leute sahen nur andere Männer in den gleichen Uniformen. Auch Boris verschwand sang- und klanglos aus der Gegend. Seit den Stiftstraßenmorden mied er den *Albertturm* und die anderen Tanzgelegenheiten. Und er tat gut daran. So manche Sicherung wäre vielleicht durchgebrannt, wegen der *Russkischnallen* undsoweiter. Nie hätte man von ihm noch mal gehört. Wenn nicht der erste SED-Parteisekretär des Kreises Aue, der im Herbst 1951 zu einem Dreimonatskurs in Moskau weilte, Sprachunterricht und Bergbaukunde, alles im Auftrag der *Wismut*, aus dem Strom der entgegenkommenden Passanten auf der Gorkistraße ein Gesicht herausgefiltert hätte, das er von zuhause kannte, zu kennen glaubte. Er machte kehrt und ging dem Mann nach. Boris, fragte er halblaut über dessen Schulter hinweg. Weiß Gott, er wars. Nach zwei Moskauer Jahren ganz oben, nicht allzu weit unterhalb der Spitze, hatte er mit der Zentrale im Kreml nichts mehr zu tun, stammte er doch aus Leningrad und mußte sich glücklich schätzen, nicht stärker in die Affäre der Leute von dort verwickelt worden zu sein, hätte das Leben kosten können, so aber langte es noch zum Direktorposten einer Mittelstufenschule am Rand des Stadtteils Samoskworetschje. So viel durfte er sagen, darüber ließ sich reden, aus der auferlegten Bedeutungslosigkeit heraus. Bei einer Beförderung dagegen wäre kein Sterbenswörtchen über seine Lippen gekommen, hätte er vielleicht sogar seine Identität verleugnet. Jetzt aber fand er sich zu einer Einladung an den deutschen Kampfgenossen der unmittelbaren Nachkriegszeit bereit, morgen, abends, wenn du Ausgang bekommst, Trolleybus. Und schrieb Haltestellen und Linien auf. Es wurde ein sehr feuchter Abend zu dritt, mit Boris und der Frau, die er vor einem Jahr geheiratet hatte, einer Kollegin, die an einer Dissertation über Juri Trifonows soeben mit dem Stalinpreis dritter Klasse ausgezeichneten

Roman *Die Studenten* saß. Erst im ferneren Verlauf des Abends erzählte sie von Trifonows Vater, dem hohen Revolutions- und Bürgerkriegsrichter, der siebenunddreißig verschwunden war. Gegen Morgen, etwas wacklig auf den Beinen, umarmte man sich zum Abschied. Der erste Kreissekretär nahm einen Frühschichtbus zu seinem Wohnheim auf den Leninbergen, sich durchfragen, sich zurechtfinden, das war eine praktische Übung als Ergänzung der Russischlektionen. In den restlichen zwei Monaten des Lehrgangs sah man sich nicht noch einmal. Erst im September sechsundfünfzig, aus dem Chef der SED im Kreis Aue war die rechte Hand des Karl-Marx-Städter Oberbonzen der Partei geworden, er sprach inzwischen fließend russisch und war für den Dauerkontakt zur *Wismut* zuständig, erhielt er einen Brief aus Ostberlin. Dorthin war die Witwe von Boris gezogen. Ihre Mutter war Wolgadeutsche gewesen, das hatte die Umsiedlung erleichtert, nun lebte sie als Übersetzerin in Pankow. Wie sie schrieb, war sie seit drei Jahren Witwe, Boris, ihr Mann, war in die Mühlen der Abrechnungen und Vergeltungen nach Berijas Festnahme und Erschießung geraten, das hatte auch ihn, den Überlebenden der Leningrader Affäre, umgebracht, durch Genickschuß wahrscheinlich, wie er hoch und niedrig durch viele Jahre umstandslos verpaßt wurde. Merkwürdig, daß sie über den Tod ihres Mannes so schrieb, fast freiweg. Der Empfänger des Briefes kannte Chruschtschows Februarreferat, es war in der Bezirksleitung einmal mit Schweigeverpflichtung vorgelesen und nicht diskutiert worden, dennoch oder gerade deshalb stutzte er. Wenn das eine Falle war. Besser nicht antworten. Und keinerlei Mitleidsgedanken in bezug auf Boris. Denn war da nicht die Sachsenfelder Sache gewesen, vor zehn Jahren. Wie der Riesenkerl hinter der Kleinen hergewesen war. Nicht nur die normale Nullachtfünfzehnbevölkerung, auch die Parteileitung in Aue hatte sich ihre Gedanken gemacht. Tun ließ sich nicht nur nichts, es gab auch keinen schwachen Anflug eines Gedankens, sich in die brandgefährliche Sache reinzuhängen. Schon ein flüchtiger Blick hinter den Vorhang, ja die

Überlegung einer solchen Möglichkeit konnte schlimme Folgen haben. Und in den Augen der Russen steckte man ohnehin in einem Sack mit den Wehrmachtskriegern. Schließlich hatte man mit denen auf der gleichen Schulbank gesessen, hatte die gleichen Lehrer, die gleichen HJ-Führer gehabt, die gleichen Geländespiele gemacht. Etliche Jahre sprach man zwar noch im Schwarzwassertal und in den Dörfern auf den Hängen, in Beiersdorf, Bernsbach, Oberpfannenstiel und Grünhain, von den vier ermordeten Mädchen und jungen Frauen und von Boris, doch dann trat die Kriegs- und Nachkriegsgeneration allmählich ab oder war vor einundsechzig in den Westen entschwunden, warum sich einer Geschichte aussetzen, die einen aufwühlt und umtreibt. *Doa is wuhl ma woas gewäsn, awr nischd genaues weeß mr nisch*, konnte man Ende der achtziger Jahre hören.

Vater dagegen vergaß den Doppelmord nicht, nicht das Haus in Sachsenfeld und vor allem nicht die beiden Opfer, deren Gesichter er am Morgen nach dem Verbrechen von Blut gesäubert hatte. Noch um die Wende herum brachte er ein-, zweimal im Jahr die Rede darauf, der Fritz Wolf ist es nicht gewesen, Boris war es. Zweitausenddrei starb Vater, knapp sechsundneunzig Jahre alt, in seinem Haus *Am Stock* in Reiskirchen, in dem er alleine wohnte, er hatte Mutter um dreizehn Jahre überlebt. Einkaufen, Kochen, Wäschewaschen war nie seine Sache gewesen und wurde es auch jetzt nicht mehr, dreimal in der Woche kam weiter wie schon zu Mutters Lebzeiten eine Aufwartung, Elvira Ladisch, die einmal mit fünfzehn Jahren bei den Eltern als Hausgehilfin angefangen hatte und die längst mit ihrer Familie, der Mann Frührentner, zwei erwachsene Söhne, ein eigenes Haus im Nachbardorf bewohnte. Vater bat mich zweiundneunzig, dreiundneunzig um eines meiner Bücher für Elvira, ich sollte es mit einer Widmung für sie versehen. Ich hatte den Familiennamen nie geschrieben gesehen und setzte prompt ein H hinter das A. Wirkte vielleicht, als sei ich nicht angetan von der Bitte gewesen, nicht begeistert bei der Sache. War ich, wenn ich ehrlich sein soll, auch wirklich nicht. Vater duzte, wie ich bemerkt hatte, seit neuestem Elvira und ihren Mann und vielleicht auch ihre Söhne. Und ließ sich zu meiner Verblüffung von ihnen duzen. Ich lebte weitab vom Schuß, seit dreiundsechzig war ich in Göttingen, hundertsiebzig Kilometer von Reiskirchen entfernt, zwischen uns der Lutterberg an der Werra, die Kasseler Berge, der Knüll und der Rimberg, mit vier gewaltigen Anstiegen, egal, ob von Norden oder Süden, gut fünf Monate im Jahr war die Autobahn mit ihrer Trasse aus den dreißiger Jahren von Schnee und Glatteis bedroht. Stauungen ohnehin rund um die Uhr. Jede Kurve, jede Steigung, alle Tempobegrenzungen, die Dörfer an der Route und die Waldpartien kannte ich fast im Schlaf, jede, aber auch wirklich jede Ausfahrt hatte ich schon benutzt, um die Strecke zu variieren und durch die Schwalm, den Kellerwald, den Ringgau zu fahren, immer mit Zielpunkt Reiskirchen oder Steinheim, Heidruns Dorf hinter Lich und Hungen, zwischen Wetterau und Vogelsberg.

In den zehn, zwölf Jahren nach 1976, als die Eltern die Praxis im Erdgeschoß ihres Hauses einem Nachfolger übergaben, hatte es laut Mutters verklausulierter oder mir im nachhinein verklausuliert erscheinender Mitteilung an mich drei irritierende Vorfälle gegeben, die sie so unter Druck gesetzt hatten, daß sie nicht anders als verletzt und empört reagieren konnte. Da war einmal, als erstes, eine Bemerkung von Schwägerin Ilsabe, der Witwe des ehemaligen Bosberger Rittergutserben und späteren Hagenester LPG-Vorsitzenden Franz Roscher, die bei einem Reiskirchenbesuch mit Rentnervisum eines Abends, als man sich nach dem Essen bei einem Gläschen *Chantré* durch die gemeinsamen Erinnerungen an die letzten vierzig, fünfundvierzig Jahre redete, über einen guten Bekannten, Harry Lackner aus Kohren, später Leipzig-Lindenau, zuletzt Ludwigshafen, gesagte hatte: Er war Mediziner, und sie war auch ein Schwein. Auf Lackner traf das vielleicht wirklich zu, auch auf Vaters Bundesbruder Reibrich, kann sein, nach allem, was Vater in der gemeinsamen Schwarzenberger Nacht von Ilse erfahren hatte, aber Mutter bezog die Bemerkung auf Vater und sich, sie ging in die Luft, stürmte aus dem Zimmer, warf sich schluchzend auf ihr Bett und wies jede Beschwichtigung, jede Abwiegelung durch Vater oder seine Schwester zurück. Da spielte mit, was lange, mehr als lange zurücklag. Die Erfahrungen zum Beispiel, die sie mit Ilsabe gemacht hatte. Haustochter in der Greifenhainer Straße war die gewesen, bis in ihr dreißigstes Jahr. Da lernte sie auf dem Schützenhaussaal den sechs Jahre jüngeren Franz Roscher kennen, einen Eleven bei Ebners auf dem Frohburger Rittergut. Eine mehr als gute Partie. Ein Jahr noch, dann sollte er das Untergut im nahen Bosberg übernehmen, Eigentum seiner Mutter, hundertfünfzig Hektar, immerhin, mit Fischteichen und gutseigener Schnapsbrennerei. Franz, meist gutgelaunt und strahlend, war ein für örtliche Verhältnisse äußerst gutaussehender Mann, klar, daß er dem Abenteuer mit der älteren erfahrenen Frau nicht aus dem Weg ging. Das Verhältnis dauerte zwölf Monate, dann kühlte es sich ab, Franz hatte Bosberg übernommen. Mutter, mit Vater längst liiert, wurde im Spätherbst achtunddreißig von ihrer Schwägerin in spe gebeten und bedrängt, bitte ruf ihn an und sag ihm, daß ich in anderen Umständen bin, daß ich ein Kind von ihm erwarte. Mutter wählte das Untergut abends an, Franz war gleich am Apparat, sie sagte die Botschaft auf, schon wurde der Hörer aufgeschmissen. Mutter, zwei Jahre älter als der Angerufene, der Bedrängte, kommentierte, wenn sie auf ihren Schwangerschaftsanruf zu sprechen kam: Der junge Schnösel, was bildete der sich ein. Ja, ruppig hatte er reagiert, aber dem Faktum Schwangerschaft konnte er sich nicht entziehen, nicht auszuschließen, daß ein Erbe unterwegs war, eine andere Beziehung brachte vielleicht nur Mädchen mit sich, wie würde er ein Abwimmeln Ilsabes dann bereuen, letztenendes gab es tatsächlich eine Hochzeit, wie von Ilsabe nicht nur heiß ersehnt, sondern auch als quasi letzte Möglichkeit betrachtet, einem Leben als alter Jungfer auszuweichen. Denn was das hieß, konnte sie Tag für Tag an

Tante Frieda beobachten. Eine Hochzeit also, und wenn schon eine, dann keine kleine. Dabei konnten die Brauteltern, obzwar ab Mitte der dreißiger Jahre mit dem Aufschwung zu einigem Geld gekommen, nicht alles, was mit der Eheschließung der jüngsten Tochter zusammenhing, gleich bar bezahlen. Die Aussteuer, mit feinem Leinen, mit Meißner Porzellan, mit einem Damenzimmer in weißem Schleiflack, das Brautkleid und die Kleider für die Brautjungfern, das Fest selbst, mit hundertzwanzig Gästen, es kostete und kostete und war doch in den Augen meiner Großeltern offensichtlich jede Reichsmark wert, die man aufzubringen hatte. Kaum war die Hochzeit abgefeiert, mitsamt der Hochzeitsreise nach Westerland, *Hotel Miramar*, großes Zimmer, fast eine Suite, mit Blick auf den Strand und auf die Nordsee, da drängte sich den Eltern, dem familiären Anhang der Jungvermählten die Frage auf, wer Ilsabe in den Wochen betreuen, pflegen sollte, da bietet sich doch förmlich Wolframs Freundin Erika an, wenn die einziehen will in Bosberg, sollte sie allerdings schon richtig verankert in der Familie sein, sagten erst Doris-Mutti und dann Großmutter. So kam es, daß meine Eltern, abweichend von ihren Plänen, fremdbestimmt, würde man heute sagen, im Rahmen einer großfamiliären Übereinkunft Ende Januar neununddreißig heirateten. Das Wort Fremdbestimmung gab es noch nicht, wohl aber die entsprechende Empfindung, und mit deren vermutetem Vorhandensein bringe ich in Verbindung, daß die Trauung nicht in Frohburg stattfand, sondern in der Nikolaikirche der zehn Kilometer entfernten Kleinstadt Geithain, eines Nestes genau wie Frohburg, erst ab zweiundfünfzig Sitz einer Kreisverwaltung und meiner Oberschule. Aber geadelt für ein paar Kunstfreunde im sächsisch-thuringischen Grenzraum schon vorher. Denn vierundvierzig hatte sich am Stadtrand von Geithain, in Tautenhain, seit neuestem im Zuge ausgeklügelter Eingemeindungen merkwürdigerweise zu Frohburg gehörig, der Maler Conrad Felixmüller angesiedelt. Von ihm war, als die Eltern heirateten, noch nicht die Rede. Einmal fragte ich Mutter, warum gerade Geithain. Ich wollte keine Gaffer vor der Kirche sehen, war ihre Antwort. Ob sie zutraf, keine Ahnung. Es ließe sich auch an eine unberechenbare skandalbereite Nebenbuhlerin denken, der man auswich, an eine Kleinstadtintrige mit verleumderischen Gerüchten, Gruppenbildung, Kettenbriefen und anonymen Hinweisen an Behörden, Arbeitgeber, Pfarrer, alles nicht ungewöhnlich, alles denkbar, alles schon dagewesen, auch und gerade in Frohburg. Auffällig ist mir, daß es unter den hundert und aberhundert Familienfotos wohl eine Aufnahme mit Vater und Mutter auf Franz' und Ilsabes Hochzeit gibt, aber keine von ihrer eigenen Trauung. Das kann kein Zufall sein.

Keine drei Wochen waren Ilsabe und Franz aus Westerland zurück, stellte sich heraus, daß es keine Schwangerschaft mehr gab. Oder nie gegeben hatte, wie Mutter sich ganz sicher war. Mit Franz mußte man nicht unbedingt Mitleid haben, er sorgte selber für Ausgleich und nahm in seiner Zeit als LPG-Vorsitzender jedes Jahr eine andere junge Frau zur Geliebten, mal aus dem Stall, mal von der Feldbaubrigade, auch in der Wohnnachbarschaft lachte er sich eine an. Und nicht nur das. Einmal, Anfang der siebziger Jahre, kam Ilsabe ins Wohnzimmer, da hatte er Nora auf den Knien, eine der Schwiegertöchter, Frau seines dritten Sohnes Wend. Ilsabe, in dieser Hinsicht geprüft seit eh und je, machte kein großes Ding daraus. Jahre vor seinem Tod 1973, er hatte eine fortschreitende Nervenkrankheit, verteilte er den Schmuck aus dem Nachlaß seiner Mutter an die vier jungen Frauen der Familie, die Tochter und die drei Schwiegertöchter. Die Schmuckstücke aus Gold und Platin, mit eingesetzten Aquamarinen und aufgesetzten Brillanten, waren nicht zu verachten. Wer ein Rittergut kaufen konnte, stand sich auch sonst sehr gut. Das Los entschied. Doris-Mutti erzählte im nachhinein von seinem Trick mit den verschieden langen Streichhölzern, wie er es hingedreht hatte, daß die Lieblingsschwiegertochter die allerschönsten und allerwertvollsten Stücke bekam. Ist nicht schade, fügte Doris-Mutti an, Ilka, sie meinte die Tochter, ist in der SED, und Mach, ihr Mann, spielt an seiner Schule sogar den Parteisekretär. Nora bedankte sich für die Bevorzugung bei Franz, indem sie auf Distanz ging und mit ihrem Friseur in Leipzig, zu dem sie einmal im Monat fuhr, ein Verhältnis anfing. Die Beziehung, nur als Jour fixe gedacht, ließ sich nicht wirklich bändigen und wurde immer wichtiger für sie. Eines Tages im Hochsommer, während der großen Ferien, feierte die Familie auf ihrem Wochenendgrundstück am Baggersee bei Borna, von allen *Strand* genannt, mit Freunden und guten Bekannten Ilsabes fünfundsiebzigsten Geburtstag, sogar Cousine Mari aus Hannover und Großcousine Schatzi aus Westberlin waren mit Verwandtenvisum angereist. Das Grillen ging schon mittags los, nicht nur die Männer tranken Bier. Drei Kästen Krostitzer standen bereit, eine wahre Rarität, Gastgeber Wend hatte mit einem Parteigenossen von der LDPD ein Rad gedreht, der hatte einen Bruder in der Brauerei. Das Geburtstagskind dagegen bevorzugte Eierlikör, wie ihn Ilsabe auch jeden Advent nach Reiskirchen schickte, dreimal gingen die Flaschen unterwegs kaputt, warum denn vorsichtig die Päckchen in das NSW-Gebiet befördern. Nachmittags gab es Kaffee und Kuchen. Danach war man bis obenhin satt, alles sank in sich zusammen, keine lauten Gespräche mehr, selbst die Kinder dösten im Schatten, mit ein paar Heften der *Digedags*. Gegen sechs fragte plötzlich jemand: Wo ist Nora, hat jemand Nora gesehen. *Nee, nich gesähn, geene Oahnung*, kam es zurück. Erst nach weiteren zwei Stunden wurde sie dringlicher vermißt, nun auch von ihrem Mann und den erwachsenen Kindern. Jetzt schwärmte man schon aufgeregter aus, die Männer mit Bierflaschen in der Hand, warum auch nicht, die entlegeneren Ekken des großen zugebuschten Grundstücks wurden abgesucht, durchkämmt. Habt ihr sie, ist sie bei euch, tönte es durch den Abend. Im ersten Anlauf: nichts. Keine Nora. Die älteste der Enkeltöchter, gerade in die Schule gekommen, weinte und rief nach der Oma. Die Oma war sechsundvierzig Jahre alt. Blutjung, kaum richtig aus der Schule, einmal geküßt, und schon ist ein Kindchen unterwegs, hatte die Bergoma seinerzeit gesagt. So kam es, war es möglich, daß die kurzzeitig verschwundene Großmutter keine fünfzig war. Wir gehen jetzt nach draußen, rief Mach, der Schwager, vielleicht ist sie hingekracht oder in ein Loch getreten und hat sich was gebrochen. Halt, rief Wend, so wird das nichts, es ist fast dunkel, in meinem Wagen liegt ein Handscheinwerfer, für die nächtlichen Einsätze auf den großen Rinderweiden, den nehmt ihr mit. Man ging zum *Lada*, der draußen vor dem Tor stand, Wend als Staatstierarzt hatte das Auto vor fünf Jahren zugeteilt bekommen. In der Folge Mißtrauen bei den Kollegen und der Nachbarschaft. So viel, einen *Lada*, kann einem der Eintritt in die LDPD doch nicht einbringen, oder. So die Kollegen und die Hausgenossen, die alle, wenn sie ein Auto hatten, die Kiste aus Zwickau fuhren, von Sachsenring. Den *Lada*, das Gefährt der geheimen Sicherheit, hätte Wend, ungeachtete der fünfundsiebzigtausend Kilometer, die der Tacho anzeigte, jederzeit zum Neupreis verkaufen können. Zweifarbige Ausführung, die Kunststoffbeplankung in mattem Elfenbein und mattem Grau. Sogar Winterreifen. Wie aufgetrieben, auf welchem Weg bezogen, das wurde selbst im engsten Familienkreis nicht verraten. Nora mußte ja nicht wissen, daß es ein paar Treffen in einer Wohnung in Zwenkau gegeben hatte, deren Inhaber vom Gesprächspartner für ein paar Stunden nach Leipzig geschickt worden waren. Anders als Wend, fuhr sein Schwager Mach einen rumänischen *Dacia*, auch nicht alltäglich, auch nicht gerade leicht zu bekommen. Nicht etwa nach geheimer Liste dem alleruntersten Angehörigen der Nomenklatura zugeteilt, sondern erworben mit Hilfe der *Genex*, die Chemnitzer Großeltern seiner Frau, die mit dem Rittergut, hatten nach dem Krieg alte Aktien von *Karstadt* in Westdeutschland wiederangemeldet, Mari in Hannover verwaltete das Depot und ein zugeordnetes Konto, wenn in Pegau Bedarf war, an Ölfarben für den Anstrich der Datsche am See, an einem Wohnwagen aus ostdeutscher Produktion oder eben auch an einem *Dacia*, dann ging ein Brief mit den verschlüsselten Wünschen nach Hannover. Oder es gab ein Ostwesttelefongespräch mit einer verklausulierten Bestellung. Offiziell durften die Genossin Ilka und der Genosse Mach keinen Westkontakt haben, geschweige denn geheimgehaltenes Westvermögen. Auch mußten sie sich, wenn Besuch aus der sogenannten BRD zu Ilsabe kam, verleugnen lassen: auf Dienstfahrt in Berlin. Nur einmal kamen sie bei einem Besuch meiner Eltern bei Vaters Schwester in gedecktem Anmarsch durch die Keller des langgestreckten Neubaublocks, um sich für mitgebrachte Geschenke zu bedanken, vor allem für zwei Stangen *Pall Mall*. Damals war das Karstadtdepot, ursprünglich im Wert von hunderttausend Mark, durch die Bestellungen der Familien der fünf Geschwister auf ein Fünfzigstel zusammengeschmolzen. Unter den Beifahrersitz des mühsam erlangten *Lada*, auf dem eine Holzkiste mit Medikamenten stand, holte Wend die Batterielampe hervor und übergab sie Mach. Bevor der seine zusammengewürfelte Suchmannschaft nach draußen führen konnte, durch das verzierte Eisentor, in landesüblicher Gestaltungskraft von der Plautschen Schmiede in Frohburg angefertigt, die sich mit solchen Sachen eine goldene Nase verdiente, hörten alle von einem nahen Uferhang, wie Büsche rauschten, Äste brachen, aus der Dunkelheit tauchte eine Gestalt auf, war das die vermißte, die gesuchte Nora, kurz vor der Einfahrt setzte ein Keuchen, Stöhnen und Schluchzen ein. Nora kommt, rief Mach in das Grundstück hinein, in Richtung seiner Frau Ilka, sechsundvierzig, ein Sohn, Leiterin einer Fachschule für Krankengymnastik, und der Schwiegermutter, die alle paar Minuten an einem halbgefüllten Zahnputzglas mit ihrem heißgeliebten Eierlikör nippte, zur Feier des Tages eine Zigarette nach der anderen rauchte und sich wie in Watte verpackt fühlte, was, wie sie wußte, so besoffen war sie noch nicht, vom Alkohol kam, wer Sorgen hat, hat auch Likör, sagte sie schon zum dritten Mal. Und meinte damit das Scheitern des Versuchs von Ilkas Sohn Lars, sich bei den bewaffneten Kräften zu etablieren, in der *Militärakademie Friedrich Engels* in Dresden wurde er, der Sohn zweier SED-Mitglieder, nach dem Abitur sofort angenommen, die Großeltern Rittergutsbesitzer und die Urgroßeltern Tuchverleger im Erzgebirge, von denen er rein gar nichts wußte, waren der Staatsmacht und ihren Unterabteilungen bekannt und spielten dennoch keine Rolle. Es nützte die biographische Nachsicht des Apparates nichts, der junge Lars, der sich von den Hannoverschen Verwandten mit Computerliteratur versorgen ließ, hielt zwar fachlich mit und konnte auf dem spät, sehr spät als wichtig erkannten Gebiet der Datenspeicherung und Datenbearbeitung mithalten, doch mit den Usancen, dem Ton und Unterton der Einrichtung kam er nicht klar. Ich schmeiße hin, verkündete er bei jedem der knappen Wochenendurlaube. Das läßt du mal hübsch bleiben, Freundchen, sagte seine Mutter, du guter guter Larsi, überleg es dir noch mal, kam es von Ilsabe im Großmutterton. Half alles nichts, er stieg bei *Friedrich Engels* aus und bei Karl Marx ein, *Karl-Marx-Universität* Leipzig, Hauptfach Philosophie, vor allem Marxismus-Leninismus. Nach der Wende nichts mehr wert, die fünf Semester. Doch zurück zur Feier am Baggersee. Die unversehens wiederaufgetauchte Nora, zitternd, hastig atmend, das neue Sommerkleid zerrissen, die Haare wirr, taumelte in den Kreis der Festtagsgäste und sank zu Ilsabes Füßen nieder, verkroch sich fast unter ihrem Stuhl, hier, Eierlikör, fragte die Schwiegermutter und füllte vorsorglich ein Glas, aber Wend, der Ehemann, stieß nur ein Wort hervor: Und. Die Umstehenden merkten, daß es in ihm brodelte. Eine ganze Weile konnte Nora, hyperventilierend, beim besten Willen nicht antworten. Dann: Drüben im Wald. Und nach kurzer Verzögerung: Am Bach. Wieder Pause. Und: Neulich der Eisvogel, ich heute wieder hin. Großes Schluchzen. Anschließend ganz leise: Wo das Brombeergestrüpp ist, sprang mich ein Mann von hinten an, er packte mich und drückte mich runter, habt ihr mich nicht rufen hören, ich habe geschrien wie am Spieß, es nützte nichts, er hat mich hingeschmissen und sich auf mich draufgelegt, ich konnte nichts machen, schrecklich. Sie wurde minutenlang von Weinkrämpfen geschüttelt. Da hilft alles nichts, sagte

Mach, wir müssen auf das nächste Polizeirevier mit dir, erst mal drüber schlafen, sagte mein Cousin, kommt nicht infrage, widersprach der Schwager, da wird nichts verdeckt, das können wir nicht durchgehen lassen, so eine Vergewaltigung. Doch wo war die nächste Polizeidienststelle. Es gab kein *Google* und kein *Google Earth*, aber einer von Wends Schwiegersöhnen war einmal auf der Fahrt zur Datsche mit seinem Trabi im Graben gelandet, die Volkspolizei war aufgekreuzt und hatte ihn mit auf das Revier genommen, nach Neukieritzsch, der Laden ist auch sonn- und feiertags besetzt. Die Geburtstagsgesellschaft kam dort wirklich an, zwölf Köpfe stark, ohne die Westverwandtschaft, die mit den Kindern zur Erleichterung der anderen zurückgeblieben war, die beiden Uniformierten, Kragen auf, Koppel abgelegt, stellten blitzschnell die Bierflaschen unter den Schreibtisch, die Anzeigenerstatterin bleibt hier, hieß es, der Rest zieht ab, wir melden uns, zuerst müssen wir telefonieren. Man ahnte schon, wen sie anzurufen hatten, den anderen Verein, den ganz geheimen, jeder kannte ihn, wenn es ernst wurde oder ernst zu werden schien, waren die Leute dort am Drücker. Die Familie fuhr zurück und wartete Stunde um Stunde. Keine Nora. Auch kein Bote. Schließlich packte man, verwirrt und ratlos, die schlafenden Kinder und die Sachen, den Rest des Grillguts und die leeren Bierkästen, in die Autos fuhr und nachhause. Auch während der restlichen Nacht keinerlei Kontakt. Erst halb sieben, Wend saß nach unruhigen Stunden im blaugrauen Stallkittel und mit Gummistiefeln, er wollte gleich los, am Frühstückstisch, klingelte es bei ihm. Er riß die Wohnungstür auf: zwei Polizisten. Sie bestellten ihn für Punkt neunzehn Uhr auf die Wache. Und meine Frau, wo ist die, fragte Wend. Wir sind nicht befugt, kam die Antwort, aber ich flüstere Ihnen schnell was zu, sie schläft, bei uns, also keine Sorgen machen, insoweit. Unsicher machte er sich nach Feierabend auf den Weg zur Polizeistation am Bahnhof, und noch unsicherer meldete er sich beim Diensthabenden. Er wurde in ein Hinterzimmer geführt, wetten, daß ein Honecker an der Wand hing, darunter saß ein Mann in Zivil, hinter einem Büroschreibtisch, Hauptmann Soundso, er verstand den Namen nicht, hatte aber keine Kraft zurückzufragen, der Hauptmann gehörte entweder zur K oder zur Sicherheit, egal, das war fast gleich. Bürger Roscher, Genosse sind Sie ja nicht, nur LDPD, ich muß Ihnen eine höchst befremdliche Eröffnung machen, die bedauerlicherweise auch Sie als Ehemann angeht. Laut Anzeige ist Ihre Frau gestern während einer Familienfeier in der Nähe Ihres Datschengrundstücks überfallen und vergewaltigt worden. Hat sie gesagt. Sagt sie jetzt nicht mehr. Nachdem wir ernsthaft und nachdrücklich mit ihr gesprochen haben, ich und drei weitere Kollegen aus anderen Abteilungen, auch eine Frau war dabei. Ein Mann hat mich angefallen, es war schon dunkel, ich konnte ihn nicht erkennen, er hat mich vergewaltigt. Aber Frau Roscher, haben wir gesagt, wir haben uns den angeblichen Tatort im Holundergebüsch bei Tageslicht ganz genau angesehen, da gibt es keine Spuren, null Komma nichts. Wie kommt es aber, daß wir in dem Heuschober hundert Meter unterhalb ein abgezogenes Kondom und ein Täschchen mit Ihrem Ausweis, Zigaretten, Feuerzeug und einer Pariserschachtel gefunden haben, was sagen Sie dazu, los, Stellung nehmen. Und sie nahm Stellung. Nach ein paar Finten, die wir auch erwartet hatten, sie sei von ihrem Vergewaltiger nach unten auf die Heuwiese geschleppt worden, dort müsse sie, als sie sich wehrte, ihr Täschchen verloren haben, gab sie endlich zu, daß sie sich bei der ersten sich bietenden Gelegenheit von ihrem Mann, den Kindern und der feiernden Verwandtschaft abgeseilt habe, um ihren Liebhaber, einen Leipziger Friseur, zu treffen, der, krisengeschüttelt, seine Frau war am Tag vorher ausgezogen, seit dem späten Nachmittag im verwilderten, von Brombeerhecken durchsetzten Waldstück hinter dem Wochenendgelände geduldig ungeduldig auf sie wartete. Schon beim Hindurchzwängen durch das Dornendickicht sei sie hängengeblieben, und bei der Liebesstunde im Heu habe sie sich oder habe er ihr das Kleid zerrissen, wie das erklären. Sie war auch viel zu lange weg, bis in die Dunkelheit hinein, also nix Naturbeobachtung, nix Eisvogel. Bis hierher Ihre Frau, werter Herr Roscher, dann brach sie zusammen, schlimmer, viel schlimmer als die paar Frauen, die wir nach einer wirklichen Vergewaltigungsgeschichte hier hatten. Das Eingeständnis des Schwindels kam heutemittag, kurz nach zwei. Wir mußten auf einen wichtigen Kollegen warten, deshalb landete Ihre Frau in einer unserer Arrestzellen, dort liegt sie bis zu diesem Augenblick und schläft, Sie können sie mitnehmen. Ich sage Ihnen aber gleich, daß es, wenn die *Firma* nichts anderes beschließt, ein Nachspiel wegen Vortäuschung einer Straftat geben wird. Während das Ehepaar, die Seitenspringerin und ihr Ehemann, im *Lada* nachhause fuhr, wurde nichts gesprochen, fiel kein Wort. Erst in der Wohnung, nachdem Wend ein Bier aus dem Kühlschrank genommen und sich an den Küchentisch gesetzt hatte, sagte er: Also. Nora sofort: Du sei ganz ruhig. Was denn, rief Wend, ich soll ruhig sein, wo alle deine Extratour mitbekommen haben, auch meine Mutter. Dessau, schrie Nora zurück, denk an Dessau. Ohne darauf einzugehen, verzog Wend sich ins Herrenzimmer, dessen Möbel noch vom Rittergut in Bosberg stammten. Der große sogenannte Bücherschrank hatte rechts und links vom schweren Mittelteil zwei verglaste Seitenflügel, in denen *Brehms Tierleben* in zehn Bänden, *Meyers großes Lexikon* in achtzehn Bänden und fünfundzwanzig Bände *Klassiker* standen, alle aus der Greifenhainer Straße, aus dem Nachlaß unserer Großeltern übernommen, vor dem Verkauf des Anwesens an den Schneider Taubert vom Töpferplatz. Und alle ab 1893 bandweise angeschafft, Jahr für Jahr in Empfang genommen, gleich nach der Ansiedlung der Großeltern in Frohburg ging das los, Wissen ist Macht, hatte Julius schon in jungen Jahren in Freiberg von seinem Vater Wilhelm gehört, wenn der über den Geschäftsbüchern der besseren Handwerker und der kleinen und mittleren Fabrikanten am Ort saß, Buchhaltung verrät manches, wenn man Ahnung hat, deshalb werde ich auch von meinen Auftraggebern wie ein rohes Ei behandelt, du merkst es ja. Die Bücherschranktür in der Mitte, zwischen den

Vitrinen, aus Massivholz, versperrte den Zugriff auf Wends *Mauksche*, drei Ablagefächer, und auf die Zigarrenkiste, die dort zusammen mit den Papieren der Familie und dem haltbaren Inhalt der Westpakete deponiert war. Das Kistchen erstaunlich schwer, hätte man denn die Gelegenheit bekommen, es hochzuheben. Es enthielt, bis zur Oberkante gefüllt, gestrichen voll, sagte Ilsabe, Golddukaten aus dem achtzehnten Jahrhundert, nicht allzu kleine feine Prägungen, vier Stück gab Wend seiner Mutter auf eine Rentnerreise nach Hannover mit, Ilsabe ging mit Mari in der Innenstadt und betrat hinter der Oper die lokale Niederlassung der Deutschen Bank, ein grau und freudlos wirkender jüngerer Mann mit geöltem, fast öligem Verhalten, für Ostbesucher undurchdringlich, war der Spezialist für den Ankauf von Edelmetall und Münzen, fünfhundert Mark, formulierte er sein Kaufangebot, Ilsabe war unsicher, vier Dukaten ergaben sagenhafte zweitausend Westmark, was konnte sie damit nicht alles kaufen, Zigaretten für sich, ein paar Flaschen Eierlikör aus westlicher Produktion, Mitbringsel für die Enkel, fast hätte sie eingeschlagen. Aber Mari kannte ihren Vetter in Pegau gut genug, um zu wissen, daß es unerläßlich war, seine Zustimmung zu dem Geschäft einzuholen. Man rief also am späten Abend von Garbsen aus in Pegau an. Fernamtverbindung oder Selbstwählverkehr, mit dem einen so gut wie mit dem anderen dauerte es drei, vier und noch mehr Stunden, bis die Verbindung zustande kam, *kakfif*, sagte Wend, das bedeutete, wie Mari aus ihren Frohburger großen Ferien wußte: der Verkauf der Münzen zum genannten Preis kommt auf keinen Fall infrage. Damit halste er seiner Mutter das Zurückschmuggeln und das damit verbundene erneute Risiko auf. Letztenendes gelangten die vier Goldstücke zurück nach Pegau und komplettierten wieder den Schatz im Bücherschrank. Den Schlüssel zu den Kostbarkeiten hatte Wend immer in der Hosentasche, verständlich, denn die Raritäten mußten, lehrte die Erfahrung, vor Nora, den Söhnen und deren weiblichem Anhang gesichert werden, grüne Flaschen mit Moselwein, kantige Preßglasquader mit Whisky und vor allem handhohe Stöße *Ritter Sport*, die in Westpaketen aus Hannover, auf Maris Küchentisch im Reihenhaus *Auf der Horst* stoßsicher eingepackt, den Weg nach Pegau gefunden hatten, immer stand oberhalb der Adresse auf dem Paket und noch einmal auf dem Einlegblatt: *Geschenksendung keine Handelsware*, unklar, warum dieser zwingend vorgeschriebene Zusatz. Die guten Gaben wurden allesamt an Wend adressiert, weil sie Ilsabe mit der erhöhten Rente einer Funktionärswitwe und Ilka und Mach als Genossen vermutlich geschadet hätten, wie sehr, mußte jeder selbst abwägen. Soll doch der Wend gefälligst auch für uns den Empfänger spielen, LDPD, das ist trotz allem nicht gleich SED, der Spielraum, den er hat, ist größer. Der Bruder und Schwager mußte für die Familie Mach sogar bei der *Genex* den Wohnwagen aus DDR-Produktion, den sie sich dringend wünschten, bestellen und im Westen bezahlen lassen und bei Zuteilung in Empfang nehmen. Mari rief wegen der Order extra bei Wend an, ist dir auch klar, daß das siebentausend Mark weniger Guthaben bedeutet. Egal, sagte Mach zu Wend, wir leben jetzt, und wir leben nur einmal. Das kurze Gespräch fand im Mai zweiundachtzig statt. Sieben Jahre später, als es einem plötzlich von einer Stunde zur nächsten freistand, nach Hannover und anderswohin zu fahren, Wohnwagen und *Dacias* zu kaufen und die Konten und Aktien in eigene Verwaltung zu nehmen, waren von den hunderttausend Mark der Nachkriegszeit noch einige wenige tausend übriggeblieben, der *Dacia* stand seit zweieinhalb Monaten in der Werkstatt, kriege ich vielleicht gar nicht mehr hin, hatte der Reparateur gesagt, und den Wohnwagen hatte Mach schon vor zwei Jahren bei Wend auf dem Gelände abgestellt, wo er in der schlimmen Ecke, von Holunder und Haselbüschen verdeckt, langsam in die Knie ging und in sich zusammenfiel.

Von Nora und ihrer Selbstverteidigung durch Angriff ins Herrenzimmer vertrieben, zwischen die Eichenmöbel geflüchtet, saß Wend bei einem Glas mit dem letzten Rest seiner vorletzten Flasche Whisky im Klubsessel und dachte über den Vorwurf oder richtiger Anwurf Dessau nach. Der hing mit Reginald Burkhard zusammen, Vaters Cousin. Tierarzt auch er. Mitte der sechziger Jahre, Reginald hatte nach der Scheidung neunundvierzig und den Jahren als Witwentröster von Dessau und Wörlitz statt seiner langjährigen Haushälterin Gertrud, die sich, im Alter zu ihm passend, große Chancen ausrechnete, lieber eine viel jüngere Großbauerntochter aus dem Wittenberger Elbland geheiratet, die ihm alsbald, na ja nach einer Weile, drei Jahren immerhin, Zwillinge gebar, ein dunkles und ein blondes kleines Etwas, Jungen beide. Kurz vor Beginn der Schwangerschaft war Wend, längst verheiratet, längst Vater einer Tochter, in den Semesterferien dem Cousin seiner Mutter als Impfassistent sechs Wochen lang zur Hand gegangen. Er kam auf seinem eigenen Motorrad an und wohnte, von den Wochenenden abgesehen, die er mit Nora und dem Kind in Pegau verbrachte, bei Reginald und dessen neuer junger Frau Inge im Haus. Irgendwas fiel damals vor, wie Doris-Mutti in Reiskirchen erzählte, etwas nicht restlos Benanntes, nicht gänzlich Ausformuliertes, ob es einen Auftritt, einen Krach gegeben hatte, war nicht klar, jedenfalls empfing Reginald seinen jungen Verwandten an einem Sonntagnachmittag, als der für eine neue arbeitsreiche Woche aus Pegau angetuckert kam, schon in der Einfahrt, Inge blieb unsichtbar, und wies ihn ab, genauer gesagt gab er ihm die Weisung, sofort kehrtzumachen und nachhause zurückzufahren, morgen früh dann kommst du wieder, um acht bist du hier, und genau so halten wir es für den Rest deiner Zeit bei mir an jedem Wochentag, hier bei uns jedenfalls kannst du nicht mehr übernachten, du weißt warum. Acht Monate später kam Inge mit den Zwillingen nieder, das eine Baby sah nach dem Vater, das andere sah nicht nach dem Vater aus: ein kleines blondes Wesen mit schmalen Lippen, andeutungsweise spitzer Nase und mit dünnem Haar und ein ebenso kleines Wesen von dunklem Typ, mit eher rundem Gesicht. Unterschiede, die im Lauf der Jahre bis zur Einschulung immer deutlicher werden sollten, immer mehr ins Auge sprangen. Der Bestimmte, Selbstbewußte mit dem hellen Schopf und der eher Weiche, Anschmiegsame, Stille mit den dunklen Haaren. Von Schuljahr zu Schuljahr rückte das mehr auseinander und gab meinen Eltern ein oft besprochenes Rätsel auf: kann es das geben, ist das möglich, Zwillinge von zwei Vätern. Dann wären doch. Dann müßten doch. In die Überlegungen, Erwägungen wurden, wenn es sich bei Treffen und gegenseitigen Besuchen ergab, befreundete Berufskollegen Vaters mit einbezogen, Bundesbruder Eberhard Lorenz zum Beispiel, in Kamenz geboren und als Internist in Bad Nauheim gelandet, der Sorbenabkömmling, und Harry Lackner, aus Kohren stammend und während der achtziger Jahre auf einer Kreuzfahrt im westlichen Mittelmeer gestorben. Er hatte seinen Paß vergessen, bei der Einschiffung wollte man ihn nicht an Bord lassen, er hatte mit höheren Stellen gedroht und mit Schadenersatzklage und sich endlich durchgesetzt, nur um auf hoher See zu sterben. Die Bekundungen der Freunde hinsichtlich zweieiiger Zwillinge waren fachlicher Rat, von außen, zusätzlich, muß man betonen, denn die eigentlichen, die konkreten Vermutungen und Abwägungen wurden nur intern, unter vier Augen, sozusagen im stillen Kämmerlein geäußert. Wo auch die Vergegenwärtigungen, Ausmalungen stattfanden, erst hat er das, und dann hat der andere jenes, und schließlich muß auch sie noch was dazu getan haben, was immer das war, jedenfalls mitgemacht, mindestens stillgehalten und auf keinen Fall abgetrieben, Wend war kein Farbiger, sondern hatte helle Haut wie Reginald, *geene Angsd, mei Mädchn*, sagte die beste Freundin zu Inge, *de Ginndert sähn nisch wie Näschr aus, werrd schoun alles guhdgehn, ouhne Eensadss gee Schbiel.* 1986, bei unserem zweiten Besuch in Dessau, kam Wend mit Nora und Ilsabe abends nach dem Dienst aus Pegau angefahren, Reginald war schon dreizehn Jahre tot. Vielleicht zum ersten Mal seit der Impfkampagne von annodazumal sahen sich die Staatstierarztwitwe und der jüngere Staatstierarzt wieder, die angeheiratete Großtante und ihr Großneffe, am Ort der Vorkommnisse. Zu acht saßen wir im Wohnzimmer am runden Eßtisch, in der Zimmerecke, fast über uns, Kossäths Ölbild des alten Mannes im Herbstpark, und am Tisch, zwischen Ilsabe und mir, Inges Söhne, der Blonde und der Dunkelhaarige. Zwischen Wend und Inge, zwischen ihm und den Jungen kein irgendwie besonders belebter, kein aufschlußreicher Blick, Herz, was läßt du alles über deine Klinge springen. Oder die Vermutungen der Eltern waren ein Hirngespinst. Ich durchquere die Wohnhalle der Villa mit dem Luthergemälde des Erbauers an der Wand, eines Kunstmalers, und hole aus dem Schlafzimmer im Oberstock, im Dachgeschoß wohnte ein junges Paar, zwei Stangen *Pall Mall* und übergab sie Wend, der mich zum Dank umarmte, damals noch nicht unbedingt üblich, was wußte ich von ihm, und sich schwerfällig, könnte man sagen, kleinteilig, könnte man auch sagen, revanchierte, indem er mir in Hinblick auf die zerschroteten ausgekehlten Straßen um Pegau, Frohburg und Altenburg nachdrücklich riet, kräftig Gas zu geben, dann springt dein gutes Stück mit dem Stern auf dem Kühler, wenn auch schwerer als mein *Lada*, über alle Löcher weg. Unser Auto, von dem die Rede war, zweihunderttausend Kilometer gelaufen, stand währenddessen im teergestrichenen altersschwachen Schuppen am oberen Ende der engen, sehr engen Einfahrt, zwei, drei Zentimeter links und rechts, lieber nicht unter die Augen der Nachbarn stellen, hatte Inge gesagt, noch nach einer Stunde Ruhe knackte beim Abkühlen der Motorblock, von früh bis Feierabend waren wir meist beinahe im Schrittempo durch jede Straße in Frohburg und durch die Gassen aller, wirklich aller umliegenden Dörfer mehr gekrochen als gefahren, Heidrun am Steuer und ich unentwegt durch die Frontscheibe fotografierend, egal ob erlaubt, *Post*, Markt, Greifenhainer Straße, oder verboten, Bahnhof, Pappenfabrik, Wyhrabrücken, Polizeistation, Staatssicherheit in Geithain.

Zwanzig Jahre später das Begräbnis Maris in Hannover. Während der Trauerfeier in der Friedhofskapelle in Stöcken war, von einem Band abgespielt und nicht nur im ersten Moment verblüffend, *Über den Wolken* von Reinhard Mey zu hören, Mari hatte es sich, vom Krebs befallen, anderthalb Jahre vorher im Henriettenstift gewünscht, die Ärzte gaben ihr noch zwei Monate, wir kamen, um von der Lieblingscousine Abschied zu nehmen, aus Göttingen angefahren und verbrachten mit ihr das, was man einen trauten Nachmittag nennen könnte, sechs Mal überstand sie in der Folgezeit das jeweils nächste Vierteljahr und glaubte kurz vor ihrem Ende sogar an endgültige Heilung, denkste, so einfach gehts selten. Beim allgemeinen Aufbruch nach dem Beerdigungskaffee in einer Art Landrestaurant am Großstadtrand, wir fuhren in Kolonne hin, keine Ahnung, wo das war, paßte mich Cousin Wend auf dem Parkplatz ab und schnitt unvermittelt, regelrecht überfallartig das Thema Frohburger Familiengrab an, gemeint war die Achtfachgrabstelle, die zur Verlängerung anstand. Er wolle nicht, daß die Knochen unserer Großeltern Julius und Elsa auf dem Friedhof herumflögen. Mit einer nur mühsam versenkten kaum kaschierten Wut vorgebracht, die ich anscheinend auf mich beziehen sollte, Nora hielt sich im Hintergrund. Antrieb war das Festhaltenwollen an einem Dreißig-, Vierzigquadratmeterstück an der Ostmauer des Frohburger Gottesackers. Das Haus der Großeltern in der Greifenhainer Straße, hauptsächlich von ihrem Leben durchtränkt, ein bißchen auch von meinem, war in der zweiten Hälfte der sechziger Jahren abgestoßen worden, für zwolftausend Ostmark, weil sich niemand von den Kindern und Enkeln und auch keiner aus der weiteren großen Verwandtschaft für Frohburg und für das Anwesen zwischen Wyhrabogen, Schützenhaus und Hölzchen erwärmen konnte, großes Wohnhaus, Remise, Pferdestall, Heuboden, Garage, angebaute Waschküche, sechs Monate im Jahr drückte die Wyhra Wasser in den Keller, in den Hausflurwänden nistete der Salpeter, es gab nur Plumpsklos und eine Jauchegrube, was solls also, wenn jetzt von Tante *Hühnchen* aus Borna zwei Sechstel Anteile gefordert werden, weil ihr Mann Albert seinerzeit aus dem Realgymnasium genommen worden ist, dann bleibt für jeden von uns vieren nur noch ein Sechstel, *neeneenee*, da geben wirs lieber dem Schneider Taubert, mag der auch die Haustür an der Greifenhainer Straße zumauern, vom Hof aus einen neuen Eingang in die Außenmauer brechen und den Garten mitsamt allen Beeten bis in den letzten Winkel mit Gebäulichkeiten wie Baracken und Schuppen bebauen, man kanns ihm nicht verbieten, nicht verdenken, bei der Wohnungsnot, noch immer, aber dann sollte zumindest, sollte unbedingt das große Grab und mit ihm die Erinnerung an die Familie erhalten bleiben. *Meyers Lexikon* (weiß alles), *Brehms Tierleben* und auch *Bongs Klassiker* wanderten im Vorfeld des Hausverkaufs, im Zug der Räumung nach Pegau und Leipzig, wir im Westen gingen leer aus, ein Andenken holte ich mir erst 1970, Vater bezahlte dennoch die fünfunddreißig, fast vierzig Jahre seit Großmutters Tod die acht Gräber, eine Zuständigkeit, die sich nach der Wende fortsetzte, bis zu seinem eigenen Tod. Fünf Monate danach war die Grabstelle ausgelaufen und mußte verlängert werden, ich als älterer Sohn war vom Frohburger Pfarramt ins Visier genommen worden, dicker Briefwechsel, erst als ich dem kleinstädtischen Friedhofsverwalter mit einer Dienstaufsichtsbeschwerde drohte und nach der Adresse der vorgesetzten Stelle fragte, bekam ich Ruhe. Ich hatte keine Lust, mir für acht Cousinen und Cousins und deren Kinder und Enkel die Grabgeschichte aufzuladen. Zumal sich andererseits auf dem gleichen geweihten Gelände die Stelle nicht mehr finden ließ, die die Reste meiner Großmutter mütterlicherseits barg. Überhaupt war ich seit unserem Weggang aus Frohburg nur zwei-, dreimal auf dem Friedhof gewesen. Eine Art blinder Schlußpunkt war der für mich, mehr nicht. Dorthin waren sie gebracht worden, dort lagen und verwesten, dort zerfielen sie, weil sie irgendwo liegen und zerfallen mußten. Bei meinen Besuchen am Grab stieß ich nur auf trostlose Eiben mit schuppig-ruppigen Stämmen inmitten wuchernder Hecken, darunter Unkraut, ich erkannte jedesmal Habichtskraut und Giersch, der Stein der Familie mit der entsprechenden Inschrift war schon beim ersten Besuch kaum zu sehen und zehn Jahre später völlig verdeckt. Das trieb mich nicht um. Viel mehr als das heimatliche Bestattungsfeld interessierten mich bei den notgedrungen schnellen Gängen durch die Stadt 1976 und 1986 die Häuser, Straßen, Plätze, die ganze Topographie der Stadt und ihrer Umgebung. Schon 1970 hatte ich aus dem Gedächtnis mit den damals neu aufgekommenen Filzstiften Lagepläne gezeichnet und mit Anmerkungen versehen. Da und dort, in der Greifenhainer Straße, in der Thälmannstraße, in der Vorstadt *Auf dem Wind* warfen sich dem Besucher, dem Durchgangsgast, der ich war, mehr nicht, die wirklich wichtigen Fragen auf, Fragen ohne Ende, mit jeder Antwort stellten sich andere, neue ein und führten mich, trieben mich weiter, hinein in gestaffelte verdeckte Einzelheiten, Rätselhaftigkeiten, Geheimnisse, erzeugt nicht nur durch Zurückhaltung, Vorsicht und Mißtrauen, sondern auch durch Verlust und Mangel, Verlust an Wissen, Mangel an Blickfeld.

Das alles angemerkt zu Franz Roscher und seinem Sohn Wend, meinem Cousin. Ilsabe, Wends Mutter und Vaters jüngere Schwester, war ihrerseits, selbst wenn man von der fiktiven Schwangerschaft vor der Hochzeit absah, auch nicht ganz ohne. Zum Beispiel kam sie während der siebziger Jahre mit Doris-Mutti, die aus Hannover, aus der anderen Welthälfte angereist war, per Nebenbahn über Neukieritzsch und Borna nach Frohburg. Die beiden Schwestern wollten ihre paar Freundinnen aus Jugendzeiten besuchen, die noch am Ort und noch am Leben waren. Zuerst sprachen sie bei der alten, uralten Apothekerin *Siegfrieden* vor, wie sie im Volksmund hieß. Witwe durch fast vierzig Jahre, was besonders nachdrücklich ins Auge sprang, wenn man sie, jeden zweiten Tag wars möglich, am Grab des Apothekers sah, eine zusammengeschnurrte Greisin, nur faltige Haut und dünne Knochen und unter dem Hütchen kaum noch Haare, so saß sie auf der Steinbank seitlich des hellschimmernden Granitmonuments, das sich vor der Friedhofsmauer breit aufbaute und sie auch in der Höhe überragte und das jedes Frühjahr mit Kernseifenlauge und harter Bürste von der Aufwartung der *Siegfrieden* abgeschrubbt wurde, das Algengeschmier, das viele Moos, langsam müßten die Eiben mal umgehauen werden. Die altgediente Witwe verharrte eine Viertelstunde fast regungslos, und irgendwie nahm sie, bewußt oder unbewußt, die gleiche Haltung an wie die fast lebensgroße Bronzefigur einer trauernden jungen Frau, die nackt, nur von der Andeutung eines Schleiers umflossen, sinnend das Grab schmückte, ein wahrer Blickfang, der alle anderen Gräber bei weitem übertrumpfte, schon vom verwendeten Gußmaterial her, wie ein Magnet zog mich die Figur jedesmal an, wenn ich mit Mutter auf dem Friedhof zum Gießen war. Ende der fünfziger Jahre machte sich Wob Bachmann einen Spaß, er fotografierte aus der Ferne, mit dem Teleobjektiv die alte *Siegfrieden* am Grab und schickte die Aufnahme mit dem Titel *Modell und Kunstwerk* an die Ostberliner Zeitschrift *Das Magazin*. Nur dort durften Aktaufnahmen gedruckt werden. Die Redaktion verstand den Scherz, nahm für diesmal mit Bronze statt mit glatter warmer Haut vorlieb und druckte das Bild samt zugeliefertem Titel. Die Auflage des *Magazins* war knapp bemessen, viel zu knapp für einen Ladenverkauf in Frohburg, aber in zwei, drei Mappen des Lesezirkels fand es doch den Weg in die Stadt und für einen kurzen Blick auch unter die Augen der alten *Siegfrieden*. Na bitte, sagte sie zu Fritz Lachert, der das neue Heft schräg über den Markt zu ihr getragen hatte, sogar aus Berlin kommen sie jetzt schon, um mich und meine Statue abzulichten, wer findet denn sonst von dort hierher, seit unser Nuschke nicht mehr anreist, seit er tot ist, der *allde Lusdmolsch*. Jetzt können alle sehen, wie sehr ich damals, als mein lieber Apotheker starb, bei aller Schüchternheit, bei aller Anmut in Saft und Kraft gestanden habe, fast noch stehe. Und durch den Abdruck des Bildes abgesichert, muß ich auch nicht mehr befürchten, daß meine bronzene Figur in einer der nächsten Buntmetallsammlungen der Jungen Pioniere, der Thälmann-Pioniere endet, die seit *fümzähn Joahrn den Welldfriedn räddn*, wie hießn der Film doch glei, den die achthundert Schulkinder hier im Kino im *Roten Hirsch* angucken mußten, *Dählmonn* – Faust seiner Klasse oder so. Die alte *Siegfrieden* wohnte im ersten Stock der Apotheke am Markt, das Haus aus rotem Klinker, mit verputzten Risaliten gehörte ihr, und die Pacht, die sie dem Nachfolger ihres Mannes abknöpfte, dem Dr. Jeremias Meißner, war durchaus nennenswert, noch bei meinem Besuch Mitte der achtziger Jahre beklagte sich die Witwe Meißner, sie seien deshalb in all den Jahren, vollen drei Jahrzehnten eines florierenden Geschäfts, nicht wirklich auf einen grünen Zweig gekommen, bis ihr Mann dann beim Besuch seines Bruders im Westen, eines Bundestagsabgeordneten der CDU, von einem betrunkenen Autolenker totgefahren wurde. Nach dem Besuch in der Apotheke wendeten sich Doris-Mutti und Ilsabe nach links, in die untere, die innere Peniger Straße, nunmehr Straße der Freundschaft geheißen, wer will denn groß nach Penig, Genossen, Freundschaft ist wichtiger. An der Eisdiele der *Wanzche* und am Haus des Ofensetzers Fischer vorbei gingen sie leicht bergan, bogen beim Kaufmann Beyer, Relief eines Zuckerhuts über dem Ladeneingang, rechts ab, stiegen den kurzen aber steilen Kirchberg hinauf, hier die Pfarre, Sitznischen beiderseits der Haustür, Rochlitzer Porphyr, Obergeschoß in Fachwerk, da das Arzthaus aus dem Ende der zwanziger Jahre, in dem Julia Leitner den Besuch aus Hannover und Pegau erwartete. Sie hatte fünf Jahre vorher Möring geheiratet, Vaters älteren Kollegen, für ihn am Anfang der Beziehung das achtzehnte oder zwanzigste Verhältnis und dann die vierte Ehe, für sie nach der Schließung der Brenntagschen Keramikwerkstatt erst ein Strohhalm, bald ein Rettungsring und schließlich, als es ans Erben ging, sie war doch nicht umsonst dreißig Jahre jünger, wenn nicht das große, so doch ein höchst nennenswertes Los der Lebenslotterie, der Sanitätsrat, der Verdiente Arzt des Volkes hatte einiges zusammengebracht an Mark der DDR. Julia servierte in der Arztvilla, die auf den Grundmauern der dreihundert Jahre alten abgebrochenen Diakonie errichtet worden war, einem der ältesten Gebäude der Stadt, neben Kirche, Pfarrhaus, Schloß und Alter Farbe. Zuerst gab es Kaffee, echten Bohnenkaffee, wie man zu sagen pflegte, dann Mineralwasser, im Sommer im Bezirk Leipzig und nicht nur dort eher selten zu haben, und zuletzt einen Pflaumenbrand von *Schladerer*, auf unerforschlichen Wegen hatte die Flasche aus Staufen in Baden den Weg nach Frohburg gefunden. War es eine schwache Blase, lag es an der Menge der Getränke, als die Schwestern auf dem Weg zur nächsten Besuchsstation, der ehemaligen Klassenkameradin Isolde Kittel in der Webergasse, den Marktplatz überquerten, überfiel es Ilsabe plötzlich, mußte sie mit einemmal, unaufschiebbar dringend. Eine öffentliche Bedürfnisanstalt gab es in Frohburg nicht und hatte es auch nie gegeben, oben am *Roten Hirsch* standen Leute und auch vor der *Post*. Zudem war gerade die Mittelschicht in der Kattundruckerei zu Ende, die vielen Arbeiterinnen und ein paar Männer quollen aus dem Torweg. Keine Autos auf dem weiten Platz, die immerhin Blickschutz geboten hätten. Da entdeckte Ilsabe, gehetzt, von innen her bedrängt, daß nahebei die Haustür neben Bäcker Stahlmanns Laden offenstand. Halt Wache, zischte sie, verschwand im Hausflur und hockte sich in höchster Eile in den dunklen Winkel hinter der Tür. Wie das aus ihr schoß und sich, dem Gefälle des Terrazzobodens folgend, seinen Weg von einer Seite des Flurs zur anderen suchte und dicht vor der Wand eine Riesenpfütze bildete. Kaum war die solcherart Erleichterte ächzend wieder hochgekommen, kaum hatte sie die Unterhose hochgezogen und den Rock zurechtgezupft, kam Stahlmann aus seiner Backstube nach vorn, er trug zwei Stiegen, die er auf den Gehweg stellen wollte, er sah den kleinen See, *woasn hier los*, fragte er, ohne Ilsabe zu kennen, sein Vorgänger, bestens vertraut mit der Stadt, war mit der Familie in den Westen geflüchtet und in Seelze bei Hannover gelandet, er hatte dort, anstatt sich als Bäckermeister wieder auf eigene Beine zu stellen, in einer Großbäckerei angeheuert. Sind Sie Herr Stahlmann, fragte Ilsabe zurück und machte über ihre Hinterlassenschaft hinweg einen Schritt, der Riesenköter von Kirstein hat eben in Ihre Ecke geseecht, ich habe ihn weggejagt, Sie können mir dankbar sein. Sprachs und drängte sich an dem massigen Bäcker vorbei, der dem Abmarsch der zwei Frauen mit offenem Mund nachsah. Arm in Arm und beschwingten Schrittes, soweit ihnen das vom Alter her noch möglich war, passierten sie das Ungersche Stadtgut und die ehemalige Fahrradwerkstatt von Gühlert, die seit ihrem letzten Besuch vor Ort einem rätselhaften Laden mit der Aufschrift *Pelzmoden Leipzig* gewichen war, zwei Persianer im Fenster, ausgeblichen, verstaubt, mit Grauschleier, kaum fünftausend Einwohner, sagte Doris-Mutti, die von der Georgstraße in Hannover Besseres gewohnt war, was wollen die jetzt hier mit Pelzmänteln, in der ganzen Stadt gibts nur drei oder vier und niemanden drüber raus, der sich so was leisten kann. Noch nicht einmal bei uns in Pegau, das näher an Leipzig liegt, größer ist, haben wir so ein Pelzmodengetue, ergänzte Ilsabe. Mit diesem Kurzdialog entschwebten die Pinklerin und ihre ältere Schwester in die Schattenzone der Marktgasse, an deren Ende eine neue Produktionsbaracke der Textildruckerei aufgestellt worden war, aus der es ohrenbetäubend rumorte, ein paar Schritte noch, und man stand vor der *Gerberei Kittel* zwischen dem hinteren Ende der Webergasse und der vom Wehr der Bornschen Mühle angestauten Wyhra.

Wer, wie ich hier, von Ilsabes Notlagen und ihren oft kurzentschlossenen, ja kurzgeschlossenen Befreiungsversuchen spricht, in einem von zahlreichen Beispielen, der sollte auch von ihren Bedürfnissen reden. Vorneweg das Rauchen. Denn im Gegensatz zu ihrem Mann rauchte sie, seit Jugendtagen, wie mein Vater und ihre beiden anderen Brüder und wie Doris-Mutti, ihre Schwester. Zigaretten waren in den letzten Kriegsmonaten knapp, bis zur Währungsreform dienten sie als Reservewährung. Kein Wunder, daß die durch Krieg und Zusammenbruch in der Greifenhainer Straße einquartierte, bei den Großeltern vor Anker gegangene Verwandtschaft aus Kindern, Kindeskindern und Anhang schon im April fünfundvierzig damit anfing, die ganze obere Hälfte des Gartens umzugraben, die günstig in der Sonne lag, und den so gewonnenen Acker mit Tabakpflanzen aus der *Gärtnerei Barthel* am Anfang des Greifenhainer Wiesenwegs zu bestücken. Bis 1950 wurden am Ende jedes Sommers die mannshoch aufgeschossenen Fremdgewächse, die bis dahin in keinem Garten der Gegend jemals gesehen worden waren, dicht über dem Boden abgehauen mit einem halbmeterlangen Schlagmesser, das von Karl Herbig stammte, dem Schwiegersohn der Großeltern, Doris-Muttis Mann, er war von 1898 bis 1914 Schulrektor in Deutsch-Ost-Afrika gewesen und anschließend zwei Jahre Hauptmann in Lettow-Vorbecks Weltkriegstruppe. Sein machetenähnliches Haumesser, das auf den monatelangen Askarizügen, Kampf gegen die Briten, Flucht vor den Briten, gute Dienste im Busch geleistet hatte, war im Zug der Rheinland- und Ruhrgebietsevakuierung wegen der Bombenangriffe nach Frohburg gelangt, neben vergifteten Eingeborenenpfeilen, einem enormen Elefantenstoßzahn, Stachelschweinstacheln und der präparierten Haut einer Schlange, einer Schwarzen Mamba, die der Boy in der englischen Internierung auf der Zudecke seines im Zelt schlafenden Herrn entdeckt und heruntergeschnickt hatte, mit eben der Machete, von der die Rede ist, trennte er dem zuckenden zischenden Wesen den Kopf ab. Der Präparator hatte es hinbekommen, den Kopf wieder anzusetzen, und zwar derart kunstvoll, daß man den aufgerissenen Rachen der Schlange fast lebensecht sah, mit der schwarzen Höhle des offenen Mauls. Grusliges Schaustück, das ich gerne besessen hätte. Aber nichts zu machen. Wenigstens fiel für mich einer der braunweiß geringelten Hornstacheln des Stachelschweins ab, und es gelang mir sogar, *Heia Safari*, Lettow-Vorbecks gelbes Buch, in meinen Besitz zu bringen, Kampf Davids gegen Goliath, das mußte mich einfach begeistern, schwach gegen stark, wenige gegen viele, arm gegen reich, der ganze Karl May, von vorne bis hinten durchgespielt, mit Karabinern 98k. Die großen lappigen blaugrünen Tabakblätter wurden nach dem Abschlagen der Stangen Anfang September abgepflückt und aufgefädelt. Das so behängte, so bestückte Bindegarn spannte man neben den Schnüren mit Pilzen und Apfelscheiben auf dem Dachboden, auf dem Heuboden aus, Strippe an Strippe, bei offenen Luken, bis aus den halbwelken Blättern dürres, knisterndes Laub geworden war, das sich zerbröseln und angefeuchtet schneiden ließ. Keine Ahnung, wie man den Tabak genau beizte, aber gebeizt werden mußte er, handgeschriebene Zettel kursierten wie Kochrezepte, ob man sie jemals umgesetzt hat, ob aus Leitungswasser, Essig, Obstwein, Honig und Zucker eine Mixtur zusammengerührt und mit Quastenpinseln und Scheuerbürsten auf die Blätter gespritzt und geschleudert wurde, wer wollte das heute beschwören. Knappe Zeiten insgesamt, niemand war ausgenommen in der Stadt. Zuckerrübensirup. Holzgasautos. Gaslicht. Petroleumlampen. Karbidbeleuchtung am Fahrrad. Schuhe mit Holzsohlen. Taschen aus Pappe. Federhalter mit Glasspitze für die Schulkinder. Ihre Hefte, mit Seiten wie lackiert, von denen sich die Tintenschrift mit nassen Lappen herunterwischen ließ, für immer neue Schönschriftübungen und Diktate. Dazu noch Ähren lesen, Kartoffeln stoppeln, Pilze suchen, Waldbeeren pflücken, Chausseebäume plündern, Holz und Kohle klauen und auch sonst alles sicherstellen, sagte man und meinte in Wahrheit mitnehmen, was nicht niet- und nagelfest war. Jede Familie hatte einen Hasenstall. Wer außerdem noch Platz für Hühner hatte, konnte sich glücklich schätzen. Auch der Besitzer eines noch so kleinen Tabakbeetes. Ein paar Jahre weiter waren nicht Butter, Fleisch, Kaffee und Südfrüchte, wohl aber Zigaretten und Schnaps preiswert zu haben, über die Qualität konnte man streiten. Ilsabe raucht in diesen ihren besten Jahren kurz vor den Wechseljahren eine Schachtel pro Tag, das ging ins Geld, Geld konnte sie immer gebrauchen. Einen Sommer und Herbst zog sie in der LPG, die Franz nun leitete, mit den Weibern der Feldbaubrigade raus auf die Riesenäcker, sie bekam zwar Essen im Gutshaus und Naturalien für zuhause, Geld allerdings sollte erst am Jahresende verteilt werden, nach der Berechnung der Arbeitseinheiten. Wieder nichts also. Immerhin stand im Herrenzimmer seit neuestem der Chemnitzer Bücherschrank ihrer kürzlich gestorbenen, einstmals bestens gestellten Schwiegereltern. Und immerhin wußte sie, so blöd war sie auch nicht, war sie nie gewesen, wo ihr Mann den Schlüssel versteckte, der den kleinen eingebauten Safe mit der eisernen Geldration, den Dukaten und dem Familienschmuck aufschloß, seine Schatztruhe. An der durchlöcherten Rückseite des gerade angeschafften, gerade erarbeiteten Radio Super von RFT mit dem grünen magischen Auge hatte er einen dicken Aludraht so angebracht und zum Haken gebogen, daß er den kleinen, aufs feinste ausgefeilten Messingschlüssel dort einhängen konnte. Sie zügelte sich und nahm nur fünfzig Mark aus dem Safe. Schon am nächsten Tag mußte sie miterleben, wie Franz den Schein vermißte und nach ihm suchte, erst im Safe, dann im Schrank, dann im Wohnzimmer, dann in der ganzen Wohnung, überall erfolglos. Die Suche hielt am zweiten Tag an und steigerte sich am dritten, die großen Teppiche, die Couchgarnitur sollten aus dem Zimmer geschleppt werden, erst der nackte Raum zeigt mir mein Geld, sagte er. Zu der Räumaktion ließ sie es nicht kommen. Wäre auch bei den Eichenmöbeln und der tiefgepolsterten Sitzgruppe viel zu anstrengend für Wend und Ilkas Mann Mach gewesen. Gott sei Dank hatte sie die fünfzig eingeheimsten Mark noch nicht ausgegeben, noch nicht in Tabakwaren umgesetzt. So holte sie denn, als Franz zur Befehlsausgabe zwei Stunden in der Genossenschaft war, bin gleich zurück, sagte er, ich suche dann weiter, den mehr als problematischen Schein unter der Wäsche im Schrank hervor, nur da war er vor ihrem Mann sicher, und plazierte ihn unter dem Saum des beinahe zimmergroßen parkettüberdeckenden Persers. Franz, zurückgekehrt, noch in den Stiefeln und den Breeches des Vorsitzenden, wollte ein weiteres viertes, fünftes, sechstes Mal seinen Schreibtisch durchsuchen, Ilsabe stand vor dem breiten Möbel dicht bei ihm, sie scharrte mit dem Schuh und schob den Rand des Teppichs um eine halbe Handbreit beiseite, was seh ich denn hier, guck mal, Franz, dein Fuffziger. Ein halbes Jahrhundert später sagt man bei uns, wer hätte das gedacht, Fuffi dazu. Es gibt noch mehr zu berichten. Einmal war Ilsabes Anderthalbkaräter verschwunden, das Hochzeitsgeschenk der Schwiegereltern. Euer Ring ist weg, bemühte sich Ilsabe beim Abendessen zu klagen. Wie weg. Ich muß dir ja nicht sagen, daß ich zehn Pfund abgenommen habe, und heutemorgen, du warst schon auf Achse, ist mir auf dem Klo beim Abputzen der viel zu weite Ring vom Finger gerutscht, bevor ich das bemerkte, hatte ich schon gezogen, weg war das beste Stück, die Kostbarkeit. Mit einem ironischen Unterton in der Stimme, um sich vom Verlust zu distanzieren, denn weg war der Ring auf alle Fälle, war nur die Frage, wohin entschwunden. Franz rief gleich in der Genossenschaft an und ließ den Düngungsspezialisten, den Dungkenner, den Jauchefachmann kommen, mit einer Hilfsmannschaft, so schnell wie möglich, schon am nächsten Morgen wurde die Senkgrube ausgeschöpft, die Jauche durch ein Sieb gegossen, große Schweinerei für alle Beteiligten, der Ring kam nicht zum Vorschein. War auch nicht gut möglich, Ilsabe hatte ihn gegen eine Menge Zigarettengeld eingetauscht. Während des letzten Weihnachtsbesuchs bei ihren Eltern und Geschwistern in Frohburg. Da gab es den Drogisten Jahn am unteren Ende des Marktes, mit Verbindungen nach Leipzig und Karl-Marx-Stadt, nach Ostberlin und Westberlin, sogar nach München. Den laß mal machen, wirst schon sehen, was der kann, nämlich alles, sagte die alte *Siegfrieden*, die ihrerseits mit Jahn die besten Erfahrungen gemacht hatte, ihre Sammlung zinnerner Deckelkrüge aus dem siebzehnten Jahrhundert, noch vom Apotheker stammend, hatte er nach und nach in den Westen schmuggeln lassen. Wie auch manches frühe Figurenstück aus Meißen. Im Gegenzug empfing sie Herzpillen von Merck, Mispelsaft und einen an die Steckdose anschließbaren Kasten gegen Erd- und Wasserstrahlen, den sie von der Aufwartung in ihrem Jugendstilschlafzimmer unter den Ehebetten plazieren ließ. Freilich nahmen nicht alle ihre Kostbarkeiten über Jahn den Weg in das Westmarkgebiet. Beispielsweise schenkte sie mir zur Konfirmation, die mir ansonsten, von Löschers Roman *Alles Getrennte findet sich wieder* einmal abgesehen, nur Blumentöpfe und Socken einbrachte, die handgroße, auf einen Marmorsockel montierte Nachbildung einer Kogge unter vollen Segeln. War das die Störtebeker, war das Kolumbus oder die Patriarch, der Urvater der *Insel Felsenburg*, egal, fünf Jahre später kam mir die Kogge als Päckchen ins Internat nach Friedberg hinterher, bis heute steht sie auf dem Bücherbrett mit den Seeromanen von Marryat, alle zwei Jahre bricht beim Abstauben der Bugspriet ab und wird mit Uhu neu angeklebt. Und dann war da noch der schwarzlederne elegante Handkoffer, edel duftend, wenn man ihn öffnete, er war mit lila Seide gefüttert und mit Spiegel, Bürsten, Nagelscheren und mit geschliffenen Flakons und Dosen mit Silberkappen ausgestattet, alles steckte in genau bemessenen Schlaufen und Halterungen, ein Meisterstück. Insgesamt Luxus von einer Art, die sich nicht allzuoft nach Frohburg verirrte. Auch dieser Koffer blieb uns treu und folgte uns nach Hessen. Vielleicht von meinen Eltern auf der letzten Westreise rausgeschafft, wie das Meißenservice mit Feldblumen und Insekten und die vordergründige Wertanlage der beiden Feldstecher zehn mal fünfzig vom VEB Carl Zeiss in Jena und die Fotoapparate *Kiew* und *Exakta Varex*. Vielleicht aber auch von Doris-Mutti in einem Paket nachgeschickt, zu unserem Erstaunen, Verblüffung wäre zu viel gesagt, kam noch manches auf dem Postweg durch, einmal die voluminöse Nürnberger Kupferstichbibel von Endter, 1702 gedruckt, die mit rußgegerbtem Schweinslederbezug der Holzdeckel in der Plautschen Schmiede zweieinhalb Jahrhunderte überdauert hatte, in einem Mauerfach, durch das der Rauchabzug des Wohnstubenofens ging, ein anderes Mal die Kamingarnitur aus dem Schloß von Kitzscher, der schmiedeeiserne Ständer mit Schaufel, Schürhaken, Besen und handlichem Blasebalg. In einen hüfthohen Umzugskarton gesetzt und von den Seiten her mit Bindfaden und Klingeldraht verzurrt und eingespannt. Desgleichen das niedrige orientalische oder indische Tischchen mit dem zusammenklappbaren Eisenholzgestell und der getriebenen und ziselierten Platte aus Kupfer. Ganz genau den gleichen Tisch, vor allem ganz genau die gleiche handgearbeitete Platte mit exakt den gleichen Einritzungen, sah ich Anfang Oktober 2015 in der Altstadt von Kairo, in dem altarabischen Haus hinter der Moschee Ibn Tulun, er stand im Schlafzimmer des Hausherrn, neben dem breiten Bett, auf der anderen Seite, in Reichweite das schmale pritschenartige Lager für den elf-, zwölfjährigen Jungen, dem rund um die Uhr die Bedienung seines Herrn oblag, immer zur Hand zu sein. Der Tisch hatte bei uns in der *Post* im Erker des Eßzimmers gestanden, ein Gruß aus fernen oder noch ferneren Breiten, der mit den beiden chinesischen Deckelvasen harmonierte, die die Stufe zum Erker flankierten. Die Frage, wer das, dieses Verpacken, in Frohburg leisten konnte, erfuhr noch eine Steigerung. Denn sogar Ulrichs und meine Skier aus Eschenholz, von einem Tischler in der Nachbarstadt Bad Lausick angefertigt und mit Lederbindungen vom Schwarzmarkt versehen, erreichten uns, als Expreßgut der Bahn, in der Ebelstraße in Gießen. Wie auch immer der schwarze Necessairekoffer nach Reiskirchen gelangt war, ich entdeckte ihn, den ich aus Frohburg kannte, Pfingsten dreiundachtzig im Haus *Am Stock* wieder, auf dem Schrank im vorderen Kellerzimmer der Eltern, in dem ich während der Gesprächsbesuche jedesmal schlief, unruhig nach den angeregten, nicht aufgeregten Unterhaltungen, animiert, in manchen Nächten auch aufgewühlt, saß ich auf der Kante des furnierten Preßspanbettes, das fünfundzwanzig Jahre vorher zur Erstausstattung mittelloser Ostflüchtlinge gehört hatte, trank noch eine Flasche Licher Bier und machte mir Notizen wie gehetzt, manches ist heute, wenn ich den handspannhohen Stapel der hastig beschriebenen Blätter, Zeitungsränder, Zettel und Briefrückseiten durchsehe, ein unleserliches Gekritzel. Dennoch wichtig, die hundert Einzelheiten, die mir zeigen, daß ich vieles anders gehört als in Erinnerung behalten habe. Einmal wollte ich die Bücherstapel auf dem Schrank nach alten Westernromanen durchforsten, um die Vorsätze herauszureißen und die Stichworte unseres Gesprächs, die neuen Einzelheiten des Kleinstadtlebens zu notieren. Dabei fiel mir der viele Male übersehene Koffer ins Auge. Ich nahm ihn herunter, machte ihn auf und staunte über das reich sortierte Innenleben. Das wäre was für kurze Lesereisen, dachte ich und bat nach dem Frühstück, wir saßen noch zu dritt am Tisch und rauchten, Mutter um den Koffer.

Fredi Hungers erste Jahre in Frohburg waren wüste Zeiten. Immer wieder Einbrüche in Vierseitenhöfe abseits der Dörfer oder zumindest an ihrem Rand, auch Mühlen waren beliebt, Herrenhäuser, Schäfereien, Vorwerke, nur an die Waffen bergenden Forsthäuser wagte sich kein Einbrecher heran, Zustände wie Anno dunnemals im Erzgebirge, sagte Hunger. Um Zugang zu bekommen, wurden bei Nacht mürbe Mauern durchstoßen, angemoderte Türen eingetreten, Schlösser aufgebohrt, was nützten die Hilferufe der aus dem Schlaf geschreckten Bewohner, selbst wenn sie im Ort gehört wurden, kein Mensch mit normalem Verstand verließ daraufhin sein Haus, seine Wohnung, sein Zimmer, und auch der Ortspolizist, der gestern noch in voller Montur durchs Dorf geschritten war, jederzeit bereit für eine mehr als deutliche Ermahnung und Zurechtweisung und, wenn es nottat, auch für einen Rippenstoß, einen Tritt oder notfalls für einen Schlag mit seinem Gummiknüppel oder mit der flachen Klinge, wart nur Freundchen, ich mach dir Beine, der hielt sich nun zurück, der kürzliche Tod eines Kollegen unterhöhlte jedes Selbstbewußtsein, jedes Autoritätsgebaren, ein engagierter unverheirateter Distriktsgendarm namens Ernst Erich Liebing, groß, massig, von Lebenslust und Wohlbefinden strotzend, hatte sich an einem Novembermorgen gegen halb vier in seiner Wohnung in Borna wecken lassen, nach dem schnellen Frühstück machte er sich bei stockdunkler

Nacht zu einem Fußmarsch auf, dienstlich, sagte er zu seiner Haushälterin, einer ältlichen Witwe, früher Frau eines Leipziger Kollegen, nach Frohburg, dort gibt es jemanden, dem ich auf die Pfoten gucken muß, am Ende passiert sonst noch ein Unglück. Er schnallte sich das Seitengewehr mit dem Handschutz um, setzte seine Pickelhaube auf, den schwarzglänzenden Lederhelm, und hängte sich den Schlagstock mit der Lederschlinge ans Handgelenk, so ging er los, durchs Reichstor und am Gefängnis vorbei den Berg hinauf, oben bog er nach rechts auf die Chemnitzer Chaussee ein, noch immer war es dunkel, er kam erst durch Zedtlitz, keine Menschenseele auf der Straße, dann an der *Brikettfabrik Neukirchen* vorbei, hier tobte, ließ sich sagen, das Leben, rollte die Produktion rund um die Uhr, Lichter, Poltern der Pressen, Stampfen von Maschinen, Zischen von Dampf aus den Ventilen, die Nachtschicht ließ Waggonfüllung auf Waggonfüllung Briketts für die Versorgung von Leipzig, Dresden, Halle und Berlin aus den Rutschen rasseln. Und auf der Zufahrt, vor dem Tor, standen schon fünf, sechs Handwagen in einer Schlange, ganz hinten ein Gespann, einmal pro Woche war Zuteilungstag, wie Liebing einfiel, genau heute. Noch eine Viertelstunde weiter, und er war in Bubendorf, auch hier niemand zu sehen. Aber im breit hingelagerten Überlandgasthof, der nach dem letzten von vier Bränden, vier in fünfundzwanzig Jahren, gerade wiederaufgebaut worden war, sah er Licht, Rauch stieg aus dem Küchenschornstein, die Frage war, ob er, wie auf seiner Südrunde gewohnt, einkehren, eine Tasse Kaffee trinken sollte, die Wirtin konnte einem in ihrer Stattlichkeit und Zugewandtheit wohl gefallen. Er ging weiter, heute nicht, wenn man sich auf die Lauer legen will, hat man in Kneipen nichts zu suchen. Die Chaussee drehte von Süd nach Südost, er bog um die Ecke des angebauten Gasthofsaals, da sah er gegen den wolkenlosen Nachthimmel, einen Steinwurf entfernt, vier Gestalten auf dem Benndorfer Weg herankommen, er blieb stehen, drei der Männer hatten je eine Hocke auf dem Rücken, Kiepe hießen solche Weidenkörbe mit Trageriemen in der Gegend, wie *Giebe* klang das, wenn es ausgesprochen wurde. Nach kurzem unschlüssigem Verharren, Einhalten, Überlegen wollten sich die Unbekannten an Liebing vorbeidrücken, in die Bornaer Richtung, wie ihm schien, er trat ihnen in den Weg, entbot einen Gruß, *mohrschn*, brummte er nicht unfreundlich, um anschließend nach ihren Namen und dem Woher und Wohin zu fragen, sie nannten sich Schulze, Pester, Kröber und wiesen dem Kleinsten unter ihnen den Namen Schneider zu, angeblich kamen sie von Lucka her und wollten nicht, wie sein erster Eindruck gewesen war, nach Borna, sondern gaben, zur Irreführung, wie ihm vorkam, das entgegengesetzte Geithain als Ziel an. Ich habe in Frohburg zu tun, bis dorthin haben wir den gleichen Weg, ich leiste Ihnen Gesellschaft. Die Männer, drei, die kleine vierte Person sah eher nach einem Jungen aus, lachten auf, amüsiert oder höhnisch, und gingen weiter. Sie waren Liebing sofort verdächtig vorgekommen, auf den Beinen zu einer Stunde, in der die Dörfer jetzt, zu Winterbeginn, noch schliefen, in der, von Grubenarbeitern der Frühschicht abgesehen, höchstens einmal ein Gendarm, eine Hebamme oder ein Arzt unterwegs war. Verdächtig auch, weil die Nachtstreicher offensichtlich schwer zu tragen hatten. In der vorvergangenen Nacht hatte es, wie er wußte, einen schweren Einbruch in die Gutsküche, die Schloßkanzlei und die Wohnetage des Balladendichters Münchhausen in Windischleuba vor Altenburg gegeben, der Hausherr war auf Lesereise in Schwaben, wie die Zeitungen auf sein Betreiben ausposaunt hatten. Weiter wurde in der gleichen Nacht der ebenfalls dreiste Versuch eines Einstiegs in Eschefeld beim Bauern Ebner gemacht, den die Gänseschar am Wohnhaus allerdings mit endlosem Geschnatter und Geschrei quittierte, bis Ebner mit seinen beiden Knechten nach dem Rechten sah und auf die Entdeckung eines eingedrückten Kellerfensters hin die Nachbarn alarmierte. Das alles hatte Liebing tags darauf auf dem Bornaer Revier gehört, deshalb folgte er dem zweifelhaften Quartett ungesäumt und nahm sich vor, es bei der ersten günstigen Gelegenheit aufzuhalten und die Hocken zu untersuchen. Es dauerte auch wirklich nicht sehr lange, bis zwischen Kellerberg und Wyhrabrücke ein Pferdewagen mit mehreren Personen auftauchte, wahrscheinlich auf dem Weg nach Neukirchen, um auf Bezugsschein Kohlen zu holen. Da die Kiepenträger und der Junge auf die Stadt zu schneller und schneller gingen und Liebing seine Schritte zwangsläufig ebenfalls beschleunigte, da andererseits der Kutscher, um Anlauf für die berüchtigte Steigung am Eisenberg zu holen, seine Gäule antrieb, war man im Nu aneinander vorbei. Zu spät. Aber auch in der Stadt selbst, wo Unterstützung leicht herauszurufen war, in Höhe des Gasthofs *Roter Hirsch* zum Beispiel, vor dem zwei Lastkraftwagen für Überlandtransporte mit Kölner Zulassungsnummer standen, handfeste Logisgäste also im Haus sein mußten, weiter auf dem Markt und auf dem Töpferplatz, blieb Liebing stumm, kein Rufen, Schreien, unberührt seine Schutzmannspfeife in der Brusttasche, während er der unfreiwilligen fragwürdigen Vorausabteilung hinterherhetzte. Kurz vor dem Schützenhaus verließen die vier, die im Gehen leise miteinander verhandelt hatten, plötzlich die Greifenhainer Straße, fast sprangen sie zur Seite, ihr schneller Schritt ging in ein Laufen über, ein steiles, mit Hecken und Büschen dichtbestandenes Hanggelände hinauf, auf dem die fünf Töpfer der Stadt bis vor zwanzig Jahren ihren Ton ausgegraben und die Leute die zurückgebliebenen mannstiefen Löcher lange Zeit mit Abfall, Ofenasche und gefallenem Vieh gefüllt hatten, Haselbüsche, Holunder, verwilderter Flieder, Brennesseln wucherten, von Verrottung und Zerfall gedüngt, ineinander, der Verschönerungsverein hatte vor dem Ersten Weltkrieg für das Gelände den Namen Hölzchen kreiert, man annoncierte in den *Leipziger Neuesten Nachrichten* unter der Überschrift Sommerfrische im Kleinstadtidyll, legte ein paar Wege an und stellte da und dort Bänke auf, vor einer dieser Bänke bin ich, von kahlen Büschen eingefaßt, zu sehen, im Februar 1943, das Foto zeigt mich im kurzen dunkelblauen Wintermäntelchen mit weißen zweimarkstückgroßen Knöpfen, ich habe eine dunkelblaue gestrickte Mütze auf dem Kopf und winzige Handschuhe an den Händen, die Aufnahme wurde nur eine Handvoll Tage, nicht ganz eine Woche nach dem Ende von Stalingrad von Vater gemacht, keine fünfzig Meter vom Haus der Großeltern entfernt, in dessen Dachgeschoß ich knapp zwei Jahre vorher zur Welt gekommen war, Nähe, zeitlich, räumlich, in Gedanken, ein Leben lang.

Für den, der im Hölzchen untertauchte, war der ebenfalls verfilzte Harzberg nicht weit, mit den dahinterliegenden großen Wäldern bis Kohren und Gnandstein, uralte fast königliche Buchenschläge, dazwischen Fichtendickichte, Kiefernhänge, alles auf Porphyrboden, hügelig, vom Wyhrafluß durchzogen, durch den man waten konnte, und von den Bächen Maus, Ratte, Katze, wahre Waldeinsamkeiten erstreckten sich über Berg und Tal, dort gab es auch Steinbruchwände, Überhänge, Spalten, sogar Höhlen. Das wußte Liebing, in der Lochmühle am Ostrand des Gebietes aufgewachsen, alles bestens. Deshalb seine Angst, die vier vermuteten Übeltäter könnten entwischen, ihm durch die Lappen gehen. *Stoi*, rief er weiter, er wußte selber nicht, warum, vielleicht, weil er zwei Jahre, von 1917 bis Mitte 1919, in russischer Kriegsgefangenschaft gewesen war, stehengeblieben, rief er, hier geht der Weg nach Geithan nicht, wohin wollen Sie. Und weiter: Zeigen Sie mir Ihre Papiere. Kaum war das ausgesprochen, verschwanden zwei der Kiepenträger und der Junge in den Büschen links und rechts, nur der Große blieb auf dem ansteigenden Trampelpfad, vornübergebeugt, an sich schon keuchend, begann er zu laufen, die Kiepe hüpfte auf und ab und schwankte von einer Seite auf die andere, Sauhacksch, schrie Liebing und setzte dem Flüchtenden nach, über hundert, zweihundert, dreihundert Meter, das Seitengewehr vom Bein weghalten, Koppel im Laufen enger machen, Helm festdrücken. Schon hatten beide, der Verfolger und der Verfolgte, das Hölzchen hinter sich gelassen, jetzt Wiesengrund, Korbweiden, der Greifenhainer Bach und jenseits ein mannshohes Brombeergestrüpp, ganz nahe schon der Harzberg hinter den Gleisen der Kohrener Bahn, da stoppte der Große mit einemmal, verharrte einfach, scheinbar abwartend, irgendwie lauernd, *hab ja nischd zu verschdäggn, niggs gedahn*, knurrte er schräg hinter sich, sofort blieb auch Liebing wie angewurzelt stehen, außerhalb der Ortschaft allein auf sich gestellt und daher doppelt wachsam, was ist hier los, auf was sinnt der jetzt, auf welche Tücke. So schießt es durch sein Hirn. Zu Recht. Denn der Große dreht sich schon vollends um und kommt drohend auf ihn zu, willst du was. Halt, ruft Liebing im Befehlston und will das Seitengewehr aus der Scheide reißen, drei Schritt Abstand, oder ich schieße. Im gleichen Augenblick bekommt er von hinten einen eisenschweren Schlag auf den Kopf, die Pickelhaube zerbricht, zerspringt, und der Gendarm stürzt zusammen und schlägt schwer auf den Boden auf. Er will gleich wieder hoch, sich aufrappeln, sich aufrichten, er kommt auch wirklich für ein paar Augenblicke auf die Knie, doch neue, immer neue Schläge, nun von zwei Seiten, prasseln auf ihn nieder und drücken den Zukkenden, Sichwälzenden erst ins Brennesselmeer und gleich darauf ins Brombeergestrüpp. Er ist schon so gut wie weggetreten, aber er nimmt noch wahr, daß eine der vier Gestalten, die eine blaue Schürze vorgebunden hat und etwas abseits steht, mit aufgeregter hoher Stimme Einhalt nicht gerade gebietet, aber doch erbittet und erbettelt und die Kumpane anfleht, *geene Schwummse mähr auszudeiln*. Doch vergeblich das Gejammer und Gebarme, wie es der riesige Kerl nennt, der angriffslustig kehrtgemacht hat, die Schläge krachen weiter auf Liebing nieder, einmal hört er, schon halb bewußtlos, daß der Anführer schreit: *Ich geb ihm noch midm Absatz, bis er nich mehr krabbeln kann und alle is.* Und wie der andere, der als erster von hinten zugeschlagen hat, antwortet: *Der zeichd jedds keen mehr an.* Diese ihn betreffende Feststellung ist das letzte, was der Gendarm mitkriegt, bevor er endgültig das Bewußtsein verliert. Als er wieder zu sich kommt, weiß er nicht, wie lange er im Gestrüpp gelegen hat. Die mörderischen Kiepenmänner und ihr hintangehaltener kleinwüchsiger Begleiter sind verschwunden, los, weg von hier, hatte der Anführer seine Befehle in den Novembermorgen gebellt, der aufgeregte dritte Mann, der mit der Schürze, konnte wegen eines Weinanfalls seine Last nicht mehr tragen, unter Zurücklassung einer Kiepe war die kleine Bande von dannen halb geschürt und halb gestürmt, durch den Harzberg und den Streitwald waren die vier wyhraaufwärts gewandert, so schnell es ging, an Gnandstein und Altmörbitz vorbei, tauchte jemand in der Ferne auf, schnell hinter die nächsten Bäume, in das nächste Gebüsch, bis die Luft wieder rein war, schon mittags kam man am *Gasthof Zeisig* auf der Höhe über Penig vorbei, tief unten die Zwickauer Mulde, wie hinüberkommen, warten, bis es dunkel wird, immer weiter ging es südwärts, abseits der großen Reitzenhainer Straße von Leipzig nach Prag. Feldwege, Wiesenpfade, Schneisen, Wildwechsel, Trampelabkürzungen waren gerade recht, nachts krochen die Flüchtlinge, die Flüchtenden, die Flüchtigen in einer Scheune, einem Schuppen, einer Waldarbeiterhütte unter, bitterkalt war es, sie wühlten sich immer tiefer in das Heu, das Laub, das Stroh der letzten Ernte, wenigstens hatten sie vorher Brot und Wurst und eine Kruke Hausbier aus den zwei gutgefüllten Kiepen wühlen können. Am übernächsten Nachmittag kamen sie in Euba an, dem langgezogenen Mühlendorf östlich von Chemnitz. Dort suchten sie den verschwiegenen Pächter der Fünften Mühle auf, einen fünfundzwanzigjährigen Junggesellen namens Oskar Berger, der vor anderthalb Jahren mit der Windmühle auf dem Jägerhof in Augustusburg bankrott gemacht hatte und der nun mit der Kraft des Eubaer Dorfbachs einen neuen Versuch als Wassermüller machte. Berger übernahm die beiden Kiepen auf Kommissionsbasis. Kaum daß die Lieferanten weitergezogen waren, wohin ihr geht, *willsch goar nisch wissn*, sortierte er mit zupackender Hand und kundigem Blick den Inhalt nach Art der Beutestücke, Eßwaren, Kleider, Kleinzeug und wirklich gute Sachen wie Silberleuchter, Ringe mit Steinen, Goldkettchen und Prunkteller aus Meißner Porzellan, und sah die ganze Lieferung für das Verticken in Städten vor, in die ihn der Weg demnächst ohnehin führte, in Freiberg das verscherbeln, und das nach Oederan mitnehmen, zum Bruder, und das nach Lunzenau, nur nicht zu nahe am Herkunftsort herumgeistern, nicht in der Gegend zwischen Frohburg und Altenburg.

Nachdem der schwerverwundete Gendarm am Harzbergrand wieder zu Bewußtsein gekommen war, was für ein Bewußtsein, ohne Ahnung, wo oben und unten, wo rechts und links war, hat er sich, weite Strecken auf allen vieren kriechend, den Rest taumelnd, mühsam nicht auf das nahe Dörfchen, das nahm er in seiner Benommenheit erst gar nicht wahr, sondern auf das Schützenhaus zugearbeitet, der Wirt steht gerade am Fenster seines Schlafzimmers im ersten Stock und schaut nach dem Wetter aus, was er sieht, macht ihn vollends wach, er rennt nach unten, entriegelt die Haustür und reißt sie auf. Betroffen und ratlos umstehen alle Hausgenossen den blutüberströmten Liebing, der, von beiden Seiten gestützt, auf einem Stuhl in der Gaststube hängt. Zweimal, dreimal macht er die Augen auf, verdreht sie, furchtbar anzusehen, und schließt sie gleich wieder. Auf die vielen Fragen nur vergurgelte Antworten und ein undeutlicher, aber hartnäckig wiederholter Wunsch, *Ungorr, Ungorr willsch, Greifnn, dorrdn*, auf den hin man ihn, als endlich klar war, was er wollte, auf einem ausgehobenen Türblatt den Schießhausberg hinauf und auf dem Wiesenweg in das benachbarte Greifenhain trug, auf den größten Vierseitenhof des Dorfes, der auf dem Nordhang, der Winterseite, lag und seinem Cousin Unger gehörte. Dort wurde er in den ersten Stock geschafft und im Eckzimmer, der Staatsstube, auf das Sofa gelegt. Wer hat denn nach dem geschickt, *su e Bleedsinn*, der Liebing ist doch *bladdgemachd*, ging die Rede vor dem Hoftor, als der junge Arzt, der sich vor einem halben Jahr zum Ärger des alteingesessenen Kollegen in Frohburg, niedergelassen hatte, mit seiner Kutsche vorfuhr, einachsig, übergroße Räder, immer noch Pferd, noch nicht Motor, Residenzschick von gestern, aus Elbflorenz, auch nach der Flucht des Königs. Bei allem Einverständnis mit dem Gendarmen, dem Wächter über Ordnung und Besitz, hatte doch keiner, der Schützenhauswirt nicht und nicht der Cousin und erst recht nicht ein einziger der Gaffer Lust, eine Rechnung des Arztes, auf der Titelzeile des Formulars Liquidation genannt, zu begleichen. Aber nun war der Doktor einmal da, von wem auch immer gerufen, vielleicht vom Lehrer, in dessen wöchentlicher Lehrerrunde er gerne saß und Karten spielte, die Schulmänner, pflegte er zu sagen, wenn ihm das süße Braunbier aus dem *Frohburger Brauhaus* oder das Bockbier aus der *Schloßbrauerei* die Vorsichtsschwelle absenkte und die Zunge lockerte, sind meine Hand am Puls der Leute und mein Ohr an ihrem Mund. Sosehr er sonst die Krankenbesuche ausdehnte, vor allem dort, wo junge Mädchen zur Familie gehörten, am besten noch mit nennenswerter Mitgift, der hat Schulden vom Lotterleben als Jenenser Burschenschaftler, hieß es gleich, der will sich gesundheiraten, diesmal blieb er keine zehn Minuten im Ungerhaus, dann stieg er wieder in sein leichtes Gefährt, bevor er an den Zügeln ruckte und mit der Peitsche knallte, sagte er mehr zu sich als zu den Leuten: Ist schon so gut wie tot, der arme Kerl, er weiß es bloß noch nicht. Gleichwohl war er zwei Studen später wieder da und setzte dem Patienten achtzehn Nähte auf dem Kopf. Tage, Wochen, Monate sprach man in der Gegend von den unbekannten Einbrechern, von Liebing und dem Überfall, unfaßbar, wie so ein Einbruch, so ein Totschlag, so ein Exzeß gerade hier bei uns passieren konnte. Sollte. Oder mußte, wie der Greifenhainer Pfarrer meinte. Wo Bosheit in den Stuben wohnt, sagte er in seiner Predigt am ersten Sonntag nach der Gewalttat, kommt noch mehr Bosheit von draußen ins Haus. So eine Bildersprache, so eine Parabel, diese Anspielung verstanden die Leute sehr gut, denn jeder Bauer, der mit seinem Gespann von Greifenhain nach Frohburg fuhr, jede Marktfrau, jeder Schützenfestbesucher aus den Dörfern östlich der Stadt mußte an Kaupischs einstöckigem Haus vorbei, das Elend dort war hinlänglich bekannt, auch wußten alle, wußten oder ahnten oder glaubten zu wissen, was sich sonst noch abspielte in den Kammern unter dem niedrigen Dach, der Alte ist seiner Tochter nicht ganz fremd, und der Schwiegersohn umschwänzelt die alte Kaupisch, Pfingsten hat er keinen Tanz mit seiner Schwiegermutter ausgelassen. Ein Sündenbabel. Vor allem auch, wenn man an den fremden Jungen dachte, den sich der junge Kaupisch mitgebracht und herangezogen hatte. Dazu ging nach ein paar Tagen die Neuigkeit herum, daß Liebing, entgegen der Prognose des Arztes sehr wohl noch am Leben und sogar auf dem Weg der Besserung, wenn nicht der Gesundung, den Überfall, soweit er sich erinnern konnte, geschildert und die Angreifer, vier an der Zahl, beschrieben hatte. Der Gruppe voraus lief auf dem Weg nach Frohburg in jener unseligen Nacht ein älterer Junge. Oder war es eine junge Frau. Der Gendarm war sich nicht sicher, wußte es nicht genau, der größte der Kiepenmänner, der Wortführer, ein wahrer Hüne, hatte sich immer zwischen Liebing und die Kleine, den Kleinen gestellt, als wollte er der Person Sichtschutz gewähren, sie decken und verstecken. Ich glaube doch, sagte Liebing dem Ermittlungsrichter nach einem kurzen Hin und Her, es war ein Junge im Konfirmandenalter, als er an der Marktlaterne vorbeiging, sah ich ein langes, in Packpapier oder Stoff gewickeltes Paket, das er auf der Schulter trug, es schien nicht leicht zu sein, denn er gab es an einen seiner Begeiter weiter. Kaum war die Kunde von der Aussage Liebings bekannt geworden, kamen Erinnerungen aus dem Vorjahr zurück, an einen aus Pegau stammenden Jungen und weiter an drei Dampfwalzenmänner, die an einem Wintertag ein paar Stunden auf dem Frohburger Markt haltgemacht und anscheinend den Jungen mitgenommen hatten. Konnte es wirklich sein, daß der nun zurückgekommen war, daß einer der Übeltäter also monatelang bei ihnen gelebt hatte, fragte sich fast die ganze Stadt und dachte an diesen Knaben namens Paul Ernst, den Rudolf Kaupisch, der Sohn des Bürstenmachers, nach der Ableistung des Militärdienstes bei der Kavallerie aus Borna mitgebracht hatte, armer Leute Kind, hatte es geheißen, die Eltern waren bei einem der letzten Ausbrüche der Cholera in Sachsen ums Leben gekommen, in Pegau, der Kleinstadt nordwestlich von Frohburg, noch hinter Borna, dorthin verkaufte Vater 1951 seine Wellblechgarage, die neben Haupts Villa am Erligteingang stand, Käufer war Egon Schwabe, der Lederfabrikant, der Ulrich und mich im Gegenzug mit Lederhosen ausstattete und den wir zu viert im Jahr des Mauerbaus von Reiskirchen aus in Ehingen besuchten, wieder versorgte uns der im Osten enteignete, im Westen mit einer Neugründung erfolgreiche Fabrikant mit seinen Lederwaren, diesmal mit braunen Wildlederjacken, die er uns, es war erster Pfingstfeiertag, eigenhändig anmaß, für meine Jacke malte ich in aller Eile, vornübergebeugt am Eßtisch der Schwabes stehend, einen Hängegürtel auf ein Blatt Papier, das machte die Jacke, jahrelang mein bestes Stück, unverwechselbar, wenn sie im *Café Rosenschon* auf der Kaiserstraße in Friedberg am brechend vollen Kleiderständer hing. Cholera. In den Leipziger und Dresdner Zeitungen konnte man lesen: Pegau unter dem Flügelschatten des Todes, an einem Tag zweiundzwanzig Sterbefälle. Ein Onkel des verwaisten Jungen, Gastwirt in Borna, *Zum Einhorn* hieß die Kneipe in der zur Wyhra führenden engen Wassergasse, hatte sich des Zwölfjährigen und seiner zwei Jahre jüngeren Schwester angenommen, das kleine Mädchen fügte sich schnell in die Familie ein, in der es schon sechs Kinder gab, dem Jungen fiel das nicht so leicht, der schwere brummige Wirt, der nur seiner Frau gegenüber die Stimme hob und damit Zugänglichkeit anzeigte, lag ihm nicht, machte ihm angst, wenn das auch zehnmal der Bruder seiner Mutter war. Dagegen fand er weit mehr Gefallen an den jungen Männern, Rekruten oder Freikorpstypen, die immer öfter aus der Reichswehrkaserne heraus in die Stadt kamen. Wenn sie in größeren Gruppen unterwegs waren, dann wehe für die Ackerbürger. Erst ließen sie sich vom Einhornfusel, der in Literflaschen tief unter der Theke stand und laut Wirt fast umsonst abgegeben wurde, die Zähne, den Gaumen und die Gurgel von den zähen Resten des Kantinenessens freiätzen, durchputzen, genußvoll ausbrennen, dann, zu nachtschlafender Zeit, schossen die grünen Spunde aus der Kneipentür ins Freie, mit entriegelnden Schreien, um gleich darauf durch die Gassen und über den Markt zu toben, das sorgte durch die fast allwöchentliche Wiederholung für Empörung und Entsetzen bei denen, die in ihren Betten lagen und von dem Lärm, dem Getöse und dem Poltern unten geweckt wurden, rief aber gleichzeitig auch andere Reaktionen in der Stadt hervor, es gab genug Tagelöhner, die von der Zukunft nicht mehr zu erhoffen hatten, als ihnen die Gegenwart zugestand, nämlich nicht viel, die Notdurft gerade eben, dann waren da die Leute, die Marx als Lumpenproletariat bezeichnet, Faulenzer, Trinker, Streithähne, Schläger, gab es alles, gab es mehr als reichlich, die Verhältnisse, na klar, aber auch eigene Verantwortung, außerdem, nicht zu vergessen, die Halbwüchsigen, sie alle fuhren in ihren Betten, von ihren Lagern hoch, freudig erregt über das Geschrei, das Rumpeln und Pumpeln, das sich durch die Gassen zog, sie warfen sich Klamotten über und stürzten erwartungsvoll aus den Häusern, um dem Lärm zu folgen und sich den Krachmachern und Radaubrüdern anzuschließen, *Brüder, in eins nun die Hände.* Unsinn. Quatsch. Radaubrüder waren das, was sonst. Eines Nachts zog die wilde Jagd aus dem *Einhorn* wieder durch die Gassen und stoppte auf dem Markt, dort hatten Händler ihre Buden für den am nächsten Morgen beginnenden Herbstmarkt aufgebaut, Gejohle, Tritte gegen die Tische, die Planen wurden heruntergerissen, Funken, wer weiß woher, aus einem Pfeifenkopf wahrscheinlich, mutmaßte später die örtliche Polizei, an deren Spitze der Gendarm Liebing stand, ein paar Bornaer wußten es besser, hatten Streichhölzer aufflammen sehen, zuerst gerieten die Zeltbahnen in Brand, dann die Budengestelle, am Ende lohte für eine halbe Stunde eine riesige Flamme auf, so hoch wie das Reichstor, die das ganze Jahrmarktszeug verschlang und einen stinkenden qualmenden Haufen hinterließ. Beim schnellen

Rückzug in die Kneipe seines Onkels kam Paul Ernst dem Kaupisch näher, den er bis dahin nur vom Sehen kannte. Der Rekrut stieg, um Beobachter in der aufgeschreckten Nachbarschaft irrezuführen, von hinten in das Haus, vom sichtgeschützten Hof des *Einhorns* aus, durch ein enges hochgesetztes Fenster. Paul, der folgen wollte, kam nicht an die Brüstung heran, also langte Kaupisch raus und zog ihn hoch. Hast du gut gemacht, mit deinen Streichhölzern, sagte er, seitdem waren beide unzertrennlich, wenn Kaupisch Ausgang hatte, dreimal die Woche, das strenge Heeresreglement war seit 1918 löchrig geworden. Sogar auf dem Reitplatz, an der Schwemme, beim Appell beobachtete und umkreiste der Junge das Geschehen. Er verstand es gut, sich klein zu machen, die Offiziere übersahen ihn. Die Unteroffiziere nicht, warum darüber quatschen, sie hatten ihre eigenen Heimlichkeiten und speziellen Neigungen. Sonntags, wenn regelmäßig Ausgang war, sahen Nachmittagsspaziergänger noch im Oktober die beiden, Kaupisch und den Jungen, in der kalten Wyhra baden, nackt kamen sie aus dem Wasser, jagten sich auf der Kiesbank an der Brücke, bespritzten sich, rangen miteinander und verschwanden in den Weidenbüschen, wo ihre Sachen lagen. Nana, dachte mancher, aber direkt strafbar war das nicht, auch nicht, was weiter vorstellbar war, sich gegenseitig einen runterholen, erst die geschlechtliche Vermischung fiel unter das Strafgesetz, aber nicht für Frauen, nur für Männer. Anfassen ja, einführen nicht, ein feiner Unterschied, an dem schon fünfzehn Jahre vorher Fürst Philipp Eulenburg gescheitert war, ruiniert durch seine Gegner. Das Gerede über Kaupisch und seinen kleinen Glücksbringer siedelte mit von Borna nach Frohburg um, als der Rekrut nach dem Ende seiner Dienstzeit den Jungen mit in sein Elternhaus in der Greifenhainer Straße brachte, die *Buburrzsche*, wie die Leute sagten, in Küche, Werkstattstube und zwei Kammern lebten fünf Erwachsene und fünf Kinder, der alte Bürstenbinder und seine Frau, deren fast neunzigjährige Mutter, die Tochter mit Mann und Kindern, jetzt mußten auch die beiden Neuankömmlinge aus Borna untergebracht werden. Aber wozu denn eigentlich in die enge überfüllte Bude drängen, es gab ja noch den kleinen Anbau im Hof, in dem die Ziege stand und in dem über Nacht die Hühner eingesperrt wurden. *Mihr nähm den Heibodn*, sagte der junge Kaupisch. Und so geschah es auch. Nur zum Essen kamen die beiden zu seinen Eltern ins Haus. Zumal der Schwager stichelte, Anspielungen machte und meckerte: *Habt ihrs denn waharm genug bei euch.* Wechselnder Broterwerb, mal Feldarbeit auf dem Rittergut, Pächter war vorerst noch Ökonomierat Meyer, mal auf den Winter zu Holzhauen im Eisenberg und im Harzberg, beim Förster Scherell, mal einfach nur über die Dörfer streifen, Greifenhain, Frauendorf, Roda östlich der Stadt und Eschefeld und Windischleuba im Frohburger Westen, die Bäuerin nach einem Ranft Brot, einem Rest Suppe, den Bauern nach Tagelohn oder Stallausmisten im Akkord fragen und gucken, was einem ansonsten noch ins Auge fällt, was man mitgehen lassen kann. Oder später holen. Der junge Mann. Militärisch straff, die Dienstzeit klang noch nach. Und immer an seiner Seite der Junge, hundeähnlich, schattengleich, im Heu jugendwarm und jugendglatt und knabenweich und knabeneckig. Aber alles nur bis zur ersten Woche mit Schnee und Dauerfrost. Nach zwei schlotternden Nächten drängte das Heubodenpaar in die Hütte. Aber nichts zu machen, wenn auch die Eltern Kaupisch den Sohn in ihre Kammer nehmen wollten, so weigerte sich der Schwager doch, den Jungen in seine zu lassen. *Das haud doch nor hin, wenn er de zweede Frau fir mich is, und das isser nu eema nich un wärrds ooch nie währn.* Die Zurückweisung, Aussperrung, Verstoßung fand am gleichen Tag Mitte Dezember statt, an dem eine Dampfwalze, aus Borna kommend, im Schrittempo auf den Markt rollte und stampfte, der Maschinist thronte hoch oben auf dem Führerstand, mit den Haltestangen rechts und links und dem freien Ausblick längs des Kessels, am Schornstein vorbei, vorneweg, eine seltsame Avantgarde, ein junger Mensch, mit einer gelben Winkelfahne fuchtelnd, als müßte er eine Seuche, die

Cholera etwa, anzeigen und nicht die Bahn freihalten, der Walze folgte ein älterer Mann, die Henkelbüchse mit Schmieröl in der einen und dem Schmierpinsel in der anderen Hand, die Nachhut. Am oberen Ende des Platzes machte die Walze halt, der Führer, ein wahrer Hüne, käsebleiches Gesicht unter schwarzer Ledermütze, stieg ab, putzte die Hände an einem Knuddel Schafwolle ab und verschwand im *Roten Hirsch*, während der Gehilfe den Wimpelträger zu sich nach hinten rief, ihm Büchse und Pinsel übergab, einen Eimer nahm und vom Marktbrunnen mit der Kentaurenfigur fünf-, sechsmal neues Wasser für den Kessel holte. Inzwischen trieb sich der junge Mensch, der Wimpelträger, etwa zwanzig Jahre alt, an der Einmündung der Brückengasse herum, der Bäcker da hatte ein Gestell mit Stollen, die gerade aus dem Backofen kamen, vor den Laden gestellt, der schnellen Abkühlung an der Winterluft wegen, die seiner Meinung nach die Haltbarkeit des kostbaren Backwerks förderte, es gab Familien in der Stadt, die in Weidenkörben, leinenumhüllt, seine Stollen bis in die Osterzeit hinein auf allerletztem Vorrat hielten und ihm beim ersten Anzeichen von Schimmel das Haus einrennen würden. Dem jungen Kerl von der Dampfwalze stieg der Duft der rosinengespickten, frisch ausgebackenen Laibe in die Nase, er konnte sich nicht aus dem Dunstkreis lösen und hoffte auf eine wenn auch noch so kleine Kostprobe, einen ofenwarmen Anschnitt, zumal ihn die Bäckersfrau aus dem Laden zurückgegrüßt hatte. Es waren schlimme Jahre in der Nachfolge von Krieg, Niederlage und Versailles, Arbeit gab es nicht für jeden, und schon gar nicht am Stück, kaum durch die Woche, nicht durch einen ganzen Monat und erst recht nicht für ein volles Jahr, wer ein Handwerk hatte, ein Geschäft betrieb, wußte, daß es schon im nächsten oder übernächsten Haus Leute geben konnte und gab, die von Zeit zu Zeit dicht am Krepieren waren, einfach so, ohne großes Verschulden. Oder die, lange Jahre Kohldampf schiebend, am Ende in ihren angeblich besten Jahren von der Schwindsucht ausgeblasen, ausgelöscht wurden. Die milden Gaben der Ladenbesitzer in der Kleinstadt, der Handwerksmeister, der Bauern in den Dörfern waren ein dünnes Netz. Nicht jeder, der infrage kam, knüpfte und wirkte daran mit, auch die Frau im Laden, rosig, korpulent, mit blütenweißer Schürze, jeder Handgriff saß, mit dem sie die goldgelben Brötchen, die dunkelbraunen Brote in das Regal sortierte, schien im Augenblick nicht in spendabler Stimmung zu sein. Bis, ja bis ein Junge, von der Wyhrabrücke kommend, auf den Markt einbog, dreizehn, vierzehn Jahre alt, mit blankgewetzten löchrigen, fast lumpigen Klamotten behängt, doch ein unglaubliches Strahlen in den Augen, eine fast erschreckende Klarheit im Gesicht, landauf landab eine Einmaligkeit, den Dampfmaschinenkerl durchzuckte es, *das is e Geenichsohn, e Brinss, ingoggnidoo*. Auch die Bäckerin mußte was ähnliches empfinden, sie winkte, zutraulich, aber nicht unterwürfig trat der Junge in den Laden, sie reichte ihm eine dicke Scheibe Stollen über den Tresen, ein Nicken seinerseits, als Dank, dann wies er mit einer seitlichen Kopfbewegung auf den Zuschauer jenseits der Schaufensterscheibe, er bekam ein weiteres Stück Stollen und brachte es nach draußen, *hier hassde*. Die beiden Stollenesser gingen nebeneinander quer über den Markt, auf die Dampfwalze zu. Auf diese Weise lernten sich die drei Fremden und der Junge aus Pegau kennen. Besonders der Fahrzeugführer war von der neuen Freundschaft angetan, was willstn hier in Frohburg Strohburg Flohburg Rohburg Kloburg Poburg Drohburg, sang er gutgelaunt und spöttisch, was anderes als Kohldampf und Frostbeulen *findsde iberoall*. Am späten Nachmittag, es dämmerte schon, setzte sich das schwere teerschwarze Walzenungetüm wieder in Bewegung, schnaufend, von einer Horde johlender, grölender Kinder begleitet, schob es sich, über das Kopfsteinpflaster polternd und dabei den roten Widerschein des Kesselfeuers auf die Straße werfend, die innere Peniger Straße hinauf, vorbei an der *Eisenwarenhandlung Krause*, dem *Textilgeschäft Bachmann*, der *Möbeltischlerei Graichen*, der *Ofensetzerei Fischer*, dem Kramladen der alten Schubert, der *Fleischerei Börngen* und dem engen Hof des Kuhbauern Frautschy, die Häuser, an denen die Walze vorbeikam, die das Schwerstgewicht passierte, erzitterten von den Grundmauern bis zum Dach, die Tische mit dem Abendbrot vibrierten, Bestecke, Gläser und Geschirr klirrten leise in das Rumpeln und Pumpeln hinein, das von der Straße kam. Auf dem *Wind*, zwischen dem Amtsgericht am Albertplatz und der Plautschen Schmiede seitlich des Alten Friedhofs gab es in Höhe der Vorstadthäuser von Naß und Hädrich noch einen kurzen Stop, der Wimpelträger reichte den Stock mit dem gelben Lappen an den Kollegen mit dem Schmiertopf weiter und nahm eine angezündete Sturmlaterne mit rotem Frontglas in Empfang, die der Fahrer angezündet hatte und vom Führerstand herunterreichte, mit ihr ging er, die Kinder blieben eins nach dem anderen zurück, die älteren zogen am längsten mit, vor der Maschine her aus der Stadt, am Straßenteich, an der Sandgrube vorbei, mit Zielpunkt Stöckigt und Dolsenhain, die Landstraße, ganz allmählich ansteigend auf das Plateau der fruchtbaren Lößäcker zwischen Wyhra und Pleiße, schwang, von der Frohburger Bebauung befreit, im Bogen erst auf den Großen Teich und dann in entgegengesetzter Richtung auf die Schäferei oberhalb von Wolftitz zu, noch eine Biegung, und die Dampfwalze war in Dunst und Dämmerung der hereinbrechenden Frostnacht nicht mehr auszumachen. Ein weit entferntes Grummeln noch, dann Stille. Von dieser Stunde an war auch der fremde Junge verschwunden, der Paul Ernst. Kaupisch suchte nach ihm bis Mitternacht, überall dort, wo es warm war und wo man für ein gutes Wort oder ein paar halbe Groschen reinkam, in der *Windschenke*, die Herberge zur Heimat war, im *Gasthof Stadt Altenburg* von Weiske, bei Unger im *Brauhof* und in Zurbrücks *Deutschem Haus*, dann schlich er, schneidend traurig und erleichtert zugleich, in die stockdunkle Kammer seiner Eltern, nun konnte er sich ohne große Gewissensbisse auf den Strohsack legen, unter die schwere Pferdedecke, unter der schon, wie immer seit dem letzten Frühjahr, ein zehnjähriger Sohn seiner Schwester schlief, er stieß den Kleinen an und weckte ihn, los, *wärm mich maa, du junger Hibferr, mei Herrds is schwähr*. So oder so ähnlich der verlassene Liebhaber. Und nun, ein Jahr später, nach den Einbrüchen und dem Überfall auf Liebing, vermuteten die Frohburger, von der Beschreibung der Einbrecher und des Jungen durch den Gendarmen aufgescheucht, der abgesprungene Schützling Kaupischs sei vielleicht zurückgekehrt, in ganz anderer unheilschwangerer Gesellschaft, und habe seine Kenntnisse und Erkenntnisse von den Bettelzügen mit Kaupisch den neuen Freunden und Förderern mitgeteilt, Untreue gegen Treue war das Thema, das auch hier, in diesem Fall, das Volk bewegte, wenn das stimmt, na so ein Undank. Für die Obrigkeit stellte sich die Sache ganz anders, aber nicht weniger schlicht und einfach dar, ein Gendarm war angegriffen, war schwer und letztlich tödlich verwundet worden, wie sich erst nach drei Wochen zweifelsfrei und schonungslos zeigte, denn Liebing starb, obwohl seine schlimmen Wunden auf der Stirn und an der Schläfe nach dem Ziehen der Fäden schon im Abheilen begriffen waren, am 27. November an einem vereiterten Schädelbruch, in unfreiwilliger Erfüllung der ärztlichen Prognose, wie sein Cousin anmerkte, alle Welt glaubte ihn längst über den Berg, denkste. Zur Ermittlung der Täter hatten die Behörden kaum Hinweise an der Hand. Genaugenommen nur das, was die Tatortbesichtigung ergeben hatte und was vom Opfer selbst gekommen war. Da hatte man einmal die zurückgelassene Kiepe, die umgeworfen zwischen den Büschen lag, ihr Inhalt war zum Teil herausgefallen, zwanzig Butterklumpen, je vier Pfund schwer, in Leinentücher eingehüllt, die ganze Ladung stammte aus dem Einbruch bei Münchhausens in Windischleuba. Na bitte schön, Einbrecher waren es, was sonst, die der Gendarm hatte anhalten wollen. Zum anderen hatte man Liebings Bericht zu Protokoll genommen. Schon einen Tag nach dem Überfall war er wieder ansprechbar gewesen, stöhnend und sich vor Schmerzen hin und her werfend, klagte er den vielen Besuchern, die sich die Klinke der Oberstube des Greifenhainer Bauerngutes in die Hand gaben: Was ist denn los mit mir, ihr lieben Leute, der Kopf will mir zerspringen, raus mit der Sprache, was ist los. Dabei ahnte er vielleicht, wußte es aber nicht und konnte es nicht wissen, daß sein Schädel vor kaum vierundzwanzig Stunden zu Bruch gegangen war, eine irreparable Beschädigung, gegen die kein Kraut gewachsen war und die kein Skalpell rückgängig machen konnte, in den Kreiskrankenhäusern von Borna und Altenburg nicht und auch nicht in den großen Krankenanstalten von Sankt Georg in Leipzig, noch nicht einmal in den berühmten Universitätskliniken dort. Die Besucher guckten in sein Gesicht, der eine oder andere, aber bei weitem nicht jeder sah einen Todgeweihten, mit dem es ganz langsam aber unaufhaltsam zu Ende ging. Hinter der Stirn des Zusammengehauenen, unter dem gesplitterten Schädeldach sickerte der Eiter und sammelte sich, staute sich an und drückte und zersetzte. Ein bohrender Schmerz trat auf, der sich nicht erklären, gegen den sich nichts machen ließ, hin und wieder ein Löffelchen Opiumtinktur, aber nicht zu viel, erst einmal war ein halbwegs klarer Kopf vonnöten, galt es doch für den Schwerverletzten, schon aus seiner Berufsehre heraus, dem Ermittlungsrichter, der mit dem Schreiber im Gefolge aus Borna gekommen war und nun an seinem Krankenlager saß, über das Erlebte, Zugefügte, Erlittene Kunde zu geben, vier Personen waren es, mit denen ich gestern zu tun hatte, eigentlich waren es von denen nur zwei, die mich bearbeiteten, der dritte, eine blaue Schürze umgebunden, hielt sich abseits, und der vierte war, wenn ich meinen Augen trauen kann, ein Kind oder besser gesagt ein Junge, wie man sie früher, in Rochlitz etwa, massenhaft in der Baumwollspinnerei von Haubold auf der Muldeninsel als Andreher und Garnwickler sehen konnte, mein Großvater hat davon erzählt, der städtische Armenpfleger dort. Da gab es beispielsweise, schweifte Liebing bei seiner Befragung von der geraden Linie ab, ein Ehepaar, das vom Fuß des Erzgebirges stammte, aus Erdmannsdorf unterhalb von Augustusburg, acht Kinder hatten die beiden schon, er arbeitete bei Haubold im Lager mit den Baumwollballen, die

Frau betreute mit fünf anderen die Spinnmaschinen im zweiten Saal, und drei der Kinder drehten die Spulen an und wickelten das Garn auf Rollen, sie hießen Berger, weiß ich noch, wie mein Großvater auch, waren aber nicht verwandt mit ihm, Gott sei Dank, pflegte er zu sagen, er kannte die Familie, hatte viel mit ihr zu tun, weil sie erbbedingt schwindsüchtig war, vor allem die Männer starben in den Vierzigern und, wenn sie besonders lange lebten, in den Fünfzigern. Was hätte Liebing, im Bauernhaus seines Cousins auf dem Sterbebett liegend, gesagt, wenn er gewußt hätte, daß der Inhalt der Kiepen, die seiner Durchsicht und Beschlagnahme entgangen waren, wofür er mit dem Leben würde büßen müssen, bei einem Enkel der Rochlitzer Spinnerfamilie Berger gelandet war, in Euba, in der Fünften Mühle. Können wir uns jetzt vielleicht wieder dem Wichtigen zuwenden, zur Hauptsache zurückkehren, fragte der Ermittlungsrichter, der kaum halb so alt wie der Gendarm war, solche Floskeln, rücksichtsvoll im ersten Schmelz und voller Ungeduld im Nachhall, gebrauchte er zehn-, fünfzehnmal am Tag, dem Wichtigen sich zuwenden, jetzt mal wieder, vielleicht, zur Hauptsache zurückkehren, na eben, wer möchte das denn nicht, mein Herr. Beschreiben Sie jetzt die Männer, sagte der Richter und gab seinem Schreiber einen Wink, ab jetzt jedes Wort mitzuschreiben. Der Anführer war groß, erinnerte Liebing sich, viel größer noch als ich, und sehr breit ist er gewesen, ein Riese. Er hatte eine dicke Jacke oder einen Wintermantel an, mit rauhem zottligem Stoff. Der zweite, keine Ahnung, mir ist, als hätte er einen Backenbart gehabt. Er trug zu der Kiepe noch einen eingewickelten langen Gegenstand, nicht sehr dick, mal auf der rechten, mal auf der linken Schulter. Den hatte er von dem Jungen übernommen, der mit ihm nicht fertig werden konnte, viel zu schwer, eine Eisenstange war das, denke ich, ein langes Brecheisen, wie man es bei einem Bruch gut gebrauchen kann, damit haben sie mich kaputtgehauen, von hinten, war ja keine Kunst. Der dritte Mann, der mit der Schürze, der abseits stand, war um die Zwanzig, mittelgroß, ein dünnes Hemd. Außerdem noch der Junge, als vierter im Bund, ein Blondschopf vielleicht, wurde im Hintergrund gehalten, hielt sich im Hintergrund, fluchtbereit, wie mir vorkam, als wollte er jede Sekunde die Beine in die Hand nehmen. Machte er aber nicht. Die aufgefundenen Butterstücke aus Windischleuba und das, was Liebing sagte, mehr Fingerzeige hatten die Ermittlungsbehörden erst einmal nicht, von einem vagen Hinweis auf zwei verdächtige Gestalten abgesehen, die am Allerheiligenmarkt zweimal, morgens um acht und noch einmal nachmittags um fünf, im städtischen Brauhaus in Lausick eingekehrt waren. Aber was sagte das schon, viel Volks war damals auf den Straßen unterwegs und mußte irgendwo essen, rasten, schlafen. Das bedeutete Ketten unbekannter Gesichter, Tag für Tag. Die Obrigkeit mußte versuchen, aus dem wenigen was zu machen. Also wurden Gendarmen, Polizisten, Herbergsväter und Fürsorger im Umkreis von vierzig, fünfzig Kilometern nach altbekannten problematischen Figuren befragt. Tatsächlich nannten die lokalen Ordnungshüter Namen, mehr als genug sogar, und einige der ins Auge gefaßten Verdächtigen wurden auch ganz richtig an Liebings Krankenbett gestellt, nee, is er nich, war immer wieder von ihm zu hören. Merkwürdigerweise befand sich unter den so Vorgeführten der Bruder eines der Täter, nämlich des Mannes mit dem Backenbart und dem länglichen Paket auf der Schulter, mit den Einbrüchen hatte der Sistierte nichts zu tun. Weiter ein Bauarbeiter aus Lunzenau namens Stanizeck, der ein Jahr nach der Gegenüberstellung bei einem Diebstahlversuch in Chemnitz den Stadtpolizisten Welker erschoß und sich drei Wochen später in einer Feldscheune bei Dolsenhain, nachdem sein Unterschlupf umstellt worden war, mit dem Revolver das Leben nahm. Über die behördliche Durchforstung der infrage kommenden Klientel hinaus wurden in dem Landstrich zwischen Leipzig, Altenburg und Freiberg Steckbriefe an die Türen der Rathäuser, Polizeistationen und Amtsgerichte gehängt und in den *Leipziger Neuesten Nachrichten* und im Halbwochenblatt *Westsächsischer Anzeiger* der Frohburger Druckerei Bartlepp abgedruckt. Vier Wochen lang keine Rückmeldung, nicht der geringste Hinweis, die drei Männer und der Junge blieben ebenso spurlos verschwunden, wie sie plötzlich mitten in der Nacht aufgetaucht waren. Bis zu Beginn der zweiten Adventswoche der Handelsvertreter Heinrich Schlechte aus Mühlau, er reiste schon seit fünfzehn Jahren für *Faber-Castell* in Stein bei Nürnberg, in der *Gastwirtschaft Zeisig* saß, nach einem flöten gegangenen Abschluß in der *Papierfabrik Penig* unten an der Zwickauer Mulde und einer Abweisung in der einsam gelegenen *Baumwollspinnerei Amerika* ein paar Kilometer flußabwärts. Die Peniger Papierfabrik mit ihrem aus dem Tal aufsteigenden Schornstein und den giftbunten Schlieren muldeabwärts kannte ich vom Vorbeifahren, wenn ich in den großen Ferien 1956 und 1957 mit meinem Chemnitzer, damals Karl-Marx-Städter Fahrrad unterwegs war, vor dem Frühstück, jeden Tag, vierzig, fünfzig Kilometer, angeleitet, was Sattel- und Lenkerhöhe und den sogenannten runden Tritt anging, von einem Radsportbuch aus dem Verlag Volk und Wissen. Das Rad, Marke *Diamant*, Modell 108 von 1954, Rahmen blau und schwarz, mit dem Konfirmationsgeld von dreihundert Mark und hundert Mark von meinen Eltern in der Technik-HO am Altenburger Heumarkt gekauft, hatte Vorbaulenker und Felgenbremsen, keinen Rücktritt, in einer Zeit, in der meine Altersgenossen, überhaupt alle Kinder der Stadt, wenn sie überhaupt ein Fahrrad besaßen, mit alten Schmetten unterwegs waren, bestenfalls frisch angestrichen, neu emailliert, so nannte das Rakete aus Greifenhain, der oben an der Kirche eine Fahrradverjüngungsanstalt betrieb, die Farbe hielt ein halbes Jahr, wenns hochkam. Gepäckträger und Beleuchtung meiner Neuerwerbung montierte ich ab, ohne sah besser aus, die Seilzüge der Bremsen rissen immer wieder von den Hebeln ab, bis ich es aufgab, sie jedesmal bei Gühlert am unteren Markt neu anlöten zu lassen, hielt ja doch nicht, und nur noch bremste, indem ich die Innenkante meines rechten Schuhs gegen die Reifenflanke des leicht herausgedrehten Vorderrads drückte. Das schurrende Geräusch, mit dem ich zum

Stehen kam. Meist verbinde ich es mit den Heimfahrten von der Oberschule in Geithain. So steil und schweißtreibend der Anstieg von Niedergräfenhain nach Roda war, so befreiend empfand ich die Abfahrt nach Roda hinein. Am Ende der Rechtskurve hinter dem Chausseewärterhaus mit den beiden Säulen vor der Tür sprang mir einmal ein Vopo in die Bahn, fuchtelte mit den Armen und hielt mich an, du bist viel zu schnell gefahren, hier gilt fünfzig, *fuffzsch*, wie er sagte, du warst schneller. Er knöpfte mir tatsächlich fünf Mark ab, nicht wenig bei einem Taschengeld von fünfzehn Mark im Monat, ich kaufte damals reichlich Bücher, die neuen bei Bartlepps Sonny gegenüber der *Bornschen Mühle* und die alten in den Antiquariaten *Schnuphase* in Altenburg und Katharinenstraße in Leipzig. Am nächsten frühen Nachmittag hatte sich der Strauchritter in Uniform wieder am Ende der Rodaer Kurve aufgestellt. Vorgewarnt, wie ich war, trat ich schon hundert Meter vor dem Hinterhalt, um die Schußfahrt noch zu beschleunigen, aus voller Kraft in die Pedale, ich schoß niedergeduckt, vornübergebeugt aus der Straßenkrümmung, er trat auf die Fahrbahn, aber ätsch, ich fuhr nicht rechts, ich fuhr links, ganz links, die linke Fahrbahnhälfte war unverstellt, mit einem Juchzer war ich wie der Blitz an ihm vorbei und durch und weg und schon auf dem langen Gefälle hinunter zur Abtmühle und zur Wyhrabrücke, vorbei an der übergroßen Weihestätte für die beiden Russen, die mit einem Düsenjäger vom Flugfeld Nobitz, zur Breschnew-Zeit mit Atomwaffen versehen, heute *Leipzig-Altenburg Airport*, gekommen und nach ein paar Minuten in der Luft abgestürzt waren, angeblich hatten sie sich, um Roda und seine Bewohner vor einer Katastrophe zu bewahren, geopfert und den waffenstarrenden Aluminiumvogel in den Hang gesteuert, so einen Bären läßt man sich gerne aufbinden, so einen Bären binden einem vor allem die anderen sehr gerne auf. Dem Vopo entkommen, für diesmal, ich atmete durch. Doch einen Tag später saß er, als ich, in Roda unbelästigt geblieben, aus Geithain kam, in voller Uniform, die Kartentasche vor sich auf dem Tisch, in unserem Herrenzimmer, mit Mutter. Sie sind ja vor mir da, sagte ich, wie haben Sie das gemacht, ich dachte, Sie warten in Roda auf mich. Diesmal verlangte er zehn Mark. Damit war mein Geld für den ganzen Monat weg. Und so kam es, daß ich die Erstausgabe des *Landarztes* von Kafka, die mir am nächsten Nachmittag in der *Katharinenstraße* erst gezeigt, dann für zwanzig Mark angeboten wurde, verpaßte, *die scheene große Druggdihbe, Halblädorr un noch dorrzu e Leibzscher Verlak*, sagte der alte Antiquar, den Kurt Wolff, *den habsch noch kenngelernd*. Erst fünfundzwanzig Jahre später konnte ich das Buch bei *Peppmüller* in Göttingen kaufen, für das Fünfzehnfache, aus dem Nachlaß des Romanisten Schaeder, dem kurzzeitigen Schwiegervater von Hans Egon Holthusen, der Sohn aus der Ehe zwischen Holthusen und der Schaedertochter trug Anfang der achtziger Jahre als Medizinstudent, heute sitzt er als Boxarzt am Klitschko-Ring, die hinterlassenen Bücher seines bibliophilen Großvaters immer dann zur kleinen Frau Schmidt von *Peppmüller*, wenn ein Skiurlaub anstand. Nach der Konfirmation gab es kaum einen Ort in Nordwestsachsen, in dem ich mit meinem Diamantrad nicht gewesen bin. Asphaltpiste, Pflasterstrecke, das Rad war neu, es klapperte nicht, es surrte und schnurrte, Kilometer um Kilometer spulte ich ab, oft über Penig und oft auch an der Papierfabrik vorbei. Es war genau diese Firma in der Altstadt unten, schon Anfang sechsundvierzig enteignet und mit dem Brandzeichen Volkseigentum versehen, die Kempowski meinte, als er mir von seinen Vertreterfahrten durch Sachsen erzählte, bald nach Kriegsende, noch vor der Wiesbadener Zeit und der Verhaftung bei einem Familienbesuch in Rostock, achtzehn, höchstens neunzehn Jahre alt war er und stieß mit der Muldentalbahn voller Hamsterfahrer von Grimma nach Penig vor, er ließ sich vom Direktor der Papierfabrik empfangen, einem KZler, den die Kämpfe in den Barakken von Buchenwald leutselig und scharfäugig zugleich gemacht hatten, und bot ihm Unterwäsche aus Fallschirmseide an, für die weibliche Hälfte der Belegschaft, in den Läden kriegen Sie die nächsten zehn Jahre ja doch nichts. Bin weder verheiratet noch zieh ich sowas heimlich selber an, sagte der Direktor, an sich nicht auf den Mund gefallen und an jenem Morgen auch nicht mit dem linken Bein aufgestanden, und orderte dreißig Garnituren, *fihr de Mähdschn hier, soweid se gnaggig sin*, fügte er an. Wenn ich das alles nicht erlebt hätte, sagte Kempowski nach der Wende zu mir, die Amizeit, die Verhaftung, die Jahre in Bautzen, ich wäre bestenfalls so ein Vertreterjüngelchen geblieben, ohne meine Bücher, ohne Hildegard und Kreienhoop und ohne Ehrenbürgerschaft von Rostock, ganz ganz furchtbar wäre das, für mich, aber noch mehr für die anderen, was er da von sich gab, vertraut verdreht kam mir das vor, man konnte doch nicht alle Nichtsnutze der Welt für sieben Jahre in irgendein Bautzen oder Lager stecken und die Lagerleiter und Aufseher auch noch belobigen. Kempowski unterbreitete uns seine Erwägungen in Nörten-Hardenberg, er wohnte mit Hildegard im *Burghotel* und lud uns ins angegliederte Nobelrestaurant *Novalis* ein, klang wie *Novartis* und wäre bei den vielen Gästen aus der Pharmabranche auch folgerichtig gewesen, die Namensgeber hatten aber Friedrich Hardenberg im Sinn, den irgendwie verwandten Dichter, dessen Familie freilich nie wie die entfernten Nörten-Hardenberger Verwandten zweieinhalbtausend Hektar Land besessen hat, zu keiner Zeit, als Salinendirektor konnte man Frau und Kinder auch ernähren. Kempowskis hatten, aus dem *Burghotel* kommend, wo sie mittags eingecheckt hatten, bei uns den Nachmittag verbracht, kaum hatte ich auf ihr Klingeln hin die Haustür aufgemacht, platzte Walter heraus: Wo ist euer Bad, ich muß mir sofort die Haare waschen. Da habe ich noch was liegen, sagte ich, einen kleinen Moment brauche ich, setzt euch erst mal in den Wintergarten. Abends dann zu viert nach Nörten. Im *Burghotel* steuerten wir quer durch die Halle auf den Novalis-Eingang zu, als Kempowski ausscherte und der jungen Frau an der Rezeption einen Weckauftrag gab, wird gemacht, aber gerne, Herr Kamperski, sagte die junge Frau, Walter vereiste, erbleichte, man konnte wirklich sehen, wie er schluckte, zweimal, dreimal, erst dann brachte er heraus: Ich bin Walter Kempowski, wenn Sie erlauben. Zitternd, nicht nur innerlich. Gerne doch, antwortete die junge Frau und knickste andeutungsweise. Dumme Kuh, im Weggehen, leise, aber doch so laut, daß es an der Rezeption noch zu hören war. Endlich saßen wir im Restaurant, ganze drei Tische besetzt, und ausgerechnet direkt neben uns saß ein Paar, etwas jünger als wir, er dunkler Anzug, sie Chiffonkleid, vielleicht Hochzeitstag, vielleicht ihr Vierzigster, Schülereltern von mir, zischte Heidrun, das kann heiter werden. Und heiter wurde es tatsächlich. Mitten in der schönsten Unterhaltung, erst wurde über den bösen NDR gesprochen, der Walter nicht ein einziges Mal in zwanzig Jahren zu einer Lesung oder Aufnahme eingeladen hatte, alles Rote, verdeckte Kommunisten, dann waren Hildegards putzige Kreienhoop-Hunde dran, mit einemmal, man traute seinen Augen kaum, liefen Walter urplötzlich wahre Tränenströme über das Gesicht, still, ohne jedes Schluchzen, einfach herausflutend, so wie sich manche Jungen in der Pubertät nachts im Schlaf ergießen, der Vergleich ist nicht zu weit hergeholt, auch das Weinen am Tisch, zwischen Suppe und Hauptgang, kam mir ein bißchen eklig vor. Nebenan hatte man seit einer Stunde die Ohren gespitzt, jetzt staunte das Pärchen erst recht nicht schlecht. Zwei Schriftsteller mit ihren Frauen saßen da, na gut, war auch nicht viel mehr als zwei Schauspieler, aber was da geboten wurde, erst eine Kette von Verschwörungs- und Verfolgungsgeschichten, dann wahrhaft kostspielige Hundenarretei und jetzt noch eine Tränenflut, rätselhaft und unterhaltsam, unbezahlbar auch und ein bißchen spannend durch die Frage, wie es weitergehen könnte. Ganz einfach, die Situation an unserem Tisch bog ins gewohnte Gleis zurück, scheinbar nur. Denn Kempowski, seiner Tränen so unversehens wieder Herr geworden, wie sie gekommen waren, bestellte zum Abschluß die große Käseplatte *Ofterdingenpracht* des Hauses, und als die fünfzehn Sorten kamen, auf einem Drehteller liebe- und effektvoll arrangiert, begann er, den ältlichen Ober zu verhören, einen Südniedersachsen, hellhäutig, mit großem Kopf und rotem Gesicht, altgedient, zurechtgeschliffen und im gleichen Maß verbraucht, in Jahrzehnten ländlichen Kellnerlebens, Wohnsitz im nächsten Dorf talaufwärts, zum heimlichen Zyniker abgerichtet, vornehmer als wir auf alle Fälle, jedesmal trat er mit der Serviette über dem angewinkelten linken Unterarm an unseren Tisch, den anderen Arm auf dem Rücken, Hand dicht unter der Gürtellinie, durchgedrücktes Kreuz, das letzte Mal habe ich das in einem alten *Polizeiruf 110* des Fernsehfunks der DDR gesehen, *Eine nette Person* von 1983, Erich Honecker in Farbe hing bei der Kripo an der Wand und war immer dann im Bild, wenn die Kamera durch das Zimmer auf den Schreibtisch von Hauptmann Fuchs und die großgemusterten lilaweißen Vorhänge dahinter schwenkte, die konnten gut und gerne, die mußten sogar aus der Textildruckerei Frohburg stammen, solche Muster kamen dort jahrzehntelang im Endlosstrom aus den Druckmaschinen, Tag und Nacht, in drei Schichten, und wurden in Tausenden von Metern auf die Transportrollen gewickelt, auch als ich dort im Sommer sechsundfünfzig als Lagerarbeiter sechs Wochen Ferienarbeit machte. Was wünschen der Herr, murmelte der zurückgerufene Ober, an Walter Kempowski gewandt, berufsbedingt hatte er gleich am Anfang, schon bei der Aufnahme der Getränkewünsche erkannt, wer die Musik bestellte. Der Käse hier vorn, wie heißt der, fragte Kempowski und zeigte auf die Platte. Und weiter: Woher kommt der. Und wie schmeckt der. Und der hier. Und dann der. Und so weiter und so fort, die ganze Käseauswahl durch, anfangs ging noch alles gut, hier haben wir einen Camembert *Regent* aus der Normandie, sehr reif, mit leichtem Echo von Ammoniak, und das ist ein *Altenburger Ziegenkäse*, ein Hauch von feiner Schärfe, bei weiteren drei, vier Sorten konnte der altgediente Ober noch mithalten und Namen nennen, bis Fehlanzeige auf Fehlanzeige folgte, niedergeschlagenes Achselzucken, na macht nichts, sagte Kempowski, zu allerletzt noch der hier, wenn Sie jetzt den erraten, ist alles wieder gut. Nützte aber nichts, der streng Verhörte mußte endgültig passen, er zog, das rote Gesicht war blaß geworden, in die Küche ab, mit eingeknickten Knien flüchtete er vor dem beharrlichen rätselhaft besessenen Gast, er brachte sich in Sicherheit, was er hier leisten sollte, ließ sich mit keinem Geld der Welt bezahlen, am wenigsten mit einem Kellnergehalt, am Nebentisch die beiden Zaungäste tuschelten, wir aber, unsicher, peinlich berührt und dadurch zur Flucht nach vorn geneigt, gruben, um dem verirrten Freund aus der Sackgasse herauszuhelfen, das nächste, zur Abwechslung in unseren Augen lustige Thema aus, Walter, erzähl doch mal, wie war das mit deinem ersten Buch, dem *Block*, wurde der nicht von Rowohlt bei Nordwestwind mit Luftballons in Richtung Magdeburg und Halle und weiter zur Leipziger Tieflandsbucht, ins Dresdner Elbtal, ins Erzgebirge und in den Thüringer Wald auf die Reise geschickt, dorthingeweht, als hätten die da drüben nicht gewußt, was los war mit ihnen, als hätten sie keine Ahnung von Bautzen gehabt, von dem, was im *Gelben Elend* vor sich ging, die wußten das nur allzu gut. Noch eine Weile weiter so herumgestichelt und herumgestachelt, über die Crème brûlée hinaus, und Kempowski sackte förmlich in sich zusammen, sah seinem Opfer immer ähnlicher. Fortsetzung folgte, acht Wochen nach dem Essen im *Novalis* rief er nachmittags kurz vor fünf bei uns an, in seinem Nartumer Verwertungs- und Verarbeitungsbetrieb fremder Fotos, Briefe und Notizen gab es anscheinend eine flaue blaue Stunde, die Kraft seiner Hilfsarbeiter war auch nicht unbeschränkt, zumal bei der Bezahlung, die lernen doch so viel bei mir, die müßten eigentlich Lehrgeld an mich bezahlen. Als das Telefon klingelte, übertrug ich gerade meine Notizen über das Hofgut Wasserbiblos im hessischen Ried und seinen Besitzer, den Landesbauernführer Richard Wagner, in meine große Kladde, einen Blindband des Hundertwasser-*Brockhaus*, den mir Günther Drosdowski, Darmstädter Akademiekollege, drei Jahre vorher geschenkt hatte. Bei ebendiesem Richard Wagner, daher mein Interesse, hatte Heidruns Mutter Emmi Dietz von

Sommer 1940 bis Spätsommer 1941 das Landjahr abgeleistet. Wasserbiblos. Seit der ersten Begegnung mit Emmi, Pfingsten 1960 war das, ich noch nicht ganz neunzehn, sie siebenunddreißig, hatte ich den Namen des Gutes oft gehört: Damals in Wasserbiblos, hieß es immer wieder. Aber wo lag es, dieses Wasserbiblos, gab es das überhaupt, auf meinen Karten war es nicht und immer wieder nicht zu finden. Spät, aber nicht zu spät wurde mir Aufklärung zuteil, in der Mittagspause einer Präsidiumssitzung im Glückert-Haus in Darmstadt, Herbert Heckmann, Peter Wapnewski, Hans Wollschläger und Ivan Nagel nahmen teil, wer nennt die Namen noch, fuhr ich auf Büchners Spuren nach Goddelau, sah rechts der Kreisstraße, auf der ich mich vorwärtstastete, Navi war Zivilisten wie mir noch unbekannt, ein handgemaltes Schild: Wasserbiblos. Ich bog rechts ab, fuhr über den Damm, rechts und links die Äcker, auf das Gut zu, rollte vor das Wohnhaus und sah die große Scheune, hier also, dachte ich nicht nur, ich wußte es sofort, ich drehte eine Runde auf dem schlammigen Hof, es war die Zeit der Rübenernte, und machte, daß ich weiterkam. Diesen Ausflug malte ich, auf Stichwörter gestützt, die ich noch am gleichen Nachmittag, ins Glückert-Haus zurückgekehrt, notiert hatte, in wohlgefügten Sätzen aus, als Kempowskis Anruf kam. Er gleich: Hast du mein Buch bekommen. Er meinte sein Märchen *Der arme König von Opplawur*, Knaus hatte nicht gewagt, das mehr als leichte Plauderwerk seines Sockelautors abzulehnen, wenn Ihnen wirklich so viel daran liegt, na gut. Ja, danke, sagte ich am Telefon in Richtung Nartum, ist angekommen, sehr schön gestaltet, die Illustrationen eurer Tochter gefallen mir. Und, was sagst du zum Text, hast du ihn gelesen. Ja, auch sehr schön, gab ich zur Antwort, hast du gut gemacht, druckste ich noch raus. Nur nicht anmerken lassen, daß das Geschenk schon in der Abstellkammer gelandet war, zu anderen Leichtgewichten. Dann weißt du ja auch, stieß Kempowski nach, daß du im Buch vorkommst. Klar, weiß ich, sagte ich, inzwischen mit erhitztem Kopf, dank dir auch. Für Kempowski hätte an dieser

Stelle Schluß sein können und auch, da er, in gewisser Weise doch sehr sensibel, meinen Eiertanz über zweihundertfünfzig Kilometer Entfernung heraushörte, Schluß sein müssen, aber woher denn, jetzt kam seine spezielle Ader des Ausspielens, der Freude am Bedrängen erst recht zum Vorschein, warum einen Freund denn schonen, wenn das Gegenteil dem eigenen Ego diente, ihm zugute kam, was folgte, war ja gerade das Wichtige für ihn. Denn jetzt fragte er: Weißt du noch, auf welcher Seite du vorkommst. Na ja, nein, nicht wirklich. Weiter hinten im Buch oder weiter vorne. Weiß ich im Moment auch nicht, wehrte ich ab, meine Ohren glühten. Ich sehe, während ich das hier schreibe, nach dem Sessel rüber, in dem ich während des Telefonats, der Befragung, des Verhörs saß, es ist genau der gleiche Sessel, den Kempowski Jahre später in seinem gedruckten Tagebuch Klostuhl nannte, offensichtlich abwertend gemeint, als hätte er ihn bei uns gesehen und sich geschüttelt, keine Spur davon damals, im Gegenteil, was für ein schöner Sessel, der wäre was für mich. Aber wenn Reserve, dann nicht ganz falsch, denn als ich, wir wohnten noch am Holtenser Berg, in der zweiten Hälfte der siebziger Jahre muß das gewesen sein, den Sessel, Kaufpreis zehn Mark, vom Flohmarkt in der Ziegelei am Leineufer, heute steht dort das Göttinger Polizeipräsidium, mit Krähe-Gelee und viel Wasser abgebeizt hatte, stieg während des Trocknungsprozesses tagelang ein scharfer, sehr scharfer Gestank aus dem alten Möbel, Ammoniak, würde ich sagen, Urin, hieß es in Frohburg, wenn man ironisch tat, einmal, ich war vielleicht zehn, elf Jahre alt, umringte mich im Eisenberg eine Jungenbande aus der Marktgasse, die Geyers und Kuntzes, *Geyerei* und *Kuntz von Kaufungen* genannt, eine Art Indianerüberfall war das, ich kam nicht aus dem Ring, sag mal Urin, wurde ich immer wieder durch einen kriegsgesangähnlichen Sprechchor bedrängt, hing mit dem Beruf meines Vaters zusammen, wahrscheinlich hatte er in der Sprechstunde oder bei den Hausbesuchen nicht selten eine Urinprobe verlangt, so war das Wort unter die Leute gekommen. Der Harngestank des abgebeizten

Klosessels war so durchdringend, daß ich die problematische Neuerwerbung auf Heidruns Drängen vor das Haus, auf den Gehweg stellte. Selbst an der frischen Luft umgab den Sessel ein Dunstkreis, der ihn vor Diebstahl schützte, drei Tage und drei Nächte schwitzte er ein Miasma aus, bevor ich ihn weiter bearbeitete und die tragenden Teile beizte, in einem rötlichen Schwarz, nur die Zargen und die Sitzfläche ließ ich aus, ein nach meinen Maßangaben in der nächsten Tischlerei im Vorort Holtensen zugeschnittenes Brettstück ersetzte die Brille. Erst nach dem Einreiben mit Bienenwachs verlor sich der Geruch. Gewachste Weichholzmöbel waren zur damaligen Zeit die große Mode, es gab haufenweise Sekretäre, Tische und Bettstellen aus Kiefernholz, allein in Göttingen wurden seinerzeit solche Weichholzmöbel, von den Flohmärkten abgesehen, in mindestens sechs Läden angeboten, keinen der Läden gibt es noch, bis auf den in einer riesigen Fabrikhalle, der Inhaber, höchst schmuddelig anzusehen, bezog seine Ware, alte Möbel im abgewirtschafteten Urzustand, waggonweise aus der DDR, über Schalck wahrscheinlich, über den auch Joop alte Stücke bezog, aber sicher sehr viel bessere als die, die den Göttinger Lehrern und Akademischen Räten zugedacht waren, güterwagenweise, erst später wurde offenbar, daß der Händler mit der bis oben vollen Halle DKP-Mann war und die Ferienlager der Jungen Pioniere mit Westkindern versorgte und verzierte. Unser neuer alter Sessel, auf dem ich während des fernmündlichen Kempowskischen Verhörs saß, war durch den wer weiß wie lange gehandhabten Einschub der Klopfanne und ihre Benutzung geadelt, Notdurft hat mit Not zu tun, mit dringend unter Umständen auch. Heidrun bekam nach zehn Minuten Telefongespräch die peinliche Lage mit, in der ich mich wegen des *Königs von Opplawur* befand, sie öffnete die Haustür, langte um die Ecke und klingelte, Dingdong, war zu hören, du Walter, setzte ich mit einem Fragezeichen in der Stimme an, was ist denn das für eine Unruhe bei dir im Hintergrund, fragte er, aus dem Konzept gebracht, zurück, da kommt jemand von der Heizungsfirma, ich muß Schluß machen. Das waren die letzten Worte überhaupt, die wir miteinander gewechselt haben. Jahre später übrigens entdeckte Schirrmacher ruckartig seine Liebe für den seit Jahrzehnten mißachteten oder richtiger sich mißachtet fühlenden Nartumer vom Kreienhoop, reichlich spät, erst mit dem Adenauerpreis, die Laudatio wurde todsicher bestens bezahlt, Kempowski umflatterte seinen Lobredner auf der Festveranstaltung in Weimar, entzückt davon, daß ihn jemand mit Presseplattform, und was für einer noch dazu, kurzerhand zum Chronisten des größten Krieges aller Zeiten ausrief, ungeachtet der Tatsache, daß dieser Krieg ein reichliches halbes Jahrhundert zurücklag, daß er keinen Roman wie *Rot und Schwarz* oder *Krieg und Frieden* nach sich gezogen hatte und daß es über ihn von einer zeitlich viel näheren Generation tausend und tausend und nochmal tausend nicht leichtgewichtige Bücher gab, Bölls erste Erzählungen, Alexander Kluges *Schlachtbeschreibung*, Rudolf Hartungs *Der Himmel war unten*, ferner Gert Ledig, Hans Bender, Hans Erich Nossack, allesamt freilich im Gegensatz zu Kempowski ohne ein von staatlichen Stellen und Stiftungen umfangenes Dichterhaus. Pech gehabt, unser bescheidener Walter Kemperski hat rechtzeitig vorgesorgt, auch in der Hinsicht. Schnell aufhören, bevor die Dämme vollends brechen.

Vertreter Schlechte klagte dem Zeisigwirt sein Leid, die miesen Zeiten, ja mies für ihn, der landauf, landab in den Pförtnerbuden herumsaß, stundenlang, und noch nicht einmal vom dritten Buchhalter empfangen wurde, mies aber nicht für alle, es gibt Ausnahmen, schimpfte er, so wie es zwischen Vierzehn und Achtzehn hinter dem Massensterben an der Front Kriegsgewinnler gegeben hat, vor allem Juden. Wieso denn Juden, fragte der Zeisigwirt zurück. Was stellen Sie sich dumm, Sie wissen genau, was ich meine. *Nee, wees ich nisch*, entgegnete der Wirt, der in der Chemnitzer Verwandtschaft eine Lieblingscousine mit einer großzügigen Wohnung im Schloßbergviertel hatte, Frau eines jüdischen Kunsthändlers auf dem Kaßberg. Na, wenn Sie es nicht wissen, kann ich Ihnen auch nicht weiterhelfen, vielleicht denken Sie mal an die Heereslieferanten, die sich dumm und dämlich verdient haben. Sei es drum, fuhr Schlechte halb noch streitlustig und halb schon versöhnlich nach drei tiefen Atemzügen fort, schließlich wollte er seine Neidgeschichte loswerden. Zwischen Glücksritter und Glückspilz gibt es jede Menge Schattierungen, sagte er in einem neuen Anlauf. Das ist wohl wahr, kam ihm der Wirt entgegen, aber welche Leute meinen Sie denn, mit den guten Geschäften. Ja also, sagte Schlechte, die kenne ich aus dem Effeff, die drei, sie treiben sich das ganze Jahr über auf Märkten rum, auch jetzt im Winter, auf der Herbstmesse in Leipzig und auf dem letzten Novembermarkt in Lausick zum Beispiel habe ich sie getroffen, den Hausierer Adomeit aus Zwenkau, schon über vierzig Jahre alt, und die Brüder Köhler aus Pegau, Anfang und Ende zwanzig, als Anlernling, Laufburschen und Packesel schleppten sie noch einen Jungen mit, die warfen das Geld nur so um sich und gaben mächtig an und prahlten bis zum Gehtnichtmehr mit allerbesten Geschäften, keine Ahnung, wie das mit den gegenwärtigen schlechten Zeiten zusammengeht. Die Typen kenne ich nicht, nie gehört, wie sehen die denn aus. Schlechte beschrieb die drei mit dem blonden Jungen im Gefolge, der eine, der Hauptmacher, ist groß, sein Bruder hat meist eine blaue Schürze vorgebunden, der dritte, Adomeit, hat einen Backenbart. Na was denn, was denn, rief der Wirt plötzlich nach einer verdutzten Pause, verschwand in der Küche und kam mit einer älteren Nummer des *Westsächsischen Anzeigers* zurück, hab ich noch nicht kleingefaltet und mit dem Brieföffner zu Klopapier geschlitzt, so ein Glück, rief er schon an der Tür. Und am Tisch bei Schlechte angekommen, stellte er nach kurzem Anlesen des Steckbriefs fest: Das klingt doch haarscharf nach den vieren, die den Liebing in Frohburg überfallen haben. Schlechte war erstaunt, Liebing, ja doch, von dem hab ich gehört, aber eine Beschreibung der Angreifer, davon weiß ich nix. Beide beugten sich über die drei Wochen alte Zeitung, tatsächlich, Sie haben recht, *das sinn se, das missense sein*, befand Schlechte, jetzt aufgeregt, da er die Gesuchten kannte, es kann sich nur um den Adomeit und die beiden Köhlers handeln, weiß Gott, was mit dem *Gungen* los ist, wie sie zu dem gekommen sind, wo sie ihn aufgegabelt haben. Der Zeisigwirt, sprachinteressiert seit Jahren, da ihm die Fernstraße, an der sein Haus lag, Dialektsprecher ohne Ende und mit ihnen jede Menge neuer Wörter ins Haus spülte, Studienobjekte und Sachmaterial sozusagen, fragte gleichsam im Auftrag seiner Kladde, in die er markante Gäste, ihren Heimatort und ihre Wort- oder Ausspracheeigenheiten eintrug, nach Schlechtes Herkunft, sind Sie oben im Gebirge großgeworden. Richtig, sagte Schlechte, in Siebenhöfen bei Geyer, mein Vater war dort Buchhalter in einer Baumwollspinnerei. Dachte ich doch gleich, lächelte der Wirt, Ihr *Gunge* kommt nicht von ungefähr. Du verlierst es einfach nicht, bestätigte Schlechte, wenn ich aufgeregt bin, kommt Verstecktes wie der *Gunge* wieder raus, *endschulldschense schonnd. Aworr nee, dos machd doch nischd*. Damit war die Sprachfrage in etwa einverständlich abgehandelt, wohin aber sich wenden, wenn einem die Augen aufgehen über einer Fahndungsanzeige in einem Kleinstadtblättchen, die beiden Männer, der Wirt und sein Gast, überlegten nicht lange und gingen in die Stadt hinunter, zuerst kamen sie durch die Vorstadt Altpenig, die auf dem linken Muldenufer lag und älter als die Kernstadt war und obendrein noch zwischen den bescheidenen Häusleranwesen auf dem Hang den Bahnhof Penig präsentieren konnte, die Strecke ging von Rochlitz nach Waldenburg. Nach Überschreiten erst der Gleise und dann der Muldenbrücke gelangten die beiden aufgeregten Männer in eine kaum funfzig, sechzig Meter lange Straße mit zehn, zwölf Läden, heute allesamt geschlossen, trübe Schaufensterscheiben, Makleraushänge, auch schon wieder vergilbt und ausgebleicht. Was folgte, war der Markt, sie ließen sich im Rathaus beim Bürgermeister melden. Nach einer halben Stunde wurden sie tatsächlich ins Arbeitszimmer des

Stadtallgewaltigen geführt, eines Sozialdemokraten, der nicht allein in seiner Partei eine beherrschende Rolle spielte, sondern auch in den örtlichen Gewerkschaftszellen und der Ortskrankenkasse, alle Fäden der Stadt liefen bei ihm zusammen. Reizfigur für die Kommunisten und die Nationalsozialisten gleichermaßen. Die beiden Besucher standen zwischen Tür und Schreibtisch und wußten nicht, was tun, zehn überdehnte Minuten lang, während der Bürgermeister, ein hagerer Mann, wie in sich selbst und seine Arbeit versunken mit den Akten raschelte und sie keines Blickes, keiner Handbewegung, nicht des geringsten Zeichens würdigte. Etwas ganz ähnliches erlebten Vater und ich im ersten Jahr in Reiskirchen, als wir Reisepässe für die Fahrt nach Gabicce Mare an der Adria brauchten, im Frühsommer 1960. Oder sollte ich in der Aufbauschule in Friedberg für welches Fach auch immer, keine Ahnung mehr, Sozialkunde, Gemeinschaftskunde, Lebenskunde, ein Referat über die Probleme eines Kleinbauern- und Industriearbeiterdorfes in Oberhessen halten, mit einer Daten- und Faktensammlung im Vorfeld, in der Vorbereitung. Und genau für diese Datensammlung hatte ich mich nach telefonischer Anmeldung zur Gemeindeverwaltung auf den Weg gemacht, Vater begleitete mich. Wir wurden von der Sekretärin in das Chefzimmer geführt, zwölf Quadratmeter höchstens, der Bürgermeister, vor seiner Wahl auf der kleinen örtlichen Poststelle beschäftigt, hockte, ein hagerer Zwerg, mit gesenktem Kopf hinter seinem Tisch, tat beschäftigt und sah nicht auf. Vielleicht stören wir, sagte Vater nach einer Weile, zuletzt war sein Unwille von Atemzug zu Atemzug größer geworden, wie ich in einer augenblicklichen engen Verbundenheit mit ihm spürte. Eine Antwort blieb erst mal aus, bis schließlich eine Akte geschlossen wurde, sichtbar und hörbar, und ein auffordernder Laut ertönte: So. Ich auf der Jagd nach Details für ein Referat in der Aufbauschule. Oder aber, Steigerung der Unklarheit, klar war nur die peinliche Szene mit dem Bürgermeister, begleitete Vater gar nicht mich, begleitete vielmehr ich in Wirklichkeit ihn, der dringend eine Wohnsitzbescheinigung für ein Darlehen brauchte. Anfang 1959 kommissarisch in die durch den tödlichen Herzinfarkt ihres Inhabers Hugo Schlierbach verwaiste Landarztpraxis eingesetzt, mußte er sich nach der endgültigen Zuerkennung der Kassen durch die KV wegen der Übernahme des Praxismobiliars, der Geräte und Instrumente mit der Arztwitwe ins Benehmen setzen, sie wurde geschäftlich vom befreundeten Inhaberpaar eines großen Porzellangeschäfts auf dem Seltersweg in Gießen beraten. Geschäfte dieser Art gab es in den fünfziger und sechziger, auch in den siebziger Jahren beinahe noch allerorten, mit WMF und Rosenthal und KPM und Nachtmann-Kristall, sie haben sich seither in Großstädten und Kleinstädten mit Ach und Krach gehalten, in Göttingen, um nur davon zu reden, sind sie verschwunden. Die Verhandlungen mit der Witwe und ihren Freunden waren kleinklein, am Ende mußte Vater, obwohl das Arzthaus in der Gießener Straße mit einer Ölheizung versehen war, einen halben Kellerraum voller Briketts und dazu noch kleingemachtes Feuerholz übernehmen, das eine ganze Garage füllte. Wenn das Jahr dreiundsiebzig mit der Ölkrise nicht gekommen wäre, mit wiederangeworfener alternativer Kohleheizung, dann hätten sich Garage und Kohlenkeller nie geleert bis zum Abriß des Hauses Ende der Achtziger, keine fünfzig Jahre nach dem Einzug der jungen Doktorsleute Hugo und Hedwig in ihren Neubau. Sie Pfarrerstochter, nicht unvermögend von der Mutter her, einer frühen Witwe mit Ländereien im Vogelsberg, der Bruder hessischer Staatsanwalt, die unverheiratete Schwester Gewerbeschullehrerin, er selbst, Hugo Schlierbach, der Doktor, kam seinerseits aus dem Hügelgebiet westlich von Gießen, dem sogenannten Hinterland, kleine Verhältnisse, als Student beim Wingolf, wie die Witwe noch Jahre nach seinem Tod überlieferte, ihr Schwager war Verkäufer beim führenden Herrenausstatter auf dem Seltersweg, immer von aufdringlicher Beflissenheit, wie die Eltern bei jedem ihrer alljährlichen Einkäufe erneut bestätigt bekamen, so auch, als sie für Vater einen grauen Fischgrätmantel mit ausknöpfbarem Maihamsterfutter kauften, eine lang angestrebte Kostbarkeit, kostbar vor allem mit dem eingenähten Etikett von *Lodenfrey* in München. Aber bitte sehr, die Herrschaften, ist das nicht ein bißchen, sagte Hedwig Schlierbachs Schwager zu Mutter, in seiner gurgelnden oberhessischen Gaumensprache mit dem harten R, da gibt es doch, na *Peek und Cloppenburg*, das wäre doch. Nein, nichts in der Richtung, verwahrte sich Mutter, wir wollen einen Mantel von *Lodenfrey*, den oder gar nichts, Mantel und *Lodenfrey*, verstehen Sie den Zusammenhang, so wie *Mey und Edlich* für die Hemden und *Betten-Rid* für die breiten Daunendecken, einsfünfundfünfzig statt einsfünfunddreißig, ich habe schon im Frühherbst so eine Decke kommen lassen, für meinen Mann, er friert leicht, vor allem jetzt, im Ruhestand. Man kaufte also, wer weiß wie teuer, Maihamster, in den Fischgrätmantel eingeknöpft, gegen Ende des Winters herausnehmbar, ein teures Stück war das, nach Vaters Tod 2003 nahm ich es mit nach Göttingen, als beinahe körperliches Andenken, das viel zu schwer und auch zu wuchtig ist, wenn ich es anziehe, knackt und knistert der Maihamster, wahrscheinlich ausgetrocknet, vielleicht brüchig, am Ende seines zweiten Lebens als Innenfutter. Von dem Mantel einmal abgesehen, war ich bei der Auflösung des Hausstandes *Am Stock* in Reiskirchen nur auf den Schuhkarton mit den Familienfotos scharf, Vater als Mitglied der *Frohburgia* zum Beispiel, auf einem Gruppenbild anläßlich eines Ausflugs auf die Rochsburg, neben seinem besten Freund Wob Bachmann und seinem Mentor, dem Lehrer Sporbert, mit den runden, noch unklar zerfließenden Gesichtszügen eines jungen Mannes vielleicht von der empfindsameren Sorte, der Spinoza, Kant und Shakespeare in Reclamheften und *Der Einzige und sein Eigentum* von Max Stirner las, vielleicht wirklich, wie der Titel sagte, als einziger in Frohburg. So unbestimmt, nicht festgelegt wirkt er merkwürdigerweise auch noch auf der Aufnahme, die ihn, es ist auf der Rückseite mit Bleistift vermerkt, am vierten Juni 1930 zeigt, elf Jahre vor meiner Geburt, wie er auf einem Stuhl mehr hängt als sitzt, in die Mangel genommen, beobachtet, bedrängt, entkommen, dabei den dicken Bandageschal noch umgebunden, der Gurgel, Hals und Halsschlagader vor Stich und Hieb bewahrt hat, Schutzhose bis beinahe unter die Achseln, für Oberbauch, Unterleib und die edlen Teile, in der rechten Hand anscheinend noch den Degen, die Handglocke spiegelt Fensterlicht. Von zehn Kommilitonen umgeben, ernste Gesichter, man grinste nicht, gefährlich wars doch, einer tupft ihm die Stirne ab, vielleicht ein leichter Kratzer oder Zieher, während dicht neben ihm, für die Aufnahme herangerückt, auf einem zweiten Stuhl der Kontrahent der Pflichtmensur verarztet wird, Blutspur vom Haaransatz zum rechten Auge, beide Wangen mit blutigen Längsrissen durch Haut und darunterliegendes Muskelfleisch, das müssen markante Schmisse geworden sein, Vorläufer von Tattoo und Piercing, mit zerhackter Visage eilt der Ordinarius durch seine Klinik, man sieht es förmlich vor sich. Das Foto kenne ich seit Kindertagen, immer, wenn ich den Schuhkarton durchwühlte, durchsah, durchsortierte, hier die bedeutungslosen Bilder, die mir nichts sagten, da die interessanten, beziehungsreichen, fragwürdigen, fragenswerten, legte ich das Zweikampffoto auf den Stoß mit Erklärungsbedarf, wie auch das winzige Bild mit den fünf blonden Kindern, vier Jungen, einem Mädchen, alle gegen vier, höchstens fünf Jahre alt, die auf Vaters DKW-Motorrad vor dem Lebensborn-Kinderheim *Sonnenwiese* in Kohren-Sahlis herumturnen. Vaters Gesicht, belegt die familiäre Fotosammlung, festigte sich erst später, in den drei letzten Kriegsjahren und in der Nachkriegszeit. Schon dreiundvierzig im Sommer ahnte er, im Hinterland des Krieges seinen Alltag abspulend, kommende Umbrüche voraus, deren Tiefe und Gewalt er so gut wie gar nicht beeinflussen konnte, höchstens hier und dort mal Hilfe leisten, Zuspruch geben, angespannt sah er jetzt aus und in der Anspannung gefestigt, auf der Wiese zwischen Amtsgericht und Gefängnis zum Beispiel, er sitzt auf einer Decke, im Hintergrund, zwei-, dreihundert Meter entfernt, die Schule, der gelbe Klinkerkasten, direkt vor ihm auf der Decke Bruder Ulrich, die beiden Amtsrichterkinder und ich, Sommer dreiundvierzig, Panzerschlacht um den Kursker Bogen, zwölf Monate später bricht die Ostfront zusammen, was folgt, ist Agonie, bemäntelt erst, dann überdeutlich, Anspannung letzter Kräfte, in Wahrheit aber Zuckung, Krampf, auf dem gezackten Papierbild sieben mal neun ist nichts davon zu finden, den drolligen vier Kindern sieht man nichts an, dicke Beinchen, große Köpfe, auch Vater versucht zu lächeln, ein scheinbar heiteres Bild ohne Bewegung, aber auf der hinteren Hälfte der Decke, anscheinend ist später Nachmittag, liegt schon der Schatten der Hausecke, von fünf Minuten zu fünf Minuten schiebt er sich nach vorn, als er uns erreicht hat, kommt Mutter mit Käthe Burrmann aus der Wohnung herunter und sammelt mit ihr unsere Sandformen, Schaufeln und Eimer ein, Vater legt die Decke zusammen, wir verschwinden im Haus. Es gibt noch eine Handvoll weitere Aufnahmen aus der ersten Hälfte der vierziger Jahre, Vater ist auf ihnen selten zu sehen. Nach fünfundvierzig aber wurden jahrelang keine Fotos mehr gemacht, die Zeiten waren nicht nach Knipserei, nach Bitterechtfreundlich, keine Neugier, die wissen will, wie das, was heute ist, von morgen aus betrachtet aussieht. Erst im Frühsommer 1950 trat die Lichtbildnerei wieder in ihre Rechte ein, Vater nahm das Angebot eines hausierenden Fotografen aus Altenburg an, der an unserer Wohnungstür in der *Post* klingelte, nachdem er rings um den Markt kein Haus, keine Familie ausgelassen und mehrere Fotoaufträge eingesammelt hatte, beim Apotheker Meißner, beim Friseur Boronowski, kinderlos, bei Lotti Kärger, beim Hotelier Kuntz und sogar bei Hallerfred, wie will denn der die Bilder von sich selber aushalten, sagte Mutter, als sie davon hörte. Eines Nachmittags kurz vor den großen Ferien, als ich aus der Schule kam, am Ende der dritten Klasse, war es soweit, ich wurde in ein dünnes Sommerjackett gesteckt, die Haare wurden naß gekämmt und mit einer Klemme gebändigt, nicht von der Hausgehilfin, das machte Mutter selber, Ulrich und ich wurden auf die sogenannte Gondel gesetzt, eine schwarze durchgebogene Eichenbank mit hohen geschnitzten Armlehnen, die Sitzfläche mit Leder überzogen, Vater hatte das Möbel von seiner Praxisvertretung in Schwarzenberg mitgebracht, an Land gezogen auf einer Versteigerung im Neuen Rathaus unten an der großen Durchgangsstraße, zwischen Zwickauer Eisenbahn und Schwarzwasser, die *Karosseriefabrik Dorsch* im nahen Bernsbach war erst enteignet worden, dann hatte man zwei Tage später den Besitzer auch noch verhaftet, jetzt räumte die Staatsmacht in Windeseile die Villa aus und brachte, zwei Federbetten und zwei Kopfkissen, ein paar Kleider, einige Töpfe, vier Gläser und vier Bestecke ausgenommen, alles, soweit es nicht schon zu den Russen gewandert oder vom neuen Bürgermeister beansprucht gleich in der Villa Dorsch verblieben war, unter den Hammer einer formlosen lieblosen Auktion, ein paar verstaubte Bilder vom Dachboden, Porzellan aus der Dienstbotenküche, ausgesonderte Wäsche, zerschrammte Möbel, nicht jedermanns Geschmack, unpraktisch obendrein wie die mit Schnitzerei verzierte schwarze Gondel, die in Frohburg, in unserem Herrenzimmer landete, die komplette Büchersammlung, Klassiker, *Brockhaus* in drei Bänden, Walter Flex, Steguweit, Hans Dominik, *Duden* und BGB-Kommentar, dazu Kleidung der vor Jahren gestorbenen Eltern und Großeltern Dorschs, ferner Fahrräder, Gartengeräte, Leitern, die besten waren schon abgängig, auf deutsch gesagt geklaut, eine Kutsche noch von Annodazumal, sogar das Tretauto des Sohnes, nur das Silber und der Schmuck fehlten, weil sie von Gudrun Dorsch, der Ehefrau, sechsundzwanzig Jahre alt, nach und nach ausgelagert worden waren, mitgenommen zu ihren Eltern in Zwönitz, Besuch für Besuch, ein paar gute, eigentlich nur die besten Stücke, heimlich, damit niemand im Ort Wind davon bekam und es weitermeldete. Der Dorsch, der arme Kerl, wird mir das nicht übelnehmen, wenn ich seine Gondel für uns ersteigert habe, für einen Appel und ein Ei, der hat jetzt ganz andere Probleme. Als Vater das, mit der geschulterten Neuerwerbung heimgekehrt, zu Mutter sagte, nach der achtstündigen Bahnfahrt auf vier Nebenstrecken, bei jedem Umsteigen rückte er zwei Zigaretten für Transporthilfe und Trägerdienste heraus, lebte Dorsch seit Monaten nicht mehr. Karl Mauksch, KPD, war nach einem viel zu weich empfindenden und daher anfangs brauchbaren, auf Dauer aber unbrauchbaren Sozialdemokraten der ersten Stunde neuer Bernsbacher Bürgermeister geworden. Fünfundreißig festgenommen, hatte er zwei Jahren im Zuchthaus Zwickau zugebracht, genau dort, wo, wir wissen es längst, einstmals Karl May Häftling gewesen war und durch besessene Lektüre und noch besessenere Exzerpte und vielstundenlange Tagträume an seinem Verwalterplatz in der Anstaltsbücherei seine per Schrift vollbrachte Verwandlung in Old Shatterhand und Kara Ben Nemsi vorbereitet hatte. 1935 war Mauksch wieder freigekommen und dreiundvierzig nach einer stalingradbedingten Ermannung, auwei, *wenn doas maa gudgehd*, als Widerstand empfunden und als solcher auch bestraft, noch einmal eingebuchtet und nach Buchenwald verbracht worden, in die festen KZ-Strukturen, in die eiserne Organisation der Kaderpartei, Bruno Apitz und Fritz Cremer, mit Worten der eine, der andere in Bronze, geben zeitbedingt Kunde. Dieser von der Kommandantur Aue frischgekürte Ortsvorsteher Mauksch, in den letzten sechs Monaten auf dem Ettersberg Barackenkapo, hatte über die eigenen Brüder hinaus in Bernsbach etliche weitere Zuträger, die gestern noch Gefolgschaftsfunktionäre oder Kassierer für das Winterhilfswerk gewesen waren und sich nun entsannen, daß 1943 ein Fremdarbeiter aus der Ukraine, siebzehn Jahre alt, in der Firma Dorsch einen nicht gerade neuwertigen, sondern ausgeleierten und abgeschmirgelten, in Friedenszeiten längst ausgetauschten Treibriemen beiseite gebracht und abschnittweise, Stück für Stück, bei seinen abendlichen Kneipenbesuchen unter anderem im *Albertturm* auf dem Spiegelwald und auch bei Döhlers in Sachsenfeld verkaupelt hatte, gegen Tabak und Zuckermarken, einem Schuster aus Neuwelt und einem Schwarzhändler aus Rittersgrün. Die Aneignung, sogleich

Diebstahl genannt, wurde entdeckt, Dorsch und sein Hauptbuchhalter ließen den Jungen auf dem Fabrikgelände in die Futterkammer des ehemaligen Pferdestalls sperren, um ihm, wie sie bei Arbeitsschluß dem Betriebspförtner kurz und im Vertrauen mitteilten und wie sie nach Kriegsende lauthals bekräftigten, einen Denkzettel zu verpassen, ihm angst zu machen, zur Läuterung sozusagen, der Delinquent mußte über Nacht hinter Schloß und Riegel bleiben, als man ihn, hinlänglich und nachdrücklich belehrt, wie man annahm, am nächsten Morgen aus dem Arrest holen wollte, hing er in seinem zur Schlinge gedrehten Hemd, exitus. Kurzes Innehalten, ehrliches Betroffensein, so jung war er, so dumm kann niemand sein, dann schoben sich, das Hemd ist näher als die Hose, die Nachrichten von der Front und vom Bombenkrieg, Leipzig im Dezember flächenbombardiert, wieder nach vorn, jetzt, in dem mörderischen Gleichgewicht, in dem die Ostfront stand, zu stehen schien, fiel jede Woche mindestens einer der eingezogenen Männer aus der Gegend um das Schwarzwassertal, der Selbstmörder war einer von vielen, vielen Toten und geriet um so mehr in Vergessenheit, als die Gefallenenzahlen inflationär stiegen, bis das Reich von der Maas bis an den Belt zusammenkrachte und dem Jungen ein furchtbarer Racheengel erwuchs, Genosse Mauksch. Kaum durch den russischen Oberst in Aue zum Ortsvorsteher berufen, nahm er Dorsch aufs Korn, der Ukrainer bricht ihm das Genick, war seine Rede, mit Drohungen und Versprechungen sammelte er Belastungszeugen, sprach jeden Tag auf der Kommandantur vor und gab erst Ruhe, als der enteignete Besitzer des größten Preßwerkes für Kotflügel und Fahrerkabinen landesweit mitsamt seinem Hauptbuchhalter, seinem Chauffeur und dem Lagerleiter der Ostarbeiter von den Russen abgeholt und nach Aue gebracht worden war. Gudrun Dorsch, erst auf ein Zimmer in der eigenen Villa beschränkt, wurde aus Bernsbach ausgewiesen und floh mit ihrem vierjährigen Sohn zu ihren Eltern nach Zwönitz, mit einem vollbeladenen Handwagen, den ihr Bruder und der Mann ihrer Aufwartung aus besseren Tagen zogen, während sie, die Hände um die hintere Querleiste gelegt, aus Leibeskräften schob und dabei auf den Jungen achtete, der auf der ineinandergestopften Ladung aus Hausratresten, letzter Kleidung und ein paar Betten thronte, neben sich, festgezurrt, sein liebster, sein wertvollster Besitz, das Tretauto mit roter und gelber Blechverkleidung, das die zugewiesenen, zugeteilten Ostarbeiter in der väterlichen Firma nach Feierabend angefertigt hatten, das war schon nicht mehr wahr. Nicht immer nur zum Tausch gegen Brot Holzspielzeug mit Brandmalerei, war der Wunsch der Arbeiter gewesen. Der Werkspförtner, mit einem steifen Bein infolge eines Arbeitsunfalls als Lehrling vor dreiunddreißig, nach dreiunddreißig und auch nach fünfundvierzig, ja sogar neunundachtzig noch, als Einundsiebzigjähriger, im Dienst, konnte sich nicht aufraffen, schaffte es einfach nicht, bei der Besatzungsmacht gegen die neuen Bernsbacher Herren mit Mauksch an der Spitze zur Entlastung Dorschs auszusagen, immerhin hatte er, angeblich für seine beiden Enkel, das Blechfahrzeug des Juniors ersteigert, für zweiundzwanzig Reichsmark, und es, als es dunkel war, unbemerkt zur Villa Dorsch und zum eigentlichen Besitzer, der in der Stunde der heimlichen Nächstenliebe längst schlief, zurückgebracht. Die improvisierte Handwagenfuhre verließ Bernsbach in Richtung Spiegelwald und Grünhain, in Höhe der enteigneten Dorsch-Fabrik stieg die Straße steil und immer steiler an, weder Ehefrau noch Schwager guckten zu den Hallen hinüber, aus denen es polterte, schrämte und quietschte, in manchen waren die Schneidbrenner der Demontage am Werk, in anderen wurde in drei Schichten mit Hochdruck für die Rote Armee und für Wiedergutmachungslieferungen gearbeitet, gepreßt, geschweißt, auf der Höhe angekommen, von der aus es nach rechts auf einem Feldweg zum Albertturm und geradeaus hinunter nach Grünhain ging, mußten sich die beiden Männer und die junge Frau eine Pause gönnen. Der Tag war klar wie selten, über Sachsenfeld und Schwarzenberg hinweg konnten sie in der Ferne, im Süden, die von Horizont zu Horizont weitgedehnten Wälder und gestaffelten Höhenzüge und darüber gegen die Sonne den graublauen Kamm des Gebirges sehen, halbrechts der Fichtelberg, der diesseits lag, mit Wetterwarte und Fichtelberghaus, einen Daumensprung weiter nach links der Keilberg, ein paar Meter höher und zur Tschechei gehörig, Tschechei, so sagte man, als Ersatzwort für Böhmen, Sudetenland und Protektorat, eine wirre Geschichte, wie die mit Polen, festgeschrieben die gute und die böse Seite, vielleicht für immer und für ewig, wer weiß. Tscheche müßte man sein, seufzte die Fabrikantenfrau halb aus vollem Herzen, halb im Scherz. Hast recht, stimmte der Bruder zu, dann wären wir die Sieger der Geschichte und würden auch noch satt. Man kann schon froh sein, wenn man nicht an die Wand gestellt wird, hier wie auch bei den Tschechen, sagte der Mann der Aufwartung, der aus Bockau stammte und lange als hausierender Laborant mit unerlaubten Anmischungen und Tinkturen durch die Leipziger Tieflandsbucht bis Halle und Dessau und wenn nicht dort, dann, nach einem unkontrolliert geglückten Grenzübertritt, durch Böhmen gestrichen war und der auch jenseits des Zusammenbruchs noch Verbindungen nach Süden, nach drüben hatte, bei den Tschechen geht es nicht viel besser zu als bei uns, die Wut wird nicht nur an den übriggebliebenen Deutschen ausgelassen, auch an den eigenen Leuten, die sich mit irgendwas, das deutsch war, eingelassen haben, das sind mehr als nur ein paar, von achtunddreißig bis Kriegsende waren es immerhin sieben Jahre. Aber die Hussitenbanden, die *Schimmelreiter* nennen sich die Mitglieder der größten, dreißig Köpfe, vierzig Knarren, kommen seit Monaten, seit die letzten Wehrmachtssoldaten ihre Waffen weggeschmissen oder abgeliefert haben, nachts über die Grenze, in der Brüderwiese haben sie den Einödbauern totgeschlagen und in Rothenthal die fünf Förster aufgespürt und drangsaliert und letztlich abgeknallt und sonstnochwas veranstaltet, Gerüchte nur, man hat ja keine Zeitung. Weiter habe ich gehört, daß seit ein paar Wochen immer wieder junge Burschen von der tschechischen Miliz aus Böhmisch

Wiesenthal am hellerlichten Tag über die Grenze im Zechengrund wechseln und von den Ladeninhabern und Gastwirten in Oberwiesenthal unter Drohungen mit der Waffe tschechische Schilder an den Hausfassaden verlangen, die ganze Oblast Annaberg, lassen sie durch ihre Dolmetscher in diesem *Beehmischdeitsch* sagen, wird sowieso der Tschechei angegliedert, die Urbevölkerung ist slawisch, *nu, du staunen, aber no ja, so ist*. Noch während er sprach, waren, von ihm und seinen Begleitern unbemerkt, hinter ihnen aus Richtung Grünhain zwei Männer herangekommen, *was heerschn doa, das is ja houchindressannd, was de da so an faschisdschm Gequaddsche un Geheddse under die Leide bringsd, wer bezoahldn disch dafihr, dorr Mudschmann wuhl*, ließ sich der kleinere der beiden Neuankömmlinge laut genug vernehmen, um die belauschte Dreiergruppe zu erschrecken, in einer Zeit, in der es kinderleicht war, so gut wie jedem einen Schreck zu verpassen, wenn ein Löffel hinfiel, ein Glas zerbrach, eine Tür ins Schloß fiel, jemand Scheiße rief, gleich ein Zusammenzucken, Innehalten, Wittern, das Leben war danach, Tag für Tag. Und hier, auf der Höhe über Bernsbach, erst recht, Gudrun Dorsch mit ihrem Sprößling und der letzten Habe auf der Flucht, ihr Mann am Ende doch hinter Gittern gelandet, der angebliche Faschist, Schwager und Arbeitgeber ihrer zwei Helfer. Sieger der Geschichte, daß ich nicht lache, rief beinahe fröhlich der redelustige selbsternannte Wortführer der beiden Neuankömmlinge, Genosse Mauksch, wer sonst, man ahnt es gleich, er mußte, wie die Dinge liefen, einfach in bester Stimmung sein. Jetzt langts mir aber wirklich mit eurer Durchstecherei, schrie der Bürgermeister, das Tretauto, das euer Strohmann euch zugeschanzt hat, ist hiermit beschlagnahmt, wenn ihr nach Grünhain runterkommt mit eurer Fuhre, dann liefert ihr es sofort und ohne Wenn und Aber im zweiten Haus auf der rechten Seite beim Genossen Schaarschmidt ab, der hat fünf Kinder und wird sich freuen. Und die gnädige Frau, was sage ich, die Gnädigste, fuhr er fort und lachte, kommt übermorgen früh Punkt sieben in die Villa Dorsch und putzt meine Wohnung dort, die drei unteren Zimmer, das Bad und den Abort und vor allem das Schlafzimmer oben, an das sie schöne auch neuere Erinnerungen hat. Er lachte. Von der Handwagenmannschaft kannte nur Gudrun Dorsch den Grund der bösen Heiterkeit. Vor acht Wochen war ihr Mann, noch nicht verhaftet, in Chemnitz bei den russischen Oberhäuptlingen, wie er sie nannte, gewesen, um die Enteignung der Firma abzuwenden, unter Betonung von Produktionskapazität und Lieferbereitschaft, anderthalb Tage warten, bis man vorgelassen wurde, notgedrungen hatte er zwei Nächte bei einer Tante in Alt-Chemnitz übernachtet, ahnungsschwer, was die zurückgelassene Familie anging. Nicht ganz zu Unrecht. Denn in der zweiten Nacht der Abwesenheit des Hausherrn, früh zwei Uhr, waren der Mauksch, ein russischer Major, ein Leutnant und zwei einfache Rotarmisten in Bernsbach vor die Villa Dorsch gekommen und hatten erst geklingelt, dann geklopft und gepocht und gegen die Haustür getreten. Gudrun Dorsch war mit ihrem Sohn allein im Haus, eine Durchsuchung wurde ihr, die auf langes Klingeln und Rumoren erst das Treppenfenster im ersten Stock geöffnet hatte und dann im Morgenrock an die Tür gekommen war, mit kalter Stimme, wie die Staatsgewalt so redet, gestern, heute, morgen, angekündigt und von dem Leutnant und den beiden Soldaten vorgenommen, inzwischen saß Mauksch mit dem Major, der die Unternehmung leitete, im Herrenzimmer, beide sprachen mitten in der Nacht dem allerbesten Rotwein zu, den sie bei einer gezielten Kellerbegehung, der ersten Aktivität im fremden Haus, vorgefunden hatten, *nähm mir maa dähn middm meistn Schdaub, där is am gossdbarsdn*, der Russe verstand Bahnhof, doch war ihm alles, was von Mauksch kam, mehr als recht. Oben in der Schlafetage wurde in allen Schränken, Kommoden, Abseiten, auch in den Nachttischen und unter den Matratzen gewühlt und nachgesehen, wenn die fremden Hände Schrankfächern näher kamen, die auch für ihren Mann tabu waren, wurde Gudrun Dorsch unruhig, einmal versuchte sie, die Schranktür zuzudrücken, sie vertrat den Männern auch den Weg ins Kinderzimmer, man schob und drängte sie beiseite und schimpfte, die Stimmung spannte sich, heizte sich auf, es gab Körperberührungen, Bewegungen wurden gespürt, plötzlich fühlte sie sich gepackt, festgehalten, angefaßt, da unten, sie wurde auf den Bettvorleger geworfen, das Nachthemd war beim Abwehrstrampeln hochgerutscht, einen Schlüpfer hatte sie nicht an, sie lag entblößt, und im Nu kam der Leutnant über sie, er hatte Übung und zwängte sich geschickt und druckvoll in sie hinein, er stieß auf ihr herum und spritzte nach kaum einer halben Minute, wie sie sich erst anderntags erinnerte, seine Ladung ab, in seine letzten Stöße hinein hörte sie ihren Jungen laut aufweinen und *Mama Mama* rufen, kaum war sie freigegeben, kaum hatte der gewaltsame Eroberer sich aufgerichtet und seine Hosen zugemacht, kroch sie zur Tür auf allen vieren, zog sich am Rahmen hoch und torkelte ins Kinderzimmer, dort warfen die Soldaten, unbeeindruckt von den Geräuschen aus dem Nebenzimmer, Decken, Matratze, heruntergerissene Vorhänge und den Inhalt der Wäschekommode von einer Ecke in die andere, das Kind lag auf dem Boden, halb von Zudecke, Kopfkissen und Laken begraben, halb in sie hineingewühlt, sie stürzte hin und nahm es auf, das schreckliche Erlebnis war vergessen und kam ihr erst am nächsten Morgen zu Bewußtsein, als sie am Spülbecken stand und Tasse, Teller und Bestecke von Abendbrot und Frühstück, die während der Haussuchung auf dem Fußboden im Flur gelandet waren, abwusch und merkte, daß der Saft des jungen Russen aus ihr heraus in die Unterhose sickerte. Da war doch was. Ja richtig, sie war vergewaltigt worden, von dem Russenschwein. Am Abend war ihr Mann zurück, mit dem letzten Zug gekommen, dreihundert Prozent überbesetzt, stöhnte er, ich möchte mal wissen, was das Heer der fremden Galgenvögel hier bei uns soll, wir werden doch selber kaum satt und müssen schon die Russen miternähren. Er war erledigt und zugleich auch aufgekratzt, die Gespräche mit dem Russengeneral, so gab er vor zu glauben, verliefen nicht ganz hoffnungslos, vielleicht kommen wir als rüstungswichtiger Betrieb um die Enteignung doch herum. Irgendwann war auch seine Frau an der Reihe und konnte von der vergangenen Nacht berichten, dem Jungen jedenfalls, sagte sie abschließend, ist nichts passiert, dem Stammhalter und Erben, er hat auch nichts mitgekriegt. Kein Wort dazu von Dorsch, vielmehr verließ er das Haus, ging durch den ansteigenden Garten zum Gerätehaus am Waldrand oben und kam nach einer Weile mit einer fingernagelgroßen zäpfchenähnlichen Kapsel in giftgrüner Farbe zurück, die er ihr gab, mach mal die Hand auf, sagte er, vom Apotheker in der Schloßgasse, fuhr er mit belegter Stimme fort, es sieht mit uns und der Fabrik doch nicht ganz so gut aus wie erhofft, der Mauksch hat überall im Dorf gegen uns geredet und angekündigt, er sorgt dafür, daß mich der tote Ukrainer nachholt unter die Erde. Sollte das passieren und dann auch noch der Leutnant wiederkommen und sich bei dir einnisten wollen, mit Ansprüchen von gestern, weil du für ihn gangbar bist, kannst du immer noch die Pille schlucken und Schluß machen. Und der Junge, fragte Gudrun Dorsch. Wir haben nur die eine Kapsel, du mußt halt sehen, ob du es schaffst, ihm die Luft abzudrücken. Oder, viel besser, wir sind doch nicht die Goebbels, gib ihn vorher zu deiner Mutter nach Zwönitz. So Dorsch zu seiner Frau, als hätte er geahnt, daß er kein Vierteljahr später mit vier Leidensgenossen, alle mit dem Bernsbacher Betrieb verbunden, zum Genickschuß in einen Keller geführt werden würde, in Zwickau, in Chemnitz oder in Buchenwald, der Ort bis heute unbekannt, Gudrun Dorsch bekam erst 1991, nach viereinhalb Jahrzehnten, die Gewißheit seines Todes und die Bestätigung: erschossen, Faschist. Da war sie einundsiebzig Jahre alt, geheiratet hatte sie nicht wieder. Der Betrieb der Familie, das Einfamilienhaus blieben enteignet, auch über die Wende hinaus, als Kriegsverbrechereigentum und Nazigut, die Strafe, wofür, die Russen hatten auf Anforderung gleich einen Rehabilitierungsschein geliefert, galt über die Wende hinaus und währt bis heute, wer die Homepage der Firma *Blechformwerke Bernsbach* ansteuert, findet unter Chronik kein Wort über einen abgeholten Direktor, den geschäftsführenden Sohn des Betriebsgründers, seine Hinrichtung und deren jahrzehntelange Behandlung als Staatsgeheimnis, vielmehr: in Volkseigentum überführt, und damit basta. Volkseigentum, noch nach dem Jahr zweitausend ohne Erklärung auf den Bildschirm gesetzt, ich staune. Und ahne, was an Gestrigem durch Blechbach wabert.

Unbekannt, woher Dorsch, damals höchstens Ende Dreißig, die Gondel hatte, die Kunde von seiner Existenz bis nach Frohburg brachte, die Vermutung eines frühen gewaltsamen Todes eingeschlossen, aufgeschnappt von Vater bei einem letzten Telefonat mit Reibrichs Ende 1956, vier Wochen nach dem Ungarnaufstand. Wenn ich mir Dorschs Geburtsjahr in Erinnerung rufe, es mir angucke, 1907, er war so alt wie Vater, dann bestimmt nicht neu angeschafft, die Gondel und ein halbes Dutzend andere altväterische Historismusstücke. Vielleicht von seinen Eltern übernommen, die Sammlung konnte aber auch das Geschenk der Lieblingstante in Alt-Chemnitz gewesen sein, wer weiß. Wer weiß auch, wo ein paar von den Möbeln heute in einem der Dörfer über dem Schwarzwassertal stehen, in der guten Stube eines Neubaus mit Kammblick vielleicht, in der die Thermostate nur Weihnachten, Silvester und Ostern aufgedreht werden, dann knackt das uralte Eichenholz in der Zapfung, *middm nächsdn Spärrmill gommd merr doas raus*, sagt die Frau des Hauses, *off geen Fall, doas iss ne Anndigwidähd, isch woarde nor noch off dähn hollänndschn Händlorr, damiddsch Gasse machen gann.* Dies wer weiß, das wer weiß, und erst recht wer weiß, wenn es um die Frage geht, wo Vaters Gondel nach unserer Flucht aus Frohburg geblieben ist. Wahrscheinlich hat sie der Aufkäufer des Staatlichen Möbelhandels in Leipzig mit dem kompletten Eß-, Herren- und Schlafzimmer mitgenommen, wie auch den Praxisschreibtisch, ebenfalls schwarze Eiche, der, vier Zentner schwer, eigentlich zum Herrenzimmer gehörte und wegen Raummangel im Sprechzimmer gelandet war, wo er Vater, der auf seinem Platz vor dem linken der beiden Fenster den ersten Stock des Fänglerschen Hauses auf der anderen Seite der Thälmannstraße im Rücken hatte, bei den Gesprächen mit den Patienten einen breiten Abstand vorgab und sicherte. Nicht, daß Vater unterkühlt gewirkt oder unterkühlt empfunden hätte, im Gegenteil, manches Pech, manche leichtfertige Dummheit und Schusselichkeit, etwa mit der Verhütung, manches Unglück, Begegnung Frau und Russe, Krebserkrankung einer Mutter mit kleinen Kindern, und manches Kriegs- und Nachkriegsschicksal vor allem gingen ihm lange nach, noch Jahrzehnte danach erzählte er in unseren Gesprächsnächten davon, wenn er Sonntagsdienst für alle Kollegen aus den Dörfern zwischen Gießen und Grünberg hatte und sich mit Bier und Kognak zurückhalten mußte und deshalb nicht zur Ruhe kam, jederzeit konnte das Telefon klingeln und ihn zu einem Notfall rufen, einmal hatte er, mit ein paar Schlucken Weinbrand über der Sonntagsdienstnorm, in einer Regennacht um zwei auf dem Weg nach Ettingshausen, zum epileptischen Anfall einer einmalig schönen jungen Frau von einundzwanzig Jahren, in der scharfen Kurve hinter Lindenstruth statt dem Schalter für die Scheibenwischer den für das Licht erwischt, er drehte in Gedanken den Knebelknopf von einer Raste in die andere, und plötzlich stürmte das Auto mit eingeschlagener Lenkung sekundenlang in die absolute Dunkelheit hinein, ein Blindflug, die Kurve kannte er von hundert Fahrten her, aber wo, aufzuckende Frage, verlief die Straße wirklich, wo waren die Straßengräben, wo die Chausseebäume und Kilometersteine, es war wie ein Blindflug, erzählte er am nächsten Mittag, während Höfers *Frühschoppen* über die Mattscheibe der Fernsehkommode mit der aufgeklappten Nußbaumdoppeltür lief, des Hausaltars, der WDR-Seelsorger predigt mit gelassener sonorer Stimme über die Wohltaten der Demokratie und des Interessenausgleichs, von einem Pianisten, einem Todesurteil, einem Zeitungsartikel und einer Leiche im Keller wußten wir nichts, gerade noch gutgegangen, bis auf eine kleine mittige

Beule unter der Stoßstange, sagte Vater und lachte auf, mir war so, als hätte auf der Bankette ein Holzklotz gelegen, vielleicht von einer Fällaktion, auf der Rückfahrt habe ich gesehen, daß die Apfelbäume in der Kurve verschwunden waren, hätten die noch gestanden, wäre es nicht so gut ausgegangen, bestimmt wäre ich an einen Stamm gekracht. Werner Höfer als Säulenheiliger und das Gespräch über die Nachtfahrt nach Ettingshausen fielen noch in der Anfang der sechziger Jahre. Wenn ich zwanzig Jahre später für eine Nacht oder ein paar Tage nach Reiskirchen kam, nicht mehr in das Dreißigerjahrehaus in der Gießener Straße, sondern in den Neubau der Eltern *Am Stock*, setzten wir uns zum Abendbrot in die Eßecke mit der Durchreiche zur Küche, Mutter hatte gewöhnlich, jedenfalls solange sie konnte, fünfhundert, sechshundert Gramm Thüringer Mett vom Fleischer an der Ecke der Burkhardsfelder Straße geholt, Vater und ich brachten den mit Ei und Zwiebeln angereicherten Aufstrich mehr als fingerdick auf die Brote. Waren wir satt, zogen wir um in das Nebenzimmer, in Anlehnung an die Frohburger Gewohnheit mit dem Namen Herrenzimmer bedacht, sofort, oft noch im Stehen, brannten wir uns alle drei Zigaretten an, auch Bier aus der nahen Kleinstadt Lich, gleich hinter dem Hattenröder Wald der Fürsten Solms-Hohensolms-Lich gelegen, kam auf den Tisch. Kaum hatten wir uns in die grünen Plüschsessel zurückfallen lassen, erzählte ich, was ich seit dem letzten Besuch Neues über Frohburg und die Frohburger aus alten und neuen Zeiten erfahren oder ausgegraben hatte, das Feld konnte wegen der unendlichen Verästelungen, Verzweigungen und Verflechtungen, der vielen Verdeckungen und Verschüttungen nicht größer sein. Da gab es die umfangreiche Akte, die mir Jörg Drews übergeben hatte, da drin kommt Frohburg vor, das könnte euch doch interessieren.

Die Dokumente handelten vom Ende einer jungen Frau aus Frohburg, einer gelernten Schneiderin, der Vater Viktor Sämisch, ein Reisender in Sachen Kurzwaren, Halbjude oder Jude und als Zugführer der Infanterie an der Westfront mit dem EK I ausgezeichnet, war in der ersten Hälfte der zwanziger Jahre an den Spätfolgen einer schweren Kriegsverletzung gestorben, daumengroße messerscharfe Splitter einer in tausend und tausend mörderische Fragmente zersprungenen, auseinandergetriebenen unbegreiflich großen Granate vom Kaliber vierzig hatten ihm vor Douaumont den Unterleib aufgerissen, er war schnell versorgt und gekonnt, man könnte fast sagen begnadet operiert worden, an so einer Verwundung sind neunundneunzig Komma fünf Prozent gestorben, jämmerlich eingegangen, krepiert, hier Leben gerettet, durchaus, aber nie wieder kam das ganz in Ordnung, das Problem mit dem Gedärm fraß sich unmerklich weiter, aufwärts und abwärts, er wurde erneut und dann noch einmal operiert, in Leipzig, der Professor, die Oberärzte legten sich ins Zeug, ein bewährter Frontkämpfer, für den lohnte es sich doppelt, nutzte freilich alles nichts, zuletzt wurden noch der Handaufleger aus dem Hirtenhaus in Tautenhain und der alte Bankler von der Gesundheitskolonie *Erdenglück* aus dem Eulatal gleich hinter Frauendorf bemüht, *e Schdraischr, saachn de een, dn Härrn der Halunggenbouhrg nenn ihn de oandern*, alles vergeblich, der ganze Verdauungstrakt kam ihm vor wie eine offene Wunde, ungeachtet des Handauflegens durch den einen und des Streichens mit der Hand des andern, starb der Patient im Sommer 1923, im Alter von fünfunddreißig Jahren. Zwei Tage bevor er nach Frohburger Rede *dähn Leffl oabgoab*, war ihm klar, daß es zu Ende ging. Immer noch besser, tröstete er seine Umgebung, als ohne Beine und nur mit einer Hand dahinzuvegetieren, wie der kleine Unteroffizier Kolbe aus Jahnshain. Oder, ermahnte er seine weinende Frau, denk doch mal an die Marga Plaut aus der Schmiede *Auf dem Wind*, der Mann ist 1917 gefallen, fast vierzig Jahre alt, seit sechs Jahren muß sie alleine zurechtkommen, mit vier Kindern, das jüngste ist kaum zehn oder elf, noch dazu hat sie die Schmiede am Hals, eine Schmiede ohne Schmied, eine Frau ohne Mann, vier Kinder ohne Vater, wie gut, daß Schmiede, Frau und Kinder, alle zusammen wenigstens den Russen haben. Da bist du besser dran, ich habe noch arbeiten, in meinen Vertretungen reisen und eine Kleinigkeit sparen können, wenn nur die Inflation nicht größer wird, das wäre dein Untergang. Du mußt, wenn ich unter der Erde bin, zu den Braunsbergs gehen, in die Kattundruckerei, mach das unbedingt, das sind meine Glaubensbrüder, egal ob ich mich Christ schimpfe oder Jude bin, die helfen dir mit einer Anstellung, da hast du deinen festen Lohn und kannst nach Feierabend immer noch für die Leute nähen. Die einzige Tochter, Jutta, war drei Jahre alt, als der Vater starb, ein stämmiges kleines Wesen mit wucherndem rotem Schopf, Drahthaar, sagte die Mutter im Jahr nach dem Tod ihres Mannes, wenn sie die dicken Zöpfe flocht. Ein Kind war das, naiv und stark, dem alle naselang ein Mißgeschick widerfuhr, schon im Kindergartenalter und erst recht während der Schulzeit und noch viel schlimmer danach. Die Sache mit der Schlange war nicht das erste Malheur, aber das erste, das mündlich überliefert wurde, der alte Rittergutsdienstmann Zschunke aus der Teichgasse hat mir davon bei meinem zweiten Frohburgbesuch nach der Flucht erzählt, im Sommer 1976. Ich konnte nicht ahnen, daß ich das Mädchen namens Jutta, von dem er sprach, zehn Jahre später in den Papieren wiederentdecken würde, die ich von Drews bekommen hatte. Ich bewegte mich sechsundsiebzig und bei allen früheren und späteren Besuchen in Frohburg wie auf rohen Eiern durch die paar Gassen und Straßen, abzuzählen an zwei Händen, unbestimmt ängstlich und übervorsichtig, nur nicht hartnäckig und auffällig hinstarren, wohin auch immer, alles war problematisch, das Private, das Öffentliche, nicht auf die Schwäche, die Schande gucken, auf den innerörtlichen Dreck und Verfall, der in erstaunlichem Gegensatz zu den wie geleckt wirkenden Datschensiedlungen stand, die sich innerhalb weniger Jahre überall, in Flußtälern, auf Naherholungshängen, an Stadträndern ausgebreitet hatten, unauffällig benehmen also, und unauffällig auch hatte ich die kleine Rollei 35 in der hohlen Hand und machte gegen hundertfünfzig

Aufnahmen, vier Filme knipste ich voll. Auch nachdem ich, aus der Zamenhof-Straße kommend, in Höhe der Alten Farbe in die Teichgasse eingebogen und das kleine Gefälle hinuntergegangen war, auf dem Rückweg zu meinem Auto, nach einem Streifzug durch den Ort, das Auto, der orangefarbene Polo der siebziger Jahre, stand am Anfang des Dammes, über den zwischen Mauerteich und Schloßteich ein Weg zum Rittergut und zum Schloß ging, unauffällig hob ich die Kamera und löste zwei-, dreimal aus, ich machte mich möglichst klein, mir ging es einzig und allein um die Fotos, mit den Eltern in Reiskirchen über die Aufnahmen sprechen, über die Häuser, Plätze, Straßenecken. Schnell durch die Teichgasse also, ein paar Aufnahmen und weg. Aber da war Zschunke, achtzig etwa, um die *Drehe* jedenfalls, er stand zwischen Peniger Straße und Schloßteich an seinem Gartenzaun, vor seinem kleinen Haus mit dem Vorgärtchen, wie geleckt alles, wer wirklich auf sich hielt und etwas Eigenes hatte, pflegte selbst zu Ulbricht- und Honeckerzeiten nicht nur die Familiengräber sowohl auf dem Alten wie dem Neuen Friedhof und die Datsche, so vorhanden, sondern auch die Blumenbeete, die Rosenstöcke und die buchsbaumgesäumten Liliputwege vor dem Haus, jedes Frühjahr wurde eimerweise frischer hellschimmernder Kies, schwer zu beschaffen, über Algen und Moos geschüttet, auch Billers in Greifenhain hielten das so, seitlich des Hauses die Erdbeerbeete, vorne, zur Straße hin, mit Einblick für jedermann der Schmuckgarten mit der Geometrie der kiesbedeckten Wege, das knirschende Geräusch beim Darüberlaufen höre ich heute noch, wenn die Steinchen sich aneinanderrieben, Erdbeergeschmack, dazu Erinnerungsbilder von der drallen Mutter Biller mit ihren runden Oberarmen und der blütenweißen Sonntagsschürze, die ihre Brüste, ihren flachgewölbten Leib eng umschloß. Die Jutta Sämisch, setzte Zschunke über den Zaun hinweg an, also die wohnte mit ihrer Mutter dort, wo Sie gerade vorbeigekommen sind, nämlich neben der sogenannten *Kaserne* am südlichen Ende der Amtsgasse, seit Spätherbst fünfundvierzig Dr.-

Zamenhof-Straße benannt, nach dem Warschauer Augenarzt und Esperantoerfinder Eliezer Levi Samenhof, von wem auch immer der Wechsel des Straßennamens inganggesetzt, von wem auch immer ausgedacht, wahrscheinlich gab es eine Handvoll Esperantisten in der Stadt, nie in dem Zusammenhang auch nur einen Namen gehört. Seltsam im Rückblick, daß zur gleichen Zeit, als die Esperantobegeisterten in der Sowjetunion reihenweise in die Lager verfrachtet wurden, im von der Stadtkommandantur der Roten Armee beherrschten und von der Ortsgruppe der KPD verwalteten Frohburg eine feierliche Umbenennung zugunsten Zamenhofs stattfand. *Doas iss ne Seggde, e verschworner Haufn, schlimmr als de Gommunisdn*, tat Zschunke den Nachkriegsstraßennamen ab, als zwischen uns die Rede darauf kam. Lassen Sie uns lieber über etwas anderes reden, fuhr er fort, als die Amtsgasse noch Amtsgasse hieß, wohnte dort das Mädchen mit den roten Haaren, die Feuerjutta, das Hexenkind, Mörings Engel, wie die Leute sagten. Zehn Jahre alt muß sie gewesen sein, als sie eines Nachmittags in den allerheißesten Hundstagen zu uns in die Teichgasse kam, hier gehörte einer Schwester ihrer Mutter unser Nachbarhaus zur Rechten, in dem die mit Mann und Tochter und hochbetagter Mutter wohnte. Das waren die einzigen Verwandten Juttas am Ort. Die Tochter der Tante hatte ihre Cousine, mit der sie in eine Klasse ging, und ein paar Mädchen und Jungen aus dem dritten Schuljahr zu ihrem zehnten Geburtstag eingeladen. Es war ein schwüler Nachmittag, kein Lufthauch, Gewitterstimmung. Die Kinder sollten in der Laube Kuchen essen und Limonade trinken und Spiele machen. Doch es hielt sie in der drückenden Hitze nicht unter dem Dach, sie schwärmten, acht oder zehn Köpfe stark, rufend und lachend erst in den Vorgarten aus und dann in den auf der anderen Straßenseite liegenden großen Ufergarten der Familie am Schloßteich, wegen eines spitzen Teicheinschnitts in der Mitte von den Kindern *Bummbhouse* genannt. Im unteren Teil stand an der Grenze zum Nachbargrundstück ein uralter mit Teer angestrichener schwarzer

Schuppen. Wegen der wechselnden Wasserstände des Schloßteichs war er auf niedrige Pfosten gesetzt. Im Hohlraum unter dem Schuppenboden lagen mürbe Blumentöpfe, eingedellte, rostige Gießkannen und überzählige meist zerbrochene Ziegelsteine, Laub war dazwischengeweht, abgeschnittene gebündelte Wasserschößlinge der Apfelbäume hatte man dort entsorgt, die Reste einer Leiter waren erkennbar. Auf dem sandigen Streifen zwischen dem Schuppen und dem schilfbewachsenen Ufer trafen die Kinder auf eine rotbraunweiß gefärbte Katze, noch nicht sehr alt, doch kräftig, *die genn ich nich*, rief die Cousine, *wo gommdn die Sihsse här*. Die Mädchen, alle im besten Kleid, alle adrett zurechtgemacht, frisch gewaschen, in die Zöpfe weiße Schleifen eingeflochten, waren entzückt von dem ansprechend gemusterten, angenehm zu berührenden zutraulichen Tier. *Die nähmsch midd, doas iss e Geschänk fihr misch*, rief das Geburtstagskind begeistert und beglückt aus. Was will man, sagte Zschunke, es war ein zehnjähriges Kindchen, das noch nicht einmal angefangen hatte zu lernen, daß jedes Geschenk einen Preis hat. Und zwar oft sogar einen Preis, den man nicht gleich gesagt bekommt. Erst wenn es ans Bezahlen geht. Während die Kinder noch mit der Katze spielten, sahen sie, wie unter dem Schuppen eine große Eidechse, ein Neunauge oder Aal, nein eine Schlange hervorkroch, gut einen halben Meter lang, zugespitzt an beiden Enden, am Kopf und am Schwanz, in der Mitte, im mittleren Drittel fast unterarmdick. Dort leuchteten die Flanken des Tieres mit roten und gelben Streifen metallisch aus dem Gras hervor. Langsam und offensichtlich zielbewußt glitt die Schlange auf die Kinder zu. Die schlängelt sich ja gar nicht, rief Juttas Cousine, Beine hat sie auch nicht, wie kommt die vorwärts. Die Kinder wichen Schritt für Schritt auf das Gartentor zurück, als das erreicht war, schnell über die Gasse, zum Haus. Ihnen voraus auf dem ganzen Rückzug, immer eher in Sicherheit als die Kinder: die fremde Katze. Die plötzlich kehrtmachte, zwischen ihren Beinen hindurchschoß, auf die Schlange zusprang und sie beißen wollte. Aber die Schlange hatte sich schon beim ersten Satz der Katze zu einem Kreis zusammengeschlossen und die Spitze ihres Schwanzes ins Maul genommen, die Ottern glauben nämlich, daß ein Feind, der ihren Anfang und ihr Ende nicht findet und keinen Angriffspunkt hat, sie auch nicht fressen kann, denn nicht die Bisse fürchten sie, sie fürchten das Verschlungenwerden. So etwas habe ich im Sommer vor zwei Jahren mit eigenen Augen gesehen, erzählte mir Zschunke 1976 an seinem Gartentor, bei einer Kreuzotter, die ich beim Blaubeersammeln im Leinawald aufgeschreckt hatte, ich sammelte, auch an einem drückendheißen Hochsommertag wie heute, Himbeeren und fing nebenbei auch mal schnell ein paar Schmetterlinge, der Forst, Sie wissen das bestimmt, ist berühmt für die seltenen Arten der Tagfalter, in Leipzig hatte ich einen Sammler, der wiederum Verbindung, vielleicht zu Messezeiten, zu betuchten Leuten aus Westdeutschland hatte, einem Trachtenhändler in München und einem Privatgelehrten und Schriftsteller in Schwaben, die ließen sich ein Schwalbenschwänzchen aus der südlichen DDR und nicht wie gewohnt aus der Pfalz schon etwas kosten. Wobei mir *kloar woar*, Zschunke senkte die Stimme, daß die jüngste schrille Farbenpracht der Schmetterlingsflügel etwas mit den Hangars und Bunkern am Westrand der Leina zu tun hatte, wenn nicht mit dem Öl und Kerosin des russischen Düsenjägerflugplatzes, dann mit den Atombomben, die in dem mit Wald getarnten Allerheiligsten gehortet und bereitgehalten wurden. *Oadohmbombm*, sagte er, woher seine Information, verriet er nicht. Nur so viel: ich bin fünf Jahre in Kriegsgefangenschaft gewesen, bei Väterchen Stalin, von daher kann ich mit den Russkis in ihrer Sprache reden, kleine bis mittlere Geschäfte lassen sich im Umkreis der Altenburger Kasernen immer machen, was soll ich sagen, da kommt man manchmal ins Quatschen und hört, was man bis dahin noch nicht gehört hat, siehe Beispiel *Oadohmbombm*. Es kam auch vor, daß ich beim Beerensammeln im Himbeerdickicht auf einen jungen Russen, einen Rekruten traf, den der Hunger aus dem Sperrbezirk in die nahe Leina getrieben hatte und der sich alles einverleibte, was irgendwie zu kauen und hinterzuschlingen war, wilde Äpfel, Beeren, Pilze, sogar zarte Wurzeln, eine Leberwurstbemme tat hier Wunder und stiftete beinahe Blutsbrüderschaft. Das bewirkte, daß ich auch in die abgesperrten, gesicherten, aber nicht allzu streng bewachten Bereiche des Flugplatzes geführt wurde, wahrlich auf verschlungenen Wegen, drei-, viermal sogar bis an den Waldrand, an dem das Rollfeld anfing, dort, auf dem Sandboden, standen kräftige Kiefern, unter ihnen scheuchte ich die Schlange auf, die sich in der Spätnachmittagssonne einen Schub Wärme und Lebenskraft holte, ein Riesenvieh, ich sah zuerst den Kopf, mein Blick glitt am Leib entlang, der hörte und hörte nicht auf, erst bei zwei Meter Länge war Schluß. Kaum hatte sie mich bemerkt, nahm sie den Schwanz ins Maul und bog ihren Leib zu einem Kreis, sie fühlte sich in Sicherheit, keine Bewegung, kein warnendes Zischen, sie rechnete nicht und konnte nicht rechnen mit einem meiner jungen allzeit hungrigen Freunde, der mich vor zwei Stunden an Ort und Stelle geführt hatte und der nun aus seiner Unterkunft zurückkam, um mir einen Fotoapparat Marke *Kiew* anzubieten, eine in der Ukraine von Kriegsgefangenen mit Plänen und Maschinen aus Jena nachgebaute *Contax* mit Entfernungsmesser und Belichtungsanzeige. Bevor ich das Angebot gemustert hatte, bevor wir auch nur ein Wörtchen miteinander geredet hatten, trat mein fürsorglicher Beschützer, der die Lage sofort erkannt hatte, ohne jedes Zögern, sah aus wie vielgeübt, mit seinen Knobelbechern so mannhaft auf die Schlange ein, er stampfte sie so wütend in den Waldboden, daß es mir fast leid tat. Denn nicht nur die Schmetterlinge des Leinawaldes waren durch die Strahlung viel prächtiger geworden, Objekte der Begierde im Westen, wo, an sich alles viel bunter, die Färbungen der Gaukelflieger falber und fahler waren, auch meine Kreuzotter wies andere als die herkömmlichen Farben auf, Kupferotter, Feuerotter, Lohenbiß hieß bei uns die Abart, die hier unter die russischen Stiefelsohlen gekommen und malträtiert worden war, jedes Leben herausgestoßen und herausgepreßt. Bei ihm zuhause, gab mir mein Freund, mein Geschäftspartner und selbsternannter Retter zu verstehen, in einem Töpferdorf an der Grenze zwischen Weißrußland und der Ukraine, südlich des Pripjet, wo die Rokitnosümpfe aufhörten und die Wälder anfingen, hausten die giftigen Ottern massenhaft in den sandigen Birken- und Kiefernwäldern, beinahe unter jedem Blau- und Moosbeerenstrauch sind sie zu finden, lauern sie, eine Geißel aller Partisanen, der roten im Krieg und der grünen von vorvorgestern und gestern, hatte immer weiter der Russe laut Zschunke erzählt, die Schlangen kriechen nicht nur in die Waldlager der Versteckten, in die Zelte und Erdhütten dort, sie kommen auch bis in unsere Dörfer und versuchen, sich unter den *Isbas* einzunisten und ihre Jungen in der Nähe von Menschen großzuziehen, bei den Milchschälchen, die die Hausbewohner unter die drei-, vierstufigen Außentreppen setzen, im Wald machen die Leute, die Beerenpflücker, Pilzsucher und Holzsammler, jede Schlange, die sie sehen, sofort tot, im Dorf sind sie vorsichtiger, sie wollen die beißfreudigen, gifteinschießenden Tiere, in allen Ritzen und Winkeln, selbst in den Kammern kann man unversehens auf sie stoßen, nicht reizen, nicht erzürnen und murmeln bei jeder Begegnung eingelernte altüberlieferte Sprüche und Beschwörungen, die besänftigen sollen, *werte Schlange sei nicht bange nähr deine Brut lass mir mein Blut.* Oder: *Schleicher mach mich reicher gibst du mir dein Krönchen laß ich dir das Söhnchen.*

Vor elf Jahren kam ich auf meiner weißrussischen Kreuz- und Querfahrt auf den Spuren der deutschen Besetzung und der Partisanen durch die dünnbesiedelten Gegenden zwischen Baranowitschi und der ukrainischen Grenze zuerst in das wellige Endmoränengebiet bei Kossova mit dem 1830 auf einem freien Hügel errichteten neogotischen Schloß der Adelsfamilie Puslowski, eingeäschert im Spätsommer 1944 von Partisanen und inzwischen von dichtem Wald umwuchert, der örtliche Lehrer holte nach dem Abendessen in seinem Haus ein paar alte Fotos der Schloßbesitzerfamilie vom Kriechboden, gedrechselte Historismusstühle sah man, drei junge Mädchen in weißen spitzenbesetzten Kleidern, Gebet- oder Gesangbücher in den Händen, anschließend zeigte er mir noch den handtellergroßen, hebräisch beschriebenen Rest einer Thorarolle, da kann ich meinen Schülern zeigen, was Pergament ist, sagte er und wußte anscheinend nicht, daß in Kossova einer der berühmtesten israelischen Rabbis auf die Welt gekommen war, Abraham Jeschajahu Karelitz, vielleicht hatte der als junger Mann in ganz anderem Zusammenhang die Materialprobe des Lehrers ehrfürchtig in der Hand gehalten. Weiter ging meine Fahrt nach Süden, in die frühherbstlich braunen Sümpfe nördlich des Pripjet, nach Motal, dort war schon vor Jahrzehnten vom großen Kolchos zusätzlich zur Riesenkantine, dem *Univermag* und dem Kulturhaus nebst Kino ein Heimatmuseum der Polessje eingerichtet worden, vor allem Volkskunst der Ruthenen, die andere Hälfte der Motaler Einwohner, die Juden, kam gar nicht vor, dabei war der Ort ein Schtetl gewesen, kein Hinweis drauf, auch nicht auf Chaim Weizmann, dessen Geburtsort Motal war. In einer halbdunklen Ecke stand ein Tisch voller Broschüren, Formulare, Urkunden. Ich fischte aus dem Stapel eine farbige Ansichtskarte von Motal heraus, eine Lithographie des Ortes aus der Vogelperspektive, Hervorbringung scheinbar besserer Zeiten, auf eine ganze Reihe von Häusern an der Hauptstraße, größer als ortsüblich, zum Teil zweigeschossig, hatte jemand, wer weiß wann, ich weiß, warum, mit Bleistift je einen Davidsstern gekritzelt. Über dem Tisch, nur mit Mühe zu lesen im spärlichen Licht, eine Art Wandzeitung, wie ich sie in der Einheitsschule in Frohburg in der sechsten Klasse auch gestaltet habe, das Thema bei mir damals, vom Klassenlehrer Thon verordnet: Freiheit für Ethel und Julius Rosenberg. Thon wußte eine ganze Menge über New York. Nach dem Ersten Weltkrieg hatte er als Junge, mit seinen Eltern aus Polen gekommen, ein paar Jahre in der Riesenstadt am Hudson gelebt, bevor die Auswanderer 1934 zurück nach Europa gingen und sich in Schlesien ansiedelten. Die New Yorker Eheleute Rosenberg, vom eigenen Los-

Alamos-Schwager, der auf diese Weise der Todesstrafe entkam, als Atomspione verpfiffen, waren eine Neuauflage von Sacco und Vanzetti, jetzt nicht mehr der zwanziger, sondern der beginnenden fünfziger Jahre. Ich legte mich mit meiner Kunstschriftfeder, ungeliebt wegen der abgeplatteten Spitze, ins Zeug, Solidarität mit den beiden kleinen Söhnen Rosenberg, die Eltern in der Todeszelle, die Schwester der Mutter und ihr Mann Greenglass Denunzianten, besonders der jüngere der Brüder, Robbi, konnte einem, wenn man wollte, leid tun, ich bin nicht sicher, ob ich wirklich mitlitt. Die Wandzeitung in Motal sah betagt aus, die angepinnten Artikel und Bilder hatten sich an vielen Stellen abgewölbt und abgelöst, Thema Partisanen im Großen Vaterländischen Krieg, Fotos verdienter Partisaninnen aus der Gegend, denen möchte ich nicht im Dunkeln, am Dorfrand und erst recht nicht in den Wäldern begegnet sein, sagte ich zu Sora Kakun, die mich begleitete, um für mich zu übersetzen, sie lebte in Minsk, stammte aber aus dem übernächsten Dorf, dort machten wir anderthalb Stunden später Station, am Friedhof, und sie besuchte zum ersten Mal seit annähernd zehn Jahren, sagte sie, das Grab ihrer Eltern. Mit einigen Minuten Verzögerung, um ihr Zeit für ein Gedenken, vielleicht auch für ein Gebet zu geben, folgte ich ihr, nachdem ich seitab gepinkelt hatte, nicht im Bereich der Gräber, auf einem Trampelpfad durch das Krautmeer, viele Menschen wurden auf dem Friedhof mit der beschickungsbedingt üppigen Vegetation nicht mehr begraben, wer dennoch hier landete, bekam einen polierten Grabstein mit eingelassenem Porträtfoto nachgereicht und als Einfriedung Edelstahlgeländer, die für die nächsten Jahre zumindest an Sonnentagen aus dem wuchernden Gebüsch hervorschimmerten und blinkten und so den Weg zum Verblichenen wiesen. Mein Vater war Schneider, wir lebten in Dostojewo, hinter den Birken dort drüben, sagte Sora Kakun, Dostojewskis Vorfahren hatten im Dorf ihr Landgut, elf oder höchstens zwölf war ich, als tagsüber die deutschen Soldaten mit Nähaufträgen zu uns kamen, bis zu zehn Mann am gleichen Vormittag, die großdeutschen Uniformen wurden auch immer fadenscheiniger und löchriger, und nachts pochten die Partisanen an unsere Fenster, auf der Suche nach Essen und Kleidung, wehe, man machte nicht auf, bevor man sich versah, ratterte ein Feuerstoß, oder eine Handgranate segelte in den Garten oder auf das Dach des Schuppens. Beiden Seiten mußte mein Vater zu Willen sein, ein lebensgefährlicher Balanceakt, wobei man sagen muß, daß die Partisanen weit mehr über ihn wußten als die Deutschen, der Untergrund hatte seine Leute ab dreiundvierzig fast in jedem Haus, die Gewichte verschoben sich, alles geriet aus dem Lot für die einen und ins Lot für die anderen, wir waren froh über das Geraderücken, aber gar so gerade nach Stalins Art hätten wir es auch nicht gebraucht. Jahre vorher, in den letzten Monaten neununddreißig, hatten meine Eltern nach dem Zusammenbruch Polens im Auftrag der neuen Pinsker Sowjetobrigkeit Listen über die Dorfbewohner geführt, Namen, Namen der Eltern, Datum der Geburt, Geburtsort, Klassenzugehörigkeit, Nationalität. Diese Listen überlebten den Sommer einundvierzig mit den Kämpfen, die die deutsche Besetzung brachten, jetzt, mit der zurückgekommenen Roten Armee, wehte in Pinsk wieder ein ganz anderer Wind, wo sind die Listen, her damit, aber bevor meine Eltern sie hingaben, änderten sie auf dringenden Wunsch von betroffenen Freunden und Nachbarn deren Familiennamen und die Nationalität in Richtung weißrussischer und großrussischer Üblichkeit. Das war auch später nützlich, nach dem endgültigen Sieg, als Stalin die *Jiden* aufs Korn nahm. Heißt du nicht gerade Puslowski und vor allem nicht Apfelbaum, hebt dich deine scheinbar makellose Kaderakte auf die nächste Stufe. Und jetzt, Ende des schlimmen und Anfang eines neuen Jahrhunderts, haben die Kinder und Kindeskinder der geretteten Juden nicht nur aus Dostojewo, denen ohne die geänderten Listen und andere Tricks die Vernichtung drohte oder richtiger gewiß war, immense Schwierigkeiten, zu euch nach Deutschland auszuwandern, nicht weil die Kontingente ausgeschöpft sind, sondern weil sie

Papiere und Namen haben, die ihr Jüdischsein verschleiern oder sogar leugnen, meine beste Freundin in Minsk wurde leichter in Israel als in Deutschland als Jüdin anerkannt, so daß sie tatsächlich den Weg nach Berlin über Haifa nehmen mußte. Sie hatte ihre Wohnung in einem mächtigen Klotz am Anlagenring, der in der unmittelbaren Nachkriegszeit von Kriegsgefangenen gebaut worden war, wie sie auch die Gebäude an der Prachtstraße und am zentralen Platz hatten hochziehen müssen. Ganz in der Nähe lag die Statthalterresidenz, in der eines Nachts euer Kube in die Luft geflogen und in die Unterwelt gestürzt ist, aus einem anderen Schlaf als dem der Gerechten. Sagt man bei euch nicht: Schlaf der Gerechten. Nach der Ausreise meiner Freundin konnte ich die zwei Zimmer mit Balkon übernehmen, ihr Nachbar auf der gleichen Etage, schon längst wieder verschwunden, war zeitweise ein geheimnisumwitterter Amerikaner gewesen, der in den Rundfunkwerken gearbeitet hatte. Ich bin ihm zwei-, dreimal, wenn ich die Freundin besuchte, in der Eingangshalle begegnet, einem bleichen Mann Mitte Zwanzig, mit dunklen Augen, dunklem Haar und merkwürdig geschürztem Mund, einmal hatte er ein junges Mädchen bei sich, eine Einheimische, er nannte sie Marina, erzählte mir Sora Kakun am Grab ihrer Eltern, erst nach der Ermordung Kennedys habe ich sein Bild in einer Zeitung gesehen und ihn wiedererkannt und seinen Namen gelesen, Lee Harvey Oswald. So wurde ich in osteuropäische Zeitgeschichtswinkel eingewiesen. Am Ende der Reise, wir waren in Minsk unterwegs zum ehemaligen Altstadtghetto, in dem Hamburger und Bremer Juden auf die Vernichtung warten mußten, zeigte mir Sora, da schloß sich ein Bogen, das Hauptquartier des weißrussischen NKWD, von hier aus haben die den Oswald geführt, war sie sich sicher, betreut und beaufsichtigt. Mitarbeiter, das sahen wir von der anderen Straßenseite aus, fluteten in jeweils nur kurz unterbrochenem Strom hinein und heraus, als sei das ein Warenhaus oder ein Postamt, keine Aufschrift, kein Schild, geschäftiges Treiben, es gab viel zu tun in Sachen Hinterleuchtung und

Überwachung, anscheinend, während zur gleichen Zeit, im beginnenden Herbst, überall am Stadtrand die Familien auf den kleinen Ackerstücken Kartoffeln ausbuddelten und die Zentnersäcke auf Fahrrädern nachhause schoben und Familienväter in den Straßen der Stadt, vor allem in den entlegeneren Plattenbauvierteln, ihr Glück mit Schwarztaxis zu machen versuchten, einmal fuhr ich nachts in einem *Shiguli* mit, draußen war es stockdunkel, keine Laterne, kein Passant zu sehen, die Tachonadel schnellte unablässig von zwanzig auf achtzig und wieder zurück, im Sekundentakt, ein fiebriges Zittern, das mich ansteckte, mit Unruhe und Unbehagen erfüllte, fünf Minuten hatte ich Angst, der unbekannte Fahrer könnte mich in eine wüste dunkle Ecke kutschieren, dort würde ich unter Druck gesetzt. Aber allmählich nahm die Frequenz der Straßenlaternen zu, es wurde heller, Autos fuhren neben uns her und überholten uns, wir überholten sie, noch einmal gutgegangen, dachte ich, als ich vor dem *Hotel Minsk*, auch von Kriegsgefangenen errichtet, aus dem *Shiguli* kletterte. Eine Woche vorher, am Tag nach Motal und Dostojewo, war es nach der zweiten Übernachtung in Pinsk, *Hotel Roter Oktober*, den Pripjet entlang nach Osten gegangen, auf einer geteerten Rollbahn, zweihundert, dreihundert Meter seitab waren unter Gruppen alter Bäume niedrige Dächer zu erkennen, das Auto fraß Kilometer um Kilometer, genaugenommen auf Tschernobyl zu, bis endlich nach der hohen Streichholzbrücke der Eisenbahn auch eine Straßenbrücke den Fluß in südlicher Richtung überquerte, nun ging es auf dem anderen Ufer des Pripjet wieder nach Westen, wir kamen durch die Landgemeinden Turau und David Gorodok, ehemals Schtetl, zeitweise von Partisanen erobert und gehalten, die verbretterten Giebelfelder fast aller ebenerdigen Häuser waren mit Sonnenrädern verziert, die große katholische Kirche in Turau prunkte frisch hergerichtet, jetzt gehörte sie den Orthodoxen. Wir bogen nach links von der Durchgangsstraße ab und stießen auf einer breiten unbefestigten Buckelpiste nach Süden vor, schweres Gerät der Sowchosen oder des Militärs hatte immer neue parallele Gleise ausgefahren, manche hatten sich einen halben Meter tief in den Boden gewalkt. Rechts und links, soweit das Auge reichte, Birken, Buschwerk und Sträucher in schwer durchdringlicher Verflechtung. Zweimal, dreimal kamen uns Gruppen alter Frauen entgegen, Gummistiefel, Kopftücher, sie schleppten Eimer, aus denen es rot leuchtete, Moosbeeren, bekam ich erläutert, kann man in Pinsk auf dem Markt verkaufen. Die Frauen lachten, manche winkten. Wegen der Schlangen gehen die nur noch in Gummistiefeln von der Straße herunter. Die Stiefel bekommst du heute wie auch Spitzhacken, Spaten und Vorhängeschlösser in jedem staatlichen Dorfladen, aus China, komisch, wie das so plötzlich geht. Noch vor zehn Jahren mußten alle in Sandalen oder barfuß ins Moor, in die Beeren gehen, die Dörfer sind voll von Kindern und Alten, die von Giftschlangen gebissen worden sind. Immer mehr wurde die schaukelige Marterstrecke, auf der wir unterwegs waren, zur Sandpiste, ein leichter Anstieg kam, und vor uns lag im Spätnachmittagslicht auf einer ausgebreiteten sehr flachen Düne unter Kiefern ein Dorf, die Hütten und Häuschen großzügig verteilt, mit Abstand voneinander, der Ort hieß Garadnaja und war ein Töpferdorf, wovon die Tongrube der Gemeinde und der Brennofen in der Mitte des Dorfes zeugten, man hatte ihn tief in die Erde gesetzt und mit Ziegeln überwölbt. Konnte, sollte das der Ort sein, von dem mir Zschunke vor Jahren am Frohburger Gartenzaun erzählt hatte, ein Geschenk des Zufalles wäre das, wie der Thai am River Kwai, der Reiskirchen und Vater kannte, sicher war ich nicht. Die Töpfer von Garadnaja jedenfalls waren in der ganzen Polessje bekannt, selbst im nicht allzu nahen Dostojewo jenseits des Pripjet hatte Sora Kakun schon als Kind von ihnen gehört, ihre Tante in Pinsk schenkte ihr zur kriegsbedingt verspäteten Aufnahme in den *Komsomol* ein Keramikmedaillon mit ihren und auf der intimeren Rückseite mit Stalins Initialen, als Einzelarbeit aus Garadnaja ein selbstloses Geschenk, da die Tante von ihrem katholischen Bekenntnis nicht abließ, nach der glorreichen

Rückeroberung des Gebiets 1944 hatte sie als bürgerliches Element mit zugeordneten Sympathien für Polen ein Jahr im *Smersch*-Gefängnis gesessen, weiß Gott, warum sie freikam und nicht durch Genickschuß endete. Sora trug das Medaillon ab dem siebzigsten Geburtstag des Weisen Vaters aller Völker mit der Rückseite nach vorn, der Sieg fünfundvierzig und der Aufstieg zur Weltmacht mit atomarem Panzer hatten alles Vorausgegangene erst in den Hintergrund geschoben und dann ins Vergessen fallen lassen, der Gott hieß JWS. Wir kehrten beim ältesten Töpfer des Ortes ein, er war über achtzig, hatte Zarenreich, ersten großen Krieg mit kaiserlicher deutscher Besetzung, Bürgerkrieg, polnische Zeit, erste Stalinzeit ab neununddreißig und zweite deutsche Besetzung durch die Wehrmacht mitgemacht, Partisanenkrieg, Befreiung durch die Rote Armee und zweite Stalinzeit, vormachen kannst du mir wenig, klang, wenn er sprach, immer mit durch. Zuerst zeigte er uns seine Drehscheibe in der Ecke der vorderen Kammer, elektrisch, wie er betonte. Ächzend setzte er sich auf den Schemel, langte nach unten, hob ein Kabel auf und führte die beiden Litzenenden in die zwei Öffnungen einer wackligen Wandsteckdose. Kaum war der Stromkreis auf diese Weise unter Funkensprung geschlossen, fing die Scheibe an, sich zu drehen. Er patschte einen Tonklumpen drauf, beugte sich darüber und setzte die nassen Hände an, seine Hand- und Fingerstellungen waren mir aus der Brenntagschen Werkstatt vertraut, jedesmal wieder sah man staunend, wie aus dem bröckligen Klumpen mit Hilfe von Formdruck und Wasser in Windeseile ein Gefäß entstand, dessen Wände immer dünner, dessen Wölbungen immer perfekter wurden. Auch seine Frau war nach einer Anstandsfrist, alles geregelt hier, auch das verzögerte Hervorkommen der Weiber, flüsterte mir Sora zu, in Erscheinung getreten und aus der Stube herausgekommen, um uns Besucher zu begrüßen. Sie hatte den Henkel, den er am Ende ansetzte, schnell aus einem Tonwürstchen gerollt und zurechtgedrückt und ihm gereicht. Den kleinen Krug habe er für den Gast aus Deutschland gemacht, da er aber noch roh und unglasiert sei und nicht transportiert werden könne, bekäme ich ein ganz ähnliches, schon gebranntes Stück aus dem Vorrat. Nachdem das erledigt war, traten wir, Sora kündigte es mir halblaut an, in die Phase des Gesprächs ein, die eigentliche Kernzone der Begegnung. Da müsse er mich gleich was fragen, was er nicht begreifen könne, ob ich was dagegen hätte. Nur zu, sagte ich. Warum habt ihr Deutschen sang- und klanglos auf das schöne Schlesien, euer Land, verzichtet und es bis heute nicht zurückverlangt, wer soll das begreifen. Die Polen sind nicht dumm und wissen genau, was für Glück sie damit haben, lassen es sich aber nicht anmerken, so hoch, wie die die Nasen tragen. Wir hatten hier zwischen den Kriegen viele Jahre einen Lehrer, erinnerte sich der Töpfer, einen Polen natürlich, alle Lehrer waren Polen, alle Polizisten, auch die Bürgermeister, die Steuereinnehmer, alle Beamten und natürlich die Soldatensiedler, die sie uns nach der Dienstzeit an den Rand der Dörfer gesetzt haben, vor allem um den Pripjet herum. Der Lehrer kam jung und wurde alt bei uns, er führte ein strenges Regiment, die Rute war sein liebstes Ding in der ganzen Schule, unnahbar war der, obwohl er beinahe wie wir leben mußte, dicht an der Erde, wenn Sie verstehen, was ich meine, nie hätte er mit uns ein Gläschen getrunken, nie mit unseren Frauen und auch nicht mit unseren Mädchen ein Tänzchen gewagt, ums Verrecken nicht, woher denn. Und wir kamen auch gar nicht auf die Idee, so etwas zu erwarten, er blieb unbeweibt. Neununddreißig wurde er nach Osten abtransportiert, der vornehme Herr. Da sind unsere Leute doch aus anderem Holz gemacht. Einmal war während der großen Herbstmanöver des Weißrussischen Militärbezirks, Flußübergang im rollenden Angriff und Festsetzen in Brückenköpfen auf der anderen Seite, dann Ausbruch nach Westen in die Weite des Feindeslandes, ein Oberst vom Nachschub bei uns einquartiert, bereits nach der ersten halben Flasche am ersten Abend waren wir per Du, als ganz ausgetrunken war, hieß es schon Bruder hier und Bruder da, und nach der zweiten Flasche umarmte das Brüderchen sein neugewonnenes Brüderchen und gab auch gleich Aufklärung über den Hintergrund seiner Anwesenheit und der Tag und Nacht rumorenden großen Übung, der Rhein war gemeint, Übergang über den Strom, und anschließend nach Nordwesteuropa hinein. Man hätte denken können, daß mit der Nüchternheit des nächsten Tages das Sie zurückkehren würde, nichts davon, wir blieben vom Gefühl her Brüder, nur sprach mich der Oberst wegen des Altersunterschiedes nun nicht mehr mit Bruder, sondern mit Vor- und Vatersnamen an, respektvoll, obwohl hoher Offizier, und unabhängig von dem blauen Teeservice, das er von mir für seine Frau bekommen hatte. Überhaupt die Eigenen. Warum denn allzu streng mit ihnen sein. Der Clinton zum Beispiel, was hat denn der groß gemacht in seinem Weißen Haus, mit dem jungen Judenfrauchen. Da ist der Lukaschenko, unser selbsternannter Minsker König, doch ein ganz anderer Mann. Vor ein paar Jahren war er noch Sowchosdirektor bei uns in der Polessje, in seiner Sowchose gab es nicht eine Frau unter fünfundsechzig, die er nicht auf den Tisch gezogen und genagelt hätte, die eine eben mal schnell, zum Ausprobieren, Oma, was bist du gut gepolstert, die anderen frischen oder reifen oft und oft, um ihnen seinen Stempel aufzudrücken, wie im Eheleben, nachher schickte er sie wieder an die Arbeit, stundenlang stieg von unten sein Geruch in ihre Nase. Ein Bulle ist das, von vielen bewundert. Und in Amerika tun sie so, als sei der Himmel eingefallen. Das waren die Bekundungen des alten Töpfers, vorgebracht mit verschmitztem Lächeln, man konnte nicht sicher sein, ich war nicht sicher, wie ernst das alles gemeint war. Inzwischen hatte sich, aus der Stube mit dem mächtigen Ofen und der Kochecke kommend, eine weitere Person zu uns gesellt, eine hagere Frau um die Fünfzig, geschickt hüpfte sie auf Krücken durch die Türöffnung, das schiefe Gesicht fiel mir gleich auf, erst nach einer Weile bemerkte ich, daß ihr der linke Unterschenkel fehlte. Meine Tochter Ljubitschka, sagte der Alte, sie ist in der Gegend von Turow verheiratet gewesen, beim Pilzesuchen vor zehn Jahren haben sie zwei Schlangen gebissen, bis heute wissen wir nicht, was für welche. Sie war allein im Wald, mühsam schleppte sie sich nachhause, mit vielen Pausen, vielleicht wurde sie auch ohnmächtig, nach zwei Tagen im Bett war sie nicht mehr ansprechbar, sie kam ins Krankenhaus, dort mußte ihr fast das halbe Bein abgesägt werden, wegen der bösen Entzündung, die sich aufwärtsfraß. Auch lachen kann sie nicht mehr, ihr Gesicht ist gelähmt, ihre rechte Seite ist taub, eine Invalidin eben. Mann und Kinder, heute auch schon erwachsen, haben sich von ihr losgesagt und sie zu uns gebracht, dumm ist sie nicht, und wenn wir in Pinsk auf dem Markt unsere Schüsseln und Krüge anbieten, hilft sie uns durch ihren an diesem Tag besonders jämmerlichen Anblick, wehe den Eltern, sagte der Alte mit erhobener Stimme, irgendwie erbost, denen das Unglück der Kinder das tägliche Brot verschaffen muß. Bis heute schwört sie Stein und Bein darauf, daß die beiden Schlangen im Wald auf sie gewartet und dabei ihr Gift verdickt und verdichtet haben, auf Bestellung. Ihr beißt das Weib ins Bein und wenn sie fällt, auch ins Gesicht. Diese Hexerei ging von einer Frau aus der Nachbarschaft aus, mit der ihr Mann vor der Ehe ein Verhältnis hatte und von der er auch nach der Heirat nicht lassen konnte, war es, frage ich euch, bei einem von den großen Russen, dem Lew Tolstoi, nicht so ähnlich, ich erinnere mich noch, wie unser Lehrer ihn im Stil polnischer Katholiken verdammte, wegen asiatischer Sittenlosigkeit. Bis heute ist unsere Ljubitschka überzeugt davon, daß die beiden Schlangen, niemand sonst hat die Biester ja gesehen, niemand hat sie vermessen, doppelt oder sogar dreimal so lang wie üblich waren, gelb und rot gemustert, leuchtend, als würde eine Lampe in ihnen brennen, sie waren, glaubt sie, als das Urankraftwerk explodierte, auf dem abgesperrten Gelände zuhause, wer will Schlangen mit Drahtzäunen fernhalten, und sie blieben auch, weil sie erst die Abluft des Normalbetriebs und dann die Wärme, die Hitze des durchgegangenen Monsters schätzten und in der menschenleeren Gegend genügend wohlige Verstecke fanden, in den folgenden Jahren sind sie oder ihre wenigen immer größeren Nachkommen dann doch ausgewandert und haben sich an versteckten Stellen der Polessje angesiedelt, wo trotz oder gerade wegen der Riesenpilze, einer, hieß es, hätte für zwei Mahlzeiten einer großen Familie gelangt, kaum jemand hinging, tollwutähnliche Seuchen sollten dort umgehen, wilde Hunde mit feurigen Augen wühlten die verrotteten Reste der Partisanen und erschossenen Juden aus den versteckten gestrüppüberzogenen Massengräbern, Marder sprangen alles an, was sich bewegte, sogar Eichhörnchen ließen sich besinnungslos beißwütig aus den Bäumen fallen. Soweit der alte Töpfer in Garadnaja. Was er sagte, erinnerte mich gleich an das, was ich eine ganze Reihe von Jahren vorher in der Teichgasse, am Gartenzaun von Zschunke gehört hatte, über die befremdliche Kreuzotter im Leinawald und vor allem über die noch merkwürdigere Schlange im Garten am Schloßteich. Dem Teufelsvieh, das am Geburtstag von Juttas Cousine unter dem Schuppen hervorgekrochen war, hatte Zschunke weiter ausgeführt, nutzte das Zusammenschließen zum Kreis nicht viel. Die fremde Katze, so plötzlich aufgetaucht wie auch die Schlange, machte, bei ihrer Gegnerin angekommen, einen Satz nach oben, einen Luftsprung und biß im Niederfallen zu. Auf den Biß folgte blitzartig der Gegenbiß der Schlange, wieder schnellte die Katze empor, vor Schreck oder Schmerz, setzte sich einen Meter weiter auf die Hinterbeine und rieb sich mit den Vorderpfoten benommen die Schnauze. Währenddessen lag die Schlange wie tot im Gras. Die Sorge um die Katze, das Mitleid mit ihr zogen die Kinder näher. Allen voran Jutta, die Älteste unter den Gleichaltrigen, *de oarme Miedse, woas werrdn nu mid dähr*, fragten die Mädchen hinter ihr, *na nischd großoardschess, wenn se Bech hadd, grebihrd se ähm*, gaben die Jungen lässig zurück, wagten sich aber auch nicht hinter Juttas Rücken hervor. Inzwischen war die Geburtstagsgesellschaft, Jutta weiter an der Spitze, zwischen der bewegungslosen Schlange und der Katze angekommen, die sich allen Streichelversuchen, allen Tröstungsbemühungen entzog, den Bauch auf dem Boden schleifend, schleppte sie sich im Schneckentempo, wie in Zeitlupe unter den Schuppen, bis man sie nicht mehr sehen, sondern nur noch ihr gelegentliches jämmerliches Miauen hören konnte, Jutta, denke ich, blieb fast das Herz stehen. Nun, da der mißhandelte Liebling verschwunden war, fiel den Kindern der kleine anscheinend brandgefährliche Eindringling wieder ein, sie drehten sich um und sahen, wie der spitze Kopf mit aufgerissenem Maul und unruhig zuckender Zunge über dem wulstigen Leib in ihre Richtung pendelte, sie hörten ein leises scharfes Zischen und flohen, zu Tode erschreckt, auf das Haus zu, dicht hinter sich die Schlange. Jutta, die erste bei der Mitleidsexpedition zu der verletzten Katze, war jetzt die Nachhut bei der Flucht, am Ende des letzten Beetes, am Fuß der dreistufigen Treppe, die zu dem schmalen Rasenstreifen mit Tisch und Gartenbank dicht an der Straße hinaufführte, spürte sie mit einemmal einen leichten Stich über der rechten Ferse und schrie in Schock und Ekel auf, sie raste über die Teichgasse hinweg und durch die offenstehende Tür in den kühlen halbdunklen Flur des Hauses und in die an seinem Ende befindliche Küche, in der ihre Großmutter neben dem Tisch saß und Bohnen in eine Emailleschüssel schnippelte, Jutta kreischte, die Großmutter sprang auf, die Schüssel krachte zu Boden, schepperte über die Fliesen, der Haken, schrie Jutta, der Feuerhaken, dann packte sie die schwere eiserne Stange mit dem Handgriff und der gebogenen Spitze, hetzte zurück auf die Straße, Geburtstagskind und Geburtstagsgäste im Flur drückte sie zur Seite, pflügte sich hindurch, am Gartentor drüben, in der Lücke, der Öffnung des Staketenzauns schimmerte es rot und gelb und ein bißchen jetzt auch tückisch türkis, die Schlange hatte auf der unbefestigten staubigen Straße, auf der sie wie auf einem Präsentierteller zu sehen war, kehrtgemacht und wollte zurück ins deckende Gras schlüpfen, Jutta schrie und schlug und schlug mit dem Schüreisen zu und drosch wie von Sinnen auf die Schlange ein, bis der Kopf vom Leib getrennt wegflog, ein pfeifendes Geräusch war in die Schläge hinein zu hören, ein kurzes schneidendes Fiepen, der Rest der Schlange, enthauptet, blind, machte kehrt und kroch erneut auf Jutta zu, die zurückwich, bis das Haus, der Hausflur, die Großmutter und die anderen Kinder sie deckten, so weit kommt das kopflose Vieh nicht mehr, wußte sie und kippte um, fiel zu Boden und wand sich und ruckte und zuckte mit den Armen, den Beinen, Schaum vor dem Mund, festhalten, rief die Großmutter, die sich auskannte mit der Familienkrankheit, ihr Mann war an epileptischen Krämpfen gestorben, schnell die Nachbarn holen, stieß sie hervor. Die Nachbarn kamen auch richtig und leisteten, eingeübt, wie sie waren, Beistand, außerhalb der räumlich engen Bezüge war man sich politisch, weltanschaulich spinnefeind, bis zum Stockschlag, zum Knüppelhieb und Messerstich, aber als Nachbar, es gibt mehr als Politik, half der Nationalsozialist dem Kommunisten, der Thälmannjünger dem Hitlerbegeisterten, auch die Kinder spielten zusammen, wenn auch nicht ohne Spannung, selbst die Frauen bildeten Tratschgemeinschaften, zumal fast alle in der Textildruckerei an den Maschinen standen oder im Lager arbeiteten, so war das nun mal, so und nicht anders, in der Teichgasse, Schlossergasse, Amtsgasse, Schulgasse, Brückengasse, Badergasse, Marktgasse, Webergasse, Töpfergasse, Mühlgasse, Schloßgasse, Brauhausgasse, Kirchgasse, Goldgasse, in ganz Frohburg eigentlich, jedenfalls anfangs, als sich die Zunge an der Waage noch nicht erkennbar geneigt hatte, als alles noch offen war. Wie wäre auch ohne die Nachbarn unsere krampfende Jutta so schnell durch die innere Peniger Straße und den Kirchberg hinauf in die Praxis von Dr. Friedrich Möring gekommen. Möring, der anerkannt gute Arzt, wenn auch rauhbeinig, bärbeißig und in nicht geringen Graden selbstherrlich, war damals fünfundvierzig Jahre alt, gerade hatte seine zweite Frau mit Sohn und Tochter das Weite gesucht, sie hatte ihn, seine Villa mit angebauter Arztpraxis und die Kleinstadtrolle als Frau Doktor hinter sich gelassen, hier bei Doktor Möring, meldete sie sich immer am Telefon, überhaupt war sie Frau Doktor, in allen Läden, bei allen Hilfskräften, von denen es nicht wenige gab, sie war nach Dresden zu ihren Eltern abgereist, weil er, der Gatte, sich hier und da und dort auf manches einließ, was am Wegrand lag und vielleicht sogar auf den Zugriff wartete. Die Frau war weg, die zweite, und nun lag eines Nachmittags, von den Teichgassenmännern auf die Untersuchungsliege gelegt und dort festgehalten, das Juttakind aus der Amtsgasse vor ihm, die Tochter der knackigen Witwe Sämisch, die er, wenn sie im vollbesetzten Wartezimmer saß, bevorzugt aufrufen ließ, bis sie es sich eines Tages verbat, die Leute zerreißen sich schon die Mäuler. Du schon wieder, staunte Möring. Ganz klar hatte das Mädchen Gehirnkrämpfe, vielleicht Epileptikerin, vermutete er, und nun obendrein noch von einer unbekannten Schlange gebissen, sieh zu, was du bewirken kannst. In der Tat gelang ihm einiges. Am wichtigsten war: sie kam zur Ruhe. Denn als er, von den stummen Helfern aus der Teichgasse umringt, Jutta in beruhigendem Ton ansprach und ihr seine beiden Hände, im Vergleich mit dem Kopf des Mädchens tellergroß, an die Schläfen legte, klang der Anfall ab und war nach zehn Minuten ganz vorbei. Sie hielt die Augen geschlossen und atmete flach, *woosn dorr Biß*, fragte Möring, *Badschhand, Oarm, Been oder wou*, als wären die Männer selber Kinder, sie konnten es nicht sagen, also suchte er das Mädchen schnell ab, die Arme, Hände, Beine, und tatsächlich fand er neben der rechten Achillessehne zwei nadelfeine Einstiche, kaum zu sehen, und wahrscheinlich hätte er sie gar nicht bemerkt, wenn sich der Ansatz der Wade, der untere Bereich nicht schon angeschwollen gezeigt hätte, eine Erscheinung, die in der nächsten Stunde von zehn Minuten zu zehn Minuten immer ausgeprägter wurde. Jutta fing an zu keuchen und schnappte nach Luft, aua tut weh, stöhnte sie, fuhr mit der Hand auf die linke Brustseite und wollte sich aufrichten, sich von einer Last befreien, die sie selber war, sie kam nicht hoch, die Arme, mit denen sie sich nach oben drücken wollte, gehorchten ihr nicht mehr. Erste Lähmungen, konstatierte Möring, auch für das männliche Publikum hörbar, das ihn und die Liege nach wie vor umstand, ich muß sie kühlen, mit nassen Tüchern, sie braucht jetzt absolute Ruhe. Er machte eine Handbewegung in Richtung Tür. Mit keinem Wort erwähnte er, wo er die Kranke unterbringen wollte, in seinem Schlafzimmer im ersten Stock, die Leute aus der Teichgasse hätten ganz und gar nicht verstanden oder auf keinen Fall gebilligt, daß er Jutta die nächsten zwölf, fünfzehn Stunden in allernächster Nähe haben wollte, haben mußte, um den Abwehrkampf gegen das Gift beobachten und notfalls eingreifen zu können. Benachrichtigen Sie auch die Mutter in der Amtsgasse, rief er den Helfern nach, setzen Sie sie ins Bild und sagen Sie ihr, sie möchte umgehend herkommen. Die Witwe Sämisch kam nach ein paar Minuten angehetzt, er fing sie vor dem Haus ab, im Schatten der Pfarre, alles wird gut, Ihr Mädchen ist schon auf dem Weg der Besserung, jede Aufregung schadet, darum gehen Sie nachhause, ich mache alles Menschenmögliche, morgen um zehn kommen Sie wieder. Die halbe Nacht saß er hellwach bei der Patientin, das Fenster offen, von draußen bis auf den Halbstundenschlag der Kirchturmuhr und das gelegentliche Rucken und Rasseln ihrer Gewichte oben im Turm kein Laut, auch aus dem Haus nicht, in dem er allein mit Jutta war, die niedrige Nachttischlampe brannte, und er sah das von der Seite matt beleuchtete, von rotem Haar umrahmte ebenmäßig glatte und feine Gesicht des Mädchens, vom Tiefschlaf der Erschöpfung und beginnenden Erholung erst rosig überhaucht, dann im Fieber glühend, mit Umrissen, Linien, Zuordnungen, die ihn irgendwie tief im Herzen berührten, sagte er am übernächsten Abend nicht etwa am Stammtisch in der *Post*, sondern auf dem Heimweg zum Apotheker Siegfried, seinem einzigen Vertrauten unter den Stammtischbrüdern. Tief im Herzen berührt, für ihn eine untypische Ausdrucksweise. Erschüttert war ich nicht gerade, führte er weiter aus, allerdings war es nicht mehr weit dorthin, einmal stieg in mir sogar ein Schluchzen auf, ein banges Schluchzen, weiß Gott warum, das ich nicht unterdrücken konnte. Siegfried war verblüfft, das ist doch sonst nicht seine Sprache, dachte er, das Rauhbein wird zum Leisetreter, wundersame Wandlung. Siegfried wußte nicht und wurde vorerst von seinem Freund darüber auch nicht in Kenntnis gesetzt, daß Möring, ganz klar Juttas Lebensretter, ihrer Mutter und Großmutter unter Einbeziehung der Teichgassentante ein Angebot gemacht und mit ihnen nach kurzer Verhandlung hin und her eine Vereinbarung getroffen hatte, die Jutta, die noch bettlägerig war, schnurstracks mit der Frage konfrontierte, ob sie damit einverstanden sei, für einige Zeit, bis sie, vielleicht im Winter, wieder zu Kräften gekommen war, im Arzthaus am Kirchplatz zu leben, ihre Großmutter wäre immer bei ihr, denn sie würde dem Doktor dann den Haushalt führen. Jutta hatte das weiß und hellblau gestrichene Haus mit den Spaliergittern schon immer gefallen, wem nicht in Frohburg, ihr gefiel das Zimmer, in dem sie lag, auch die Herablassung des Doktors aus seinen bärbeißigen Höhen in ihren kindlich mädchenhaften Bereich gefiel ihr, sie sagte sofort zu. So änderte sich in Folge des Schlangenbisses Juttas Leben von Grund auf, sie kam, man kanns nicht anders sagen, in eine neue andere Welt inmitten der gewohnten, das helle duftige Kinderzimmer wurde ihr Reich, neben dem Elternschlafzimmer, dessen Doppelbett zur Hälfte unbesetzt war, halbverwaist. Die Großmutter jetzt unter dem gleichen Dach wie sie, vor vielen Jahren hatte sie bei einer Fabrikantenfamilie in Dienst gestanden, nun kam ihr vieles wieder in den Sinn, was sie bei Möring, von einer siebzehnjährigen Großbauerntochter aus Roda und einer Aufwartung aus der Badergasse unterstützt, zur Haushaltsführung gebrauchen konnte, die einfache abgeschaffte Frau, in der Mitte des Lebens etliche Jahre auf dem Rittergut im Tagelohn verdingt, gerade auch in den knappen dürftigen Sommern sechzehn, siebzehn und achtzehn, verwandelte sich zurück in eine Art spätes Residenzdienstmädchen, fröhlich, beschwingt, darauf bedacht, alles zur Zufriedenheit des Hausherrn hinter sich zu bringen, dazu kam noch die Lebensklugheit einer alten Frau, die wußte, daß die großartige, weitausholende und überbetonte Handbewegung in den meisten Fällen nicht mehr erbrachte als der knappe schmucklose

Griff und Zugriff. Dringende Vormittags- und Nachmittagsbesuche in der Stadt, zu Unfällen, Koliken, Herzanfällen, machte Möring nie zu Fuß, er unterbrach die Sprechstunde, schnappte sich die Doktortasche, die noch von seinem Vater stammte, dem Sanitätsrat aus Kohren, warf sich in sein Auto, einen großen *Wanderer* mit acht Zylindern, und brauste los, auch wenn es sich um eine Fahrt nur um zwei Straßenecken handelte. Manchmal war, wenn er mittags auf der Rückfahrt durch die Amtsgasse kam, zehn Minuten vorher Schulschluß gewesen, ein Strom von fast achthundert Kindern hatte sich aus dem gelben Klinkergebäude ergossen, von dem böse Zungen in der Stadt behaupteten, der Leipziger Architekt oder Baumeister habe an einem besonders intensiven seiner vielen Rotweinarbeitstage am Auftrag der Stadt die Vorderseite des Schulneubaus mit den beiden Einlaßpforten nach hinten, zum Hof hin gedreht, ein Lapsus, wie er ihm angeblich schon einmal passiert war, bei der Schule in Wiederitzsch. Die Kinder quollen jeden Schultag tatsächlich aus den beiden rückwärtigen Ausgängen mit den überdachten Außentreppen und fluteten zur Straße, dort teilte sich das Gewimmel zum ersten Mal, der Chor der hellen Stimmen, nach links ging alles, was in der Milchhof- und *Wiesenmühlen*gegend, in der Falkensteinstraße und *Auf dem Wind* zuhause war, auch Mutter und ihre drei Geschwister nahmen diesen Weg acht Jahre lang. Die Mehrheit und mit ihr Vater nebst seinen drei Brüdern und seinen drei Schwestern wandte sich nach rechts, das waren innere und äußere Peniger Straße, Schlossergasse, Markt, Bahnhofstraße, Töpferplatz, Greifenhainer Straße und alles, was westlich des Kirchplatzes lag. Zweihundert Meter weiter sortierten sich die Kinder erneut, nach rechts bogen die aus Amtsgasse, Teichgasse, Brauhausgasse und Kirchplatz ab, wie ferngelenkt, alle anderen, ebenfalls durch Geburt und Wohnungsvergabe fremdgesteuert, gingen geradeaus. Entdeckte Möring nun vom Auto aus den roten Haarschopf seines Pfleglings im Pulk der Kinder, hielt er fünfzehn, zwanzig Meter vor der Gruppe mit laufendem Motor an und stieß die Beifahrertür auf, Jutta, mit ihren Begleiterinnen herangekommen, die nicht unbedingt ihre Freundinnen waren, mußte den Ranzen auf die Rückbank werfen, vorn einsteigen, Möring kurz und andeutungsweise umarmen, das Lenkrad behinderte ihn beim seitlichen Niederbeugen, schon fuhr das Auto wieder an, die zurückbleibenden Kinder staunten jedesmal und waren beeindruckt und auch nicht beeindruckt, wer herausgehoben wird, wird auch weggedrückt. Immer deutlicher wurde das, von Monat zu Monat. Juttas Benehmen wurde feiner, ihre rote Amtsgassenlöwenmähne wirkte seltsam gebändigt, in eine schmückende Frisur verwandelt, nie wieder sah man sie barfuß gehen, und ihre Kleidchen, aus denen im Wechsel der Jahreszeiten langsam Kleider wurden, waren das, was die beiden ältlichen unverheirateten Klavierlehrerinnen Scherel vom Bahnhofsplatz am Mittelholz nett und adrett *à la Babette* nannten, frankophil wie sie nach einer Seelenfreundschaft mit einem französischen Oberleutnant waren, der in der *Wiesenmühle* das Einstampfen der Stammrollen des kaiserlichen Heeres überwachte, seit zwei Jahren lasen sie sich beinahe Abend für Abend durch Zolas Rougon-Macquart aus dem Leipziger Verlag Kurt Wolff, zwanzig Bände, in drei Schubern, die Ausgabe war ihr ganzer Stolz, wohin auch in dem Nest nach Ladenschluß, ein Nachmittagskränzchen in der Woche ist nicht genug, Zola baut eine ganze Welt auf, fast grenzenlos, und nimmt uns mit. Knappe fünfzehn Jahre nach solchen Aussprüchen der Töchter des ehemaligen Rittergutsförsters erbte Doris-Mutti, ihre langjährige Kränzchenschwester, von ihnen genau diese Romanreihe, und sie und Großmutter schickten mir die ersten acht Bände, je zwei in einem Päckchen, von Frohburg aus ins Internat nach Friedberg, bis in den Sommerferien 1959 Großmutter starb, die Bücherpäckchen blieben aus, die restlichen Romane verteilten sich, Frohburg, Borna, Pegau, Altenburg, Dessau, Leipzig, Hannover, überall Verwandtschaft, vielleicht sind sie auch im *Staatlichen Gebrauchtwarenhandel* in der Fleischergasse in Leipzig oder im Zentralantiquariat in der Talstraße dort gelandet, womit sie nur unseren Möbeln und Vitrinen- und Schrankinhalten nachgefolgt wären.

Anfang 1934 passierte etwas, das auf die Verhältnisse am Ort, ohnehin in Bewegung, ja im Umbruch, einwirkte, das die Stimmung in der Stadt aufheizte, ähnlich wie es der Tod des Nationalsozialisten Reifegerste zwei Jahre vorher getan hatte, eines frühen Morgens war der Ehemann und Vater zweier Söhne an einer Plakatwand auf dem *Wind*, in der Nähe des Amtsgerichtes, tot aufgefunden worden, bei einer nächtlichen Auseinandersetzung zwischen Rot und Braun, erst mit Gebrüll, dann mit Fäusten und endlich mit allem, was zur Hand war, hatte ihm einer der Kommunisten die Spitze seines Messers und noch ein bißchen mehr davon zu kosten gegeben, wie sich die Leute ausdrückten, die sich bei James Fenimore Cooper, Friedrich Gerstäcker und Karl May zuhause fühlten. Jutta war gut zwölf Monate nach der Machtergreifung vierzehn Jahre alt und ging in die letzte, die achte Volksschulklasse. Im Haus Möring wurden längst Überlegungen angestellt, am Mittagstisch und auch in der radionahen Klubsesselecke am Abend, wie es nach der Schule weitergehen sollte mit ihr. Noch ein Jahr als rechte Hand der Großmutter im Arzthaushalt war möglich, als Dienstmädchen ausgegeben, getarnt, wo sie in Wirklichkeit doch die Prinzessin war, anschließend vielleicht zwei Jahre auf der Haushaltungsschule in Altenburg oder besser noch in Dresden, dort hatte niemand vom toten Vater Juttas eine Ahnung, Sämisch hießen viele, ganz unverfänglich. Das entscheidende Wort hatte Möring noch nicht gesprochen, es war ausreichend Zeit, gründlich zu überlegen, wie es mit Jutta weitergehen, wie der rötliche Halbedelstein, ein Diamant vielleicht sogar, zurechtgeschliffen werden sollte. In der drittletzten Woche vor der Schulentlassung, Ende Februar, ereignete sich der Vorfall, der den Anstoß zu einer erneuten Kehrtwendung in Juttas Leben geben sollte. Ihre Banknachbarin in der Abschlußklasse, Elfriede Vieweg, war ein hochaufgeschossenes spindeldünnes Mädchen mit blaugrauen Glubschaugen und farblosem wie ausgelaugtem Haar, wochentags zu einem langen dünnen Nackenzopf geflochten, gut war mit ihr nicht Kirschenessen, Friedel die Schlange hieß sie selbst bei den Mädchen, die ihr nahestanden. Allzeit hellwach und wieselflink mit den Gedanken, entging ihr wenig, zuhause nicht, nicht in der Schule und schon gar nicht nachmittags, wenn sie mit ihren Freundinnen unterwegs war, auf dem Friedhof, im Eisenberg oder in den versteckten Winkeln unterhalb des Schloßparks, an der Schafbrücke. Als erste in der Klasse hatte sie gemerkt, daß Juttas Stern, was den Klassenlehrer anging, im Sinken begriffen war. Zwei, drei Grad Himmelshöhe weniger, das genügte schon, sie nahm das wahr. Noch im Januar, nach den Weihnachtsferien, durfte Jutta, bestimmt hat dein Onkel Dr. Möring nichts dagegen, Abschnitte über die Festungshaft aus *Mein Kampf* vorlesen, ferner Passagen über den Klammergriff des ewigen Juden, im großen Krieg fettgeworden, der die deutsche Kehle zudrückte und nur mit dem Schwert abgewehrt werden konnte. Daß sich, was sie da vorlas, auf sie beziehen sollte, war Jutta, ein ungutes Gefühl hatte sie schon, nicht restlos klar, wohl aber Elfriede Vieweg, sie ahnte, daß ihr allseits verehrter Lehrer Bachmann, ein bislang eher schüchterner Parteigänger der Nationalsozialisten, Morgenluft witterte und Jutta, das Judenkind, wenn nicht demütigen, so doch in eine zwiespältige Lage bringen wollte. Die Sache prallte ab, seine beste Schülerin las treu und brav oder wie auch immer die Sätze ab, ahnungslos oder ahnungsvoll, egal, Friedel die Schlange war verärgert. Sie legte eines Morgens, zehn Minuten vor den anderen im Unterrichtszimmer angekommen, ins Klassenbuch im unverschlossenen Schrank einen Zettel mit Juttas Initialen, auf dem mit verstellter wie gedruckter Handschrift zu lesen stand: Bachmann Lachmann Krachmann Schwachmann Braunmann mach man. Der Lehrer stieß beim Aufklappen auf den Zettel, lief rot an, schnappte nach Luft, fing an zu schreien, Sämisch raus aus der Bank, hierher. Jutta, ahnungslos, aber zu Tode erschrocken, hetzte nach vorn,

Bachmann packte sie, wirbelte sie herum und warf sie bäuchlings über die erste Bank, die dort saßen, bogen sich erschreckt zurück, er drückte mit der rechten Hand, mit dem zwischen Daumen und Zeigefinger gabelartig aufgespreizten Griff Juttas Nacken nach unten, und mit der Linken riß er wie besessen, wie entfesselt erst ihren Rock nach oben, dann den Schlüpfer nach unten, man sah etwas Helles, Weißes, kurz auch verwischtes Rot, ohne Besinnung, als sei ein Sperrschieber nach oben geruckt, schlug und verdrosch er sie mit aller Kraft, haute er ein auf ihren nackten Hintern, es klatschte und knallte, immer wieder, bis er glühend im Gesicht und atemlos einhielt und Jutta freigab, von ihr war kein Ton gekommen und kam auch jetzt kein Ton, sie nestelte und schob die Vorlage, die Zellstoffbinde zurecht und zog die Unterhose hoch, sprachlos die Klasse, bis auf den ältesten Jungen, einen langen Lulatsch, schon fünfzehneinhalb Jahre alt, er saß in der ersten Reihe ganz außen, in Fensternähe, unter besonderer Beobachtung der Lehrer, da der Marktgassensippe Geyer zugehörig, der Mond ist aufgegangen, stimmte er salbungsvoll an, kam es matthiasclaudiushaft aus seinem Mund, um knochentrocken in die Stille hinein fortzufahren, *sougahr midn rohdn Rannde*, sogar mit einem roten Rand. Rand war das letzte Wort, was vor minutenlanger Stille zu hören war, erstarrte Szene, dann stürzte Jutta aus dem Klassenzimmer, die Tür fiel hinter ihr ins Schloß, Schluß der ersten Stunde, des ganzen Unterrichts für sie, nachhause, wie von Furien gehetzt, während Bachmann, erwacht, zu sich gekommen, das vordere Fenster aufriß und sich, nach Luft schnappend, über die Brüstung hängte. Der Schwall Frostluft, der an ihm vorbei ins Klassenzimmer wehte und drang, sorgte für Aufhebung des Banns, die Arme, nee nee geschicht ihr recht, *doas haddse nuh dorrvonn, was issn in dähn gefoahrn, sbinnd dähr denn, sou ä Fergll, doas gann ähr doch nisch machn.* Und jetzt willst du wissen, wies weiterging, hab ich recht. Viel gehört nicht dazu, das zu erraten. Schon mittags bemerkten Anwohner in der v.-Falkenstein-Straße Mörings Auto vor der Schule, er selber saß seit einer halben Stunde beim Rektor Stahl im Zimmer, Zigarrenqualm, zwei Kognakgläser, halblautes Gemurmel, Möring verzeichnete die dezente Beflissenheit, das kaum merkliche Dienern seines Gegenübers, zwar war Stahl Volksschulrektor, darauf konnte er sogar stolz sein, wenn er an seinen trinkenden Vater dachte, die Schnapsdrossel, nur nicht zu sehr dem Arzt entgegenkommen. Die zugeneigte Aufmerksamkeit und Dienstbarkeit Stahls nahm Möring hin wie etwas, das ihm zustand, dem Sohn des Kohrener Sanitätsrats und Generalarztes, dem Vollakademiker und pflichtschlagenden Studenten, dem Freikorpskämpfer und Inhaber einer hochgeschätzten ertragreichen Kleinstadtpraxis, was war dagegen letztenendes ein Seminarist, wenn er sich auch hochgearbeitet hatte, wer weiß, mit Hilfe welcher Systempartei. Na dann wollen wir mal hören, was der Bachmann uns zu sagen hat. Ein Mädchen, das in der Schülerbücherei nebenan die Ausleihe betreute, wurde nach dem jungen Lehrer ausgeschickt. Langes Suchen, bis die Botin ihren jüngeren Bruder, der ihr über den Weg lief, in die Jungentoilette schickte, guck doch mal. *Iss drinne*, flüsterte der Zweitklässler nach der kurzen Erkundung, sie linste um die Ecke, tatsächlich, im Halbdunkel Bachmann, vornübergebeugt, stützte sich mit der einen Hand an der schwarzgeteerten Wand ab und übergab sich in die Pissrinne. Herr Bachmann, bitte zum Herrn Rektor, rief sie in die Notdurftkatakombe, eilte in den ersten Stock zurück, klopfte am Lehrerzimmer und meldete Bachmann auf dem Anmarsch. Doch der kam nicht nach oben, sondern verließ das Schulgelände und verkroch sich in seinem Zimmer im Cariusschen Haus am Kellerberg. Anderntags erhielt der Rektor eine Krankschreibung von einem in Frohburg sonst nicht präsenten Arzt aus der Kreisstadt Borna, einem Dr. Rothe. Der kommt nicht zurück auf sein Katheder, sagte Möring zu seinem Freund Siegfried, nicht ums Verrecken, dafür sorge ich. Paß auf, daß du dich nicht verhebst, der hat einflußreiche Freunde. *Isch ooch*, kam es in pflaumigem Ton zurück, *maa sähn, währ mähr dorrvonn hoadd*. Als hätte Friedel die Schlange zugehört, als hätte sie kapiert und umgesetzt, was anstand, was nötig war, um Öl ins Feuer zu gießen, traf zwei Tage nach dem Prügelexzeß in der Schule eine Postkarte ohne Unterschrift ein, akkurate Druckbuchstaben, an Stahl adressiert, früh um sechs zu Beginn des Dienstes im Frohburger Postamt abgestempelt, also nachts eingeworfen, überprüft Bachmanns Klassenlehrerkasse mit dem Spargeld seiner Schüler, wurde verlangt, unmöglich, das zu ignorieren, sagte Stahl in der Lehrerkonferenz, man forderte die Kasse von Bachmann, holte sie bei dem Kranken ab und überprüfte sie, tatsächlich fehlten knapp dreißig Mark von hundertneunzehn. Im Abstand von anderthalb Tagen gab Bachmann zwei Erklärungen ab, handschriftlich, von seiner Zimmerwirtin in die Schule getragen. Die erste Einlassung: nie und nimmer habe er etwas von dem anvertrauten Geld genommen, zumal es sich um Kinder handle, ahnungslos und schutzbedürftig. Die nachgereichte zweite Bekundung versuchte zu retten, was kaum noch zu retten war: Ich brauchte die neuen Bücher von Benn und Jünger, ich war momentan von Geld entblößt und borgte die in Rede stehende Summe nur bis zur nächsten Gehaltszahlung, wem habe ich geschadet. *Scheen blehde, währ doas gloobd*, hieß es überall in der Stadt. Sogar Bachmann selber schien sich nicht restlos zu trauen, seiner Absicht zum Zurückerstatten, wie anders wäre zu erklären gewesen, daß er am Ende einer turbulenten Woche und am Ausgang eines auf seinem möblierten Zimmer verbrachten schwer lastenden Wochenendes am Montagmorgen an der Roten Brücke hing, um vier Uhr früh wurde er entdeckt, von einem Schichtarbeiter der *Kohlengrube Böhlen*, der über das abgestellte Paar schwarze Halbschuhe stolperte, der Strick war an das Brückengeländer geknüpft, zwei Meter tiefer die Schlinge, in der Bachmann steckte, seine nackten Füße und die halben Waden hingen im winterkalten Wasser der Wyhra unterhalb der Stelle, in der der Mühlgraben der *Bornschen Mühle* wieder in den Fluß mündete. Armer armer Bachmann. Die Frage, die alle Welt sich sofort stellte, war, wer die anonyme Karte geschrieben hatte, Möring hatte Jutta in

Verdacht, Jutta verdächtigte Friedel die Schlange, darüberhinaus gab es auch Leute, die sich den Rektor Stark als Kartenschreiber vorstellen konnten und wollten, schließlich hatte er wie Bachmann auch die älteste von zwei Töchtern des reichsten Eschefelder Gutsbesitzers Ebner umworben. Vor einer reichlichen Woche war alles noch eitel Sonnenschein gewesen bei Möring, nun lag der tote Lehrer als Schatten über der Arztvilla und ihren Bewohnern. Rat einfach mal, wie es weiterging in der verfahrenen Lage. Herumeiern, Schönreden bringt nichts, löst die Rätsel nicht, eine enorme Spannung baute sich auf, der alle im Doktorhaus, in den kleinen Anwesen am Kirchplatz, im Nordwestviertel der Stadt unterlagen. Diese Spannung blieb jahre- und jahrzehntelang erhalten, deutlich wahrnehmbar bis Kriegsende, auch nach fünfundvierzig noch unter der Oberfläche am Leben und am Werk. Dafür. Dagegen. Nutzen. Schaden. Schuldig. Unschuldig. Die erste zeitnahe Folge war, daß Jutta am Tag nach der Zeugnisübergabe und der Schulentlassung im April bei Möring aus- und bei ihrer Mutter in der Amtsgasse wieder einzog. Auch die Großmutter kehrte in die Teichgasse zurück. Die Ursache der Veränderung war von außen nur vermutungsweise in Worte zu fassen. Was ließ sich nicht alles zurechtphantasieren, was wurde nicht alles tatsächlich zurechtphantasiert: Möring, dreißig Jahre älter als Jutta, ein Betrachten, ein mit Blicken Verschlingen war von Anfang an erlaubt, wollte Jutta in der Wanne sehen, er wollte die Schätze auch berühren, anfassen, betasten, sie lehnte ab, zierte sich, wollte auf keinen Fall, spritzte ihn, unter dem Badeschaum verborgen, pitschnaß und rief scheckschrill nach ihrer Großmutter, großer Aufstand, großes Geschrei, aber was wollt ihr denn, ich bin doch nicht aus Stein, rief der Hausherr, und überhaupt, was denkt ihr eigentlich, warum ihr hier seid. So fiel die Wohngemeinschaft auseinander und hinterließ Verletzungen auf beiden Seiten. Hauptbetroffene war Jutta, sie kam zum Anlernen zu der Schneiderin Ulbricht neben dem Milchhof, noch in den fünfziger Jahren ging die schwerhörige Witwe tageweise zu den Leuten in die

Wohnungen zum Nähen, auch bei uns saß sie zweimal im Jahr an der Maschine in der Küche, schnitt löchrige und abgewetzte Stellen aus Bettlaken und Bezügen heraus und setzte bessere Stoffpartien ein, aus fünf mach vier oder mindestens drei. In bezug auf ihren Namen bin ich mir nicht mehr sicher, ob der wirklich Ulbricht war. Dagegen weiß ich noch genau, daß die Schneiderin, wenn sie kam, alte zerlesene Ausgaben der Illustrierten *Stern* mitbrachte und leihweise dalieẞ, es mußte in ihrer Verwandtschaft jemanden geben, der öfter in den Westen fuhr und ausreichend Mumm hatte, die Hefte, die von der Partei, den Lehrern und der *Leipziger Volkszeitung* als feindliche Druckerzeugnisse deklariert und angeprangert wurden, über die Zonengrenze zu schmuggeln, vielleicht im Kofferfutter oder am Körper, unter der Unterwäsche. An eine der Sternnummern kann ich mich besonders deutlich erinnern, fünfundfünfzig muß das gewesen sein, in der Ausgabe stieß ich auf eine gezeichnete Karte der Sowjetunion, auf der die Standorte von Atomraketen eingezeichnet waren, ich war so angekurbelt, daß ich, obwohl die Hefte zurückgegeben werden mußten, die Seite herausriß, die Karte ausschnitt und sie meiner geheimen Sammlung von Merkwürdigkeiten einverleibte, zu der neben der doppelläufigen Pistole aus dem Greifenhainer Bach und der von der Ostsee mitgenommenen Medaille aus den Befreiungskriegen auch ein Flugblatt aus dem Westen gehörte, das ich im Winter vierundfünfzig auf den verharschten Schneewiesen am Harzberg gefunden hatte, mit einem Text auf russisch, in kyrillischer Schrift, wer nicht lesen konnte, wurde dennoch ins Bild gesetzt. Wie es den Russen unter dem Zaren und unter Stalin ging, sollten Zeichnungen verdeutlichen, Muschiks auf dem Feld, gebückte Rücken, Knute, hier wie dort. In Wahrheit hatte ich an jenem Frostabend, es dämmerte schon, ich hatte die Skier an, kam vom hinteren Harzberghang und war auf dem Weg nachhause, sogar zwei Flugblätter im Schnee entdeckt und mitgenommen, nur das schönere, das mit den beiden Illustrationen kam in meine Sammlung, das andere nahm ich am nächsten

Morgen mit in die Schule und übergab es in der großen Pause Egon Koeben, dem Direktor, guck mal, was ich dir hier abliefere, hättest du mir gar nicht zugetraut, so ein staatstragendes Verhalten. Aber mit deinem Misstrauen liegst du richtig.

Jutta wurde in den zehn Stunden, die sie täglich bei der Schneiderin verbringen mußte, mehr als hart rangenommen, Stecknadeln aufsammeln, Strümpfe stopfen und paarweise zusammenstecken, Flickarbeiten machen. Auf Dauer, und ich meine drei Monate damit, ging das nicht gut, es kam zu Sticheleien, Schreierei, Gekreisch, die Ulbricht hörte schon damals schwer, entsprechend laut ging es in der Nähstube zu, in den Nachbarwohnungen spitzte man die Ohren, die Kunde kam zu Juttas Mutter, sie behielt die Tochter von einem Tag auf den anderen zuhause, bis sich etwas anderes gefunden hatte, ein halbes Jahr dauerte das. Genau in diesem halben Jahr veränderte Jutta sich. Hatte bis zum Ende ihrer Zeit bei der Ulbricht noch ein schwacher Abglanz Mörings und seiner Wohltaten auf ihr gelegen, helle reine Haut, geordnete federnde Frisur, ausgesuchte Kleidung, fiel sie, sagten die scharfäugigen besseren Leute am Markt, in der inneren Peniger Straße und in der Bahnhofstraße, insgesamt auf Amtsgassenniveau zurück, bald sah sie der Tochter des Schusters Wiesenbach, gleichaltrig, zwei Häuser weiter, zum Verwechseln ähnlich. Damals verbrachte sie viel Zeit in den Wäldern, die an das Stadtgebiet grenzten, sie war mit einem Korb, einem Emaillekrug oder einem Rucksack unterwegs, ich suche Pilze, pflücke Beeren, grabe Wurzeln aus, war zu hören, niemand wußte, was sie in den vielen Stunden wirklich machte, die sie außer Sicht war. Einmal allerdings, Ende April, es war einer der ersten windstillen, sonnigen und warmen Tage des Jahres, beobachtete der Gutsbesitzer Ebner aus Eschefeld sie, wie sie auf seinem besten Pferd, einem Wallach, saß und über die große Koppel am *Deutschen Holz* galoppierte, ohne Sattel, ohne Zügel, die roten Haare flatterten, Ebner trat hinter einen Busch und konnte sich lange nicht losreißen von dem Anblick.

Nach zehn Minuten, einer Viertelstunde blieb das Pferd am gegenüberliegenden waldrandnahen Zaun stehen, Jutta glitt herunter, hob die Drähte an, stieg hindurch und verschwand im *Deutschen Holz*. Am nächsten Tag fuhr Ebner mit dem Auto an den Niederrhein, um bei einem bekannten Züchter Pferde aufzukaufen, nachmittags stieß er auf einer Kreuzung in Soest mit einem Lastwagen zusammen, der aus der Nebenstraße gekommen war, man brachte ihn ins nächste Krankenhaus, bewußtlos, dort starb er noch in der gleichen Nacht, Jutta, auf seinem heißgeliebten Pferd sitzend, war das letzte Bild gewesen, das tiefer in ihn eingedrungen war. Eigentlich hatte er schon zwei Tage vorher auf die Reise gehen wollen, doch war der Kühler undicht, Rostbrühe lief aus, erst mußte noch gelötet werden. Wäre er planmäßig aufgebrochen, hätte er Jutta nicht gesehen, lebte aber noch. Der Waldstrich, dessen einer Teil das *Deutsche Holz* hinter Eschefeld war, auf der kleinteilig verzahnten Grenze zwischen dem ehemaligen Königreich Sachsen und dem früheren Herzogtum Sachsen-Altenburg, sagte Jutta durch die verhältnismäßig große Entfernung von Frohburg, sechs Kilometer, am meisten zu, Beerensucherinnen und Holzweiber waren kaum zu erwarten, wenn doch, waren es wenige, die noch dazu aus Altenburg kamen und sie nicht kannten. Von einem ihrer Streifzüge brachte sie Ende Mai eine junge Rabenkrähe mit nach Hause, auf die sie am Ufer des Sebischteiches gestoßen war, sie hockte mit gebrochenem herunterhängendem Flügel im Schilf, das Gefieder glänzte schwarzblau irisierend in der Mittagssonne, zwischen Rohrkolbenstengeln erwartete der Vogel hingeduckt, bewegungslos, mit gesträubten Kopffedern und angststarren dunklen Augen im schmalen grauen Federring ihr Näherkommen, ihren Griff. Sie nahm das verletzte Tier auf und drückte es an ihre Brust, plötzlich wurde sie von hinten angesprochen, ein Mann mit Janker, Knickerbockern, Bundschuhen und Sitzstock war unbemerkt an sie herangetreten, schätzungsweise siebzig Jahre alt, was hat sie denn da, fragte er in einem Tonfall, der nicht in die Gegend gehörte, sondern für sie irgendwie nach Westen und Norden klang, nach Hamburg vielleicht oder nach Hannover, die beiden Textildruckereibesitzer Braunsberg, die aus der Welfenprovinz stammten, sprachen so ähnlich, ein heruntergekühltes abgefleischtes zugespitztes Deutsch, sie hatte das einmal mit Staunen gehört, als sie ihre Mutter an der Druckmaschine Nummer drei in der Fabrik besuchte und die Chefs für eine Besuchergruppe aus Parteileuten und Reichswehroffizieren eine Führung durch die Flaggenproduktion machten, die Hakenkreuzfahnen quollen in endlosem Strom zwischen den Gummiwalzen hervor. Auch jetzt, am Sebischteich, bei dem unbekannten Herrn mit der hellen, leicht quäkenden Stimme, hatte sie den Eindruck von Abstand und Fremdheit. Doch nach ein paar Wechselreden, wo sie herkam, wie sie hieß, wer ihre Eltern waren, was sie mit dem Vogel wollte, verspürte sie Interesse, fast kam es ihr vor, als wäre auf seiner Seite etwas wie Aufmerksamkeit, wie neuer Blick im Spiel, die Stimme wurde einen Tick tiefer, samtiger auch, sie kannte das von Möring her und auch vom Mann der Ulbricht. Genau an dieser erspürten Zuwendung des Fremden lag es, wie ihr vorkam, daß sie, sie wußte selbst nicht, wie das zuging, weshalb, wieso, den Schlangenbiß auf der Geburtstagsfeier ihrer Cousine, vor dem Teichgassenhaus der Tante erwähnte, ich war sehr krank, Dr. Möring hat mich wieder gesundgemacht, er hat mich in sein Haus genommen. Den kenne ich genau, deinen Lebensretter, mehr als mir und vielleicht auch ihm lieb ist, rief der rätselhafte Alte und fuchtelte mit dem Stock, schon sein Vater, der Kohrener Sanitätsrat, der sich im Briefkopf und auf den Rezepten auch Generalarzt nannte, selbst auf seinem Grabstein steht der Rang, war ein Schockschwerenöter, vor dem kein Rock sicher war, als ich auf Sahlis saß, habe ich diesbezüglich mehr als genug ausbügeln müssen, und der Apfel fiel nicht weit vom Stamm, das muß man wissen, wohnst du noch bei Möring. Jutta schüttelte den Kopf. Dann kann man dir nur gratulieren, das sage ich dir. Apropos Schlangenbiß, weißt du, daß die Rabenkrähe, wie du sie hier an dich drückst, eine ausgemachte

Schlangenfeindin ist, die ohne Angst vor dem Giftbiß auf jede Kreuzotter losgeht, die sie finden kann, indem sie mit gezielten kräftigen Schnabelhieben den Kopf der Erzfeindin bearbeitet und spaltet. Wenn du sie gesundpflegst und aufziehst, wie der Möring sich um dich gekümmert hat, wirst du bei jedem Ausflug in die Wälder eine kampfbereite Begleitung haben. Durch den Hinweis auf die Nützlichkeit und Wehrhaftigkeit des Vogels ermutigt, brachte sie zwei Fragen über die Lippen: Sind Sie aus Eschefeld. Und: Was machen Sie hier. Nein, junges Fräulein, klärte der Unbekannte sie auf, aus Eschefeld bin ich nicht, wenn ich auch ein Freund des Pastors bin, des Oberkirchenrats Krieger, ich komme von der anderen Seite, aus Windischleuba. Und was ich hier treibe, na sieh mal den Block und meinen Füller, ich schreibe. Was schreiben Sie. Sieh her, das sind Gedichte. Dann sind Sie also Dichter. Ja, Balladendichter, du weißt, Balladen, das sind die Gedichte, in denen was passiert, meist ein Unglück, eine Untat, ein Verbrechen, das muß so sein, denn überleg doch mal, ein Schuster, der nur Schuhe macht, wen interessiert der schon, aber wenn er sein Haus ansteckt oder seine Frau totschlägt, sie in einen Abgrund stürzt oder ein Attentat organisiert, ja dann gucken alle hin und fragen nach den Gründen. Die Brücke am Tay kenne ich, sagte Jutta, die Brück muß es heißen, es heißt die Brück am Tay, korrigierte Münchhausen, der gleich mit einer weiteren, mit einer eigenen Richtigstellung hervorkam, ich bin für alle der Balladendichter, hier in den Dörfern, in Altenburg und im ganzen Land, aber Balladen schreib ich schon lange nicht mehr, jetzt sind lyrische Gedichte dran, Stimmungen, verstehst du, kleine Bildchen, die mit meinem Schloß in Windischleuba zu tun haben, mit meinem Gut, meinen Äckern, meinen Wiesen, mit den Leuten, die für mich arbeiten, mit den Ackerpferden und dem Vieh in den Ställen. Jutta staunte, daß einer so viel besitzen konnte, das ist noch gar nichts, sagte der Dichter, ich habe noch drei weitere Rittergüter im Hannoverschen, vom Vater her, Parensen bei Göttingen, das benachbarte Moringen, auch in der dortigen Gegend, und Apelern bei Hameln, dort gibt es genau wie hier Äcker, Vieh und Leute. Pfundig, sagte Jutta. Allerdings war ihr schon aufgefallen, daß der alte Mann anscheinend nicht gut hörte, immer wieder neigte er den seitwärts gedrehten Kopf in ihre Richtung, bisweilen unauffällig eine Hand am Ohr, und immer, wenn er nicht sprach, wenn sein Gesicht nicht in Bewegung, sondern in Ruhe war, erschlafft, sah sie seine nach unten hängenden Mundwinkel, viel Freude hat der nicht, dachte sie. Mir ist so, sagte er und wischte sich andeutungsweise über die Stirn, als hätte ich einmal ein Gedicht über eine Dohle oder einen Raben wie den hier geschrieben, nimmermehr nimmermehr, sagte der Rabe immerzu. Münchhausen sprach leiser und leiser und vernuschelte und vermurmelte schließlich die Worte, Jutta konnte so gut wie nichts mehr verstehen, bis auf ein dreimal wiederholtes Edgar Allen, das sie als Edgar und Ellen deutete, vielleicht die Kinder des Alten. Du kannst mir sagen, wie du heißt und wo du wohnst, schlug Münchhausen vor, dann schicke ich dir morgen durch meinen Chauffeur *Brehms Tierleben*, den Band über die Vögel, damit du über deine Rabenkrähe, falls du sie mitnimmst, nachlesen kannst, Lebensweise, Klugheit, Haltung. Tatsächlich nahm Jutta das verletzte Tier mit nachhause, und wirklich fuhr am nächsten Nachmittag der große *Horch* aus Windischleuba durch die Amtsgasse und hielt vor dem Haus mit der Wohnung von Mutter und Tochter Sämisch. Im Tourenwagen saß hinter dem uniformierten Chauffeur der Balladendichter, vom Seitenfenster abgerückt, damit er nicht gesehen werden konnte. Bei laufendem Motor stieg der Chauffeur aus und ging auf die Haustür zu, ein in Packpapier gehülltes bindfadenverschnürtes Paket unter dem Arm. Jutta kam auf das Klopfen hin an die Wohnungstür, das Paket wurde ihr wortlos übergeben, schnell lief sie ins Wohnzimmer und guckte um die Gardine herum nach unten, der Chauffeur saß schon wieder hinter dem Steuer, der Wagen rollte an, sie winkte auf gut Glück, vom Rücksitz des Autos wurde zurückgewinkt, wenigstens war ihr so. *Brehms Tierleben*, las sie abends nach dem Auspacken auf dem Titelblatt des überbrachten in rotbraunes Halbleder gebundenen Buches, *Allgemeine Kunde des Tierreichs*, dritte Auflage 1900, *Abteilung Vögel* erster Band: *Baumvögel*. Nach der hochwohlgestifteten und allseits, vor allem von den Verwandten und der Nachbarschaft beachteten und gewürdigten Leihgabe des Windischleubaer Freiherrn vergingen keine drei Tage, da ließ Wilhelmine Liebig, Schneiderin in der Brückengasse, der Witwe Sämisch durch eine Botin, die Lina Hausmann mit dem Holzbein, die Mitteilung zukommen, sie suche ein Lehrmädchen in ihrem Handwerk, wäre das nicht genau das richtige für die geschickte Jutta. Die bat sich Bedenkzeit aus, sagte nach zwei Wochen zu, aber erst für Ende August, die Liebig war einverstanden. Damit hatte Jutta ein Ziel, war aber fürs erste frei, den ganzen Sommer hindurch konnte sie sich ihrem Raben widmen, über die Krähen und ihre Verwandten hatte sie viele Male inzwischen bei *Brehm* nachgelesen. Bevor in einem Dorf, in einer Stadt die Cholera ausbrach, wie vor einem Menschenalter in Pegau, flüchteten alle Krähen, Dohlen, Elstern, Häher zwei, drei Tage vorher aus der engen Bebauung in die Feldgehölze der Umgebung und kehrten erst im folgenden Spätherbst und Winter mit den ersten Nachtfrösten wieder auf die Hausdächer, auf die Marktlinden, in die Kirchtürme zurück. So instinktiv ängstlich und zartbesaitet waren die schwarzgefiederten Gesellen nicht immer, als in unseren Landstrichen, der Tieflandsbucht, dem Hügelland der Mulde, im Erzgebirge der Schwarze Tod umging, landeten die stöbernden Trupps der Rabenvögel, wenn Pesttote von ihrer Familie mit letzter Kraft vor die Häuser geschleppt, aber nicht beerdigt wurden, in den Gassen, auf den Höfen und machten sich mit den kräftigen gebogenen Schnäbeln über die Leichen her. So wird es auch aus Großrückerswalde überliefert, einem großen Dorf unterhalb des Erzgebirgskamms, vom hochgelegenen Kirchhof kann man in südsüdwestlicher Richtung den Fichtelberg mit dem Aussichtsturm sehen. Im Sommer 2011 wohnten wir zum vierzehnten oder fünfzehnten Mal eine Woche in der Sachsenbaude, die hoch über Oberwiesenthal liegt, der sich allmählich entvölkernden höchstgelegenen Stadt Deutschlands, auf dem Sattel zwischen sächsischem Fichtelberg und tschechischem Keilberg wurde Anfang der zwanziger Jahre vom Hotelier Hieke aus dem benachbarten, 1919 tschechisch gewordenen Gottesgab ein hoher rötlichbrauner Natursteinbau mit halbmeterdicken Mauern und steilem Dach errichtet, im Stil der nordamerikanischen Eisenbahnhotels in den Rocky Mountains, im Riesenbau des Fairmont Springs im kanadischen Banff habe ich im Dezember zweiundachtzig drei Tage und drei Nächte zugebracht, als ich mit Ralf Thenior vier Wochen zwischen Neufundland und Vancouver unterwegs war. Endlose Flure, totale Stille, kaum jemals sah man einen anderen Gast auf den Gängen oder im Fahrstuhl, wenn ich in meinem Zimmer 217 ans Fenster trat, erhoben sich gegenüber, auf der anderen Seite des Tals die schnee- und eisbedeckten Bergketten auf den Lake Louise zu, und tief unten lagen der Bow River mit seinen Kiesbänken, eingefaßt von schütterem Fichtenwald, und dicht dabei die Bahnlinie, die Montreal, Toronto und die Häfen am Atlantik mit der Pazifikküste verbindet, Endpunkt Vancouver, anfangs, bis zur vorletzten Jahrhundertwende, ein Weiler am Meeresstrand mit nicht mehr als ein paar Hütten, jetzt, nach reichlich hundert Jahren eine Metropolregion mit zwei Komma zwei Millionen Einwohnern. Das ganze Unternehmen der Überquerung der Rocky Mountains eine Meisterleistung erst der Vermessungskunst, dann der baulichen Umsetzung der Pläne. Einwanderer aus Europa und haufenweise Chinesen machten die Drecksarbeit, 1885 wurde die transkontinentale Strecke eingeweiht, nur elf Jahre nach dem Schienenweg von Leipzig nach Chemnitz, der von der deutschen Hauptmessestadt ins sächsische Manchester und das sächsische Maschinenbauzentrum lief, über Frohburg, das Königreich war längst Industriezone, ausgestattet mit Hunderten von Dampfmaschinen und dichter als Belgien besiedelt. Schon am ersten Abend in Banff lernten wir in der Bar des Waldhauses ein älteres Ehepaar kennen. Er Lette, sprach sehr gut deutsch, mit nordöstlichem Zungenschlag, ich heiße Sachiau, der Mann war, wie er sagte, Leiter des deutschen Kulturvereins in Vancouver, sie konnte uns auch verstehen, gesagt hat sie nichts. Das Paar hatte zwei Söhne, wie wir hörten, vierzehn und sechzehn Jahre alt, beide sprachen zuhause nur Englisch, sehr zum Ärger, ja zur Empörung des Vaters. Noch mehr aber erregte den Vereinsvorsitzenden Fassbinders *Katzelmacher*, der Film war den Ausgewanderten für eine Vorführung im Klubhaus vom Goethe-Institut angeliefert worden, ein schreckliches Machwerk, nur Niedergang, Dekadenz und Entartung. Laß den Alten doch quatschen, sagte Thenior, als wir in unsere Zimmer gingen, ich machte schnell noch ein paar Notizen über die Begegnung in mein Notizheft. Am zweiten Abend aßen wir in der Waldhausbar, wieder schrieb ich in mein Notizheft, und wieder setzten sich die beiden Leute aus Vancouver zu uns, der Mann diesmal regelrecht aufgedreht und vorbereitet, was die Themen der Unterhaltung anging, er hatte sie sich, wenn das überhaupt nötig war, auf Abruf bereitgelegt. Die Ostverträge sind eine Schande. Dazu das armselige Schauspiel von Helmut Schmidt im menschenleeren Güstrow, wie der sich von Honecker vorführen ließ, mit dem Bonbon, das er in den Zug gereicht bekam, wie der männchenmachende Hund ein Leckerli empfängt, das man Kötern zur Belohnung zubilligt. Ja ist denn die Idee der Entspannung durch Annäherung nichts, der kleine Grenzverkehr, wer will da meckern. Nein, das ist weniger als nichts, das ist Verrat, sogar der Strauß hat dabei mitgemacht, mit seinem Milliardenkredit. So ging es hin und her, Nörgelei, Anklage, Angriff, Verdammung auf der einen und aufgeklärtes Flaggezeigen, Herumfuchteln mit der Vernunftfahne auf der anderen Seite. Von Zeit zu Zeit, alle halbe Stunde, meist wenn die Wogen der Auseinandersetzung besonders hoch gingen, verdrückte Thenior sich nach draußen und rauchte, in der kalten Hochgebirgsnachtluft stehend, eine aufgerüstete Selbstgedrehte, bis er mit glitzernden Augen auf unser Ecksofa zurückkehrte, bestens gelaunt. Vierzehn Tage vorher, bei unserer nächtlichen Ankunft auf dem Flughafen Toronto, hatte er die Sekretärin des Schriftstellerverbandes, die uns abholte, aufgefordert, ihm ein für vier Wochen hinlangendes Quantum Gras zu besorgen, ohne geht es nicht, ich müßte sonst gleich zurückfliegen. Kaum hatten wir uns im Hotel eingerichtet, war sie nach zwei Stunden wieder da, mit einer durchsichtigen Plastiktüte voller graugrüner Blätter, Stengel, Samenkapseln, die sie aus der großen Handtasche zog, Thenior sortierte, als wir nach dem verspäteten ersten Abendessen in Übersee noch auf seinem Zimmer zusammensaßen, die milde Gabe, Stengel und Blätter waren zum Verbrauch in Kanada bestimmt, die kleinen runden Samenkügelchen aber, sagte er, verstecken sich vor dem Zoll in den Nähten meiner Hosentaschen, die nehme ich mit nachhause und bringe sie im Frühjahr bei uns in Osterwinkel in die Erde, vor der südlichen Ziegelwand des Wasserschlosses, das ergibt eine Ernte von drei, vier Kilo, nicht umsonst waren mein Vater und vorher schon mein Großvater Gärtnermeister in Bad Kudowa in Schlesien, mit eigenem Familienbetrieb. Mir genügte im Waldhaus in Banff Beck's Bier. Vier Flaschen hatte ich bestimmt schon intus, da wurde nicht aus heiterem, sondern stimmungsmäßig schon bedecktem Himmel vom Letten, es konnte fast nicht anders sein, das Thema Behinderung angeschnitten, was will ein Volk denn mit den Mischlingen, den Erbkranken, den Blöden, all die Kretins und Krüppel, wenn man die gnädig abservierte, ihnen über die Schwelle half, das würden die doch gar nicht merken, damit wäre denen und uns erst recht gedient. Ich kann nicht behaupten, daß die Lautstärke gedämpft blieb, soundsoviele Kronkorken waren von uns inzwischen abgehebelt worden, und neue gesellten sich dazu. Ich bitte dich, was soll man machen, rief der fremde deutsche Lette, es gibt nun einmal Leben, das nicht lebenswert, das lebensunwert ist. Ich dachte an das zweite Halbjahr zweiundvierzig, Kinderklinik Leipzig, vielleicht hing es damit zusammen, daß ich mein Notizheft beim fluchtartigen Abmarsch vergaß, es blieb in der Bar auf dem Couchtisch liegen, wie auch das Vancouverpaar bei unserem plötzlichen Aufbruch weiter auf dem Sofa aushielt. Mein Angesäuseltsein verlor sich erst, nachdem ich drei Zigaretten lang oben im Zimmer 217 am offenen Fenster gestanden und auf die winterliche Landschaft geguckt hatte, einzelne Schneeflocken segelten vorbei, ein endloser Güterzug mit vier Dieselloks kroch unten rasselnd Richtung Westen, zum lawinengefährdeten Kicking-Horse-Paß mit seinen beiden Kehrtunnels in sechzehnhundert Meter Höhe, der stoßende Eisenlärm hallte, leiser werdend, noch lange nach, bis der Gegenzug kam und das Klappern, Klirren und Mahlen wieder tosend das Tal füllte. Nachdem ich das Fenster geschlossen und mich hingelegt hatte, las ich noch drei oder vier Seiten in *Wildtöter und Große Schlange*, einer einbändigen Bearbeitung aller fünf Lederstrumpferzählungen durch Erich Loest. Das und kein anderes Buch hatte ich in die mit Hemden und Unterwäsche vollgestopfte Reisetasche gezwängt, mein einziges Gepäckstück auf der kanadischen Reise, ich stellte mir als passend vor, was Loest an Lesbarmachung der ansonsten nur noch schwer zu bewältigenden Indianer- und Trappergeschichten Coopers zwischen seiner Entlassung aus dem Zuchthaus Bautzen und der Ausreise in den Westen zu Papier gebracht hatte, gedruckt vom Verlag Neues Leben, mit farbigen Illustrationen von Eberhard Binder. Die Ausgabe erfuhr nach 1972 mindestens fünf Auflagen, erst als Loests Dreijahresvisum auslief und er nicht nach Leipzig zurückkam, brach der Reigen der Ausgaben unvermittelt ab, eines der Exemplare der zweiten Auflage von 1974 fand den Weg in Pretzschs Antiquariat gegenüber der Stadtbücherei, es lag auf dem Wühltisch im Durchgang zur Hintertür der Sparkasse, mit Schutzumschlag, auch von Binder gestaltet, allein schon die warmen, fast glühenden roten, gelben und braunen Farben auf dem Umschlag, sparsam ergänzt durch herunterkühlendes Königsblau und winzige Akzente in Olivgrün, ließen mich beinahe blindlings nach dem Buch greifen, hinter dem ein Pappschild an der Mauer lehnte: Jedes Buch hier 0,75 Euro. Erst am nächsten Tag merkte ich, wie genau und zugleich altmodisch naturbeschwingt die Schilderungen des wildreichen Urwaldlandes mit seinen Flüssen und Seen war, Streifgebiet von Indianern und Pelztierjägern, menschenarm und weithin unbesiedelt. Nach zehn Minuten, las ich, bei Loest in der Nacht nach dem Streit mit den Letten, traten sie ins Licht, vor ihnen breitete sich ein Wasserspiegel, durchsichtig und von reinem Grün, an die zehn Meilen lang, buchtenreich, gerahmt von Hügeln und einem einzelnen Berg, der See lag unter einem hohen Himmel zwischen den Wäldern und war von einer Schönheit, wie sie nur die völlig unberührte Natur zeigt, es war ein überschwenglich großartiges Bild, und über allem wölbten sich die mittägliche Stille und der weiche Hauch des Juni, das ist wunderbar, sagte Natty ergriffen und lehnte sich auf seine Büchse, kein Baum ist zerstört, alles ist wie am ersten Schöpfungstag, wie heißt der See, ich weiß nicht, entgegnete March, ob es Karten gibt, auf denen er einen Namen hat, wir Waldläufer nennen ihn Silberglas. Was von diesen Worten, dieser Schilderung ging auf Coopers, was auf Loests Konto, egal, ich hatte das Buch eingepackt und mit nach Kanada genommen. Und nun griff ich danach, in Banff. Das Fort des betagten geheimniskrämerischen Jägers mitten im See, des Vaters zweier hübscher Töchter. Die Angriffe der Mingoindianer. Ich las die betreffenden Seiten mit dem Hin und Her des Kampfes und schlief darüber ein. Mitten in der Nacht, kurz vor drei, wurde ich wach, ich hörte eine Frau weinen, dann schrie sie, vielleicht in ein Telefon, dann kurze Stille, wieder Weinen, Schreie, eine Tür fiel ins Schloß, wummerndes Getrappel auf dem teppichbelegten Flur, es klopfte an meine Zimmertür, ich erstarrte in Atemlosigkeit, für mich stand fest, daß draußen auf dem Korridor die jammernde Frau zum Schweigen gebracht, vielleicht getötet worden war, nun war ich an der Reihe. Ich machte kein Licht, wählte nicht die Nummer der Rezeption, des Nachtportiers, ich zog mir die Decke über den Kopf, drei Stunden lag ich so, in immer größerer Bedrängnis und wachsender Angst, bestimmt hatte der Lette mein Notizbuch mitgenommen und nachgelesen, was ich über ihn aufgeschrieben hatte, über seine Wut auf Fassbinder und überhaupt auf die heruntergekommene BRD, alle fünf Minuten klappte eine Tür, hörte ich draußen teppichgedämpfte weiche Schritte näher kommen und vor meinem Zimmer innehalten, der kommt gleich rein, war ich mir sicher, mit einem Trick, mit seiner Scheckkarte, und schneidet dir die Kehle durch, verkrampft, angespannt in jeder Faser, lag ich da, mit pochendem Puls, mit glühendem Kopf, in der fiebrigen Übermüdung hellwach, überdreht, vorbereitet, abwehrbereit, damit ich, wenn er mit einem Generalschlüssel reinkommt, kämpfen kann. Nur einmal hatte ich eine ähnliche Sackgasse der Verwirrung und Bedrängnis erlebt, einundsechzig oder zweiundsechzig in Paris, die Nacht in Breitbachs Wohnung am Pantheon, die Tür zu meinem Zimmer ließ sich nicht verriegeln, ich kam mir vor wie nackt, dem Zugriff ausgesetzt. In Banff anderntags wolkenloser Himmel, zehn Grad minus, die schneebedeckten Hänge spiegelten das Licht in den Frühstückssaal hinein, als wir dort aufkreuzten, winkte uns der Lette begeistert zu, wir winkten kurz zurück und setzten uns in die gegenüberliegende Ecke. Bis der Zug nach Vancouver ging, waren noch drei Stunden Zeit, zwei davon konnte ich auf einen Vorstoß in unbekanntes Gelände, auf einen Ausflug verwenden. Hinter dem Hotel, im Bereich der Kies- und Schotterflächen und einzelner Fichten, stieg das Gelände erst allmählich an, dann kamen steilere Partien, von dichtem Nadelwald bedeckt, Tannen, Zedern, Lärchen, an den Rändern Unterholz, dort schmale Durchlässe, nach einer Stunde Aufstieg lichtete sich das Dickicht, ich trat auf eine Felsenkanzel und hatte das Hotel in seiner ganzen Breite und Höhe vor mir tief unten, die Bruchsteinmauern, die steilen Dächer, die Schornsteine, als ich siebenundneunzig die Sachsenbaude im Erzgebirge, auf elfhundert Meter Höhe, zum ersten Mal sah, wirkte sie auf mich wie vom gleichen Architekten entworfen, nur mit bescheideneren Mitteln, in zurückgenommener Größe ausgeführt, verständlich, kurz nach dem verlorenen Weltkrieg. Für den Abstieg von der Kanzel nach Banff hinunter nahm ich einen geschlängelten Trampelpfad, sah nach Wildwechsel aus, der, von hüfthohem reifbedecktem Kraut und brusthohem Knieholz eingefaßt, eine große Lichtung überquerte, der Schwung der schnellen Schritte bergab schoß in meine Knie und Oberschenkel, plötzlich, ganz und gar unvermutet, ich war auf Rückkehr ins Hotel und Packen meiner Reisetasche eingestellt, ein feines Sirren hinter mir, ein Schlag auf meinen Kopf, noch einer, und wieder und noch einmal, das Sirren war in ein Flattern und Rauschen übergegangen, etwas Großes, Schwarzes war über mir, um meinen Kopf, ein Rabe, der mich angriff, in immer neuen Anflügen und Attacken, mit Schnabelhieben, die Scheitel, Stirn und Schläfen trafen, ich warf den Kopf nach rechts, nach links und riß die Arme hoch, warum, wieso, keine Zeit für Fragen, ich wich seitwärts aus, ich flüchtete, stolperte, so schnell ich konnte, in den angrenzenden Hochwald, der den wildgewordenen Vogel daran hinderte, wieder heranzukurven und herabzustoßen. Breitbeinig, vornübergebeugt, mit hängenden Armen, stand ich da und schnappte nach Luft. Nach ein paar Minuten hatte ich mich einigermaßen beruhigt, ich guckte mich um. An den mächtigen Fichtenstämmen vorbei war der Blick auf die Lichtung frei, dort herrschte auf dem unteren Teil des Pfades ein Geflatter, ein Gehüpfe und Gekrächze, von meinem gefiederten Feind befreit, schlich ich mich unter die letzten Bäume und sah ein Schauspiel wie aus der Savanne, Geiern gleich hockten fünfzehn, zwanzig, fünfundzwanzig Raben, Krähen, Dohlen in bunter Mischung und uneiniger Einigkeit auf einer niedrigen Erhebung, dachte ich erst, aber innerhalb von Sekunden wurde mir bewußt, daß unter den Vögeln ein größeres Tier lag, hingestreckt, zusammengesackt, das angepickt und angefressen wurde, am Rand der Futterstelle ragte unter der schnabelschlagenden hungrigen Gesellschaft ein geriffeltes eingerolltes Gehörn hervor, wie ich es ganz ähnlich auf der Busfahrt von Calgary hinauf nach Banff bei den alten Dickhornwiddern gesehen hatte, die seitwärts der Gebirgsstraße unbeweglich in der Felswand standen. Hier, auf der Lichtung, war offensichtlich ein altes Männchen gefallen, wie bei uns die Jäger sagen, Herren über Tod und Leben. Beide Läufe ragten unter dem hackenden Vogelschwarm hervor, sie zuckten noch, scharrten im Kreis, im Krampf, im Todeskampf, das Dickhornschaf war noch nicht ganz hinüber und wurde schon abgehäutet und seziert, zerschrotet, eine Dampfwolke von warmem Blut, warmem aufgerissenem Fleisch und letztem Keuchen waberte auf und stand in der Frostluft. Ich hatte nicht die Zeit und nicht den Mumm, mich einzumischen, ich machte, daß ich runterkam ins Tal und in mein Zimmer, erst als ich die Zahnbürste und den Rasierer aus dem Bad holte, sah ich im Waschbeckenspiegel mein Gesicht, die dünne Blutspur, die sich von der rechten Schläfe über den Augenwinkel bis zum Jochbein zog, dazu die angepickten Stellen vor dem Haaransatz. Schnell kaltes Wasser auf Gesicht und Wangen, dann Schlafanzug, Loestbuch und Toilettensachen in die Reisetasche, zur Haltestelle gerast, der Zug mit seinen beiden Loks stand schon da, Thenior winkte aus der Tür, unter die der schwarze Waggonschaffner den verzinkten Schemel auf den Bahnsteig gesetzt hatte, keine zwei Minuten weiter, und der Zug fuhr an, Richtung Lake Louisa, Kicking-Horse-Paß und letztenendes Pazifik. In Vancouver kamen wir abends an, und nun rate einmal, wer in der Bahnhofshalle stand, eine Pappe mit unseren Namen vor der Brust. Na klar, es war der Lette aus dem *Banff Springs Hotel*. Genau der, der uns so auf die Nerven gegangen war und der mir nicht wenig angst gemacht hatte, er strahlte uns an, das hatte er sich, sagte er, doch schon in Banff gedacht, daß wir seine Gäste in spe waren, er hatte bewußt den Mund gehalten und damit sich und uns die Überraschung aufgehoben, exakt bis jetzt, so angeregt hatten wir uns unterhalten, daß er in der zweiten Nacht keine Ruhe hätte finden können, immer wieder mußte ich raus aus dem Zimmer, weil meine Frau schlafen wollte und am Ende auf mich losging, ich bin auf dem Gang hin- und hergetigert, immer an Ihrer Tür vorbei, wer weiß wie oft, hoffentlich habe ich Sie nicht gestört. Bei diesem Mann, in seinem Haus, so die Abmachung des kanadischen Schriftstellerverbands mit ihm, sollten wir eine Nacht verbringen. Und verbrachten wir auch wirklich. Ich will hier nicht im einzelnen erzählen, wie diese Nacht und der vorgeschaltete Abend in dem aus Holz errichteten Westkanadahaus verlief, wie wir erst über die Partisanenbekämpfung einundvierzig, zweiundvierzig und vor allem dreiundvierzig in der Polessje, in den Pripjetsümpfen stritten, über die Judenerschießungen, die Schtetl seien voller Sowjetfanatiker gewesen, aus beinahe jedem Haus dort sei hinterrücks von Zivilisten auf einzelne Soldaten und sogar auf kleinere Einheiten der Wehrmacht geschossen worden, der Lette war freigiebig im Vorzeigen von Beispielen der Verstümmelung und viehischen Niedermetzlung deutscher Verwundeter, anscheinend war er selber gegen die von ihm als Banden bezeichneten Partisanengruppen eingesetzt gewesen, Banden, Banditen, ferngesteuerte Stalinjünger, schrie er aufgeregt, viel lauter als im Hotel in Banff. Eine halbe Stunde später, ich hatte mich schon hingelegt, quietschten die Dielen draußen im Korridor, wenn er aus der Küche kam, wo er, wie ich hören konnte, stundenlang Töpfe und Geschirr abwusch, Rückstände von Wochen anscheinend, und vor meinem Zimmer lauerte, bis früh um vier, erst nach zwei Zigarettenlängen absoluter Ruhe wagte ich einzuschlafen, ich träumte von den Krähen, Raben, Dohlen auf der Banffer Lichtung, mein Klassenlehrer der neunten und zehnten Oberschulklasse in Geithain, *Schnupprich* genannt, tauchte plötzlich neben mir auf, mit einemmal stand er vertraulich dicht bei mir im Hochwald, sah mich nach der Lichtung und dem angefressenen Dickhornwidder spähen und sagte, nun kapier doch endlich mal, daß das gesunde Volksempfinden eine starke Kraft sein und recht haben kann, wer wie das Dickhornschaf da drüben unterliegt, er sagte unterliegt, ich weiß es genau, weil ich es gleich nach dem Erwachen aufgeschrieben habe, das Schaf lag ja auch wirklich unten, wer unterliegt, ist nicht wert weiterzuleben. Hoppla, dachte ich im Traum mit der alten Reserve, die ich schon 1957 ihm gegenüber gehabt habe, ein Kleinbürger mit

Eltern, die ein Haushaltswarengeschäft am Geithainer Markt hatten, will in den neulackierten mitteldeutschen fünfziger Jahren nicht anecken, er paßt sich an und spricht doch, wenn wir unter uns sind, wie Adolf in seinen *Tischgesprächen*, achtundsechzig als Taschenbuch von dtv unter die Leute gebracht, dem Volk mit fünfundzwanzigjähriger Verspätung bekanntgemacht, was der Mann gedacht hatte, als er an der Ostfront, das besetzte Europa hinter sich, vier lange endlos lange Jahre gegen Stalin, das politische Genie, wie er sagte, kämpfen ließ. Hitlers Gequassel im Kreis seiner Entourage interessierte mich bei Erscheinen nicht, wenn man sein Agieren kannte, war das Schwadronieren von nachgeordneter Wichtigkeit, ich legte mir Anfang der sechziger von dtv *Budjonnys Reiterarmee* von Isaak Babel, im September 1961 angeschafft, Trotzkis *Tagebuch im Exil*, *Kommandant in Auschwitz* von Höss und *Die Moskauer Schauprozesse* zu. Am Vormittag nach meinem Schnupprichtraum fuhr uns der Lette mit einem Geländewagen von seinem Vorort aus fünfzig Kilometer nach Nordosten in das waldbedeckte Bergland, die letzten beiden Kilometer ging es über eine schmale geschotterte Zufahrt zu einem Blockhaus mit angebautem gemauertem Turm, hier wohnte mit Frau und kleinem Kind der Sohn einer strenggläubigen deutschstämmigen Mennonitenfamilie, keine sechzig Kilo, nicht sehr groß, dünnes blondes Haar, schnelle Augen, mit zwanzig war er aus der heimatlich engen Siedlung in der Weizenebene ausgebrochen, um in Ottawa zu studieren, Geldgeber, die er nie persönlich kennenlernte, stellten ihm, dem kleinen Campusdealer, der mit der universitätseigenen Jolle beim Hochseesegeln vor Neufundland zwei, drei kleinere Regattapreise gewonnen hatte, die Mittel für den Ankauf einer Zwanzigmeterjacht zur Verfügung, mit diesem Boot, dem schnittigsten, das, nach seiner noch Jahre später beibehaltenen Meinung, je in Boston gebaut worden war, nicht nur schnittig, sondern auch höllisch schnell, mit einem Rennbootmotor, fuhr er zweimal über den Atlantik und lief ins Mittelmeer ein, südlich von Beirut nahm er nachts vor einem öden Abschnitt des

Strandes, der im Bereich der schwereren israelischen Geschütze lag, Marihuana und Heroin zentnerweise an Bord, bei der zweiten Rückkehr nach Neufundland wurde er kurz vor der Hafeneinfahrt von St. Johns aufgebracht und festgenommen. Nach zweieinhalb Jahren in einem Gefängnislager schrieb er ein Buch über seine Zeit auf der Jacht und hinter Gittern, das vor allem bei den Studenten und Großstadtindianern auch in den USA und in England zum Riesenerfolg wurde, es brachte Geld genug, um heiraten, ein Kind zeugen und mit Kumpels aus der Haft das große Blockhaus bauen und den Rundturm bis zu den Baumkronen hinauf mauern zu können, die lange Auffahrt durch die Wildnis, auf der uns der Lette zu ihm gefahren hatte, war sein Werk, mit einem Caterpillarplanierer reingeschoben in den Wald, daß die Stämme splitterten und wegknickten. Zu unserer Begrüßung stand er auf dem Vorplatz. Die Frau des Letten übergab ihm einen Blechkuchen und stieg wieder zu ihrem Mann ins Auto, die beiden brausten davon, daß der Kies spritzte. Der kreuzbrav aussehende Rauschgiftschmuggler führte uns ins Haus, hinter der Eingangstür standen zwei Gewehre, eine Büchse laut Erklärung für die Bären, die sich hier draußen hin und wieder herumtrieben und den Weg zum *Range Rover* verstellten, die zweite Waffe war eine Flinte, gedacht für die Reduzierung der unglaublich großen winterlichen Krähenschwärme, die ihre Schlafbäume hinter dem Haus hatten. Thenior wurde im hinteren Bereich des Blockhauses einquartiert, neben dem Schlafzimmer des Ehepaars, während ich in das dritte, das oberste Stockwerk des Turms geführt wurde, das überdacht war mit einer Plexiglashaube. Im Bett liegend, eine Büchse Bier in Reichweite, las ich noch zwei Seiten Cooper, dann machte ich das Licht aus. Über mir die Sterne und Sternbilder des fernen pazifischen Westens, eingerahmt von den höchsten Ästen uralter Bäume, ich erkannte auf den Ästen kleine dunkle Silhouetten, dicht an dicht, bestimmt die Krähen und Raben, von denen der Gastgeber geredet hatte. Schon seit den frühen Abendstunden wehte ein immer stärker werdender

Wind, ab Mitternacht tobte er stundenlang als Sturm um den Turm, ich hörte das Poltern der vorwärtsgepreßten Luft an der Haube und sah, wie die schwarzen Vögel in ihren Schlafbäumen neben und über mir rhythmisch und manchmal hektisch hin und her und auf und nieder schwankten. Auch hier, beim Mennonitenabkömmling, ein Traum: ich war zuhause, in Göttingen, Advent, Schneefall, der Schnee war pappig und blieb nicht liegen, halb sechs am Abend war ich aus der Stadt zurückgekommen, mit drei Bänden Baudelaire aus dem Antiquariat Groß in der Mauerstraße, es war die lange gesuchte Ausgabe von Franz Blei, 1925 bei *Georg Müller* erschienen. Gerade hatte ich die Bücher auf den Eßtisch im Wintergarten gelegt, als es an der Haustür klingelte. Ich hin und aufgemacht, ein Mann in meinem Alter, Allerweltsgesicht, Durchschnittsklamotten, ja bitte. Er, in meinem Traum, herausplatzend: Schöne Grüße aus Kanada. Schluß. Mehr nicht. Ich, abwartend: Von wem. Er: Von wem denn schon, raten Sie mal. Ich: Keine Ahnung. Er wieder: Ich sage nur Westen. Jetzt ich wieder: Ja dann kann das doch nur mein lettischer Quartiergeber aus Vancouver sein, der Sachiau vom Kulturverein. Ganz genau, bestätigte er, Vancouver, Sachiau, schöne Grüße auch. In einer verschwommenen Selbstverpflichtung, immerhin hatte ich bei Sachiau übernachtet, wenn auch angstgeschüttelt, bat ich ihn in die Wohnung, wir saßen im Wintergarten, zwischen ihm und mir lagen auf dem Tisch die Baudelairebände, er brannte sich eine Zigarette und noch eine Zigarette an und fuchtelte wild mit ihr in der Luft herum, die Asche, nicht abgestreift, fiel auf meine neuerworbenen Bücher, er war viele Jahre, erzählte er, als zweiter Steuermann auf Trampschiffen an der Pazifikküste des nordamerikanischen Kontinents auf- und abgefahren, er kannte alle Hafenstädte zwischen Mexiko und Alaska, so habe er im Seemannsklub in Vancouver den Letten als Vorsitzenden des deutschen Kulturvereins kennengelernt, den Suchidings. Und wieder stäubte die Zigarettenasche auf meine Bücher. Wie soll es, fragte ich mich genau an diesem Punkt, mit dem Typen weitergehen, wie werde ich ihn los. Und schon, als hätte er meine Gedanken gelesen, kam er mir zu Hilfe, eigentlich habe er in Göttingen seinen Onkel, einen ehemaligen Oberst der Wehrmacht, besuchen wollen, diesen Onkel und Oberst gab es laut Meldeamt nicht mehr, er habe heutenachmittag nur an seinem Grab auf dem Stadtfriedhof an der Kasseler Landstraße stehen können, im Schneeregen, nun müsse er weiter nach München zu einer Tante, der Schwester des toten Onkels, aber ohne Auffüllung durch den Onkel sei seine Kasse gähnend leer, zumal man ihm schon in Hamburg auf dem Hauptbahnhof die Brieftasche mit der Scheckkarte geklaut habe, ob ich nicht aushelfen und ihm das Geld für eine Schnellzugfahrtkarte nach München borgen könne, ich bekäme es übermorgen wieder. Wieviel brauchen Sie denn. Wenigstens hundert, mit hundert käme ich gerade so hin. Mein Gott, das ist ja mehr als zweimal der Baudelaire, dachte ich, stand auf und rief im Treppenhaus nach Heidrun. Kannst du mir hundert Mark geben, fragte ich sie im Traum. Heidrun, zögernd, wie ich heraushörte, ich kannte sie lange genug, gab zur Antwort: Zwanzig, mehr habe ich nicht. Oder sagte sie, mehr ist nicht drin. In Wahrheit hatte sie übrigens, stellte sich später heraus, neben dem Zwanziger noch drei Fünfziger im Portemonnaie. Der ungebetene Besucher nahm den Schein und brach ungesäumt auf. Unter der Haustür, froh, ihn loszuwerden, fragte ich noch nach seinem Namen. Redlich, gab er zurück. Am gleichen Abend, immer noch mein Traum, riefen die Eltern aus Reiskirchen an, sei froh, daß du ihn los bist, sagte Vater, da sind zwanzig Mark nicht zu viel. Zwei Tage später, was ich träumte, war wie in Spielfilmart geschnitten, stand im *Göttinger Tageblatt*: Betrüger ging im Ostviertel von Tür zu Tür und bestellte schöne Grüße aus Kanada und USA, dann kassierte er ab. Als er in Kassel auf die gleiche Tour reiste, das gleiche versuchte, wurde die Polizei gerufen. Bis hierhin mein Traum, so weit schon ganz schön, doch ging er gleich anschließend oder in einem späteren Teil der Nacht noch weiter, ich kam in der Trödelladen in der Düsteren Straße, ich habe dort im

Lauf der Zeit manch altes verschüttgegangenes Buch, Federzeichnungen von Bäumen und kleinen Waldpartien, den bronzenen Dornauszieher aus der Fonderia in Neapel und die Kopie des Artemis- und Niobebildes von Salvatore Rosa gefunden. Ich kam also im Traum in den Laden, und die alte Kraußer stand da, eine Stammkundin, die mir einmal, aus Wut über ein ihr angeblich weggeschnapptes Kinderbuch, *Herzblättchens Zeitvertreib*, längst weitergereicht, ihr Portemonnaie vor die Füße geworfen, nein gepfeffert hatte, mit knallrotem Gesicht und aufgeblasenen Backen, als würde sie, die dürre Person, gleich platzen. Diesmal wühlte sie nicht in den Stößen alter Leinensachen, sondern unterhielt sich mit Lottchen Kauder, der Inhaberin, Thema war der Bericht im *Tageblatt* über den Betrüger, dem ich aufgesessen war, die Leute sind ja sowas von bodenlos dumm, rief die Kraußer, wie kann man denn nur auf so einen plumpen Quatsch hereinfallen. Ich erwähnte die eigenen Erfahrungen mit keinem Wort, sondern sagte mit ebenfalls erhobener Stimme: Das spricht doch nur restlos für die Leute, wenn sie ein offenes Ohr für eine Bitte haben, in einer Zeit, in der kaum jemand die Tür aufmacht, wenn draußen etwas Schlimmes passiert. Die Kraußer wollte mir antworten, zu spät, ich wachte auf. Mit einem Paukenschlag. Ich hatte nämlich die Ladentür auf dem Weg nach draußen hinter mir zugeschlagen. Dachte ich beim Erwachen. Doch dann: Tageslicht, ein weiterer Knall, ein dumpfer Aufschlag, über mir lagen auf der durchsichtigen Kuppel des Turms drei niedergestürzte in sich verdrehte Krähen, wieder ein Schuß, erneut schlug ein toter Vogel auf dem Plexiglas auf, anscheinend stand der ehemalige Libanonsegler hinter dem Haus, ich konnte ihn nicht sehen, und feuerte mit der Schrotflinte auf die Schwarzgefiederten. Gleich dachte ich an die Bekundungen Waxlers, die er, nicht zu Ende studierter Biologe, Wehrmachtsleutnant und dann SED-Mitglied und Neulehrer an der Frohburger Schule, 1953 auf einem Ausflug von uns *Jungen Naturforschern* zum Seebischteich gemacht hatte: Überall dort, belehrte er uns, wo man den Krähen, Raben, Dohlen, Hähern nachstellt, sie abknallt, mit Fallen fängt oder vergiftet, sie auch nur verschreckt durch Lärm und Krach, hauen sie sofort ab, nicht eine bleibt da, alle weg, als wäre es für immer, als wären sie nie dagewesen, nur um nach ein paar Tagen in sehr viel größerer Zahl zurückzukehren und auf den Dächern, in den Obstbäumen und im nächsten Hain den ganzen Tag und die halbe Nacht hindurch ihr Geschrei, ihren krächzenden Chor anzustimmen, unmöglich dann, an anderer Stelle als nach hinten raus, vielleicht sogar im Keller, seine Ruhe zu finden. Was sie über den ohrenbetäubenden Lärm hinaus sonst noch verzapfen, sagte Waxler, kann ich nur andeuten, muß ich dahingestellt sein lassen, den Tod herbeirufen, niedrige Instinkte wie Mißgunst, Neid und Rachegelüste wecken, Krankheiten bringen, wir leben in vernünftigen Zeiten, Religion und Aberglaube sind Opium fürs Volk, schloß er und lenkte unsere Aufmerksamkeit auf eine Pflanze im Uferbereich des Teichs, wie heißt die, fragte er, allgemeines Schweigen, *Schwimmender Hahnenfuß*, antwortete ich nach einer Weile, guck an, du weißt ja was, kam es zurück, hätte ich jetzt nicht von dir erwartet. Merkwürdig, daß ich die Bemerkung, halblaut gemacht, die anderen konnten sie nicht hören, als kleine, aber ernstgemeinte Kriegserklärung empfand. So naiv war ich nicht, in anderthalb Jahren würde jeder Lehrer, die Pionierleiterin, der Hausmeister, wenn er in Diensten stand, und vielleicht noch der eine und die andere meiner Mitschüler aus dem Freundschaftsrat mitreden, wenn es um meine Zulassung zur Oberschule ging. Da kamen nebenbei auch das Engagement im Lernzirkel und die Mitarbeit in den Arbeitsgemeinschaften zur Sprache. *Opium fürs Volk*. Kaum etwas ging leichter über die Lippen. Es war ein anderes Amen als in der Kirche. Kurios, daß die Genossen in der Linkspartei die Freigabe von Marihuana in ihr Wahlprogramm geschrieben haben. *Opium fürs Volk*.

Sachsenbaude. Bald nach dem Krieg *Wismut*-Sanatorium für die strahlenbelasteten ungeschützten Arbeiter unter Tage und in der Uranaufbereitung und anschließend Höhenklinik für hartnäckige Hautkrankheiten, stand das große Haus nach der Wende lang leer, bis sechsundneunzig oder siebenundneunzig ein Investor mit Erfahrung im Hotelfach aus dem Saarland kam, nicht gerade um die Ecke, und bei einer Generalsanierung mit anschließender Neumöblierung auch für eine Badelandschaft, einen Fahrstuhl und zwei Wintergärten sorgte, die Gestaltung des Riesengrundstücks eingeschlossen, das an das Naturschutzgebiet Fichtelberg grenzte. Die breitgefächerte Bemühung brachte dem Hotel fünf Sterne ein und der Region Arbeitsplätze, vom Hausmeister über Küche, Service und Rezeption bis zur Direktion, ich denke an dreißig, vierzig Personen. Die neuen elektronischen Kanäle eröffneten zudem die Möglichkeit, in flaueren Zeiten, in der Nebensaison, wo ist die hierzulande nicht, im Internet Aufenthaltspakete von drei und fünf Übernachtungen anzubieten und zu versteigern, in den Ferienmonaten wurde es jeweils etwas teurer, Ende 2010 war sogar der Ministerpräsident aus Dresden im Haus, der ehemalige stellvertretende Chef des Rates des Kreises Kamenz, einstmals Dienst bei den Grenztruppen mit ihrem Schießbefehl, alles schon fast nicht mehr wahr, und nahm an der Silvesterfeier teil, mit Bowle, Tanz und Tischfeuerwerk, bisweilen, zwei-, dreimal im Jahr, kam der im Auftrag einer anonymen Investorengruppe zum namengebenden Hotelier mutierte Jens Weißflog mit einer Begleiterin zum Abendessen aus dem Tal herauf, auch wohnten gelegentlich hochwertigere Trainings- und Wettkampfmannschaften der Sparte Biathlon als Gäste des Oberwiesenthaler Olympiastützpunktes im Haus und hinterließen signierte Gruppenfotos, die gerahmt an der Wand hinter dem Empfangstresen landeten. Was ich an der Sachsenbaude schätzte, war die ungeheure Stille der Nächte. Oberwiesenthal mit seinem Wohnungsleerstand und den nächtlichen Vollgasfahrten durch die Gassen und um die Ecken lag zweihundertfünfzig Meter tiefer, das nähere tschechisch gewordene Gottesgab, Grünes Haus und Anton Günthers Grab eingeschlossen, war deutlich näher, freilich wurden die Gebäude, von einigen Ausnahmen abgesehen, nur noch als Ferienwohnungen genutzt, in den Monaten, in denen drüben in Tschechien Schule war, lag der Ort verlassen, selbst die neueröffnete Tankstelle gleich hinter dem ehemaligen Grenzübergang und dem europafinanzierten Kreisverkehr hatte in Nachbarschaft der besucherarmen Vietnamesenscheune mit den unversteuerten ukrainischen Zigaretten trotz der deutlich niedrigeren Benzinpreise jenseits der Grenze nur einen sehr geringen Besuch, im Gegensatz zu der aus dem Boden geschossenen Station mit zehn Zapfsäulen in Potůčky, früher Breitenbach, direkt hinter Johanngeorgenstadt, dort stauten sich die Autos mit Zwickauer, Chemnitzer, ja sogar Leipziger und Geraer Nummern, großvolumige Motoren, SUVs, Pickups, aber wenn du denkst, nur große Kisten, Irrtum, auch betagte bescheidenste Mobile mit kleinem Verbrauch standen in der Warteschlange, nur Diesel fehlten, die Preisdifferenz war minimal und lohnte die Anfahrt aus dem Vor- und Unterland nicht, zumal in den benachbarten Budengassen auch Haarschneiden und Schweinebraten mit Semmelknödeln längst nicht mehr für einen Appel und ein Ei zu haben waren. Die absolut ruhigen Nächte in der Sachsenbaude. Und der Ausblick in unserem Zimmer im dritten Stock. Nach Norden sah man bei klarem Wetter jenseits der zehn Kilometer tiefen Fichtenwälder das Oberbecken des Pumpspeicherwerks Markersbach mit seinen zweizylindrischen Schützen, die je nach Tageszeit mal hell schimmerten und mal als dunkle Säulenstümpfe schwer auszumachen waren. Dahinter in nördlicher Richtung, auf Leipzig und damit auch auf Frohburg zu, die Wellen des abflachenden Erzgebirges, in der Gegend des Verebbens der Höhen ein Riesenschornstein, das Chemnitzer Heizkraftwerk, mit einer Rauchschleppe, die meist nach Osten und manchmal nach Westen zog. Ein paar Daumensprünge östlich die Augustusburg, auf eine Kuppe gesetzt, ihr Leuchten an Sonnentagen. Erinnerung an eine Klassenfahrt mit Schnupprich, das Ziehen in meiner Herzgrube, wenn ich Elke Vogt aus der Leipziger Straße in Geithain auch nur ansah und erst recht, wenn ich ihr nahekam, dazu Freddy Quinn, *Brennend heißer Wüstensand*, das Radio in der Jugendherberge spielte das Lied beinahe bei jeder Mahlzeit. Einmal, im Hochsommer 2010, ich beschäftigte mich gerade mit dem Zahnarzt Dr. Richard Müller aus der Kleinstadt Otterberg in der Pfalz, dem Gattenmörder von 1956, und bekam während einer Wanderung im Zechengrund einen Anruf wegen der zeitgenössischen Illustriertenberichte aus dem Baur Verlag, hatte ich auf der Sachsenbaude das schwere, im ledernen Köcher aufbewahrte Nachtglas zehnmalfünfzig von VEB Zeiss Jena mit, in seiner Unhandlichkeit mehr Wertobjekt als Gebrauchsgegenstand, hatte man sich aber die Mühe gemacht und es mitgeschleppt auf den Berg oder es aus dem Auto aufs Hotelzimmer getragen, belohnte es einen mit gestochen scharfen, wenn auch im Ausmaß des eigenen Tremors verwackelten Ansichten, Ausblicken, Heranrückungen, Herbeiziehungen, im Mittagsdunst glaubte ich in hundert, hundertzehn Kilometer Entfernung, in der Tieflandsbucht, die Dampfgebirge über den Kühltürmen des Kraftwerks Lippendorf und das Völkerschlachtdenkmal zu erkennen. Stand ich kurz vor Mitternacht, nach der spätabendlichen Textarbeit am Laptop, noch einmal, bevor ich mich hinlegte, am Fenster und guckte nach Nordwesten und Westen, sah ich auf dem Parkplatz den einsamen *Nissan* des Nachtportiers und über die nachtschwarzen Wälder hinweg die Lichter der Schwarzenberger Plattenbausiedlung *Sonnenleithe* und des hochgelegenen Industriedorfes Bernsbach mit dem angelagerten Oberpfannenstiel auf der einen und dem Spiegelwald auf der anderen Seite, ich mußte an Vaters Praxisvertretung in Schwarzenberg und an die Augenstechermorde denken. Weiter nach links waren erst der Auersberg und, noch höher als Bernsbach, die nach der Räumung der Altstadt in reichlich neunhundert Meter Höhe hingesetzte Neustadt von Johanngeorgenstadt zu sehen, der Exulantensiedlung, 1867 mit Kirche und Rathaus niedergebrannt, knapp viertausend Einwohner damals, dann *Wismut*-Zentrum der ersten Stunde, vierzig-, fünfundvierzigtausend weitere Leute, meist Männer, in Konrad Wolfs verbotenem DEFA-Film verbrämend *Sonnensucher* genannt, mußten untergebracht werden, zusätzlich zu den Russen, den Offizieren, Technikern, Kommandanturtruppen und NKWD-Dienststellen, man warf von Lastern Bettstellen und Strohsäcke vor die Kleinstadthäuser, ein paar Stunden später kamen die Bergarbeiter durchnässt, verdreckt von ihrer Schicht zu den zugeteilten Hausnummern und in die ihnen genannten Familien, Waschen von Kopf bis Fuß im Bad oder, wo das Bad fehlte, in der Küche, wenn nicht gleich im Waschhaus, Lagerstatt, Schlafplatz auf dem Vorsaal, in einem Eckchen hinter der Wohnungstür oder notfalls auch, wenn in den Zimmern und auf dem Flur kein Platz mehr für den zusätzlichen Strohsack war, zwischen Küchenschrank und Ausguß. Bei drangvoller Enge in den Häusern und in den barackenähnlichen Massenquartieren vergingen Jahre. Unvorstellbares Gewimmel in der Stadt und ihrem Umkreis, zusätzlich zu den zigtausend Arbeitern am Ort mußten weitere sechzigtausend Tag für Tag mit Bussen durch das Schwarzwassertal und über die Lauterer und Steinbacher Höhen herangekarrt, mit vollgestopften Schichtzügen, die Trittbretter, die Puffer, meistens auch die Dächer besetzt, auf der neuerdings zweigleisig ausgebauten Strecke von Aue über Schwarzenberg nach Johanngeorgenstadt transportiert werden. Besonders im Sommer drehten die Leute in Johanngeorgenstadt die Wasserhähne oft vergeblich auf, die *Wismut* brauchte für das Schlämmen und Aufbereiten des geförderten Urans jeden Kubikmeter, jeden Eimer Wasser und zapfte bei Bedarf die Zisternen leer. Was hier zu wenig war, war dort zu viel, bei der zehnfach erhöhten Einwohnerzahl dauerte es nur Monate, bis die ersten Senk- und Jauchegruben hinter den Häusern das ihnen Zugeschickte nicht mehr fassen konnten, sie schwappten und flossen über und verteilten den stinkenden Überschuß bergab, zwischen den Gebäuden suppte und sickerte es hervor und bahnte sich durch die abfallenden Gassen einen Weg hinunter nach Wittigsthal, zum Schwarzwasser, quer durch das abgesperrte Gelände von Schacht 31, wie eklig, selbst für die Russen, die sonst nicht so empfindlich waren, aber aus vier Jahren Krieg allerbestens wußten, was das auch für sie bedeuten konnte: Typhus. Nun gut, man legte Bretter aus, verteilte Ziegelsteine, zum Balancieren, Hüpfen, Springen, wie oft landete, wenn es Lohn gegeben hatte, wenn das hochprozentige Deputat verabfolgt worden war, eine ganze munter grölende Brigade oder Saufgenossenschaft im Fäkalienschlamm. Was fast noch schlimmer war, aus den Kammgebieten, aus Platten, Gottesgab und Abertham, aus dem entfernteren Egertal und bald auch aus dem ganzen westlichen Gebirge bis Morgenröthe, Rautenkranz und Tannenbergsthal zog sich das Rabenvolk um die Stadt und den Fastenberg zusammen, erst nur Hunderte, in Kürze aber Tausende der Krächzer saßen in den Bäumen, von Woche zu Woche immer noch mehr, und machten sich, wenn zwei Stunden nach Schichtende für die einen und Schichtanfang für die anderen die Springflut der Männer sich verlaufen hatte und die Straßen bis auf das bescheidene Kleinstadtgehusche frei waren, schnarrend und knarzend über die Jauchetümpel und die Kotrinnsale her und fischten aus dem vergorenen Brei heraus, was fest und halbfest war, *die Vihschorr fressn dähn Schiss dorr Wissmuhdorr, weil orr mid Schnabbs gedrängd is, die riechn doas eefach, sinn joa nisch dähmlisch, dä Biessdorr.* Wohltuend, daß an manchen Tagen die Jauchebäche ganz unter einem schwarzen Gefiederteppich verschwanden, als wären die Krähen, Raben und Dohlen zum Verdecken, Verstecken herbeigerufen worden, als hätte man sie angestiftet. Die schleppen Krankheiten bei euren Leuten ein, sagte der herbeigezogene Dr. Reibrich aus Schwarzenberg, uns durch seine Frau Ilse längst bekannt, zu seinen beiden niedergelassenen Johanngeorgenstädter Kollegen, die können die Sollerfüllung gefährden, korrigierten und verengten die zwei, drei *Wismut*ärzte der Anfangsjahre die Befürchtung. Und die Russen ließen, NKWD-Chef Boris, noch immer meist in Zivil, wie früher, wir erinnern uns an Sachsenfeld, gab den Befehl dazu, sogleich die deutsche Hilfspolizei mit

Karabinern und scharfer Munition versehen und ausschwärmen, hin zu den Krähenbäumen, was war das für ein Geknalle, stundenlang, *ändlisch emaa widdorr schihsn*, riefen die jungen Männer, die noch unverdrängte Erinnerungen, das Verdrängen kam erst später, an die letzten beiden Kriegsjahre hatten und es leid waren, immer in den Dienststellen ihrer K1 zu hocken und Namenslisten und Lebensläufe zu überprüfen und die Russen scharfzumachen auf den einen oder anderen zwielichtig erscheinenden oder als zwielichtig denunzierten *Wismut*mann. Zur gleichen Zeit wuchsen die balkengefügten Fördergerüste der vielen Schächte, abgeschottet, von Rotarmisten bewacht, wie verholzte Pilze aus dem Boden, um ihre Förderseilwurzeln und das Myzel der Stollen in die unterirdischen Bereiche einzubringen. Bis mit einemmal das Gerücht aufkam, versuchsweise ausgestreut von den deutschen Helfern der fernen Herren mit Berija an der Spitze, die Stadt sei durch die oberflächennahen Stollen von Schacht 31 senkungsgefährdet, ja einsturzbedroht, sie müsse abgerissen werden. Und sie wurde auch wirklich zum allergrößten Teil abgerissen. Nur südlich der Kirche, wo die Kompressorstation Frischluft in die Strecken drückte und dabei gottserbärmlich heulte, bei Tag so gut wie auch bei Nacht, durften ein paar Häuser stehenbleiben. Bis heute stoppen die Linienbusse an einer Stelle mitten im Wald, kein Haus in der Nähe, nur ein Haltestellenschild: *Markt*. Den angestammten Bewohnern Johanngeorgenstadts wurden die eigenen Mauern *unterm Oarsch forrdgerissn*, wie sie sagten, Saubande, die das macht, wer so redete, verdiente es nicht besser, er mußte umgesiedelt werden, nicht vertrieben, um Gottes Willen, das Wort war tabu, was Ostpreußen und Schlesien anging, erst recht hier, bei unerheblichen paar tausend Menschen, statt dem staatlich verordneten *umgesiedelt* ließe sich allenfalls *ausgesiedelt* sagen, ausgesiedelt nach außerhalb, in ohnehin schon jahrelang durch Ostvertriebene und *Wismut*leute überfüllte Orte der Kreise Schwarzenberg, Aue, Zwickau und Annaberg, vor dem Krieg waren das die am dichtesten besiedelten Ecken ganz Europas, nun erst recht. Aber damit nicht genug, die Obrigkeit, Ostberlin, Karlshorst, Moskau, wer denn nun, wer eigentlich, man schob es hin und her, wie es gerade paßte, vertrieb in anderthalb Jahren so gut wie alle Läden und Handwerks- und Gewerbebetriebe mit Inhabern und Inhaberfamilien und eingespielten Beschäftigten aus der nur noch auf Abruf existierenden abgeriegelten Stadt und verteilte sie, vom noch offenen Westberlin ein nützliches Stück entfernt, über die Bezirke Chemnitz und Leipzig, bis in die Tieflandsbucht, bis Pegau, Wurzen und, wer zweifelt dran, bis Frohburg auch. Uns fiel der Dentist D. Krätzig zu, das D auf seinem Schild mit den Behandlungszeiten lasen die meisten Frohburger als Doktor und sprachen ihn entsprechend an. In der ersten Woche widersprach der neuernannte Doktor noch, schon aus Angst vor den tatsächlich Promovierten vor Ort, dann ließ er, nur scheinbar widerstrebend, nur scheinbar wohl oder übel, in Wahrheit aber hochzufrieden den Dingen ihren Lauf, *au Herr Doggdorr*. Auch deshalb, weil er sich, von Jugend an begeistert für das Kartenspiel und mit einer entsprechenden Begabung ausgestattet, der Doppelkopfrunde von Schulleiter Grzewski angeschlossen hatte. Die Runde tagte ebenso wie verschiedene, sehr verschieden zusammengesetzte Skatgruppierungen einmal in der Woche am Stammtisch in der *Post*. Zwischen den Spielen, manchmal auch mittendrin pflegte Grzewski ausgiebig zu räsonieren. Und zwar so gut wie gar nicht über seinen verblichenen Oberleutnantsrang und die nachfolgende Antifaschulung, dafür aber um so mehr über seine aktuellen Lektüreerfahrungen, ihr wißt ja, Sportsfreunde, leitete Grzewski gewöhnlich seinen Sermon ein und verleugnete dabei nicht die von ihm beanspruchte pädagogische und politische Autorität, daß ich beim Tierarzt in der Greifenhainer Straße wohne, dort habe ich mir einmal in einer unbeobachteten Minute die Doktorarbeiten meines Schwiegergroßvaters und meiner beiden angeheirateten Vesperonkel Jonas und Wolfram aus dem Regal im Eßzimmer entliehen und sie unter die Lupe genommen. Das sogenannte Werk von Wolf Vesper, der genau hier, wo wir gerade sitzen, ein Stockwerk höher wohnt, hieß *Über die Ergebnisse der Röntgentherapie bei Prostatahypertrophie*, daß ich nicht lache, was soll denn das sein, Prostatahypertrophie, kenne ich nicht, bei mir sind nur die Eier geschwollen, und da brauche ich keine Röntgenstrahlen, da genügt, Verzeihung, daß ich es deutlich sage, schlicht und einfach eine frische *Fudsse*, danach fühle ich mich gleich viel wohler und bin zwischen den Beinen wieder auf Normalmaß. Auch die beiden tierärztlichen Machwerke seines Vaters und seines älteren Bruders, fuhr Grzewski fort, gaben nichts her, so gut wie gar nix war da zu entdecken, alles durchgekochter Quatsch mit Soße, längstens bekannt, aber vor dem Servieren neu arrangiert, ich lege meine Hand dafür ins Feuer, daß ich in einem Monat drei Machwerke wie die aus der angeheirateten Verwandtschaft mit genau demselben Wert und Unwert zu Papier bringe. Krätzig, der sich schon wegen des fließenden Übergangs zu den wirklichen Zahnärzten den Akademikern allgemein doch näher fühlte als einem Neulehrer, der ein ordensverzierter Kampftruppenoffizier an der Ostfront gewesen war, sagte: Versuchs doch mal, mach doch mal die Probe aufs Exempel, würde mich riesig freuen, wenn du das schaffen solltest. Der so sprach, seine Skepsis verwirbelnd mit einem Kumpelton, war nicht der einzige, der aus Johanngeorgenstadt zu uns in das Wyhratal kam. Da gab es auch noch den Korbmachermeister Schlingeschön, Vorname Tristan. Kein Junge am Ort war von den Eltern jemals mit diesem Namen belegt worden, niemand in der Gegend hatte ihn überhaupt gehört, bis auf die paar vereinzelten Wagnerfreunde wie Möring beispielsweise und seinen Vertrauten, den Kunstmaler Kluge in Borna. Keine Schwierigkeiten mit Tristan hatten auch die Mitglieder des Schallplattenkreises, die sich seit zwanzig Jahren alle drei Monate reihum in ihren Wohnungen trafen, am ersten Sonntag im Vierteljahr, und Opernplatten auf die Grammophonteller legten, zum verschworenen Kreis zählten der Apotheker Meißner, der Zahnarzt Zotter, der Rechtsanwalt Halde, der Amtsrichter Burrmann, der Lehrer

Sporbert, Textilhändler Bachmann, sein Schwager, der gewesene Finanzoberamtmann Seeger und außerdem im Lauf der Jahre verschiedene Zugvögel, wie sie bei den Gründungsmitgliedern hießen, das waren sich anlagernde und nach ein paar Monaten oder auch einigen Jahren wieder verschwindende Teilnehmer, man war neugierig auf sie, begrüßte sie erfreut, eine Auflockerung des zusammengebackenen Kreises, eine Blutauffrischung, sozusagen, man ließ die Neulinge aber nicht allzusehr hochkommen im Gespräch, bei der Beurteilung der Tonaufnahmen, Meinung ja, aber bitte ohne Eigenstilisierung. Zu den solcherart Behandelten gehörten die beiden Brüder Braunsberg von der Kattundruckerei, der aus Leipzig zugezogene Rentier Victor Mendelssohn und einer der Braunsbergschen Prokuristen namens Kleinlerer. Nach fünfundvierzig bekamen nebenbei gesagt die Schöngeister und Plattensammler Halde, Burrmann, Sporbert und Seeger Berufsverbot, und Bachmanns verloren ihren Laden, Wobs Erbe, wegen unerlaubter Hortung von Waren. Das waren in der Stadt erste Eingriffe der Besatzungsmacht und ihrer einheimischen Helfer. Als nach Tristan Schlingeschöns Ankunft mit Frau, Mutter, Schwiegermutter und vier Kindern zwischen siebzehn und zwei Jahren die Frohburger neben dem Vornamen auch seinen Familiennamen wahrnahmen und verarbeiteten, waren sie mit der Zuweisung der acht Einquartierten, acht zusätzlich zu den achthundert Vertriebenen aus den Ostgebieten und vom Balkan, vorzugsweise aus den Donauländern, nur deshalb einigermaßen ausgesöhnt, weil sich nach den magyarisierten Miszlers und den schlesischen Tschetschorkes und Katschmarecks nun dem Töpfer Brenntag, dem Optiker Guckeland, dem Schlosser Hammerschlag, dem Rittergutsschäter Wiesehügel, dem Feldgartner Baumgärtel, dem Kantor Spielmann und dem Totengräber Kummerfeld mit Schlingeschön ein achter Spaßname zugesellte. Das hob das Ansehen der Stadt bis nach Leipzig und Chemnitz, sogar bis nach Dresden, wie auch das Kuriosum der örtlichen drei Bäche in den nahe gelegenen beiden Großstädten und in Elbflorenz Beachtung gefunden hatte und massenweise Ausflügler von dort anlockte, dank Sonntagsrückfahrkarte, der zweite Bach südlich von Frohburg, die Ratte, ging der auch uns inzwischen bestens bekannte Spruch, frißt den ersten Bach, die Maus, die Ratte wiederum wird von der Katze gefressen, dem dritten Bach, und die Katze ihrerseits ertrinkt in der Wyhra, im Volksmund *Wihre* genannt. So schrieben die Wochenendausgaben der *Leipziger Neuesten Nachrichten* und der *Allgemeinen Zeitung* in Chemnitz, *woas soachsdn nuh, doa missn mihr maa hinnfoahrn*. Ich kann mich noch gut erinnern, daß vor über zwanzig Jahren, vor und nach der Wende, beide Zusammenreimungen, die Familiennamen und die Bäche, quicklebendig waren, immer neue Eltern und Großeltern hatten sie und auch die Sagen von dem Kurrendejungen und den Rabenkrähen im Kirchturm von Geithain, vom Reiter ohne Kopf im Sumpf von Streitwald und vom schatzanzeigenden Schlüssel im Turm von Burg Gnandstein an immer neue Kinder weitergegeben. Vater war knapp sechsundneunzig, als im Februar 2003 der Streitwalder geköpfte Reiter für ihn noch einmal eine Rolle spielte, eine allerletzte. Nach seinem Sturz lag er, seit dreizehn Jahren Witwer, in der Kurzzeitpflege in Gießen, unruhiger Tag seit dem Erwachen, gegen Abend rief mich Ulrich zum dritten oder vierten Mal innerhalb von ein paar Stunden an, er wirft sich weiter hin und her und stöhnt, jetzt hat er auch noch Angst vor einem Reiter, der reitet auf einem Apfelschimmel draußen unter seinem Fenster vorbei, sagt Vater, den Kopf hat er unter dem Arm, er droht ihm und will mit ihm abrechnen, Vater wüßte, warum, die Lindenvorwerk- und Jutta-Sache, keine Ahnung, was Vater damit meint, ich habe Uschis Freundin angerufen, eine Ärztin, sie ist auch wirklich gleich gekommen und hat ihm eine Spritze gegeben, jetzt schläft er. Keine zwanzig Minuten später klingelte wieder das Telefon, wieder war Ulrich dran, ich war kurz auf dem Flur und habe eine halbe Zigarette geraucht, als ich nach fünf Minuten wieder ins Zimmer kam, war Vater tot.

Der eingewiesene Schlingeschön hatte über den griffigen Namen hinaus eine gute Singstimme, und so landete er alsbald im Gesangverein, der einmal in der Woche im Vereinszimmer des *Posthotels* zusammenkam. Das waren Übungsabende, direkt unter Ulrichs und meinem Zimmer, jeden Mittwoch, zehn, elf Jahre lang. Im schlimmsten aller Kindheitswinter, der die über acht Wochen spiegelglatt vereisten allerschnellsten Schlittenbahnen im Hölzchen und im Eisenberg mit sich brachte, hörten wir, im unbeheizten Anderthalbmalviermeterraum in unseren abgestoßenen klapprigen Krankenhausbetten liegend und, je eine irreheiße Wärmflasche an den Füßen, heimlich Karl May lesend, von unten den Gesang der Männer, zuerst aus dem Liedertafelheft und dann, die Uhr war schon weit vorangerückt, *Riesengebirge deutsches Gebirge* und *Deutschland Deutschland über alles*, eher Summen als Gesang, von anrührend will ich nicht unbedingt reden, aber etwas aus dieser Richtung antwortete doch in mir. Mit dieser wundersamen Untermalung verschlangen wir zur gleichen Zeit vier Meter höher wie im Fieber die handlichen Schwarten aus Radebeul, Ulrich *Zobeljäger und Kosak* und ich *Das Buschgespenst*, am nächsten Vormittag waren die in einem Akt des wackligen Vertrauens gegen eine Gebühr von vier Groschen ausgeliehenen Bände dem argwöhnischen Vermittler Welkerpaul aus Ulrichs Klasse in der großen Pause zurückzugeben, die Hälfte der Leihgebühr wanderte zu dem eigentlichen Besitzer weiter, den Welker geheimhielt. Hatten wir die letzten Absätze in den Fünfhundertseitenwerken mit den dunkelgrünen Einbänden, der Frakturschrift und dem glatten Papier aus Vorkriegszeiten bewältigt, ging es in den folgenden Wochen weiter, wenn wir Glück hatten, ein neues Karl-May-Buch fanden und es an uns bringen konnten, und sei es auch nur für einen Nachmittag, einen Abend, die halbe Nacht, *Der Fremde aus Indien* stand auf unserer Wunschliste ganz oben, jüngster, letzter Band der Radebeuler Reihe, neununddreißig, kurz vor dem Polenfeldzug, dem Ausbruch des Zweiten Weltkriegs, erschienen und daher nicht häufig, schwer zu orten in unserer Stadt und noch schwerer zu erlangen, Nummer fünfundsechzig der Verlagszählung, wir ahnen damals, wir vermuten, wer den Abschluß der Reihe besitzen könnte, ihre Krönung, aber ob wir das Buch jemals in die Hände bekommen, zu welchem Preis, wissen wir nicht, gerüchteweise wird ein Exemplar Hallerfred zugeschrieben, aber Vorsicht mit dem, heißt es immer wieder, wenn wir im Schloßpark mit der Bachmannbande ins Gespräch kommen, Bachmann und seine Leute sind zwei Jahre älter als wir, mit Erfahrungen, die noch auf uns warten. Schlingeschön wurde wie gesagt von den Frohburger Sangesbrüdern mit offenen Armen aufgenommen, wir haben schon gehört, daß er eine imponierende Singstimme hatte, für Soloauftritte durchaus geeignet. Wichtig in einer Zeit, in der der lose organisierte Theaterverein der Nachkriegsjahre auf der Bühne des *Roten Hirsches* ganze Operetten zur Aufführung brachte, *Im Weißen Rößl am Wolfgangsee* zum Beispiel, mit Mari und Lachtari und mit Hans Grzewski und dann auch mit Schlingeschön in den Hauptrollen, vor ein paar Jahren war man noch mit der Festigung, der Rettung des Dritten Reiches als Leutnant und Oberleutnant, als Parteimitglied und BDM-Führerin beschäftigt, nun kam die leichte Muse zu ihrem Recht, mit ihr konnte nicht viel schiefgehen. Aber der Familienname, die Fähigkeit zu Hauptrollen waren nicht die einzigen Gründe für die einmalig schnelle Eingliederung des Johanngeorgenstädters, von der Ostpreußen, Schlesier, Sudetendeutsche, Donauschwaben, Evakuierte und Ausgebombte durch die Bank nur träumen konnten. Frage mich niemand, wie das vor sich gegangen ist, vielleicht, nein wahrscheinlich spielte eine nicht ganz geringe Rolle, daß ihm von Johanngeorgenstadt her ein Ruf als Heiler, als Handaufleger und Bestreicher in das Tiefland und bis in unsere Stadt begleitet hatte. Außerdem war er, ging die Kunde, kein einfacher Handwerksmeister, er hatte, wollte das Gerücht wissen, nicht nur das Einjährige erlangt, sogar die Oberprima hätte er in grauer Vorzeit erfolgreich abgeschlossen, mit der Reifeprüfung, wenn da nicht. Ja was. Das war die Frage. Und genau darauf wußte niemand bei uns in Frohburg eine Antwort. Hatte er in die Klassenkasse gegriffen, einen Mitschüler beklaut, in der HJ mit *Heilspittler, Heilrüttler, Heiltittler* gegrüßt. Oder hatte er sich nicht vielmehr mit der Frau des Direktors der Schwarzenberger Realschule nebst Gymnasialzweig am Filzteich von Schneeberg sehen lassen, wie er mit ihr im Badezeug aus den Büschen kam. Oder sie mit ihm. Jedenfalls war er es, der eine Decke unterm Arm trug. Erzählte mir Vater im Frühjahr 1990, kurz vor Mutters Tod, wie er es damals in Frohburg in einem der Nachtgespräche von Schlingeschön selbst gehört hatte. Gleich mußte ich an den Augustnachmittag Mitte der Sechziger denken, an dem Heidrun mit dem alten Käfer ihres Vaters von Steinheim nach Reiskirchen herübergekommen war, nicht in das neue Haus oben *Am Stock*, das damals schon stand, aber erst einmal vermietet war, sondern in das Schlierbachhaus in der Gießener Straße unten. Fast dreißig Grad im Schatten, die glühende Luft stand ohne jede Bewegung über dem Dorf, über den Feldern und Wiesen und über dem Wald oben an der Autobahn, eine lastende lähmende Glocke, unter der das Dröhnen des Verkehrs auf die doppelte Lautstärke anschwoll. Mein Zimmer, Fenster nach Westen, zur Sportplatzstraße, war noch vom Vortag her ein Backofen. Wir setzten uns lieber in den Garten, unter den Tulpenbaum in der hinteren Ecke, dort stand die Frohburger Sitzgruppe aus sowjetischer Produktion, Tisch und vier Sitzgelegenheiten, die faltbaren Alu-Segeltuch-Hocker konnten in den zusammenklappbaren Tisch mit der russengrün überzogenen Plastikplatte gelegt werden, von Praktikern sinnreich ausgedacht, für Expeditionen in die Taiga und Tundra wahrscheinlich, Suche nach Bodenschätzen, Gold, Öl, Molybdan, Uran, oder ganz simpel nur für tagelange Angelausflüge russischer Männer, beim Kauf der Garnitur im Russenkaufhaus in Altenburg hatten sogar Mückennetze und kleine Leichtmetallbecher, die sich für Tee so gut wie für Wodka eigneten, zur Garnitur gehört. Die vier Hocker und der Klapptisch waren in den Westen gelangt, indem die Eltern sie auf ihrer letzten Besuchsreise von Frohburg aus im Auto mitnahmen und dann beim Freund und Bundesbruder Eberhard Lorenz in Bad Nauheim ausluden und zwischenlagerten. Und jetzt saß ich mit Heidrun in der hintersten Ecke des Schlierbachgartens, dort, wo er an den Sportplatz grenzte, auf diesen Hockern, an diesem Tisch, wir brüteten über einem Deutschreferat, das Heidrun in der folgenden Woche halten sollte, über Peter Weiss und sein Stück *Die Ermittlung*, ich hatte mir schon Anfang der Sechziger die ersten Bücher von Weiss, *Der Schatten des Körpers des Kutschers* und *Abschied von den Eltern*, bei Bindernagel auf der Kaiserstraße gekauft, heute frage ich mich, wer damals in Friedberg, Kleinstadtnest und Wetteraumetropole zugleich, den in Schweden lebenden Autor nicht nur wahrnahm, nicht nur las, sondern auch kaufte, wie ich das überhaupt machte, von meinem schmalen Taschengeld, Straßensammlung, Haussammlung jeden Internatsnovember für die *Kriegsgräberfürsorge*, das weiß ich noch, zehn Prozent des Inhalts der Sammelbüchse und der Eintragungen in die Liste durften Höhne und ich behalten, bekamen wir ausgezahlt, Höhne, das war ein halbes Jahr mein Mitbewohner auf der Bude, Schlitzohr von Geblüt, ein Dolcevitajüngling, der Liebhaber der Zahnarzttochter von der Kaiserstraße, zwischen den Buchhandlungen Bindernagel und Scriba, es dauerte nicht allzu lange, da flog er von der Schule, Typen wie er, postulierte die Konferenz, passten einfach nicht rein, punktum, nicht in die engen, aber immer noch irgendwie geheiligten Hallen der Wissensvermittlung, mit Ölofen und schwarzgeölten Dielen, nicht unter den löchrigen Schirm strafversetzter oder braunbelasteter Pädagogen, Verdikt, dem schon meine Kurzzeitfreunde Weitzel und Kittelmann zum Opfer gefallen waren und dem ich in den ersten zwei, drei Jahren wahrscheinlich, nein todsicher nur knapp entkam, hat sich auf dem Wandertag ohne Erlaubnis abgesetzt, hat den Gartendienst geschwänzt, ist nachts aus dem Fenster gestiegen. Ich erwarb aber nicht nur die frühen Prosabücher von Weiss, kaum daß sie erschienen waren, ich saß auch an zwei

Verhandlungstagen unter den Zuhörern im Auschwitz-Prozeß in Frankfurt im *Haus Gallus*. Dort war natürlich, läßt sich getrost behaupten, kein Mitschüler, ja überhaupt niemand aus Friedberg zu entdecken, kein Lehrer kam auf die Idee, sich dort blicken zu lassen, kein Pfarrer, auch kein *Bindernagel-*, *Stadtcafé-* oder *Café-Rosenschon*-Gesicht zeigte sich, niemand von der Kaiserstraße, es gab viele freie Plätze im Haus Gallus, erst Jahrzehnte später wurde die Betroffenheit Mode, als die Verbrecher, die Mitläufer und Unschuldigen nicht mehr lebten, als man sie allesamt nicht mehr direkt aushalten mußte und die Marotte aufkam, von den eigenen Eltern und Großeltern in größeren Zusammenhängen nur noch als von den Nazis zu reden, Kunststück, wenn die Altvorderen längst unter der Erde sind. Alter Nazi, so blökte ich Anfang der achtziger Jahre, kaum daß wir vom Holtenser Berg in die Herzberger Landstraße gezogen waren, in der Langen Geismarstraße den Parkplatzwächter an, ich war mit Wolfram, dreiundzwanzig Bände Dostojewski aus dem *Insel-Verlag* in drei Kleidertüten schleppend, vom versteckt liegenden Antiquariat in der Mauerstraße herübergekommen, in das aufgeklappte *Käfer*-Cabrio gestiegen und losgefahren, plötzlich schoß der Kassierer aus seinem Häuschen und schrie mich an, hatte ich kein Trinkgeld gegeben, nahm ich die falsche Ausfahrtspur, ich weiß nicht mehr, worum es ging, jedenfalls zeterte er mich lautstark und giftig an, nach einer Schrecksekunde schaffte ich mir in zwei Atemstößen Erleichterung, alter Nazi, Faschist, und gab Gas, vielleicht, nein ganz sicher hatte mich außer dem Geschrei auch noch seine Uniformmütze irritiert, schon nach einer Minute, an der Albanikirche, bereute ich meinen Ausbruch und schämte mich nicht nur vor dem Kind an Bord. Seitdem Vorsicht mit der Benennung. Mein Vater der Nazi, das würde mich stören, würde mir wehtun, er war kein schlechter, kein böser Mensch, er hätte seine Gründe gehabt, ich habe meine. Heidruns Referat über *Die Ermittlung* von Peter Weiss. Sie breitete ihre Papiere, die Exzerpte und die auf Quittungsformularen ihres Großvaters notierten Einfälle und Ideen auf dem Russentisch aus. Der Großvater hatte den ganzen Quittungsblock durchgehend schon im vorhinein gestempelt: Adolf Dietz, Landesprodukte, Hungen/Oberhessen, Gießener Straße 10, Fernruf 390. Gerade hatten wir angefangen, über das Referat zu sprechen, schon in bezug auf die Gliederung waren wir verschiedener Meinung und konnten uns nicht einigen, sollte die Einleitung den Lebensweg von Weiss von Nowawes bei Potsdam nach Stockholm wiedergeben oder die Entstehungsgeschichte von Auschwitz, wozu Heidrun neigte, sie beschrieb mir ansatzweise das Nest in der südpolnischen Schlammebene vor 1940, vor der Errichtung des Lagers, bevor alles losging, sagte Heidrun, losgehen, es ging los, sagte ich, aber richtig richtig gings erst tatsächlich los, als Vater, den kleinen Küchenhof überquerend, aus der Nachmittagssprechstunde auftauchte und im Gehen seinen weißen Mantel auszog, Unfall an der Autobahnauffahrt, sagte er, komm mit, vielleicht mußt du mir helfen. Damals war die Auffahrt nur einseitig. Obwohl zu Reiskirchen eine Autobahnmeisterei gehörte, die, im Heimatstil errichtet, in respektabler Masse unter einem gewaltigen dunklen Satteldach östlich der Trasse lag, konnte man die Autobahn auf Höhe des Dorfes nur verlassen, wenn man aus Richtung Frankfurt kam. Und es ließ sich auch nur in Richtung Kassel, Göttingen und Hannover auffahren, Abbiegen aus nördlicher Richtung und Aufbiegen nach Süden waren nur über die zweite, die eigentliche Gießener Anschlußstelle bei Steinbach möglich. Wir rasten im beigen *Opel Rekord* der Eltern Richtung Autobahn aus dem Dorf, an der Abfahrt, nicht gerade ein dramatischer Anblick, ein *Daf*, der Kleinwagen aus holländischer Produktion, wahrscheinlich das einzige Auto, das damals in den Niederlanden gebaut wurde, es hatte eine automatische Riemenscheibenkupplung, man mußte nicht schalten, das behagte vor allem Holländern und deutschen Rentnern. Das *Daffodil* war anscheinend mit erheblicher Geschwindigkeit die enge Schleife der Abfahrt heruntergeschossen, hatte sich um die eigene Achse gedreht und war dann offensichtlich mit erheblicher Wucht gegen die grasbewachsene Böschung geprallt. Im Auto und am Auto kein Mensch zu sehen, nur ein Stück seitwärts standen ein alter Mann und zwei Mitarbeiter der Straßenmeisterei, erkennbar an ihren Overalls. Der Mann kam, aufgeregt weiter nach rückwärts sprechend, auf uns zu, aber inzwischen waren wir halb um das *Daffodil* herumgegangen, in seinem Schatten entdeckten wir eine wohlgenährte betagte Frau, die auf der Böschung halb lag und halb saß, kreidebleiches faltengefurchtes Gesicht, keine Bewegung, keine Reaktion auf unser Näherkommen. Von zwei Seiten beugten wir uns gleichzeitig über sie, und mit einemmal sah ich nicht mehr die halbgeschlossenen wie ausgelaufen wirkenden Augen, die blutleeren Hamsterbacken, den fast lippenlosen Mund, statt dessen geriet eines ihrer Beine, das rechte, in meinen Gesichtskreis, und mit nicht geringer Verwunderung, ohne wirklich zu wissen, was ich sah, erblickte ich einen aus dem verschobenen Hosenbein ragenden Unterschenkel, an dem verdreht der Fuß mit dem Schuh hing, wie mit einer Säge oder einem Beil abgetrennt und nur noch von der Achillessehne gehalten, die bloßlag, ein bleistiftdicker roter Strang. Kaum Blut, kein Jammern der Verunglückten, war sie schon abgebunden worden, machte Vater das, drehte er mit einem durchgesteckten Holzknebel den Gummischlauch fester, hielt ich dabei die Hand der Frau, strich ich ihr über die Stirn, keine Ahnung mehr, ich kann keine Bilder abrufen, wie zugeschlossen die Erinnerung. Besser dagegen weiß ich, wie der Nachmittag weiterging. Mir war, von der verstümmelten Frau in den Schatten des Tulpenbaums zurückgekehrt, die Lust auf Streit vergangen, laß uns schwimmen gehen, schlug ich Heidrun vor. Gelegenheiten dazu gab und gibt es in der Gegend von Reiskirchen nicht viele, die Wieseck hat für eine Anstauung zu wenig Wasser, und das wenige Wasser aus den Saasener Wiesen kam wegen der Kolibakterien ohnehin nicht infrage, das *Waldschwimmbad Lich* am Rand des großen Hattenröder Forstes war immer überlaufen, uns fiel nur der abseits gelegene Badeteich jenseits der Autobahn ein, zwischen der Raststätte Reinhardshain und der Abfahrt Grünberg, in Wald und Buschland versteckt, vielleicht ein Überbleibsel des Autobahnbaus Ende der dreißiger Jahre, ein ausgebaggertes Kieslager etwa, nach einem Vierteljahrhundert verlandet bis auf dreißig, vierzig Schwimmstöße, am Ufer eine Liegewiese, von Büschen eng umstanden. Nach dem Durchqueren des Schilfgürtels, Vorsicht war angesagt, die Blattränder konnten übel schneiden, und den ersten Wasserspielen mit Untertauchen und verdeckten Berührungen und Griffen war uns danach, uns trotz der stockenden Luft dem Gebüsch im Hintergrund zu nähern, möglichst unauffällig, an den zehn, zwölf besetzten Decken vorbei, die Jugendlichen und die Eltern mit Kindern, die dort lagen, zumeist aus Atzenhain und Bernsfeld, dämmerten vor sich hin, dazu im Hintergrund ein Einzelgänger, kleingewachsen, in der prallen Sonne bratend, Dreiecksbadehose, krebsrot, konnte gut ein Frührentner mit Hausflucht sein, vielleicht lauernd, dachte ich, irgendwie überbetont tat er, als würde er weggucken, wo er uns doch unentwegt im Auge hatte. Die ganze Szene lautlos, bewegungslos, wie festgebacken von der Hitze. Durch eine federnde Pestwurzmulde führte ein enger gewundener Trampelpfad zu einem Versteck im Hasel- und Holunderdickicht und auf der anderen Seite aus dem Schlupfwinkel wieder hinaus, ein Wildwechsel ganz sicher, zumal im Seegrasteppich Abdrücke zu sehen waren, das Fleckchen lud offensichtlich Rehe zum Lagern ein und kam uns gerade recht, bald lagen auch wir, eng aneinandergepreßt, im Schritt noch die Badesachen als Hemmnis, während ich die Finger in den Hosenbund hakte, um ihn nach unten zu schieben, hob ich den Kopf, ob witternd, sichernd, keine Ahnung, zu Recht auf alle Fälle, denn auf der Fortsetzung des Trampelpfades sah ich den alten Mann vom Teich wie aus dem Boden gewachsen hocken, Rücken zu uns, Badehose runter, so kauerte das nackte Rumpelstilzchen keine fünf, sechs Meter von uns entfernt und erleichterte sich, eine handlange Wurst, tiefschwarz im Gegenlicht, hing unter seinem dürren Hintern und löste sich, kaum daß mir klargeworden war, was uns geboten werden sollte. Ich sprang auf, riß Heidrun nach oben, die nichts bemerkte, los weg. Den ganzen Abend und noch am nächsten Morgen bis zur ersten Zigarette bildete ich mir ein, das halblaute Ploppgeräusch zu hören, mit dem die Wurst auf dem Boden gelandet sein konnte und wahrscheinlich nicht gelandet war, weil vom Waldgras abgefedert. Ich riß Heidrun und zerrte sie durch die Büsche Richtung Auto, was ist denn, was hast du, wollte sie wissen, und jetzt erst erzählte ich von der Frau aus dem *Daffodil* und ihrem abgetrennten Fuß, das eine mit dem anderen verdeckend. Aus der Umarmung geschreckt, Abbruch des Spiels, Schwamm drüber.

Ganz anders, denke ich, nämlich gesättigt, gestillt, erleichtert war der junge Schlingeschön, als wäre nichts gewesen, wo doch was gewesen war, aus den Büschen am Filzteich gekommen, Hand in Hand mit der geliebten woanders hingehörenden älteren Frau. Der gehörnte Ehemann wollte ihn fordern, das verbot ihm die Partei, Hitler war durchaus für Putsch, Radau und Bürgerkrieg, aber ein Gegner von Duellen, letztenendes gab sich der Schulmann mit der Relegation des jungen Heißsporns zufrieden, keine Reifeprüfung mehr für den, im ganzen Erzgebirge bis nach Chemnitz runter nicht, an welcher Schule auch immer. Abbrecher Schlingeschön, aus Johanngeorgenstadt vertrieben und in Frohburg gelandet. Noch während er mit seiner Familie im Arbeitsdienstlager im Wolfslückenweg festsaß und nicht wußte, wo sie alle unterkommen würden, schlossen sich der Hotelier Kuntz aus der *Post* und der Bürgermeister Frenzel zusammen. Sie, die sich täglich sahen, auf der Straße, im Rathaus bei einer Antragstellung, im Restaurant beim allabendlichen Skat, waren sich unversehens auch in ungewohnter Umgebung begegnet, im Kreiskrankenhaus Borna, wo sie im Wartezimmer der Ambulanzsprechstunde seit vier Stunden auf einer Bank nebeneinandersaßen, was machen Sie denn hier, fragte Kuntz, beiden, stellte sich heraus, machte der Verdacht auf Prostatakrebs zu schaffen. Ich habe da etwas gehört, nahm Kuntz nach einer kurzen Pause den Faden wieder auf, ich auch, unterbrach ihn der Bürgermeister, was uns vielleicht helfen kann, setzte der Hotelier seine Rede fort, warum auch nicht, waren sich beide sofort einig und verließen zusammen das Krankenhaus, Frenzel, der bei den Nationalsozialisten drei Jahre im Konzentrationslager gesessen hatte, wo genau, war nur der Kontrollkommission seiner Partei bekannt, mußte sein Privatleben und seine Amtsgeschäfte per Fahrrad bewältigen, er war mit der Bahn nach Borna gekommen und stieg für die Rückfahrt zu Kuntz in dessen BMW *Dixi*, ein wahres Sorgenkind, diesmal allerdings hatten beide Glück, es gab keine Panne. Schon am gleichen Abend bekam Schlingeschön im Lager Besuch von Kuntz. Der Bürgermeister und ich, sagte der Hotelier, wir werden alles für Sie und Ihre Familie tun, was uns möglich ist, wenn auch Sie uns helfen. Warum nicht helfen, wenn man kann, nichts dagegen einzuwenden, sagte Schlingeschön, aber was denn, wie denn. Natürlich ahnte er gleich, woher der Wind wehte. Prostatakrebs, bei ihm und auch bei mir, höchstwahrscheinlich. Stabile Körbe kann ich Ihnen machen, jede Menge, wenn ich das Material bekomme, kam es zurück, aber Krebs, na hören Sie mal, das ist weiß Gott nicht mein Fall. Aber man hört doch mancherlei, setzte Kuntz nach, und außerdem sind in der *Post*, direkt über meinen Fremdenzimmern, drei Kammern im Dachgeschoß frei, sogar mit einem Ofen, wie wäre es damit, der Bürgermeister hat auch das Wohnungsamt unter sich, null Problemo also. Der Heimatlose, sehr angetan, nickte mühsam gebremst. So kam das Geschäft zustande, die Vereinbarung. Die Johanngeorgenstädter zogen unters Dach der *Post*, und Kuntz und Frenzel wurden sonnabends von Schlingeschön in seiner neuen Unterkunft empfangen, vier Tage nach dem Einzug, als wäre eine Anstandsfrist nötig. Es war um sechs Uhr, nach dem üblichen Wannenbad, straßauf straßab stieg ganz Frohburg sonnabends ins heißgemachte Badewasser und wechselte danach die Wäsche, meist stand die Zinkwanne, oft aus den *Krauß-*

Werken im Schwarzenberger Ortsteil Wildenau, in der Küche, schnell rein, abgeseift und wieder raus, der Rest der Familie wartete schon, jetzt fühle ich mich endlich wieder wie ein Mensch, hörte ich Doris-Mutti in der Greifenhainer Straße mindestens zweimal sagen, wenn sie im Bademantel aus der dampferfüllten dampfgesättigten Küche kam und eine Wattewolke feuchtschwerer Seifenluft hinter sich herzog, knallrot im Gesicht. Auch Frenzel und Kuntz waren sozusagen saubergeschrubbt und frischverpackt, als sie sich in der Eingangshalle des *Posthotels* trafen, Frenzel kam von draußen, von der Thälmannstraße, Kuntz trat, von seiner blinden kläffenden Promenadenmischung Hink begleitet, aus der Rezeption, die ein sinnlos gewordenes, längst nicht mehr benutztes Schiebefenster zum Windfang hatte, die wenigen Übernachtungsgäste der Nachkriegszeit, von den Sommerfrischlern der Zwischenkriegszeit war keine Rede mehr, konnten gut und gerne an der Theke im Gastraum angenommen, ins große Beherbergungsbuch eingetragen und mit dem Zimmerschlüssel versehen werden. Das war auch sicherer, jeder zweite, der ein Unterkommen für die Nacht suchte, war Russe, wer weiß woher, wer weiß wohin, Auskunft bekam man selten, ein dichtes Netz aus Kasernen, Dienststellen und Garnisonen überzog das Land, für die nächsten fünfzig Jahre, da waren täglich Tausende Sowjetbürger in Uniform und Zivil unterwegs, auf *Komandirowka*. Aber auch Landsleuten war keinesfalls durch die Bank zu trauen, jede Menge Gesindel, dem man den Galgenvogel nicht immer auf Anhieb ansah, war laut Kuntz unterwegs. Man konnte, wie er einmal in meinem Beisein zu Mutter im Treppenhaus sagte, Monat für Monat froh sein, nicht eines Nachts mit durchschnittener Kehle im eigenen Bett zu enden, von einem Übernachtungsgast abgegurgelt, abgemurkst. Auf dem Weg zu Schlingeschön stiegen Frenzel und er, Ende Fünfzig der eine wie der andere, die Steintreppe mit dem gußeisernen Geländer und dem Handlauf aus Eschenholz hinauf zum ersten Stock, hier wohnten wir, hier hatte Vater seine Praxis, und auch das Schlafzimmer des Ehepaares Kuntz lag auf dieser Etage. Im Stockwerk darüber gab es die Hotelzimmer längs der Thälmannstraße, alle mit Blick nach Westen, auf den Kirchturm, und dazu die Wohnung der kinderlosen Altmanns, sie Hausfrau, er in der Stadtsparkasse im Rathaus beschäftigt, nachdem im Sommer fünfundvierzig die Bankschließfächer im Keller des Rathauses reihenweise aufgebrochen und ausgeräumt worden waren, verbogene Eisentürchen, windschief in den Angeln hängend, gähnend leere Höhlungen, Papierzeug auf dem Boden, sollten es wie so oft die Russen gewesen sein, nach Meinung der Eltern aber hatte Altmann seine Hände im Spiel, alle möglichen Schieber und Zusammenbruchgewinnler aus der Gegend wären beteiligt gewesen, nie und nimmer jedoch Russen. Mit den Altmanns teilten wir den Schuppen am hinteren Ende des *Posthofs*. Die beiden farblosen Leutchen mittleren Alters hatten im hinteren Teil zwei Fahrräder und ihr Feuerholz untergebracht, während vorne Vaters Leichtmotorrad *Panther*, der DKW und zehn oder zwölf randvolle dunkelgrüne Benzinkanister standen, Hinterlassenschaft der großdeutschen Wehrmacht von beeindruckender Qualität, wenn die Generäle auch so viel getaugt hätten wie die Kanister, hätten wir den Krieg gewonnen, sagte Vater manchmal. Aber besser nicht, setzte er jedesmal schnell hinzu. Neben unserem halben Schuppen die Garage des Kastenwagens der Post, mit dem Leuschel jeden Morgen den Briefsack und die Päckchen und Pakete vom Leipziger Frühzug holte. Pünktlich wie ein Uhrwerk fuhr er zwanzig vor sechs los. Wenn starker Regen fiel, im Spätherbst vor allem, beugte sich Mutter aus unserem Toilettenfenster und rief in den dunklen Hof: Herr Leuschel, bitte seien Sie so gut und nehmen Sie meinen Sohn mit. Ich stieg dann hinten ein, Leuschel schlug die Flügeltür zu, es war stockdunkel, und ab ging die Fahrt, der Elektromotor schnurrte, von Akkus gespeist, ja schon damals, und es funktionierte auch, seit Mitte der dreißiger Jahre wurden mit dem Postauto die Paketsendungen nicht nur vom Bahnhof geholt, sondern den ganzen Tag hindurch in der Stadt ausgefahren, mit der gehörigen Gemütlichkeit des Tempos, bevor das Auto über Nacht von Leuschel wieder an die Steckdose gehängt wurde, die in der Garage installiert war, mit einem brummenden Aggregat, das, groß wie ein Frankfurter Schrank, Starkstrom lieferte. Von der Hotelzimmer- und Altmannetage war es eine Holztreppe, die Kuntz und Frenzel weiter nach oben, in das Dachgeschoß führte. Dort gab es einen langen dunklen Gang, nach links ging es auf den riesigen Trockenboden, der in den Fensteröffnungen keine Scheiben hatte, dauernde Zugluft, im Winter roch es oft nach Schnee, im Sommer immer nach Hitze, Staub und ausgetrocknetem Holz, in der Mitte des Bodens war eine weitere schmale Treppenleiter fest eingebaut, sie führte auf das Flachdach des über Eck gebauten Hauses, auf der mit Dachpappe belegten Fläche hoch über Markt, über Thälmannstraße und *Posthof* war der beste Platz für meine Richtantenne, einen Rahmen aus zwei über Kreuz genagelten Brettern, auf den ich Bahn an Bahn vierzig Meter Klingeldraht wickeln konnte, vom Elektriker auf dem *Wind* bezogen, den Meter zu zehn Pfennig, den Anschlußdraht warf ich über die Dachrinne in die Thälmannstraße, mit einem Spazierstock fischte ich von unserem Fenster aus nach ihm, zog ihn ins Zimmer und schloß das kleine braune Bakelitradio an, das die Eltern, weil es in der HO in Altenburg gerade zu haben war, kurzerhand gekauft hatten und das auf dem Fensterbrett an meinem Bett stand, für Hörstunden am späten Abend, mit Stimmen im Ohr und lesend wollte ich nicht nur an den Übungsabenden des Gesangvereins langsam in den Schlaf gleiten. Was für Stimmen, woher. Bei Büchern, bei der Lektüre nahm ich, mußte ich nehmen, was da war, was mir in die Hände fiel, ich las Ly Corsaris *Mann ohne Uniform*, Lettow-Vorbecks *Heia Safari* und direkt davor und danach *Fern von Moskau, Ritter des goldenen Sterns* und *Die junge Garde*. Bei den Radiosendern hatte ich die Wahl, halb Europa, gezielt überlagert und gestört, bot sich an, Beromünster, Rom, Belgrad, und wenn ich die Antenne nach Norden drehte, konnte ich durch die heulenden Störsender hindurch den RIAS so empfangen, daß die Worte zeitweise zu verstehen waren, nicht immer, aber oft. Nordwest bedeutete London, die deutschsprachige Stunde am Abend, Westen war Köln, dort sang Trautchen, Onkel Brunos Pflegetochter, im Rundfunkchor, Südsüdost bot Bayern, Ganghofers *Ochsenkrieg* kannte ich, mehr nicht. Manchmal hörte ich auch Radio Moskau. Das fiel mit großer Stärke ein. Nicht nötig, zwei Stockwerke nach oben zu gehen und vom Trockenboden auf das Dach zu klettern, um die Antenne in Richtung Osten zu drehen, die sonst nach Norden und Nordwesten ausgerichtet war. Schön fand ich nur das Glockenspiel der Russen am Anfang und am Ende jeder Sendung, es war im Kreml aufgenommen worden, als Stalin noch lebte. Kuntz und Frenzel ließen den Trockenboden links liegen und tasteten sich durch den dunklen Gang, vorbei an den ehemaligen Dachkammern der Kellner, Küchenlehrlinge und Zimmermädchen, acht engen, mehr als bescheidenen Unterkünften ohne fließend Wasser und ohne Öfen, Anfang der fünfziger Jahre schliefen nur noch die Hausgehilfin des *Posthotels* und unser Mädchen in den beiden vorderen Kammern gegenüber der Treppe, die restlichen Verschläge dienten den sechs Mietparteien in der *Post* als Abstellräume, halbdunkel, voll Gerümpel, Altpapier und Kinderspielzeug, stieß ich bei einem meiner Abstecher unters Dach die Luke unseres Bodenraums auf, konnte ich über den *Posthof* und die Gärten hinweg auf die Rückseite der Häuser in der Webergasse gucken. Ich sah die Zeile zweigeschossiger Gebäude und sah sie auch nicht, heute würde ich einen anderen Blick haben, angemessener, vielleicht, wer weiß, ich bin nicht sicher. Einmal im Jahr, nicht im Winter, da war es zu eisig, als wären die Mauern und Wände aus Pappe, sondern im Hochsommer, während der großen Ferien, zog es mich unters Dach und in die Kammer, wo hing bei uns in der Wohnung der Schlüssel, nach dem Mittagessen, wenn Ruhe einkehrte, weil alle halbwegs satt geworden waren und erschlafften, die Eltern lagen im Ehebett, das Mädchen döste in der Küche auf dem Stuhl am Fenster, und Schwester Edeltraud, die

Sprechstundenhilfe, las die Balladen Münchhausens, schlich ich mich nach oben in die Bodenkammer, um in den Koffern, Kisten und Kartons zu stöbern und zu wühlen, auf der Suche nach den kleinen erzgebirgischen Häuschen, Gespannen, Lastern, *Männeln* und nach den Soldaten von Elastolin und Lineol, hatte ich die gefunden und aus dem Augenblick heraus halbwegs gelungen aufgestellt, kramte ich die handfesteren alten Sachen aus der Abseite und den Winkeln hervor, das Hühnerpickbrett der gefangenen Russen, den braunen Schnauzerhund und nicht zuletzt, auf einem Brett mit Rädern, den blaugrauen Reitelefanten, auf dem ich in den letzten Kriegsjahren so gerne gesessen und den Bindfaden gehalten hatte, zog ich daran, hob sich der Rüssel und stellte sich auf, wie zur Begrüßung oder in trompetender Erregung. Und dann war da noch das große Lastauto aus Holz, ein Geschenk für mich Weihnachten dreiundvierzig, Bruder Ulrich war eine Woche vorher auf die Welt gekommen, gerade hatte eine weitere besonders schlimme Bombennacht das Graphische Viertel in Leipzig zerstört, bis nach Frohburg sah man den roten Widerschein des Flammenhimmels, wir wohnten seit drei Monaten nicht mehr in der Greifenhainer Straße, sondern im Amtsgericht. Am ersten Feiertag gegen Abend, Mutter war zwar seit drei, vier Tagen auf, aber zum ersten Mal außer Haus, besuchten wir die Großeltern. Hinauf in den ersten Stock, die Steintreppe, im Flur mußte ich warten, dann ging die Tür auf, ich wurde ins Eßzimmer geschoben, vertraute Gesichter, schwer auszumachen, wer genau da alles über mir hing, es war dunkel, nur hinten, zwischen Sofa und Philodendron, der große Tannenbaum mit den aufgesteckten Kerzen, plötzlich, ich war, leicht vorwärtsgeschoben, kaum einen Meter ins Zimmer gekommen, rollte unter dem Tisch etwas hervor, direkt in meine Richtung, als suchte es nur mich, ein Spielzeugauto, halb so groß wie ich, ein Lastwagen, mit langer roter Kühlerhaube, dunkelgrauen Schutzblechen und hellblauer geteilter Windschutzscheibe. Ein paar Stunden später im Bett fand ich erst Ruhe, konnte ich erst schlafen, als das

Auto quer auf meiner Brust lag und ich mit meinen Händen Kühler und Heckpartie festhielt. Wochenlang ging das so, Abend für Abend, ein wahrer Eigenwilligkeitsbeleg, wenn man Mutters späteren Reden glauben konnte.

Kuntz und Frenzel wurden auf ihrem Weg durch die Dunkelheit des Dachgeschosses von einer Bretterwand gestoppt, die den Gang abschloß, weder Namensschild, Klingel oder Klinke ließen sich ertasten, ich wette, es gab sie nicht, Kuntz, der sich in der *Post* zuhause fühlte und mit der Prostatageschichte vier Jahre länger lebte als Frenzel mit seinem schlechteren Verlauf, wählte die aktive Rolle und pochte einen Wirbel von vier, fünf Schlägen an die Wand, daß es wummerte, Herr Schlingeschön, hier sind wir, rief er. Nach kaum ein paar Sekunden klapperte das Schloß, die Tür ging auf, im Gegenlicht ein Junge, neun oder zehn Jahre alt, sagte kein Wort, tappte in die Kammer zurück, ist der verwachsen, fragte sich Frenzel, wieso humpelt er. Da tauchte schon der Meister selber auf, hager, klapprig, von einer Ausgezehrtheit, wie sie Verbissene, Verrannte aufweisen, Besessene. Davon allerdings, von einer Enge der Gesinnung, des Weltbilds, war im persönlichen Umgang im ersten Anlauf nichts zu spüren, halblaut, mit angenehmer, im Brustkorb nachklingender Stimme bat Schlingeschön sie in die nächste Kammer, gleich rechts, auf der Hofseite, mit einem hohen schmalen Gaubenfenster, vier Stühle standen da, vor einem aufgetürmten Hintergrund aus Koffern, Packen, Bündeln, wir suchen noch nach Schränken und Kommoden, sagte der Gastgeber, nicht umsonst, man kann doch schließlich zahlen. Die drei Männer setzten sich, der vierte Stuhl blieb leer, bis aus dem Nebenraum ein junges Mädchen von sechzehn, höchstens siebzehn Jahren kam, rotwangig, gut gepolstert, meine älteste Tochter, sagte Schlingeschön, die stört uns nicht, soll aufpassen, was ich mache, sie hat die Gabe, genau wie ich, nur muß sie die Anwendung noch lernen, Gespräch und Umgang mit den Kranken und so weiter. Sie dürfen mich nicht falsch verstehen, fuhr er fort, wenn ich jetzt sage, daß Sie die Hosen öffnen und den Unterkörper anheben müssen, ich schiebe meine Hände unter Ihr Gemächte, drücke auf den Damm und ziehe mit meiner Kraft die Krankheit aus der Vorsteherdrüse. Genauso machte Schlingeschön es auch, es dauerte keine zehn Minuten. Jetzt erst mal so bleiben, wies er die beiden Besucher an. Um gleich darauf fortzufahren: Ursel, komm her und mach nach, was du gerade gesehen hast. Können Sie sich vorstellen, wie einem da zumute ist, wenn man das am eigenen Leib erlebt, ein halbes Kind noch betastet einen genau dort, wo es bei solchen alten Kerlen nichts zu suchen hat, sagte Kuntz am nächsten Abend zu Vater, als die Eltern auf ein Wochenendbier nach unten in die Gaststube gekommen waren. Wie erwähnt, waren beide am Ort geboren und aufgewachsen, sie kannten von daher und durch die Praxis so gut wie alle Männer und Frauen, die wie sie selber Gäste bei Kuntz waren, an den schweren Massivholztischen saßen, Bier tranken, um sich guckten, Karten spielten, die *Leipziger Volkszeitung* lasen und vor allem sich unterhielten. Kuntz hatte den Thekendienst seiner Frau übergeben und sich für ein Viertelstündchen bei den Eltern niedergelassen. Wissen Sie, Herr Doktor, setzte er an, noch heute ahne ich, wie auf Abstand bedacht Vater reagierte, was kommt jetzt, was will er von mir. Sein Mißtrauen hing mit der Rolle, die er spielen mußte, zusammen, als zweiter Arzt in einer Viereinhalbtausendeinwohnerstadt, Möring war nun einmal der Alte, und Vater war und blieb der Junge, Dazugekommene, in einer Zeit, in der die Leute mehr als genug Neuerung und Umbruch verkraften mußten, da war Erfahrung, Übung, Bewährung angesagt, gerade im Bereich von Krankheit, Schmerz und Leiden. Auf anderen Gebieten war das Wagnis, noch gar nicht lange her, weitaus größer gewesen, angestoßen, aufgemöbelt, risikobereit hatte man kurz vor dem Untergehen, allgemeines Gefühl, nach einem von zwei Strohhalmen gegriffen, dem roten oder braunen. Wenn für Möring auch die dreißig Jahre sprachen, die er schon in Frohburg praktizierte, so hatte Vater immerhin doch auch ein Plus. Einmal fielen ihm viele seiner Altersgenossen zu, sobald sie ihren Eltern entkommen waren und einen eigenen Hausstand eingerichtet hatten, zum anderen kultivierte er den Gegensatz zum älteren Kollegen, wo der das widerstrebende Kind beim Impfen vor sich stellte, zwischen seine Schenkel klemmte und es für den zielgerichteten Einstich der Spritze, für das zielgerichtete Ritzen mit dem Skalpell fest am Oberarm packte, da ließ sich Vater Zeit, sprach dem kleinen ahnungsvollen Opfer gut zu und strich ihm übers Haar, das war wie ein Werbefilm, der Früchte trug und für Zulauf sorgte und auch mit sich brachte, daß Kuntz nun, am Sonnabend nach dem Bestreichen durch Schlingeschön, Vater davon Bericht erstattete, horch mal, Herr Doktor, bei Möring hätte er das nicht gewagt, bei dem jüngeren Arzt, der zudem unter einem Dach mit ihm wohnte, fühlte er sich geradezu aufgerufen, aus seinem Herzen keine Mördergrube zu machen. So erfuhr Vater von der Bestreichung in der Dachkammer, er hatte schon deshalb nicht wirklich etwas dagegen, weil er von seinen klinischen Semestern in Graz und seiner Assistentenzeit in Leipzig wußte, wie schnell oder auch wie langsam sich ein Prostatakrebs bei Männern im sogenannten besten Alter entwickeln konnte, wegschneiden, heraussäbeln, na gut, aber brachte das etwas, war das wirklich immer nötig, niemand konnte Genaues sagen, er hatte die Doktorarbeit über die Prostata geschrieben und wußte, wie fragwürdig alle Befunde und Heilungsversuche waren. Er merkte Kuntz die Erleichterung darüber an, daß nun die konventionelle akademische Medizin und die Kraft aus dem Volk wenn auch nicht gerade miteinander versöhnt worden waren, so doch in seinem und Frenzels Fall voneinander wußten. Vielleicht ist es nicht verkehrt, sagte Vater, wenn Ihr Wundertäter am Montagabend nach der Lehrlingsuntersuchung für die Textile und die Brikettfabrik zu mir runterkommt, so gegen halb acht. Richte ich aus, kam es von Kuntz zurück. Was soll man sagen, am übernächsten Abend war der letzte Lehrling kurz vor acht abgefertigt, Woche für Woche standen fünfzehn, zwanzig Namen auf der Liste, als letzter diesmal ein kleiner spilleriger Junge aus dem Riesengebirge, aus Spindlermühle, welliges Haar, Sommersprossen, die Eltern im Mai fünfundvierzig noch zuhause im Tal der jungen Elbe ums Leben gekommen, davon sprach er nicht, wie es ihn nach Frohburg geweht hatte, keine Ahnung, ein Rätsel mehr für mich, es gibt davon haufenweise, früher konnte ich bei solchen Fragen zum Hörer greifen und in Reiskirchen anrufen, damit ist seit Vaters Tod endgültig Schluß und war es genaugenommen schon, als Vater bereits Mitte 2002 nicht mehr wußte, in welchem Jahr der Krieg zu Ende war, dreiundvierzig, vierundvierzig, fünfundvierzig, sechsundvierzig, tastete er sich durch den Kalender. Der fremde Junge lebte als Pflegesohn bei der Witwe des Direktors Specht in der enteigneten Niederlassung der *Philipp-Holzmann*-AG vor der Stadt, auf der rechten Seite der Ausfallstraße nach Borna, die Witwe hatte mir, durch Mutter übermittelt, einen Ravenstein-Straßenatlas Deutschland aus den dreißiger Jahren geschenkt, Überbleibsel abgesunkener so gut wie vergessener Autotouren der Spechts, Geschenk aus welchem Anlaß, mit Mutter entfernt verwandt, vielleicht, wer weiß, die haben schöne Fahrten gemacht, die beiden, sagte Mutter jedesmal, wenn ich mir, erkältet auf der Couch im Herrenzimmer liegend, siebenunddreißigacht oder achtunddreißigzwei maß Schwester Edeltraud, mit dem Kartenband die Zeit vertrieb. Oder ich saß an sommerlichen Regennachmittagen im Torweg der *Post* auf den Stufen vor dem zugemauerten Hintereingang der Hotelküche, den Atlas auf den Knien, in Erwartung von Jungen, die die Langeweile durch den Nachmittag trieb und die ich hereinrufen konnte. Mutter kam auf dem Weg von der Thälmannstraße in den *Posthof* bei mir durch, mit frischgeernteten Gurken, herbriechenden knackigen Blumenkohlköpfen und langen duftenden Gladiolen aus der *Gärtnerei Eismann* beladen, die Blumen waren für die beiden chinesischen Bodenvasen gedacht, die links und rechts der Flügeltür zwischen Herrenzimmer und Eßzimmer standen und bestückt wurden, wenn in der warmen Jahreszeit die Tür geöffnet war, kannst du denn gar nicht genug von der Schwarte bekommen, fragte sie im Vorbeigehen, nicht ernstlich, nur so, um etwas zu sagen. Nein, genug hatte ich nicht, sie wußte das fast besser als ich, stundenlang studierte ich, saugte ich die bunten Seiten in mich hinein, die sich mir so, wie sie mein häufiges Blättern allmählich aus der Bindung löste, immer fester einprägten, wie Umrißstempel aus der Schule, die beschriftet werden mußten, Gegenden, Landstriche, Länder, die seit vierundvierzig, fünfundvierzig entvölkert im unerreichbaren Nichts versunken waren, fünfzig Jahre weiter, und kaum jemand weiß mehr, was da mal war und unfaßbarerweise über den Bach gegangen ist, unsere Schuld, ich weiß, der Krieg, die Einsatzgruppen, die Vernichtungslager, aber ist das ein Grund, die Wehmut, den Kummer schlechtzureden, die Täter waren selten Opfer, die Opfer selten Täter. Der Atlas gab zusammen mit dem aus der Hitlerschen Aufrüstungszeit stammenden Meßtischblatt der Frohburger Gegend, das ich auf dem Oberboden in der Greifenhainer Straße fand, den Anstoß für meine kartographische Neugier, von oben sehen, was einen hier unten eng umgibt oder aus der Ferne herübergeistert, Hölzchen, Harzberg, Streitwald, Deutsches Holz, die Wyhraschleife, das Bachsystem von Maus, Ratte, Katze und dazu, weiter, scheinbar sehr viel weiter weg Theresienstadt, Schneekoppe, Marxwalde, Spiegelwald, Wasserbiblos. Draufsicht, Einsicht, Übersicht, nicht triumphierend, nicht in der Art von: Rio am Zuckerhut, kenn ich wie meine Westentasche, da mußt du dich nur schäbig anziehen, dann läuft es gut. Sondern sich hineinarbeiten, hineinsehen, hineindenken, die Zeichen, die Linien wahrnehmen, verarbeiten, entschlüsseln, so also könnte es sein, so müßte es in etwa sein, so ist es, vielleicht. Gerade eben, nachdem ich das geschrieben und mich über die Kartographie und meine Vorliebe für Karten und Pläne aller Art ausgelassen habe, erlebe ich die alte Faszination wieder, seit gestern lese ich Zane Greys Roman *Der eiserne Weg*, den ich bei *Pretzsch* in der Gotmarstraße auf dem Wühltisch gefunden habe, für fünfundsiebzig

Cent, aus dem *Awa-Verlag* in München, fünfziger Jahre, Leineneinband, mit Eisenbahn-Vignette auf dem Deckel, weiches griffiges Papier, schon in Frohburg begegnete mir der Name Zane Grey, bekam ich von ihm vier, fünf Bücher in die Hände, von Paul Baudisch übersetzte Vorkriegsausgaben, Vetter Goldhilf in Borna, Onkel Alberts Sohn, zehn Jahre älter als ich, lieh sie mir zögernd aus, blaue, rote und gelbe Bände aus dem Verlag Knaur in Berlin, schöne Antiquaschrift, sie wurden wie kleine Heiligtümer im Wohnzimmer der Bornaer in dem Vitrinenschrank mit verglasten abschließbaren Türen aufbewahrt, der neben der Tür zum Ladengeschäft stand, auch manches Karl-May-Buch, von mir heiß begehrt, war hinter den Scheiben zu sehen, in tadellosem Zustand, ich kam sehr selten ran an die rare Lektüre. Man spürte bei den Verwandten, insbesondere beim Cousin eine Sorgfalt und Reserve des Besitzes, kein schroffes Nein war jemals zu hören, eher gab es hinhaltenden Widerstand, daß entweder der Schlüssel verlegt oder der gewünschte Band, *Die donnernde Herde* etwa, ausgeliehen war. Meine Neuerwerbung *Der eiserne Weg*, Originaltitel *The U. P. Trail*, jetzt zum ersten Mal gelesen, befaßt sich mit dem Riesenprojekt, eine Eisenbahn von Chicago nach San Francisco zu bauen und damit den Osten der USA mit der Westküste zu verbinden, über die Rocky Mountains hinweg. Die Ersterschließungsstrecke der *Union Pacific Railroad* arbeitet sich vom Missouri aus über die Grasebenen von Nebraska in das Hügelland und die Berge von Wyoming vor, zum Paß nach Utah. Scouts, Landvermesser und Ingenieure erkunden, von Soldaten geschützt, weit vor den Baukolonnen das unbekannte Gelände im Indianergebiet und berechnen die Trasse, Schluchten, Flußtäler, Steilwände müssen überbrückt, auf Dammen bewältigt und mit Kehren entschärft werden, für mich schon allein deshalb von Interesse, weil ich auf der kanadischen Eisenbahnquerung der Rockys von Banff nach Vancouver unterwegs gewesen bin und die Meisterleistung der Streckenführung bewundert habe. Wie diese Vorstöße im einzelnen praktiziert, gehandhabt wurden,

Erkundung, Berechnung, Umsetzung, bei Grey kann man es nachlesen. Dazu nennt er im Buch Namen von Siedlungen und Haltepunkten am *Eisernen Weg*: Medicine Bow, Roaring City, Benton. Alles blitzschnell aufgeblühte Ortschaften, wie im Erzgebirge zweihundertfünfzig Jahre vorher, zur Zeit der Silberfunde und des Berggeschreys, wirre Ansammlungen von Bretterbuden und Balkenhütten, Staub und Schlamm, je nach Ausprägung des Wetters, tausend und abertausend Männer, Farbige, Chinesen, Einwanderer aus den Armutsgebieten Europas, dazu schaufelt die bereits betriebene Strecke aus dem Hinterland, aus Richtung Osten nicht nur Schienen, Schwellen, Brückenteile und Baumaterial heran, sondern auch Spieltische, Kneipentheken, französische Betten und vor allem Frauen. Höllische Nächte, ausdrücklich erwähnt von allen Augenzeugen, besonders in Benton, Trinkhallen, Pokersäle, Bordelle, von Zeit zu Zeit, alle halbe Stunde etwa, fiel ein Schuß, wurde ein Messer gezogen, man schleppte und schleifte die Leiche aus dem Blickfeld und spielte weiter die Karten aus. Dann hatten sich die Schienen zwei, drei Tagesritte weiter nach Westen vorgeschoben, am Brückenkopf der Planierer und der Schienenleger entstand im steinigen trockenen Nichts, das durch hundert Jahre nur Reiter, rote und weiße, und die Ochsengespanne der Kolonisten und Goldsucher gesehen hatte, eine neue Siedlung, und die alte, Benton, entleerte sich schlagartig, da vorne spielt jetzt die Musik, ein Jahr später hielt im verlassenen Nest kein Zug mehr, niemand hatte den Wunsch, dort ein- und auszusteigen, die Buden und Hütten verfielen oder wanderten Brett für Brett und Balken für Balken in die seltenen, gerade in der kalten Jahreszeit gefräßigen Lagerfeuer, heute ist Benton eine Geisterstadt, mit sorgfältig restaurierten Resten der Gebäude, bei *Wikipedia* gibt es noch Fotos von Grundmauern, auf den Karten freilich hat sich der Ort schon vor siebzig, achtzig Jahren verflüchtigt. Das weiß ich, weil ich nach den ersten paar Seiten *Der eiserne Weg*, nach der Nennung des Ortsnamens Benton gestern zum Bücherregal gegangen bin und hinter den Stößen jüngstgekaufter Bücher, die sich auf dem Boden stapeln und die Annäherung an das Regal erschweren und zu wahren Balanceakten machen, vom untersten Brett einen Lexikonband genommen habe, es handelt sich um den 1937 erschienenen Atlas-Band, der den *Neuen Brockhaus* in vier Bänden ergänzte. Die Eltern schenkten mir das dicke Buch in verlagsfrischem Zustand Weihnachten 1952, ich war noch nicht zwölf Jahre alt. Damals ganz sicher nicht leicht zu erlangen, in einer Zeit, in der es in der ganzen DDR neben Wilhelm Liebknechts vom Umfang her bescheidenem und zudem im Sinn der Stalinzeit gereinigtem *Volksfremdwörterbuch* nur ein einziges Lexikon, und auch das nur einbändig, gab. Der Atlasband enthielt nicht nur die Karten aller Erdteile und Länder, sondern auch zugeordnete Fotos, je drei auf einer Seite, und in einem Anhang, chronologisch angeordnet, Illustrationen und Karten zur Weltgeschichte. Das Buch hat mir oft und oft, bis zur Konfirmation, die Zeit vertrieben. Erdkunde war nie wirklich mein Fall, die Lehrer, von denen sie dargeboten wurde, gehörten meist zur blutleeren Sorte, papieren bis in die Fingerspitzen, mit denen sie auf die Wandkarte einstachen, sie fragten die höhengestaffelten Anbauzonen in Mittelamerika ab, für mich ein Graus. In meinem *Brockhaus-Atlas* mit den Besiedelungs-, Wirtschafts- und Verkehrskarten bestimmte ich den Kurs. Bis zu dieser Beschreibung des Atlasbandes und zur Schilderung seiner Bedeutung für mich war ich gekommen, als am 8. März 2012 nachmittags das Telefon klingelte. Heidrun hielt sich seit einer halben Woche in Freiburg auf. Der Anrufer war Arzt auf der Intensivstation der Medizinischen Klinik in Gießen, in der Bruder Ulrich wieder lag, mit verschlechterten Blutwerten, ich hatte am vorausgegangenen Sonntag noch mit ihm telefoniert, ich muß aufhören, hatte er nach zehn Minuten geklagt, der Arm tut mir weh, ich kann den Hörer nicht mehr halten. Vier Tage später der unbekannte Arzt, Ulrich war vor zwei Tagen ins Koma gefallen, auf der Station hatten sie keine Adresse von Verwandten, das gibts doch nicht, hätten sie gesagt, jemanden muß er doch haben, notfalls schalten wir die Polizei ein. Am Vormittag aber hatte ein Freund Ulrich besuchen wollen, Detlef Ludwig, es gibt einen Bruder, hatte er gesagt, in Göttingen. Deshalb jetzt der Anruf, halb fünf am Nachmittag: Mit Ihrem Bruder ist es ernst. Sechs Stunden später wieder Telefon, diesmal Handy, Heidrun rief aus Freiburg immer über Festnetz an, ich ahnte gleich nichts Gutes, Ihr Bruder lebt nicht mehr, mein Beileid. Und dann: Wünschen Sie eine Obduktion. Ich habe heute den ganzen Tag durch telefoniert, mit der Klinik, der Bestatterin, dem Pfarrer, Ulrichs Freunden und seinen ehemaligen Kollegen an der Liebigschule, und kehre erst spätabends, meine Verkrampfung vom Wein gelöst, so gut es geht, wieder in die Normalspur zurück und schlage im *Brockhaus* die Karte des mittleren Teils der Vereinigten Staaten von Nordamerika auf. Ganz richtig finde ich auch die Trasse der *Union Pacific* und sogar die Städte Medicine Bow und Roaring City, nur Benton gibt es schon im Jahr siebenunddreißig nicht mehr. Im dunkelrot und rotbraun eingefärbten Bereich der Karte, der die Oberflächenform Gebirge signalisiert und den Ostabhang der Rocky Mountains darstellt, fehlt die Siedlung, ist sie nicht verzeichnet. Immer wieder nehme ich die große Lupe mit der messinggefaßten handtellergroßen Linse in die Hand, fahre der transkontinentalen Eisenbahnstrecke auf dem Papier hinterher und komme mir fast vor, als würde ich wieder in meinem Schlafabteil oder im Aussichtswagen der Bahn zwischen Banff und Vancouver sitzen und durch das Felsengebirge vorwärtsgeschaukelt werden, auf Kehren, über Brücken, durch Tunnels, weg von den Dohlen und Raben und Krähen der Wälder oberhalb des *Springs Hotel*. Da fällt mir auch gleich das Mädchen aus der Frohburger Amtsgasse wieder ein, der Augapfel Mörings, von Münchhausen beschenkt, ich sehe eine Rabenkrähe auf ihrer Schulter, mal sehen, wie es weitergeht, mit mir, mit ihr und mit dem Vogel.

Montagabend halb acht kam Schlingeschön aus dem Dachgeschoß der *Post* herunter und setzte sich in Vaters Wartezimmer auf die lange Bank am Fenster, auf der ich, wenn die Praxis im Juli oder August für zwei Urlaubswochen geschlossen war, meine mit Schildchen versehenen Sammlungen ausbreitete, zu der als Glanzstück die Medaille für einen Freiwilligen von 1813 gehörte, Ertrag des Sommerurlaubs in Ahrenshoop, der mir darüber hinaus noch unerwartete Bilder, Ansichten, Einblicke brachte, den altehrwürdigen Vater der *Häschenschule* sah ich in seinem Garten, Fritz Koch-Gotha, seit der Ausbombung in Berlin wohnhaft in Althagen, dazu den großen Felsenstein von der Ostberliner *Komischen Oper Unter den Linden*, der, umschwärmt von langbeinigen Tänzerinnen, nach dem Strandtag und vor dem Abendessen braungebrannt, sommerlich aufgedonnert und gutgelaunt, kein Wunder, bei dem jungen Gemüse, sagte Mutter mit ihrer noch dunkleren Haut, die Hauptstraße herunterkam, in Höhe der *Bunten Stube*, im Zentrum des Corsos hielt er jeden Spätnachmittag hof. Zwei Momentaufnahmen, zu denen noch die Frau von fünfunddreißig, vierzig Jahren kam, die sich in der Nachbarstrandburg für den Nachhauseweg anzog, den Bademantel umgehängt, streifte sie den Badeanzug herunter und trat aus der Doppelwulst heraus, im gleichen Moment wehte eine Bö über den Strand und teilte den schützenden Mantel, ich sah das dunkle, nein schwarze Vlies, das Haardreieck, erschrak und drehte mich zur Seite, gefährlich sah das aus, bedrohlich, schnell weg. Und guckte mich mehrmals um. Wie Schlingeschön still auf der Holzbank saß, sah ihn Vater, als er den auf Herz und Nieren geprüften Lehrling aus Spindlermühle aus dem Sprechzimmer entließ. Er machte eine einladende Handbewegung, stellte sich vor und gab den Durchgang frei. Im Verlauf des folgenden Gesprächs saß Vater an der Längsseite seines schweren schwarzgebeizten Schreibtisches aus Eichenholz. Er gab dem Sprechzimmer mit der weißlackierten Bestückung, gynäkologischem Untersuchungsstuhl, Standwaage mit den Schiebegewichten, Diathermieapparat, Höhensonne, Untersuchungsdiwan und Rollschrank für die Patientenkartei, krankenhausmäßig kühl das alles, einen privaten Akzent, eine menschenfreundliche Ecke, in der sich sprechen ließ, wenn auch der Patient auf einem leichten Küchenstuhl mit gelochter Sitzplatte aus Sperrholz plaziert wurde, Farbe: weiß. Vater hielt sich nicht lange mit der Vorrede auf, Kuntz hat mich ins Bild gesetzt, sagte er, keine Angst, Sie kommen mir nicht ins Gehege, wenn Sie sich an das halten, was ich Ihnen jetzt sage. Kuntz und Frenzel haben, jeder für sich, eine Operation abgelehnt, das geht nun seinen Gang, da kann ich wenig tun, und Sie können auch nicht viel verderben. Das ist Ihr Feld, auf dem ich Sie gewähren lasse. Aber halten Sie unbedingt Ihre Hände, wie heilsam sie auch sein mögen, von den Leuten weg, bei denen ich noch etwas machen kann. Sind Sie damit einverstanden. Schlingeschön nickte. Jetzt, wo die Pflicht hinter uns liegt, kann die Kür beginnen, sagte Vater, ich möchte gerne wissen, woher Sie kommen und wieso Sie in Frohburg gelandet sind, denn wie ein Schlesier oder Ostpreuße klingen Sie nicht gerade, von denen haben wir hier mehr als reichlich, ich würde den Tonfall hören. Der Besucher, seit neuestem Hausgenosse, war froh, seine Geschichte einmal am Stück erzählen zu können, obendrein jemandem, zu dessen Beruf und auch Naturell das Zuhören gehörte, schon wegen des Interesses an Lebensläufen und Schicksalen, das Vater nie verließ, bis ins hohe Alter nicht, dicht auf das Ende zu, erst ein halbes Jahr vor seinem Tod, seinem Erlöschen, ließ die diesbezügliche Wißbegier nach, mit dem Aufkommen der Sommerhitze 2002. Anderthalb Monate vor seinem Ende fragte ich ihn einmal nach Schlingeschön, weißt du noch, Vater, die Leute bei uns in der *Post*, oben unter dem Dach, der Wunderheiler, er stellte sich ahnungslos oder war es wirklich, keine Ahnung, kam es von ihm, hat denn da oben jemand gewohnt, ist dort überhaupt etwas gewesen. Entweder hatte er den Korbmacher mitsamt seiner Familie, die er jahrelang behandelt hatte, tatsächlich vergessen, oder er wollte, so dicht vor seinem Auslaufen, seinem Abtreten nicht mehr über Nebensachen wie das inzwischen weggerückte Frohburg sprechen, es ging um ihn. Vielleicht, hatte er einmal angemerkt, sagen die Leute, für den wird es auch langsam Zeit, sich endlich wegzumachen, aber von meiner Seite sieht das ganz anders aus. Weißt du noch, sagte ich daraufhin, mit fünfundsechzig hast du, als Mutter dir für die Naßrasur einen echten Dachshaarpinsel kaufen wollte, abgewehrt, das lohnt nicht mehr, ich gucke mir die Radieschen bald von unten an. Und lebst immer noch. Ja, ich lebe tatsächlich noch, und soll ich dir etwas sagen, mit meinen reichlich neunzig Jahren fühle ich mich genaugenommen nur wie höchstens siebzig. Ist mir längst gedämmert, dachte ich im nächsten Atemzug, so wie du Heidrun auf den Hintern guckst, wenn sie bei unseren Besuchen vor der Vitrine hockt, um das mittelgute Kaffeeservice herauszunehmen, Zwiebelmuster von *Arzberg*, viel besser als die zusammengewürfelte Garnitur im Küchenschrank und deutlich schlechter als das Meißner mit Blumen und Insekten in der Anrichte.

Die Kür, die Plauderstunde, die Vater Schlingeschön angekündigt hatte, begann damit, daß er ihn durch den langen Flur, rechts Küche, Kinderzimmer, Eheschlafzimmer, links Wasserklosett, Verbandsraum, Bad, auf die Tür zum Eßzimmer zuführte, dann nach links abbog, beim großen Kleiderschrank eine Vierteldrehung machte, die Herrenzimmertür öffnete und den Gast eintreten ließ. Meine Frau mußte sich schon nachmittags hinlegen, einmal im halben Jahr hat sie Blinddarmreizung, ohne daß es, ich ahne es schon heute, bis an ihr Lebensende jemals zu einer Operation kommen wird, auf Messers Schneide aber dennoch immer. Vielleicht eine erste Aufgabe für Sie. Eine schöne, wirklich schöne Frau, sagte der Besucher, sie ist mir gleich am ersten Tag aufgefallen. Vater holte aus dem mittleren Teil des Bücherschranks, der eine massive Tür hatte, eine zu einem Viertel gefüllte Flasche Weinbrandverschnitt und aus dem rechten verglasten Vitrinenteil zwei Stielgläser hervor. Die Gläser trugen an der Unterseite die goldglänzenden Klebemarken der *Josephinenhütte* aus dem schlesischen Riesengebirge, Kollektion 1937, mit einem Schliff, der durch ein geometrisches

Muster senkrechter Kerben, Furchen, Riefen, Einschleifungen die schlanke Eleganz der hauchdünnen Gläser betonte. Schlingeschön hielt das ihm zugeteilte noch leere Exemplar gegen die Stehlampe und drehte den Stiel zwischen den Fingerkuppen, Bleikristall, handgeschliffen, sagte er im Kennerton, kehrte das Glas um und nahm den goldenen Aufkleber in Augenschein, das darf doch nicht wahr sein, staunte er, Sie haben ja genau die gleichen Gläser, wie sie meine Frau in der Aussteuer mitbekommen hat, die Schwiegereltern hatten eine kleine, aber einträgliche Handschuhnäherei hinter der Johanngeorgenstädter Kirche, ist natürlich schon sechsundvierzig eingegangen, der Schwiegervater war ein Autonarr und verirrte sich als solcher zum NSKK, harmloses Vergnügen, wenn Sie mich fragen, ein paar Geländefahrten mit Privatautos rund um den Auers- und den Fichtelberg, aber das genügte den eingeborenen Schwarzenberger Helfershelfern der Russen vollauf, den Russen selber war das ganz egal. Harmloses Vergnügen, Sie haben recht, nahm Vater den Faden kurz auf, ich weiß, wovon Sie reden, bin selber Mitglied gewesen. Und wenn Sie mich nach meinen Motiven fragen, ich wollte einfach nur Auto fahren, sonst nichts. Mein Vater lieh mir seinen fahrbaren Untersatz, im Waldstück hinter dem Bahnhof, das die Leute *Himmelreich* nennen, wurden wir im Minutenabstand auf die sandige Piste geschickt, wir rasten durch den lichten Kiefernwald, so schnell es ging, wirklich schnell war das nicht, einmal fuhr ich mich im Frühjahrsmorast des Prießnitzer Weges fest, ausgerechnet unser Frenzel half mir, der scheinbar geheilte Kommunist, der sich mit dem gepumpten *Dixi* aus der *Wiesenmühle*, wo er bei Baumbach im Altpapierschuppen arbeitete, dem Kraftfahrkorps angeschlossen hatte, er zog mich mit einem Drahtseil raus, danke, Kamerad, sagte ich, er kein Wort darauf, nur finstere Miene, hätte wohl lieber Genosse gehört, ich war da ganz sicher, sagte aber kein Wort. Ein andermal war an Frenzels *Dixi* während eines Schnellfahrwettbewerbs bei den ersten Häusern von Greifenhain in einem tiefen Schlagloch die vordere linke Radaufhängung gebrochen, er wartete auf den Schlossermeister Krause, mit einem unerklärlichen Impuls der Anteilnahme ließ ich das restliche Rennen sausen, ich war ohnehin weit hinten, setzte mich zu ihm auf die Böschung unter dem Franzosenkreuz und leistete ihm Gesellschaft, wir kamen, Klassenkameraden von früher her, nach langer Zeit wieder einmal ins Gespräch, und er erzählte mir, wie viele am Ort kannte er meine Begeisterung für Bücher, was für Entdeckungen er machte, wenn er mit offenen Augen über die Altpapierhalde streifte, die den *Wiesenmühlen*hof vor der offenen Halle mit dem Kollergang meterhoch bedeckte, jeden zweiten oder dritten Tag wurde die raschelnde Halde durch Abkippen von neuen Lasterladungen aus Leipzig aufgefüllt, alsbald schob ein Traktor mit angeschweißtem Räumschild die Drucksachen jeder Art in Richtung Koller und Verarbeitung zu Packpapier und Pappe. War der Traktor dann in seinen Verschlag zurückgerollt, machte sich Frenzel schon in der nächsten Arbeitspause auf die Suche nach Wertvollem, das zu retten war, langsam schritt er über die Halde, mal drehte er den Kopf in Richtung eines Farbsignals, mal stieß und bohrte er mit dem Fuß zwischen zwei Telefonbüchern, weil er etwas dunkelgrünes Karlmaybuchähnliches entdeckt zu haben glaubte, seine Kollegen saßen währenddessen im Schatten, aßen ihre Brote und riefen zu ihm hinüber: *Heei Frenzel, in der Magguladduhr warrdn bestimmd e baar bigannde Fohdohs off dich.* Wenn doch einmal einer der Spötter das Papier durchstöberte, suchte er genau diese pikanten Fotos für sich und für seine Frau ein Kreuzworträtselheft oder einen Satz Schnittmusterbögen. Und was hat Frenzel gesucht und anscheinend gefunden, fragte Schlingeschön. Na eben, das ist ja das Erstaunliche, sagte Vater, nach und nach drei komplette Reihen, wie er mir beim Warten auf den Autoreparator erzählt hat. Da waren zum allerersten Karl Mays *Gesammelte Werke*, Frenzel fischte aus dem Papiermeer nach und nach alle vor dem Krieg erschienenen Bände heraus, fünfundsechzig im ganzen, eine wunderbare Sammlung, wie sie sonst in der Gegend, soviel ich weiß, nur noch der

Direktor des Braunkohlenwerks Neukirchen-Wyhra besaß, der vierundvierzig durch die Zeitzünderbombe mitsamt seiner Frau und der Dienstvilla gleich neben der Brikettfabrik in die Luft flog, bis heute liegen wahrscheinlich auch die Bücher noch unter dem Schuttberg. Den Abschluß der Werkausgabe Karl Mays bildeten mit den Nummern vierundsechzig und fünfundsechzig *Das Buschgespenst* aus dem Jahr fünfunddreißig und *Der Fremde aus Indien* von neununddreißig, wie wir schon wissen. Großes Finderglück für Frenzel, denn so mancher nicht ganz arme Leipziger Hagestolz ohne Kinder und Kindeskinder fuhr in die Grube, und die entfernten Verwandten wollten schnell klar Schiff haben und verzichteten auf die allerletzte Feinheit der Nachlaßsichtung, um die posthume Miete zu sparen oder das Haus schnell zu verkaufen. Da landeten schon einmal ein paar Radebeuler Bände zusammen mit Fotoalben und Schuhkartons voller Briefe im Altpapier und letztenendes in Frohburg, auf Baumbachs Hof. Frenzel brachte seinen Karl May nicht wie der Neukirchener Chef im Frontfach eines Direktorenschreibtischs unter, dem Besucher, dem Vorgeladenen, dem Weisungsempfänger zugewandt, hier guck mal, ich kann auch anders, anders ist schöngeistig. Wo hingegen in unserer Stadt die Besitzer von mehr als fünfzehn Büchern beinahe durch die Bank weg Herrenzimmerschränke nicht nur ihr eigen nannten, sondern auch vorwiesen, besaß der treue Parteikommunist, der ehemalige und zukünftige KZ-Insasse und noch spätere Bürgermeister ein mannshohes Regal, das, von ihm selbst getischlert, in seinem Wohnzimmer im Hinterhaus des Kaufmanns Beyer stand, dort waren die Karl Mays einigermaßen geduckt und unscheinbar, aber vollzählig in den unteren drei Fächern aufgestellt, bemerkbar durch das gleiche Format und die einheitliche Farbe. Im vierten und fünften Fach von unten, deutlich sichtbar auch im einzelnen, standen die blauschwarz eingebundenen weltberühmten Romane von Upton Sinclair aus dem *Malik-Verlag*, dicke Wälzer, auf solid weiches Papier gedruckt, klares Bekenntnis zur Blockbindung, mit einem Rücken voller goldener Horizontallinien, aus denen sich der jeweilige Titel in Gold schälte, und dann die Schutzumschläge, geniale Heartfield-Collagen, *Der Sumpf, Petroleum, Wallstreet* und vor allem *Boston*, die deutsche Ausgabe gleich im ersten Anlauf in fünfzigtausend Exemplaren gedruckt und unter die Leute gebracht, warum, stellte Vater die rhetorische Frage, na ganz einfach, das Buch handelt vom weltweit aufsehenerregenden, weltweit angeheizten Justizfall Sacco und Vanzetti, Italiener, in die USA eingewandert, Überfall auf Lohngeldtransport, wer weiß von wem, Schüsse, Tote, Todesurteil, wütende Proteste in vieler Herren Länder, Unterschriftenaktionen linker, linksliberaler, linksradikaler Prominenz, ich kann mich noch, sagte Vater, an die Zeitungsmeldungen erinnern, wie sie mich in Leipzig, wo ich mit dem Studium anfing, in Bann schlugen, waren die das nun, waren sie es nicht, diese beiden Festgesetzten, Tage gab es, da hielt ich sie für schuldig rabenschwarz, meist nach dem Wochenende in Frohburg, wo jedes Anderssein, jede Fremdartigkeit, ja jedes Unverständliche auffiel, störte und zum Erzählstoff wurde, man verstand nur, was man verstehen wollte, und es störte, was man als störend zu benennen Lust hatte, siehe Hallerfred, doch hatten für mich der Mittwoch, Donnerstag und Freitag noch ein ganz anderes Lied bereit auf die Bostoner Angelegenheiten, es sprach von Unschuld, Ahnungslosigkeit, Treibjagd und Vernichtungswillen, ich hörte das, konnte das hören, weil es in der Seeburgstraße, in der ich mein Zimmer hatte, weiter unten in der Straße eine kleine Leihbücherei hauptsächlich für Druckereiarbeiter aus dem Graphischen Viertel, für Bedienstete der Anatomie und für die Studenten aus meiner Straße und aus der Sternwarten- und Windmühlenstraße gab, dort, bei der alten Witwe Kunisch, geriet der Bostonroman in meine Hände, tiefer, sehr tiefer Eindruck, und fragen Sie mich, wie wir jetzt hier in meinem Sprechzimmer sitzen, um Gottes Willen nicht, warum ich das Buch damals, neunundzwanzig, nicht im erstbesten, im nächsten Buchladen käuflich erworben habe, warum es nicht in meinem Bücherschrank gestanden und dort auch Bestand gehabt hat, während ich kurz nach Kriegsende gezwungen war, Anschaffungen aus der gleichen Zeit, den *Roten Baron* zum Beispiel, das Buch über Richthofen, und Ernst Jüngers *In Stahlgewittern* im Garten meiner Eltern zu vergraben, zur möglichst schnellen und spurlosen Verrottung. Soweit die zweite Sammlung Frenzels, Ihres neuen Heilbefohlenen, fuhr Vater fort. Die dritte, dem Besitzer besonders wertvolle Kollektion bestand aus leicht ausgeblichenen orangefarbenen Leinenbänden mit Goldschrift auf dem Rücken, Jack London, die erste deutsche Ausgabe, bei *Universitas* in Berlin erschienen, geheimnisvoller Verlag, sagte Vater zu Schlingeschön, und da merke ich sechzig Jahre später sofort an: bei Google nicht viel zu finden, aber aus Ulrichs, des toten Bruders Büchersammlung, die sein Haus, nichts Neues für uns, bis unters Dach füllte, mit Stapeln, Kartons und wahren Druckwerkhalden, weiß ich, daß bei *Universitas* nach dem in der Endzeit der Weimarer Republik herausgebrachten Jack London zwischen fünfunddreißig und Kriegsbeginn Autoren erschienen sind, die mit der braunen Zensur anscheinend keine Probleme hatten und deren Namen und Buchtitel heute mit Respekt zu nennen sind, Wolfgang Koeppens Roman *Die Pflicht* beispielsweise und *Elissa* von Marie Luise Kaschnitz, Ausweichen ist Widerstand und Anpassung zugleich, noch weiß man nicht, wie der Vabanqueritt des Reichskanzlers und Führers durch die Versailler Nachkriegslandschaft Richtung Osten ausgeht, das schlimme Spiel. Bezüglich der dritten Büchersammlung von Frenzel ist in jedem Antiquariatskatalog mit entsprechendem Angebot von den aufgehellten Rücken der Ausgabe die Rede, belehrte Vater den abendlichen Besucher aus dem Dachgeschoß, es gibt so gut wie keinen nicht verschossenen Band der Reihe, wie es auch keinen ursprungsblauen Stendhal aus dem *Verlag Georg Müller* gibt, alle Bücher, egal woher, aus welcher Quelle, sind vor allem am Rücken ausgelaugt bis zur staubgrauen Farblosigkeit. Doch egal, wie entfärbt die einzelnen Bände von Jack London aussahen, Frenzel liebte sie alle, durch die Bank, Stück für Stück, Titel für Titel, das hat er mir an jenem Greifenhainer NSKK-Nachmittag erzählt, den wir auf der Böschung über der Straße verbrachten, am Kreuz für den im Oktober 1813 gefallenen Soldaten Napoleons, besonders liebte er *Die Abenteurer des Schienenstrangs*, so etwas Kraftvolles, Unbeaufsichtigtes, Ungeregeltes gibt es nicht bei uns, hat er in den zwei Stunden des Wartens immer wieder gesagt, hier ist alles so eng, so kontrolliert, so strafbewehrt. Strafbewehrt, das klang für mich merkwürdig, fast heuchlerisch aus seinem Mund, der Große Übervater, der Vater der Völker, sein Väterchen Stalin wütete schließlich auch. Man kriegt kaum Luft, fuhr Frenzel mit seiner Beschwerde fort. Und wenn doch mal Luft, muß man aufpassen, daß es keine gesiebte ist. Hat sich nach dem Zusammenbruch auch nicht groß geändert, merkte Schlingeschön an. Wir hatten zuhause in Johanngeorgenstadt über der ans Wohnhaus angebauten Werkstatt ein Zimmer mit Kochecke, mein Vater wohnte dort oben bis zu seinem Tod 1948. Danach griff die *Wismut*, die schon sechs Männer und eine Frau, ein blutjunges breitgebautes kurzbeiniges Flintenweib aus Breslau, bei uns einquartiert hatte, die einzige Frau im Betriebsschutz, innerhalb von vierundzwanzig Stunden auch auf die freigewordene Kammer meines Vaters zu und wies, der Tote lag noch in unserem Torweg im offenen Sarg, einen jungen Mann aus Schwarzenberg bei uns ein, Fritz Wolf hieß er. Wolf, Fritz Wolf, murmelte Vater, und dann noch Schwarzenberg, kommt mir irgendwie bekannt vor, erzählen Sie mal, was es mit dem Wolf genau auf sich hatte. Naja, er wohnte eigentlich nicht direkt in Schwarzenberg, sondern im benachbarten Sachsenfeld, jenseits des Schwarzwassers, im Hinterhaus der Gastwirtschaft der Döhlerleute, war irgendwie verwandt mit denen. Ach so, die Familie Döhler, rief Vater, jetzt weiß ich Bescheid, an den Jungen erinnere ich mich, da gab es doch während meiner Praxisvertretung für den verhafteten Reibrich den Doppelmord an den beiden jungen Mädchen, Stiche in die Augen, Pistolenschüsse, eine heruntergezogene Schlafanzughose, ausgeworfene Patronenhülsen, damals wurde ich in der zweiten Hälfte der Nacht in das Mordhaus gerufen, ich habe die erschossenen Mädchen in ihrer Dachkammer gesehen. Mir brauchen Sie nichts zu sagen, kam es von Schlingeschön zurück, was mit dem jungen Wolf passiert ist, der ab Ende achtundvierzig bei uns wohnte, genügt mir vollauf und gibt auch Ihnen bestimmt zu denken. Der junge Mann, wir wußten von ihm, einem Großcousin meiner Frau, lange nur, daß er nach seiner Sachsenfelder Zeit und der Haft bei den Russen im Westen, in der Pfalz lebte und daß er seine Tante in Oberjugel, die Tschechenmadam, wie sie bei uns hieß, beerbt hatte, nachdem sie elendiglich gestorben war, woran, das fragen Sie mich besser nicht, die Meinungen gingen auseinander, *die hoam se dohdgefiggd, de Dschäschn*, sagten die einen, Männer meist, *se hoadd de Schannde nich ertroagn*, sagten die anderen, meist Frauen. Eines schönen Junitages jedenfalls, als die Einheimischen ausschwärmten auf die hochgelegenen Grenzwiesen, um dort, wo die Besitzverhältnisse nach Kriegsende unklar waren, zu mähen und Heu zu machen, wurde sie, die Tante Wolfs, hinter ihrem Haus im noch nicht niedergesensten, noch nicht abgesichelten hohen Gras und Kraut gefunden, auf einem Margeritenhang, keine zwei Meter von der Grenze entfernt, im zerfetzten, besudelten, nach oben gerutschten weißen Baumwollnachthemd, *un doarunndorr nischd an, rain goar nischd, das gloobd gee Männsch, so e aoldes abbgewraggdes Luhdorr*, hieß es im Ort. *Na heer ma*, kam die Antwort, *ooch in norr alldn Keersche werrd manschmaa noch gesung*. Was hieß: Auch in einer alten Kirche wird manchmal noch gesungen. *Hassde ooch wiedorr rächd, es iss geene Ziehsche so oald, se leggd gärrne maa Soallz*. Bevor die Leute sich klarwerden konnten, wie sie gestorben war, Herzschlag, Schlaganfall, achtundfünfzig, sechzig muß sie gewesen sein, oder gar Totschlag, erstickt vielleicht oder aus dem Leben geprügelt, schlimmstenfalls sogar Mord, Raubmord, Lustmord, Sexualmord, alles möglich, alles denkbar, aber nicht zu belegen, was hatte man denn mit der Leiche zu tun, es ging um

Gras, um Heu, sonst nichts, und nun, wo die Alte tot dalag, war die Wiese von ihr belegt, besetzt, man konnte nicht um sie herum mähen, als wäre weiter nichts, besser ab nachhause, bevor die Russen und vielleicht die Tschechen kommen. Wieder unten im Ort, rief jemand bei Reibrich an. Und der seinerseits, bevor er losfuhr, setzte per Telefon die Polizeistation ins Bild. Ja, machen Sie die Leichenschau, meinte Volkmann, ich sage den Russen Bescheid, dann kriegen Sie an der Kontrolle in Erla den Durchfahrtschein. Der Reibrich, Ihr Bundesbruder und Freund, wie ich jetzt weiß, war übriggeblieben, seine zwei ortsansässigen Kollegen waren Richtung Westberlin entschwunden, in einer abgesperrten Zone, einem Straflager wollten sie nicht leben, vor allem wegen der Kinder, schrieben sie von jenseits der Grenze in die alte Heimat, die in der Hand von Fremden war, so gut wie auch die neue, da wie dort, und wenn sie in Zukunft auch mit dem Fahrrad oder sogar auf Schusters Rappen Krankenbesuche würden machen müssen, der Preis war ihnen nicht zu hoch. So schrieben sie. Und glaubten auch daran. Reibrich, nach wie vor die Haft noch in den Knochen und seit neuestem den Brief der abgesprungenen Kollegen im Kopf, knatterte mit seinem Leichtmotorrad das immer engere Schwarzwassertal hinauf, in Erla hielt ihm der Posten das Papier schon hin, es ging gleich weiter, um die Felsnasen herum, durch die Engstellen zwischen Bergwand und Bach, vorbei an den Papierfabriken und Eisengießereien, er wies dreimal unter entsicherter Russen-MP mit Trommelmagazin den Propusk aus Erla vor, die Fahrgenehmigung für das Sperrgebiet, nach dem Passieren des Johanngeorgenstädter Ortsschildes fuhr er nicht rechtsab zur Stadt hinauf, sondern bog zwischen dem *Hotel Deutsches Haus*, der russischen Uranzentrale, Berijas örtlicher *Instanzia*, und dem Bahnhof in die Wittigsthaler Straße ein und fuhr am berühmt-berüchtigten Objekt eins der *Wismut* vorbei, dem alten Herrenhaus des Eisenhammers, in dem Schachtleitung und NKWD saßen. Heute befindet sich genau in diesem Gebäude rechts vom Hausflur ein Bäckereicafé, eins von der Sorte, die ganz Deutschland überzieht, zu finden selbst in Dörfern, dort verdienen sich mitarbeitende Ehefrauen, darunter in Wittigsthal auch eine Tschechin, ein bißchen Taschengeld und für später vielleicht noch eine kleine Rente. Dem Eingang zum Café gegenüber, linkerhand also, ein Laden mit abgelaufenen oder ablaufbedrohten Milchprodukten für die örtlichen Hartz-IV-Empfänger, eine zündende Idee der Inhaberin, die bestens ankommt, selbst der *Sachsenspiegel* des MDR hat schon dreimal berichtet, die Ärmsten der Armen, wohnhaft in den vom wuchernden Nachwendeabriß verschont gebliebenen, aufwendig hergerichteten Blocks der oberen Neustadt, kommen tagtäglich die dreihundert, dreihundertfünfzig Meter herunter ins Schwarzwassertal, mit dem Fahrrad, per Bus oder zu Fuß, betreten den kühlen Flur des Herrenhauses mit dem Boden aus Sandsteinplatten und wenden sich nach links, zu den beiden Räumen, in denen die betagten überanstrengten Kühlmaschinen auf Anschlag surren und rattern, das Geschäft geht gut, sagt die Inhaberin, aber leider leider haben wir nicht nur nach neunundachtzig mehr als ein gutes Drittel der Einwohner verloren, der Schwund setzt sich fort, vor allem unter den vielen alleinlebenden Überfünfzigjährigen räumt der Suff unnachsichtig auf, das ist hier eine sterbende Stadt, der man schon vor über einem halben Jahrhundert das Herz herausgerissen hat. So im Wittigsthaler breit hingelagerten Herrenhaus zu hören. Der seinerzeitige Erbauer, der Hammerherr Kaspar Wittig, kann als Beleg dafür dienen, daß die Vertreibungen ab fünfundvierzig, in Böhmen und auf dem Gebirgskamm, nicht die ersten waren, die passierten. Was im zwanzigsten Jahrhundert nationalistische Treibsätze hatte, war in den drei Jahrhunderten davor konfessionell bedingt. Wittig, als junger, sehr junger Hammermeister schon in Sachsenfeld tätig, dem Ort der viel späteren Mädchenmorde des Augenstechers, hatte das der Gemeinde Platten gehörende Hammerwerk in Breitenbach gepachtet, einen Steinwurf von der Grenze entfernt. Die Gegenreformation, von Rom und Wien gesteuert, schob sich damals, nach dem Ende des Dreißigjährigen Krieges und der immer wieder aufflackernden, aufflammenden Pestepidemien, mit Androhung von Höllenpein, Kirchenbann und Austreibung, durch das Böhmische Becken nach Norden, übersprang die Eger, nistete in Komotau und Klösterle und Kaaden, in Schlackenwerth und Lichtenstadt, arbeitete sich den steilen Südabhang des Erzgebirges hinauf und drang in die armen Kleinstädte, Dörfer und Streusiedlungen auf dem Kamm ein, Katharinaberg, Sebastiansberg, Sonnenberg, Schmiedeberg, Kupferberg, Preßnitz, Weipert, Böhmisch Wiesenthal, Gottesgab, Abertham, Joachimsthal, Platten, Bärringen, Frühbuß, Neudeck und Heinrichsgrün, wo die alte Unduldsamkeit, die neue Ausschließlichkeitswut mit ungebrochener Energie ankam und sich mit Hilfe der Priester, Bürgermeister, Steuerbeamten und Gendarmen gegen den Einzelnen und sein Gewissen breitmachte, die Lutheraner, die Evangelischen, die Reformierten wurden aufgefordert, bedrängt, nachdrücklichst genötigt, gezwungen, in den Schoß der alleinseligmachenden Heiligen Römischen Kirche zurückzukehren, andernfalls müßten sie das Land verlassen, dann seht zu, wo ihr bleibt, irrgläubiges Pack. So wie nach fünfundvierzig, man konnte, falsch eingefärbt, froh sein, Leib und Leben gerettet zu haben. Und auch sechsundfünfzig, siebenundfünfzig, in unserem Fall, in Frohburg, wo die Eltern sich im Gegensatz zu manch alteingesessener Familie mit kleinem Laden oder Handwerksbetrieb weigerten, in den Staatsverein *Freunde der Neuen Schule* einzutreten, den Kindern Halstücher der Thälmann-Pioniere umhängen zu lassen und der überall, auch in der *Leipziger Volkszeitung* verbreiteten Parole zu folgen: Die in den Wahllokalen aufgestellten Kabinen, wie sie, merke ich an, auch im Vereinszimmer des *Posthotels* standen, genau unter unserem Kinderzimmer, werden nur von denen benutzt, die gegen Frieden und Völkerfreundschaft sind und für den westdeutschen Kriegskanzler Dr. Adenauer und seine US-amerikanischen Auftraggeber schwärmen, mit der öffentlichen Abstimmung zeigen wir auch diesmal frank und frei unsere Liebe zur unserem Staat der Arbeiter und Bauern. Und dann gab es den Ungarnaufstand, das Blutbad, die Todesurteile, kein Wunder, daß wir uns im Herbst siebenundfünfzig davonmachten. Was keinem von uns leichtfiel. Eine Parallele aber zur Gegenrefomation in Böhmen wäre uns damals nicht in den Sinn gekommen, von Wittig wußten wir nichts, wenn die Eltern auch, wie wir wissen, Breitenbach und die *Dreckschenke* kannten. Der verjagte Hammerherr Wittig, vom anderen, bisher unbewohnten sächsischen Ufer des Schwarzwassers sein verlorenes Eisenwerk immer im Blick, ließ den Dunkelwald, der sich zwischen Auersberg und Fichtelberg seit Urzeiten ineinanderflocht, von Kolonnen Vertriebener aus Böhmen roden, einen Talgrund und einen Hang, mehr nicht vorerst, und baute ein neues Eisenwerk auf, Ebenbild des ersten, allerdings mit reichlich Verbesserungen, denn der Breitenbacher Hammer hatte der Bergstadt Platten gehört, was den Pächter hemmte und ihm die Hände band, wenn es um die Umsetzung gemachter Erfahrungen ging, Platten wollte Neuerungen nicht finanzieren, und ihm, dem die Vertreibung nicht nur schwante, sondern als Unausweichlichkeit schon deutlich vor Augen stand, war das eigene Geld, säckchenweise für den Fall der Fälle nach drüben getragen und in einem wüsten Dornengestrüpp zwischen dem böhmischen Halbmeil und dem sächsischen Halbemeile in sozusagen protestantischer Erde vergraben, die lebensnotwendige Garantie für einen Neuanfang jenseits der Grenze. Und genau so kam es auch: Austreibung, Zutageförderung der Geldsäckchen, Neugründung. Dreihundert Jahre später wiederholte sich der Druck, man hatte genau wie früher Leute im Visier, die in ihrer Gesamtheit nicht paßten, deren Familien, Familienstämme, Sippen seit vielen Generationen unter miesesten Bedingungen als wahre Hungerleider an ihrem angestammten hochgelegenen unwirtlichen Fleckchen Erde festhielten, über das im Sommer, im Herbst, im Winter und nicht zuletzt im Frühjahr der Kammwind pfiff, oft genug in Sturmstärke, und auf dem die Hälfte des Jahres der Schnee lag. Reibrich knatterte mit seinem Motorrad durch Wittigsthal, die eine Hand am Gasgriff, in der anderen hielt er deutlich sichtbar die Einfahrtgenehmigung in die *Wismut*zone. So passierte er das Wittighaus, bog halb nach rechts, zur Linken lag Breitenbach zum Greifen nahe und doch auf einem anderen Stern, niemand zu sehen auf der Gasse, über der sich der abendlich rotüberhauchte Turm der seit drei Jahren verfallenden Jugendstilkirche vom Dunkelgrün des fichtenbestandenen Talhanges abhob. In der steilen Serpentine, die in das nach dem verheerenden Großbrand von 1867 wiederaufgebaute und seit neuestem bis zum Bersten überfüllte Zentrum Johanngeorgenstadts hinaufführte, bemerkte er einen großen, offensichtlich schnell zusammengenagelten barackenähnlichen Komplex, er sah ihn zum ersten Mal, vor Kriegsende keine Spur davon, im Gegenteil, hier hatte es im Verbund der Gärten ein paar ganz besonders bunte liebevoll gehegte Rosenbeete und Staudenhänge gegeben, jetzt die Sequenz windschiefer Bretterbuden, auf den Flachdächern thronten Gruppen von großen Gebläsen, von da kam das Pfeifen, Sausen und Heulen, das das ganze Tal erfüllte, über die Höhen brandete und ihn trotz seines eigenen Geknatters durch Wittigsthal begleitet hatte, immer lauter werdend. Er wußte nicht, daß es sich um die Kompressorstation der großen kilometerlangen Ringleitung handelte, die Tag und Nacht rund um die Uhr in sämtliche Schächte der Gegend einen gewaltigen Luftstrom preßte, zur Entwetterung, und den Leuten in der Altstadt nicht eine Viertelstunde Ruhe ließ, denn wenn auch häufig genug zwei, drei der überlasteten Gebläse, wer weiß, von wo herangeschafft, demontiert, defekt waren, liefen die anderen doch unvermindert, ja sogar beschleunigt weiter. Mein Schwiegervater, der alte Kantor Sternkopf, der seit Jahrzehnten gewohnt war, die abendliche Dämmerstunde in der Kirche zu verbringen, saß dort auf der Orgelbank, spielend, seinem Bach ganz hingegeben, da lebe ich erst richtig, sagte er über Jahre und Jahre fast bei jedem Abendbrot, ich konnte seinen Spruch kaum noch hören, doch als er plötzlich nicht mehr da war, fehlte mir sein Gebrabbel. Der alte Mann hat die auf- und abschwellende Überlagerung seines Orgelspiels nicht mehr ertragen, ich höre keine Musik mehr, nur noch Höllengegurgel, Höllengestöhn, er nahm unseren alten Ziegenstrick, wanderte zum Silbergehau zwischen Lehmergrund und Jugelstraße hinauf und hängte sich an der erstbesten tragfähigen Fichte auf, Pilzesucher fanden ihn ein paar Stunden später, wir wollten gerade suchen gehen. Eine neue Erfahrung für mich, wie schnell einer abtreten kann. Kam der ganze Kompressorladen wirklich einmal durch Totalschaden zum Stillstand, für uns in seiner Plötzlichkeit ein ohrenbetäubender schwindelerregender Zustand schrecklicher Stille, brach nach zehn Minuten das Chaos aus, die Russenoffiziere rasten auf ihren Motorrädern, in ihren Jeeps und *Opels* herbei, nach einer halben Stunde tauchten die Zwischenchefs aus Aue, nach einer Stunde die oberen aus Zwickau und nach anderthalb Stunden die allerobersten aus Chemnitz auf, mit heißen Reifen, und ganze Kompanien von Schachtleuten rückten von allen Seiten, aus allen Betriebsteilen zur Reparatur an, ein Schreien und Blaffen war das, der reinste Ameisenhaufen, einmal sah ich von unserem Giebelfenster aus sogar, wie der oberste Oberst, vielleicht gar der General, vor den Hilfsmannschaften im Veitstanz herumsprang, im zweireihigen Grauen, wie sie ihn gerne trugen, mit gezogener Pistole, es kam auf Minuten an, jede sechzig Sekunden Stillstand mußten auf direkter Leitung sofort nach Moskau gemeldet werden und konnten Unheil, ja Verderben bringen, gerade auch für die führenden Kader. Wundern Sie sich jetzt nicht, wenn ich Wörter wie Kader, Havarie und Propusk kenne, wenn man jahrelang mit Russen zu tun hatte, bleibt das nicht aus, unwillkürlich wird man selber ein bißchen zum Russen. Bellendes Lachen von Schlingeschön. Naja, nicht ganz. War die Havarie der Druckluftstation dann glücklich beseitigt, blieb es in der folgenden Nacht nicht beim Lärm der Kompressoren, eine fast unbegrenzte Sonderration Schnaps wurde ausgegeben, unvorstellbar, was da an Gegröle, üblem Schabernack und Massenschlägereien auf den Straßen, in den Kneipen und

Häusern los war, ich bin Bergmann, wer ist mehr, hatte man den armen Kerlen eingeblasen, und die glaubten auch wirklich daran, trotz Steinstaub und Strahlung, Sie werden wissen, wie das enden kann, Herr Doktor. Ihr Freund Reibrich, wollte ich eigentlich erzählen, schraubte sich mit seinem keuchenden Maschinchen ein paar hundert Meter hinter der Serpentine, von der er im Scheitel abgebogen war, aus dem engen Lehmergrund, drei, vier Wohnhäuser standen dort, dazwischen eine Zinnhütte und eine Farbenmühle, von alters her, achtundvierzig aber längst stillgelegt, mit Malochern vollgestopft, in den Maschinensälen Vierstockbetten, der ganze Grund des Schwefelbachs vom enormen Abraum der *Wismut* bedroht und ein paar Jahre später tatsächlich unter ihm begraben, vor allem im mittleren Teil. Oben in Jugel angekommen, fuhr er an der Hochwaldpartie Silbergehau entlang nach Südwesten und suchte auf dem fast neunhundert Meter hoch gelegenen weiten Wiesenplan der Streusiedlung das grenznahe Haus von Wolfs Tante, er mußte, ortsunkundig, am Erbgericht, wo der Fahrweg sich in zwei, drei Fußsteigen verlor, Schleichpfaden nach den Hütten auf dem Henneberg, zum Kleinen Kranichsee und zur Grenze, die Leute bemühen, die wie zufällig aber in Wahrheit neugierig, um nicht zu sagen erwartungsvoll in der Einfahrt standen, die Wirtsfamilie und ihre schichtfreie Einquartierung, *Wismut*leute selbst hier, im Abseits, Frauen allesamt, weil die Einöde sie schützen sollte, Haldenklauberinnen, Lorenschieberinnen, Sollaufschreiberinnen, die sich angesichts des merkwürdigen Todesfalles in Erwartung fremder Besucher, Ermittler, Kontrolleure einträchtiglich vor dem behäbig hingelagerten Haus aufgestellt hatten, ganze Kommissionen, Untersuchungsorgane waren zu erwarten, waren angekundigt, was auftauchte, war ein einziger unscheinbarer Zivilist, Leichtmotorrad auch noch, mit ulkigen Fahrradpedalen, einheimische Nummer, *mei Godd, hier gimmd ja e Alleinunnderhalldorr*, sagten die jungen Weiber und lachten, der bebrillte Reibrich in seinen Knickerbockern und dem kragenlosen Oberhemd sah auch gar zu komisch aus, wissen die werten Damen vielleicht, wie ich zu der Leiche komme, rief er über den grasbewachsenen Vorplatz, *nohr waiderr un danne linggs, wu dorr Bach is*, riefen die Frauen zurück und klopften sich auf die Schenkel, *gugg ma, dähr sidsd wie e Affe offm Schlaifschdein, glei wärn ihm de Aier bollierd*. Sie lachten, herausfordernd, nicht verächtlich, auch in Reibrich erkannten sie den Mann, den Hengst, den Besteiger, zwei Wochen bei uns im Urangebiet, und Sie sind auf sowas geeicht, sagte eine der jungen Frauen, jedes Pfund am rechten Fleck, als sie ein paar Tage später während einer Freischicht ganz überraschend in seiner Praxis in Schwarzenberg auftauchte, wollte mal sehen, wie Sie so leben, fehlen tut mir eigentlich nichts, aber man kann nie wissen. Sie trafen sich zweimal am Rabenberg. Dann war Herbst. Vorbei. Doch jetzt ist noch Juni. Reibrich fand wie beschrieben den schmalen Trampelpfad, der quer über eine Distelfinkenwiese auf den Waldrand zuführte. Scharfkantiger Schotter an manchen Stellen, er schob das Motorrad lieber bergan, an einer Folge alter Ebereschen vorbei. Am letzten Baum angekommen, lehnte er seine Karre dagegen, schlug im Blickschutz des dicken Stammes sein Wasser ab und guckte zu, wie der harmlose aber gezielte Strahl die Franzosenkäfer im Trockenstaub zwischen den Baumwurzeln aufscheuchte. Beim Wiederumdrehen wurde sein Blick über die vom Dunkelwald bedeckten Wellen des Gebirges nach Osten gelenkt, er konnte in zwanzig, fünfundzwanzig Kilometern Entfernung links das Fichtelberghaus und die benachbarte Wetterwarte in den Abendhimmel ragen sehen. Was bei aller Eile für ihn, einen Liebhaber von Meßtischblättern, weiter rechts außerdem noch zu erkennen war, machte er bei sich als Hinteren Fichtelberg, als Keilbergbaude, als Kirche und Rathaus von Gottesgab und als Hiekes *Berghotel Sachsenbaude* aus. Ob ich dort noch mal hinkomme, in die einstmals gediegene Luxusherberge mit den Mercedes- und Wandererlimousinen in der Auffahrt, bestimmt nicht, diese Zeiten sind vorbei auf ewig, alles wird um- und umgepflügt und gesiebt bis zur kleinsten Krume, als ich neulich hörte, der Anton Günther habe sich aus Ärger über das Erstarken der sudetendeutschen Nazis aufgehängt, war mir klar, daß die Umwertung aller Tatsachen einen winzigen, aber ärgerlichen Höhepunkt der Volksverdummung erreicht hatte. Man könnte, wenns nicht so traurig wäre, fast gespannt sein, was noch alles kommt. Vielleicht sogar hier oben, gleich jetzt. Mit diesen Gedanken ging er auf das Kammsiedlerhaus der Tante zu. Es stand in einem Meer von Kraut und Unkraut, Pestwurzblätter dicht an dicht, ein Schutzdach, wo ein Rinnsal aus der Wiese trat, drei Stufen zur Tür des Wintervorbaus, diese Tür sperrangelweit offen, seitlich der Bachgrund, nach Süden geneigtes Ufer der nördlichen deutschen Seite, anderthalb Meter nach Süden war alles Deutsche verpönt, verboten, verhaßt, wer dort damals noch deutsch sprach, auf offener Straße, bekam eine Abreibung und wurde, wie ich noch 1967 hörte, halb bewußtlos geschlagen. Die Böschung zum Grenzbach hinunter bedeckte Trockenrasen, dort stand ein Mitglied des Werksschutzes in der schwarzen Panzerfahreruniform der Großdeutschen Wehrmacht und schwitzte nicht schlecht. Möglich auch, daß er die dunkelblau umgefärbte Uniform der Infanterietruppen anhatte, wer wollte das noch wissen. Ein Jüngelchen jedenfalls von achtzehn, höchstens zwanzig Jahren, stand er einsam und allein auf weiter Flur, nur aus sicherem Abstand von den Zaungästen beobachtet, deren Gafferreihe sich vom Erbgericht Meter um Meter heranschob, mit Zurufen, erst verhalten, dann immer kräftiger, nicht gerade zimperlich, aber doch auch mit Respekt vor der Uniform, die ihren Arbeitgeber vertrat. Der uniformierte Abgesandte, von dem sie kein Auge ließen, bewachte die tote Frau, die, für sie unsichtbar, bäuchlings auf der Böschung lag, den breiten welligen käseweißen Hintern der Sonne zugekehrt. Füße im flachen glasklaren Wasser, Gesicht in die Margeriten gedrückt, das verdreckte Nachthemd bis über die Hüften hochgerutscht, als hätte man sie an den Hacken gepackt und aus dem Haus geschleift. Reibrich sah die hellen Kiesel des Bachgrunds, die in der Strömung pendelnden Hahnenfußpolster und kleine silbrig aufblitzende Fische, erst jetzt fiel ihm auf, daß die Haare am Hinterkopf der Toten wie angeklatscht aussahen, offensichtlich waren sie vor Stunden triefnaß gewesen und trockneten langsam, hatte man die Frau mit dem Gesicht so lange unter Wasser gedrückt, bis sie tot war. Faß mal an, sagte er, und zu zweit drehten sie den schweren Körper um, das von unten bis oben besudelte Hemd, das jetzt erst richtig zum Vorschein kam, hatte er erwartet, wer stirbt, macht schließlich unter sich, eine Grundwahrheit, aber die Abschürfungen im Gesicht, das noch feuchte Haar machten ihn wach und bestätigten seine Vermutung. Hier lag augenscheinlich ein Verbrechen vor, ein Kapitalverbrechen sogar. Damit hätte Reibrich sich zufriedengeben können. Das wäre allen recht gewesen, den Einheimischen und der *Wismut*führung, denn Mord und Totschlag waren an der Tagesordnung, letale Eifersuchtsattacken, abgestochene Wachsoldaten der Roten Armee, mißbrauchte und strangulierte Kinder, wie das zuckt, das Hälschen, da wäre dem Mord an einer alten unbedeutenden Frau nun wirklich keine besondere Bedeutung zugefallen. Statt aber jetzt in Medizinerschrift kritzelnd einen Totenschein auszufüllen, Tod von fremder unbekannter Hand, ging er zu seinem Motorrad, das in der ungemähten Wiese kaum zu sehen war, kam mit der Doktortasche wieder, entnahm ihr eine Verbandsschere und schnitt wie meist bei häuslichen Leichenschauen das Nachthemd seitlich auf. Ziehn Sie mal auf Ihrer Seite, wies er den unfreiwilligen Helfer an, den einzigen in der Nähe, der zieht auch wirklich, mit reichlich spitzen Fingern, dachte Reibrich belustigt, an der Front ist der bestimmt nicht mehr gewesen, so oder so entblätterten sie vereint die Leiche, steht nicht schlecht im Futter, bemerkte der Doktor halb zu sich und halb zu dem Jungen, und gerade Beine hat sie auch noch, was will man mehr bei diesem Alter. Er sah zwar Blut zwischen den Schenkeln, aber darum kümmern wir uns erst mal nicht, sagte er, vielmehr drückte und massierte er den vollen, schon leicht aufgegangenen Leib, bis hörbar Luft herausfuhr, hoppla, der Teufelsmief ist rausgefurzt, die Hexe ist noch da, sagte er, nur dem Gehilfen zugedacht, der freute sich. Reibrich musterte, besah, prüfte beide Hände, erst die Rücken, dann die Handflächen, dann wieder die Oberseiten, keine Risse, keine Schnitte, nichts Verdächtiges. Dann klappte er die beiden Arme nach oben und legte die Achselhöhlen frei, was er hier sah, ließ ihn stutzen, mehr noch, er prallte förmlich zurück und ließ die Arme im ersten Schreck herunterklappen. Drei, vier Atemzüge Überlegen, Zögern, er gab sich einen Ruck, halt noch mal hoch. Und als die Arme wieder oben waren, diesmal von dem Wachmann gepackt, und er erneut die beiden mit angeschmutzten halbgelösten Pflasterstreifen fixierten ausflußdurchtränkten Lappen sehen konnte, die ihn so sehr erschreckt hatten, langte er nach hinten, wo die Doktortasche stand, fummelte, ohne hinzugucken, blaßgelbe Gummihandschuhe heraus und zog sie über, wer weiß, was für unsereinen gleich in der Wundertüte ist, nicht umsonst sind die getürmt und haben dich allein zurückgelassen, du armes dummes Schaf. Das Schaf, der Werksschutzbursche, wollte kein Schaf, wenn Schaf, dann höchstens Schafbock sein, unwilliges, argwöhnisches Verkrampfen, er hatte keinen blassen Schimmer, was Reibrich sagen wollte, war aber nun hellwach und ließ kein Auge von dem fremden Doktor, dem Auftrag seines Kommandeurs gemäß, des altgedienten Parteisoldaten mit Spanienkampferfahrung, hier wühlen Feinde, guck ihm auf die Finger. Reibrich war diesbezüglich ahnungslos. Etwas ganz anderes als die Angst vor einem Aufpasser trieb ihn um. Mühsam stemmte er sich aus der Hocke hoch und ging auf die sperrangelweit offenstehende Haustür zu. Zwanzig Schritte, zwanzig Sekunden, er spürte kommendes Unheil voraus, etwas Schlimmes. So wie er vor zwei Jahren, als er eine falsche Steuererklärung unterschrieb, genau wußte: das kann nicht gutgehen. Tatsächlich standen am nächsten Morgen die Russen vor der Tür und holten ihn ab. In einer ganz anderen als der Finanzamtssache. Oder, länger, viel länger zurück, die sizilianische Reise mit dem reichen Gönner, dem Fabrikanten aus Freiberg, er besaß die Hälfte der größten Lederfabrik am Ort, unverheiratet, generös, mit offenem Tourenwagen von *Mercedes*. Genau so einen habe ich den Rathenauleuten gegeben, erzählte er schon am ersten Abend der Bekanntschaft im Ratskeller in Freiberg, der steht seitdem in einer Polizeigarage in Berlin, umgehend hat mir die Firma einen neuen besorgt. Meist wartete er, der Herrenfahrer, daß Reibrich, der junge Habenichts, kam und den Reigen, das Spiel eröffnete, wie wärs, Lieber, wenn wir heute nach Oberwiesenthal fahren, dort haben sie oben auf dem Kleinen Fichtelberg ein neues Hotel eröffnet, *Sachsenbaude* heißt es, manchmal spielt und singt dort der Anton Günther, das könnte uns doch gefallen. Einmal aber, in dem Hotel auf Sizilien, im *Excelsior* in Taormina, ergriff der Fabrikant seinerseits die Initiative, langte er selber hin, Reibrich wagte nicht zu widersprechen, doch in der folgenden Nacht wurde er halb drei wach, er wußte nicht, wo er war, nur Beklemmung, Atemnot, er sprang aus dem Bett, in dem der tiefschlafende schnarchende Liebhaber sich in die Matratze drückte, er flüchtete aus dem Haus, dem besten Hotel der Stadt, und anscheinend auch, kaum bei sich, aus dem Ort, denn als es hell zu werden begann, fand er sich unterhalb der gewaltigen Stadtmauer wieder, auf einem Ödfeld kauernd, hechelnd vor Angst, er hatte noch nicht ausgehechelt, sich noch nicht beruhigt, als unter ihm die unkrauttragende versteppte schüttere Erde zu rütteln, zu stoßen, zu beben anfing, einen Viertelmeter, einen halben Meter, vielleicht sogar einen ganzen Meter flog er hoch, unfaßbar, und stürzte zurück in die Disteln, ein Wunder, daß er sich nichts gebrochen hatte, nur Prellungen, allerdings sehr schmerzhaft, wochenlang, dann krachte an jenem Morgen zu allem Übel auch noch die Riesenmauer in den Festungsgraben und begrub drei, vier Ziegen, die dort angebunden waren, eine ekelhaft dicht sich anschmiegende Staubwolke hüllte alles ein. Das hast du wohl herbeigesehnt, herbeigezaubert, du arger Schlingel, sagte beim Mittagessen der Fabrikant, dem nichts, aber auch nicht das allergeringste passiert war, auch das Hotel war unversehrt, bis auf ein paar Risse in der Speisesaaldecke, die es schon immer gab, seit Winckelmann, Goethe und Seume durchgekommen waren. Das wirklich Schlimme, das Reibrich in Jugel kommen sah, hing mit *Rattus rattus* zusammen. Schon an der Treppe der Tante stieß er auf drei fliegenumschwirrte schwarze Vögel mit verdrehten Köpfen, Krähen, Raben oder Dohlen waren das, und, halb und halb befürchtet, auf eine tote Ratte, eine zweite Ratte lag drinnen im halbdunklen Flur, und vor dem Küchenherd war die Hauskatze bei ihrem Napf krepiert. Fliegen, Bremsen ohne Ende, er machte, daß er nach draußen kam. Im Finstern, dachte er, verlaßt ihr Ratten euch auf eure scharfen Zähne, im Finstern seid ihr frech, doch wenn das Unheil am hellen Mittag kommt, da seid ihr ahnungslos wie irgendwas. Wieder am Bach, wühlte er in der Instrumententasche und band sich einen Mundschutz um, mach, daß du wegkommst, jetzt wirds ernst, knurrte er den Jungen an, dann hob er erst den einen, dann den anderen Arm der Toten noch einmal hoch und riß mit geübtem Ruck die Pflaster und die Lappen aus den geschwollenen, brandig aufgebrochenen Achselhöhlen. Schwarzer stinkender Eiter suppte aus dem zerfressenen zersetzten Fleisch der Drüsen. So etwas hatte er schon einmal, ein einziges Mal gesehen, im Frühherbst zweiundvierzig, hinter der Kaukasusfront, in einem Bergdorf oberhalb von Kislowodsk, in dem kurz vor ihrem Eintreffen, sie machten zu dritt einen dienstfreien Ausflug, die Pistole am Gürtel, das ja, na klar, zwei Kinder, Bruder und Schwester, elf und zwölf Jahre alt, innerhalb eines halben Tages gestorben waren, nachdem sie Schlachtabfälle einer Ziege in eine Opferhöhle im übernächsten Tal gebracht hatten und dort von aufgescheuchten Ratten oder Eichhörnchen oder Mardern oder wer weiß von was für Getier gebissen worden waren, die Einheimischen nannten immer wieder schnatternd den Namen des Viehzeugs, *Rasterlan, Rosterkan* oder so ähnlich, darauf kam es nicht an, der Oberstabsarzt, mit dem der Verbandsplatzkollege und er auf der Suche nach Weintrauben, Walnüssen und Birnen in das Dorf gekommen waren, kleine Erkundungstour zu den Autochthonen, war ihre Devise gewesen, hatte sich einmal, wie er sagte, als Assistenzarzt ein halbes Jahr in der Tropenmedizin in Hamburg umgesehen, weil sein Vater von seiner Zeit als Lehrer in Deutsch-Ostafrika die Malaria mit nachhause gebracht hatte, er umkreiste die nackten toten Kinder, nackt, war das üblich, war das ein Ritual, bei denen hier oben, in gebührendem Abstand ging er um sie herum, aber so nahe doch, daß ihm kaum etwas an ihnen entgehen konnte, blieb dabei immer wieder einmal stehen, beugte sich nach vorn, zuletzt über die Unterkörper, die Leistengegend der beiden Geschwister, trat endlich ruckartig zurück und kommandierte halblaut aber nachdrücklich: Beulenpest, Abgang, allerschnellstens. Sechs Jahre war das her, Reibrich sah, als wäre es gestern gewesen, die aufgepumpten, eklig geplatzten Partien in den Falten zwischen kindlichem Unterbauch und kindlichem Oberschenkel vor sich, dort wo die Lymphknoten lagen, die Erinnerung paßte zu der gerade gemachten furchterregenden Entdeckung, legte sich über sie, da gab es keinen Zweifel, aber ja doch, ganz genau: die Pest war, woher auch immer, in Oberjugel, in diesem allerentlegensten Winkel des abgeschotteten streng bewachten Berglandes angekommen, sie konnte das ganze Kammgebiet entvölkern, ausradieren, mit Mann und Maus, im wahrsten Sinn des Wortes, mehr als die Vertreibung es vermocht hatte, was folgte daraus, was jetzt machen. Reibrich knatterte mit seiner Achtundneunziger, deutsche Stellen kamen nicht infrage, immer nur Hilfsdienste, Handreichungen, keine wirklich wichtigen Kompetenzen, erst nach Schwarzenberg, dann nach Aue, gut anderthalb, fast zwei Stunden hat das gedauert, die schlechten Straßen, die Kontrollen und nicht zuletzt der Krepel von Motorrad, wenn er am Gas drehte und auf mehr als fünfzig Stundenkilometer kam, quäkte, rasselte und schüttelte der Motor, so daß er, erschrocken wie er war, nur mit halber Kraft aus Lauter hinaus und auf die Höhe vor Aue fuhr, ausgekuppelt, dem Motor eine Pause gönnend, rollte er den langen Berg hinunter in die Stadt, er bockte sein Zweirad auf dem

Marktplatz auf und stürmte über die Straße in den *Blauen Engel, gdje Kommandir*, rief er hochgeschossen in Richtung Portier und Stabswache, *Tschuma*, Pest, gab er, wie ihm klar war, besser nicht in der Hotelhalle und noch viel besser nicht lauthals von sich, deutlich wurde er erst dort, wo im Hinterzimmer des *Blauen Engels* der Oberst wie an fast jedem hellen Nachmittag, von den Abenden, den Nächten ganz zu schweigen, inmitten der weiblichen Hälfte seines Stabes saß und becherte, maßvoll, für seine Begriffe, gerade so gebändigt, daß er weder lostobte noch zu Boden ging, seit Monaten, seit anderthalb Jahren das gleiche Lied, Chemnitz, Karlshorst und Moskau saßen ihm im Genick, konnten aber nicht alles sehen, der Horizont war sein Schutz. In die Saufhöhle im *Engel* eingetreten, beschrieb Reibrich hastig und nachdrücklich schon unter der Tür, was er in Jugel gesehen, an Befunden zwar lediglich per Augenschein, aber eindeutig genug erhoben hatte, wenn das erst einmal losspringt, ergibt das eine absolut tödliche Schneise, sagte er mit sehr erhobener Stimme, so wahr ich hier stehe, und der Oberst brauchte keinen Dolmetscher, er verstand gleich, wußte sofort, *Tschuma*, Pest, wovon die Rede war, in Turow am Pripjet hatten sie, die führenden *Smersch*leute der vorrückenden Sumpfdivisionen, hinter der nach Westen weiterwandernden Front, die Verluste waren schwindelerregend, eins zu fünf, eins zu sechs, sogar eins zu sieben, eine Handvoll Todesfälle absichern müssen, Leichen, die in Winkeln ihrer Häuser aufgefunden worden waren, unter Lumpen, von einem bestialischen Gestank umwabert, seuchenverdächtig in höchstem Grad, mit vermutlich enormem Ansteckungspotential, sofort alle greifbaren Verräter, alle Handlanger der Faschisten dingfest machen, Ortsvorsteher, Hilfspolizisten, Ersatzlehrer von deutschen Gnaden, *Nemjetzkiliebchen*, daran gibts keinen Mangel, die sollen die Toten aus dem Dorf schaffen, auf welche Weise auch immer, schleppen, schleifen, wälzen, und außer Sichtweite der Leute auf einen Scheiterhaufen legen, Benzin drauf und abgefackelt, nicht mehr als ein paar Handvoll Asche darf übrigbleiben, durchglüht, steril, mehr nicht, dann die Kollaborateure beiseite führen und liquidieren, *konjetschno*, jawohl. Leichenverbrennungen hatten am Rand der Sümpfe die Seuche kupiert, auf den Sandinseln der weißrussischen Dörfer und Marktflecken, die Methode konnte auch hier im deutschen Uranbezirk helfen, oben auf dem Kamm, Feuer machen, die Seuche in Flammen aufgehen lassen, ausbrennen die Pest. Ein entsprechender Befehl an den Adjutanten erging, Adjutant pro forma, in Aue stand er intern für *Smersch*, eigentlich brauchte er keine lokalen Befehle, denn seine Anordnungen kamen direkt aus Moskau, diesmal aber verbanden sich der kurze und der lange Dienstweg in ihren Erwartungen, die brisante Leiche in Jugel war im Beisein von Reibrich, der ärztlichen Kontrollinstanz, an Ort und Stelle zu verbrennen, vor Tau und Tag, noch in der Nacht oder spätestens am nächsten Morgen. Und genauso geschah es auch, Reibrich fuhr von Aue aus gleich wieder nach Jugel zurück, ohne Zwischenhalt, auf kürzestem Weg, an der Schwarzenberger Altstadt vorbei, die rechterhand über ihm zurückblieb, im zitternden Rückspiegel suchte er kurz sein Haus zwischen Kirch- und Rathausturm, das Erdgeschoß der Praxis, darüber die Etage der Familie, das Zimmer seiner Frau, dort in der Erkernische hatte sie, wie er inzwischen wußte, mit seinem Freund und Bundesbruder aus der Tieflandsbucht, mit Ihnen, sagte hier Schlingeschön und wurde dabei nach Vaters Meinung mehr als reichlich privat, abendelang beim Rotwein gesessen, am offenen Fenster, das und was sich an die Rotweinstunden anschloß, konnte morgen oder übermorgen wieder Thema für sie beide sein, nachfragen, sticheln, stochern, hauen und stechen, morgen, nicht jetzt, jetzt herrschte Weltuntergangsalarm, schon vor sechshundert und noch einmal vor dreihundert Jahren, erinnerte Reibrich sich an eine Hygienevorlesung in der Talstraße in Leipzig, war an der Pest ein Drittel, in manchen Landstrichen sogar die Hälfte der Bevölkerung gestorben, im mittleren Europa, auch zwischen Elbe und Rhein, selbst im abgelegenen Erzgebirge, das damals von den nördlichen Vorlandtälern aus besiedelt wurde, Zwickauer Mulde, Zschopau, Flöha, Freiberger Mulde. Hatte die neuerrichtete Hütte einer Siedler-, einer Kolonistenfamilie sechs Bewohner, mußten mindestens rein rechnerisch zwei, wenn nicht drei den Löffel abgeben, aus einem Dorf, einer Ansiedlung mit sechshundert Kolonisten waren zweihundert, manchmal dreihundert Leichen mit so viel Anstand wie möglich in die geweihte Erde zu bringen oder, wenn die Kraft auch beim besten Willen nicht reichte, wenigstens auf dem erstbesten Stück Ödland zu verscharren. Hauptsache unter die Erde, war die Devise. Reibrich kannte die von Monat zu Monat, beinahe von Woche zu Woche zunehmende, in alle Wohnungen und Wohnheime gepreßte Einquartierung im Urangebiet. Durch die unvorstellbare fast nahtlose Nähe der Menschen zueinander drohte eine Explosion der mörderischen Krankheit und damit nicht nur eine Verringerung der Einwohnerschaft, sondern gleich das Aussterben ganzer Ortschaften und Arbeitslager, eine restlose Entvölkerung durch eine seit Menschengedenken so massiv nicht mehr dagewesene Seuche. Die konnte von den toten Dohlen und Ratten, dem Katzenkadaver und der Leiche der alten Frau auf dem Uferhang des Oberjugeler Grenzbaches ausgehen. Flöhe wanderten immer von dem toten alten Wirtstier auf das warme neue, das atmete, lebte, einen Kreislauf hatte, Blut pumpte, um das es ging. Brandgefährliche Sache. Und sogar Lungenpest war nicht auszuschließen, Tröpfcheninfektion und andere unkontrollierbare Übertragungswege, die man sich, ratlos, wie die Leute nicht nur in den Notzeiten des Dreißigjährigen Krieges waren, nicht auf Anhieb vorstellen konnte, Nähe macht krank, das war klar, man sah das Unheil kommen, man erlebte es, mußte es erleben und erleiden, das Dorf war eng, Verpflichtung zur Nachbarschaftshilfe, mindestens zum halbherzigen Samaritertum bestand seit eh und je, schlimm drückend, denn mit einemmal konnte der Preis tödlich sein, also flüchteten Familien und ganze Sippen bei Nacht und Nebel unter Mitführung des Viehs aus dem Dorf und in die Wälder, die die knapp bemessenen Äkker und die mageren Grashänge mit den abwärts laufenden Heckenstreifen eng umschlossen und die dort besonders interessant waren, wo es im nicht leicht zu durchdringenden verschwiegenen Waldmeer, das nur die fünf nächstanliegenden Bauern und zwei Handvoll Holzarbeiter wirklich kannten, Felswände gab, mit weit in den Hang zurückspringenden Schutzwinkeln und tief in den Berg reichenden Höhlen, Verstecke waren das, in denen man sich festsetzen konnte, erst mal abtauchen und stillhalten, ohne Rückmeldung, fast so, wie Kinder bei Gefahr, bei Bedrohung die Augen schließen, jede Bewegung unterlassen und glauben, man sieht sie nicht. Wo es keine Schlupfwinkel gab, verzichteten die Bauern, Bergmänner, Fuhrleute und Wäldler mit ihren Familien notgedrungen auf das Versteckspiel und entschieden sich für das Gegenteil, man suchte ein möglichst hochgelegenes freies Feld auf, je planer desto besser, und baute dort eine Hütte, regensicher, so gut es ging, was schwierig war, das Dach nur Äste, Fichtenzweige, Laub, kaum Bretter. Halb in die Erde eingegraben das ganze, wenn sich jemand nähert, kann man ihn von weitem sehen, halt, stehenbleiben, wird gerufen, falls der ungebetene, vielleicht ahnungslose, vielleicht hilfesuchende, vielleicht sture Ankömmling nicht hört, fliegen Bolzen, Pfeile, Wurfspeere oder faustgroße Schleudersteine in seine Richtung, hau ab, *loass disch umms Verräggn nisch mähr bliggn*. Bei uns im russisch besetzten Johanngeorgenstadt der Nachkriegszeit war mit solcher ruppigen Bauernschläue, mit Verstecken, Abschrecken, Wegjagen nichts auszurichten, bekundete Schlingeschön, und deshalb, fuhr er fort, zuckelte Reibrich auch, der Hundertkubikmotorisierte, so schnell es irgend ging, und es ging nicht wirklich schnell, alles andere als das, am Schwarzwasser entlang talaufwärts, vor neun Stunden war er die gleiche Strecke zum ersten Mal gefahren, arglos neugierig, jetzt war die Neugierde im Übermaß gestillt, die Diagnose war klar, und klar war auch, was die Besatzungsmacht verlangte, diesmal Gottseidank verlangte, nicht immer leuchteten deren Befehle ein, höchst selten eigentlich, genaugenommen nie, aber hier dann doch einmal, radikaler Durchgriff war unabdingbar nötig, absolute Geheimhaltung war angesagt. In der Atomzone gab es zusätzlich zur Schneeberger Sperre oben auf der Griesbacher Höhe, direkt am *Gasthof Goldene Höhe*, weitere vier Abschottungsringe, vier Sperrkreise und jeweils an der Einfahrt eine Tag und Nacht besetzte Kontrollstelle, hinter Aue die erste, vor Schwarzenberg die zweite, in Erla am Gasthaus *Zur Eisenhütte* die dritte und vor dem Bahnhof Johanngeorgenstadt und dem *Deutschen Haus* die letzte, an der Einfahrt nach Wittigsthal, wer dort durchgekommen war, wer nach ausgiebigem Studium aller Papiere endgültig ins Allerheiligste der Bombenküche eingelassen wurde, der war noch lange nicht unverdächtig, ihn umgaben auch drinnen doppelte und dreifache Netze der Beobachtung. Für Reibrich dagegen gingen die Schlagbäume ohne große Überprüfung nacheinander hoch, wurden die Maschinenpistolen, die über den Schultern hingen, mit den Ellenbogen nach hinten, auf den Rücken gedrückt, anscheinend hatte es über den Fernsprecher Anweisungen gegeben, er fuhr wenig über Schrittempo erneut nach Wittigsthal hinein, rechts der *Wittigsthaler Hof*, über dem damals noch unsere Altstadt thronte, links das Herrenhaus, Menschengewimmel, Getrappel, Rufe, Ströme von Männern, die Straße überquerend, Schichtende, Sturmschritt war angesagt, der Zug an der Haltestelle war schnell zum Brechen voll, bald besetzt auch die Trittbretter, die Dächer, sogar die Puffer der klapprigen kriegsgeschundenen Abteilwagen ohne Scheiben. Reibrich, im Sattel seiner Maschine sitzend, die Füße auf dem Boden, wartete mit heruntergedrehtem Motor zehn Minuten. Kurz bevor die Straße leer war und er weiterkonnte, hinter der Abfertigungsbaracke der Reichsbahn Geschrei, der Zug war angefahren und hatte wieder gestoppt, eine Gruppe von fünfzehn, zwanzig Männern kam im Eiltempo um die Ecke und schleppte den anfangs rotbemützten, dann barhäuptigen wirrmähnigen Fahrdienstleiter, der auf den ersten Metern noch hilfeheischend in die Trillerpfeife blies, zum Bach und stieß ihn unter Gejohle in das knietiefe Wasser, Gestalten beugten sich ruckartig über ihn und schienen ihn unter Wasser zu drücken, seinen Oberkörper, vielleicht sogar seinen Kopf, genau sehen konnte Reibrich es nicht, aber ihm war doch so. Erst am übernächsten Tag hörte er in der Sprechstunde von einem Kumpel der Nachtschicht, daß der Fahrdienstleiter das Zeichen zur Abfahrt zu früh gegeben hatte, einem achtzehnjährigen Kumpel, der von der Rampe geschoben oder gestoßen worden war, hatten die Spurkranzräder des letzten Wagens beide Füße abgetrennt, dort hätten die Füße auf dem Schotter gelegen, wie vom Himmel gefallen, und da hätte der Verunglückte mit den blutsprudelnden Beinstümpfen gelegen und im Schock leise aufgelacht, na sowas. Die meisten Männer stürzten zu dem Verletzten hin, die einen wollten helfen, die anderen *nohr maa guggn*, wie es hieß, aber eine kleine Gruppe Wutentbrannter, *so gleen woar de Grubbe ooch wiedorr nisch*, spaltete sich ab und wandte sich wie ferngelenkt zum Dienstzimmer der Aufsicht, sie zerrte den Fahrdienstleiter, der sofort nach dem Unfall geflüchtet, mit seiner roten Mütze, der Kelle und der Pfeife in seinem Refugium in Deckung gegangen war, wieder ins Freie, nach draußen, zum Bach hin, *wenn dorr Russe nich glei gegomm währ*, hieß es, *häddn mihr midd dähm Sauhaggsch schlußgemachd*. Dazu war es nicht gekommen, die Stabswache von Objekt eins, auf Agenten, Diversanten und Fallschirmspringer scharfgemacht, war fast augenblicks zur Stelle gewesen, in Unterhemden, barfuß, ungekämmt, aber immerhin, was doch das wichtigste war, mit schußbereiter Maschinenwaffe, keine Vorwürfe also, wir haben doch, wurde, wie ich stark vermute, im Bericht ausgeführt, dem Dispatcher von der Reichsbahn das Leben gerettet, unsere *Schnelle Medizinische Hilfe* war auch gleich da, so daß der fremde Arzt aus Schwarzenberg nicht bemüht werden mußte, er hatte einen höheren Auftrag. Nach dem nur halb verstandenen Schauspiel des Lynchmordversuchs kam Reibrich gegen zehn, halb elf wieder in Oberjugel an, die Russen hatten die Sommerzeit eingeführt, auf dem Erzgebirgskamm ging die Sonne im abgestuften Nordwesten ohnehin deutlich später unter als in der Ebene und viel später als im schattigen Wittigsthal, daher war es oben, als er ankam, noch nicht ganz dunkel, folglich brauchte er auch auf dem letzten Stück Weg den kleinen Flügelschalter auf dem Scheinwerfer nicht in die rechte Rasterung zu drehen. Die Wache vom Vormittag war noch da, das sah er gleich von weitem, das Jüngelchen saß nun auf einem Stapel abgeworfener Schalhölzer, Bretter und Holzscheite, rechts und links von ihm zwei Männer um die dreißig im Unterhemd, mit dunkelblau gefärbten Wehrmachtshosen, fehlten nur die blankgewichsten Stiefel. Die drei rauchten. Erst nachdem Reibrich sein Leichtmotorrad abgestellt hatte und auf das Trio zuging, bemerkte er die Postenkette, die in weitem Rund, auch über die Tschechengrenze hinweg, die Leiche der Tante und ihr Haus umstand, an den Rändern der Bergwiesen, von Waldrand zu Waldrand, alle zehn, sogar alle fünf Meter ein erdbrauner Russe, viel zu wichtig das ganze, um dabei die Feinde von gestern und unsicheren Verbündeten von heute einzuspannen. Wenn man auch, Behauptung der Sieger, davon ausgehen konnte, daß jeder, der trotz der Lebensgefahr in den felsigen Eingeweiden des Sperrgebiets schuftete, einverständig oder ahnungslos, gleichviel, mithalf, dem Friedensvater im Kreml die Große Bombe zu verschaffen. Vorsichtshalber sprach man nach innen und nach außen von Wismut, nicht von Uran. Dabei scharrte man den Strahlenstoff, egal, wie flach, wie tief er lag, wild besessen aus der Erde, Kampf dem Atomtod, hieß die tausendfach wiederholte Parole, die hunderttausend Wismutleute noch lange nicht auf die Beine und in die Schächte gebracht hätte, Schnaps und Geld erwiesen sich allemal als bessere, als durchschlagende Argumente. Hallo, ihr Männer, *achtpassen, gell,* rief Reibrich, der durchaus auch eine volkstümliche Seite hatte, dem Trio zu, er hatte ein Semester in Gießen studiert und ein paar Vokabeln, eine Handvoll Redewendungen mitgebracht, *Kolter* für Decke, *Gewitteraaß, Kerle hee.* Auch sagte er nie *Biroo,* wie zuhause üblich, sondern nach dem Zwischenspiel an der Lahn *Bihro*, mit der oberhessischen Betonung auf der ersten Silbe. Wir sind hier nur auf uns gestellt, fuhr er, näher gekommen, mit Nachdruck fort, das ist eine ganz heikle Sache jetzt, brandheiß und brandgefährlich, hört einfach zu und macht nur, was ich sage, dann kommt ihr heil hier raus. Er setzte gerade an, um weitere Anweisungen zu geben, da bemerkte er, daß weiter oben, wo der Fahrweg zu den Henneberghäusern und zum Kleinen Kranichsee im Wald verschwand, Unruhe in der Postenkette entstand, die sich im Dämmerlicht zusammenzog und zwei dicht aufgerückte Reihen bildete, mit einem Durchlaß in der Mitte, dort, in der Öffnung des Bewacherrings, war plötzlich eine Gestalt aufgetaucht, ein kleines dürres Männchen, mit einem schwarzen Küstermantel bekleidet, enger Schnitt, Flatterärmel, auf dem Kopf einen niedrigen Zylinderhut, unter dem ausgebleichtes Zottelhaar heraushing bis auf Schulterhöhe. Kann sein, kann nicht sein, daß Reibrich der seltsamen Erscheinung schon einmal begegnet war, ich jedenfalls kannte den Mann genau, der in der Nacht damals am Waldrand mit zeternder schriller Stimme mit den Russen stritt. Er gehörte seit dem Krieg zu Johanngeorgenstadt wie zu Frohburg hier die *Lippe*, euer junger fetter Eckensteher, der jeden Nachmittag vor dem *Roten Hirsch* herumlungert, stimmt denn, was man erzählt, daß er mit Ihrer Frau verwandt ist, fragte Schlingeschön unvermittelt. Das war eine Stunde nach Mitternacht, Vater hatte einmal kurz das Herrenzimmer verlassen, hatte erst im Kabuff gleich rechts und dann in der Küche herumgekramt und war mit vier Flaschen Bier im Henkelkorb, mit einer dünnen geräucherten Blutwurst obendrauf und mit zwei Gläsern wieder erschienen, die Bügelverschlüsse wurden aufgehebelt, es wurde eingeschenkt, na dann zum Wohl, Herr Nachbar, sagte Vater, als wäre er der *Rheinische Hausfreund* selbst oder als säße man in der Weinlaube aus *Hermann und Dorothea*, er nahm einen großen Schluck, auch das Zuhören macht durstig, verkündete er, knackte die Wurst auseinander und hielt Schlingeschön die eine Hälfte hin, nicht nur durstig, auch hungrig, gab Schlingeschön kauend zurück und fügte dann an: Verwandt oder nicht verwandt. Vater setzte, unangenehm berührt wahrscheinlich, umständlich an: Ja also, wissen Sie, wie soll ich sagen, obwohl meine Frau und ich echte Frohburger sind, ist sie an dem einen, dem westlichen Ende, *Wind* oder *Auf dem Wind* genannt, zur Welt gekommen, diese Vorstadt liegt höher als der Markt und die Straßen und Gassen drumherum, ich dagegen bin am östlichen Stadtrand geboren worden, zwischen Wyhra und Hölzchen, an der Straße nach Greifenhain, wo der Schießhausberg beginnt, sozusagen auf Wyhraniveau, wenn der Fluß nach einem Wolkenbruch im Kohrener oder noch schlimmer im Waldenburger Hügelland auch nur um einen halben Meter anschwoll, was oft genug vorkam, drückte das Wasser in unseren Keller, es stand dort tage- und wochenlang, man konnte nur auf ausgelegten Brettern zu den Sauerkrauttöpfen und den Regalen mit dem Eingemachten kommen, eine eiskalte Dumpfluft ließ einem, wenn man über die steile Treppe in den Keller stieg, den Atem stocken. Und nie wußte man, ob einen nicht gleich eine Ratte ansprang, die man überrascht und in die Enge gedrängt hatte. Einmal, ich war Konfirmand, hatte ich eine in Kniehöhe an der Hose hängen, in besinnungsloser auswegloser Wut hatte sie sich festgebissen und baumelte dort quiekend, als ich die Treppe hoch- und in den Hof schoß, wenn unser Kutscher nicht mit den Zinken der Mistgabel an meinem Bein heruntergefahren wäre und sie abgestreift, abgekämmt, abgerissen hätte, ich wäre sie so schnell nicht mehr losgeworden. Die spitzen Zähne des Viehs hatten übrigens auf meinem Knie drei nadelfeine Einstiche hinterlassen, über Nacht schwoll die Partie doppelt faustgroß an, die Einstiche entzündeten sich, sie wurden erst rot, dann dunkelrot, am Ende bedeckte eine dunkelblaue Geschwulst mit grünen und gelben Stellen das ganze Knie, Eiter trat aus, immer mehr, von Tag zu Tag, allmählich bildete sich in der Beule ein zentimetertiefer sekretproduzierender Krater, bis heute ist die Narbe sichtbar, an einer Blutvergiftung allerdings bin ich vorbeigeschrammt, wie mein Tierarztvater immer sagte, er kannte nämlich aus den Kuh- und Pferdeställen die Folgen solcher nicht seltenen Rattenbisse, die im schlimmsten Fall das Milchvieh und, noch viel schlimmer, weil Stolz der Bauern, die Rösser krepieren ließen. Doch das nur nebenbei. Was ich eigentlich sagen wollte: meine Frau ist in einer anderen Ecke der Stadt aufgewachsen als ich, in einer anderen Sortierung der Leute, zwei verschiedene Welten waren das, die nicht allzu viel, ja eher wenig voneinander wußten, dort die Schmiede, seit 1917 ohne Schmiedemeister, nur der Russe stand am Feuer und am Amboß, bei uns dagegen ein vielköpfiger Haushalt, Kutscher, Hausmädchen, Waschfrau, Nähfrau, Holzhackerweib und Gärtner. Zwei Kutschen, Pferde, ab 1907 das chrom- und messingpolierte Personendreirad *Phänomobil* aus Zittau, dann der *Opel Laubfrosch*, und neben den Autos immer auch zwei Pferde, dazu zwei Hunde, Hühner, Tauben, bis zu hundert Stück, Goldfasane in Volieren, Geld wenig, aber immer viel Betrieb, viel Trubel, schon durch die Kinder, neun an der Zahl, bei elf Geburten, mit einem Wort ein völlig anderer Entwurf, erst als wir uns im Frühlingserwachen begegneten, beim Tanz auf dem *Jägerhaus*, im *Schützenhaus* und in der *Grünen Aue*, nahmen wir einander wahr, ich sah sie gleich, bei ihrem allerersten Auftreten, in Begleitung ihrer beiden Brüder, die braungebrannte blutjunge Vorstadtschönheit aus *Hephaistos' Werkstatt*, wie meine Freunde von der *Frohburgia* sagten, mit dem dicken Zopf und den blendend weißen Zähnen, sie dagegen brauchte zwei, drei Tanzabende länger, bis ich ihr in den Blick geriet, wir hatten in der Folgezeit, nachdem sie sich im Lauf der Monate von ihrem ältesten Bruder Bernhard freigeschwommen hatte, der auf dem Rathaus arbeitete, auch anderes im Sinn, als die Verästelungen und Ränder unserer Familien zu besprechen, insofern weiß ich wirklich nicht, wie meine Frau mit der *Lippe* verwandt ist, ob überhaupt, immerhin gibt es bei ihr neben den Familienbanden nach Greifenhain, Benndorf, Wyhra, Kohren, Altenburg teils bekannte, teils unklare Versippungen mit der halben Stadt, zweite, dritte und sogar vierte Ehen meist der Männer, Stiefkinder, Halbgeschwister, uneheliche Abkömmlinge, Überkreuzheiraten und manches, was nicht an die Oberfläche gelassen wurde, so zum Beispiel das Verhältnis des Kollegen Möring zu ihrer Schwägerin, der Frau von Bernhard, als der an der Ostfront stand, da ist von jeher in der Stadt eine Menge möglich gewesen, nur so viel will ich sagen, daß der Kerl, die *Lippe*, Fritz heißt er eigentlich, neulich am späten Nachmittag, ich war in der Nacht bei einer Zangengeburt in Benndorf gewesen und hatte mich hingelegt, an unserer Korridortür Sturm klingelte, anscheinend hatte er da schon stundenlang, ab elf, halb zwölf vor dem *Roten Hirsch* gestanden und darauf gewartet, daß die Kinokasse und der dahinterliegende Abort geöffnet wurden. Vergeblich, denn es war Montag, vorführfreier Tag. So kam er, als er ein unaufschiebbares menschliches Rühren verspürte, an unsere Tür. Das Mädchen öffnete, er lallte etwas, wie gehetzt, wollte sie beiseite schieben, kam nicht an ihr vorbei, *muss maa, glei, du dummes Luhdorr*, gurgelte er und stieß ihr in die Rippen, meine Frau tauchte aus der Küche auf und sah die Rangelei, was ist denn los hier, was will er denn. Der will hier rein, auf keinen Fall, nur über meine Leiche, schrie Reni, die langsam ahnte, auf welches Örtchen Fritz strebte, aber er muß doch mal, und dringend, setzte meine Frau dagegen, zwei-, dreimal hin und her das Ja, das Nein, dann hatte Fritz sich an den beiden Frauen vorbeigezwängt, sich zwischen ihnen mit Gewalt hindurchgedrückt, er hetzte, sprang, nein trippelte, wie sie mir später erzählten, in verkneifenden Schrittchen den Korridor entlang, an Sprechzimmer und Küche vorbei, und schon auf halber Strecke zum ersehnten Ziel tropfte und pladderte die Durchfallbrühe aus seinen Hosenbeinen auf das Linoleum des Flurs, die Pfützen bäunlich gelb wie der Bodenbelag und daher im Halbdunkel des Flurs kaum zu sehen, umso mehr aber zu riechen, o Gott, stöhnte das Mädchen hinter Fritz her, der aber war, weiter seine Duft- und Schmierspur hinterlassend, blitzschnell im Klo verschwunden. Die Frauen starrten ihm fassungslos nach und wurden erst wieder lebendig, als ich, durch das Gekreisch erwacht, im Nachthemd und barfuß in der Schlafzimmertür auftauchte und eilig wie ein *Staketenseecher*, ich hatte eine Prostatareizung, dorthin wollte, wo sich Fritz erleichterte, wie die eingeweihten Frauen wußten, im Gegensatz zu mir. Halt, schrien sie, stehenbleiben, nicht reintreten in die Schweinerei. Zu spät, ich stand schon, mit Mühe das Gleichgewicht findend, mit beiden nackten Füßen in der letzten besonders großen rutschigen Pfütze vor der Abtrittstür, kalte glitschige Nässe an den Sohlen, Gestank in der Nase, wie angewachsen, im Malheur fixiert, so stand ich da, und mit einemmal, ich wußte nicht, wie mir geschah, lief es mir warm am Oberschenkel, an den Beinen runter, das Ventil war aufgegangen, es gab kein Halten mehr, meine Blase entleerte sich, befreite sich vom Überdruck, die Frauen sahen die dunklen Stellen im Nachthemd größer werden und mußten nach einer Schrecksekunde, dürfen wir das denn, ist das jetzt erlaubt, prusten und lachen und wieder lachen, wie erlöst. Und auch ich hatte ja, besudelt wie ich einmal war, nichts mehr zu verlieren, ich klinkte die Toilettentür auf, sie war nicht verriegelt, und wir sahen, wie Fritz vor dem braungesprenkelten braunbespritzten Becken stand, untenherum nackt, auch braunverschmiert, die zusammengeknüllte Hose in der Hand, er wischte sich mit ihr zwischen den Beinen und weiter unten ab, dann stand er wie ein Ölgötze da und glotzte uns an, ratlos auch wir, was mit ihm machen, wie ihn wegbekommen, hilft alles nichts, gebt ihm meine alten Motorradknickerbocker, sagte ich, die beiden Frauen balancierten an den Pfützen vorbei ins Schlafzimmer und kamen mit den *Sportsmanhosen* wieder, sie reichten sie, im Trockenen stehend, Fritz mit spitzen Fingern um den Türpfosten herum zu, er stieg hinein, ein bißchen eng im Bund, aber immerhin, der Knopf ging zu, im Nu war er verschwunden. Bis heute sehe ich ihn fast jeden Tag von unserem Erker aus an der Marktecke unter den Schaukästen des Kinos stehen, dicht neben Hallerfreds Fenster, in meinen Hosen, er trägt sie nicht aufgerefft wie Knickerbocker, sondern herunterfallend bis zum Knöchel, als wären es Skihosen, Sommer wie Winter hat er dazu Sandalen an, ein Bild zum Schießen, dort steht schon wieder dein Cousin, sage ich immer zu meiner Frau, wenn ich sie ärgern will, ja, in deiner Gurkenhose, gibt sie zurück, man könnte denken, du bist das. So viel zur Verwandtschaft meiner Frau, doch lassen Sie mal hören, wie es in Oberjugel weiterging. Da verhandelte also am oberen Zugang zu der weiten Wiesenfläche und den verstreuten Häusern der kleine alte Mann mit den russischen Posten, die ihn nicht durchlassen wollten, nicht ums Verrecken, schien es aus der Ferne, gaben sie den Weg frei für ihn, sondern keilten den Drängler ein, sagte Schlingeschön und knüpfte damit wieder an seine unterbrochene Erzählung an. Er übrigens, der alte Mann, spann er den Faden weiter, hieß Wehefritz. Für manchen klang schon der bloße Name unheimlich, irgendwie bedrohlich. *Midd dähm willsch nischd zu duhn hoabn,* sagten viele, *s iss nisch geheijorr middm.* Das waren aber die Jungen, die Gesunden, die Normalen sozusagen, die so sprachen. Wer dagegen herumkrebste, sich durch den Tag schleppte, wer ein böses Leiden hatte oder auch nur eins, das er als einziger für bösartig hielt, sah das ganz anders. Denn Wehefritz stammte aus dem nahen Bockau, aus einer weitverzweigten einflußreichen Laborantensippe, den *Fritzianern,* die von alters her neben den Anbauern von Engelwurz oder Angelika auch Kartenleger, Pendelschwenker, Bibelstecher und seit neuestem, seit Adolfs Modernisierungszeiten, auch diplomierte Apothekenhelfer, examinierte Pfleger und verbeamtete Lagerwächter hervorgebracht und bis ins Tiefland hinunter über Sachsen ausgestreut, vor allem aber um 1875 herum, ein paar Jahre nach dem Deutsch-Französischen Krieg, eine christprophetische Erweckungsgemeinschaft gegründet hatten. Eine solche Abstammung, ein solches Herkommen, im Gebirge nicht selten, es wimmelte und wimmelt noch von Heilern und Sekten aller Art, gab in unserer Gegend immer Anlaß zur Vorsicht einerseits, *woass dähr oalles Ihborrnaddihrlisches gann,* und andererseits zu Zuversicht und Hoffnung, *isch wees genau, dähr hilffd eem unn heeld bessorr als jehdorr Doggdorr. Unn ooch vomm Jennseids weeß man nischd genauess, währ wees, was die fihr eene Leidung nach obm ham*, war die allgemeine Ansicht. Im Umgang mit solchen Zeitgenossen tat man gut daran, Abstand und Nähe genau auszubalancieren. Wehefritz also, um nach der Andeutung seines Hintergrundes fortzufahren, drängte, von den Russen umringt, unübersehbar auf den abendlichen Wiesenplan, kein Durchkommen zwischen Waldrand und Siedlung, bis er seinen brusthohen Wanderstock zu Boden warf und etwas aus der Umhängetasche fummelte, es hochhielt, Reibrich konnte nicht erkennen, was es war, als ich am nächsten Tag davon hörte, wußte ich gleich, daß es sich nur um die weitbekannte vielberedete gedörrte Angelikawurzel in Form eines Kreuzes, sogar eines Kruzifixes, gehandelt haben konnte, das Wunderstück der Bockauer *Fritzianer*. Diese angeblich aus dem Garten der Wehefritzfamilie stammende Angelikawurzel, die meiner Meinung nach eine zurechtgeschnitzte Alraune gewesen sein dürfte, nicht die Natur war hier am Werk, als Zeichen, als Bevollmächtigung von ganz oben, vielmehr hatte die Vorstellung des Gekreuzigten einen Schnitzer geleitet, ich kenne ihn, es ist der Wehefritz, ich habe den Alten nicht nur in Verdacht, ich weiß genau, daß er sein feinstes Messer für die Feinarbeit genommen hat, die Wurzel, hieß es aus Richtung Bockau, sollte vom jüngsten Kind der Wehefritzens, einem Mädchen, am vierundzwanzigsten Dezember geboren, zu seinem sechsten Geburtstag an Heiligabend gefunden worden sein, nachdem unmittelbar nach dem Neunerla, dem Weihnachtsessen mit den zehn minus eins Gerichten, ein innerer Prophet mit Namen *Ritamo* zu dem Geburtstagskind gesprochen und die Stelle in der hintersten Gartenecke, wo sonst kaum jemand hinkam, bezeichnet hatte, dem ungesäumt suchenden Kind folgte die ganze Familie aus dem Haus in die Frostnachtkälte, die vielen Verwandten am Ort strömten nach und nach, von wem auch immer gerufen, angeblich von höherer Instanz, ebenfalls herbei, atemlos vom gehetzten Gang durchs Dorf, immer bergauf, die Wehefritzens wohnten ganz oben, am südlichen Ortsende, neben der Kräuterlikörfabrik, hierhin und dahin ging es im großen Garten, der sich, sechs Monate im Jahr unter meist einem halben Meter Schnee, die Tallehne hinaufzog und der im Advent, zwischen den Jahren und noch im Januar, Februar normalerweise verlassen, sozusagen gottverlassen dalag, in einebnendem Weiß. Unvorbereitet, überrascht, wie man war, hatte man in der Eile nur die Laternen mitgenommen, man steckte nicht in dicken Jacken, leichte Sonntagsschuhe hatte man an, die Unterarme der Frauen waren nackt, wer wollte jetzt unter der dicken überfrorenen Schneedecke fündig werden, Enttäuschung, Entmutigung, aber Gott sei Dank hatte man nicht gleich die Segel gestrichen, war man noch nicht wieder ins Haus zurückgegangen, vor der Berufung geflüchtet sozusagen, die Belohnung war nahe und sollte der Sippe auf alle Fälle zuteil werden, denn ein leises, allmählich lauter werdendes Zwitschern, ein beharrliches feines Sirren wie von einem Goldhähnchen wies eine, wies *die* Stelle hinter dem Komposthaufen an, dort kamen nicht nur immer klarer die zarten Töne, sondern auch ein pulsendes blaues Leuchten unter dem Schnee hervor, durch den Schnee hindurch, vergebliche Versuche des kleinen Mädchens, den Harsch darüber aufzukratzen, holt jemand vielleicht mal eine Schaufel, fragte und befahl der alte Wehefritz, der Großvater des Mädchens, mit drohendem Unterton, seine Söhne flitzten zurück und kamen alle drei spatenbewaffnet aus dem Holzstall unten und schippten oben zwischen Kompost und Staketenzaun, wo immer die höchsten, die wertvollsten Engelwurzeln des ganzen Dorfes gediehen, wie wild den Schnee beiseite und stießen, hackten und gruben drei Handspannen tief ins harte Erdreich, bis das Mädchen seinen Fund, das nunmehr stumme Kruzifix, zwischen den gefrorenen Erdklumpen hervorziehen konnte, den anfangs zirpenden, nun lautlosen Heiland, die Mär davon, die keine halbe Stunde nach der Beglückung umzulaufen begann, stand in engstem Zusammenhang mit dem Anwachsen der Fritzianerbewegung, ja war der eigentliche Grund für die ungeheure Zunahme der Erweckten, wie eine Epidemie ging das um, zwischen den Kriegen schwoll die Gemeinschaft dann erst richtig an, auf wunderbare zwanzig-, vielleicht sogar fünfundzwanzigtausend Mitglieder oder Anhänger, ihre Zahl stieg nicht nur bei uns im Gebirge, sondern auch weiter unten, im Tiefland, erst gab es Bekehrte, Ergriffene, Inbanngeschlagene an der Mulde und dann eine Strecke nach Westen hinüber, bis zur Pleiße, auch hier in Frohburg, wie ich weiß, und in den Dörfern im Umkreis, Greifenhain, Neukirchen, Wyhra, leben teils bekennende, teils heimliche *Fritzianer*, in den Wohnungen der Erweckten finden als Familienfeier, Chorgruppe, Jubiläum getarnte Zusammenkünfte statt, es gibt Rückmeldungen nach Bockau, nur deshalb habe ich den Namen Ihrer Stadt schon vor zehn Jahren gehört, Frohburg gleich Lobburg gleich Lohburg, hieß es in den Predigtstunden in Bockau, sehet, liebe ernstgläubige Brüder und Schwestern, auch dort in der Braunkohle, in Lobburg lobpreist man unseren Propheten *Ritamo*, entbrennt man für ihn lichterloh. So hörte ich die Bekehrten, die Ergriffenen reden, auch die Großmutter meiner Frau, die nach Bockau hinüber geheiratet hatte, in eine mit den Wehefritzens verschwägerte Familie, und die schon im ersten Jahr ihrer Ehe eine *Fritzianerin* der frühen Stunde geworden war, sogar beim Wunder im Berggarten sollte, nein wollte sie unbedingt zugegen gewesen sein, insgesamt keine ganz dumme Frau, das Leben läuft flach, sagte sie in ihrer alles andere als unbeholfenen Diktion, für die kleinste Ausbiegung, nach oben oder unten, egal, muß man schon dankbar sein und sie bescheiden entgegennehmen, die Wehefritzens sind ein unendliches Glück für mich, doch als ich kurz vor der Hochzeit, noch zuhause in Johanngeorgenstadt, im Ehevorbereitungsgespräch dem Pastor sagte, Jesu Christi sei meine Zuversicht, fuhr der gute Hirte mir heftig über den Mund, Jesu Christi, Jesu Christi, was redest du da für Unsinn, dummes Luder, und belehrte mich gewesene Volksschülerin, Mädchen, sperr die Ohren auf, des langen und des breiten und selbstredend auch von oben nach unten über die Hauptwortfälle im Lateinischen, ich muß wirklich, solang ich lebe, daran denken, manches, wird man im Alter noch so blöd, vergißt sich nicht. Bis kurz vor ihrem Tod war das immer wieder einmal ihre Rede. Begraben wurde sie dann zusammen mit dem alten Wehefritz, der ganz zuletzt noch, auf dem Sterbebett, seiner Schwiegertochter Johanna, damals hochschwanger, die Zukunft vorausgesagt hatte: Weint und jammert nicht, nach mir gibt es eine lange Wartezeit, in der die Wankelmütigen abfallen und mein Enkel aufwächst, dein Sohn, denn einen solchen wirst du gebären. Am Ende, wenn ihr treu geblieben seid, wird euch ein Vermittler zugesandt, er nennt den Namen eures neuen Führers, um den zu finden, werdet ihr, dein Sohn und du, weit, sehr weit gehen müssen, große Mühsal, erst mußt du dir die Füße blutig laufen, erst muß euch Unglaube, Verleumdung, Gehässigkeit, ja Haß den Weg verstellen, dann kann, wenn ihr unseren Heiland aus dem Schnee mitnehmt, wenn ihr ihn bei euch habt und reinen Herzens seid, der neue, der zweite Bote euch empfangen und annehmen. Ich will Ihnen nicht noch mehr Zeit stehlen, Herr Doktor, sagte Schlingeschön, draußen wird es bald hell, deshalb fasse ich schnell zusammen, wie es weiterging: zwanzig Jahre verstrichen, die Bewegung flachte ab, genau wie vom Urvater der Fritzianer vorausgesagt, das Kruzifix fiel in die Halbvergessenheit, jahrelang lag es in einer Tischschublade, doch hielt Johanna nach wie vor die häuslichen Andachten ab, zweimal in der Woche, niemand wurde mehr angesprochen, angehalten zum Anschluß an die Gemeinde und zum Bußetun, wir werben nicht mehr, wir missionieren nicht mehr, wir harren aus, im Glauben fest. Mehr als zwanzig Jahre vergingen, bis Werner, Johannas Sohn, volljährig war. Einen Monat nach seinem einundzwanzigsten Geburtstag wurde beinahe wie bestellt ein Schornsteinfegermeister namens Schöffel, alleinlebend, in den besten Jahren stehend, im Reigen der Beamtenrevirements von Colditz an der Mulde nach Aue versetzt, ebenfalls an der Mulde gelegen, aber am Zwickauer Arm, am Oberlauf, im Gebirge. Schöffel war auch im nahen Bockau als Essenkehrer tätig, auch im Wehefritzhaus. Schon beim zweiten Besuch dort merkte er, mit wem er es zu tun hatte, das halbe Dorf untereinander verwandt, fast alle verschworen in der Glaubensgemeinschaft, deren Zentrum hier war, im Haus der Johanna, er brachte, nicht zuletzt, weil ihm die dralle, noch immer resche Frau gefiel, eine frohe Botschaft an den Mann oder besser an Mutter und Sohn. In Colditz predigt ein Oswin Brettschneider, erzählte er, aus Schlettau gebürtig, nicht weit von hier, frommer Eltern Sohn. Kein scheinheiliger Irgendwer, kein falscher Sprücheklopfer, seine Verbindung nach oben ist erstritten und erlitten, ich denke, gerade ihr Wehefritzens wißt, was das bedeutet, besucht ihn bald einmal im Unterland. Mit einundzwanzig Jahren hat der Oswin an der Zschopau das weithin bekannte vielbezeugte Brückenwunder erlebt. Auf einem Spaziergang zur Zeit der Schneeschmelze sah er am anderen Ufer einen weißgekleideten Fremden stehen, der ihn hinüberwinkte. Es ist Hochwasser, wie soll das gehen, rief er durch das Gebraus der Strömung. Doch siehe da, mit einemmal schlug sich ein lichter Steg über den angeschwollenen Fluß, der Fremde machte eine einladende Handbewegung, nun also komm, Oswin setzte sich erst vorsichtig in Bewegung, dann tastete der sich zunehmend zuversichtlicher in Richtung der wunderbaren Erscheinung, und wirklich, die Überquerung gelang. Schreib dein Jawort in ein heiliges Buch, egal, an welcher Stelle, sagte sein Mentor und verschwand. Oswin tat noch am selben Tag, was angeraten war. An der Zschopau, genau dort, wo er von Ufer zu Ufer auf sanfter Wölbung über das Wasser hatte gehen können, ließ er Tisch und Stuhl aufstellen, seine Mutter brachte atemlos, die sperrigen sechs Pfund wollten geschleppt sein, die *Nürnberger Bilderbibel* von Endter aus dem Jahr 1703 herbei, ein Erbstück der Familie, zerlesen, geschwärzt, ich habe sie später mit eigenen Augen gesehen, bei einem Besuch in Schlettau, die schweinslederne Haut an manchen Stellen aufgerissen und von den Holzdeckeln des Einbands abgesprungen, die Messingschnallen längst verlorengegangen, Generationen hatten anscheinend über den verschnörkelt gedruckten Texten und den verrätselten Kupferstichen gebrütet und manches Gedankengespinst entwickelt, das dem zuständigen Seelsorger schlaflose Nächte bereitete, weil, sagte Schlingeschön, die einfachen Leute beinahe immer dazu neigten, mit ihren Spinnereien unter die Leute zu gehen, *dähr hodd sei Rehde*, hieß es dann, und alles lief herzu, um diese Rede genannte höchst eigene höchst eigenartige Ausdeutung, Auslegung zu hören. Na das ist ja mal ein Ding, Herr Nachbar, sagte Vater. Hier, nehmen Sie noch einen Schluck und geben Sie mir eine halbe Minute. Er verließ das Zimmer und kam gleich wieder zurück, mit der dicken schweren Bilderbibel, die meine ganze Kindheit hindurch und auch noch die Jahre bis siebenundfünfzig neben der lebensgroßen schwarzen Uhufigur auf dem Bücherschrank im Herrenzimmer überdauerte. Wo sie nach unserem Abtauchen nach Westberlin und Hessen hingekommen, was mit ihr passiert ist, keine Ahnung. Müßte man sagen, hätte man einer aus Ostpreußen, Schlesien oder dem Sudetenland vertriebenen Familie angehört. War bei uns nicht der Fall. Bei uns gab es keine direkte Vertreibung, bei uns gab es eine vorbereitete Flucht. Deshalb liegt auch die Bibel, die uns, wundersamer Vorgang, nach dem Weggang aus Frohburg in einem Paket über die innerdeutsche Grenze nachgefolgt ist, seit dreizehn Jahren, seit Vaters Tod, bei uns im Wohnzimmer, unter dem Wandtisch mit dem alten abgegriffenen Solitär-Spiel. Restaurieren lohnt nicht, zu stark verschlissen durch Gebrauch, haben die Restaurierungsbuchbinder der *Deutschen Bücherei* gesagt. Die Bibel, setzte Vater an und stockte gleich wieder, was löst mir eigentlich die Zunge, ich kenne ihn doch kaum. Aber was solls, es ist die Nacht der großen Erzählung, also hören Sie, sagte er zu Schlingeschön, diese Bibel hier stammt aus unserer Schmiede in Reinsberg, mein Großvater hat sie über die Zwischenstation Freiberg mit nach Frohburg gebracht, es ist wirklich und wahrhaftig genau die gleiche Ausgabe von 1703, von der Sie eben erzählt haben, mir war doch gleich so. Und ich hatte recht. Und ich sage Ihnen noch etwas im Vertrauen, schon mein Urgroßvater, auf keinen Fall ein Hexenmeister, hat sie eingesetzt, hat sie aufgeklappt und halblaut aus ihr vorgelesen, wenn er den Bauern die kranken Pferde heilen sollte. Vorgelesen immer nur aus der *Apokalypse*, die machte auf die Bauern jedesmal den allerstärksten Eindruck. Es ist die *Nürnberger Bibel*, hieß es von dem Buch bei uns, als ich vor dem Ersten Weltkrieg Kind war, die kann viel, vielleicht alles. So weit Vater zu Schlingeschön. Nach einer Pause fuhr der in seinem Bericht fort: Oswin schrieb sich am Zschopauufer unterhalb von Schlettau in Gegenwart Hunderter Zuschauer ein ins Buch der Bücher, er setzte seinen Namen auf den Vorsatz, und darunter malte er in kunstvollen Buchstaben noch ein *Dein bis über den Tod hinaus*, dann setzte er sich unter Hinterlassung der aufgeschlagenen Bibel ab in die Stadt, ins elterliche Haus. Die Leute traten an den Tisch, lasen den Eintrag und sahen sich an, *doas iss woass, noa kloar*. Freilich, die Behörden sahen das ganz anders, wenn auch ein Eingreifen noch nicht erforderlich schien. Aber zwei Monate später gab es im Gasthof *Zur Bachforelle* einen Faschingsball, Oswin, als Türke kostümiert, nahm daran teil, das Brückenwunder lastete nicht restlos alle seine Gedanken und Wünsche aus. Während die Gewinner der Tombola ausgerufen wurden, alles ballte sich vor der Bühne zusammen, fiel er inmitten der erwartungsvollen Menge um und wurde ohnmächtig ins elterliche Haus getragen, wo er den ganzen nächsten Tag bewußtlos lag, nicht bleich, was den Ruf nach dem nächsten erreichbaren Arzt aufgebracht hätte, sondern mit rosigen Wangen, *awerr ähr iss doch umm Goddes Willn weggedrähdn, dass err mihr nor nisch abgradsd*, sagte seine Mutter. Wie überflüssig ihre Besorgnis war, zeigte sich am folgenden Tag, da setzte sich der gute Oswin mit geschlossenen Augen in seinen Kissen auf und fing an zu reden, er erzählte wortreich sprudelnd, beinahe gutgelaunt von einer Reise zu der Lichtgestalt, die ihm seine luftige Brücke gebaut hatte, wie er dort im

Reich des Lichts und des Glaubens wohlwollend, sogar ehrfürchtig empfangen und herumgeführt worden war, was es da zu sehen gab. Ein Schlettauer gab schon an diesem Tag dem anderen die Klinke des Brettschneiderschen Hauses in die Hand, die ohnmachtsähnlichen Schlafzustände wiederholten sich in den nächsten Tagen, immer schloß sich eine Ansprache Oswins an, wachsender Zustrom, bis die Obrigkeit einschritt, es kam zu einer Einweisung in die Anstalt in Zschadraß, dort lernte Oswin ein junges Mädchen aus Kleinsermuth kennen, Erdmuthe Hungerfeld, das Visionen von einem schwarzen Bullenbeißerhund hatte, der der Jungfrau nachstellte, beim Holzsammeln, im Stall und wenn sie abends in die Pfarre zum Aufwischen ging, unklar, was er von ihr wollte, nichts Gutes jedenfals, in ihrer Verzeiflung, niemand kann ihn bannen, zerkratzte sie sich während dieser Visionen bis aufs Blut das Gesicht, an sich hübsch anzusehen, zudem hatte sie in der Verwirrungspanik dreimal versucht, die väterliche Stellmacherwerkstatt anzustecken. Nach beider Entlassung, in dem, was sich Freiheit nannte und nach der Anstaltsenge auch wirklich war, rückte das junge Paar noch enger zusammen, es heiratete sogar und zog zu Hungerfelds, *bass off se off*, hatte Vater Hungerfeld, der Stellmacher, den Schwiegersohn in die Pflicht genommen. Oswin hatte diesbezüglich keine Mühe. Erdmuthe war in der Ehe wie verwandelt, sie wollte nur noch ihrem Mann zuhören, in seine Reden war sie wie vernarrt, immer saß sie in der ersten Reihe der Stühle in der guten Stube. Im Abstand von elf Monaten gebar sie zwei Kinder, einen Jungen und ein Mädchen. Aus den Berichten Oswins wurden zweistündige Andachten, vorher schläferte er sich durch Ziehharmonikaspiel und leisen Kopfgesang ein, der in ein Brummen übersprang, Tiefschlaf trat ein, da hieß es warten für die Besucher, bis die Quetschkommode zu Boden glitt und der Mund aufging und die Worte strömten, nach dem Erwachen hatte er keine Erinnerung an das von ihm Gesagte. Die Schwiegereltern gehörten zur Gemeinde, waren aber doch nicht ganz zufrieden: *Nu habdorr schonnd zwee Kinnorr, woas dorr die Leihde bring, langd fornne nisch un hindn nisch, du mussd woas Rischdschess moachn*, sagten sie und waren der Grund, warum Oswin ab da nicht nur in Glaubenssachen, sondern auch in glaubensnahen Handelsangelegenheiten, *Bockauer Tinkturen* aus Engelwurz, über Land zog, dreihundert Tage im Jahr. Nicht weiter verwunderlich also, daß er nicht in Kleinsermuth war, als Johanna, die Führerin der *Fritzianer*, und ihr Sohn Werner, vom Essenkehrer Schöffel inganggesetzt, das Dorf am Zusammenfluß der Zwickauer und der Freiberger Mulde erreichten. Es war schon später Nachmittag, man hatte sich den dreitägigen Marsch hindurch auf ein erstes tiefes Gespräch mit Oswin gleich nach der Ankunft gefreut, nun war es nichts damit. Wo isser denn zu finden, wollten Mutter und Sohn wissen. In Frohburg, in Wyhra oder ganz woanders, wahrscheinlich aber doch in Frohburg. Sagte Erdmuthe, die in Zschadraß im Haus von Geheimrat Kohlfeld, dem Anstaltsleiter, als Insassin die gröberen Dienste verrichtet und von der Köchin, einer Mecklenburgerin, Hochdeutsch gelernt hatte. Frohburg, na gut, aber wo liegt es denn, fragte Johanna. In der Richtung, sagte Erdmuthe und zeigte nach Westen. Wenn ihr morgen in aller Frühe losgeht, seid ihr vielleicht abends mit dem letzten Tageslicht dort. *Nee, gommd nisch off die Dapehde, mihr machen uns glei auf dähn Wähg.* Dann kommt ihr rechterhand auch an der *Kolonie Erdenglück* am Anfang von Frauendorf vorbei, sie liegt auf einem Hang über der Eula, dort fragt zuerst nach ihm, denn dort sitzen seine heilgläubigen Freunde besonders dicht gesät, die Bauern im Dorf nennen die Kolonie Halunkenburg, weil die seelenkranken Patienten viel Geld bezahlen und dabei zwischen den Kurzandachten des alten Koloniegründers Bankler abwechselnd auf den Feldern arbeiten müssen und nackt in den bretterzaunumschlossenen Eulawiesen herumspringen dürfen, Männlein und Weiblein mal streng, mal nicht so streng getrennt Das *Naggschmachn* ist der einzige Punkt, der uns von den Erdenglücklern trennt, wir haben andere Vorstellungen vom

Engelhaschen, Oswin erklärt euch das bestimmt. Findet ihr ihn nicht in Frauendorf, dann sprecht beim Buchdrucker Otto Nuschke in der Schlossergasse in Frohburg vor. Johanna und ihr Sohn machten sich, kaum hatten sie die Weisung gehört, wieder auf den Weg, diesmal nicht nach Norden, sondern nach Westen. Es war eine sternenklare Nacht mit einem beinahe vollen Mond, die beiden Wanderer strebten wie Aufziehpuppen vorwärts, von einem Ort zum nächsten, immer in der Hoffnung, jedes Dach, das in der Ferne im Mondschein schimmerte, könnte zu Frohburg gehören. Dabei spürten sie die spitzen Schottersteine nicht, die durch die Sohlen stachen, und in den tiefen Geleisen und Löchern des Weges markierten Schatten die Unebenheiten und machten ein Ausweichen und Darübersteigen leicht. Durchquerten sie ein schlafendes Dorf, Elbisbach zum Beispiel, schlugen von einem zum anderen Ende die Hunde an, kläffereigefüllte, dann wieder, draußen im Feld, abgrundstille Sommernacht. Einmal, war es vielleicht in Frankenhain, Ortsschilder gab es nicht, schoß aus dem Schatten einer Bruchsteinkirche ein haßerfüllt halb heulendes, halb bellendes schwarzes Ungetüm hervor, groß wie ein Kalb, aus dem aufgerissenen Maul, in dem die Hauer fluoreszierend im Mondlicht blinkten, flog kalter Sabber ins Gesicht der Wanderer, kusch, schrie Johanna und setzte noch ein eher gemurmeltes *Ritamo* hinzu, die Bestie duckte augenblicks das Hinterteil, klemmte den Schwanz ein und zog im Rückwärtsgang lautlos ab, nur die Hunde auf den Höfen waren noch zu hören, eine ahnungslose Runde, die Köter wußten nicht, daß soeben kein Landstreicher, kein lichtscheuer Geselle, des Verbellens wert, sondern ihre Meisterin in Begleitung eines Sohnes und Adepten das Dorf durchmessen hatte. Früh kurz nach vier, es war schon hell, kamen sie vor dem *Landhaus Erdenglück* und den dazugehörigen Lichtlufthütten an. Durch das blickdichte Brettertor eingetreten, sahen sie unten am Bach braungebrannte und käseweiße splitterfasernackte Gestalten jeden Alters, Zöglinge der Kolonie auf Zeit, in bunter Reihe tanzen, ein alter Mann in weißem

Klinikkittel, ehemals Pfleger im Geithainer Vierbettenkrankenhaus, zwei Betten für die Männer, zwei für die Frauen, stand oberhalb der Wiese auf der Böschung, stieß Anfeuerungsrufe aus, *hopphopp rannrann hepphepp*, hatte der denn keine Juden unter seinen zahlenden Großstadtleuten, oder vielleicht gerade deshalb, und schlug mit einem Tamburin den Takt des baumelnden hüpfenden Tanzes, der nur bei den Kindern und den zwei, drei jungen Männern und von mir aus auch bei der Handvoll beteiligter junger Mädchen nicht nur erträglich, sondern ansprechend, wenn nicht sogar appetitlich ausgesehen haben muß, sagte Schlingeschön. Und Vater stimmte ihm zu, er wußte genau, wovon die Rede war, in der Sprechstunde bekam er Wohlgewachsenes, Anmutiges, wahrlich Verführerisches genug zu sehen, nie blieb er mit einer Weiblichkeit allein im Ordinationszimmer, immer ist Schwester Edeltraud dabei, die Sprechstundenhilfe aus Greifenhain, wenn die mal fehlt, führte Vater aus, rufe ich meine Frau herüber und im alleräußersten Fall auch Reni, unsere Hausgehilfin. Nie allein, niemals, auf keinen Fall, das hat mir Möring, der alte Kollege, Sie haben den Brummbär, den Griesgram sicher schon in der Stadt gesehen, eingehämmert, als ich bei Kriegsbeginn hier mit der Praxis anfing, und wenn schon allein, wenn man nicht anders kann und will, mit Fleiß und Absicht also, muß man das Risiko kennen und notfalls eben die Affäre durchstehen, ich habe da Sachen erlebt, Schwamm drüber, sagte mir Möring fünfmal hintereinander, ich glaubte ihm sofort, ich kannte die Gerüchte, sie hatten auch mit der Familie meiner Frau zu tun. Von dem Mädchen mit dem Schlangenbiß ganz zu schweigen, das er in sein Haus genommen hat und von dessen Existenz heute kein Mensch mehr etwas wissen will, schon seit dem Abtransport, auch der hängt letztenendes mit Möring zusammen. Aber das erzähle ich Ihnen ein andermal, jetzt will ich wissen, wie es weiterging mit Ihrer Bockauer Johanna. Bei den Banklers vom Erdenglück war Oswin nicht anzutreffen, vor zwei Tagen durchgekommen, hieß es, über Nacht in einer der Hütten ohne Tür und Fenster geblieben, am nächsten Morgen das eine und andere Tränklein, den einen und anderen Aufguß abgesetzt, mit einer rappeldürren gelbgesichtigen Frau im Prießnitzer Wäldchen gesprochen und mit ihr gebetet, dann weitergezogen, ja, Richtung Greifenhain und Frohburg, vermutete Bankler, aber was heißt das schon, der Oswin ist nicht zu fassen, schon weil die Ortspolizeien an seinen Fersen sitzen. Werner fragte nach dem Buchdrucker Nuschke, wie den finden. Wenn ihr jetzt geradeaus nach Frauendorf geht und weiter durch den Probsteiwald nach Greifenhain, kommt als nächstes schon Frohburg, die Greifenhainer Straße führt euch den Schützenhausberg hinunter, an der Wyhra entlang und über die Brücke direkt auf den Markt. Hier biegt ihr auf die Straße nach Borna und Leipzig ein, oben, an der Ecke mit dem *Posthotel*, über dem Eingang ein Erker, Ihr Erker, Herr Doktor, und die erste Gasse, die nach links abgeht, rechts beginnt die Webergasse, ist die Schlossergasse, dort hat der reiche Nuschke seine Druckerei, was da nicht alles aus der Presse kommt, für Leipziger Schmuddelfinken und Lustgreise, schlüpfrig illustriert, numeriert, privatgedruckt, vor der Obrigkeit verborgen, für Oswin, obwohl mit Nuschke befreundet, ein ewiger Kummer, ein wahres Herzeleid, wenigstens druckt er meine Sachen fast umsonst, sagt Oswin immer. Das wußte Bankler zu berichten. Und mit dem, was er sagte, war der Wanderung aller Wahrscheinlichkeit nach ein Ziel gesetzt. Also weiter, ungesäumt. Hinter Frauendorf ein einzelnes Haus seitab im Feld, an der Front ein schneckenförmig gedrehtes Gehörn, das Forsthaus, vermutete Werner, nein, war Johanna intuitiv im Bild, das sieht eher nach Afrikaner aus, guck doch die Drehung an. Das anschließende Waldstück der Probstei, traurige lichthemmende Fichten, ineinandergekusselt, war schnell durchquert, am Rand blieb Johanna stehen, ach Gott, hier ist was los, hier wird was los sein, ich glaube, hier werden sie mal eine verscharrte Frauenleiche finden. Denk dran, daß wir für das arme Wesen heuteabend beten. Greifenhain war ein Dorf entlang eines Baches, am klaren schnellfließenden Wasser die

Häusler, Tagelöhner, Kohlenarbeiter, oben auf Mitternachts- und Mittagshang die Vierseitenhöfe der Bauern, nicht ganz kleine Festungen mit selbstbewußten Bewohnern, Vorgärten mit Eisenzaun, Buchsbaumwegen und Rosenbögen, kunstvoll gedrehtes und verschachteltes Fachwerk schwarz auf weiß war zu erkennen. In der Mitte des Dorfes kam der steil abfallende Weg von der Kirche, der Schule, dem Gasthof herunter, unten stand eine uralte Riesenlinde mit weißschimmerndem Stamm, Johanna verhielt den Schritt, blieb stehen, schlechter Ort, sagte sie gedämpft zu Werner, auch hier wird Schlimmes geschehen, es stirbt jemand, Haß entsteht, dagegen kann ich nichts machen, da reicht kein Gebet. Unglaublich, platzte Vater aufgeregt in Schlingeschöns Bericht hinein, genau an dieser Einmündung des Weges in die Dorfstraße ist letzten Winter ein Unglück passiert. Mein hochbetagter Vater, der Tierarzt, Sie kennen ihn ja von der Behandlung Ihrer halbtotgeschlagenen, obendrein noch vergifteten Katze, geht inzwischen auf die neunzig zu und fährt noch zu den Bauern. Seit seinem schlimmen Kutschenunfall, bei dem die Kutsche, ein altes Ding, auf neu zurechtgemacht, zusammenkrachte und die Pferde durchgingen und ihn so gewaltig gegen einen Baum schleuderten, daß ihm die Unterschenkel vielmals brachen und er ein halbes Jahr in Leipzig lag, hat er keine Zügel mehr in der Hand gehabt, geschweige denn hinter einem Steuer gesessen, das *Phänomobil* von 1906 oder 1907 aus Zittau war die letzte Motormaschine, die er dirigierte. Seit dem Unfall gab es einen Kutscher, der, in Zeiten des Opel *Laubfroschs* und anderer Autos, auch Chauffeursdienste übernahm, die Wagen wusch und reparierte. Der letzte dieser Helfer wurde 1942 eingezogen, als sich die Wehrmachtsmassen hinter Charkow auf Stalingrad zubewegten, er ist dort verschwunden, kein Hahn hat nach ihm gekräht. Da war in der Greifenhainer Straße wahrhaftig und im Wortsinn Not am Mann. Es traf sich gut und wenn schon nicht gut, so doch passend, daß die Hausgehilfin Erna aus Thierbach hinter Borna im Jahr davor nach der Einquartierung einer siegreich aus Frankreich heimgekehrten Kompanie auf dem Schützenhaussaal unehelich Mutter geworden war und meine Eltern, sagte Vater, sie nicht heimgeschickt, sondern in der Anstellung gelassen hatten, eine herbe kurzangebundene Frau, vierunddreißig, fünfunddreißig Jahre alt, in der tierärztlichen Not, wie in Zukunft zu den Bauern kommen, verfiel man auf sie, man traute ihr handfestes Zupakken und ausreichende Übersicht zu, hatte beides schon hinlänglich erprobt an ihr, zwei Monate lang wurde sie dreimal in der Woche mit dem Zug, Bimmelbahn von der Haltestelle Schützenhaus zum Bahnhof Frohburg, von dort weiter mit dem Chemnitzer Zug, nach Geithain geschickt, wo sie vom Fahrlehrer Bengel, einem kleingewachsenen flinkäugigen Original mit blauem Kittel und allzeit entdeckungslustigen Händen, die Verkehrszeichen erklärt bekam und im BMW *Dixi* über die drei Landstraßen gelotst wurde, die von Geithain ausgingen, nach Lausick, nach Frohburg und nach Rochlitz. Während der dritten Fahrstunde, Bengel wie immer auf dem Nebensitz, verwechselte sie beim Wenden im Stöckigt, am Herrenweg, Gaspedal mit Fußbremse, das Auto hüpfte in das Unterholz, *un, Mädschn, woas denn nuh*, sagte Bengel kaltblütig und beugte sich zu der ungeachtet aller Kaltblütigkeit vor Schreck Gelähmten rüber. Wie auch immer, im Herbst 1942 bekam sie den Führerschein, einen der ersten für eine Frau in Frohburg und Umgebung, nur Anne Kienbaum, die Mietwagenbesitzerin, ihr Mann war im Polenfeldzug gefallen, hatte ein Jahr früher die Berechtigung erlangt, auch bei Bengel natürlich, unter ganz ähnlichen Umständen, nur hatte sie die Karre auf dem Bahnübergang in Streitwald abgewürgt, die Bimmelbahn kam und bimmelte, der *Dixi* war abgesoffen und sprang nicht an, die Bahn mußte halten, und Bengel, die Ruhe selbst, er wußte schon, warum, ging zur Lok und sagte nach oben zu Lokführer und Heizer: *Doa sähdorr mah wihdorr, wie doas middn Weiborrn iss.* Für solche Gelassenheit hatte auch Anne einen Tribut zu entrichten. Abfahrt, sagte er, nun selbst am Steuer, jetzt hochdeutsch bemüht, vom Röcheln des wieder laufenden Motors untermalt, hinter der Lochmühle weiß ich ein schönes Wiesenplätzchen, da erkläre ich dir noch mal in aller Ruhe, wie man ein so empfindliches Ding behandelt, damit es nicht absäuft. Zurück zu Erna. Ab November zweiundvierzig, unser anderthalbjähriger Sohn war mit Kinderlähmung in Leipzig in der Klinik, war sie fahrberechtigt, von da an chauffierte sie meinen Vater jahrein jahraus, sie steuert den schwarzen *P4*, den Sie vom Sehen her bestimmt kennen, er hoppelt ja mehrmals am Tag durch die Stadt, bis jetzt auf die Dörfer und hat, was die tierärztlichen Besuchstouren angeht, die Hosen an im Haus, nur was der *Herre*, alt und manchmal ungeduldig, nicht nur in dieser Hinsicht, sagt, gilt. Allmählich verstand sie sogar selbst etwas von der Behandlung. Er weist sie an, und sie greift zu. Die Anweisung ist oft auch überflüssig, der volkstümliche Name der Krankheit genügt, Rotlauf zum Beispiel, sie weiß dann schon, was sie machen muß. Am späten Nachmittag eines eiskalten Februartages, die Dämmerung hatte schon eingesetzt, kam der *P4* auf dem Weg zum Vorsteher Kuhrt von der Haltestelle Frauendorf, der einen unablässig meckernden, aber nicht mehr fressenden Ziegenbock hatte, durch Greifenhain. Der Himmel im Westen frostrot gefärbt von der untergegangenen Sonne, von Osten zogen dunkle Wolkenbänke auf, neuer Schnee war angesagt. Die Dorfkinder und die Jugend bis weit über das Tanzstundenalter rodelten die spiegelnde Eisbahn des Kirchbergs hinunter, bis zur uralten *Weißen Linde*, auf die kleinen handlichen Schlitten, *Käsehüttchen* genannt, legte man sich bäuchlings drauf und surrte, mit den Fußspitzen lenkend, abwärts, auf zusammengebundenen Schlitten drückten sich eingeschworene Fahrgemeinschaften, teils schon in der zweiten Generation, eng hintereinander, Gutsbesitzersprößlinge zu Gutsbesitzersprößlingen, Kohlenarbeitersöhne zu Textilarbeitersöhnen, die Mädchen trennten nicht so streng, beim Zutalschießen rüttelte und krachte die dreigliedrige kunstvoll gesteuerte Schlange auf dem Eis, und dann gab es auch noch zwei, drei alte aufgepumpte Traktorreifen, die mit unkontrollierter Drehung abwärts zischten. Genau in dem Moment, in dem mein Vater und Erna um die Ecke an der *Weißen Linde* bogen, raste ein solcher Reifen mit einem einzelnen Jungen an Bord wie ein dunkler Blitz, sagte Erna immer im Rückblick, in ihre Fahrt, es gab ein ploppendes Geräusch, das war das *Andutzen* und Weggefedertwerden des Reifens am Auto, am Vorderrad, und ein winziger Sekundenbruchteil später folgte ein gongähnlicher Doppelschlag, der Kopf des Jungen war zweimal gegen das Trittbrett und die Beifahrertür geprallt, mit solcher Gewalt, daß die Schädeldecke zerbrach, zersprang, wahrscheinlich war der Junge, zwölf Jahre alt, schon tot, bevor Auto und Reifen überhaupt zum Stillstand kamen. Schreckliche Abendszene. Das Auto schräg auf der Straße, der Junge, einziger Sohn der Kaabes von der Mitternachtsseite, zwanzig Hektar Ackerland, vier Pferde, lag schwer wahrzunehmen, befremdlich verdreht hinter einem Schneewall, an einem Gartenzaun, wahrscheinlich auch Arme oder Beine gebrochen. Aus allen Höfen und Häusern liefen die Leute an der Einmündung der Schlittenbahn zusammen, beguckten fassungs- und verständnislos das Auto und die beiden nach einer Schrecksekunde ausgestiegenen Insassen, die bei dem Kind im Schnee knieten, Erna richtete sich nach einer Weile, nach zaghaftem Tasten und vorsichtigem Schütteln auf, nichts zu machen, sagte sie erst zu meinem Vater und dann etwas lauter in Richtung der Zuschauer, die sich, zusammengedrängt, schweigend, in gehöriger Entfernung vom Auto und erst recht von dem toten Jungen hielten, unklar, was passiert war, mit denen aus dem *P4* hatte man erstmal besser nichts zu tun. Nach einer endlos langen halben Stunde kam Scheibner, der Vopo-Chef aus Frohburg, aus dem Revier im ehemaligen Amtsgericht, mit seinem Motorrad im Schritt angefahren, er hatte, vorsichtig wie er immer war, kein schlechter Kerl, nur in der falschen Uniform, die beiden Füße von den Rasten genommen und hielt sie dicht über die Fahrbahn. Zur Begrüßung drückte er meinem Vater die Hand, legte Erna kurz den Arm um die Schulter, das war schon mehr, als man erwarten durfte, nahm dann die Unfallstelle in Augenschein und beugte sich zu der Leiche hinunter. Telefonieren, sagte er und schwang sich auf das Motorrad. Nach noch einmal einer halben Stunde, Scheibner war längst zurück vom Telefon im Gasthof, tauchte ein schwarzer Behörden-BMW auf, vier Mann stiegen aus, Bornaer Kripo wahrscheinlich, vielleicht auch jemand vom Vierundzwanzigstundendienst des SSD darunter, und nahmen die Arbeit auf: Vermessen, Befragen, Fotografieren. Daraus folgte für Erna und meinen Vater nichts Schlimmes weiter. Der Tod des Jungen war Last genug. Er hatte, ergab der Augenschein, keine Gewalt über den Reifen gehabt, der Reifen hatte sich nicht lenken lassen, eher waren die Eltern schuld, der Vater vor allem, der Großvater, die dem Kind den Schlauch überlassen hatten. Ob die Tatsache, daß Kaabe Ortsbauernführer gewesen war, beim flachen Gang der Ermittlungen eine Rolle spielte, keine Ahnung. Aber auch nicht ganz auszuschließen. Immerhin waren zwei der Reifen am *P4* abgefahren, einigermaßen glatt sogar, das Auto war gut ein Jahr in der Hand der Russen gewesen, das war ihm rundum anzusehen, auch Reifen, Bremsen und Lenkung hatten ihren Tribut entrichten müssen. So weit, so gut, hätte man meinen können. Aber im Gegenteil. Kaabe konnte den Verlust des einzigen Kindes, seines Hoferben, ohne den alles Wirtschaften keinen ferngerichteten Sinn mehr hatte, nicht verschmerzen. Er fing an, abends den Gasthof aufzusuchen und dort stundenlang zu hokken, mit dem Drang zum Druckablassen, ein Bier, einen Korn, wieder ein Bier, noch einen Korn, und so weiter und so fort. Und dabei Hetzreden zu den Zechgenossen an seinem Tisch und an den anderen Tischen, was wollt ihr mit dem alten Viehopa vom Schießhausberg, der kann doch bei der Fleischbeschau die Trichinen längst nicht mehr erkennen, auch wenn es von den Tierchen wimmeln sollte, fragt doch mal seinen Herrn Sohn, an was die Monning aus Kohren, die feine Frau, vor einem halben Jahr gestorben ist, elendiglich krepiert. Außerdem, ein weiteres fixes Thema Kaabes, habe ich genau gesehen, wie er sich bei uns in der Futterküche Saatkartoffeln in die Manteltasche geschaufelt hat. Die ganze Familie in der Greifenhainer Straße war empört und ratlos. So eine bösartige Stimmungsmache hatte es schon einmal gegeben, Jahrzehnte vorher, kurz vor dem Ersten Weltkrieg, als einer der Rittergutsbesitzer, Platzmann aus Nenkersdorf, meinem Vater unterstellte, die Maul- und Klauenseuche auf seinem Hof nicht rechtzeitig erkannt zu haben. Er hatte nicht geruht, bis so gut wie alle großen Güter der Gegend bei uns abgesprungen waren. Nur Börries v. Münchhausen auf Sahlis blieb meinem Vater treu. Er konnte allezeit hochnäsig genug sein, daß ihm die Meinungen der Standesgenossen schnuppe waren. Und dann: Platzmann, ohne Adel, ohne alles, was war das schon in seinen Augen, Spreu, die verweht. Und wirklich, lieber Schlingeschön, heute weiß kein Mensch mehr, wer dieser Platzmann einmal war, daß es ihn hier bei uns gegeben hat. Besser wurde es für meinen Vater in der Platzmannkontroverse erst, nachdem der älteste Sohn, mein Bruder Bernhard, im April 1915 als Kriegsfreiwilliger vor Ypern gefallen war. Der nationale Opfertod stimmte auch die Großagrarier nachsichtiger, er wurde wieder in die Ställe und auf die Weiden geholt. Die Sache mit Kaabe löste sich dagegen nicht von selber, seine erste Magd rief Erna auf dem Frohburger Marktplatz sogar ein lautes *du Mordweib* hinterher. Das hält ja kein Mensch aus, fand auch Grzewski, der familienintern ungeliebte Genosse, da muß doch was passieren. Und es passierte auch wirklich etwas, ein Vierteljahr nach dem Unfall an der Schlittenbahn, an einem blütenerfüllten warmen Maiabend, die Fenster standen offen, vom Schützenhausplatz mit seinen aufgegangenen Kastanienkerzen wehte es süßlich herein, bekamen meine Eltern nach Einbruch der Dunkelheit, es muß um zehn, halb elf gewesen sein, späten Besuch von einem Unbekannten, der einen Namen dergestalt murmelte, daß gleich klar war: Namen sind hier Schall und Rauch, es geht um etwas anderes. Hageres Gesicht, leicht verschleierte Augen, die auch freundlich aufleuchten konnten, Nikotinfinger. Schlotternder grauer Anzug. Er komme ganz im Vertrauen, braucht niemand zu wissen, die Sorge um den verdienten Tierarzt, um dessen Frau, die die Besuchsbücher schon so lange führt und ebenso lange schon die Rechnungen schreibt, treibt ihn seit Tagen um, so kann es nicht weitergehen, dem Boykottgerede Kaabes muß ein Riegel vorgeschoben werden. Meine Eltern hörten überrumpelt zu. Gewiß, die Stimmungsmache weit über Greifenhain hinaus, fast in jedem Dorf fand sich inzwischen ein Verleumder hintenherum, war unerträglich. Aber, sie waren ja nicht doof, was war der Preis des fremden Abgesandten. Denn abgeschickt war er, das stand fest. Und bestätigte sich nach einigem Hin und Her. Naja, Herr Doktor, drehte er sich erst im Kreis und wurde schließlich deutlicher, wir würden vielleicht den Kaabe einmal nachts zu uns nach Borna kommen lassen, besser noch ihn holen. Wenn wir ihm ins Gewissen reden, auf unsere Art, hat das Wirkung, Sie können Gift drauf nehmen. Nur, setzte er nach einer Pause wieder an, nur, sagte er, sonst erstmal nichts, um mit der erneuten Unterbrechung meinen Eltern Gelegenheit zu geben, sich mit dem Gedanken vertraut zu machen, daß es tatsächlich eine Bedingung gab. Was war bei einem so guten Angebot, das sie aus ihrer Not erlöste, ihnen den Quälgeist vom Halse schaffte, eine kleine läppische Bedingung, sollten sie denken und dachten sie wohl auch. Mit Gottes Hilfe, sagte Großmutter. Anscheinend passte das, denn der Besucher taute auf und strahlte, es ist nicht viel, ist nicht der Rede wert, wir wissen doch, was wir an Ihnen haben für die Sicherung unserer Viehwirtschaft und Ernährungsbasis, fleißig sind Sie wie kein zweiter, wenn Sie einmal sterben sollten, Verzeihung, Frau Doktor, schickt die Kreisleitung nicht nur einen Kranz, sondern ihren besten Redner, das ist mal gewiß. Aber jetzt geht es um was anderes. Ganz wichtig ist das. Und überhaupt nicht viel. Nur Mundhalten. Einfach Schweigen. Kein Wort gegen unseren großen Plan, die volle Kollektivierung der Landwirtschaft. Kein Wörtchen dagegen, auch kein Mienenspiel, Mundwinkelsenken, Naserümpfen, Augenverdrehen. Das wollen wir nicht sehen. Niemals, hören Sie. Nur die *Gusche* halten. Und wenn Sies zehnmal besser wissen. Ein Loblied verlangen wir nicht, Schönrednerei haben wir nicht nötig. Sagte der Unbekannte und drückte zum Abschied meiner Mutter, die im Plüschsessel unter dem Bild des Yperngrabes saß, mit beiden Händen die Hand, sie konnte es ihm nicht wehren. Sagen Sie mir doch noch einmal Ihren Namen, Sie Abgesandter des Himmels, bat sie. Ehrlich, sagte der Besucher und ging damit auf ihren Ton ein. Bis bald, sagte er dann noch, bevor er die Vorsaaltür hinter sich zuzog. Sie sahen ihn nicht wieder. Aber an der Kaabefront herrschte seitdem Ruhe. Vor allem aus Greifenhain schickten Bauern wieder nach meinem Vater, zu Impfungen, zur Fleischbeschau, zur Seuchenvorbeugung und Tbc-Verminderung, monatelang hatten sie sich nicht gerührt, nun war es wieder eilig. Und Erna fuhr. Aber natürlich gab es ihr jedesmal einen Stich, wenn sie in der Greifenhainer Dorfmitte um die Ecke bog, man darf die Menschen nicht unterschätzen, muß ihnen Gerechtigkeit widerfahren lassen, Gewissen ist viel weiter verbreitet, als die meisten wahrhaben wollen. Nur setzt es sich eben nicht immer um, nicht gleich jedenfalls. Vom Hier und Heute aus, jetzt darf der Erzähler mal dazwischenreden, noch zwei Anmerkungen zu Kaabe und zu Erna. Anfang 1960 wurde der Druck auf die Bauern auch in Greifenhain ins schwer Erträgliche gesteigert, der alte Harzendorf, bester Wirtschafter im ganzen Kreis, hängte sich auf, auch in Roda und Eschefeld gab es je einen Selbstmord. Bei diesem Stand der Dinge blieb allen, auch den Leuten von den Agitationstrupps und den Kampfeinheiten, die die Dörfer überfluteten und sich die Klinken der Bauernhäuser in die Hand gaben, um sich stundenlang in den Küchen der Bauern festzusetzen, erst recht natürlich den Gutsbesitzern die Spucke weg, als Kaabe plötzlich als erster aus der bis dahin geschlossenen Phalanx der Groß- und Mittelbauern den Revers für den Eintritt in die *Landwirtschaftliche Produktionsgenossenschaft* unterschrieb, und zwar nicht heimlich, im stillen Kämmerlein, sondern auf der Agitations- und Kampagnebühne, die man vor der Konsumverkaufsstelle aufgeschlagen hatte, er lachte auch noch, während der Tintenstift, nach dem er verlangt hatte, na dann gib mal her das Ding, über das vervielfältigte blau heruntergenudelte Formular glitt, für jeden Bauern lag eines dieser Formulare auf dem Stoß, zum Zwang kam noch die Lüge, freiwillig, hieß es dort, das unterschrieb er, in voller Übereinstimmung, für den Frieden usw. Nachdem dann endlich, endlich alle weichgeklopft waren, Wochen, Monate dauerte das, ging es um den Namen der Genossenschaft. Nennen wir den Verein doch nach der *Weißen Linde*, die unterhalb der Kirche steht, meinten einige, zum Andenken an deinen Sohn. Neenee, gab Kaabe zurück, das kriegen wir nicht durch, *Rote Linde* ist das mindeste. Aber auch dieser Name fand schon auf der nächsten Ebene nach oben keine Zustimmung, *Roter Morgen* wurde festgesetzt und sogleich auch von den Neu-LPGlern angenommen, wenn du deinen Acker, deine Wiesen, dein Vieh und obendrein dein Pferd verloren hast, sagten alle, geht dir jeder Name *oam naggdn Oarsch vorrbei*. Drei Jahre später, *hoassdennischgesähn*, war Kaabe LPG-Vorsitzender, sein Bruder Stellvertreter. Dessen Kinder, ein Junge und ein Mädchen, wurden nach einem Jahr Verzögerung doch noch zur Oberschule Geithain zugelassen. Bei Kaabe im Aktenschrank lag eine handliche Faustfeuerwaffe, falls der Westen, nur vorübergehend, versteht sich, einrückt, oder falls es ihm gelingen sollte, ein paar von den Mitgliedern der Genossenschaft, wir erinnern uns: freiwillig eingetreten, auf seine Seite zu ziehen: *Deine Misswerrdschoaffd moach isch nisch mähr midd, doazuh gäbsch misch nisch hähr, Schluß, aus, Sännse.* Daraufhin Kaabe: *Wir gönn ooch andersch.* Die Schwiegermutter seines ersten Feldbaubrigadiers, die Hebamme Kellner aus Geithain, sagte, als sie den Vorsitzenden einmal so reden hörte: Herr Kaabe, Sie reden *wih de Russn*. So weit das Thema Großbauer Kaabe, *Sie sinn gee deidschorr Bauerr mähr*. Ernas Leben dagegen nahm eine andere Wendung, sie wurde nicht in neue Verhältnisse hineingezogen, sondern aus dem Vertrauten hinauskapapultiert. Der Tod meines Großvaters drei Monate vor seinem neunzigsten Geburtstag, er war nicht krank und starb innerhalb von drei Tagen fast ohne einen Laut und erinnerte an eine Maschine, die nach harter Arbeit geräuschlos ausläuft. Die Witwe, meine Großmutter, konnte von den zweihundert Mark Rente aus der sechs Jahrzehnte ausgeübten Fleischbeschautätigkeit ihres Mannes Erna nicht bezahlen, zwölf Monate blieb die ihrer Aufgabe verlustig gegangene Chauffeuse noch im stillgewordenen Haus in der Greifenhainer Straße und führte für Großmutter und Doris-Mutti den bescheidenen Dreifrauenhaushalt, wo damals der *P4* gelandet ist, keine Ahnung. Jahre später habe ich von Doris-Mutti nach Großmutters Tod und ihrem durch den Mauerbau verzögerten Umsiedlung in den Westen nur gehört, daß der schmale fensterlose Raum hinter Großvaters Sprechzimmer ausgeräumt werden mußte, die sogenannte Apotheke, in der es immer nach Medikamenten, Mixturen, Pharmazie roch. Erna förderte dort beim Durchsehen eine Packpapiertüte zutage, mit Totenkopf, ein Kilo Arsen, zusammengebacken, hart wie ein Ziegelstein, aber bestimmt noch giftig, potentiell menschenmordend, wohin damit, sie hob im Garten, dort, wo in früheren Zeiten die Volieren mit den Goldfasanen gestanden hatten, eine einmetertiefe Grube aus und versenkte in ihr nicht gerade im hellsten Mittagslicht, sondern bei einsetzender Dunkelheit erst das Arsen und dann alle anderen Tüten und Schächtelchen und Schachteln, nur der halbe Zentner Viehsalz wurde aufgehoben, für den nächsten Winter, wie sie sagte. Als dieser Winter kam, war sie nicht mehr in Frohburg. Doris-Mutti hatte ihr über ihre Tochter Mari und deren Mann Ralf, Amtstierarzt in der Heide, eine Anstellung im Haushalt eines Tierarztes in Celle verschafft. Dort gab es bald Probleme, immer wieder fehlten kleine Geldbeträge, eines Tages wurde Erna festgenommen, sie kam wieder frei, durch Fürsprache von Ralf, der auf ihre langjährigen treuen Dienste in der Greifenhainer Straße hinwies, ein neuer Haushalt, wieder ein Veterinär, erst fehlten Teile des Silberbestecks, dann wieder Geld, jetzt half kein Leumundszeugnis mehr, wenn ich mich richtig erinnere, wurde sie zu zwei Jahren Gefängnis verurteilt.

Wieder freigekommen, ging sie zurück nach Sachsen. Ich war, als Doris-Mutti das erzählte, so um die dreißig Jahre alt. Daß jemand aus meiner Kindheit mit Gelddiebstahl bei fremden Leuten zu tun gehabt haben sollte und in einem norddeutschen Gefängnis saß, störte den Rückblick. In meinen Augen war Ernas Aufgabe und Rolle immer das Chauffieren von Großvater gewesen. Alles andere konnte nur mißglücken.

Schlingeschön hatte meinem Vater bei der Erzählung vom Unfall an der Schlittenbahn geduldig zugehört, nun war er wieder an der Reihe: Die Johanna und der Werner machten zwischen Greifenhain und der Werksmühle Rast. Sie ließen sich seitlich der Straße auf der Grasböschung nieder, zwischen zwei angebundenen Ziegen. Hinter ihnen, zwei Meter höher, stand ein dickes hüfthohes Steinkreuz aus Porphyr. Wie in der Probstei eine Stunde vorher, so hatte auch in bezug auf dieses Kreuz Johanna eine Unheilsahnung. Die ließ sie einen Jungen, der aus der gegenüberliegenden Häuslerhütte gekommen war und eine der Ziegen umpflockte, fragen: Was ist das für ein Kreuz. *E dohdorr Frannndsoose, mähr nisch*, kam die Antwort wie aus der Pistole geschossen. Sieh nur, sie schiebens auf das Konto der Befreiungskriege, flüsterte Johanna in Richtung ihres Sohnes, die Leute entlasten sich, indem sie sagen, hier liegt ein Soldat aus den Befreiungskriegen, in den Kopf geschossen beim Vorhutgefecht, war sofort tot, aber stimmt nicht, das kann ich fühlen, von der Stelle geht große Spannung aus, ich sehe einen Nachzügler Napoleons nach einer Schlacht im Osten, bei Dresden vielleicht, von Frauendorf her in das Dorf kommen, allein, am späten Abend, er entscheidet sich an der Gabelung nicht für die Dorfstraße am Bach, sondern nimmt den rechts abgehenden ansteigenden Weg, das Hoftor des zweiten oder dritten Bauern ist nicht verriegelt, er will nur essen, schlafen, tritt auf den Hof, Hallo Kamrad, niemand antwortet oder kommt, das Wohnhaus weiter dunkel, die Haustür verschlossen, er nimmt den Karabiner von der Schulter und schlägt mit dem Kolben gegen die Tür, entweder öffnen die oder, wenn niemand zuhause ist, schlag ich mir den Weg zur Wurstkammer, zum Nachtlager frei, er bearbeitet, betrommelt das Eichenholz und merkt im Lärm, den er macht, nicht, daß zwei Gestalten aus dem Stall und über den Hof springen, Äxte in der Hand, die auf ihn niedergehen, von hinten, und ihn hinstrecken. Wohin mit dem. Nicht hier, in Hof oder Garten nicht, da hängt er uns Jahrzehnte an. Raus, zu den Hungerleidern an der Werksmühle, an den Straßenrand. Beim Durchkommen krepiert, Steinkreuz drauf, von der Kirchgemeinde, mehr kann er nicht verlangen. Junge, rief Johanna, komm doch nochmal her, hier hast du einen Groschen, dafür betest du am Sonntag in der Kirche für den armen Kerl, der unter dem Kreuz hier liegt, versprichst du das, na klar, ich wußte es. Die beiden Bockauer machten sich wieder auf den Weg, lange dauert es nicht mehr, dort vorne geht es in den Grund hinunter, das könnte Frohburg sein, vermutete Werner. So war es auch. Sie gingen den Schießhausberg mit seiner Linkskurve hinunter, rechterhand kamen sie am Saalbau des Schützenhauses und am Schützenhaus selbst vorbei, links folgten nacheinander die Häuser von Baumeister Schulze, von Rößners und vom Tierarzt mit den vielen Kindern, anschließend rechts die Wyhra, angestaut, jenseits die Kattundruckerei, links der unbefestigte Töpferplatz, zuletzt Brücke und Brückengasse, dann waren sie, wie von Bankler beschrieben, auf dem Markt. Ein Riesengeviert, in den Erzgebirgstälern, im engen Bockau zumal, undenkbar, hier vor ihnen hingedehnt, leer, staubig, öde, hatte sich denn die ganze Stadt hinter ihren Mauern verkrochen, es war doch heller Vormittag, fast Mittag. Unbegreiflich, beinahe gruselig das ganze. Machen wir, daß wir weiterkommen, sagte Werner und gab zum ersten Mal von sich aus etwas kund, eine Vorstellung, einen Wunsch. Die enge Schlossergasse, das behäbige Haus Nuschkes, von den Nachbarn abgesetzt, durch den Hof auf der einen und den Garten auf der anderen Seite. Im Hof ein Seitenflügel, schuppenartig, im rechten Winkel an das Vorderhaus gebaut, dort war anscheinend die Druckerei untergebracht, in der gearbeitet wurde, die beiden Ankömmlinge hörten das Klacken und Stampfen der Presse aus der offenen Werkstattür. Aus ihr, sie standen noch unschlüssig in der Mitte des Hofes, kam ein massiger Mann, Backenbart, Stiernacken, schwarze Weste, weißes Hemd, die Ärmel aufgekrempelt, Lederschürze umgebunden, er strebte auf das Vorderhaus zu, Johanna hob, als er auf ihrer Höhe war, die Hand, ja, fragte er, wir kommen aus Kleinsermuth, antwortete Johanna, auf der Suche nach Herrn Brettschneider, sind Sie das. Nein, ich bin Nuschke, aber kommen Sie erstmal ins Haus, forderte Nuschke die beiden Besucher auf. In der zum Hof gelegenen Wohnküche mit Blick auf die Druckwerkstatt wurden sie von der Hausfrau begrüßt. Sie servierte Apfelsaft und ließ vom Mädchen zwei Waschschüsseln bringen, ließ diese Schüsseln mit kalten Wasser füllen und bot sie den Gästen für die wunden Füße an. Was deren eigentliches Anliegen betraf, so wurde schnell offenbar, daß der Gesuchte auch in Frohburg nicht zu fassen war. Bis Vormittag ist er noch dagewesen, sagte die Hausfrau, mein Mann druckt gerade seine neue Schrift, ich kann Ihnen runterbeten, wie sie heißt: *Eine Offenbarung unseres Herrn und Heilands Jesu Christi, empfangen durch den Apostel St. Johannes, gesprochen im hellsehenden Schlaf von Oswin Brettschneider in Kleinsermuth bei Colditz, in Druck gegeben und verlegt von August Friedrich Schettler in Wyhra bei Borna, Druck von Nuschke, Frohburg.* Brettschneider und mein Mann hatten viel zu reden letzte Nacht. Es gab, obwohl ich alter Drucker praktisch jede Handschrift lesen kann, ja lesen können muß, schaltete sich ergänzend Nuschke ein, fast in jedem fünften Satz der Vorlage eine Stelle, mit der ich nichts anfangen konnte. Oswin Brettschneider ist, das muß ich betonen, auch unser Verkünder, wir stehen auch in seinem Bann. Aber hier geht es um meine Druckerehre. Deshalb haben wir uns auch die halbe Nacht und gleich wieder am Morgen durch seinen Text gefitzt und gestritten, bis er selbst nicht weiter wußte. Das ist nicht meine Handschrift, mit der du kämpfst, sagte er endlich, das hat der

Schettler aus Wyhra geschrieben, meine rechte Hand, mein Protokollant, immer wenn ich in Schlaf gerate, sitzt er an meinem Lager und schreibt in seiner kurzen schnellen Schrift auf, was ich von mir gebe, später läßt er es von seiner Tochter, die Frau ist tot, abschreiben, für dich, was willst du denn, das Mädchen ist erst zwölf, ich gehe gleich nach Wyhra rüber und kläre alles und schreibe den ganzen Text noch einmal nach seinem Diktat. Sagte es und war schon weg. Wenn ihr ihn also wirklich treffen wollt, ich sage es gleich, er ist nicht leicht zu nehmen, mit den Gedanken immer sonstwo, dann müßt ihr die Straße nach Leipzig nehmen, im übernächsten Dorf Neukirchen biegt ihr nach links, ihr geht an der Mühle durch die Wyhrafurt und schon seid ihr in Wyhra. Der letzte Hof am Feldweg Richtung Benndorf gehört dem alten Schlichter und hat über dem Pferdestall eine Altenteilerwohnung, dort haust der Schettler mit seiner Tochter, der Bauer ist sein Gönner und Verehrer, er kennt nichts Schöneres, als mit seinem Wohngenossen und dem Brettschneider, wenn der einmal da ist, den Weltuntergang und das Jenseits zu besprechen. Weiterer Ausführungen Nuschkes bedurfte es nicht, die beiden Bockauer liefen sich noch einmal anderthalb Stunden die Sohlen ab, endlich traten sie zögernd auf den beschriebenen Bauernhof, links das Wohnhaus mit dem hinten eingebauten Kuhstall, geradeaus die große Scheune mit der Fahrt, rechts der Pferdestall mit den aufgesetzten Kammern, alles sauber, gut gehalten, fast adrett. Als hätte der Hausherr sie erwartet, stand er an der Pumpe, wuchtig, mit einem Gesicht wie breitgedrückt, Schlichter mein Name, Friede soll euch werden, bitte tretet ein. Er führte sie in die große Küche, beide Fenster gingen auf den Blumengarten, Johanna erinnerte sich, einmal gehört zu haben, daß bei den gutgestellten Bauern im Unterland, mit gutem Boden bedacht, die Frauen selten mit aufs Feld gingen, mit einem Mädchen im Alter zwischen Konfirmation und Verlobung versahen sie die Küche und den Blumengarten und vielleicht auch noch das Federvieh, kein Wunder also die Sommerblütenpracht, die Johanna jenseits des

Fensters sah, Löwenmäulchen die Fülle und Bauernrosen, übermannshoch. Schlichter schickte seine Frau und deren Mädchen nach draußen, richtet das hintere Zimmer oben für die Besucher her, ordnete er an, und verließ selbst die Küche, um, wie er sagte, die Hauptperson und ihre rechte Hand, ihr Sprachrohr zu holen. Zehn Minuten, eine Viertelstunde geschah nichts, Johanna und ihr Sohn saßen am Küchentisch, übermüdet, erschöpft, Stille, Fliegen, draußen Hühnergackern, das Muhen einer Kuh, wenn Werner einnickte, stieß ihn Johanna an, und umgekehrt, gleich kommen sie doch, schlafend sollen sie uns nicht sehen, erst leiser, dann lauter Streit zwischen zwei Männern, sie wollen doch nur, war zu hören und wurde gleich unterbrochen, neinneinnein, keine Fremden, wer weiß, wer uns die auf den Hals schickt, bis sich eine sonore Stimme beruhigend einschaltete, mit Gottvertrauen und Gelassenheit und nicht mit Eifer. Dann ging auch schon die Tür auf. So lernten sie Oswin Brettschneider kennen. Drei Tage blieben sie auf dem Schlichterschen Hof. Meist saßen sie mit Brettschneider auf einer Bank, die hinter der Scheune stand, dort, wo der Wiesenweg begann, der an der Wyhra entlang nach Benndorf und Frohburg führte. Was weißt du, was wissen wir, was kannst du, was können wir, sie tauschten sich immer rückhaltloser aus, aber so, daß niemand, der vorbeikam oder sich hinter ihnen in der Scheune zu schaffen machte, Schettler zum Beispiel oder seine Tochter, von Geburt an stumm, sie belauschen konnte. Dann war auch das geschafft, wußte man, was man voneinander zu halten hatte, sehr, sehr viel war das, zuallerletzt wurde die Kruzifixalraune aus ihrer Tuchumhüllung genommen und Brettschneider kurz gezeigt, jetzt weißt du wohl, woran du bist. Er wußte es sehr wohl. Nun denn, sagte Johanna. Sie, Brettschneider und Werner verabschiedeten sich von den Gutsleuten und von Schettler, der mit den Neuankömmlingen nicht warm geworden war, im Gegenteil, *e oaldes Schwinndelluhdorr* hatte er Johanna genannt, *ne härrschsischdsche Noaduhr*, kam immer hinterdrein. Die drei Reisegefährten wanderten zum Bahnhof

Neukirchen hinüber, sie gaben ein verschlüsseltes Telegramm nach Bockau auf, Ernte besser als erwartet, lösten drei Fahrkarten und fuhren in Bummelzügen, Holzklasse, dreimal umsteigen, in sieben Stunden über Frohburg und Geithain nach Chemnitz und weiter über Aue hinaus bis zur Haltestelle Bockau, von dort ging es den langen Weg in den Ort hinauf, die Leute standen fast alle vor ihren Häusern und lächelten und nickten grüßend und hoben zum Willkomm die Hand, Brettschneider wurde förmlich eingebracht, ein Festzug, vielleicht zu Ehren eines Schützenkönigs, dachten die zwei, drei Sommerfrischlerfamilien, die sich in jenem Jahr in Bockau eingefunden hatten und die niemand richtig ins Bild setzte, *ferr de Fremdn is doas nischd*. Der Ankömmling wurde durch das Dorf geführt, zu Johannas Haus, und blieb dort auch. Nicht eine Woche, nicht einen Monat, nein, für immer. Und blieb nicht Bockaus wegen, das wäre ihm ohne Johanna schnurz gewesen, vermutete der verlassene Schettler in Wyhra, er blieb vor allem wegen der achtzehn Jahre älteren Johanna, von ihr gefesselt, festgebannt, behext, *dih werrds ihm schohn zeichn, wie morrs machd dorrd drohbm*. Aber auch die religiöse Eingesponnenheit der Dorfbewohner, sage ich Ihnen hier und heute, Herr Doktor, sprach den Oswin an, das Fritzianertum, das Laborantenwesen, die Gebetsstuben, jedes zweite, dritte Haus war das, was sie dort oben ein *Bethanien* nennen, eine Betstube. Und dann gab es außer den einflußreichen Engelwurzfamilienbünden, die das ganze Dorf überzogen, auch noch die Vollmondbruderschaft, den geheimsten Verein von allen. Dreitausend Einwohner, und höchstens zwanzig Vollmondbrüder. Man kannte die genaue Zahl nicht und kannte keine Namen. Es gab Vermutungen, das ja, wie immer, alles Männer, höchstwahrscheinlich, vielleicht dieser, jener, aber nie ganz sicher, nur vermutungsweise. Gerade war *Der verlorene Sohn* von Karl May in zwei Exemplaren ins Dorf gekommen und wanderte von Leser zu Leser und fixierte die wie gebannt Schmökernden auf die Figur des Buschgespensts mit all den Schlupfwinkeln, Verstecken, unterirdischen Gängen. So angespornt, wollte es mancher genauer wissen und hing in den Vollmondnächten in seinem Fenster oder spähte über Zaun oder Hoftor und lauerte auf flüchtige Gestalten, die sich angeblich nach Osten aus dem Dorf schlichen, eine halbvergessene Jagdhütte oder eine versteckte tiefe Höhle im Waldgebiet zwischen Conradswiese und Morgenleithe wurde der Bruderschaft vom Gerücht als Tempel zugewiesen, dort gab es das Engelhaschen, den Kult der Unberührtheit, ich wette drum, daß die da oben im Gebirge bis heute nichts Genaues wissen. Vater hatte Schlingeschön mehr als geduldig zugehört und wollte es auch weiter tun, doch hielt es ihn an diesem Punkt nicht länger, Vollmondgesellschaft, darüber wollte ich schon immer etwas wissen, platzte es aus ihm heraus, meine Mutter hatte als junge Frau in Oederan eine Freundin aus der abseits liegenden Mondscheinmühle, dort trafen sich zu jedem Vollmond eingeweihte zugelassene Leute im geheimen, ich habe nie erfahren, was da vor sich ging, ich weiß nur, daß meine Mutter sich bis heute, auch in ihrem hohen Alter noch, bei Vollmond über die Straße auf den Platz zwischen Wyhra und Schützenhaus führen läßt, wenn sie vor der Schießhalle im Dunkeln steht, weit weg von der Straßenlampe, kann sie bei klarem Himmel über ihrem Haus den Vollmond leuchten sehen, und wenn der zugezogene Himmel ihn verdeckt, weiß sie aus vielen Jahren der Erfahrung, wo er unsichtbar hinter den Wolken steht und in welche Richtung sie sich vor ihm verbeugen muß, dreimal, wobei sie mit der rechten Hand auf ihre Geldbörse klopft, die auf der linken Handfläche liegt. Das Ritual hat sie von der Freundin aus der Mondscheinmühle übernommen, um es zeitlebens beizubehalten. An einem späten Abend, noch im Krieg, mein Vater war nach Roda zum Bauern Kolbe gerufen worden, dem eine Kuh zu krepieren drohte, saß ich mit ihr in der Kachelofenecke, in der bis heute der rote Sessel aus dem Jahr der Hochzeit oder der ersten Wohnung hier in Frohburg steht, wir sprachen nicht nur über das Portemonnaieklopfen, sondern ich hörte mit einemmal auch von der Mondscheinmühle. Kurz bevor ich deinen Vater, den jungen Tierarzt, kennenlernte, sagte meine Mutter, nahm ich, Oederan war öde bis zum Gehtnichtmehr, an drei oder vier nächtlichen Zusammenkünften, man kann auch sagen Vermischungen, in der Mondscheinmühle teil, unter den Anwesenden erkannte ich in dem Gewimmel den Pastor der Stadtkirche mit seiner Tochter, den Scharfrichter aus Hohelinde mit Frau, Sohn und Schwiegertochter und den Besitzer der Konservenfabrik in unserer Nachbarschaft, begleitet von dreien seiner vier Söhne. Es war durch Stunden ein Beten und ein Tanzen im Wechsel, Bilder sah ich, zum Schamrotwerden, durch die halbe Nacht waberte nicht nur Bedrängendes, Abstoßendes, sondern auch Bedrohliches, ich hatte den Eindruck, das Gefühl, die Vermutung, daß ich noch nicht einmal halb verstand, was sich um mich herum und weiter weg abspielte, fremd war ich, nicht dazugehörig, du mußt bedenken, ich war kaum siebzehn, wie sollte ich da nicht überfordert sein. In den Zimmern nur Kerzenlicht, zitternd, flackernd, weil alle Türen offen standen, auf dem Hof und im Garten zwei Lagerfeuer, Männlein und Weiblein wuselten durcheinander, wogten ins Haus und aus dem Haus heraus, verschwanden aus meinem Blickfeld und waren nach zehn Minuten wieder da. Kurz nach Mitternacht in Musik und Gesang hinein spitze Schreie, Quieken fast, als würden Schweine abgestochen, alles lief nach unten, wo die Blumenwiese an ein Wäldchen stieß, dichter Kreis, ich stand in der vierten oder fünften Reihe und konnte nicht sehen, was in der Mitte los war, nur diese Schreie, dieses scharfe Kreischen, dieses schrille Weinen, dann wurde aus dem Kreis, wie von einer geheimen Macht befohlen, ein Halbkreis, geöffnet zum Wäldchen, ein paar Gestalten lösten sich und verschwanden in der Dunkelheit der Bäume, vielleicht trugen sie etwas, schleppten sie etwas mit sich, mir war so, bange Ahnung. Am anderen Nachmittag ging die Kunde durch Oederan, daß Charlotte, die Tochter des Pastors, am Fuß des Hetzdorfer Eisenbahnviadukts der Strecke nach Chemnitz tot aufgefunden worden war, gesprungen, gestürzt, verunglückt, wer weiß. Wie war sie dahin gekommen, fragte sich ganz Oederan, auf die schwindelnd hohe Brücke, rätselhaft, sie hatte nämlich Höhenangst, konnte, wenn Vorhänge, Schabracken aufzuhängen waren, auf keine Treppenleiter, noch nicht einmal auf einen Hocker steigen, die Pfarrersfrau, beinahe immer schwanger, schickte Charlotte dann zu uns und ließ mich holen. Das erzählte mir meine Mutter, sagte Vater in der Schlingeschönnacht, dann hat sie noch hinzugesetzt: Laß mich allein, ein paar Minuten nur, ein Stoßgebet bin ich ihr schuldig. Immerhin, so einen Unfall hat es in Bockau nicht gegeben, nahm Schlingeschön seinen Faden wieder auf, aber was genau bei der Vollmondbruderschaft vor sich ging, keine Ahnung. Es gab nur Gerüchte. Einmal lief um, der Werner sei der Chef. Und Johanna seine rechte Hand. Andere sagten: sie ist der Oberchef. Und dann war noch vom Engelhaschen die Rede. Man wußte nicht wirklich, was darunter zu verstehen war, schlüpfrig, aufreizend war es allemal, den Ältestenrat der Bruderschaft konnte man sich vorstellen, fünf Männer über fünfzig, sechzig, sogar siebzig, die sich junges Blut ausguckten und für sich reservierten. Hören Sie mal, schaltete sich Vater wieder ein, wenn Sie schon nichts über die Bockauer Vollmondbrüder erzählen können, dann will ich Ihnen etwas zu Ihrem Haschen nach Engeln beisteuern. Ich lese nämlich gerade *Tante Lisbeth* von Balzac. Dort ist gleich am Anfang, wenn der reichgewordene Pariser Parfümhändler Crevel, ein Mann von fünfzig Jahren, die von ihm umworbene Frau seines Freundes und Rivalen Hulot besucht, von den Mätressen der beiden Männer die Rede, Arbeiterkindern ohne Anhang, engelsgleich, die sie durch Jahre ausgehalten und nach ihren Bedürfnissen herangezogen haben, Crevels Mädchen war, wie er der Baronin Hulot darlegt, am Anfang der Beziehung fünfzehn, Hulots kaum dreizehn Jahre alt. Ist nicht, fuhr Vater fort, auch in Dostojewskis *Der Idiot* von einem solchen Paar die Rede, der steinreiche Mann in den besten Jahren oder gar schon an der Schwelle zum Alter und das blutjunge erstmal ahnungslose Mädchen, das er jahrelang, seinem Zugriff aussetzt, auf dem einsamsten seiner Güter vor der Welt versteckt, im ersten Moment mag das erstaunlich und befremdlich sein, aber selbst in unserem überschaubaren Frohburg hat es, wenn auch nicht sehr häufig, so doch immer wieder solche ungleichen Paarungen gegeben, durch die Umstände oder auch durch Absicht und Zielstrebigkeit zusammengebracht, Onkel und Nichte, der die Mutter und die Großmutter weggestorben war, Hausbesitzer und Tochter oder Enkelin seiner insolventen Mieter, wenn ich Ihnen aber nun ein konkretes Beispiel nennen soll, fällt mir zuerst der ansonsten von mir durchaus geschätzte ältere Kollege vom Kirchplatz ein, was der diesbezüglich auf dem Kerbholz hat, ist das Schicksal eines ganz besonderen Wesens, Sie müßten einmal meine Frau reden hören, sie weiß darüber noch viel mehr als ich, denn sie war als Kind und junges Mädchen viel bei Hädrichs drüben, vis-à-vis der *Plautschen Schmiede*, und Hädrichs Garten grenzte an den Hof der Großmutter von Mörings Ziehkind oder wie man es sonst noch nennen müßte. Sie können sich nicht vorstellen, wie mitreißend meine Frau von der angriffslustigen roten Schlange erzählt, die aus dem Garten am Schloßteich kam und in der Verfolgung der Kinder über die Teichgasse schoß. Als wäre sie dabeigewesen. Wenn Sie mit ihr mal ins Gespräch kommen, dann fragen Sie nach Möring und seiner von ihm umschwirrten Kleinen, Sie werden staunen. Mach ich, sagte Schlingeschön, ganz bestimmt, wenn es sich ergibt, Ihre Frau sieht so verdammt gut aus, daß es einem als Mann die Sprache verschlagen kann, wenn man ihr gegenübersteht. Aber jetzt mal ganz was anderes, Herr Doktor, was glauben Sie, warum erzähle ich Ihnen das alles eigentlich, von den Fritzianern und der Vollmondbruderschaft, die ganze endlose Geschichte, von Bockau nach Wyhra und wieder zurück, doch nur deshalb, weil ich den Hintergrund des alten Wehefritz ein bißchen beleuchten will, der in der besagten Sommernacht, Sie wissen ja, am Waldrand von Oberjugel mit den Russenposten um den Zugang zur Streusiedlung stritt. Denn ebendieses klapperdürre kleine Männchen, das nicht lokker ließ und in immer neuen Versuchen, als würde es Anlauf nehmen, gegen die absperrenden Rotarmisten drückte und auf die weiten Wiesen mit den abseits liegenden einzelnen Kammhäusern drängte, war nicht allein in Bockau geboren, sondern auch in der zweitwichtigsten Fritzianerfamilie im Dorf aufgewachsen. Mit dem geheimen Glauben allerfrühestens vertraut gemacht, hatte er frühzeitig bei der Errichtung der *Ritamoburg* oberhalb von Bockau mitgeholfen, einem Bau mit tausend Sitzplätzen, wie es hieß, aber Außenstehende waren noch nie im Inneren der Glaubensfestung gewesen, man mußte sich mit den Erzählungen der Eingeweihten, der Zugelassenen zufriedengeben, reich mit Schnitzwerk verzierte Stühle, heilige Zeichen in Gold und schwere Schränke, in denen die sogenannten Pergamente mit den Botschaften *Ritamos* aufbewahrt wurden, Ehelosigkeit oder, wo eine Heirat schon geschehen war, Enthaltsamkeit wurden da verlangt, keine Tanzmusik, keine Schallplatten, die Frauen hatten außerhalb des Hauses nur Röcke zu tragen, ihre Haare mußten zu einem Dutt aufgesteckt oder zum Zopf geflochten werden. Das war die Welt des kleinen Wehefritz, schon als Kind *e woahrer Hungerhoakn*, wie die Leute sagten. Damals und auch nach der Konfirmation half er mit beim Angelikaanbau der Familie auf ihren *Räumen*, den Freiflächen im Wald, kleinen feuchten sippeneigenen Lichtungen oben in den Fichtenforsten, auf denen die Engelwurz sehr gut gedieh. Das war nichts besonderes. Merkwürdig dagegen, daß sich bei ihm von Jahr zu Jahr deutlicher, erst mehr vermutet als gewußt, dann halb und halb belegt und endlich bekräftigt, die Fähigkeit zeigte, Kranke zu entspannen, schmerzfrei zu machen, in Schlaf zu versetzen. Mit dieser bemerkenswerten und gerade in Bockau natürlich wahrgenommenen und hochgeschätzten Begabung rückte er zu Werners Gehilfen bei den Glaubensfeiern in der *Ritamoburg* auf, einer Art Küster. Half er beim Engelhaschen, wer weiß. Einfangen, festhalten jedenfalls konnte er, klapperdürr und leicht wie eine Feder, die Mädchen aus der Gemeinde nicht, höchstens strich er ihnen wie seinen

Kranken leicht über die Stirn und bannte sie auf einen Stuhl, eine Bank, ein Sofa, gemeinhin *Goannoabee* genannt. Kurz nach dem Schwarzen Freitag war mit Heilkräutern, Essenzen und Likören immer weniger ein Geschäft zu machen, die Leute im Gebirge und auch weiter unten, auf Freiberg, Chemnitz und Leipzig zu, hatten einfach kein Geld mehr, wo Brot fehlt, im Winter die Heizung, treten andere Beschwerden anscheinend zurück. So war das schlicht und einfach. Und wenn die hohen Herrschaften in Berlin auch zehnmal wirklich echtes Mitleid mit den Leuten im Erzgebirge gehabt hätten, so gab es mindestens zwei unüberwindliche Schwierigkeiten: einmal hatte das Reich noch viel mehr Notstandsgebiete in entlegenen Gegenden, in den vielen Mittelgebirgen, zum zweiten waren die Gelder für erforderliche Hilfen gar nicht vorhanden, die öffentlichen Kassen wurden auch zehn, zwölf Jahre nach dem Großen Krieg von den Siegern nicht nur erleichtert, sondern leergepumpt. Das Spiel und Wechselspiel mit Devisen, mit Aktien, Anleihen. Das mochte in Übersee spannender Jux sein, in Deutschland war es Ernst, blutiger Bürgerkriegsernst. Deshalb wunderte es auch niemanden in Bockau, als Wehefritz es den vielen Burschen, jungen Männern und heiratsfähigen jungen Mädchen des Ortes und der anderen Dörfer an der oberen Zwickauer Mulde und am Schwarzwassers bis zu uns nach Johanngeorgenstadt hinauf nachmachte und ungeachtet seines fortgeschrittenen Alters und trotz der ernstchristlichen Bindung den Staub der Heimat von seinen Füßen schüttelte: nur weg, besser spät als nie, unter armen Schluckern ist schlecht Brotverdienen. Er landete in Dresden. Wie zwanzig Jahre vorher, schaltete Vater hier ein, die jüngere Schwester meiner Mutter, unsere Tante Frieda, auch da eine notleidende Familie und Flucht. Kunststück, Residenz nach wie vor. Wenn auch von gestern und vorgestern. Es wehte, säuselte aber noch ein königlicher Restgeist über die Plätze und durch die Straßen und Gassen von Elbflorenz, wir sind mehr, viel mehr wert als das schachernde Leipzig und das dreckige Rußchemnitz. Sagte der

Adel, der noch in seinen linksseitigen Villen unten am Elbestrom saß, und sagten auch die erstaunlich vielen weiterhin nicht schlechtgestellten Bürgerlichen, sie residierten in Oberloschwitz und auf dem Weißen Hirsch, möglichst mit Blick auf Elbe und Altstadt, *Sanatorium Lahmann, Luisenhof* und *Parkhotel* eingeschlossen, in Leipzig hatte ich einen Kommilitonen, der in der Alpenstraße in Dresden zuhause war, sein Vater leitete als Professor und Geheimer Medizinalrat die psychiatrische Klinik auf der anderen Seite der Straße, die Familie besaß und bewohnte, wie ich bei einer Einladung übers Wochenende sah, ein reizvolles holzverkleidetes Systemhaus aus Niesky, seinerzeit etwas unerhört Neues, vom Salon aus hatte man diese Jahrhundertaussicht auf den Strom und die Stadt mit ihren Brücken, Türmen und Kuppeln, traumhaft idyllisch aus der Ferne das Panorama, eine vollgepferchte Dreiviertelmillionenstadt mit vielstöckigen schmalen und überbelegten Barockhäusern, eng an eng erstickend, wenn man unten in den Gassen war und genauer hinsah. Nachts hörte ich in die absolute Stille hinein die Irren von gegenüber jammern und schreien, dazwischen die tiefen beruhigenden und helleren befehlenden Stimmen der Wärter, die ganze Nacht hindurch klappten Türen da drüben und wurden Fenster aufgestoßen und zugeworfen, als bekäme man in dem Riesenbau keine Luft oder viel zu viel. Aber machen Sie doch lieber weiter in Ihrem Text, stoppte Vater seine Abschweifung. Unser Wehefritz hatte kaum Gepäck, als er in Dresden früh um fünf von einem Marktfuhrwerk stieg, das ihn nach tagelangem Fußmarsch ab Tharandt mitgenommen hatte, an den Eisenhütten im Weißeritztal und den Kohlengruben am Windberg vorbei. Ein kleiner selbstgemachter Holzkoffer, kaum größer als Ihre Bibel hier, drin ein bißchen Wäsche, ein paar zerlesene Schriften von Oswin Brettschneider und das zurechtgeschnitzte Kruzifix aus der Angelikawurzel. Bis das in Bockau in der *Ritamoburg* vermißt wurde, dauerte es übrigens fast ein ganzes Jahr. Denn Werner nahm es nur einmal alle zwölf Monate aus dem Schrein und reckte es am Karfreitag im Beisein der vollzählig aus fünfzig Dörfern zusammengeströmten Gemeinde in alle vier Himmelsrichtungen, fast drohend. Ich habe es einmal selbst erlebt, unmittelbar nach Kriegsende, Wehefritz, aus dem total zerstörten Altenberg gekommen, wohnte, noch unter dem Schock der miterlebten westalliierten Ausradierung Dresdens und der russischen Zerstörung Altenbergs, damals bei uns im Haus. Unterminiert und verunsichert, wie er war, nicht zuletzt aus Angst vor Rache, wollte er nach jahrelanger Abwesenheit seine alte Heimat wiedersehen und nahm mich mit, lud mich ein, nötigte mich förmlich, das Kruzifix hatte er schon Jahre vorher nach Bockau zurückgeschickt, nur deshalb konnte er sich überhaupt dort wieder blicken lassen. Werner war nach der Rückkehr des kostbaren Stücks, dem die Mehrheit der Fritzianer nun erst recht wundertätige Kraft zuschrieb, dazu übergegangen, es jeden Sonntag aus der Lade zu nehmen, die Gemeinde bröckelte nicht gerade auseinander, aber es gab große Lücken, die noch nicht gewonnenen Flüchtlinge und Vertriebenen wogen die Heerschar der kriegsgefangenen Männer nicht auf. Auch am Sonntag unseres Besuchs zeigte Werner das wiedererlangte Heiligtum vor und stieß es Richtung Decke, sofort das Gefühl, als würde ich durchgeschüttelt, gebeutelt, hin- und hergestoßen. Und so ging es allen um mich herum, den tausend oder mehr, die wie die Heringe gepreßt dastanden, beteten, sangen, hier und da und immer häufiger und lauter gab es Rufe des Ergriffenseins, die sich allmählich zu einem chaotischen Chor vereinigten, den die hemmungsloseste Verzückung lange nicht ordnen konnte, im Gegenteil, Tanz kam dazu, erst nach dem inneren Takt der Einzelnen, dann formiert, eng an eng, Zuckungen, Sprünge, wie nach Elektroschlägen, ein paar unverheiratete Frauen und junge Kriegerwitwen, denen auf Verständigungsrufe hin knapper Platz freigedrängt, freigeschoben wurde, glitten zu Boden und wanden sich schlangengleich unter den Umhängen und langen weiten Röcken, fasziniert und abgestoßen, beides zugleich, traute ich meinen Augen kaum. Draußen an der frischen Luft, wie erleichtert war ich da, wie neugeboren, der Last des Zusammenbruchs, der Trübsal des Mangels, der trostlosen Gewohnheit des Überlebens scheinbar ledig, Befreiung, auf die ich zwei Stunden vorher nicht im entferntesten gehofft hatte. Dabei glaubte ich gar nicht an die Sache, vielmehr ahnte ich etwas wie Roßtäuscherei, Taschenspielertricks, Betrug, ich war mir sogar sicher, hier ging es nicht mit rechten Dingen zu, und dennoch. Ich war noch benommen, da traten wir den Rückweg nach Johanngeorgenstadt an. Am letzten Haus von Bockau aber bat mich Wehefritz, eine kleine Minute zu warten, er verschwand im Hausflur, nach einer Weile kam er zurück, ein zusammengerolltes Handtuch unter dem Arm, in das etwas Längliches gewickelt war, eine besonders große, besonders wirksame Engelwurz, ließ er wie nebenbei fallen und schritt kräftig aus. Will der jetzt auch bei uns Auszüge, Umschläge und heiße Packungen an die Leute bringen, fragte ich mich. Doch zurück zu seiner Jahre zurückliegender Flucht nach Dresden im Gefolge der Wirtschaftskrise, seinem Untertauchen in der Großstadt. Ein Jahr später wurde, wie schon gesagt, die kostbare Angelikawurzel vermißt. Der Verdacht fiel gleich auf ihn, der abgängig war, denn wer sonst noch neben Werner hatte einen Schlüssel zu der Eisenkiste mit dem Sechsriegelschloß gehabt, es gab nur zwei. Einmal verdächtigt, wurde er von den weniger glaubensfesten unter den Fritzianern noch mit einer zweiten Vermutung belegt: hatte der untreue fahnenflüchtige Kerl nicht vielleicht selbst mit dem Schnitzmesser Hand an die Angelikawurzel gelegt, sie sich sozusagen zurechtgebastelt, der Natur nachgeholfen und die Qualen des Heilands am Kreuz herausgearbeitet und verdeutlicht, auch für die einfachsten Gemüter. Dann hatte er, so sprachen die Mißtrauischen der Gemeinde, das Ergebnis seiner Fälschung mit seiner inneren Kraft aufgeladen, was es mit der auch auf sich hatte, ob gut, ob böse, und woher die auch kam, wie immer er auch in ihren Besitz gelangt war, er hatte das fragwürdige Kunstwerk, mutmaßte man, im verschneiten Garten versteckt und zum Singen und Leuchten gebracht und das Kind angelockt, daß es gar nicht anders konnte, als mit den kleinen Händchen im verharschten Schnee zu scharren, bis sie bluteten und das arme Wesen in verzweifeltes Weinen ausbrach und lange, lange nicht zu trösten war, weil es dem Ruf, den es empfangen hatte, nicht restlos folgen konnte und an seiner Statt die vierschrötigen Söhne des Patriarchen nach der vermuteten, der angezeigten, der anlockenden Kostbarkeit suchen, nach ihr hacken und graben mußten. Als solche Anklagen des Schwindels und der Irreführung bei den Zweiflern zwischen Johanngeorgenstadt, Eibenstock und Aue durch die Häuser wanderten, war Wehefritz längst in Dresden untergetaucht, von Dresden verschlungen worden. Die Anpassung an die Großstadt fiel ihm nicht schwer, er hatte, wenn er wollte, etwas Liebenswürdiges, Bestrickendes, fast schon Bezauberndes an sich, das zwar schon auf den ersten Blick nicht ohne Blendwerk und falsches Schillern war und dennoch in den Vereins- und Parteikneipen, in den Sälen und Hinterzimmern eine todsichere Wirkung entfaltete, die Thälmannleute sahen ihn so gerne kommen wie die SA, im Wochenwechsel verkehrte er bei beiden, mal schien er bis auf die Knochen rot, mal tiefbraun zu sein, gelegentlich fanatisch kaisertreu und manchmal auch, hier kam dann Bockau wieder durch, humorlos christlich. Im Wettkampf der zwei Hauptsysteme, Kommunisten, Nationalsozialisten, gab es nach 1923, nach den Putschversuchen beider Seiten weiter Halb- und Ganztotgeprügelte, Erstochene, Erschossene genug, zehn Jahre lang, aber weder Hitler noch Thälmann wagte noch einmal den Befehl zum allgemeinen Losschlagen zu geben, jedes Lager wartete auf seine Chance. In der Folge wurde mal die eine, mal die andere Bürgerkriegsuniform von der Reichsregierung mit Notverordnungen verboten, SA, Rotfrontkämpferbund. Dann kam scheinbar aus heiterem Himmel der 30. Januar, die eine Bewegung setzte sich über die andere, auch in Dresden fing ein gnadenloses Reinemachen an, die Stadt im Würgegriff. Wehefritz verbarg jetzt seine Kontakte, verschleierte seine Wege, heimlich schlich er fortan zu den Roten, dort nannte er sich

Gerhard Berthold, und auch seine Beziehungen zu den braunen Siegern hängte er nicht an die große Glocke, bei ihnen war sein Name Fritz Bockau. Zwei-, dreimal wartete er auf dem Bahnsteig in Schandau mit einem Genossen aus Königstein, mein Name ist König, hehe, hatte der sich, einen Winnetou-Band hochhaltend, vorgestellt, auf den Morgenzug aus Berlin, in dem ein untergetauchter führender KPD-Mann sitzen sollte und nicht saß. Ein sogenannter Unersetzlicher, hatte König gesagt, bevor der Zug einlief, die werden jetzt alle außer Landes geschafft, wir bleiben hier, das doofe Volk bleibt immer da, haha. Niemand stieg aus. Erst nach acht Stunden Warten kam der Flüchtling an. Aus einem dunstigen Nachmittag war da schon ein verregneter Abend geworden, der in eine Sturmnacht überging. Sie führten den Hauptstädter, kein Gepäck, groß, massig, wortkarg, Kettenraucher, einen Namen nannte er nicht, über den *Kuhstall* und über die Bergsteigerrouten durch die Sandsteinfelsenlandschaft der hinteren Sächsischen Schweiz in die Tschechoslowakei, Wehefritz, Mitte Sechzig inzwischen, keuchte bei jedem kleinen Anstieg, von den Treppenpartien, den Stiegen zu schweigen, er mußte sich immer öfter setzen, je weiter sie auf die Grenze zukamen, das darfst du nicht noch einmal machen, Genosse, sagte der hochangesiedelte Schützling, in Zukunft arbeitest du nicht mehr als Führer für die Partei, sondern als Portier, als *Concierge*, wenn du verstehst, was ich meine. Der klingt ja so, als hätte er irgendwann einmal im feinsten Hotel am Platz gelernt, im *Adlon* oder im *Esplanade*, dachte Wehefritz, fragte aber nicht weiter nach, die Erinnerung an ein Wochenende in Berlin Ende der zwanziger Jahre kam hoch, es hatte dort eine Massentaufe der Adventisten am Wannsee gegeben, ein alter Fritzianer, Strumpffabrikant in Hartmannsdorf bei Chemnitz, hatte ihn über die *Linden* geführt und ihm die großen Hotels gezeigt, spaltbreiter Einblick in eine niegeahnte Welt. Aus solchen Erinnerungen, sie waren vielleicht drei Stunden marschiert, rissen ihn scharfe Anrufe, Taschenlampen blendeten ihn, sie waren am Beginn des sogenannten Fremdenwegs auf eine Patrouille gestoßen. ss, rief König und riß seine Pistole hervor und schoß. Die Grenzer feuerten zurück. Dabei trafen sie den Berliner Genossen am linken Oberschenkel. Nachdem sie die Verfolger im peitschenden Regen abgeschüttelt hatten, verspürte der Verwundete große Schmerzen und konnte kaum mehr gehen, also schleppten ihn seine beiden Begleiter, der kräftige König und der selber nach dem Schreck der Schüsse reichlich wacklige Wehefritz, die nächsten drei Stunden, bis sie so weit über die Grenze waren, daß kein Nachsetzen, kein völkerrechtswidriges Rückholen zu befürchten war. Genossen, damit ihr wißt, wem ihr das Leben gerettet habt, sagte der Verwundete in einem Anfall von Rührung und Selbstmitleid, ich heiße Kurt Hager, nennt mich *Genosse Kurdl*. Sie brachten ihn ins *Volkshaus* in Tyssa, dort holte ihn ein Auto aus Prag ab. Weg war er, die drei sahen sich nicht wieder, hörten nichts mehr voneinander. Hätte man annehmen können. Dem war aber nicht so. Der sogenannte König kam einigermaßen heil aus den Wirren des Endkriegs und des Zusammenbruchs hervor, ließ, von der Parteizugehörigkeit getragen, Illegalität und Lagerhaft ohne große Mühe hinter sich und las eines Tages im bis zur Unkenntlichkeit zugerichteten Restdeutschland den als Dank für die Lebensrettung ausgeplauderten Namen Kurt Hagers im *Neuen Deutschland*, nicht ohne Neid, aber mit einem Anflug von Stolz, der hat es ja bis ganz nach oben geschafft, und das verdankt der *Kurdl* ein bißchen auch uns. Und noch ein zweites Mal wurde er fündig, stolperte er, natürlich nur bildlich gesprochen, über den inzwischen führenden Genossen, als er in der sächsischen Landesparteischule der SED als zweiter Dozent des Themenfeldes *Abwehr der westlichen Wühl- und Zersetzungsarbeit* in einer neuerschienenen Pflichtlektüre las, was der von ihm seinerzeit in die Tschechoslowakei Geschleuste und Geschleppte geschrieben hatte: *Die amerikanischen Imperialisten und ihr Schwarm deutscher Trabanten – angefangen von der Bonner Marionettenregierung bis zum Ostbüro der SPD – werden alles tun, die Festigung der Deutschen Demokratischen*

Republik zu erschweren. Indem sie sich früherer Gestapoagenten, Trotzkisten, Verrätern an der Arbeiterbewegung, reaktionärer Elemente in den bürgerlichen Parteien und vor allem der Beauftragten ihrer jugoslawischen titoistischen Agenturen bedienen, organisieren sie die Sabotage in den volkseigenen Betrieben und den staatlichen Verwaltungen. Unterzeichnet Kurt Hager, 29. Oktober 1949. Es handelte sich um die offizielle Einleitung eines gedruckten Prozeßprotokolls von 384 Seiten mit dem Titel *László Rajk und Komplicen vor dem Volksgericht in Budapest*, erschienen 1949 im Parteiverlag Dietz in Berlin, betete Schlingeschön herunter. Kenne ich, kenne ich nur zu gut, sagte Vater, habe ich da im Bücherschrank in der zweiten Reihe stehen, zusammen mit den anderen gedruckten Prozeßberichten, alsda wären die *Verhandlung gegen Trajtscho Kostow und seine Gruppe in Sofia*, 1951 bei Dietz herausgekommen, 668 Seiten umfassend, und der *Prozeß gegen die Leitung des staatsfeindlichen Verschwörerzentrums mit Rudolf Slánský an der Spitze*, 1953 vom Justizministerium in Prag auf 611 Seiten veröffentlicht. Die drei Bände sind, wie ich das sehe, die Nachkriegsfortsetzung der Moskauer Prozesse aus der zweiten Hälfte der dreißiger Jahre, die Protokolle suche ich schon lange, ich habe Oswin Staub, meinen alten Antiquar in der Katharinenstraße in Leipzig, schon vor Jahren angespitzt, so gut wie gar nicht zu bekommen, die Bände, hat er gleich gesagt, werden mit Gold aufgewogen. Denn sie sind, in Moskau auf deutsch gedruckt, sechsunddreißig, siebenunddreißig und achtunddreißig vom Volkskommissariat für Justizwesen der UDSSR herausgegeben und von *Meschdunarodnaja Kniga* vertrieben worden, wie sollten die nach Deutschland gekommen sein. Und doch findet sich ganz, ganz selten einer der Bände an. Ein einziges Mal hat Staub, er weiß nicht mehr, ob es schon achtundvierzig oder erst neunundvierzig war, von einem Heimkehrer aus dem Moskauer Exil das besonders rare komplette Dreigestirn der Prozeßberichte erwerben können, von einem Hans Rodenberg, wie er mir sagte, der Mann hatte was mit Filmschauspielerei oder

Filmregie zu tun, in Adlershof oder Babelsberg, er wohnte in Berlin, hatte aber eine Wochenendgeliebte in Leipzig, die immerzu Geld brauchte, so kam der Ankauf zustande, die Ruinengroßstadt spülte eines Tages das Paar in den Laden, er hatte ein dickes, ein halbdickes und ein dünnes Buch in der Aktentasche, das war Herr Rodenberg, um die vierzig, im Wintermantel und mit Hut, fast zwanzig Jahre jünger die rothaarige Begleiterin, Pelzmantel vom *Brühl*, Ballett oder Chor der Oper, insgesamt ein interessantes Paar, fand Staub. Fünfhundert Reichsmark wurden geboten, das Gebot wurde angenommen, woher die Bücher, fragte der Antiquar, acht Jahre Moskau, fünf Jahre Lebensgefahr, die übrigen drei Jahre war mindestens Lager täglich möglich. Sagte Rodenberg in merkwürdiger hauptstadtferner Offenheit, vielleicht lockerten ihm die Gediegenheit des Antiquars und seines Ladens die Zunge, und reichte das empfangene Geld an die junge Frau weiter. Den Namen hätte mir Staub, zu dessen Geschäft absolute Diskretion gehörte, aus Konkurrenz- und Selbsterhaltungsgründen eigentlich nicht nennen dürfen. Tat er aber. Wahrscheinlich konnte er den Anbieter im nachhinein nicht leiden, habe ich mir gleich gesagt. Zu Recht, er wußte mehr. Ich meinerseits bin erst vor zwei Jahren in meinem Trajtscho-Kostow-Buch, im Anhang, darauf gestoßen, daß eben dieser Hans Rodenberg, der die Moskauer Prozeßberichte abstieß, verkaufte, 1949, noch nicht sehr lange aus der Sowjetunion zurück, in Sofia war, auf Dienstreise, abgeordnet vom Politbüro, als Sonderkorrespondent des *Neuen Deutschland* berichtete er über den Schauprozeß gegen Kostow und Genossen, nicht etwa als Bewährungsprobe, vielmehr wurde der allerbeste greifbare Mann hingeschickt, mit Empfehlung der Freunde, schrecklicher Tenor seiner Berichte. Aber soll ich Ihnen etwas sagen, wer sich als deutscher Kommunist im Moskau der dreißiger Jahre aufhielt, der hat sein Gewissen für den Rest seines Lebens verdünnt oder verdünnen lassen. Oder beides zusammen. Aber wie gesagt, die komplette Reihe der drei Prozeßberichte fand nur ein einziges Mal den Weg in das Antiquariat in der Katharinenstraße. Sie raten nicht, wer der Käufer der drei Bände war, für vierhundert neue Mark, beinahe zwei Monatsgehälter. Kimmich, unser ehemaliger Ortsgruppenleiter, man glaubt es kaum. Er hatte, nachdem Anspannung und Unruhe des Zusammenbruchs nachließen und ihm auch weiterhin nichts passierte, dem Antiquar einen ganzen Schwung *Mein Kampf* angedient und nach und nach angeliefert, die Bücher, zwanzig, fünfundzwanzig Stück, druckfrisch, kamen von der Resterampe des Dritten Reiches, aus dem Lagerregal seiner Dienststelle in der Amtsgasse, sie waren nicht mehr zur Verteilung gekommen, sondern in den Keller seiner Schwiegereltern in Wolftitz gewandert, nun wurden sie in Leipzig unterm Ladentisch vertickt, ich sage Ihnen, es gab durchaus Bedarf dafür. Als Hochzeitsgabe zu des Führers Lebzeiten eher ein lästiges Angebinde, wollte man nun, da man den Ausgang der ganzen Sache kannte, und nicht nur kannte, auch erlebte und erlitt, wollte man noch einmal genauer nachlesen, was am Anfang auf dem Programm gestanden hatte, wie der totale Schiffbruch eingeleitet worden war. Kimmich schaffte sein Handelsgut in zehn, zwölf Fahrten nach Leipzig, es gab und gibt bis heute, wie Sie wissen, in den Zügen Ausweiskontrollen, die Trapos springen vor allem auf pralle Taschen und auf Koffer an, sieht immer ein bißchen nach Kleinhandel oder sogar Absprung nach dem Westen aus, er, Kimmich, hatte immer nur zwei Bände bei sich, einen in der Aktentasche, den anderen aufgeschlagen auf dem Schoß, wenn die Polizisten durchkamen, machte er das Buch zu, Zeigefinger rein, und hielt auf sich selbst zurückgezogen den Ausweis hin, wie in Gedanken. Nee, passieren kann mir nichts, erzählte er dem Oswin Staub beim ersten Mal, ich habs doch eingeschlagen, Sie sehens ja, ins *Neue Deutschland*, das hätte Adolf sicher nicht gedacht, daß seine Schreiberei mal eine solche neue Haut bekommt. Den Gegenwert der angelieferten Bücher hatte Kimmich sich gutschreiben lassen, nun kam er zur Verrechnung. Schlimmer, hat er, bevor er mit den Prozeßberichten abzog, zu Staub gesagt und auf das

Bücherkonvolut geklopft, schlimmer wäre es denen unter Adolf hier auf keinen Fall ergangen, noch dazu hätten sie den Trost gehabt, als Feind vom Feind nach Feindesart allegemacht zu werden. Unter der Tür rief er noch schnell in den Laden zurück: Herr Staub, ich mach mich aus dem Staub. Und lachte bis unter die Arkaden des Alten Rathauses. Kimmichs so erworbene und weggetragene Gerichtstrilogie war wie gesagt nur ein einziges Mal aufgetaucht, auch Einzelbände waren rar, es gab sie aber, wenn auch sehr selten. Das Protokoll von 1936 und das fünfmal so umfangreiche von 1938, fast neunhundert Seiten, hat mir der Alte in seinem vollgestopften Antiquariat im Zweijahresabstand gezeigt, ich durfte sogar, Stammkunde, der ich war, eine Zigarettenlänge darin blättern, Kamenew, Sinowjew, Bucharin und Jagoda waren Namen, auf die ich in aller Eile stieß und die mir noch am ehesten etwas sagten, indem sie ein leises Echo lange vergangener Zeitungsvormittage auf dem Verbindungshaus hervorriefen, verkauft hat er mir keins der beiden Bücher, für die habe ich zwei konkurrierende Interessenten, hieß es, einmal einen Professor der Philosophie, hat er mir unter dem Siegel der Verschwiegenheit anvertraut, hölzernes Gesicht, Haarschopf wie gemeißelt, Tabakspfeife unvermeidlich, aus dem Westen herbeiberufen, Star der Universität, Ernst Bloch, die Erstausgabe von dessen Prosaband *Spuren* aus dem Jahr 1930 hatte er vor ein paar Monaten zweimal im Angebot, das eine Exemplar sogar mit Schutzumschlag und Schuber, verlagsfrisch, wie die Sammler sagen, ich habe aus einer Augenblickslaune, einer Momentmißstimmung heraus nicht zugegriffen, mit solchen Einbrüchen der Befindlichkeit habe ich oft zu tun, meist sind sie der Auftakt zu Migräneanfällen, er hat beide Bücher dann jemandem mitgegeben nach Westberlin, dem Kaderleiter der *Deutschen Bücherei*, mit dem bin ich über drei Ecken angeheiratet verwandt, ein kluger Kerl, der Rötzsch, gestern NSDAP, heute SED, wird todsicher noch Generaldirektor in seiner *Deutschen Bücherei*. Dieser Cousin eines angeheirateten Neffen von mir hatte die Blochschen *Spuren* sozusagen als

Beipack bei sich, als er zwecks Beschaffung von Westveröffentlichungen für die *Bücherei* wie so oft jenseits der Sektorengrenze tätig war, kostenlose Übernachtung bei meiner Cousine Schatzi in Steglitz. Dort, im Berlin der Westalliierten, haben die Bücher Blochs am Winterfeldplatz das Dreifache gebracht, und das auch noch in Westmark. Der andere Interessent für die Moskauer Gerichtsprotokolle 1936 und 1938 war, hellwachen Geistes und in seiner Eitelkeit fast rührend, ebenfalls Professor, nun aber nicht der Philosophie, vielmehr hatte dieser dauernde Rivale Blochs beim Bücherkauf einen Lehrstuhl für Weltliteratur inne, er war kein Germanist, sondern Jurist, man mußte also das enge Schema öffnen, wenn man ihn haben wollte, man tat es, um ihn zu gewinnen, Germanisten, zumal braune, hatte man genug, übergenug sogar, auch diesen Namen nannte mir Staub, Hans Mayer, ebenfalls wie Bloch aus dem Westexil, Jahrgang nullsieben, wie ich, und was das tollste ist, mein Patient Hallerfred, Sie wissen schon, der Bucklige schräg gegenüber, an der Marktecke drüben, der nachmittags immer an seinem Fenster sitzt und die jungen Burschen in ganzen Trauben anzieht und bequatscht, die Fußballer, die Turner, die Boxer, ausgerechnet unser Hallerfred kannte den Herrn Professor Mayer von einem Männermaskenball in der Femina-Bar am Hauptbahnhof, wie er mir mit Begeisterung erzählte, wissen Sie, sagte er, wir *Hundertfünfundsiebziger* sind eine eingeschworene Gemeinschaft, fast wie die Parteikommunisten, intern immer auf ein neues Abenteuer aus, unter uns Gleichgesinnten, da gibt es schnell mal Leidenschaft und Riesenärger, nach außen aber halten wir zusammen, müssen wir, wie Pech und Schwefel, sonst gehts uns an den Kragen, brichts uns das Genick. So sieht das auch, teilte mir Hallerfred mit, mein Freund Mayer aus der Tschaikowskistraße, der größte *Leibzscher* Feingeist, eitel auf eine fast kindliche Art, die auf mich schon wieder liebreich wirkt. Und natürlich weiß er unendlich viel mehr als ich, mit meinen acht Volksschulklassen war ich darauf angewiesen, von meinen reichen Freunden in Leipzig und Berlin zu lernen, mich zu bilden, das Wasser stand mir bis zum Hals, ganze Nächte durch habe ich gelesen, den Proust, den Musil, den James Joyce, bis ich erst geduldet, dann auch anerkannt wurde, zitierte Vater seinen verwachsenen Patienten. Oswin Staub, der Antiquar, löste das Problem mit seinen akademischen Bewerbern um die Prozeßberichte auf eine Weise, die ich als angemessen salomonisch bezeichnen möchte, er bestellte nämlich die beiden Herren Professoren nach Ladenschluß und Kassenabrechnung in die Katharinenstraße, im Abstand von kaum einer Minute standen sie halb sieben vor der Ladentür, dick eingemummt, Hüte auf, in den Brieftaschen, ich bin sicher, sechs, sieben Fünfzigmarkscheine, wetten, der eine hatte, in einem Hauseingang versteckt, vielleicht bei Frege schräg gegenüber, auf das Auftauchen des anderen gewartet. Drinnen im Geschäft lagen die zwei Bücher, um die es ging, das dünne von 1936 und das viel dickere von 1938, schon auf dem Tresen bereit, die Frage, wer sie bekommen sollte, wurde im ersten kurzen und noch leichtfüßig tänzelnden Dialog, der bereits unter der Tür begonnen hatte, umgemünzt in einen Wettstreit, wer die größere Berechtigung, die größere Dringlichkeit ins Feld führen konnte, notgedrungen würde der Antiquar den Schiedsrichter spielen müssen. Bloch mit seiner knarrenden Stimme, etwas langsam, aber um so nachdrücklicher, legte, wie mir der Staub erzählt hat, gleich wörterstampfend los, als sei er in einem überfüllten Oberseminar, Heimat ist, was wir noch nicht haben, oder so ähnlich, und: etwas weg vom Ich wird alles klarer, kunstvolle Sprachbildhauerei, beide Moskauer Berichte sind für mich unerläßlich wie die Luft zum Atmen, wenn ich meine *Verfremdungen* und *Das Prinzip Hoffnung* zu Ende schreiben soll. Mayer, scheinbar weniger festgemauert in der Erden, eher tänzelnd, aber auch das täuschte, es war ein finaler Degenstoß beabsichtigt, sagte: Jetzt mal ganz ehrlich, Herr Kollege, täuscht mich meine Erinnerung wirklich, die mir sagt, Sie müßten die Prozeßberichte wie kaum ein anderer kennen. Sie haben doch seinerzeit, Ende der dreißiger Jahre, in der *Neuen Weltbühne* oder wo auch immer, Sie werden es schon wissen, die Verhandlungen nebst Todesurteilen gutgeheißen, deren schriftlichen Niederschlag Sie nun mit aller Macht haben wollen, warum denn jetzt noch, wo Sie sich Ihre Meinung schon vor anderthalb Jahrzehnten gebildet haben. Bloch knurrte undeutlich zurück: Warmer Bruder, Naseweis, mit dem Schwimmgürtel Georg Büchner an die Pleiße gegondelt. Das eine und das andere wurde vielfach variiert, bis Staub seinen Glücksbringer, einen sächsischen Ausbeutetaler von 1869, aus der Kasse nahm, Wappen oder König Johann, war die Frage, Mayer entschied sich schnell fürs Wappen, Bloch blieb nur der Landesfürst. Wessen Seite nach dem Wurf oben war, bekam nicht etwa alle beiden Bücher, durfte sich aber immerhin den ihm genehmen Band aussuchen, entweder den schmalen des Auftakts 1936, der auch die spätere Marschrichtung vermaß, oder das Protokoll des dritten Prozesses, das die allergrößten wahnwitzigsten Blüten in sich barg. Die schwere Silbermünze wurde hochgeworfen und wieder aufgefangen, Staubs Faust schloß sich sofort und wurde nach Sekunden langsam geöffnet, die Wappenseite wies nach oben, Mayer hatte gewonnen. Und, fragte der Antiquar. Geben Sie mir sechsunddreißig, verlangte Mayer, ich will wissen, wie das böse Lied am Anfang klang. Auch gut, lenkte Bloch ein, nehme ich halt die ausgearbeitete Partitur, die ich im Gegensatz zu Ihrer Unterstellung, Mayer, überhaupt nicht kenne, wenn ich mich über die Prozesse wirklich einmal ausgelassen haben sollte, woran ich mich nicht erinnern kann, so wars aufgrund des allgemeinen Wissens, der breiten Stimmung, und schließlich, Mayer, Sie wissen das genau wie ich, hat auch unser Freund Lion, der näher dran, ja sogar vor Ort war, in seinem Buch *Moskau 1937* die Gerichtsverhandlungen für notwendig gehalten und das heraustrompetet. Bevor wir hier bei Herrn Staub am Ende noch verstauben, machen wir uns lieber aus dem Staub, sagte Mayer und war damit nach Meinung des Antiquars auch nicht viel witziger als Kimmich. Wäre es nicht eigentlich an Ihnen, lieber Kollege Bloch, fuhr er fort, so zu sprechen, in Ihrer Diktion und mit ihren Gedankenschleifen. Eifrig diskutierend, wie sie in den Laden gekommen waren, verließen sie ihn auch wieder, draußen ging es nach links, schräg über den Markt, in die Gasse auf der Westseite, im *Coffe Baum* saßen sie noch zwei Stunden entspannt zusammen, Bloch brachte Karl May aufs Tapet, Mayer Honoré de Balzac, der Wettkampf um die Favoritenstellung an der Universität mochte morgen weitergehen. Bis hierhin Vater. Er hatte Schlingeschön erzählt, was zu berichten war. Jetzt wieder Schlingeschön: Auf unserem Fußmarsch nach Bockau zehn Jahre nach seiner Flucht aus dem Dorf hat mir Wehefritz das Erlebnis mit Kurt Hager im Grenzgebiet und anschließend seine ganze Geschichte im Dritten Reich erzählt, dichthalten, schärfte er mir ein, wenn du quatschst, kostets mich den Kopf. Wie Hager bei dem Gewaltmarsch durch das Felsenmeer angekündigt hatte, so kam es auch, Wehefritz wurde aus der Sächsischen Schweiz abgezogen und im Osterzgebirge eingesetzt und erwartet, er empfing fortan im dortigen Grenzgebiet, auf der deutschen Seite des Kamms, die kommunistischen Kuriere, die mit verschlüsselten Parteibefehlen in den Brustbeuteln und mit prallvollen schweren Rucksäcken, Drucksachen der verbotenen Partei, *Rote Fahne*, *AIZ*, in Prag gedruckt, aus dem tschechischen Exil nach Sachsen kamen, ortskundig zwar, doch ohne genaue Kenntnis der deutschen Patrouillen, ihrer wechselnden Routen und Frequenzen, dabei hochwachsam, mit entsicherten Pistolen im Gürtel oder in den Joppentaschen. Ein erstes Mal ging das gleich gut, ein junger Mann, komischerweise ganz ohne Gepäck, was hat der denn vor, zu welcher Seite gehört er. Die Schleusung aber war kein Problem, hinunter nach Pirna, an die Elbe und die große Bahnlinie, dort gab es Lastkähne mit Schiffern, Matrosen, Schiffsjungen und Eisenbahnzüge mit Schaffnern, Heizern, Bahnpostlern, Sympathisanten waren allemal darunter, die die Ankömmlinge übers Land verteilten, indem sie sie mitnahmen, bis nach Dresden, Chemnitz, Leipzig, sogar bis Hamburg und Berlin. Um seinem künftigen Einsatzgebiet zwar nahe, aber aus Gründen der Sicherheit nicht allzu nahe zu sein, den Schleichwegen über die Grenze bei Zinnwald und Georgenfeld, über die großen gelbbraunen Hochmoore und durch die endlosen Fichtenforsten, hatte sich Wehefritz Ende Januar 1935, der Schnee lag seit drei Monaten fast einen halben Meter hoch, in der Streusiedlung Rehefeld eingemietet, dem angeblich kältesten Ort Sachsens, sieben-, achthundert Meter hoch, früherer Scherzname der Gegend *Sorgenfrey*. Ein winziges Zimmer auf dem alleroberst en Dachboden ließ sich gerade noch finden, über abgekühlte halbgekappte Kontakte, seine Vermieter, die Eheleute Kahlfuß, waren früher einmal im Reichsbannerumfeld angesiedelt gewesen und betrieben schon seit 1927 in unmittelbarer Nähe zur Grenze, ehemals vorzugsweise für Gewerkschaftsfunktionäre, Kurgäste der Landesversicherungsanstalt und aufgeschlossene betuchte Angehörige freier Berufe gedacht, den neuerbauten *Fremdenhof Grenzbaude*, dessen Gäste nun, in der braunen Zeit, Sommer wie Winter weit überwiegend von der Gauleitung Dresden und der *Deutschen Arbeitsfront* geschickt wurden, soweit sie nicht als liberale Rechtsanwälte, Ärzte und andere gutgestellte Freiberufler eine alte Beziehung zu den Kahlfußens hatten. Enormer Andrang, jederzeit fast hundert Prozent Belegung. Ein gutes Geschäft, keine Frage, aber um welchen Preis der Selbstverleugnung. Als Zumutung konnten schon allein der zackige Ton mancher Gäste und ihre Kostümierung empfunden werden. Da war Wehefritz für die Wirtsleute doch ein Lichtblick. Und auch er konnte sich glücklich schätzen, einen preiswerten Hafen gefunden zu haben. Sein Quartier unter dem Dach, ein Verschlag mit Ausguck nach Süden, zur Grenze hin, konnte in das Preisgefüge nicht eingeordnet werden, fünfzig Pfennig pro Tag, es war das Kinderzimmer der beiden Söhne der Familie, sie zogen um in einen Verschlag neben dem Schlafzimmer der Eltern im Souterrain, der alte Mann, sagte Kahlfuß zu seinen Kindern und den neugierigeren Gästen, ist sehr krank, man sieht es doch, er braucht dringend staubfreie Luft und muß viel spazierengehen und manchmal auch zur Untersuchung ins

Krankenhaus nach Freiberg. Wirklich unternahm Wehefritz tagtägliche Wanderungen, zu der nahe gelegenen Grenze, rund um den tiefverschneiten Kahleberg und vorbei am *Gasthaus Raupennest*, immer dort, wo Schneeschuhfahrer unterwegs gewesen waren und ihre festen Spuren hinterlassen hatten, die das Einsinken und Einbrechen verhinderten, auf vier, fünf Stunden kam es ihm nicht an, die er auf den Beinen war, die Kammer ist ein bißchen klein, sie macht mich atemlos, da bin ich immer froh, wenn ich den freien Himmel über mir habe, sagte er und spähte auf seinen Gängen alle Schneisen, Trampelpfade und Wildwechsel der Gegend aus, die im Schnee als Spuren sichtbar waren. Auch guckte er genau, in welcher Richtung und Häufigkeit die Bewohner von Georgenfeld ihre Kammsiedlung verließen. Zwei Häuserzeilen, sozusagen allein auf weiter Flur, im siebzehnten und achtzehnten Jahrhundert entstanden, Flüchtlinge vor den Jesuiten, Vertriebene. Ihre schnee- und sturmerprobten Häuschen, mit steilen Schindeldächern, verbretterten Giebeln und vorgebauten Wintertüren, die Mauern einen halben Meter dick, die lange Feuerleiter immer angelehnt, für den Fall eines Brandes. In der Stubendecke ein sogenanntes Wärmeloch, wenn es bei starkem Forst gegen Abend für eine Weile aufgeschoben wurde, zog ein kleiner Schwall warmer Luft aus der Wohnstube in die Dachkammer, in der die Betten standen, gerade so viel, daß in der Enge unter dem Dach die Temperatur nicht allzuweit unter null ging. An hundertfünfzig, zweihundert Tagen im Jahr war die Schiebeaktion nötig, kein Wunder, daß in den Gärten keine Obstbäume, nur ein paar Beerensträucher standen, im Windschatten an den Sonnenmauern sah Wehefritz hier und da mal eine Vogelkirsche, von den Georgenfeldern *Grietschel* genannt. Schön anzusehen, im Spätsommer, das ja, aber darüber hinaus nichts wert, die Vogelbeerbäume waren besser. Das wußte Wehefritz von Bockau her. Im Februar wurde er von den Gästen der *Grenzbaude*, die sich wegen seiner insichgedrehten Witzigkeit nicht ungern mit ihm unterhielten, zwei Tage vermißt, Freiberg, sagte der Hausherr, wie mit Wehefritz vereinbart, den hatte mitten in der Nacht ein junger Bursche aus dem nahen Schellerhau aufgesucht und ihm den Auftrag übermittelt, am nächsten Morgen mit dem Zug über Freiberg und Chemnitz nach Rittersgrün zu fahren und dort zum dritten Schullehrer zu gehen, Schlenkrich hieß der Mann, er wohnte in der Klöppelschule. Wie sein Geburtsort Bockau, den Wehefritz selbstredend allerbestens kannte, westlich des Schwarzwassertals lag, so befand sich Rittersgrün östlich davon, Richtung Fichtelberg. Der Ort am Pöhlwasser, auf Hang und Gegenhang war ebenfalls kein ganz unbeschriebenes Blatt für ihn, wenn er an die Tanzstunde in Schwarzenberg und seine erste Flamme aus Globenstein dachte, an eine Reihe von Zugabteilen, in denen sie alleine waren, und an die Bank im Warteraum von Pöhla. Folglich konnte er sich auch im Pöhlwassertal zur Not einigermaßen zurechtfinden, in Raschau wie in Pöhla, in Rittersgrün und bis hinauf nach Ehrenzipfel, Zweibach und Tellerhäuser, soviel war klar. Nicht ganz so einfach war die anbefohlene Bahnfahrt dorthin, fünfmal umsteigen, Ausweiskontrollen, um so häufiger, je näher die Grenze kam, Schiß vor den Roten aus der Tschechei haben die, sagte ein Mann mit Schlips und Kragen, der neben ihm saß, Vertreter wahrscheinlich, klang nach Rheinland. In Flöha war eine Achse heißgelaufen, in Chemnitz gab es Probleme mit der Lok, die Schieberstange war gebrochen, am Ende kam er mit vier Stunden Verspätung ans Ziel, abends um zehn, kein Lehrer da am Sackbahnhof in Oberrittersgrün, vergebliche Hoffnung, kein Mensch überhaupt zu sehen, er ging zur Spitze des Zuges, anscheinend war der Schaffner auf die Lok geklettert, er rief nach ihm, ein Kopf tauchte oben auf, zur Schule, schrie er hinauf, bergab, dann rechts, kam es zurück, er marschierte los, er fand die Schule, wie man beinahe jede Dorfschule hierzulande auf Anhieb ausmachen kann, an den Fensterreihen und der Eingangstür, die Dachwohnung war erleuchtet, zwei Namensschilder, er klingelte bei Schlenkrich und hörte es nach einer Weile die Treppe herunterpoltern, die Tür wurde aufgerissen, du kommst zu spät, wurde er von einem Hünen angeknurrt, halb so alt wie er, ja wie denn, fragte er zurück, glaubst du, ich kann fliegen. Der Genosse Eduard ist vor zwei Stunden, auf der abgelegenen Route über Försterhäuser und Goldenhöhe kommend, im Tiefschnee beim Paatschhaus über die Grenze gegangen und den Gendarmen in die Hände gefallen, man hat ihn hier vorbeigeführt, nach Raschau auf das Revier, morgen bringen sie ihn sicher nach Schwarzenberg oder Aue zur Vernehmung, hoffentlich geht das gut, die foltern nicht nur, die überreden auch, was beinahe noch schlimmer ist. Wehefritz wurde von Schlenkrich in das Haus gelassen, die Frau des Lehrers schlief schon, der Besucher durfte sich im Wohnzimmer hinlegen, auf einer ausgerollten Matratze, die unter den Eßtisch reichte, so klein war der Raum. In einer Vitrine zwischen den Gaubenfenstern hatte er vorher eine Kapelle von Grünhainicher Musikantenengeln mit den berühmten elf Punkten auf den grünen Flügeln entdeckt. Die Sammlung paßte schlecht zu seinem spannkräftigen Gastgeber und dessen Zugehörigkeit zum geheimen Militärapparat. Am anderen Morgen wurde er wach, weil ein Telefon klingelte. Er hörte die Stimme Schlenkrichs, von der Wand gedämpft. Gleich darauf stand der Gastgeber an seiner Matratze. Das neueste, sagte er, der Genosse ist letzte Nacht in Raschau aus dem Fenster des Aborts geklettert und in die Dunkelheit entkommen. Ein Großaufgebot aus Zoll, Polizei, SA und HJ, zum Teil auf Skiern, hat die ganze Nacht nach ihm gesucht, vor einer Stunde haben sie ihn gestellt, keine hundert Meter von der Stelle entfernt, an der er hereingewechselt war. Er arbeitete sich gerade, heißt es, aus einer Schneewehe am Goldbach heraus, man rief ihn an, er blieb nicht stehen, sie haben ihn abgeknallt wie einen tollen Hund, obwohl, hier könnte man wirklich sagen: auf der Flucht erschossen. Die Partei hat ihn in der Ankündigung Eduard genannt, ich weiß es aber besser, von seinen früheren Grenzübertritten, sagte Schlenkrich, er stammte aus Lauter, aus einer Likörmacherfamilie, Guido Filz hieß er, ich habe ihn Anfang dreiunddreißig auf einer Geheimsitzung in Aue gesehen, er arbeitete als Blechformer in der Karosseriefabrik in Bernsbach und hatte in einem Graben hinter der Fabrikhalle zwei oder drei von unseren Karabinern versteckt, in Ölpapier und Gummituch verpackt. Liegt die Leiche noch dort oben, beim Paatschhaus, wollte Wehefritz wissen, und wenn ja, haben sie seinen Brustbeutel? Keine Ahnung. Dann laß uns hingehen und nachsehen, was die mit ihm treiben und ob sie den Beutel und die Papiere gefunden haben, das ist am allerwichtigsten. Wenn sie uns anhalten, sagte Schlenkrich, bist du mein Großcousin aus Freiberg, dem ich in Ehrenzipfel die Stelle zeigen will, an der vor hundert Jahren ein Waldarbeiter beim Roden auf den Meteoriten von hundertneunzig Pfund gestoßen ist, der bei euch in Freiberg in der Mineraliensammlung zu sehen ist. Die beiden Männer wanderten aus dem langgezogenen Dorf hinaus, ließen den Bahnhof links liegen, die Straße stieg an, das Pöhlwassertal wurde enger, und der Wald rückte heran, der bis kurz vor Oberwiesenthal, bis zum *Neuen Haus* und zur *Sachsenbaude* nicht aufhörte, in einer Kurve verließen sie den Fahrweg und sahen vor dem Paatschhaus einen Schlitten mit zwei Pferden stehen, Männer suchten etwas im Tiefschnee, hier können Sie nicht durch, wurden sie angerufen, polizeilich beschlagnahmtes Gelände, mindestens bis zum Abend, ein Motorradfahrer ist letzte Nacht auf dem schneeglatten Weg ausgerutscht, in den Bach gefallen und ertrunken. Ist er noch da, fragte Wehefritz. Längst abtransportiert, wir sind noch auf der Suche nach seinen Ausweisen. Die beiden abgewiesenen Männer, der junge und der alte, gingen in den Ort zurück, jetzt habe ich kein Material für dich, die Chemnitzer Genossen werden vergeblich warten, am besten ist es, du verduftest so schnell wie möglich. Zwei Stunden später saß Wehefritz wieder auf der Bahn, die sich in vielen Kehren, den Bach- und Flußtälern folgend, auf Chemnitz zu aus dem Gebirge wand. Wieder stieg er fünfmal um, in Oederan gab es unerklärlichen Aufenthalt, der Schaffner hatte den Namen der Station ausgerufen, jenseits der Senke lag die kleine Stadt, undeutlich sah er durch einen dünnen

Vorhang aus Schneegriesel die große Kirche vor dem Nachthimmel aus den Dächern ragen, dort drüben irgendwo, das wußte er, lebte die Scharfrichterfamilie Brand, mit Abkömmlingen, über das Gebirge und das Unterland verteilt, der Alte, der Grete Beier, das Engelsgesicht, ins Jenseits befördert hatte, war vor knapp zehn Jahren gestorben, wahrscheinlich gab es einen Sohn, der seit dreiunddreißig zunehmend Arbeit hatte, wer weiß, wie dicht die Todesurteile noch vom Himmel regnen. Da Sie die Kirche erwähnen, sagte Vater, in der haben meine Eltern 1893 geheiratet, zu den Klängen der Silbermannorgel, meine Mutter war achtzehn Jahre alt, raus aus der *Armutei*, und sich zusammentun mit einem Mann, der einem gefiel und mit dem man wirklich sprechen konnte. Es ist längst hell, Herr Doktor, sagte Schlingeschön, ich glaube, ich mache mich jetzt besser mal davon, Ihre Sprechstunde fängt gleich an. Ich höre schon, wie sich die Patienten, die mit der Bimmelbahn kurz nach fünf aus Kohren gekommen sind, draußen auf der Treppe unterhalten, stimmte Vater zu, wie wäre es, wenn sie heute nach dem Abendessen wiederkämen, wir setzen uns dann wieder in die Klubsessel hier, da haben wir noch einmal eine halbe oder ganze Nacht Zeit. Schlingeschön war es recht. Kurz nach acht am folgenden Abend stieg er aus dem Dachgeschoß in den ersten Stock herunter, Vater machte ihm die Korridortür auf. Wie ging es weiter mit Wehefritz in Rehefeld, wollte Vater wissen, das Fenster zum Markt stand offen, man hörte die im Häusergeviert hallenden Rufe der Jungen, die auf dem staubigen Platz Fußball spielten, eine Stunde, zwei Stunden, bis es restlos dunkel war. Unser Freund, setzte Schlingeschön seinen Bericht fort, langte am späten Abend, aus Rittersgrün kommend, mit dem letzten Freiberger Zug, der nach Brüx in Böhmen ging, im oberen Gebirge an. Kurz vor der Grenze, fünfhundert Meter seitwärts seines Rehefelder Unterschlupfs, hielt der Zug auf freier Strecke, Wehefritz hatte dem Schaffner gleich nach der Abfahrt aus der Silberstadt ein Zweimarkstück in die Hand gedrückt und sprang nun in den halbmeterhohen Schnee. Ein nächtlicher

Schneesturm umtoste polternd die dampfende, mit angezogener Bremse stampfende Lok und die drei leeren Wagen und fauchte gegen den einsamen Reisenden, drückte ihn, schob ihn, beutelte ihn, daß er kaum Luft bekam und taumelte. Während der Zug sich wieder in Bewegung setzte und in der heulenden Nacht verschwand, arbeitete er sich aus den Schneewehen heraus und wühlte, kämpfte sich durch den Hemmschuhwald in das nächste kleine Hochtal, in dem auf dem flachen Hang über der Wilden Weißeritz die *Grenzbaude* stand, sein sicherer Hafen. Auf der Höhe, wo der Schutz der Fichten fehlte, fuhr der ungehemmte Sturm so gewaltig über die Kuppe, daß er ein Stück auf allen vieren kroch. Nach einer wahren Ewigkeit kam er atemlos, erhitzt, vor Erschöpfung zitternd, aber wohlbehalten im Fremdenheim an, mit ernstem Gesicht. Noch einer hopsgegangen, quetschte er bei der Begrüßung durch die Wirtsleute heraus und ging schnell in seine Kammer. Die halbe Nacht lag er wach. Wie der Sturm mit den Schieferplatten klapperte. In den Pausen zwischen zwei Böen war von unten stundenlang ein unruhiges fast flehendes Fiepen zu hören, das waren die beiden Rehe hinter dem Haus, anscheinend ängstigten sie sich. Vier Wochen später setzte Tauwetter ein, trotz gelegentlicher Schneefälle schmolz die weiße Pracht unaufhaltsam dahin, Ende April konnte von Skifahren beim besten Willen keine Rede mehr sein, Wehefritz hatte die Wälder nun wieder ganz für sich, von den Patrouillen, den Förstern, den Jägern und Holzarbeitern und den tschechischen Grenzern abgesehen, aber die traten alle einzeln oder in kleinsten Grüppchen auf, nicht als endlose Kette, wie die Langläufer, die hintereinander lautlos über die Schneisen zogen oder überraschend um eine Waldecke schossen und höchstens zu hören waren, wenn Hochprozentiges, in den Verschnaufpausen hinter die Binde gekippt, den Stimmungsschieber aufgezogen hatte, er hatte schon Jodeln, Gekreisch, Fingerpfiffe und sogar lautes Ableiern des *Zauberlehrlings* und des *Osterspaziergangs* zu hören bekommen. Dagegen hatte er nichts. So war er wenigstens gewarnt, wenn er stehenblieb und eine flüchtige Handskizze der Kreuz- und Querwege machte, für die Leute jenseits der Grenze, die sich um die *Volkshäuser* in Eulau und Tyssa scharten, Kommunisten, die es nach dem Januar dreiunddreißig zuhause nicht ausgehalten hatten und die nun im grenznahen sudetendeutschen Umfeld, von der Partei nur lose betreut, sehen mußten, wo sie blieben und wie sie der eigenen allumfassenden Idee, Gefolgschaft für den großen Stalin, dienen konnten, Geheimbefehle, Drucksachen in die alte Heimat schaffen war eine der wenigen Möglichkeiten. Lagepläne, damit sie, wenn sie, meist in der Dämmerung oder nachts, schwer beladen Richtung Norden losgingen, etwas zur Orientierung in Händen hielten. Besonders hatte es Wehefritz die Schneise 31 angetan. Sie begann ganz oben auf dem Kamm, seitlich von Georgenfeld, dem sächsischen Sibirien, nur die Nähe der Zinngruben und die unendliche Waldarbeit, vielleicht noch das bißchen ortsüblicher Schmuggel sorgten für den Bestand der Siedlung, sonst wäre im Wechsel der Generationen längst alles wüstgefallen. Die von Wehefritz ausgesuchte Schneise führte schnurgerade nach Nordnordwest, kilometerlang, rechts Fichtendickicht, links Fichtendickicht, mal leichter Anstieg, mal schwaches Gefälle, wellenförmig, nach anderthalb Wegstunden überschritt sie den Fahrweg von Altenberg nach Schellerhau, neben einem Haltepunkt der Kraftpost für Wanderer und Pilz- und Beerensucher aus den Städten, und eine halbe Stunde weiter erreichte sie die Reichsstraße 170, die nach Dresden ging. Auf dieser Schneise kam, wer es eilig hatte, wer keine Zeit verlieren wollte, am allerschnellsten voran, insbesondere in den kurzen Nächten der Sommersonnenwende oder in der menschenleeren hochsommerlichen Mittagshitze, wenn die windstille Luft kochend über den Blockhalden des nahen Kahlebergs waberte. Freilich war, wer sich aus der Deckung wagte, dann auch aus der Entfernung sichtbar. Was willst du aber machen, sagte der Instrukteur der geheimen Abschnittsleitung zu Wehefritz bei einem Treff in Altenberg, ein Risiko ist immer da, entweder du akzeptierst die Gefahr der Entdeckung, oder du verfitzt dich im Dunkeln auf den zugewachsenen Schlängelpfaden im Hochmoor oder weiter unten im Wald, und dann ist es viel eher wieder hell, als es unseren Leuten von drüben recht sein kann. Der Instrukteur war für das Gespräch von Pirna heraufgekommen, es fand am 1. Juli 1935, einem Montag, in der *Bahnhofsgaststätte Altenberg* statt, halb fünf am Nachmittag, als der Tresen nach Schichtende von den Bergarbeitern aus der *Zinnpinge* dicht umlagert war und es auch an dem halben Dutzend Tischen kaum einen freien Platz gab. Wehefritz und der Instrukteur zogen sich in eine Fensternische zurück, ein Stück weit weg von den umlagerten Zapfhähnen, dabei wurden sie abgeschirmt von den beiden Adjutanten des Instrukteurs, achtzehn, neunzehn, höchstens zwanzig Jahre alt, unsere junge Garde, merkte der Instrukteur an, einmal muß der Spuk ja zum Teufel gehn, dann kommen die ans Ruder. Wir brauchen dich dringend, fuhr er fort, mit einem Zungenschlag, der nach Küste klang, Hamburger *Radikalinski* vielleicht, vermutete Wehefritz, aus der Thälmanntruppe, die werden jetzt über das ganze Land verteilt, dorthin, wo sie niemand kennt. Halte dich bereit, schon für die nächsten Tage, bei euch im Hirschsprungrevier, an der Bushaltestelle, vier unserer Leute kommen, wann genau, das hörst du noch. Ein kurzer Anruf ist vielleicht am besten, Amt Hermsdorf im Erzgebirge, Anschluß 61, sagte Wehefritz, laß mir einfach ausrichten, an dem und dem Tag und um die und die Uhrzeit soll ich meine Schwester zum gemeinsamen Gebet besuchen, ich weiß dann schon Bescheid. Genau, so machen wirs, bekräftigte der Unbekannte, von dem man Herkommen, Namen, Beruf, Familienstand nicht wissen durfte und nicht wissen wollte, das kantige Gesicht, die befehlsgewohnte Stimme, die gestanzten Halbsätze und natürlich die Leibwache genügten, den Vertreter des Apparats auszuweisen. Wir schikken dir, sagte er weiter, zu deiner Verstärkung einen zuverlässigen Genossen, der dir helfen soll, die Rucksäcke zu übernehmen, damit die vier Grenzgänger mit dem nächsten Bus unbeschwert, wie Ausflügler, wie Wanderer nach Pirna und

Heidenau fahren können, um sich mit der engeren Familie, mit den Frauen, den Eltern und Geschwistern zu treffen, in Wald und Flur, während ihr das Gepäck in zwei Gängen an die Reichsstraße hinuntertragt, gegenüber der Einmündung deponiert ihr es am Kilometerstein im Brombeergestrüpp, den Rest erledigen andere, wie genau, mußt du nicht wissen. Drei Stunden nach diesem Gespräch in Altenberg saß Wehefritz im Speisesaal der *Grenzbaude* an seinem Zweiertisch einem neuen Gast gegenüber, den ihm Kahlfuß, der Wirt, beim Frühstück angekündigt hatte, ein wichtiges Tier, die rechte Hand von König Muh. König Muh, fragte Wehefritz, wer soll das sein. Na König Mutschmann doch, wer sonst, kam es zurück. Franz Arndt aus Dresden, stellte sich der kahle kleinköpfige bleiche Mensch, eine Art zweibeiniger Grottenolm, zweimal vor und vermurmelte bei der Wiederholung seinen Vornamen ins Verwaschene, statt Franz verstand Wehefritz jetzt Vetter, also Vetter Arndt. Sofort stutzte er, *Vetter Arndt*, na hör mal, den Namen kannte er, das war doch, das mußte doch, im *Fremden aus Indien* vielleicht, nein, im *Buschgespenst*, ganz sicher, dort kam der Name vor, der Geheimpolizist Franz Arndt aus der Residenz, der sich vom alten Förster Wunderlich und dessen Hausfrau Barbara *Vetter Arndt* nennen ließ, der Mißachtete, der Verleumdete war das, der endlich Rache nahm an den drei Seidelmanns. Während der Suppe fiel ihm ein, wie merkwürdig das war, daß sich der ihm zugeordnete Genosse auf dem Bahnsteig von Schandau mit *Winnetou* als Erkennungszeichen ausgewiesen hatte, und jetzt benutzten die Leute aus dem anderen Lager, von denen einer ihm gegenübersaß, genausogut Karl May, als wären sie des gleichen Geistes Kind. Der noble Indianer und der unschuldig Verfolgte. Das hätten die wohl gerne, beide Seiten, das könnte ihnen so passen, durchzuckte es ihn, hier Weiß, da Schwarz, das gibt es nicht, das weiß ich selbst am allerbesten. Am nächsten Morgen, er wollte gerade zu einem Gang nach Zinnwald aufbrechen und dabei ein letztes Mal vor der heiklen Unternehmung die Schneise kreuzen und überprüfen, immerhin doch möglich, daß dort inzwischen ein Waldarbeiterkarren aufgestellt worden war, wurde er von Kahlfuß ans Telefon gerufen, am Vierten, also übermorgen, unbedingt zur Schwester kommen, hieß es, die Andacht fängt nachmittags um zwei an. Kaum hatte er aufgelegt, hob er den Hörer wieder von der Gabel, Dresden, Anschluß soundso, verlangte er und sagte, als die Verbindung zustande gekommen war, nur: Donnerstag, vierzehn Uhr. Das war am Dienstagvormittag. Bei den sechs Mahlzeiten, die, das Frühstück eingeschlossen, bis Donnerstagmittag verblieben, rückte ihm der Grottenolm immer weiter auf die Pelle, er umwarb, umgarnte ihn, ein Mann wie Sie, mit solchen hellen wachen Augen, guckt doch überall hinter die Kulissen, hieß es von Grottenolms Seite, stundenlang könnte ich mit Ihnen über den Führer und seine Erfolge diskutieren, natürlich gibt es auch ein paar Schatten, aber bei weitem nicht so viele wie in der Systemzeit, der das sagte, wirkte trotz Grottenolmvisage nicht durchgehend unsympathisch, weiß denn einer wirklich, wie er selber aussieht, kaum. Dann war der Donnerstag da, besagter vierter Juli. Wehefritz guckte beim Frühstück, nach dem gekochten Ei und den Marmeladenbrötchen, durch die Panoramascheibe über das Bachtal hinweg zum ehemaligen Jagdhaus des Kronprinzen mit dem schiefergedeckten Spitzturm, heute übrigens Ferienheim der Vopos, wußte Schlingeschön anzumerken. Dahinter und rechts davon, in östlicher und südöstlicher Richtung, sah er die Kammregion, achthundert, achthundertfünfzig, neunhundert Meter hoch, bewaldete Bergrücken, gestaffelt, schwarzgrün, links die *Wüste Höhe*, dann schloß sich der *Gießhübel* an, ganz hinten, nur noch zu ahnen, verlief östlich des verdeckten Kahlebergs in einem weit auseinandergezogenen System von parallelen Wegen die Schneise 31, Wehefritz merkte, wie sein Herz sich zusammenzog, es rumorte in seinem Bauch, er mußte schnellstens verschwinden und kam erst nach zehn Minuten zurück. Kaum saß er wieder, betrat der Grottenolm den Frühstückssaal, na, sagte er, als er sich niederließ, betont gutgelaunt die unübersehbare Anspannung seines Tischnachbarn überspielend, heute großer Tag, nicht wahr. Wehefritz ging nicht auf ihn ein. Immerhin bewog ihn die seltsame, aus heiterem Himmel kommende Anmache, das Mittagessen vorsichtshalber auszulassen, lieber mampfte und schlang er, in der Küche stehend, ein Butterbrot hinunter, halb zwölf, bevor er losging. In der Garderobe, wo er seinen Stock mit der Eisenspitze aus der Ecke langte, vertrat ihm der Grottenolm den Weg, ich gehe mit zur Betstunde Ihrer Schwester. Wehefritz zuckte zurück. Was war denn das jetzt. Sie haben doch selber angerufen, sagte der Grottenolm vorwurfvoll. Wehefritz wagte nicht, ihn abzuschütteln. So gingen sie schweigend am Jagdhaus vorbei, immer bergan, die Waldwege, die Pfade durch Kraut und Buschwerk wurden schmaler und schmaler, sie begegneten keinem Menschen. Halb zwei hatten sie die einsame Bushaltestelle an der Schellerhauer Straße erreicht. Was immer passiert, sagte der Grottenolm, keine Angst, Sie stehen unter meinem Schutz. Aber hier, fuhr er fort, nehmen Sie das. Und er reichte Wehefritz eine vernickelte Damenpistole mit zwei übereinanderliegenden Läufen hin. Ist geladen, Sie brauchen nur abzudrücken, wenns soweit ist. Wehefritz sagte nichts, er starrte vor sich hin, das geht nicht gut. Immerhin gab er das niedliche, aber nicht ungefährliche Ding nicht zurück, wie abwesend hielt er es in der Hand, den Zeigefinger am Abzugsbügel. An der Bushaltestelle angekommen, saßen sie die folgende Viertelstunde gut versteckt in der angrenzenden Fichtenschonung auf einer Waldgrasinsel, die aus Richtung Grenze herunterkommende schnurgerade, in der gnadenlosen Mittagssonne blendendweiße Schneise im Blick, da knackten hinter ihnen Zweige, ein Mann, aufgerollte Ärmel, das Hemd offen, tauchte zwischen Brombeergestrüpp und jungen Fichten auf und hob grüßend die Hand, Wehefritz staunte nicht schlecht, das war doch König, der illegale Helfer aus Königstein, sein zweiter Mann bei der Hagerschleusung. Der unerwartete Ankömmling nahm keinerlei Notiz vom Grottenolm, noch weniger sichtbaren Anstoß, ein vertrauliches Grinsen, der Genosse Berthold, aha, guck an, wie gehts, wandte er sich seinem alten Bekannten vom Bahnhof Schandau und vom *Kuhstall* zu, um dann zu stöhnen: Menschmeier, eine Affenhitze heute, hoffentlich kommen die bald. Eine Stunde warteten sie zu dritt in der Schonung, ohne zu rauchen, ohne zu sprechen, die Straße, die sie von ihrem Versteck aus durch eine Lücke zwischen den Bäumchen sehen konnten, lag verlassen da, kein Bus, kein Fahrrad, kein Mensch. Erst zehn nach drei wurden ganz oben auf der Schneise, dort, wo sie über die flache Ostflanke des Kahlebergs führte, in der flimmernden Luft drei dunkle Punkte sichtbar, die von Minute zu Minute größer wurden, in eiligem Marsch begriffen, kamen drei Männer, schwer beladen, auf sie zu, König trat halb aus dem Versteck hervor und winkte, sie sahen sich an, dann überquerten sie die Straße und kamen in die Schonung, Rot Front, war die Begrüßung, sie warfen die Rucksäcke ab und reckten sich, wachsam, mit flinken Augen, denn hier war Vaterland als Feindesland. König steuerte zu der Begrüßung einen halben Fünfmarkschein bei, den er vorzeigte, der älteste der Grenzgänger, Ende dreißig, Anfang vierzig, präsentierte ebenfalls eine zerrissene Banknote und hielt sie an die andere, *bassd*, stellte er fest. Er hatte das Stückchen Papier noch nicht wieder weggesteckt, da gab es ein metallisches Klacken und Klicken, frag mich nicht, von wo, von allen Seiten, denke ich, Hände hoch, hinlegen, Waffen weg, wurde geschrien, niemand legte sich hin, alle rissen die Pistolen aus den Taschen und begannen draufloszuballern, ss, rief König in das Schüsseknallen hinein, alle Genossen schossen und wechselten immerfort die Stellung, ungeheures Durcheinander, sieben Umzingelte, sechs Grenzwächter, vier von der Kripo, siebzehn Mann im ganzen, feuer doch, rief Grottenolm Wehefritz zu, an die gleiche Adresse war Königs Ruf gerichtet, knall sie ab, Genosse. Wehefritz in seiner Verwirrung schoß mit beiden Läufen in die Luft. Sofort versuchten die Sendboten von jenseits, über die Straße zu kommen, sie strebten zurück in Richtung Grenze, aber die Zöllner, die Polizisten in Uniform und in Zivil ließen die Pistolen fallen und nahmen die Karabiner hoch, peitschende Schüsse, plötzlich lag der eine Rucksackmann reglos auf der Straße, dann der zweite, es peitschte weiter, Querschläger, Abpraller vom Schotter surrten und pfiffen durch die Luft, fetzten durch die Zweige und schlugen in die Stämme ein, Pistolenkugeln kamen zurück, zuletzt erwischte es den ältesten der Kuriere auf der Schneise, alle bewegungslos, tot anscheinend. Auch König war im Durcheinander der ersten Minute getroffen worden, am Fuß, wie Monate vorher schon Kurt Hager. Humpelnd, aber mit zunehmendem Tempo brach er, zweimal in halber Drehung, um sich Raum zu schaffen, auf die Verfolger schießend, durch die Schonung dort, wo er fast im Unterbewußtsein eine Lücke in der Umzingelung vermutete, nicht nach Süden, sondern landeinwärts, erst auf Schellerhau, dann auf Rehefeld zu, immer vom Wald gedeckt, nach zwei Stunden bemerkte er linkerhand einen alten Steinbruch, überwucherte Mauerreste, von einem alten Kalkofen vielleicht, Brombeergestrüpp, dahinter die steile Abbruchwand mit einer Öffnung im unteren Teil, eine Höhle, ein Stollen, dort kroch er keuchend, zitternd, erschöpft hinein, wie ein abgehetztes Tier, sich verstecken, schlafen können, nichts mehr sehen und hören müssen, das war der Schock, das kannte er, als seine Mutter starb, er war fünfzehn, kam er mittags aus der Berufsschule zurück und hörte die schlimme Nachricht, im Wohnzimmer, in dem die Verwandten die Beerdigung besprachen, welchen Sarg, mit Pfarrer oder ohne, legte er sich aufs Sofa und blieb dort einen halben Tag, die ganze Nacht und noch einen halben Tag liegen, angezogen, unter einer Decke, betäubt, gelähmt. Jetzt, in der engen Höhle, nichts als Kühle, Stille, Dunkelheit. Nur das grelle Licht der Öffnung. Zuerst brütete er vor sich hin, dann schlief er ein. Kurz vor dem Einsetzen der Dämmerung wurde er wieder wach, im letzten vollen Licht des Tages. Beim ersten Zusichkommen sofort Stimmen gehört, von draußen, zwei Männer anscheinend, direkt vor seinem Versteck, er zog die Pistole aus dem Hosenbund und umklammerte sie. Hast du eine Taschenlampe, konnte er verstehen. Der andere verneinte. Das Schwein steckt vielleicht drin, laß uns reinkriechen. Guck doch die große Spinnwebe an, hier ist seit Tagen kein Nichts und Niemand rein- und rausgekommen. Hast recht, los, weiter. König war platt, er konnte es nicht fassen, daß eine Spinne ihn gerettet hatte. Zufall, na klar. Oder doch etwa mehr. Er drehte und wendete die Frage fast eine Stunde hin und her, wir Kommunisten glauben an keine Wunder, hatte er von Anfang an in der Schulung gehört, höchstens Lenins Eisenbahnfahrt durch Deutschland, und daß es der Kaplan nicht gelungen ist, ihn ins Jenseits zu befördern. Dann war es draußen endlich halbdunkel, und er durchquerte witternd und sichernd das Rehefelder Weißeritztal, Jagdschloß und *Grenzbaude*, dort waren Wehefritz und der Grottenolm wieder eingelaufen, ließ er seitwärts liegen und schlich über den Hemmschuh hinüber zu der Zollstation bei den vier Beamtenhäusern von Neurehefeld, Zöllner, Grenzer, Forstleute. Inzwischen war es restlos dunkel, nun eilte er zwischen den Schienen mit Trippelschritten von Schwelle zu Schwelle nach Süden durch die warme windstille Sommernacht, das Klappern seiner Schuhe auf dem teergetränkten Eichenholz und der helle Schotterklang, wenn er danebentrat. Ein paar hundert Meter nur, und er war in Sicherheit. Einhalten, durchatmen. Das Ziehen und Stechen im linken Fuß, das sich wieder bemerkbar machte und sich mit jeder Minute weiter nach vorne schob, erinnerte ihn an die Kugel, die er ganz am Anfang des Aufeinandertreffens an der Bushaltestelle abbekommen hatte, die anderen lebten noch und schossen ihre Magazine leer. Er setzte den verletzten Fuß auf die Schiene, beugte sich vornüber und fühlte den blutverklebten aufgerissenen Schuh, ein Streifschuß, mehr anscheinend nicht. Gleich fühlte er sich etwas besser, war ihm wohler, zuversichtlich marschierte er auf dem Bahndamm weiter bis Moldau. Von dort nahm ihn am frühen Morgen ein Motorradfahrer, ein ins Sudetenland abgeordneter tschechischer Lehrer, zwei Dörfer weit mit, dann folgten nacheinander ein Milchauto, der Landbus, in dem der Fahrer seine reichsdeutschen Groschen zuließ und annahm, wieder ein Motorrad und zuletzt ein offener Doktorwagen Modell *Topolino*, der alte Arzt mit Spitzbart und Straßenbrille hielt an, er hatte, erzählte er, ein Mädchen mit Blinddarmdurchbruch aus seinem Dorf in das Krankenhaus in Aussig gefahren und war nun auf der Rückfahrt nach Eulau, wo er wohnte und seine Praxis hatte, Tyssa lag nicht an seiner Strecke, freilich fiel der kleine Umweg ab Riegersdorf für ihn nicht ins Gewicht. König sah durch das Seitenfenster des Autos zum ersten Mal in diesem Jahr bewußt den Sommer, die Hitze trocknete die Äcker aus und zog Risse in den Boden. Über den Feldern flirrte und zitterte die glühende Luft, ein Jahrhundertsommer, sagte der Arzt, und König wunderte sich, woher er das Wort hatte, vielleicht mal ein Semester in Berlin studiert. Was ist mit Ihrem Bein, wurde König plötzlich gefragt. Auf freier Strecke, an der Einmündung eines Feldwegs, hielt der Arzt an, zog seinem Mitfahrer den Schuh vom Fuß und verband die Wunde, sieht nach einem Schuß aus, König nickte nur, kein Thema weiter. Vielmehr erzählte sein diskreter Samariter, daß seine kleine Patientin die Tochter eines tschechischen Gendarmen war, der seit einem Jahr in Eulau Dienst tat. Seine Frau und er sprachen im deutschen Umfeld nur Tschechisch, Deutsch konnten sie fast gar nicht, sie trauten ihm, dem angestammten Dorfdoktor, obwohl mit tschechischer Mutter, ebensowenig über den Weg wie seinen umliegenden Kollegen, erst als das Mädchen letzte Nacht über vierzig Fieber hatte, wurde er gerufen, zehn Minuten vor dem Priester und der Himmelfahrtsölung, wie er es nannte, im allerallerletzten Moment also, aber hoffentlich noch rechtzeitig genug, ein Wunder wäre es. Mittags kamen sie in Tyssa an, vor dem *Volkshaus* stieg König aus, wenn das dein Ziel ist, mußt du Genosse sein, sagte der Arzt. König nickte. Na dann sag der Wirtin mal einen schönen Gruß, ich bin der Melnikdoktor, hab mit euch nicht viel im Sinn, bin eher Sozialdemokrat, aber euer Gegner bin ich auch nicht, wenn ihr uns auch als Sozialfaschisten beschimpft. Haben, sagte

König, beschimpft haben, wir leben jetzt in der Volksfrontzeit. Ach ja, sagte Melnik, und sonst gehts dir wohl gut. König sah dem blauschwarzen Auto eine ganze Weile nach, wie es die Straße hinunterzuckelte und dabei weißen Staub aufwirbelte, der es allmählich verschluckte. In Tyssa also war er gelandet. Schon in Pirna hatte König die Instruktion bekommen: wenn du unüberwindliche Schwierigkeiten bekommst, wenn die Verhaftung droht, aber nur dann, darfst du dich über die Grenze in die Tschechei absetzen, dann wende dich nach Eulau oder Tyssa, die *Volkshäuser* dort sind mit uns eng verbunden, in Tyssa noch ein bißchen mehr, Pächterin ist die Elisabeth Morche, die Mutter unserer beiden Genossen Fritz und Helmut Morche. Die läufst du an, und sie leitet dich weiter an einen verläßlichen tschechischen Genossen. Dieses Tyssa, das König am fünften Juli fünfunddreißig auf seiner Flucht erreichte, im Auto des Eulauer Arztes, stellte sich als ein nicht ganz kleines Dorf heraus, fünfzehnhundert, höchstens zweitausend Einwohner. Es lag dicht an der Grenze, von Ost nach West lang hingezogen, gleich hinter den Häusern ragte der gewaltige Südabbruch der Tyssaer Wände drohend in die Höhe, König hatte davon schon in Pirna gehört, das kulissenartig gestaffelte Gewirr von Sandsteinfelsen, Blöcken, Türmen, Riesensäulen, Überhängen und Höhlen umschloß ein nach Nordwesten offenes Kesseltal und bildete ein Labyrinth, in dem ganze Banden, Kompanien, Hundertschaften in Deckung gehen, ja für Tage unauffindbar verschwinden konnten. Ideales Gelände seit Jahrhunderten, um Paschergut zu lagern, zu verstecken, zu horten, Schmugglerzügen gedeckte Anmarschwege und geheime Rastplätze zu bieten, ab dreiunddreißig war es Rückzugsraum im Kampf der Illegalen, die Waffenarsenale der Partei, Maschinengewehre, Karabiner, Pistolen, Munition, Handgranaten und Sprengstoff jede Menge, seit 1918 und verstärkt seit dem Kapp-Putsch landesweit von den *Proletarischen Hundertschaften*, dem *Roten Frontkämpferbund* und dem *M-Apparat* eingelagert und bereitgehalten, in Sachsen im Elbsandsteingebirge, im Tharandter Wald, in den Erzgebirgsforsten und in aufgelassenen entlegenen Bergwerksstollen, waren nach dem Reichstagsbrand, als die Alarmglocken angingen und man den Ernst der Stunde begriff, ausgegraben und innerhalb eines Monats in nächtlichen Zügen, manchmal dreißig, vierzig Mann, außer Landes gebracht worden, nicht zu weit weg, kaum ein paar Kilometer von den Reichsgrenzen entfernt, im Fall von Wirren hatten sie für den Kampf um die Macht zur Hand zu sein, in den Höhlen von Tyssa zum Beispiel. Dort ließen sich auch Druckapparate der einfachen Art regengeschützt deponieren und aufbauen, Flugblätter konnten hergestellt werden, briefbogengroße Anschlagzettel und handliche Plakate von doppelter Größe, die einen steckte man in die Briefkästen von Altenberg, Glashütte, Pirna und Heidenau, die anderen wurden, ebenfalls bei Nacht, auf Häuserwände und Mauern in der Nähe der großen Dresdner Betriebe geklebt, *Seidel & Naumann, Ihagee, Lingner, Sachsenwerk, Jasmatzi, Yenidze*. Freilich empfahlen sich, wie die jüngsten Erfahrungen lehrten, wiederholte Grenzüberschreitungen im gleichen wenn auch noch so günstig gelegenen Abschnitt nicht, da wurden vom Gegner nach dem Kalkül der Wahrscheinlichkeit schnell Fallen gestellt, oft erfolgreich. Daher Paatschhaus und Schneise 31, wechselnde Täler, auch einmal ein alter Wanderpfad über die Höhen und ein Wildwechsel durchs latschenbestandene Moor, sehr weit oder zumindest ein ganzes Stück weg auf alle Fälle von Tyssa und den Wänden. Zum *Volkshaus* des Dorfes soviel: es war 1928 auf der Brandruine eines Gasthofs, ehedem im Besitz der örtlichen Grundherrschaft, errichtet worden, im Baustil der Neuen Sachlichkeit, ein repräsentatives Gebäude aus getreppten Bauhausquadern, mit pompöser strenger Front, ausgeführt im Auftrag und auf Rechnung der sudetendeutschen Sozialdemokratie, mit Geld aus staatlichen Töpfen, denn die Deutsche sozialdemokratische Arbeiterpartei goutierte den Tschechenstaat und durfte ab neunundzwanzig einen Minister in die Prager Regierung schicken, der auch im Amt blieb, als die Randgebiete von den Folgen der

Weltwirtschaftskrise besonders hart getroffen wurden, was zu deutlichen Stimmverlusten der DSAP führte, die Henlein-Bewegung bekam 1935 zwei Drittel der deutschen Stimmen, für die Sozialdemokraten blieben nicht ganz sieben Prozent. Das *Volkshaus* besaß einen großen Saal mit Bühne und umlaufenden Galerien, eine Kantine und Übernachtungsmöglichkeiten für fünfunddreißig Gäste. Hier ging, von der Wirtin Morche bemuttert, vor Anker, wer sich nördlich der Grenze nicht hatte halten können, meist war eine erste Verhaftung und Verschleppung in ein Lager im ersten Halbjahr dreiunddreißig erfolgt, fast alle so Sistierten kamen, bis auf die Häuptlinge wie Thälmann und Schneller, wieder frei, blieben aber unter Beobachtung, wer das nicht ertrug, machte besser, daß er fortkam. Nie beherbergte das *Volkshaus* weniger als zehn Emigranten, oft zwanzig, manchmal sogar über dreißig, wovon die lebten, wie sie den Tag verbrachten, keine Ahnung, höchstens ein Zehntel des Dorfes, wenn überhaupt, stand auf ihrer Seite, hielt zu ihnen, sie wurden vielfach beobachtet, das Aus und Ein des *Volkshauses* war von Interesse, sogar Fotos der KPDler wurden geschossen, vom Haus gegenüber, einer Buchhandlung, und die Ergebnisse solcher Beobachtungen gelangten fast immer nach Dresden, einmal fanden sich Fahndungsfotos auf reichsdeutschen Steckbriefen, im Hintergrund der Aufnahmen waren Details der Fassade des *Volkshauses* zu erkennen. War auf diese Überwachung und Ausspähung vielleicht der Hinterhalt an der Schneise 31 zurückzuführen, fragten sich alle, die König im *Volkshaus* antraf, die er, von Mutter Morche eingeführt, begrüßte und mit seinem Bericht ins Bild setzte, aber genaugenommen, was hatte er denn da oben am Kahleberg groß gesehen, in den paar Atemzügen, der halben Minute, den paar eigenen Schüssen, die seine Flucht begleiteten, ich mußte mir den Weg freiballern, anders wäre ich mit dem Leben nicht davongekommen. Verrat, war sogleich die felsenfeste Überzeugung aller, denn der Zufall mußte ausgeschlossen werden, die Partei leichtfertig, auf keinen Fall, unmöglich. Über diesem

Hinundhergerede vergingen der Nachmittag, der Abend, ein Teil der Nacht, erst am nächsten Mittag brachte ein Fräulein vom Amt aus der Tetschener Telefonvermittlung, das dienstfrei hatte und seine Eltern in Tyssa, Stammgäste im *Volkshaus*, besuchte, mit, was es nach dem Einstöpseln seines Kopfhörers in die Buchsen der offenen Leitung aufgeschnappt hatte: Schießerei im Wald bei Altenberg, Dreiergruppe von Schmugglern, zufällig von einer Grenzstreife entdeckt und angerufen, schossen sofort, alle erledigt, hart, aber gerecht. Im *Volkshaus* wußte man, was die Glocke geschlagen hatte, man brauchte nur zusammenzuzählen: die drei Dauergäste, abgängig seit dem vierten Juli in der Frühe, Königs Bericht und das vom Telefonfräulein Erlauschte. Nun wurden auch zum ersten Mal die Klarnamen, allein Mutter Morche kannte sie, genannt, wenn vom Sterben der Genossen geredet und ihr Tod durch Faschistenkugeln eingebaut werden sollte in die Propaganda, mußten die Leute entgegen der Praxis im Untergrund sehr wohl beim echten Namen genannt werden, Walter Richter, Deckname Riwa, Max Niklas, von den Genossen Oswin genannt, und Arthur Thiermann, der alte Trompeter. In der Frühe des vierten Juli hatte der Friseur Löbel aus Eulau, Gründungsmitglied der KPČ, die Dreiergruppe mit seinem Auto abgeholt, nachdem noch vor dem Frühstück vom alten Trompeter die Schießeisen, eins für jeden, aus den *Wänden* geholt worden waren, nur er kannte das aktuelle Versteck. Löbel fuhr die drei und ihre Rucksäcke an Teplitz vorbei zur großen Straße, die über den Kamm nach Altenberg ging und sich jenseits als Reichsstraße 170 fortsetzte. In der Serpentine bei der Seegrundmühle ließ er sie aus dem Auto, fuhr noch ein Stück bergauf und rollte dann wieder zurück. Im Vorbeifahren sah er, wie die Männer im Hochwald verschwanden, Richtung Kahleberg. Ein anstrengender Weg lag vor ihnen, steil ansteigend, zweieinhalb Stunden lang. War man oben, hieß es über die Grenze mit den kniehohen weißen Markierungssteinen huschen, Georgenfeld umgehen, die Beerensucher, die Holzsammler, die gerade im Sommer die Kusselhänge unsicher machten, gebückt, hockend, schwer zu sehen, auf der Schneise 31 zielstrebig und ungesäumt nach Norden streben, jederzeit konnte man den Jungen von der HJ begegnen, die viel mit dem Fahrrad unterwegs waren, wie der Blitz radelten die womöglich nach Altenberg, zur Zolldienststelle oder zum Ortsgruppenleiter. Die Vorsicht aber, die allemal geboten war, nutzte nichts mehr bei dem, was unten an der Schellerhauer Straße folgte. Das Zusammentreffen der Dreiergruppe mit den beiden gegensätzlichen Begrüßungskomitees, die Schießerei am hellen Nachmittag, der Tod der drei, Königs Flucht, Wehefritz' und Grottenolms Rückkehr in die *Grenzbaude* und der Abtransport der Leichen nach Dresden, in das Krematorium Tolkewitz, am nächsten Morgen wurden sie nach Leipzig überführt und der Anatomie in der Liebigstraße übergeben, Anfang Dezember dreiundvierzig plattgemacht. Vorige Woche, fügte Schlingeschön an dieser Stelle, den Strang seines Berichtes für Vater unterbrechend, noch an, bin ich auf dem Weg vom Bayrischen Bahnhof in die Oststadt dort vorbeigekommen, trostlos, nur Unkraut, Schutt und Ratten. Aber wem sage ich das. Wenn ich es mir genau überlege, haben Sie denn nicht in Leipzig studiert, Herr Doktor. Vielleicht, daß Sie seinerzeit das Messer an einen der Männer gelegt haben, wäre zwar ein halbes Wunder, aber restlos ausgeschlossen ist es doch wohl nicht. So ganz unrecht haben Sie vielleicht wirklich nicht, gab Vater zurück, lassen Sie mich mal überlegen, fünfunddreißig, sagen Sie, da war ich achtundzwanzig, am Anfang des Wintersemesters, ja, da vertrat ich tatsächlich zwei, zweieinhalb Monate auf dem Sektionssaal einen Assistenten, der sich bei einem Bergunfall, mißglückte Besteigung der *Barbarine* in der Sächsischen Schweiz, den Oberschenkel gebrochen hatte, ich war schon mit meiner jetzigen Frau liiert und konnte jede müde Mark gebrauchen. Wenn ich das, was Sie erzählt haben, jetzt auf mich richtig wirken lasse, taucht ganz weit hinten etwas auf, das danach aussieht, als hätte ich in den Vertretungswochen mit mindestens einem Erschossenen zu tun gehabt, nicht Mord, nicht Selbstmord, sondern Feuergefecht mit der Polizei, im Erzgebirge, Kommunisten, wußte der Saaldiener, woher auch immer, zwei Beamte verletzt, unser Mann Einschüsse in die Stirn, kleines aber markantes Loch, und in die rechte Achselhöhle, Austritt des zweiten Geschosses in der Herzgegend, die linke Brust aufgerissen, halb zerfetzt, sah nach Infanteriegeschoß aus, ich ließ an der Leiche Suche und Darstellung des Schußkanals unter erschwerten Bedingungen üben, eine Fähigkeit, die vier Jahre später jeden Verbandsplatz- und Lazarettchirurgen zierte, die Scharfschützen der anderen Seite, Frauen oft, mit unendlicher, echt weiblicher Geduld, hielten böse Ernte. Einen kleinen mageren Mann sehe ich vor mir in der Zinkmulde liegen, nicht sehr deutlich, mausetot auf alle Fälle, mir ist so, als hätte er den sozusagen bescheidenen Rundschädel der Sorben gehabt, eine kahle feinpolierte weiße Kugel gewissermaßen, die in deutlichem Gegensatz etwa zum großen rotangelaufenen Fleischkopf der Westfalen und Hannoveraner unter meinen Kommilitonen stand, dünne Knochen hatte er, dieser tödlich Getroffene, kaum Muskeln, kein Fett, eine Haut wie Papier, wenn das Skalpell sie auftrennte, knisterte und raschelte sie, wie ich es beim Präparieren noch nie gehört hatte. Darüber hinaus ließ das Schneiden und Säbeln im toten blutleeren Fleisch des Angelieferten, der zum Anatomiekadaver geworden war, in mir so etwas wie die Erkenntnis aufdämmern, daß es noch mehr gab als Familie, Studium, Freundin, die geliebten Bücher und den heimatlichen Jungmännerverein *Frohburgia*, etwas, das ich nicht beeinflussen, gegen das ich mich nicht wehren konnte, undurchschaubare, oft auch verdeckte, unsichtbare, geheimgehaltene Vorgänge, um mich herum und erst recht weit weg von mir, eingefärbt von Neid, Rechthaberei, Haß, Vernichtungswillen, Sehnsucht nach Krieg, Kalkül mit ihm, was habe ich seit dem Präparierkurs, von dem wir hier reden, nicht alles erlebt und gleich wieder vergessen, an die Leiche aber kann ich mich immer besser erinnern, von einem Infanteriegeschoß, das sich aufgepilzt, dann zerlegt hatte, war der Getroffene von Fragmenten in fünf Richtungen zerrissen worden, viel gab es vor allem im Oberkörper nicht mehr, was sich zu Lehrzwecken anatomisch darstellen ließ, ich weiß noch, wie der Tote gleich zu Beginn unter meiner Aufsicht innerhalb einer Stunde aufgeteilt und zerstückelt wurde, das eine Präparatorenquartett bekommt die linke Hand, das andere einen Fuß, den Glutaeus arbeitet ihr heraus, und der Prostata widmet ihr am Fenster euch. Dort, am Fenster, arbeitete die beste Gruppe, drei Frauen, damals noch einigermaßen seltene Erscheinungen auf dem Seziersaal, wie ich wußte, und die Prostata war mein Spezialgebiet für die Doktorarbeit, an der ich schon saß. Und so fort die Verteilung der weiteren Einzelteile auf fünfundzwanzig, dreißig Arbeitsgruppen, bis alle etwas hatten. Auf diese Weise bekam der arme Pechvogel von der Grenze doch noch höhere Weihen, indem er, wenn auch unfreiwillig, der akademischen Lehre diente, lieber Freund Schlingeschön. Hab ichs doch gewußt, trumpfte Vaters Gast auf. Das muß der Arthur Thiermann gewesen sein, den Ihre Studenten so nachdrücklich bearbeitet haben. Wie kommen Sie darauf, wollte Vater wissen, woher kennen Sie den Namen. Schlingeschön klärte ihn auf: Der Wehefritz hat mir, als er bei uns in Johanngeorgenstadt wohnte, nach unserem Gang nach Bockau eine Nummer der *Arbeiter-Illustrierten-Zeitung* aus dem Jahr fünfunddreißig gezeigt, die er hütete wie seinen Augapfel, die drei Erschossenen waren abgebildet, unter der Überschrift Proletarische Helden, ich weiß noch ganz genau, daß der Thiermann voll und ganz Ihrer Beschreibung entsprach. Und wie ging es nun weiter mit Ihrem Wehefritz, fragte Vater, denn von ihm und nicht vom Thiermann wollten Sie doch schon gesternnacht zu Ende erzählen. Wollte ich auch, aber was kann ich dafür, wenn mir zu seiner Geschichte immer neue Seitentriebe und Schleifen einfallen, wenn die mich förmlich überrumpeln, auf neue Fährten locken, bis ich in Gefahr bin, den Faden zu verlieren, da ist alles aneinandergebunden, ineinandergestrickt, in eins verwoben, wo anfangen, wo aufhören, ohne die Sache zurechtzubiegen, abzukappen, zu beschädigen oder zur Schwindelei zu machen. Da haben Sie recht, stimmte Vater zu, das ist die große Frage. In einen trübe vorbeifließenden Bach kann jeder mutig greifen und versuchen, einen Fisch herauszuschnappen, dazu gehört nicht viel. Geht es gut, dann hat man was in der Hand, wenn der Fang vielleicht auch glitschig ist, richtig zupacken, das ist im Grunde die ganze Kunst. Aber aus dem unendlich breiten Strom der Ereignisse Einzelnes herauszulösen und mit Worten nachzuzeichnen und weiterzugeben, das ist kinderleicht nur dann, wenn man zu kurz zielt, Sie aber werfen ziemlich weit, wenn ich das sagen darf, lieber Schlingeschön. Dann kann der Ball auch mal im Gebüsch neben dem Spielfeld landen. Wie es dann weitergeht, das ist die spannende Frage, mal sehen, was Sie zu bieten haben. Weiter gehts mit einer Bestandsaufnahme, sagte Schlingeschön, der flüchtige König in Tyssa in Sicherheit, der bleiche ausgeblutete Rundschädel in der Anatomie in Leipzig und Wehefritz noch immer oder wieder in der *Grenzbaude*, wohlversorgt, mit dem Tischnachbarn Grottenolm an seiner Seite, wie gehabt. So war das heftig ausschlagende Pendel im Guten wie im Bösen wieder zur Ruhe gekommen, hätte man denken können. Dem war aber nicht so, wie mir Wehefritz zwei Jahre nach dem Krieg, als wir ihn bei uns aufnahmen, im Rahmen seiner Lebensbeichte steckte. Die neue Unruhe, der neue Unheilknoten hing mit ihm zusammen. Aber bevor er darauf zu sprechen kam, handelte er die Leute ab, die sich um das Volkshaus in Tyssa und die Schießerei an der Schneise gruppiert hatten. Da war zum Beispiel Grottenolm. In den ersten Maitagen 1945, kurz vor Keitels Kapitulation und dem Einmarsch der Russen ins ausradierte Dresden, floh er mit seinem Chef Mutschmann erst in das Jagdschloß des Gauleiters in Grillenburg hinter dem Tharandter Wald, dann, den Spitzen der vorwärtsmarschierenden Russen immer weiter nach Westen ausweichend, in die Wälder zwischen Oberwiesenthal und Rittersgrün, die sich im Schatten des Fichtelbergs Kilometer um Kilometer erstreckten, hinter der Waldarbeitersiedlung Tellerhäuser hatte Mutschmann in der

Nähe des Pfahlmoors eine gutversteckte Jagdhütte, dort verbrachten die Flüchtlinge zehn Tage, von einem Bauern vom oberen Tellerhäuser Südhang, dem Hüttenverwalter, unauffällig, aber doch bemerkt mit dem Nötigsten versorgt und auch mit Nachrichten, vor allem über die tschechischen Jugendbanden, die nicht nur allnächtlich wie im März und April, sondern inzwischen auch am Tag über die Grenze kamen, bunt bewaffnet, mit Hieb- und Stichgerät so gut wie mit Maschinenpistolen, unberechenbar, warten Sie lieber, bis die Russen kommen, das ist sicherer, riet der Bauer, und tatsächlich blieben Mutschmann und der Grottenolm in ihrem Schlupfwinkel, bis aus dem noch nicht von der Roten Armee besetzten Annaberg am 16. Mai ein Trupp bewaffneter Kommunisten und sonstiger Umbruchgrößen auf einem Laster vor der Jagdhütte vorfuhr und Mutschmann und den Grottenolm aufsteigen ließ. Über Zwischenstationen landeten die beiden im Nirgendwo, nur bösartige Antikommunisten behaupteten bald, daß sie in Moskau heimlich erschossen wurden, aber, sagte Schlingeschön, wahrscheinlich war es wirklich so. Die schlimmsten Unterstellungen trafen nicht selten, ja meistens zu. Was man an Folgendem sehen kann. Mit Rußland hatten auch Mutter Morche und ihr jüngerer Sohn Helmut zu tun, auf ureigenen Wunsch, möchte ich sagen. Beide flüchteten nach dem Anschluß des Sudetenlandes von Tyssa nach Prag und wurden von dort als etwas wertvollere Parteimitglieder, die Resttschechei war wackelig und stand offensichtlich auf der Berliner Liquidierungsliste, in die Sowjetunion weitergeleitet. Dort gab es seit sechsunddreißig Denunziationsversammlungen, große Prozesse, taktmäßige Erschießungen, das Schicksal, will ich sagen, sperrte seinen Rachen auf, aber Mutter und Sohn Morche waren ahnungslos und hätten auch eingeweiht keinen Spielraum, keine andere Möglichkeit gehabt, für einfache Genossen kamen Paris oder die Cote d'Azur nicht infrage, das war etwas für fortschrittliche Schriftsteller und ihren Verleger Münzenberg. Morches hatten es schon für ein großes Glück zu halten, daß sie nicht zum Untergrundkampf ins Reich zurückgeschickt wurden, um sich in die fast ausnahmslos von der Gestapo und ihren Spitzeln unterwanderten Gruppen einzuordnen. Im Vaterland aller Werktätigen wurden sie im Gegensatz zu den Emigranten der ersten Stunde alles andere als verwöhnt, das werden Sie sich denken können, die Zeiten waren dabei, sich umzuwenden, man fing schon vage an, sich einen Pakt mit Hitler vorzustellen. Immerhin gab es für beide vier Wochen Erholungskur in einem Heim im Datschengürtel von Moskau, als Genossin Waltraud und Genosse Willi, genau wußten sie nicht, wo sie eigentlich waren, es gab keine Karten, kein vertrauteres Gespräch mit dem Personal über Details, sie wurden gut behandelt, vom Widerstand erschöpfte deutsche Genossen, war die Einstellung auf unterer Ebene, das tat ihnen gut und traf ja auch zu. Kaum war die Kur zu Ende, mußte Elisabeth Morche von einem Tag auf den anderen mit ihren zwanzig Wörtern Russisch im *Awto Sawod imeni Stalina*, abgekürzt SIS, in der Riesenkantine arbeiten, erst beim Napfauswaschen, dann an den Eintopfkübeln, im Dreischichtbetrieb. Ihr Sohn Helmut hatte es besser, er konnte im Zentrum Moskaus bleiben und wurde auserkoren als Garagenarbeiter, Handlanger und Vertreter eines Kominternchauffeurs, das ließ sich als Anerkennung seines bedingungslosen Einsatzes als Parteikurier in den ersten Monaten nach der Machtergreifung verstehen, als er vor allem nach dem Reichstagsbrand kreuz und quer durch Deutschland unterwegs war, per Bahn, mit Winken am Straßenrand, auf dem Fahrrad oder zu Fuß, und versuchte, aus der Sicht geratene, verlorengegangene Ortsgruppen und Betriebszellen an die untergetauchte Führung wiederanzubinden. Mit der Mutter bei SIS hatte er wenig Kontakt. Ende neununddreißig wurde ihm bewußt, daß er sechs Monate nichts von ihr gehört hatte. Eines Sonntags fuhr er mit dem Fahrrad seines Chefs an den südlichen Stadtrand. Er kam nicht auf das Werksgelände, die Pförtner stellten sich taub, auch von den Arbeitern, die bei Schichtwechsel aus der Einfahrt quollen, wollte niemand die alte Kantinenfrau mit dem komischen Akzent kennen, in der Baracke, in der er sie zuletzt besucht hatte, lebten Leute, die er nicht kannte, die ihn nicht kannten, eine alte Deutsche, *njet*, nie gesehen, nicht gehört von ihr. Er strampelte zurück ins Zentrum, nicht dran rühren. Das Gefühl, etwas grundsätzlich falsch gemacht zu haben, mit einer Bringeschuld belastet zu sein, hielt jahrelang an und brachte ihn dazu, sich im zweiten Jahr des Großen Vaterländischen Krieges als Fallschirmagent zu melden, im November vierundvierzig sprang er, geschult im Morsealphabet, geübt im Handfeuerwaffengebrauch und mit vier Probesprüngen fitgemacht, mit fünf anderen Emigranten, vier Männern, einer Frau von zirka dreißig Jahren, nur Vornamen, Irene, Sepp, höchstens mal den Ort genannt, Bochum, Wismar, in dem sie aufgewachsen waren, und einem kirgisischen GRU-Mann, der sich Sobak, Hund, nennen ließ, über Ostböhmen ab, die Siebenergruppe wurde beim Niedergehen, es war Vollmond, wolkenloser Himmel, die Flugzeugmotoren brummten zehn Minuten über dem Tal, beobachtet und nach der Landung gezielt gejagt, sechs Tote, darunter Morche und die Frau, die schrill aufschrie, als sie getroffen wurde, nur der Kirgise fiel der Jagdgesellschaft lebend in die Hände, er hatte sich nicht verkrochen wie die anderen und aus dem Versteck gefeuert, sondern war der Suchmannschaft auf offenem Feld mit erhobenen Armen entgegengegangen, zwei Jährchen waren gerettet, wie es nach fünfundvierzig weiterging, wer weiß. Oder vielmehr: nur zu gut bekannt. Der Dritte der Morches, Fritz, Elisabeths ältester Sohn, wurde noch vor Hachas Einknicken in Berlin von der Exilpartei in Paris angefordert und gelangte mit Zustimmung der Leitung im Frühjahr 1940 während des Sitzkrieges nach London, dort lief er den rührigen Kuczynski an, den Bruder von Ruth Werner von der GRU, der in England wie seine Schwester in der Schweiz Resident und Agentenführer der gleichen Organisation war und als solcher wühlte und spionierte, immer zum Dank dafür, daß ihm, dem Juden, das Gastland das Leben gerettet hatte, aber der wahre Kommunist kennt nun mal, wenn überhaupt, nur ein

Vaterland und einen Gott, und beide waren in eins dort angesiedelt, wo seinesgleichen reihenweise ins Jenseits befördert wurden, unter vielen anderen auch die alte Morche, als Kommunist hast du im heißgeliebten Reich fast noch gefährdeter gelebt als im gehaßten. Unklar war, wie und warum der Sohn Fritz Morche vier Jahre nach seiner Ankunft auf der Insel in die Reihen der tschechischen Brigade geriet und am 23. Juni vierundvierzig, einen Tag nach dem Beginn der Invasion, bei Dünkirchen französischen Boden betrat, nach den ersten fünfzig Metern stolperte, der Länge lang hinfiel und in aller Ruhe und Genauigkeit abgeschossen wurde. Das sagt sich so leicht, Herr Doktor, als ginge mir das nicht nahe, aber ich denke, das erlebt sich auch leicht, das Stichwort für uns fällt, wir hasten auf die Bühne, atemlos, noch nicht an die neue Szene gewöhnt, und sofort: aus. Das in etwa waren die Leute, sagte Schlingeschön, von denen ich Ihnen erzählen wollte, bevor ich auf Wehefritz zu sprechen komme. Nur noch König fehlt, der von der Schneise 31 nach Tyssa geflüchtete junge Mann, Sie erinnern sich. Fragen Sie mich jetzt nicht, wie er die Angliederung des Sudetenlandes und die Liquidierung der restlichen Tschechei überstand, Wehefritz vermutete, er habe spätestens siebenunddreißig, vielleicht schon zwei Jahre früher seine Fühler ausgestreckt und der Geheimen Staatspolizei, ein angeheirateter Großcousin stellte möglicherweise die erste Verbindung her, seine Dienste angeboten. Zu welchem Preis, mit welchem Nutzen, Genaues ist nicht bekannt, der ganze diesbezügliche Aktenniederschlag, wenn er überhaupt über drei, vier Bögen hinausging, ist im Februar fünfundvierzig in Elbflorenz verbrannt. Geheimnisvoll war und ist bis heute, wie es dazu kam, daß König nach diesem vermuteten Zuträgerzwischenspiel, nunmehr mit Papieren auf den Namen Karl Sneevall versehen, am 22. Juli 1940 auf einem schwedischen Holzfrachter nach Hamburg kam. Aufgrund einer Denunziation, die in Stockholm an die deutsche Botschaft gelangt und weitergegeben worden war, pflichtgemäß, so die Entschuldigung der späteren Zeit, wurde er, bevor er den nächsten Zug ins Ruhrgebiet nehmen konnte, verhaftet und ohne Anklage und Urteil, wir wissen doch, was wir voneinander zu halten haben, Herr Sneevall-König, gell, nach Mauthausen gebracht. Unter den Häftlingen galt er als von Moskau abgesandt, mit Weisungen von Dimitroff, dem Reichsgerichtshelden und Vertrauten Stalins in Kominternangelegenheiten, was zur Folge hatte, daß er innerhalb eines knappen Tages, von der Einlieferung am Vormittag bis zur Ausgabe des Abendessens, Blockschreiber wurde und nach zwei Jahren in der geheimen Lagerleitung, bei der alle, aber auch wirklich alle Fäden unterhalb der ss zusammenliefen, die zweite Geige spielte, nur einem ehemaligen Leibwächter und Sekretär Wilhelm Piecks nachgeordnet, einem hellwachen Frettchen, verschlagen und mit allen Wassern gewaschen. Woher wollen Sie das alles wissen, meldete Vater seine Skepsis an. Sie dürfen nicht vergessen, daß wir viele Jahre im allerinnersten *Wismut*gebiet gelebt haben, einem Dampfkessel mit Überdruck, gleich nach Kriegsende fing das an, daß Männer aus allen Gegenden Deutschlands, Österreichs, des Sudetenlandes und der Donaugebiete sich bei uns zusammenballten, Krethi und Plethi, Lagerinsassen und Bewacher, Sklaven und Sklavenhalter, der Schütze Arsch und der Oberst, alles, alles, was man sich denken kann, da wurde viel gewußt, da gab es viel zu hören, die Saufnächte waren endlos lang, der Alkoholpegel mußte nur hoch genug sein, dann brachen die Dämme, breit und immer breiter, was kam da nicht alles zum Vorschein, vieles, das meiste wurde herausgespült, Sie bekamen tausendmal mehr mit als jede Bettgenossin, jeder Beichtvater und jeder Vernehmer. Was an Aufklärung noch dazukam, verdankten sie dem befreiten König selbst. Eines Tages nämlich hat ihn Wehefritz, er war gerade bei uns eingezogen, vom Fenster unserer Küche aus gesehen, zu seinem großen Schreck, den *Leibhaftigen*, wie er mit dem örtlichen Russenchef vom *Deutschen Haus* vorbeiging, auf der anderen Straßenseite, im Schlepptau einen eifrig durcheinanderwirbelnden Pulk von Uniformierten und Zivilisten, großer Aufzug, kam höchstens einmal im Monat vor, wenn die Planerfüllung der Objekte bekräftigt und gefeiert wurde. Gesehen und wiedererkannt. Und mich ans Fenster gerufen und mir gezeigt, komm schnell, guck mal, der fette Kerl neben dem *Wismut*oberst, siehst du den großen Leberfleck vor dem rechten Ohr, unter tausend erkenne ich den seltenen Vogel wieder, rief er, warum ist der hier. Ja, was wollte denn der Oberst von dem Deutschen, mit dem er den Rundgang machte wie ein General, der das Schlachtfeld besichtigt und einem annähernd, aber nicht ganz gleichgestellten Besucher zeigt, wie es gemacht werden muß, fragten wir nicht nur uns, sondern fragten wir auch in der Stadt herum, ohne Ergebnis, bis uns am Abend unsere Mitbewohnerin aus dem Hinterhaus, die in der örtlichen *Wismut*zentrale gegenüber dem Bahnhof als Schreibkraft arbeitete, ins Bild setzte, es handelte sich um einen neuen Mitarbeiter des SED-Gebietsparteisekretärs der *Wismut*, mutmaßlich seinen Stellvertreter, zuständig offensichtlich für Gegneraufspürung, Ermittlung, Abwehr, bisher Leiter einer geheimen unbenannten Parteischule für Sicherheit nordöstlich von Berlin, nun eingesetzt im Zentrum der sowjetischen Interessen, er war von den Russen aus aktuellem Anlaß, hörten wir, nach Johanngeorgenstadt zitiert worden, weil die Posten auf den Schächten innerhalb einer Woche bei zwei ausgefahrenen Häuern strahlende Erzstücke, faustgroß, zur Abschirmung in ausgewalztes Blei gewickelt, gefunden hatten, von denen vermutet wurde, sie seien für die Weiterleitung nach Westberlin bestimmt, in die Agenturen der imperialistischen Kriegshetzer, wie man formulierte. Bei der Einbestellung, der Beiziehung Sneevalls, der jetzt, wie wir weiter hörten, wieder schlicht und einfach König hieß und der, erzählte die Sekretärin außerdem, fließend Russisch sprach, wunderbarerweise, ging es nicht nur um die mangelnde Überwachung im Schacht, auch nicht allein um das Schicksal der wagemutigen Ertappten, die saßen ohnehin in Zwickau in Isolierhaft oder waren schon auf dem Transport nach Moskau, wo sie nach ein paar Monaten todsicher der geheime Erschießungskeller empfing, Thema war ein viel schwierigeres Kunststück als die Abschottung der *Wismut*, nämlich die allmähliche Qualifizierung und ideologische Einbindung der *Wismut*leute, aus dem zusammengeschobenen zusammengetrommelten Haufen sollte eine eingeschworene Gemeinschaft werden, ich bin Bergmann, wer ist mehr, zitierte auf deutsch der Russe, der dem verbündeten Befehlsempfänger entgegenkommen wollte, wir müssen besondere Uniformen ausgeben, schwarz, mit silbernen Litzen, wir müssen besondere Orden verteilen, für alles und jedes, besondere Läden müssen wir aufmachen, *Arrbeit bei uns Auszeichnung, muß besonderrs sein, dann Kontroll nicht ieberflissig, aber nicht merr sso wichtig.* Kaum hatte Wehefritz seinen alten Bekannten König entdeckt, kaum hatte er ihn wiedererkannt, was für ein übler Schicksalsstreich, da zitterte er Tag und Nacht vor einer Begegnung Auge in Auge, warum genau, hat er mir nicht gleich erzählt, nur dem nicht in die Hände fallen, sagte er, der macht mich zu Mus. Doch das passierte schon deshalb nicht, weil König nicht noch einmal in Johanngeorgenstadt gesehen wurde. Den Grund dafür sollten wir nie erfahren. War auch nicht anzunehmen, die Angelegenheiten der Nomenklatura waren immer das allergrößte Geheimnis der Partei. Wochenlang hatte Wehefritz Angst, König könnte zufällig auf ihn stoßen, hinter der nächsten Hausecke sozusagen. Die Ungewißheit führte dazu, daß er mir eines Tages die Fortsetzung seines Abenteuers in der Schneise 31 anvertraute, die schlimmen Folgen, die es für ihn hatte, beinahe wäre er deshalb um die Ecke gebracht worden. Wie gesagt, hatte er sich, wohl Ende zweiunddreißig, bei den Dresdner Kommunisten unter dem Namen Gerhard Berthold eingeführt. Als solcher war er auch bei der Schleusung Hagers aufgetreten. König hatte diesen Namen nicht vergessen, er hatte ihn von der Schneise 31 nach Tyssa mitgenommen und dort, im Volkshaus, förmlich ausgespuckt. Niemand anderes als dieses Schwein Berthold ist der Verräter, dem wir den tödlichen Hinterhalt zu verdanken haben. Sagte und eiferte und schäumte König. Obwohl er es eingedenk der eigenen Kontakte besser wissen mußte, besser wußte. Er hatte aber auch nicht restlos unrecht, wenn man das Doppelspiel bedenkt, das Wehefritz betrieb, Zweigleisigkeit lag in der Luft der Zeit. Den Verrat auf sich beruhen lassen, das geht auf keinen Fall, war die allgemeine Einstellung im Volkshaus, schon um die Kampfgefährten zuhause vor dem Spitzel und Provokateur zu warnen. Drei Genossen, an der Spitze König als Wortführer und Augenzeuge, weiter Fritz und Helmut Morche, wurden nach Prag geschickt, zur Redaktion der *Arbeiter-Illustrierten-Zeitung*, die jetzt in der Goldenen Stadt an der Moldau erschien, sie überbrachten zwei in langen Nächten unter Mithilfe aller *Volkshaus*bewohner und einiger ausgesuchter Stammgäste niedergeschriebene Artikel und drei Fotos der an der Schneise 31 Erschossenen, Max Niklas, früher Annaberg, Walter Richter aus Dohma und Arthur Thiermann, ehemals Pirna. Zur Abrundung der Extraseite mit den Überschriften *Proletarische Helden* und *Drei von den Opfern* wurde eine Aufnahme der Stelle benötigt, an der die Schneise 31 die Straße nach Schellerhau kreuzte. Man schickte zwei als Pfadfinder auf Fahrt verkleidete fünfzehn-, sechzehnjährige Tyssaer Jungen los, beide lernten in Komotau in einer Drogerie mit Fotoabteilung, ausgestattet mit einer Box von Agfa, machten sie sich auf die tagelange Wanderung und brachten nach einer knappen Woche die Box mit nunmehr vollem Film zurück. Die Negative sechs mal neun wurden in letzter Minute vor dem Rauskommen der AIZ in Prag entwickelt, die Redaktion entschied sich für das Foto eines Straßenrandes, im Mittelgrund hufthoher Kusselwald, dahinter Fichtengruppen, eine Schonung. War das wirklich der Ort der Schießerei, fragte einer der Redakteure, der jüngste, keine fünfundzwanzig Jahre alt, er war schon einmal des Abweichlertums bezichtigt worden, weil er sich bereits Ende dreiunddreißig gegen die Kampfparole *SPD gleich Sozialfaschisten* gewendet und in Redaktionskonferenzen nur halbgebremst eine Volksfront, von Moskau erst zwei volle Jahre später auf das Programm gesetzt, vorschnell befürwortet hatte. Sollten die beiden Jungen, fragte er weiter, nicht vielleicht den mühsamen Weg auf den Kamm gescheut und außer Sichtweite, wenn man so will, jedenfalls ein paar Kilometer von Tyssa entfernt, möglicherweise in den *Wänden*, ihr Zelt aufgeschlagen haben. Leg Jungen in dem Alter mal ein paar Nächte oder auch nur eine Nacht zusammen in ein Zelt, dann wirst du sehen, was in vielen, in den meisten, in fast allen Fällen passiert an Fummelei und Abgreiferei bis zur Entladung. Na also, dann können sie doch eine Verschnaufpause, ein paar Erholungsstunden genutzt und den erstbesten Straßenrand mit Waldhintergrund geknipst haben. Ist doch so was von egal, sagte der Schriftleiter, bei unseren Bildern kommt es weiß Gott am allerwenigsten darauf an, woher sie stammen und was sie tatsächlich wiedergeben. Wichtig ist allein, was unsere Leser auf ihnen sehen. Daß sie, was sie sehen sollen, auch sehen wollen und dann wirklich sehen, dafür sorgen wir mit den Texten, die darunterstehen. Und damit fangen wir gleich an, liebe Leute. Bei uns kommen die drei Opfer der braunen Meute nicht mehr aus Tyssa, also aus dem Ausland, sondern aus Pirna, mitten aus dem deutschen antifaschistischen Widerstand, das macht sich allemal besser und gibt der Arbeiterschaft im Reich die Botschaft, daß wir Kommunisten noch da und, ganz wichtig, nach wie vor am Kämpfen sind. Kein Taubenzüchten, Biertrinken, Kartenspielen und heimliches Schimpfen, wie jetzt immer behauptet wird, sondern Politarbeit, bedingungslos konsequent, immer mit der Waffe in der Hosentasche. Für unsere Ausgabe am 1. August habe ich folgendes geschrieben und schon setzen lassen: *Am 6. Juli kamen vier deutsche Antifaschisten über die böhmisch-sächsische Grenze, um antifaschistisches Agitationsmaterial abzuholen, das sie nach Deutschland schaffen wollten. Beim Rückmarsch stießen sie auf sächsischem Boden, hinter Zinnwald, in der Nähe von Annaberg, auf braune Grenzpolizei, die sofort zu schießen begann. Ein regelrechtes Gefecht begann. Zwei der Antifaschisten wurden tödlich getroffen, zwei versuchten zu fliehen. Einem gelang die Flucht, obwohl die Grenze von Polizei besetzt war. Der vierte wurde schwer verletzt, sprang in einen Graben und verteidigte sich bis zum letzten Schuß Munition. Dann wurden er und seine Kameraden, die dem Tode schon näher waren als dem Leben, von der Gestapo zu Tode geschlagen.* Aber hör doch mal, unterbrach ihn der Jungredakteur, ich habe eben gesehen, daß auf dem Druckklischee mit den Fotos der drei Opfer der 4. Juli als Todestag steht. Und du nennst jetzt im Text den sechsten, das geht doch nicht zusammen. Außerdem legst du Zinnwald in die Nähe von Annaberg, ich denke, du stammst aus Zwickau, da müßtest du es doch besser wissen. Zu spät, das können wir nicht mehr ändern, sagte der Chefredakteur, das kostet viel zu viel Geld, hör dir lieber meinen Schluß an, in Stakkato, das ist am wirkungsvollsten. *Drei Helden waren tot. Von einer Übermacht zur Strecke gebracht. 38 Mann Grenzpolizei und zwölf Mann Gestapo. 50 Mann im ganzen. Zwei Stunden hatten sie gegen die vier Antifaschisten gekämpft. Die Körper der drei Erschossenen waren von vielen Kugeln durchbohrt und verstümmelt. Eine Leiche wies neun Durchschüsse auf. Die Gestapo weigerte sich, die Körper der Erschossenen freizugeben. Sie wurden dem anatomischen Institut der Universität Leipzig vermacht. Dort wurden sie zerstückelt.* Was sagt ihr dazu, hab ich doch gut hinbekommen, oder. Weiter bringen wir einen Bericht über die Gedenkveranstaltung für die gemeuchelten Genossen im sozialdemokratischen *Volkshaus* in Eulau und über die flammende Rede, die der seit neuestem mit uns verbündete Doktor Melnik, endlich bei Verstand, gehalten hat, er propagierte wie besprochen die Einheitsfront und verlangte lautstark, was auch das Transparent über der Bühne forderte: *Rettet Thälmann, Caballero, Rakosi und alle proletarischen Gefangenen.* Das bringen wir mit einer Fotoaufnahme der Parole ganz groß raus, denn ja, wir haben jetzt neue Verbündete und sagen Bruderpartei zu ihrem Verein. Das muß unser Bericht über die Schneise 31 unbedingt spiegeln. Und irgendwann innerhalb der nächsten sechs, sieben Wochen knöpfen wir uns in einer neuen Ausgabe den Berthold vor, den Judas, vielleicht unter der

Überschrift *Menschenräuber in der čsr*. Was wissen wir denn von dem, fragte der Jungredakteur. Na über den Verrat hinaus nicht gerade viel, kam die Antwort, ist aber weder möglich noch nötig, der König und die Morches sind wieder nach Tyssa zurück, immerhin haben sie ein Foto des Lumpen dagelassen, mal sehen, was uns dazu einfällt. Der kommt mir hier auf dem Bild so jung vor, sagte der Reporter der AIZ, der hin und wieder unter falschem Namen als Sudetendeutscher ins Reich reiste, ohne geheimen Auftrag, nur die Augen offenhalten und aufnehmen, verzeichnen, speichern, was sich vielleicht mal verwenden ließ, eine Maueraufschrift, die rote Fahne auf einem Fabrikschornstein, Geschimpfe in der Straßenbahn, sowas. Sieht jung aus, bestätigte der Chefredakteur, du hast recht, soll aber laut König ein älterer Mann sein, doch was machts, spielt keine Rolle, das Foto bringen wir auf alle Fälle, macht sich immer gut, so ein Feindbild, und er sieht ja auch reichlich geschniegelt aus, direkt unangenehm, das machen wir uns zunutze. Bevor Sie mir das genauer erzählen, sagte Vater zu seinem Gast Schlingeschön, müssen wir für heute, aus dem inzwischen längst wieder ein gestern geworden ist, und für die nächsten zwei Wochen unterbrechen, in vier Stunden fahren wir nämlich an die See, meine Frau hat in Leipzig vom staatlichen Reisebüro vier Urlaubsplätze für Ahrenshoop bekommen, wir sehen und sprechen uns wieder, wenn wir zurück sind, wohlbehalten, wie ich hoffe, gut erholt, und natürlich muß der DKW durchhalten, unser Sorgenkind. Schlingeschön wünschte gute Reise und schlich vor Vater her durch den unbeleuchteten Korridor, am riesigen Eßzimmer vorbei, dessen Tür offen stand, die Marktlaternen zeichneten das Muster der Fensterkreuze an die Decke, am Schlafzimmer der Eltern vorbei, in dem Mutter lag, und am Kinderzimmer, in dem, zwei mal vier Meter, Ulrich und ich schliefen, vorbei auch am schmalen dunklen Bad, am engen Verbandszimmer, an der Toilette mit dem ewig undichten fein flötenden Spülkastenventil und dem Verbandsstoffpacken zum Abwischen, an der Küche mit den drei Herden, Sommermaschine, Kohlenherd,

Gasherd, und zuletzt am Sprechzimmer, vorbei an allem, vorbei und raus, Vater öffnete die Wohnungstür und entließ den Gast ins Treppenhaus, ins Morgenlicht, das durch die Hoffenster kam, noch auf der Schwelle drehte sich Schlingeschön um, legte seine Arme ansatzweise um Vaters Oberkörper und drückte ihn an sich, *hoppla*, sagte Vater, ein bißchen abwehrend, und versuchte, einen Viertelschritt zurück zu machen, ich mußte einfach, sagte Schlingeschön und hielt ihn weiter einen Atemzug lang fest, mir war danach, Entschuldigung. Mehr als ein nachdenkliches *Naja* brachte Vater nicht heraus. Er schickte es Schlingeschön hinterher, da war der schon auf dem Weg nach oben, zu seinem Dachverschlag. Zweieinhalb Wochen später sahen sie sich wieder, Vater rotbraungebrannt, vor allem der kahle Kopf, am Strand immer wieder, alle halbe Stunde fast, mit Nußöl eingerieben, schon nach drei, vier Tagen kupferfarbene Kopfhaut, die sich landkartenfetzenähnlich zu schälen anfing und rosa Neuland bloßlegte, sichtbar machte, aufsteigen ließ, zarte Haut, die gleich wieder von einer goldgelben Ölflut überzogen, beinahe überschwemmt wurde, Vater hatte Spaß daran, seinen Schädel mit dem fettigen Film zu versehen, ihn dieserart zu betreuen, noch viel lieber aber, es war nicht zu übersehen, ging er Mutter zur Hand, legte er Hand an sie, wenn sie nicht im windgeschützten Strandkorb brezelte und sich dort rösten ließ, sondern bäuchlings draußen lag, im Sand, auf dem Bademantel, einmal am Vormittag, einmal am Nachmittag, für jeweils eine Stunde, von der Seebrise umfächelt, im zweiteiligen Sonnenanzug, Büstenhalter und kurze Hose mit gepufften Beinausschnitten, dann schmierte er ihr den Rücken, die Schultern, den Nacken, die Rückseite der Oberarme, die Waden und die Oberschenkel bis ganz oben ein, mit Niveacreme aus Westberlin, die nur ihr zukam und die sich in der Hundstagshitze erweichte und verflüssigte, wenn er so neben ihr kniete, in seiner weißen Turnhose, und eifrig und hingebungsvoll, wie verdeckt besessen, wie heimlich ferngesteuert die Creme auf ihrer Haut verteilte, sah er viel jünger aus als sonst, auch fremder, wir, Bruder

Ulrich und ich, sahen vielleicht zum ersten Mal bewußt, daß er Mutter nahekam, sie berührte, sie anfaßte, ein fremder beunruhigender Zug kam hier ins Bild, ein Antrieb, den man nicht verstand, der fehl am Platz war, wie ich fand, schwer zu begreifen, was da ablief. Verwirrender Sommer überhaupt. Schon die beiden Sonnabende im Juli, an denen ich nachmittags vom Toilettenfenster aus die Mietwagenchauffeuse Anne Kienbaum beobachtet hatte, die auf dem gleichen Stockwerk wie wir, aber außerhalb unserer Wohnung ein Zimmer hatte, am Nebenflur. Auf dem gepflasterten *Posthof* ging sie um ihren schwarzen *Wanderer* aus den Chemnitzer Werken herum, die stramme Person, Ende dreißig, Anfang vierzig, im Overall, mit Gummistiefeln, in den Händen Wasserschlauch und Bürste, und spritzte und schrubbte das Auto ab. Jedesmal, wenn sie sich über die Kühlerhaube, die vorderen Kotflügel oder den Kofferraum beugte, sah ich, wie sich der Stoff der weiten Hose über ihrem großen Hintern spannte, faltenlos, wegkucken schwer möglich, obwohl die Nachbarn aus dem Querhaus mich von ihren Hinterzimmern aus entdecken konnten, wie ich gebannt im Fenster hing und mich nicht löste von dem Schauspiel. Fortsetzung in Ahrenshoop, ich komme nicht davon los, ich muß es noch einmal und wieder und wieder erzählen, ich kenne mich. Gleich am Anfang Anblicke, die für mich neu waren. Am ersten Nachmittag, am Himmel Schleierwolken, hatten wir mit dem DKW zu viert eine Ausfahrt auf den Darß gemacht, kurz vor dem Urwald fuhr Vater das Auto auf dem zerfurchten, zerpflügten Sandweg fest, wir versuchten, die schmalen Räder mit bloßen Hände freizubekommen, nichts zu machen, eine Schaufel brauchen wir, sagte Vater, Mutter wandte sich den Dünen zu und schlug den Pfad in Richtung Strand ein, bald war sie verschwunden. Nach zehn Minuten kam sie zurück, in ihrer Begleitung ein älterer Mann mit einem Spaten, einen Strohhut auf dem Kopf, sonst splitterfasernackt, sein Gemächte, das mir riesig vorkam, baumelte, schaukelte, pendelte schwer bei jedem Schritt, wie eklig, dachte ich, er selber völlig unbefangen, ich dadurch noch mehr abgestoßen, selbst den eigenen Vater hatte ich nie ohne Shorts oder Badehose gesehen. Steigerung am nächsten Tag, am Strand. Gegen Abend, von Westen her kam eine kühle Brise über das Wasser geweht, zog ich mich an, Ulrich und meine Eltern waren schon vorausgegangen. Gerade zog ich meine taubenblauen Jeans, Nietenhosen aus der gemäßigten einheimischen Produktion der erzgebirgischen Textilindustrie, über die Badehose nach oben, da sah ich nahebei eine Frau, die unter dem Bademantel ihren Badeanzug abstreifte. Nein, verkehrt, ich sah das nicht, ich nahm es mit Verzögerung wahr, eine Frau im Bademantel, in vier, fünf Meter Entfernung von unserer Strandburg, reiferer Jahrgang, aber deutlich jünger als Mutter, die vornübergebeugt hin- und hertrat und sich dabei unter dem Bademantel zu schaffen machte, dann stieg sie mit den Füßen aus dem abgestreiften Schwimmanzug und richtete sich auf, genau in dem Moment blähte ein Windstoß den Bademantel auf und wehte sie untenherum frei, ich sah einen breiten weißen Bauch, die Schenkel und das dunkle Dreieck, unangenehm berührt, fast bedroht, als würde etwas Unbekanntes vorbeistreifen oder sogar nach mir greifen. Warum hingucken müssen, warum den Blick nicht wenden können. Das Gefühl von Peinlichkeit und Schuld und Kitzel hatte ich über unser Abendessen hinweg noch beim Einschlafen, es bescherte mir den ersten Traum der Nacht, in der Sächsischen Schweiz war ich unterwegs, hinter Bad Schandau, wir erinnern uns, Kurt Hager und die beiden Grenzführer König und Wehefritz. Das war obendrein auch die gleiche Ecke, in der wir im Vorjahr zu viert vor der kleinen Gastwirtschaft am *Kuhstall* gesessen hatten, am Pfingstsonntag, als die Bedienung plötzlich das Tablett mit den Limonadeflaschen und den Kuchentellern fallen ließ und zusammenbrach und sich zwischen den dichtbesetzten Tischen vor Schmerzen auf dem Boden wälzte und stöhnte und schrie. Vater sofort zu ihr hin, beugte sich über sie, versuchte, mit ihr zu reden, und raste auf einem Fahrrad, das man holte und ihm hinhielt, den Berg hinunter ins Kirnitzschtal, wo am

Lichtenhainer Wasserfall unser Auto stand, abgehetzt kam er nach zehn, höchstens fünfzehn Minuten zurück, mit Aktentasche, keuchend, die Serviererin lag jetzt apathisch da, ein Kissen unter dem Kopf, und knirschte manchmal mit den Zähnen, Mutter hielt ihr die Hand. Vater sägte *ritzeratze* mit einem der gezähnten Blechstreifen, die er immer in der Tasche hatte, die Spitze der Ampulle an, brach sie ab, zog die Spritze auf und verpaßte der Geplagten eine Portion Morphium. Wahrscheinlich Nierenkolik, sagte er halblaut. Dann fuhr er, zum Gastwirt gewandt, fort: Ab ins Krankenhaus, wenn Sie ein Auto haben. Ja, hatte er, damit war Vater freigestellt. Bei mir für den Rest des Tages kleine Hochstimmung, die ich nicht zeigte, schön, daß ich solche Eltern hatte, die nicht nur helfen wollten, sondern auch helfen konnten, nebenbei gesagt auch mir, fünfzehn Jahre später, zwei- oder dreimal kamen sie, als ich Gespräch und Zuspruch brauchte, aus Reiskirchen nach Göttingen, immer mittwochs, wenn keine Sprechstunde war, zweihundert Kilometer durch die hessischen Berge nach Norden und zweihundert Kilometer am gleichen Tag zurück, am nächsten Morgen wieder halb sieben aus dem Bett, Vater war schon über sechzig, immerhin, bei einem dieser Kurzbesuche brach ich in Tränen aus, bis heute weiß ich nicht, was mich plötzlich aufschluchzen ließ, auf der Terrasse von *Gebhardts Hotel*, vor uns die blühenden Linden des Walls, hinter uns die unversehrt durch den Krieg gekommene Altstadt mit ihren Fachwerkstraßen. Anspannung jener Jahre, in denen man eigene Richtungen, den eigenen Weg sucht, eher taumelnd als tastend, schwer zu begreifendes Leben. Manchmal setzt kurz der Herzschlag aus, manchmal kriegt man kaum Luft, und manchmal muß man sich ansatzlos übergeben. In meinem Ahrenshooper Traum machte ich eine Wanderung in der *Kuhstall*gegend, ein Freund begleitete mich, an der sogenannten Himmelsleiter kroch mir eine kleine schwarzrote Schlange, eine Art Wurm über den Weg, dick wie ein Finger, nicht länger als ein Finger, Mensch, fang doch, rief mein Begleiter im Traum, Carl-Hugo Kärger, der in der Thälmannstraße uns gegenüber wohnte, bei seinen Großeltern Fängler, die Mutter suchte im Westen ihr Glück. Ich streckte die Hand aus und wollte das Tier, das wie ein Feuersalamander ohne Beine aussah, greifen, es entwischte mir einmal, zweimal, dreimal, immer nach einer anderen Seite, endlich hatte ich die Hand drauf und drückte es gegen den Boden, glitschiges eiskaltes Wesen, da schoß aus einer Felsenritze ein dunkles Etwas heraus, ein armdickes aufgerissenes, innen behaartes Maul, vor Schreck sprang ich zurück, meine Beute, wieder frei, flüchtete zu dem fauchenden Kopf und schlüpfte in das Maul, das sich sofort schloß, das ist die Schlangenmutter, wußte ich im Traum, die ihren Nachwuchs auf diese Weise schützt. Wenn sie das Junge in der Backentasche untergebracht hat, öffnet sich das Maul erneut, sperrangelweit, der Giftzahn stellt sich auf, ein Biß, und zehn Sekunden später bist du tot, der Schlund gurgelte ätzenden lähmenden Schleim hervor und schleuderte ihn in meine Richtung, auf mein Gesicht. Ich schrie und erwachte. Bruchteile einer Sekunde, die mich zu Bewußtsein kommen ließen und in denen ich einen Schlag, ein Klirren und Klappern im Nachhall hörte, Bruder Ulrich, der an der gegenüberliegenden Wand in seinem Bett lag, knipste die Deckenlampe an, der Zimmerboden schlachtfeldähnlich, anscheinend hatte ich zwischen Traum und Erwachen, im nachzuckenden Erschrecken den schmalen hohen Nachttisch aus schwarzgebeiztem Eichenholz umgestoßen, krachend war er auf die Dielen aufgeschlagen, dabei war der matte rötlichgelb geschlierte Glasschirm der Nachttischlampe zersprungen, eine der beiden Schubladen war herausgefallen und hatte ihren Inhalt auf dem Boden verstreut, Papiere, Hefte, Kleinkram, schlimme Sache, wenn einem das in einem fremden Haus passiert, in Ahrenshoop, Dorfstraße Ecke Kirchnersgang. Und schlimmer noch, wenn man beim Aufräumen merkt und auch der Bruder das sieht, daß einem das Nachthemd am Bauch und zwischen den Oberschenkeln feucht ist, fleckig eingeweicht vom Schleim des Traums, durchscheinend, klebrig, maßlos peinlich ist mir das, den widerlich naßkalten Fetzen fest zwischen die Beine klemmen, schnell weg. Ich kann mich nicht mehr daran erinnern, wie die Eltern das Malheur ausgeglichen haben, gaben sie den Leuten im Anbau, die das Anwesen betreuten, er klapperdürr, sie tonnenrund, Geld, eine Art Abstand, ich weiß nur noch, diesem Paar gehörte das reetgedeckte Landhaus mit den geschnitzten Tür- und Fensterrahmen nicht, in dessen Giebelzimmer mit Austritt und angebautem Türmchen Ulrich und ich für zwei Hochsommerwochen untergekommen waren, direkt im Zentrum des Kulturbundbades, nahe bei der *Bunten Stube* und dem Kunstkaten und keine drei Steinwürfe weit vom Strand, während die Eltern im benachbarten ländlichen Althagen am Bodden ein Quartier zugewiesen bekommen hatten, neben dem Haus des todkranken Zeichners Fritz Koch-Gotha von der bekannten *Häschenschule*, einem der Volkskinderbücher der Zwischenkriegszeit. Unser Haus, wenn es einem Feriengast erlaubt ist, von unser zu sprechen, gehörte dem Augenschein und der Auskunft des Verwalterehepaares nach vermögenden kulturbegeisterten Großstädtern, ein Ort wurde nicht genannt, was gingen die mich an, undeutlich, wie sie waren, nicht zu erkennen, nicht einmal zu sehen, es war ihnen nebst allen Möbeln und Einrichtungsgegenständen, also in Bausch und Bogen abgenommen, mindestens entrückt worden, war es nun Volkseigentum, war es treuhänderischer Besitz, keine Ahnung, unklar auch, wer unsere Zahlung für die Unterkunft nicht nur kassierte, sondern letztendlich bekam, bei wem sie landete. Vielleicht lag es an dieser unklaren Zuschreibung, mangelnden Verankerung des gesamten Besitzes, der Sträucher im Garten, der großen Kiefer an der Straße, des Hauses selbst, der alten Möbel, der chinesischen Bodenvasen, des Meißner Zwiebelmusters, der Silberbestecke, der Bücher in den Regalen, Fächer mit Malikbänden, aber auch viel *Insel* und *Georg Müller*, und der Stiche und Gemälde an den Wänden, zum Beispiel Felixmüllers Liebermannporträt, daß ich, beim Wiedereinräumen der Nachttischschublade auf die Dokumente und Medaillen gestoßen, den Gedanken der Enteignung, der Herrenlosigkeit aufgriff, Weggenommenes, das die nicht verdienen, die es weggenommen haben, ist frei, Zugreifen verboten, ja gut, aber warum eigentlich nicht, auf die Schätze, von denen ich annahm, fühlte, wußte, daß ähnliches in ganz Frohburg nicht zu finden war. Ein Bild abhängen, darauf kam ich nicht, auch die Teller und Tassen aus Meißen waren keiner Überlegung wert, an ihnen lag mir nichts, sie in meiner Tasche, meinem Beutel oder meinem Koffer zu verstecken wäre mir als planvolle Untat, vorsätzliches Delikt erschienen. Dagegen waren die Medaille für die Teilnahme an der Völkerschlacht bei Leipzig und das zigarettenschachtelgroße, mit Gallustinte und Federkiel geschriebene Tagebuch aus dem Frühjahrsfeldzug 1813, Großgörschen, Dresden, Bautzen, auf die ich beim Einräumen stieß, nicht mehr als Reiseerinnerungen, diesmal nicht wie die Stocknägel und die kleinformatigen Fotoserien der Gegend am Kiosk erstanden, sondern, kam mir vor, wie von selbst in meine Hosentasche gewandert, als suchten sie einen, der sie zuhause hinter Büchern im Regal versteckte und sie mindestens einmal jede Woche in die Hand nahm, Raubgut und Geschenk des Zufalls zugleich. Immer habe ich, obwohl die Medaille und das Tagebuch zwangsläufig in Frohburg zurückbleiben mußten, solche heiklen Besitztümer gehabt. Die Fußballerfigur aus Blei, in Kreudnitz abgestaubt, die Steinheimer Fotoalben und der Doppelband des *Neuen Pitaval*, wie hatte ich den eigentlich an mich gebracht, keine Ahnung mehr, aber daß nicht alles mit rechten Dingen zuging, sagt schon der Stempel der Bibliothek, welcher, wird nicht verraten. Der Sommer in Ahrenshoop. Jeden späten Nachmittag gab es nach dem Strandleben den Korso auf der Dorfstraße, immer ging er an der *Bunten Stube* vorbei, einmal rauf nach Norden, einmal südlich runter. Die einen kamen mit den Badetaschen und den Bademänteln vom Strand, Übergang am Kunstkaten, die anderen hatten sich in ihren Quartieren, der letzte Winkel war vermietet, schon umgezogen und abendlich feingemacht, das wogte gegen- und miteinander, alles hatte helle Kleidung an, erholte Gesichter, Kinderlaufen, Kinderlachen. Felsenstein, sagten die Eltern und meinten einen älteren Mann mit silberner Künstlermähne, umschwärmt von schlanken und, ich schwöre, blonden jungen Frauen. Woher sie den kannten, frage ich mich heute noch. Oder die Schauspielerin Inge Keller. Und Alfred Kantorowicz, der später den kleinen Koffer des Flüchtlings erneut packte, ein Jahr nach uns. Einmal hieß es auch: Da, der Becher. Und wirklich kam der hochgestellte Mann, Minister, ZK-Mitglied und ein bißchen auch noch Dichter, vom höhergelegenen Schifferberg herunter ins Zentrum, kurze beige Hosen, Tennisschuhe, wahrscheinlich, vermutete Vater, ist die Begleiterin, schmalhüftig sieht anders aus, nicht seine Frau Lilly, sondern eine durchtrainierte Bewacherin, die haben doch immer Angst, daß ihre wertvollsten Leute entführt werden, in dem Fall übers Meer, nicht als Dichter, der er auch ist, sondern als Minister, nachdem ihnen der Otto Nuschke, wenn auch nur für einen Tag, abhanden gekommen ist. Am Morgen nach meinem nächtlichen Nachttischkampf räumte ich mit Ulrich das Zimmer auf und warf die vielen Scherben in den Ascheeimer, auch ein Wasserglas, eine Limonadenflasche, meine rechteckige Armbanduhr und ein Zimmerthermometer waren zubruchgegangen, ich kehrte die Quecksilberkügelchen mit dem Handfeger aus den Dielenritzen und ließ sie auf dem Kehrblech hin- und herrollen, sich vereinigen, sich wieder trennen. Dabei kam mir eine Idee. Ich wollte ein Erinnerungsbild an die vergangene Nacht und an die geplante Einheimsung von Medaille und Tagebuch machen und schleppte dazu, den neuen Sombrero aus der *Bunten Stube* auf dem Kopf, den schweren Sessel mit dem Schnitzwerk auf den Austritt, gab Ulrich die schußbereite russische *Kiew* und setzte mich bereit. Hinter mir die offenstehende Tür zu unserem Zimmer, das Oberteil verglast, mit hölzernem Rhombengitter, und links das Türmchen mit der Reethaube, dessen Tür und Fenster mit dem gleichen Gitter, aber unverglast. Ich lehnte mich zurück, Schatten und Mittagssonne im Gesicht, Ulrich drückte auf den Auslöser. Jetzt du, sagte er, wir wechselten die Plätze,

Ulrich hatte Hochformat gewählt, ich hielt den Apparat quer. An die beiden Fotos dachte ich Mitte Januar 2013, als wir uns aus dem zu Ende gegangenen Jahr an die Ostsee flüchteten, nach Dierhagen-Neuhaus, in das abseits gelegene *Hotel Dünenmeer*, zwischen verschneitem Kiefernwald und eisgesäumtem Strand, Versuch, die alles einfärbende Trauer und den schneidenden stechenden Schmerz hinter uns zu lassen, einmal ein paar Tage oder wenigstens Stunden, Viertelstunden durchatmen können, vielleicht, vielleicht auch nicht, an etwas anderes denken wollen, denken müssen, denken können, denken dürfen. Was sollen wir machen, sagte ich jeden Tag zu Heidrun, hundert-, hundertfünfzig-, zweihundertmal, wenn das überhaupt langt, wir müssen versuchen, über die Runden zu kommen, hämmerte ich ihr ein, etwas anderes bleibt uns nicht übrig, jetzt, wo nichts mehr zu ändern, besserzumachen, zu retten ist. Am ersten Nachmittag an der See, zehn Grad minus, es schneite dünn, der Weg war spiegelglatt, ich hatte Slipper mit extrem rutschigen Sohlen an, machten wir vom *Dünenmeer* aus einen Gang in den vorne an der Hauptstraße gelegenen Ortsteil Dierhagen-Dorf, zu *Aldi*, und kauften Toilettensachen ein, die wir in Göttingen vergessen hatten, die Gastwirtschaft, der Fischkiosk geschlossen, innerhalb einer Stunde überholte uns eine einzige Radfahrerin, trottete uns ein einsamer Fußgänger entgegen, rotes Gesicht, die Nase blau angelaufen, runde sechzig Jahre alt, mit einem schmutzigweißen Leinenbeutel, aus dem es im Vorbeigehen klirrte, mehr war nicht. Links von uns lockere Bebauung im Heimatstil, Häusergruppen aus dem Dritten Reich oder aus der ersten Hälfte der DDR-Jahrzehnte, leerstehend, bestenfalls zwischengenutzt, alles im Verfall begriffen, ein Gefühl kam auf, als sei die Erde eine Scheibe, und wir bewegten uns an ihrem Rand, dicht an der Kante, Absturzgefahr. Da war die ochsenblutrot gestrichene Scheune auf der anderen Straßenseite, hinter einer luftigen Betonruine uns schon näher, *Sommerkino Leuchtfeuer*, war an der Front zu lesen, vor dem Eingang stand ein betagter dreckbespritzter *Land Rover*, paßte alles, neue Zeit, Alternativkultur. Den Rückweg nahmen wir, mit Cremes, Zahnpasta, Crackers und einem Packen Bier versehen und beladen, über den Strand, wir gingen am Spülsaum entlang, inzwischen war es stockdunkel geworden, dichter Schneefall, lautloses Flockensinken, nicht die kleinste Welle, Stille, nur unsere Schuhe mahlten im Sand. Vor uns in weiter Entfernung der rötliche Widerschein Rostocks, von der Wolkendecke gespiegelt, und draußen auf See, am Horizont, zwei hellerleuchtete Fähren, unterwegs nach Königsberg, Stockholm, Helsinki oder Petersburg, ein fernes Tuten, es ließ uns über die nächtlichen Schiffsuntergänge sprechen, *Gustloff, Estonia*, nur eiskaltes schwarzes Wasser, das unter dem Rand der Scheibe, auf der wir krabbeln, jenseits der Bordwände auf uns wartet, auf dich, auf mich, es kann aber auch ein Falschfahrer sein, ein Verwirrter, ein Messerstecher, der auf uns losgeht, seit dem letzten Sommer spätestens halte ich vieles, alles für möglich. Dann sahen wir durch den Flockenvorhang hindurch die einsame Funzellampe, die den Dünenübergang zum Hotel anzeigt, erinnert ein bißchen, sagte Heidrun, an die Lichter, die die Fischerfamilien in die Fenster stellten, wenn der Ernährer auf stürmischer Heimfahrt war. Am nächsten Tag fuhren wir kurz nach zwei mit dem Auto über Dierhagen-Dorf und Wustrow nach Ahrenshoop. Wir parkten in einer Seitenstraße, die gegenüber der *Bunten Stube* abzweigte. Bei Sonnenschein, fünf bis sechs Zentimeter Schnee und zwei Grad minus gehen wir durch den verlassenen Ort, in dem die Eltern, der Bruder und ich vor vielen Jahrzehnten einmal gewesen sind. Und gleich auch ein Wiedererkennen: die *Bunte Stube*. Mit der säulengestützten Galerie vor den Schaufenstern voller Bücher, Aquarelle und Keramik. Es gibt ein Foto, auf dem ich mich an eine dieser Säulen lehne, den Sombrero, drinnen im Laden erworben, auf dem Kopf, das ist weit mehr als ein halbes Jahrhundert her. Vor ein paar Tagen hatte ich die kleine Schwarzweißaufnahme in der Hand und war unsicher, zwar war die Rückseite mit Ahrenshoop 1955 beschriftet, aber wo genau stand ich, vor dem Kunstkaten, der *Bunten Stube* oder einer anderen Galerie. Jetzt, vor Ort, war diese Frage beantwortet. Heidrun dirigierte mich an die stählerne weißgestrichene Säule, die an Stelle der hölzernen geteerten das Vordach an der Eingangstür stützte, und hob das iPad zum Auslösen, zuhause vergleichst du das Bild mit dem alten Foto, schlug sie vor, während wir in Richtung Strand unterwegs waren. Unten am Spülsaum trieb die Brandung Tang auf den Sand, der mit einer schmalen Kette von Muscheln und Feuersteinsplittern belegt war. Wir drehten ab nach Süden und hatten den Darß und den Leuchtturm *Darßer Ort* so gut wie den Nordostwind im Rücken, kein Mensch zu sehen. Genau hier sah ich das Sekundenbild weiblicher Nacktheit, am folgenden Nachmittag hielt ich vergebens Ausschau nach der Frau. Vielleicht war ihre Abwesenheit die Ursache dafür, daß ich in der auf den Alptraum folgenden Nacht von einer Unterweisung durch sie träumte. Für mich Jahrzehnte ein Thema. Den Rückweg zum Auto nehmen wir über das Hohe Ufer, dort kommen wir an den hochgelegenen nicht selten reizvoll reetgedeckten Häusern vorbei, die unter einzelnen Kiefern, hinter Latschen, Buschwerk und blickdichten Zäunen zu finden sind, meist Ferienquartiere, denn auf den Eingang zu und von ihm weg so gut wie keine Spuren in einem Schnee, der schon seit Wochen liegt. Hin und wieder gibt es eine Tafel zu entdecken, mit dem Namen eines Malers der hiesigen Malerkolonie, oft Doppelnamen, Popularität nur im Rahmen einer Sammlergemeinde, die findet sich jeden Sommer vor Ort zusammen, für eine Kunstauktion zwischen Strandbesuch und Abendessen, endloser Reigen der See- und Boddenstücke, gleiche Ansicht, gleicher Blick seit hundert Jahren, sind weiter angesagt und bringen mehr als gute Preise. Haus für Haus halte ich Ausschau nach unserer Unterkunft Mitte der fünfziger Jahre, ein Gebäude von derartiger Stimmigkeit, von solchem Reiz kann weder zur DDR-Zeit noch nach der Wende weggerissen worden sein, es existiert noch, ich bin sicher und muß es nur entdecken, ausmachen, wiedererkennen. Lange finde ich kein Haus, das ich mit meiner Erinnerung zur Deckung bringen kann, Reetdach, Giebelaustritt, dunkelbraunes Schnitzwerk, nicht zu finden, jedenfalls nicht gleichzeitig. Einmal, vom Hohen Ufer wieder abgestiegen, kommt mir ein Giebel mit Balkon halb und halb bekannt vor, bitte mach ein Foto, sage ich zu Heidrun. Sie stapft durch den hohen Schnee zum Gartenzaun und hebt ihr iPad. Erst ganz zuletzt, einzelne Schneeflocken segeln an uns vorbei zu Boden, der Frost zieht an, die Dämmerung setzt ein, sehe ich nach manchem Suchgang hin und her, wir haben gerade die Gemeindeverwaltung passiert, die Dorfstraße ist nahe, im Kirchnersgang linkerhand ein Haus in einem zugewucherten Garten, das vielleicht infrage kommt, verglaste Veranda vorhanden, darüber ein Altan oder Austritt, Balkontür da oben, hölzerner Zierrat am ganzen Haus, stimmt, aber alles Holz nicht wetterfest dunkel gebeizt, fast schwarz, und an den Wetterseite silbern ausgebleicht, wie ich es in Erinnerung habe und wie es mein altes Foto zeigt, sondern frischangestrichen, weiß und blau, wie die Häuser in Kampen und Keitum. Etwas in mir klingt an, merke ich, aber ganz sicher bin ich nicht, freue mich aber schon jetzt auf den spannenden Moment, in dem ich zuhause das bei Antritt der Reise liegengebliebene Foto, ich auf dem Altan, hervorsuche und mit der Aufnahme vergleiche, die Heidrun jetzt macht. Das alte Bild muß Mitte Juli entstanden sein, es läßt sich datieren, denn während der beiden Ahrenshoop-Wochen fuhren wir eines Sonntagnachmittags nach Wustrow zum Volksfest des Tonnenreitens, junge Bauernburschen, stabil gebaut, saßen auf ihren stabilen Pferden und sprengten auf die aufgehängte Heringstonne zu, schossen unter ihr hindurch und versuchten dabei, sie abzuschlagen, was im ganzen nie gelang, sondern Stück für Stück, Reif für Reif und Daube für Daube erfolgte, der letzte Schlag kürte den Wustrower Heringskönig. Dieser Wettkampf, habe ich gestern im Internet gelesen, findet noch immer statt, jeden zweiten Sonntag im Juli. Ich höre, zeitversetzt um viele Jahre, die wuchtigen Pferde wieder schnauben, schnaufen und keuchen, ihr Hufe trommeln auf dem Gras, der Boden bebt, und die Knüppel schlagen kraftvoll an, Holz knallt an Holz. Einmal eingedrungen in die Bilderreihen jenes Sommers, sehe ich auch gleich den nackten Alten in den Dünen, die untenherum freigewehte Frau am Strand, Felsenstein vor der *Bunten Stube*, Becher am Eisstand und auch unsere Giebelstube, von der Hitze vieler Sommer ausgedörrtes schwarzes Holz, das nachts knistert, knackt und ächzt, zundertrockene Luft der Kammer, alte schwere dunkle Betten, richtige Kähne oder, wie Ulrich meinte, Prunksärge, Geborgenheit dennoch. Am Ende der Tage an der See nahm ich die Medaille und das Tagebuch mit nach Frohburg und auch die mit dem Neubesitz verbundene Frage, von wem die Sachen stammten und wer vor Kriegsende Besitzer des Hauses gewesen war. Keine Antwort. Aber jetzt ist nicht mehr 1955, man schreibt Anfang 2013, wir sind eine Woche im *Dünenmeer*. Dem ersten tastenden Vorstoß nach Ahrenshoop folgt eine ruhige Nacht auf einen Montag zu, das Hotel ist nach dem Wochenende nur noch zum kleinen Teil belegt, die Zimmer neben uns und über uns sind leer, zehn Hausgäste im ganzen, hat es beim Abendessen im entvölkerten Restaurant geheißen, fast unheimlich. Am folgenden Vormittag sitze ich in der sogenannten Kaminlounge des Hotels, dicht an der Glasfront zu den schneeverwehten Dünen, in deren Ausschnitt ich dort, wo der Übergang zum Strand sie teilt, das Meer erkennen kann, winterlich schwarz, ein Frachter, eine Fähre leuchten, vom Südostlicht herausgehoben, herüber. Saß gestern, am Sonntag, um die gleiche Zeit noch der Pianist am Flügel und präludierte und phantasierte, ist heute Stille, ich bin allein im Raum, wenn ich die Figuren der wandhohen Bemalung seitlich des Bartresens nicht zähle, Humphrey Bogart, Ingrid Bergman und Ernest Hemingway, mit ihren Drinks beschäftigt, seit Jahren schon und so, daß jedermann sie sehen und auch gleich erkennen kann, die Kinomaler sind in Mecklenburg nicht ausgestorben, freue ich mich. Das Haus an der Dorfstraße Ecke Kirchnersgang war mir nicht aus dem Kopf gegangen. In der Vergangenheit, spätestens seit Eldagsen 1966, wahrscheinlich aber schon in Frohburg, beim Mordfall Zeidler, hatten mir Fragen und Nachfragen immer wieder Teile von Geschichten geliefert, denen ich auf der Spur war, warum nicht auch hier. Wir parkten das Auto genau dort, wo wir es auch am Vortag abgestellt hatten. Der Parkplatz mit dem festgefahrenen Schnee war vollständig leer, aber vor den beiden reetgedeckten Ferienhäusern, die anscheinend keine Gäste hatten, schob ein jüngerer Mann den Schnee beiseite. Ich ging zu ihm hinüber, grüßte und wünschte gute Arbeit, zur Zeit sei wohl nicht viel los. Ganz genau, fast alle Geschäfte, Pensionen und auch Hotels seien geschlossen, Winterpause, die Adventswochen, Weihnachten und Neujahr seien über die Bühne gebracht, abgehakt, von den Einheimischen, die nun auch einmal Ruhe haben wollten und irgendwo auf der Welt Urlaub machten, wo Sommer sei. Sagte es und schob weiter fröhlich Schnee. Er sei Hausmeister im gegenüberliegenden *Hotel Seepferdchen*. Ein Neubau, fragte ich. Ja, Investoren, denen auch die beiden Ferienhäuser hier gehören, aus Göttingen, betonte er, natürlich hatte er unser Kennzeichen gesehen. Da kommen wir doch auch her, ließ ich mich auf sein winziges Spielchen ein. Der heißt Tönges, sagte er. Genau diesen Namen haben wir vergangenen Monat schon einmal gehört, hat der nicht eine Großschlachterei. Exakt, bestätigt der Hausmeister, er und seine Frau haben das hier auf die Beine gestellt, das neuerbaute *Seepferdchen* und die beiden Doppelhäuser, aus kleinsten Anfängen haben die sich in der Fleischbranche nach oben gearbeitet, tolle Leute, alle Achtung. Wir kommen gerade aus Dierhagen, sage ich, wie um uns auszuweisen, *Hotel Dünenmeer*. Der Hausmeister weiß Bescheid, das gehört mit dem *Hotel Fischland* und allen angrenzenden Landhäusern jemandem, der auch in Göttingen wohnt, Adam heißt er. Mit dem Namen gibt es bei uns zuhause einen Ladenbaubetrieb, sage ich. Er bestätigt, Ladenbaubetrieb, klar. Aber der ist doch insolvent, wende ich ein, mein Gesprächspartner weiß nichts davon. Wir verabschieden uns fast freundschaftlich, heuteabend aufrufen im Internet die Namen Tönges und Adam, hämmere ich mir ein, das Gefühl einer gelungenen Kontaktaufnahme und Distanzaufhebung treibt meine Segel Richtung *Bunte Stube*. Von dort gehen wir zu der schon gestern entdeckten Kurverwaltung im Kirchnersgang. Im Flur begegnet uns ein Mann von vielleicht vierzig Jahren, Anzug, Krawatte, er kommt aus seinem Chefzimmer, der Bürgermeister, denke ich und frage nach dem Landhaus auf der anderen Straßenseite, das mit dem Türmchen, schiebe ich nach, was es mit dem auf sich hat. Nach der Wende, gibt er Auskunft, sei das Anwesen den Altbesitzern zurückgegeben worden, sie hätten noch im Grundbuch gestanden, er nannte den Namen Kaiser, schien mir, und fügte an, die Tochter der Familie sei Malerin gewesen. Mit halbem Ohr hörte ich noch Landgerichtsdirektor, Chemnitz oder ähnlich. Vielleicht war es auch Leipzig oder Dresden, das er nannte. So aufgeklärt, sahen wir das Häuschen, dessen Postanschrift Dorfstraße 14 lautet, obwohl man das Grundstück, das vordere Gartentor zugewuchert, nur vom Kirchnersgang aus betreten kann, gleichsam mit anderen, mit neuen Augen. Was der Bürgermeister eben von sich gegeben hatte, erklärte, entschlüsselte die Einrichtung des Hauses und damit auch die Medaille und das Tagebuch im Nachttischkasten, eine bessere Familie sozusagen, offensichtlich mit Sinn für Schönes und Beziehungsreiches. Lange standen wir am Zaun, auf der Suche nach Wiedererkennen graste ich mit den Blicken Meter für Meter, Detail für Detail der Fassade ab, es ist das Haus, ich war mir sicher, nein, vielleicht doch nicht, zu viel sehe ich, an das ich mich erinnern mußte und nicht erinnern kann. Jetzt das alte Foto herausnehmen können und vergleichen, leider liegt es in Göttingen. Ende der Woche aber sind wir, wie ich weiß, wieder zuhause, dann stelle ich das Gepäck gleich hinter der Haustür ab und gehe sofort in mein Zimmer, krame aus dem Karton mit den Familienfotos die Aufnahme heraus und prüfe sie. Aber noch ist es nicht soweit, wir sind im winterlichen menschenleeren Ahrenshoop und wenden uns erst einmal dem Ortsplan zu, den uns der Bürgermeister geschenkt hat, auf unsere Adressenangaben hin war die Markierung zweier Häuser erfolgt, in dem einen, in Althagen gelegen, hatte Uwe Johnson ein Jahr nach unserem Aufenthalt damals an seinem ersten Roman *Ingrid Babendererde* geschrieben, im Sommer sechsundfünfzig, wenn es ihn gegen Abend, um die Schultern, den Rücken, die Augen für ein, zwei Stunden zu entlasten, an den Strand zog, nahm er den nächsten Übergang, den über das Hohe Ufer. Dem dünnen Langen mit dem leichtgewellten dunkelblonden Haar sahen die Stammgäste, die gutversorgten Kulturbundleute nicht an, womit er sie drei Jahre später vom Westen her beglücken würde, *Mutmassungen über Jakob*, so hieß sein zweiter Roman, den ersten, *Ingrid Babendererde* eben, das Ahrenshooper Teilgewächs, hatte Unseld genausowenig drucken wollen wie die DDR, vielleicht aus den gleichen oder nicht allzu unähnlichen Gründen, vielleicht auch, weil er gerade dabei war, den als unermeßlich groß erahnten Claim Brecht anzustechen, für *Babendererde* kam erst dreißig Jahre nach der Niederschrift die Zeit, als ihr Verfasser gestorben war und die Umstände seines Todes, den Einbruch von Tilman Jens in das verwaiste Reihenhaus in Sheerness-on-Sea in England eingeschlossen, für eine kurze Aufmerksamkeitswelle sorgten, die geeignet war, das Skript zum Satz zu spülen. Das Sommerquartier Johnsons gucken wir uns vielleicht, wenn wir noch in Stimmung sind, auf der Rückfahrt zum *Dünenmeer* an, jetzt erst einmal zu Fuß zu dem zweiten markierten Haus. Es liegt auf dem Schifferberg. Der Weg dorthin führt uns am *Künstlerhaus Lukas* vorbei. Hier wollte ich Mitte der neunziger Jahre mal drei Wochen in Ruhe schreiben, sage ich zu Heidrun, klappte nicht, ich kam nicht an, undurchdringlich der Laden, nur Ostler, wie in der *Villa Aurora*, jemanden aus dem Westen halten die nicht aus, vor allem nicht, wenn er mal von dort abgehauen ist, wo sie geblieben sind. Noch während ich mich über Ostwestbefindlichkeiten auslasse, fällt mir auf der Strandseite der Dorfstraße ein betongraues Kugelhaus auf, Radius vier, fünf Meter, irgendwie avantgardistisch, finden wir, Bauhaus vielleicht, nehmen wir eine

Einordnung vor, die heute üblich ist und sich auf alle Ausprägungen der Neuen Sachlichkeit erstreckt, dann ist auch der Umschlag von Ernst Jüngers Buch *Blätter und Steine* von 1934 ein Bauhausprodukt, merkt Heidrun an, natürlich Quatsch, jeder, der einmal das Layout eines Buches aus der Tschechoslowakei der Endzwanziger, der beginnenden dreißiger Jahre in der Hand gehalten hat, weiß, daß die Strömung der Reduzierung, der Geometrisierung durch ganz Europa ging, daß sie das Dessauer Bauhaus beeinflußte und, nicht zu leugnen, vom Bauhaus beeinflußt wurde, mehr oder weniger, aber auf keinen Fall das Bauhaus war. Erst das Internet offenbart uns abends, nach der Rückkehr ins Hotel, daß von Bauhaus, von den zwanziger und dreißiger Jahren in Bezug auf das Kugelhaus nicht die Rede sein kann, es ist kaum zehn Jahre alt, ein Manager aus Nürnberg, ehemals IBM, hat es für seine Urlaube bauen wollen und auch bauen dürfen, Heidrun lacht, eine Reminiszenz an die Schreibmaschine mit dem Kugelkopf, was wir für Beton hielten, ist Reet, die Kugel ist rundum in Reet gepackt, das mildert nichts ab, im Gegenteil, es steigert den abstrusen Eindruck noch. Ein Bruch allerdings, der eher harmlos wirkt, wenn man das *Grand-Hotel Kurhaus* sieht, Frontalbau, den Strand im Visier, Glas und Beton, genau dort, wo früher die Dorfstraße in einen Feldweg überging, der Richtung Darß führte, jede Stunde höchstens ein Auto, die Leute, die zweimal am Tag aus dem Dorf nach Norden zogen, waren unterwegs zum FKK-Strand oder in den Urwald, vielleicht zum Darßer Ort. Ein Wegweiser nach rechts zeigt uns an: Schifferkirche. Hier müssen wir rein, sage ich zu Heidrun nach einem Blick auf den Stadtplan. Hinter der Kapelle, ganz aus Holz gebaut und heute leider abgeschlossen, der kleine Friedhof, terrassiert, hier beginnt der Schifferberg mit seinen Atelierhäusern im bescheidenen Landhausstil, in beinahe allen Entwürfen spukt Schultze-Naumburg herum, nicht selten waren malende Frauen die Auftraggeber. Fast könnte man von Idylle sprechen, wenn sich nicht die Rückfront des *Kurhaushotels* in die schmale Straße unter den uralten

Eschen schieben würde. Merkwürdige Auffahrt zum Anwesen Schifferberg 9. Geländer und halbhohe Kandelaber, zu mannshohen hat es in der DDR selten gereicht, säumen den Fahrweg auf die große Freifläche oben, die bis heute mit Bretterzäunen gegen die Nachbarn abgeschirmt ist. Hinten ein stählerner Funkturm. Wer weiß, wer hier vor der Wende residiert hat oder stationiert war. Jedenfalls hat im davorliegenden roten Ziegelbau mit der Hausnummer 9, den der Maler Friedrich Wachenhusen 1897 für sich errichten ließ, in den Sommermonaten der ausgehenden vierziger, der fünfziger Jahre Johannes R. Becher gewohnt, hinter dem Dorf, wenn man so will, über dem Trubel des regulierten, gleichwohl aber überfüllten Kulturbundbades. Gute Lage des Anwesens, wenn es um Bewachung, Schutz, Beaufsichtigung ging. Mindestens der Ministerchauffeur, garantiert von der Staatssicherheit, war bewaffnet, der Minister wahrscheinlich auch, war ja Jäger, in der Doppelgarage seiner Villa in Pankow hingen noch 1990, das Anwesen war seit Bechers Tod 1958 Gedenkstätte, Büchsen und Flinten aus Suhl an der Wand, mit Schnitzreliefs auf dem Kolben, ziselierten Läufen und Zielfernrohr, auch das EMW-Cabrio aus Eisenacher Produktion war zu bewundern, das Klappverdeck zurückgeschlagen, man konnte im Weitergehen schnell mal die rotbraunen Ledersitze mit den Fingerkuppen streicheln. Aufgepolsterter Verfolgungswahn. Er überdauerte die Stalinzeit, die ihn geboren hatte, bis in die Sterbestunde des Realsozialismus hinein, schon die Schüsse der Kaplan auf Lenin und später Kirows Ermordung hatten Horrormärchen im Gefolge, wer war nicht alles vom fernen Trotzki und seinen zurückgelassenen Agenten umgebracht worden, ganz wichtiges Opfer der große Gorki, der Freund Stalins und Jagodas, bei dem sie jede Woche einen Abend verbrachten, ins Jenseits befördert ausgerechnet von Ärzten, tückisch vergiftet, na warte, das fordert seinen Preis, das muß bezahlt werden. Und es wurde bezahlt. Bis zuletzt. Die so verfuhren, konnten dankbar sein und waren auch dankbar für jeden Wlassow, Penkowski, Masin oder Kupanka, wenn es sie nicht gegeben hätte, die Feinde, vereinzelt nur, denn Selbstmord ist nicht allzu häufig, man hätte sie erfinden müssen, all diese Agenten, Spione, die Diversanten und Verräter, die Mörderärzte und dazu den ganzen Kalten Krieg, ganze Heftchenreihen lebten davon: *Erzählerreihe, Das neue Abenteuer, Blaulicht*. Adenauer, Linse und die ganze Bande im Sold der Amis entführen uns am Ende womöglich noch einen Minister, schleppen ihn über den Strand zu einem Boot, das in den Westen abrauscht. Das geschah allerdings nicht Becher, das passierte genau andersrum Linse. Entführt aus Westberlin, bei der Verschleppung über die Sektorengrenze ins Bein geschossen, heimlich nach Moskau gebracht und dort ebenso heimlich erschossen. Der Drahtzieher der ganzen Sache, der für die Drecksarbeit Kriminelle mit tausend Mark gedungen hatte, stieg in den folgenden zwanzig Jahren im MfS zum Oberstleutnant auf, ausgleichende Gerechtigkeit, keine Ahnung, 1974 jedenfalls machte er auf einem geheimen Übungsgelände östlich von Berlin eine heimtückische Kofferbombe scharf, das an sich berechenbare, aber von Natur aus hinterlistige Ding ging kurzerhand in die Luft und riß ihm nicht nur einen Arm und das halbe rechte Bein ab, sondern kostete ihn auch das Leben, Linse ließ grüßen, bin ich versucht zu sagen. Doch zurück zum Verfolgungswahn. Als wirklich einmal ein Kabinettsmitglied der Regierung Grotewohl nach Westberlin geriet, am 17. Juni, in seinem Dienstwagen, von Demonstranten aus dem Narvawerk über die Oberbaumbrücke in den Westsektor geschoben, durfte der Mann problemlos am nächsten Tag aus der amerikanischen Obhut wieder in den Osten zurück, er, der geborene Frohburger, mußte schließlich selber wissen, was er wollte. Auf unserem Erkundungsgang über den Schifferberg entdecken wir zwei mannshohe grabsteinartige Findlinge mit Inschriften, die eine nennt den Maler Wachenhusen, den Erbauer des schönen Hauses, das früher einmal freie Sicht auf Bodden und Strand hatte, die andere ist ausdrücklich dem Dichter Johannes R. Becher gewidmet. Heidrun merkt gleich an, hier sei nicht der

Dichter, hier ist der Minister gemeint, wo gabs denn bei denen Denkmäler für Dichter, wenn sie nicht Puschkin, Gorki und Fürnberg hießen, Die Partei, die Partei, die hat immer recht. *Na siehsde.* Bechers *Ahrenshooper Tagebuch* vornehmen, wenn wir wieder in Göttingen sind. Jetzt erst einmal zurück zur Kreuzung an der *Bunten Stube*. Wieder rätseln wir über das Kugelhaus, an dem wir erneut vorbeikommen. Wer sich so weit in den Vordergrund schiebt, wem das Spaß macht, mit etwas Bizarrem Aufmerksamkeit zu erregen wie ein Flitzer. Weiter zum *Kunstkaten*. Inzwischen ist es nach halb fünf, zwanzig Minuten haben wir noch, um durch die kleine Grafikausstellung zu gehen, es dämmert schon. Die junge Kassiererin, eine Abiturientin, eine Studentin, schaut nur kurz auf, dann liest sie weiter in einem Taschenbuch, Sabine Ebert, flüstert Heidrun, habe ich ins *Dünenmeer* mitgenommen, ich erkenne das Umschlagbild, *Der Traum der Hebamme*, das ist der fünfte, der letzte Hebammenroman, alle spielen in deinem Freiberg. Höchstens ist es das Freiberg meines Urgroßvaters, entgegne ich, von einer Hebammengeschichte wußte der bestimmt nichts, dafür war er bei der Hinrichtung der Grete Beier dabei, des Engelsgesichts, wie der Kopf unter dem Fallbeil von Brand in den Weidenkorb fiel, das hat er mit eigenen Augen gesehen, nicht genau gesehen natürlich, er stand wie alle öffentlich bestellten Zeugen ein Stück weit weg, von den Gendarmen in eine Ecke des Landgerichtshofes gedrückt, zusammengedrängt, und es ging dann auch blitzschnell das ganze, aber hingeguckt hat er, definitiv, einen Wischer hat er wahrgenommen, an den Köpfen der vor ihm Stehenden vorbei, das war der Fall des Kopfes, sein Weg zwischen Rumpf und Korb, angeblich hörte er, wurde in der Greifenhainer Straße bis zuletzt erzählt, deutlich das helle Knirschen des Weidengeflechts, als der abgehackte Kopf auf den Korbboden aufschlug und im Zurückfedern gegen das Flechtwerk der Wand prallte. Kann aber auch sein, das schwere Klingenblatt der Maschine gab, als es niedersauste, ein stoßartiges Zischen von sich wie eine Viper vor dem Todesbiß. Möglich, sogar wahrscheinlich, daß die beiden Geräusche, Messer, Korb, übereinandergelegt, ineinandergeflochten in sein Ohr stachen, so nachhaltig schlimm, daß er acht Jahre später, 1916, siebenundsiebzigjährig, seinem älteren Sohn nachfolgte, dem Dresdener Technikstudenten, der vom Hetzdorfer Viadukt gesprungen war, und selber Hand an sich legte, indem er das Rasiermesser druckvoll durch seine Gurgel zog, im Frohburger Haus seines verbliebenen Sohnes, im Dachgeschoß, für dessen Ausbau er vor seinem Umzug von Freiberg nach Frohburg das Geld gegeben hatte, Bett, Bettvorleger, Dielen, alles blutbesudelt, alles von Blut getränkt, unheilvolles Zimmer, in dem sich, fünfundzwanzig Jahre weitergeblättert, meine Geburt abspielte, genau über dem Wohnzimmer der Familie, Großmutters Sessel war dort plaziert, wo ein Stockwerk höher das Bett ihres Schwiegervaters gestanden hatte, das Doppelbett der Eltern auch, in dem Mutter mich geboren hat, nie sprach Großmutter zu mir vom Tod des alten Mannes, auch meine Eltern erwähnten ihn zu keiner Zeit, doch hat sie, die Großmutter, ich bin sicher, an ihn und an den 1915 gefallenen ältesten Sohn bei jeder Mittagsruhe im Sessel mindestens einmal gedacht, jahrzehntelang. Drinnen in der Ahrenshooper Graphikausstellung außer uns niemand. Wir finden Arbeiten von Hassebrauk aus Dresden und von Max Uhlig, ebenfalls aus Elbflorenz, den wir in der *Villa Romana* kennengelernt haben, ein Intimfreund des Hausherrn Hümmi Burmeister war das, der an dem einen Nachmittag eine blaue Tasche von *Obi* und am nächsten eine gelbe von *Ikea*, jeweils voller Malutensilien, in die entfernteste Ecke des ameisenverseuchten Gartens schleppte, von dort oben aus hatte man einen wunderbaren Blick über die Altstadt von Florenz, die Domkuppel gab die Richtung vor, in die Uhlig im Wechselblick starrte, während seine Hand den Kohlestift über den Karton führte, hin und her, ruhelos, emsig, Strich, Strichel, Strich. Einmal kam ich beim Spazierengehen bis auf drei Meter an ihn heran, näher getreten wäre ich nur nach Aufforderung, aber schon verdeckte er das Blatt mit seinen Unterarmen, ein kurzes schlußpunktsetzendes halblautes *Hallo* hörte ich, mehr nicht. Was braucht denn der die Aussicht, der kritzelt doch sowieso alles zu, stichelte Heidrun, die Probleme mit der neuen Frau Uhligs hatte, einer betriebsamen, auch in Italien den Dresdner *Volvo* steuernden Siebzigerin, die mit der Frau von Stefan Moses in einer Teppichmanufaktur gearbeitet hatte, wie sie betonte. Nach der Wende war sie, die reife Frau mit dem süddeutschen, wenn nicht sogar schwäbischem Idiom, unter nicht erläuterten Umständen und an nicht bekanntgegebenem Ort auf Uhlig gestoßen und hatte sich mit ihm verbunden, die beiden hatten gerade die Ruine einer chemischen Fabrik im Dresdner Umland gekauft und sich dort angesiedelt, wie sie unaufgefordert zu berichten wußte, nach unserer Wohnsituation wurden wir von ihr nicht gefragt, man merkte gleich, es kam ihr vor allem darauf an, ihrem neuen Mann möglichst viel Geltung zu verschaffen. Heidrun hatte recht: zugekritzelt. Und doch tritt aus dem Gekritzel hier im *Kunstkaten* mit Müh und Not etwas hervor, karikaturähnlich, ein Porträt Kohls oder Schröders, vergessen. Ich schreibe ein paar Worte ins Gästebuch, dankbar muß man sein für eine geöffnete Galerie, wenn neben der *Bunten Stube* auch fast alle anderen Läden und die meisten Pensionen zu sind. Der letzte Eintrag vor uns, bemerke ich, stammt vom vierten Januar, liegt also zwei Wochen zurück, was, ich freue mich, unseren Dank heraushebt, nicht umstellt und überlagert von Schwachsinnsgeschmier und Gutmenschengefasel, wie sie heutzutage so gut wie alle Gästebücher füllen, irgendwie enthemmt, richtiggehend schamlos, zu Zeiten des schlagbereiten deutschen Volksschullehrers, wann soll das gewesen sein, hat kein Adept so geschrieben, auch wenn er, zweimal sitzengeblieben, die Schule nach der sechsten Klasse hat verlassen dürfen, Handschrift und Wortschatz sind nicht Schicksal, war der Glaubenssatz der alten Lehrer. Dann ist es fünf, draußen empfängt uns Dunkelheit, über die Dünen kommt das gedämpfte Echo der Brandung, wir machen uns auf den Weg zum Auto. Die gelöste Stimmung, in die uns die Wiederbegegnung mit Uhlig versetzt hat, bringt uns dazu, auf der Rückfahrt tatsächlich noch, wie bei der Ankunft erwogen, einen Abstecher nach Althagen zu machen, dem Ahrenshooper Dorfteil am Bodden, in dem seinerzeit die Eltern wohnten. Mein beharrliches Hin- und Herfahren entlang der reetgedeckten Häuser und unser mehrmaliges Fragen von Hundeführern durch das heruntergelassene Seitenfenster, einmal auf der Fahrer-, zweimal auf Heidruns Seite, immer in die Dunkelheit hinein, läßt uns das Anwesen Bernhard-Seitz-Weg 3 finden, mit *Neuem Kunsthaus* und Käthe-Miethe-Bibliothek. Auch hier, wie in Göttingen, in Frohburg und in den meisten Orten landesweit, hat sich die kommunale Bücherei die lateinische Edelbezeichnung zugelegt, Bibliotheksdirektorin klingt in den Ohren mancher Leute einfach besser als Büchereileiterin, dabei ist die breitgestreute Bezeichnung Bibliothek eher russischer Brauch, während der Besatzungszeit herübergeschwappt, *Bibbliotjek charascho*, die gute alte Stadtbücherei, die Leihbücherei von früher, sie boten ihren Bestand zu Lektüre und populärer Unterrichtung an und setzten dabei Akzente, die immer auch verändert, verschoben, angepaßt wurden, in der Göttinger Stadtbücherei beispielsweise gab es in den siebziger Jahren zwei ganze Regalbretter mit Büchern nur über den Spanischen Bürgerkrieg, als ich vor fünf Jahren dort spaßeshalber suchte, fand ich noch eine einzige Veröffentlichung. Deutlich anders die Bibliotheken mit ihren wissenschaftlichen Büchersammlungen. Wenn auch der einzelne Titel für Ungeübte vielleicht schwerer zu finden ist. Es gibt, merkt Heidrun an, noch mehr neumodische Veredelungen dieser Art, aus dem Ausstellungsmacher der in dieser Beziehung nüchternen Achtundsechzigerzeit ist flächendeckend der Kurator geworden, selbst wo in einem Heimatmuseum eine Schusterwerkstatt aus der Nachkriegszeit ausgestellt wird und das Dritte Fernsehen zur Eröffnung kommt, zieht der selbsternannte Kurator, bevor er der Kamera alte Rechnungen hinhält, weiße Baumwollhandschuhe an, hat sich wohl die Hände nicht gewaschen, kommt einem in den

Sinn. Nicht ganz zu Unrecht vielleicht, wenn ich daran denke, wer auf den Herbst- und Frühjahrstagungen der Akademie nach dem Urinieren in den Pausen den Wasserhahn nicht aufgedreht hat. Geheimwissen, wird nicht verraten. Nur so viel: B., D. und K. gehören auch dazu. Hier in Ahrenshoop also nicht nur Bibliothek, wie überall, sondern auch noch nach Käthe Miethe benannt. Von ihrem Ahrenshooper Heimatbuch *Die Flut* war ich sehr angetan, sagt Heidrun. Aber was ist denn, frage ich, mit dem Roman *Das Soldatenkind* von 1937, in dem eine junge Frau aus dem Durcheinander der Zwischenkriegszeit erst herausfindet, als sie einen Kampfpiloten aus Görings Luftwaffe heiratet. Da halten wir uns doch lieber an Johnson, stimmt mir Heidrun zu, der hat hier auf dem Grundstück mit den Eschen ein paar Sommerwochen im Hinterhaus zugebracht, er hat geschrieben und gekritzelt wie im Fieber, und heute ist die Erstausgabe von *Ingrid Babendererde* im Internet für fünf Euro zu haben. Das Auf und Ab der Konjunkturen kann auch zum Absturz werden, ergänze ich, neulich fragte ich bei *Pretzsch* in der Gotmarstraße nach Ernst Bloch, wie die Nachfrage ist. Geht gegen null. Klingt, als hätte es ihn nie gegeben. Haben Sie denn was von ihm. Zehn Titel mindestens. Genug Gesprächsstoff für die Rückfahrt. Im Hotel setze ich mich nach dem Abendessen in die Halle, rufe Google auf, gebe Dorfstraße 14 in Ahrenshoop, Kaiser und Kayser und Landgerichtspräsident und noch einmal Landgerichtspräsident plus Chemnitz ein und überfliege die Angebote und klicke sie an und lese diese und dann jene ganze oder halbe Seite, zwei, zweieinhalb Stunden lang, am Ende weiß ich, daß das Haus an der Dorfstraße Ecke Kirchnersgang in Ahrenshoop einem Rechtsanwalt Dr. Waysel gehört hat. Anscheinend kaufte er seinerzeit eine marode Fischerkate, ließ sie abreißen und baute auf dem Grundstück ein Sommerhaus. Wahrscheinlich für seine Tochter Otty, eine Kunstjüngerin mit Stift und Pinsel, die von dem Maler Paul Müller-Kaempff unterrichtet wurde. Der hatte nur ein paar Schritte weiter Haus und Malschule, er war Gründer der Ahrenshooper Künstlerkolonie. Mit ihm rief Vater Waysel 1904 den *Ahrenshooper Verein für gemeinnützige Zwecke* ins Leben. So weit, so gut. Von einem Landgerichtsdirektor aber kann ich im Internet nichts finden. Am nächsten Mittag machen wir mit dem Auto das, was wir Darßtour nennen, eine Fahrt über Wustrow und Ahrenshoop nach Prerow. Als wir durch Ahrenshoop kommen, Schneegriesel, wie gestern, sehe ich beim Blick nach links wieder das Wayselhaus durch das Gitterwerk der winterlich entlaubten Zweige und Äste, ein flüchtiges Bild. Guck mal, fast wie von Uhlig, sage ich zu Heidrun. Ja, aber Natur, nicht krampfig, gibt sie zurück. Wir rollen erst auf schneeüberzuckerter Dammstraße durch den hinteren Saum des Darßwaldes, dann an dem kleinen Boddendorf Born vorbei nach Prerow. Den locker bebauten Badeort durchfahren wir von einem Ende zum anderen und landen im Regenbogencamp im Wald westlich der letzten Häuser. Hier haben zu Vorwendezeiten bis zu zehntausend Urlauber auf dem Strand gezeltet, in sechs bis zehn Reihen, alle im Adamskostüm, auch die Evas. Mancher, der unvorbereitet ankam, hat an ein Gewimmel von Lemmingen denken müssen, es gab nicht nur straffe junge Leiber, sondern viel zusammengenudelte schlaffe und verschrumpelte Häßlichkeit, die unablässig engstens durcheinanderquirlte und die der empfindsame Geist nicht zu jeder Tageszeit vertrug, am ehesten noch, wenn es dunkel war, um zehn am Abend kehrte auf dem sicherheitsrelevanten republikfluchtgefährdeten Strand zwangsweise Ruhe ein, die Bilder des Tages, nicht alles ist häßlich, im Gegenteil, es flirrt zwischen den Strandburgen und Zelten auch ansprechende Schönheit herum, haben sich in vielen, den meisten Köpfen festgesetzt und wandern mit in die überhitzten Zelte, warum denn nicht hören lassen, wenn es einen in die Umarmung treibt, hier darf man manches, solange man nach dem nördlich späten Einbruch der Dunkelheit nicht draußen herumgeistert, am Spülsaum nicht, im Wasser nicht und nicht im rückwärtigen Wald, auch nicht bei kompletter Besoffenheit, obwohl, es gibt das menschliche Rühren, das viele

Bier, das triefende Fett der Roster und Broiler, beides will unreglementiert, zu jeder Stunde heraus, ob unpassend oder nicht, mindestens einmal pro Nacht. Das Getröpfel der Pendler Richtung Büsche, das Hineinhuschen, das kurz vor dem Hellwerden zu einem gelinden Strom anschwillt, schnell noch raus, bevor einer dem anderen zugucken muß, wohin man auch das Auge wendet, überall hocken sie, nicht selten so nahe, daß man einander hören kann. Haarscharf wie in Indien, sagt Heidrun. Bei einem von Doris-Muttis Sommeraufenthalten bei den Eltern in Reiskirchen, sie entkam für ein paar Wochen ihrer mit Frohburger Erinnerungsstücken vollgeräumten Einzimmerwohnung am Stöckener Markt, erzählte sie, daß ihre jüngere Tochter, meine Cousine Lachtari Grzewski mit Mann schon zum zweiten Mal Zelturlaub in Prerow machte, in ihrer Gesellschaft meine Pegauer Cousine Ilka Mach mit ihrem Mann, sie war einundzwanzig Jahre jünger als Lachtari, alle drei, die beiden Männer und Ilka, SED-Genossen, Grzewski Bezirksschulrat in Connewitz, Ilka Leiterin einer Krankengymnastikschule in Merseburg und Mach Parteisekretär an der Bornaer Oberschule, zumindest die beiden Jüngeren mit dem Verbot von Westkontakten. Wenn die Eltern bei Vaters Schwester Ilsabe Roscher im Plattenbau am Rand von Pegau Ende der siebziger, Anfang der achtziger Jahre eine Stippvisite machten, kam Ilka, die mit Mach im anderen Flügel des Blocks wohnte, durch die miteinander verbundenen Keller herüber, um die paar Mitbringsel einzuheimsen, Kaffee, Zigaretten, Schokolade, das eine und andere duftige Stück Unterwäsche, gedeckter Anmarsch, denn das Westauto vor dem Eingang sprach unübersehbar von Besuch aus dem NSW, dem *Nichtsozialistischen Währungsgebiet*, eigentlich noch schlimmer: aus der BRD. Und die Nachbarn wußten von Ilkas *hunndorrdfimmzschbrozendschorr* Linientreue, *wih geedn doas zusoamm*, hätten sie gelästert, und vielleicht hätte sogar jemand, wer konnte die Hand fürs Gegenteil ins Feuer legen, einen Brief mit oder ohne Unterschrift an die Kreisdienststelle geschickt, kümmert euch drum, für was seid ihr denn da, Genossen. Wie auch immer, Machs machten mit Grzewskis Urlaub in der wilden Zeltstadt von Prerow, die allerdings ganz so wild nicht war, als daß man ohne den vorgeschriebenen Zeltschein Zugang zum Strand und Übernachtungsberechtigung auf dem Sand gehabt hätte, alles streng geregelt, bis auf die sanitären Belange, wer will schon die Herrschaft über so viel pardon Scheiße antreten, sagte Doris-Mutti, mit einer Derbheit, die sonst überhaupt nicht ihre Sache war, eher neigte sie zu ausgefallenerem Vokabular, *ästimieren* dich deine Schüler fragte sie einmal Heidrun, die nicht wenig staunte und das Fremdwörterbuch zu Rate zog. Weiter erzählte der Stöckener Besuch den Eltern, wie Grzewski, der Schwiegersohn, an der eigenen Frau Lachtari vorbei die allewweil splitternackte unübersehbar deutlich jüngere Ilka nicht ohne Wohlgefallen und Begehrlichkeit betrachtet hatte, zum Greifen nah das Objekt der Begierde, immer wieder drängte er, wenn man nicht gerade im Wasser war und Tauchspielchen machte, Beine breit, ich tauche durch, auf Volleyballspielen, mit Ilka in seiner Mannschaft, wie schön, aber so richtig wach wurde er immer erst, wenn die Rotation ihn zum Aufschlagspieler werden ließ, dann hatte er die junge Rankheit, junge Schlankheit vor sich, vorn am Netz, wie sie sich gegen den Boden stemmte, wie sie hechtete, wie sie sich streckte, er lauerte, so seine Schwiegermutter, Lachtari hatte ihr Bericht erstattet, darauf, daß der Ball zu Boden ging, in Ilkas Nähe, dann bückte die sich, um ihn wieder aufzunehmen, so aufgespreizt, bot sich seinen Blicken sekundenlang nicht nur die Feige, sondern auch ihre Rosette dar, von rötlich dunkelblondem Flaum umgeben, während er von zuhause an eine üppig bewucherte Furche gewöhnt war, der neue Anblick und Einblick verfolgte ihn die halbe Nacht, wenn er mit seiner Frau zusammenkroch, war es die Nacktspielerin im Nachbarzelt, die er umarmte, anscheinend war es auch vorgekommen, daß er den anderen Namen heraustöhnte, das alte Ferkel, sagte Doris-Mutti, ich schließe allerdings nicht aus, daß Lachtari das Spielchen nicht nur wohl oder übel tolerierte, sondern es ihrerseits vielleicht sogar als Abwechslung empfand und als riskanten Kitzel genoß. Und riskant war es allemal. Zwar wußte man nicht, ob Grzewski, Mitte vierzig damals, voll in Saft und Kraft, mit Mach gesprochen und eine Art Freigabe angeregt, möglicherweise sogar gefordert hatte, verbürgt ist aber, daß in der Nacht nach dem Buschmännerfest, an dem sich der ganze zehntausendköpfige Strand, mit Lehm, Eisenmennige und schwarzem Tümpelschlamm wild bemalt, wie losgelassen in irren Tänzen, endlosen Polonaisen beteiligte und verausgabte, Ilka in die Büsche mußte, da sie nichts sehen konnte, wich sie den tückischen Zonen in Waldrandnähe, am dichtesten mit Hinterlassenschaften belegt, aus und drang tief und tiefer in die Waldeinsamkeit vor. Nach zweihundert, dreihundert Metern ging das mit Birken und Erlen durchsetzte feuchte Dickicht in einen lichten Kiefernwald mit Sandboden über, eine Partie, die tagsüber wegen des Durchblicks so gut wie gar nicht benutzt wurde. Als sie sich aus der halben Hocke erleichtert wieder zu voller Größe aufrichtete, sich umdrehte und mit den Füßen schon das erste Schrittchen des Rückwegs ertastete, sah sie dicht vor sich die dunkle Gestalt, rätselhaft, fremd, Schreck laß nach, erst die bekannte sonore Stimme machte ihr klar, daß es Grzewski war, der vor ihr stand und ihr den Weg verstellte. Die Luft, sie merkte es mit einemmal, wie elektrisch geladen, schon beim Herauskriechen aus dem Zelt hatte sie über der See Wetterleuchten gesehen, nun donnerte es in der Ferne, stockende Schwüle, plötzlich umfing ein süßlichaasiger Geruch unbekannter Herkunft sie, unbekannte Blüten, unbekannte Sekrete, die sie betäubten, ihre Beine zitterten, jetzt sich hinlegen, jetzt sich hinlegen müssen, er drückte sie zurück, fing sie auf, ließ sie auf den warmen Nadelboden gleiten und folgte nach, endlich. Muß ich es weiter ausmalen, fragte Doris-Mutti in Reiskirchen. Na gut, fuhr sie, weil die Eltern verblüfft oder erwartungsvoll schwiegen, nach einer kurzen Weile fort, Grzewski holte sich vorn bei ihr die Ölung und drang dann auf bis dahin unbetretenem Weg in sie ein, Mach, so alt wie sie, war ein Waisenknabe gegen den ehemaligen Oberleutnant, der den Rückzug der Armeetrümmer von der Weichsel an die Oder und nach dem 16. April fünfundvierzig die Flucht der Wehrmachtsreste bis Berlin mitgemacht hatte und der nach der Wende, als sich ihm die diesbezügliche Zunge wunderbarerweise doch noch einmal löste, von den merkwürdigsten und bei aller Trostlosigkeit jener Wochen märchenhaftesten Erlebnissen zu berichten wußte, fast alle hingen mit jungen Mädchen und Frauen zusammen, an die er ewig noch dachte, gerade weil er nur Stunden, höchstens eine Nacht mit ihnen zusammengewesen war. Unvergeßlich die Erinnerung an die schnelle Bereitschaft der Frauen, sich zwischen zwei Bombardierungswellen, zwei abgeschlagenen Sturmangriffen, zwei steckengebliebenen russischen Panzervorstößen in Rede und Gegenrede schier rückhaltlos zu öffnen, um dann, wenn nichts mehr zu erzählen und die Funzel gelöscht war, ohne Umschweife sich hinzugeben, noch einmal warme Haut, Bewegung von Händen, hier du, da ich, komm, so klammerte sich der eine an den anderen, in verbohrter ineinandergehakter rückhaltloser Lust, die alles zuließ, alles mit sich brachte, alles machen wollte, keine Ahnung, wie lange die Uhr bis zum Absturz läuft, zur Höllenfahrt, zum unbeachteten restlosen Verschwinden im Trichter der Vernichtungsmühle. Wer das erlebt hatte, blieb ein Mann des schnellen Zugriffs, noch Anfang 1990 in Leipzig gab es auf dem Parkplatz des *Hotels Astoria* am Hauptbahnhof in Leipzig einen diesbezüglichen Dialog zwischen mir und Karin Rohr, die ich durch einen Brief aus Kohren-Sahlis kennengelernt hatte, ich habe zwei Gedichte von Ihnen gelesen, schrieb sie zwei Jahre vor der Wende, und stelle mir vor, daß ich in der Abenddämmerung mit Ihnen am Fenster meines Kohrener Häuschens stehe, Schulter an Schulter, und über das Städtchen hinweg auf die reifenden Kornfelder am Hang gucke. Pünktchen Pünktchen Pünktchen. Reifendes Getreide am Hang, dachte ich, das sind die enteigneten Flächen von Crusius, Volksgut-Schläge ohne Ende, giftsprühende Agrarflieger, na gut. Der Mann der Tagträumerin, Stadtarchitekt im Leipziger

Denkmalschutz, hatte sich, über den Ruin der Altbausubstanz verzweifelnd, umgebracht, sie entwarf nach seinem Tod, selbst korpulent, da im Matronenalter, Wallawallakleider im skandinavischen Stil und ließ sie auch produzieren, in kleiner Stückzahl, für handverlesene Kundinnen, zwölf Frauen nähten in Heimarbeit, die Stoffe, auf normalem Weg kaum zu bekommen, kamen von ihrem Bruder, der in einer Lausitzer Großweberei Produktionsleiter war und als solcher den Ausschuß deklarierte, wie er und sie es brauchten, Wege waren immer da, sagte sie im Rückblick, man mußte sie nur gehen ohne Schiß, nun, in der sich anbahnenden neuen Zeit, gab es solche Kleider im Überfluß, sie orientierte sich, als wir uns das erste Mal sahen, vor dem *Astoria*, gerade anders, sie versuchte sich mit Aquarellen, glühende Farben, *Atmende Verheißung*, schrieb sie mit Bleistift auf das Passepartout, oder *Fremdgewordenes Häuserkohren*. Fremdgeworden, weil die Nachbarn, eingeborene Kohrener, keine Flüchtlinge, nicht zugezogen, Syrbe mit Namen, unterhalb des am Friedhofsweg gelegenen Rohrschen Wochenendhauses, das sie neben der großen Leipziger Altbauwohnung hatte, eine Allianzvertretung der ersten Stunde übernahmen und eine riesengroße Leuchtreklame der Münchner Versicherung auf einen Mast setzten, in Höhe der Fenster, an denen sie mit mir Jahre vorher hatte stehen wollen, nix mehr mit Felderromantik, sie war blaublindgeblendet. Das erzählte sie mir auf dem Parkplatz vor dem *Astoria*, anschließend lud sie mich für den folgenden Abend zu sich ein, auf einen Wein. Tut mir leid, morgen geht es nicht, mußte ich sie enttäuschen, ich bin bei meiner Cousine und ihrem Mann in Connewitz eingeladen. Connewitz, das ist doch bei mir um die Ecke, wo denn da. Na in der und der Straße. Und wie heißen die Leute. Grzewski. Das darf doch nicht wahr sein, rief Karin Rohr, genau der war mein Schuldirektor in meiner Zeit als Lehrerin, in der Lehrergarderobe hat er mir unter den Rock gegriffen, einmal, zweimal, dreimal, immer wieder, eine Klette, nicht abzuschütteln, nach jeder Abendkonferenz, wenn ich noch dableiben und Protokoll schreiben mußte, fragen Sie nicht, wie ich ihn loswurde, macht aber nichts, grüßen Sie ihn von mir, vielleicht erinnert er sich noch an die kleine Infektion, die zwischen uns hin- und hergewandert ist. Hier bricht die Rohr-Geschichte ab, über Stasikontakte vielleicht später, jetzt erst einmal weiter mit Grzewski in Prerow. Nach einer Stunde im Kiefernwald schlüpfte Ilka wieder in das Zelt zurück, Mach war wach, halb aufgesetzt erwartete er sie, mit Pulsen im Unterleib, sie wollte etwas sagen, maulhalten, knurrte er, drehte sie, an ihr zerrend und hebelnd, herum, hob sie sich entgegen, woher wußte er, was drückte sich an sie und drang in sie ein, dort, wo der andere schon gewesen war, dort hineingleiten, wo der andere geglitten war, die halbstundenalte Feuchte, die Schlüpfrigkeit wiesen den ungewohnt aufgeweiteten Weg. So ging die Sommernacht zu Ende, in der ein Dreierbund entstanden war, dem sich in der übernächsten Nacht Lachtari als viertes Mitglied zugesellte, was wollte sie auch machen, sagte Vater zu Doris-Mutti, wenn sie nicht als einzige im Regen stehenbleiben wollte. Halt die Luft an, protestierte seine Schwester, man könnte denken, daß ihr Männer am Ende alle gleich seid, was dir nicht gefallen würde, wenn ihr die hundert anderen Schweinereien des geilen Bocks mit dem umtriebigen Gemächte hört. Die derbe Sprache, nach der das klang, war in den Unterhaltungen zwischen den Eltern und Doris-Mutti nicht üblich, nicht an der Tagesordnung, obwohl Vater und seine Schwester und auch Mutter mit etlichen Geschwistern aufgewachsen waren, tagein tagaus mit Straßenjungen und gassenweise organisierten Kinderbanden, dazu der Tierarzthaushalt, in dem, auf Zoologisches orientiert, manches, ja vieles durchaus beim Namen genannt wurde, auch Vaters Medizinernüchternheit, dennoch war der Ton der abendlichen Gespräche nur von ironischer und nicht grober Deutlichkeit, so deutlich aber immerhin dann doch, daß man im Bild war, wie ich Heidrun erzähle, im Auto, gegen Abend, auf der Fahrt von Prerow nach Zingst. Erst die *Düne sechs* dort bringt uns auf andere Gedanken, die Wüstenei aus aufgegebenen und halbaufgegebenen Baulichkeiten des Vergangenen, seiner Bräuche, nie weiß man, was da mal gewesen ist, was da zusammenfällt, wer dort noch seine Fäden spinnt. Die inzwischen hergerichteten Einfamilienhäuser im Ortskern sehen kaum besser aus, viel verirrte Verzierung, viel Geschmacklosigkeit, Anbauten für Geschäfte und Gastwirtschaften, auf Gedeih und Verderb hingepfuscht, Hauptsache Mieteinnahmen. Da gefällt uns die Bibelstadt Barth am Ende noch am besten, die Einfahrt durch das Stadttor, der Markt, die engen Kopfsteingassen mit der nachmittäglichen Einkaufsbelebung, in dieser Stunde kurz vor Einbruch der Dunkelheit, der eigentlichen Kleinstadtstunde, kommt auch der geschiedene oder verwitwete Dauertrinker aus der Ein- oder Zweiraumwohnung und strebt in fünf oder sechs Exemplaren mit den Leinenbeuteln voller Pfandflaschen an unserem Auto vorbei zur Quelle, in der ersten Monatshälfte zum nächsten Getränkemarkt, während der restlichen Tage bis zur neuen Zahlung zu *Aldi* oder *Lidl*, was immer am besten erreichbar ist, sechs Halbliterflaschen Pils in der Plastikflasche da und dort für einsneunundsechzig, dazu einmal im Jahr das Sonderangebot, sechs Liter einer etwas schwereren Sorte nur zwei Euro, Paradies, ich komme. In solchen Städtchen, haufenweise nicht nur über Mecklenburg-Vorpommern verstreut, durch die vierzig vormundschaftlichen Jahre gekommen zu sein, das heißt was. Während der Rückfahrt nach Dierhagen wächst die Schneedecke auf der Straße, makelloses Weiß, durch kein vorausfahrendes Auto markiert, ich kann nur noch sechzig fahren, Gelegenheit für Blicke nach rechts auf den Wald und nach links auf das Boddenvorland und den in Zwielicht und Dunst und Schneetreiben verschwimmenden Bodden, alle Einzelheiten, Bäume, Sträucher, Firste, Giebel mit feinen, vielleicht schon unmerklich zitternden Strichen gezeichnet, anfangs noch der Eindruck genauer Bilder, klar, streng, die allmählich in der Dunkelheit versinken, wie angezweifelt, war da wirklich etwas, das paßt zu ihrer Seelenlage, meint Heidrun, daß nichts festgehalten, bewahrt, vor dem Flötengehen, der Auflösung geschützt werden kann, ich bin ganz sicher, sie denkt an den vergangenen Sommer. Silvester 2014 sitzen wir, vier Stunden vor Mitternacht allein im Wintergarten am Tisch, keine Freunde, niemand aus der Verwandtschaft, vor dem Apartementhaus gegenüber kein Auto, die jungen Mieter, die Studenten vor allem, sind ausgeflogen, auf Feiern oder nachhause, das wird ein ruhiger Jahreswechsel, freuen wir uns, keine Böller und Kanonenschläge, kaum Raketen, leere Kreuzung, erzähl mir doch mal, sagt Heidrun, vielleicht gegen die Stille im Raum, wie es weiterging mit dem Haus in Ahrenshoop. Hab ich doch schon, gab ich zur Antwort. Dann eben noch einmal, beharrte sie, fast störrisch. Na gut, gab ich meine Abwehr auf. Nach elf Besuchen in der Universitätsbibliothek und zwei Dutzend teils nur minutenkurzen, teils stundenlangen Telefongesprächen sah ich klarer, was das Anwesen Dorfstraße 14 in Ahrenshoop angeht. Es hängt nicht nur mit dem Rechtsanwalt Otto Waysel zusammen, dem Käufer des Grundstücks und Erbauer des Landhauses, sondern auch mit einem Rudolf Spiel. Dieser Rudolf Spiel, Doktor der Rechte, war der Landgerichtspräsident in Chemnitz, von dem auf der Kurverwaltung Ahrenshoop andeutungsweise die Rede war, ohne daß sein Name fiel. Es gab nicht, wie von mir anfänglich vermutet, zwei Besitzer, möglicherweise nacheinander, durch Verkauf und Kauf, der Zusammenhang zwischen Waysel und Spiel stellt sich anders, sozusagen intimer dar. Spiel, im Mai 1880 in Dresden geboren, Zwilling wie ich, war im November 1918 einer der Gründer der *Deutschen Demokratischen Partei*, der auch Harry Graf Kessler angehörte und, wenn ich den Blick Richtung Kleinstadt wende, mein späterer Frohburger Privatlehrer Kurt Sporbert und auch Vaters älterer Freund und Mentor in der *Frohburgia*, interner Name Ise grimm. Nach langer Tätigkeit als Strafverteidiger in Leipzig wurde Spiel im Oktober 1923, während der rechten und linken Putschwochen, von Erich Zeigner, dem kurzzeitigen Chef der sächsischen Volksfrontregierung, Sozialdemokraten und Kommunisten am gleichen Strang, zum Landgerichtspräsidenten in

Chemnitz ernannt. Als solcher bewohnte er eine Dienstwohnung direkt über dem Portal des Gerichts, unter der steinernen Figur der Justitia. Seine nach dem Krieg in Hamburg lebende Tochter hat überliefert, daß Spiel am 8. März 1933 von SA-Männern, in die Diensträume eingedrungen, des Amtes enthoben wurde. Kein offizieller Brief, keine Verfügung, kein Erlaß, schrieb sie, nein, der braune Mob selbst vollzog den Rausschmiß. Auf der anderen Seite gab es, auch wieder laut Tochter, eine nachgereichte schriftliche Begründung der Entlassung, sie sei aufgrund von politischer Unzuverlässigkeit erfolgt. Flurbereinigung, die in einer kurzen Schutzhaft gipfelte. Freilich, es wurde eine Pension gezahlt, wenn auch in verringerter Höhe. Was an sich kein Wunder war, der Zahlungsempfänger war erst dreiundfünfzig Jahre alt. Dergestalt nicht üppig, aber ausreichend versorgt, verließ Spiel mit seiner Familie Chemnitz. Wohin sich wenden, wird er sich gefragt haben. Schon als Referendar und als junger Anwalt hatte er das winzige durchaus eigenartige Fischland oben im Norden, an der Ostseeküste, kennengelernt, zwischen Rostock und Stralsund, die kleinen Orte dort, in denen Fischer und Maler lebten. Ab 1903 schon hatte er in Ahrenshoop Urlaub gemacht. Dabei lernte er eine gutgestellte Familie von Sommerfrischlern kennen, die zur Prominenz der ehemaligen mecklenburgischen Residenzstadt Ludwigslust gehörte und auch in der aktuellen Residenz Schwerin beträchtliches Ansehen genoß. Der Familienvater war Jurist wie er und obendrein einflußreicher Notar, damals schon in tätiger Bewegung auf allerhand Würdigungen und Ehrungen zu, wie sie die Provinz den in ihren Grenzen Wirkenden früher so gut wie heute zukommen ließ und läßt, bis hin zu Bundesverdienstkreuz und Ehrengrab. Zwischen dem alten und dem jungen Mann, dem Norddeutschen und dem Sachsen, gab es auf langen Wanderungen den Strand hinauf zum Darßer Ort und seinem Leuchtturm und auf dem Weg zurück durch den Urwald Gespräche über Gott und die Welt, ohne Rückhalt, Spiel fiel das nicht leicht, so frei von der Leber weg zu reden, Kindheit ohne Vater, Großstadtleben, Universität, mißgünstige Konkurrenten, das alles hatte ihn vorsichtig gemacht, Reden ist Silber, Schweigen ist Gold, aber Otto Waysel, so der Name des Notars, hatte eine unnachahmliche, eine einmalige Art, die Dinge beim Namen zu nennen, in einer Mischung aus Grandezza und sanfter Ironie, nie fühlte man sich verletzt, von Sarkasmus keine Spur, denn wer so sprach wie der Ältere, war den Menschen zugetan, kannte sie allerdings auch genau, ich lasse mir meinen Glauben nicht nehmen, sagte Waysel einmal, mache mir aber auch keine Illusionen, lange genug bin ich in Rechtsgeschäften unterwegs gewesen, da weiß man einfach, lieber junger Freund, daß es nichts gibt, was es nicht gibt, der bürgerlichste Boden zittert, wenn es zum Treffen kommt, ich brauche nur an mich zu denken, daher. Aber wem sage ich das eigentlich, Sie werden Ihre ureigenen Erfahrungen in Leipzig gemacht haben, zumal, wenn Sie, wie mir berichtet wurde, mit dem *Insel Verlag* und mit *Reclam* als Berater zu tun hatten, da werden Sie gemerkt haben, was es bedeutet, Künstler bändigen zu müssen, und Schriftsteller sind für mich Künstler, im Guten wie im Nichtsoguten. Was die beiden Männer über die Wanderungen und Gespräche hinaus verband, war Waysels Tochter Otty. Der Vater vergötterte sein einziges Kind, und Spiel, seit dem Ende der Referendarzeit auf Freiersfüßen, war interessiert an dem nicht mehr ganz frischen kunstbegeisterten Mädchen Ende zwanzig, das bei Müller-Kaempff, von seinen Schülerinnen aller Altersstufen zärtlich *Papa Mampf* genannt, seit acht Sommern Unterricht im Zeichnen und Malen nahm, der junge sogenannte Volljurist dachte in den ersten Wochen der Bekanntschaft bei ihrem Anblick, Sommerkleid, tüllbedeckte Arme, Sonnenhut, an Ebenholz, an Milch und Blut. Eine gute Partie war das natürlich auch. Was konnten da die fünf Jahre ausmachen, die sie älter war als er. Die Hochzeit würde, sollte es dazu kommen, im Wayselschen Sommerhaus in Ahrenshoop gefeiert werden. Der Brautvater, 1843 in der westlich von Rostock gelegenen Kleinstadt Kröpelin geboren, wo sein Vater erst Lehrer, dann Rektor war, hatte 1896, im Alter von dreiundfünfzig Jahren, einen Katen im Malerdorf gekauft und nach dessen teilweisem Abriß, zwei Drittel kamen weg, ein Drittel wurde überbaut und in Küche und Speisekammer umgewandelt, das Sommerhaus errichten lassen, Otty war einundzwanzig. Damals erster Kurs bei Mampf und erste ernste Liebe, mit dem Sohn ihrer Nachbarin in der Malklasse, der dreiundsechzigjährigen Gattin des berühmten Chefarztes Wonneberger am Küchwaldkrankenhaus in Chemnitz, einer chirurgischen Koryphäe, zu der die bessergestellten jüdischen Patienten aus Leipzig, Halle und Erfurt nur so strömten. Der Sohn Wonneberger, immerhin schon dreißig Jahre alt, hatte mit Malerei, mit Kunst nicht viel im Sinn, Skizzieren, Aquarellieren unter freiem Himmel, alles Weibersache, schön anzusehen, von ferne, klar, aber dort selber sitzen, am Strand, in den Dünen, am Boddenufer, das kam nicht infrage für ihn, Rennläufer, der er war, Faustkämpfer, Diskuswerfer, der reinste Zahlenmensch, Ingenieur, sogar Diplomingenieur, also Akademiker, Fotografie sein Steckenpferd, wobei seine allergrößte Leidenschaft Tierdressuren waren, Löwen, Tiger, Leoparden, stundenlang ließ er sich darüber aus, wie die Könige der Tierwelt zu führen wären, unnachgiebig, klar im Wollen, ohne innere Widersprüche mußte der Dompteur sein, konnte er sich ereifern, dabei war der schlanke großgewachsene Mann mit dem Igelschnitt an sich von mehr als trockener Wesensart, zu trocken, befand Waysel, der unter der eigenen Sprödigkeit durchaus ansprechbar war für Gefühle, und säte damit Zweifel auch in Ottys Herz, wenn allzu trocken, was konnte er dann taugen über die bloße Erhaltung und Verteidigung des Sommerhauses, der Malstunden und der Ludwigsluster Reputation hinaus, was blieb für ihr Herz übrig, wenn der heißgeliebte Vater einmal starb, unausbleiblich. Das Eheleben konnte Jahrzehnte dauern, wenn dürr, was dann. Deshalb bedauerte sie trotz ihres anfänglichen Entflammtseins auch nicht wirklich, daß im Spätsommer der kurzzeitige Chemnitzer Ehekandidat mitsamt seiner Mutter aus ihrem Gesichtskreis verschwand. Für die nächsten acht Jahre. Dann lernte sie, wiederum in Ahrenshoop, im Sommer, den jungen Spiel kennen, ebenfalls aus Sachsen, wie Wonneberger, genau wie der mit dem weichen sächsischen Unterton in der bemüht gepflegten Sprache, da hatten wir hier mal einen Sommergast, sagte sie zu Spiel beim Spaziergang über den Schifferberg, der klang wie Sie, aus Chemnitz kam er, das ist doch wohl von Ihrem Leipzig nicht allzu weit weg, oder. Wie hieß der Mann. Wonneberger. Ingenieur, fragte Spiel. Ja, mit Diplom, woher wissen Sie das. Na das ist vielleicht ein tolles Ding, liebes Fräulein Otty, rief Spiel aus, lesen Sie denn keine Zeitung. Zeitung, wozu. Na dann wüßten Sie doch längst, daß Ihr Wonneberger nicht mehr lebt und erst als Leiche so richtig berühmt geworden ist. Das kann nicht sein, unmöglich, rief Otty Waysel, so ein starker Mann, an was soll der denn gestorben sein. Nicht an was, durch wen, müssen Sie fragen, verehrte Otty. Das glaub ich nicht, das kann nicht wahr sein, wer sollte jemanden wie den zu Boden ringen können. Nix Ringkampf, vergiftet und erschossen hat man ihn, da war er gleich doppelt mausetot, platzte Spiel heraus. Um sich ein paar Atemzüge lang an Ottys Überraschung zu weiden und dann leichthin fortzufahren: Seine eigene Braut wars, die Bürgermeisterstochter aus einem Nest bei Freiberg, sie hatte sich blutjung, schön wie ein Engel, hieß es bei den Leuten, mit Wonneberger verlobt, gut situiert, wie er war, auch auf das Drängen ihrer Eltern hin, doch hatte sie schon seit Jahren einen heimlichen Geliebten namens Niedrich, einen verkommenen Ladenschwengel, lügnerisch, betrügerisch, dessen Kind sie erwartet und abgetrieben hatte, sobald sie über Geld verfügen konnte, wollte sie ihn heiraten. Nach außen hin aber betrieb sie die Eheschließung mit Wonneberger, fuhr mit ihm nach Leipzig zum Kauf des Brautkleides und der Aussteuer, alles in führenden Geschäften, und verabredete sich in seiner Chemnitzer Junggesellenwohnung mit ihm, um die letzten Einzelheiten der Hochzeit und der Hochzeitsreise nach Venedig zu besprechen, während er, der angestaute halbe Hagestolz, sich von der Begegnung eine beherzte schnelle Ernte jungfräulicher Früchte versprach, wenn Sie verstehen, was ich meine. Sie kam mit dem Freiberger Zug in Chemnitz an und wurde auf dem Bahnsteig von ihrem Bräutigam mit einem großen Pfingstrosenstrauß begrüßt. In der Handtasche hatte sie zwei aufgeschlitzte Briefe, ein Testament, einen Revolver und ein kleines braunes Fläschchen. In der Wohnung Wonnerbergers angekommen, bat sie als erstes: Schatz, es zieht, bitte mach die Fenster zu. Dann wollte man Kaffee trinken, sie rumorte in der Küche, die Milch fehlte, sie hatte sie, sei angemerkt, im Besenschrank versteckt, Wonneberger besorgte neue im nächsten Eckladen. Als er zurückkam, umarmte ihn seine Braut, du Guter, und bot ihm erst mal einen Kognak an, den hast du redlich verdient, bei der Hitze draußen. Sie hatte die beiden Gläser schon eingeschenkt, zum Wohl, mein Schatz. Er kippte das gute Schlückchen hinter, und hast du nicht gesehen, stürzte er beinahe augenblicks zusammen, sackte zu Boden und war schlagartig tot. Was erzählen Sie da für eine Schauergeschichte, sagte Otty Waysel, ein harmloser Schluck Kognak soll ihn umgebracht haben, das glaub ich nicht, nie und nimmer glaub ich das. Weil Sie nicht wissen können, daß in dem Kognakglas für Wonneberger eine gute Prise Zyankali war, ein wahres Mordsgetränk, angemischt von der eigenen Braut. Zyankali, woher denn das, so etwas gibts doch nicht an jeder Ecke. An jeder Ecke vielleicht nicht, aber in manchen Badezimmern, zum Beispiel in dem von Wonneberger, wo er seine Landschaftsaufnahmen entwickelte, dort hatte die Braut beim vorletzten Besuch das braune Apothekerfläschchen mit dem warnenden Knochenkreuz entdeckt und eingesteckt, Zyankali stand auf dem Schild, sie las zuhause im Lexikon nach, tödliches Gift, Wirkung in kürzester Zeit. Wie ich aus der Zeitung weiß, stammte die Mixtur aus dem Nachlaß von Wonnebergers früh gestorbenem Schwager, die hilflose Schwester hatte es an ihren Bruder weitergereicht, er wußte seinerseits nicht recht, wohin damit, und stellte es in sein provisorisches Fotolabor, Braut, greif zu, ein unbewußtes Angebot. Spiel lachte, höhnisch, wie es Otty schien, und fuhr dann fort: Die Braut hat wirklich zugegriffen, und nun liegt er da, zusammengekrümmt, vergiftet, tot. Aber kann sie wirklich sicher sein, daß der Laut im Niederstürzen sein letzter Seufzer war. Warum noch lange überlegen, sie kramt in ihrer Tasche nach dem Revolver, für sechs Mark erworben in Freiberg, mit komplett geladener Trommel, nimmt ihn heraus, spannt den Hahn, beugt sich vornüber und schiebt den Lauf zwischen die Zähne ihres Verlobten, sie guckt sich kurz um, jawohl, die Fenster zu, und drückt ab. Das Bündel Mensch vor ihr auf den Dielen zuckt und ruckt noch einmal unter dem Schuß bis in die Füße hinein, beißender Pulverdampf durchzieht das Zimmer, Fluchtgedanken, schnell weg was hilfts, sie muß noch tun, was zu tun ist, erstens die beiden aufgerissenen Briefe aus der Tasche nehmen und auf dem Schreibtisch unter die Rechnungen und Werbezusendungen schieben, zweitens das mitgebrachte Testament zu den persönlichen Papieren in die mittlere Schublade des Schreibtischs legen. Jetzt aber nichts wie weg, zum Bahnhof, und den nächsten Zug nach Freiberg nehmen, eine Freundin hatte in die elterliche Wohnung zum Tanz geladen, unbedingt sich bei ihr zeigen. Am nächsten Mittag fand in Chemnitz die Aufwartung den toten Diplomingenieur gerade so, wie ihn die mörderische Braut zurückgelassen hatte, die allerengsten Verwandten, die Mutter Wonneberger, seit den Ahrenshooper Zeiten verwitwet, und die Schwester, verheiratet mit einem Amtsrichter in Frohburg, anderthalb Bahnfahrtstunden von Chemnitz entfernt, an der Leipziger Strecke, wurden benachrichtigt und eilten herbei, wir beide, liebe Otty, Sie und ich, wir können uns gut vorstellen, wie bodenlos schockiert Mutter und Schwester waren, erst fassungsloses enthemmtes Weinen, dann tränenenleeres Starren. Zu den beiden Frauen stieß am folgenden Tag der Amtsrichter, der sich erst hatte freimachen müssen, sachverständige und sachbegierige Freunde lagerten sich an, Anwälte, Ärzte, Fabrikanten, sie fanden und lasen das Testament des Toten, die Braut war Alleinerbin, und Mutter und Schwester wurden gebeten, dringend aufgefordert, auf das zu verzichten, was ihnen vom Gesetz her zustand. Ich bin sprachlos, sagte Otty, aber da waren doch noch zwei Briefe. Ja, die Briefe, sagte Spiel, die waren das größte. Eine Frau aus Wustrow, Elise Kampradt, hatte sie geschrieben und unterzeichnet, Wonneberger hatte sie offensichtlich in jenem Sommer auf dem Fischland, in dem er vielleicht mit Ihnen, hochverehrte liebe Otty, Vollmondspaziergänge machte, umgarnt, ihr ein Kind gemacht und war anschließend abgetaucht, sie wurde zum Gespött des Ortes, die Burschen streuten Sägespäne von ihrer Haustür bis zum Bullenstall, aus dem Kirchenchor wurde sie ausgeschlossen, ihre Mutter wurde zur Hexe erklärt, da die beiden Frauen nicht verarmten, sondern unerklärlicherweise in einigermaßen erträglichen finanziellen Verhältnissen lebten, sollten sie den geldbringenden Drachen im Haus haben, die Nachbarn hatten ihn in tiefer Mitternacht, als sie wegen einer kalbenden Kuh auf den Beinen waren, in einer Feuerwolke aus dem Schornstein fahren sehen. Das ging laut Briefschreiberin jahrelang und hörte niemals wirklich auf. Dann hatte, was für eine Fügung, ein Sommergast ihrer Mutter, der in ihrem Zimmer untergebracht war, sie schlief von Mitte Juni bis Ende August mit dem Töchterchen bei der geschiedenen Mutter im Ehebett, beim Stöbern in der Nachttischschublade das gerahmte Foto Wonnebergers entdeckt, den Herrn hier kenne ich doch, hatte er, mit dem Bild bewaffnet, es vor sich hertragend, morgens, bevor er sich am Frühstückstisch niederließ, gutgelaunt und ohne schlechtes Gewissen gekräht, das ist der Sprößling unseres früheren Chirurgenpapstes aus dem Küchwald, eine führende Position bei der Dampfkesselrevisionsgesellschaft hat der junge Herr jetzt inne, und demnächst will er heiraten, die Verlobungsanzeige war groß in der Zeitung, eine Bürgermeisterstochter. Kaum hatte sie, die Verfasserin des Briefes, das gehört, schrieb sie Wonneberger, stand ihr Entschluß gleich fest. Ich komme, war in dem Brief zu lesen, rechtzeitig vor Deiner Hochzeit nach

Chemnitz, wenn das Aufgebot verlesen wird, werde ich in der Kirche aufstehen und Deine Schande lauthals in die Welt rufen. Auch werde ich den Leuten, was sage ich, ganz Chemnitz Dein armes Kind zeigen, um das Du Dich nie gekümmert hast, kein Pfennig kam von Dir, nicht eine Zeile. Statt an mich hast Du einen Brief ohne Unterschrift an den Bürgermeister von Wustrow geschrieben und ihn unter Androhung einer Klage aufgefordert, mich als leichtes Mädchen den Gesundheitsbehörden zur Untersuchung zuzuführen, wegen Ansteckungsgefahr für alleinreisende männliche Badegäste. Das wirst Du mir nach Strich und Faden büßen. Nicht allein Deine Stellung steht auf dem Spiel, auch die Achtung Deiner Familie, ja Deine ganze bürgerliche Reputation, alles kann ich Dir nehmen, bettelarm in jeder Beziehung wirst Du sein, zerschmettert, zermalmt, Du elender gewissenloser Schuft. Nur zwei Möglichkeiten hast Du jetzt noch: gib mir meine Ehre zurück und heirate mich, oder richte Dich selbst, Du hast nur diese eine Wahl. Der zweite Brief, erzählte Spiel, war viel kürzer, ich bin jetzt in Chemnitz angekommen, hieß es da, Du findest die Pension nicht, in der ich bei Glaubensbrüdern wohne, morgen bin ich mit Deinem Pfarrer verabredet, na der wird Augen machen und glauben, er hört nicht recht, der Tag der Rache ist gekommen, Elise Kampradt. Nach der Lektüre des Briefes aus Wustrow und der Botschaft aus Chemnitz waren Mutter und Schwester Wonnebergers wie gelähmt, war das denn wirklich wahr, nie hatten sie etwas geahnt, vermutet, geschweige denn gewußt, weder von der unseligen Vaterschaft noch von einem Doppelleben, alles schien klar, staubtrocken, langweilig bis zur Verknöcherung. Und nun: Abgründe. Und eine schrecklich falsche Entscheidung des geliebten armen Jungen. Ja, Selbstmord aus Angst und Panik, die Freunde, die Chemnitzer Polizei, die sächsische Justiz waren der gleichen Meinung, auch die Verwandten, aus nah und fern herbeigekommen, auch der Schwiegersohn vom Amtsgericht in Frohburg, angereist und am nächsten Tag schon wieder zurückgefahren, auch bei mir im Amt gibts Schlimmes, gerade werden wieder anonyme Briefe kreuz und quer durch die Stadt geschickt, alle sind mit zwei gekreuzten Federhaltern markiert, wer weiß, was das heißen soll, vielleicht sinds auch zwei Dolche, einer von den Empfängern hat sich schon erhängt, ein junger unverheirateter Laborant aus der Farbenküche der Kattundruckerei, wo führt das hin, ich muß nach Frohburg, muß dort für Aufklärung sorgen und Ordnung schaffen. Woher wissen Sie das alles so genau, fragte Otty ihren neuen Verehrer Spiel, als der, wie um sich selbst zurechtzufinden in seiner verwickelten Erzählung, eine Pause machte. Ich habe, antwortete er, den Niedrich, den Geliebten der Bürgermeisterstochter, verteidigt, als er im vorvergangenen Jahr wegen Unterschlagung zum dritten oder vierten Mal in vier Jahren in Leipzig vor Gericht stand, auch Wonnebergers Braut habe ich dabei kennengelernt, seitdem habe ich die beiden nicht mehr aus den Augen verloren, zumal dann die Zeitungen über Wonnebergers angeblichen Selbstmord und später über die Verhaftung der Bürgermeisterstochter berichteten. Das verstehe ich nicht, wandte Otty ein, er hatte sich erschossen, was soll da die Verhaftung seiner Braut, wo es doch die beiden Briefe dieser rachedurstigen Frau aus Wustrow gab und außerdem sein Testament. Ja, wie kam es eigentlich zu der Verhaftung, sagte Spiel, ich muß überlegen, warten Sie, ja also, alle Welt hielt den Tod für einen Selbstmord und bemitleidete die hintergangene ahnungslose Braut, so schnell wie möglich wurde die Leiche dem Krematorium zugeführt und dort eingeäschert, die Angehörigen lösten die Wohnung auf, die Braut sollte bekommen, was sie von der Einrichtung, den Möbeln, Büchern, der Wäsche und dem Porzellan haben wollte, sie wollte nichts, gar nichts, höchstens, wenn es denn nun unbedingt sein mußte, die geldliche Hinterlassenschaft und vielleicht noch, sie dachte an Niedrich, aber das wußte niemand, vielleicht den Siegelring meines Bräutigams und seine goldene Sprungdeckeluhr mit dem Glockenspiel, die hat er mir immer besonders gerne gezeigt, ans Ohr gehalten, der Deckel schnappt auf, und die feine Melodie erklingt, wenn ich das in Zukunft höre, ist es wie ein Gruß von ihm. Auf diese Bitte hin wurden ihr, Haustochter, ganze zwanzig Jahre alt, der Ring, die Uhr und die Wertpapiere ihres verflossenen Bräutigams, die Coupons und auch die sogenannten Mäntel der Papiere, insgesamt ein Wert von zwölftausend Goldmark, ausgehändigt. Im Zug Richtung Heimat, zur Schulfreundin staunte sie selbst, wie reibungslos das alles abgegangen war, der ganze tödliche Nachmittag, wer beherzt zugreift, dem lacht das Glück. Daß das nicht immer und in ihrem Fall schon gar nicht zutraf, erfuhr sie vier Wochen später, als sie vom Amtsgericht Freiberg vorgeladen wurde, die Tochter eines gestorbenen Großonkels hatte sie angezeigt, eines Armenverwalters. Mit der Führung der Fürsorgekasse hatte der ein Vermögen angehäuft. In einer Kassette des Alten, die zum Nachlaß gehörte und die der Bürgermeister in Brand in Verwahrung gehabt hatte, fehlten fünfzehn, zwanzig goldene Zwanzigmarkstücke, nur die Bürgermeistertochter, wurde vermutet, hatte einen halben Tag den Schlüssel besessen, was soll man sagen, eindeutig war das doch. Während des Verhörs wegen der Kassette kam noch ein anderes Delikt zutage und zur Sprache: Abtreibung, mit Niedrichs Unterstützung. Der über alles verehrte Vater der Beschuldigten war zu diesem Zeitpunkt schon todkrank, Leberkrebs, dazu die abgelehnte gefühlskalte Mutter, der Diebstahl, das abgetriebene Kind Niedrichs, der Spielraum wurde eng und mit jeder Frage des Untersuchungsrichters immer enger, so daß sie plötzlich, sie war ja doch ein halbes Kind, ohne jede Notwendigkeit über Wonneberger zu sprechen anfing. Der Richter, der sich auf jedes Gespräch mit dem bezaubernden Geschöpf uneingestanden freute, hätte ihr am liebsten den Mund zugehalten, Mädchen, was quasselst du da für einen Unsinn, du redest dich um deinen Hals, aber Pustekuchen, sie war nicht zu stoppen, ich liebte ihn nicht, er ekelte mich an, immerzu wollte er mich küssen, abschmatzen und mich befummeln, wenn er dir an deine Wäsche langt, hat Niedrich gesagt, dann machst du ihn kalt, es ging nicht anders, es mußte sein. Aber der Revolver. Nur Zufall. Und die Briefe. Ließen sich nicht umgehen, waren auch angebracht, ich mußte sie einfach schreiben, hat auch Spaß gemacht, der Roman, den ich mir aus den Fingern gesogen habe. Aber das Testament, das sieht doch ganz nach Mord aus Gewinnsucht aus. Das war Liebe, nichts als reine Liebe, nur für meinen Niedrich. Was war nach diesem ahnungslosen oder mutwilligen Gerede anderes möglich als ein Todesurteil, das frage ich Sie, Fräulein Otty. Unser sächsischer Gekrönter wollte sich nicht einmischen, aus volkserzieherischen Gründen ließ er den Dingen ihren Lauf und gewährte keine Begnadigung, nichts mit lebenslangem Zuchthaus, vielmehr mußte zum allgemeinen Bedauern der meisten Justizpersonen endlich doch der Scharfrichter gerufen werden, der Brand aus Oederan, er kam nach Freiberg und waltete auf dem Hof des Landgerichts seines Amtes, ich habe später einmal mit ihm gesprochen, er war der Delinquentin direkt dankbar, ein primitiver Mörder, auch ein durchschnittlicher bringt einem nicht viel ein, behauptete Brand, Geld nicht und Bekanntheit nicht, aber mit dem Engelsgesicht, zwischen den schmarotzenden Geliebten und den geilen Bräutigam gestellt, war es anders, sie hat mich zur populären Figur gemacht, nicht nur zuhause in Oederan kam man mir seitdem mit einer Mischung aus Respekt und Neugier entgegen, die Leute, Männer wie auch Frauen, umwarben mich förmlich und suchten meine Gesellschaft viel, viel stärker als früher, in kein Gasthaus konnte ich mehr gehen, ohne gleich Tischnachbarn zu finden, die mir Freibier und das Stammessen vorsetzen ließen und die Ohren aufsperrten, Herr Brand, nun erzählen Sie mal, ging das stundenlang. Durch den Bericht über den Mord am Chemnitzer Dampfkesselsachverständigen war Rudolf Spiel erst richtig interessant für Otty Waysel geworden. Da ihn auch der alte oder mindestens alternde Ludwigsluster Notar als passablen Schwiegersohn ansah, fand die Hochzeit tatsächlich statt. Wieder setzt die Familie auf einen Juragaul, sagten die Kollegen bis nach Schwerin, aber auch zu Recht, der neue Schwiegersohn taugt noch zu mehr als nur für die Prozesse der Leipziger Verlage um einbehaltene Tantiemen. Gefeiert wurde in Ahrenshoop im Sommerhaus der Waysels und im benachbarten großen Dielenatelier von *Papa Mampf*, hundertfünfzig Gäste, drei Tage lang, gerechnet vom Polterabend bis zum Bootsausflug auf fünf Boddenseglern am Sonntag, der *Rostocker Anzeiger* und die *Stralsunder Zeitung* erstatteten kurz und prägnant Bericht, der Brautvater wurde vor allem gewürdigt, sogar einen Pressezeichner hatte er bestellt, der den selbstlosen Kämpfer für die Rechte der Armen, wie Spiel in der Bildunterschrift genannt wurde, und die hochbegabte Dilettantin als Paar vor dem Traualtar skizzierte, der blonde Riese überragte seine Partnerin um anderthalb Köpfe, Ähnlichkeit bei etwas gutem Willen vorhanden, anders stand es mit Otto Waysel selbst, der auf der Zeichnung im Hintergrund zu sehen war, zurückgerückt zwar, aber deutlich genug, wie er leibt und lebt, fast echter als echt, rief seine Frau am Mittwoch, als die bestellten Zeitungen mit der Post kamen, nein, was hat mein Männlein doch ein kleines gutes Gesichtchen, das gibt es nicht. Sie war eine geborene Josephy, Vorname Ottilie, jüdisch nach dem angeborenen Bekenntnis, vor der Hochzeit mit Waysel hatte sie sich christlich taufen lassen. Ihre Mutter Henriette stammte aus der reichen Hofjudenfamilie Hinrichsen, die generationenlang im Dienst der Schweriner Herzöge und Großherzöge stand, von allen jüdischen Familien waren die Hinrichsens am längsten im Land ansässig gewesen, ununterbrochen, ohne ein einziges Mal auszufliegen, ihren Protektoren untreu zu werden, meist dienten die Familienältesten dem Fürsten als Agenten, und wenn einer von ihnen vor der Zeit starb, wenn das denn hatte sein müssen, trat nicht selten die Witwe an seine Stelle, an sich mit Hauswesen, Küche und Kindern befaßt, aber im Witwenstand zeigten solche Frauen Übersicht, Stärke und Durchsetzungsvermögen in erstaunlichem Ausmaß, wer hätte das gedacht. Davon erzählte ich im Mai 2012 meinem Freund Hans Rothmann, Professor für Cello an der Musikhochschule in Hannover, seit 2009 im Ruhestand, er wohnte am Theaterplatz, zehn Minuten von uns entfernt, alleinlebend. Sechs Wochen nach unserem Gespräch wurde er eines Abends im Juli, achtundsechzig Jahre alt, tot in seinem Wohnzimmer aufgefunden, den Unterkörper in eine Decke gewickelt, zwei Stunden nach einer festen Verabredung, zu der er ausblieb, was die Imstichgelassenen beunruhigte und letztenendes vor seine angelehnte Wohnungstür führte, seiner alsbaldigen Auffindung konnte er gewiß sein. Anderthalb Monate vor seinem Tod erzählte ich ihm, wie gesagt, von Spiel, Waysel und den Hinrichsens und deren Anbindung als Hofagenten an das Schweriner Herzogshaus. Hofagenten, Hofagenten, rief der Freund erregt aus, was brauchte denn das regierende Adelspack von Gottes Gnaden die Juden, wozu setzte es sie ein, frag ich dich, doch nur, um die armen Schweine auszuplündern, die so dämlich waren, von ihrer Hände Arbeit, vom Ertrag ihres sandigen Ackers zu leben, Blutsauger waren das, die an den Mecklenburgern hingen, komm mir nicht mit denen. Wenn er so redete, dann kam, gab er selber zu, sein Vater zum Vorschein, er wußte selbst nicht wie, sein Vater, unter dem er als Kind und Heranwachsender, brach es nicht selten aus ihm heraus, enorm gelitten hatte, schon mit elf Jahren wurde er in ein hundert Kilometer entferntes Internat gesteckt, gegen seinen Willen und auch den seiner Mutter, die Heuchelei dort, die Tücke und die Schadenfreude der Präfekten, Stubenältesten und Mitschüler hatten ihn jahrelang leiden lassen, hatten ihn, sagte er, kaputtgemacht und sich ihm eingestempelt, wie gelegentlich zu merken war, dazu der Vater, der am Heimfahrtwochenende oder in den Ferien jeden Anlaß, auch den allerkleinsten, nutzte, ihn zu schlagen, nicht demonstrativ, nein, volle Kraft, enthemmt, und deine Mutter, fragte ich ermunternd, was war mit der schon los, kam es zurück, legte sie sich deinetwegen mit ihm nicht an, war meine nächste Frage, rein rhetorisch, zu weich und viel zu schwach, sagte er, ging lieber den bequemen Weg und konnte gar nicht anders, auf deine Kosten, konstatierte ich, er hatte es am eigenen Leib erfahren, wie ich wußte. Dieser

Vater war während des Krieges dienstverpflichtet worden, abgeordnet nach Berlin, unter Zurücklassung seiner kleinen Familie, neben meinem Freund gab es noch zwei Schwestern, niemand wußte, was er in der Reichshauptstadt und auf seinen vielen Dienstreisen genau trieb, Flüge mit Kuriermaschinen nach Riga, Minsk, Kiew, Sewastopol, Charkow und sogar in das Gebiet von Kursk, den Vormärschen immer folgend, mit den jahrelangen Rückzügen dann verschoben sich die Ziele wieder nach Westen, im Sommer fünfundvierzig war er zurück bei Frau und Kindern in der Wöhlerstraße in Göttingen, keine fünfzig Jahre alt, wie weiter, na dann eben demokratisch, uns aufgezwungen von den Siegern, sagte er anfangs noch, das Bekenntnis klang im Lauf der Jahre geübter, sogar echter und wurde auch belohnt, ein Cockerspaniel wurde angeschafft, bald fuhr man einen *Käfer*, alles in schönster Ordnung, bestens. Aufwärts, vorwärts, bitte schön, nur auf die Juden durfte die Rede nicht kommen, gleich brach er los, der Sturm, Kriegsgewinnler, Spekulanten, Devisenschieber, Meineidsapostel, Wiedergutmachungsschwindler, Araberhasser. Dergleichen konnte schnell mal über Stunden gehen, erzählte mir der Sohn, mein Freund, er hielt sich, sagte er, in Gedanken die Ohren zu. Oder anders ausgedrückt: hier rein, da sofort wieder raus. Dann war er selber nach drei Internaten und dem zügig absolvierten Musikstudium Familienvater, auf dem Weg zum Solisten spielte er in vier Kapellen, allmählich Bands genannt, Gitarre, da kam genügend ein, anstrengend war das bis zum Schwindligwerden, nach spätem Ende eines Auftritts war nur allzuoft die Studentenkneipe in der Burgstraße angesagt, oder es wurde unterwegs mächtig getankt, so eines Nachts in Jever, in Gesellschaft zweier Bandkollegen. Am nächsten Tag sollte es weitergehen, jetzt aber erst mal Gasthausnacht, rotweiß bezogenes Doppelbett, und vorher zu dritt Schnitzel, Blumenkohl, Jeverbier mit Korn, die Rede kam auf den Sechstagekrieg der Israelis, der keine drei Jahre zurücklag, Dajan als neuer Rommel, und überhaupt die Durchschlagskraft, grenzenlose Bewunderung war seinerzeit und hierzulande allgemein und wurde auch von den beiden Kollegen geteilt. Naja, hatte mein Freund gesagt und eine neue *Lütte Lage* in sich hineingekippt, da gibt es ja auch, da müssen wir doch, naja, wie soll ich sagen, kam er langsam ingang, müssen doch auch an die Palästinenser denken, vertrieben wurden die, hinausgejagt, von den Zionisten, den Israelis, die dort nichts, aber auch gar nichts zu suchen haben, mit Terror haben die sich dort hineingezwängt, hineingesprengt, Halunken, die das immer so machen, als Zarenmörder, als Stalins Geheimpolizei, als Partisanen, aber in Palästina besonders schlimm. So ähnlich redete er, der sonst eher katholische Vorsicht walten ließ, hier plötzlich, enthemmt vom Alkohol, ergriff er zur Verblüffung der Kollegen eindeutig und nachdrücklich Partei, nie hatte er sich vorher an Politik interessiert gezeigt. Jetzt legte er los. Und hörte dabei den eigenen Vater, als sei der wiederauferstanden, aus sich sprechen: Immerzu diese Juden, auf der ganzen Welt, setzen sich fest, wo sie nicht hingehören, Eiterbeulen. Das war 1970. Drei Jahrzehnte später, in der ersten Zeit unserer Gänge über die Schillerwiesen, eine halbe Stunde Spaziergang, zwei Stunden Unterhaltung auf der Bank am Scharnhorsttempel, in den Monaten nach dem Tod seiner Frau und dem Scheitern einer geheimnisvollen Aktiensache, eines Hebelgeschäfts, das sich schon Mitte der Neunziger ankündigte, nach diesen beiden Verlusten kam die Rede sehr oft auf Israel, ohnehin war er angespannt, was sich an Tagen mit unangenehmen Botschaften in der Post, als da waren Forderungen, Schriftsätze, Gerichtsurteile, bis zur verbissenen Streitlust steigern konnte, wir lagen uns dann richtiggehend in den Haaren, auf den Spazierwegen oder auf der Bank, wenn dort, dann hatten wir vor uns die Liegewiese mit den Studenten, die auf ihren ausgebreiteten Decken lasen oder schliefen, Dialoge mit gepreßten Stimmen, die müssen weg dort, denn sie haben Hunderttausende Palästinenser vertrieben, sie haben ihnen ihr Heiligtum Jerusalem weggenommen, als erwähltes Volk kommen die sich vor, Pustekuchen, Rassisten sind das, im Nahen Osten haben die nichts zu suchen, sollen sie doch in ihr Amerika gehen, in dem sie so großen Einfluß haben. Einmal, nach meiner Israelreise, hatte ich mich vorbereitet und legte ihm die Bevölkerungszusammensetzung Jerusalems vor, wie ich sie im *Baedeker* 1909 und im *Baedeker* 1934 gefunden hatte, der erste gab bei siebzigtausend Einwohnern für 1908 fünfundvierzigtausend Juden, fünfzehntausend Christen und achttausend Mohammedaner an, der zweite fünfundzwanzig Jahre später, 1933, bei nunmehr neunzigtausendfünfhundert Einwohnern zweiundfünfzigtausend Juden, achtzehntausendfünfhundert Christen und immer noch nur achtzehntausend Mohammedaner. Und da hätten die Juden dort nichts zu suchen, rief ich, nun auch meinerseits auf Polemik gestimmt, rechthaberisch aus. Kaum hatte ich meine Zahlen hergebetet, sozusagen triumphierend runtergerasselt, machte der Freund auf dem Absatz kehrt und ließ mich mit meinem abschließenden rhetorischen Fragesatz allein zurück, wir waren gerade am Kiosk vorbeigekommen, den sein Besitzer, wenn gut gelaunt, als Goldgrube bezeichnete. Ich setzte mich auf die nächste Bank und sah dem Freund nach, wie er den Weg am Bach hinunterging und gegenüber dem Goethe-Institut an der Merkelstraße um die Ecke bog und verschwand. Nein, es ging gar nicht um Israel und auch nicht um das Palästinenserproblem, auch die Juden waren nicht wirklich gemeint, wir selber waren das Thema. Am nächsten Vormittag rief der Freund mich an und tat so, als sei nichts gewesen, natürlich ging ich darauf ein, wir kannten uns seit vierzig Jahren. Er hatte in der Nacht Uwe Timms Roman *Rot* zu Ende gelesen, wie ich in der Woche davor, wir sprachen am Telefon über das Buch, auch hier gingen unsere Meinungen auseinander, aber freundschaftlich, ihm gefiel das ganze wie er sagte übermodische Lichtdesignergetue nicht, das mir eher zusagte ob der Leichtigkeit der Handhabung durch den Autor. Diese Differenz um Timms Buch war aber nichts, was einen dazu bringen konnte, den Freund in den Anlagen stehenzulassen. Anders beim Thema Juden, denn Auslöser unseres die Nacht, aber nicht den folgenden Tag überdauernden Zerwürfnisses war Henriette geborene Hinrichsen, von der ich dem Freund erzählt hatte, daß sie in der Ehe mit Josephy fünfzehn Kinder zur Welt brachte. Eine ihrer Töchter, Ottilie Waysels älteste Schwester, ehelichte einen Cohen und bekam ihrerseits wieder acht Kinder, sieben von ihnen nahmen später den Geburtsnamen ihrer Mutter an, Hinrichsen statt Cohen, und tauchten unter und verloren sich in der Welt, und wenn sie nicht gestorben, wenn sie davongekommen sind, dann leben sie, sie oder ihre Abkömmlinge, vielleicht noch heute. Ottilie aber, wie schon gesagt, ließ sich vor der Hochzeit mit Waysel taufen, ihr Mann strebte empor, stieg auf, machte sein Glück und fungierte in den folgenden Jahrzehnten nicht nur als Anwalt und Notar, sondern schrieb auch heimatgeschichtliche Betrachtungen und sogar Gedichte, schrieb sie und ließ sie drucken, er wurde Ehrenbürger von Ludwigslust und Doktor der Rechte ehrenhalber, gründete mit Müller-Kaempf zur Hebung Ahrenshoops den Förderverein, da hatte er das Fischerhaus längst in ein Landhaus, beinahe einen Landsitz verwandeln lassen, und hielt nach der Pleite mit Wonneberger, der scheinbar guten Partie, Ausschau nach einem angemessenen Ersatz, der auch Otty zusagte, die, 1875 geboren, genau so alt war, füge ich ein, wie meine Oederaner Großmutter Elsa. Der junge Spiel hatte nichts dagegen, daß er vor der Hochzeit unter die Lupe genommen wurde, ganz im Gegenteil, da gab es nichts zu verstecken bei ihm, so gut wie nichts, die abendlichen Besuche in der Windmühlenstraße alle vierzehn Tage zählten nicht, noch war er Junggeselle, wenn auch bereit für eine Bindung. Und eine Ehefrau mit künstlerischen Ambitionen, zeichnend, aquarellierend, sogar in Öl malend, modellierend auch, und das alles durchaus nicht unbegabt, wie nicht nur *Papa Mampf* erklärte, sondern auch Spiel selber sehen konnte, die war ihm mehr als recht, wenn sie sich nicht gerade als arm wie eine Kirchenmaus erwies, und da bestand bei Waysels absolut keine Gefahr, einziges Kind, das Otty war, Augapfel des Vaters, von Anfang an ein wahres Vaterkind, was bei der eher herben Mutter aus dem Haus Josephy nicht unbedingt ein Wunder war, dort hatten die Eltern miteinander jahrzehntelang in Streit gelegen, Vierteljahre gab es, da wechselten der Mann und die Frau kein Wort, alles ging über die Kinder, entsprechend zurückgedrückt, in sich hineingezwängt waren die, so ist das eben, so muß es sein, Gefühl ist schädlich, macht angreifbar, war die Lehre, die die Sprößlinge durchs ganze Leben leitete. Otty hatte aus dieser Richtung von der Mutter nichts geerbt, nichts übernommen, sie war dem impulsiven, manchmal erstaunlich warmherzigen Vater ähnlich, wenn auch gelegentlich mit elegischen Schatten im Gesicht, vielleicht während ihrer Tage, vermutete Spiel, Unpäßlichkeit nannte er das umschreibend, solange er noch nicht mit ihr in einem ehelichen Haushalt lebte, nicht mit ihr das Doppelbett und das Badezimmer teilte und auch ihren fraulichen Rhythmus nicht kannte, später war ihm dann klar, der monatliche Traueranflug war nicht geschlechtsbedingt, er war das Erbe einer überreifen Sippe, für die sich geschäftliche Geschicklichkeit und geschäftlicher Erfolg der Altvorderen in neueren Zeiten nicht fortsetzen ließen, was unklare Niedergeschlagenheit und allgemeine Lähmung nach sich zog. Anders Waysel, noch nicht gesättigt, aber in fester, beinahe lebenslang ansteigender Bahn. Und ganz anders erst recht Spiel, der junge Eheaspirant. Rührig war er, eroberungssüchtig, ein Klientenfischer im Leipziger Fischteich der ganz fetten Brocken, aber nicht am hellen Mittag angeln, war seine Devise, nicht auf offener Szene, lieber hinter den Kulissen, bei Dämmerlicht. Erster Eindruck, sagte er sich, muß immer sein: Seriosität. Sie ist nicht nur unerläßlich, sie ist das wichtigste überhaupt. Denn wenn du die ausstrahlst, hast du kaum ein Problem damit, deine Kompetenz zu vermitteln. Erstens kannst du alles, zweitens beherrschst du alles, drittens machst du alles möglich, fast, man muß dir nur vertrauen und dich agieren lassen, dann zauberst du. Und tatsächlich hast du schnell Erfolg, die ersten Pelzmagnaten vom Brühl bestellen dich in ihr Chefbüro, du wunderst dich, es ist ein Verschlag in einer bestialisch stinkenden

Halle voller Felle, die ersten Warenhausfürsten lassen dich vor, über Hintertreppen führt der Weg in Hinterzimmer, abgeschrammter Schreibtisch, harter Besucherstuhl, auch die großen Pleitiers am Ort wenden sich, wenn es wirklich eng wird, hilfesuchend an dich, aber was ist das alles schon gegen die Engagements im sozusagen hochgeistigen Bereich, nicht mehr als Talergeklimper, Tinnef, Talmi, Tand, nur die Verlage, die Edeldruckereien in Leipzig interessieren mich wirklich, *Brockhaus, Bibliographisches Institut, Ernst Keil, Insel, Reclam, Rowohlt, Poeschel & Trepte* und *Offizin Drugulin*, an denen allen hängt mehr oder weniger mein Herz, beruflich und privat, natürlich bin ich als Rechtsberater für sie tätig, aber ich sammle auch ihre Bücher, in meiner Kanzlei stehen in den verglasten Soenneckenregalen mit den patenten Hebetüren zuerst einmal die großen Ausgaben der *Insel*, Balzac in sechzehn Bänden, Stendhal in acht, Tolstoi in zwölf, Dostojewski gar in fünfundzwanzig Bänden, selbst *Tausend und eine Nacht* kommt mit zwölf Bänden daher, dazu die Lexika im schweren Großformat, der *Meyers* ab 1902 in vierundzwanzig Bänden, *Brockhaus* in vierzehnter Auflage und siebzehn Bänden und *Brehms Tierleben* immer noch mit zehn Wälzern, allein schon durch ihr bloßes halbledernes und goldgeprägtes Vorhandensein wissen sie zu beeindrucken, haben Sie die alle schon gelesen, fragen vier von fünf Besuchern, natürlich nicht, kaum Zeit, im Alter dann, sage ich, um den Klienten nicht zu irritieren, in Zweifel zu stürzen und ihn damit letztenendes zum Abspringen zu bringen, ihn zu verscheuchen, der liest ja nur, woher soll denn bei dem das Anwaltswissen kommen, wird der Frager vielleicht, nein ganz sicher denken, in Wahrheit aber habe ich mir tatsächlich all die Bücher zu Gemüte geführt, in meinen Junggesellennächten, die lautarme Einsamkeit und freien Auslauf zugleich bedeuten, nur meine dreiunddreißig Bände der gesammelten Reiseromane Karl Mays, die immer den meisten Eindruck schinden und keinerlei Zweifel bezüglich der Lektüre durch mich aufkommen lassen, dann können Sie ja bestimmt die vielen Namen von

Hadschi Halef Omar im Schlaf aufsagen, gerade die habe ich nicht gelesen, einzig *Durch die Wüste*, den Band Nummer eins der Reihe, mit elf Jahren, wie Kara Ben Nemsi und sein Diener Halef in der Wüste auf den toten Franken stoßen, seinen Ehering entziffern und den Todesritt über den tückischen Schott el Dscherid bestehen, von den Mördern des Franken beschossen, ihr Führer wird abgeknallt, der erste Mord, dem ich lesend sozusagen beiwohnte. So Spiel zu seinem Schwiegervater in spe. Alles eindrucksvoll, gewiß, sagte er weiter, vor allem für einen Jungen im Abenteueralter, aber was hat der Orient mit unserer Juristerei zu tun, das frage ich Sie. Gar nichts. Und Mays Lieferungsromane, die zwar in der Heimat spielen und sogar halbe Kriminalromane sind, fasse ich noch nicht einmal mit der Kneifzange an, die vielen, unendlich vielen, strafbar vielen schier uferlosen Dialoge, Tausende Seiten wörtliche Rede, das hält niemand aus, wenn später einmal einer kommen und das Geschwätz straffen und Beschreibungen, Schilderungen, Reflexionen einschieben sollte, bin ich gerne bereit, *Der verlorene Sohn* zu lesen. Aber wirklich nur dann. Man sage nicht, ich hätte mir keine Mühe gegeben, keinen guten Willen gezeigt. Im Übermaß hab ich das. Glauben Sie mir, hochverehrter Kollege. Sogar zu einem Leseabend Karl Mays bin ich gegangen, in der Börse am Naschmarkt. Wo unser Denkmal mit dem jungen Goethe steht. Und ausgerechnet in der Börse dahinter las, vom Pelzgroßhändler Eitingon eingeladen, der alte Vielschreiber aus Radebeul, der Saal übervoll, Hunderte Menschen, Leser, Verehrer, Jünger, ihr Schimpfen, Schieben, Rempeln am Eingang, dichtgedrängt stand man auch auf der Treppe, selbst der hintere Teil des Platzes war zugestellt, zu Füßen des ewig jungen Klassikers wogte es, Sprechchöre gab es: *Fenster auf sonst komm wir rauf, wir sind so frei ans Fenster mit Karl May*, bis eines der Fenster wirklich aufflog und der Privatsekretär von Eitingon namens Hasenfod, so alt wie ich und gleich mir Mitglied im Sammlerverein für gepflegte erotische Bücher, sich oben zeigte und mit einer Flüstertüte bekanntgab, Dr. May würde nach Ende der Veranstaltung hinunter zu der Menge kommen. Dieser Dr. Karl May, er sah, wie er da endlich mit einer halben Stunde Verspätung aus einer Seitentür auf die Bühne herauskam, einem kleinen Ladenbesitzer zum Verwechseln ähnlich, einem Leihbüchereiinhaber, der sich mit längeren Haaren als üblich, mit randloser Brille und mit Oberlippenbart was Besseres dünkt, ein exakter Doppelgänger meines Vaters, stellte ich peinlich berührt und erschreckt fest, als sich der kleine Mann an das Pult stellte, sitzen, sagte er, wollte er nicht, der Übersicht wegen, denn, sagte er, er war gelernter Lehrer, und zwar, setzte er schwindelnd hinzu, höherer, so wie er höherer Schüler und Hochschüler gewesen war, in manchem Kloster, auch in Jerusalem, und sogar im Vatikan hatte er sich mit den Mönchen und den führenden Klerikern auf lateinisch unterhalten, über die filigransten Sachverhalte, sie hatten nicht schlecht gestaunt, wieso spricht denn der Deutsche unsere Glaubenssprache beinahe besser als wir, wie kann das angehen. Dergleichen hörte man in der Naschmarktbörse von dem gutgelaunten Plauderer, den ein Satz in den anderen riß, ein Thema in das andere stürzte, es sprudelte nur so aus ihm heraus und ließ nicht mehr als schmale Lücken für ein Auflachen des Publikums und Beifall auf offener Szene. Das war aber noch gar nichts gegen das, was folgte. May war, konnte man hören, gerade von einer Reise zu seinem Freund und Diener Hadschi Halef Omar und dessen Stamm der Haddedihn zurückgekehrt, zum dritten Mal war er verkleidet in Mekka gewesen, nicht geduckt, nicht sich entwürdigend, nicht sich selbst verleugnend, sondern aufrecht, selbstbewußt, zwar mit dem ortsüblichen Turban auf dem Kopf, aber jeder Moslem konnte seine blonden Haare im Nacken und unter den ortsüblichen Überwürfen die Kleidung eines europäischen Abenteurers im Orient und die Revolver und Dolche sehen. Mekka also, und Halef an seiner Seite, damit war aus dem unechten Hadschi, schon in *Durch die Wüste* Gegenstand nie versiegende gutmütigen Spotts, endlich ein echter Pilger geworden. Dank sei Kara Ben Nemsi. Der leibhaftig da vorne am

Pult stand und gerade alle Welt wissen ließ, in zwei Wochen werde er zum einundzwanzigsten Mal nach Amerika reisen, in die Union, dort warten auf ihn die Apatschen, fünfunddreißigtausend Krieger, die sich unter sein Kommando stellen, man marschiert durch Pennsylvanien, zieht dort in Massen die Abkömmlinge der deutschen Einwanderer an und bewirkt in Washington den freiwilligen Rücktritt der gesamten Staatsspitze, halb stieß man sie, halb sank sie hin, von da an wird der riesige Halbkontinent von einer Koalition aus Rothäuten und deutschen Einwanderern regiert, der Deutsche spielt für den Indianer den Volksschullehrer, der Indianer veredelt den Deutschen, an dem noch die Enge der kleinlichen Verhältnisse in seinem Herkunftsland hängt. Der Deutsche also der Lehrer, der Indianer der Erzieher, vor allem in der Person von Winnetou. Als der Vortragende bis hierhin gekommen ist, in freier zweistündiger Rede, die nur einmal durch einen dreiminütigen Schwächeanfall unterbrochen wurde, Riechsalz, unter die Nase gehalten, gipfelt er in der Erzählung von Winnetous Tod am 2. September 1874, wie er seinem allerliebsten lautersten Freund in dessen letzten Minuten im Diesseits die Nottaufe gegeben hat, an dieser Stelle bricht er in Tränen aus, Weitersprechen unmöglich, ein zweites Mal droht er zusammenzusacken, die halbe erste Reihe der Zuhörer springt auf, ein Dutzend Männer stürzt polternd auf die Bühne und fängt den Taumelnden auf, ein Sessel wird herbeigeschleppt, Karl May sinkt zurück, atemlose Stille im Saal, nur der Platz draußen, nicht ins Bild gesetzt, ist noch brodelnd unruhig, brummendes Grundgeräusch, durchstochen von Pfiffen und hellen Juchzern, plötzlich strafft sich Old Shatterhand alias Kara Ben Nemsi in seinem Sessel, bleiben Sie mir treu, ruft er mit vibrierender Stimme ins Publikum und fällt gleich wieder zurück, ist denn kein Arzt hier, trompeten jetzt die ihn Umstehenden in den Saal hinunter, nacheinander melden sich fünf Ärzte, zwei Zahnärzte und ein Tierarzt, ein kurzes Konsilium aller Mediziner, dann wird er über die Hintertreppe aus der Börse getragen und nach St. Georg transportiert, während auf dem ahnungslosen Platz unten wieder fordernde Sprechchöre einsetzen. Aus Angst vor der Erstürmung der Börse durch die aufgeheizten Massen stellen sich Eitingon und Hasenfod, ich dicht hinter ihnen, ans Fenster und dirigieren das Skandieren des allseits heißgeliebten Namens, *jetzt mal glei kommt Karl May, jetzt mal glei kommt Karl May, glei* heißt in Dresden und Leipzig und in den Landstrichen dazwischen gleich, sofort, umgehend, prompt. Erst lange nach Mitternacht war ich wieder in meiner Wohnung, ich nahm *Durch die Wüste* aus dem Karl May reservierten Soenneckenfach und las noch einmal die ersten hundert Seiten, der Ritt über den Salzsee hatte, nachdem ich den Meister und seine Verstiegenheiten kennengelernt hatte, Wallfahrt nach Mekka, dreiundzwanzigtausend Indianer auf dem Kriegspfad, bleiben Sie mir treu, nichts Unheimliches mehr an sich, das schwer zu lösende Rätsel lag außerhalb des Buches in dem Dreigestirn Old Shatterhand, Kara Ben Nemsi und Karl May selbst, noch nach fünfzig, achtzig, vielleicht sogar hundert Jahren wird man sich den Kopf zerbrechen können, wer der aus Ernstthal stammende Radebeuler Sachse wirklich war, ein Wilhelm zwo der Feder, ein schreibender Münchhausen oder die Verschmitztheit in Person. Und wenn es in ferner Zukunft einmal einen quengeligen Collagisten mit Leimtube und Echolot geben sollte, vielleicht in Nartum, na dann: wie aus dem Gesicht geschnitten. Auch hinter Gittern beide, genau die gleiche Anzahl von Jahren. Sie sehen, hochverehrter Kollege älteren Jahrgangs, sagte Spiel vorsichtig, Karl May fesselt mich, das stimmt schon irgendwie. Doch damit Sie von mir kein schiefes Bild bekommen, viel stärker hat mich, lachen Sie jetzt nicht, die *Gartenlaube* von Ernst Keil beschäftigt, das sogenannte illustrierte Familienblatt aus Leipzig, auf seine sanft unterweisende Art hat es mich schon als Kind angesprochen. Die haben dort eine moderne und zugleich altmodische betuliche Mischung aus beseeltem Bild und zuneigendem Wort, gleich bei der ersten Begegnung hat mich die Mischung in Bann gezogen, ich glaube, daß ich neun oder zehn

Jahre alt war, denn ich konnte schon lesen. Ein alter Jahrgang, 1863 wahrscheinlich, fünfzigster Jahrestag der Völkerschlacht von Leipzig, lag neben neun anderen Gartenlaubebänden bei meiner Peniger Großmutter in der Truhenbank. Solange ich denken konnte, verbrachte ich jeden Sommer in der Kleinstadt an der Zwickauer Mulde, bei der Mutter meiner Mutter, einer Röhrenmeisterwitwe, winzig klein war die alte Frau, keine anderthalb Meter groß, ganz dünn, vogelähnlich, vielleicht deshalb war ihre ohnehin schon enge Stube von Vogelkäfigen und Flugvolieren nahezu ausgefüllt, nur zwei schmale Gänge, zum Hausflur und zur Küche, es zwitscherte und trillerte in einem fort, Dompfaffen waren ihre bevorzugten Lieblinge, geduldig brachte sie ihnen stundenlang das sanfte Flöten bei, auf das die Käufer der Vögel so übergroßen Wert legten. Auch mir war sie wohlgesonnen. Sie erfüllte fast jede meiner Bitten, oft durfte ich, wenn es Zeit zum Schlafengehen war, in ihrem kahnähnlichen Bett liegen, sie kam dann auch dazu, wir sprachen miteinander, sie las auch vor, leiser und immer leiser, bis ich eingeschlafen war. Ich erinnere mich noch gut an ein Erlebnis, ich war zwölf. An einem drückend heißen Augustsonntag, als sie wegen eines anstehenden Gewitters, das schon den ganzen Nachmittag über der Gegend von Altenburg stand und heranzurücken drohte, bei der Noteinfahrt der Ernte half, war ich allein im Haus am Ufer der Mulde, ich hörte die Kinder drüben auf der Altstadtseite ins Wasser springen, hörte das Klatschen und Plantschen und Rufen und war hin- und hergerissen, eilig suchte ich die Badehose und zog sie an, ich stand schon in der Haustür, drehte mich dann aber doch, ich weiß nicht, wieso, statt ins Freie zu laufen und mich mit einem Hechtsprung in den Fluß zu stürzen, ins Haus zurück, ich stieg unter das Dach hinauf, zur Schlafkammer der Großmutter, vertrauter Geruch nach zundertrockenem Staub, nach Lavendel, nach alter Frau, das wuchtige Bett, in dem ich oft und oft in ihrer Gesellschaft, unter ihrer Obhut eingeschlafen bin, werde ich bis ans Ende meiner Tage vor mir sehen, die schützenden Wangen am Kopf-

und Fußteil, das ausgeschnittene Mittelstück, über dem Federbett die weißgeklöppelte durchbrochene Tagesdecke, als Nachttisch stand unter dem Giebelfenster die Truhenbank, und in der Bank lagen, wie ich wußte, in zwei gleichhohen Stößen zehn Jahrgänge der *Gartenlaube*, die Bilder waren mir in früheren Jahren, als ich noch nicht lesen konnte, an Feiertagen ebenso zugeteilt worden wie die Artikel, die mir Großmutter vorlas, nie mehr als allerhöchstens zwei, auch wenn ich noch so sehr bat und bettelte. Daher mein Abstecher unters Dach, mit einemmal, ich wußte selbst nicht warum, waren mir die seit dem letzten Sommer vergessenen Folianten in den Sinn gekommen, ich wollte plötzlich selber sehen, selber lesen. In den Achthundertseitenbänden mußte weiß Gott mehr enthalten sein als das mir früher Zugestandene. Ich schleppte meine Beute, einen der schweren Schinken, auf die ich stieß, eben den von 1863, über den Hof zum Ziegenstall, in Erwartung kriegerischer Bilder. Die Großmutter hatte mir von der gewaltigen männermordenden Völkerschlacht erzählt, davon, daß im Vorfeld, im Sommer und Herbst 1813, wie sie als Kind von ihrer Mutter oftmals gehört hatte, die Truppen wochenlang durch Penig gezogen waren, mal waren sie nach Norden unterwegs, auf Leipzig zu, mal nach Süden, zum Erzgebirge und seinen böhmischen Pässen hin, gerade wie der Korse siegte oder auswich, immer wurden Einquartierungen in alle Häuser und Wohnungen gedrückt, immer Verpflegung für Mann und Pferd gefordert, erst tausend und tausend und auf den Herbst zu noch immer mehr Männer kamen durch die kleine Stadt am Fluß, Zehntausende in der ersten Oktoberhälfte, als sich der Knoten um Leipzig allmählich schürzte, unter den Soldatenmassen einige wahrhaft gute Menschen, älter meist, viele, sehr viele durchschnittliche Gemüter, mal gleichgültig, mal ansprechbar und sogar mitleidig, und nicht allzu zahlreich, aber auch nicht gerade selten unbegreiflich böse und verkommene Existenzen, wahre Hyänen und Wölfe des zehnjährigen Krieges, schlimm auch alle Kommandierenden mit ihren schamlosen Extraansprüchen, die Fürsten, die gekrönten Häupter, da gab es Stäbe, Entouragen, Gefolge, Troß ohne Sinn und Ende, zu der Ausplünderung kam noch der abverlangte abgepreßte Bückling fast bis zur Erde, den die Männer machen mußten, Schwamm drüber, was mit den Mädchen und Frauen passierte. Was war in dieser Zeit der kleine Mann. Noch weniger als heute. Dann war die große Schlacht geschlagen, drei volle Tage waren die Heere übereinander hergefallen, mit einem Ruhetag dazwischen, vierhunderttausend, sechshunderttausend Mann, wer will das noch genau sagen, Napoleon flüchtete nach Westen, über das Nahziel Weißenfels auf den Rhein zu, unter Hinterlassung von Heerscharen Verwundeter und Seuchenkranker, Dörfer um Leipzig herum gab es, da war in jeder Scheune ein Verbandsplatz, ein Lazarett, ein Sterbelager, ein Leichenhaufen. Mindestens neunzigtausend Tote und Verwundete. Die schlimmen Verletzungen, die infizierten Wunden, die heißen Fieberstirnen, die Typhusbäuche mußten gekühlt werden, ein Oktober war das, wahrhaft golden, eher warm als kalt, tagsüber meistens Sonne, keine Rede von Frost, erzählte mir die Großmutter, hatte sie selbst dereinst erzählt bekommen, Eis, schafft Eis heran, verlangten die Wundärzte, die studierten Ärzte und die Bader und Heilgehilfen, woher nehmen und nicht stehlen, bis sich im Siegesdurcheinander im österreichischen Korps des Generals Klenau ein Adjutant, der in zwanzig Jahren vom Gepreßten, von der Straße Weggefangenen zum Oberst aufgestiegen war, an seinen Geburtsweiler Ziegenschacht bei Platten im böhmischen Erzgebirge erinnerte, dort gab es auf der Flanke des silberreichen Plattenbergs zwei Einbrüche im Gestein, vierzig, vielleicht sogar sechzig oder hundert Meter tief und nur ein paar Meter breit, Folgen des Bergbaus, zusammengebrochene Schächte und Stollen, *Wolfspinge* und *Eispinge* nannte der Volksmund die scheinbar bodenlosen Klüfte, dort unten in der Tiefe, in die kaum Licht drang, geschweige denn ein Sonnenstrahl fiel, lag Sommer wie Winter viele Meter dick jahrhundertealtes steinhart gepreßtes Eis, das losmeißeln, herausholen, näher heran an Leipzig war dergleichen nicht zu finden, alle Eiskeller längst geleert, geplündert, hundert, hundertzehn Kilometer waren zu überbrücken, das müßte unter Einsatz aller Mittel zu schaffen sein, mit Gespann- und Kutscherwechsel in jeder Kleinstadt am Weg, zweieinhalb, höchstens drei Tage nach der Abfahrt in Platten könnte, wenn man auch in den Nächten fuhr, der erste Transport in Probstheida am Stadtrand von Leipzig eintreffen, das Eis, die Blöcke in dickes Stroh gepackt, darüber Planen, dann wieder Stroh, in geschlossener Lage, so skizzierte der Oberst, dessen Namen nicht überliefert ist, nur Rang, Geburtsort Ziegenschacht, Hinweis auf die Pingen, in Klenaus Morgenberatung den Ablauf, sein Vorschlag wurde angenommen, die Bergleute von Joachimsthal, Abertham, Gottesgab und Platten rückten nach Anweisungen aus Wien, Prag und Leipzig aus zu den eisträchtigen beiden Pingen, und da inzwischen auch Sachsen ins Lager der Verbündeten hinübergezwungen worden war, mußten sich ihnen auch die Bergbrüder aus Johanngeorgenstadt, Eibenstock, Oberwiesenthal und Annaberg anschließen, mit Schlegel und Eisen, mit Brechstangen und Hacken seilten sie sich in die Tiefe ab, dort nur spärliches Licht von Öllampen, die man vorher an Stricken nach unten gelassen hatte, auch, um die Luft zu prüfen, geht die Flamme aus, kann dort niemand atmen. Die Lampen brannten trübe und flackerten bisweilen gefährlich, gingen aber nicht aus, so daß Mannschaft auf Mannschaft einfuhr, bis die Männer sich unten im Gedränge und Gezwänge kaum drehen konnten, das Picken und Hacken ging stunden- und tagelang, auch die Nächte durch, Kübel auf Kübel wurde nach oben gewunden, Block auf Block, mit eilig aufgestellten Haspeln, schon zwei Stunden nach Beginn der Hackerei waren die ersten zwei vierspännigen Fuhrwerke abgegangen. Noch triefte das Tauwasser, das verfluchte, sagten die Kutscher, unter den Planen hervor und nässte die großen mit dicken Eisenreifen beschlagenen Räder der beiden Überlandfrachtwagen, das geht ja gut los, sorgten sich die Steiger, Obersteiger und Berghauptleute, der Schwund stellt den Sinn der ganzen mühsamen Unternehmung infrage, da fährt man mit dem schönsten Eis hier oben im Gebirge los, und wenn man unten in Leipzig ankommt und das Stroh wegnimmt, ist nichts mehr da als ein nasser Fleck. Aber mit jedem Transport wurden die Verpackungen, die Isolierungen ausgeklügelter, raffinierter, eine Woche lang rollte und stampfte jede Stunde mindestens ein Frachtwagen mit Eis in unser Penig hinein, Tag und Nacht, eine aus Hunderten von Pferden und Wagen gebildete polternde Kette, deren Glieder auf dem Marktplatz eine schnelle Verwandlung erfuhren, die abgetriebenen Pferde wurden ausgespannt, neue Ackergäule aus den nächsten Dörfern angeschirrt, jeweils zwei Bauern, meist die Besitzer der Pferde, kletterten auf den Bock, und schon ging es weiter, die nächsten fünfzehn, zwanzig Kilometer, am *Goldenen Pflug* vorbei, durch Altmörbitz und Dolsenhain, bis Frohburg, wo der erneute Wechsel auf dem weiten Platz zwischen den Gasthöfen *Roter Hirsch* und *Zu den drei Schwanen* vor sich ging, es folgten die Wyhrafurt, am Eisenberg der steile Anstieg, auch Kellerberg genannt, auf beiden Seiten der Chaussee hatte der Pfarrer der örtlichen Michaeliskirche Männer seiner Gemeinde postiert, die, wenn das mit Anlauf herangekommene Gespann langsamer wurde und stehenzubleiben drohte, in die Speichen griffen und unter dem taktmäßigen Zuruf ihres Seelenhirten den Kampf gegen die Steigung aufnahmen. Die nächste heikle Passage war der allzeit sumpfige Zedtlitzgrund, hier hielten sich Männer aus Bubendorf, Neukirchen, Wyhra, Nenkersdorf und Schönau mit Brettern und Bohlen bereit, kommandiert von ihren Rittergutsbesitzern, zwei noch jungen unverheirateten Erben, die sich nicht zu den Lützowern gemeldet hatten und sich nun nachträglich den Anschein von Freiheitsfreunden geben wollten. Es folgten Borna, die Amtsstadt, und Rötha mit letztem Umspann, dann war das Weichbild von Leipzig erreicht, bei Auenhain befand sich im Eiskeller des Rittergutes eine zentrale Niederlage, und auf dem Platz davor war die Verteilung eingerichtet worden, von ihr aus gelangte das dringend benötigte Eis in die städtischen Krankenhäuser und Lazarette und auf die Dörfer, in denen Verwundete und immer mehr Typhuskranke lagen. Von dieser Geschichte mit den Plattener Pingen war in der *Gartenlaube* von 1863 nichts zu finden, ich hatte sie vorher von der Großmutter gehört, einiges schickte sie später noch nach. Ich hatte den erbeuteten schweren Band mit dem schwarzen Lederrücken und der schimmernden Goldschrift darauf vor mir her nach oben gewuchtet, als ich auf die Klinke des Ziegenstalls stieg und mich an der Dachkante hochzog und in die Ladeluke kletterte. Hier oben lagerte das Heu, und hier war seit dem vorhergegangenen Sommer auch mein geheimes Lager, eine Kuhle im hintersten niedrigsten Dachwinkel, durch die Luke und eine Stelle mit zerbrochenen Ziegeln im Dach kam genügend Licht in das Versteck, ich schlug mein Beutebuch auf und blätterte und las und hörte dabei die Stimmen der Kinder vom jenseitigen Ufer und vom nahen Wehr, sich anschließen, sich fallenlassen oder auf eigene Faust losgehen, darauf läuft es doch immer hinaus, oder was meinen Sie, Herr Waysel. In fliegender Eile, angetrieben vom langsam lauter werdenden Donner des aufziehenden Gewitters, überflog ich, gleich ist die Großmutter zurück, dachte ich, das eng gedruckte Inhaltsverzeichnis, nichts von Völkerschlacht und nichts von Leipzig, auch das eilige Umblättern der Seiten ließ mich nicht fündig werden, ebensowenig half mir das Überfliegen der Beiträge auf die Sprünge und nicht das Durchforsten der Texte, alles Suchen erfolglos, ich vibrierte und bekam einen heißen Kopf, das war ja genau der Reiz, den ich suchte, im unerlaubten zwielichtigen Terrain mich bewegen, in der verbotenen Zone. Schon wollte ich, maßlos enttäuscht, den Band zurückbringen in die Kammer der Großmutter, da stieß ich im hinteren Teil dann doch auf einen Aufsatz mit der Überschrift *Oktoberträume*, ich weiß nicht mehr, wie sich der Verfasser nannte, Sperr vielleicht oder Derr, der Artikel bezog sich auf den zehnten Monat des Jahres 1813 und die Schlacht gegen Napoleon, lange umständliche Darlegung der Bündnisse und der Entwicklung des Volkssturmes gegen den Korsen,

Fazit war, die deutschen Jünglinge und Feuerköpfe seien um die Früchte ihrer Begeisterung für das Vaterland gebracht und um die Belohnung für den Einsatz ihres Lebens betrogen worden, durch Metternich und die Heilige Allianz. Die meisten Sätze des Artikels mußte ich zweimal, manche drei- oder viermal lesen, schwer verdauliche Kost, überdies war die Druckschrift klein, und das heranziehende Gewitter verknappte das Licht, ich wollte schon abbrechen, da tauchte nach dem Umblättern zu meiner Überraschung und Freude nicht die Fortsetzung des langatmigen Textes, sondern eine doppelseitige Illustration auf, der in Holz gestochene Plan des Schauplatzes der Völkerschlacht, um das ins Zentrum gesetzte Leipzig mit Nikolai- und Thomaskirche und der Pleißenburg, alles in feinster kleinmaßstäblicher Zeichnung, mit Dächern und Türmen, erkennbar auch die Straßen und Gassen des Stadtinneren, waren in schräger Vogelperspektive die Dörfer, Bach- und Flußläufe und einzelnen Moränenhügel und Eiszeitdünen der Tieflandsbucht angeordnet, man sah die Landstraßen und Verbindungswege, auf manchen Hügelkuppen waren Baumgruppen angedeutet, die Dörfer stellten sich als winzige Ansammlungen von kleinen Häusern dar, um die Dorfkirche geschart, die Straßen fast durchweg Pappelalleen, man sah auf dem Plan die schlanken Bäumchen zu Hunderten die Wege einfassen, typisch für die Gegenden um Leipzig, in südlicher Richtung bis Frohburg und Penig, wo das ansteigende Hügelland den Übergang zum Erzgebirge markierte. Im ersten Anlauf war ich, wie soll ich sagen, reinweg entzückt von dem Fund, der meinen Augen so viel zu entdecken aufgab, allenthalben liebevoll angedeutete und ausgemalte Einzelheiten, man konnte sich verlieren. Und ich verlor mich wirklich, wurde immer weniger klug aus dem Dargestellten, wo war hier Norden, wo sollte Süden sein, welche der Leipziger Kirchen war denn nun tatsächlich die Thomas-, welche die Nikolaikirche, ich fand mich nicht zurecht, war ratlos. Immer wieder starrte ich mit neuem Anlauf auf die Doppelseite, unwillig allmählich, mit aufsteigendem Ärger, nichts zu machen, ich kam nicht klar. Hatte ich endlich doch einen Ansatz, glaubte ich irgendwann die große Ausfallstraße nach dem Süden mit der Gabelung bei Probstheida gefunden zu haben, halblinks nach Liebertwolkwitz und Grimma, halbrechts nach Borna, Frohburg, Penig und Chemnitz, war ich schon beim nächsten Versuch der Vergewisserung nicht mehr sicher, nein, kann nicht sein, Irrtum meinerseits. Komplett gemacht wurde meine Verwirrung durch die in voller Breite ausgedruckte Legende am Fuß des Holzstichs, die Dörfer, die Feldherrenhügel waren mit großen und kleinen Buchstaben bezeichnet, für den 16. Oktober und seine Kämpfe kursiv gesetzt, für den 18. in aufrechter Normalschrift, meine Verlegerfreunde würden *recte* dazu sagen. Dazu sämtliche Kampftruppen beider Seiten, mit Dreieck und Kreis versehen, Kreis die Soldaten Napoleons, Dreieck seine alliierten Gegner, und mit Numerierungen, die ebenfalls vom 16. auf den 18. wechselten. Alles eingetragen auf dem Plan, auf dem ich mich ohnehin nicht zurechtfand. Wie soll das jemals jemand durchschauen und verstehen, haderte ich mit wem auch immer. Nicht lange, denn nebenan fuhr der Erntewagen auf den Hof, Stimmen, ich hörte die Großmutter heraus. Schnell schob ich die *Gartenlaube* in die hinterste Ecke, unter eine Kiste mit leeren Weinflaschen, weiß Gott von welchem fernen Gelage, kletterte aus der Luke und tat so, als hätte ich Heu für die Ziegen nach unten werfen wollen. Der Wagen der Nachbarn, erzählte mir Großmutter, war leer vom Feld gekommen, denn noch während des Aufstakens der Garben war ein Wolkenbruch niedergegangen, nur zehn Minuten, aber lange genug, daß alles naß wurde und wieder abgeworfen werden mußte, nun standen die Garben, noch einmal zu Puppen zusammengesetzt, erneut auf dem Feld und sollten nachtrocknen, hoffentlich wachsen sich die Ähren, die Körner nicht aus, die alte Angst der Bauern und Ackerbürger. Am nächsten Nachmittag neuer Versuch, wieder war die Großmutter mit von der Partie, wieder war ich allein im Haus, den Band *Gartenlaube* zurücklegen in die Truhe, nicht unbedingt nötig, hatte ich überlegt, wenn ich es hinbekam, die Höhe der beiden gleichen Stöße in der Truhe, je fünf Jahrgänge, mit einem Band weniger zu erreichen, indem ich den untersten Band querlegte und den einen kippligen Stoß an der Truhenwand abstützte, dann würde Großmutter, die ohnehin die Truhe selten genug und eigentlich nur meinetwegen aufklappte, das Fehlen des Jahrgangs 1863 schwerlich bemerken. Und genau so war es auch. Damit ging der abgezweigte, auf dem Heuboden versteckte Band in meinen Besitz über und stand mir, solange ich wollte, zum Studium des rätselhaften Vexierplans der Völkerschlacht zur Verfügung. In jenem Sommer in Penig und auch, da es mir gelang, den Band am Ende der Ferien in meinem Ranzen mit nach Dresden zu schmuggeln, zuhause, ich besitze ihn immer noch, neben den neun übrigen Bänden der Großmutter, die mir nach ihrem Tod auf meinen dringenden Wunsch hin ebenfalls zugefallen sind, dem einzigen Akademiker in der Familie seit Menschengedenken war das trotz durchaus vorhandener Mißgunst schwer zu verwehren. Die Miterben, drei Cousinen und ein Cousin, ich kannte sie kaum, alle vier hatte ich nur ein- oder zweimal gesehen, lebten mehr schlecht als recht in Weipert in Böhmen, dicht hinter der Grenze, gleich unterhalb des Keilbergs und des Kammes, in einer nach Norden vorgeschobenen Bastion der k. u. k. Monarchie, eine Gewehrfabrik existierte dort, ein paar kleine Textilfirmen boten schlechtbezahlte Arbeit, Großmutter gebrauchte, wenn sie von ihrer nach Weipert verheirateten Tochter und deren Kindern sprach, immer das Wort Armutei, in Penig *Ohrmuhdai* ausgesprochen. Wenn eine arme Frau in Penig auf eine Armut anderswo ausdrücklich hinweist, können Sie sich vorstellen, wie es dort zugeht. Nachdem die vier Abkömmlinge, freilich nicht ohne Ausgleich in Form eines nahrhaften Sparbuchs und zweier Schränke voller Leinenwäsche, auf die neun Jahrgänge der *Gartenlaube* hatten verzichten müssen, wollten sie auch sonst nichts Gedrucktes aus dem Haushalt der toten Großmutter haben und ließen bei der Räumung des Häuschens neben den leeren schmutzigen Vogelkäfigen und Volieren zwei weitere Bände zurück, die sich als eingebundenes *Penig-Bornaisches und Frohburger Wochenblatt* von 1845 und 1846 erwiesen. Die Anzeigen da drin: für mich eine Quelle der Erheiterung. Und eine Einführung in das Kleinstadtleben. Bis heute gibt es die ungestörten einsamen Abende der Behaglichkeit, an denen ich mich mit einem Wein hinsetze, im *Wochenblatt* blättere und vor allem den Dreiundsechzigerwälzer der *Gartenlaube* auf der Doppelseite 668/669 aufschlage und, mit einer Lupe bewaffnet, über dem Plan der Völkerschlacht brüte, mich in ihm verliere, eine Stunde ist da nichts, drei Stunden und eine Flasche Rotwein schaffe ich locker. Das Rätsel der Zeichnung hört nie auf, mich zu fesseln, seit kurzem beziehe ich auch Otty in das Ratespiel mit ein, ich sehe was, was du nicht siehst, schon manche bisher von mir unbeachtete Feinheit hat sie mit ihren Maleraugen entdeckt, in den tieferen Zusammenhängen der Aufmärsche und Kämpfe, der Dörfer und Wege aber ist das Bild letztlich unauflösbar, so wie auch andere berühmte Karten, zu Schnabels *Insel Felsenburg* und Stevensons *Schatzinsel*, sich nicht restlos entschlüsseln lassen, ihre Bedeutung kommt überhaupt erst aus dem dauernden Geheimnis, ohne Geheimnis wird alles platt und fahl, ich denke nur an Kaspar Hauser und an die Dunkelgräfin von Eishausen. Auf beide Figuren bin ich beim Blättern in der *Gartenlaube* gestoßen, wenn ich mich festlese, was finde ich da nicht alles an liebevollen Schilderungen und Berichten, in haushälterischer Sprache erzählt, nicht verlogen, nur schonend abgefedert, meist schimmert die Wirklichkeit durch, auch wenn sie schwer zu ertragen ist. Insofern ist mir Ernst Keil, der Gründer der *Gartenlaube*, ein alter Liberaler, viel näher als Karl May, wie ein Großvater nahe, möchte ich sagen, während ich, um wieder zum Hier und Heute zu kommen, in dir, hochverehrter Schwiegervater, eher den väterlichen Kollegen, fast den Freund zu sehen wage. Keine Sorge, lieber Rudolf, alles klar, antwortete Waysel, zwischen uns steht nichts, liebend gerne betrachte ich dich als einen spät, aber nicht zu spät zu uns dreien gestoßenen Sohn und schließe dich nicht nur bildlich in meine Arme, immer vorausgesetzt natürlich, du hältst auch weiterhin zu meinem Goldkind und kannst über der häuslichen Zweisamkeit mit unserer Otty deine solistischen Rotweinabende und wenn es geht, man hört so manches, auch deine Stippvisiten in der Windmühlenstraße vergessen. Eine angemessene Wohnung habt ihr, Leipzig als Großstadt liegt vor der Tür, deiner an sich schon florierenden Kanzlei arbeite ich noch zu, dazu das nahe Rosental, was wollt ihr mehr. Spiel nickte heftig. Fehlt noch der Nachwuchs, murmelte Waysel. Spiels Nicken wie angehalten, die Windmühlenstraße spukte im Schlafzimmer herum. Was allerdings, hier folgt ein Schnitt, nicht ausschloß, daß Jahre und Ehemetamorphosen später Ottys und Spiels Tochter Isolde auf die Welt kam. Das war 1926, schon in Chemnitz. Noch am Tag der Niederkunft schickte Otto Waysel aus Ludwigslust ein gereimtes Gedicht auf den neuen Erdenbürger, das er auch in die *Schweriner Zeitung* setzte, im folgenden Jahr starb er. Entbindung Ottys in der Küchwaldklinik, wo sonst. Während einer der vielen Pausen zwischen den Wehen dort fiel ihr ein, daß sie einmal den quasi Sohn des Hauses gekannt hatte, fast in einem anderen Leben. Wenn die Geburt gutging, würde sie mal nach dem Grab des armen Kerls fragen und es aufsuchen, er war einer von einem Kuhkaff ausgedünsteten Abenteurerin, die er für ein Schaf hielt, zum Opfer gefallen, putziges Schicksal. Leid konnte er einem schon tun, dachte die Gattin des vor drei Jahren von der Dresdner Volksfrontregierung ernannten Landgerichtsdirektors, den man nach dem Reichswehreinmarsch nach Sachsen im Amt gelassen hatte. Abgesetzt wurde er erst, aus dem Dienst gejagt, als Tochter Isolde sieben Jahre alt war, im Frühjahr dreiunddreißig, nach der Machtergreifung. Dabei gab es genug Chemnitzer, die gut von ihm sprachen, auch unter den Konservativen und Rechten. Und nicht wenige auch, die seine Frau Otty schätzten und die nicht beachteten oder darüber hinwegsahen, daß manche in der Stadt sie Halbjüdin nannten, nun gerade, hieß es vielerorts, nicht nur wegen ihrer Verdienste um den *Verein Chemnitzer Kunsthütte*, auch die Städtische Kunstsammlung verdankte ihr viel, ja sie hatte sogar geholfen, für den Bau eines Luxushotels Kapital zu mobilisieren, in der Stadt selbst und außerhalb, denn zu den jüdischen Fabrikanten, Aktionären und Großhändlern in Westsachsen, ja in Mitteldeutschland überhaupt, hatte sie gute Drähte. So entstand mit ihrer nicht unwesentlichen Hilfe der *Chemnitzer Hof*, der mit der Petrikirche, der Oper und dem Städtischen Museum nebst Steinernem Wald, ausgegrabenen verkieselten Baumstämmen von gewaltigen Dimensionen, den repräsentativsten Platz der Stadt bildete. Als Anfang fünfundvierzig das gesamte eng bebaute Zentrum im Bombenhagel pulverisiert wurde, blieb nur dieser Platz erhalten. Was zehn Jahre später möglich machte, daß wir, die Eltern, Ulrich und ich, mit einem Umweg über Oederan und den Erzgebirgskamm aus der Sächsischen Schweiz kommend, im *Chemnitzer Hof* eine Nacht verbringen konnten, weitflächig umgeben von Ruinen, Niemandsland und Leere, die jenseits des Platzes begannen und durch die am Abend Menschen aus den Ladenbaracken nach allen Seiten davonhuschten und überfüllte Straßenbahnen in unbekannte halbversunkene Vororte rumpelten, von denen der Rest der Welt nicht wußte, ob sie wirklich existierten oder in einen Alptraum gehörten, Deutschland armes Vaterland. Zur gleichen Stunde schoß und sprudelte bei uns im *Chemnitzer Hof* ein halbarmdicker Heißwasserstrahl aus dem goldfarbenen Mischerhahn in die Wanne unserer Suite, die nur ein paar Mark kostete, Geld war nicht das Problem, das Hotel war bis auf zwei, drei Zimmer, auf die die Partei für ihre hochangesiedelten Instrukteure aus Dresden und Berlin zugreifen konnte, auf Dauer für die *Wismut*russen aus Moskau reserviert, die aus Chemnitz, Karl-Marx-Stadt seit zwei Jahren, einen Taubenschlag machten, zu unserem Glück konnte die aktuell anstehende Delegation wegen Schwierigkeiten ihrer Militärmaschine erst am übernächsten Tag nach Dresden-Klotzsche fliegen, der Geschäftsführer mit steinernem Gesicht ließ sich Vaters Ausweis zeigen und nahm ihn mit nach hinten in sein Büro, bitte schön, Herr Doktor, bot er, zurückgekommen, zwei Zimmer an einem abgeschlossenen kleinen Flur an, eine *Suite*, ausnahmsweise, weil das auch uns allen hier guttut, denn wann haben wir in den letzten Jahren jemals eine ganz normale Familie unter unserem Dach gehabt. Rudolf Spiel, um auf ihn zurückzukommen, hatte, es wurde schon erwähnt, dreiunddreißig sein Amt als Landgerichtspräsident verloren, er wurde in den vorgezogenen Ruhestand versetzt, im Alter von dreiundfünfzig Jahren, ein baldiger Wegzug aus Chemnitz schien angebracht, da er nicht vorhatte, sich von seiner zur Halbjüdin deklarierten Frau zu trennen, wie das in jenen Gleichschaltungsjahren oftmals üblich war, Schauspieler des Dritten Reichs und angehende Schriftsteller mit Lust auf die Reichsschrifttumskammer und Tausende Unbekannte verfuhren so, nur nicht mein späterer Lehrer Friedel in Frohburg. Was lag für die drei Spiels da näher, als unterzutauchen und nach dem weitentfernten Ahrenshoop zu ziehen, in das Landhaus, das Otty Waysel nach dem Tod des Vaters auf ihren Namen geschrieben bekommen hatte, nun, in den neuen brisanten Zeiten, übertrug sie das Anwesen auf ihren Mann, sicher ist sicher, sonst habt ihr, das Kind und du, passiert mir etwas, gar nichts. Viele Möbel mußten nicht aus Sachsen an die See überführt werden, das Haus, wir haben es längst gehört, war allerbestens eingerichtet. Nur Spiels Sammlungen, vorneweg die besseren Bücher der von ihm vertretenen und beratenen Leipziger Verlage, seine Briefmarken, Glashütter Uhren, Piranesistiche, ein paar Devotionalien aus den Befreiungskriegen, eine Märklin-Eisenbahn mit neun Loks und natürlich die zehn Gartenlaubenbände seiner Großmutter und das alte *Wochenblatt* wurden verpackt und mit Ottys Silber, ihrem Meißner Porzellan, Blumen mit Insekten, vierundzwanzig Personen, dem Wäschefundus und dem weißlackierten Damenzimmer in die neue alte Unterkunft mit Reetdach gebracht, drei Steinwürfe vom Strand entfernt. Man lebte ruhig, verhielt sich unauffällig, Otty entdeckte das Malen wieder, und Spiel übernahm kleine, vom Wustrower Pfarrer vermittelte Schreibaufträge des Kirchenamts Schwerin, die Baugeschichte einzelner Dorfkirchen betreffend, soweit sie zu Fuß oder mit dem Rad erreichbar waren. Die Verbindungen, die sich in Ahrenshoop ergaben, waren nicht wie in Chemnitz von einer hohen Beamtenstelle, einem guten Einkommen und einer umtriebigen Ehefrau bestimmt, jetzt spielten Sympathie und ehrliches Interesse aneinander die Hauptrollen, man kannte und erkannte sich. Der Haß der braunen Kunstrichter und Journalisten hatte so manchen Großstadtkünstler, nicht zuletzt aus Berlin, aufs Land getrieben, ähnlich wie Spiel. Und in den drei letzten Kriegsjahren kam hinzu, daß man sich immer schlimmere Bombardierungen ausmalen konnte, was zur Folge hatte, daß man nicht nur die Sommerfrische, die Sommerarbeit an die See verlagerte, sondern den ganzen Haushalt, das ganze Atelier, bis, so hoffte man, Frieden war. Und was für ein Frieden. Spiel ahnte, daß die allermeisten Deutschen, die Maler, die Bildhauer nicht ausgeschlossen, vor allem, wenn sie Söhne, Brüder, Väter an der Front hatten, in Ostpreußen und Schlesien auch Verwandte und Freunde, sich schwertaten mit dem, was Otty und er wie die anderen mal Zusammenbruch, mal Untergang nannten und manchmal auch, wie eine Minderheit, Ende des Alptraums, später würde man von einem Tag der Befreiung reden. Aber nur, wenn man Sohn eines NS-Staatssekretärs ist oder SED-Mitglied war und Freund der Freunde. Am neuen Wohnort fand die Familie Spiel vor allem zwei Künstler vor, Gerhard Marx und Fritz Koch-Gotha. Mit ihnen viel Verkehr, von Wohnung zu Wohnung, von Haus zu Haus, die Fußwegentfernungen waren für gewesene Stadtbewohner lächerlich, ein Hundesprung, sagte Spiels Tochter immer, und alle lachten dann. Es bestanden aber auch Verbindungen nach außerhalb. Der Briefträger stellte mehr Briefe aus Berlin als aus Chemnitz zu, Absender war meist der Verlag *Fischer*, der nicht erst seit dreiunddreißig mit dem Initial S für Samuel firmierte. Die Schreiben waren mit Peter Suhrkamp unterzeichnet, dem Treuhänder, den Spiel seit Jahren kannte und schätzte und dem er nun in schwierigstem Fahrwasser für den Verlag die Gesetze und die Rechtslage deutete, wie über die Runden kommen mit einer jüdischen Gründung, wie den Betrieb am Laufen halten ohne den Großteil der angestammten und nun verfemten Autoren, das war die immer wieder aufgeworfene und sich mit den Kriegsjahren verschärfende Frage. Der Hausherr saß beim Abfassen seiner wohlweislich nicht unterzeichneten Schriftsätze, Verfahren beschreiben, Wege aufzeigen, im Altanzimmer, das Bruder Ulrich und ich zwölf Jahre später bewohnten, er hockte an seinem papierübersäten Schreibtisch, aus dem Treiben herausgerückt, das unter ihm im ehemals so stillen Haus den ganzen Tag mit raus und rein und hin und her wogte und tobte, zwei Familien, die Volksgemeinschaft wurde zusammengerückt und zusammengedrückt, waren einquartiert, zwei Mütter mit zusammen sechs Kindern, eine Großmutter, ein uralter wackliger Onkel, die eine Partei aus Hamburg, die andere aus Köln, im Spätsommer vierundvierzig traf noch eine junge Soldatenwitwe mit einem achtjährigen Sohn und einem Säugling ein, die nicht in das Zimmer der Alten ziehen wollte, sondern sich mit der Kammer im Anbau begnügte, sie kam aus dem fernsten Ostpreußen, hinter dem seit jeher irgendwie Rußland begann, erst Kosakenland, dann roter Stern, ihre hohen Wangenknochen deuteten die Nähe der Steppe an, meinte Otty Spiel. Das Kriegsende kam undramatisch für Ahrenshoop, keine Besatzung, nur einmal stieß ein Lastwagen voller Rotarmisten in das Malerdorf vor, drei Monate nach dem Ende der Kämpfe, Wut, Haß und Lust an der Erniedrigung waren im Abklingen begriffen, nur die Ostpreußin weckte Interesse und wäre möglicherweise gefährdet gewesen, aber Otty paßte auf und sprach auch mit den Russen, Verfolgte wir, Verbannte, hier nicht, die Russen zogen weiter, auf den Schifferberg, der außer Rufweite lag, wer weiß, was dort passierte, am nächsten Morgen war der Lastwagen verschwunden und kam auch nicht zurück. Beinahe ein halbes Jahr folgte, in dem kein Zeichen, kein Anruf, kein Brief von außerhalb kam, als seien wir hier im Dorf allein auf der Welt, vielleicht als einzige übriggeblieben. Wir hier im Dorf, das war die gegenüber friedlichen Zeiten verdoppelte, verdreifachte Einwohnerzahl, das zertrümmerte ruinierte Vaterland mußte zwölf, vielleicht vierzehn Millionen Landsleute aus den Ostprovinzen und den Siedlungsgebieten aufnehmen, wer wußte das genau, wer zählte nach. Spielsche Sinnsuche, inmitten des Zusammenbruchs. Die beiden Ahrenshooper Lehrer, an sich nicht nur annehmbare, sondern beinahe ideale Verkörperungen des deutschen Volksschullehrers, streng, genau, dem Wissen verschrieben, das auf sie in ihrer Jugend und Seminarzeit wie eine Eröffnung gewirkt hatte, dabei nicht ohne Ironie und sogar Humor, hatten auf Geheiß der einen radikalen Partei deutscher Zunge den Schuldienst wegen Mitgliedschaft in der anderen radikalen deutschen Partei verlassen müssen, das Ehepaar Spiel nahm sich der vielen, sehr vielen Flüchtlings- und Vertriebenenkinder am Ort an und gab Unterricht zum einen im Lesen, Schreiben und Rechnen, zum anderen, einem alten Realienbuch folgend, in Zoologie, Botanik, Physik, Chemie, Erdkunde, nur der Geschichtsteil mit den Fürstenhäusern und den siegreichen Einigungskriegen wurde ausgelassen, weg mit dem Sieg bei Königgrätz 1866 und dem Sturm auf die Spicherer Höhen vier Jahre später, statt dessen Benimmkunde, wie sitze ich am Tisch, wie fasse ich Messer und Gabel an, mit dem Gegenüber sprechen, indem man ihn ansieht, aufstehen, wenn ein Älterer ins Zimmer kommt, und in der Eisenbahn, weit und breit nicht zu finden, allen Frauen, die stehen müssen, den eigenen Sitzplatz anbieten. Das pädagogische Programm war so eng gestrickt, daß die beiden Spiels kaum zur Besinnung kamen. Die Eltern sahen den Einsatz mit Zustimmung und Wohlgefallen, beinahe hätten sie Rudolf Spiel zum Bürgermeister des winzigen Ostseebades mit kleiner Künstlerkolonie gemacht, die KPD-Spitze in Schwerin aber war anderer Meinung, einmal Liberaler, auf keinen Fall. Eine Chance anderer Art trug der Postbote in die Dorfstraße. Guck mal, Otty, ein Brief aus Chemnitz, aus dem sächsischen Vineta, mal sehen, was das bedeutet, was die wollen. Das Schreiben kam aus dem Rathaus, einem der wenigen Innenstadtgebäude, die die Bombenteppiche überstanden hatten. Ein Heinrich Meltzer, Bürgermeister, grüßte die ehemaligen verdienstvollen Einwohner, regte eine Rückkehr an und bat um Mitarbeit am demokratischen Wiederaufbau alles dessen, was den braunen Horden zum Opfer gefallen war. Es ist, schrieb Meltzer, eine Voranfrage, Genaueres kommt aus Dresden. Dresden, Dresden, das ist doch auch so ein Vineta, das gibts doch gar nicht mehr, knurrte Spiel scheinbar mißgelaunt, in Wirklichkeit wartete er von da an auf eine Nachricht aus seiner Geburtsstadt an der Elbe, drei Monate vergingen, endlich hielt er tatsächlich ein amtliches Schriftstück in Händen, das ihn ohne alle Umschweife wieder als Landgerichtspräsidenten von Chemnitz einsetzte, nach dreizehn Jahren Untergetauchtsein in Ahrenshoop. Spiel war nicht wirklich überrascht, er hatte uneingestanden etwas ähnliches erwartet, zurück auf Anfang also, war sein einziger Kommentar, dann konzentrierte er seine Energie darauf, die Reise nach Sachsen zu planen und den Transport ihrer Habseligkeiten zu organisieren, soweit sie nicht zur ständigen Einrichtung des Sommerhauses gehörten oder aus dem Nachlaß von Ottys Vater stammten, der all seine Zeit ein großer Sammler von fast allem gewesen war, was sich anhäufen ließ, beispielsweise von Erinnerungsstücken aus den Befreiungskriegen, die viele Schubladen im Haus füllten. Dergleichen mußte nicht mit nach Chemnitz. Das Porzellan dagegen erschien als unverzichtbar und wurde sorgfältig verpackt, ebenso die Spielzeugeisenbahn, die wurde wie das Porzellan, Stück für Stück, Teil für Teil in Ölpapier gehüllt, in Kisten geschichtet, die der Wustrower Tischler zusammennagelte, Spiel dachte schon an künftige Weihnachtstage, er setzte eine große Altbauwohnung im unzerstörten Kaßbergviertel voraus, in der sich die komplette Anlage aufbauen ließ, nach dem Umzug dreiunddreißig war sie nur ein einziges Mal ausgepackt worden, Weihnachten fünfundvierzig, es gab kein Kind im Ort, das zwischen den Jahren nicht zu Spiels ins Haus kam. Jetzt aber mußten die Spielzeugbahn und das Prachtservice mit in die zerbombte unvertraut gewordene Stadt, für Rußchemnitz konnte man jetzt Ruinenchemnitz sagen. Wie dorthin gelangen. Mit der Bahn, mit Zügen hin und her und kreuz und quer, mit Fahrt und Halt hätte es gut und gerne achtundvierzig, vielleicht auch doppelt so viele Stunden gedauert, außerdem konnte der Waggon, in dem man mit dem Hausrat saß, jederzeit auf ein Abstellgleis geraten und dort vergessen werden. Dabei kam es auf jeden Tag an, Spiel wurde in Sachsen ungeduldig erwartet. So war es nicht verwunderlich, daß die gleiche Partei, die ihn als Verwaltungsspitze Ahrenshoops nicht haben wollte, die Russen bemühte: nicht gerade unser Mann, vor allem nicht bedingungslos, ein Bürgerlicher, aber nützlich. Was zur Folge hatte, daß am 1. Februar 1946 früh um vier unangekündigt ein *Opel Olympia* mit einem Leutnant am Steuer und einem schlafenden Offiziersburschen auf der Rückbank und ein Lastwagen mit zwei Rotarmisten im Führerhaus vor dem Landhaus in der Dorfstraße vorfuhren, hektisch wurde aufgeladen, eine Stunde lang, dann stiegen Spiels dazu, und ab ging die Fahrt, nach reichlich achtzehn Stunden schneeloser Winterfahrt kamen die beiden Fahrzeuge durch Frohburg, dem letzten Städtchen vor seinem Großmutter-Penig, erst stuckerten sie auf dem Blaupflaster den Kellerberg hinunter, dann schoben sie sich über die Weiße und die Rote Wyhrabrücke auf die Stadt zu, von der Grünen Aue an ging das Gestoße und Gerumple erst richtig los, auf der inneren Bahnhofstraße, marktwärts, im Schrittempo, an Bartlepps Schreibwarenladen vorbei, an der Putzmacherstube der Oma Poland, wir sind Arier, hatte zwei Jahre vorher an der Schaufensterscheibe ein Schild geklebt, am Bonbongeschäft der *Süßen Lotti* und ihrer Mutter, der alten Hexe Fängler, schließlich am *Posthotel*, dem Eckhaus zum Markt, und die ganze Zeit schimpfte Spiel auf das mörderische Kopfsteinpflaster, das er noch aus der Zeit vor dreiunddreißig kannte, das arme Porzellan, man glaubt es kaum, rief er lauthals aus und setzte noch hinzu: So über die Maßen strebsam auch das Nest unter dem letzten regulären Bürgermeister Schröter von der Kaiserzeit bis zum Dritten Reich gewesen sein mag, mit den vielen öffentlichen Bauten wie Rathaus, Schule, Amtsgericht, Feuerwehrremise, Turnhalle und Gasanstalt, so saumäßig schlecht geblieben ist bis heute die Durchgangsstraße, am Ende geht auf der Marterstrecke noch unser kostbares Porzellan kaputt. Nie hätte Spiel, so weitsichtig wie nur irgendwer, sich bei diesem Genörgel träumen lassen, daß ausgerechnet dieses sein heißgeliebtes Porzellan, Ottys Aussteuer, nur ein paar Jahre später über das Altersheim Wolftitz in den Besitz meiner Eltern gelangen und mit ihnen in den Westen weiterwandern würde, um am Ende bei uns ein Unterkommen zu finden, oben im Dachgeschoß, in einem kniehohen weißen baumit-Regal, einmal angeschafft für meine Karl-May-Bücher und Gartenlaubenbände. Im *Roten Hirsch* in Frohburg, das Nachmittagskino war gerade aus, die Gaststube füllte sich, tranken die Familie Spiel und die vier Russen Malzkaffee, trotz der Enge im Raum umgeben von zwei Metern Leerzone, die Leute hielten Abstand von den Fremden, was wollten überhaupt die unbekannten Russen hier, in einer Frohburger Kneipe, man hatte schon eine Kommandanturtruppe auf dem Hals, die man Nase für Nase kannte, in manchem Haus waren die drei Offiziere sogar bestens eingeführt, wir brauchen keinen Zuwachs. Die Viertelstundenrast war aber schnell vorbei, es kam zu keiner offenen Unmutsäußerung, die sieben Durchreisenden räumten ihren Tisch am Fenster, die Autos wurden angelassen, die Fahrt ging weiter, an der Schmiede auf dem *Wind*, am Straßenteich vorbei, der Belag der großen Überlandverbindung wurde besser, Granitpflaster und Asphalt nun im Wechsel. Nächste Station, Benzin mußte nachgefüllt werden, war der Markt in Penig, gleich hinter der Brücke über die Zwickauer Mulde, Spiel erinnerte sich an die Sommer, die er bei der Großmutter verlebt hatte, volle sechs Wochen jedesmal, Heuboden, *Gartenlaube*, 1813-Gedenken, das Eis aus den Plattner Pingen, außerdem der junge Karl May, den es einmal in den Ort geweht hatte, wahrscheinlich wußte er selber nicht genau wie und warum, angemietetes Zimmer jedenfalls, das sprach für einen Plan, Augenarzt Dr. med. Heilig aus Rochlitz, zurechtgelegt, Betrugsgeschichte, wenn sie gut ausgehen sollte, kam es auf Minuten an, fünf maßgefertigte Kleidungsstücke waren die Beute, lohnte sich das, brauchte er die. Der Kitzel. Das Spiel. Der todernste Spaß. Eben war ich noch der Niemand, jetzt wird aus mir ein Augenarzt, Welt, guck her, und sei es auch nur in Gestalt eines kleinstädtischen Schneidermeisters und eines Jungen mit einer Augenkrankheit. Auf der letzten Etappe der drei Spiels kein Wald mehr nach dem Forst Leina, weit schwingendes Bauernland unter Schnee, zugewehte Straßengräben, weiße verharschte Windbahn, in den Kurven und an Steigungen mit gelbem Sand abgestreut, sie waren schnell durch, als würde Chemnitz sie, die alten Bewohner, zu sich heruntersaugen in den weiten Talkessel, schon beim Anblick der ersten zerbombten Stadtrandhäuser verschlug es den Ankömmlingen die Sprache, dabei hatten sie, weil die Autos ein Stück vor dem Areal der Hartmannschen Lokomotivfabrik nach rechts zum Kaßberg abbogen, die zerstampfte Innenstadt noch gar nicht richtig gesehen. Da runter geh ich nicht, sagte Otty am nächsten Vormittag in der Achtzimmeraltbauwohnung, in die man sie eingewiesen hatte, nicht ums Verrecken geh ich da runter, Rudolf, hörst du. Aber natürlich ging sie, mußte sie gehen, und natürlich gewöhnte sie sich. So wie sich ganz Chemnitz, soweit es überlebt hatte, gewöhnte, auch in der nächsten und übernächsten Generation. An die Ruinen, die Baracken, die mörtelstaubige Leere. Und an die sinnlos breiten Aufmarschstraßen, die das Fehlen von Bebauung überspielten, garniert mit einem abstrus großen Marx-Schädel aus Bronzeblech, die zweitgrößte Porträtbüste auf der ganzen Welt. Als müßte ein Sowjetbildhauer der späten Chruschtschow- und beginnenden Breschnewzeit uns, den Landsleuten von Marx und Engels, erklären, wer der eigentlich war, dieser Marx, schauriger Witz, der einem die Tränen in die

Augen treibt, wenn man nicht schmunzeln muß über die Treue zum Nischel, bis heute. Doch wir schreiben hier nicht 1971, das Jahr der Aufstellung des Denkmals, und auch nicht die neunziger Jahre, als seine Erhaltung, von wem auch immer, beschlossen wurde, wir sind noch im Jahr 1946 und bei der seltsamen Erfahrung der Familie Spiel: die Stadt war weg, aber die Verwaltung funktionierte. Am 12. Februar 1946 betrat Spiel wieder sein Landgericht als Präsident. Aber wie sah die einst so stattliche Gebäudezeile aus. Reste. Stehengebliebenes. Unverputztes Flickwerk. Der eigentliche altvertraute Präsidententrakt war ausgebrannt. Auf dem Weg zu seinem behelfsmäßigen Arbeitszimmer, durch die Treppenhäuser, über die Korridore, hielt er den Ausweis in der Hand, auf dem in Russisch und Deutsch stand: *Schertwo faschisma*, Opfer des Faschismus. In den folgenden Jahren fragte Spiel sich und gelegentlich auch Otty, wer das eigentlich gewesen war, der ihn im März sechsundvierzig zusätzlich zum Richteramt noch mit dem Kreisvorsitz der LDPD bedacht, betraut hatte, er wußte es nicht mehr, ja eigentlich hatte er es zu keinem Zeitpunkt wirklich gewußt, höchstens geahnt, da kann, da muß der Russe dahinterstecken, und vielleicht haben auch Englandemigranten nach der Rückkehr ihre Hand im Spiel gehabt, sehr entfernte Verwandte von Otty, wer weiß, es gab sie. Am Landgericht wartete auf den neuernannten Altpräsidenten angestrengte Aktenarbeit, zwölf, vierzehn Stunden am Tag, die allgemeine Verluderung der Kriegs- und Nachkriegsjahre, die juristische Aufarbeitung der braunen Zeit, bis hin zu Todesurteilen, denen ein eigenes bedrückendes Gewicht zukam, wie er fand, außerdem die gerade sich aufpumpende SAG *Wismut*, ein Staat im Staat, auch in rechtlichen Belangen, das alles hielt ihn in Atem, dazu die liberale Partei, die Ortsgruppe der OdF, auch da war er im Vorstand, und dann gab es schließlich noch die Familie, nach wie vor. Und ein paar Neigungen, die ihn durch das Dritte Reich getragen hatten, in erster Linie das Büchersammeln, in zweiter Linie das Eisenbahnspiel. Schon nach einem knappen Jahr im Nachkriegschemnitz gab es diesbezüglich eine Veränderung, an die Stelle der Märklinanlage Spur o trat eine vom Raumbedarf her viel bescheidenere Tischbahn der jüdischen Firma Bing in Nürnberg, die erste Modellbahn der Spur HO weltweit, dünne Schienen auf blechernem Gleiskörper, entwickelt in den zwanziger Jahren. In Rabenstein gab es einen verwitweten Rentner, der aus der großen Bombardierung vom 5. März fünfundvierzig, die der Stadt den Rest gab und sie bis auf die Trümmerwüste zum Verschwinden brachte, von seinem Spielwarengeschäft in der Innenstadt nur das Lager im Schuppen hinter seinem Einfamilienhaus gerettet hatte, draußen am Stadtrand. Der alte Mann war ein Sonderling, eifriger Kirchgänger, mit familiären Wurzeln in Polen, sein Herz gehörte, eine Seltenheit, ein Rarissimum in der Szene der Modellbahnjünger, den Produkten von Bing, dabei hatte er natürlich immer auch Märklin verkauft, den Marktführer, doch mit wenig Überzeugung und geringem Nachdruck, die Göppinger Produkte liefen ohnehin gut. Aber Bing war sein eigentliches Credo. Dort war die Modellierung schwächer, die Stilisierung stärker, alles wirkte einfacher, man gucke sich nur einen simplen Güterwagen von Bing an, pflegte er immer zu neuen Kunden zu sagen, die sich noch nicht entschieden hatten, die Nachbildung ist ungenauer, die Idee aber viel stärker. Spiel lernte diesen Philosophen in Sachen Spielzeug im Rahmen eines Wiedergutmachungsprozesses kennen und schätzen, irgendwelche Leute hatten in einer sozusagen kleineren Bombennacht im Februar, in der die Nachbarhäuser in Flammen aufgingen, unter der Behauptung Hilfeleistung das Geschäft des alten Händlers teilgeplündert und ausgerechnet die Märklin- und Schucosachen abtransportiert und unter der Hand noch vor Kriegsende an den Mann und unter die Leute gebracht, in Chemnitz, wo die Wohnungen, Häuser und Häuserzeilen durch die Großangriffe der Bomber und die einzelnen Abwürfe während der Rückflüge zunehmend gefährdet waren, bestand sehr wenig Interesse an Spielzeug, an buntbedrucktem Blech, aber weiter draußen, in den Industriedörfern um Zwickau, Lugau und Hohenstein-

Ernstthal, gab es in jedem zweiten Haus Abnehmer, auch Spielzeug kann ein Sachwert sein, und wer weiß, wann wir solches Zeug wiederbekommen, wenn der Krieg verlorengeht. Der Rabensteiner Ruheständler nahm Spiel die große leicht zu verscherbelnde Märklinsammlung ab und schob zum Ausgleich Stück für Stück reizvolle Hervorbringungen der Bingfabrik herüber, Spiel war nicht nur zufrieden, er war beglückt, wir können nicht so weitermachen wie bisher, selbst mit dem Spielzeug nicht, ein Neubeginn ist nötig. Nach sechs Monaten war der Austausch so weit fortgeschritten, daß es in der Wohnung des Herrn Landgerichtspräsidenten einen Vitrinenschrank gab, in dem die linke Hälfte Märklin, die rechte Bing gehörte, die Waagschale im Gleichgewicht zu halten oder zugunsten einer der beiden Marken zu verschieben, hatte Spiel keine Gelegenheit mehr, denn die Szene, auf der er agierte, Rechtsprechung, Schuld und Sühne, veränderte sich mit einemmal. Runter mit der Maske, und Schluß mit dem überholten verzichtbaren Liberalismus, der kernige Spruch griff auch auf sein Leben über. Zuerst wurde hinter verschlossenen Türen, er war einbestellt, und dann auch auf Versammlungen mit Vorladung über seine OdF-Mitgliedschaft geredet, Kritik und Selbstkritik, Kapos aus Buchenwald, er war nicht blöd, nicht lebensfremd, sondern gut informiert, ließen sich, eisern mit der SED verbunden und bereit, jeder Zuckung der Linie zu folgen, über ihn aus und verhöhnten seine Leiden im Dritten Reich. Der hat im Gegensatz zu uns und unseren KZ-Kameraden gar keine wirkliche Verfolgung erlitten, der weiß doch gar nicht, was das ist, antifaschistischer Kampf, was sind denn schon vierzehn Tage Polizeigewahrsam, am Ende ist er da vielleicht noch mit Herr Doktor angeredet worden oder mit Herr Präsident. Der Herr Verfolgte soll während der Hitlerzeit überhaupt ein angenehmes Leben geführt haben, hält man das für möglich. Und darf so einer, frage ich euch, unseren OdF-Ausweis mit sich herumtragen. Wenn er wie in einem Kurort, in einem Erholungsheim gelebt und die ganze Nazinacht an der See, in einem Landhaus mit

Personal verbracht hat, eine Made im Speck, während unsere Frauen und Kinder beinahe vor die Hunde gegangen sind. Aber das ist nicht alles, schimpften die am Ort führenden Leute, die die Strippen zogen, dazu kommen Hochmut und Isolierung von der Basis, von den Leidensgenossen, nicht ein einziges Mal hat der Herr Landgerichtspräsident es für nötig befunden, eine Versammlung seiner OdF-Ortsgruppe zu besuchen, immer verhindert gewesen, immer anderweitig mit Beschlag belegt, gesellschaftlich natürlich, klar, wers glaubt, wird selig, statt wirklicher Solidarität jedesmal eine Solidaritätsspende, zehn müde Mark. Die Kampagne gipfelte nach Monaten in einem Aberkennungsschreiben, das die Vorwürfe zusammenfaßte und das Spiel ohne Umschlag, für jeden einsehbar, der es in die Hand bekam, in seinem Amtszimmer erreichte, nachdem es von der Pförtnerloge durch alle Zimmer gewandert war und man es von Stockwerk zu Stockwerk weitergegeben hatte, am Ende der Kette er, der Ausgestoßene. Durfte zuletzt Kenntnis nehmen. Der Vorgang war nur ein Vorlauf, der Hauptakt folgte noch. Los ging es mit einer kleinen Notiz in der *Chemnitzer Volksstimme*, einstmals Parteizeitung der sächsischen SPD und nun Sprachrohr der Einheitspartei. Fünfzehn Zeilen auf der letzten Seite, unter den vermischten Meldungen, *Zuruf* überschrieben. Der Herr Doktor Spiel vom Landgericht habe sich keinen Gefallen getan, indem er einen kleinbürgerlichen Händler in einer verleumderischen Klage bestärkte. In dieser Klageschrift wurden vier über alle Zweifel erhabene klassentreue Genossen des Diebstahls beschuldigt, lächerlicherweise sei es um Spielzeug gegangen, eine feindliche Verschwörung, um die Partei in Mißkredit zu bringen. Punkt. Schluß. Spiel machte sich keine Illusionen, und er hatte recht, schon eine Woche später stand ein weiterer Artikel in der Zeitung, nun drei Spalten umfassend und auf die zweite Seite gesetzt. Überschrift: *Wolf im Schafspelz*. Schwerwiegende gefahrdrohende Formulierung, wie sie damals hundertfach auftauchte, überall dort, wo es galt, den Verbündeten oder Mitläufern von gestern den Garaus zu machen. Jetzt ging es Spiel endgültig an den Kragen, denn unter der Wolf-im-Schafspelz-Fanfare folgte in der zweiten Zeile der Überschrift die Feststellung: *Vom braunen Unmenschen gefüttert.* Der Artikel selbst begann so: *In unserem humansten und gerechtesten aller denkbaren Rechtssysteme dulden wir keine eingefleischten auch noch so gut getarnten Reaktionäre, die sich die mottenzerfressene Maske des liberalen Menschenfreundes vors Gesicht halten und das ihnen anvertraute Amt dazu mißbrauchen, unsere unverbrüchliche Freundschaft zur siegreichen Sowjetunion und zum großen Stalin zu verleumden und zu untergraben. Und das alles macht ein Mann, der mitten unter uns lebt, als könnte er kein Wässerchen trüben, sogar OdF wollte er sein, alles Lug und Trug, die Hitlerverbrecher haben ihm die ganzen zwölf braunen Jahre lang eine Pension gezahlt, und er hat sie tatsächlich angenommen, ganz Chemnitz ist gespannt, was der saubere Herr dazu zu sagen hat.* So der Originalton damals, man glaubt es nicht. Der solcherart Vorgeführte spürte sehr wohl den dringenden Impuls, sich zu erklären, wenn ihm auch die Frechheit der Vorwürfe, ihre Vernichtungstendenz den Hals zuschnürten, besonders in den schlaflosen Stunden jede Nacht. Keine Frage in seine Richtung, wo, wenn überhaupt, er sich öffentlich rechtfertigen wollte, man gab den Ort gleich vor, Datum und Uhrzeit ebenfalls: großer Festsaal des Polizeipräsidiums, Montagmittag, vor der Kantinenöffnung, damit wir keine Zeit verlieren, ist doch sowieso alles klar. Als Rudolf Spiel von seinem Stellvertreter am Gericht, einigen Parteifreunden aus der Landeszentrale in Dresden, fünf oder sechs Unbekannten mit wohlgehüteten starren Gesichtern und drei breitschultrigen Hintergrundfiguren, dunkelblaue Zweireiher, Siegelringe, Parfüm, Russen bestimmt, dachte er, im Hinterzimmer erwartet und von dort auf die Bühne geführt, fast gedrängt, nachhaltig geschoben wurde, sah er unten einen brechend vollen Saal, ein Meer von Gesichtern, das wie von einer Dünung geschaukelt hin- und herschwappte, seiner Dünung, denn er schwankte, ihm war schwindelig, an einer Tischkante suchte er

Halt, zwei Polizisten in dunkelblauer Uniform fingen ihn auf und stießen ihn auf einen Stuhl, der genau in der Mitte hinter einem langen Beratungstisch stand, so hatte er rechts und links von sich auf dem Podium je fünf Männer sitzen, von denen der neben dem Rednerpult die allerwichtigste Figur war, er hielt es wie der allgepriesene Stalin in Moskau, der auf allen Parteikongressen und großen Versammlungen in der zweiten Reihe des Präsidiums oder auf einem Flügelplatz saß, mit dieser Geste der Bescheidenheit wurde er, Herr über Leben und Tod und Krieg und Frieden, erst richtig sichtbar. Ebenso hier beim Scherbengericht über Spiel der kleine Funktionär, von der Landesebene der Partei nach Chemnitz entsandt. Er stand auf, machte anderthalb Schritte zum Rednerpult und legte los, ostpreußisches Idiom, vielleicht früherer Landarbeiter, Ostfront, Gefangenschaft, Antifaschulung, aus dem Kopf referierte er mal hohntriefend, mal angriffsscharf fast Wort für Wort den Artikel aus der *Volksstimme*, mehrmals von Beifall unterbrochen. Na los, raunzte einer der Polizisten Spiel ins Ohr, er erhob sich und stellte sich wie in Trance dem Vorredner an die Seite, woher die vielen Leute, rumorte es undeutlich in ihm, arbeiten denn so viele bei uns im Gericht, er wußte nicht, daß unten auch sämtliche Revierpolizisten, Gefängniswärter, KVP-Leute und SSD-Männer saßen, soweit sie im Dienst weniger benötigt wurden als hier, ich war doch immer, fing er an, ich wollte doch von Anfang an, nie habe ich, so wahr ich hier stehe, auch nur das allergeringste gegen die Arbeiterklasse unternommen, immer für sie Partei ergriffen, ich verstehe nicht, warum ich jetzt mit einemmal ein Feind sein soll. Im Hintergrund des Saals wurde immer wieder laut und höhnisch gelacht, stell dich nicht dümmer, als du bist, ertönte es aus der Deckung, wir kennen deine Fratze schon. Mitten in Spiels stotternde Rede hinein verkündete einer der Dresdner Abgesandten seiner Partei, der sich neben ihm aufgebaut hatte, dem Plenum, daß der Landgerichtspräsident seit gestern nicht mehr einfaches Mitglied und erst recht nicht mehr Kreisvorsitzender der LDPD sei. Nicht ausgetreten, sondern wegen Doppelzünglertum ausgeschlossen, hochkant rausgeschmissen, wie formuliert wurde. Dem Objekt der Verkündung verschlug es nicht nur den letzten Rest von Sprache, er taumelte wieder und fiel auf den erstbesten Stuhl in seiner Nähe, den des höchsten Funktionärs der Versammlung, dort lag er halb, halb hing er, zum Eindruck der Zerschmetterung paßte, daß er sich mit fuchtelnder Hand den Schlips abzog und den obersten Hemdknopf aufriß, ein Bild des Jammers, das hat er nun davon, hoch gestiegen, tief gefallen, dachten auch die im Saal, die schon mehr oder weniger auf dem Sprung nach Westberlin waren, nicht gerade wenige, auch aus den Reihen der sogenannten bewaffneten Kräfte. Die anderen zwei Drittel der Menge lärmten und tobten und pfiffen, sie waren auf der richtigen Seite. Während des minutenlangen Tumults arbeitete sich der örtliche Chef der Staatssicherheit auf dem Podium durch das Gewimmel der Funktionäre, Polizisten und Sanitäter zum Rednerpult hin, für einen neuen Aufzug des durchgeplanten Schauspiels, Genossen, Ruhe, gebt doch Ruhe, schrie er in den Saal, um dann, als es still und immer stiller wurde, fortzufahren: Wenn der Herr Landhausbesitzer so unschuldig ist, dann soll er euch doch mal erklären, wieso die Gestapo seine jüdische Frau in Ruhe gelassen hat, was der Preis dafür war und was er für die Faschisten als Handlanger geleistet hat. Spiel fuhr auf, als hätte er einen Stromschlag bekommen, falsch, stimmt nicht, gurgelte er, nicht Jüdin, nur Halb, Halb, nicht Voll, niemand verstand ihn, aber kaum hatte er Halbjüdin gesagt oder richtiger zu sagen versucht, schämte er sich in Grund und Boden, er sackte, das schlechte Gewissen als imaginäre Axt, bewußtlos zusammen und knallte hallend auf die Bühnenbretter. Ein Gongschlag am Ende der letzten Runde, wie im Courths-Mahler-Roman, pflegte er später zu kommentieren. Nicht Monate später, nicht Jahre später, sondern Jahrzehnte. So lange brauchte er, um mit dem Chemnitzer Mittag fertigzuwerden. Vier Feuerwehrleute schleppten den Weggetretenen auf einer Trage durch den halben Kaßberg nachhause, Schlaganfall, Gehirnschlag infolge der

Entlarvung, wurde in der Stadt ausgestreut, viele verstanden das als Warnung in die eigene Richtung, so schnell konnte es gehen, so schnell konnte man die Gunst der Kader verlieren, eben noch OdF, LDPD und Landgerichtspräsident, jetzt gar nichts mehr, denn auch das Richteramt war Spiel im Zuge seiner Demontierung losgeworden, er konnte noch mehr als froh sein, nicht hinter Gittern gelandet zu sein. Zwei Tage nach der Versammlung kamen drei Männer, angeblich vom Wohnungsamt, zum Haus mit der Spielschen Acht-Zimmer-Flucht, sie drückten die schimmernde Messingklingel, niemand öffnete, noch einmal schellen und wieder, keine Reaktion, im Hintergrund hielten sie einen Schlosser bereit, der trat nun nach vorn und brach mit geübtem Stemmeiseneinsatz die Haustür auf, die wußten schon Bescheid, sagten die Nachbarn, die die Szene durch die Gardinen hindurch beobachteten, ihre Spione auf dem Bahnhof haben die schon ins Bild gesetzt, daß die Familie Spiel auf Nimmerwiedersehen aus Chemnitz verschwunden ist. Genauso war es. Im Westen tauchte der abgesetzte Landgerichtspräsident, obwohl schon jenseits der Pensionierungsgrenze, als hochangesiedelter Mitarbeiter des Bonner Justizministers Thomas Dehler von der FDP auf, der nach dreiunddreißig wie sein Parteifreund aus Chemnitz an einer sogenannten Mischehe festgehalten hatte und der im ersten Kabinett Adenauer saß. Spiel war bei ihm im Ressort Ostrecht tätig, merkwürdige Wortbildung, die an Ostfeldzug und besetzte Gebiete erinnert. Als Dehler nach der Bundestagswahl dreiundfünfzig wegen Differenzen in Sachen Todesstrafe von Adenauer nicht ins neue Kabinett berufen wurde, blieb auch Spiel außen vor. Von vier Jahren in den USA ist in einer biographischen Notiz die Rede, wer weiß, auf alle Fälle starb er 1964, vierundachtzig Jahre alt, in Westberlin. Ottys und seine Tochter Isolde, einziges Kind, hatte kurz vor der Weltwirtschaftskrise den Sohn des damaligen Küchwaldklinikdirektors geheiratet, nach der Wende, sie lebte verwitwet in Düsseldorf, bekam sie das Ahrenshooper Landhaus zurück, wem auch immer es zwischenzeitlich gehört oder nicht gehört hatte, wer auch immer während der DDR-Zeit, egal, ob Sommer oder Winter, jeweils zehn oder höchstens vierzehn Tage in ihm gewohnt, Urlaub gemacht, das Kulturbundbad Ahrenshoop, den Strand und den Darß genossen hatte, auch einmal Bruder Ulrich und ich, die beiden Jungen aus dem kleinen Nest Frohburg, von denen der eine, ich, vom verstreuten Inhalt der Nachttischschublade ein Notizheft und eine Medaille von 1813 wegtrug, egal.

Braungebrannt und gutgelaunt kamen wir zurück von der See, aus Ahrenshoop, am frühen Abend klapperte unser vollgepackter DKW, mit dem Zweitaktmotor röchelnd, das Kellerbergpflaster hinunter, nach elfstündiger Fahrt über fünfhundert Kilometer, ich saß, die Ahrenshooper Beute tief in der Hosentasche, hinter Mutter, auf der rechten Rückbankhälfte, wie meist, so daß mich beim Betrachten der Landschaft und der Häuser und Häuserzeilen seitab höchstens einmal kurz ein vorüberhuschendes Gespann auf dem Sommerweg oder eine geparkte Lasterkolonne der Russen störten. Das Auto rollte durch den Torweg auf den *Posthof*, und während es noch rollte und bevor Vater es abstellte, sahen Mutter und ich auf unserer Seite und mußten es sehen, wenn wir nicht die Augen zukneifen wollten, wie der alte Born über uns in seinem Fenster hing, im Seitenflügel, als Frühschichtler lag er jeden, so gut wie jeden Nachmittag und Abend im Fenster, die erste Stunde ab zwei hielt er immer nach vorne Ausschau, zum Markt hin, aus dem Wohnstubenfenster, die zweite Stunde hatte er vom Küchenfenster aus den *Posthof* mit der Zufahrt zu den Garagen und zum Stall des Neubauern Bober im Blick, dazu noch ein paar rückwärtige Gärten der Webergasse und die kleinen Höfe des Uhrmachers Ehrhardt und der Hutmacherin Poland, war das alles zur Genüge in Augenschein genommen worden, durch sechzig Minuten, ging er wieder zum Marktblick hinüber, und nun, als unser Auto aus der Toreinfahrt auftauchte, war es halb acht, da war das Küchenfenster zum dritten Mal am Tag dran, wir sahen oben ein fensterbrettbreites weißes Kopfkissen, darüber auf den im Federpfuhl versackten und verschränkten Unterarmen Borns großen Kopf, wir waren noch in Bewegung, standen noch nicht, da rief Mutter, sich zurückbeugend und Born aus ihrem Sichtfeld rückend: Kehr um, raus, nichts wie weg. Von Vater kam, während er, das Auto stand jetzt, den Zündschlüssel herumdrehte, nur ein: Erika, halb besänftigend, halb vorwurfsvoll, dann noch, in das Einrasten der Handbremse hinein: Wieder zuhause. Noch am gleichen Abend ging Vater in das Dachgeschoß hinauf, zu Schlingeschöns, es war dringend, er hatte einen in viellagiges Zeitungspapier gehüllten frisch geräucherten Aal bei sich, den wir beim Start vor Tau und Tag in Althagen vom Fischer übernommen hatten, bei dem die Eltern wohnten. Schon Ende der ersten Woche hatte ihr Vermieter zwei genauso rare, verführerisch riechende Prachtexemplare Aal geliefert, von denen die Eltern das längere dünnere ungesäumt in Riebnitz-Damgarten als rollenähnliches Eilpaket auf die Post gegeben hatten, aha Aal, hatte die Frau am Schalter gleich gerufen, und alle in der Schlange hatten die Ohren gespitzt, da ham Sie aber Riesenglück gehabt, Glück ja, für Großmutter in der Greifenhainer Straße, die noch nie in ihrem ganzen Leben Aal gegessen hatte, jetzt ergab sich eine Gelegenheit, jetzt war es an der Zeit, achtzig mußte sie erst werden. Nicht vorauszusehen für die Eltern, was sich in Frohburg abspielen würde, Großmutter ging, kaum lag die überraschende Sendung enthüllt auf dem Küchentisch, nach nebenan ins Eßzimmer und langte dort *Brehms Tierleben*, Band *Fische*, aus dem Wandregal und las bis zu der Stelle, an der davon die Rede war, daß Aale ins Wasser geratene Viehkadaver und sogar Wasserleichen anfraßen, nie und nimmer eß ich das, setzte Großmutter ein für allemal fest und überließ die Köstlichkeit den drei Grzewskis, die auf eine Woche aus Leipzig gekommen waren und das vordere Dachzimmer bezogen hatten. Dem Schlingeschön nehme ich auch einen Aal mit, dem armen Kerl, der soviel erzählen kann, hatte Vater am Abend des letzten Tages an der See verkündet, es muß ja nicht so ein übermäßig fetter sein. Das Bündel in der Hand, aus dem es unwiderstehlich nach Geräuchertem roch, ging er, nachdem das Auto entladen war, erst die Steintreppe in den zweiten Stock mit den Hotelzimmern und der Wohnung der Altmanns hoch und setzte dann den Aufstieg auf der knarrenden Holzstiege fort, die vor dem Trockenboden im Dachgeschoß mündete, ganz hinten, im Dunkel, die Wohnung der Johanngeorgenstädter. Der Aal war nicht das einzige Mitbringsel für Schlingeschöns, Vater hatte auch ein fingerkuppengroßes rundgeschliffenes Stück Feuerstein bei sich, von mir am Strand gefunden, nach zweitägiger Suche, durch eine Verwitterungsröhre konnte man einen Faden, einen Riemen ziehen, dann ließ sich das schwarzweiß gemusterte Stück als Amulett tragen, solche durchbrochenen Steine galten als Glücksbringer, wie ich wußte. Die alte dicke Babuschka, unsere Geithainer Russischlehrerin aus dem Baltikum, frag mich nicht, wie sie wirklich hieß, hatte mir das auf der Klassenfahrt nach Stralsund verraten, in einer ruhigen Stunde am Strand, in der wir auf den Sonnenuntergang warteten und ich Feuersteinsplitte gegeneinanderpickte, wenns dunkel wäre, würde man Funken sehen, sagte ich. Seit Jahrhunderten, kam es von Babuschka, hängen die Kleinbauern, die Häusler und Landarbeiter in Osteuropa, auch heutzutage die Kolchosniki solche kleinen Lochsteine den Hühnern an die Beine, das macht die Tiere stalltreu und fördert das Eierlegen, und weil, erklärte Babuschka weiter, das Steinchen, der *Kameschck*, du weißt, von russisch Kamen, der Stein, die Hühner beherrscht, nennen die Leute das kleine Ding Hühnergott. Die Wirkung geht aber weit über die Kleintierhaltung hinaus, sagte Babuschka nach einer kurzen Pause, die Steine werden auch an die Bettpfosten von Wöchnerinnen gehängt, sie schützen vor dem bösen Blick, und die jungen Mädchen tragen sie von jeher in ihren Gürteltäschchen oder in der Unterwäsche, zum Beispiel im Büstenhalter, um falsche Freier abzuwehren, die sie nur herumkriegen wollen. Genau so einen Hühnergott mit rundgeschliffener polierter Fläche und besonders seltener dreifacher Durchlöcherung und folglich dreifach verstärkter Wirkung sollte Vater in meinem Auftrag der siebzehnjährigen Tochter der Schlingeschöns übergeben, für Valeri, schickt mein Sohn, hat er gefunden, sollte er wie nebenbei sagen. Gleich beim ersten Auftauchen der Familie bei uns in Frohburg war Valeri mir aufgefallen, großgewachsen, mit schnellem leichtem Schritt, klarem Gesicht, festen feinen Zügen, ein stolzes Mädchen, hatte ich sofort gedacht, war mein Eindruck gewesen, der sich auch nicht verflüchtigte, als die junge Frau in unser Kleinstadtnest eintauchte, indem sie eine Lehre als Verkäuferin im Textilkonsum an der oberen Querseite des Marktes anfing, im ehemaligen Geschäft der Tabberts, das von den Fenstern unserer Wohnung aus leicht zu beobachten war. Schon vor der Fahrt an die Ostsee hatte ich gehört, daß der ältere Sohn des Bürgermeisters Frenzel, bei der KVP in Zwickau stationiert, nicht nur auf dem letzten Schützenhausschwof ausgiebig mit ihr getanzt hatte, sondern von ihr auch bei der Damenwahl geholt worden war. Mein Lochstein, noch in Ahrenshoop mit einem dünnen Lederriemen aus einem einzelnen alten Wanderschuh versehen, vielleicht aus der Hinterlassenschaft der Spiels, sollte sie vor dem bösen Blick und bösen Zumutungen jeder Art schützen, Begrapschen und Befummeln vorneweg. Darüber von Vater kein Wort, vielmehr sollte er sagen, der Anhänger bringe jederzeit Geld ins Portemonnaie. Ohne ihr Wissen hätte ich Valeri unter den Schutz des Amuletts stellen können. Klappte leider nicht, Vater brachte zwar den Aal an die vorgesehene Adresse, wurde aber den Lochstein nicht los, ich hab Geld genug, hatte Valeri kurz, fast schnippisch gesagt, anscheinend konnten Mädchen mit klaren Gesichtern auch hochnäsig sein. Folglich wanderte der Anhänger in die Kiste unter meinem Bett, in der ich meine Pistole aus dem Greifenhainer Bach, den Dolch aus Vaters Nachttischschublade und seit der Rückkehr von der Ostsee auch das fremde Tagebuch und die silberne Medaille aufhob oder, besser gesagt, versteckte. Laut Vater bekam von den Schlingeschöns, während er noch bei ihnen saß, jeder ein zwei

Finger breites Stück Aal zugeteilt, die beiden kleinsten Kinder ausgenommen, zufällig hatten sie da oben unter dem Dach auch frisches Brot. Das gab ein Festmahl, bei dem ich zugucken mußte und auch zugucken wollte, sagte Vater, mein neuer Freund hatte mir eine Flasche Bier aufgedrängt, ich lehnte erst ab, aber er produzierte, was der Volksmund *de richdsche Needsche*, die richtige Nötige nennt, das Bier war haargenau das, was ich nach der langen Autofahrt brauchte, meine Kehle war trokken, ich war überhaupt ganz ausgetrocknet, zu der ersten Flasche kam noch eine weitere, schnell waren die Happen Aal weggeputzt, nun saßen alle um mich herum, mit großen Augen, und warteten, worauf. Keine Gelegenheit für einen Urlaubsreport unter Männern und auch nicht für die Fortsetzung unserer zwei Wochen lang unterbrochenen Gespräche, wir verabredeten uns, bevor ich in den ersten Stock abstieg, für den nächsten Abend in Weiskes *Deutschem Haus*, dort war in letzter Zeit wenig los, die paar Stammgäste vom Kirchplatz und aus der Teichgasse blieben weg, der Schwiegersohn sollte beim SSD in Borna sein, aber wenn Weiske alleine in der Gaststube ist, setzte Vater fest, können wir ruhig sprechen, er ist mein Patient, ich habe ihn kurz vor Kriegsende von einer heiklen Ansteckung befreit.

Keine vierundzwanzig Stunden später stellte Vater den DKW nach dem letzten Krankenbesuch, *Herr Dogdorr, wasn los, Sie sinn ja braun wie e Nähschorr*, auf dem *Posthof* ab, kam aber nicht nach oben, sondern ging die Straße der Freundschaft hinauf. Schlingeschön saß bei Weiske schon in der Fensterecke, in größtmöglicher Entfernung von der Theke, hinter der der Wirt nur kurz hervorkam, mit zwei Gläsern Bier und einem tellergroßen Kneipenaschenbecher auf dem Tablett. Als Vater die Unterhaltung anfing, flüsterte er nicht, regulierte die Lautstärke aber so, daß er vielleicht von Weiske, auf keinen Fall aber in der anstoßenden Küche verstanden werden konnte. Wie geht es Ihnen, fragte er. Gut, bestens, ich lese gerade den ersten Band von Karl Mays *Im Lande des Mahdi*, entgegnete Schlingeschön, der Apotheker Fricke, der zwischen Roter und Weißer Brücke wohnt, hat mir das Buch, Leihgabe des Rechtsanwalts Halde, heimlich ausgeliehen, ich kann zwei Sätze auswendig, was sagen Sie dazu: *Zuweilen sieht man seitwärts vom Pfade einige aufeinandergelegte Steine. Das sind die Stellen, an denen ein Mensch verschmachtete oder auf irgendeine andere Weise vom Leben zum Tode kam.* So viele Steine sind zwischen der Wolga und uns nicht zur Hand, sagte Vater, um jeder Leiche, die angefallen ist, auch nur ansatzweise im Mayschen Sinne gerecht zu werden. Viel leichter wäre es mit unseren Häusern, wir könnten kleine Tafeln anbringen, und alle wüßten später, wer einmal dort gewohnt hat, gerade auch, wenn es Juden waren. Von Juden ist in dem Mahdibuch nicht die Rede, wehrte Schlingeschön ab, ich kenne die spannende Schwarte seit meiner Kindheit, aber jetzt lese ich ganz anders drin als beim ersten Mal, das atemberaubende Abenteuer von früher entpuppt sich nun als der aufgeblasene Bericht eines Oberlehrers, der nicht nur unendlich viel besser reitet und schießt als all die Ägypter und Araber des Buches, sondern auch noch in den Wohnorten der Nilanwohner, in ihrer Landeskunde und sogar in ihrer Sprache besser Bescheid weiß. Fricke hat mir aber nicht nur das Buch geliehen, er erzählte mir obendrein eine Anekdote aus dem Privatleben des Verfassers, er hatte sie von Verwandten gehört, die in Glauchau lebten und deren Großvater mit Karl May zu tun hatte, als der ein blutjunger Hilfslehrer war. Karl May, gut und schön, aber wo waren wir denn stehengeblieben, fragte Vater. Ja wo, gab Schlingeschön zurück, ich hab doch alles schon erzählt. Nicht ganz, Sie haben, wenn ich mich recht erinnere, beim letzten Mal von König gesprochen, dem verwackelten zwielichtigen Kommunisten, von seiner Flucht nach Tyssa, im Anschluß an die Schießerei bei der Schneise 31, er brachte die Emigranten im *Volkshaus* und überhaupt die Partei dazu, in der AIZ nach Berthold zu fahnden, dem Verräter, da möchte man doch gerne wissen, wie die Sache damals ausgegangen ist. Nix mit ausgegangen, nichts hat sich entschieden, nichts geklärt, der Berthold wurde als junger Mann beschrieben, in Wahrheit ging es um Wehefritz, der wurde gesucht, und der war, wie wir wissen, eher ein alter, zumindest ein älterer Mann, König wußte das genau und wies dennoch nicht auf den Widerspruch hin, unklar, ob er Wehefritz decken oder ihn auf eigene Faust aufspüren, vielleicht sogar erpressen wollte. Aber der diesseits und jenseits der Grenze von mehreren hundert, vielleicht tausend parteitreuen Augenpaaren Gesuchte wurde nicht gefunden, einfach weg war er, beinahe so, als hätte es ihn nie gegeben. Bis er in Johanngeorgenstadt auftauchte und bei uns im hinteren Anbau Unterschlupf fand. Gleich fing er an, Kontakte zu den Iwans anzuknüpfen und sich ihnen unentbehrlich zu machen, Offiziere, einfache Soldaten, er sprach alle an, einzeln, versteht sich, du krank, Fluch auf dir, Unglück kommt. So redete er, russische Brocken wie bedrohliche Stößel gebrauchend, auf seine Opfer ein, nie bei Tageslicht, nie auf offener Straße, eher in der Dämmerung, am Waldrand oder in einem Hauseingang. Dabei griff er auf die ganze Bandbreite seines Bockauer Laborantenwissens, seiner Hokuspokuserfahrungen zurück. Jetzt erwies es sich auch als nützlich, daß er einmal ein volles Jahr durch Ungarn gewandert war, in seiner Jugendzeit, als Arzneihausierer und Handauflegger, die besten Kunden und Patienten fand er in den Kleinstädten und auf den großen Adelsgütern. Nicht selten hatte er, wenn kein anderes Unterkommen zu finden war, in einer der Zigeunerhütten übernachtet, die am Rand fast aller Dörfer standen. Da er versteckte Griffe kannte und geheime Zeichen machen konnte, wurde er stets ohne alles Fragen aufgenommen, er bedankte sich bei den Gastgebern mit Tinkturen und Proben seines Angelikasortiments und bekam zum Gegendank Unterweisung in der Heilkunst der Fahrenden, ihrer weisen Frauen. Was da gang und gäbe war, hing eng mit dem Dämonenglauben der Zigeuner zusammen, ihr allerschlimmster Feind war der Dämon *Melalo*, ein kleiner doppelköpfiger Vogel mit Krallenfüßen und schmutziggrauem fransigem Gefieder, wenn er aufflatterte und dabei hektisch mit den dürren Flügeln schlug, verbreitete er bei dem, der zusah, einen dichten Nebel im Gehirn, benommen fällt der Gaffer zu Boden und versinkt in Bewußtlosigkeit, kommt er nach Stunden wieder zu sich, schwatzt er meckernd, schackernd wie eine Elster, er ist verrückt geworden. Den dieserart Verwirrten mit dem herausgedrückten Inhalt eines Rabenkopfes einreiben, hörte Wehefritz, das hilft. War schwer genug, denn manchmal waren drei oder vier solcher Einreibungen erforderlich, um ein Ergebnis, einen Fortschritt in Richtung Gesundung auch nur im Ansatz zu bewirken. Noch schwieriger aber gestaltete sich die Sache, wenn man es mit ansteckenden Krankheiten, gar Epidemien zu tun hatte. Sie waren dem *Poreskoro* mit seinen vier Katzen- und vier Hundeköpfen geschuldet, eine züngelnde Schlange der Schwanz. Wenn der Dämon sich aus seinem Erdloch hervorschiebt, rückwärts, bringt er immer den hinteren Schlangenkopf zuerst ins Freie, aus dem zischelt, faucht und blubbert es, Rotlauf, Maul- und Klauenseuche, Cholera und sogar die Pest können auf jeden überspringen, der vorbeikommt, Tier oder Mensch. Das alles, die gesundheitlichen Gefährdungen, Anfechtungen und Plagen beherrschen, bannen, tilgen können, das hatte Wehefritz in Bockau und in der ungarischen Puszta gelernt, darin war er unterwiesen worden, sogar von mir hat er manches vom Urgroßvater und vom Großvater Überlieferte erfahren, obwohl meine Familie nicht aus Bockau, Lauter oder einem der Sektennester im mittleren Erzgebirge kam, sondern vor vier Generationen aus Rübenau nach Johanngeorgenstadt gezogen ist. Rübenau, das bedeutet oben auf dem Kamm, von Hochmooren umgeben, auch meine Vorfahren besaßen in ihrem Abseits ein paar abgegriffene wirkungsmächtige Bücher, ohne es an die große Glocke zu hängen. Was glauben Sie denn, warum die Leute aus den Siedlungen da oben auf ihren Raub- und Einbruchsfahrten in die Silberstädte und die reichen Täler von Moldau und Elbe nie geschnappt wurden. Bestimmt nicht nur, weil die Anführer einen Diebsfinger in der Hosentasche hatten. Auch deshalb, klar. Aber noch viel Geheimeres war im Spiel, über das ich vielleicht einmal spreche, wenn wir uns noch besser kennengelernt haben, Herr Doktor. Jedenfalls versetzte das ganze von Kindesbeinen an Übernommene und Angeeignete und Angelernte den alten Wehefritz in die Lage, den *Wismut-*Russen, fremd im besiegten fremden Land, Anlehnung insofern zu verschaffen, als er ihnen Auge in Auge, Hand auf Hand das Gefühl gab, von jemandem ernst genommen zu werden, der zwar, Kriegsverlierer, Deutscher, alter Mann, weit unter ihnen stand, andererseits aber in der Lage war, geheimnisvollen Kräften zu gebieten und sie zu ihrem Nutzen einzusetzen. Es gab so gut wie keine Krankheit, echt oder eingebildet, die nicht an Wehefritz herangetragen worden wäre, begleitet von Befehlen, Wünschen, Erwartungen. Ein schwaches Lächeln war jedesmal die Antwort, das, obwohl es eine letzte hochmütige Reserve enthielt, doch um Vertrauen warb, dazu kamen seine sonore Stimme, das Handauflegen, gemeinsam würde man, vermittelte der Alte, mit der Fähigkeit des einen, er meinte sich, und dem Glauben des anderen, hier war der jeweilige Russe angesprochen, die Geschlechtskrankheit, die Ekzeme, die Warzen, den Schnaps, den Jähzorn, die Geilheit auf Großmütter, auf Mädchen, auf kleine Jungen schon in den Griff bekommen, *kogda moschno*, fügte Wehefritz immer vorsichtshalber an, wenn möglich, aber hin und wieder klappte es tatsächlich, deshalb wurde er auch innerhalb kürzester Zeit zum Hexenmeister, Geisterbeschwörer, Zauberer vom Fastenberg, jeden Tag ein bißchen mehr. Was dazu führte, daß alle Respekt vor ihm bekamen, nein nicht nur Respekt, auch Angst, nackte Angst sogar, die Johanngeorgenstädter schon allein deshalb, weil er bis in die höheren russischen Ränge, selbst bei Geheimpolizei und *Smersch*, Patienten und Klienten oder Anhänger hatte, die ihm verpflichtet waren, und Angst auch auf seiten der Besatzungsmacht, weil die dort nie wissen konnten, was so ein Schamane, wenn es nottat, noch Unheimliches gegen sie in der Hinterhand hatte. Schleudert der verärgerte gekränkte Deutsche einen Fluch gegen dich, dann ist es nicht restlos sicher, kann aber sehr wohl sein, daß du demnächst an einer Krankheit krepierst oder schnurstracks im Lager landest, Vorsicht also. Zu dieser Vorsicht gehörte auch, daß man Wehefritz tagsüber und in den belebten Straßen der Stadt aus dem Weg ging. Das war für ihn nichts Neues, genauso hatte man es damals mit den Zigeunern in Ungarn, in Kroatien, in Böhmen und nicht nur dort gehalten, sich nie mit ihnen zeigen, aber heimlich, im Schutz der Dunkelheit zu ihren Hütten, ihren Wagen, ihrem Lager huschen und sich wahrsagen lassen. Um eine solche Kontaktaufnahme im Verborgenen zu erleichtern, war Wehefritz bei uns ausgezogen. Bei der Ankündigung hatte er uns noch im Dunkeln über sein neues Quartier gelassen, sollte er etwa bei den Russen einziehen, fragten wir uns, in eine der besseren Baracken für die Offiziere, wir hielten das für möglich. Vielleicht, so unsere andere Vermutung, nahm ihn auch eine der vielen Kriegerwitwen in Johanngeorgenstadt oder in den Siedlungen des Schwarzwassertales bei sich auf. Dachten wir. Doch nichts davon, er bezog, ohne groß zu fragen, hatte er kurz mit dem Pfarrer, dem Kantor, dem Friedhofsverwalter gesprochen, wir wußten es nicht, den Verschlag im oberen, im hinteren Bereich des Friedhofs, die windschiefe Bretterbude neben dem Abfallhaufen, auf dem die dürren Kränze, die ausgeblichenen Schleifen, der Heckenverschnitt landeten. Wehefritz richtete sich in seinem neuen Zuhause zwischen all den abgelegten Sensen, Schaufeln, Hacken, Bügelsägen, dem Bindedraht und den Steckvasen ein, eine alte Couch, ein Stapel Decken, eine Petroleumlaterne, ein Kanonenofen, mehr an Hinterlassenschaft des Mitte Juni von unbekannter Hand erschossenen Totengräbers war nicht da, und mehr brauchte er auch nicht, denn er brachte seine zwei Reisekisten mit, die schon bei uns für reichlich Neugier gesorgt hatten, die ganze Bandbreite der Bockauer Wohltaten war enthalten, Tinkturen, Aufgußpäckchen, Tees, außerdem Hefte, Broschüren, alte Scharteken en masse, seine Bibliothek der Geheimnisse und Rätselhaftigkeiten, wie er zu sagen pflegte. Und dann war da auch noch unter der Wäsche ein im wahrsten Sinn des Wortes brisanter Gegenstand versteckt, sein allerletztes Mittel, sagte er, wo gar nichts anderes mehr hilft, sagte er auch, als er mir die Pistole zeigte, eingeölt und in ein ausgehöhltes Buch im Großformat eingepaßt, Goethes *Italienische Reise*, dazu zwei gefüllte Magazine, Kaliber neun, achtzehn Schuß im ganzen, hat er mir vorgezählt. Woher stammt denn die, fragte ich und zeigte auf die Waffe, hat mir ein Freund geschenkt, kam die Antwort, nach bestandener Bewährungsprobe am Altenberger Kahleberg. Hoppla, habe ich gleich gedacht, war der Freund nun braun oder war er rot. Nicht nachfragen. Was bringts. Auf keinen Fall wird der Kerl Farbe bekennen. Nach seinem Auszug verging Monat auf Monat, ich sah ihn immer seltener, anfangs kam er noch manchmal zu uns und saß in der Küche herum und aß auch mal mit, allerdings ohne groß zu sprechen, er war viel fremder geworden, irgendwie weggetreten oder in Gedanken mit was ganz anderem beschäftigt, manchmal murmelte er auch vor sich hin, so daß meine Frau mir einmal verblüfft zuflüsterte: Der betet ja. Mich erstaunte das fromme Getue nicht, ich kannte die Erzgebirger, bin von Geburt selber einer und weiß Bescheid, während meine Frau aus Dresden stammt, eine Residenzpflanze vom Elbestrand, mit weißem Kleid am Sonntag und freiem Eintritt in die Gemäldegalerie am arbeitsfreien Tag, ihr Vater, Schmied in einer Klavier- und Flügelfabrik, war Sozialdemokrat, die ganze Familie glaubte nicht an Gott. Je länger unser guter Wehefritz nun also in dem Unterschlupf hinter der letzten Gruft hauste, desto abgewetzter und zerknitterter sahen Jacke und Hose und überhaupt seine Klamotten aus, desto krauser wucherten Mähne und Vollbart, desto rarer machte er sich bei uns, er schrumpelte und hutzelte in seiner neugewählten Existenz zusammen, klapperdürr wurde er, dabei war er nicht gedämpft, nicht geschwächt, nicht hinfällig, ganz im Gegenteil, quicklebendig und spillerig wie eh und je trat er auf, wenn er, der Einsiedler vom Friedhof, wirklich einmal in der Stadt zu sehen war, selten genug, denn Dämmerung und Dunkelheit waren jetzt offensichtlich sein Element, wie ein Marder, eine Nachteule, wie die Ratten huschte und glitt er, kaum mehr als ein Schatten, lautlos hierhin und dorthin, zielgerichtet, denn wo er ankam, an den Latrinen, hinter einer Baracke, im Schatten eines Wachturms oder am Waldrand, wurde er dringend erwartet, als Helfer in welcher Not auch immer, fast hätte man ihn als heimlichen Herrscher über den Uranbezirk bezeichnen können, die Russen aller Ränge und Abteilungen nannten ihn *Otjetz*, Vater, nicht Väterchen, wohlgemerkt, denn Spaß, Verniedlichung, auch kitschige Vergötterung, denken Sie an Väterchen Stalin, Herr Doktor, paßten nicht ins ernste Spiel, es ging nicht ums Paradies der Arbeiter, nicht um die millionenfach verbreitete Druckpapierutopie, auch nicht um den Kommunismus, alle gleich, und alle dann gleich gut versorgt, es ging um das momentane Wohl und Wehe, um Leib und Leben, den nackten Leib, das nackte Leben wohlgemerkt, in einer Zeit, in der das Unterste nach oben und das Obere nach unten gekehrt wurde, wir wissen doch, daß bis heute nichts sicher, daß vielmehr alles möglich ist, wenn Unwissende wie wir überhaupt etwas wissen, dann wenigstens das. So der Korbmachermeister Schlingeschön aus Johanngeorgenstadt, den die Zeitläufte nach Frohburg gespült hatten, zu meinem Vater, dem Kleinstadt- und Bauerndoktor, wie er sich ironisch selber nannte, im dreißigsten, fünfunddreißigsten Abschnitt des Gesprächsmarathons, den sie in einem halben Jahr, in den sechs Monaten zwischen Ende Mai und Advent hinter sich brachten, die ersten Sommernächte noch in unserem Herrenzimmer, bei offenem Fenster, in den Klubsesseln zwischen Couch und Radiotisch, nur durch eine Wand von den beiden Räumen der Frohburger Telefonzentrale getrennt, zwei Fenster, mit kleinmaschigem Draht vergittert. Mitte September, es wurde früher dunkel, die Nächte waren kalt, zogen Vater und sein neuer Freund in die nächtlich stille Küche um, die ließ sich mit kleinerem Aufwand warmhalten, durch Befeuerung des Winterherdes, auch hatte sie Gasbeleuchtung, die Zeit der stundenlangen Stromsperren war zwar vorbei, aber viertel- und halbstündige Unterbrechungen gab es nicht selten, Ursache waren immer wieder Umschaltpannen, Generatorausfälle in den Kraftwerken oder Überbedarf der *Wismut*, alles wurde in die Höchstspannungsleitungen nach Süden eingespeist. Und dann natürlich auch noch: Sabotage. Denn wenn nichts mehr klappte, war wenigstens die zur Hand, ein paar arme Schweine, die schon hinter Gittern saßen oder die man nach Belieben herauspicken und abholen konnte, gab es immer, vorsichtshalber wurde flächendeckend Buch geführt, für alle Fälle, wer fuhr nach Westberlin, wer war in der ss gewesen, wer hatte Verwandte in Amerika, viel ließ sich aufnotieren, ließ sich nutzen. Wie auch immer, ob bei elektrischem Licht oder Gasbeleuchtung, die beiden, der Korbmacher und der Doktor, saßen nächtelang zusammen, räsonierten, rauchten, tranken Bier, jeder nie mehr als zwei Flaschen, kippten Schnäpse, auch nur zwei, drei, und unterhielten sich, manchmal bis früh um vier oder fünf, das Hinlegen lohnt nicht mehr, sagte Vater oft erschrocken. Nachdem dann Schlingeschön, bleiben Sie doch sitzen, ich find schon raus, sagte er, sich über den finsteren Flur bis zur Korridortür getastet hatte, streckte der zurückgebliebene Hausherr sich auf der Couch im ausgekühlten Herrenzimmer aus, unter der hastig übergeworfenen Kamelhaardecke mit den schwarzen Streifen an den Rändern, für ein, zwei Stunden, bis das Mädchen mit den Briketts, den Spänen und Scheiten im Eimer und den zusammengeknüllten Zeitungsseiten obendrauf halb sieben zum Feuermachen in das Zimmer kam und ihn weckte. Vierzig Jahre später, in Reiskirchen, sagte er, wenn er über das halbe Jahr dieser Unterhaltungen sprach: Die vielen Nächte mit dem Hexenmeister aus Johanngeorgenstadt geben mir noch heute Rätsel auf, was war mit mir nur los, keine Ahnung, ich war wie besessen, reinweg süchtig nach seiner Gesellschaft, seinen Märchen aus tausendundeiner Nacht. Und je länger er erzählte, desto mehr Geschichten fielen auch mir ein und drängten heraus, wollten erzählt werden, waren scharf auf Anerkennung und Bewunderung, und wenn es eben nur der neue Mitbewohner aus dem Dachgeschoß war, von dem der Beifall kam. Mindestens zwei Mal habe ich die Hallerfredparodie im Lauf der Wochen und Monate zum Besten gegeben. Und auch das Hin und Her bei den Russen wegen meines beschlagnahmten Autos machte nicht wenig von sich her. Ich hatte aber auch Ernsteres auf der Pfanne. Den Lebensweg von Spiel zum Beispiel, in dessen Haus ihr, Ulrich und du, in Ahrenshoop gewohnt habt. Was mir der Verwalter über den Hausbesitzer erzählte. Und, ein Stück Heimatkunde aus der Greifenhainer Straße, den Dreifachmörder Zeidler aus dem Nebenhaus bergab, dem der Viehhändler und unsere Nachbarn bergauf zum Opfer fielen. Natürlich spitzte mein Zuhörer, ortsfremd, wie er war, die Ohren. Aber noch interessierter war ich an dem, was er seinerseits erzählte, von Bockau, von Altenberg, der Schneise 31, von Johanngeorgenstadt und Oberjugel, von Wehefritz und König beispielsweise. In Frohburg wußte ich ganz gut Bescheid, als sozusagen Eingeborener und nicht zuletzt aus meiner Praxis, darüber hinaus hatte ich die Welt ein bißchen kennengelernt, wenn auch nur ausschnittweise, vom Studium in Leipzig her und dem Semester in Graz, von den Besuchen bei Schlägers in Berlin, von der Hochzeitsreise zu meiner Schwester Doris nach Essen und der Wehrübung bei der Artillerie in Halle, von meinen ärztlichen Vertretungen in Großkorbetha, Windischleuba, Wechselburg und Leipzig und von den Nachkriegswochen in Schwarzenberg, nicht zu vergessen die heimlichen Tagesfahrten nach Westberlin, in eine wieder ganz andere Sphäre. Außerdem hatte ich seit jeher viel gelesen, nicht nur den abgekauten *Heideschulmeister Karsten* und Raabes *Schüdderump* und seinen *Hungerpastor* und *Via Mala* von John Knittel und all die vielen Gedichte von Münchhausen, sondern auch Julien Green, Heinrich Mann, Maxim Gorki und was mir sonst noch im Krieg und nach dem Krieg in die Hände fiel, in der *Tauschzentrale*, bei Bartlepps in der Buchhandlung, die eigentlich ein Schreibwarenladen war, und im Antiquariat in der Katharinenstraße, kein Besuch in der Messestadt, ohne dort vorzusprechen. Wenn ich das alles zu meinen Gunsten anführen konnte, Beleg für Bemühung, so kannte ich doch ausgerechnet Schlingeschöns Erzgebirge nicht, nicht wirklich jedenfalls, am allerwenigsten genaugenommen, vor allem die Kammregion und ihre Bewohner waren für mich ein Buch mit sieben Siegeln, die *Dreckschenke*, na gut, die nächtliche Motorradfahrt mit Anton Günther auf dem Sozius, auch das, aber tatsächlich etwas wissen, Pustekuchen. Dabei hätte ich wirklich, nicht zuletzt durch die Schwarzenbergwochen, sehr gerne mehr erfahren über den dort oben auf den Höhen üppig sprießenden, ja wuchernden Glauben und Aberglauben, die waren beide an sich mein Thema, sozusagen, seit Jahren schon, denn in bezug auf die Bauern in den Dörfern des Frohburger Umlands hatte ich mir, ihre Beschwörungen und Verwünschungen und Einbildungen betreffend, in den Kriegswintern und auch in der frühen Nachkriegszeit ein paar Notizen gemacht, anderthalb Schulhefte voll. Keine Ahnung, wo die nach unserer Flucht geblieben sind, sagte Vater zu mir, die Kladde mit deinen Ortschroniken von Frohburg und den Dörfern drumherum und den Gedichten hat deine Großmutter dir ja ins Friedberger Internat nachgeschickt, über die Grenze, meine Papiere dagegen sind anscheinend hopsgegangen. Nach dieser Feststellung mit leicht gekränktem Unterton griff Vater seinen Faden wieder auf, Woche um Woche mit Schlingeschön verstrich, erzählte er, jeden zweiten Abend saßen wir zusammen, nie wieder habe ich eine Zeit mit so kurzem Schlaf erlebt, drei, vier, allerhöchstens fünf Stunden in der Nacht und eine halbe, eine knappe Stunde nach dem Mittagessen mußten reichen, dabei konnte von Abgespanntsein und Erschöpfung keine Rede sein, eher von einem nicht unbedingt unangenehmen Gefühl der Übermüdung, mein Gegenüber brachte so viel und das Viele so spannend zur Sprache, daß ich schon vor einem Treffen mit ihm jedesmal voller unruhiger Erwartung war, den ganzen Tag, während der Sprechstunde am Vormittag und der Besuchstour nachmittags und auch am

Abend, so daß ich mich, saßen wir endlich zusammen und kam er ins Erzählen, wie unter Strom gesetzt fühlte, andauernd lagen mir eigene Geschichten auf der Zunge, und ich mußte mich jede zweite Minute zügeln, um ihm nicht ins Wort zu fallen und mein Eigenes hervorzusprudeln. Einmal, gegen Ende unserer Zeit, die in einem Eklat gipfelte, mit einem Eklat ihren abrupten Abschluß fand und, wie mir heute scheint, auch finden mußte, schloß sich ein Kreis, der in Schlingeschöns ersten Berichten seinen Anfang genommen hatte. Wieder war vom berühmt-berüchtigten König die Rede, wieder ging es nur um ihn, allerdings blieb auch Wehefritz nicht ausgespart. Schon Wochen vorher hatte ich von der Dreiecksbeziehung zwischen meinem Gesprächspartner, dem Schlingeschön, und König und Wehefritz gehört. Sie waren in Johanngeorgenstadt wenn auch nicht gerade aufeinandergeprallt, so doch haarscharf aneinander vorbeigeschrammt, wissentlich die einen, unwissentlich der andere dritte. Dann war erst König aus dem Ort verschwunden, förmlich abgetaucht war der laut Schlingeschön, anschließend hatte man auch noch ihn selber, Schlingeschön, mit seinem Anhang vertrieben, ja mit Brief und Siegel ausgewiesen, nur Wehefritz blieb zurück, nur er durfte bleiben, von seinen Russenfreunden aus einem Sicherheitsabstand heraus leidlich respektvoll behandelt, vorsichtshalber natürlich, nicht aus Liebe, bei so einem kann man nie wissen, war nicht die ausdrückliche Überlegung, sondern eher ein diffuses Gefühl. Doch laß mich zurückkommen auf Schlingeschön, sagte mein Vater zu mir. An einem Sonnabend im Spätherbst, ich weiß nicht mehr, welches Jahr das war, ob fünfundfünfzig, sechsundfünfzig, vielleicht sogar erst im November siebenundfünfzig, dann wäre es kurz vor unserem zweiten, nun erfolgreichen Anlauf, uns aus Frohburg abzusetzen, gewesen, klingelte der Hausgenosse aus dem Dachgeschoß, der inzwischen fast altvertraute Gesprächspartner nicht erst um acht, nach dem Abendbrot, sondern schon kurz nach Einbruch der Dunkelheit bei uns und drängte herein, obwohl Badetag war und er die durch jahrelangen Brauch geheiligte Reihenfolge des Einstiegs in die Wanne durcheinanderbrachte, du erinnerst dich noch, erst ihr Kinder, dann eure Mutter, dann ich, zuletzt Reni, du weißt ja noch, die Hausgehilfin, die anschließend die Wanne auswischte und die abgelegte Wäsche in das Kabuff trug, beide Arme voll. Wenigstens war, als Schlingeschön überraschend auftauchte, in meinem Sprechzimmer gut angeheizt, das war am Wochenende normalerweise nicht der Fall, ich hatte aber nach dem Mittagsschlaf eine Patientin in einer heiklen Sache betreuen müssen, jemanden aus der Familie, Marsch über die Zonengrenze, am südlichen Harzrand, blutjunger Vopo, der sie abfing und befragte, er kannte sich in Frohburg aus, behauptete er, hatte bei uns Verwandte, angeblich *Auf dem Wind*, na gut, sagte ich mir damals gleich, da wohnen nicht wenige Leute, da wird man lange suchen können. Seinen Namen wußte sie danach nicht herzusagen, als es nützlich gewesen wäre, wegen eines eventuellen Unterhalts, Freudsche Verdeckung vielleicht, Freudsches Vergessen, eine Verriegelung, aber der Vopo habe meinen Vater gekannt, deinen und auch ihren Großvater, so machte er sich an sie ran, bis die russischen Posten durch waren, mußten sie, sagte er, in einem Güterschuppen an der Bahnlinie ausharren, die Russen hatten aber Verspätung, sie kamen und kamen nicht, über dem Hinhalten, der Vertröstung ist es dann passiert, halb wollte sie den Jungen nicht enttäuschen, halb traute sie ihm nicht und hatte Angst, er würde sie, verärgert über eine Zurückweisung, den Russen übergeben, die zwar ausblieben, aber zweifellos in der Nähe waren, weil sie die Grenze nicht allein den Vopos überlassen wollten. Menschlein, die wir sind, auch deine Cousine, auch der Grenzer, dabei konnte sie noch froh, heilfroh sein, daß sie nur einem geilen Vopo und nicht dem Totmacher, dem Pleil aus dem erzgebirgischen Bärenstein, begegnet war, der im Grenzgebiet zwischen Altmark, Harz und Eichsfeld sein mörderisches Wesen trieb, sagte Vater und lachte kurz auf in einer Art, stoßweise, die mir seit drei, vier Jahren Heidrun als ganz ähnlich unterstellt, du siehst immer mehr wie dein Vater aus, jetzt lachst du auch noch so. Dieser mein Vater ließ das wöchentliche Bad erst einmal fahren, Reni soll erst mal rein, rief er rückwärts in den Korridor und stieß die Tür zum Sprechzimmer auf. Was gibts denn so furchtbar Eiliges, fragte er scheinbar genervt und in Wahrheit gespannt. Erst mal setzen auf den Schreck, preßte Schlingeschön hervor. Wie sehr er unter dem Eindruck eines aktuellen Erlebnisses stand, kam schon dadurch zum Ausdruck, daß er zur Verblüffung Vaters nicht den an der Seite stehenden Patientenstuhl annahm, sondern sich in Vaters Schreibtischsessel fallen ließ, Sie glauben es nicht, wenn Sie hören, was ich gerade erlebt habe, vor noch nicht mal einer Stunde. Er atmete heftig und wies die Hand vor: Gucken Sie mal, hier, das Zittern. Eine halbe Minute Stille, die Hand tanzte nach rechts, nach links, auf und ab. Vater unterbrach die demonstrative Stille endlich und fragte: Was Dringendes. Schlingeschön schnappte nach Luft, er pumpte, sagte Vater in Reiskirchen, wie ein Maikäfer pumpte er, der gleich losfliegen will. Und ganz richtig ging es irgendwann, genug gepumpt, los mit seiner Erzählung, brach es aus ihm heraus: Sie wissen doch, Herr Doktor, daß ich nicht genug Weidenruten für meine Körbe heranschaffen kann, überall Wachen und Aufpasser, wegen dem Feuerholz, und auch die Ruten schneiden sich die Leute lieber selber aus den Weiden und versuchen sich in der Flechtkunst, als würden sie mir das tägliche Brot mißgönnen. Da habe ich mich eben auch auf das Binden von Besen verlegt, mit den Reisern von Birken. In dem großen Waldstück auf dem Himmelreich, hinter dem Bahnhof, da, wo es in den Fichtenschonungen nach der Bombardierung des Zuges mit den Kesselwagen voller Benzin tagelang gebrannt und geschwelt hat, gibt es ganz hinten eine abgelegene, fast versteckte Partie mittelalter Birken, vierzig, fünfzig Stück, die Zweige hängen fast bis auf die Erde und bilden Unterstände, Verstecke, tagsüber für die Rehe zum Beispiel. Dort habe ich meine Vorräte an Zweigen abgeschnitten, wer wollte dagegen etwas sagen, in diesen wüsten Zeiten. Nie habe ich den direkten Weg genommen, durch die Nenkersdorfer Straße und über den Bahnübergang, auch nicht über die Gleise am Bahnhof, wo neben der großen Chemnitz–Leipziger Strecke die Bimmelbahn nach Kohren abgeht, ich legte immer eine falsche Spur, ging über den Töpferplatz und zwischen dem Schützenhaus und dem Haus Ihrer Eltern den Berg hinauf, ich tat, als wäre Greifenhain mein Ziel, nahm auch wirklich immer den Wiesenweg dorthin, aber auf Höhe des Wasserwerks am Greifenhainer Bach angekommen, bog ich, wenn gerade niemand angelaufen oder mit dem Fahrrad angefahren kam, im rechten Winkel ab und schlich am Rand der Rohrwiesen nach Norden, bis zum Bahndamm, den ich geduckt überquerte, denn gegen den Himmel war man für Feldarbeiter, Traktoristen und eventuell herumtappende Rentner aus der Adolf-Hitler-Siedlung jederzeit gut zu sehen. Glücklich jenseits angekommen, war ich in Deckung und schwenkte noch einmal um neunzig Grad herum und arbeitete mich in immer größerem Abstand von den Schienen durch den Niederwald, der sich nach den Abholzungen der ersten Nachkriegsjahre und den Bränden durch Funkenflug der Loks ausbreitete. Heute nun gings wieder durch die Büsche und halbhohen Vogelkirschen und Holzäpfel zu meiner Geheimstelle, schon nach dem Mittagessen, die Vorräte an Besenruten waren restlos aufgebraucht. Störung war eher nicht zu befürchten, an einem Sonnabend wird nachmittags außer in der Braunkohle und bei der Überwachung nirgends gearbeitet, man erholt sich, man kehrt die Straße, mistet die Karnickelställe aus und legt sich dann in die Badewanne. Mit einem Wort: Ruhe in der Stadt. Denkste. Ich war zwei Stunden am Werk gewesen, hatte mir erst zwei große Bündel Birkenzweige abgeschnitten und ordentlich zurechtgelegt und mich dann meinen anderen Eiweißquellen zugewendet, den anderen will ich mal sagen Gaben der Natur, gerade zog ich die Schlinge auf, um das Rehkitz herauszunehmen, da erscholl hinter mir ein: *Na was haben wir denn da*. Und noch bevor ich irgend etwas kapiert hatte: *Hände hoch*. Ich streckte tatsächlich, ehe ich herumfuhr, die Arme in die Höhe. Und nun raten Sie mal, was ich dann sah. Vater zuckte mit den Schultern. Eigentlich ist die Frage nach dem Was ganz falsch, Sie müssen raten, wen ich sah, achtzig, neunzig Kilometer von Johanngeorgenstadt entfernt und Jahre später, Sie kommen nie darauf. Pause. Den König sah ich. Ganz genau denselben König, den mir Wehefritz von unserem Fenster aus gezeigt hatte, wie er im Pulk der russischen *Wismut*chefs auf Inspektionsgang in Johanngeorgenstadt unterwegs gewesen war. Ihm stand ich Auge in Auge gegenüber, fernab vom Erzgebirge, in einer gottverlassenen Waldecke am Rand der Kohlenebene, das war doch einfach nicht zu glauben. Immerhin hatte ich bei aller Überraschung, aller Überrumpelung sogar die Nerven, genauer hinzugucken, als sich der Kerl schräg hinter mir über das Rehkitz beugte. Ich sah nach unten, und weiß Gott, er hatte auf der rechten Wange in Markstückgröße den schwarzen Leberfleck, auf den mich Wehefritz seinerzeit aufmerksam gemacht hatte. Und in der Hand hielt er, sah ich richtig, ich träumte wohl, eine Pistole, den Lauf auch noch beim Bücken auf mich gerichtet, ein kleines Loch, tükkisch, auf Fingerzug zum Schlimmsten fähig. Er machte es aber mit Worten ab, Sie können sich nicht vorstellen, was ich in den folgenden Minuten zu hören bekam, eine Suada, eine Schimpfkanonade, eine Vernichtung mit Worten. Ich sei ein Erzreaktionär, ein bourgeoiser Strolch, schon in Johanngeorgenstadt sei ich ihm gezeigt worden als eines der übelsten Elemente in der ganzen Stadt, das schlimmste Überbleibsel großdeutscher Zeiten vor Ort, der braune Giftpilz schlechthin, entsprechend sei ich ja auch mitsamt meiner Sippe behandelt worden, durch die Entfernung, die Ausweisung. Aber nun, schrie er, wird offenbar, daß du nicht nur total verdreht im Kopf bist, ein ideologischer Feind, jetzt entlarvst du dich auch noch, am Tatort geschnappt, als ganz ordinärer Krimineller, als primitiver Schädling, der sich rücksichtslos und ohne Gewissen am sozialistischen Eigentum vergreift, und das auch noch mit klammheimlicher Freude. Nicht nur Wilderei auch Baumfrevel, denn du zapfst, schreit er mich an, das kostbare Birkenwasser ab, das die pharmazeutische Industrie so dringend braucht und das auch bei den Freunden heißbegehrt ist, für Kopfhaut und Haar. König hatte, sie waren ja nicht zu übersehen, auch die zehn, zwölf Birken wahrgenommen, in deren Stämme ich in den letzten Wochen die aufeinanderzulaufenden Kerben geschnitten hatte, in die daruntergehängten Flaschen tropfte Tag und Nacht das begehrte gelbliche Birkenblut, nicht nur gegen Glatzen gut, sondern nach Meinung der Russen auch gegen Läuse und Filzläuse, ich verkaufe es unter der Hand, schließlich wollen wir leben, an kahlköpfige Frohburger und an die hiesigen vier oder fünf Offiziere der Kommandantur. Man müßte dich wie einen tollen Hund abknallen, schrie König mich an und fuchtelte mit der Pistole. Aber, kam es nach einer Weile von ihm, warum soll ich mir eigentlich die Pfoten schmutzig machen, schwirr ab, ich überlege noch, wohin ich Meldung mache, wen ich dir auf den dreckigen Hals hetze. Inzwischen war es fast dunkel geworden. Weit und breit niemand, außer uns beiden. Stille, wenn König nicht keifte und schimpfte. Nur vom Bahndamm, der kaum dreihundert Meter entfernt, aber von gestaffelten Fichtenschonungen verdeckt war, kamen in Wellen Geräusche herüber, das eiserne Klappern, Poltern und Quietschen der überlangen Güterzüge, die mit den funkensprühenden Riesenlokomotiven aus der Kriegszeit kaum schneller als im Schrittempo Braunkohle ins heimatliche, für mich durch Ausweisungsverfügung verrammelte Gebirge schleppten, zur *Wismut*, und beladen mit strahlendem Erz zurückkamen, das auf allergeheimsten strengbewachten Strecken nach Überquerung der Oder-Neiße-Friedensgrenze und der Bug-Brudergrenze in den Weiten des Ostens verschwand. Ich ließ meine Birkenreiser, das Rehkitz und die gutgefüllten Flaschen dort, wo sie gerade waren, drehte mich um, wortlos, denn was sagt man da groß, vor einer Pistolenmündung, einer Haßfratze, und machte mich auf den Heimweg. Zehn, zwölf Schritte langsam, in gemessenem Tempo, dann raste ich nur so zurück, quer durch die Büsche, zwischen den engstehenden Bäumen hindurch, ich rumpelte gegen die

Stämme, mit Schulter, Hüfte, Knie, doch nachdem ich, hier war Vorsicht geboten, ein Zug war eingelaufen und würde gleich weiterfahren, die Gleise überquert und den Bahnhof umgangen hatte, vor dem sich gerade im farblosen Licht der Gaslaternen das Menschengewimmel aus einem Schichtzug entwirrte, wurde ich auf Höhe des Mittelholzes langsamer und fing an, mir Gedanken zu machen, mir den Kopf zu zerbrechen: wo kam der her, der Kerl, was machte König hier, ausgerechnet in Frohburg, war er uns gefolgt, mir und meiner Familie, hatte man ihn auf uns angesetzt. Und wenn ja, wer war das: man. Ich nahm mir vor, gar nicht erst ins Dachgeschoß zu meinen Leuten hinaufzugehen, sondern gleich zum Doktor, zu Ihnen, meinem Freund. Und hier bin ich jetzt. Sie brauchen mir, sagte Schlingeschön zu Vater, in meinem ganzen Leben nur einen einzigen Gefallen zu tun, finden Sie um Gottes Willen heraus, was der König hier in Frohburg treibt, wie der hierherkommt, wo er wohnt. Vater versprach es und konnte, da Schlingeschön daraufhin ungesäumt nach oben verschwand, unmittelbar nach Reni in das gerade noch lauwarme Badewasser steigen, auf dem wie eine Haut eine wellige Schicht von grauweißen Seifenresten schwamm, na wenn schon, besser als nichts, stellte er noch Jahrzehnte später fest. Zumal er, entspannt in der Wanne liegend, ausreichend Stoff zum Nachdenken hatte. Nicht nur irgendwo, sonstwo, ganz weit weg, auch bei uns konnten die merkwürdigsten Dinge passieren, eine Erfahrung, die er immer wieder machte, schon in der Kinderzeit ging das los, als der Kugelblitz funkensprühend die Steintreppe in der Greifenhainer Straße runtersprang. Oder als sich die Zimmerdecke in der Wohnstube der Tierarztfamilie dunkelbraun verfärbte, weil oben in der Mansarde der Reinsberger Großvater neben dem aufgeklappten Rasiermesser auf dem Boden lag und das Blut aus der klaffenden Halswunde in die Dielenritzen gesickert war. Ein fleckiger Schirm über dem Alltag der Familie, eine schlimme Überwölbung, wie eine Drohung. Merkwürdigkeiten, wie sich eine auch am nächsten Tag, nach dem Aufeinandertreffen von Schlingeschön und König, noch ereignen sollte, am Sonntagnachmittag. Die Eltern wollten gerade los, zum Kaffeetrinken in der Greifenhainer Straße, sie standen schon in unserem halbdunklen Flur, als es, die Klingel war abgestellt, Vater hatte keinen Sonntagsdienst, so stürmisch gegen die Korridortür hämmerte, daß die eingesetzten Buntglasscheiben klappernd im Rahmen tanzten. Wieder Quälgeist Schlingeschön, murmelte Vater. Was er in der folgenden Stunde erfuhr, war weiß Gott nicht von schlechten Eltern und gehörte todsicher zu den spannenderen Episoden des mindestens seit dem schlagartigen Zusammenbruch der Weberei 1867 nicht eben ereignislosen Kleinstadtlebens, fast zweihundert Webermeister waren seinerzeit nach dem Bankrott des Rochlitzer Kommerzienrats urplötzlich, von einem Tag auf den anderen ohne Verdienst und Einkommen gewesen. Natürlich hatte Schlingeschön seine Himmelreichbegegnung und deren eventuelle Folgen nach dem spontanen Besuch bei Vater auch mit Frau und älterer Tochter besprochen. Sein erster Impuls: nichts wie weg, abhauen, nach Westberlin. Aber wie sollte das gehen, mit den beiden alten Frauen und den Kindern. Und auch noch Knall auf Fall das ganze, innerhalb von Stunden. Unmöglich. Die Flaschen mit dem Birkenwasser und das für den Verkauf gedachte junge Reh waren blockiert, hatten nicht unter die Leute gebracht werden können, so daß man noch nicht einmal die paar Mark für die Fahrkarten hatte. Nach unruhigem Schlaf ging die Diskussion im Dachgeschoß der *Post* am nächsten Morgen weiter, hin und her, halblaut, wegen der Kinder. Bis überraschender Besuch kam, zur Mittagszeit. Eine Frau, deutlich älter als Schlingeschön, üppig, enggeschnürt, mit immer noch schönen runden Oberarmen, sie hatte dringend etwas mit ihm zu besprechen, nicht unbedingt unter vier Augen, ungeachtet der zusätzlichen Zuhörer redete sie einfach drauflos. Ja also, setzte sie an und kam dann gleich zur Sache, sie sei Königs Frau, ihr Mann habe ihr von dem gestrigen Aufeinandertreffen, der Auseinandersetzung im Wald erzählt und auch den Namen Schlingeschön genannt. Da sei es wie ein Stromstoß durch sie hindurchgegangen, doch nicht aus Johanngeorgenstadt, habe sie gerufen, doch, kam die Antwort ihres Mannes, kennst du den. Meinem Mann gegenüber habe ich erst einmal dichtgehalten, sagte sie, aber guck mich mal genauer an, werter Herr Korbmachermeister, und dann laß mal hören, ob wir uns kennen. Eher wohl nicht, hatte Schlingeschön verunsichert gemurmelt, wie er Vater berichtete. Na dann sage ich nur ein einziges Wort, Filzteich. Emma, fragte er. Na endlich, du altgewordener Jungspund. Aber du warst doch. Ich war, ganz recht, und jetzt bin ich eben nicht mehr, sondern mit dem König, zu deinem Glück. Ich habe meinen Mann bis in die letzte Nacht hinein ins Gebet genommen, du kannst beruhigt sein, er hat mir versprochen, dich in Ruhe zu lassen und auch nichts nach Borna und erst recht nichts nach Leipzig zu melden, daran wird er sich wohl halten, denn ich habe ihm vor Augen geführt, wie wacklig seine ganze Situation hier in Frohburg ist. Jetzt noch der kleinste Fehler, und es ist ganz aus mit ihm. Der Besuch der neuen Frau König hatte am Mittag stattgefunden, und schon drei Stunden später, am Nachmittag, erzählte Schlingeschön Vater davon. Sie will heuteabend noch einmal kommen und mich genauer über ihren Mann ins Bild setzen, ich habe ihr von Ihnen erzählt, und sie wäre bereit, mit mir zu Ihnen herunterzukommen, damit Sie hören, was vielleicht auch für Sie von Interesse ist. Auf alle Fälle, entgegnete Vater, ich habe schon so viel von Ihnen über Wehefritz und König gehört, daß ich, wenn es Neuigkeiten oder Ergänzungen gibt, alles hören will, kommen Sie um sieben zu uns runter, meine Frau macht ein paar Brote, es gibt aufgewärmtes Wellfleisch, gestern hat meine Schwägerin Friedel Lahn in Kohren geschlachtet, wir haben auch eine Büchse Bratheringe aus dem Westen, da brauchen Sie Ihrem Rehkitz nicht nachzutrauern, Sie werden satt heuteabend, auf alle Fälle. Punkt sieben ging die Klingel an unserer Korridortür. Draußen standen nicht nur die den Eltern unbekannte Frau König und ihr ehemaliger Liebhaber Schlingeschön, sondern auch Schlingeschöns Frau, die im Haus so gut wie nie in Erscheinung trat, und wenn doch einmal, dann nur verhuscht, im Dunkel der fensterlosen Gänge und Korridore, um eine Ecke wischend, hinter einer Tür verschwindend, wie allzeit auf der Flucht. Ausgedörrt weit vor der Zeit, gebeugt, mit einer eisgrauen Löwenmähne, unter der ihr Hals verschwand, der Kopf schien auf den Schultern zu sitzen, *Zwergnase*, weiblich, altgeworden. Das Trio wurde von Vater empfangen, eine wirkliche Hexe hat der, dachte er erschrocken, auch Mutter, die hinter ihm stand, begrüßte die Gäste. Man wanderte den Flur hinauf, der Flur war lang und dunkel, an den berühmten acht Türen ging es vorbei, Riesenwohnung, dachte jeder Besucher, dem war nicht so, wie wir wissen, das Herrenzimmer meist dämmrig, das Eßzimmer schlecht zu heizen, seine drei Südfenster gingen auf den Markt, nach Westen gab es ebenfalls drei Fenster, durch sie fiel gerade die Abendsonne herein und ließ die stumpfbraunen Nußbaummöbel aufleuchten, die eine ganz eigene Geschichte hatten. Der ovale Tisch, doppelt ausziehbar auf sechzehn Plätze, war eingedeckt nach dem Kleinstadtbrauch der zehner, zwanziger und dreißiger Jahre, weißes Damasttischtuch, weiße Leinenservietten in den Serviettenringen, Suppenteller, Vorspeisenteller, Teller für das Hauptgericht, Suppenlöffel, Nachtischlöffel, kleines Messer, kleine Gabel, großes Eßbesteck, drei Sorten Gläser, zwei für Wein, roten und weißen, es gab keinen Wein, die Eltern hatten damit nicht viel am Hut, aber die Gläser gehörten aufgestellt, trotz oder gerade wegen der obermiesen trostknappen Zeiten, ihre geschliffenen Kanten schimmerten auch ohne Füllung, Josephinenhütte, Schreiberhau im Riesengebirge, setzte Vater die Besucher ins Bild, nicht angeberisch, sondern eher um Nachsicht bittend, wir haben die Sachen nun mal, was sollen wir machen, hier sind sie. Zur Ablenkung gab es noch eine blumige Erzählung obendrauf. Gerhart Hauptmann, fing Vater an, hatte dort in Schreiberhau, wo die Josephinenhütte Kristallglas produzierte, ein Haus, er besaß es gemeinsam mit seinem älteren Bruder Carl, der ebenfalls Schriftsteller war, Eifersucht, Brotneid, was auch immer zum

Zerwürfnis führte, auch beide Frauen waren sich nicht grün, letztenendes trennten sich die Brüder, und Gerhart, der Erfolgreiche, seit Jahren auf der wunderbaren Chaussee der Anerkennung des Ruhms unterwegs, baute sich die *Villa Wiesenstein* am oberen Ausgang von Agnetendorf, auf der ersten Stufe des Gebirges, von den Fenstern aus konnte man gegen den Himmel die Schneegrubenbaude auf der Kammkante sehen, vom frühen Nachmittag an im Gegenlicht, bei klarem Wetter zum Greifen nah, doch war es allemal ein Fünfstundenweg, immer steil bergan, im Winter kaum zu bewältigen, nur die Baudenträger schafften das, die die hochgelegenen Riesengebirgsherbergen auch bei Regen, Nebel, bei hohem Schnee und Sturm mit dem Nötigen versorgten, auf dem Rücken Holzgestelle, bepackt mit Brot, Kartoffeln, Obst, Gemüse, Bier, Wein und Feuerung. Als Gerhart Hauptmann seine Baustelle in Agnetendorf zum ersten Mal besuchte, den stattlichen Rohbau, kurz vor Weihnachten, die Fenster waren noch nicht eingesetzt, herrschte heftiges Schneetreiben, der Bergwind wehte die Flocken in die Zimmer und fegte sie in den Ecken zu kleinen blinkenden Haufen zusammen, nie und nimmer ist das eine Gegend zum Wohnen, rief Hauptmann, nichts wie weg hier, er zog dann aber doch ein und blieb auch, wochen- und monatelange Abwesenheiten ausgenommen, anderthalb Menschenalter auf dem *Wiesenstein* wohnen, ziemlich genau ein Jahr nach dem Krieg ist er sogar in diesem seinem Haus gestorben, das gestern noch wenn nicht zum besseren, dann immerhin zum literarischen Deutschland gehörte, verbunden mit den *Webern*, den *Ratten*, dem *Biberpelz*, und jetzt unerreichbar hinter der Friedensgrenze liegt, vorbei, verweht, versunken. Halten wir doch, fuhr Vater fort, heuteabend wenigstens die Gläser aus Schreiberhau in Ehren, auch wenn sie in diesen Zeiten leer bleiben müssen, kein Wein im Haus, wen wundert das, wir haben den Krieg verloren, Kinder, verloren, kapiert das doch endlich, stopft das doch endlich in eure ahnungslosen Schädel rein. Na gut, ganz ahnungslos seid ihr nicht, gestand Vater in einem Nachsatz ein, als Schlingeschöns Frau aufmuckte, ihr habt auch euer Teil erlebt, ich weiß, aber ordnet ihr es auch richtig ein, ich weiß nicht. Betretene Pause. Wolf, sagte Mutter. Vater fuhr sich wie erwachend über die Augenbraue und straffte sich. Lassen Sie uns, liebe Gäste, setzte er neu, mit anderem Zungenschlag an, auf die Eierbecher zurückgreifen, immerhin doch auch Rosenthal, die sind gerade richtig für den Russenschnaps, den ich Ihnen anbieten kann, Major Kasanzew, der Stadtkommandant, ist längst zurückbeordert worden ins Vaterland aller Werktätigen, aber von seinem hochgeschätzten reinen Sprit habe ich noch ein solides Restchen. Sprachs und goß ein. Man war zu fünft, bitte nehmen Sie Platz, alle hatten bisher gestanden und setzten sich jetzt, es gab nicht nur den hochprozentigen Rachenputzer, sondern auch wie angekündigt etwas zu essen, Reni aus Kreudnitz trug auf, im nachhinein, im Rückblick Mutters liebste Hausgehilfin, vier im ganzen gab es im Lauf von zwölf Jahren, außer Reni noch ihre Vorgängerinnen Lisbeth und Ilse, und später Lisa, nur nicht Dienstmädchen sagen, hieß es die ganze Kindheit hindurch am Eßtisch, dem Hauptplatz häuslicher Erziehung, ich hielt mich an die Vorgabe, während meine Freunde aus der Apotheke, aus dem Pfarrhaus und aus der Tischlerei immer nur von den Dienstmädchen sprachen. Meine verwitwete Schwägerin aus Leipzig mit ihren beiden Jungen war heute da, die Kinder aßen wie die neunköpfigen Raupen, sagte Mutter in die erwartungsvolle Runde, das Wellfleisch ist draufgegangen, wir haben aber noch eine tellergroße Blechdose mit Bratheringen, woher, wird nicht verraten, dazu das Vierpfundbrot des Greifenhainer Bäckers, bitte nehmen Sie vorlieb. Sprachs, schlug den Dosenöffner mit dem Daumenballen in die Büchse ein, drehte ihn die Kante entlang, die Hakenklinge schnitt ins Blech und trennte es auf, Mutter klappte den Deckel nach oben, fuhr mit der Vorlegegabel zwischen die schrumpligen braunen Heringshälften und schwenkte sie tropffrei auf die Teller. Inzwischen schnitt Vater das beinahe wagenradgroße Rundbrot an, ein schwieriges Unterfangen, das nur mittels des Spezialmessers für Wehrmachtskantinen gelang, es stammte von einem krebskranken Eschefelder, in der glorreichen Zeit Spieß im Verpflegungswesen, kurz vor dem endgültigen Zusammenbruch hatte er Küchengeräte, Geschirr, Tischwäsche in Massen zuhause eingelagert, man muß über den Rand hinausdenken, ab jetzt schwimmst du selber, ohne Rücksicht auf andere. Mit diesem Messer in allerbester Solingenqualität säbelte Vater den Riesenlaib an, die Dicke der Scheiben millimetergenau reguliert. Und dann ließ man es sich schmecken am Tisch der Eltern. Wobei auch der Schnaps nicht zu kurz kam, er löste zumindest Frau König die Zunge. Ja also mein Mann, der König, fing sie nach der vierten Scheibe Brot und dem fünften Brathering an, einem Stück mehr, als die anderen hatten. Vater schloß die Fenster zum Markt. Das ist mein zweiter Mann, berichtete die dralle Gesättigte, er lief mir erstmals über den Weg, als ich aus Oberpfannenstiel ausgewiesen werden sollte, wo ich nach der Scheidung, Herr Schlingeschön kennt die Geschichte, als Neulehrerin untergekommen war, zwei Zimmer im Dachgeschoß der Schule, mehr Kammern als Zimmer, immerhin was eigenes, bei der großen Wohnungsnot. Die neuen Herren ordneten mich als sozial fremdes Element ein, fremd gleich feindlich, daher, war die Meinung, raus mit dem Weib aus Pfannenstiel, da lassen sich vier, vielleicht sogar sechs Wismuter unterbringen, aber auch raus mit ihr aus dem Kreis Aue und am besten auch noch raus aus dem ganzen Erzgebirge, Leute wie die haben doch die Augen überall, und wer weiß, was für eine fanatische Briefschreiberin das ist, was die an Staatsgeheimnissen nach drüben weitergibt. Ich erhob gegenüber der Kommission, die meine umkämpften Prachtgemächer in Form der beiden Dachkammern mit einer großartigen Begehung besichtigte, ausdrücklichen Widerspruch, ich gehe hier nicht raus, und wenn ihr mich nach draußen schleppen müßt, ich ruf um Hilfe, ich schrei das ganze Dorf zusammen, auch wenn ihr mitten in der Nacht kommt, da hört man mich besonders gut. Folge davon war, daß ich einbestellt wurde nach Aue, in den *Blauen Engel*. An den Russen vorbei, die den

Eingang bewachten, seit neuestem in Zivil, Zweireiher, Schrankformat, sogar Krawatte, ich zur Hotelrezeption, zeigte dort den Wisch mit der Aufforderung vor, der Leiter führte mich in ein Hinterzimmer, Halbdunkel, Gerümpel, ein einfacher Gasthaustisch, dahinter ein wuchtiger Mann mit breiter hoher Stirn, er sah nur flüchtig auf, kenne ich den, fragte ich mich, setzen, sagte er. So haben wir uns kennengelernt, und die Beziehung setzte sich fort, indem wir schon ein halbes Jahr später heirateten. Denn er gefiel mir nicht schlecht, obwohl mir die Schattenseiten, die er reichlich hatte, durchaus bewußt waren, er war viel rumgekommen, hatte viel erlebt, seine ruhig bestimmte Art faszinierte mich schon nach ein paar Minuten, eins muß Ihnen klar sein, sagte er nach ein paar Sätzen über die unabdingbare Notwendigkeit der Uranlieferung an die su, wie er sich ausdrückte, die Ausweisung aus dem Kreis Aue, einmal beschlossen und festgesetzt, kann nicht widerrufen werden, und wenn der Himmel einstürzt, aber, kurzes Zögern seinerseits, ich kann Ihnen ein Angebot machen, das vielleicht sogar, erneutes kurzes Zögern, eine Verbesserung ist. Wenn ich einmal, wieder Zögern, ehrlich sein darf, sind Sie mir schon vor Wochen aufgefallen, immer wenn Sie von Oberpfannenstiel zum Einkaufen in die Stadt herunterkamen und aus dem einen Geschäft heraustraten und in dem anderen verschwanden. Und dann war ja doch vor vierzehn Tagen das große Puppenspiel für alle Schulen im Kulturhaus, ich saß im Park und wartete, nicht vergeblich, wie Sie wissen, denn als sie inmitten ihrer Kinder vorbeikamen, haben wir uns sogar gegrüßt. Tatsächlich erinnerte ich mich an den Mann, der mich mit großen Augen angesehen und flüchtig lächelnd mit dem Kopf genickt hatte. Was will der hier, dachte ich, der paßt am hellen lichten Vormittag nicht in den Park und schon gar nicht auf eine Bank. Und nun saß ich vor ihm, bereit, verhört und vergattert zu werden, statt dessen die Ankündigung eines Angebots, das aus dem Vorschlag bestand, nach Chemnitz umzuziehen und für ihn zu arbeiten. Ich habe mich über Ihren Hintergrund, über Ihre Familie informieren lassen, sagte König, Ihr Vater ist alter Max-Hölz-Mann gewesen und hat kurz vor seinem Tod noch im KZ Sachsenburg gesessen, Sie haben also einen lupenreinen proletarischen Hintergrund und sind auch den Akademikerehemann losgeworden, das alles läßt zu, daß ich Sie in meiner Dienststelle beschäftige. Aber nicht mit den laufenden Angelegenheiten, die unterliegen dreifacher Geheimhaltung, da werden Sie nie zugelassen, ich will Sie von der Dienststelle zwar in der Gehaltsliste führen lassen, aber sonst haben Sie mit ihr nichts zu tun, Sie sollen für mich privat arbeiten, ich will den Leuten, die nach mir kommen, ein paar Erinnerungen an die turbulenten dreißiger Jahre hinterlassen, die sich gewaschen haben und die ein bißchen farbiger sind als das, was man heute von ganz oben bis ganz unten hören will, nur ein einziges Exemplar soll es geben, das ich Ihnen diktieren werde, egal, ob Sie Steno können oder nicht, spielt keine Rolle, wir haben genau die Zeit, die wir uns nehmen. So kamen wir zusammen, erzählte die König. Jeden Tag diktierte mir der neue Arbeitgeber eine Seite. Am nächsten freien Abend sah er meine Maschinenschrift durch, dann diktierte er weiter, ich schrieb mit Bleistift Satz für Satz nach und kam allmählich, im Lauf von Wochen in eine private Kurzschrift, prima, freute er sich, da können meine und die fremden Schnüffler nicht wie von selber mitlesen, sondern müssen sich einmal richtig anstrengen. Hoppla, dachte ich, wenn er so redet, wer ist er denn dann wirklich. Er hatte eben eine spöttische Ader, wie ich schnell bemerkte. Und aus der speisten sich Bemerkungen, kurze Witzchen, die durch die orthodoxe Maske schlüpften und mich anfangs mächtig irritierten. Vielleicht war es auch sein Doppelgesicht und meine diesbezügliche Unsicherheit, die im Verein dazu führten, daß wir bald intim wurden. Und das kam so: er hatte am Chemnitzer Schloßberg die Siebenzimmerwohnung eines abgeholten Strumpffabrikanten nebst Möblierung und Ausstattung zugeteilt bekommen, allerdings bewohnte er nur das große Herrenzimmer, ohne den Rest der Räume wirklich zu benutzen. Mal einen Grog in der Küche machen, mal drei

Spiegeleier braten, mehr war nicht. Vor den Vitrinen mit den *Hentschelkindern*, vor dem Bücherschrank mit den seltenen Ausgaben der *Cranach-Presse*, mein erster Mann war Sammler, ich erkannte die reichverzierten Lederbände auf den ersten Blick, lagen ungeputzte Halbschuhe, schlammverkrustete Stiefel, Hosen und Hüte wild durcheinander, auch leere Schnaps- und Bierflaschen räumte ich weg, das *Neue Deutschland* und jede Menge Akten, ich guckte nie in die Ordner, zog nie etwas aus den Umschlägen, ich räumte auf, kochte abends und blieb nach kaum vierzehn Tagen über Nacht in der Wohnung und bei König, nachdem er mir bis nach Mitternacht eine abenteuerliche Geschichte über eine Schießerei diktiert hatte, fünfunddreißig war sie tatsächlich oder in seiner Phantasie im Erzgebirge über die Bühne gegangen, auf einer Schneise, die numeriert war, ich habe die Nummer vergessen, wie er mir den Vorfall zum Mitschreiben schilderte, sollte er ganz anders abgelaufen sein als von der momentanen Propaganda behauptet und dargestellt, er war so in Eifer, daß wir die Zeit vergaßen, die Straßenbahn war längst weg, zu Fuß zu meiner Unterkunft in einem Wohnheim an der Zwickauer Straße zu gehen, hatte ich keinen Mut, nachts waren nicht nur in Johanngeorgenstadt und Aue, sondern auch in Chemnitz nicht selten betrunkene *Wismut*arbeiter in ganzen Horden unterwegs, wenn es Lohn und Prämien und das Schnapsdeputat gegeben hatte, den Männern, die in frauenlosen Brigaden und in frauenlosen Massenunterkünften schmorten, war bei Dunkelheit mindestens mit Vorsicht, am besten aber gar nicht zu begegnen. Kein Problem, sagte König, Sie nehmen mein Bett im Schlafzimmer, ich lege mich hier auf die Couch, wie oft war dieser Spruch nicht in der Nachkriegszeit zu horen, vordergründig als Beruhigung und in Wahrheit als Stifter von Verbindungen für ein, zwei Nächte, für länger oder lebenslang, ganz richtig landeten auch wir irgendwie, fragen Sie mich nach Einzelheiten, im gleichen Zimmer, unter einer Decke, seitdem bin ich bei ihm geblieben, sogar geheiratet haben wir, nach kurzer Zeit. Er war damals noch in der

Wismut-Parteileitung, oberste Etage, nicht als Erster, aber als Vertreter des Ersten tätig, ich bin der wichtigere Mann, weil die Sicherheit mein Spezialgebiet ist, der über mir darf nur so tun, als sei er über mir. So jemand mußte zwangsläufig weiter nach oben steigen auf der Leiter, holte die fremde Frau am Tisch der Eltern in der *Post* in Frohburg aus, im Eßzimmer mit dem Erker, Markt Ecke Thälmannstraße, wenn man heute das grundsanierte Gebäude sieht, mit der Sparkasse im Erdgeschoß, im Gastraum der Kneipe, hat man große Mühe, sich das engverzahnte Nachkriegsleben vorzustellen, das sich dort einmal abgespielt hat. Gerade war die abendliche Filmvorführung im *Roten Hirsch* zu Ende gegangen, auf dem zum Kino umgebauten Saal, man hörte trotz der geschlossenen Fenster das Getrappel und Gemurmel der abfließenden Besucher, zehn Minuten lang, dann herrschte die Stille der Kleinstadtnacht, die nur ab und zu vom Poltern und Donnern eines Lastwagens unterbrochen wurde, der zwischen Leipzig und Chemnitz, Kohlenebene und Erzgebirge unterwegs war, mit welchem Auftrag. König stieg also, hörten die Eltern von seiner Frau, noch weiter auf, das frischverheiratete Paar zog um nach Dresden, hoch oben in Klotzsche, Ortsteil Königswald, in der eher versteckten Goethestraße, in der in den zurückgesetzten Villen im Landhausstil, oft mit Remisen, die alte Oberschicht in geduldeten Resten noch aushielt, bis sie endgültig in den Westen verschwand oder per Tod abserviert wurde, während die neuen Größen Etagenwohnung nach Etagenwohnung, Haus nach Haus eroberten. Mit einemmal, er wußte selber nicht richtig, wie, war König die *Wismut*verantwortung los, er war zum Chef der Dresdner Kasernierten Volkspolizei ernannt worden, das ist ja ein Kennzeichen der Karrieren in der Partei und um sie herum, sagte seine Frau, das Unvermittelte, heute leitest du einen Betrieb im schwerindustriellen Bereich, ein Hüttenwerk, eine Gießerei, und morgen bist du LPG-Vorsitzender oder Parteisekretär in einer Kreisleitung, ist das nun noch Vertrauen, kannst du dich fragen, oder mißtraut man dir schon, in einer angeheiterten Minute hat mir König einmal von den dreißiger Jahren in Moskau erzählt, da war es anscheinend nicht ganz selten, daß ein Funktionär zum Abteilungsleiter im zentralen Apparat, zum Minister, zum Wehrbezirkskommandeur befördert wurde, nur um zwei Tage später verhaftet zu werden, sang- und klanglos zum Teil, er verschwand ganz einfach. Und innerhalb von Stunden saß wohl ein Neuer auf seinem Posten, mutmaßte Vater. Genauso, sagte Frau König und fuhr fort, wie viele Gefolgsleute, welche Truppen König in der neuen Stellung unter sich hatte, wie er an die Karlshorster Russen und an das ZK-Sekretariat angebunden war, legte er mir nicht offen, es wird in letzter Zeit besonders viel Geschrei wegen Spionage gemacht, kam es von ihm, was du nicht weißt, kannst du nicht weitergeben. Die wuchernde Vorsicht, vorsichtig war er wie gesagt schon immer, jetzt hypertrophierte das, die übergroße, aber fast lebensnotwendige Vorsicht brachte es mit sich, daß er das Diktat seiner Erinnerungen an die Schneise, an Tyssa und an das, was er später unter den Namen Sneevall und König noch alles erlebt hatte, nicht fortsetzte, er verbrannte sogar, sagte Frau König, das bisher Getippte Blatt für Blatt im Kamin, den das Ehepaar in der neuen Dienstwohnung vorgefunden hatte. Wachsende Wachsamkeit in bezug auf das eigene Verhalten also, nur nicht fehltreten, Minen lagen überall. Wenn er allerdings unter Druck geriet, das wußte seine Frau aus Erfahrung, setzte er sie sehr wohl ins Bild, nicht unbedingt gewollt, es brach dann einfach aus ihm heraus, eine Sache des Temperaments, vor allem war es im Spätherbst dreiundfünfzig soweit, daß er unbedingt etwas loswerden mußte. Eines Tages brachte ihn sein Fahrer schon mittags im dunkelblauen EMW aus der Stadt zurück, von den Kasernen, die die Russen für ihre neubewaffneten Verbündeten freigemacht hatten. Was ist denn los, was willst du schon hier, hast du nicht auch noch heuteabend Sitzung. Pack den großen Rucksack, ich muß weg, in einer Stunde ist Abmarsch unten in der Albertstadt, Einsatz außerhalb, Auszug in voller Stärke, noch mit dem letzten Küchenbullen, wie lange, weiß ich nicht, die

Kacke ist am Dampfen, Großfahndung, unter Oberleitung der Freunde, vermutlich in der Leipziger Gegend. Vergangenen Donnerstag, bei früher Oktoberdunkelheit und Dauerregen, preßte die Anspannung in der folgenden halben Stunde des gemeinsamen Zusammensuchens seiner Sachen aus ihm heraus, hat eine Gruppe von fünf Männern im Waldgebiet oberhalb von Zweibach am Fichtelberg, einer Siedlung aus drei Waldarbeiterhäusern, eine Autofalle aufgebaut, an der engen Straße, die von Oberwiesenthal über die Fichtelbergflanke nach Rittersgrün und weiter nach Schwarzenberg führte, in einer der Haarnadelkurven, die es dort gab, hatte eine Gestalt wie tot auf der geschotterten mit Pfützen durchsetzten Fahrbahn gelegen. Normalerweise kam an der Stelle abends und erst recht nachts kein Fahrzeug vorbei. Aber seit zwei Wochen grassierte bei den Flüchtlingsfamilien in Tellerhäuser, die man in die leeren Ferienquartiere eingewiesen hatte, eine üble Form von Brechdurchfall, die sich vielleicht auch als Cholera, Typhus, Ruhr oder noch viel Schlimmeres bezeichnen ließ, sofort die Angst vor einer Ansteckung der Leute im *Wismut*gebiet und einer Gefährdung des gesamten Berija-Projekts. Deshalb hatte man die Ärzte und Krankenschwestern der umliegenden Kleinstädte mobilisiert und zeitweise sogar im abgesperrten Tellerhäuser kaserniert, nun waren auch die schwer Erkrankten auf dem Weg der Besserung, und nur noch zwei Ärzte, der eine aus Oberwiesenthal, der andere aus Schwarzenberg, kamen zur täglichen Musterung der Patienten und zur Bescheinigung ihrer Genesung, keine Gefahr mehr. Wissen Sie, wie der Schwarzenberger Arzt hieß, fragte Vater die König. Heider, Reiter, so ähnlich, überlegte die Besucherin, nein, halt, ich hatte einen Lehrer, der den gleichen Namen hatte, Reibrich hieß er. Zufälle gibt es, staunte Vater, kaum zu glauben, das ist ein guter Freund von mir. Ja, dieser Reibrich kam mit seinem vw-Kübelwagen, den er gerade gegen ein Fäßchen mit reinem Alkohol beim Autofritzen in Bockau eingetauscht hatte, für das Ansetzen von Kräuterlikören war der Sprit für die Leute da oben im Laborantendorf unerläßlich, mit diesem wieder fahrbar gemachten Wehrmachtsauto mit Zeltbahnverdeck kam Reibrich, will ich sagen, von Tellerhäuser die endlose Abfahrt durch den Hochwald herunter, im Schneckentempo, denn der Regen peitschte gegen die Frontscheibe, und der Scheibenwischer war ausgefallen. Am Beginn der ersten scharfen Kurve vor Zweibach, rechts der steile Hang, links der noch steilere Abhang, dazwischen der zerstoßene Fahrweg, tauchte im unruhig über die Pfützen hüpfenden Scheinwerferlicht ein auf der Straße liegendes Bündel auf, menschenähnlich, bewegungslos, hier konnte jemand überfahren, überfallen, erschossen worden sein, Reibrich hielt an, er hatte noch Zeit, den Motor auszumachen und den Schlüssel abzuziehen, da wurde auch schon die Fahrertür aufgerissen, so etwas wie eine Pistole oder ein Revolver preßte sich gegen seinen Brustkasten, raus raus, hörte er und wurde am Oberarm gepackt, man zerrte ihn aus dem Auto, im Nu war er von drei, vier Gestalten umringt, die ihn von der Straße schleppten und schleiften, durch den Graben, in den ansteigenden Wald hinein, minutenlang, ein Knäuel Männer, immer dicht um ihn herum, dann wurde er zurückgerissen, stop, er wurde gegen den kalten nassen Stamm gedrückt und festgebunden. Dann war er allein. Die Männer, fünf insgesamt, hasteten zur Straße und zum Auto zurück, Lärm, Schreie, ein aufheulender Motor, anschließend das Geräusch knackender Zweige, brechender Äste, halblaute Zurufe, an ihm vorbei, von der Straße weg, im Wald sich verlierend, Stille. Schließlich wurde drüben, wo noch sein Auto stehen mußte, ein Motor angelassen, der schwere Diesel, der eben aufgeheult hatte und dann verstummt war, lärmte wieder los, zwei Scheinwerfer schwenkten durch das Waldstück und auf ihn zu, um ihn, den Geblendeten, festzuhalten, das ist ja der Reibrich. Herr Doktor, wir haben Ihren Kübel erkannt, als wir mit dem Milchauto vorbeikamen, Sie sind wohl überfallen worden. Und so war es auch. Mindestens eine Pistole war im Spiel gewesen, die Kommandos hatten zischelnd fremd geklungen, und dann fand sich auch noch unter dem regendichten Schirm einer besonders alten Fichte in der Nähe der Straße eine abgewetzte Aktentasche, Inhalt: zwei Päckchen Salamibrote, in eine alte *Rude Pravo* gewickelt, drei frische Unterhosen und ein aus einer größeren Straßenkarte halb ausgeschnittener und halb herausgerissener Streifen der Gegenden zwischen Karlsbad und Leipzig, mit Eisenbahnlinien, Reichsstraßen und Autobahnen, alle Namen deutsch, Besatzungsprodukt wahrscheinlich, Protektoratszeit. Eingezeichnet mit Rotstift ein Weg, der in Ostrau seinen Anfang nahm, auf die Steilwand des Erzgebirges zuführte, unter Vermeidung aller Kleinstädte und der meisten Dörfer, die rote Linie, immer wieder abgesetzt und offensichtlich im Rhythmus von Tagesmärschen weitergezogen, ging unter Umgehung der hermetisch abgesperrten und strengstens überwachten Uranzonen von Joachimsthal und Johanngeorgenstadt über den östlich gelegenen Grenzsattel zwischen Keilberg und Fichtelberg, schnitt den engen Zechengrund des Pöhlbachs und wendete sich den fast endlosen mal leicht, mal steil abfallenden Waldgebieten nördlich der Grenze zu, die von den beiden höchsten Erhebungen des Gebirges bis Schwarzenberg und Aue reichten. Die Dunkelmänner, die Übeltäter, junge Tschechen wahrscheinlich, waren verschwunden, abgetaucht, wenn sie Richtung Aue unterwegs waren, durch den Wald hetzten, über Stock und Stein, die Hänge rauf, die Talwände wieder runter, in völliger Dunkelheit, wurden sie bald überholt von ihrem Opfer, Russen und Staatssicherheit hatten nämlich gleich nach ihrem Erscheinen in der Kurve hinter Zweibach Reibrich und auch die Milchlasterbesatzung nach Aue in die Dienstelle der *Wismut*-Überwachung verfrachten lassen. Die erste Frage, die Reibrich beantworten mußte: Wieso halten Sie als staatlich beauftragter Seuchenexperte für Agenten der US-Amerikaner an. Und gleich danach: Wer hat Ihnen das Fahrzeug der faschistischen Wehrmacht übergeben. Zu welchem Zweck haben Sie es bekommen. Weiter im Stakkato: Sollten Sie die Agenten nach Berlin befördern. Wieviel Geld haben Sie bekommen, wo haben Sie die Dollarscheine versteckt. Was wissen die Agentenzentralen von Ihnen, was wir nicht wissen. Undsoweiterundsofort. Selbst die beiden Milchfahrer, Männer mittleren Alters, deren guttural genuschelten Dialekt man kaum verstehen konnte, wurden nicht verschont: Einen hättet ihr doch packen können, habt euch wohl klammheimlich gefreut, als die entwischten, was, ihr Gefrierfleischhelden. Was heute nicht im Netz ist, geht todsicher morgen rein, heißt es bei uns in Rußland, nehmt euch in acht, wir behalten euch im Auge, und das Doktorchen auch, uns entgeht nichts, gar nichts. So berichtete mir König, immer noch mit dem Einpacken seiner Sachen beschäftigt, über die Hintergründe seines Einsatzbefehls, erzählte seine Frau meinen Eltern in unserem Eßzimmer in der *Post*. Wen man in seiner Gewalt hatte, dem konnte man leicht drohen, fuhr sie fort. Die fünf Tschechen aber hatten sie nicht. Trotz erster Großfahndung im ganzen Bezirk Karl-Marx-Stadt und in Teilen des Bezirks Dresden keine Spur von ihnen. Sie waren nämlich nur nachts unterwegs, wie man gleich vermutete und später bestätigt bekam, solange es hell war, versteckten sie sich in Feldscheunen, Strohfeimen und abgelegenen Schuppen, einmal, nach einem Nachmittag in dem großen Ruinenviertel um den Hauptbahnhof von Karl-Marx-Stadt und der anschließenden Nacht in einem Schrebergarten auf dem Schloßberg, brachen sie auf einem Abstecher in Richtung Westen auch eine Köhlerhütte auf, die inmitten eines ausgedehnten Waldgebiets lag, in der Nähe einer Kreuzung, Hohenstein-Ernstthal 3 km, hatte auf dem Wegweiser gestanden, das mußte doch der Geburtsort von Karl May sein, in dessen Umkreis der Schöpfer von Old Shatterhand eine Räuberbande befehligt hatte, bevor er zu einem Mann der Feder wurde, ein *Bandida*, ein *Loupeznik* war er gewesen, einfallsreich, listig, verschlagen und vor allem tollkühn, einmal entsprang er sogar auf dem Transport zum Gericht, wußte der Älteste von ihnen, das haben später, zwischen Todesurteil und Hinrichtung in Prag zwei seiner Kumpane bestätigt, die man schwerverletzt gefaßt hatte, *Winnetou* war in den dreißiger Jahren auch auf tschechisch erschienen, und der

Anführer des Quintetts, auf spannende Bücher aus wie närrisch, hatte sich schon als Junge mit Hilfe eines tschechisch-deutschen Onkels um die Biographie Karl Mays gekümmert. Als sie in die Hütte des Kohlenbrenners eindrangen, waren sie in höchster Not, zum äußersten getrieben, halbverhungert, durchfroren, pitschnaß die Klamotten, wenn sie verschont bleiben wollten von Krankheit, Mutlosigkeit und Gedanken an Aufgabe, mußten sie das Risiko, eindeutige Spuren zu hinterlassen, eingehen. Aber sie hatten Glück, erst im folgenden Frühjahr fand man die eingetretene Tür, die Lager aus Laub und die angenagten Möhren, Rüben und Kartoffeln. Jede Nacht kamen sie fünfzehn, zwanzig, sogar fünfundzwanzig Kilometer voran, nicht immer stur nach Norden, sondern im Zickzack, gleichsam Haken schlagend, fünf junge Männer im Alter zwischen zwanzig und zweiundzwanzig, leistungsfähig, gut trainiert von der Jugendorganisation, vorwärtsgetrieben, vorwärtsgerissen mit dem Ziel Westberlin, dem Brückenkopf. Sie richteten sich nach der gelegentlich sicht- oder ahnbaren Sonne, nach dem Mittagslicht, nach dem vorherrschenden Wind aus Nordwest, nach der Moos- und Flechtenseite der Bäume. Ihre ganze Flucht zentrierte sich um die Fernstraße 95, sie begann auf dem Erzgebirgskamm am Keilbergsattel und endete in Leipzig, auf der deutschen Karte, die sie verloren hatten, war die 95 noch als Reichsstraße bezeichnet, jetzt, nach Ende des Reichs, war sie zur *Fernstraße* geworden. Immer wieder wichen sie, Haken schlagend, wie gesagt, nach beiden Seiten von der F 95 ab, schon um falsche Spuren zu legen, allerdings nicht mehr als einen Nachtmarsch lang. Dabei hochwillkommen jeder Wald, jedes Waldstück, jedes zugewucherte, von Gestrüpp und Büschen ausgefüllte Bachtal. Zehn Tage nach dem mißlungenen Versuch, Reibrich den Kübelwagen abzunehmen, erreichte das Quintett im ersten Morgenlicht sechs Kilometer von der großen Straße entfernt ein Gut mit Wirtschaftshof, Taubenturm, Herrenhaus und Park, dort, im Park, Rondelle, Wasserbecken, Sandsteinfiguren, ein langgezogener Orangeriebau, alles heruntergekommen, heruntergewirtschaftet, angefressen, in der Giebelwand des Herrenhauses handbreite Risse bis zum Boden, das Dach der Orangerie teilweise eingebrochen, ein *Sowjos*, mutmaßten die Männer, das paßte gut, keiner wirklich zuständig, kein Mensch verantwortlich, sie kannten das von zuhause, manchen Strohfeimen hatten sie dort nächtlicherweile in Flammen aufgehen lassen, niemanden beunruhigte das wirklich, niemand kam ihnen auf die Sprünge. Ihre Vermutung traf zu, es war ein Volksgut, auf dem sie sich für zwei Tage in der hintersten wettergeschützten Ecke der Orangerie einnisteten. Dort stießen sie auf Reste eines Kegelspiels, die Kegel kniehoch, ihre Farbe abgeblättert, ihre Köpfe alle abgebrochen, die Kugel schrundig, eirig. In einer Ecke wie hingekippt ein Haufen durchnäßter Bücher in verschimmelten blauen Einbänden, alle von einem Börries v. Münchhausen verfaßt und unverständlich für sie, immerhin ließen sich in den endlosen Stunden des Wartens amüsant stotternde Leseübungen machen. Auch das Kegelspiel half, wenn auch in Maßen, sie mußten leise sein. Einen einzigen Kegel aufstellen, ihn treffen, das glückte nur im Ausnahmefall. Hilfreicher, nutzbringender waren da als Lager und Zudecke die weichen Kissenauflagen längstversunkener Gartenfeste, die sie auch fanden. Während der beiden Tage ihres Aufenthalts in Sahlis war ihnen höchstens ahnungsweise bewußt, daß sie schon die letzten Täler, die letzten Hügel vor dem Beginn der Leipziger Tieflandsbucht erreicht hatten. Die Flußläufe von Pleiße, Wyhra, Eula, Chemnitzbach und Zwickauer Mulde hatten sich noch einmal in das Bauernland geschnitten, bevor sie, immer langsamer fließend, in die Ebene austraten, an Wald und Schutz und Deckung war weiter nördlich nicht mehr groß zu denken, so viel war ihnen wenigstens klar. Wie also weiter. Ein neuer Versuch, gewaltsam in den Besitz eines Autos zu gelangen, mußte die wegen ihres Durchbruchs ohnehin wachenden Hunde unmittelbar auf ihre Fersen setzen, kam also nicht infrage. Auch die beiden Trecker des Volksgutes, die sie aus ihrer Deckung heraus immer wieder beobachtet hatten, verboten sich, schon vom Tempo her. Und überdies noch alte ausgeleierte Schrotthaufen. Fahrräder, ja, die standen rum, gegen die Misthaufenmauer gepfeffert, meist zwei, höchstens einmal drei, aber was will man mit denen, wenn man zu fünft ist. Wieder nichts. Da paßte es, daß sie gegen Abend des zweiten Tages, der stürmische Ostwind war umgesprungen, einen Lokomotivpfiff hörten, der aus Richtung Westen über den Hügel kam. Nicht von weither, auch nicht eine von den Riesendampfloks aus der Kriegszeit, die in endlosen Zügen Truppen und Kriegsgerät an die Ostfront geschafft hatten, es klang eher nach Nähe und Kleinbahn. Von Anfang an, schon bei der Planung ihres Unternehmens in Prag, hatten sie es für machbar gehalten, ab Leipzig, von einem Vorortbahnhof aus, Platz in einem Schichtarbeiterzug zu finden oder als *Abenteurer des Schienenstrangs* einen Güterzug zu entern, dabei mußte es nicht schnurstracks nach Berlin gehen, Abweichungen von der direkten Strecke brachten höchstwahrscheinlich weniger Kontrollen mit sich. Und nun der Pfiff hier, der ihnen den Weg aus der festgefahrenen Situation zeigte, ein Gleis, Zugverkehr. Nach Mitternacht verwischten sie, so gut es ging, ihre Spuren in der Orangerie und auch draußen im sichtgeschützten Mauerwinkel der Notdurft und brachen lange vor der Morgendämmerung auf, drei Pistolen schußbereit in den Hosentaschen. Sie verließen den Park, schlichen den Hügel hinauf, über den der Dampfpfiff gekommen war, stiegen auf der anderen Seite zu dem kleinen Ort hinunter, der sich im Mondlicht zeigte, wie er tief schlafend unter einem Felsriegel mit Kirche und zwei Burgtürmen dalag, auf einem nach Süden geneigten Hang, zwei Häuserzeilen umschlossen den steilen Markt, weiter kleine Gebäudegruppen, dazwischen Baumwipfel, alles silbrig überhaucht. Als mein Mann mir das an dem Mittag seiner Mobilisierung in Klotzsche erzählte, sagte Frau König, drückte er sich, nicht nur zeitlich unter Druck, etwas anders aus, aber wer will es mir verdenken, wenn ich mir die ganze Geschichte nach meinem Gusto zurechtlege, die wird nicht weniger wahr als jede andere, ganz wahr ist keine. Längst waren alle Bratheringe aus der Dose genommen worden, vom Weißblech des Bodens hoben sich nur die Hautstückchen und Bröckchen ab, die als Reste des Gastmahls in der bräunlichen halbdurchsichtigen Brühe schwammen, die lassen wir nicht umkommen, sagte Mutter, bitte alle das Brot da reintunken, nur keine Scheu. Die eingedippten Scheiben ließen sich als Nachtisch verstehen, der ergänzende Nachtrunk kam von Vater, der, nachdem er für zehn Minuten, eine Viertelstunde in der Küche verschwunden war und dort mit einem Topf voll kochendem Wasser und mit Essenzen hantiert hatte, einen Glaskrug auf den Eßzimmertisch stellte, in dem der zusammengemischte Punsch dampfte, ist eigentlich mehr für die Winterzeit, für Frostnächte, sagte Vater entschuldigend, aber der reine Alkohol, den mir der Apotheker besorgt, muß auf alle Fälle verdünnt werden, am besten geht das mit heißem Wasser und Essenzen. Inzwischen hatte Mutter aus dem Vitrinenschrank, der zwischen den Marktfenstern und der Flügeltür zum Herrenzimmer stand, die mit einem Henkel versehenen Punschgläser aus Bleikristall geholt, handgeschliffen, auch hier, wie betont wurde, *Josephinenhütte*, vor dem Krieg zwei, drei Mark das Stück, nach fünfundvierzig nicht mehr zu erlangen, Schlesien, was war das mal, es gab nur noch die Schlesier, und die bei uns. Die Eltern und ihre Gäste prosteten sich zu, und Vater ermunterte Frau König, in ihrer Abenteuererzählung fortzufahren. Das Nest, zu dessen unterem Teil mit dem Bahnhof die fünf Tschechen vor Tau und Tag hinunterstiegen, Sie werden es erraten haben, hieß Kohren, Ihre Nachbarstadt. Die kleinste Stadt Sachsens, warf Mutter ein, und Vater ergänzte: Münchhausen hatte es, im neugotisch aufgemöbelten Herrenhaus wohnend, nach der Eheschließung mit der Besitzerwitwe Anna Crusius für seinen Stiefsohn Friedel bis zu dessen Volljährigkeit verwaltet. Als Sahlis Anfang der dreißiger Jahre nach Kohren eingemeindet werden sollte, gaben Münchhausen und Friedel Crusius, der Erbe, keine Ruhe, bis man Sahlis als Ortsnamen nicht verschwinden ließ, sondern in dem Doppelnamen

Kohren-Sahlis unterbrachte. Aber bitte, sagte Vater, fahren Sie doch fort, Frau König. Und die König erzählte weiter: Der erste Zug der Nebenbahn nach Frohburg ging wegen der Schichtarbeiter für die Kohlengruben um Espenhain und Böhlen halb vier in Kohren ab, vier Wagen, kleine Lok, wenn er in Frohburg einlief, nicht auf dem Hauptgleis, sondern seitlich des Bahnhofs, ging es gleich wieder zurück, dann wollten im zweiten Anlauf eine Stunde später die Arbeiter der Kattundruckerei in Frohburg, der Pappenfabrik, des Milchhofs und weiter die Oberschüler des Gymnasiums Borna befördert sein. Es war noch nicht hell, als die Flüchtlinge einzeln und aus verschiedenen Richtungen am Bahnhof im Kohren auftauchten und sich unter die Arbeiter mischten, man sah ihnen die Vorsicht nicht an, keine übertriebene Eile, unauffällig, wie selbstverständlich ordneten sie sich ein. Nur der Anführer trat kurz hervor, indem er sich dem Schalter näherte, sich vorbeugte, einen Fünfmarkschein durch den Schlitz schob und die Hand hob, fünf Finger abgespreizt, ging alles gut, er bekam fünf Fahrtkarten nach Frohburg und das Wechselgeld und verteilte die bräunlichgelben Pappestückchen unauffällig an seine Kameraden. Hatten die denn das deutsche Geld mitgebracht aus der Tschechei, fragte Schlingeschön. Nur ein paar Dollarscheine, in dem Durcheinander der ersten Nachkriegsjahre von Bayern her nach Böhmen reingekommen, sagte die König, aber sie hatten Glück gehabt, an einer Schwarzmarktecke in Karl-Marx-Stadt hatten sie im Ruckzuckverfahren eine Armbanduhr und einen Pelikanfüller mit Goldfeder verkaufen können. Außerdem stießen sie in einer der vielen Ruinen am Hauptbahnhof auf eine Kellerkneipe, dort bediente sie eine Frau in mittleren Jahren, die Tschechisch sprach, Umsiedlerin nach eigenem Bekunden, die gab ihnen, allen fünf, für eine Nacht Quartier in ihrer Gartenhütte am Schloßberg, die Mitbewohner, zwei Frauen und vier Kinder, waren ein paar Tage vorher in den Westen abgehauen, die jungen Männer schliefen auf dem Boden, endlich einmal wieder Wärme, Ruhe, kein Hochschrecken, kein wachsames

Lauschen, im Gegenteil, Entspannung, Erschlaffung, sie merkten jetzt erst, wie erschöpft, wie ausgelaugt sie waren. Anschließend an die Tiefschlafnacht ein neuer Tag, ein neues Glück, denn ihre Herbergsmutter übergab ihnen am nächsten Vormittag, bevor sie in die Stadt verschwand, fünf angefledderte Fünfmarkscheine, für jeden einen, mit Grüßen an die Heimat, nix Heimat, sagten sie, Amerika, dorthin. Mit dem Weiterziehen durften sie noch bis zum Abend warten. Und nun waren sie zufällig nach Kohren geraten, hatten den ersten Fünfmarkschein eingesetzt und saßen, mit Fahrkarten versehen, im Frühzug, der nach Norden in die Ebene rollte. Frohburg, nie gehört, wo lag das, aber nichts wie fort auf alle Fälle, egal wohin. Im Waggon war es voll, Holzbänke, das Sitzen Schulter an Schulter, Tabaksqualm, nach Trillerpfeifensignal und Pufferstößen und Doppelpfiff der Dampflokpfeife ruckte der Zug los, das Schlagen der Schienenstöße setzte ein, das Schaukeln, Torkeln der Wagen in der ausgeleierten Spur, durch enge Waldtäler ging es, in deren Kurven sich die Räder schrill quietschend an den gebogenen Schienen rieben, einmal minutenlanges Gebimmel, das war ein Bahnübergang. Blickloses Beieinanderhocken, Durcheinandergerütteltwerden, wortloses, sprachloses, stummgemachtes Vorsichhindämmern, unter einer Glocke aus Eisenlärm, jedes andere Geräusch wurde überlagert, jedes Wort, jeder Ausruf erstickt, einmal ging ein Schaffner durch, ohne anzuhalten, das hochbetagte spindeldürre Männchen schrie, schon halb wieder draußen auf der Plattform stehend, von der Tür aus rückwärts in den Waggon hinein, nicht zu verstehen, was er meinte, er fuchtelte nachdrücklich mit den Händen und verschwand endlich im nächsten Wagen, was hatte er gewollt, fragten sich, jeder für sich, die Tschechen, besorgt, verunsichert. Zwei Haltestellen folgten, beide Male stiegen noch Männer zu, hohe Schuhe, manche mit Holzsohlen, Aktentaschen aus Pappe für die Schichtmahlzeit, als der Zug zum dritten Mal hielt, trampelte alles bis auf die Fremden in großer Eile durch den Gang und sprang auf den Bahnsteig, die Horde raste über die Gleise und verschwand um die Bahnhofsecke, unsicheres Zögern der Zurückgebliebenen, eine kurze abgehackte Lautsprecherdurchsage, ein unverständliches halbersticktes Rasseln und Bellen, auch Einheimische hätten die Botschaft nicht verstanden, eine Trillerpfeife übertönte das letzte Schnarren und Knacken des Lautsprechers, und sofort setzte sich der Zug wieder in Bewegung und wurde unter Volldampf immer schneller, zur Verblüffung der ortsfremden Reisenden ging es aber nicht weiter in der bisherigen Fahrtrichtung, sondern zurück, sie hatten, gutgläubig ahnungslos in größeren Streckennetzen denkend, nicht damit gerechnet, einen Pendelzug erwischt zu haben, der auf ganzen acht, neun Kilometern Nebenbahn die kleinste Stadt in Sachsen mit der nächstgelegenen nur wenig größeren Kleinstadt an der großen Braunkohlen-Wismut-Strecke und dadurch mit der weiten Welt verband, endlose Güterzüge, wer weiß woher, wer weiß wohin, Schichtarbeitertransporte zu den Braunkohlengruben und Benzinwerken im Minutenabstand, alles, die ganze strengorganisierte Regsamkeit, bewacht von der Bahnpolizei, mit Wehrmachtskarabinern bewaffnet, Agenten sprangen mit dem Fallschirm ab, Diversanten sickerten von Westberlin aus ein, mit allem mußte man rechnen, daß fünf Tschechen von Prag aus durchziehen wollten, das konnten sich kein Tüftler und kein Hüter vorstellen. Die Tschechen waren Verbündete, Freunde, wenn auch, mit den Russen verglichen, zweiter oder vielleicht sogar, hinter die Polen gesetzt, nur dritter Klasse. Kaum vom Bahnhof Frohburg wieder losgefahren, wurde schon wieder abgebremst, Haltestelle Schützenhaus, Stadtrand, rechts und links noch Häuser, hier nicht raus, besser weiter. Links ein Waldstück. Unser Harzberg, warf Mutter ein. Wissen wir, sagte die König und betonte das Wir, aber die Tschechen kannten den Namen nicht, ganz ohne Karte, mußten sie sich auf ihre Eingebung verlassen, nicht abspringen, sagte die ihnen, um das Wäldchen nur freies Feld, und die Viehweiden an der Wyhra, wie auf dem Präsentierteller. Die nächste Haltstelle hieß Streitwald. In letzter Sekunde rausgestürzt, Streitwald, Wald, ein Wort, das sie kannten, es mußte auch Dickicht bedeuten, Sichtschutz, Deckung, und ein Wald, der einem Dorf den Namen gab, der konnte, schlossen sie, nicht nur ein Wäldchen, eine isolierte Waldinsel sein. Kaum waren sie auf den geschotterten Bahnsteig gesprungen, verschwanden sie auch schon im nächsten Gebüschstreifen, der einen schnurgeraden Wasserlauf von kaum einem Meter Breite begleitete, einen Mühlgraben anscheinend. Eine halbe Stunde Fußmarsch, mit einer Schleife vom Fluß weg dort, wo sie auf den Abzweig des Mühlgrabens stießen, in der Nähe Axtschläge, Geruch eines Holzfeuers, einmal auch ein Ruf und Gegenruf, das mußten Waldarbeiter sein, schnell tiefer in den Wald hinein, nach dem Umweg wieder zurück am Fluß, entdeckten sie einen stillgelegten Steinbruch, die Felswand und eine darangebaute windschiefe Pausenbude, von Waldreben überwuchert, ein besseres Versteck gab es nicht, hier krochen sie unter, trocken, halbdunkel, der Boden von Laub bedeckt. In den Stunden, die bis zum Dunkelwerden, zum Einbruch der Nacht folgten, nahmen sie die zielgenauen Pistolen Walther PP auseinander und sahen sie durch und zählten die Patronen, die sie über die vier gefüllten Magazine hinaus, drei eingeschoben, eins in Reserve, bei sich hatten, es waren fünfundzwanzig, dreißig, fünfunddreißig Schuß, alles Kaliber 7,65. Den Benjamin unter ihnen, ganze achtzehn Jahre alt, hielt es nicht im Versteck, er machte sich am Nachmittag, die Axtschläge in der Ferne hatten aufgehört, auf die Suche nach einem abseits gelegenen Garten, einem Gemüsefeld, immer gedeckt von Buschwerk, folgte er, als ginge es noch um die Indianerspiele der Kindheit, möglichst lautlos dem kleinen Fluß talaufwärts, bis er hinter einer langgeschwungenen Biegung zwischen Wipfeln erste Hausdächer erkannte, ein Dorf, links oben ein Bergfried und hohe Mauern über einer Felswand, das konnte eine Burg sein, aber viel interessanter war für ihn der ins Tal vorgeschobene Schrebergarten, den auf der vom Dorf abgewandten Seite eine hohe dichte Brombeerhecke umgab, durch die arbeitete sich der Kundschafter und Beschaffer, an manchen Stellen kriechend, an anderen mußte er die Stachelzweige niedertreten. Die Kartoffelzeilen und Gemüsebeete waren noch nicht abgeerntet, viel zu früh im Jahr, das sah er gleich. Bevor er sich über die unreife Pracht hermachen konnte, bemerkte er einen Jungen, der, anscheinend mit dem Fahrrad aus Richtung der Häuser gekommen, an der dorfnahen Seite des Gartens am Zaun stand, das Rad zwischen den Beinen, eine wie aus der Erde gewachsene Erscheinung. Bewegungslos starrte er den unbekannten Eindringling mit großen Augen an. Nach einer Weile, als wäre er zur Besinnung gekommen, warf er das Rad herum und raste, auf den Pedalen stehend, auf das Dorf zu. Hinterherschießen, durchzuckte es den Tschechen, der kaum fünf Jahre älter war, er zerrte die Pistole reflexhaft aus dem Hosenbund, legte die Sicherung um und hob den Arm. Nicht allzu schnell, nicht fest entschlossen, so daß der Junge schon am Dorfeingang um die erste Ecke verschwand, bevor der Finger am Abzug war. Eilig, in fliegender Hast riß der Beobachtete, der Ertappte, nachdem er die Waffe zurückgesteckt hatte, die mickrigen ersten Frühkartoffeln mitsamt dem noch blühenden Kraut und außerdem partienweise Möhren, Kohlrabi und Radieschen aus den Beeten und warf alles in die abgestreifte ausgebreitete Jacke, jetzt aber nichts wie weg. Und schon tauchte er in den verfilzten Buschstreifen unter, die nach Kriegsende allmählich die Wyhraufer dicht umschlossen hatten, gertenähnliches grünes Holz, zum Heizen ungeeignet und daher nicht beachtet und nicht ausgedünnt, dazwischen nur die Trampelpfade der Beerenpflücker, kurzzeitig, bis frische Triebe die Wechsel verstellten. Die erdige Rohkostbeute in der Jacke, kam er in den Steinbruch zurück, da war es schon dunkel. Lautlos glitt er in die Hütte, nach Art der Mohikaner oder Apatschen, seine Kumpane erschraken wie erwartet, als er die Kartoffeln und Kohlrabis aus der Jacke ins Laub plumpsen und rascheln ließ, erst nach ein paar Atemzügen sprach er auch und erwähnte beunruhigt den Jungen: Ihn erledigen, das hätte ich müssen, konnte ich nicht, wie gelähmt war mein Finger, und jetzt erzählt der Junge bei seinen Leuten von einem, den er nicht kennt und der in fremde Gärten einsteigt, weil er Hunger hat, die Leute machen sich ihren Reim. Ist so, sagten die beiden Ältesten, und ist nicht mehr zu ändern, Mitternacht gehen wir los und schlagen uns durch bis zur Station, auf der wir das Aussteigen heute früh verpaßt haben. Genau so machten die fünf es auch, sie folgten erst der Wyhra, dann wurde es leichter, sie konnten auf den Schienen der Bimmelbahn gehen, in Trippelschritten, wenn man sich erst einmal an den Abstand der Schwellen gewöhnt hatte, kam man zügig voran, kurz vor ihrem Etappenziel, dem Endbahnhof der Bimmelbahn, schwenkte das Gleis nach links und näherte sich anscheinend einer großen Strecke, dort drüben keuchten, polterten und quietschten in Abständen von höchstens zehn Minuten riesenlange Güterzüge vorbei, mit vierzig, fünfundvierzig Wagen. Nach allen Seiten witternd, schlichen sie, von den Schienen geleitet, auf den Bahnhof Frohburg zu, sie landeten auf einem Platz, an dessen Nordseite, zwischen zweigeschossigen Flügelgebäuden, Wohnungen wahrscheinlich, die Bahnhofshalle. Nach kurzem Umsichgukken wichen sie zurück unter die ersten Bäume eines Wäldchens, das hinter dem Prellbock des Kohrener Gleises begann, dort berieten sie lange, wie weiter, Zug schwarz entern oder Fahrkarten kaufen, schließlich schickten sie den Ältesten über den Platz und in die Halle, wie aus dem Nichts gekommen, beugte er sich am Schalter zu der Sprechmembran runter, nachts um zwei war das, außer der Frau in Bahneruniform kein Mensch weit und breit. *Fihr erste Zuck, Leipzick*, verlangte der Tscheche, er hatte die rechte Hand in der Hosentasche, sicherheitshalber, am Kolben der Pistole, und spreizte die Finger der erhobenen linken Hand, *finf*. Und schob die letzten Fünfmarkscheine, die sie hatten, in die Mulde des Drehtellers. Die Frau am Schalter legte fünf bedruckte Pappstücke und das klappernde Wechselgeld auf ihrer Seite in die Vertiefung, dann zog sie den Hebel, der Teller drehte sich, nun lagen die Geldscheine drinnen, während die Fahrtkarten draußen vor dem Tschechen auftauchten.

Hastig herausgewischt, schon war der immerhin nicht ganz gewöhnliche Fahrgast weg, wie von der Nacht verschluckt, die Frau, gleich wieder in Vorsichhindämmern und Halbschlaf versackt, hatte keinen Gedanken an ihn verschwendet. Erst als sie Stunden später unter den Frohburger und Kohrener Kohlenarbeitern, die sich an ihrem knipsenden Kollegen vorbei durch die Sperre schoben und die sie alle kannte, den Käufer der fünf Fahrkarten und dicht hinter ihm vier weitere junge Männer entdeckte, wurde sie selber hellwach. Die Fremden taten unauffällig, strahlten aber anders als die Arbeiter Wachsamkeit und Wachheit aus, wie gespannte Federn, sagte sie später aus. Minutenlanges Überlegen, dann telefonierte sie auf der Dienstleitung dem rollenden Zug hinterher und rief den Fahrdienstleiter im Bahnhof Borna an, verdächtige Gestalten, was unternehmen. *Nee, Mädschn*, kam es aus Borna zurück, da rühr ich kein Finger, *in den zwee Minutn*, wo der hier steht. Der nächste längere Halt war Böhlen, das riesige Treibstoffkombinat zwanzig Kilometer vor Leipzig, mit dem Bahnhofsvorsteher dort war eher zu reden, fünf Männer, wiederholte er, Ausländer vielleicht, einer mit schwarzer Lederjacke. Mal sehn, sagte er, wen ich erreiche. Über seine Zentrale im Hauptbahnhof Leipzig ließ er sich mit dem Abschnittsbevollmächtigten von Böhlen verbinden, der Vopo wohnte nur dreihundert Meter vom Bahnhof entfernt in einem der neuen Blocks, is gut, Max, ich komm glei rieber, sagte der Fünfzigjährige, im Nachthemd auf dem Flur stehend, sicherheitshalber rief er noch das Kreisamt in Borna an, hier gibts vielleicht was, vielleicht auch nicht, aber besser, ihr schickt das Schnellkommando raus, für die jungen Dachse eine Übung. Der Zug mit den Tschechen war gerade in den Bahnhof Borna eingelaufen, am westlichen Rand des hinter der Wyhra liegenden Russenviertels, da startete oben in der Leipziger Straße der Laster mit dem Schnellkommando, acht Mann, die vier Neulinge mußten sich mit Gummiknüppeln begnügen, von den vier Altgedienten, was hieß schon alt, nach einem Jahr Dabeisein, waren drei mit Pistolen und einer mit einem Karabiner bewaffnet, Kommandoführer ein Unterleutnant. Der saß beim Fahrer in der Kabine und drängte und trieb, seine Leute saßen hinter dem Führerhaus auf der Ladefläche, auf den beiden Bänken, unter der flatternden Plane. In Böhlen kam der Laster auf dem Platz zwischen Gasthaus und Bahnhof rasselnd und ächzend zum Stehen, Motor aus, Stille. Nur fernes machtvolles Schnaufen und Zischen und Stampfen, das waren die Benzinwerke, deren abgeschotteter bewachter Bereich gleich hinter den neuen Wohnblöcken begann. Die Männer sprangen ab und formierten sich, noch zehn Minuten Zeit, sagte der Unterleutnant, los, rinn in die Bude, wenn der Zug drin ist, gehe ich mit zwei Mann von hinten durch die Waggons, ihr stellt euch an die Sperre, haben wir die Kerle, fünf an der Zahl, einer mit schwarzer Lederjacke, aufgescheucht und rausgetrieben und gehen sie bei euch durch, schließt ihr euch an und fordert sie in der Halle auf, die Ausweise vorzuzeigen. Wenn die dann zögern, gibts nur eins: Hände hoch. Dabei Finger am Abzug, Gummiknüppel schlagbereit. An der Schwingtür des Bahnhofs wurde das Schnellkommando schon vom Fahrdienstleiter und dem ABV erwartet, na endlich, riefen beide wie aus einem Mund, der Zug ist gleich da, schnell rein. Die zehn Männer eilten, zu einem Haufen geballt, quer durch die Halle, an der Sperre blieben ein Pistolenmann, der die Waffe inzwischen in der Hosentasche umklammerte, und die vier Schlagstockträger zurück, während der Kommandoführer mit den übrigen beiden Männern dem Zug entgegenging, drei Bornaer Pistolen gegen wieviele tschechische. Der Unterleutnant hatte sich, wie nach dem quietschenden Halt des Zuges alsbald zu sehen war, geirrt, die Tschechen blieben nicht sitzen, sie stiegen vielmehr plötzlich aus, warum, das wußte kein Mensch damals und weiß ich auch nicht, vielleicht hatten sie so ein Gefühl, eine Witterung, sie wurden gesucht, verfolgt und eventuell schon erwartet, wo war das am wahrscheinlichsten, in einer großen Stadt mit Kasernen und viel Bereitschaftspolizei, Leipzig eben. Dann lieber hier raus, mit den dunklen, schweigenden, trapsenden Massen, entschlossen strebten sie im Strom der Arbeiter dem Ausgang zu. Der Unterleutnant wollte gerade in das letzte Abteil des letzten Waggons einsteigen, als er die Fünfergruppe der Gesuchten ganz vorne, schon nahe am Bahnhofsgebäude, zu erkennen glaubte, ganz sicher war er sich aber nicht, den Kerlen hinterher auf Verdacht oder doch sichergehen und den Zug durchsuchen, den Wagen hier machen wir, dann schnell nach vorne, das war ein Kompromiß, kein guter, wie sich bald herausstellen sollte. Denn inzwischen hatte sich der Pulk der Frühschichtleute durch die geöffnete Sperre gezwängt, die Tschechen mittendrin, so daß die Polizisten mit den Gummiknüppeln und der einen Pistole dort große Mühe hatten, in die Menge zu drängen und sich anzuhängen, erst in der Halle, kurz vor der Tür zur Bahnhofskneipe, ergab sich eine Gelegenheit: Halt, Deutsche Volkspolizei, Ihre Papiere. Die fünf Fremden blieben wirklich stehen, mit leeren scheinbar ahnungslosen Mienen, Schulterzucken, *druschba, innostranny, rabotaju*, kam es vom Ältesten, Monteure aus Freundesland, sollte das heißen, brockenhafte Verständigung kein wirkliches Problem, denn sie lernten alle, Jäger und Gejagte, seit der fünften Klasse Russisch, mehr schlecht als recht. Aber die verlangten Ausweise wurden nicht vorgezeigt, konnten nicht vorgezeigt werden, sie waren in Tschechien zurückgelassen worden, warum denn denen, die einen vielleicht festnehmen, unter die Nase reiben, wer man ist. Aber soweit war es noch lange nicht. Denn als die Angehaltenen die Hände in die Joppentaschen steckten, anscheinend gehorsam suchend, kam nichts Behördliches, kamen statt irgendwelcher Papiere Schießeisen in Stahlblau zum Vorschein, brüniertes Metall blinkte kurz im trüben Licht, dann schossen aus den Läufen grellgelbe rotgetupfte Blitze, es krachte immer wieder, das Krachen wurde von der Hallendecke, den gekachelten Wänden zurückgeworfen und verstärkt, Pulverdampf, weiß Gott, Kommandos, Schreie, Getrappel, als der Kommandoführer mit seinen beiden Begleitern heranstürmte, fielen wieder Schüsse, drei Polizisten lagen mit einemmal, man traute seinen Augen kaum, wo sind wir hier, röchelnd und stöhnend auf den Fliesen, der eine starb nach wenigen Minuten, bei den beiden anderen waren die Jacken im Bauch- und Brustbereich zerfetzt und blutgetränkt, wo sind die Schweine, schrien im Schock die unverletzten Polizisten durcheinander, ja wo, sie waren nicht mehr da, die Tür zum Bahnhofsvorplatz stand weit offen, draußen Dunkelheit, ein schwarzes Loch, die Bäume rauschten, vom Kombinat herüber das durchdringende Heulen eines Gasventils, hierbleiben, nicht rausgehn, erst mal um die Ecke peilen, ob die draußen lauern.

Bis hierhin erzählte Königs Frau bei uns im Eßzimmer, am Tisch. Vater goß ihr noch einmal Punsch in das Henkelglas. Und dann, fragte er, wie ging es weiter, wie hängen die Tschechen und die Toten mit Ihrem Mann zusammen. Ja also, sagte die König, warten Sie mal, da war doch, hat er nicht, jetzt hab ichs wieder, als er mittags nachhause kam und wir den Rucksack packten, das war genau der Mittag nach der Schießerei in Böhlen, der ganze Südraum zwischen der tschechischen Grenze und Berlin wurde aufgescheucht, alles, was Waffen tragen konnte, wurde zusammengetrommelt, in Marsch gesetzt, mein Mann war auch darunter, Kunststück, er war hoch oben auf der Leiter, hoch genug auf alle Fälle für eine Kommandostelle im Kampfeinsatz. Eine solche Rolle hing ihm nicht unbedingt zum Hals heraus, wenn Tausende um dich sind, geht dein zweifaches Risiko gegen null: von den Gangstern angeschossen werden oder sie entwischen lassen, unmöglich beides, aber das Leben schreibt dann doch etwas andere Geschichten, nicht wahr, Herr Doktor. Da kann man nur zustimmen, sagte mein Vater, wenn ich bedenke, was ich in der Praxis höre und was sich auf den Dörfern und hier in der Stadt abspielt, schon in der eigenen Familie geht es los. Was war denn nun nach der Schießerei in Böhlen, fiel ihm Mutter ins Wort, bevor er ins Ausplaudern geriet. Erst einmal verhinderten der allgemeine Schock und, als der abklang, die Vorsicht, daß die Volkspolizisten und die

Reichsbahner den Bahnhof verließen, man versuchte, den niedergelassenen Arzt anzurufen, er hob nicht ab, vielleicht hatte er auch die Glocke am Apparat abgestellt, unmittelbar danach alarmierte man telefonisch die Sanitäter vom Kreiskrankenhaus Borna, bis die eintrafen, standen alle nur, unbewußt bemüht, nicht in die Blutlachen zu treten, hilflos um die beiden Schwerverletzten herum, bis der Krankenwagen mit dem aufgesteckten Rotkreuzwimpel vorfuhr, unbehelligt vorfuhr, da war allen klar, daß draußen auf dem Bahnhofsvorplatz die Luft jetzt rein war. Sofort teilte sich die Menge. Die eine Hälfte der Männer wagte sich auf den Platz hinaus und guckte, die durchgeladenen Pistolen und Karabiner schußbereit in Händen, hinter die dicken Bäume, hinter die Fahrradreihen, unter die Bänke, nichts und niemand zu finden, Aufatmen allerseits. Inzwischen ballte sich die andere Hälfte der Augen- und Ohrenzeugen des Schußwechsels um das Diensttelefon im Zimmer des Fahrdienstleiters, jetzt wurden alle Nummern abtelefoniert, die für den Fall einer Katastrophe oder eines Anschlags durch den Klassenfeind neben dem Wandapparat angeheftet waren, mit Kürzeln für den jeweiligen Anlaß, so kam die Lawine ins Rollen, die auch in einem Ausläufer meinen Mann erreichte und in Bewegung setzte, spätestens übermorgen bin ich zurück, sagte er, es dauerte volle zweieinhalb Wochen, bis er wiederkam, und mein Gott, wie sah er aus. Das paßte haargenau zu dem, was er erlebt hatte und was aus ihm heraussprudelte. Aber wenn ich Ihnen das hier erzähle, sagte die König zu meinen Eltern und zu Schlingeschön, dann nur unter dem Siegel absoluter Verschwiegenheit, ich will nicht, daß die Leute Königs Geschichte durch Frohburg tratschen, schon schlimm genug, wie er behandelt worden ist, daran hat er genug zu kauen, wenn auf der Arbeit oder abends in der Kneipe über ihn gelästert wird, das hält er nie und nimmer aus, zu viel ist auf ihn schon eingeprasselt. Die kleine Runde, Bratheringsrunde könnte man auch sagen, beruhigte sie, nein, wir halten dicht, kein Sterbenswörtchen kommt nach draußen, verlassen Sie sich drauf. Dann fahre ich dort fort, sagte Königs Frau, wo ich aufgehört habe. Wir packten seine Sachen, als er in seinen Dienstwagen stieg, stand ich am Fenster und war ganz sicher, daß die geballte Macht die Tschechen innerhalb der nächsten vier, fünf Stunden festsetzen, und wenn nicht das, so gröbstenfalls erschießen würde. Denn wie konnte ich auch ahnen, was für ein Chaos König in Böhlen vorfand. Schon bei Nossen, sechzig, siebzig Kilometer vor dem sogenannten Ereignisort, er war kaum eine halbe Stunde unterwegs, standen die ersten schwerbewaffneten Posten und ließen niemanden unkontrolliert durch, Autobahn, Fernstraßen, Landstraßen, Kreisstraßen, Verbindungswege, alles war entweder bereits abgeriegelt oder wurde innerhalb der nächsten Stunden dichtgemacht, es gab mit Böhlen im Zentrum drei Sperrkreise, im Norden reichte der äußere bis an den Stadtrand von Berlin und bezog auch den Berliner Ring mit ein. König, auf der Anfahrt dreimal kontrolliert, stieg vor dem Bahnhof aus und fand sich, kaum hatte er seine Füße auf westsächsischen Boden gesetzt, in einem Bienenschwarm hoher und höchster Befehlshaber von Polizei, Kasernierter Volkspolizei, SSD wieder, dazu kamen Verbindungsleute zu den Freunden und Zivilisten aus allen Etagen der Partei. Es dauerte, erzählte er mir später, drei, vier Stunden, bis der Innenminister aus Berlin vorfuhr, in einem Pulk von fünf schwarzen Wolgas mit Russenkennzeichen, warum die Tarnung, niemand wußte es. Erst mit der Ankunft des Ministers kam in das ganze eine Struktur, die über die seit Jahren in Alarmplänen für die verschiedensten Anlässe festgelegte Absperrung von Krisengebieten hinausging und Konturen einer aktiven Fahndung mit dem Ziel der Liquidierung der Flüchtigen aufwies. Die kommen nicht weit, die können jetzt, am Tag, bei Tageslicht noch nicht weit gekommen sein, war die allgemeine Überzeugung der Jagdfachmänner, Frauen waren nicht dabei., schlimmstenfalls wäre, meinte König hinterher, Hilde Benjamin aufgetaucht, die blieb aber Gott sei Dank aus, Männer unter sich. Man teilte ihm hundert Absolventen der Polizeischule Naumburg zu, früher Kadettenanstalt, Sie wissen schon, Naumburger Dom, Ekkehard und Uta. Genosse König, las der Innenminister, den er von einer Ordensverleihung in Leipzig her kannte, von einem zugereichten Zettel ab, du stellst dich mit deinen Leuten am Ortsausgang von Kahnsdorf Richtung Leipzig auf, wer auf Zuruf nicht stehenbleibt, der wird niedergekämpft, klar. Alles klar, Genosse Minister. Drei von den dunkelgrünen Lastern mit Planen, die inzwischen in langer Reihe am Kulturhaus Aufstellung genommen hatten, nahmen König und seine Leute auf und fuhren sie ins nahe Kahnsdorf am Rand des riesigen Zössener Tagebaus. Zu Fuß marschierten sie an einem halben Dutzend Vierseitenhöfen und dem Rittergut mit der Schillereiche vorbei zur Abbruchkante. Dort ging es fünfzig Meter steil nach unten. Hier stehn wir doch bis zum Sanktnimmerleinstag, murrten die Absolventen, wer soll denn hier vorbeikommen. Schnauze halten, rief König. Gemäßigter fügte er an: Abwarten, die kennen die Gegend nicht, und es wird bald dunkel. Zu dem Zeitpunkt konnte er nicht wissen, wie es nach der Schießerei mit den Tschechen weitergegangen war. Daß sie sich nicht nach Norden, auf Leipzig zu, gewendet hatten, sondern, abweichend von den Erwartungen der herausgeforderten Staatsorgane, wieder einmal quer marschiert waren. Nun nicht mehr fünf Mann hoch, denn einer fehlte, der Älteste, der noch am ehesten Deutsch gesprochen, der beide Male die Fahrkarten besorgt hatte. Er stürzte nicht mit den anderen durch die Lücke zwischen Ortskern und Kulturhaussiedlung nach Osten in die Braunkohlenwüste von Espenhain, sondern schlich den direkten Weg entlang und versteckte sich einen Kilometer jenseits der letzten Häuser in einem Brombeerdickicht und verdämmerte dort den Tag. Ein, zwei Stunden waren Suchmannschaften in der Nähe, er hörte Zurufe und Hundegebell in der Gegend der Straße, dicht auf den Pelz rückten sie ihm nicht, bewegungslos lag er da, zusammengekrümmt. Erst bei Einsetzen der Dämmerung wurde er wieder lebendig, er witterte und sicherte und beobachtete, den Kopf jedesmal aus dem Dorngewirr erhoben und nach allen Seiten gedreht, und richtete sich dann zur vollen Größe auf. Er räumte seine Taschen aus, zerriß den Fünfdollarschein, den er aus Karlsbad mitgebracht hatte, in kleine Schnipsel, schob mit dem Fuß seine Pistole tief in die Hecke, unter angewehtes Laub, und schlich durch das Knieholz der Abraumhalden und Schüttfelder weiter und weiter von Böhlen weg. Als er Kahnsdorf erreichte, war es dort nach der abendlichen Stallarbeit totenstill, nur der Tagebau rumorte nahebei und tief unten, und die beiden Funzellampen am Anfang und am Ende der Dorfstraße betonten die tiefdunkle Zone, die zwischen ihnen lag. Der einsame Tscheche schlich jetzt nicht mehr, sondern trat fest auf, König und seine Truppe hörten die kernigen Tritte herankommen, sie standen hinter der Rittergutsmauer in Bereitschaft, als König im knappen Lichtkreis der zweiten Dorflampe mit erhobener Pistole hervortrat und dem Ankömmling den Weg verstellte, schnappte die Falle auch hinter dem Mann zu, dort hatte sich der Großteil der Polizeischüler, Karabiner schußbereit unter dem Arm, aufgebaut. Der Angehaltene stand stocksteif da, des harten Zupackens von einem Dutzend Händen, des Herumreißens und Niederdrükkens hätte es nicht bedurft, es sah so aus, als hätte er Gesuchtes gefunden. Wie kommen Sie denn darauf, unterbrach Vater den Bericht. Als wollte der Kerl sich stellen, so kam es König schon im ersten Moment vor, vielleicht war er überhaupt von Anfang an ein eingeschleuster Spitzel, die Organe jenseits des Erzgebirges gelten nicht umsonst als besonders trickreich, sagte Königs Frau. Und die Vermutung meines Mannes wurde noch dadurch verstärkt, daß es nach der ersten Durchsuchung des Festgenommenen, die keine Waffen, wohl aber aus der Jacke ein Buch zum Vorschein brachte, eine Balladensammlung von Börries v. Münchhausen, aus dem Tschechen mit zischenden gurgelnden Wörtern nur so heraussprudelte, das soll auch noch in der kurzen Haft in Brandenburg der Fall gewesen sein, bis ihm das Kommen der eigenen Leute die Sprache verschlug. Sie holten ihn zurück und stellten ihn in Prag mit der Vorgabe Todesurteil vor Gericht, ihn und einen zweiten Mann, mit dem König bei seinem weiteren Einsatz in der gleichen Großfahndung zu tun hatte, leider, muß ich sagen, dieser Typ, ein sagenhafter Pistolenschütze, und die Dübener Heide wurden sein Verhängnis. Wie, was, Dübener Heide, warf Vater ein, da waren wir doch im Sommer ein paar Tage, während der allergrößten Hitze, vierunddreißig, fünfunddreißig Grad, wir wohnten mitten im Wald, im winzigen Dorf Schmerz, beim Förster Gustav Lust unter dem Dach, einem Neffen des ehemaligen Frohburger Gutsförsters Scherrel. Schmerz und Lust, witzelten wir mit unseren Quartiergebern, die gehören zusammen, so muß es manchmal sein, das brauchen wir jetzt, das tut uns gut. Jeden Tag sind wir in die Heidelbeeren gezogen, mit zwei Henkelkrügen und einer Decke, nachdem uns die alten Lusts die besten Stellen auf einem zerknitterten fingerfettigen Meßtischblatt aus den Endkämpfen fünfundvierzig mit der Einzeichnung von Panzerfallen des Volkssturms und der HJ gezeigt hatten, Lust war Ortskommandant gewesen, als Förster, klar, er konnte schießen, eine Panzerfaust, erzählte er, hat er aber nie abgedrückt, das konnten die Jungens besser. Unser Lieblingsplatz, abseits gelegen, hieß Hohe Jöst, in den Pflückpausen haben wir ein beerenfreies Fleckchen Waldgras gesucht und die Decke ausgebreitet, Erika im Luftanzug, schön anzusehen, schön zu knipsen, während ich, in weißer Turnhose, weniger der Rede wert war, trotzdem wollte mich Erika unbedingt fotografieren, aber nur ein einziges Mal, war meine Bedingung. Und abends haben wir uns auf dem Herd der alten Leutchen Marmelade gekocht. Unvergeßlich die herausgehobenen Tage, der knacktrockene, an vielen Stellen hellsandige, an anderen Stellen schwarze Heideboden, federnd bei jedem Schritt, die Beerensträucher mit den blaugrau und rot leuchtenden Perlen der Heidel- und der Preiselbeeren, die harzschwitzenden duftenden Kiefern und Fichten, dazu die im glutheißen Südwestwind metallisch raschelnden Birken, wie in der Südsee kamen wir uns vor, auf unserer Insel Hohe Jöst, allein und ungestört. Wir fühlten uns so seltsam froh die ganze Zeit und gaben uns in stillen halben Stunden tatsächlich auch …

ich weiß nicht wie, es läßt sich nicht beschreiben, höchstens sehen auf den Fotos, wenn man sie zeigen könnte oder wollte. Jedesmal nahm ich die Plattenkamera mit dem Klappbalg und den neu auf den Markt gekommenen Filmpacks mit in den Wald, was ich da aufnahm, habe ich nicht bei unserem Fotografen Haunstein in der Schlossergasse entwickeln lassen, er war mir zu vernetzt in Frohburg, ich gab die Filmpacks lieber zu dem neu eröffneten Fotoladen Brodde, Brodde war zugezogen und auch nicht mein Patient, bei dem ging es für mich ein bißchen anonymer zu, einerseits. Andererseits, wenn man wie meine Frau und ich in einer Kleinstadt wie der hier aufgewachsen ist, nicht wahr, Herr Schlingeschön, bei Ihnen oben in Johanngeorgenstadt wars ganz bestimmt nicht anders, bekommen die Leute ohnehin fast alles mit. Aber es gibt eben doch ein paar Fotos, die sind wirklich nur für einen selber. Da kann man wieder einmal sehen, lachte irgendwie erleichtert die König, wie man in ein und derselben Gegend ganz Verschiedenes erleben kann, Dübener Heide, Himmel, Hölle und alles dazwischen, hab ich nicht recht, Herr Doktor. Himmel erlebt, vielleicht, sagte Vater, aber Hölle, kann ich nicht wissen, bevor Sie uns nicht erzählen, was los war mit Ihrem König in der Heide dort. Nach dem abendlichen Fang in Kahnsdorf, kam die Antwort, stiefelte mein Mann, das Funksprechgerät funktionierte nicht, oder die Zentrale schlief oder, viel wahrscheinlicher, war überlastet, zum Bürgermeister, scheuchte den auf und rief in Borna auf dem Revier an, dort wurde über die verwürfelte Leitung die Verbindung zum Einsatzstab in Böhlen hergestellt, der Minister ließ sich den Hörer geben, König, alter Spürhund, hast deinen Ruf bestätigt, wir holen den Kerl gleich ab bei euch, und du, Genosse, fährst mit deiner Truppe noch heutenacht über Leipzig raus nach Dahlen, nein, nicht Dahlem, das ist Berliner Feindesland, Dahlen, mit n, irgendwo bei Düben. Entgegen seiner Art kündigte der Minister gutgelaunt an: Meine Leute, die den Tschechen holen, bringen dir einen Straßenatlas mit, den *Ravenstein*, von früher, vor dem Krieg, mein Fahrer hat ihn, ein

Geschenk seiner Tante, immer im Handschuhfach, denn unser Autoatlas vom Neuen Deutschland ist einfach nicht zu kriegen, noch nicht einmal für das Büro eines Ministers, ich kriege jede Art von Meßtischblatt, die zivile und die militärische Fassung für den Krisenfall, sogar Vormarschkarten der Freunde habe ich, die über die Westgrenze reichen, aber Straßenatlas, nix zu machen. Dann tauschen wir, Genosse Minister, hat König geantwortet, ich schicke euch als Gegengabe mit dem Kerl das Machwerk eines Verseschmieds zurück, das ich bei ihm gefunden habe. Was für ein Verseschmied. Keine Ahnung, gereimtes Zeug, aus seiner Jacke, ich habe nicht weiter hingeguckt. In Wirklichkeit, hat mir König gesagt, wußte er sehr wohl, wer der Verfasser des Bändchens, wer Börries v. Münchhausen war, denn er hatte einen Onkel in Altenburg, der sich Mitte der dreißiger Jahre als praktischer Arzt in Windischleuba niedergelassen und dort auch die Münchhausens im Schloß behandelt hatte. Erst Dübener Heide, die Überschneidung, jetzt auch noch das, Arzt in Windischleuba, rief Vater, das ist doch nicht zu glauben, Sie machen Witze, Frau König. Die schüttelte den Kopf, es war ihr ernst. Ich kenne ihn, diesen Kollegen, erklärte Vater aufgekratzt, das war ein Freund von mir, dreimal habe ich ihn in seiner Praxis vertreten, und am Ende hat er mir ein Geschenk überreicht, Axel Munthes *Buch von San Michele*, aus der Schnuphaseschen Buchhandlung in Altenburg, mit einer Widmung, *für die gute Vertretung, in Freundschaft*, dort drüben steht es, im linken Teil des Bücherschranks, ganz oben, neben der Gynäkologie, der helle Einband, sehen Sie, mit der Schreibschrift auf dem Rücken. Aber jetzt will ich auch noch wissen, ob Sie den Namen des Onkels Ihres Mannes nennen können, wie hieß er denn. Dassler, sagte die König wie aus der Pistole geschossen, Erich Dassler. Na klar, na ganz genau, rief Vater hingerissen, Sie sind ja wirklich bestens im Bild, der Erich Dassler, das war mein Freund vom Anatomiesaal her, und nun ist er sogar mit Ihrem Mann verwandt, unfaßbar, wirklich staunenswert. Aber so ist das Leben, voller kruder, manchmal sogar irrer Wendungen, genau solche Sachen sammle ich, und vielleicht schreibe ich später mal darüber, Zufall und Schicksal, wenn ich meine Besuchstouren über die Dörfer absolviere und dabei über die miesen Straßen zuckle, habe ich viel Zeit, mir auszumalen, was sich da so alles aufs Papier bringen ließe. Aber jetzt Schluß mit diesen dauernden Abweichungen, erzählen Sie doch weiter von König und den Tschechen. Noch in der gleichen Nacht rollten die drei Lastwagen, die meinen Mann und seine Truppe nach Kahnsdorf gebracht hatten, wieder heran und transportierten die ganze Korona an den vom Minister genannten Ort, nämlich nach Dahlen, dort kamen sie alle im Schloß unter, seit kurzem Polizeischule, die Mannschaften konnten sich im Seitenflügel für ein paar Stunden aufs Ohr legen, König dagegen wurde zum Chef der Schule geführt, einem papierenen Männchen im grauen weitgeschnittenen Russenzweireiher, wie ihn die Rotarmisten höherer Ränge bevorzugten, wenn sie ihre Uniform einmal nicht trugen. Der neue Hausherr hatte im eingestaubten, aber unversehrten Arbeitszimmer des vor Jahren geflüchteten Schloßbesitzers am Schreibtisch gesessen, neben seinem Aktenbündel einen Kasten Bier, er stand auf, *dir und mir Riebeck-Bier*, sagte er zur Begrüßung und wies, eine Bierflasche aus dem Kasten hebend, in die Klubsesselecke. Als König dort saß, kam er, jetzt in jeder Hand eine Flasche, herüber und ließ sich in den benachbarten Sessel fallen, die Bügel sprangen ploppend auf, man trank sich zu, woher, wohin, ein bißchen wußte auch der Gastgeber von den Tschechen, ein bißchen war auch zu ihm gedrungen, aber noch nicht, daß es Tote gegeben hatte, in Böhlen, dem großen Kombinatsbahnhof, daß ein Durchbruch erfolgt war, er spitzte nicht schlecht die Ohren. Denn wann gab es das unter den neuen Verhältnissen schon einmal, Tote, wenn überhaupt, dann höchstens Hinrichtungen, und einen Durchbruch doch überhaupt nur von der Feindseite aus, wenn westdeutsche FDJler zu den Weltfestspielen in Ostberlin über die Demarkationslinie bei Arendsee oder Marienborn drängten, der Schulleiter und König hatten, stellten sie fest, die gleiche Sicht auf die Dinge. Sie wurden richtig warm miteinander, die Nacht verging, der Vormittag verstrich, der Mittag, ununterbrochen Bier, dann kurzer Schlaf, langsames Wachwerden, wieder ein, zwei Flaschen Bier, der Hausherr bestellte bei seiner Ordonnanz zwei weitere Kästen Krostitzer, da kam der Funker aus dem Telefonverschlag nach oben und brachte ein Fernschreiben mit, es gab neue Nachrichten und Befehle für König. Denn in den Waldgebieten der Dübener Heide, nordwestlich von Dahlen, hatte es Anzeichen, Hinweise, Entdeckungen gegeben, Fußspuren am Rand von Pfützen, Menschenkot, unter Grasbüscheln und Blättern versteckt, dazu eine lose hingetupfte Spur angebissener Äpfel, Möhren, Kohlrabis und Kartoffeln, vor zwei Stunden, es dämmerte, waren sogar Schüsse zu hören gewesen, alles Belege für die Anwesenheit von etwas Fremdem im Gebiet der Heide, wer konnte das sein, niemand sonst als die Tschechen, aber verdammt, wie kommen die fast noch schneller an Leipzig vorbei als ich mit meinen Leuten, fragte König. Egal, entschied der Zechkumpan, abriegeln, umstellen, durchkämmen, das ist für dich das allereinzigste Gebot der Stunde, du mußt dich sofort auf die Socken machen, hilft nischt, trommel deine Leute raus, eure Autos sind noch da, sie stehen auf dem Hof. Und draufhalten, Genosse, verstehste, nicht lange fackeln, das können wir uns nicht leisten, dusslige Humanität. So scharfgemacht, saß mein Mann im ersten Laster, als die Fahrzeugkolonne sich um sechs am Abend, es war schon dunkel, in Bewegung setzte und sich auf Nebenstraßen, König immer den Atlas auf den Knien und die Taschenlampe in der einen, die Zigarette in der anderen Hand, in Richtung Düben vorwärtstastete, vorwärtskämpfte, denn in den Dörfern gab es so gut wie keine Straßenlampen, und an kaum einer Abzweigung oder Kreuzung waren Wegweiser zu sehen, mindestens dreimal fuhr der Konvoi in die Irre, die Autos mußten mühsam wenden, nacheinander, nachdem die Straße jedesmal zu einem Weg geworden war und schließlich auf einer Wiese, einem Acker, in einem Waldstück endete. Laster, die sich durch den Herbstschlamm wühlten, König tobte und wußte dabei selbst nicht, gegen wen er schrie und fluchte, gegen den Schlamm vielleicht. Oder gegen die ausgeleierten Fahrzeuge von *Opel*, die jahrelangen Krieg auf dem Buckel hatten, die Getriebe krachten, die Motoren stuckerten und stotterten. Irgendwann hatte er mit seiner Truppe wieder festen Boden unter den Rädern, waren sie dann doch über die Kleinstadt Düben hinausgelangt, auf der schrundigen Fernstraße 2 ging es nach Norden, schnurgerade, Heidekrautpartien, einzelne Kieferngruppen waren vom Führerhaus aus im Licht der Scheinwerfer kurz zu erkennen, wenn der Fahrer Ketten von kolkigen wassergefüllten Schlaglöchern umkurvte, ein Schaukeln und Schwanken, bis in der Ferne zwei kreisende rote Lampen auftauchten, die beim Näherkommen größer und nachdrücklicher, gebieterischer wurden, ein Doppelposten, gesichert von Russen, die, mehr zu ahnen als zu sehen, im Hintergrund blieben, hatte sich auf der Fahrbahn aufgebaut und schwenkte die Taschenlampen mit dem eingeschobenen Rot, Halt, wurde zum Führerhaus hochgerufen, Weiterfahrt auf der Fernstraße nicht möglich, verboten, sie wurden, während hinter ihnen eine weitere Fahrzeugkolonne auflief, nach links abgeleitet auf eine Nebenstraße, die Truppe hinter ihnen, im Rückspiegel ließen sich zwei Kastenwagen und zwei Radpanzer erkennen, mußte nach rechts von der großen Straße runter, das halbe Land wird abgeriegelt, sagte König. Die Autos weiter auseinanderziehen, wink mal aus dem Fenster, gab er dem Chauffeur Anweisung, wir dürfen keine Stelle zum Durchbruch freilassen. Langsam ging es nach Nordwesten, König machte den nächsten Ort auf der Karte aus, Schköna hieß das Dorf. Dort stand auf dem Kirchplatz, direkt unter der einzigen Laterne, ein schwarzer *Opel Admiral*, Sechszylinder, wußte Königs Fahrer gleich, neben dem Auto drei Männer in Zivil, die gerade ausgestiegen waren und sich über eine Karte beugten, *Smersch* oder, sagte König halblaut, vom Fahrer kam keine Antwort. Einen halben Kilometer weiter, die Straße verlief nun auf einem Damm, stoppte eine wie aus dem Boden gewachsene Gruppe Polizisten ihre Weiterfahrt erneut. Sie mußten nach unten auf einen Heideweg abbiegen, der parallel zum Straßendamm nach Nordwesten ging. Der Weg war ausgefahren bis zum Gehtnichtmehr, die Laster schwankten wie auf hoher See, los, gib Gas, schrie König in das Heulen des Motors hinein, sonst bleiben wir in den Löchern stecken. Plötzlich das Peitschen von Schüssen, Pistolen waren auszumachen, Karabiner, es knallte und knallte, manchmal Gruppenfeuer, manchmal Einzelschüsse, stop, anhalten, brüllte mein Mann erschrocken und sprang, die Maschinenpistole in der Hand, aus dem Führerhaus, es war zehn Jahre her, daß er, vom Schießstand abgesehen, Schüsse gehört hatte. Na klar, Schneise 31, warf Schlingeschön ein, der genau wie Mutter und wie seine Frau die ganze Zeit geschwiegen und geduldig zugehört hatte. Auch seine Leute rissen die Gewehre hoch, oben auf dem Damm zwei Personenwagen, undeutlich gegen den Nachthimmel zu sehen, Mündungsfeuer dort, Kommandos, jetzt schossen König und seine Leute zurück, Königs MP-Garben fetzten in die Autos, Rufe, Schreie vom Damm, *Pobjeda*, Sieg, das war die Parole, verdammt, hieß es unten, die sind von uns. Was nützte das jetzt, zwischen den beiden Autos oben war ein Oberst in Zivil zu Boden gegangen, ein Polizeioberrat, er lebte nur noch eine halbe Stunde, als der Arzt aus dem nächsten Dorf ankam, war es zu spät. Auf wen stelle ich den Totenschein aus, fragte der Arzt in die Runde, nicht nötig, bekam er zur Antwort, das nehmen wir in die Hand. Auch für König wurde zwei Wochen später, drei der Tschechen waren tatsächlich nach Westberlin gelangt, der eine mit Bauchschuß, ein Papier ausgefertigt, das ihn aus der KVP entließ, ihn ausstieß, wie er meinte, und nach Frohburg schickte, als Milchhofdirektor. So war das, schloß die König ihre Erzählung. Und damit war der Besuch bei meinen Eltern, der Bratheringsabend auch so gut wie zu Ende. Ein Jahr später: keine Königs mehr in Frohburg. Und auch keine Schlingeschöns. Spurlos weg, in den Bodenkammern schliefen die Lehrlinge der MTS.

In Oberjugel ging es hektisch zu. Reibrich und seine Gehilfen bei der toten Tante von Fritz Wolf. Hochinfektiös, Lebensgefahr. Schnell muß es gehen, macht aus dem Holz hier einen Scheiterhaufen, zuerst Reisig, dann Späne, obendrauf Bretter, Kloben, alles, was daliegt, ich fasse auch mit an. Zu viert schichteten sie Lage auf Lage, bis der verschränkte Holzstoß einen Meter hoch war. Jetzt die Leiche, gab Reibrich das Kommando, zieht eure Hemden aus, zerreißt sie in zwei Hälften und wickelt die Teile um eure Hände, aber stop mal, mir fällt was Besseres ein. Er ging zum Motorrad, holte die Doktortasche und förderte einen Packen Gummihandschuhe zutage, hier, erst überziehen, dann loslegen, sagte er, den Spruch kennt ihr doch, ihr geilen Böcke. Lachen der beiden Älteren. Na also. Die tote Tante, schon zu Lebzeiten nicht gerade leicht, wurde den Hang hinaufgeschleppt und auf den Scheiterhaufen mehr gewippt und geworfen als gehoben. Ihr Gesicht schwer zu erkennen, wie sie dort oben lag, unter dem nächtlichen Himmel, im schwachen Licht der Junisterne. Reibrich nahm aus der schier unerschöpflichen Doktortasche die *Freie Presse* vom Tag und ein Fläschchen mit Schraubverschluß, Waschbenzin, merkte er, während er die Zeitung zerknüllte, an und goß den Brandbeschleuniger sparsam auf das Reisig und die daruntergeschobenen Papierknäuel. Erst mühsame Zündversuche, dünne Flämmchen, *ess werrd doch nisch eddwoa wihdorr ausgehn*, ängstigte sich das Jüngelchen, dann, der Monat war knacktrocken gewesen, alles Holz ausgedörrt, eine Stichflamme, die zur Feuersäule wurde, die Wiesen erhellte und den Waldrand mit einem flakkernden Widerschein aus der Nacht schälte, aus dem Dunkel hob. *Nuu schdinkds awerr werklisch nach angegohgeldm Fleesch*, sagte der Volkspolizist nach ein paar Minuten und schüttelte sich, die beiden älteren Männer waren aus anderem Holz oder hatten ein paar Jahre mehr Erfahrung mit der Begegnung von Feuer und Menschenfleisch. Denn gleich hieß es: Stell dich nicht so an, wir haben, an der Weichsel verwundet und auf dem *Weißen Hirsch* in Dresden wieder halb und halb kriegsdienstfähig gemacht, nach der Ausradierung von Elbflorenz auf dem Altmarkt mithelfen müssen, Berge und Berge von Leichen zu verbrennen, was glaubste denn, was für Wolken von Gestank über dem Platz hingen, der fette Geruch beizte die Klamotten, die Haut, wo sie bloßlag, und nistete sich in den Nasen, den Mündern, den Kehlen ein, Tag und Nacht, wochenlang, man konnte sich waschen, wie man wollte, trinken, was man wollte, nichts zu machen, man wurde den Geruch des Massentodes nicht los, ohne Schnaps hätte das keiner von uns ausgehalten, niemand auf der ganzen Welt, dagegen ist das hier nur ein Lüftchen. Die Flammen stachen in die Dunkelheit, über die Wiesen zog fetter Qualm, plötzlich am Waldrand ein Schrei, zwei Schüsse fielen, Reibrich rannte hinüber, was die Soldaten der Absperrung nie gewagt hätten, hatte ein Zivilist, auch ein Russe, gemacht, indem er die Pistole zog, durchlud und zweimal auf den geifernden wie verrückt drängenden Wehefritz schoß, der lag auf dem Bauch, Gesicht nicht zu erkennen, und Reibrich, nach dem schnellen Lauf atemlos, sah nur, wie alles zurückwich, er drehte den offensichtlich Toten herum, bemerkte kleine irritierende Flecken in dessen Gesicht, riß ihm das Hemd auf und hob, wie er das schon bei Wolfs Tante gemacht hatte, die Arme, brandige Achselhöhlen, wie bei der Tante, rüber mit ihm, aber dalli, schrie er die Rotarmisten an, der Zivilist hatte sich schon nach hinten geschoben. So landete auch der verseuchte Wehefritz auf dem improvisierten Scheiterhaufen. Asche blieb zurück, ausgeglühte Knochenreste, verkohltes Holz, schon der nächste Wolkenbruch würde vieles in den Bach spülen, war sich Reibrich sicher. Und er wußte auch genau, daß sich die Leute von der Feuerstätte, dem Haus und überhaupt von der Wiesenfläche mindestens ein Jahr fernhalten würden, *doa schdimmd woas nisch*. Insofern mußte man sich auch nicht groß um das verlassene Haus mit der offenen Tür kümmern, *soo bleede sinn noch nisch moa de Tschechn, doass se doa reigehn*. Aber im Lauf der Zeit dämmerte es manchem in der Altstadt doch, daß da oben auch tote Krähen und Dohlen, die krepierte Katze, möglicherweise auch befallene Eichhörnchen, Marder und Ratten lagen, griff das nun um sich, in den Wald hinein und bei ihnen aus dem Wald wieder heraus. Aber umsonst sich Sorgen gemacht, nach zwei Monaten ging nächtlicherweile die *Buddihge* in Flammen auf, und weil niemand sich hintraute, niemand löschte, verbrannte alles Holzwerk, alles Holz, und die Mauern stürzten zusammen, nun konnte man da oben, *Feier reihnischd,* auch bald wieder Heu machen, vielleicht. Der Volksmund wußte auch, wem man die rigorose Wohltat verdankte. Fritz Wolf, ging es rund, sei heimlich aus dem Westen gekommen, mit einem einzigen Ziel, *kloar Schiff moachn.* Dann sei er, noch in der gleichen Nacht, wieder verschwunden. Nie wieder hörte man etwas von ihm. Mit der Räumaktion, der Schlingeschön mit seiner Familie, den abgegangenen Organisten rausgerechnet, zum Opfer gefallen war, hatten die Uranherren mit der gutturalen Sprache die abgesperrte Zone freigemacht von Beobachtern. Man konnte erst das Rathaus der ärmlichen Grenzstadt abreißen, das große Hotel folgte, dann das Amtsgericht, die Wohnhäuser kamen als letzte dran, Zeile für Zeile, man nahm die Fenster heraus, hob die Türen aus den Angeln, hebelte die Dielen los, riß die Wandtäfelungen ab, anschließend wurden die Dachziegel und das Balkenwerk des Daches sichergestellt, zuletzt kamen die Außenmauern, die Trennwände dran, man zerlegte sie in Ziegel und Bruchsteine, Stück für Stück, alles wurde sorgsam, soweit es möglich war, zwischengelagert, zurechtgelegt, Haufen an Haufen, Stapel an Stapel, monatelang, bis man alles endlich kilometerweit bergauf transportierte, mit Pferdefuhrwerken, Handwagen und Schubkarren, über zweihundert, dreihundert Höhenmeter, dort oben auf dem Erzgebirgskamm, wo auch an den heißesten Hundstagen, wenn die Leute im Tiefland vor Hitze kaum Luft bekamen, ein kühler, um nicht zu sagen kalter Wind wehte, wo der Schnee länger als ein halbes Jahr lag, wurde das Material eingesetzt beim Aufbau der sowjetischer Kasernen und der neuen Siedlungen, der Mittelstadt und der Neustadt, neunhundert Meter über Normalnull, so hoch wie Oberwiesenthal, aber nicht wie der Wintersportort durch den Fichtel- und Keilberg und durch die Kammebene von Kupferberg vor kalten Winden geschützt. Warum so hoch, in extrem unwirtlicher Lage, habe ich mich als Ortsfremder immer wieder gefragt, wenn ich nachts im Band *Schwarzenberg und Johanngeorgenstadt* der Ostberliner Schriftenreihe *Werte unserer Heimat*, anfangs, in den ersten Jahren noch *Werte der deutschen Heimat* genannt, über die neuen Stadtteile nachlas und über den Meßtischblättern der Vorkriegszeit brütete. Bis mir nach der Wende ein von der *Wismut* angefertigter Plan des Ortes aus den Fünfzigern, bis neunundachtzig, neunzig absolutes Staatsgeheimnis, unter die Augen kam und ich sah: dort oben, wo die Wohnblocks hingesetzt worden waren, lagen seinerzeit auch in unmittelbarer Nachbarschaft die Schächte, die die Urangänge anbohrten und den Abbau von Uranpechblende ermöglichten. Kein stundenlanger Herantransport, im überlangen Winter oft genug vom Schnee behindert, keine Busse mehr, die *Wismut*leute konnten zu Fuß zum Schacht, zu ihrer Hängebank gehen und einfahren, Berija sorgte im Rahmen der Möglichkeiten für gute Stimmung bei den Männern, die gerade noch als Soldaten in Rußland gestanden hatten. Und nicht nur gestanden. Nach Stalins Tod wurde aus dem sowjetischen Riesenbetrieb eine *Sowjetisch-Deutsche Aktiengesellschaft*, es änderte sich so gut wie nichts, welche Aktien denn auch, Währung der Kapitalisten, Verschleierungsgerede. Kaum war das alte Johanngeorgenstadt endgültig abgerissen worden, kaum hatten die Russen neben den von Anfang an betriebenen Schächten zwischen Schneeberg und Aue, am Ende bei Alberoda, dort die tiefsten in ganz Europa, auch da wurde ein Ort abgerissen, Bad Schlema, die schier unerschöpflichen Vorkommen um das thüringische Ronneburg entdeckt, lief die Uranförderung in Johanngeorgenstadt allmählich aus, die Lagerstätten waren ausgebeutet. Die freigesetzten überflüssigen Arbeiter wurden zur Großbaustelle *Schwarze Pumpe* in der Lausitz umgeleitet, der unbewegliche

Rest, fünftausend Menschen über die Vorkriegseinwohnerschaft hinaus, die meisten nicht in Johanngeorgenstadt geboren, blieb am Ort und wurde in Betrieben beschäftigt, die die Planungsbehörden im Gebirge ansiedelten. Nach der Wende wurden diese Betriebe und Kombinatsteile mit jahrelanger Verzögerung geschlossen, plattgemacht hieß das, seitdem wanderte mehr als die Hälfte der Bewohner ab, selbst die *Randfichten* machten, daß sie fortkamen, Wohnblock für Wohnblock in der Mittelstadt und der Neustadt wurde mangels Mietern niedergerissen, als wir auf unserer großen Tageswanderung, die uns im August 2014 von der *Dreckschenke*, wo unser Auto stehenblieb, über die Grenze nach Oberjugel und von dort aus nach Johanngeorgenstadt und weiter über das einstige Abbruchgebiet der Altstadt nach Wittigsthal und über die Grenze nach Potucky und zurück zur *Dreckschenke* führte. Wie es weiterging mit Jutta Sämisch, willst du wissen. Sie lernte Nähen und Schneidern, das ja, aber sie half auch, wenn Bedarf war, im *Roten Hirsch* beim Bettenmachen in den Gästezimmern. Nach Ende der Messen in Leipzig war das Haus zweimal im Jahr immer voll besetzt. Aussteller, Einkäufer, Vertreter aus Chemnitz, Prag, Brünn, Wien und sogar Budapest kamen, der Autoverkehr nahm von Jahr zu Jahr zu, auf der Heimreise durch Frohburg nahmen die Kaufleute, um gelungene Abschlüsse zu feiern und den Ärger über schiefgegangene Geschäfte runterzuspülen, zudem noch, um im Verhältnis zu den Messepreisen ein paar Mark zu sparen, mit den billigeren Gasthofzimmern vorlieb, zumal die Küche im *Hirsch* sich eines allerbesten Rufs erfreute, der Koch war unter einem Küchenmeister Berressen Lehrling in *Auerbachs Keller* gewesen. Lehrling und Lehrherr hatten sich nach der Prüfung, zu einer Anstellung des frischgebackenen Gesellen bei Berressen war es nicht gekommen, aus den Augen verloren, die Chemie stimmte nicht, bis Frohburg die beiden sehr verschiedenen Männer wieder zusammenführte, der Lehrling von einst, ein Vollblutgenießer, kochte im *Hirsch*, schwitzend, fluchend, knallrot im Gesicht, während der Lehrherr, eine eher kühle distinguierte Erscheinung mit grauem Spitzbart, Kneifer und Einstecktuch, das schräg gegenüberliegende *Hotel zur Post* mit ebenfalls gelobter Küche führte. Die hohen Galerieräume dort, die Eingangshalle und die hellen Hotelzimmer im zweiten Stock, über der Wohnung des auf Lebenszeit gewählten Bürgermeisters Schröter, gaben der *Post* eine neuzeitliche moderne Prägung, Kunststücke, das Haus war 1905 erbaut worden, während der *Hirsch* schon vierhundert Jahre alt war, angeblich auch hatte Luther, vom Predigen bei Einsiedels in Gnandstein kommend, in einer Orkannacht, die eine Weiterreise unmöglich machte, im Gasthof an der großen Durchgangsstraße übernachtet. Die gemütliche Schankstube mit der niedrigen Decke, den meterdicken Außenwänden und den kleinen Fenstern mit Ausblick auf den Markt und die innere Peniger Straße, der kopfsteingepflasterte Hof, die uralte Ausspanne, ihre Ställe und Remisen und das auf dem ehemaligen Tanzsaal eingerichtete Kino mit der hofseitigen wellblechüberdachten Ausgangstreppe sprachen für den *Hirsch*. Jutta, um die es hier geht, inzwischen vierzehn Jahre alt, half in ihrer freien Zeit der alten Schulze aus der Badergasse, seit fünfundzwanzig Jahren als Zugehfrau im *Hirsch* in Stellung, beim Saubermachen und Aufschütteln oder Abziehen der Betten und manchmal, wenn besonders viel Andrang war, bei der abendlichen Bedienung der Übernachtungsgäste, Krüge mit warmem Wasser auf die Zimmer bringen, dort Vorhänge zuziehen, Ofenfeuer schüren, nie alleine nach oben gehen, sagte die Schulze immer wieder, halt dich nur an mich. Ende Oktober 1934 fielen das Ende der Herbstmesse und das jüdische Laubhüttenfest zusammen. Einer der Reisenden war schon mittags auf dem Markt aus dem Leipziger Kraftomnibus gestiegen, hatte nach dem *Posthotel* hinübergeschaut und sich dann doch zum *Hirsch* gewendet und dort Quartier genommen. Nachmittags hatte er aus dem Eisenberg einen Handwagen voll herbstlichroter Ahornzweige kommen lassen und sie auf dem Hof zu einer Laubhütte zusammengesetzt und ineinandergeflochten, die Kinder aus der Mühlen-, der Brücken- und der Marktgasse umstanden ihn und staunten, *doas iss e Juhde, die baun sich solche Buhdn zum Bähdn,* sagte die zehnjährige Tochter des Pastors Arnold. Der Sohn des Gendarmen Pester ergänzte: *Där gimmd von Proach, meend mei Voader, jehdess Joar noach der Leibzscher Messe isser im Hirsch.* Dem Fremden war eine Kammer im Dachgeschoß angewiesen worden, am Ende des Flurs, neben einem Abortverschlag. Als Jutta abends mit dem Wasser für das Fußbad bei ihm klopfte, tauchte er aus dem Verschlag in ihrem Rücken auf, brachte sie dazu, den Krug abzusetzen, und zog sie hinter sich her in den stockdunklen Abort. Ehe sie sich versah, saß sie auf seinem Schoß. Was dann folgte, ließ sie wie gelähmt, irritiert und staunend über sich ergehen, nein, lassen Sie mich, ich will das nicht, sagte sie mit halblauter Stimme, in etwa wissend, um was es ging, und horchte in sich hinein, als er seine Hand zwischen ihren Schenkeln nach oben schob, gerade noch rechtzeitig preßte sie die Knie zusammen, nur war mit einemmal seine Hand nicht mehr zwischen ihren Beinen, sondern an ihrem Bauch, von oben kam sie an die geheime Stelle, die trotz ihrer Abwehrhaltung erreichbar war. Was machte er mit ihr, daß sie die Schenkel spreizte, kein Wort mehr sagte, im ersten Schreck heftig atmete, dann den Atem anhielt, um gleich darauf nach Luft zu schnappen. Zwischen ihren Leibern fuhrwerkte seine Hand herum, während er sie fest an sich drückte, etwas Heißes und Festes berührte sie da unten, klopfte und schlug, sie zuckte zurück, als würden Funken überspringen, als seien ihre feinen Körperhaare von einem Elektrisierstab aufgeladen, wie mit der Maschine, die sie aus der Schule kannte, sie hatte einmal an der Kurbel drehen und erleben dürfen, wie die selbsterzeugte Spannung übersprang. Der Unbekannte wippte und schaukelte sie in der Dunkelheit des Aborts auf seinen Knien, minutenlang, jetzt war er es, der schnaufend Luft holte, wirres Zeug stammelte und schließlich erschöpft, erledigt, verausgabt nach hinten sackte. Gefühl von Nässe. Hing mit dem Unterrock zusammen, mit dessen Saum sie sich abwischen mußte, naßkalt, klebrig, eklig. Der Mann schob sie weg von sich, in den Gang hinaus, noch einmal rief er sie zurück, hier, nimm, hörte sie und hatte plötzlich etwas Flaches, Rundes, ein Geldstück in der Hand, nichts Schweres, aber auch nichts ausgesprochen Groschenleichtes, unklar, warum sie es nicht fallen ließ oder besser noch in die Ecke schmiß, sondern mitnahm. Am folgenden und am übernächsten Tag sah sie den Gast beim Frühstück, beim Mittagessen und beim Abendbrot, beharrlich wich er ihren Blicken aus, obwohl sie ihn beflissen, fast lautlos und blitzaufmerksam bediente und umsorgte, zum Beispiel der alten Schulzen die für ihn bestimmten morgendlichen Spiegeleier von der Anrichte stibitzte und ihm brachte, ich bin besser im Bild, als du vermutest, dachte sie und setzte ihm am Mittag des zweiten Tages eine Terrine mit brühheißen sauren Kuttelflecken vor, seinem Lieblingsessen, wenn er in Frohburg war, wie man im *Hirsch* seit Jahren wußte, jetzt guckst du unter dich, hast Angst, zu Recht, als Jude, wenn das rauskommt, was du auf dem Abort mit mir getrieben hast, kommst du bestimmt nicht ungeschoren aus der Stadt. Sie lehnte an der Anrichte, beobachtete ihn beim Essen, wie er den Eintopf fast gierig in sich hineinlöffelte, und sagte lautlos vor sich hin: Von mir wirst du nichts hören, was dich aufatmen läßt, nämlich daß ich halbe Jüdin bin, mein toter Vater allein verschließt mir schon den Mund, du hast nichts zu befürchten, aber schmoren sollst du wegen dem Abort und weil in Karlsbad eine Frau und zwei Kinder auf dich warten, wie ich von der Schulze gehört habe, *e guhder Kärrl*, hat sie über dich gesagt, *awer er wees eefach nich, wassorr will*. *Guriohses Mädschn*, sagte die Schulze dann noch zum Hirschwirt, während beide von der Küchentür aus Jutta beobachteten, wie sie an der Anrichte lehnte und den Messeonkel nicht aus den Augen ließ, *was hadd die nur mid dähm, das mechd morr wissn. Schlau währ ich aus dähr nisch*. Wenn man Glück im Unglück hat und noch biegsam ist, machen Mißgeschicke manchmal stark, oftmals aber schwächer. Für Jutta ergab sich aus dem Erlebnis im *Roten Hirsch* ein Zuwachs an Stärke und Selbständigkeit. Der sie begrapscht, der sich an ihr gerieben hatte, war ein kleines Licht, so klein wie sie, nur viel schwächer und viel schlimmer dran, weil er seinen Drang, seine Unruhe, seine Geilheit nicht im Griff hatte, eine enorme Gefährdung angesichts des Umbruchs in Berlin. Auf ihre nervenschwache Mutter, die jeden Tag dreimal ihrem Mann nachjammerte, konnte sie in keiner Weise zählen, sie mußte für sich selber sorgen, unauffällig hatte sie die Schule durchlaufen, nicht dumm, sagten die Lehrer, aber auch keine sogenannte Spitzenleistung, obwohl, der Vater, Einjähriges, immerhin. Die Schneiderlehre stellte sich schon in den ersten vier Wochen heraus, war nichts für sie, kaputte Fingerkuppen, entzündete Augen. Besser klappte es mit der Ausbildung im Kontor der *Braunsbergschen Textildruckerei*, ihre Mutter stand unten in den unruhigen geräuscherfüllten Hallen an den Druckmaschinen, sie durfte im Büro sitzen, in dem der Fabriklärm, die Kohlenfuhrwerke und die Lastwagen auf dem Fabrikhof nur von ferne zu hören waren, sonst Stille, die Brüder Braunsberg wollten das so, nur das Quietschen der Stahlfedern war zu hören, die über das harte Papier der Kontobücher gezogen wurden. Die wachsende Stärke Juttas führte dazu, daß sie vier Jahre später und vier Jahre älter, es war der Sommer achtunddreißig, auf das Angebot einging, das ihr ein staubigheißer Julitag machte. Hoher tiefblauer Himmel, Hitzeglast über den schier endlosen Getreidefeldern südlich, südöstlich und südwestlich von Frohburg, die auf die Ernte zureiften, in den Wäldern, Ortskundige nennen zehn, fünfzehn, zwanzig Namen, gab es Halbschatten, Sonnenflecke, Stille, Duft von Harz, die Wassertemperatur der Teiche Richtung Eschefeld und der Badestellen in der Wyhra betrug zweiundzwanzig Grad, wenn man einen Kopfsprung ins Wasser machte oder einen Bauchplatscher, umschloß einen Kühle und Erfrischung. Empfand auch Jutta, achtzehn Jahre alt, am Lindenvorwerk, beim Auftauchen, mit angehaltenem Atem und unter Wasser aufgerissenen Augen hatte sie dreißig, fünfunddreißig Meter durch den Teich geschafft, Wasserpflanzen hatten ihre Wangen gestreift, Schleien waren an ihren Beinen entlanggeglitten, wer weiß, wo die Krebse, die handgroßen Teichmuscheln steckten, ihre Füße suchten Halt auf dem tonigen, lehmigen, schlammigen Grund, sie stakste ans Ufer und kletterte die glitschige Böschung hinauf, beinahe wäre sie auf dem durch das Tropfwasser schlüpfrig gewordenen Boden ausgeglitten, tatsächlich geriet sie ins Rutschen, *hoppla junge Frau*, hörte sie eine männliche Stimme, wie aus dem Nichts, sagte sie später, und fühlte sich nachhaltig am Oberarm gepackt, sofort, als Antwort auf die Hilfe, stand sie fest und sicher, was soll das, lassen Sie mich los, fauchte sie den Helfer an, sie war im Badeanzug, er hatte Schwimmhosen an, so sagte man damals, Schwimmhosen, die beiderseitig reduzierte Bekleidung gefiel ihr ganz und gar nicht und machte sie schlechtgelaunt und streitlustig, hören Sie nicht, ich sagte Pfoten weg, schrie sie fast, von den zehn, fünfzehn Decken, ausgebreitet und belegt, guckte man herüber, *woassn dah schohn wihdr*.

Meine *Anleitung zum Gespräch über die Religion*, mit dem Exlibris von Liebenberg. Einer der früheren Eigentümer von Schloß und Gut, der bekannteste, war Philipp Fürst z. Eulenburg und Hertefeld. Genau der, der von Harden in seiner Zeitschrift *Zukunft* und im Buch *Prozesse* weit mehr als nur durch den Kakao gezogen wurde. 1847 als Grafensproß in Königsberg geboren. Erst Offizier, dann Jurist, mit Promotion. Trat sechs Jahre nach dem Deutsch-Französischen Krieg in den diplomatischen Dienst ein. Preußischer Gesandter in München, deutscher Botschafter in Wien. Verheiratet, mit sechs, nach anderen Quellen acht Kindern. Lange Jahre galt Eulenburg als enger Freund und intimer Vertrauter Kaiser Wilhelms II., der ihn 1900 zum Fürsten und zum Mitglied des Herrenhauses machte. Sein Einfluß auf den zwölf Jahre jüngeren Kaiser dauerte fort, nachdem er aufgrund eines Nervenleidens den Dienst verlassen hatte. Genaueres über die Krankheit, Ursache, Auswirkungen, war nicht zu erfahren, hat sich nicht überliefert, auch Wichtiges kann sich verlieren. Der kaiserliche Freund ist zu Jagdvergnügungen oft Gast im Eulenburgschen Schloß gewesen. Das rege gesellschaftliche Treiben dort. Der Hausherr war künstlerisch begabt oder fühlte sich so, man hielt ihn für einen glänzenden hochgebildeten Unterhalter, seine *Rosenlieder* und seine *Skaldengesänge* waren in einer halben Million Exemplaren verbreitet und wurden immer weiter gut verkauft. Wer in Liebenberg ein und aus ging, Graf Kuno v. Moltke, der Stadtkommandant von Berlin, der auch Flügeladjutant des Kaisers war. Ein weiterer Flügeladjutant, Graf Wilhelm v. Hohenau. Dazu der französische Botschaftsrat Raymond Lecomte und ein Graf Lynar, Rittmeister beim Gardekorps. Zumindest Hohenau, Lecomte und Lynar wurden in eingeweihten Kreisen mit homosexuellen Affären in Verbindung gebracht. Junge hochgewachsene Soldaten, nämlich Rekruten und Unteroffiziere der Potsdamer Garnison, in die *Villa Adler* am Heiligen See bestellen, drüben, am anderen Ufer, das Marmorpalais Wilhelms II., hier bald dunkler Saal. Sie, die Jungen, im Kreis der Kommandeure abmelken. Oder sich von ihnen abmelken lassen. Männerwelt, dämmrig, mit Fortsetzungen bis Generaloberst Fritsch und Viersternegeneral Kießling. Paßte zum Zwielicht des Kaiserreichs. Dreizehnjährige Mädchen aus den wuchernden Arbeitervorstädten im Norden und Süden der Hauptstadt. Nach Mitternacht, auf der Friedrichstraße, wie sie sich anbieten. Und die Soldaten. Bei Ausgang ruhelos durch die Stadt. Hohe schwarze Stiefel, enganliegende weiße Hosen als Erkennungszeichen für die Verehrer. Die Justiz häufte entsprechende Aktenberge. Auch über Eulenburg gab es Vermerke, im Auswärtigen Amt und bei der Berliner Kriminalpolizei. Erfahrungen, die man selber gemacht hat, die man hätte machen können. Der zugesperrte Adolfsturm, Wahrzeichen von Friedberg, erhob sich über dem hinteren Tor der Burg, in der Aufbauschule und Schülerheim lagen. Man klopfte am letzten Haus Richtung Nauheim, das in die Mauer gebaut war, und bekam für einen Groschen und eine Mark Pfand den Schlüssel zum Turm. Der Schlüssel wurde selten verlangt. Wer ihn hatte, konnte hinter sich die Tür wieder abschließen und war allein im Turm. Steinerne Wendeltreppe, die sich durch das Halbdunkel emporwand, zu Treppenabsätzen, auf denen es noch dunkler war, man konnte die Hand nicht vor Augen sehen, gut so. Denn unter den Sohlen hatte man zertretene Zigarettenschachteln, Kippen, Silberpapier, Glasscherben, gebrauchte Gummis. Aus den Ecken Uringeruch. In meinem Internatszimmer, Bude wurde gesagt, auf meiner Bude wohnte der Sohn eines Kunstmalers aus Alsfeld, Bilder wahrscheinlich im Schwälmer Stil, höchstens im Heimatmuseum präsent, über den Landkreis nicht hinausgedrungen, ich habe nie eins zu sehen bekommen. Wie sich ernähren von sowas in einer Kleinstadt zwischen Vogelsberg und Knüll. Dies das Problem seines Vaters. Seine Mutter hatte in zweiter Ehe einen Mastersergeanten der US-Army geheiratet und mit ihm eine Tochter bekommen, die Wohnung in der Militärsiedlung in Wiesbaden war nicht groß, deshalb war Sohn Utz im Internat gelandet. Schwarzes Haar, weiße Haut, rote Wangen. In der Sprache der Grimmschen Märchen Ebenholz, Milch und Blut. Hielt sich nur zwei Jahre an unserer Schule. An einem Nachmittag im November schlug er vor, auf den Adolfsturm zu steigen. Der Tag war zwar dunstig, aber vielleicht konnte man dennoch im Westen den Feldberg und im Osten den Hoherodskopf sehen. Wir hatten gerade den Schlüssel bekommen und die schmale gepflasterte Straße überquert, die aus der Burg führte, da gesellte sich wie aus der Mauer gewachsen ein Mann zu uns, um die fünfundzwanzig, dreißig, ein Dutzendgesicht. Er sagte kein Wort, gab keine Erklärung ab, sondern folgte uns in den Turm, erst als der Malersohn hinter uns dreien abschloß, wurde mir klar, daß hier eine Verabredung bestand, daß man sich kannte. Auf dem vorletzten Treppenabsatz wurde der Aufstieg abgebrochen, es war stockdunkel, jemand griff mir zwischen die Beine und an die Gürtelschnalle, ich schob die Hände weg, mehrmals, fünf Minuten, zehn Minuten, eine lange Zeit hörte ich nur noch Kleiderrascheln, Atmen und Flüstern. Dann beschleunigter Abstieg, wortloses Auseinandergehen in der frühen Dämmerung des Spätherbstes, mein Zimmergenosse gab eine Mark an mich weiter, von seinem Bekannten, wofür. Man kann sich doch darauf verlassen, daß du die Klappe hältst. Zwei Jahre später lud mich Joseph Breitbach, nachdem ich ihm, in einer Aufwallung, wenn man so will, zu seinem gerade erschienenen *Bericht über Bruno* gratuliert hatte, nach Paris ein. Ich wohnte bei ihm, eine Nacht. Schon mittags Grabschversuche, Tränen, Beschuldigungen, Kniefälle, im wahrsten Sinn des Wortes, ich ging auf nichts ein, wie sehr er mich auch bedrängte, bestürmte, vielleicht ein Spiel. Abends war Ballett angesagt, im Palais Garnier. Vorher lag ich lange in der Wanne. Die Tür stand offen, oder war gar keine da, er kam herein, stand vor dem Spiegel, verschwand wieder im Flur und kam noch einmal, um seine Fliege zu binden, wenn er jetzt noch einen Versuch macht, ich hatte schon nein gesagt. Nach einer unruhigen Nacht nahm ich den Mittagszug nach Frankfurt. Beim Umsteigen Richtung Gießen ließ ich das *Aktionsbuch* von Pfemfert, in dem ich gelesen hatte, 1917 erschienen, Umschlagzeichnung von Felixmüller, und meinen Montblancfüller liegen, zwei Geschenke von Heidrun, mit dem Füller hatte ich Notizen gemacht, man kann über alles auf zweierlei Art reden. Wenn Vater in der Reiskirchener Zeit gute Laune hatte und auch wir in der entsprechenden Stimmung waren, als Heidrun uns zum ersten Mal besuchte zum Beispiel, Weihnachten 1963, da sagten wir: Vater, mach mal Hallerfred. Und Vater trat vor das Arzthaus in der Gießener Straße, angebaute Praxis, zwei Balkone, Wintergarten, Loggia, Doppelgarage, Tulpenbaum und Erdbeerbeet, alles der Witwe des Vorgängers Schlierbach abgemietet, nach Meinung der Eltern viel zu teuer, sogar das Scheitholz in der Garage und der Kohlenhaufen im Keller mußten bezahlt werden. Abgerissen und entsorgt das ganze nach dem Auszug der Eltern vom neuen Besitzer, der Bezirkssparkasse Gießen. Als wir Zuschauer, sein Publikum, in Vaters Schlepptau auf dem Gehweg unter der riesigen Trauerweide ankamen, klappte er plötzlich nach vorn,

Oberkörper waagerecht, die Arme dicht über dem Boden pendelnd, den Kopf ruckartig nach rechts und links bewegt, dann eilte er schaukelnd, ruckend und zuckend über die Straße, wir lachten und lachten, kann sein, die Nachbarn, wie hießen sie noch, Schellers, Damms, Johanna Braunfels, wunderten sich. Wir wissen, Fred Oskar Haller, Hallerfred genannt, eine der Figuren, ohne die Kleinstädte ersticken, war Textilhändler in Frohburg, er hatte seinen Laden an der oberen Schmalseite des Marktes, neben dem *Roten Hirsch* und dem Aufgang zum Kino, auch das ist uns schon bekannt. An sich schon klein von Wuchs, litt er an einer schweren Rückgratverkrümmung mit dem Defektnamen Bechterew, er war ein Männerfreund. Das war die eine Seite. Die andere: ein belesener Zeitgenosse, bis zum Verbot nach dem Krieg betrieb er eine Leihbücherei, in den zwanziger und beginnenden dreißiger Jahren ging er mit Leipziger Kommunisten und Künstlern um, selbstironische Ader, Vater unterhielt sich gerne mit ihm, stundenlang. Aber auf keinen Fall wollte er, daß ich Fühler nach Hallerfreds Büchern, den Vorkriegskrimis, den Dominiks, ausstreckte. Unter dessen offenem Fenster im Hochparterre, man konnte es von unserem Erker aus jeden Tag sehen, standen am späten Nachmittag Mitglieder der Frohburger Fußball- und Handballmannschaft herum. Im Frühsommer fünfundfünfzig wurde Vater noch vor der Sprechstunde von Hallerfreds Nichte, die im Laden half, gerufen. Ihr Onkel war am Abend oder in der Nacht die gußeiserne Wendeltrepe, die den Laden mit der darüberliegenden Wohnung verband, heruntergestürzt und zwischen Geländer, letzten Stufen und einer Kommode kopfüber so unglücklich festgeklemmt worden, daß er nicht wieder hochkam, bis die Nichte ihn fand. Vater selbst fuhr ihn zum Röntgen nach Borna, im Kreiskrankenhaus hatten alle Beteiligten große Schwierigkeiten mit der angemessenen Plazierung des Patienten vor dem Schirm, endlich gab es Klarheit, gebrochen war nichts, die vielen Prellungen aber waren sehr schmerzhaft. Trotzdem erzählte Hallerfred auf der Rückfahrt, erleichtert, gutgelaunt, er sei am Vortag von einer großen Hochzeit aus Leipzig zurückgekommen, zwei Berühmtheiten hätten miteinander die Ehe geschlossen, das Fest war als sechzigster Geburtstag getarnt, seine reichen Freunde aus Berlin waren alle auch gekommen, sie brachten sogar einen Schriftsteller aus Moskau mit, Jude, Stalinpreisträger, *Menschen am Steuer* von ihm war auch auf deutsch erschienen, es spielt im Chauffeursmilieu, nicht gerade mein Fall, sagte Hallerfred. Nachts hat mich der Mietwagen-Bengel aus Geithain, mit der Fahrschule der, er kreuzt gerne mal bei den Leipziger Damen auf, von der Feier nachhausegefahren, ich hatte zuviel Krimsekt intus, und als ich nochmal nach unten wollte, kam es zum freien Fall. Naja, fast frei. Keine vier Wochen später trank ich mit meinem Freund Bitterweg nach der Konfirmandenstunde im Hölzchen hinter dem Haus der Großeltern eine Flasche Schnaps aus, Weinbrandverschnitt, nullkommadrei Liter, wir hatten sie bei Dallmers geholt. Auf dem Weg nachhause, gegen fünf am Nachmittag, halb Frohburg war zum Einkaufen und Tratschen auf den Beinen, in der Gegend des Marktes vor allem, wurde mir ausgerechnet im Schnittpunkt aller Wege, vor dem Kino, so schlecht, ich taumelte so stark, daß ich zu Boden ging. Direkt unter Hallerfreds Fenster lag ich minutenlang genauso hilflos auf dem Gehweg, wie er am Fuß der Treppe gelegen hatte, und ich höre bis heute seine helle gepreßte Stimme: *Unreifer dummer Knabe du, eitler Fratz.*

Vor drei Jahren habe ich versucht, die *Villa Adler* in Potsdam zu finden, in der die Spielchen der Gardeoffiziere mit ihren Untergebenen stattgefunden haben. Ich kam mit dem Fahrrad aus der Gegend des Bahnhofs Wannsee, die Strecke war weiter, als ich dachte, und nicht so eben wie erwartet, das Rad entpuppte sich nicht beim prüfenden Blick vor der Benutzung, sondern erst im Gebrauch als alter Drahtesel mit kaputter Schaltung, halbem Platten und fehlender Pumpe, jenseits der Glienicker Brücke, auf der Powers gegen Abel ausgetauscht worden war, klebte mein Hemd schon. Links, zwischen Straße und Wasser, zwei neue Gebäude, Eigentumswohnungen mit Blick auf Schloß und Park Babelsberg, Mitte der neunziger Jahre hatte ich mir, durch eine Anzeige zum Träumen verführt, die Unterlagen schicken lassen, große helle Räume, Schreiben, Lesen, Musikhören mit Blick auf das Wasser, auf was für Wasser, die Preise holten mich sofort auf den Boden zurück, astronomisch. Und doch war Leben eingezogen, ich sah Kübelpflanzen, Sonnenschirme, Garpamöbel, wer denn. Rechterhand dagegen, an der Abzweigung der Schwanenallee, eine großzügige, aber nicht protzige Villa, ein Landhaus eher, das leider verfallen war, Scheiben eingeworfen, Löcher im Dach. Entworfen von Ludwig Persius. Bis 1990 ein abgeriegeltes Wochenkinderheim in der Sperrzone, mit einer Kantine für die Grenzwächter. Hier, in der *Villa Schöning*, hatte der Potsdamer Bankier und Kunstsammler Paul Wallich mit seiner Familie gelebt, bis er nach dreiunddreißig als Jude erst in Acht und Bann getan und in den folgenden Jahren ruiniert worden war. 1938 fuhr er nach Köln und brachte sich dort um, die Witwe Hildegard blieb noch ein Jahr in der Villa, ihre Kinder und die übrigen Mitglieder der Familie waren nach England geflüchtet. Niemand wußte, daß im Tieftresor der Deutschen Bank in der Mauerstraße über Wallichs Tod hinaus ein Schatz verborgen war, der ihm gehörte, den er im Oktober dreiunddreißig auf einer Auktion in der Lützowstraße in Berlin mit einem Gebot von zweitausendfünfhundert Mark ersteigert hatte. Es handelte sich um einen Satz Tagebücher von Theodor Fontane, acht Kladden. Nach dem Selbstmord Hitlers, den Ausbruchsversuchen seiner Bunkerentourage und der Kapitulation Berlins und des Reichs wurden die Tresorräume aller Banken nicht nur in Berlin, sondern im ganzen Bereich der Roten Armee aufgebrochen und aufgesprengt. Auch in Frohburg, nebenbei gesagt, aber von wem. Ein paar Wochen später kam ein Maurer in die stehengebliebenen Reste der Preußischen Staatsbibliothek Unter den Linden und legte den Bibliothekaren zwei schmutz- und kalkbehaftete Hefte vor, die habe er im Keller der Bank in der Mauerstraße im Schutt gefunden. Es war der vierte Teil der in der Bank verwahrten Tagebücher Fontanes. Die übrigen sechs Hefte angeblich verbrannt, von Aschehäufchen, auch noch wohlgeformten, klar erkennbaren, war zu DDR-Zeiten die Rede, gerüchteweise, ich denke, jemand hat die Kladden mitgenommen, ob er ihren Wert und ihre Bedeutung erkannte oder nicht, als Andenken vielleicht, als Beutegut oder Spekulationsobjekt, nicht ganz ausgeschlossen, daß sie noch zum Vorschein kommen, ich denke nur an meine Ahrenshooper Medaille und das Notizbuch. Die in der Staatsbibliothek gelandeten Tagebücher wurden unter Verschluß gehalten. Angeblich wollte das die in England lebende Witwe Wallichs so. Wirre Geschichte, man möchte sich die Augen reiben, wenn man sie in ihrer Bruchstückhaftigkeit hört. Zumal sie nicht erklären kann, warum, was Fontane notierte und vermerkte, erst nach der Wende veröffentlicht wurde. Staunen ohne Ende. Auch mit dem *Haus Schöning* hat es ein scheinbar gutes Ende genommen. Die Erben Wallichs hatten schon 1997 Haus und Grundstück an einen Berliner Bauspekulanten verkauft, der auf den siebentausendvierhundert Quadratmetern in exponierter Lage fünf sogenannte Parkvillen errichten wollte, mit Eigentumswohnungen. Weil es für diese Pläne keine Genehmigung gab, ließ er die Villa selbst verfallen und stellt einen Antrag auf Abriß, der von der Stadtverwaltung Potsdam gleichfalls abgelehnt wurde. In letzter Minute traten zwei Vorstandsvorsitzende großer Konzerne, *Springer* und *Credit Suisse*, auf den Plan, erwarben die Immobilie und ließen sie sanieren. An der blendend weißen Villa, einem aus dem Farbtopf gehobenen Spielzeug, bog ich in die Schwanenallee ein und radelte am Jungfernseee entlang nach Norden. In Höhe des Grünen Hauses kam mir ein Mann in einer Mischung aus Tracht der Förster und Kluft der Ranger entgegen, halt, hier ist Radfahren verboten, runter vom Rad. Dabei hob er die Arme, als wollte er mir an den Lenker greifen. Jetzt trat ich erst richtig in die Pedale und sauste vorbei, da mußt du es auch hinschreiben, wo ist das Schild, rief ich zurück, aufrichtig erbost über den rabiaten Erziehungsversuch inmitten eines runtergekommenen Parks mit struppigen Wiesen, zugewucherten Blickachsen und ausgekehlten Wegen. Weiter hinten Cecilienhof, Potsdamer Konferenz. Ich konnte nie begreifen, warum die Massen auch nach dem Ende der DDR an den Ort von Stalins größtem Triumph geradezu drängen, warum sie sich, um ihn ehrfürchtig zu beglotzen, an den großen runden Tisch führen lassen, an dem Deutschland nicht nur zerstückelt, sondern um ein Viertel, ja ein Drittel seiner Fläche erleichtert wurde, dazu die Vertreibung von zwölf Millionen. Die Hitler kommen und gehen, ja ja, kennen wir, den Spruch, merkwürdig immerhin, daß er sich nach siebzig Jahren fast erfüllt hat und Deutschland tatsächlich nicht untergegangen ist, wohl aber die UDSSR. Kurve nach links, zum Borkenhäuschen, und weiter bis zum Marmorpalais am Heiligen See. Es liegt lange zurück, aber ich sehe es noch, daß Eulenburg von Liebenberg herüberkam, mit der Bahn, im separaten Abteil erster Klasse, das er immer beim Bahnhofsvorsteher in Löwenberg bestellen ließ, er wohnte dann in Potsdam im Borkenhäuschen. Am Abend ging er über die Rasenflächen hinüber zum Marmorpalais, zum späten Nachtessen mit dem Kaiser und seiner Frau, man unterhielt sich zu dritt, über Richard Wagner, Anton v. Werner, die Kinder, fast immer griff Eulenburg auch in die Tasten und sang, dem hohen Paar gefiel seine Stimme. Zur gleichen Zeit waren in der *Villa Adler* am anderen Ufer, in Sichtweite, die Offiziere beim Spiel versammelt oder mit sich und ihren Rekruten beschäftigt. Als ich den Heiligen See endlich umrundet hatte und in der Seestraße ankam, gab es eine Abfolge von Villen, Perle nach Perle, wie aufgefädelt, aber welches Haus war die *Villa Adler*. Ich fragte zwei Passanten, einen Mann in meinem Alter, der Lehrer, aber auch Vopo im mittleren Rang gewesen sein konnte, dazu eine rothaarige Frau von fünfundvierzig, fünfzig Jahren, bestimmt Stadtverwaltung oder Offene Vermögensfragen, beide hatten noch nie von einer Villa mit diesem Namen gehört, hier waren überall Behörden drin, sagte der Mann, ich wollte nicht wissen, welche genau. Ein Stück weiter kam eine alte Frau aus einem Bungalow auf der rechten seeabgewandten Seite der Straße, Grauputz Marke Beziehung, großes Beet mit Kartoffeln, auch sie wußte auf meine Frage keine Antwort, hier gibts nur das Haus mit der Pizzeria, da ist eine Tafel dran, vielleicht dort. Ich suchte das Haus und fand es auch, Bernhard Kellermann lebte hier von 1948 bis 1950, stand auf der Tafel geschrieben. Kellermann hatte für Johannes R. Becher vom Kulturbund den Roman *Totentanz* zu Papier gebracht, dafür wurde er bevorzugt untergebracht. Keine *Villa Adler* zu sehen. Doch dann, zwei Anwesen neben den Häusern Jauchs, ein breithingelagertes weißes Gebäude mit zwei Flügeln, nach meinem Gefühl um 1870 gebaut, es beherrschte, konnte ich von der Straße aus mit Mühe, auf den Pedalen stehend, erkennen, die freigehaltene Wiesenfläche zum Heiligen See, genau gegenüber das Marmorpalais. Seit Jahren Joop-Gelände. Und wenn ich auch zwischen Einfahrt und Villa niemanden sehe, den ich fragen und der es mir bestätigen kann, hier muß es gewesen sein, hier wurden die jungen und nicht so jungen Männern bewundert.

Nach den Attacken Hardens verhielt sich Eulenburg still. Aber Moltke nahm seinen Abschied und verklagte den Journalisten. Aus Klage und Gegenklage entwickelte sich eine Kette von Prozessen, die über Jahre liefen und in denen mit den heikelsten Details aus dem Privatleben der Liebenberger operiert wurde und mit jeder Menge von Vorurteilen. Der frauenfeindliche, selbst aber weibisch wirkende Mann. Riechsalz. Spitzentaschentücher. Schwärmerische Briefe. In einer der Verhandlungen ließ sich Eulenburg, der Fürst, als Zeuge übereifrig, fast überschwenglich dazu bringen, den Unschuldsengel zu spielen und unter Eid nicht nur jeden Verstoß gegen den Paragraphen hundertfünfundsiebzig, sondern auch jede andere sogenannte Schmutzerei, wie er sich ausdrückte, zu leugnen. Kaum war die Falle zugeschnappt, präsentierte der ebenfalls janusköpfige Witkowski-Harden zwei Zeugen vom Starnberger See. Einen Fischer und einen Milchhändler. Familienväter inzwischen. Zögernd sagten sie aus, natürlich, aber was sollten sie machen, auch sie standen unter Eid. Als junge Männer hatten sie in enger oder sehr enger Beziehung zu Eulenburg gestanden. Sechsundzwanzig Jahre lag das zurück. Der Schloßherr von Liebenberg war damals Gesandter in München gewesen, er verkehrte mit Kaulbach und Lenbach, den Malerfürsten, und verbrachte die Ferien mit seiner Familie in der Sommerfrische am Starnberger See. Kahnpartien, ohne die Frau und die Kinder, warum nicht. Weit weg vom Ufer mußte man sein. Dann konnte man auf die letzten Hüllen verzichten. So wie wir es mit vierzehn, fünfzehn Jahren machten. Während der großen Ferien rasten wir früh um fünf, halb sechs mit den klappernden scheppernden Rädern, ich hatte das bestellte Diamant-Rad noch nicht, stadtauswärts durch die Thälmannstraße, den Kellerberg rauf und zum Bubendorfer Schacht und bezogen auf dem flachen bewachsenen Südufer, das sich kaum einsehen ließ, einen wolkenlosen Hochsommertag lang Quartier. Kopfsprung, nackt, von einer kniehohen Lehmkante aus. Wie einen das kalte Wasser des vollgelaufenen vierzig, fünfzig Meter tiefen Tagebaus umschloß, auf dessen Sohle noch zwei abgesoffene Bagger und eine wegen Bombenschäden aufgegebene Abraumbrücke im Schlamm standen. Wenn in ganz trockenen Spätsommern Pumpen in die immer knappere immer brackigere Brühe eintauchten, um die näher gelegenen notreifenden LPG-Felder zu retten, sank der Wasserspiegel von Tag zu Tag und ließ die rostzerfressenen Maschinen wieder sichtbar werden, wie eine Mahnung oder Drohung. Das Baden dort war in keinem Jahr ungefährlich. Im Wasser lauerte spitzes oder scharfkantiges Eisen, einmal fanden wir eine Granate, gegen Mittag sonnten sich Kreuzottern auf den handtuchgroßen Sandflächen zwischen dem Gestrüpp, manchmal schoben sie sich ein Stück auf einen zu oder kamen einem ein, zwei Meter nach, als würde etwas uns verbinden, als gehörten wir auf unerklärliche Art irgendwie zusammen. Das scharfe Eisen. Die giftigen Schlangen. Aber gerade das zog uns an den Schacht, gerade deshalb konnten wir der Verlockung nicht widerstehen, dem nackten Schwimmen und Wassertreten und Tauchen, bei dem uns das Wasser einhüllte, umspielte und kühlte. Bis wir fürs erste genug hatten und uns fröstelnd, mit Gänsehaut auf die Decke fallen ließen und schon nach ein paar Minuten, von der glühenden Sonne wieder erhitzt, an uns herunter und dann verstohlen nach dem Freund sahen.

In Eulenburgs Münchner Zeit, in den Starnberger Sommerwochen spielten nicht nur Kahnpartien, sondern auch Briefe eine Rolle, Zettel, schnell hingekritzelte Botschaften und Beteuerungen. Und Reisen, auf denen der preußische Diplomat von seinen mittellosen jungen Freunden aus dem Volk begleitet wurde. *Hotel Zum Löwen* in Leipzig, Stadtbummel, abends Table d'hôte, dann das Klopfen an der Verbindungstür, die Zimmer mit Zimmer verband. Gegen Eulenburg, den Fürsten, einen der engsten Vertrauten des Kaisers, wurde nach seiner Zeugenaussage ein Verfahren wegen Meineids eröffnet, er antwortete, wie man auch geantwortet hätte, mit einem Nervenzusammenbruch. Der Untersuchungsrichter, einen adligen Kriminalkommissar, zwei Schreiber und einen Amtsarzt im Gefolge, kam nach Liebenberg ans Krankenbett des Beschuldigten, das erste Verhör, man hatte im Gästetrakt des Schlosses übernachtet, begann halb acht am Morgen und dauerte dreizehn Stunden, gleichzeitig wurde die Korrespondenz des Hausherrn durchsucht und gelesen, auf der Suche nach entlarvenden belastenden Stellen, er ließ sich von seinen Freunden Phili nennen, das war bekannt, aber wie redete er die Freunde an. Eulenburg kam in Berlin vor Gericht, man trug ihn in einem Liegestuhl in den Sitzungssaal. Unmittelbar vor dem Tisch der Anwälte wurde er niedergesetzt, im Wechsel nahm er Stärkungsmittel und Beruhigungstabletten ein, immer wieder mußte die Verhandlung unterbrochen werden. Eines Tages wurde der Angeklagte sogar in einem Klinikbett von der Charité nach Moabit transportiert. Dann war auch das nicht mehr möglich, kurzerhand verlegte man die Sitzung in den Konferenzsaal der Krankenanstalten.

Am Ende verneinten die Ärzte jede Verhandlungsfähigkeit auf absehbare Zeit, eine Kaution wurde gestellt, verbittert igelte sich der Kranke, der jede Protektion, alle Ämter und Orden verloren hatte, auf Liebenberg ein, zweiundsechzig Jahre alt. Keine Rolle, die man spielen möchte. Ohne Anmeldung tauchte alle sechs Monate ein Gerichtsarzt auf und untersuchte ihn, bis man über Krieg und Nachkrieg auch daran die Lust verlor. Was war ein Meineid gegen Materialschlachten, Kaisersturz und Putschversuche, die Umpflügung Mitteleuropas. Eulenburg starb 1921. Ein Jahr später wurde Ankläger Harden vor seiner Villa im Grunewald von nationalistischen Schlägern überfallen und durch Hiebe mit Eisenstangen schwer verletzt, Gesinnungsgenossen der Angreifer hatten wenige Tage vorher schon seinen Exfreund und Intimfeind Walther Rathenau umgebracht. Das Auto für das Attentat auf der Koenigsallee, ein schwerer offener Tourenwagen von *Mercedes*, stammte aus Freiberg, es gehörte zwei Brüdern Meinhold, Inhabern einer Lederfabrik, die es für die finale Abrechnung mit dem Reichsaußenminister zur Verfügung gestellt hatten, wie sie kurze Zeit später auch den Goldmacher Tausend bei sich aufnahmen, einen herumreisenden Schwindler, der im Auftrag Ludendorffs aus Blei Tonnen von Edelmetall herstellen sollte, geeignet, die französische und englische Währung zu unterminieren und die Reparationszahlungen ad absurdum zu führen. Für ein Ehepaar Meinhold, die vermögenden Eltern der Brüder, ist mein Urgroßvater väterlicherseits alle Vierteljahre bei Quartalsende als Aushilfsbuchhalter tätig gewesen, nachdem er im nahen Niederreinsberg im Alter von etwas über vierzig Jahren die Schmiede der Familie verkauft hatte und vom Schmiedemeister laut eigener Angabe vor den Behörden zum Privatier geworden war, der mit seiner Frau und den beiden Söhnen vom Dorf in die Stadt zog und sich im neuen Viertel von Freiberg zwischen der Altstadt und dem Bahnhof ein Haus kaufte. Wie ging das, Ruhestand deines Großvaters mit vierzig, fragte ich noch im August 2002 meinen Vater bei einem Besuch in Reiskirchen, es war eines unserer letzten detailgenauen Gespräche überhaupt, der Verkauf der Schmiede kann doch keine Reichtümer erbracht haben, zumal es Geschwister gab. Ich habe den alten Mann in meiner Kindheit noch erlebt, sagte Vater, er wohnte ja bei uns in der Greifenhainer Straße, sehr sparsam, sehr genau war er, schon verwitwet, seine Frau, das Freiberger Lottchen, wie sie in der Verwandtschaft hieß, war 1892 gestorben. Im Jahr darauf hat er zum Ankauf des Frohburger Hauses so viel beigesteuert oder sogar den ganzen Kauf finanziert, wahrscheinlich um ein Unterkommen zu finden, ich denke, er ist immer ein sehr guter Rechner gewesen, die Gelegenheitsbuchhalterei, aus der ihm ein eher bescheidenes Einkommen zufloß, hatte er sich noch als Schmied in Niederreinsberg selbst beigebracht, der örtliche Lehrer, viel jünger als er, Sohn eines befreundeten Schmieds aus Siebenlehn, half ihm dabei. Dann sprachen Vater und ich über das vierte Lichtloch des Rothschönberger Stollns, der die tieferen Schächte des Freiberger Bergbaureviers zur Triebisch hin entwässert. Das Lichtloch liegt mit Halde und Huthaus gleich neben der ehemals Vesperschen Schmiede. Nicht erstaunlich also, daß beim Schachtbau zugeliefert wurde: Haken, Krampen, Bänder. Das Augusthochwasser 2002 hatte wenige Tage vor meinem Besuch bei Vater in Reiskirchen Teile des Stollens zum Einsturz gebracht, der Rückstau der Grubenwässer im längst stillgelegten Revier war enorm, man sprach von sechsundzwanzig Meter Stauhöhe, und unten im Triebischtal und in Meißen hatten die Leute eine Heidenangst vor einem Dammbruch unter Tage mit einer aus dem Mundloch talwärts rasenden Flutwelle. Vater konnte die Angst vor Flutwellen seit jeher gut verstehen, er hatte als Student auf einer mehrtägigen Erzgebirgswanderung das Hochwasser im Juli 1927 in Berggießhübel von sicherer Höhe aus miterlebt, bei dem nach nie gekannten Regengüssen wie aus Eimern und dem Durchbrechen einer Anstauung an der Eisenbahnbrücke eine vier Meter hohe Wasserlawine durch das Gottleubatal geschossen war und einhundertzwanzig Menschen das Leben gekostet hatte. Fünfundsiebzig

Jahre danach malte mir Vater das Aussehen der verschlammten verdrehten Leichen aus, Kinder auch, bei deren Bergung er als Medizinstudent mithelfen mußte, denn die hochsommerliche Hitze am Tag nach der Katastrophe war groß. Ich hatte nicht den Nerv oder den Mut, noch einmal auf den Urgroßvater zurückzukommen und nach seinem blutigen Ende in der Greifenhainer Straße zu fragen, 1915. Eher sprachen wir über Rathenaus Ermordung. Das Land damals ein Pulverfaß. Der dünne Boden trug, solange er trug, und Schluß dann eben. Harden, der in der Kaiserzeit vieles wußte, vieles riet und wenig erreichte, floh in die Schweiz. Sechs Jahre nach seinem Tod kam in Berlin Hitler an die Macht, ein ganz anderes Kaliber als die Moltkes und Eulenburgs. Er sorgte für die Fortsetzung der Eulenburgschen Geschichte, eine Art Schleife. Nach der Novemberrevolution wuchs in Liebenberg, dem prächtigen Besitztum, Fürst Phili lebte noch, seine Enkelin Libertas auf. Ein wahres Engelchen, sagten die Gutsleute entzückt, wie gemalt, wie aus dem Bilderbuch, und immer fröhlich, das Kind. 1913 in Paris geboren. Der Vater Haas-Heye Kunstprofessor, die Mutter eine der Töchter Eulenburgs, Vorname Thora, Pianistin. Libertas Haas-Heye war zwanzig, als sie nach einem Englandaufenthalt Pressereferentin bei der Berliner Niederlassung der Filmgesellschaft *Metro-Goldwyn-Mayer* wurde, die ihre Büros in der Friedrichstraße hatte. Unklare Ausbildung. Hatte sie nun Abitur oder nicht, hatte sie die Schule zuhause in Deutschland oder das Pensionat in der Schweiz durchgestanden oder nicht. Fünfunddreißig jedenfalls, sie hatte der amerikanischen Firma längst wieder Adieu gesagt, war sie zum freiwilligen Arbeitsdienst für junge Mädchen gegangen. Dort stieg sie zur Führerin auf. Anschließend begeisterte Mitarbeit an einer Propagandaschrift über den Dienst. Beim Segeln auf dem Wannsee hatte sie einen Referenten aus Görings Luftfahrtministerium an der Leipziger Straße und der Wilhelmstraße kennengelernt. Als wollte ein Kreis sich schließen. Denn ihre Mutter hielt von Liebenberg aus engen Kontakt zu Göring auf dem benachbarten

Carinhall. Der zweite Mann im Dritten Reich kam gerne ins Eulenburgsche Schloß und ließ sich von Thora die Rosenlieder ihres Vaters vorspielen. Harden, der Verfolger ihres Vaters, war Jude gewesen, na bitte. Und bewiesen war auch nix. Der Referent mit dem Segelboot war eine Spielernatur. Freunde, Rainer Hildebrandt etwa, der spätere, viel spätere Gründer des Mauermuseums am Checkpoint Charlie, glaubten in seinen Augen ein kaltes Feuer zu sehen. Der Vater hoher Marineoffizier, die Mutter Vorsitzende des Frauenbundes in der braunen Kolonialgesellschaft, mit dem Parteiabzeichen am Kleid, gelegentlich. Harro Schulze-Boysen hieß der Sohn. Im vertrauten Umgang *Schuboy* genannt. Anfang der dreißiger Jahre hatte er die kleine Zeitschrift *Gegner* herausgebracht, bis zum Verbot durch die Nazis. Für den Vertrieb war ein Zuschuß aus der sowjetischen Botschaft Unter den Linden gekommen. Auch im Segelboot *Duschinka* steckte Moskauer Geld. Libertas Haas-Heye, Kosename Libs, und Harro Schulze-Boysen heirateten im Sommer sechsunddreißig, vierzehn Tage vor Beginn der Olympischen Spiele, die Feier fand in Liebenberg statt. Die Braut war dreiundzwanzig, der Bräutigam siebenundzwanzig, ein schönes Paar, Trauzeuge Göring, ein Jahr später fuhr die unruhige junge Frau auf einem Kohlenfrachter von Hamburg ins Schwarze Meer. Der Freundeskreis aus Künstlern, Schriftstellern, Filmleuten, Wissenschaftlern, der sich immer mehr vergrößerte, Abendeinladungen, Diskussionen, Wanderfahrten an die mecklenburgischen Seen, mit Faltboot und Zelt, Liebesaffären, kreuz und quer, ohne die Merkmale des Vertrauensbruchs. Kurz vor Hitlers Losschlagen gegen Stalin, ja so einfach war das: der eine schlug zu, und der andere sollte zu Boden gehen, allerdings waren auch Millionen andere betroffen, übergab ein Alexander Erdberg von der sowjetischen Handelsvertretung in der Lietzenburger Straße, in Wahrheit, wie erst seit ein paar Jahren bekannt ist, ein GRU-Mann namens Alexander Korotkow, ein ganz besonderer Spezialist des frisch gesäuberten Vereins, zuständig für Agentenführung und Morde im Ausland, übergab dieser Erdberg gleich Korotkow drei transportable Funkgeräte an ausgewählte Vertraute Schulze-Boysens. Die Koffer wurden den Leuten der Roten Kapelle auf Berliner S- und U-Bahnhöfen übergeben. Merkwürdiger Umstand, daß Greta Kuckhoff, die Frau des Schriftstellers Adam Kuckhoff, später Präsidentin der Staatsbank der DDR, das von ihr übernommene Gerät, Absicht oder Schusselichkeit, als einzige schon auf dem Bahnsteig hinfallen ließ, irreparabler Schaden. Rettete ihr vor Gericht das Leben. Und wurde später, in den neuen Zeiten, nicht gegen sie verwendet, ihr Mann hatte Blutzoll genug entrichtet. Noch im Juni einundvierzig, mit Kriegsbeginn, setzte der Strom der Funksprüche aus Berlin ein: *Choro an Moskau.* Jahrzehnte später, man könnte sagen: in der heutigen Zeit, wurde das Märchen in Umlauf gebracht, die Nachrichtenübermittlung der Roten Kapelle sei in dilettantischen Versuchen steckengeblieben. Um so seltsamer, wenn dann an Schulze-Boysen und seinen engen Mitarbeiter Harnack in der schlimmsten Breschnewzeit posthum der sowjetische Rotbannerorden für militärische Heldentaten verliehen wird, wie ihn zweimal auch Ruth Werner bekommen hat, die Schwester Jürgen Kuczynskis, des Anwerbers von Klaus Fuchs, des feinsinnigen Urgroßvaters, dessen wissenschaftliche Lebensleistung darin bestand, die Lage der arbeitenden Klasse überall auf der Welt kritisch zu untersuchen, nur nicht zuhause im sozialistischen Lager, das nach der eigenen Propaganda mindestens ein Sechstel der Erde umfaßte. Im Buchladen der DKP in der Kasseler Bahnhofsgegend, den ich einmal im Jahr besuchte, sah ich die großformatigen braunen Leinenbände bei jedem Besuch stapelweise, die Stapel nahmen weder zu noch ab, irgendwie eingefroren. Überhaupt wirkten der Laden, der alte Mann, das ganze Sortiment an der Kasse wie erstarrt, fast wie in Stein gehauen, ein Denkmal steinerner Zeit. Rotbannerträgerin Werner hatte Fuchs von ihrem Bruder geerbt, übernommen, sie führte ihn bis zu seiner Verhaftung, auch im vereinigten PEN-Club blieb sie Mitglied bis zu ihrem Tod im Jahr 2000, Kämpferin für ungehinderten Gedankenaustausch und freie Meinungsäußerung und Gegnerin jeder Fälschung und Entstellung von Tatsachen, die sie, tauglich für den PEN und seine Charta, zeitlebens gewesen sein muß. Erstaunlich auch der Undank ihres Bruders. Kuczynski wäre in Deutschland ermordet worden, England, das ihm in keiner Weise verpflichtet war, außer in humanitärer Hinsicht, nahm ihn auf und rettete ihm das Leben, er bedankte sich dafür, indem er Fuchs, einen anderen Emigranten, anstiftete, die Staatsgeheimnisse des großzügigen rettenden Gastlandes auszuspionieren und an ein System weiterzugeben, in dessen Bereich er über Prag leicht hätte gelangen können, er zog es aber vor, nach London statt ins lebensgefährliche Moskau zu gehen. Du liest das und staunst und suchst nach Dankbarkeit, schlechtem Gewissen, einer Idee von Loyalität und findest, kein zu großes Wort, Verwüstungszonen. Aber nicht nur Funksprüche der Roten Kapelle gab es, sondern auch nächtliche Klebeaktionen in dunkleren Berliner Straßen. *Schuboy*, in Luftwaffenuniform, sicherte mit gezogener Dienstpistole die Unternehmung. Dann tauchten in der Reichshauptstadt kommunistische Abgesandte auf, deutsche Emigranten aus Moskau, die bewaffnet und in Wehrmachtsuniform im Hinterland der deutschen Front oder über Ostpreußen abgesprungen waren, schlecht gefälschte Papiere und fragwürdige oder bereits aufgeflogene Anlaufadressen in der Tasche. Fellendorf, Panndorf, Börner, Koenen, Albert Hößler, auch zwei Frauen waren dabei, Erna Eifler und Käthe Niederkirchner, Katja genannt. Tageweise wurden die Ankömmlinge, die Gestapo schon auf der Spur, in den Wohnungen der *Schuboy*-Freunde untergebracht, Todesboten. Denn wer ihnen auf ihr Klingeln oder Klopfen geöffnet hatte, mußte kein Jahr später mit der Hochststrafe rechnen, Mißtrauen, Furcht und Tapferkeit, auch Ahnungslosigkeit und Wurstigkeit. Aus Angst vor den Peilgeräten der Abwehr schleppte man die Funkapparate, in Koffer verpackt, von Adresse zu Adresse, auch entfernte Bekannte wurden wegen der angeblich kleinen Gefälligkeit angesprochen, ein Handgepäckstück, nur für ein paar Tage, am Ende fühlte man sich beim Senden nur noch auf dem Wannsee sicher, während die Segeljolle *Duschinka* zwischen Schwanenwerder und Kladow kreuzte.

Albert Hößler, einer der Fallschirmspringer, war Sachse und stammte aus dem kleinen Ort Mühlau. Hügelland. Zweitausend Einwohner. Textilindustrie. Von Frohburg aus keine zwanzig Kilometer Richtung Chemnitz. Schon von daher war Hößler für mich interessant. Er gehörte im politischen Durcheinander Anfang der dreißiger Jahre zu den Thälmann- und Stalinkommunisten, orthodox, diszipliniert, von Zweifeln nicht angekränkelt. Im Moskauer Exil Besuch der Internationalen Lenin-Schule der Komintern zur ideologischen Festigung und militärischen Ausbildung, wie Tito, Gomulka, Honecker und Mielke. Spanienkämpfer. Als Kampf unter iberischer Sonne konnte auch der Besuch der geheimen Ausbildungsschule des NKWD in Benimanet bei Valencia bezeichnet werden. Sprang im August zweiundvierzig nach monatelanger Schulung im Chiffrieren und Morsen mit einem zweiten Mann hinter den deutschen Linien bei Gomel mit dem Fallschirm ab und wurde von sowjetischen Partisanen in Empfang genommen und eingewiesen, die Ankömmlinge bekamen Wehrmachtsuniformen, Waffen und Papiere gefallener oder gefangengenommener deutscher Soldaten. Als Urlauber getarnt, fuhren sie mit der Bahn nach Berlin. Der Begleiter, Hößler kannte, so war es in der Dauerkonspiration der Partei üblich, seinen richtigen Namen Barth nicht, suchte, kaum in der Reichshauptstadt angekommen, in der er vor dreiunddreißig als Redakteur der *Roten Fahne* gearbeitet hatte, seine Frau auf und blieb tagelang bei ihr hängen, bis er sich den Behörden stellte. Er war jetzt nicht mehr der Überläufer, als der er bei den Russen aufgetreten war, sondern jemand, der sich aus der unfreiwilligen Gefangenschaft in das Himmelfahrtskommando gerettet hatte, mit der Absicht, sich am Einsatzort sogleich zu offenbaren. Die Erzählung kam an, Barth war bei Kriegsende ein freier Mann, allerdings nur, um von den

Engländern an die Sowjetunion ausgeliefert zu werden, Berlin hatte er noch überlebt, Moskau überlebte er nicht mehr. Aus ganz anderem Holz war Hößler. Unbeirrt, seinem Auftrag getreu, machte er mehrere Versuche, aus den Wohnungen von Mitgliedern oder Sympathisanten der Roten Kapelle, die Grenze war fließend, Funksprüche für Moskau, für den *Direktor* abzusetzen. Aber die deutschen Abhörstationen waren seit Feldzugsbeginn rund um die Uhr besetzt, durch die Straßen Berlins fuhren nach den ersten aufgefangenen Morsezeichengruppen, verdächtig durch die Verschlüsselung, Kastenautos mit Peilantennen, und in den Läden wurden in großem Stil die abgegebenen Lebensmittelmarken auf russische Imitate hin überprüft, innerhalb von zwei Monaten war Hößler verhaftet. Heute ist sein Geburtsort Mühlau nach Burgstädt eingemeindet. Auf der Wikipediaseite der Stadt wird Hößler als einziger Name in der Rubrik Persönlichkeiten genannt, mit dem Zusatz Kämpfer gegen den Nationalsozialismus. Wenn man versucht, eine Änderung, eine Ergänzung anzubringen, etwa Kommunist und Fallschirmagent, wird innerhalb einer Viertelstunde die alte Fassung wiederhergestellt. Jemand sitzt morgens halb acht oder auch nachts am Computer, hat eine automatische Benachrichtigung geschaltet und wacht über den antifaschistischen Helden. Dieses Mühlau spielte bis in die fünfziger Jahre hinein für uns, vor allem für Vater, eine besondere Rolle, die durch jede Autofahrt nach Chemnitz oder auch nur über Penig hinaus neu belebt wurde. In Mühlau wohnte nämlich der Autoreparateur, der bei uns nur der *Vorbesitzer* hieß. Ich habe ihn nie zu Gesicht bekommen, aber jedesmal wenn wir mit unserem DKW durch den Ort kamen und in einer Kurve zwischen den ersten Häusern rechterhand die Werkstatt sahen, zogen wir die Köpfe ein, schnell weiter. Vater war während des Krieges dienstverpflichteter Landarzt gewesen, am 23. Juni 1941, ich war dreieinhalb Wochen alt, hatte er noch versucht, sich in der Kreisstadt Borna freiwillig zu den Sanitätstruppen zu melden, nicht aus Begeisterung, nicht aus Kriegslust, sondern aus dem spontanen Gefühl heraus, jetzt sei eine furchtbar riskante Sache losgetreten worden, ein Vabanquespiel auf Messers Schneide inganggekommen, der Kampf auf Leben und Tod, niemand dürfe sich drücken, jeder müsse mithelfen, aus dem Schlamassel, der verfahrenen Situation wieder herauszukommen, zu siegen. Nutzte alles nichts, erzählte Vater einmal dem Stadtkommandanten, Major Kasanzew, während ich zu beider Füßen auf dem Rollbahnmuster unseres Eßzimmerteppichs mit meinen Elastolinsoldaten spielte, ich predigte auf dem Landratsamt tauben Ohren und wurde wieder nachhause geschickt, vergrößern Sie lieber Ihre Familie, auf möglichst viele Kinder kommt es an. Was sollte ich machen, ich mußte weiter meinen älteren eingezogenen Kollegen Schwedt vertreten, der den Krieg wohlbehalten überstand, allerdings wurde er kurz nach der Heimkehr von seinem Chauffeur bei Dunkelheit und spätherbstlichem Wetter gleich hinter Bubendorf gegen einen Chausseebaum gesteuert, Sie haben die beiden Leichen ja noch in der Nacht in dem Autowrack gesehen. Der schlimmste Krieg, der aller Zeiten, war vorbei, und nun saß Vater mit Kasanzew, der einen dreipfündigen halbzerfetzten Karpfen und ein Leinentuch mit einem Butterklumpen auf den Ausziehtisch gelegt hatte und dem er gleich *Salvarsan* verschreiben würde, in den Klubsesseln unter den Fenstern zum Markt und zog eine Art Resümee: Daß wir den Krieg gegen Sie verloren haben, hat auch gute Seiten. Denn was wäre aus uns geworden. Wahrscheinlich säße ich als Arzt in einem Wehrbauerndorf am Ural. Kasanzew, der nicht schlecht Deutsch sprach, konnte das nachvollziehen, er stammte vom Land, aus der Ukraine, und fand es dort, Stadtbewohner, der er hatte werden dürfen, schlimm genug, wie er Vater halblaut anvertraute. Dann erzählte er von der Hungersnot in der ersten Hälfte der dreißiger Jahre, als die Dörfer abgeriegelt und sich selbst überlassen wurden. Abgeriegelt deshalb, weil sonst die Verhungernden zum Sterben an die Bahnstationen und in die Städte gekommen wären. Das erzählte er, murmelnd, mit langen Pausen, ein Vertrauensbeweis. Zur gleichen Zeit kroch unten Herbert Prause über den Markt. Er hatte in Buchenwald gesessen, zusammen mit seinem Bruder Leonhard, der dort ums Leben gekommen und dem zu Ehren unlängst die enge steile Schulgasse in Leonhard-Prause-Straße umbenannt worden war. Man hatte dem überlebenden Prause im KZ die Knochen zerschlagen, wußte man in Frohburg, seitdem quälte ihn eine Schüttellähmung, vornübergebeugt und mit zwei Krücken schleppte sich der große Mann jeden Tag durch Frohburg, wobei er die Krücken wechselweise so vor sich hinsetzte, als hätte er nicht zwei, sondern vier Beine, Achtung, riefen die Kinder, wenn er sich langsam um die Ecke schob, die *Spinne* kommt. Oft saß er bei Vater im Wartezimmer. Die Sprechstunde im ersten Stock der *Post* begann früh um sieben, die ersten Patienten saßen, wenn sie mit der Bahn aus Kohren-Sahlis, Neukirchen oder Frauendorf gekommen waren, schon ab sechs auf den Stufen im Treppenhaus. Das sorgte für dauernden Ärger mit dem Hotelier Kuntz und seiner Frau, die auf unserer Etage ihr Schlafzimmer hatten, neben der Einzimmerwohnung der Witwe Kienbaum, und die durch die Gaststätte, halb Kneipe, halb Restaurant, immer erst nach Mitternacht ins Bett kamen. Nicht selten wurden hundertzwanzig oder sogar hundertdreißig Patienten in sechs Stunden verarztet, zwei, drei Zigarettenpausen eingerechnet, zu denen Vater mit wehendem weißem Mantel wie ein Klinikchef in einem alten Ufa-Film über den langen dunklen Flur Richtung Herrenzimmer eilte, wo Mutter mit dem Tee, Kaffee war knapp, auf ihn wartete. Nach dem Mittagessen zu sechst, mit Schwester Edeltraud, der Sprechstundenhilfe, und mit unserer Hausgehilfin, vier verschiedene Mädchen in zwölf, dreizehn Jahren, legten sich die Eltern kurz hin. Die Unterhaltung während des Essens war rege. Bruder Ulrich: Die sagen immer so Worte. Wer denn. Na der, er zeigte auf mich, und seine Freunde, auf dem Markt. Was sagen sie denn. Ficken. Und *Fuddse*. Das wurde in Frohburg aus Votze gemacht. Und Fromms Gummiwaren hießen *Frummser*. Ich legte die Arme auf den Tisch und versteckte mein Gesicht zwischen ihnen, schluchzend, denke ich heute. In Deckung gehen, sich verkriechen. Als Kind, nicht selten. Während des Mittagsschlafs war in der Wohnung Ruhe angesagt, das Gebot engte mich selten ein, denn kaum aus der Schule zurück, warf ich den Ranzen ab und verschwand aus der Wohnung, mein Weg ging schräg über den Markt, am Kentaurenbrunnen, an Kirsteins Autowerkstatt, am *Brauhof* und an der *Braunsbergschen Textildruckerei* vorbei, dort hatte Mutter im Büro gearbeitet, die Fabrik, jüdisches Eigentum, stand bis dreiundfünfzig unter Treuhandverwaltung, dann wurde auch sie enteignet. Ich kam durch die Brückengasse, ließ das verlotterte Haus von Liebings Fritze und seiner Frau, unserer Schneiderin, rechterhand liegen, links das Kolonialwarengeschäft von Schusters, ich überquerte auf der rostmürben Sparborthbrücke die Wyhra, rechts der Töpferplatz, der während der Schneeschmelze oder nach Wolkenbrüchen im Hügelland nicht selten im Hochwasser verschwand, links erst die Maulbeerbüsche in dichter Reihe und dann die Linden an der Wyhra, mit den Franzosenkäferkolonien im trockenen staubigen Wurzelbereich. War ich so weit gekommen, sah ich mein Ziel zwischen Schützenhaus, Schützenplatz und ansteigender Straße auf der einen und Hölzchen, Litfaßsäule und Bürstenmacher Prauses Bude auf der anderen Seite vor mir, das Haus der Großeltern, in dem ich auf die Welt gekommen war und das mit Garten, Gartenlaube, Volieren für die Goldfasane, Pferdestall, Remise, Heuboden und Oberboden für mich bis heute der Kern der Erinnerungen ist, die mit Frohburg zu tun haben. Nach dem Mittagsschlaf der Eltern war noch Zeit für eine Tasse Tee und eine schnelle Zigarette. Vater, seit wann rauchst du eigentlich, hat Heidrun ihn einmal gefragt, als wir zu viert für zwei Wochen in Gabicce Mare an der Adria waren. Na, dreizehn werde ich wohl gewesen sein. Kurz nach drei startete Vater seine Besuchstour durch die Kleinstadt und über die Dörfer, meist kam er um neun, halb zehn zurück. Nur in den Schlingeschön-Monaten war er eher zuhause. Wenn das Auto kaputt war, benutzte er das Leichtmotorrad Marke *Pan-*

ther, auf dem ich im Sommerhalbjahr siebenundfünfzig bei schönem Wetter über Streitwald, Roda und Nieder-Gräfenhain zur Oberschule in Geithain oder nachmittags zu den Altenburger und Leipziger Antiquariaten oder einfach nur über Land fuhr, an die Zwickauer Mulde, nach Lunzenau, ich stand auf der Brücke, guckte flußaufwärts, sah das hohe Bruchsteingebäude der Tapetenfabrik auf dem rechten Ufer und wußte nicht, daß es in alten Zeiten eine Baumwollspinnerei gewesen war, in der mein Ururgroßvater ein paar Jahre geschuftet hatte, bevor er in die nächste Spinnerei weiterzog, erst runter nach Rochlitz, dann zurück nach Erdmannsdorf und schließlich nach Flöha, wo er mit vierzig Jahren starb, seine Frau war mit dem zwölften Kind schwanger. Das Motorrad hatte einen Hundert-Kubikzentimeter-Motor und Kurbelpedale, es fuhr mit Gemisch, Benzin und Öl wurden in einer Kanne ineinandergewirbelt, drehte man den Gasgriff zu weit auf, fing der kleine Motor an zu schnarren und zu stuckern. Einen Gepäckträger gab es nicht, Vater mußte sich seine Doktortasche an einem Gürtel über die Schulter hängen. Oder er packte alles um, die Instrumente, die Medikamente, das Verbandszeug, und nahm den graugrünen Rucksack. Bei Regen zog er den schwarzen wasserdichten Krad-Mantel an, aus Wehrmachtsbeständen, ein Kaupelstück, wie auch unsere Lederhosen einem Tauschgeschäft zu verdanken waren, Vater hatte die Wellblechgarage vom Kellerberg, wir wissen bereits, einem Lederwarenfabrikanten aus Pegau angedient. Eigenwillig konstruiert, einfach und zweckmäßig, ein Vorläufer des *Trabant*, so hätte man unser Auto, einen DKW mit Zweitaktmotor und Antrieb über Kreuzgelenke auf die Vorderräder, beschreiben können. Es stammte aus der Vorkriegszeit, war gegen hunderttausend Kilometer gefahren und mußte jede Woche und wenn Vater Pech hatte auch zweimal pro Woche in der Werkstatt von Kirstein repariert werden. Kein Wunder, das gute Stück war im Dauereinsatz, Sommer wie Winter, nicht selten auch nachts, bei Geburten, bei Zusammenbrüchen und Unfällen. Da gab es die uns auch schon bekannte Hochsommernacht im August neunundvierzig, die heißeste Nacht des Jahres, wie Samt und Seide, wurde später immer betont, die Eltern waren im Kino gewesen, *Affäre Blum*, die Geschichte eines Mordes aus dem Jahr 1925, der einem jüdischen Fabrikanten aus Magdeburg und seinem Chauffeur in die Schuhe geschoben wurde und den in Wahrheit ein junger rechtsnationaler Nichtstuer einer geringen Beute wegen begangen hatte, das Opfer, ein stellungsloser Buchhalter, lag verscharrt im Keller des Täters in Groß-Rottmersleben bei Magdeburg. Natürlich setzten Familie und Freundeskreis des Fabrikanten, auch hohe Verwaltungs- und Justizbeamte aus dem Bekanntenkreis, alle Hebel in Bewegung, um die Untersuchungshäftlinge freizubekommen, ihre Unschuld zu beweisen. Dazu bediente man sich eines bekannten Berliner Kriminalkommissars namens Busdorf, im Film *Bonte* genannt. Der Ermittlungsbeamte hatte sich bei der Bekämpfung des sogenannten Wildererunwesens während des Ersten Weltkrieges und in den unruhigen Zeiten danach hervorgetan und ein dreibändiges Werk über den deutschen Jäger und die Verbrechen an ihm, meist durch Proleten, Arbeitsscheue und Polen, herausgebracht. Ist heute sehr selten und kostet nicht wenig, *Wilddieberei und Förstermorde*. Busdorf fand den Täter und die Leiche in Groß-Rottmersleben, alles wurde gut, sozusagen, allerdings nahmen sich später erst der Fabrikant und dann auch seine Frau das Leben, möglicherweise vor 1933. Der berühmte Busdorf, aus Magdeburg mit zusätzlichem Ruhm bedeckt nach Berlin zurückgekommen, setzte seine segensreiche Tätigkeit auch auf privater Basis, aber gleichwohl von seinem amtlichen Ruf zehrend, fort, er paukte den siebenundsechzigjährigen Kulmbacher Kommerzienrat Meussdoerffer heraus, dessen Frau in der Villa des Ehepaars im November 1929 zu nächtlicher Zeit von Einbrechern überfallen und getötet worden war, angeblich, die Hausangestellten und seiner Bekundung nach auch der Ehemann, Besitzer der größten Brauerei der Stadt und mit dem Opfer seit zweiundvierzig Jahren verheiratet, hatten nichts gehört, Meussdoerffer fand am frühen Morgen seine Frau, sein *Muttchen*, wie er sie nannte, halbtot auf, durchsuchte erfolglos das Haus, setzte sich anschließend erst einmal hin, trank auf den Schreck zwei Flaschen Bier und ließ endlich, aber nicht eben dringlich einen Arzt aus der Nachbarschaft rufen, der nur noch den schlußendlichen Tod der Frau Meussdoerffer feststellen konnte. Spätere Erklärung für das mehr als seltsame Verhalten: schwere Arteriosklerose, was heißen sollte, er war nicht mehr ganz bei Verstand. Meussdoerffer wurde verhaftet. Verdacht auf Gattenmord. Der Sohn des Kommerzienrats und des Opfers, Direktor der Mönchhofbrauerei, beauftragte den Kommissar Busdorf, private Ermittlungen gegen Bezahlung anzustellen und den Kommerzienrat von jedem Verdacht zu reinigen, Busdorf ließ von der Familie sofort eine hohe Belohnung ausloben und brachte zwei einfache Kulmbacher Einwohner aus dem örtlichen Proletarier- und Tagelöhnermilieu dazu, unter Zusicherung einer Gratifikation und der Versorgung ihrer Familien während ihrer Haft den Einbruch und die unbeabsichtigte Tötung der alten Frau Meussdoerffer zu gestehen, die Strafe für die verhängnisvollen Stunden, die sie in der Villa Meussdoerfferer verbracht haben wollten, fiel überraschend mild aus, anscheinend gab es aber in der Bevölkerung starke Zweifel am Urteil und an der damit festgestellten Unschuld Meussdoerffers, so daß, als sich die Gerüchte über den Kommerzienrat nicht verloren, ein Buch über Busdorfs Ermittlungsleistungen nachgeschoben werden mußte, es erschien drei Jahre nach der Verurteilung der beiden Geständnisfreudigen, verfaßt von einem Gotthold Lehnerdt, in einem Verlag, dessen Signet ein Richtschwert war und der hochtrabend *Die Klinge* hieß. Weder Lehnerdt noch der Verlag sind jemals wieder hervorgetreten, will das was heißen. Als die Eltern nach der Schlußmusik und dem Abspann von *Affäre Blum* über die Hintertreppe des Kinos in den Hof vom *Roten Hirsch* kamen, hatte Mutter, der Film zitterte in ihr nach, eine Sternschnuppe gesehen, die erste seit Kriegsende, und hatte sich etwas gewünscht, nie wurde verraten, was. Sie gingen mit

Burrma und dessen Frau noch auf ein Bier in die *Post*. Burrma war Dr. Heinz Burrmann, der frühere Amtsrichter und gewesene NS-Führungsoffizier, der im Gegensatz zu vielen der von ihm Geführten das Kriegsende erlebt hatte, er war nicht nur aus dem Staatsdienst, sein Staat war weg, sondern auch aus der Wohnung im Amtsgericht geflogen, die er die letzten zwei Kriegsjahre mit uns geteilt hatte, auch wir mußten innerhalb weniger Stunden Platz machen für die sowjetische Ortskommandantur, nun wohnte er mit seiner Frau und drei kleinen Kindern, eins gerade geboren, in einem Saal im Schloß, der mit aufgehängten Pferdedecken mehr schlecht als recht unterteilt war, er mußte Handlangerdienste leisten beim Bau des Sechsfamilienhauses unterhalb vom HJ-Heim, des ersten und für etliche Jahre einzigen Neubaus am Ort, wenn man vom Einfamilienhaus des von den Russen eingesetzten Bürgermeisters Frenzel am Kellerberg absieht, Frenzel war Parteikommunist und dann noch KZ-Opfer, mehr ging nicht. Aus einem Bier nach dem Kino wurden drei, vier, ein Schnaps kam dazu, ist denn wirklich alles schlecht gewesen, hatte Burrma gerufen und war vor allem von den Frauen gedämpft worden, da sitzt der Mäser, sei ruhig. Und Mutter hatte sich nicht vom Film lösen können, sie war Lehrling und Stenokontoristen in der Textildruckerei gewesen, die den jüdischen Brüdern Braunsberg gehörte, da ging es streng zu im Büro, mit Anpfiff und Anschnauzer, andererseits hatte sie miterlebt, wie die drei Töchter der Familie aus dem Freibad gewiesen worden waren, von jungen Burschen, die Mutter kannte, weil sie auch in der Fabrik arbeiteten. Wenn man ein Mann gewesen wäre, wäre man vielleicht hingegangen, sagte Mutter an jenem Abend in der *Post* und später zu mir, aber dann hätte man anschließend aus Frohburg wegziehen müssen. Als sich das Quartett, die Eltern und Burrmas, nach Mitternacht vor der Kneipentür an der Ecke, genau unter unserem Erker, verabschiedete, hatte Vater das unklare Gefühl, leicht angesäuselt zu sein. Plötzlich die Feuersirene, nach ein paar Minuten, sie lief noch, Getrappel, Rufen, was ist los, fragte

Vater in das Dunkel hinein. Ach Sie sind das, Herr Doktor, wie gut, schwerer Unfall Ortseingang Dolsenhain, ein Motorradfahrer ist gerade bei mir gewesen, sagte Liebings Fritze, der Buchbinder und Feuerwehrhauptmann. Vater wollte sofort los. Mach keinen Quatsch, Wolf, hielt ihn Burrma zurück, du hast doch viel mehr als ich, laß mich ran. So fuhren die beiden Männer in die Nacht, Heinz Burrmann am Steuer, die Vorstadt *Auf dem Wind*, Straßenteich, fünfzehn Jahre vorher Mutter als *Wasserratte*. Kalkbruch und die Kreuzung mit der Straße von Eschefeld nach Wolftitz, der Stöckigt, Pilzsuche. Dort, wo sich die Dolsenhainer Umgehung in spitzem Winkel von der Einfahrt ins Dorf trennte, ragten drei gewaltige Eschen auf. Und an den nachtdunklen Eschen, umstanden von zwanzig, dreißig fast reglosen Gestalten, ein bizarres Gebilde aus Blech. Vater, nüchtern inzwischen: Licht, ist Licht da. Eine Taschenlampe ging an, sie surrte und keuchte, leuchtete auf und ging halb wieder aus, wahrscheinlich war es eine Dynamolampe mit Druckbügel, die Vater gleichsam in ihren Bann zog und ihn zu dem grob verformten Auto führte, nur noch an der Heckpartie war ein *Opel* Sechszylinder auszumachen, wie ihn die Russen erstens Großvater in Frohburg und zweitens Vaters älterem Bruder Jonas in Altenburg aus der Garage geholt hatten. Anfangs konnte er nicht viel erkennen. Doch dann sah er den kleinen Hohlraum. Und an die Innenseiten dieses unregelmäßigen spitzzackigen Hohlraums geheftet, gepreßt, förmlich gedonnert die Glieder, die Körper, die Köpfe von zwei, von drei, ja vier Menschen, Männern, wurde Vater klar, in Uniform, schloß er aus Textilfetzen in gedeckter Farbe. Alles Russen, sagte Liebing, der neben ihn getreten war, mit deutscher Nummer, wer weiß, wo sie das Auto herhatten. Mit voller Kraft gegen die Bäume, stellte Burrma fest. Und Vater meinte abschließend, hier käme jede Hilfe zu spät, jemand müsse in Borna anrufen. So standen die drei, der abgehalfterte Amtsrichter, der Kleinstadtarzt, der nicht mehr helfen konnte, und Liebing, der bunte Vogel, ein paar Meter vor der Mauer der Schaulustigen und rochen die

Mischung aus Treibstoff, heißem Gummi und Blut und hörten etwas tropfen und rieseln, hoffentlich geht das hier nicht gleich alles hoch, sagte Liebing.

Die Seitenstraßen der Stadt und die Fahrwege auf die Dörfer waren voller Schlaglöcher, eigentlich bestanden sie aus nichts anderem als Schlaglöchern, nur alle Jahre fanden Ausbesserungsarbeiten statt, und höchstens partiell, dann wurde Schotter auf die Fahrbahn gekippt und auf ihr verteilt und von einer Dampfwalze verdichtet, es folgte Sand, mit Wässerung und erneuter Verdichtung, fertig. Bis zum ersten starken Regen, zum ersten Frost. Unser DKW, das patente Auto, stellte nicht wenige Ansprüche an den Besitzer. Die Karosserie bestand aus einer Holz- und Sperrholzkonstruktion, die mit Wachstuch überzogen war. Faulten Teile durch, kam das Auto zum Wagenbauer Berger am Markt, neben der Apotheke, Zufahrt von der Badergasse aus. Die Leute dort schnitten die morschen Teile mit dem Fuchsschwanz heraus und ersetzten sie, Nägel, Leim und Tischlerzwingen kamen zum Einsatz, zuletzt wurde die betreffende Partie neu überzogen. Ein Vermögen hat mich das gekostet, sagte Vater noch im hohen Alter, ich habe oft nur für die Reparaturen gearbeitet. Auf die beiden vorderen Kotflügel, in Frontansicht gut zu erkennen, und unter das Rückfenster hatte der Maler Hummel vom unteren Markt kurz nach der Ablösung der Amerikaner durch die Russen große rote Kreuze auf kreisrundem weißem Grund gemalt, Vater, und nicht nur ihm, war das altbekannte Schicksal des Schwiegersohns Spielhaus aus der Baumbachschen Pappenfabrik *Wiesenmühle* in die Knochen gefahren. Spielhaus war mit seinem *Goliath*-Dreirad Richtung Eschefeld unterwegs gewesen, in Höhe des neuen Friedhofs zwei Rotarmisten, die nicht aufsahen, auch kein Zeichen gaben, er war vorbeigefahren, sie hatten hinter ihm her geschossen, das Dreirad war im Straßengraben gelandet, er hing vornübergekippt auf dem Sitz, Kopfschuß. Lebensgefährliche Zeit, die nicht erst mit den amerikanischen Tieffliegern anfing. Aber wenn sich in den letzten Monaten des Krieges etwas auf den Schienen, auf Straßen und Wegen, in Feld und Flur bewegte, groß oder klein, von oben aus gesehen egal, dann konnte es sein, dann war es wahrscheinlich, daß die eingebaute Maschinenwaffe in Aktion trat. Schnell konnte ein Eisenbahnzug mit gutgefüllten Tankwagen, der auf der Bimmelbahnstrecke bei Streitwald versteckt war, in Flammen aufgehen und explodieren. Und Heidruns Mutter erzählte aus Hessen, wie sie in den letzten Wochen des Krieges mit der Bahn von der Haltestelle Trais-Horloff nach Bad Salzhausen fuhr, um einen Besuch im Lazarett zu machen, plötzlich hielt der Zug, Flugzeuggebrumm, alles stürzte raus und ging an der Böschung in Deckung, machte sich flach und klein, Maschinengewehrtackern, als wieder Stille war, blieb die Frau neben ihr schwerverletzt liegen, sie kam aus Hungen, am nächsten Tag starb sie. Kein Wunder, daß Großmutter aus der Greifenhainer Straße für Vater auf ein Bettuch zwei zu einem Kreuz übereinandergelegte rote Inlettstreifen nähte und keine Ruhe gab, bis die Eltern dem Auto diese angeblich oder tatsächlich schützende Dachhaube verpaßten. Auf den Oster- und Pfingsttouren in die Sächsische Schweiz und in den Thüringer Wald und auf den Urlaubsfahrten an die Ostsee, 1950 erstmals, mit Lebensmittelmarken, mit einer Einmietung beim heimatvertriebenen Schneider Pantuschkin im ehemaligen Kaiserbad Heringsdorf, in der Villa des Frauenjournalverlegers Vobach, Verpflegung in einer Baracke auf dem Strand, auf allen diesen Strecken, die weiter als nach Altenburg oder Leipzig reichten, beglückte uns der DKW jedesmal mit einer Panne. Und erhielt damit Vaters Einfallsreichtum und seine Fähigkeit wach, mit solchen kleinen Krisen zurechtzukommen. Eines Sonntags war der Autoschlosser in Bad Klosterlausnitz, als wir dort strandeten, auf dem Fußballplatz, aber auf welchem. Ein andermal mußten wir, weil es in Beelitz keinen Gasthof mehr gab, nach Mitternacht eine Privatwohnung für die Übernachtung suchen. Zu viert im Doppelbett von alten Leuten, die unters Dach verschwunden waren. Ging alles. Sicherheit gab es eigentlich nie, man spitzte bei jeder stärkeren Veränderung des Motorgeräuschs die Ohren, so wie heutzutage im Flugzeug vielleicht. Nach Schwedts Tod hatte Vater ein paar Jahre nur noch einen Kollegen, den alten bärbeißigen Möring. Dieser Kollege, ehemaliger Wohltäter von Jutta Sämisch, rief eines Nachts im Januar sechsundvierzig gegen halb drei am Morgen bei Vater an. Er war zu einer Schlägerei vor der *Brikettfabrik Neukirchen* gerufen worden, aber da könne er nicht hin, Sie wissen doch, lieber Kollege, daß ich mich vor den herumstreunenden Fremdarbeitern und anderem Gesindel inachtnehmen muß, bitte fahren Sie doch. Kein Wunder, sagte Vater, oft genug hat er in seiner Sprechstunde oder bei den Krankenbesuchen in den Baracken den Männern in den verlängerten Rücken getreten und die Frauen mit Ohrfeigen bedacht. Zu Beginn der sechziger Jahre wurde er, nebenbei gesagt, in einer Feierstunde, die die Parteigrößen auf Kreisebene mit Genehmigung von oben für ihn organisiert hatten, zum *Verdienten Arzt des Volkes* und zum Sanitätsrat ernannt, mit großem Trara in der *Leipziger Volkszeitung*. Foto vom Festsaal, Fahnen beiderseits der Bühne, die Bonzen mit ihren Bonbons am Revers. Dabei hatte er kurz vorher nach Reiskirchen, in den Westen geschrieben, Vater solle ihm eine Arbeitsstelle besorgen, und wenn er die Aluminiumknöpfe der Fahrbahnmarkierungen in den Kurven putzen müßte. Außerdem gab es noch die dunkle Geschichte mit dem ss-Mann und der jungen Jutta, die nach Ravensbrück abtransportiert wurde. Mörings Rolle war unklar oder war klar, je nachdem, wer darüber sprach. Vater holte in jener Nacht des Anrufs von Möring sein Auto aus dem Schuppen und tuckerte los. Was er dann erlebte, gehörte zu den Standarderzählungen der Familie und ließ sich in immer anderen Variationen sowohl zum besten geben als auch anhören. Das Gefährt hatte keine Heizung, durch die Schlitze für die Pedale kam der eiskalte Fahrtwind hereingeweht, es schneite leicht. Am Ortsausgang Frohburg, wo ein seltenes Stück Asphalt das Granitpflaster unterbrach, stand ein unbeleuchteter Lastwagen quer auf der

Straße. Erst nachdem Vater angehalten hatte, kamen vier Russen in langen erdbraunen Mänteln aus dem Dunkel der gottverlassenen Winternacht, in der hier und dort weit draußen im Land einzelne Schüsse fielen und einzelne Frauen schrien, und bauten sich neben dem DKW auf, Dokumente. Vater reichte Ausweis, Führerschein und seinen Propusk, die generelle Fahrgenehmigung der Kreis-Kommandantur, aus dem Seitenfenster, Taschenlampenschein, er mußte aussteigen, Geflüster, Gemurmel auf russisch, schließlich: Nix, du zurück, Auto hier. Kurz vor drei war er losgefahren, eine Dreiviertelstunde später war er wieder da, pflegte Mutter zu erzählen, jedenfalls hörte ich die Korridortür schließen, ein Auto hatte ich nicht gehört. Mit einem Wort, Vater war sein Auto los. Und die Versuche, es wiederzubekommen, waren nicht von schnellem Erfolg gekrönt, einmal getroffene Entscheidungen zurückzunehmen, das entsprach nicht dem Stil der Besatzungsmacht und hätte auch nicht zu deren heimatlichen Gebräuchen gepaßt. Aber da war noch unser Kasanzew. Gerade hatten er und sein Oberleutnant von mir gelernt, wie man eine deutsche Verbeugung, so nannten sie das, zu machen hatte. Immer wieder mußte ich vor der Eßzimmertür warten, bis sie mich hereinriefen, wir gingen wie freudig überrascht aufeinander zu, nahmen die Füße zusammen, gaben uns die Hand und verbeugten uns, diebisches Vergnügen, beinahe waren sie mehr Kind als ich. Kasanzew machte sich nützlich und telefonierte mit Borna, großer Einsatz und große Lautstärke, viel Getöse, am liebsten von Vaters Apparat im Sprechzimmer aus. Da konnte Mutter, die ihm offensichtlich gefiel und die er auf zurückhaltende Art verehrte und umwarb, hören, wie er sich richtig ins Zeug legte. Und die Eltern waren tatsächlich auf ihn angewiesen. So wie er ein halbes Jahr später seinerseits Vater brauchte, als er bei einem morgendlichen Karpfenschießen per Karabiner am Großen Teich bei Eschefeld seinen Dolmetscher, einen zwanzigjährigen Balten, den einzigen Sohn einer in Frohburg untergekommenen Witwe, tödlich getroffen hatte. Vater, halb zehn aus der Sprechstunde an den Unglücksort gerufen, fand ihn, wie er abseits der Leiche und seiner Leute verzweifelt umhergeisterte. Jetzt mußte Vater ihm helfen und ihm, der Tote würde so oder so nicht wieder lebendig, einen Schwächeanfall attestieren, in dessen Verlauf sich der Schuß gelöst hatte. Ob ihm außer der Versetzung etwas passierte, erfuhren die Eltern nicht. In Frohburg hinterließ er keine wirklich schlechten Erinnerungen. Daß die abendliche Kinovorführung im *Roten Hirsch* immer erst begann, nachdem er mit seinem Adjutanten verspätet, manchmal sehr verspätet in der Loge, dem sogenannten Sperrsitz, Platz genommen hatte. Daß sein Auto tagelang vor dem Haus seiner Geliebten am Kohrener Markt stand. Und daß eines Tages seine breitgebaute Frau mit Flechtenfrisur und Kriegsbemalung auf dem strengen hochmütigen Gesicht auftauchte, unnahbar. Konnten alle verstehen. Für sie war das Feindgebiet, in zweierlei Hinsicht. Bis zuletzt, bis zum November siebenundfünfzig stand neben der Anrichte in unserem Eßzimmer, in der Halbmeterlücke zwischen Möbelstück und Außenwand, ein Zentnersack mit Zucker, der von Kasanzew stammte. Außerdem hatte er mich einmal, als ich mit vier Jahren allein zum Friseur ging, in sein Auto gepackt und nachhause gefahren. Wieder ein Grund, mit Mutter zu reden, er tat, als würde er schimpfen, *zu gefährlich für Kind*. Er konnte nicht wissen, daß Lisbeth, unser Mädchen, mir in Sichtweite nachging. Wir waren längst im Westen, nach ganz anderen Himmelsrichtungen orientiert, da fragten sich die Eltern noch manchmal, was aus ihm geworden war. Seine Intervention in Borna jedenfalls hatte nach langem Vorlauf endlich Erfolg, Vater durfte im Russenviertel am Bahnhof vorsprechen, hinter den übermannshohen blickdichten Bretterzäunen, russengrün gestrichen. Über das Viertel waren bei den Leuten die ungeheuerlichsten Vorstellungen verbreitet, in den Wohnungen würden Ziegen und Schweine gehalten, wenn die Kanalisation endgültig verstopft wäre, nicht zuletzt durch Mist und Schlachtabfälle, würden die Kloaken in die Keller entleert, sind die voll bis obenhin, werden sie zugemauert.

Vor dem Ersten Weltkrieg und zwischen den Kriegen waren die Gebäude, in denen die Russen saßen, Kavalleriekasernen gewesen, die Pferde, die man dort hielt, waren von einer Seuche befallen worden, *Bornaische Krankheit* beim Pferd genannt, als Großvater, meiner Mutter zufolge hauptsächlich auf Betreiben von Großmutter, nach über dreißigjähriger Tätigkeit als Tierarzt in Frohburg im Alter von siebenundfünfzig Jahren eine Doktorarbeit schrieb, bei einem Leipziger Professor, der gut zwanzig Jahre jünger war als er, machte er diese rätselhafte Erkrankung zum Thema der Arbeit. Mit nicht ganz unwichtigen, nicht ganz unrichtigen Feststellungen und Therapievorschlägen. Daß es sich allerdings um eine Viruskrankheit handelte, ähnlich der Kinderlähmung, konnte er weder ahnen noch berücksichtigen. Vater, erwartungsfroh, nahm die Bahn nach Borna, er kannte die Strecke bestens, von seiner Fahrschülerzeit her, als er in der Kreisstadt das Realgymnasium besuchte. Mit sechs Geschwistern, der älteste Bruder fiel mit neunzehn als Germanistikstudent, er sammelte Gedichtbände und schrieb auch selber Verse, Großmutter, feinsinnig und gelegentlich auf rätselhafte Art gedankenverloren, kam nie wirklich darüber hinweg. Der zweitälteste Sohn mußte vorzeitig von der Schule abgehen, er brach auch eine Drogistenlehre in Leipzig ab und übernahm schlußendlich, 1918 immerhin Feldwebel geworden, in der Bahnhofstraße in Borna einen Kolonialwarenladen, gleich hinter der Wyhrabrücke, nicht weit von den Kasernen. Was sich nach dem Krieg dort abspielte, der verbotene Schnapsausschank an die Russen, der Handel mit Buttermarken, und was die Geschwister nach Großmutters Tod 1959 bis zum eigenen Tod zwölf, vierzehn Jahre später entzweite, sind eigene Geschichten. Lange vorher der schreckliche Tod meines Urgroßvaters, und im Alter von zwölf Jahren starb auch noch Gertrud, die älteste Tochter der Großeltern, an Gehirnhautentzündung, zehn, fünfzehn Jahre vorher hatten schon vier von Großmutters Neugeborenen begraben werden müssen, dachte Vater auf der Fahrt nach Borna daran, der Zug schlich im Schrittempo durch die Gegend, Zeit genug hätte er gehabt. Von der Wache der Roten Armee, auf der Vater sich melden mußte, führte ihn ein Soldat tiefer in das Kasernengelände, sie kamen zu einem großen Platz, einem Exerzier- oder Übungsgelände, an dessen Vorderseite eine Bretterbude stand. Der drahtumzäunte Platz war voller Autos, in drei, vier Reihen und kreuz und quer weiter hinten standen sie da, alle möglichen Fabrikate, alle möglichen Jahrgänge. Und die Bretterbude war das Reich eines Sergeanten. Der Herr über das zusammengewürfelte Freiluftmuseum der deutschen Autoindustrie trat aus seiner Tür und hielt Vater wortlos seine beiden aneinandergelegten gewölbten Handflächen voller Autoschlüssel hin. Such aus, nimm. Nein, Vater wollte nicht einen, sondern unbedingt seinen Schlüssel, nichts anderes als sein Auto, doch *njet*, nix, sagte der Hüter des Platzes. Hatte Vater bis hierher erzählt, malte er nicht frei von Befriedigung seine blitzartigen Überlegungen aus, nämlich daß er keine große alte Scharteke auf vier Rädern haben wollte, die vielleicht aus den zwanziger Jahren stammte, nach Strich und Faden Benzin fraß und sich kaum reparieren ließ, *Opel* kam da schon eher infrage, der neue *Olympia*, aber wie die Zündschlüssel aus Rüsselsheim aussahen, wußte er nicht. Blieb nur, was er gehabt hatte und was er kannte, auch vom Schlüssel her: DKW. Ein Vabanquespiel, er griff sich einen der Schlüssel heraus, und als sei damit ein Zauber gelöst, verschwand der Sergeant in seiner Hütte, und Vater stand allein am Rand des Platzes und machte sich auf die Suche nach dem Auto, das nun offensichtlich ihm gehörte, an Stelle des eigenen unerreichbaren, das er gleich in der zweiten Reihe entdeckte, der Schlüssel, den er bekommen hatte, paßte nicht. Er hatte Glück, auch keines der übrigen Autos war verschlossen. Er setzte sich, den Schlüssel immer in Bereitschaft, in jeden DKW, trat die Kupplung, zog mit dem Revolvergriff den Gang heraus und versuchte, den Zündschlüssel einzustecken. Meist wurde er gleich abgewiesen, ein paarmal schöpfte er Hoffnung, weil er den Bart ein paar Millimeter einführen konnte, das Auto erkennt dich, macht mit, dachte er, doch dann kratzte und klemmte der Schlüssel und blieb verhakt stecken. Da die requirierten Fahrzeuge nur vorn in Reihen standen, weiter hinten aber ungeordnet abgestellt worden waren, wußte er nach einer Weile nicht mehr, in welchen Autos er schon gesessen und welche er vielleicht ausgelassen hatte. Am Ende war er seinem Gefühl nach durch, der Schlüssel hatte nicht gepaßt. Im normalen Frohburger Alltagsleben wäre er sich bei einem solchen Stand der Dinge todsicher veralbert vorgekommen. Aber jetzt war Ausnahmezeit, er war in einer Ausnahmesituation, zweckmäßig mußte er sich verhalten, den Umständen entsprechend, darauf kam es an, davon hing alles ab. Und so trat er erneut an die Bretterbude heran und räusperte sich. Tatsächlich ließ sich der Sergeant wieder sehen, er nahm den Schlüssel, beäugte ihn, verschwand und kam wieder, mit einem einzigen Schlüssel, an dem ein rotes Bändchen hing. Firma gleich, sagte er, und Vater sah: in der Tat, DKW. Noch einmal arbeitete er sich durch die Fahrzeuggassen, einsteigen, auskuppeln, einstecken. Und war schneller als gedacht am Ziel, bei zwei Autos neben seinem enteigneten flutschte der Schlüssel ins Zündschloß, er drehte ihn nach rechts, der Kontakt kam zustande, der Zweitaktmotor knatterte los. Probeweise im Leerlauf Gas geben, mal kräftig hochdrehen, wie klingt das Ding überhaupt, dann schnell wieder ausmachen und raus, sehen, was man da geerbt hat. Vater staunte. Wie es schien, war der Wagen höchstens fünf Jahre alt, vier Jahre jünger als seiner. Gut erhalten, beinahe Bestzustand. Fünf Minuten oder länger hat er erst mal still im Auto gesessen und sich schüchtern gefreut. Schüchtern, denn noch hatte er das gute neue Stück nicht vom Platz und im heimischen Posthofschuppen in Sicherheit. Mit Mühe rangierte er den Wagen aus der Lücke. Der Zerberus war nicht zu sehen, sein Gönner. Oder Glücksbringer. Jedenfalls stand das Maschendrahttor schon offen. Freie Fahrt also gen Frohburg. Das fremde Gefährt schuckelte und schaukelte ihn beinahe sanft über das Kopfsteinpflaster der Bahnhofstraße, dann über den Bornaer Markt, dann durch das Reichstor und den Berg hinauf, am Gefängnis vorbei. Kein Poltern, kein Knarzen, kein Klappern. Töfftöff, mehr hörte er nicht. Und dann erst fiel sein Blick zum erstenmal auf den Tachometer, er glaubte nicht, was er sah, vierzigtausend Kilometer weniger gefahren als sein altes Auto. Hochgefühl, wie manchmal auch in miesen Zeiten. Trug ihn durch die nächsten Tage. Immer wieder fiel ihm während der Sprechstunden plötzlich das Schmuckstück im Schuppen ein. Wieviel es wirklich wert war, erfuhr Vater von Kirstein. Das ist ja gar keine *Reichsklasse* wie Ihre alte Kiste, Sie haben ja eine *Meisterklasse* an Land gezogen, staunte der, etwas ganz anderes, nicht zu vergleichen, jetzt haben Sie über hundert Kubik mehr, siebenhundert im ganzen, und zwei PS zusätzlich zu den achtzehn, die Sie vorher hatten, da müßten Sie schon an siebzig, wenn nicht achtzig Stundenkilometer herankommen. Jetzt gab es für Vater erst recht allen Grund, mit dem Ausflug nach Borna zufrieden zu sein. Aber man ist nicht allein auf der Welt. Und man weiß als geborener Frohburger ganz gut, wie in der eigenen kleinen Stadt die Gerüchte laufen und, wenn sie durch sind, immer weiter weg von Ort zu Ort springen, genau an das Ohr, das am meisten auf sie aus ist, das am meisten mit ihnen anfangen kann. Vater war deshalb, ein bißchen schlechtes Gewissen spielte mit, nicht restlos erstaunt und verwundert über den unbekannten Mann in mittleren Jahren, der, kaum waren vierzehn Tage vergangen, bei ihm im Sprechzimmer stand und auf die Frage, was ihm fehle, sagte: Geben Sie mein Auto raus. Das war der Autoreparateur aus Mühlau, der *Vorbesitzer*. Heute weiß niemand mehr auf unserer Seite der Auto-wechsle-dich-Geschichte, wie sein Name war. Vater unterbrach die Sprechstunde und nahm ihn, den man nicht benennen kann, mit nach hinten, ins Herrenzimmer am anderen Ende des Flurs. Dort wurden gewöhnlich auch der Steuerberater Seeger, Heinz Burrmann, der frühere Rechtsanwalt Halde, Waldbub genannt, Vaters bester Freund Bachmann, der rausgeworfene Lehrer Sporbert, die Chemnitzer Arztwitwe Geißler aus dem Altersheim im düsteren Schloß Wolftitz und einmal auch ein Fotograf aus Leipzig plaziert, der uns alle vier im Lauf der nächsten Stunde mit einer Plattenkamera aufnahm, erst Vater und Mutter allein, dann die Eltern mit den Söhnen, zuletzt nur die Söhne und jeden Sohn einzeln. Vater mit seinem blassen, leicht angespannten Nachkriegsgesicht, schlecht rasiert mit alten Klingen, Schatten auf Wangen und Kinn, sieht in seinem dunklen Zweireiher aus wie ein mittlerer Wissenschaftler des sowjetischen Atombombenprogramms zu Lebzeiten Stalins. Seltsamerweise paßt auch Mutter ins Bild, mit einer üppig erscheinenden Oberweite und dem schweren fast schwarzen Haarknoten. Selbst Bruder Ulrich und ich wirken wie Sprößlinge einer fernen Nomenklatura, mit unseren Haartollen, den engen Jacken und den Trainingshosen. Freilich, ich habe ein deutsches Buch in der Hand, *Die Söhne der Großen Bärin*, einen Indianerroman, den beinahe jeder kennt, der in den ersten Jahrzehnten nach fünfundvierzig im Osten aufgewachsen ist, Verfasserin war Liselotte Welskopf-Henrich, SED-Mitglied seit 1946, ich mußte fast lachen, als ich darauf stieß, das hätte ich mir gleich denken könne, bei den enormen Auflagen. Ich las das Buch wie auch *Blauvogel* nicht ungern, die Geschichte vom Wahlsohn der Irokesen, aber Karl May war mir allemal näher und lieber, vor allem *Das Buschgespenst*. Manchmal bildete ich mir mit zehn, elf Jahren ein, daß es in Frohburg spielte. Natürlich war ich der drangsalierte und endlich anerkannte wertgeschätzte Webersohn, der am Ende sein Engelchen heiraten darf. Außerdem liebte ich *Atomgewicht 500* von Dominik, diese national angestrichene Auf- und Abstory, die ich verschlang, als ich wegen einer Bronchitis ein paar Tage nicht in die Schule konnte. Ich lag den lieben langen Tag fiepend und keuchend auf der Couch im Herrenzimmer und studierte in den Lesepausen das Tapetenmuster und das Kossäthsche Ölbild direkt über mir, auf dem der alte Mann im herbstlichen Park zu sehen war, Mutter konnte das Bild nicht leiden. Was sollte ich machen, sagte Vater zu dem ungehaltenen Besucher aus Mühlau und erzählte ihm, wie alles zugegangen war, die Beschlagnahme seines Autos und die Neuversorgung, für Sie ist der Wagen auf alle Fälle verloren, da kann es Ihnen doch egal sein, daß ich ihn habe, zumal ich damit die ärztliche Versorgung der Leute hier, der Einheimischen und der Flüchtlinge und so weiter sicherstellen muß, wir wissen doch beide, was heutzutage hier los ist. Wenn Sie keine Ruhe geben, das sage ich Ihnen aber auch, wird das den Russen alles andere als gefallen. Einen Ausgleich kriegen Sie auf alle Fälle von mir, ich bin kein Unmensch, fünf Flaschen Rapsöl, zwei Liter reinen Alkohol und ein paar Würste, drei, meinetwegen auch vier, es kam zur Einigung, notgedrungen, vordergründig, scheinbar. Das wußte Vater, und wir wußten es auch. Deshalb schnellschnell, wenn wir durch Mühlau kamen.

Hößlers Unglück: Ende August zweiundvierzig gelingt den Dechiffrierern beim Oberkommando der Wehrmacht in Berlin, die Dienststelle ist in der Nähe der Matthäikirche untergebracht, am heutigen Kulturforum, die Entzifferung eines Funkspruchs aus Moskau, der für einen Empfänger in Belgien bestimmt war und der auf die Berliner Wohnung der Schulze-Boysens in Neuwestend hinweist, der Mann in Belgien, Deckname *Kent*, ein vor dem Krieg unter südamerikanischer Identität installierter sowjetischer Agentenführer, reist, wie von Moskau angeordnet, nach Berlin, nimmt Kontakt zu der angegebenen Adresse auf, Altenburger Allee neunzehn, drei Treppen rechts, *Choro*, er klingelt, *Libs* läßt ihn ein und reicht ihn weiter, in Befolgung seines Auftrags versucht er, den aus personellen und technischen Gründen ins Stocken geratenen Funkverkehr der Berliner Gruppen wieder ingangzubringen. Ein Rentner, Angehöriger des KPD-Militärapparats und früher Fernmeldearbeiter bei der Post, soll sein altes verstecktes Funkgerät reaktivieren und Nachhilfeunterricht im Morsen geben, wurde angeordnet, der junge Coppi hat Übung nötig, auch die Fehler beim Verschlüsseln müssen ausgemerzt werden, die Moskau zur Verzweiflung bringen, weil die für die Kriegführung bedeutsamen Mitteilungen aus dem Zentrum des Gegners nicht verwertet werden können. Da der Brüsseler Sender reibungslos arbeitet, nimmt der angebliche Südamerikaner auf der Rückreise zahlreiche chiffrierte Rüstungskennziffern und Operationspläne für die Ostfront mit, die sich bei Schulze-Boysen und seinen Freunden und Mitverschworenen angesammelt, förmlich aufgestaut haben.

Dreiundneunzig, der Kultursenator Ulrich Roloff-Momin hatte eben das *Schillertheater* geschlossen, die Stadt war fast pleite, wodurch wohl, stand ich während einer Woche Berlin, Flucht aus einer verfahrenen Situation, betroffen vor dem zurückgerückten Fünfzigerjahregebäude in der Bismarckstraße, in dem Sabine Sinjen zum Ensemble gehörte hatte und Minetti, den ich mit Grass bei der Übergabe des Förderpreises in der Akademie erlebte, er schlief schon nach einer Viertelstunde ein, Wolfram, den wir mithatten, wunderte sich. Vom Schillertheater fuhr ich mit der U-Bahn zum Olympia-Stadion, das ich zum erstenmal sah, ein gewaltiges Rund, hoch ansteigend, in einem Zustand hart am Rand des Verfalls. Aber eine Ahnung bekam man doch von der Wirkung 1936. Zwischen zwei Sitzreihen ging ich auf halber Höhe einmal im Kreis. Travertinplatten der Verkleidung, die abgefallen und zerbrochen waren. Unkraut, Abfall. Kein Mensch zu sehen. Erst draußen, am Eingang zum Gelände, stieß ich auf andere Besucher, sie waren aus zwei Bussen gequollen, ich hörte sächsische Laute, was machen Sie denn hier, fragte ich eine ältere stabilgebaute Reisende, die aussah wie eine Brigadefrau, den Typ konnte man früher auf den Riesenfeldern der Genossenschaften oder in den Schonungen der Forstwirtschaft häufig sehen, gebückt, angestrengt in Gruppen oder Reihen über den Boden krauchend, aber bestens aufgelegt bei Gemeinschaftsausflügen mit dem Kremser. Ich hatte nie Schwierigkeiten beim Umgang mit solchen gestandenen Frauen, im Gegenteil, schon mit sechzehn fing das an, dieses gutmütige ein bißchen knisternde Spiel, in der LPG *Rotes Ernteglück* in Nonnevitz auf Rügen, wo wir bei der Weizenernte halfen, ich genoß es, von ihnen halb bemuttert, halb schon als Mann behandelt zu werden. In den Heiratsanzeigen der Nachwendezeit nannten sie sich selbst nicht zu Unrecht groß- oder vollbusig, anscheinend kam das Weich-Voluminöse bei den einheimischen Männern gut an, die ihrerseits jenseits der Siebzig mit dem Adjektiv vital für sich warben. *Morr währn hier im Schwimmschdahdiohn gedooft, mihr sahn Zeuchn Jehohwahs,* klärte mich die Frau auf, die ich angesprochen hatte, aus Schlema kommen die meisten, ich bin aus Alberoda. Bei Ihnen, sagte ich, fuhren die *Wismut*leute tausendachthundert Meter tief ein, rekordverdächtiger Wert, da unten in fast zwei Kilometer Tiefe herrschte eine Höllentemperatur. Na wenn schon, sagte die Sächsin, wir haben Berge versetzt, hieß es immer, wir haben Flüsse umgeleitet, machen wir eben einen großen Kühlschrank aus dem Bergwerk. Und dann, als Schluß war mit dem Getöse, nur noch fast unerträgliche Stille, da gründeten ein paar von der alten Leitung ein *Uranmuseum des Friedens* in Schlema, das sich nun wieder, an die Vorkriegszeit anknüpfend, Bad Schlema nennt. Ich bin mal, sagte die Frau, hinter einer Besuchergruppe aus Schmalkalden, die mit dem Bus gekommen war, meist ältere Semester, durch die Ausstellung gegangen, die Arbeitsgerät, Maschinen, Ausrüstung und vor allem Bilder, Schautafeln, Warnhinweise und Fotos zeigte, kaum eine Erklärung, was das eigentlich war, *Wismut*, denkste. Der Führer, um die Sechzig, unbewegtes Gesicht, gutturale dröhnende Stimme, wie Russen, die was zu sagen haben, man hört sowas in Karlsbad und, ich denke es mir so, in Moskau selber, gab kleine Geschichten zum besten, wie man die Prämien ergattern konnte, das hatten die Zuhörer noch nicht vergessen, das kannten wir alle nur zu gut, sie lächelten und nickten, die Stimmung war bestens. Dann kam die Rede auf die gewaltigen Spitz- und Hanghalden des Abraums. Eine Frau um die Vierzig, das Küken der Gruppe, sagte, sie ginge oft in die Pilze, auf den Halden stünden doch viele Birken, da habe sie Birkenröhrlinge, Birkenreizker und viele andere Pilze gesehen, kann ich die essen, fragte sie.

Wissen Sie, sagte der Führer und hob ein bißchen die Stimme und sprach auch ein bißchen schneller, ich will Ihnen mal was sagen, wir haben die Wissenschaftler aus Berlin hier gehabt, die haben alles gründlich untersucht, hier ist nichts, gar nichts, wenn Sie hundert Jahre jeden Tag eine Mahlzeit mit den Birkenpilzen von einer Hanghalde hier essen, Spitzhalden gibts ja nicht mehr, dann ist das gesünder, als wenn Sie Tomaten aus Ihrem eigenen Garten essen. Die meisten nickten ein bißchen, bis auf die Frau, die gefragt hatte. Als wir draußen vor dem Museum standen, fiel leichter Schnee, guckt mal, sagte die älteste der Gruppe, der färbt uns allen die Haare weiß, den Gerechten und den Ungerechten, Weiß schützt vor Strahlen. Was mir die Taufaspirantin am Olympiastadion erzählte, wunderte mich nicht, die Gegenden dort sind seit Jahrhunderten für die religiöse Spintisiererei ihrer Bewohner bekannt, in den Erzgebirgsromanen von Karl May, *Der verlorene Sohn*, *Der Fremde aus Indien*, *Das Buschgespenst*, ist davon die Rede, auch bei A. Ger in seinen Kindheitserinnerungen mit dem Titel *Erzgebirgisches Volk* und bei Hans Löscher in *Alles Getrennte findet sich wieder*. Das dünne Bändchen *Erzgebirgisches Volk*, hundertfünfzig Seiten stark, fand ich im Antiquariat Groß Ende 1963, im ersten Göttinger Winter, als mich das Fremdsein, die Unruhe nachmittags, nach den Vorlesungen durch die Innenstadt trieben und ich gleichgültig welche Anker brauchte, vor allem die Hefte, die ich zusätzlich zu den Zigaretten, *Supra* in der Sechserpackung, im Tabakladen am Groner Tor kaufte, der Inhaber, nicht mit allen, aber mit einigen Wassern gewaschen, langte den höchstens halblegalen Stoß von Magazinen unter dem Tresen hervor und legte ihn zur Auswahl vor mich hin. Schnell mußte ich entscheiden, welchen Farbfotos aus welchem Heft ich mich abends in meiner Dachstube im Vorort Grone widmen wollte, stundenlanges Hantieren mit Schere und Uhutube, ausschneiden, das Ausgeschnittene auf Pappen im Schulheftformat arrangieren und aufkleben, Vorderseite, Rückseite, eine Naturblondine mit schwellendem festwirkendem Körper,

Kurzschnittfrisur, spärliche farblose Behaarung untenherum, aufgenommen offensichtlich in einem Nudistenklub in den USA und zu finden in zahlreichen Ausgaben ganz verschiedener Verlage, gehörte zu meinen Lieblingsmodellen, vor allem, wenn sie unter der Dusche stand oder aus dem Schwimmbecken kam und das Wasser ihre Haut schimmern und glänzen ließ, am Ende hatte ich von ihr eine regelrechte Bildersammlung. Was meine Zimmerwirtin dachte, wenn sie neben der Entleerung des Nachttopfes und des Aschenkastens auch noch die meines Papierkorbs übernahm und dabei zuhauf auf Schnittreste von Nacktfotos stieß, kümmerte mich nicht, war mir egal. Einmal auch, in den Semesterferien, die ich wie immer bei den Eltern in Reiskirchen verbrachte, kippte ich die Reste der Magazine aus Göttingen zusammen mit den geplünderten Fotoalben, denen ich unbekümmert Material für eine zweite mir noch viel wichtigere Sammlung von Collagen entnommen, besser entrissen hatte, in ein Waldstück bei Grünberg, in eine Schonung, zwanzig Meter von der Straße weg. Ein Straßenarbeiter aus Hungen entdeckte, bis heute ist mir nicht klar, durch welchen Umstand, die ganze Ladung, durchstöberte und sichtete sie und erkannte auf den zerschnittenen Fotos die Häuser und Hofreiten der Untergasse und etliche Gesichter, ein ganz unwahrscheinlicher Zufall. Ihr könnt nicht wieder fünf Wochen in Steinheim bleiben, bedrängte mich Mutter am Telefon jedes Jahr vor den Sommerferien. Und führte finanzielle Gründe an, ich denke, wir wußten beide, worum es wirklich ging. Jeden zweiten, dritten Tag, so wie ich heute zu *Pretzsch* in der Gotmarstraße gehe, gleich hinter der Sparkasse mit den Kontoauszugdruckern und Geldautomaten, besuchte ich damals das *Antiquariat Groß*, seinerzeit noch Lange Geismarstraße, niedrige schmale und meist überheizte Räume mit geölten Dielen, tief nach hinten, durch drei Fachwerkgebäude, dicht neben dem blubbernden Ölofen stand die Wühltruhe mit antiquarischem Abfall oder dem, was dafür gehalten wurde, dort griff ich *Erzgebirgisches Volk* heraus, der Titel sprach mich eher flüchtig an, für einen Moment nur, ein Hauch Heimat vielleicht, zwanzig Pfennig, das war keine große Sache, die Nudistenhefte waren viel teurer und kamen mir doch nicht zu teuer vor. So nahm ich den Fund mit, eine Abrechnung mit der Kindheit des Autors, der sich A. Ger nannte. Eigentlich hätte auf dem Buchtitel Alwin Gerisch stehen müssen. Dieser Alwin Gerisch stammte vom westlichen Ende des Erzgebirgskammes, aus Rautenkranz, heute Morgenröthe-Rautenkranz, Johanngeorgenstadt benachbart und Wetterstation des *Mitteldeutschen Rundfunks*, mehrmals am Tag ziehen auch die Temperaturen von dort über den Bildschirm des Leipziger Senders, außerdem Geburtsort eines Pionierleiters, Politarbeiters und NVA-Offiziers, stationiert in Marxwalde, den die Russen erst auf ihrer Luftwaffen-Akademie in Monino schulten und dann in den Weltraum mitnahmen und dessen Tour in den Orbit ein großspuriges mit dem Solizuschlag finanziertes Museum an der stillgelegten Rautenkranzer Haltestelle der Bahn feiert. Südlich des kleinen abgelegenen Doppelorts versteckt sich noch eine winzige Siedlung aus einzelnen Ferienhäusern namens Sachsengrund im engen Tal, dann kommen in Höhen über tausend Meter nur noch Wälder, Forst- und Wanderwege und die Grenze zu Tschechien. Es wundert einen nicht, daß in der zweiten Hälfte des neunzehnten Jahrhunderts die Männer der Gegend entweder im Wald, in der Eisenhütte von Morgenröthe oder, seltene Ausnahme, im Staatsdienst als Zöllner arbeiteten. Geschmuggelt wurde reichlich. Auch hier kann Karl May als Kronzeuge dienen. In seinem Roman *Weihnacht*, dessen erstes Drittel im Erzgebirge angesiedelt ist, erzählt er in der Ich-Form, alles andere als bescheiden, wie er als höherer Schüler, der Doktor May, wie er sich in reiferen Jahren nannte, hat nie ein Gymnasium von innen gesehen, er war Seminarist, wie er mit einem Freund auf einer Jahresabschlußwanderung im verschneiten Mittelgebirge hüben oder jenseits der Grenze Zigarren kaufte, immer dort, wo sie billiger waren, in Sachsen oder in Böhmen, um sie im jeweils anderen Land mit kleinem Gewinn wieder loszuschlagen, nach dem Geschäftsmodell aller Schmuggler. Gerisch wuchs als Sohn eines Waldarbeiters auf. Ein knappes liebloses Zuhause mit viel Existenzkampf und Gehässigkeit. Haarsträubend, was er über das Zusammenleben der oft großen Familien, zwei pro Haus mit insgesamt nur zwei Stuben und vier Kammern, verrät oder zum besten gibt. Wie die kleinen Kinder im sogenannten Ständer fixiert waren, stundenlang, während die Mütter in Gruppen zusammensaßen und im Akkord Heimarbeit machten, strickten und spannen. *He Lene, dei Kleenes hat geschissen, es stinkt.* Laß mich in Ruhe, dummes Luder, ich brauch noch ne halbe Stunde. Und wie die Alten, wenn sie sich vollgemacht hatten, auch im Winter nackt ausgezogen, in eine Bütte gestellt und mit dem Reisigbesen abgeschrubbt wurden. Am schlimmsten war die frühreife Verwilderung, die daher kam, daß die Schlafkammern der Eltern von denen der Kinder, auch der größeren, nur durch Wände aus krumpligem Knüppel- und Stangenholz getrennt waren. Die Lücken und Löcher hätten ja geradezu eingeladen, an diesem Teil des Ehelebens als Zuhörer und sogar Zuschauer teilzunehmen. Auch einzelne Charaktere aus Rautenkranz beschreibt Gerisch, nicht wenige Männer und Frauen, meist älter, *hatten ihre Rede*, wie man sagte. Damit war eine fixe Idee gemeint, über die der Betreffende fortwährend reden mußte, oft genug handelte es sich um eine ebenso süßliche wie zugleich unduldsame und verlogene Christusschwärmerei, gepaart mit eingefleischtem Aberglauben, etwa an den Gelddrachen, der aus dem Schornstein der Leute flog, die ihn hatten, die Nachbarn sahen den Feuerschweif und wußten Bescheid. Im ganzen Dorf gab es nicht eine Kuh, aber wenigstens konnte die Ziege von nebenan behext werden, Kinder ließen sich mit einem Fluch belegen, und am schönsten war es doch immer, der Frau auf der anderen Seite der Gasse eine schlimme Krankheit an den Hals zu wünschen. Wie es mit Gerisch im Leben weiterging. Als Schriftsteller ist er nicht wirklich bekanntgeworden. Das Impressum seiner 1918 herausgekommenen Kindheitserinnerungen gibt eine erste Ahnung des Weges, den er genommen hat: Verlag *Vorwärts* von Paul Singer. Im gleichen Verlag war schon 1913 ein erstes Buch Gerischs erschienen, *Der Gotteslästerer*, ein Roman aus dem Leben der erzgebirgischen Waldarbeiter, zu denen anscheinend auch er in jungen Jahren gehört hat. Die Männer, um die es geht, Einwohner von Rautenkranz allesamt, wechseln aus der Abhängigkeit vom Förster in die Anstellung in einer neugegründeten Kistenfabrik, deren Leiter sozialdemokratische Ansichten hat. Bei ihm geht Gerisch in eine Art zweite Schule, nach den Jahren beim Dorflehrer. Und dieser neue Unterricht macht ihn frei und führt ihn letztendlich nach Berlin, wo er zusammen mit seinem späteren Verleger Singer von 1890 an für zwei Jahre Vorsitzender der *Sozialdemokratischen Partei Deutschlands* wird. Von 1892 bis 1912 gehört Gerisch dem Parteivorstand als Kassierer an, auch ein wichtiger Posten, während Singer im Verein mit August Bebel den Parteivorstand bildet. Wer weiß das heute noch. Man könnte mal jemanden fragen, der es wissen müßte, sagt Heidrun. Nicht aus dem Erzgebirge kam Hans Löscher, auch er mit *Alles Getrennte findet sich wieder* ein Gewährsmann für die Schwarmgeisterei der Erzgebirgsbewohner, er war Dresdner von Geburt. Als Schulrat von den Nationalsozialisten abgesetzt, schrieb er im aufgezwungenen Ruhestand eine Geschichte seiner Familie und seiner Jugend. Ich bekam das Buch, von der *Evangelischen Verlagsanstalt* in Ostberlin Anfang der fünfziger Jahre herausgebracht, zur Konfirmation geschenkt, vom Frohburger Apotheker Meißner, einem Ost-Synodalen, dessen dritter Sohn, der zweite war zeitweise mein bester Freund, letzter Präsident der Volkskammer gewesen ist. Während die Meißnersche Apotheke auf der Südseite des Marktes lag, wohnten wir auf der Nordseite. Von Fenster zu Fenster konnte gewinkt, konnten Lichtzeichen gegeben werden. Trotzdem gab es Gräben. Eine Geschichte mit einem Faß voll reinem Alkohol, das im Seitengebäude der Apotheke lagerte, Vater hatte Anspruch auf die Hälfte des Inhalts, plötzlich war alles weg, abgelassen, aus Angst vor den Russen, wenn die besoffen sind, ich habe Töchter, hörte Vater von Meißner, bei uns der Apo genannt. Keine zwei Jahre danach bekam ich die schwere Pistole Mauser C 96 zu sehen, mit Hängemagazin, wie im Film *Sturm über Asien*, die auf einem Regalbrett in der Gartenlaube des Apothekenanwesens überdauert hatte. Im Arbeitszimmer des Apothekers, vom Bürgersteig aus nicht zu übersehen, hing ein großes farbiges Hindenburgbild, ein Gemälde wahrscheinlich, über dem Schreibtisch. Nie sahen wir von unserem Herrenzimmer oder Eßzimmer aus an der Klinkerfassade gegenüber eine Fahne oder auch nur ein paar Papierwimpel, weder zum ersten Mai noch zum fünfzigjährigen Bestehen der großen Frohburger Schule in der Straße der Roten Armee. Bei uns Schwarzrotgold, als Kompromiß, nichts rein Rotes, nicht das Staatswappen, vor allem nicht Hammer und Sichel. In der Folge durfte ich als Sohn von Leuten, die taten als ob, auf die Oberschule nach Geithain, der Freund aus der Apotheke landete in einem Internat in Westberlin, wollte er mit vierzehn, fünfzehn oder sechzehn Jahren ein paar Tage bei seinen Eltern verbringen, Weihnachten oder in den großen Ferien, mußte er, Westberliner waren im Osten nicht zugelassen, zu Tricks greifen und den Westberliner Personalausweis gegen einen bundesdeutschen Reisepaß tauschen, der in Delmenhorst, dem Wohnort eines Onkels, im Safe des Meldeamtes bereitlag. Das Buch vom Apo, der Hans Löscher, hatte einen weitausholenden langatmigen Auftakt, der mich nach halbherzigen Versuchen von der Lektüre abbrachte. 1958 kam es mir dank Großmutter und Doris-Mutti in den Westen, ins Friedberger Internat nach, ich las es trotzdem nicht. Erst dreiunddreißig Jahre nach meiner Konfirmation, in einer aus mehreren Gründen trüben Januarwoche, griff ich fast blindlings danach und bewältigte es von vorne bis hinten auf einen Rutsch, rechtzeitig genug, um mich vor der Grenzöffnung auf den Besuch der Erzgebirgsdörfer Schönberg und Pfaffroda vorzubereiten, in denen es spielt. Löscher erzählt von seinem Großvater, einem Schneeberger Schuhmacher und Phantasten mit einer Kiste voller Bücher, von seinem jähzornigen Vater, einem Landgendarmen, der seinen Vorgesetzten die Treppe hinunterwarf und bei minimalen Bezügen in den vorzeitigen Ruhestand versetzt wurde. Mit ihm macht der junge Löscher einen Gang in ein Dorf auf dem Kamm, sie müssen ein Moor durchqueren, ein Gewitter zieht auf und tobt, ein herrenloser heruntergekommener Hund heult im Unwetter, schließt sich ihnen an und läßt sich nicht fortjagen. Und erinnert die beiden Wanderer und nach der Heimkehr auch die Mutter an den älteren Sohn, der durch eine Intrige, eine Gemeinheit aus der Kaufmannslehre in Dresden geschaßt wurde, obdachlos durch Süddeutschland zog und bei der Fremdenlegion anheuerte. Daß er in Indochina am Gelben Fieber stirbt, wird zuhause durch das Erscheinen des Hundes angezeigt und bricht seiner Mutter auf übertragene Weise das Herz. Leiden am Leben, sagt Löscher. Und fragt, ob das alles ist. Auf der Suche nach dem Hintergrund dieser Frage kamen wir auf einer hochsommerlichen Tagesfahrt von Göttingen aus über Chemnitz und Zschopau nach Schönberg, Streusiedlung in einem flachen Wiesental, ein Teich, darüber das Schloß Pfaffroda, als Altersheim genutzt, nach Südwesten, auf Olbernhau zu, ein großer Wald. Hitzekeule, als wir aus dem Auto stiegen. Das Paar in mittleren Jahren, das ich über den Gartenzaun hinweg nach der Tafel für Hans Löscher fragte, war mehr als spärlich bekleidet, er rotbraun unter grauer Brustwolle, mit Bierbauch, kurzes Höschen, sie gealterte Rubensfigur, die weiß aus dem knappen Bikini quoll. Für Halbwüchsige in der Nachbarschaft ganz bestimmt ein Blickfang, Faszination und Beunruhigung. Mit einer ähnlichen Mischung der Gefühle hatte ich 1956 die Mietwagenbesitzerin Kienbaum, die hinter Vaters Wartezimmer mit uns in der *Post* wohnte, beim Auto waschen auf dem Hof heimlich beobachtet. Wie der Overall sie umschloß, was er verriet. Das bukolische Bild im Schönberger Garten, unvermutet dargeboten, schockte mich und verschlug mir fast die Sprache. Aber kamen wir nicht alle aus Sachsen, er, sie und ich, der Dialekt half mir über den ersten Schreck hinweg, die Frau holte sogar, als ich die Wegbeschreibung nicht gleich kapierte, ihr Fahrrad und strampelte so, wie sie war, vor uns her die unbefestigte Dorfstraße entlang, zeigte auf ein Fachwerkhaus und kurvte zurück. Von hinten, schien mir, so verführerisch wuchtig anzusehen wie die Vermieterin und spätere Geliebte des Erzählers in Arno Schmidts *Steinernem Herz*, wenn sie in Ahlden aufs Rad steigt. Da standen wir nun vor dem Haus, in dem vor hundert Jahren ein sächsischer Landpolizist seinen vorgesetzten Gendarmerieoffizier in einer Zornesaufwallung die Treppe hinuntergestoßen hatte. Damit nahm das Unglück der Familie nicht seinen Anfang, der Vorfall war nur eine Bekräftigung des Unglücks. Wenn ich das schreibe, frage ich mich sofort, welche Bedeutung der Krankheitsausbruch, mit dem wir 1995 in allernächster Nähe ohne jede Vorwarnung, ohne jedes Vorzeichen konfrontiert wurden, in unserer Beziehung hatte. Leiden am Leben, man sucht Auswege, Erleichterung, Entlastung, Ablenkung. Warum nicht ein Stoßgebet. Auch im Schönberg und Pfaffroda hatten die Deutsch-Katholiken, die Zeugen Jehovas, die Bibelforscher und die Adventisten ihre Anhänger. Fünf, weiter hinauf sogar sechs Monate Winter, und im restlichen Jahr auch ziemlich frisch, zusammen mit den Hungersnöten von 1771, 1772 und 1773, 1816 und 1817 sowie 1846 und 1847, mit den vom Gebirgswind erst richtig angeblasenen unglaublich heftigen Feuersbrünsten, manche Dörfer und Kleinstädte sanken drei Mal in hundert Jahren von einem zum anderen Ende in Schutt und Asche, und mit dem engen Zusammenhocken der Leute in Klöppelstuben und Schnitzer- und Spielzeugmachergruppen förderte das ein christliches Sonderlingstum von zäher Beharrlichkeit. Selbst in den vierzig Jahren DDR hielt sich der Hang zur Schwärmerei. Meinen Segen hast du auf jeden Fall, du liebe gutgepolsterte alte Täuflingsfrau aus Alberoda, du verehrte *Wismut-*, *Konsum-* oder Forstwirtschafts-Matrone, dachte ich, während ich vom Olympia-Stadion zur Altenburger Allee ging, einer stillen Seitenstraße. Zwei Reihen aneinandergesetzter Miethäuser im guten Gartenstadtstil der dreißiger Jahre. Wahrscheinlich als Umrahmung oder Hinterfütterung des Olympiageländes gebaut, für die mittleren Beschäftigten des Regimes. Vor der Haustür von Nummer 19 blieb ich stehen. Zu gerne hätte ich mir jetzt, wo ich so weit vorgestoßen war, wo ich mich vorbeigequetscht hatte, nicht hängengeblieben war am Schillertheater und beim Olympiastadion, jene Wohnung drei Treppen hoch rechts, wie von der GRU aus Moskau an Brüssel gefunkt, einmal angesehen, in der *Libs* und *Schuboy* bis zu ihrer Verhaftung gelebt hatten, die Räume, die Größe, die Ausstattung, den Ausblick. Klingeln oder nicht, ich beugte mich vor und suchte den Namen auf dem Klingelschild, das darf nicht wahr sein, Ulrich Roloff-Momin, ich war platt. Wie konnte das sein, was narrte mich hier, was hatte ich durcheinandergebracht. Doch schnell fiel mir ein, daß es in der Roten Kapelle, vielleicht nicht gerade im Zentrum, einen Pianisten namens Roloff gegeben hatte. Auch bei ihm war ein Koffer versteckt, auch er war hingerichtet worden. Wer mit ihm verwandt war, konnte vielleicht Jahrzehnte später von der öffentlichen Hand, wenn sie Zugriff auf die Häuser in der Altenburger Allee hatte, ein Wohnrecht in den beziehungsreichen Zimmern verlangen. Am Ende ist selbst der Klingelknopf noch der, auf den *Kent* den Zeigefinger setzte, Vorspann zur Verhaftung von Harro Schulze-Boysen. Nach der Dechiffrierung des Moskauer Telegramms mit seiner Adresse. Das plötzliche Verschwinden begründen die Vorgesetzten mit einer Dienstreise, freilich ist seine Uniformmütze in der Garderobe liegengeblieben, doch macht das niemanden stutzig, nichts dringt nach draußen. Die Kommissare von der Gestapo, Dienstsitz Prinz-Albrecht-Straße, sind zufrieden mit der Ruhe im Karton, sagen sie, das ganze Netz enttarnen und sukzessive ausheben. Dabei war *Schuboy* vorgewarnt gewesen. Von einem neunzehnjährigen Mitarbeiter der Entschlüsselungsabteilung, der ihm nahestand und den er auf einem Segelausflug ins Bild gesetzt hatte, über die *Rote Kapelle*, die Funkapparate und die Moskauer Abgesandten. Auch *Libs* kümmerte sich, auf welche Weise auch immer, um den hochintelligenten Jungen, einen glänzenden Mathematiker, der ihn nun anrief: Höchste Gefahrenstufe. Brach er zusammen. Oder wurde er im Gegenteil stärker. Natürlich hätte er wie zwei Jahre später Goerdeler den Versuch machen können, aus Berlin zu flüchten, unterzutauchen, vielleicht in die Schweiz zu entkommen. Er blieb. Eben doch eine Spielernatur. Oder ihm war nicht wirklich klar, was auf ihn zukam. Und selbst *Libs*, viel ängstlicher als er, harrte wie hypnotisiert mehr als eine Woche in der Wohnung in der Altenburger Allee aus, mit welchen Nächten, bevor sie, halbherzig vielleicht, ein Köfferchen packte und eine Fahrkarte nicht nach Liebenberg zu ihrer Mutter, nicht nach Kiel zu Harros Mutter, sondern zu Freunden an der Mosel bestellte. Auf dem Anhalter Bahnhof wurde sie kurz vor der Abfahrt aus dem Nachtzug nach Traben-Trarbach geholt, Frau Schulze-Boysen, fragten die Männer. Folgen Sie uns. Ab ging es, erst für ein paar Stunden auf das Polizeipräsidium am Alexanderplatz, dann in die Prinz-Albrecht-Straße, dorthin, wo ihr Vater vor Zeiten Professor in der Kunstgewerbeschule gewesen war.

In Berlin wohnten wir meist am Wannsee, *Am Sandwerder*, und suchten einmal, den Stadtplan aus dem *Baedeker Berlin* von 1936 in der Hand, der Ausgabe zur Olympiade, zwischen Tiergarten, Kreuzberg und Mauer die Prinz-Albrecht-Straße. Das war einen Tag nach dem Abstecher nach Ostberlin, bei dem wir nach der Zurückweisung an der Sandkrugbrücke, hier nur Ausländer, nach der Schurigelei im Bahnhof Friedrichstraße und der unangenehmen Begegnung mit dem Geldwechsler am Bode-Museum, Windjacke, Turnschuhe und versautes Gesicht, wer weiß, in welchen Diensten, an Margot Honeckers Volksbildungsministerium an der Ecke Unter den Linden und Otto-Grotewohl-Straße gestanden und nach links geguckt hatten, der kleine Hügel dort, der Haufen Gestrüpp, das sind die Reste von Hitlers Bunker unter der Reichskanzlei, mein Vater, dein Schwiegervater, hat sich seit jeher dafür interessiert, schon in

Frohburg lag ein Buch darüber auf seinem Nachttisch, ich sehe es richtiggehend vor mir, eine Hundertseitenbroschüre mit schlechtem Papier und dramatischem Deckelbild, einem zerbrochenen Rutenbündel oder einem zerscherbten Hoheitszeichen, wahrscheinlich aus Westberlin nach Frohburg geschmuggelt, durch die Kontrollen, man wollte doch wissen, wie in der Reichshauptstadt zuendegegangen war, was so pompös und ein bißchen eindrucksvoll angefangen hatte, mit Parteitagen, Olympischen Spielen und sehr zackigen Militärparaden. Mir ist so, als wäre hinten im Buch eine Planskizze eingebunden gewesen, auf der die letzten Inseln des Widerstandes rund um den Tiergarten markiert waren, der Flakbunker Zoo, ein gewaltiges Bollwerk, inzwischen völlig verschwunden, der Reichstag, Kampf zwischen Keller und Hochparterre, jetzt wieder Präsidenten, Vizepräsidenten und Abgeordnete, und vor allem die Unterwelt unter der Reichskanzlei, mit dem Schlachtenlenker, der nach dem Verbleib einzelner Tigerpanzer fragte, sonst hatte er nichts mehr zu lenken, wo bleibt Wenck, der machte auf dem Weg zum Kommando über die fiktive Entsatzarmee erst mal in Weimar Station und hob sein Geld ab. Auch der Bahnhof Friedrichstraße wurde als noch nicht von den Russen erobert bezeichnet, und die engen Ausbruchskorridore über die Havelbrücken und zum Wannsee konnte man erkennen, Hitlerjungen und Jungvolk hielten sie und das Olympiastadion als Eckpfeiler frei und wurden dabei verheizt, für die Herren Offiziere, auch für die, denen der Führer persönlich Durchschriften seines verstiegenen Testaments übergeben hatte, Staatspapiere, letzter politischer Wille, müssen zu Dönitz. Die so ernannten Kuriere des Allerhöchsten schätzten sich zu Recht glücklich, raus aus der Mausefalle. Dort druben kurz vor der Voßstraße jedenfalls, tief unter der Erde und unter meterdickem Beton, hat Hitler sich mit Eva Braun ins Jenseits befördert, der Familie Goebbels voraus, und dort ist er auch in einem Granat- oder Bombentrichter verbrannt worden, unter Artilleriebeschuß, Herr über Europa und dann verkohlter Rest, gerade genug für eine Einkaufstasche, irgendwie tröstet das, nachdem es erschreckt hat, und dann, nach der Tröstung, erschreckt es nochmal. Knapp siebzehn war ich, seit einem halben Jahr im Westen, da lernte ich in Bad Münster am Stein jemanden kennen, der unten im Führerbunker war, fast bis zuletzt, und seine Frau war noch länger dort unten, sogar über das Ende Hitlers hinaus, es handelte sich um den General Eckhard Christian, den Verbindungsoffizier der Luftwaffe im Führerhauptquartier, der seit zwei, drei Jahren mit Gerda Daranowski verheiratet war, einer der Sekretärinnen Hitlers, der gepflegtesten elegantesten, denn sie hatte einmal für die Firma *Elizabeth Arden* gearbeitet. Nach dem Krieg, die Ehe mit Dara war geschieden, lebte Christian mit einer Tochter im Haus seiner Mutter in Bad Münster. Ein Landhaus mit grünen Fensterläden und Efeu auf den Mauern. Hinter dem Haus der ansteigende Garten, der in einen kleinen Weinberg überging. Christian, laut der zuständigen Memoirenliteratur eine überelegante Erscheinung und vor allem ein glühender Nationalsozialist, war erst Ende vierundvierzig zum Generalmajor befördert worden, zum Stichtag, maßgebend für die Berechnung der Offizierspensionen, war er Oberst, deshalb war sein ohnehin gekürztes Ruhegehalt, ja ein paar Jahre war tatsächlich Ruhe für ihn und seine Kameraden, noch schmaler, er glaubte, mehr verdient zu haben. Dieser Christian lebte mit der Mutter eines meiner Frohburger Freunde zusammen, einer Kriegswitwe namens Charlotte Kärger geborene Fängler, die mit Mutter in eine Klasse gegangen war und die *Süße Lotti* hieß, weil die Familie Fängler zwischen den Kriegen und bis zur Enteignung etwa 1950 den Schokoladen- und Bonbonladen auf der anderen Seite der Thälmannstraße, gleich neben dem Schnaps- und Zigarettenverkauf von Dallmers, betrieben hatte, aus dem die HO-Süßwarenfiliale wurde, jahrelang neben Bartlepps Buchhandlung mein Lieblingsgeschäft. Konnten wir aus den Herrenzimmer- und Eßzimmerfenstern über den Markt hinweg zur Apotheke und aus dem Erker auf die Fenster des Staatssicherheitsmannes Mäser gucken, so ermöglichten Kinderzimmer, Küche und Sprechzimmer den Blick in die etwas tiefer gelegenen Zimmer von Fänglers. Folglich waren die Gardinen bei ihnen immer zugezogen. Die Mutter meines Freundes Carl-Hugo war eine hübsche gutausgestattete Frau, Weiblichkeit pur, ließ sich sagen, sie strahlte etwas vom reicheren weltofteneren Westen aus, die zwei, drei Wochen lang, die sie zweimal im Jahr in Frohburg verbrachte, bei ihren Eltern und ihrem Sohn, ich weiß noch, daß es in ihrer Nähe und in ihrem Bad, Fenster nach Westen, nachmittags Sonne, Weiß als vorherrschende Farbe, anziehend und bedrängend roch, wenn sie da war, auch sah ich dort zum ersten Mal, ich wagte kaum hinzugucken, eine Packung Binden, Camelia, und die Unterwäsche einer Frau, leicht schimmernder fließender Stoff. Paßte alles, habe ich im Rückblick das Gefühl, nicht schlecht zum Aussehen ihres Sohnes, der einen gutgenährten Eindruck machte, auf den ersten Blick kein Schwächling, aber irgendwie rosig überhaucht, wenn uns danach war, hetzten Jörg Meißner, Bitterweg und ich unsere fast drei Jahre jüngeren Brüder oder die stämmige Rufina Prause aus der Greifenhainer Straße, auch drei Jahre jünger und dazu noch ein Mädchen, auf ihn, er verlor immer, er landete immer niedergerungen, besiegt auf dem Boden. Wenn er sich großtun wollte, sagte er, paßt mal auf, und ging zu seinem Großvater, einem kräftigen alten Mann, der mit einem Bruder, auch sehr handfest, am Bahnhof Frohburg einen Viehhandel hatte, ich brauche Geld, du Ochse, mach dein Portemonnaie auf. Das verstand der Viehhändler, der sehr an ihm hing, auf Anhieb, er konnte sich das Fünfmarkstück aus der hingehaltenen geöffneten Geldbörse picken. Nachdem seine Mutter in den Westen gegangen war, sie hatte recht, in Frohburg und Umgebung gab es keinen Mann, der frei war und für sie infragegekommen wäre, erzählte er uns auf dem Zwischenboden der Fänglerschen Scheune, auf dem wir oft und oft die Nachmittage verbrachten, sie arbeite in einem Nachtklub in Waldböckelheim oder in Kirn an der Nahe, gleich stürzten wir uns drauf, Nachtklub, Nacktklub, in einem Nacktklub arbeitet sie, da muß sie doch nackt sein, ganz bestimmt ist sie nackt, so dumm waren wir nicht, wir wußten genau, wie verrottet er war, der goldene Westen. Eines Tages war Carl-Hugo der Mutter nachgezogen, er wohnte mit ihr zusammen bei Christian in Bad Münster und kam nur noch einmal zurück, in den Sommerferien sechs- oder siebenundfünfzig. Im Winter davor war eines Nachts nach starkem Schneefall das Dach von Fänglers Scheune, auf das ich vom Kinderzimmer aus guckte, in sich zusammengekracht, nun sah der Kirchturm, sonst zur Hälfte vom Scheunendach verdeckt, ganz anders aus, höher und schlanker. Das Dach wurde nur über dem Ziegenstall wiederaufgerichtet, aus den Resten der heruntergekrachten Balken, und als wäre das noch nicht genug an Verfall, brach Anfang März, als der Frost aus dem Boden ging, im hinteren Fänglerschen Garten auch noch die hohe Bruchsteinmauer zum Anwesen des Ofensetzers Fischer zusammen, der Trümmerhaufen blieb liegen. Anfang Juli kam Carl-Hugo nach Frohburg, und schon am nächsten Tag mußte seine Großmutter, die kleine ledrige Fängler, mit der Tochter so gar nicht zu vergleichen, auf den Kreis nach Geithain, um eine Reisegenehmigung nach Bad Münster zu beantragen. Auf einen halben Tag hatten wir freie Hand in Haus und Hof und im Garten. Freie Hand. In dem Alter. Gleich in den Keller runter, am Fuß der Treppe das Regal mit dem Obstwein. Zwei Flaschen, fürs erste. Und auf der Scheune schon mal einen Schluck. Was weiter. Er hatte mir die Bresche in der Gartenmauer gezeigt. Laufen bei euch nicht die fremden Hühner rum. Wir bröselten durch die Bresche eine Spur Brotkrumen, als seien Hänsel und Gretel vorbeigekommen, legten ein altes Gartentor ins Gras, stützten es am oberen Ende mit einem Stock, beschwerten es mit Ziegelsteinen und banden an den Stock ein paar Meter Bindfaden, wir warfen noch ein paar Brotbrocken in den Winkel unter dem Tor, fertig war die Falle. Lange mußten wir, auf dem stehengebliebenen Teil der Mauer liegend, nicht ausharren, schon kamen die dummen Hühner von nebenan herüber und pickten sich vorwärts auf dem fremden Gelände, auf dem sie nichts zu suchen hatten.

In einem günstigen Moment zog ich kräftig am Bindfaden und riß das Stöckchen weg, zwei Hühner entwischten aufgeregt gackernd, ein drittes war festgeklemmt. Und nun. Wenn du es rupfst und ausnimmst, hacke ich ihm mit dem Beil den Kopf ab, sagte ich. So machten wirs. Dann holten wir aus der Küche eine Kasserolle und einen Klacks Margarine, machten am Ort der Tat ein Feuer und brieten unsere Beute. Verführerische Düfte durchzogen nach einer Weile den Garten. Und wehten wahrscheinlich auch in die Nachbarschaft. Schnell holten wir einen alten Liegestuhl aus der Gartenlaube und tarnten die Quelle der Wohlgerüche. Endlich war der Braten gar, scheinbar, in Wirklichkeit war er ungenießbar zäh, und endlich konnten wir oben in der Scheune die erste Flasche leeren, darauf kam es vor allem an. Ich hatte schon hinten im Garten, während das Huhn noch briet, mit meiner *Kiew* ein paar Fotos gemacht, eine Bilderserie, auf der Scheune knipste ich weiter, die Kasserolle, die Reste des Huhns, die Flaschen, die letzten Aufnahmen sind verwackelt. Als ich sie einmal Wolfram zeigte, in einer angeregten Stunde, er war so alt wie ich damals, wirkte er nicht so angetan, wie ich es erwartet hatte. Auch sonst fotografierte ich viel in jenem letzten Frohburger Sommer, immer wieder die Stadt aus der Ferne, von allen Seiten, vor allem aus Richtung Südwesten, der Kirchturm, ein, zwei Daumensprünge nach rechts die Doppelspitzen der Greifenhainer Kirche, ich ahnte oder wußte, daß unsere Absetzbewegung näherkam. Meist war ich mit dem Fahrrad unterwegs, oft fuhr ich in den Harzberg, ein Waldstück mit Sandgrube und verstecktem Teich an der Kleinbahn nach Kohren, ich hatte einen zusammengefalteten Hocker mit, setzte mich an die Kante eines sandigen Hanges mit alten Kiefern, heute alles zugebuscht, und las Shakespeare und Spinoza in Ausgaben von *Reclam*. Vor ein paar Wochen stieß ich im Internet auf ein Riesenangebot alter Ansichtskarten, allein von Frohburg gab es einhundertneun verschiedene, darunter eine Luftaufnahme aus den dreißiger Jahren, auf der man im Vordergrund die Kirche, den Markt im Anschnitt, das Schloß und weiter weg den Harzberg erkennen konnte. Ich bestellte die Karte, als ich sie ausgepackt hatte, leuchtete mir mein Hang hell entgegen, wir nannten den Wald *Harzer*. Am Tag nach dem Hühnerfang dicke Luft auf der anderen Seite der Straße, bei Fänglers. Der Großvater hatte die Feuerstelle im Garten und auch unsere Feierstelle in der Scheune gefunden, einen Tag lang war ich nicht zugelassen. Aber was war ein Tag, wir hatten noch viele, sehr viele vor uns. Schon am übernächsten Nachmittag vertrieben wir uns auf dem Fänglerschen Hof die Zeit, indem wir mit unseren Blasrohren von Meterlänge, meins stammte von der messingnen Hutablage unserer Garderobe, Steinchen und Erbsen in das offenstehende Schlafzimmerfenster der Dallmers im ersten Stock schossen, im Akkord sozusagen, Trefferquote fast hundert Prozent. Das Klicken, wenn wieder ein Steinchen im Zimmer gelandet war, machte Spaß und spornte an, eine neue Runde, nochmal fünfzig. Abends rückte das erboste Ehepaar Dallmer, das sonst überaus gefällig war und nicht nur Kautabak und Zigaretten, sondern bei Bedarf unsererseits auch mal eine Drittelliterflasche Weinbrandverschnitt rausgab, mit zwei randvoll gefüllten Einmachgläsern an, von allen Seiten sollten die Steinchen und Erbsen des Anstoßes zu sehen sein. Beschwerdebesuche wie der von Dallmers wurden in Frohburg Rechtfertige genannt, die Dallmers kamen auf *Reschdfärrdsche*, ihnen war ein Tort, eine Gemeinheit angetan worden, nun sollten sich die Täter Auge in Auge erklären und entschuldigen. Damit kein falscher Eindruck entsteht, es gab auch Vorkommnisse, die Gewicht hatten. So lockte ich Kärger eines Winterabends auf den menschenleeren eisglatten Markt, damit Jörg Meißner ihm eine Abreibung verpassen konnte. Carl-Hugo wurde geschubst und gerempelt und mit Schwingern bedacht, zwei- oder dreimal schlug er auf den hartgefrorenen Boden, halb rappelte er sich hoch, da fiel er schon wieder hin, eine richtiggehende Abrechnung. Endlich erlaubte, duldete Meißner den Rückzug seines aus der Nase blutenden Opfers hinter das große, allzeit geschlossene Hoftor der großelterlichen Festung. Was sich im

Stall und im Verschlag über der Waschküche der Fänglers abspielte, wäre vielleicht auch noch zu erwähnen. Und wie die alte Fängler Bitterweg mit dem Stockschirm bearbeitete und bei jedem Schlag KZ-*Wächter* schrie. Hier Schnitt. Drei Jahre später. Jetzt war ich fast siebzehn, hatte mit den Eltern und dem Bruder Frohburg heimlich verlassen, besuchte die Aufbauschule in Friedberg, hatte weiter Russisch als erste Fremdsprache und lebte im Schülerheim in der Burg in einem Vierbettzimmer. Dicht am Fenster gab es einen kleinen ramponierten Schreibtisch mit aufgebrochenem Türchen, ich hatte ihn mit Beschlag belegt und an die Innenseite der Tür mit Reißzwecken meine Frohburger Ansichtskarten und Familienfotos gepinnt. Dort, im Schülerheim, erreichte mich ein Brief aus Bad Münster, Kärger lud mich über Ostern ein. Richtig fuhr ich Karfreitag von Gießen aus, wo wir in der Notunterkunft im Rambachweg hinter den amerikanischen Kasernen wohnten, drei Zimmer, drei Familien, Doppelstockbetten, gemeinsame Küche und zwei nebeneinanderliegende Klokabinen, mit dem Zug nach Bad Kreuznach und wurde von Carl-Hugo und seiner immer noch reizvollen Mutter abgeholt, etwas voller geworden war sie, das störte mich nicht, im Gegenteil, und sie hatte inzwischen den Führerschein gemacht, alle Achtung, ich saß hinter dem Fahrersitz, hinter der *Süßen Lotti*, wie ich sie bei mir auch nannte, und hatte ihre Hochfrisur, ihr Nackenhaar dicht vor mir. Wenn ich an den Hausherrn, an Christian denke, sehe ich kein Gesicht vor mir, ich kann mich nur an eine kräftige Stimme und seine straffe Haltung erinnern. Straffe Haltung, eine Frohburger Kategorie, eine Einordnung. Christians und Daras Tochter, Carl-Hugos Stiefschwester, wenn man will, war zwei Jahre jünger als wir, blond, mit Zöpfen, auch nach Tagen noch zurückhaltend, reserviert, als hätte sie zugehört, wenn wir von ihr sprachen, ich habe sie schon nackt gesehen, sie hat gerade ihre Tage, ich weiß, wo ihr Tagebuch versteckt ist, sagte Carl-Hugo. Der General i. R. gab am Tisch den Ton an. Das war nicht weiter schlimm, die Mahlzeiten dauerten kaum zwanzig Minuten, für einen Internatsschüler ein Klacks. Kein Wort vom Krieg, vom Bunker, höchstens machte er sich lustig über die Milchbubis von heute, die Muttersöhnchen, er habe sich in seiner Jugend *durchgebissen*, sonst wäre er niemals Offizier geworden, er sprach es aus wie *Offßir*, die *Süße Lotti* sagte nichts. Immer wieder einmal kam das Gespräch scheinbar zufällig auf die Schule in Friedberg und das Internat, vielleicht, daß Carl-Hugo auch, wurde angedeutet. Manchmal wurde Christian vom Essen abgerufen, Patienten waren gekommen, die seine Hilfe als Chiropraktiker in Anspruch nahmen, in einem Souterrainzimmer, man durfte sie nicht warten lassen, Weinbauern zum Beispiel, die eine Verrenkung oder Verspannung hatten. Abends gab mir Lotti ein Badetuch und führte mich ins Bad, in ihr Bad, einen großen Raum, Doppelwaschbecken mit verchromten Messingarmaturen aus den dreißiger Jahren, dickes weißes Frottee, ihre Kosmetika, die Tiegel und Fläschchen, ich konnte mich, alleingelassen, kaum sattsehen. Eine Stunde blieb ich in der Wanne, immer erhitzter, ich stellte mir vor, wie sie zwei, drei Mal am Tag hier hin und her ging, halb angezogen, und ließ wieder und wieder heißes Wasser nachlaufen, bis das ganze Bad beschlagen war, die Spiegel, die Keramiksachen, Fliesen, Milchglasfenster, und mir schwindlig wurde. Dann klopfte es, ihre gedämpfte Stimme, ob es mir gutgehe. Ja, wollte ich rufen und brachte das Wort nur krächzend heraus, ich hatte einen Frosch im Hals, Herzklopfen. Beim letzten Mittagessen zu fünft, sie fuhr mich anschließend zum Zug, zog der Ex-General sein Fazit: Neinnein, Carl-Hugo, das Internat ist nichts für dich, dort muß man sich *durchbeißen*, sich durchsetzen, und du bist ein Herdentier. So kurz und bündig gab sich der Mann, der dreizehn Jahre vorher, bei der Nachricht von Hitlers Tod, kämpfend gefallen, sagte die unheilschwangere Stimme im Radio, in Tränen ausgebrochen war. Ich werte es nicht, ich sage es nur.

Halt doch mal, stop, man kommt nicht nach bei dir, ich will jetzt endlich wissen, wie es mit deiner Jutta weiterging, dem Krähen-, dem Rabenvogelmädchen, wen sie am Lindenvorwerk kennenlernte und was er von ihr wollte. Ich kann dir nicht viel sagen, nur, daß der junge Mann, der sie am Oberarm gepackt und aufgefangen hatte, Tristan Rothe hieß und der Sohn des Gastwirts aus Gnandstein war. Neben ihr auf der Decke liegend, sie hatten Waffenstillstand vereinbart, erzählte er ihr, daß er fünf Jahre in Borna aufs Realgymnasium gegangen war, aber der mühsame Schulweg, Fußmarsch über die Höhe, Bimmelbahn und Hauptstrecke, hin und zurück gute vier Stunden, war ihm leid geworden, nach einem Jahr im elterlichen Gasthof war er zur Polizei gegangen, jetzt Überfallkommando Leipzig, in zwei Jahren war er Beamter. Das kam Jutta alles auch von seiner Art zu sprechen her ein bißchen bieder vor, sie hatte, wenn auch aus der Ferne, nach wie vor Möring im Ohr, und auch das unerklärliche Vibrieren auf dem Abort im *Roten Hirsch* ließ sich nicht ganz vergessen. Bieder, aber verläßlich, immerhin, und gutaussehend noch dazu, das führte sie zusammen, jeden Urlaub, jedes freie Wochenende verbrachte Tristan bei seinen Eltern in Gnandstein, Tanzen gehen, Ausflüge machen, immer zu zweit, sie fühlten sich heimlich verlobt. Bis Jutta schwanger wurde. Jetzt spielte ihre Herkunft eine Rolle. Und es stellte sich zu ihrer Überraschung heraus, daß Bereitschaftspolizei längst nicht mehr zutraf, Tristan war schon ein Jahr vorher in die ss eingetreten, ohne jede Andeutung, kein Sterbenswörtchen hatte er gesagt. Sie mit jüdischem Vater, er ss, von Heirat konnte keine Rede sein, ja die Schwangerschaft allein war schon brandgefährlich, nicht nur für ihn. Also Möring, an den sich wenden. Hemmung über Hemmung, riesenhohe Schwellen, aber nichts zu machen, es mußte sein. Als sie nebeneinander bei ihm im Sprechzimmer saßen und ihm die Eröffnung machten, zog er die Augenbrauen hoch und ruckte mit dem Kopf, immer ein Zeichen für starke Erregung, wie Jutta wußte. Bist du sicher, fragte er. Ich denke doch. Du weißt, daß du schon einmal nicht, erinnerte er sie, jaja, aber diesmal. Dann leg dich hin, ich will nachsehen. Und nach einer Weile, den Kopf noch in Höhe ihres Unterleibs, ja stimmt. Und nun, fragte Jutta, bitte hilf uns, du mußt uns helfen. Auf keinen Fall, erhob Möring die Stimme, das kommt nicht infrage, das mache ich nicht. Aber denk doch, setzte Jutta an. Nein, nein und nochmals nein, schrie Möring, um dann leiser fortzufahren, ich mache das nicht, aber ich kann euch auch nicht daran hindern, daß ihr zur alten Fährmann nach Eschefeld geht. Als die Abtreibung stattgefunden hatte und herauskam, wer hatte geredet, wer hatte die Ohren aufgesperrt und Meldung gemacht, nie ist das bekannt geworden, wurde Mörings Bemerkung als Hinweis verstanden, als Ratschlag, als Beihilfe, es gab ein paar sehr unangenehme Monate für ihn, Ermittlungen, Verhöre, Verwarnung, Haftstrafe, die ausgesetzt wurde, nachdem er in den *Leipziger Neuesten Nachrichten* seines gefallenen Sohnes in stolzer Trauer gedacht hatte, das alles war nichts im Vergleich zu dem, was den beiden jungen Leuten bevorstand, Tristan wurde sofort verhaftet und starb nach zwei Monaten im Gefängnis, laut Totenschein an einem Blinddarmdurchbruch, während Juttas Leiden sich über Jahre hinzogen, Ravensbrück, Schneiderinnensaal, zu jeder Jahreszeit sah sie, am langen dichtbesetzten Nähtisch sitzend, die Rabenkrähen über dem Lager kreisen, mit euch fliegen können, und abends, auf dem Weg zu ihrer Schlafbaracke, hüpften und flatterten immer drei, vier der schwarzen Vögel um sie herum, *die Rabenfrau von Ravensbrück* nannten die Mitgefangenen sie, vierundvierzig setzten Hungerödeme und Tuberkulose ihrem Leben ein Ende. Aus Frohburg verschwunden, verschleppt, und in Frohburg vergessen, in all den Jahren am Ort hörte ich nur ein einziges Mal kurz von der Sache, aber da war nur von Möring und Tristan die Rede, kein Wort über Jutta.

Ein paar Tage nach unserem Blick von der Ecke Unter den Linden aus auf das wüste Gelände zwischen Voßstraße und Mauer, Jahre später, kurz vor der Wende mit Plattenbauten bestückt, suchten wir hinter dem Gropius-Bau die Prinz-Albrecht-Straße und waren unversehens mit den halb ausgegrabenen gekachelten Kellern der Gestapo konfrontiert. Man plante in Westberlin damals eine Gedenkstätte mit dem Namen *Topographie des Terrors*, Jahr um Jahr verging, man kam nicht wirklich vorwärts. In den Gebäuden, die über den freigelegten Kellern gestanden hatten, befand sich die Kunstgewerbeschule, an der Haas-Heye, Libertas Schulze-Boysens Vater, als Professor unterrichtet hatte. Die betreffende Straße gehörte zur Hauptstadt der DDR, sahen wir, nur der südliche Gehweg war Westen, eine armbreite Gasse, denn zwischen Gehweg und Straße zog sich die Mauer lang, die so hoch war, daß niemand sie mit Anlauf, Sprung und Klimmzug hätte überwinden können, auch hoch genug noch, um uns den Blick auf das sogenannte Haus der Ministerien zu verwehren, das einstige Reichsluftfahrtministerium, *Schuboys* Arbeitsstätte. Vom Büro in die Zelle, das war ganz offensichtlich kein weiter Weg gewesen. Zu unserem Erstaunen aber hatte die Straße, durch die der Festgenommene gekommen sein mußte, zu Fuß oder im Auto, ihren Namen nicht von Harro Schulze-Boysen, vielmehr hieß sie Niederkirchnerstraße. Als gäbe es im Umfeld von Berlin einen Ort Niederkirchen. Seit Monaten, ja seit Jahren befaßt mit meiner *Anleitung zum Gespräch über die Religion*, mit Phili Eulenburg, Albert Hößler, General Christian und Harro Schulze-Boysen, der Bücherberg, die Stöße mit Entwürfen und Kopien wuchsen weiter von Woche zu Woche, wußte ich gleich, was los war, ein Vorname und zwei Bindestriche hätten geholfen und aus der Niederkirchnerstraße die Käthe-Niederkirchner-Straße gemacht. Dürfte eigentlich keine Schwierigkeiten bereitet haben in Gegenden, in denen man die Dr.-Zamenhof-Straßen und die Dr. Julius-Grosz-Straßen so herzlich gern hatte wie die Schilder auf Garagentoren und an Einfahrten: frei halten. Hier kannst du ruhig parken, sagte ich zu Heidrun immer, frei sogar, es kostet nichts. In Fragen der Etikette der Partei aber war nichts, gar nichts dem Zufall, der Eingebung und dem sprachlichen Pfusch überlassen.

Schulze-Boysen wurde spät salonfähig, unter dem mittleren Breschnew, erst in Moskau, dann in Ostberlin, wo es sogar eine Briefmarke gab, aber nach der zeitversetzten sowjetischen Heiligsprechung, Käthe Niederkirchner dagegen hatte schon zum Gründungsmythos der SED gehört, als unbestreitbare unumstrittene Blutzeugin der Bewegung, Quatsch, der organisierten Arbeiterklasse. Briefmarke schon 1951. Und die korrekte Käthe-Niederkirchner-Straße gab es auch, wie ich heute weiß, im Stadtbezirk Prenzlauer Berg. Nach einer Stunde Lokaltermin und Inaugenscheinnahme, wie wichtig das klingt, fehlt nur noch der aufgeklappte Notizblock des Rechercheurs, gingen wir auf dem Gehweg der Niederkirchnerstraße zurück zum Parkplatz des Gropius-Baus, auf dem das Auto stand. In unserem Rücken, keine zehn Meter entfernt, der Wachturm der Grenzer, ihre Ferngläser von oben auf unsere Rücken gerichtet, wie Waffen, gleich merkte ich meine Gehprobleme wieder, während ich an *Libs* dachte, wie sie nach ihrer Festnahme am achten September 1942 in der Prinz-Albrecht-Straße gefangengehalten wurde. In den anschließenden Wochen folgen ihr immer mehr Freunde und Bekannte in die Haft, einhundertachtzehn sind es am Ende. Sechsundsiebzig Anklagen, sechsundvierzig Todesurteile. Unter den Hingerichteten neunzehn Frauen, die jüngste noch keine zwanzig Jahre alt. Hätte ich da, so festgesetzt, unter Gefahr der Hinrichtung, ein Gedicht auf Hitler geschrieben, wie es vorgekommen ist. Wahrscheinlich hätte ich ganze Romane verfaßt. Aber Vorsicht, wissen kann man es nicht, man kennt die eigenen letzten Verästelungen nicht, gut oder schlecht, schwach oder stark, trau dir nicht zu wenig zu. Stolz und Starrsinn, Verrat oder Opfergang, selbst nach dem Todesurteil und dem Schock keimt in der Zelle Hoffnung, ein Gnadengesuch ist möglich und wird auch niedergeschrieben. Während vom Gang des Krieges Rettung noch nicht zu erwarten ist, die deutschen Truppen und ihre Verbündeten sind im Süden wieder in Bewegung gekommen, auf Don, Wolga und Kaukasus zu, in Riesenräume hinein, kaum jemand ahnt, daß es sich um das Vorspiel zum Stalingradwinter handelt. Nach der Übergabe der beiden Kessel auf dem Westufer der Wolga durch die Führung der Sechsten Armee war auch da zweierlei möglich: Verrat oder Opfergang. Für die Masse der Soldaten gab es die Wahlmöglichkeit nicht, sie schleppten sich, getrennt von der Führung, mit mehr als miesen Überlebenschancen in die Gefangenschaft, die Führung wurde gefahren, mit ihren Koffern. Von jeweils neunzig Soldaten kamen nur sechs zurück. Die Chargen vom Oberst an aufwärts dagegen nahmen für sich die Sonderlager in Anspruch, sie wurden besser behandelt und besser verpflegt, das war schon der erste Verrat, mit ihnen ließ sich etwas machen. Schon Jagoda, Radek, Bucharin und viele andere hatte man mit langen Gesprächen, mit einer Art Wort- und Redekampf, zu den irrsten Selbstbezichtigungen und verstiegensten Aussagen gegenüber Mitangeklagten gebracht. Der Trick, die Falle, die Rattenfängerei, vor dem Hintergrund von Schiffbruch, Fiasko und Absturz. Pieck, Ulbricht, Becher und Weinert waren schon unterwegs nach Susdal, der neuen Aufgabe entgegen, die Kämpfe in Stalingrad legten sich schwer auf das Weihnachtsfest in der Greifenhainer Straße. Man hatte zwar einen Christbaum, schon wegen der Kinder, aber mit schlechtem Gewissen. Die armen Männer. Auch der Sohn von Möring war im Kessel gefallen, Möring gab den Tod zwischen den Jahren in den *Leipziger Neuesten Nachrichten* bekannt, *in stolzer Trauer*. Ich weiß gar nicht, Stolz, und dann Trauer, was soll das, sagte Vater. Da war es noch ein Glück, daß Jonas als Veterinär nicht im Süden, sondern im Mittelabschnitt der Ostfront eingesetzt war, zwanzig, dreißig Kilometer hinter der Kampflinie. Zu der Sorge um ihn kamen das Bangen ums Ganze und letztendlich der Schmerz. Am Tag der Totenklage und der Heldengesänge im Radio kehrte Vater spätabends von seiner Besuchstour nachhause zurück, kaputt, übermüdet, hungrig. Die Eltern wohnten noch bei den Großeltern im Dachgeschoß. Um mit seiner Mutter wie so oft zu vorgerückter Stunde noch ein paar Worte zu wechseln und ihr gute Nacht zu sagen, Großvater schlief dann meist schon, auch um sie zu trösten über die schlimmen Nachrichten, machte er im ersten Stock halt, durchquerte den Flur, ging ins Eßzimmer, zog die Schiebetür auf, er sah schon, im Wohnzimmer war es dunkel bis auf einen Lichtschein von der Straße, bist du hier, Mutter, fragte er. Ein leises Geräusch, selten gehört, aber er wußte, seine Mutter weinte. Er setzte sich neben sie. Ja, sagte er nach einer Weile, der Krieg ist verloren. Großmutter, die Zeit ihres Lebens keiner Fliege etwas zuleide tun konnte, eine Seele von einem Menschen, elf Kinder hatte sie geboren und sieben großgezogen, fuhr aus ihrem Sessel auf, niemals, schrie sie, niemals geht dieser Krieg verloren, nie nie nie. Das merke dir. Und jetzt verschwinde. Vater, erschrocken, aufgewühlt, war nicht imstande, gleich nach oben zu Mutter zu gehen, die auf ihn wartete, während ich, zwanzig Monate alt, im eiskalten Nebenzimmer schlief. Ein Jahr vorher, jetzt war Stalingrader Winter, damals war Moskauer Winter gewesen, hatte ich ebenfalls nebenan gelegen, aber bei geöffneter Tür, damit die Wärme des Kachelofens herüberziehen konnte. Mit schnellen, eher kleinen Schritten, wie er sie drei Jahrzehnte später noch an sich hatte, in Reiskirchen, wenn er aus dem Auto gesprungen war und auf das Haus, die Wohnung eines Patienten zueilte, war Vater in dieser Nacht nach dem fernen nahen Stalingraduntergang im vertrauten Frohburg unterwegs, zuerst hinauf ins Hölzchen hinter seinem Eltern-, meinem Geburtshaus, dann um das vom Arbeitsdienst angelegte Stadtbad, Absprungmöglichkeit von den Felsen bei zwölf Meter Höhenunterschied, über die Schafbrücken zum Schloß, die Besitzer scheinbar kriegssicher auf ihren Teeplantagen in Ostafrika, Internierung kam später, dachten wir immer, aber war schon passiert, Goldgasse, immer voller Hundehaufen, daher der Name, Kirchplatz mit Mörings Haus, Schulgasse, drei Jahre später Herbert-Prause-Straße, Schlossergasse, noch ohne die neuerdings wieder verschwundene Otto-Nuschke-Tafel, Webergasse, Markt. Kalt war es, dunkel, menschenleer, man kennt das, ich weiß, wie meinem Vater zumute war. Und wie meine

Großmutter sich fühlte, die gütigste Frau meiner Kindheit, von der Mutter in Heidruns Gegenwart oder überhaupt zu Heidrun unter vier Augen einmal völlig überraschend sagte: Sie war eine Teufelin. Auf jeden Fall war sie armer Leute Kind, nur das steht fest, ließe sich ihre Geschichte beginnen, auch gegenüber Mutter, und dann würde sie sich Bogen für Bogen weiterschwingen, eine Brücke über siebzig, achtzig Jahre, lieber fange ich mit einigen beschreibenden Sätzen an, Pinselstrichen in der Art des neunzehnten Jahrhunderts. Meine Großmutter wurde 1875 am Nordrand des Erzgebirges geboren, in der Kleinstadt Oederan, deren Hauptstraße Richtung Osten nach Freiberg und Dresden, Richtung Westen nach Chemnitz und Zwickau führt. Von der Hauptstraße geht eine Straße nach Süden ab, sie steigt in einen Bachgrund hinunter und klettert auf der anderen Seite den Hang wieder hinauf, dort oben die *Post*, ein paar Unternehmervillen, drei Fabriken und der Bahnhof. Wo die Straßen aufeinanderstoßen, gibt es den alten und den neuen Markt, ein bemerkenswert großes Rathaus und die noch viel größere Kirche mit der Silbermannorgel. Auch einige Gassen wie Enge Gasse, Schulgasse, Badgasse, Seilergasse haben sich angelagert. Auf dem Friedhof an der Freiberger Straße Grüfte mit barocker Überbauung. Früher mal Bergbaustadt, mit nicht gerade umwerfender Ausbeute, aber Freiberg, Zug und Brand mit ihren riesigen Silberlagern waren nahe, der Anreiz zum Suchen und Graben bestand, eine Art Lotterie, aber nicht mit Losen, sondern mit Mühe und Schweiß. Seit Ende des neunzehnten Jahrhunderts bestand eine bescheidene Textil- und Konservenproduktion, ob heute noch, wer weiß, eine Feuersbrunst von katastrophalem Ausmaß mit vier Todesopfern wütete 1709 und legte die halbe Stadt in Schutt und Asche, zweihundertelf Wohnhäuser und siebenunddreißig Scheunen. Als ich im August 2009 dem unaufgeklärten Kornfeldmord 1962 an der Affeninsel in Leipzig-Wiederitzsch auf der Spur war und das Gelände zwischen dem Klinikum St. Georg, dem ehemaligen NVA-Krankenhaus Wiederitzsch, dem Areal des kürzlich abgerissenen VEB *Holzver-*

arbeitung und der Neuen Messe erkundete, fand ich bei einem Abstecher in die Leipziger Innenstadt, ich mußte mein kriminalistisches Jagdfieber abregeln und außerdem etwas essen, in der Graphikhandlung unter den Rathausarkaden am Markt eine hübsche Ansicht von Oederan. Der Stahlstich von 1840, 1845 zeigt die Stadt von den Anhöhen im Osten aus, ganz hinten, man muß genau hinsehen, die hochgelagerte Augustusburg, im Vordergrund halbwüstes Gelände mit zwei oder drei umgebrochenen Grabkreuzen, die Selbstmörderecke des Friedhofs wahrscheinlich, weiter unten dicht gedrängt die Häuser der Stadt. Im Gewimmel der Dächer nicht genau auszumachen, wo meine Großmutter auf die Welt gekommen ist, Schulgasse, Hausnummer vier. Das Blatt kostete zehn Euro, es gibt gefragtere Orte. Großmutter, in ärmliche Verhältnisse hineingeboren. In Fällen, in denen ganze große Familien und Familienverbände im Elend oder am Rand des Elends lebten, nicht herauskamen aus der Not, was auch in Frohburg, in bestimmten Straßen und Ecken der Stadt, Webergasse, Marktgasse, Brauhausgasse, Schloßgasse, Insthäuser des Ritterguts, eher Regel als Ausnahme war, in solchen Fällen sprach Mutter, sprachen die Leute in meiner Kindheit von *Oahrmuhdei*. In Oederan war das nicht anders, wenn ich auch, Großmutters alte Stimme im Ohr, nicht sicher bin, ob da oben am Saum des Erzgebirges auch der breiigbreite Dialekt des westsächsischen Tieflands und des unmittelbar angrenzenden Hügellandes gesprochen wurde, mit dem ich aufgewachsen bin und der mich über Witzelei und Belustigung hinaus in tieferen Schichten doch anspricht, wie ein alter Pullover, eine alte Jacke, die zu einem gehören, auch wenn man sie nicht mehr auf die Straße anzieht. Meine Großmutter Elsa Vesper war eine geborene Berger. Ihr Großvater, Friedrich Christian Berger, Jahrgang 1807, stammte aus Erdmannsdorf, einem kleinen Ort an der Zschopau, unterhalb von Schloß und Stadt Augustusburg. In Erdmannsdorf gab es ebenso wie in Siebenhöfen bei Geyer, in Tannenbergsthal, in Chemnitz und in zahlreichen weiteren Orten im südlichen Sachsen und vor allem im mittleren und unteren Erzgebirge Baumwollspinnereien, Voraussetzung dafür immer ein Bach oder Fluß, der gestaut werden konnte und der die Spinnmaschinen über einen abgeleiteten Mühlgraben antrieb. Meist war die Spinnerei direkt über die Wasserräder gebaut, in vier, mit Dachgeschossen in bis zu sechs, sieben Stockwerken, auf denen die über Transmissionen und Treibriemen inganggesetzten Maschinen standen. Die Baumwolle mußte antransportiert, gerichtet und als Faden auf die Spulen gewickelt werden, Arbeit genug für Männer und viele Frauen. War die einzelne Spule voll, wurde sie gegen eine leere ausgetauscht, die mußte ihrerseits wieder aufgesteckt und angedreht werden, das machten die sogenannten Fabrikjungen im Alter von zehn, elf, zwölf bis vierzehn Jahren. Ein solcher Arbeiter in der Spinnerei in Erdmannsdorf war mein Ururgroßvater Friedrich Christian Berger. Er heiratete 1832, mit fünfundzwanzig Jahren, eine junge Frau namens Johanne Juliane Müller, die, 1812 in Seifersbach bei Mittweida geboren, mit dem dortigen Pfarrer, bei dem sie in Diensten stand, nach Erdmannsdorf kam, als er versetzt wurde. Im ganzen zwölf Jahre im Pfarrhaus, nach so langer Zeit rückt auch ein Dienstmädchen näher an die Familie heran, und es wundert nicht, wenn sich der Pfarrer bei den Eintragungen im Kirchenbuch, die mit ihr zu tun hatten, ein bißchen mehr Mühe als gewöhnlich gab, so ist das, was man Grundmuster ihres Lebens nennen kann, überliefert worden. Das junge Paar hatte eine unsichere Existenz und war nicht in der Lage, sich lange an einem Ort zu halten, Absatzkrise, Betriebspleite, Wandertrieb, Suche nach besserem Verdienst oder erträglicher Wohnung. Zuerst blieb man noch in Erdmannsdorf, dann fanden beide Eheleute Anstellung in der neugegründeten Spinnerei in Lunzenau, an der Zwickauer Mulde, von da ging es zwei Jahre später weiter flußabwärts, nach Rochlitz, dort gab es seit neuestem ebenfalls eine Spinnerei, auf der Muldeninsel, hochmodern für damalige Verhältnisse, Carl Gottlieb Haubold, der Vater des sächsischen Maschinenbaus, seinerzeit aus seinen Chemnitzer Fabriken gedrängt, war der

Gründer, man konnte das große Bruchsteingebäude, bis zum Ende der DDR in Wohnungen aufgeteilt, bis vor kurzem noch sehen, ein verfallendes Industriedenkmal, inzwischen schon abgerissen, ahnungsloser Wiesenplan. Auch Rochlitz war nicht das Ende der Wanderschaft, jetzt ging es wieder zurück, wieder höher hinauf an den Wasserläufen, nach Plaue, seit langem Ortsteil von Flöha an der Zschopau, 2002 im August große Zerstörungen durch das Hochwasser, dem örtlichen Feuerwehrhauptmann wurde, während er unterwegs war und anderen half, das halbe Haus von den Wassermassen weggerissen. Die Baumwollspinnerei in Plaue war 1809 von den Brüdern Clauß aus Chemnitz gegründet worden, sie blühte während der Kontinentalsperre auf, wurde einer der großen Betriebe in Sachsen, dreihundertzehn Beschäftigte, davon fünfzig Kinder, drei Fünftel der Arbeiter Frauen, und mußte 1832 durch ein weiteres Spinnereigebäude, das an das alte Fabrikschloß mit Mansarddach, Gauben und Uhrturm gesetzt wurde, vergrößert werden. Bei Clauß in Plaue fanden Friedrich Christian Berger und seine Frau Arbeit, sie wohnten wieder in Erdmannsdorf und gingen zu Fuß an der Zschopau entlang zur Spinnerei und nachhause. Bis der Erdmannsdorfer Pfarrer in das Kirchenbuch eintrug: Berger ist am vierundzwanzigsten November 1850 im Alter von nur dreiundvierzig Jahren an der Schwindsucht gestorben. Seine Frau, die vor der Ehe lange bei mir diente, ist achtunddreißig Jahre alt und in diesen Tagen zum elften Male guter Hoffnung. Bereits während der Lunzenauer Zeit, im Jahr 1844, war den Bergers nach etlichen anderen Kindern, genauer gesagt sechs Töchtern und zwei Söhnen, ein weiterer Junge geboren worden, der auf den Namen Ernst Louis getauft wurde. Dieser Junge, mein späterer Urgroßvater, war sechs Jahre alt, als sein Vater starb. Wie die älteren Geschwister mußte auch er bald mithelfen, die große Familie, die den Hauptnährer verloren hatte, über die Runden zu bringen, als Spinnereijunge bei Clauß, mit seinen beiden älteren Brüdern. Wie viele Stunden drehte er täglich an, wie lange mußte er in der staubigen lauten

Halle aushalten. Einmal in der Woche war drei Stunden Fabrikschule, der Plauer Lehrer Krumbiegel kam rüber in die Spinnerei, zum Lesen und Schreiben und einfachen Rechnen reichte es am Ende, Religion spielte eine große Rolle. Christentum, süßlich, Pietismus, Wortfrömmigkeit, Schwärmerei waren üblich in der Gegend. In den zwei Jahren von 1957 bis zu ihrem Tod 1959 schickte mir Großmutter, ich kann es nicht oft genug sagen, aus Frohburg etliche von meinen zurückgelassenen Büchern nach, sie packte sie ein in das ostdeutsche Packpapier, das winzige Kügelchen von Staniol und Reste kleiner Insekten enthielt, Flügel und Fühler zum Beispiel, ein Brief durfte nicht beiliegen, und bat Doris-Mutti, das Päckchen auf die Post zu bringen. Die Bücher kamen nach Friedberg, ins Internat, Grüße aus vergangener Zeit, zurückgelassenen Verhältnissen, einmal war ein Buch dabei, das ich nicht kannte und nie besessen hatte, *Aufzeichnungen aus einem Totenhaus* von Dostojewski, ich las es in der Nacht vom achtundzwanzigsten auf den neunundzwanzigsten Mai, ein Geschenk zum siebzehnten Geburtstag, kam mir vor. Am nächsten Tag meldete ich mich bei der Aufsicht des Schülerheims krank, die kurz nach sieben durch die Zimmer ging, ich blieb bis Mittag im Bett und schlief mich aus, man brachte mir das Mittagessen, danach fühlte ich mich gleich besser. Zeiten waren das, in denen Seltsames passierte. Der Dichter Hermann Stahl, ursprünglich Westerwald, nun Ammersee, kam auf Einladung des Landrats nach Friedberg und las im Saal des Amts aus seinen Werken, von Ton und Inhalt seiner Lesung keine Ahnung mehr, ich weiß nur noch, daß ich in der Pause vom Autor selbst seine erschwinglichste Veröffentlichung erwarb, *Der Läufer*. Davon bot er in zwei Stapeln mindestens zwanzig Exemplare an, vielleicht im Koffer auf der Bahn herangeschafft, Einzelpreis sechs Mark, mit Signatur, Jahr des Drucks 1939. Viele Jahre später lernte ich Stahl persönlich kennen, alt, sehr alt. Nächte hat es gegeben, da rief er mich an, spät, sehr spät, Dauergespräch, Gadamer habe ihn reingelegt, nach einem vertraulichen Gespräch in Regensburg, und auch von Herbert Heckmann hielt er nun nicht mehr viel, und wenn er mal ganz offen sprechen dürfe, das Hitlergedicht habe er nur geschrieben, um seine Widerstandsarbeit in der Münchner Gruppe zu tarnen, Luise Rinser habe es doch ähnlich gemacht. Kurz darauf wurde offenbar, daß der Direktor unserer Schule, ein promovierter Goetheliebhaber, Abonnent der Artemisausgabe, es im Krieg zum Unteroffizier der Luftwaffe gebracht hatte, er war noch mit vierundsechzig stolz auf seinen Kniehang am Reck, wie er öfter als nur gelegentlich anklingen ließ. Seine zentrale Frage im Sozialkundeunterricht: wie wird der Bundespräsident gewählt. Manchmal platzte er in die Deutschstunde der oberen Klassen. *Faust zwei*, ein halbes Jahr lang, mindestens, Mythos der Mütter, schon nach fünf Minuten unterbrach er Frau Tüchsel, adlig geboren, nunmehr Kriegswitwe eines Frontseelsorgers, haben die Schüler das verstanden, warum fragen Sie nicht. Dann fragt er selbst, Kittelmann, was ist das, Mythos der Mütter. Äh, ja, also, die Mütter eben, sind ja wichtig, als Mütter, sagt Goethe. Na bitte, Frau Kollegin, da haben Sie es. Und riß den Rest der Stunde an sich. Waren wir nachts ausgestiegen, hatten wir das Schülerheim durch ein nach hinten gelegenes Erdgeschoßfenster verlassen und streunten durch das nächtliche Friedberg, konnte es sein, daß wir von einer Telefonzelle aus den Direktor in seiner Wohnung in Bahnhofsnähe anklingelten, manchmal hob er tatsächlich ab, und wir stellten uns als Tierarzt im Wehrdienst vor und forderten ihn auf, seinen Schäferhund bereitzuhalten, wir kämen gleich jetzt und holten das Tier ab zu Höhen- und Druckkammerversuchen. Empörtes Grunzen. Auch der Geographie- und Sportlehrer hatte seine Eigenarten. Im großen und ganzen waren wir den Lehrern gegenüber auf Toleranz geeicht, die verschiedenen Typen standen hart gegeneinander, in den Augen der Schüler, das waren ja Langzeitstudien, die man trieb, jahrein jahraus, Mitleid war auch im Spiel, aber der Geographie- und Sportlehrer lag mir nicht, zu Recht, wie sich herausstellen sollte, denn er scheute sich nicht, auf dem letzten Zeugnis aus der Zwei in Erdkunde, die ich gestern, vorgestern und seit jeher gehabt hatte, unversehens eine Drei, vielleicht sogar eine Vier zu machen, ich tue ihm nicht den Gefallen, mich genau zu erinnern, es war ein Verstoß gegen das Verläßlichkeitsgebot. Dabei war ich einer der wenigen an der Schule, die eine Vorstellung von der Entfernung in Kilometern zwischen Suhl und Linz, Pinsk und Landau, Seattle und dem Großen Sklavensee hatten. Und liegt St. Louis, Bundesstaat Missouri, am Mississippi oder am Missouri, merkwürdigerweise hatte er dafür herzlich wenig Sinn. Geopolitik war der Kern seiner Stunden. Und er wartete auf die Gelegenheit zu seinem Auftritt, er wollte von einem Erlebnis berichten, bei dem er sportliche und erdkundliche Höchstleistung zugleich erbracht hatte, man mußte nur nach der Salzsteppe fragen, dann legte er los. Daß er und sein Trupp, zehn Mann im ganzen, mit einem Halbkettenfahrzeug am weitesten von der ganzen Wehrmacht nach Osten vorgestoßen waren, über die Wolga, das hatten kein Paulus und kein Manstein geschafft. Kurze Zeit später war die Sechste Armee an der Wolga zugrunde gegangen, und sie, in die menschenleere Salzsteppe hinein, Feindesland ohne Feind, der Hammer war das, hätte den allerhöchsten Orden geben müssen, der blieb aber aus, warum, Hitler wurde von den Goldfasanen abgeschottet, deshalb. Neben dem Dostojewski wurde mir aus Frohburg ein weiteres Buch geschickt, das ich nicht kannte, das ich noch nie gesehen hatte. Rätselhaftes Geschenk. Schwarz eingebunden. Titel: *Gesänge über die christliche Glaubens- und Sittenlehre zur öffentlichen gemeinschaftlichen wie auch besondern häuslichen Andachtsübung*. Gedruckt ohne Angabe des Jahres bei *Pickenhahn* und gebunden in der Buchbinderei *Weisgeldt*, beide Chemnitz. Bemerkenswert durch eine handschriftliche Widmung, mit bräunlichschwarzer Tinte in zwei verschiedenen Schriften eingetragen. Immer wieder einmal schlug ich das Buch auf und versuchte, die Widmung zu entziffern, Berger, das konnte ich lesen, viel mehr nicht, offensichtlich hatte das Gesangbuch mit Großmutters Familie zu tun, auch auf einen unsicheren Ortsnamen stieß ich, Plau, Plan, vielleicht Plaue, mir war so, als könnte das ein Stadtteil, ein Vorort von Chemnitz sein, genau wie bei der Liebenberger *Anleitung zum Gespräch über die Religion* gab ich mich mit der erstbesten Vermutung zufrieden, jahrzehntelang.

1858 also Konfirmation. Damals arbeitete der älteste Bruder von Ernst Louis Berger beim Klempnermeister Auerswald in Oederan. Vorübergehend, nicht mehr als anderthalb Jahre, hatte er die Windmühle auf dem Jägerhof in Augustusburg, damals noch Schellenberg, gepachtet, unklar, mit welchen Sicherheiten, die Sache ging schief, vielleicht war nicht genug Wind da oben, vielleicht war auch die Mühle klapprig oder stand durch Betrugsversuche des Vorgängers in schlechtem Ruf, es folgte ein halbes Jahr als Knecht im benachbarten Euba, dann Pacht einer Wassermühle dort, mit einem Bruder, klappte wieder nicht, schließlich landete er in Oederan. Unklar auch, ob verwandtschaftliche Beziehungen beim Ortswechsel eine Rolle spielten, ein Bruder des Vaters oder ein Großonkel. Klempner, waren das eigentlich Leute mit Zeugnis, Wanderverpflichtung und der Möglichkeit, Meister zu werden. Oder handelte es sich bei Lehrlingen und Gesellen eher um eine seßhafte Sorte von Kesselflickern, das wüßte man gerne, man wüßte dann auch, wie es weiterging mit meinem Urgroßvater, er blieb nicht bei Clauß, bei ihm wäre er statt Fabrikjunge nach der Konfirmation Spinnereiarbeiter gewesen, mit angehobenem, immer noch schmalem Lohn, lieber folgte er dem Bruder nach Oederan und arbeitete als Klempner oder als Helfer von Klempnern. Seine Mutter dagegen wohnte mit den jüngeren Geschwistern weiter in Erdmannsdorf und arbeitete in der Spinnerei in Plaue, anfangs ist sie noch ziemlich jung, die letzten Kinder sind klein, kein unschöner Anblick. Dann werden die Kinder groß, sie verfällt, und man guckt nur noch die jungen Leute an. 1869 stirbt sie in Erdmannsdorf, neunzehn Jahre nach ihrem Mann, sie ist siebenundfünfzig. Wie sie sich durchschlug als Witwe, ich kenne die Details nicht, Ahnungen habe ich schon, laß es mich so sagen: Einen Rest Leben gibt es auch unter Steinen, vielleicht hatte sie zeitweise jemanden, dem sie gefiel. Der Sohn, Ernst Louis Berger, mein Urgroßvater, in seiner Anfangszeit, ich klappe die Bilder auf: Lunzenaukind, Halbwaise, Fabrikjunge, Klempner. Da weiß man nicht viel, und vor allem weiß man nicht alles, bis plötzlich eine zweite Person die Bühne betritt, er hat sie gesehen, wahrgenommen, ins Auge gefaßt, Gefallen hat sie ihm, Begeisterung, Liebe, ich weiß noch genau, wie ich in Friedberg auf Heidrun stieß, sie sechzehn, ich neunzehn, in der Nachmittagsfreistunde, im Burggarten, wie sie nach der Zigarette fragt. Ein manchmal überraschend kess auftretendes Mädchen mit wunderbar glatter Haut und duftigem Haar, das war sie, und was waren wir, vielleicht bereit füreinander, wenn man zwei Magneten nahe genug aneinander vorbeiführt, keine acht Wochen später fuhren wir an einem Mittwoch, an dem es nachmittags keine Arbeitsstunde gab, auch Heidrun, Mittelstufe, hatte bis sieben frei, mit den Fahrrädern bei glühender Hitze ins nahe gelegene Ockstadt und weiter nach Westen, bergauf, über die Nordsüdautobahn hinweg in den großen Wald am Winterstein. Der Wald gehörte schon zum Taunus und zog sich ohne Unterbrechung stundenlang bis zum Feldberg hin. Es gab einen Aussichtsturm auf dem Winterstein, Jahre später abgebrochen, eine Forsthauswirtschaft, und über den nördlichen Abhang war der Limes der Römer verlaufen, mit Überbleibseln wie Wällen und Fundamentspuren von Wachtürmen. Ganz in der Nähe auch Ziegenberg, Hitlers Hauptquartier Adlerhorst während der Ardennenoffensive, im zeitlichen Vorfeld dieser allerletzten Offensive, die die Bezeichnung vielleicht noch verdiente, hatte Heidruns Vater Mitte November 1944 Kurzurlaub bekommen, den er mit seiner jungen Frau, einundzwanzig Jahre alt, in Rottenburg am Neckar verbrachte, drei Tage in einem Privatquartier, bei ganz einfachen lieben Leuten, wurde immer wieder von Heidruns Mutter betont, die mir jeden Wunsch von den Augen abgelesen haben. Damals bin ich entstanden, hatte mir Heidrun einmal erzählt, oder soll man gemacht worden sagen.

Hitler war vor Beginn der Offensive mit dem Führerzug aus seinem Hauptquartier, der Wolfsschanze bei Rastenburg in Ostpreußen, in dem vier Monate vorher Stauffenbergs reduzierte halbe Bombe hochgegangen war, nach Oberhessen gekommen, nachts, bei Tageslicht wurden alle Eisenbahnzüge, alle Autokolonnen aus der Luft angegriffen, jedenfalls bei Flugwetter, bei ausreichender Sicht. Der Zug fuhr bis Gießen und bog dort ab auf die kleinere Strecke der Lahn-Kinzig-Bahn Richtung Gelnhausen, nach kaum zehn Kilometern kam er zum Stehen, am Rand der Kleinstadt Lich, in der Nähe des Schlosses der Fürsten Solms-Hohensolms-Lich. Als ich vor zehn Jahren einmal zum Kaffeetrinken am Sonntagnachmittag im Licher Schloß war, einer der Prinzen ist Schatzmeister der FDP, ein anderer Germanist in Marburg, ihm verdankte ich die Einladung und den Gang durch die Bibliothek, fand ich im Bestand, ich griff blindlings ins Regal, Wilhelm Crecelius' *Oberhessisches Wörterbuch*, eine Zimelie, schon der Reprint kostet fast hundertfünfzig Euro, mit einemmal hielt ich ein Neunhundertseitenwerk in der Hand, auch noch in Pergament gebunden, das die vielen nicht leicht zu verstehenden Steinheimer Wörter enthielt, mit denen die schöne althergekommene bildhafte Sprache von Heidrun und ihrer Mutter durchsetzt war. Stirbt vor Ort aus, die Kinder sprechen Hochdeutsch. Beim anschließenden Gang durch den schütteren Wald hinter dem Schloßpark und der Licher Brauerei *Ihring-Melchior* zeigte mir der älteste der Solms-Brüder, der Fürst, noch in den sechziger Jahren hatten die Waldarbeiter aus Burkhardsfelden und Annerod ihn, wußte Vater zu berichten, mit Durchlaucht angeredet, aus freien Stücken, aus Herkommen, der Fürst zeigte mir das Hofgut Richtung Kloster Arnsburg, da kommt ein Golfplatz hin, alles andere rechnet sich nicht mehr, die vielen Ställe und Scheunen um den Hof seitlich des Schlosses hatte er schon an Ärzte und Rechtsanwälte verkauft, dort saß dann der Nervenarzt, der Heidruns Vater kurz vor dem Tod von Heidruns Mutter untersuchte, nach dem Unfall an der Ausfahrt von *Kontra* in Hungen. An diesem Nachmittag in Lich, war es Sommer, Herbst, Winter oder Frühling, ich weiß es nicht mehr, hörte ich von meinem Gastgeber und seinen Brüdern, ein paar entscheidende Jahre älter als ich, wie sie in einer kalten Nacht Anfang Dezember vierundvierzig, Schule wurde schon nicht mehr gehalten, das Internat im Schwarzwald war geschlossen, im Schloßpark unterwegs gewesen waren, weil draußen, jenseits der hohen Bruchsteinmauer, an der ich so oft entlanggefahren bin auf dem Weg nach Steinheim, anschließend der Bahnübergang, der Bahnhof links, etwas Außergewöhnliches passierte, das einen beunruhigen konnte, sie holten eine Leiter und kletterten in einem dunklen Winkel nach oben, gedämpfte, aber nachdrückliche Geräusche kamen herüber, man sah Lichtschein, der wieder erlosch, dort an der Bahnhofsrampe wurde ein großes Personenauto von einem Plattformwagen gefahren, seitwärts ein paar Männer, fröstelnd, hin- und hertretend, die Arme schlagend, mit Atemwolken, daß der Führer dabei war, undenkbar. Hitler blieb vier Wochen in seiner Kommandozentrale *Adlerhorst*, der Talhang von Ziegenberg, die ganze Gegend Richtung Butzbach waren unterhöhlt, von Betonkellern, Verbindungsgängen und unterirdischen Bunkern durchsetzt, schon seit fünf, sechs Jahren, die Arbeiten hatten im Krisenjahr neunundreißig begonnen, nach ersten Planungen im Jahr zuvor, Krieg gegen Frankreich war immer für möglich, wenn nicht für wünschenswert gehalten worden. Ich weiß aber auch, Gegenentwurf und Kontrastprogramm, daß Goethe 1782 den Freiherrn von Diede, den damaligen Besitzer des Schlosses Ziegenberg, bei der Anlage des Parks und bei der Aufstellung der Denkmäler beraten, ja sogar die Steinmetzarbeit an einem der Gedenksteine in Weimar beaufsichtigt hat. Der Verfasser der *Wahlverwandtschaften*, geht die Vermutung, könnte sogar mit dem Landsitz, auf dem Eduard mit Charlotte lebt, Ziegenberg gemeint haben. Du kennst den Beginn: Eduard, so nennen wir einen reichen Baron im besten Mannesalter, ich habe den Halbsatz einmal vor dreißig Jahren verwendet, als Auftakt. Ich weiß nicht, wie hoch die

Verluste der Wehrmacht im Dezember vierundvierzig genau waren, Tausende Tote Tag für Tag jedenfalls und noch viel mehr Verwundete. Verwundung, das kann vieles heißen, Verstümmelung, lebenslange Behinderung oder Verbrennung mit Verunstaltung oder Schock und Trauma bis ins Alter, auch davon manchmal ein abgewürgtes Echo in mir. Die Ardennenoffensive begann am sechzehnten Dezember, am zweiundzwanzigsten war bereits klar, daß ein Durchstoßen der amerikanischen Linien nicht gelungen war, noch viel weniger bestand während der Vorweihnachtstage die Aussicht, bei Antwerpen oder einem anderen Versorgungs- und Anlandungshafen der Alliierten das Meer zu erreichen oder wieder in Räume vorzustoßen, die man vier Jahre besetzt gehalten hatte. Am sechzehnten Januar, der neue endgültige Anlauf der Russen, Ostpreußen zu erobern, lief seit zwei Tagen, die Verlustzahlen erreichten gegenüber Dezember ganz neue Höhen, verließ Hitler Ziegenberg, Rastenburg war schon durch die Offensive der Roten Armee gefährdet, daher brachte ihn sein Führerzug nach Berlin, nun führte er Krieg erst von der Reichskanzlei und dann vom Bunker unter dem Reichskanzlergarten aus, Berlin verließ er nur noch einmal kurz, zu einer Stippvisite an der Oderfront. In seiner Umgebung wieder Gerda Daranowski, während der Lagebesprechungen auch ihr Mann Eckhard Christian.

Heidrun und ich, am Mittwochnachmittag war Ausgang, mit den Rädern auf dem Weg zum Winterstein. Nach der Brücke, unten die Autobahn, machte die geschotterte Straße, manchmal auch von Amifahrzeugen benutzt, in den achtziger Jahren geheime Patriot-Stellung in der Nähe, eine Rechtskurve, führte beinahe parallel zur Autobahn in den Wald und beschrieb dann eine Biegung nach links, um zum Winterberg anzusteigen. Wir fuhren geradeaus, einen Waldweg entlang, der immer schmaler wurde, bis er sich in der Nähe eines Hochsitzes aus Rund- und Knüppelholz verlief. Links vom Hochsitz eine Schonung, rechts ein flacher Hang, nach Süden ausgerichtet, sandig, mit

Nadelteppich, einzelne alte Kiefern standen da, es roch nach Harz. Wir breiteten unsere Decke aus und setzten uns hin, Sonnenglast, Stille, ein ganzes Stück weg das leise Rauschen der Autobahn. Unser Gespräch. Ich gäbe viel darum, wenn ich noch einmal hören könnte, was wir gesagt haben, wie wir es sagten. Küsse. Wieder reden. Dann wieder Küsse. Inzwischen lagen wir. Berührungen, eng aneinandergedrückt. Durch eine fast unmerkliche Veränderung um uns herum irritiert, als hätte eine durchziehende Wolke kurz die Sonne verdeckt, hob ich den Kopf und guckte um mich, nichts. Bis ich durch die Ritzen der Hochsitzkanzel eine Verschiebung von Licht und Schatten bemerkte, da oben war jemand, ich sofort hoch, erschrocken, wütend, etwas Dunkles, ein Schatten, ein Mann sprang vom Hochsitz und landete am Rand der Schonung und verschwand in ihr. Ich ihm nach, in einer ungeheuren Entladung, wie explodiert, schreiend, hatte ich ein Messer in der Hand, hatte ich überhaupt eins mit, ich weiß es nicht. Nach zwanzig, dreißig Metern kehrte ich um, jetzt so tun, als sei nichts gewesen, vor Heidrun. Es ging weiter mit uns. Die vielen Nächte zum Sonntag, die Heidrun und ich im Gießener *Dachcafé* verbracht haben, im Hochhaus am Ludwigsplatz, unten die Buchhandlung von Schlüter, bei dem ich *Der Mann ohne Eigenschaften* und Aragons Romanzyklus *Die wirkliche Welt* kaufte, oben Aussicht auf die Fünfzigerjahrestadt, Hintergrundmusik, endlose Gespräche, über Schule, Bücher, Familie, wenn man Notizen gemacht hätte, ein paar hat man tatsächlich gemacht. Oder die Besuche im Keller des *Scarabä*, Riegelpfad, an der Bahnstrecke nach Grünberg und nach Hungen, im zweiten Stock des Hauses wohnte später Bruder Ulrich mit seiner Frau. Am Eingang des *Scarabä* mußte man den Studentenausweis vorzeigen, wir hatten keinen, schlüpften aber jedesmal durch und saßen zwischen den immatrikulierten und eingeschmuggelten Lebenskünstlern und hörten die gängigen Platten, alles Amerika, überlaut oder schmalzig und immer passend, wenn ich Heidrun nachhause, nach Steinheim fuhr, nach Mitternacht, hielten wir unterwegs an, wieder Gespräche, ein, zwei Stunden lang, zwischendurch rauchte ich, fielen wir übereinander her, es gab keine Uhrzeit für uns. Einmal standen wir bis morgens um drei auf dem Bahnhofsvorplatz in Lich. Kein Parkplatz am Waldrand, kein Forstweg, keine versteckte Stelle, Heidrun verhindert, wahrscheinlich. Es war eine der sternklaren Spätherbstnächte mit Frostgefahr, gleich waren die Scheiben beschlagen, alle Viertelstunden, nach jeder Zigarette, stieß ich die Tür auf und ließ frische Luft herein. Dann wurde auch die Sicht wieder klar, im versickernden Licht der entfernten Straßenlampen erkannten wir dicht vor uns die Bahnhofsgleise, einzelne verwaiste Güterwagen. Linkerhand, dunkel und wie für immer verlassen, das Bahnhofsgebäude, und drüben, drei, vier Steinwürfe entfernt, die trübe Lichtschleuse des Bahnübergangs. Ohne jede Ahnung, was sich auf diesem schrundig geschotterten Platz zwischen Altstadt, Schloßpark und Brauerei abgespielt hatte, es lag nur sechzehn Jahre zurück, ein Jahr mehr als heute die Jahrtausendwende, dem nachspüren, das ertasten, erfühlen, wie. Bahnhof und Bahnhofsvorplatz Mitte Januar fünfundvierzig noch einmal überraschend, ohne Ankündigung abgesperrt, wie mit einsetzender Dämmerung auf Lastwagen ältere Wehrmachtssoldaten aus den intaktgebliebenen Kasernen am Stadtrand von Gießen kommen und das Gelände besetzen und die Straßen nach Hungen und Butzbach blockieren, Heidruns Großvater Adolf Dietz ist mit von der Partie, wie wir im Jahr seines Todes von ihm hörten. Sein blutjunger Sohn im Krieg, er ebenfalls eingezogen, nur die Frauen waren in der Obergasse zurückgeblieben und machten die Arbeit in Haus und Hof, im Geschäft und in den Ställen, Heidruns Großmutter, Heidruns Mutter und deren ein Jahr ältere Schwester, die Gote. Eine weitere junge Frau wurde als Hilfe geschickt oder auf Antrag zugeteilt, wie aus dem Hut gezaubert, Mascha, wußte Heidruns Mutter nach fünfzig Jahren noch, aus der Ukraine, alles andere hatte sie vergessen. In meiner Steinheimer Fotosammlung habe ich die briefmarkengroße Schwarzweißaufnahme mit dem gezackt beschnittenen Rand noch, auf dem meine Schwiegermutter und Mascha zu sehen sind, sie stehen auf dem Hof, die Scheune im Hintergrund, Schürzen umgebunden, Mascha mit einer Milchkanne, während Heidruns Mutter ihr den Arm um die Hüfte gelegt hat, wie auf anderen Schnappschüssen bei ihren Freundinnen aus dem Dorf, die beiden jungen Frauen lächeln verhalten, nach strahlenden Gesichtern sind die Zeiten nicht. In dieser Nacht im letzten Kriegsjanuar zieht sich auch das kleine restlos verdunkelte Lich mit toten Fenstern auf sich selber zurück. Der letzte Angriff der Bomberschwärme auf das nahe Gießen, zweihundertsiebenundvierzig englische Maschinen, liegt knapp fünf Wochen zurück, Nikolaustag, vierhundert Tote, die Innenstadt ausgelöscht zu siebzig Prozent, noch heute gibt es in Saasen, wo 1990 Mutter und 2003 Vater beerdigt wurden und auch Ulrichs Urne untergekommen ist, das Grab eines jungen Mädchens aus dem Dorf, das in Gießen gearbeitet hat oder dort einkaufen war und das bei dem Angriff umkam. Um Mitternacht, es ist stockdunkel, schiebt sich dampfend und zischend eine schwere Schnellzuglok langsam aus Richtung Gießen am hinteren Licher Schloßpark vorbei und durch den Bahnübergang, eine Handvoll vierachsiger Salonwagen mit Tarnanstrich, dahinter flache Loren voller zusammengelegter Planen und Netze. Kaum hält der Zug, springen Männer in Uniform ab, Kommandos sind zu hören, man hantiert mit Bohlen und Brettern, dann verläßt eine Gruppe hoher und höchster Offiziere einen Waggon, auf dessen Dach die Antennendrähte kreuz und quer laufen, kurzes Stehen unter den offenen Türen, plötzlich Rufe, und eine Kavalkade von vier langgestreckten schwarzen Autos und einem Rudel Kübelwagen und Kradschützen schießt auf den Platz. Splitt spritzt auf beim schwungvollen Wenden und scharfen Bremsen, Motoren aus, Stille. Erstarrtes Bild. Bis der Adjutant durch die Scheibe hindurch eine knappe Handbewegung im Fond der schwersten Limousine bemerkt und den Schlag aufreißt. Hitler steigt aus, langsam, fast Zeitlupe, und geht mühsam auf seinen Salonwagen zu und steigt über einen

Trittschemel ein, als er verschwunden ist, als man die Tür hinter ihm zugeworfen hat, kommt Leben in die Szene, die Autos werden auf die Loren gefahren und dort zurechtrangiert, man wirft die Planen, die Netze als Blickschutz über sie, jeder Handgriff sitzt, jede Bewegung ist eingeübt, ab, ruft eine Kommandostimme, als Echo ein Pfiff, der Zug rollt an, fährt ab, Hitler an Bord, der Führer des Großdeutschen Reiches, auf der Flucht vor den Jimmyboys der US-Army und dem Schlußstrich.

Die Verhaftung Schulze-Boysens, seiner Frau, seiner Mitverschworenen und Freunde. Wissenswert und ungefiltert doch nicht in Erfahrung zu bringen: wie hat Thora v. Eulenburg auf die Verhaftung der Tochter und des Schwiegersohns reagiert, Trauzeuge Göring, wie hat sie den Tatvorwurf und die Anklageerhebung für sich eingeordnet, wie ist sie mit ihnen fertiggeworden. Schon mit dem Vater hatte sie Pech gehabt, der unter Eid ins Schwafeln geraten war, auch keine sonstige Schmutzerei, in übereifriger eitler Beschränktheit, Harden und seinen Anwälten in keiner Weise gewachsen, der geächtete Vater, auch von Teilen der eigenen Familie geschnitten und verachtet, bis zu seinem Tod eine Dauerbelastung. Und nun die Tochter. War sie Handlangerin der Sowjetunion, während des Krieges gegen genau diese Sowjetunion, was sagte Thora dazu, gibt es Briefe, Notizen, Zeugnisse von Verwandten, wenn man die Zeit bedenkt, wenn man sich selber kennt, mutmaßt man Drehschwindel, Desorientierung, ahnt man Vorwurf, Abrücken, Distanz, zumindest vorübergehend. Und nach dem Ende des Krieges den möglichen verzögerten Schulterschluß. Bei ihrem Schwiegersohn ging es schneller, schon 1947 trat seine Mutter, die von der Kolonialgesellschaft, mit einer Broschüre hervor: *Harro Schulze-Boysen, Das Bild eines Freiheitskämpfers*. Ja, sage ich, so oder so wurde es passend gemacht.

In Oederan mußte mein Urgroßvater Ernst Louis Berger, mit vierzehn Jahren in die Stadt gekommen, noch einmal die gleiche

Zeit warten, bis er Boden unter den Füße hatte, es gab eine späte Hochzeit, später als in Handwerkerkreisen üblich. Der Bräutigam war achtundzwanzig, die Braut zwei Jahre jünger. Sie hieß Auguste Emilie Rülke und hatte etwas mit Rilke zu tun, ihr Vater, Fleischhauer in Oederan, stammte aus Langenau, wie der gefallene, nicht totzukriegende *Cornet* der *Insel-Bücherei* Nummer eins, und schrieb sich mal Ruilke, mal Rülke, mal Rilke. Auguste Emilie Rülke oder Rilke wurde die Mutter meiner Großmutter. Wenn ich mir Großmutter in Erinnerung rufe, dann sehe ich sie in der Greifenhainer Straße in ihrem Sessel sitzen, im Wohnzimmer, zwischen Kachelofen und Schlafzimmertür, dort, wo auch im Juni die Sonne gegen Abend bei Tiefstand nicht hinkam, unter dem großen Foto des Soldatenfriedhofs mit dem Grab ihres ältesten Sohnes, neulich rief mich ein ehemaliger Volkspolizist aus Wolftitz an, seinerzeit Abschnittsbevollmächtigter in Geithain oder Lausick, *Werrnorr heeßsch, merr genn uns glai duhdzn Gunndroamm*. Er hatte einen Schuppen als DDR-Museum eingerichtet, Mode von damals, Dederon, Malimo, *wunndorrschehne Soachn*, ganz groß auch Uniformen, Glanzstück der Ausgehanzug eines *Owwerschd*. Werner besaß, Grund seines Anrufs, ein großes Bild mit Rahmen, unter Glas, jemand aus Greifenhain hatte es ihm vorbeigebracht, für seine Sammlung. Auf dem Bild, höre ich, sind gleichförmige Grabkreuze zu sehen, auf dem vorderen ein Name, Bernhard Vesper. Das ist mein Onkel, sage ich, der älteste Bruder meines Vaters. Und verschweige, daß das Bild spätestens von 1918 an und bis 1959, 1960 hinter dem Sessel meiner Großmutter an der Wohnzimmerwand hing. Ich müsse ihn unbedingt besuchen, drängte Werner, am besten gleich nächste Woche, er würde dem Frohburger Bürgermeister bescheid sagen, vor allem käme der Redakteur der LVZ aus Geithain, *doass werrd e scheenorr Berischd, midd Foarbfohdoh*. Großmutter in dem erwähnten Sessel, mit einem Buch in der Hand, was ich sehe, hat etwas mit der besseren Seite des Lebens zu tun, schwer zu benennen, Wörter, die sich anbieten, sagen nicht das, was ich meine, Frieden, Insichruhen, Stille, Gleichgewicht, bessere Seite des Lebens eben, Schreiben vielleicht, zumal auch Widersprüche da waren, Teufelin, will ich das wissen, erzählen vielleicht. Mit einem aufgeschlagenen Buch sitzt sie da, seit einem Jahr Witwe, um fünf am Nachmittag, wenn ich sie besuche, nach der Rückkehr aus Geithain und nach dem späten Mittagessen, das ich mir in unserer Küche aus den Töpfen geangelt habe. Wie schon als Kind unzählige Male, gehe ich auch jetzt über den Markt, überquere die Wyhra auf der neuen Brücke aus Beton und bin gleich da, ein Katzensprung, wie einem heutzutage erst richtig klar wird, wo die Textildruckerei mit allen Teilen aus Kaiserzeit bis DDR restlos verschwunden ist, der Blick geht vom oberen Markt, sogar von den Eßzimmerfenstern unserer Wohnung in der *Post* ungehindert, unverstellt bis zum Haus der Großeltern. Kaum zu glauben, sagte ich bei unserem Zwischenstop Karfreitag 2009 überrascht zu Heidrun, man kann ja schon vom Marktbrunnen aus das schwarzblaue Schieferdach sehen, unter dem ich auf die Welt gekommen bin, der ganze Markt ist da unten an der Querseite offen, man fällt richtiggehend durch. Vom Trottoir zur Haustür fünf Stufen aus Sandstein, in Brusthöhe das Tierarztschild, auch noch nach Großvaters Tod, erst nur: Ernst Julius Vesper, Tierarzt, dann, nach der Promotion das Dr. davorgesetzt. Schellenläuten, wenn man die Tür aufzieht. Hausgang mit Mauern, aus denen der Salpeter blüht und die deshalb mit Rupfen bespannt sind. Links nacheinander zwei Türen, hinter denen die Flüchtlingsfamilie Leibig aus Schlesien haust, auch zehn Jahre nach Kriegsende noch, Vater, Mutter, zwei Söhne und die Tochter, drei Klassen unter mir, ich bin nie in der Wohnung gewesen. Auf der anderen Seite des Gangs Großvaters Sprech- und Behandlungszimmer, mit zwei Fenstern zur Straße. Bemerkenswert schon allein deshalb, weil ich einmal im Eifer irgendeines Gefechts vom Kastanienplatz vor dem Schützenhaus aus mit einem Schotterstein eine der Scheiben des Zimmers einwarf und erschrocken türmte, nachhause flüchtete und mich auf dem Klo einschloß. Ab Anfang fünfundvierzig wohnte in Großvaters Zimmer für zwei Jahre ein alleinstehender alter Tierarzt aus Breslau, Dr. Schopplich, den die Großeltern aufgenommen hatten, weil er so erschöpft in Frohburg angekommen war, daß sein Treck ihn zurücklassen mußte. Der stille bescheidene Gast, an die achtzig Jahre alt, beschäftigte sich damit, daß er das große Lexikon der Großeltern durcharbeitete, den *Meyer*, von 1902 bis 1908 in zwanzig Bänden erschienen, Auflage etwas über zweihunderttausend, mehr Leute gab es damals nicht auf der ganzen Welt, die ihre gute Goldmark in dem inzwischen fast legendären Nachschlagewerk anlegten. Stichwort für Stichwort und Band für Band kämpfte sich Schopplich durch das Wissen der Zeit vor dem Ersten Weltkrieg, er legte Zettel und Verweiszeichen ein und fertigte auf den längeren Artikeln fußende kalligraphische Exzerpte an, die Fäden muß er doch finden, die müssen sich doch finden lassen, die auf den ersten und dann auch noch auf den zweiten großen Krieg hinliefen und das Riesennetz bildeten, in dem wir alle uns verfangen haben. Dreimal am Tag kam er zu den Mahlzeiten nach oben zu den Großeltern, er aß nicht viel, und obwohl Essen knapp war, sahen ihn alle gerne am Tisch, was macht die Arbeit, Herr Kollege, fragte Großvater ohne Ironie, der *Meyer* stand auch bei ihm hoch im Kurs. Das werden wir gleich klären, hatte er früher immer gerufen und war zum Lexikon geeilt, wenn die Sprößlinge am Tisch sich nicht über einen Sachverhalt, eine Zahl einigen konnten. Schopplich, der nie die Rede auf Breslau brachte, wer weiß, was er erlebt hat, meinten alle, erzählte gerne vom Riesengebirge, von der Schneekoppe, die niemand von der Familie gesehen, auf der niemand von der Familie gestanden hatte. Ich, mit reichlicher Verspätung, 2008. Von Großmutter weiß ich, daß Schopplich sehr anschaulich über Gerhart Hauptmann sprach, mit dem er die Volksschule besucht und viele Jahre später eine mehrtägige Kutschfahrt durch das Altvatergebirge gemacht hatte. Eines Morgens kam er nicht zum Frühstück. Auch zum Mittagessen blieb er aus. Also schickte Großmutter Erna nach unten. Er lag tot hinter dem Schreibtisch, vom Stuhl geglitten. Auf dem Tisch ein aufgeschlagener Lexikonband. Wäre schön, wenn ich jetzt sagen könnte: bis zum Buchstaben Z gekommen. In Wahrheit hatte er laut Doris-Mutti in einem Krimi gelesen, den er sich von ihr ausgeliehen und den er beim Sturz unter sich begraben hatte: *Der Tod fuhr im Zug*, Verfasser Axel Alt, aus der Reihe *Neuzeitliche Kriminalromane* des Verlages *Hermann Hillger* in Berlin-Grunewald, Untertitel: *Den Akten der Kriminalpolizei nacherzählt*. Das Buch liegt zur Zeit bei mir vor dem Bett, keine Ahnung, wie es in meinen Besitz gekommen und bei jedem Umzug mitgewandert ist. Seinerzeit kostete es eine Mark, der Reihentitel hätte besser *Endzeitliche Kriminalromane* geheißen, denn das taschenbuchähnliche Produkt war in der zweiten Jahreshälfte 1944 gedruckt worden, auf Kriegspapier. Im ersten Kapitel, *Gemeinsamer Gang in die Handlung*, war zu lesen: So wie wir den Kriminalroman sehen, ist uns nichts gelegen an der Person des Verbrechers, wohl aber wollen wir wissen von der Gemeingefährlichkeit seiner Taten und wir wollen erfahren, was die tun, die solche verbrecherischen Angriffe auf die Gemeinschaft von Berufs wegen zu verhüten und aufzuklären haben, in einer Zeit, in der Mensch und Staat das Äußerste leisten, um das Leben der Volksgemeinschaft auf *Jahrhunderte hinaus zu sichern*. Der Fall, von dem Alt erzählt, war der des Berliner Frauenmörders von 1940, 1941. Der Verleger Hermann Hillger, ein Jahr älter als Großvater, hatte seinen Verlag 1894 in Berlin gegründet, von fünfundzwanzig bis zweiunddreißig saß er für die *Deutschnationale Volkspartei* im Preußischen Landtag, und ab Mitte der zwanziger Jahre bewirtschaftete er das Gut Spiegelberg bei Neustadt an der Dosse. Bei der Besetzung des Ortes durch die Rote Armee, die im Begriff war, Berlin auch von Westen her zu umklammern, begingen Hillger, seine Frau und siebzehn weitere Personen Selbstmord im Gutshaus. Was sich da draußen zutrug und über dem Inferno in Berlin kaum wahrgenommen wurde. Erinnert stark an die Ereignisse zur gleichen Zeit in Liebenberg.

Bildbeschreibung, ein Foto, aufgezogen auf Pappe, dreizehn mal achtzehn Zentimeter, Weihnachten 1914 in Frohburg, Greifenhainer Straße 242 B, Telefonanschluß 212, hier Froburg zwoeinszwo, meldeten sich alle, nur Erna sagte zweeeinszwee. Das Foto ist in Brauntönen gehalten und auf Pappe aufgezogen, es zeigt das alte Wohnzimmer im Erdgeschoß, man sieht die abgetretenen Dielen, eigentlich nur breite Bretter, links die Tür zum Hausflur, hell gestrichen und mit einer Schabracke drapiert, rechts die Wanduhr, die während meiner Kindheit im ersten Stock im Wohnzimmer hing, neben dem Klavier. Jeden Mittag, selbst im hohen Alter noch, stieg Großvater, bevor er sich zu einem kurzen Schlaf hinlegte, auf einen Hocker und zog das Uhrwerk auf. Großmutter immer: Vater, paß auf. Jedesmal. So wie Großvater auch jeden Mittag den Salzstreuer schwang und sie ihn stoppen wollte: Vater. In der Bildmitte das Sofa. Und über dem Sofa ein Wandbord mit Büchern, die Titel kann man nicht lesen, kleinen Vasen und einer handspannenhohen Büste, man erkennt nicht genau, wen sie darstellt, Dante vielleicht. Von links nach rechts sind auf dem Foto zu sehen: an den Türpfosten gelehnt der älteste Sohn Hermann, 1895 geboren, in Uniform und Stiefeln, mit umgeschnalltem Koppel, an dem links eine Art Kurzdegen mit Troddel hängt, Germanistikstudent, Fähnrichanwärter. Halb auf dem Sofa sitzend, halb gegen die Seitenlehne gestemmt der zweitälteste Sohn Albert, Jahrgang 1896, eher untersetzt, ebenfalls in Uniform und mit Stiefeln. Beide mit verschlossenen Gesichtern. Auch Jonas, der dritte Sohn, 1904 geboren, ein beweglicher, leicht cholerischer Typus, später Tierarzt in Altenburg, macht ein ernstes Gesicht. Der einzige, der auf dem Bild lacht, fast als würde er herumalbern, ist Wolfram, der vierte Sohn, mein Vater, Jahrgang 1907, zum Zeitpunkt der Aufnahme siebeneinhalb Jahre alt. Als jüngster der Jungen, noch bis zum ersten Semester in Leipzig von allen im Haus Wölfchen genannt, hat er, soweit das gegen drei ältere Brüder möglich ist, eine Art Ausnahmestellung, obwohl er nicht das Nesthäkchen der Familie ist. Das Nesthäkchen ist nämlich seine Schwester Ilsabe, ein Jahr jünger als er, die sich vor ihn gehockt hat, mit der linken Hand hat sie die im Schoß liegenden Hände von Großmutter ergriffen, als stützte sie sich ab oder suchte Schutz. Sie heiratet 1939 den Landwirt und Rittergutserben Franz Roscher vom Untergut in Bosberg und erlebt nach der Enteignung eine wahre Odyssee, die sie letztendlich auf die Felder einer LPG führt. Hinter ihr und Großmutter auf dem Sofa sitzend Doris, geboren 1903, von mir bis zu ihrem Tod Doris-Mutti genannt. Großmutter, zum Zeitpunkt der Aufnahme neununddreißig Jahre alt, mit voller Figur und noch glattem Gesicht, sitzt im Vordergrund auf einem Stuhl, halb nach rechts gedreht, auf ihre Kinder zu, während Großvater neben ihr, ebenfalls auf einem Stuhl, den linken Unterarm auf eine Tischplatte gestützt, die von rechts ins Bild ragt, frontal in die Kamera guckt, mit leicht geneigtem Kopf, die Beine verschränkt, Zwicker, Oberlippenbart, Anzug mit Weste, Uhrkette, blitzend. Erst später gab er Gold für Eisen. Hinter den Eltern, zwischen ihnen das älteste Mädchen, Hilde. Oder habe ich etwas durcheinandergebracht, ist Hilde in Wahrheit Doris. Und Doris ist eigentlich Ilsabe. Dann wäre Ilsabe Hilde. Nachdenken darüber. Auf den vielen Fotos, die ich aus der Greifenhainer Straße habe, Onkel Bruno war wie besessen von der Lichtbildnerei, sind immer auch Geschwister, Schwäger, Nichten, die Urgroßmutter, der Urgroßvater und Freunde der Familie zu sehen, das Kutschgespann, das *Phänomobil* aus Zittau und das erste richtige Personenauto der Familie, dagegen zeigt das Advents- oder Weihnachtsfoto 1914 nur die Großeltern und ihre sieben Kinder, alle sind, die beiden Uniformen ausgespart, dunkel gekleidet, und bis auf meinen Vater sehen alle todtraurig aus, todunglücklich fast. Die sicheren Zeiten sind auch für die neun auf dem Foto vorbei, das Unheil kommt erst noch, in fünf Anläufen. Wenn ich mit fünfzehn, sechzehn Jahren Großmutter gegen Abend besuchte, ging ich die Haustreppe aus Stein nach oben, mit ganzer Wendung, am Treppenfenster mit Blick auf den Hof und das Hölzchen vorbei, links der Schrank, in dem ich als Kind die *Laterna magica* fand, dann das Plumpsklo, mit einem Wasserkrug zum Nachspülen, der meist leer war, bei Frost nicht gut zu benutzen, wegen der Krümmung im Fallrohr. Abwischpapier lieferte *Der Morgen*, die abonnierte Zeitung der LDPD, von Großvater mit Hingabe in postkartengroße Blättchen zerschlitzt. Zuhause in der *Post* hatten wir Zellstoffplacken aus der Praxis, viel weicher, eigentlich für Verbände gedacht. Zwischen Schrank und Klo die Wohnungstür, Schnappverschluß, mit beiden Händen zu bedienen, eine einfache Sicherung gegen Fremde, gutes Gefühl, wenn ich sie überwunden hatte und reinkonnte in die Garderobe, mit Großvaters verwaistem Spazierstock, mit dem er im Flur stehend aufstieß, vor Unwillen, wenn er wegwollte und Erna nicht gleich kam. An sich ein geduldiger Mann, schon als Vater so vieler Kinder eingeübt, Großmutter von ihrem ganzen Naturell her federte vieles ab, aber wenn er zu einem Bauern fahren mußte, zu einer Fleischbeschau oder einem Pferd mit Kolik, wie oft hörte ich als Kind das Wort, und Erna, die nicht nur Chauffeuse, sondern auch Hausgehilfin war, nicht sofort kam, verstand er keinen Spaß. Das wußte die ganze Familie, und irgendwie, bei allem Ernst, wurde gelächelt drüber: Vater steht schon da, gestiefelt und gespornt, im Mantel, und Erna kommt nicht, er stößt schon mit dem Stock, das wird was geben, so ähnlich. Großmutter kriegte ihn immer rum. Oma, hast du mal ein bißchen Geld für mich, wofür denn, mein Junge, so Bildchen kaufen, bei der alten Frau Schubert, wieviel brauchst du denn, zwanzig Pfennig, dann gib mal dem Jungen zwei Groschen, Vater. Und Großvater holte umständlich sein Portemonnaie aus der Hosentasche und suchte mit spitzen Fingern in den Münzen herum, bis er den kleinsten Wert in Alu fand, eine Pfennigmünze, und sie mir hinreichte. Aber Vater, was machst du denn, sagte Großmutter, nahm ihm die Geldbörse ab und suchte selbst zwei Groschen heraus, manchmal sogar einen dritten. Im Nu war ich mit meiner Beute wieder aus der Greifenhainer Straße verschwunden, ich hatte es eilig, in den kleinen

Laden in der inneren Peniger Straße zu kommen, nach dem Krieg Straße der Freundschaft. Der Laden befand sich in einem der drei oder vier alten Häuser zwischen Mühlgasse und Brauhausgasse, die von den Bränden der letzten zweihundert, zweihundertfünfzig Jahre verschont worden waren, verputzte Bruchsteinmauern, Fenstergewände aus rotem Porphyr, Schlafaugen im Dach, was an Nebengebäuden, Hofflächen und Gärten an der Rückseite lag, habe ich nie in Erfahrung gebracht. Als Kind kommt man in die Kleinstadthäuser, auf die Grundstücke, durch Freunde, Klassenkameraden, durch Besorgungen, die man erledigen muß, dort, bei Schuberts, bin ich nur im vorderen Teil des Hauses gewesen, nur das interessierte mich. Man betrat einen dunklen Hausgang, kein Problem, wenn es nicht das erste Mal war, die erste Tür links, die Klinke ließ sich blindlings finden, zwei Stufen abwärts, und schon stand man im Laden. Zwei Fenster zur Straße. Frau Schubert, *die alte Schuberten*, wie es im Frohburger Normalton hieß, eine schwarzgekleidete Winzigkeit mit einer Warze am Kinn, bot im Dämmerlicht Kleinkram an, der mir, auf Tischen ausgebreitet oder gestapelt, entgegenleuchtete, gläserne Flaschenteufelchen, farblose Luftballons, die eher wie Pariser, wie *Frummser* aussahen, Holzlöffel, Bürsten, Stehauftiere, auf hohle Zylinderstümpfe montiert, man mußte die Bodenplatte drücken, dann fielen die Figuren in sich zusammen, wenn ich die Platte losließ, schnellten sie wieder auf die Beine. Immer neue Überraschungen, und alles Ware, die in kleinen und kleinsten Betrieben, Klitschen genannt, hergestellt wurde, in Heimarbeit auch, Produkte, die der Planwirtschaft nicht unterlagen und für bescheidene Abwechslung sorgten. Mir hatten es besonders die Serien von farbigen Bildchen im Format des Viertels einer Postkarte angetan, Pflanzen, Tiere und Landschaften, wie gemalt wirkte das in der Typisierung. Immer war ich allein im Laden, der einzige Kunde, immer konnte ich, ungestört und sorgfältig abwägend, eine von den Serien zu zehn Bildern auswählen, die ich noch nicht hatte, am Ende besaß ich, wenn ich alle Serien aufeinanderlegte, einen

Stapel von Handspannenhöhe. Oft und oft habe ich mir die Sammlung angesehen, wenn ich anfangs im Sommer abends um sieben und in späteren Jahren um acht ins Bett verfrachtet wurde und wegen des Tageslichts nicht einschlafen konnte, Ulrichs und mein Zimmer ging nach Westen, die Sonne lag lange auf der Gegenwand. Manche der Darstellungen, Waldrand zum Beispiel oder Birken am Feldweg oder Holzäpfel, Vogelkirschen und Wildbirnen im Baumbestand sind noch immer eine Art Schlüsselbilder für mich, wenn ich heute ähnliches sehe, gibt es in mir einen Frohburgimpuls. Ich nahm als gegeben hin, daß die Rückseiten der Kärtchen allesamt geschwärzt waren, es störte mich nicht, es gehörte dazu. Wenn Bildchen, dann schwarze Rückseite. Bis in einer der Serien drei oder vier Rückseiten verdruckt waren, schwarz war nur der untere Rand, jetzt konnte man sehen, daß es bei der Schwärzung darum gegangen war, einen Aufdruck unleserlich zu machen, zu überdecken: *Winterhilfswerk*. Mit Hakenkreuz, natürlich. Diese Schubertschen Bilder waren nur eine meiner Sammlungen. Außerdem hatte ich eine Briefmarkensammlung, eine Ansichtskartensammlung, eine Heftchensammlung, eine Lesebuchkollektion, eine Natursammlung, eine Steinsammlung und eine Waffensammlung. Vielleicht, daß sich hinter der Beschreibung der Sammlungen der Sammler kurz zeigt. Briefmarken schnitt ich anfangs aus den Briefumschlägen heraus, ich weichte die Ausschnitte ein und zog dann die Marken ab, sie kamen zwischen Löschpapier und wurden zum endgültigen Trocknen und Pressen in ein Buch gelegt. Dann brachten die Eltern als Weihnachts- und Geburtstagsgeschenk bessere Stücke aus Leipzig mit, belgische Königskinder, Schweizer Sondermarken, Norge und Suomi, alle ungestempelt, postfrisch, auf der Rückseite gummiert. Ich tauschte aber auch mit Freunden und mit Jungen, die älter waren und die ich nicht so gut kannte. Die Geschäfte wurden unter freiem Himmel, auf Treppenstufen oder auf der Bordsteinkante sitzend, abgewickelt. Fast als ginge es um Leben und Tod, so listenreich und ränkevoll wurde angeboten, ausgeschlagen, aufgestockt und eingewilligt. Nie konnte man, mit den Tauschobjekten in der eigenen Wohnung angekommen, ganz sicher sein, nicht doch die Rolle des Übervorteilten, des Betrogenen angedreht bekommen zu haben. Da war es gut, daß mir eines Tages zu Ohren kam, bei der Witwe Zschunke sei etwas in Sachen Briefmarken zu machen. Die Witwe wohnte über der Drogerie Jahn am unteren Markt, neben dem Anstreicher Hummel, der gerne auch als Kunstmaler gesehen werden wollte, Bauchredner zudem, wie er mir beim Streichen unserer Küche vormachte, wobei er nicht aufhörte, mit der gemusterten Gummiwalze über die Wände zu rollen. In sein Wohnzimmerfenster neben der Haustür hatte er ein Ölgemälde gestellt, *Reh im bewaldeten Hohlweg*, wie ein handgeschriebenes Kärtchen verkündete, Schönschrift mit der Redisfeder, das Reh sah genau aus wie eine gutgefütterte Kuh, es war eine Kuh, nur die Hörner fehlten. Herr Hummel, wo sind denn bei ihrer Kuh die Hörner, riefen wir ihm aus sicherer Entfernung nach, wenn er über den Markt kam. Älteren Männern war nicht zu trauen, der Angler Kladde, dem Jungen mit Steinwürfen im hinteren Teil des Frohburger Felsenbades die Fische verscheucht hatten, kam brüllend hinter mir hergerannt und schlug mir, nachdem ich stehengeblieben war, ich fühlte mich unschuldig, drei-, viermal mit der Faust ins Genick. Das ging Vater zu weit, er schaltete den Friedensrichter ein, Kladde mußte fünf Mark ans Rote Kreuz abführen. Ein andermal bauten wir nach einem Wolkenbruch neben dem Weg durchs Hölzchen Dämme, der ehemalige Bezirksschornsteinfeger Uhlig aus der Straße der Roten Armee, akkurat gekleidet, tappte mit seinem Stock an uns vorbei, Bruder Ulrich warf ihm von hinten eine Handvoll Sand- und Schlammgemisch, eine Portion Pampe an die Hosenbeine, Uhlig drehte sich blitzschnell um und zog mir mit dem Stock eins über. Dabei blieb er zu allem Übel auch noch am Hosenträger meiner Lederhose hängen und riß einen Knopf ab, ich nahm es mit Fassung, Heulen verboten, jedenfalls auf offener Szene, zuhause galt die Regel nicht. Wenn ich bei der Witwe

Zschunke über der Drogerie klingelte, wurde ich ins Wohnzimmer geholt, ich wurde aufgefordert, mich an den Eßtisch zu setzen, dann legte sie mir eines von etlichen dicken Briefmarkenalben vor, die sie von ihrem Mann geerbt hatte. Die Marken waren mit winzigen Klebestreifen auf die vorgedruckten Seiten der Alben geheftet, in der Art der ganz ernsthaften Sammler, die mit Pinzette und Lupe ans Werk gingen und den Namen Philatelisten verdienten oder beanspruchten. Ich ging mehr von optischen Eindrücken aus, wie wirkte die Marke auf mich, wenn sie mir gefiel, deutete ich drauf, wieviel, hieß das, und die Witwe nannte aus dem Augenblick heraus den Preis, zehn, sagte sie, manchmal fünf, auch mal zwanzig, immer waren Pfennige gemeint. Am liebsten waren mir ganze Sätze aus dem Nachlaß Zschunkes, des Philatelisten, den ich nie kennengelernt hatte, und von den ganzen Sätzen wiederum gefiel mir vor allem ein Satz von acht oder zehn Werten, Waffengattungen der Wehrmacht, man sah Schnellboote, Geschütze, Panzer, Flugzeuge. Diesen Satz gab es in zwei Ausführungen, der etwas ältere Entwurf war in bezug auf die graphische Gestaltung altväterisch und ohne Dynamik, der jüngere dagegen, wahrscheinlich war der Krieg schon entbrannt, war modern gezeichnet, neusachlich, klar und schwungvoll, angriffslustig, könnte man sagen, fünfzig Pfennig mußte ich für die ältere Serie und das Doppelte für die jüngere bezahlen, wer will denn heutzutage so Zeug, sagte Frau Zschunke, ich freute mich über ihre pazifistische Gesinnung und zugleich über das Schnäppchen. War die Briefmarke noch auf dem Umschlag, nannte das laut Witwe Zschunke der echte Briefmarkensammler Ganzstück, die Weisheit hatte sie von ihrem Mann. Ein solches Ganzstück bot sie mir bei einem meiner Besuche als etwas besonderes an, ich war elf, allerhöchstens gerade zwölf geworden. Auf dem Umschlag klebten sechs leuchtend bunte, fremd wirkende Marken verschiedener Größe. Dreißig Pfennig waren zu berappen. Zuhause angekommen, guckte ich mir die Neuerwerbung näher an, der Brief war aus Indien gekommen, der Umschlag war leer, aber es gab einen

Absender, deutscher Name, Neu Delhi. Vielleicht vor dem Krieg. Ich holte mir Vaters Splitterlupe aus dem Instrumentenschrank im Verbandszimmer, in dem die Spritzen, die Skalpelle, das Spekulum und die Diaphragmen lagen, auch unter der Lupe waren die Stempel schlecht zu erkennen, die überreiche Stempelfarbe war ineinandergelaufen, das Datum konnte ich aber entziffern, der Brief war zwei Jahre alt. Am nächsten Tag setzte ich mich nachmittags hin und schrieb dem Absender des indischen Briefs, ich erzählte von Frohburg und mir, legte neue und abgestempelte DDR-Briefmarken bei und brachte, die Eltern hatten nichts dagegen, meine Sendung gleich selber zur Post, ich kam aus unserer Haustür raus, ging um die Ecke und in die übernächste Tür wieder rein und stand vor dem Schalter von Naß, hier bitte, Herr Naß, nach Indien, meine Eltern wissen Bescheid. Vier oder fünf Wochen später, ich hatte den Brief fast vergessen, war eine Antwort da, lag, als ich aus der Schule kam, wieder so ein Ganzstück auf meinem Platz am Esstisch, wieder bunte Marken, leuchtend, aus der anderen Welt. Es war der Tag, an dem ich Jörg Meißner auf dem Heimweg am unteren Ende der Herbert-Prause-Straße die Mütze vom Kopf geschlagen hatte, die hebst du jetzt auf, bist du verrückt, na dann bleibt sie eben liegen. Das Zerwürfnis wegen der zurückgelassenen Mütze dauerte eine gefühlte Ewigkeit, der erste Schritt fiel schwer, bis sich, was sonst nicht unbedingt unsere Wunschvorstellung war, unsere Eltern einschalteten und eine Versöhnung zustande brachten. Die Antwort aus Neu Delhi erzählte vom Alltagsleben in den Tropen, wenn Monsunzeit ist, packen wir alle Bücher, Papiere, auch die Briefmarkenalben in Blechkisten, die wir verlöten lassen müssen, sonst verschwindet alles unter einer dicken Schicht Schimmel. Wie kommt es, daß ich gerade diesen Satz fast wörtlich und den Namen des Briefschreibers und die Umstände seines Indienaufenthalts gar nicht behalten habe. Der Brief aus Neu Delhi blieb siebenundfünfzig mit meiner ganzen Briefmarkensammlung, nicht gerade wenig, in Frohburg zurück, alles landete bei Verwandten, Cousins und Großcousins, nie war bei meinen Besuchen sehr viel später jemals die Rede davon. Meine Ansichtskartensammlung bestand hauptsächlich aus Schwarzweißaufnahmen von Städten, Dörfern, Schlössern und Burgen, die ich auf dem Oberboden in der Greifenhainer Straße gefunden hatte. Viele Dunkeltöne, wenig Licht, die Ortsnamen deutsch und zum Teil auch tschechisch mit feiner weißer Schrift über den unteren Rand geschrieben, auf Flohmärkten und im Internet kann man solche Karten mit ganz ähnlicher Schrift finden. Die mit der Kinderlandverschickung nach Böhmen gelangte Essener Cousine Lachtari, die jüngere Schwester von Mari, mit Kisuahelinamen, der Vater war in Deutsch-Ostafrika gewesen, hatte die Karten nach Frohburg geschickt, an Doris-Mutti, ihre Mutter, die in Essen ausgebombt war und unter Dienstverpflichtung in einer nach Frohburg ausgelagerten Verwaltungsstelle der Reichsbahn arbeitete. Anfang Mai fünfundvierzig löste sich Lachtaris evakuierte Essener Oberschule in Karlsbad auf, die Lehrer machten sich aus dem Staub, und die jungen Mädchen mußten sehen, wo sie blieben, nach zwei Wochen Fußmarsch tauchte Lachtari abgerissen, verwahrlost und halbverhungert in Frohburg auf, was sie erlebt hatte, behielten Doris-Mutti, Großmutter und die übrigen Frauen der Familie für sich. Durch die Ansichtskarten lernte ich Eger, Saaz, Komotau, Leitmeritz, Aussig, Pilsen, Kladno, Schlan, Kaaden, Klösterle und Elbogen kennen. Von meiner Heftchensammlung, dreißig, fünfunddreißig verschiedene Titel, nur soviel: alle Hefte stammten aus Westberlin, entweder dort nach Taschengeldumtausch eins zu fünf am Kiosk gekauft oder in Frohburg eingetauscht. Im Mehrfamilienhaus in der Webergasse, wo die Hausfronten zurücksprangen, gab es einen Lieferanten, eine Klasse über mir. Er mußte in Laune sein, dann konnte aus dem Geschäft etwas werden, andernfalls zog ich mit leeren Händen ab. Die Hefte wurden nicht nur verschachert, sie wurden auch ausgeliehen, ein stillschweigender Wertschätzungsbeweis, die ausleihenden Leser gingen allerdings mit ihrer Lektüre oft nicht so sorgfältig um wie die Eigentümer, sie schlugen sie um, so daß die Hefte nach einer Weile im Falz eine Wulst aufwiesen. Gehörte unabdingbar dazu: wenn Heft, dann mit Wulst. *Tom Prox* und *Billy Jenkins* waren meine Lieblingsserien, beide mit blaustichigen Umschlagbildern, Schundromane, von der Schule geächtet, damit hatte ich kein Problem, ich las ja auch die Schundromane der anderen Seite, *Das neue Abenteuer* und *Spannend erzählt*. Die Kollektion meiner Lesebücher, sechs von insgesamt neun Bänden besaß ich, olivgrün eingebunden, mit stilisierten Eichenblättern und Eicheln auf dem Einband, laut Titelblatt von Lehrern der deutschen Sprache am Königlichen Realgymnasium zu Döbeln herausgegeben und bei *Teubner* in Leipzig vor dem Ersten Weltkrieg verlegt, für Oberschüler ab Sexta, war meine Lieblingslektüre, in der Art eines Stundenbuchs: immer wieder fünf, sechs Seiten lesen. Was ich damit, ohne es zu wissen, den Freunden und Mitschülern voraus hatte, waren antike und germanische Mythologie, Gedichte von Hebel und Keller, deutsche Geschichte, Grimms Märchen und jede Menge Balladen, wo ließ sich nach fünfundvierzig für ein Kind die Vielfalt finden. Die Bände hatten die Sprößlinge der Familie durch das Realgymnasium Borna begleitet und stammten wie die Ansichtskarten vom Dachboden der Großeltern. In all den Jahren und Jahrzehnten Antiquariatsgängerei habe ich nur einmal, wirklich nur ein einziges Mal einen Band der Reihe gefunden, den zweiten Teil, für Quinta, in der *Hölty-Stube* in Göttingen, für zwei Mark fünfzig, ein Teil meiner Kindheit, verkörpert von einem Buch aus der Wühlkiste. Wichtige Stücke der Natursammlung, ein großes am Ohr rauschendes Schneckengehäuse aus dem Indischen Ozean und der Stachel eines Stachelschweins, kamen von Doris-Mutti, aus dem Nachlaß ihres Mannes. Aus allen diesen Sammlungen zusammengestellt, zeigte ich Pfingsten, wenn drei Tage keine Sprechstunde war, in Vaters Wartezimmer auf den langen Wandbänken meine Ausstellung, mein kleines Museum der Merkwürdigkeiten und Kuriositäten, eine Reihe von Eulengewöllen mit feinsten Mäuseknochen, eine Schlangenhaut, die ich im Eisenberg im wahrsten Sinn des Wortes aufgabelt hatte, kleine Bernsteinstücke von der Ostseeinsel Poel und einen Hirschkäfer, den ich im Harzberg auf einem Insektenstreifzug gefunden und mit Äther erledigt hatte, nur die im Todeskampf verschränkten Beine störten mich an dem Wunderwerk, den Käfersammler Ernst Jünger konnte ich gleich verstehen. Von den Steinen meiner Sammlung war erwähnenswert nur die Amethyststufe, die ich mit Hammer und Meißel aus der Felswand des Gautenbergs an der Wyhra bei Gnandstein geschlagen hatte. Ich war, dreizehn Jahre alt, von oben in den Spalt geklettert und hing plötzlich über dem Abgrund, an ein paar Fingern nur, und wurde schlagartig von der Erkenntnis durchzuckt, jetzt stürze ich ab. Der Fuß der Wand zwölf Meter unter mir. Wenige Tage nach dem Aufgehen der deutsch-deutschen Grenze, am vierten Januar 1990, stand ich in der Dämmerung eines Winternachmittags bei leichtem Schneefall vor der Felswand und suchte die Stelle, die mir fast zum Verhängnis geworden wäre und die mir die Amethyststufe eingebracht hatte, keine Ahnung, wo sie geblieben ist. Auf dem Weitermarsch Richtung Wolftitz kam mir im Halbdunkel des Streitwalds ein Mann entgegen, zehn, fünfzehn Jahre jünger als ich, völlig unerklärlich, was er auf dem zugebuschten Steig wollte, den man kaum erkennen konnte und dem ich mit einem Meßtischblatt aus der Vorkriegszeit folgte. Ich hatte, auf fremdem Boden verunsichert, gegrüßt, er hatte anscheinend drauf gewartet, wir kamen ins Gespräch, und es stellte sich nach einer Weile heraus, daß mein Gegenüber in Frohburg wohnte und als Sicherheitsinspektor im Kreiskrankenhaus Borna arbeitete. Sicherheit. Brandschutz, Zivilverteidigung, Verkehrssicherheit, Arbeitssicherheit, Staatssicherheit. Die Fragen fielen mir erst Tage später ein. Wahrscheinlich hatte an jenem Spätnachmittag jemand aus dem letzten Haus in Gnandstein, vor dem ich den Leihwagen mit Hamburger Nummernschild abgestellt hatte, mit der Kreisdienststelle in Geithain oder Borna telefoniert, dort war man noch emsig an der Arbeit, mit Endzeitgedanken allerdings, man guckte in die betreffenden Listen und rief den Sicherheitsinspektor in Frohburg an, fahr doch mal rüber nach Wolftitz und geh ihm entgegen, du wirst ihn schon treffen, so viele Wege an der Wyhra entlang gibts ja nicht durch den Wald. Außer den Merkwürdigkeiten aus Natur und Tourismus hatte ich eine Waffensammlung, nein, keine Sammlung, sondern ein Sammelsurium, am wichtigsten die Zwille, die dicken wunderbar elastischen Gummistrippen hatte ich aus einem funkelnagelneuen Autoschlauch für Großvaters *Opel* geschnitten, einer Rarität aus Friedenszeiten, die diebstahlsicher auf dem Dachboden verwahrt wurde, der Schlauch war mir beim Stöbern und Wühlen in die Hände gefallen, ich hatte ihn ohne jede Überlegung und ohne Skrupel mitgehen lassen, mit Vaters stärkster Gipsschere schnitt ich die Strippen für mich und meine engeren Freunde heraus. Rücksichtslosigkeit im Aneignen, nicht in Läden, Buchhandlungen, Büchereien, habe ich überhaupt jemals ein Buch geklaut, sondern in vertrauter Umgebung, im nächsten Umfeld, wo man auf Nachsicht, vielleicht sogar auf Wegsehen hoffen konnte, nie bin ich auf den verschwundenen Autoschlauch angesprochen worden, auch wegen eines Päckchens mit Westzigaretten, *Gold-Dollar*, blonder Tabak, das ich in der Greifenhainer Straße mitgehen ließ und das todsicher vermißt wurde, keine Nachfrage. Zu meinen Waffen gehörten neben der Zwille, die haselnußgroße Steine mit Druck und Zielgenauigkeit verschoß, ausreichend für manche Fensterscheibe, auch mein Blasrohr. Und die Florettdegen, Mutter hatte gleich zwei von der Sorte, ungarisches Produkt, aus dem Sport-HO in Leipzig mitgebracht, einen für Ulrich, einen für mich. Auf dem Acker hinter dem *Hölzchen* übten wir mit den Freunden, mit unserer Bande, Hieb, Hieb und Stoß, das war, obwohl die Spitze der Klinge abgeplattet war, nicht ganz ohne, pfenniggroße blaue Flecke auf der Brust, man sah sie erst abends beim Ausziehen, auch Kratzer an den Armen und manchmal am Hals, Vorsicht bei den Augen, sagte Vater, und er erinnerte sich an Schwarzenberg und Sachsenfeld. Dabei konnte man mit Blasrohr und Degen ungeschoren unterwegs sein, auch die Zwille, griffbereit im Gürtel steckend, war für jedermann sichtbar, nur bei der zweischüssigen Pistole, die ich im Greifenhainer Bach gefunden hatte, ein Lauf über dem anderen, aus einem Stück gefräst, tat ich gut daran, sie lieber in der Hosentasche zu verstecken. Beim Greifen von handlangen Fischen, das eine Bein auf dem einen, das zweite auf dem anderen Ufer, plötzlich auf einen Fischschwarm zu die Hände mit abgespreiztem Daumen ins Wasser stoßen, hatte ich auf dem sandigen Bachgrund etwas Fremdes, Glattes erst gefühlt, dann ertastet, die Pistole. Ein gefährliches Ding, für den Besitzer. Als ich vier war, bald nach unserem Einzug in der *Post*, spielte ich im Hof mit der Tochter vom Uhrmacher Erhardt aus dem Nachbarhaus, Pflastersteine, Ritzen zwischen den Steinen, voll Sommerstaub, Püppchen, die wir zum Schlafen hinlegten, immer rief die Mutter aus dem Küchenfenster in unsere Spiele hinein, Annelie, *esse komme, gell*. Die Mutter stammte aus Frankfurt am Main, ihr Frankfurterisch war in Frohburg so berühmt wie die ältere Farbige im Gasthof Greifenhain, Negerin, sagte man damals noch. An die näheren Umstände Erhardts kann ich mich nicht mehr erinnern, jedenfalls wurde in seiner Obstplantage an der Fernstraße 95, im Gartenhaus, eine Pistole gefunden, laut Urteil eine funktionsfähige Faustfeuerwaffe, sie brachte dem Uhrmacher eine Gefängnisstrafe von zwei Jahren ein. Das wichtigste Stück meiner Sammlung, vielleicht mein wichtigstes Besitztum überhaupt in Frohburg war das Messer, das heute in meinem Zimmer in Göttingen auf dem Tisch liegt, als Radiermesser, mit der Schneide, und als Brieföffner, mit dem Rücken. Hauchdünn geschliffene Klinge, superspitz, mit so etwas bekommt man in jeder Sicherheitskontrolle Probleme, das Messer steckt in einer Scheide, einem rundgepreßten Lederköcher mit Gürtelhaken aus Messing. Sah für uns in Frohburg aus wie von Lappländern gemacht oder für Lappen hergestellt und hieß deshalb auch bei uns der *Finnendolch*. Vater hatte ihn in der Schublade seines Nachttischs liegen, man konnte nie wissen, in den Nächten des Nachkriegs. Unser Kinderzimmer war das

Schrankzimmer des Bürgermeisters gewesen, es hatte eine direkte Verbindung zum Schlafzimmer, am Sonntagmorgen klopften Bruder Ulrich und ich an die Tür, dürfen wir kommen. Dann schlüpften wir zu den Eltern ins Bett, Mutter war mir lieber als Vater. Auf dem Nachttisch lagen Heinrich Manns *Ein Jahrhundert wird besichtigt*, *Stalingrad* von Plievier, Antelme, *Die Gattung Mensch*, *Finale Berlin* von Heinz Rein und immer auch die blauen Bändchen von Börries v. Münchhausen, zeig mal das Finnenmesser, bettelte ich immer. Zwei Jahre später durchstöberte ich auf eigene Faust alle Schubladen in der Wohnung, nur für den mittleren Teil des Bücherschranks mit den Kontoauszügen, dem Schmuck, den Familienpapieren und eventuellen auch später nicht erkundeten Geheimnissen meiner Eltern trug Mutter den Schlüssel immer bei sich, oder hatte ihn versteckt, an wechselnden Orten vielleicht. Im Nachttisch fand ich nicht nur das Messer wieder, sondern auch undefinierbare Cremetuben und Pariser, die man vor Ort nur im Automaten auf dem Abort vom *Roten Hirsch* und beim Friseur Boronowski am Markt bekam, zwei Häuser unterhalb, *Salon Boronowski* stand über dem Laden, Ulrich hielt Salon für den Vornamen, die kinderlosen Boronowskis fuhren ein *Wartburg Coupé*. Im Jahr drauf eignete ich mir das Messer an, ich hatte nicht gefragt, und ich wurde nicht zur Rede gestellt, vierzig mußte ich werden, um die Eltern um etwas bitten zu können, um Vaters Brillantring aus der Tauschzentrale in Leipzig, den er seit vielen Jahren nicht mehr angesteckt hatte, um den kleinen schwarzen Handkoffer mit den Kristallflakons und Silberverschlüssen, einem Geschenk der Apothekerwitwe Siegfried, und um Vaters uralten schweren Wintermantel, den ihm der Schneider Heinzmann aus Geithain 1950 genäht hatte. Der Mantel war mir zu weit, mindestens die Knöpfe mußten versetzen werden, als ich zum Änderungsschneider Sentis in der Mauerstraße kam, erhellte sich das hagere Gesicht des anfallweise hustenden Kettenrauchers, einen Mantel aus genau dem gleichen dicken Stoff habe er als Lehrling für die Gesellenprüfung in einer Kleinstadt östlich von Ankara nähen müssen, er hatte sich die Fingerkuppen ruiniert, das war der Preis des Erwachsenwerdens. Als wir Frohburg verließen, hatte ich meine Schulmappe bei mir und in der Mappe von allen Sammlungen und meinen Büchern nur mein Tagebuch, ein Foto der Großeltern und den Finnendolch. Beim Messerwerfen im Hölzchen war vor Jahren die Spitze abgebrochen, in Friedberg ließ ich das Messer neu anschleifen, dann zeigte ich Heidrun meinen Finnendolch, wieso Finnendolch, sagte sie und drehte die Klingenflanke nach oben, das ist doch arabische Schrift. Und tatsächlich, sie hatte recht, mit ihrem neuen Blick, jetzt fiel es mir wie Schuppen von den Augen, arabisch, aber woher hatte Vater das Messer überhaupt. Es stammte, hörte ich, aus Kohren, von Frau Monning, einer Witwe, die mit den Eltern befreundet war. Einmal, ich war vier, fünf Jahre alt, wollte sie mich mitnehmen, ich sollte über Nacht bei ihr in Kohren bleiben, ein kleiner Koffer war schon gepackt und stand an der Tür, aber bei der Verabschiedung von Mutter brach ich in Tränen aus und war nicht dazu zu bringen, die Wohnung zu verlassen. Gefühl, als sollte ich weggegeben, verkauft werden. Dabei war mir Frau Monning wohlgesonnen, sie schenkte mir die Märklin-Dampfmaschine mit etlichen Modellen, außerdem bekamen wir von ihr den Laterna-magica- und Filmvorführapparat mit den bunten Bilderplatten aus Glas und mit einem Schmalfilm, Hindenburg und Hitler fahren vor der Garnisonkirche in Potsdam vor und begeben sich nach drinnen. Schnitt. Hindenburg und Hitler am Altar, alles schwarzweiß, ohne Ton, den das Rattern der Kurbel und das Knattern des Mitnehmerzahnrades ersetzten. Frau Monning starb, wahrscheinlich Opfer einer Schwarzschlachtung, an Trichinenbefall, keine fünfzig Jahre alt.

Die Sammlungen. Die Wohnungen. In der Diele der Großeltern ging es nach links in die Küche, nach rechts in das Schlafzimmer, das eine zweite Tür hatte, die in den hinteren Teil des Wohnzimmers führte. Gradeaus kam man ins Eßzimmer mit dem Philodendron unter den drei Fenstern, guck dich um. In der Mitte des Zimmers siehst du den langen Tisch, acht Stühle waren immer untergerückt, mindestens weitere sechs konnten aus anderen Räumen herbeigeschafft werden, was noch fehlte, borgte das Schützenhaus gegenüber aus. Unter diesem Tisch rollte, als ich zwei, drei oder vier Jahre alt war und am ersten Weihnachtsfeiertag in das Zimmer geführt wurde, das große Lastauto aus Holz hervor. Mein Staunen, die Überraschung, ich war wie von einem gleißendem Licht geblendet. An den folgenden Abenden mußte mir, wenn ich im Bett lag, das Auto auf die Brust gelegt werden, jedenfalls so lange, bis ich eingeschlafen war. Hängt damit vielleicht, wenn auch leicht, wenn auch entfernt, zusammen, ist es eine Fortschreibung, daß ich die paar neuen Bücher, die mir vom Autor, vom Inhalt oder von der Aufmachung her besonders viel bedeuten, zwei, drei im Vierteljahr, jeden Abend mit ins Schlafzimmer nehme und vor dem Bett auf den Boden lege, griffbereit, als Versprechen. Und genauso die drei Ledermäppchen mit den hessischen Fotos aus dreißig Jahren und dazu noch das Kalendarium 2008, auf dem die Schaffhausenuhr von 1985, Vaters Brillantring aus der Tauschzentrale in Leipzig, Mutters zweiter Trauring, Dreihundertdreiunddreißigergold, der Steinheimer Amethystring, 1975 gekauft und bis zuletzt getragen, das goldene Zehnmarkstück von den Eltern, die goldenen zehn Zarenrubel von Heidrun und der dünnere wellige Dukat von 1760 liegen. Das Esszimmer in der Greifenhainer Straße hatte eine gemeinsame Wand mit dem Nachbarhaus bergab. Dort hatte Mitte der dreißiger Jahre das Ehepaar Zeidler mit seinem erwachsenen Sohn Werner zur Miete gewohnt. Nachdem im Nachbarhaus bergauf, vom Haus der Großeltern durch die Einfahrt zum Hof und ihren Garten getrennt, die Bäckersleute ermordet worden waren, fanden ein halbes Jahr später Dachdecker unter den Sparren des Zeidlerschen Stalls, den der Hauswirt wegen einer undichten Stelle überraschend umdecken ließ, die goldene Taschenuhr des Bäckers und seine geleerte Geldbörse. Der junge Zeidler wurde verhaftet und erhängte sich vor der Gerichtsverhandlung. Sehr zum Leidwesen von Tante Frieda, Großmutters jüngerer Schwester. Sie war sicher die hübscheste der ganz und gar nicht häßlichen vier Berger-Töchter, die hübscheste und auch die eigenwilligste. 1877 in Oederan geboren, zwei Jahre nach Großmutter, meldete sie sich am vierundzwanzigsten September 1895, auf den Tag genau eine Woche nach ihrem achtzehnten Geburtstag, auf dem Rathaus ihrer Heimatstadt ab und gab als neuen Wohnort Dresden an. So erstaunlich genau sich oft Lebensetappen von Studenten, Adligen, Handlungsbetreibern und Besitztitelinhabern nachzeichnen lassen, so spurlos verschwinden sie bei kleinen Leuten. Da heißt es nur noch, die Spinnerei hatte soundsoviel Spindeln, soundsoviel männliche und weibliche Beschäftigte, aber wo sind die Namen, die Gesichter, die Unverwechselbarkeiten. Zu wem Tante Frieda als junges Mädchen in Dresden kam, in der Residenz, wer sie einstellte, in welchem Stadtteil, wen sie bediente, ja ob sie überhaupt bediente, was sie erlebte, auf der Suche nach ihrem Weg, ihrem Platz, keine Ahnung, keine Familienüberlieferung, kein Schnipsel Papier. Ich muß mich an ihr Gesicht halten, wie es auf dem Oederaner sogenannten Baumannfoto zu erkennen ist, auf dem sie und ihre Schwester Elsa, beide stehend, ihre sitzende Mutter und Großmutter flankieren, die zwei Rilke-Frauen, vor einer Hauswand mit der Aufschrift *edric aumann*, Friedrich Naumann oder Baumann muß es heißen. Was ist das für eine Mauer, in Oederan wußte niemand Bescheid, war niemand aufzutreiben, der zehn Minuten in der Schulgasse oder der Engen Gasse nach der Aufschrift oder dem Schatten der Aufschrift gesucht hätte. Ich mußte erst eine Tagestour von Göttingen aus machen, achthundert Kilometer im ganzen, um die Mauer in Oederan zu finden, eine halbe Stunde vor Mitternacht rollte ich die Reinhäuser Landstraße entlang wieder stadteinwärts, am Neuen Rathaus, auch schon fast vierzig Jahre alt und bei der Eigenart moderner Architektur entsprechend vergammelt, bog ich nach rechts ab, rauf ins Ostviertel, wo auch Oppermann, Wallmoden,

Arnold und Prinz Heinrich wohnen, na bitte, wer sagts denn, demokratische Sozialisten, Welfen und Welfenanhänger, die wir sind und bleiben. Auf dem Foto mit den vier Frauen ist Frieda Berger etwa achtzehn Jahre alt, ihre Großmutter direkt neben ihr, schmallippig, strenge Frisur, legt die Hände in den Schoß, Lebensleistung vollbracht, ihre Mutter, mit Brille, nicht ganz so strenge Frisur, hat eine Handarbeit vorgenommen, ein Leibchen, weiß, an dem sie stickt oder näht, aus der Stellung der Hand, die die Nadel führt, läßt sich nichts Genaueres erkennen. Beide Frauen mit langen dunklen Röcken und hochgeschlossenen Kragen, keinerlei Lächeln im Gesicht. Meine Großmutter Elsa, knapp zwanzig Jahre alt und seit wenigen Monaten verheiratet, ist die einzige, die dem unbekannten Fotografen mit leicht nach rechts geneigtem Kopf und dem Anflug eines Lächelns entgegenkommt, sie hat die rechte Hand auf die Schulter der Mutter gelegt. Selbstbewußt, zum Anschmiegen bereit. In ihrem Gesicht finde ich etwas wieder, das sechzig Jahre später für mich zu der vertrauten Großmutter gehörte, eine besondere Form der Aufmerksamkeit und Zuwendung. Ganz anders ihre jüngere Schwester Frieda. Nur sie hat auf dem Bild ein helles Oberteil an, mit auffälligen Applikationen. Ihre Haare sind nach hinten genommen, aber auch über die Schläfen gelegt. Sehr aufrechte Haltung, halb weggedreht. Ebenmäßiges reizvolles Gesicht. Abwartender Blick aus den Augenwinkeln, im erwachten Bewußtsein des eigenen Werts, mit einem Schuß Herausforderung. Ausgerüstet mit den Erfahrungen einer Kleinstadtkindheit und einer Kleinstadtjugend, macht sich Frieda auf den Weg nach Dresden, sie nimmt die Bahn, die Eltern spendieren ihr eine Fahrkarte dritter Klasse, damit sie nicht in der vierten in der Gesellschaft der Allerärmsten in der Residenz ankommt. Wo sie in Dresden aussteigt, wissen wir nicht, es richtet sich nach der Adresse der Dienstherrschaft, die sie als Hausmädchen angestellt hat, die Stadt an der Elbe, Sitz eines königlichen Hofs, hat vier Bahnhöfe und diverse kleinere Haltestellen, der Böhmische Bahnhof, heute Hauptbahnhof, ist am wahrscheinlichsten, dort laufen die Züge aus Chemnitz und damit auch aus Oederan ein. Lassen wir sie also auf dem Böhmischen aus dem Abteilwagen klettern, die Herrschaft hat die Köchin oder den Kutscher auf den Bahnsteig geschickt, vielleicht kommt sie aber auch in eine Lehrer- oder Kaufmannsfamilie, dann ist es nichts mit Köchin und Kutscher, dann steht das Kindermädchen oder eine Zugehfrau vor dem Bahnhof. In wessen Begleitung auch immer, Frieda entschwindet unseren Augen Richtung Stadt. Und nur einmal noch sehen wir sie, zwei Jahre später, jetzt ist sie zwanzig und fühlt sich als Großstädterin, Dresden hat fast vierhunderttausend Einwohner. An einem Sonntagnachmittag steht sie mit anderen Spaziergängern nordöstlich der Neustadt am Rand der Carola-Allee, als mit achthundert Pferden das Dresdner Gardekavallerieregiment vorbeireitet, auf dem Weg in die Kasernen an der König-Georg-Allee, dreißig Jahre vorher hat das Regiment zusammen mit den übrigen sächsischen Truppen in der Schlacht bei Königgrätz den linken Flügel der Österreicher länger gehalten als die Österreicher selbst das Zentrum. Frieda, wie immer adrett angezogen und zur wirklichen Schönheit geworden, sticht von den übrigen Zuschauern der improvisierten Parade dermaßen ab, daß der Regimentskommandeur, ein großer blasser Rittmeister, augenscheinlich kaum dreißig Jahre alt, ihr im Vorüberreiten salutiert. Und die noch jüngeren Leutnants und Oberleutnants, die Eskadron auf Eskadron nach ihm kommen, machen es ihm nach. Wenn mir das zehn Jahre nach dem Krieg in Frohburg erzählt wurde, von Großmutter, von Doris-Mutti, von Mutter, die Akzente lagen immer ein wenig anders, wenn ich das in einer Zeit hörte, in der ich die Bombenwüste Dresden schon kannte, in der mir Elbflorenz, die Barockstadt, die Adelsresidenz und ihre Kavallerie nach der großen Ausradierung und dem folgenden Zusammenbruch vorkamen wie ein Steinzeitmärchen, dann sollte das heißen, sie ist wahrgenommen worden, sie hat Eindruck gemacht, sie hätte Erfolg haben können. Was für Erfolg, Heirat, nach oben, wenn nicht gleich Adel, so gab es doch auch bürgerliche Offiziere, die gutbetucht waren und es sich leisten konnten, vielleicht leisten wollten, nach Aussehen und Wesen zu gehen. Und doch blieb sie unverheiratet. Mindestens dreißig Jahre ihres Lebens sind für mich ohne Beschreibung und ohne Bild, ein weißer Fleck. Ich hätte fragen können, aber weil ich den weißen Fleck nicht wahrnahm, mich nicht um ihn kümmerte, nicht um ihren Broterwerb, ihre Irrungen und Wirrungen, ihre Krankheiten und ihre schlaflosen Nächte, fragte ich nicht. Bis vor fünf Jahren, als Mari noch lebte, hätte ich Antworten bekommen können. Jetzt muß ich mit dieser Lücke wie mit hundert anderen Lücken zurechtkommen und aus den Bruchstücken das Ganze erraten. Eben noch fuhr Frieda, achtzehnjährig, nach Dresden, eben auch grüßten die Offiziere zu Pferd die Zwanzigjährige, da taucht sie in Frohburg auf, eine abgemagerte alte Jungfer, die nicht weiß, wohin. Sie kam bei Schwester und Schwager in der Greifenhainer Straße unter und bewohnt das gleiche Zimmer im Dachgeschoß, in dem bis zu ihrem Tod 1929 ihre Mutter untergebracht war. Unbekannt, ob sie Rente bezog. Die Familie war groß, Verwandtenbesuche en masse, die Essener und die Berliner blieben die ganzen Sommerferien, es gab viel zu tun, sie half im Haushalt, vielleicht führte sie ihn sogar, wenn sie richtig loslegte, war das meist nach Mitternacht, alles im Haus schlief. Nur die erwachsenen Söhne hörten in den Semesterferien bei der späten Heimkehr von den feuchtfröhlichen Sitzungen der *Frohburgia* das nächtliche Rumoren in der Küche und leisteten ihr manchmal auf eine Zigarettenlänge Gesellschaft. Vater fiel zuerst auf, was nach und nach die ganze Familie mitbekam, daß sie die Kochtöpfe zehnmal abschrubbte und zehnmal ausschwenkte und daß sie immer wieder zum Eisschrank ging und an der Tür zog, ob sie die auch gut angedrückt hatte. In einer Sommernacht 1942, im Süden der Ostfront war die Bewegung Richtung Kaukasus und Wolga mächtig inganggekommen, klopfte sie an die Schlafzimmertür meiner Eltern, die am gleichen Flur im Dachgeschoß wohnten, ihr gegenüber, hört ihr denn nicht, das Kind. Ich weiß das von Mutter, etwas über ein Jahr alt, hätte ich *tinken bitte tinken haben* gerufen, und nur Tante Frieda hätte das mitbekommen. Und im anschließenden hier wie da schrecklichkalten Winter, dem Winter von Frohburg und Stalingrad, minus zwanzig Grad, wieder das gleiche, Klopfen, der Junge weint, am nächsten Morgen hatte ich drei Finger erfroren, der Raum, in dem ich schlief, ließ sich nicht heizen. Mehr über Frieda Berger weiß ich nicht. Bis auf die Sache mit dem jungen Zeidler. Das war Mitte der dreißiger Jahre, zwischen den beiden Morden im Nachbarhaus und der Entdeckung von Teilen der Beute, an einem Pfingstsonntag. Die ganze große Familie mitsamt dem Besuch, aus Borna Tante *Hühnchen*, Onkel Albert und Sohn *Goldhilf*, aus Leipzig Onkel Bruno, seine Frau Liebchen und Adoptivtochter Trautchen, aus Essen Doris-Mutti, Onkel Karl und die Töchter Mari und Lachtari und aus Berlin Tante Trud mit Tochter Schatzi, hatte das Haus in der Greifenhainer Straße verlassen und war an der Wyhra entlang und durch den Streitwald zur *Lochmühle* im Tal des Katzebaches gewandert. Das Maiengrün im Wald. Die Himmelschlüssel auf den Wiesen beiderseits der Wyhra und der Bäche Maus, Ratte und Katze. Die *Lochmühle*, eines der Ausflugslokale der Gegend, wie das *Jägerhaus* in Streitwald und die *Mittelmühle* in Kohren, lag einsam am Fahrweg von Kohren nach Roda, am Waldrand. Bachaufwärts Eckersberg, ein winziger Ort aus vier Häusern. Am jenseitigen Hang ein Wohngebäude in Form einer vorderen Schiffshälfte. Gebaut um 1890 von einem Kaufmann aus Borna, einem Weltreisenden, der mit einem Dampfer im Roten Meer unterging. Oder starb er an Bord am Gelben Fieber. Gegen Ende der DDR-Zeit lebte dort ein sogenannter Spezialist mit seiner Frau, die Lehrerin in Kohren war. Der Spezialist war lange in Afrika gewesen, in Ländern, die die Fürsorge des Ostblocks erfuhren, Fernmeldenetz, Landwirtschaft, Sicherheitsdienst. Nach Beendigung seiner Delegierung hatte sich der Fachmann für was auch immer auf dem eingezäunten Riesengrundstück am Katzebach angesiedelt und in dem maritimen Haus eingenistet, die Einfahrt war auf der einen Talseite, das Haus stand auf der anderen, zwischen Tor und Wohnung gab es eine Sprechanlage, damals eine extreme Seltenheit bei Privatleuten. Aber war er das überhaupt, Privatmann. Anfang der achtziger Jahre bat ich verschiedene Briefpartner in Frohburg um Informationen über die Geschichte des merkwürdigen Eckersberger Hauses und seines Erbauers und weckte damit die Stasileute in der Geithainer Kreisdienststelle auf, das Gebäude ist von uns erfaßt, steht in den Akten, in Ostberlin in der Zentrale wurde aufgrund meiner Anfragen und der Bitte um Fotos des Hauses Postkontrolle beantragt und prompt genehmigt. Davon wußte ich nichts, als ich siebenundachtzig mit meinem ältesten Freund Reinhart aus vorschulischen Zeiten, einem Sohn des Frohburger Pfarrers Erich v. Derne, in der Gegend war und versuchte, das Spezialistenhaus zu fotografieren, mit Hilfe der Aufnahmen wollte ich die Eltern befragen, aber man konnte das Haus vom Weg aus nicht sehen, vor lauter Bäumen, nur eine Ecke vom Dach. Enttäuscht bat ich Reinhart, wenigstens vor der *Lochmühle* zu halten. Wir waren in seinem Auto vier Tage zwischen Görlitz und Leipzig unterwegs, mit Stop in Bautzen, wo wir eine hölzerne Klobrille für Otto Jägersberg kauften und ich zwei Ansichtskarten an Loest und Kempowski schrieb, die beide lange in Bautzen gelebt, die Stadt aber nie gesehen hatten, diese Karten warf ich erst in Hubertusburg ein, sicherheitshalber, ankommen sollten sie. Die *Lochmühle*, vor zwei Jahren Tierpension mit Internetauftritt, heute macht sie einen verlassenen Eindruck, längst kein Gasthaus mehr. Früher, in meiner Kindheit und während des Krieges und erst recht zwischen den Kriegen, zur Zeit der Pfingstwanderung meiner Familie, war links vom Hausflur die große Gaststube mit den dicken Mauern gewesen, und auf der anderen Seite des Weges gab es den Biergarten und das kleine Kinderkarussell am Bach, das man anschieben mußte und das das Wunschziel vieler Schulklassen und Wandertage war. Ein altes rumäniendeutsches Ehepaar empfing uns siebenundachtzig, bat uns in die Wohnküche, deren Fenster nach hinten, zum Wald gingen, und bot uns Saft an. Das Gespräch wurde von uns rücksichtsvoll, von der anderen Seite anfangs noch vorsichtig geführt, doch tauten wir alle vier allmählich auf. Die erwachsene Tochter war im Westen, es ging ihr als Apothekerin gut, unsere Gastgeberin kam ebenfalls über die Runden, sie nähte, auch für die Frau des Spezialisten, sie wußte nicht viel über die Lehrerin und deren Mann, ihre nächsten Nachbarn, die einen halben Kilometer entfernt wohnten, sie fühlte sich aber von oben herab behandelt, linientreu jedenfalls waren die, und wie, hatten außerdem einen Sohn, der Arzt am Krankenhaus Borna war, Medizin konnte auch nicht jeder studieren, na bitte. Während der Unterhaltung, Reinhart sprach mit den alten Leuten über die Wehrkirchen in Siebenbürgen, fiel mir ein, was mir die Eltern in Reiskirchen erzählt hatten, in einer unserer Gesprächsnächte zu dritt. Wie sie Ende Januar vierundvierzig spätabends in der *Lochmühle* zum Aufwärmen einkehrten, nachdem Vater, Mutter mit im frostdurchwehten Auto, einen späten Besuch bei einem an Lungenentzündung erkrankten Jungen namens Ingurd im Kohrener Lebensborn-Heim gemacht hatte. Dieser Ingurd ging später mit mir in eine Klasse, der Ofensetzermeister Fischer und seine Frau, innere Peniger Straße, kinderlos, hatten ihn adoptiert, als er volljährig war, forschte er seiner norwegischen Mutter nach, der Vater war ein verheirateter Wehrmachtssoldat aus dem Münsterland, der von nichts wissen wollte, er fand seine Mutter auch wirklich und reiste nach Antragstellung und Genehmigung aus, ich hoffe, das Ehepaar Fischer lebte damals nicht mehr. Die Eltern fanden in der *Lochmühle*, obwohl halb elf in der Winternacht, draußen fielen einzelne Flocken, noch zwei Tische besetzt vor. Am Stammtisch hockten brabbelnd der Viehhändler Fängler, Carl-Hugos Großvater, und der Rodaer Bauer Unger, sie waren zu Fuß aus Roda heruntergekommen, um ein abgeschlossenes Geschäft mit Schnäpsen zu begießen, und hatten sich festgesetzt. Ganz hinten in der Gaststube, an den Fenstern zum Hof, saßen der Frohburger Ortsgruppenleiter Kimmich, der Kreisleiter aus Borna, seine Frau und sein Chauffeur bei Spiegeleiern und Bier und unterhielten sich halblaut. Daher der *Mercedes* auf dem Hof. Die Eltern bestellten zwei Schmalzbrote, die gab es noch ohne Marken, und ließen zwei Gläser Moselwein kommen, die *Lochmühle* hatte eine kleine Reserve, und die Wirtin war Patientin von Vater. Allmählich gewöhnten sich die neun Leute im Raum, den Wirt eingerechnet, aneinander, ein Gespräch von Tisch zu Tisch kam auf, bruchstückhaft, es war die Zeit, die Atempause zwischen der gescheiterten Offensive bei Kursk und dem Zusammenbruch der Mittelfront, Tag und Nacht donnerten die Geschütze im Osten und im Westen, dazwischen, an der sogenannten Heimatfront, heulten die Sirenen, stiegen Schwärme von Jägern auf und fielen die Bombenteppiche. Das Ticken der Wanduhr, der schmurgelnde Zapfhahn, das Klappern der Bestecke, ein paar Sätze mit Pausen dazwischen, mehr war nicht zu hören in dem Haus am Bachgrund, vor dem kahlen Wald, der am Talhang begann und im Westen Kilometer um Kilometer bis beinahe Eschefeld reichte. Ist das überhaupt zu schaffen für uns, fragte Unger mit schwerer Zunge in Richtung der Parteileute, nüchtern hätte er wahrscheinlich den Mund gehalten. Oder auch nicht, sein Sohn stand an der Ostfront, da mußte er nicht ganz so vorsichtig sein. Zweifrontenkrieg, Luftherrschaft, wie soll das gehen, fuhr er im Nörgelton fort. Wir schaffen das, entgegnete der Kreisleiter, eine Formulierung, seit neuestem um die Welt gegangen. Dann kam der Bonze kurz an den Tisch der Eltern und begrüßte sie, falls nicht, dann gnade uns Gott, sagte er halblaut und fügte nach einer Pause an, Sie haben es gut, mit Ihrem richtigen Beruf, Sie fallen immer wieder auf die Beine, aber was wird aus mir und aus dem da. Und er zeigte auf den Ortsgruppenleiter Kimmich. Was ihn selber anging, hatte er mit seiner bedenkenvollen Vorausschau nicht unrecht, keine anderthalb Jahre und hunderttausende, wenn nicht Millionen Kriegstote später brachten ihn die Russen auf den Ettersberg, wo er umkam. Eines der wichtigen Wörter des zwanzigsten

Jahrhunderts: umkommen. Krepieren müßte es heißen. Was nicht selten vom Zufall abhing. Der versehentliche Schuß auf einen Dolmetscher, das Feuern auf einen vorbeifahrenden Ahnungslosen. Der Sohn des lebenslang gewählten verdienstvollen Frohburger Bürgermeisters Schröter war Lehrer am Gymnasium in Borna, er war nie Mitglied der Partei gewesen, aber die Russen holten ihn trotzdem ab, er kam im Lager um, gemeint war ein Kollege mit gleichem Namen, der als Mitglied der Reiter-ss schon eher als belastet gelten konnte. Mit dem Ortsgruppenleiter Kimmich, den die Eltern in der *Lochmühle* nur flüchtig gegrüßt hatten, stand noch eine Rechnung offen. Er hatte beim Schützenfest 1937 über Ilsabe, neunundzwanzigjährige Haustochter damals noch, einen Vers gereimt und nachts auf dem Heimweg vor dem Haus der Großeltern immer wieder gegrölt: Ilsabe wünscht sich Stichel zwischen ihre Büschel. Das hatte jeder in der Greifenhainer Straße gehört, es war nicht ganz aus der Luft gegriffen, vielleicht gerade deshalb schickte Vater, der manchmal zu überzogenen Anwandlungen in Form von Briefen, Aufkündigungen und Abrupthandlungen neigte, selten, aber es kam vor, am nächsten Mittag schon seinen besten Freund Ernst Bachmann, Wob genannt, zu Kimmich in die Amtsgasse und ließ ihm eine kommentmäßige Forderung überbringen. Wie denn, kommentmäßig, fragte ich, als ich die Geschichte zum ersten Mal hörte, was heißt Forderung. Na ich bin doch in einer schlagenden Verbindung gewesen, bei den Saxoborussen, sagte Vater, auf Pistolen, habe ich Wob gesagt. Aber Kimmich, der Parteimensch, der Goldfasan lachte nur. Denn was Hitler von Duellen hielt, war bekannt, rein gar nichts. Vater ließ Kimmich in Frieden, auch die Russen ließen ihn laufen. Dreizehn oder vierzehn war ich, da fuhr ich mit Mutter per Fahrrad nach Altenburg. Mutter wollte gucken, ob im Russenkaufhaus was zu angeln war, wie einen Monat vorher das Hemdblusenkleid im *Wismut*laden in Aue, und ich, zwei, drei Mark in der Tasche, hatte vor, bei Schnuphase in den alten Büchern zu stöbern. Schon auf dem Hinweg kamen uns in Windischleuba, wir waren gerade am Münchhausen-Schloß vorbeigeradelt, ein Mann und eine Frau entgegen, ebenfalls auf Rädern, es gab ein angeregtes lebhaftes Gespräch zwischen Mutter und dem Paar, das kein Ende nehmen wollte, einziger Lichtblick die Frau, Ende dreißig, Anfang vierzig, sie hatte eine straffmodellierte Figur und sah frisch und handfest aus, sie gefiel mir nicht schlecht, an ihn kann ich mich nicht erinnern. Während der Weiterfahrt fragte ich nach den Leuten. Das war Kimmich mit seiner Frau, sagte Mutter, der Ortsgruppenleiter, ja, ihm war nichts passiert, er war davongekommen und arbeitete als Lagerist in der Textildruckerei. Dort traf ich zwei Jahre später auf ihn, während der großen Ferien, wir verdienten uns mit Hilfsarbeiten ein Zugeld für das Zeltlager auf Rügen, die Gruppenfahrt hatte ein Geithainer Mitschüler aufgerissen, der damals, wie ich erst letzten Sommer gehört habe, in der Kreisleitung der FDJ eine Rolle spielte, vielleicht war er deshalb, eher intuitiv, nicht gerade einer meiner besten Freunde. Wenn von besten Freunden auf der Oberschule überhaupt noch die Rede sein konnte. Zwei Jahre vor der obrigkeitlichen Lenkung in bestimmte Studiengänge hielten sich die meisten Mitschüler bedeckt, Technik war das gängige Fach, mit Endstation *Wismut* zum Beispiel, für Geisteswissenschaften oder Medizin mußte man Farbe bekannt haben oder Dieckmann, Kuckhoff und Ardenne heißen. Vorsicht bei allem, was von der *Jungen Welt* abwich, ich hörte BBC, damals unangefochten objektiv, inzwischen zur schlechten Adresse verkommen. Während der sechs Wochen in der Textildruckerei mußten wir Oberschüler schwere Stoffrollen mit massivhölzerner Innenachse an den Maschinen, in denen sie mit Mustern bedruckt worden waren, auf Karren laden und diese Karren in das Lager schieben, um zwanzig dunkle Ecken und über ungesicherte Rampen. Wenn wir abgeladen und die Rollen auf andere Rollen gewuchtet hatten, tauchte manchmal Kimmich in seinem blaugrauen Lageristenmantel wie aus dem Nichts auf, irgendein Papier, eine Liste in der Hand, verzieht euch erst mal nach hinten, da könnt ihr pennen. Lange hielten wir die Ruhe nicht aus, lieber standen wir am Fenster und beobachteten die Wyhrabrücke und den Töpferplatz. Viel war dort nicht zu sehen. Aber drei Tage lang fuhr immer mal wieder der chromfunkelnde lackschimmernde *Opel Olympia* von Hülsbergs beim Schneider Taubert vor. Hülsberg, der Schwiegersohn von Baumeister Schulze zwei Häuser oberhalb der Großeltern, war Farbtechniker in der Textildruckerei gewesen und 1954 mit seiner Frau, einer Klassenkameradin von Mutter, und den beiden Töchtern in den Westen gegangen. In Bocholt vor Anker gegangen, wo es eine ähnliche Fabrik wie in Frohburg gab, kam die Familie für zwei Wochen zurück, um den alten Schulze zu besuchen. Die Töchter, zwei Jahre älter und ein Jahr jünger als ich, wippten mit ihren Petticoats, wenn sie aus dem blitzblanken Auto geklettert waren und auf das Haus von Taubert zustöckelten, der ihnen aus mitgebrachten Stoffen Kleider nähte. Die eingebildeten Zicken, schrecklich. Eine halbe Stunde vor Schichtwechsel, die Textile arbeitete rund um die Uhr, für die *Quelle* im Westen oder die Russen oder schlimmer noch für beide, nur nicht für uns, murrten die Leute, machten wir es wie alle, wir bauten auf dem Weg zum Klo einen Umweg ein und bogen in den hinteren Hof ab, dort waren unter einem Vordach verdruckte Schürzen-, Tischdecken- und Bettbezugstoffe abgelegt, zweite Wahl, man griff sich einfach, was einem unter die Finger kam, was einem ins Auge stach, ich nahm die Blümchenbahn, ein paar Meter, mit aufs stille Örtchen, wickelte sie mir um Hüfte und Brust und zog das Hemd drüber und marschierte am Pförtnerverschlag vorbei in die gesicherte Zone unserer eigenen vier Wände, geschneidert wurde viel in der Stadt, nicht nur Tischdecken, Kissenbezüge, auch Blusen, Kleider, ganze Bettgarnituren, ich weiß noch genau, wie ich in unserer Küche am Fenster stand und die ergatterte erbeutete volkseigene Stoffpartie abwickelte, plötzlich stand Mutter vor mir, was ist das. Hab ich dir mitgebracht. Eine ungeheure Suada brach über mich herein. Das gehört sich nicht. Das macht man nicht. Eine Schande ist das.

Zumal Mutter nicht nähte. Und Vater Betriebsarzt in der Textildruckerei war, mit Sprechstunde vor Ort einmal in der Woche. Emotional gemeißelte Worte, keine Widerrede möglich. Dabei erzählte sie mir in der Nacht Anfang der achtziger Jahre, wir waren gerade in der Herzberger Landstraße eingezogen, sie hatte mich nach Vaters Zusammenbruch zu Hilfe gerufen, und sofort war ich über die Autobahn nach Reiskirchen gerast, wie sie und ihre Schulfreundinnen im Kolonialwarenladen am Töpferplatz die betagte Inhaberin durch einen ausgefallenen Wunsch ins Hinterzimmer geschickt hatten, um schnell ins Regal greifen zu können, was hätte ich bei hartnäckiger geschickter Nachfrage im Lauf der vielen Reiskirchener Jahre noch alles gehört, immer wenn ich mit vierzig und älter allein bei den Eltern in Reiskirchen war, fragte und fragte ich, Vater und ich, Mutter hielt sich zurück, hatten vorher fingerdick Thüringer Mett auf Graubrot gegessen, drei, vier Flaschen Bier wurden geleert, manchmal fünf, wenn ich nach Mitternacht in meinem Souterrainzimmer auf der Bettkante saß, die letzten Zigaretten rauchte und halb benebelt ein Gedächtnisprotokoll auf das erste beste Stück Papier kritzelte, hörte ich zwei Stockwerke über mir noch lange Schritte und Türenklappern, die Eltern kamen, angeregt und aufgeputscht, nicht zur Ruhe.

Frieda war am Pfingstsonntag sechsunddreißig allein im Haus in der Greifenhainer Straße. Endlich hatte sie auch tagsüber einmal freie Bahn in der sonst übervölkerten Küche und konnte alle Töpfe, Pfannen und Kasserollen und alles Geschirr einer gründlichen Säuberung mit Ata und Stahlschwamm unterziehen. Nach drei Stunden schmirgeln und wienern, am frühen Nachmittag, hört sie plötzlich ein scharrendes Geräusch, in der Mauer oder an der Mauer, sie hält inne, nichts, sie putzt und spült weiter, wieder das fremdartige Scharren, das sie noch nie gehört hat, es scheint von draußen zu kommen. Sie holt einen Hocker, öffnet das Küchenfenster und steigt auf das begehbare Dach der Waschküche, auf dem gelegentlich Wäsche aufgehängt wird und über das man zur Luke des Heubodens gelangen kann. Sie lauscht. Ihr Eindruck, das Geräusch käme aus dem Nachbargrundstück, bringt sie dazu, an die Brüstung zu treten, auch ich habe das viele Male als Kind gemacht und auf den Hof der Nachbarn geguckt. Fünf, sechs Meter unter ihr steht der junge Zeidler und müht sich, unter dem Gewicht schwankend, mit einer eisernen Leiter ab, die vom Werkstattschornstein des Anbaus stammt, er will sie genau dort an die Mauer anlehnen, wo er zu Frieda heraufsteigen kann. Herr Zeidler, was machen Sie denn da, ruft Frieda erschrocken. Wortlos, ohne aufzusehen, läßt der junge Mann die Leiter auf das Pflaster krachen und verschwindet im Haus. Ich sollte ermordet werden, haarscharf bin ich an meiner Ermordung vorbeigeschrammt, das steht fest, konstatierte Frieda, das davongekommene Opfer, für den Rest ihres geretteten Lebens und freute sich auf den Prozeß gegen Zeidler, solange der sich in seiner Zelle in Leipzig noch nicht aufgehängt hatte, eine letztenendes wertlose Einlaßkarte verdankte sie dem Amtsgerichtsrat Sernau, der mit den Großeltern gut bekannt war. Das Eßzimmer der Großeltern war nicht nur interessant für mich, weil es mit dem Mörderhaus und sogar mit der Wohnung des Mörders und seiner Eltern im ersten Stock eine gemeinsame Wand hatte, die Umbauung des Sofas an dieser Wand bestand aus Regalbrettern, auf denen nach Schopplichs Tod der große *Meyer* gelandet war und dort dem zehnbändigen *Brehms Tierleben* in der dritten Auflage von 1890 bis 1893 und den mehr als fünfzig Bänden *Klassiker* Gesellschaft leistete. Eines der Bücher runternehmen und drin blättern, Novalis reizte mich, seine Flamme, hatte ich entdeckt, war bei der Verlobung erst zwölf gewesen, Lebenswege, die von der gewohnten Linie abwichen, faszinierten mich schon damals. Außerdem war ich selber zwölf, als ich eine erste Verabredung mit Monika Sittner aus meiner Klasse auf dem Friedhof hatte, das Paßbild, das sie mir bei diesem Stelldichein schenkte, habe ich noch. Und bei Brehm las ich über Tiere nach, mit denen ich zu tun hatte, den Hirschkäfer zum Beispiel. Oder über das

Flußneunauge, das ich im Streitwald zwischen zwei Kiesbänken in der Wyhra gefangen hatte. Auch über Kreuzottern, nachdem auf einem der glatten sehr schmalen Trampelpfade, die im Eisenberg zwischen Bahnhof und Schützenhaus durch Maiglöckchen und Bärlauch führten, unversehens eine Kreuzotter nicht nur gelegen, sondern sich mit Kopf und Vorderteil gegen mich aufgerichtet hatte, beinahe wäre ich draufgetreten, ich schrie auf und hetzte zurück auf den breiten Hohlweg zum Arbeitsdienstlager und zur *Brennesselschänke*. Tiere gehörten zur Kindheit. Solange Großvater noch lebte, gab es, von den Eulen unter dem Dach abgesehen, nur noch zwei Tiere, wo es früher Hühner, viele Tauben, Goldfasane, nacheinander diverse Hunde, Kutschpferde und zeitweise ein Reh gegeben hatte. Die beiden letzten Tiere waren ein hochbetagtes übriggebliebenes Huhn, das längst keine Eier mehr legte und im Sommer den ganzen Garten mit seinen Staubkuhlen überzog, und eine ebenfalls nicht mehr junge hellbraune Angorakatze, zugelaufen wahrscheinlich. Die Katze hatte ihren Rückzugsraum, ihr Lieblingsquartier unter dem Eßzimmersofa, in der heißen Jahreszeit stank es im Zimmer durchdringend nach Katzenurin. Großvater starb Ende Mai sechsundfünfzig, drei Tage nach meinem fünfzehnten Geburtstag. Die Eltern hatten nach Chruschtschows Antistalinrede und dem einsetzenden Tauwetter, das gerade mal bis Oktober, bis Ungarn anhielt, die Genehmigung für eine zweiwöchige Fahrt in den Westen bekommen, mit dem eigenen Auto sogar. Klar, daß wir, die Kinder, in Frohburg bleiben mußten. Der grenzüberschreitende Straßenverkehr wurde zweimal kontrolliert, einmal bei der Einfahrt in die Sperrzone und ein weiteres noch intensiveres Mal mit Untersuchung von Fahrzeug und Gepäck direkt an der Grenze. Die Eltern fuhren am zwanzigsten Mai los, sie wollten in die Frankfurter Gegend, also nahmen sie die Autobahn nach Eisenach, hinter der Wartburgstadt war seit den Brückensprengungen bei Kriegsende die Autobahn unterbrochen, sie mußten ins Tal der Werra hinunterfahren, als sie in der ersten Sperre standen, kam ein Grenzoffizier, der seinen Dienst vorn an der Hauptkontrolle antreten wollte, ob er mitfahren könne. Für die Eltern gingen rote Lampen an, ihnen wurde heiß, aber sie wagten nicht nein zu sagen, also quetschte sich der Uniformierte mit freudigem Dankeschön auf die vollgepackte Rückbank des *Opel Olympia*, den Vater inzwischen fuhr, halb hing er in der Ecke, halb auf dem großen Mädlerkoffer, der jetzt, *Fluchtkoffer* genannt, in unserem Keller liegt. In diesem Koffer befanden sich, in Handtücher gewickelt, wesentliche Teile des elterlichen Besitzes: eine Spiegelreflexkamera *Exakta Varex* aus Dresdner Produktion, mein Fotoapparat *Kiew*, zwei Ferngläser zehn mal fünfzig Carl Zeiss Jena, drei oder vier Bierkrüge aus Zinn und mit Klappdeckel und vor allem die schönsten Teile des großen Meißner Eß- und Kaffeeservices der alten Frau Geißler. Der ganze Inhalt des Koffers war dazu bestimmt, bei Vaters Freund und Bundesbruder Eberhard Lorenz in Bad Nauheim zu bleiben, der laut Briefkopf leitender Arzt im Sanatorium Regina war. Ein feingeistiger zartgebauter Mann, er stammt aus Kamenz bei Dresden, sein Vater war wie Großvater Tierarzt, unsere Vorfahren waren Sorben, sagte er öfter. Die Eltern rätselten bis ins Alter, ob er ein Verhältnis mit der Besitzerin des Sanatoriums hatte, deren Mann seit einer Verwundung im Krieg blind war. Oder ob er nicht doch Männer vorzog. Nachdem Vater an der vorderen Kontrollstelle gestoppt hatte, stieg der Grenzer aus und waltete gleich seines Amtes, er ließ sich die Papiere der Eltern kurz zeigen, dann legte er die Hand an die Mütze, grüßte lächelnd und gab den Weg frei, gute Fahrt. Riesenerleichterung. Aber eigentlich hatten sie immer solches Glück. Ganz anders Vaters Freund Bachmann. Dessen Familie hatte in der inneren Peniger Straße an der Ecke zur Mühlgasse ein Konfektionsgeschäft. Der alte Bachmann war anfangs noch auf dem Fahrrad mit breitem Gepäckträger für seinen Warenkoffer über die Dörfer gefahren und hatte den Zehn-, Fünfzehn-Hektar-Bauern und ihren Frauen und Töchtern Sonntagshemden, Anzüge, Schürzen, Kleider und Unterwäsche angeboten. Allmählich ging der Laden so gut, daß die Touren nicht mehr nötig waren. Man konnte den einzigen Sohn sogar auf die Handelshochschule in Leipzig schicken, von der er als Diplomkaufmann zurückkam. Er kämpfte mit der Unbeweglickeit der alten Eltern und schaffte es endlich, daß beiderseits des Eingangs zwei Schaufenster in die Fassade gebrochen wurden. Noch war das Geschäft nicht auf ihn übergegangen, da brachte die Weltwirtschaftskrise mit Hunderten von Arbeitslosen auch in Frohburg einen enormen Umsatzrückgang. Was doch noch an Kleidung gekauft wurde, holten die Leute aus der Kreisstadt Borna, aus Altenburg oder aus Leipzig, dort gab es die Warenhäuser, die Rabatte gewährten und zweimal im Jahr Schlußverkäufe machten. Das führte bei Bachmanns zu großer Wut auf die Juden, die waren ihrer Meinung nach die Totengräber des kleinen Handels, Hitler mußte man wählen, mindestens, Wob trat nach dreiunddreißig auch gleich in die Hilfspolizei ein. Als zweiundvierzig in Borna der polnische Knecht wegen seines Verhältnisses mit einer Bäuerin, deren Mann eingezogen war, auf dem Thingplatz gehängt wurde, erzählte Wob Vater auf einem Spaziergang, er habe mit am Strick gezogen. Dann wurde er mit einer Polizeieinheit auf dem Balkan stationiert. Die Ausbildung für den Einsatz gegen die Partisanen machte er in München. Er wohnte außerhalb der Kaserne, in Untermiete. Zehn Jahre nach dem Krieg trafen in Frohburg amtliche Briefe von der Isar ein, in denen er in Zusammenhang mit München zur Zahlung von Alimenten aufgefordert wurde. Jetzt hatte er neben seinen Söhnen auch noch eine Tochter. Bald wußte das halb Frohburg, nur die Ehefrau Gretel nicht, eine geborene Baumbach aus der *Wiesenmühle*. Der Balkan war gegen Ende des Krieges für Männer wie ihn ein ganz gefährliches Pflaster. Hier konnte er tatsächlich einmal von Glück reden, denn er überlebte Auflösung seiner Einheit und Gefangennahme. Allerdings dauerte es vier Jahre, bis er aus dem Lager entlassen wurde. Achtundvierzig war es, als ich sonntags mit Mutter, deren beste Freundin Gretel war, zu Bachmanns kam, mittags, der runde Eßtisch war gedeckt.

Ihr seid doch nur zu dritt, sagte ich, warum denn vier Gedecke. Wenn unser Vater kommt, antwortete Gretel, da braucht er sich nur hinzusetzen, ich war mächtig beeindruckt. Drei Jahre später traf sie sich heimlich mit einem Nachbarn in der Bude auf dem Tennisplatz am Erligt oder im Streitwald. Auch das war der halben Stadt bekannt. Obwohl der Tennisklub eine Art geschlossene Gesellschaft war, was schon bei der Spielkleidung anfing. Der ältere Sohn der Witwe v. Rauchhaupt, die im roten Haus am Kellerberg wohnte, erschien im blauen FDJ-Hemd auf dem Platz, Schock, Distanz, Eiseskälte. Gelegentlich spielten auch die Eltern Tennis, mehr schlecht als recht wahrscheinlich, wichtiger als das Spielen war für sie das Zusammensitzen und Reden und Lachen, die Kleinstadt bot viel an Neuigkeiten, Gerüchten und Tratsch. Mutters etwas leichterer Damenschläger, Holzrahmen mit Darmbespannung, hängt bis heute in meinem Zimmer an der Wand, eine Erinnerung an die spannkräftige Frau im besten Alter, die Mutter damals war. Ja, Mutter und Gretel lachten viel, ich kann mich noch erinnern, daß ich von unserem Erker aus die beiden nachmittags halb fünf, wenn an der oberen Marktseite Corso war, alles kam vorbei auf der Suche nach Raritäten, Mangelwaren wie Fleisch, Milch und Butter, vielleicht sogar Salami, an der Ecke vom *Roten Hirsch* stehen sah, eine Stunde und länger, die Frisuren, die vertrauten hellen Gesichter, die Zahnreihen beim Lachen, ihre Handbewegungen, das war, das wirkte wie Sicherheit des Lebens oder so ähnlich. Dabei gab es wenig Grund zur Heiterkeit. Kurz vor Weihnachten neunundvierzig war aus dem Stand die Volkskontrolle bei Bachmanns aufgekreuzt, hier die Anordnung des Rates des Kreises, ob Sie noch Waren aus der Vorkriegszeit haben, die Umsiedler, die brauchen dringend Sachen zum Anziehen. Alle vier Bachmanns, das alte Ehepaar und Wob und Gretel, verneinten unisono, wo denken Sie hin, wo soll das herkommen. Leider stießen die Arbeiter- und Bauern-Inspekteure, die nicht aus Frohburg, sondern aus Borna, Geithain und Bad Lausick stammten und mit einem Laster herangefahren worden waren, bis in den Keller vor und entdeckten dort weit hinten eine Mauer, die ihren Verdacht erregte, sie holten aus der Schlosserei Krause gegenüber, schon sechsundvierzig enteignet, einen Vorschlaghammer und bearbeiteten das Mauerwerk mit wuchtigen Schlägen, bis sich eine Bresche aufgetan hatte, durch die man steigen konnte, in ein Geheimabteil, in dem Kartons und Blister wie Feuerholz aufgeschichtet waren, bis zur Decke, das meiste Bleylesachen. Wer so ertappt wurde, war sein Geschäft los, ganz klar, Enteignung war die Folge, die Zeiten waren danach. Oft wurden die Gründe dafür konstruiert, an den Haaren herbeigezogen, Gaststätten, Hotels, Geschäfte wurden so in Volkseigentum überführt, zehntausendfach, Bachmanns hatten noch nicht einmal den Trost, keine Handhabe geliefert zu haben, daß auf das neue Ladenschild HO geschrieben wurde. Wob mußte sich beruflich ganz neu orientieren, er heuerte in der *Wiesenmühle* an, der Pappenfabrik seines Schwiegervaters Baumbach, frag mich nicht, als was, nach dem Tod von Spielhaus war ein Job freigeworden, halb Betriebsführer, halb Hilfsarbeiter. Ich bin mal dort gewesen, am nordwestlichen Stadtrand, in der dritten der Frohburger Mühlen, der letzten flußabwärts, weil die Mär umging, man habe dort nicht nur gültige Geldscheine, sondern auch druckfrische verlagsneue Karl-May-Bücher aus der Makulatur gezogen. Während ich auf der Altpapierhalde herumstöberte und schon ahnte, ich würde nichts finden, kam Bachmann in seinem blauen Werkmeistermantel aus der lärmerfüllten Halle mit den Holländermühlen und hielt mir das Rudiment eines der Bücher aus Radebeul hin, ohne Deckel und Rücken und sogar Titelblatt, nur der Buchblock war vorhanden, schiefgelesen, ausgefranst, ein paar Seiten fehlen auch, sagte Wob, man kann es aber lesen. Ich fragte nach dem Titel. Ganz klein auf jedem Bogen unten, alle sechzehn Seiten. Das stimmte, er hatte mir *Im Lande des Mahdi* Band 1 geschenkt, eine Geschichte, die in Kairo begann und dann am Nil und in der Wüste spielte, vom Diener mit *Effendi* angeredet, nannte der Ich-Erzähler seinen Namen nicht, erwähnt aber einmal sein früheres Fabelpferd Rih, und gleich wußte ich Bescheid, also doch Kara Ben Nemsi. Wie alle Karl-May-Bücher habe ich auch diesen Band innerhalb von vierundzwanzig Stunden ausgelesen und konnte das Reststück an gute Freunde und gegen Leihgebühr an andere Interessenten weitergeben. Das vermehrte meine Sammlung von Schundheftchen aus dem Westen um weitere drei Fortsetzungen der *Billy-Jenkins*-Abenteuer und brachte mir außerdem ein Detektorradio ein. Die *Wiesenmühle* ging nach dem Tod des alten Baumbach auf die beiden Töchter Gretel Bachmann und die Witwe Spielhaus über, die Pappenproduktion mit den alten Maschinen warf nur wenig Gewinn ab, insofern war man nicht allzu traurig, als zwangsweise eine Staatsbeteiligung angenommen werden mußte, die ein paar hundert Mark im Monat brachte und die allmählich einen volkseigenen Betrieb aus der *Wiesenmühle* machte. Im VEB gab es für Bachmann keinen Platz mehr, es fügte sich aber, daß im HO-Textil in seinem Elternhaus die Stelle des Filialleiters frei wurde, er bekam sie, von Stoffen und Stoffqualitäten verstand er etwas. Die *Wiesenmühle* arbeitete unter Staatsregie in drei Schichten rund um die Uhr, auch hier gingen die Produkte zu Schleuderpreisen in den Westen, Devisenbeschaffung, einmal sah ich nachts Gestalten vor der grellerleuchteten Halle sitzen, Lachen, weibliches Geschnatter, kurz nach drei, ab 1990 mußten reale Preise für die Pappen genommen werden, niemand wollte sie haben, der Betrieb wurde stillgelegt. Das hieß dann: plattgemacht. Vier Frauen hatte Bachmann in seiner Verkaufsstelle unter sich, immerhin. Die Eltern, an Frohburger Neuigkeiten nach wie vor interessiert, hörten das alles, wenn Wob und Gretel jedes Jahr für ein, zwei Wochen zu Besuch kamen. Dann ließ Vater die grunweiße Sachsenfahne vom Balkon flattern, die Eltern hatten das vier Meter lange Prachtstück nähen lassen, im heimatlichen Sachsen waren die Farben so gut wie vergessen. Abends bei Bier und Weinbrand erzählte Wob immer munterer und auch immer beteiligter, Sarkasmus wurde zu Wut und Verbitterung, von den Einkaufsfahrten ins Erzgebirge, zweimal im Jahr hatte er eine minimale Freiheit und konnte Teile des Sortiments auf eigene Faust einkaufen, in den Textilfabriken in Venusberg, Flöha und Wolkenstein, wenn er ankam, waren die Schauräume längst leer, nur noch zweite Wahl, Ausschuß und die schamlosesten Ladenhüter, die Aufkäufer von *Neckermann*, *Quelle* und *Otto* waren eher zugelassen und hatten die oberen achtzig Prozent an Qualität schon geordert, bitter genug, daß für ihn und seine Kunden nur der Rest blieb, den er auch noch teuer bezahlen mußte. Sag den Leuten dort, bei *Quelle*, daß ich ihnen, wenn ich wieder zuhause bin, die Atombombe schicke. Im ersten Moment hatte Vater den Eindruck, sich verhört zu haben, aber nichts davon, ja ja die Bombe, bekräftigte Wob, die verdienen es nicht anders, unsere Bomben sind viel größer als eure. Eines Tages, zweiundsechzig vielleicht, kam ein Brief aus Frohburg, Absender unbekannt, der Inhalt lauter krudes Zeug, mit dem die Eltern nichts anfangen konnten, nur in der Mitte fünf Zeilen, die mehr als zu denken gaben und auch geben sollten, Gerd sei erkrankt, müsse noch zwei Jahre in der Heilanstalt bleiben, er habe sich auf einer Nachtwanderung beide Beine gebrochen. Gerd war der jüngere Sohn, Medizinstudent in Ostberlin, während sein Bruder Ingenieur in Hennigsdorf war und Dieselloks für die Freunde baute. Die Eltern übersetzten den Brief, Gerd saß in Untersuchungshaft, ihm drohten mindestens zwei Jahre Zuchthaus, für versuchte Republikflucht, womöglich bei Nacht. Krank, das hieß nicht nur Haft, das bedeutete höchstwahrscheinlich auch angeworben, IM, Spitzel. Tatsächlich hatte es eine Verabredung von Ostberliner Studenten zu einer Flucht über die Mauer gegeben, jemand aus dem Kreis, vier Frauen, vier Männer, hatte den Plan verraten, war es Gerd gewesen. Oder war Gerd nach dem Verrat festgesetzt worden und hatte dann geredet und geredet. So etwas wurde krank genannt. Nach einem Jahr Haft, also vorzeitiger Entlassung, durfte er weiter studieren, sogar Medizin, er lebte als Arzt in Bernau, mit welchen Dienstbarkeiten auch immer, kurz nach der Wende ist er gestorben. Bernau, große sowjetische Panzerdivision, Innenbezirk der DDR, bis heute. Bangemanns Sekretärin siedelte sich nach Entlarvung als Mielkespionin und Haft hier an und hütete Markus Wolfs Katze, wenn der verreist war. Dienstherr Bangemann, während ihres Prozesses, als Zeuge, gab ihr die Hand, macht doch nix. Ich hab selber mit meiner polnischen Jacht Mist gebaut. Pechvogel Wob Bachmann, bis ins nächste Glied. Von dieser Sorte gab es in Frohburg und Umgebung nicht wenige, die meisten Leute gehörten, wenn es zeitweise auch anders aussah, dazu, Uhrmacher Erhardt, Kasanzew, sein baltischer Dolmetscher, der verschleppte Studienrat Schröter, Pfarrer v. Derne, zwangsversetzt, Apotheker Jeremias Meißner, den im Westen ein Auto totfuhr, wer nicht. Und da waren auch noch die Lackners, Dr. Lackner und Frau, Harry und Irma, aus Kohren-Sahlis. Er hatte drei ältere Schwestern, eine Last, denn von Irma als Ehekandidatin wollten die nichts wissen, kommt nicht infrage, der geben wir unseren einzigen Bruder nicht, die Liebschaft zog sich hin, wenn man später den gemeinsamen Sohn Udo fragte, ob er schon einmal an einer Hochzeit teilgenommen habe, sagte er ja, bei meinen Eltern, da hatte er Blumen gestreut. Beide Lackners sahen gut aus, nach großer Stadt, sie wußten das und waren nicht bereit, in dem zwar idyllischen, aber abseitsgelegenen Kohren, Ziel von Tagesausflüglern aus Leipzig, für den Rest ihres Lebens zu versauern. Möglichst mondäne lässige Auftritte, Sonnenbrillen, weitgeschnittene helle Leinenhosen, vom Schneider Heinzmann in Geithain aus Vorkriegsmaterial genäht. Dabei konnte man zumindest Harry Lackner mit seinem breitflächigen Gesicht eine maßvolle Landdoktorderbheit nicht absprechen. Als er in viel späteren Jahren, jetzt sind wir noch in Kohren, Vater in Reiskirchen im Schlierbachhaus des Vorgängers in der Gießener Straße vertrat, weil wir zu viert an die Adria fuhren, nach Gabicce Mare, ins *Hotel Diamond*, behandelte er auch die Nachbarin Johanna Braunfels, er untersuchte sie wegen chronischer Rückenschmerzen und tastete ihren Leib ab. Dabei entfuhr ihr ein kräftiger Körperwind. Na, sagte Lackner, der Schuß ist raus, nur die Hexe ist noch da. Kam bei der Patientin gut an, daß der stattliche Doktor Witze mit ihr machte. Überhaupt war sie auf Dauersuche nach Verehrern. Mitte der fünfziger Jahre war ihr Mann aus dem Siedlungshaus an der Kurve der Bundesstraße 49 ausgezogen, er lebte in Wieseck mit einer deutlich jüngeren Frau zusammen, achtundfünfzig oder neunundfünfzig kam dort ein Kind auf die Welt, der Mann begehrte die Scheidung, aber damals gab es noch Gesetze, die eine Scheidung unmöglich machten, wenn die Frau nein sagte. Und Johanna Braunfels sagte nein. Gleichzeitig war sie bereit für Techtelmechtel nicht gerade jeder, aber doch mancher Art, dabei wars schwer auf dem Dorf, den Leuten etwas vorzumachen, deshalb wohnte auch der junge Mann monatelang heimlich bei ihr. Manchmal kam sie herüber und erzählte Mutter von ihren Verwicklungen und Nöten, eine schwarzhaarige Frau, starker Knochenbau, sehnige Gestalt, großer Busen. Ein paarmal, mittwochs und sonnabends, wenn keine Sprechstunde war, beobachtete ich sie während der Mittagsruhe der Eltern durch die Jalousie des Wartezimmers, wie sie schräg unter mir in fünf oder sechs Meter Entfernung im Garten arbeitete, umgrub und dabei den Fuß mit Nachdruck auf den Spaten setzte oder mit gegrätschten Beinen vornübergebeugt im Beet stand und Zwiebeln zog oder Unkraut ausriß. Die weißen fleischigen Kniekehlen, der breite Hintern, Arno Schmidt hätte das gefallen, ich erkannte die Zeichen nicht, einmal, ich muß es wieder erwähnen, lag ich in den großen Ferien hinten im Garten im Liegestuhl und las, *Kursbuch*, weiß ich noch, als es plötzlich vor mir im Gras plopp machte und ein Prachtstück von Apfel auf mich zurollte, aus Richtung des Braunfelsschen Gartens, ein Licht ging mir nicht auf. Ebenso taub war ich einen Monat später, während der Hundstage, die Eltern waren über ein verlängertes Wochenende, Montagabend wollten sie zurück sein, nach Bad Mergentheim zum Stiftungsfest der *Saxoborussen* gefahren, der Verein brachte sich durch biologischen Mitgliederabbau der Selbstauflösung immer näher, Vater hatte ohnehin nur mäßiges Interesse, Anreiz war diesmal nur, daß Freund Lorenz auch kam, mit seinem Vater, dem sorbischen Tierarzt, und seiner Mutter, vor der schon der Weinkellerschlüssel versteckt werden mußte. Kaum waren die Eltern mit dem *Ford* 17 M abgefahren, genoß ich die Verfügungsgewalt über das leere Haus, indem ich mich mit einer Tasse Nescafé und den neuesten Lieblingsbüchern, Stendhals *Italienischen Novellen und Chroniken*, Kafkas *Tagebüchern*, in den von der riesigen Trauerweide beschatteten Wintergarten setzte. Ich hatte mich gerade häuslich niedergelassen und mir eine Zigarette angebrannt, da klingelte es an der Haustür. Ich öffnete, vor mir stand Johanna Braunfels. Sagte nichts, guckte mich nur an. Im nachhinein noch der Eindruck, daß die Minuten sich dehnten. Ich, bei mir, ja was ist hier los, was will sie, keine Ahnung. Meine Eltern sind nicht da, sagte ich endlich. Von ihr kein Wort. Wollen Sie reinkommen, fragte ich, um überhaupt etwas von mir zu geben. Sie kam tatsächlich rein, ich führte sie in den Wintergarten, ich habe gerade gelesen, sagte ich, sie schwieg weiter. Aber irgendwie brachte sie zum Ausdruck, vermittelte sie das Gefühl, mit ihrer Körperhaltung, Körpersprache, als drückste sie herum. Sie wollte etwas, ich sollte erraten, was, das weiß ich heute. Nach fünf Minuten verschwand sie wieder, zwei Stunden später saß ich im *Opel Kadett* und surrte durch den Licher Wald Richtung Steinheim, Heidruns Mutter hatte mich zum Mittagessen eingeladen. Nachhause kam ich erst nachts um zwei. Am Tag darauf, am Montag, wurde ich wach durch eine Männerstimme, die unten in der Diele immer wieder Hallo Hallo rief, ist da jemand. Ich, oben an der Treppe stehend, fragte, wer sind Sie, was ist los. Schornsteinfeger, Termin, Sie haben den Haustürschlüssel stecken lassen. Verwirrt, wie ich noch war, nach dem Besuch der Nachbarin. Beim Aufschreiben eben die Frage, ob sie wußte, daß ich allein im Haus war. Oder ist es ein Tip gewesen.

Lackner in Kohren, in der Villa oben auf dem Hügel, an der Ecke, an der vor der Sägemühle der Weg am Mausbach entlang zum Schwindpavillon in Rüdigsdorf und zum Lindenvorwerk abzweigte. Zwei Paradiesvögel. Nicht frei von Angst, die nicht nur den durchgebrochenen Blinddarm mit Todesfolge betraf. Abends um zehn hatte man Lackner nach Gnandstein gerufen, ein Altenteiler war gestorben, auf zwei Böcken und Brettern lag er aufgebahrt in der Futterküche, er war mit der Familie im Wohnzimmer gewesen und hatte auf dem Sofa gelegen, mit einemmal hatte er sich an die Brust gegriffen und kurz geröchelt, die Schwiegertochter stürzte zum Sofa, er war schon tot. Lackner guckte sich den Toten an, faßte nach der kalten Hand und füllte den Totenschein aus: Herzinsuffizienz. Am nächsten Mittag platzte die Leichenfrau in die Sprechstunde, sie habe den Alten waschen und fertigmachen wollen, dabei habe sie als erstes den Schal abgemacht und Strangulationsstreifen entdeckt, der Mann habe sich erhängt. Sohn und Schwiegertochter, zur Rede gestellt, gaben das zu und zeigten auch die Stelle hinten in der Scheune, dort lag noch der Strick. Es hatte oft Streit mit dem Alten gegeben, wegen verborgter fünftausend Mark, die er von der alleinstehenden Flüchtlingsfrau zurückverlangen sollte, mit der er was hatte, als er am Strick hing, wollte man vom Dorf nicht die Schuld zugeschoben bekommen. Für Vater war das ein neuer Beleg, daß bei weitem nicht jeder rätselhafte Tod, nicht jeder Mord erkannt wurde. Aus der eigenen Praxis konnte er ebenfalls zwei Beispiele nennen, auch einen zweifelhaften Fall, Namen nannte er nicht. Bauernschläue tobt sich reihenweise aus beim Viehhandel, manchmal bei Grenzverrückung und Brandstiftung und selten, aber nicht ganz selten bei Mord, wußte auch Großvater nach fünf Jahrzehnten Umgang mit der Landbevölkerung, er brachte das immer mit einer gewissen Nachsicht vor, die er sozusagen historisch begründete, die überwiegende Mehrheit der Dörfer war per se nicht ummauert, nicht befestigt, jahrhundertelang konnte jedermann rein und raus, grad wie es ihm einfiel, und sich, wenn er bewaffnet war, nehmen, was er wollte, und der Bauer war an sein Land gefesselt, bestenfalls als Kolonist, als Auswanderer konnte er anderswo neu beginnen, also griff er zu Tarnung und List, vergrub seinen Besitz, floh in die Wälder, half auch mal nach mit einer Roßtäuscherei, mit Selbsthilfe, spielte mit Feuer oder mit Rattengift, vielleicht auch mal schlicht und einfach mit einem Kopfkissen. Elf Jahre nach dem Krieg gab Lackner seinen Kohrener Wirkungskreis auf und zog mit Frau Irma und dem Sohn nach Leipzig, wo er die Praxis eines steinalten Kollegen übernahm, der im Westen für zweihunderttausend Mark Thyssenaktien hatte und diesen Aktien näher sein wollte, richtig nahe, durch keine Grenze getrennt, den Mehrwert dort verzehren, wo er geschaffen wird. Sein Nachfolger merkte jetzt, was er geahnt hatte, die Theaterleute, die Musiker, das Künstlervolk, zweimal im Jahr die Mustermesse, in Leipzig ließ es sich wahrlich anders als in Kohren leben, wo es außer dem Marktbrunnen von Feuerriegel und der *Arnoldschen Töpferei* nicht viel gab, nur Natur, Klatsch und Nachrede, auch war wie im Erzgebirge vom Gelddrachen die Rede, der funkensprühend durch den Schornstein fuhr. Mutters ältere Schwester Friedel Lahn wohnte in Kohren, in einer Seitengasse zum Markt, in einem niedrigen Haus, fast konnte man mit hochgehaltener Hand die Dachrinne berühren. Acht Kinder. Die männlichen Zwillinge blutjunge ss-Leute, die sich nach dem Zusammenbruch nicht mehr nach Kohren wagten, sondern in Schwaben blieben. Die jüngste Tochter war nach Mutter Erika genannt worden, im Alter von kaum sechzehn Jahren bekam sie, sie brauchte nur über die Gasse zu huschen und durch die Hintertür einzutreten, vom Sohn des Nachbarn, des Fleischermeisters Hilbig, ein Kind, Heidemarie. Diese Heidemarie kam mit zwölf, dreizehn während des Herbstjahrmarkts nach Frohburg und blieb über Nacht bei ihren Verwandten, die auch Hilbig hießen, einen Sohn in Heidemaries Alter hatten und ebenfalls eine Fleischerei betrieben, am Markt. Das Ehepaar Hilbig guckte sich abends im Kino im *Roten Hirsch* einen Film an, inzwischen besuchten sich die Kinder gegenseitig im Bett. Was der Sohn Hilbig dann erzählte, lief noch Wochen danach bei den Halbwüchsigen am Ort um. Tante

Friedels Mann Wilhelm arbeitete in den Kohlengruben von Böhlen, früh um vier fuhr er mit der Bimmelbahn bis zum Bahnhof Frohburg und von dort mit dem gestopft vollen Arbeiterzug weiter. Die beiden Lackners hielten es auch in Leipzig nicht lange aus, obwohl die Leute dort angeblich Irma den *Engel von Lindenau* nannten, was immer das hieß oder, da es Lackner selbst kolportierte, heißen sollte, auf die Eltern wirkte es schillernd. Die Großstadt bestand auch nur aus Dörfern, wurde den beiden Zuzüglern schnell klar, außerdem sorgte unser Weggang für Unruhe. Vater war nach Burrma und Dr. Gold, dem Leiter der Brikettfabrik Neukirchen, der Dritte, der in den Westen ging. Das verleitete den alten Möring zu Gedankenspielen, und das versetzte vor allem Vaters jüngeren Kollegen Groß in Panik, der mit einer sehr hübschen Frau verheiratet war, die jüngere unverheiratete Schwester der Frau war noch hübscher, dazu gab es zwei Töchter, auch sehr apart, die ältere ging zu Bruder Ulrich in die Klasse. Vater hatte den Eindruck, daß Groß, erst Ende der vierziger Jahre vom Kreiskrankenhaus Borna nach Frohburg gekommen, Möring und ihm Patienten abjagte, bei aller Überlastung, hundert, hundertzwanzig Kranke in der Sprechstunde und nicht viel weniger Hausbesuche, trotzdem war es ihm ein Graus, wenn Leute zu Groß übergingen, *absprangen*, sagte er und überlegte mit Mutter und nicht nur mit ihr, woher Groß stammte, dieser dunkelhaarige, leicht bewegliche kleine Mann mit den schnellen Handbewegungen und der flinken Sprechweise, wie er nach Borna und nach Frohburg gekommen war, vielleicht hatte er Verfolgung als Jude erlitten. Palmarum achtundfünfzig, wir waren seit fünf Monaten nicht mehr in Frohburg, wurde die ältere Tochter Groß, Petty, konfirmiert, am Tag vor der Konfirmation, einem Sonnabend, fand die Abschlußfeier der achten Klasse an der Zentralschule statt. Wie immer und überall in der DDR, so wurden auch auf dieser Feier Urkunden, Belobigungen, Prämien und Ansteckplunder im Übermaß verteilt, Petty Groß war unter der Minderheit, die nichts bekam, die leer ausging. Was einen ahnungsvollen Rückschluß auf die anstehende Oberschulempfehlung zuließ. Die unübersehbare Ausgrenzung der Tochter, die wie eine Brandmarkung empfunden werden konnte und empfunden wurde, hatte eine Kurzschlußreaktion des Ehepaars Groß zur Folge, möglicherweise gab sie auch nur den Anstoß zur Umsetzung lange gewälzter Pläne, jedenfalls warf sich das Ehepaar nebst den beiden Kindern noch vor dem Ende der Veranstaltung in das Auto, das in der Straße der Roten Armee vor der Schule stand, und raste, ohne noch einmal die eigene Wohnung am Kellerberg zu betreten, nach Leipzig, nahm den nächsten Zug nach Berlin und landete am Abend des gleichen Tages im Flüchtlingslager Marienfelde. Als man eine Woche später, nach einiger Suche, das verlassene Auto vor dem Hauptbahnhof in Leipzig entdeckte, stieß man im Kofferraum auf die vier inzwischen vergammelten Buttercremetorten für die Konfirmation. Darüber wurde vor Ort nicht nur gelächelt oder gelacht, von drei Ärzten die beiden jüngeren weg, das sorgte für Endlosgespräche. Ich war in Frohburg kein schlechter Schüler. Wenn es auch jedes Jahr ein Mädchen in der Klasse gab, das besser war als ich, erst Gisela Ulbricht, die ich ein halbes Jahr nach der Einschulung meiner Mutter vom Küchenfenster aus zeigte, die will ich heiraten, dann Monika Sittner von meiner ersten Verabredung auf dem Friedhof, auch Josef Wigg stach mit seinen Noten hervor, vertriebener Donauschwabe, ganz feine Schrift, ein zarter Junge, der zarteste überhaupt an der Schule. Seine Mutter und deren Schwester, beide Männer im Krieg gefallen, der Großvater nach Kriegsende in Ungarn im heimatlichen Dorf erschlagen, befanden sich, als wir 1947 eingeschult wurden, noch in der Ukraine, die beiden verschleppten jungen Mütter und Witwen mußten unter Tage im Kohlebergbau schuften, während zwei Großmütter in Frohburg die insgesamt sechs Kinder, zum Teil im Kindergartenalter, betreuten, *Ungarn* hießen sie bei uns, man konnte bei ihnen gestrickte Hausschuhe mit Segeltuchsohlen kaufen oder gegen Lebensmittel eintauschen. Am Ende des Schuljahres bekamen die besten Schüler jeder Klasse während einer Vollversammlung in der Aula eine Buchprämie mit Eintrag in Schönschrift überreicht, ein Brauch, der sich, wie ich aus Antiquariaten und von vielen Flohmärkten weiß, bis zum Ende der DDR fortgesetzt hat, die Betriebsleitungen, die Betriebsgewerkschaftsleitungen, die Lehrerkollektive, die Kompanieführer, die Brigaden undundund zeigten sich zu knappem Lob bereit, mit gestelzten Worten. Im *Antiquariat Broich* in Iserlohn, das ich während der achtziger Jahre alle sechs bis zwölf Monate besuchte, kamen lange vor der Wende ganze Eisenbahnwaggons voller alter Ostbücher mit Bibliotheksstempeln von Angermünde bis Hildburghausen und mit den typischen Widmungen an, Broich bezahlte sie zentner- oder vielleicht sogar tonnenweise, sie wurden in der aufgelassenen kleinen Fabrik, die Broich übernommen hatte, zu Bücherbergen gehäuft und zu breiten ineinander verschränkten Stößen und sogar Türmen gestapelt, der Interessent mußte in abgelegenen feuchten oder zumindest stockigen Räumen die Haufen und Bastionen umkreisen und selbst sehen, wie er an die eingebauten Exemplare herankam. Das Antiquariat war die reizvollste Adresse in ganz Iserlohn, sonst gab es dort nicht viel, eigentlich gar nichts, selten kam ich aus *Broichs* Höhlen ohne zwei bis obenhin gefüllte Plastiktüten, die nur mit Glück das Gewicht aushielten, ein, zwei oder höchstens drei Mark pro Band. Was ließ sich nicht alles finden, in meinem Zimmer habe ich ein halbes Regal von Scholochow bis Aschajew, märchenhaft, wie sich die Festtafeln in den Kolchosen biegen vor üppigen Leckereien im Übermaß, man glaubt es kaum. Zum Schmunzeln kann einen auch Hedda Zinner bringen, die Großmutter von Jenny Erpenbeck, die in ihrem Buch über die Sowjetunion, in der sie Emigration und Kriegszeit verbrachte, schrieb, man könne in Moskau zweihundertdreißig Sorten Wurst kaufen, dabei herrschte im Land Hungersnot, gab es wie Anfang der dreißiger Jahre Kannibalismus. Den markantesten Fund aber machte ich nicht bei *Broich*, sondern im Frühjahr neunzig vor der Humboldt-Universität in Berlin, und zwar nicht auf den Büchertischen am Gehweg draußen, sondern im Vorhof rechts, wo man sich nicht nur mit Büchern, sondern im nachhinein auch mit Mitgliedsausweisen der SED, Dokument genannt, eindecken konnte, der Verlust hätte unter den alten Verhältnissen bei Ulbricht und Honecker zum Ausschluß aus der Partei und unter den ganz alten Verhältnissen unter Stalin zur Verschickung ins Lager geführt. Oder gleich zur Erschießung. Wer hätte das sicher sagen können. Selbst die Oberhenker standen ja plötzlich vor Gewehrläufen. Vor der Uni in Berlin Mitte nahm ich den Halbleinenband *Das Land der goldenen Früchte* von Jorge Amado in die Hand, 1953 erschienen. Amado war für mich von Interesse, der Name sagte mir etwas, weil wir in Frohburg im Alter von vielleicht zwölf, dreizehn Jahren seine Romane *Tote See* und *Herren des Strandes* auf Stellen durchforstet hatten, die ein bißchen mehr hergaben und schilderten als üblich. Ich wußte damals nicht, ich konnte nicht wissen, daß Amado in jenen Jahren in der Tschechoslowakei des antijüdischen Slánský-Prozesses lebte, als Staatsgast, auf Schloß Dobříš bei Prag. Allerdings hätten die Riesenauflagen der deutschen Übersetzungen seiner Bücher hellhörig machen können. In *Das Land der goldenen Früchte*, einem Roman über die Kakaobarone im Nordosten Brasiliens, war in gestochen scharfer Schrift der Eintrag zu lesen: *Als Anerkennung für den Einsatz zum Schutze unseres Betriebes während des faschistischen Putschversuches im Juni 1953.* Unterschrift mit grüner Tinte, unleserlich. Berlin, den zwölften August 1953. Das Buch in allerbestem Zustand, die Seiten im Schnitt oben noch aneinanderhaftend, der Prämiierte hat es nicht eilig gehabt, auf fünfhundertzweiundneunzig Seiten Näheres über die Kakaosklaven in Brasilien zu erfahren, Jahrzehnt um Jahrzehnt gewartet damit, und dann war er tot, die DDR gab es nicht mehr, und die Erben schafften sich den Krempel gegen ein bißchen Geld, viel zu wenig natürlich, vom Hals. Büchergeschichten. Am Ende der fünften Klasse hatte ich vor Beginn der großen Ferien im Sommer 1952 ein Zeugnis mit sechs Einsen bekommen. Das war kein wirklich mühsam errungener Erfolg, ein Sehr gut war nicht allzu schwer zu erlangen. Aber die sechs Einsen ließen sich auch nicht ohne weiteres übergehen. Trotzdem bekam ich keine Buchprämie. Das öffentliche Klima war angespannt und wurde durch den Herbst und Winter immer eisiger. Die kleinen Geschäftsleute, große gab es in Frohburg schon lange nicht mehr, hatte es eigentlich nie gegeben, bekamen die Lebensmittelkarten abgesprochen, drei, vier Gewerbetreibende verloren ihre Handwerksbetriebe, und die Bauern, Großvater sprach oft davon, stöhnten unter kaum zu erfüllenden Ablieferungspflichten. Wenn ich in der frühen Dunkelheit des Herbstes kurz nach sechs zu Frautschys schräg gegenüber von Möring kam und im Stall, wo gemolken wurde, auftauchte, um mir einen Liter frische Milch in die Blechkanne gießen zu lassen, barmte und jammerte die alte Mutter Frautschy, fünf Kühe hat man und kommt doch auf keinen grünen Zweig, im Gegenteil, die saugen uns aus bis zum *Vorräggen*. Anfang März, der Winter mit den zurückgekommenen Strom- und Gassperren ging zu Ende, starb Stalin, an der Politik änderte sich nichts, nichts wurde besser, im Gegenteil. Kurz vor meinem zwölften Geburtstag Ende Mai kam ich zum Diplomingenieur Fritsche an die Haustür, Frau Fritsche öffnete, und ich sprudelte meine Einladung für den Sohn Eberhard heraus, der mit mir in eine Klasse ging. Eberhards Mutter, unter der Haustür stehend, brach in Tränen aus, er kann nicht, schluchzte sie, letzte Nacht haben sie unseren Vater abgeholt, keine Nachricht seitdem, furchtbar. Zuhause hörte ich, daß man der kleinen Baufirma oben an der Haltstelle Schützenhaus einen Strick drehen wollte mit Steuersachen und Materialschiebereien, Fritsche sollte im Gefängnis in Borna sitzen. Ich nahm das alte von Vater übernommene Fahrrad und fuhr noch am gleichen Nachmittag auf der Fernstraße 95, auf der die vierzehnjährige Magda Kittel aus der Webergasse von einem Laster überrollt worden war, über Neukirchen und Zedtlitz nach Borna. Im Ort bog ich Richtung Markt links ab und hielt auf halber Gefällstrecke, in Höhe des Gefängnisses. Fünf oder zehn Minuten stand ich neben meinem Rad und guckte nach oben, zur Reihe der kleinen dicht vergitterten Fenster hinauf. Keine sieben Wochen später gab es die Unruhen am siebzehnten Juni, sie hatten standrechtliche Erschießungen und fast gleichzeitig mancherlei blitzartige Lockerungen im Gefolge, Fritsche wurde aus der Haft entlassen, die Ladeninhaber bekamen wieder Lebensmittelmarken, und für die Bauern wurde das Ablieferungssoll gesenkt, man lockerte die Schraube. Dafür hatten meine Eltern wie die meisten Leute ein feines Sensorium, also sprach Vater gegen Ende des Schuljahres, als sich für mich wieder fünf Einsen im Zeugnis abzeichneten, im Jahr davor war es eine mehr gewesen, einen seiner Patienten aus dem Lehrerkollegium an, den Russischlehrer Martin Thon wahrscheinlich oder meinen Klassenlehrer Horst Krause, Vater fragte nach der Zahl der Einsen, die für eine Prämie nötig waren, er bekam keine klare Antwort, nur Herumdrucksen, Vertröstung, mal sehen, Konferenz, aber als ich mein Zeugnis am Ende des sechsten Schuljahres bekam, drückte mir der Schulleiter in der Aula auch ein Buch in die Hand, *Schlag nach Natur*, VEB Bibliographisches Institut Leipzig, mit Widmung: Für sehr gute Leistungen in der Schule. Na also, sagte Vater, was sonst nicht unbedingt seine Art war. Mutter dagegen blätterte im Buch und kassierte es umgehend, bekommst du wieder, wenn du soweit bist. Im Buch waren Zeichnungen, die ihr zu deutlich waren, nämlich Schnitte durch die weiblichen und männlichen Geschlechtsorgane, aus Vaters Gynäkologielehrbüchern kannte ich ganz andere Bilder, außerdem fesselten mich die Schilderungen, die Fallerzählungen von Iwan Bloch viel mehr. Ist bis heute so geblieben, bei aller Liebe zu meiner Bildersammlung. Was redest du denn da. Ja ist doch so. Aber was geht das andere an. Lenk mich nicht ab, ich will auf Lackners zurückkommen. Auch Leipzig, das viel mehr als Kohren bot, war ihnen nicht genug. Sie lebten erst in Connewitz, dann in Lindenau, und gleich nebenan, in Leutzsch, waren alle Villenstraßen und Einfamilienhausviertel mit Stasi durchsetzt, nie wußte man, wohnen da nun normale Leute, wenn auch privilegiert, oder hat dort der SSD einen Ableger. Dazu kam der Briefwechsel mit meinen Eltern, es ließ sich nicht umgehen, man war in Reiskirchen voll davon, da wurde von Pfingstfahrten an den Rhein und an den Neckar, nach Holland und ins Elsaß, von Urlaubswochen an Adria und Riviera wurde geschrieben, von Einkaufsfahrten nach Frankfurt, von Sonntagsausflügen in den Vogelsberg, nach Schotten und auf den Hoherodskopf und in die reichen Dörfer der Wetterau oder ins katholische Fulda. Alle sechs bis acht Wochen, wenn in Lindenau solche Briefe ankamen, stieg die Unruhe und unterminierte die ohnehin wackligen Anker der Seßhaftigkeit. Anfang neunundfünfzig war es so weit, Lackners fuhren genau wie wir knapp anderthalb Jahre vorher mit dem Auto nach Potsdam und von dort weiter mit der S-Bahn, die mit dem Ziel Friedrichstraße die Westsektoren durchquerte, in Schöneberg wollten sie aussteigen. Die Einfahrt aus der DDR nach Westberlin fand kurz hinter Griebnitzsee statt, deshalb stoppte die S-Bahn im Bahnhof Griebnitzsee, und Vopos und Grenzer, in Wirklichkeit Stasileute, gingen durch die Waggons und ließen sich Bank für Bank die Ausweise zeigen und kontrollierten stichprobenartig das Gepäck der Reisenden. Bis an das Ende seiner Tage blieb für Harry Lackner unklar, wodurch oder warum er auffiel, jedenfalls wurde er unter den Augen seiner Frau, die im Nebenabteil saß, aus dem Zug geholt, im dicken Wintermantel, Hut auf und Koffer in der Hand, so brachten ihn drei Uniformierte in eine Baracke schräg hinter dem Bahnhofsgebäude, setzen, sagte der Offizier hinter dem Schreibtisch und verließ, nachdem Lackner sich auf den Stuhl geklemmt hatte, neben sich den Koffer, der Hut obendrauf, den Raum. Kaum allein, sprang der Abgeführte wieder hoch, riß den Mantel auf, zog ein dickes Bündel Scheine aus der Hosentasche und stopfte es unter den Abfall im Papierkorb, vibrierendes Verharren, als er erneut saß. Keine Minuten verging, da war der Offizier wieder da, was haben Sie mir zu sagen, fragte er halblaut, mit gepreßter Stimme. Ja also, was denn, sagte Lackner, hin- und hergerissen. Gleichsam aus dem Nichts schrie der Offizier ihn an, wie ihn noch niemand angeschrien hatte: Herr Dr. Lackner, Sie holen jetzt sofort, sofort das Geld da raus. Und Lackner bückte sich und wühlte und holte raus, was er Geldschein für Geldschein sauer verdient, ehrlich eingenommen und sauber versteuert hatte. Kaum lag der verleugnete Besitz auf dem Tisch, klopfte es, ja, herein kam, zwei Grenzer blieben draußen an der Tür stehen, Irma Lackner, auf hohen Absätzen, wie immer schick zurechtgemacht, kurz vor Weiterfahrt der Bahn war sie aus einem Impuls heraus mit ihrem Koffer und ihrer Hälfte des Geldes ausgestiegen, man konnte das Dummheit nennen, das Ehepaar saß ein halbes Jahr bei der Staatssicherheit in Untersuchungshaft, dann eine Zweistundenverhandlung, in der sie noch einmal richtig zertrampelt wurden, das Urteil: Einziehung des Geldes und anderthalb Jahre Haft, die bis zum letzten Tag abgesessen werden mußten. Im Sommer 1961 kamen sie frei, um eine Menge nicht angenehmer Erfahrungen reicher, Wohnung und Praxis in Lindenau waren zwei Jahre versiegelt gewesen, aber in Leipzig durften sie nicht bleiben, man wies ihnen Unterkunft und Arbeitsmöglichkeit in Zittau zu, Haus und Praxis eines nach oben gefallenen, nach Strausberg umgezogenen Kollegen, der seine Wehrmachtserfahrungen als Frontchirurg spät, aber nicht zu spät der NVA zur Verfügung stellte. Jetzt waren sie von der halboffenen Grenze in Berlin weit genug weg, überhaupt waren sie im entferntesten abgelegensten Winkel des Landes, im Dreiländereck, noch schlechter zu erreichen als Bautzen und Görlitz und eingefaßt von zwei streng bewachten Grenzen des Friedens und der Freundschaft, nicht das allerkrisseligste Bild des Westfernsehens gelangte durch den Äther bis zu ihnen, abgeschnitten, vereinsamt, beargwöhnt fühlten sie sich. Die Leute, die in die Praxis kamen oder mit denen sie sonst zu tun hatten, merkten, daß mit ihnen etwas nicht stimmte, Parteiausschluß, Zwangsversetzung, Haft, Spitzel, wer weiß, irgendwie merkte man ihnen etwas Beunruhigendes an, es war empfehlenswert und nützlich, dergleichen auf sich beruhen zu lassen. Viel Zeit, engere Beziehungen aufzubauen, gaben sie sich nicht, Anfang

Juni waren sie entlassen worden, nach noch nicht einmal zwei Monaten waren sie aus Zittau wieder verschwunden. Hätten sie noch zwei Wochen länger zugewartet, wären sie ab dreizehntem August nicht mehr herausgekommen, hätten sie ewig da hinten in der Lausitz festgesessen. So hatten sie, die Pechvögel, wenigstens im zweiten Anlauf, nur ohne Geldscheinbündel und große Koffer, das kleine entscheidende Glück des ungehinderten Durchkommens, das Hunderttausende vor ihnen gehabt hatten und einige noch kürzeste Zeit hatten, und landeten im Westen, in Worms letztenendes, wenn man ihnen glaubte, arbeitete die halbe Einwohnerschaft dort bei der BASF, Proletarierstadt, aber Lackner in seiner direkten Art kam auch da gut an. Mitte oder Ende der siebziger Jahre hatte man den Schock von Einsperrung und Zwangsansiedlung in etwa weggesteckt und war zu ein bißchen Wohlstand gekommen, sie konnten sich ein paar Extratouren leisten, vierzehn Tage Kreuzfahrt im Mittelmeer, von Genua aus, um den Stiefel und Sizilien herum nach Venedig und von dort nach Griechenland. Sie waren mit dem Zug über den Gotthard nach Genua gefahren, bei der Einschiffung ein Riesenproblem, sie hatten den Paß für ihn vergessen. Aufregende Stunden folgten, mit Anrufen, Telegrammen, das Generalkonsulat wurde eingeschaltet, als das Schiff auslief, waren sie doch an Bord. Das war an einem Sonnabend. Am darauffolgenden Montag wurde Irma gleich nach dem Erwachen bewußt, daß über dem Summen und Vibrieren des Schiffes von Harry neben ihr kein Laut, kein Atmen zu hören war und, besonders beängstigend, daß keine Wärme von ihm ausging. Eisiger Schreck, sie wußte sofort, eine neue Katastrophe, die schlimmste, tatsächlich lebte er nicht mehr. Zwei Jahre später lag Irma morgens, als die Aufwartung kam, leblos in der gefüllten Badewanne, tot, sie hatte den eingeschalteten Fön am Kabel zu sich ins Wasser gezogen, die rassige Schönheit aus Kohren, der Engel von Lindenau. Wie reagierten die Eltern darauf. Durchatmen. Schnell weg von der bröckligen Kante.

Die Pinkelmarken der alten Katze und die Bücher und Buchreihen der Jahrhundertwende im Eßzimmer der Großeltern waren nicht das einzige, was mich dort interessierte. Beim Durchqueren des Zimmers hin zur weißgestrichenen Schiebetür des Wohnzimmers konnte man im Schatten neben dem Sofa undeutlich ein paar Flaschen erkennen, die im Winkel auf dem Linoleum standen, drei, vier, manchmal fünf. Sie gaben mir kein Rätsel auf, sie hatten das Rätsel in sich: wie konnte ihr leitungswasserklarer Inhalt einem so die Kehle befeuern, einen so in abgehobene Stimmung versetzen, daß ich mich wie bei dem nagelneuen Autoreifenschlauch, wie bei den Fotoalben und anderen Sachen, über die ich nicht spreche, selbst vergaß und nach der Verabschiedung von Großmutter und Doris-Mutti im Eßzimmer eine Ausbiegung vom direkten Weg machte, eine der Flaschen am Hals packte und während des Abmarschs unter die Jacke steckte. Auf der Schafbrücke, die am Wehr der Schloßmühle die angestaute Wyhra überspannte, traf ich auf Bitterweg, stahlblaue Trainingsjacke, hohe Schuhe. Er hatte gerade seinen Onkel besucht, einen älteren Mann, den er Onkel nannte und der ganz für sich allein im ersten leicht zurückgesetzten Haus Richtung Stadtbad wohnte, neben dem Anwesen mit dem kleinen Wasserfall im Zwergengarten, der mich als Kind immer angezogen hatte, und neben der eingezäunten Wiese, an deren Pforte ein Schild hing: Achtung Selbstschüsse, nie bekamen wir raus, ob die Ankündigung, die alle Kinder beschäftigte, ernst gemeint war, und nie lernte ich den verdrehten Frohburger kennen, der sich Sachen wie das Schild ausdachte. Auch der Onkel von Bitterweg ist mir nicht ein Mal begegnet, zu keiner Zeit habe ich überhaupt jemanden auf dem Grundstück gesehen, kein offenstehendes Fenster, keinen Rauch aus dem Schornstein. Die Kleinstadt mit ihren fünfzehn Straßen und fünfhundert Häusern war scheinbar leicht zu überblicken, zu durchschauen, vieles, was geheim bleiben sollte, wurde bekannt, ließ sich nicht verbergen, und doch gab es genug Ecken des Zwielichts und Zonen, in denen tasten, vermuten und rätseln angesagt war. Anonyme Briefe, Denunziationen, Spitzelberichte, ein ganzes Wörterbuch könnte man aufstellen. Mein Freund wohnte mit seiner Mutter, im Dialekt *Kannderbehmsgrehde* genannt, Kantor Böhms Grete, mit seinem jüngeren Bruder und seiner Großmutter, der Witwe des Kantors, in einer Drei- oder Vierzimmerwohnung gegenüber der Schule, ich bin immer nur bis in die Küche gekommen, in die anderen Räume habe ich höchstens, wenn die Türen zufällig offenstanden, vom Flur aus einen Blick geworfen. Wovon Mutter und Großmutter lebten, war unklar. Bekam die alte Frau, ihr Mann war während der Kaiserzeit und der Weimarer Republik Kantor und Oberlehrer gewesen, eine Schulmeisterrente, wie hoch war die. Frohburg wimmelte in den Nachkriegsjahren von Leuten, deren Existenzgrundlage ganz und gar unklar war. Der Rechtsanwalt Dr. Halde zum Beispiel, Schwiegervater des NSDAP-Mannes Reifegerste, den die Kommunisten kurz vor der Machtergreifung in Bürgerkriegsnächten beim Plakatkleben erstochen hatten, durfte seinen Beruf nicht mehr ausüben, für eine andere Arbeit war er zu alt, der kleine zartgebaute Mann mit weißem saubergestutztem Spitzbart und dünner goldener Brille kam immer im schwarzen Anzug daher, Umlegekragen, Hut, Spazierstock, so durchwanderte er jeden Nachmittag das Hölzchen und den Eisenberg. Vor dem Krieg hatte er öfter in den *Leipziger Neuesten Nachrichten* gereimte Gelegenheitsgedichte veröffentlicht, unter dem Pseudonym Waldbub, die wahre Verfasserschaft war den Frohburgern natürlich nicht unbekannt geblieben, vielleicht hatte er selbst der Erkenntnis auf die Sprünge geholfen, wenn wir die seltsame und seltene Erscheinung in den Anlagen sahen, versteckten wir uns hinter Bäumen und riefen: Waldbub, wo bist du. *Hiehier*, kam es langgezogen mit dünner Altmännerstimme zurück, ein Spiel, die anderen Erwachsenen verstanden in der Regel nicht so viel Spaß. Oft kam Halde gegen Abend zu Großmutter, er bekam eine Tasse Tee, man unterhielt sich, nicht selten holte Großmutter aus der Küche ein paar Scheiben Brot, die Butterdose und das Rübensirupglas und strich ihm Schnitten, was haben Sie denn heute gegessen, er schwieg, und Großmutter schob ihm den Teller hin. Hunger hatte aber nicht nur das abgetakelte Bürgertum, Hunger hatten vor allem die Kinder, nicht jeder Schulanfänger bekam eine Zuckertüte, Freund Tschetschorke kriegte von seiner Mutter ein halbes Kastenbrot in die Hand gedrückt, das er ganz allein, ohne teilen oder einteilen zu müssen, aufessen durfte. Und bei der kinderreichen Familie des Schuhmachers aus Schlesien, die vor Schlingeschöns in der *Post* ganz oben unter dem Dach wohnte, neben unserer Abstellkammer, in einem Halbdunkel, das man gut und gerne auch Dunkel hätte nennen können, wurden die Heringsgräten aus der Kuntzschen Gasthausküche durch den Fleischwolf gedreht, als Brotaufstrich. Pilze suchen, Kartoffelstoppeln, Ährenlesen, Kühe hüten, die Kinder schwärmten aus und machten sich nützlich, im Wald, auf den Feldern und Weiden, für acht Sommerwochen Aufsicht über fünf, acht Kühe gab es fünf Mark und manche *Feddbämme*. Dazu die Arbeitseinsätze mit der Schule, Seidenraupenzucht, Buntmetallsammlung, Kartoffelkäfersuche, Rüben verziehen, Rübenernte, Säuberung des Schloßparks. Rätselhaft auch, wie sich der ehemalige Lehrer Kurt Sporbert, Vaters älterer Freund aus der *Frohburgia*, über Wasser hielt. Er wohnte mit seiner Frau beim Bäcker Müller am Markt, im zweiten Stock, mit Ausblick auf den Kentaurenbrunnen und das Rathaus. Der Bäcker, sein Schwager, floh mit seiner Familie sechsundfünfzig aus Frohburg und landete im Weichbild von Hannover, er war in einer Backwarenfabrik angestellt, das galt als Abstieg, er hätte auch dableiben können, wurde bemängelt. Sporbert hatte bis 1930 der *Deutschen Demokratischen Partei* angehört, für die ein- oder zweimal Harry Graf Kessler kandidierte, anschließend war er bis dreiunddreißig in der Nachfolgeorganisation *Deutsche Staatspartei* Mitglied gewesen. Großmutter waren Sporbert und seine Parteien zu linksliberal, sie versuchte, Vater die Augen zu öffnen, international und französenfreundlich, aber der hatte gerade mit Sporbert Max Stirners

Der Einzige und sein Eigentum gelesen, er hatte das Buch bei Schnuphase gefunden. Vater hat zwar von der DDP und von Großmutters Haltung Sporbert gegenüber gelegentlich gesprochen, aber nie das Buch erwähnt. Erst in seinem Nachlaß fand ich den Band der Deutschen Buchgemeinschaft, nein, falsch, das Buch kannte ich schon von Frohburg her, aber Vaters Besitzeintrag mit Bleistift, Wolfram Vesper 1928, er war einundzwanzig damals, hatte ich übersehen. Sporbert durfte nach fünfundvierzig nicht mehr unterrichten und bekam, obwohl in fortgeschrittenem Alter, für die jahrzehntelang geleistete Arbeit in der Frohburger Schule kein Ruhegehalt. Sein Unterricht, sein Erziehungsstil waren liberal gewesen und hatten in etwa seinem politischen Bekenntnis entsprochen, das ging gar nicht. Wenn schon bürgerlich, dann keine kleinen Volksschullehrer hofieren, sondern jemanden aus den oberen Etagen, vor allem griffig bekannt mußte er sein, versuchen wir es doch mit Otto Nuschke, dem besten greifbaren Schüler Friedrich Naumanns, auch DDP, wie Sporbert. Und sogar ebenfalls in Frohburg geboren. In diesen Kategorien vom besten Schüler und vom weisesten Lehrer dachte und redete man, Lenin war der beste Schüler von Marx, und der beste Schüler von Lenin wiederum war natürlich Stalin, und wir alle wären im allerbesten Fall die besten oder jedenfalls die sehr guten oder mindestens gehorsamen Schüler von Stalin gewesen und hätten uns den Kopf zerbrochen über seiner Abhandlung *Probleme der Sprachwissenschaft*, ob Überbau, ob Unterbau, wer die Macht hat, kann schrankenlos philosophieren, Hitler in den Tischgesprächen. Und Stalin eben, dem kurz vor seinem Tod oder dem nächsten Weltkrieg, unklar, was damals in seinem Kopf vorging, der Gedanke kam, zum Theoriegebäude schnell noch etwas Hochwertiges über Sprache und Sprachtheorie beizutragen und damit eine Frage zu beantworten, für die weder Marx noch Lenin reif waren. Kurt Sporbert hatte die Wahl, entweder wie zweihundert, dreihundert Frohburger Männer früh um vier in die nahen Kohlengruben von Neukirchen-Wyhra, Espenhain oder Böhlen zu fahren und sich mit der ungewohnt schweren körperlichen Arbeit innerhalb eines halben Jahres zu ruinieren oder am Ort wenigstens eine winzige Beschäftigung zu finden. Dabei kam ihm die neue Obrigkeit, die ihn aus der Schule gedrängt hatte, unbeabsichtigt zu Hilfe, sie verbot nämlich den Religionsunterricht in den Räumen staatlicher Schulen, landesweit, was zur Folge hatte, daß der Frohburger Pfarrer Erich v. Derne die sogenannte Christenlehre einrichtete, die im Anschluß an den Schulvormittag klassenweise in der *Alten Farbe* oberhalb des Schloßteiches stattfand, zweimal die Woche je eine Dreiviertelstunde. Eine Witwe Zetzsche aus Greifenhain, die als Katechetin den Kindergottesdienst betreute, wurde als eine der beiden kirchlichen Lehrkräfte gewonnen, die erforderlich waren, bei vierundzwanzig Klassen insgesamt, die meisten Kinder waren evangelisch, bis auf die katholische Hälfte der Flüchtlingsfamilien. Der Pfarrer kam auf Sporbert zu, wäre das nicht etwas für Sie, drei Mark die Stunde könnte ich geben, Sporbert sagte gleich ja. Die zehn Gebote, von ihm vorgetragen und erläutert, ließen mich kalt, auch die Glaubensartikel, erst recht die Lieder, *Geh aus mein Herz und suche Freud*, wie konnte sich das behaupten gegen *Spaniens Himmel breitet seine Sterne über unsren Schützengräben aus*. Oder gegen *Bandiera rossa*. Erst recht nicht gegen *Dem Karl Liebknecht haben wir geschworen der Rosa Luxemburg reichen wir die Hand*. Vielmehr waren es die Geschichten, die mich fesselten, die Moses-, Josef- und Jesuserzählungen, Sintflut, Flucht aus Ägypten, Kapernaum, Lazarus, Speisung der Fünftausend, Tempelsäuberung, Garten Gethsemane, Kreuzigung, Lanzenstich in die Lende, wenn du fünfundsiebzig bist, dann siehst du das alles, gehst du dort herum, wenn mir das jemand gesagt hätte, ich hätte ihm den Vogel gezeigt, aber weiß Gott, genauso ist es gekommen. Man bekam die Geschichten vorgelesen und mußte damit rechnen, beim nächsten Mal zur Nacherzählung aufgefordert zu werden, machte ich gerne, nicht des Auftritts, sondern der Inhalte wegen, einmal, Sporbert war krank, übernahm der Pfarrer unsere Christenlehre, er betrat den Raum in dem Moment, in dem sein Sohn Heini zu Gisela Kraftschik aus unserer Klasse *dumme Gans* sagte. Postwendend gab der rüstige Pastor seinem Sohn eine knallende Ohrfeige und stieß ihn dann mit den Fäusten von sich, ich werde dich lehren, schrie er, mit einer Weiblichkeit so umzugehen. Das ganze im wehenden Mantel, mit Stiefeln, ein erschreckender Anblick, so hatte ich mir das Urbild eines protestantischen Geistlichen schon immer vorgestellt, wobei ich nicht wußte, daß der Pfarrer mit der Mutter Kraftschik seit Jahren ein Verhältnis hatte. Und daß es aus diesem Verhältnis eine abgetriebene Schwangerschaft und nach Jahresfrist doch ein Baby gab. Im fünften Schuljahr hatte ich Probleme mit dem schriftlichen Dividieren. Bis heute ein Verfahren, in das ich mich von Zeit zu Zeit neu hineindenken muß, Dreisatz fällt mir leichter. Deshalb liegt auch hinter mir auf dem Beistelltisch im Wintergarten ein kleiner Taschenrechner von *Woolworth* in Lüchow. Für Vater war meine Rechenschwäche eine gute Gelegenheit, seinem alten Mentor etwas zukommen zu lassen. Er vereinbarte nämlich mit Sporbert, daß dieser mir einmal in der Woche nachmittags beim Rechnen helfen sollte, für zwei Mark die Stunde, ich würde zu ihm rüberkommen, vier Häuser weiter unten am Markt. Richtig stieg ich jeden Donnerstag nach dem Mittagessen in die Wohnung des Ehepaars Sporbert hinauf, an sie, an Frau Sporbert geborene Müller, die mir jedesmal die Tür öffnete, kann ich mich absolut nicht erinnern, ich würde sie gerne noch einmal mit meinen Augen von heute erleben, Gesicht, Figur, Kleidung, auch die Wohnungseinrichtung, die Zimmerpflanzen, den Geruch von Treppenhaus, Flur und Wohnzimmer. Erinnerungen, die ich mit dem Müllerschen, anschließend Stahlmannschen Haus verbinde. Zum einen war da die Backstube im Anbau, in der Anfang Dezember der Bäckermeister den Teig für unsere Stollen walkte und knetete und nach einer Stunde die Stollen selbst dann heiß und wunderbar duftend aus dem Ofen zog. Außerdem der Hausflur unten im Erdgeschoß. Doris-Mutti hat mir bei einem ihrer häufigen Besuche bei den

Eltern in Reiskirchen von Ilsabes Erleichterungsepisode erzählt, Sporberts lebten nicht mehr, auch die Apothekerin Siegfried war tot, auch Bachmanns, die alte Fängler, die Hutmacherin Poland, Möring, alle tot, das Haus in der Greifenhainer Straße war gerade an den Schneider Taubert vom Töpferplatz verkauft worden, Doris-Mutti selbst lebte in Hannover. Unerkannt gingen sie durch die Stadt, und unbekannt waren ihnen die Leute, die ihnen entgegenkamen, lediglich Mutters Schwägerin Elli Plaut gab es noch, in der Schmiede *Auf dem Wind*, aber der Besuch dort war kurz, das Verhältnis zu ihr war nie sehr eng gewesen. Die Nachmittage bei Sporbert waren Nachmittage im Sommer, neben mir am Eßzimmertisch der alternde Mann Mitte Sechzig, sein großes graues Gesicht, die Hornbrille, manchmal stieß ihm das Essen auf, säuerlicher Geruch, sein kurzes unterdrücktes Würgen, dann führte er schnell die Hand zum Mund, fleckige Haut, Fingerkuppen, die sich schälten, überall, in allen Heften und Büchern die weißen trockenen Flocken. Offenes Fenster. Rufe spielender Kinder vom Markt herauf, um so lauter, je später der Nachmittag, und hin und wieder übertönt von den Durchsagen des Ortsfunks, dessen Lautsprecher an allen vier Ecken des Platzes hingen. Im Hintergrund des Zimmers wandbreit, wandhoch das Bücherregal, als ganz junger Lehrer habe ich mir die große Balzacausgabe der *Insel* gekauft, sagte er einmal, sechzehn Bände, Einleitung von Hugo v. Hofmannsthal, kostete seinerzeit ein kleines Vermögen. Ein-, zweimal bei jedem Besuch das Klappern der Tür in meinem Rücken, dann ging hinter mir lautlos die blasse Frau durch den Raum, ihre Ehe war kinderlos. Oder hatte es einen Sohn gegeben, der an der Ostfront gefallen war. Kinderlose Gesichter, empfand ich. Das erste Vierteljahr übte ich Malnehmen und vor allem Teilen. Untereinanderschreiben der Zahlenkolonnen, Zusammenzählen, je besser ich das im Lauf der Zeit beherrschte, desto länger wurden unsere anschließenden Gespräche. Bis wir uns nur noch unterhielten. Ob ich mir unter dem Wort Equipage etwas vorstellen könne, wurde ich gefragt. Eine

Kutsche, vielleicht. Ganz recht, eine vornehme Reisekutsche, ein Wort aus dem Französischen. Dann sprachen wir lange über das verrottete Königtum der Bourbonen und über die Pariser Ereignisse von 1789 bis 1793. Das Schicksal von Revolutionen, wie sie sich radikalisierten und wie der Terror sich entwickelt. Leider habe ich meinen Mignet und den Michelet kurz nach dem Krieg an den Apotheker Fricke verliehen und nicht wiederbekommen, sonst würde ich dir die Darstellungen der Zeit zwischen dem Marsch nach Versailles und Robbespierres Tod schenken, du könntest dann Parallelen zu Rußland 1917 sehen. Oder wir sprachen über den Ebro, über Madrid und Barcelona, es folgte ein Abriß des Spanischen Bürgerkriegs, Schilderung der Moros, der grausamen maurischen Truppen Francos, wie die Beauftragten Stalins hinter der republikanischen Front erst gewühlt, dann gewütet hatten, auf beiden Seiten, sagte er, haben übrigens Leute aus unserer Gegend gekämpft. Ein Unteroffizier aus Greifenhain in der Legion Condor und aus der Schulgasse hier zwei Brüder bei den Internationalen Brigaden. Außerdem weiß ich durch meine Tante in Mühlau, fuhr Sporbert fort, daß von dort ein Kommunist stammte, der erst in Spanien und dann in Rußland war und als Fallschirmagent der Gestapo in die Hände fiel, ein Held im Sinn der SED, trotzdem habe ich bis jetzt nichts über ihn in der *Leipziger Volkszeitung* gefunden. Einmal, im Sommer dreiundfünfzig, ging der alte Lehrer, erst Vaters und jetzt auf bescheidenere Art mein Mentor, zum Regal und kam mit einem Heft wieder, das im Herbst 1923, auf dem Höhepunkt der Inflation, in Berlin gedruckt worden war, *Gedichte aus Sowjetrußland*, ich wunderte mich nicht. Erstaunen erst jetzt, da mir klar wird, daß zwischen dem Druck der Broschüre mit den Gedichten und dem Nachmittag, von dem ich spreche, gerade mal dreißig Jahre lagen. Von heute an zurückgerechnet, käme man ins Jahr 1985, allzulange ist das nicht her, Sturz des Schahs, sowjetischer Einmarsch in Afghanistan. Er las mir vor: durch Ebenen zum Horizont, Jessenin, merk dir den Namen, vielleicht hörst du ihn später noch öfter, vielleicht nur jetzt, seine Bauern sind damals verhungert, und in Leningrad wurde der erste Dichter erschossen, drei Jahre Frankreich, die Flucht zu Isadora Duncan, dann kommt er zurück an die Newa, die eigene Haut ist besser, besser als jede glitzernde fremde, und hängte sich auf, lies es nach, sagte Sporbert und schob mir das Heft mit dem brüchigen Papierumschlag hin. Achtundsechzig, auf meiner Winterreise durch die Sowjetunion, sah ich das *Hotel Angleterre* in Leningrad nur aus der Ferne, in dem sich Jessenin umgebracht hatte. Erst 2005 stand ich in der Eingangshalle und wäre gerne nach oben in das Zimmer gegangen. So wie ich auch auf dem Flur im Smolny stehen wollte, auf dem Kirow, Parteichef der Stadt und angebliche Hoffnung der Partei, vom jungen Nikolajew erschossen worden war, einem kleinen Funktionär aus dem Gebietskomitee, der kurz nach dem Attentat zusammen mit mindestens hundertzwanzig Leuten in einer Art Totaloperation hingerichtet wurde, seine Frau Minna Draule, seine Mutter und seine Geschwister folgten nach, der kleine Sohn mit Vornamen Marx kam in ein Kinderheim des NKWD, das alles war Auftakt für die Vernichtungsorgien der Großen Säuberung. Auf die zwei Quadratmeter Flurboden im Smolny starren, Kirow lag da, vor den Toiletten, in denen Nikolajew vor den Schüssen auf ihn gewartet hatte. Aber man bekommt nicht alles zu sehen und muß im Rückblick schon dankbar sein für den Sporbertschen Nachmittag mit den Gedichten. Eine Woche später, am siebzehnten Juni, schrieb ich kurz vor dem Schlafengehen ein paar Zeilen in meinen Taschenkalender, in der ganzen DDR die Arbeiter gestreikt, Polizisten vertrieben, Parteihäuser und Propagandapavillons geplündert, Regierung machtlos, mittags dann Waffengewalt. Sätze, deren Anfang und Ende zu suchen waren, ich war gerade zwölf geworden. Mit dem Sommeraufstand in enger Verbindung stand ein Sonnabend im folgenden Spätherbst. Am einundzwanzigsten November war Frohburg herausgeputzt mit Transparenten, Fahnen und Fähnchen, die komplette Kriegsbemalung, wie höchstens zweimal im Jahr. Auf dem Markt ganz großer Bahnhof. Wir hatten nicht schulfrei, aber nach der ersten Stunde war der Unterricht zu Ende, die ganze Schule, achthundert Kinder, wurde von allen Lehrern, dreißig vielleicht, in geordnetem Zug Klasse nach Klasse und Jahrgang auf Jahrgang durch die Dr.-Zamenhof-Straße und die Straße der Freundschaft zum Markt geführt, wer in den Jungen Pionieren war, hatte das blaue Halstuch um und das Verdienstzeichen eines Aufnähers mit einem, zwei oder drei roten Balken auf dem Ärmel. Auch bei uns lag so ein Stoffstück der untersten Kategorie, ein Balken, zerkrumpelt in einer Küchenschublade, ich war zum Leiter eines Lernzirkels ernannt worden, wir kamen nicht mehr als vier-, höchstens fünfmal zusammen, einmal bei Fänglers in der guten Stube, die extra geheizt war, es gab sogar ein Stück *Aschkuchen* für jeden und Limonade aus der *Post*. Auf dem Markt angekommen, wurden wir in altbewährte überlieferte Aufstellungen dirigiert, etwas mehr als fünfzehn Jahre vorher hatte es auf dem großen Frohburger Zentralplatz einen gewaltigen Maiaufmarsch gegeben, üppiger verschwenderischer Flaggenschmuck am Rathaus und unten an der Front der Textildruckerei der Gebrüder Braunsberg, nach dreiunddreißig liefen bei ihnen die Maschinen auf Hochtouren und druckten Hakenkreuze auf Endlostuch. Ein paar von diesen Fahnen, nicht wenige sogar, an Masten, die man auf dem Platz in schnell ausgehobene Löcher gestellt und mit Holzkeilen fixiert hatte. Das vom *Roten Hirsch* aus aufgenommene kleine Schwarzweißfoto hatte ich seit Friedberg in meiner Frohburgsammlung, erst als ich es Anfang der achtziger Jahre abfotografieren und das Negativ auf dreißig mal fünfundvierzig vergrößern ließ, erkannte ich am vorderen Saum, am Rand der großen Menschenmenge, wo ein Block Farblaboranten in weißen Kitteln und drei oder vier Blöcke Drucker in Arbeitsmäntelchen standen, eine junge Frau, die ihr Gesicht vom Aufmarsch weg in Richtung des Fotografen drehte: Mutter. Damals einundzwanzig Jahre alt. In einem hellen Mantel mit Krimmerkragen, die dunklen Haare nach hinten gestrafft und in einen Knoten geschlungen. Völlig überraschend die vertrauten Züge.

Die unteren Klassen wurden von Grzewski und der Pionierleiterin Sigrid Fischer aus Eschefeld, die ich vor zehn Jahren wiedergesehen habe und die mir alle halbe Jahre aus einer anderen Kurklinik quer durch Deutschland Ansichtskarten schickt, auf dem Gehsteig vor dem Rathaus aufgestellt und gegenüber unter der Lindenreihe des Marktes, das ergab eine lange Gasse aus fähnchenschwirrenden Kindern, die sechsten, siebenten und achten Klassen dagegen säumten den Rathausflur vom Eingang über die breite Treppe bis in den oberen Gang zum Sitzungssaal. Ich weiß noch, als wäre es gestern gewesen, daß ich mit meinem Lernzirkel auf dem Absatz zwischen Erdgeschoß und erstem Stock stand, die Treppe mit dem schmiedeeisernen Geländer kam von unten auf uns zu, machte eine Hundertachtziggradwende und ging dann weiter nach oben. Auch uns hatte man die roten Fähnchen angedreht, wohin damit, wir wurden sie nicht los, du konntest im gegebenen Fall nichts anderes tun als wedeln. Wir standen und standen, natürlich war keine Ruhe reinzubringen, Zusammenballung von Kindern, Lachen und Rufen und Hampeln und auch Spannung, was wird passieren, eine Stunde, anderthalb Stunden mußten wir warten, dann war es soweit, bei den Lehrern und den fremden Erwachsenen in Jackett und Kostümjacke, die umherschossen, Papiere unter dem Arm, meist das Parteiabzeichen am Aufschlag, eine spürbare Anspannung, sie kommen. Von draußen Trillerpfeife, Händeklatschen, vereinzelte Rufe, hochhoch, dann wälzte sich eine Gruppe von zehn, fünfzehn Leuten zügig an unseren raschelnden Fähnchen vorbei nach oben, zwischen den schnell vorüberwischenden örtlichen Größen nahm ich einen unbekannten alten Mann wahr, höher gewachsen als die meisten, beleibt oder vielmehr stattlich, würde Mutter gegen Ende ihres Lebens gesagt haben, ein gestutzter Spitzbart fiel mir auf, Brillengläser, entschiedene Bewegungen, die sehr viel jüngere stämmige Begleiterin mit kräftiger Oberweite schräg hinter ihm schien seine Sekretärin oder seine Frau zu sein. Der Neuankömmling, halb bewußter, halb unbewußter Darsteller seiner eigenen Wichtigkeit, war Otto Nuschke, der Vorsitzende der Ost-CDU und stellvertretende Ministerpräsident der DDR. 1883 als Sohn des Besitzers der kleinen Druckerei in der Schlossergasse geboren, durch die acht Jahre mein Schulweg ging, vorbei an der ihm gewidmeten Tafel aus der Werkstatt von Brenntag, in Wendezeiten abgenommen und seitdem verschollen, war er nach einer Buchdruckerlehre beim Vater Journalist geworden, Mitglied verschiedener freisinniger Vereine und parteiähnlicher Gruppierungen, mit Friedrich Naumann und Walther Rathenau zusammen hatte er 1919 die Deutsche Demokratische Partei gegründet. Während des Dritten Reiches Landwirt auf seinem Gertrudenhof in Nieder Neuendorf bei Hennigsdorf am nordwestlichen Rand von Berlin, zeitweise sogar Erbhofbauer, anschließend Verpächter der Flächen, hatte er gleich nach dem Krieg den Gründungsaufruf nicht für eine liberale oder linksliberale, sondern merkwürdigerweise für eine christliche Partei unterschrieben. Möglich, daß das schon Kalkül war, Plazierung. Von den vierunddreißig Erstunterzeichnern dieses Aufrufs zur Gründung der CDU in der sowjetischen Zone war er der einzige, der im Lauf der folgenden Jahre nicht in den Westen ging, er wurde einer von mehreren stellvertretenden Ministerpräsidenten der DDR hinter der Galionsfigur Otto Grotewohl und Leiter des staatlichen Amtes für Kirchenfragen, ein nicht ganz unwichtiger Posten in Zeiten der Drangsalierung der Jungen Gemeinde 1952 und im ersten Halbjahr 1953. Freilich, als v. Derne den Druck nicht aushielt und einen Nervenzusammenbruch erlitt, als er orientierungslos durch die Webergasse und die Marktgasse irrte, einen Koffer voller Gesangbücher mit sich führend, und am Ende, nur mit einer Badehose bekleidet, auf einem Chausseebaum an der Fernstraße nach Karl-Marx-Stadt saß, war vom Amt für Kirchenfragen und seinem Leiter bei uns nichts zu sehen und zu hören. Wenn Nuschke ein paar Monate später doch nach Frohburg kam, hatte das keine schlimmen, sondern für ihn hocherfreuliche Gründe, wenn auch mit heikler Vorgeschichte, am siebzehnten Juni vormittags, die Hennigsdorfer Stahlarbeiter und Lokomotivenbauer hatten sich nach Niederlegung der Arbeit in einem gewaltigen Zug von zehn-, fünfzehntausend Demonstranten auf den Weg nach Berlin Mitte gemacht, um Partei und Regierung einzuheizen, durchquerte Nuschke, ein Mann aus der zweiten Reihe hinter der schon abgetauchten, zu den Russen geflüchteten Spitze Ulbricht und Grotewohl, Pieck war zur Kur bei den Freunden in der SU, die Außenbezirke Ostberlins und den französischen Sektor, um möglichst schnell in seine Parteizentrale in der Jägerstraße zu kommen, dort kurz die Lage zu peilen und sich dann wie seine Vorgesetzten und Ministerkollegen bis zum Herandröhnen der sowjetischen Panzer in Sicherheit zu bringen, er saß nicht in seinem Dienstwagen, einer schwarzen Limousine der Nomenklatura, sondern in einem bescheidenen IFA F 9, wie ihn auch Onkel Jonas aus Altenburg als Tierarzt fuhr, achtundzwanzig PS, Ganzstahlkarosse, im Gegensatz zum Sperrholz unserer *Meisterklasse*. Im Berlin des Aufstandstages ein gutgeeignetes unauffälliges Fahrzeug, weil auch auf den Straßen im Westen ein Modell unterwegs war, von Auto-Union, das dem F 9 fast völlig glich. Somit konnte Nuschkes Auto aus dem Fuhrpark des CDU-Parteivorstands auf den ersten und auch auf einen zweiten Blick für ein Westfahrzeug gehalten werden. Allerdings hatte es das Ostberlin-Kennzeichen GB. Der stellvertretende Ministerpräsident der DDR war nicht allein im Auto, er hatte zwei Mann Begleitung. Neben ihm, hinter dem Steuer, saß der Fahrer Walter Matthau von der Parteileitung der Ost-CDU, und auf der Rückbank hatte ein Heinz Fritz Platz genommen, der einem für Grotewohl am achtzehnten Juni verfaßten Ereignisbericht zufolge Fahrer der Regierung gewesen sein sollte, wahrscheinlich aber aus dem Staatssicherheitsdienst kam und als Leibwächter oder gar Wächter diente. Nuschkes Tour war kein Streifzug, keine Erkundungsfahrt durch die Gegenden des feindlichen faschistischen Putsches, sondern war Flucht aus Nieder Neuendorf und aus der Mitte der Stadt und hatte ein Ziel, nachmittags um drei wollte er laut Bericht in Niederschöneweide an einer Besprechung teilnehmen, kein Wort darüber, in welcher Einrichtung oder in welchem Betrieb, mit wem worüber gesprochen werden sollte, in Wahrheit folgte er, der auf seinem Hof weit draußen im Weichbild der Viermächtestadt wohnte, sehr verspätet seinem Spitzenduo unter den Schutzschild der neuerdings in Hohe Kommission umbenannten sowjetischen Kontrollkommission in Karlshorst. Bei der Kommission lag die auslösende Befehlsgewalt über die Panzer und über die Standgerichte. Der F 9 mit Nuschke an Bord fuhr auf der Mühlenstraße parallel zur Spree stadtauswärts, als ihm etwa hundert Meter vor Erreichen der Warschauer Straße eine aufgeregte Riesenmenge den Weg versperrte. Das *Berliner Glühlampenwerk Rosa Luxemburg* war nicht weit, es lag, fast ein ganzes Stadtviertel, mit einem der frühesten Hochhäuser Deutschlands und einer Vielzahl von Gebäuden und Werkhallen gleich jenseits der Warschauer Straße und hatte sechstausend Beschäftigte. Ein knappes Jahr vorher hatte es in diesem Großbetrieb schon einmal Massenstreiks gegeben, wegen der Einführung der Nachtschicht für Frauen, die überwiegende Mehrheit der Belegschaft. Wie in allen Betrieben nach dem Krieg gab es dort viele Witwen, haufenweise alleinerziehende Mütter, Kinder waren im Spiel, schlimmstenfalls sich selbst überlassen, Arbeitsverweigerung war für die Frauen nur die allerletzte verzweifelte Möglichkeit, wer kümmerte sich um sie, wer half. Niemand. Solche Erfahrungen, solche Erkenntnisse durchwaberten die Wochen und Monate und blieben auch durch den Winter und das Frühjahr hindurch gegenwärtig, am siebzehnten Juni waren sie präsent wie nie. Daher auch kam es, daß die erregten Leute auf der Mitte der Straße sich nicht mehr mit Nachtschicht ja oder nein und Zurücksetzung der erhöhten Normen abgaben, sondern in Sprechchören riefen: *Bürger reih dich ein wir wollen freie Menschen sein.* Auch Nuschke und die beiden Männer bei ihm waren mit der Aufforderung gemeint. Als sie keine Anstalten machten, das Auto zu verlassen, kamen die ersten Rufe, was macht ihr hier, was fahrt ihr hier rum.

Und dann: wer seid ihr. Her mit den Ausweisen. Bevor aber die Kennkarten zögernd hervorgezogen und durch das offene Fahrerfenster nach draußen gereicht wurden, hatte einer der Demonstranten Nuschke erkannt, das ist doch Spitzbart Nummer zwei, der von der CDU, *Spitzbart, Bauch und Brille sind nicht des Volkes Wille*. Das Auto war eingekeilt, die Scheiben vorn heruntergekurbelt, jetzt langten Hände herein und stießen und schlugen nach den Insassen, der Zündschlüssel wurde abgezogen und verschwand, auf der Fronthaube saßen plötzlich unbekannte Männer und verdeckten die Sicht, der Fahrer mußte den Gang rausnehmen, man schob das Auto Richtung Südwesten, Richtung Kreuzberg auf die Oberbaumbrücke zu und über die Oberbaumbrücke und lenkte durch das Fenster. Auf dem jenseitigen Ufer der Spree, im amerikanischen Sektor, kamen Westberliner Polizisten, in der Propaganda bis hin nach Frohburg immer nur *Stumm-Polizei* genannt, den drei bedrängten Ostlern zu Hilfe. Sie drängten die Menge zurück und geleiteten den F 9 in die Köpenicker Straße, vor das Polizeirevier 109, dort durchbrachen die Demonstranten die Absperrung und zerrten die Männer aus dem Auto. Mit Mühe brachten die Polizisten Nuschke und den Fahrer einigermaßen unbeschadet in das Revier. Dafür wurde ihr Auto um so stärker traktiert und demoliert. Der dritte Insasse, der von der Rückbank, konnte sich im Durcheinander unauffällig davonschleichen, über die Oberbaumbrücke begab er sich zurück in den Ostsektor, rief in der CDU Parteizentrale an, schlug sich zum Ostbahnhof durch und machte auf dem Volkspolizeirevier dort Meldung, wer weiß an wen. Der stellvertretende Ministerpräsident der DDR verschleppt, war die ADN-Nachricht vom folgenden Tag. Ausgerechnet die Bezeichnung Verschleppung. Mit ihr stand sich niemand besser und radikaler als NKWD und Staatssicherheitsdienst. Wen sie gegen seinen Willen und mit Gewalt rüberholten, war Todeskandidat, wie Linse, der im Jahr vor dem Aufstand aus Westberlin verschwand. Nuschke, in eine Art Schutzhaft genommen, wurde nach wenigen Stunden, sobald sich die

Menge vor dem Revier verlaufen hatte, in das Westberliner Polizeipräsidium in der Friesenstraße am Flughafen Tempelhof gebracht, von dort fuhren ihn Polizisten noch am gleichen Tag zu einer Dienststelle der amerikanischen Besatzungsmacht. Auf den paar Metern Fußweg zwischen dem Seitengebäude des Flughafens und dem Auto gab Nuschke einem Reporter des RIAS ein kurzes Interview, der westsächsische Zungenschlag des geborenen Frohburgers klang auch nach fünfzigjähriger Abwesenheit noch durch, der Aufstand in der Ostzone beruhe auf einem Mißverständnis, nur weil die *Tribüne*, die Zeitung des FDGB, die Zurücknahme der Normerhöhung dementiert habe, sei es zum Streik gekommen. Auf die Frage, wie er die Lage im Ostsektor beurteile, gab er keine Antwort. Dieses Schweigen wurde bei den späteren Abdrucken des Interviews in der DDR-Presse nicht erwähnt. Die Propagandisten vom ND, denen die Unruhen todsicher noch in den Knochen steckten, machten sich ungesäumt an die sprachliche Feinarbeit und formulierten um und formulierten zurecht, aus der Frage Wie beurteilen Sie die Lage im Ostsektor und der ausgebliebenen Antwort wurde Günstig. Die Amerikaner, Juden in Uniform und in Zivil, sie sprachen ein klareres Deutsch als der Gestrandete, fragten Nuschke, ob er im Westen bleiben wolle. Sie machten ihm auch klar, daß sie gut Bescheid wußten über die Ereignisse des ersten Halbjahrs dreiundfünfzig in der DDR, denken Sie doch an Dertinger, wollen Sie auch so ein Schicksal haben. Nuschkes Antwort bestand laut ND in der Ankündigung eines Hungerstreiks, sie kann aber nur für zwei, drei Stunden höchstens gegolten haben, denn er wurde bald nach Tempelhof in das Polizeipräsidium zurückgefahren, sechsunddreißig Stunden nach dem unfreiwilligen Stop in der Mühlenstraße war er wieder im Osten, auf dem Gertrudenhof, bei seiner Frau und seinem vierjährigen Sohn. Zwei Tage nach der Rückkehr schrieb er in der *Neuen Zeit*, dem Parteiblatt seiner CDU: Ich hörte am Donnerstag in meiner Amihaft am Rundfunk den ernsten und würdigen Kommentar von Karl Eduard v. Schnitzler und seinen Appell, wieder an die Arbeit zu gehen und die Wunden durch gemeinsame Arbeit zu heilen, die uns ein nichtswürdiges Verbrechen geschlagen hat. Innerlich habe ich mich diesem Appell von ganzem Herzen angeschlossen, bekräftigte der eigenartige Sohn Frohburgs, den die Geburtsstadt bis heute mit einem Denkmal vor dem ehemaligen HJ- und FDJ-Heim ehrt. Bis heute. Aber bereits im zweiten Halbjahr 1953 wurde Nuschke für die Rückkehr in die Stadtlandschaften des niedergewalzten und niedergeschossenen Aufstands reichlich belohnt, auch seine Geburtsstadt mußte herhalten und war im Spiel, mit uns Schulkindern auf dem Markt und im Rathaus, mit den angereisten Bonzen aus Ostberlin, aus dem Bezirk, dem Kreis und mit den ganz kleinen Lichtern vor Ort. Auf den Ehrendoktor der Karl-Marx-Universität Leipzig mußte er noch anderthalb Jahre warten, erst einmal erschien im *Union Verlag* in Ostberlin ein leinengebundenes Jubelbuch, für solche Veröffentlichungen gab es immer gutes Papier und Leinen für den Einband, sonst kaum oder gar nicht zu bekommen, Titel sogar goldgeprägt: *Nuschke als Mensch, Politiker und Journalist.* Er kam mit seiner Entourage, darunter seine Frau, die Treppe im Frohburger Rathaus herauf, wir winkten mit unseren Fähnchen, vielleicht klatschten wir, ich weiß es nicht mehr, jedenfalls sehe ich noch vor mir, daß der hohe Gast, der alte Mann aus der Regierung, einen dunklen zweireihigen Wintermantel anhatte, ganz ähnlich dem von Vater. Vera Nuschke trug, ebenfalls dem festlichen Anlaß und der kalten Jahreszeit Tribut zollend, einen schwarzen mehr als wadenlangen Pelzmantel, unter dem Arm eine dünne Bügeltasche. Mit welchem Auto die beiden vorgefahren waren, wieviele andere Wagen mit von der Partie waren, kann ich nicht sagen, von unserem Posten, den wir nicht verlassen durften, konnten wir das Vorfeld des Rathauses ebensowenig sehen wie den überfüllten Festsaal oben. Dort fand eine Feier statt, dekoriertes Rednerpult, rote Transparente, auch kargen Blumenschmuck hatte ich beim Hineinlinsen kurz nach unserem Eintreffen erspäht, merkwürdigerweise übergab, wie man zwei

Tage später in der *Leipziger Volkszeitung* lesen konnte, nicht unser Bürgermeister, sondern der Erste Sekretär der Geithainer Kreisleitung der SED Nuschke die Ehrenbürgerurkunde von Frohburg, es war tatsächlich die eigentliche einzig wichtige Partei und nicht die CDU, die ihn belohnte. Ich hörte durch die Unruhe um mich herum manchmal Wortfetzen aus dem Saal, kurzes dünnes Klatschen, dann rückten die Stühle, die Feierstunde war aus, Gastgeber, Gäste und Publikum kamen wieder die Treppe herunter, als alle vorbei waren, drängten wir nach, aber bis ich aus dem Rathaustor kam, war die gesamte Kavalkade schon abgefahren, nur die Kinder trieben sich noch auf dem Markt herum, als ich aber eine Stunde später, nach dem Mittagessen, vom Herrenzimmer aus nach unten guckte, lag der weite Platz mit seiner schrundigen bröckligen Umbauung verlassen im trostlosen Novemberlicht, zwei, drei Hunde umkreisten einander und sprangen von Zeit zu Zeit auf, und vor dem Kino standen wie angewachsen der Volkspolizist Scheibner und ein junger Mann nebeneinander, der Frohburger Eckensteher, die *Lippe* genannt. Zu ihren Füßen, im Rinnstein, ein paar Fähnchen, rot und schwarzrotgold, mit Emblem. Nach dem Erhalt der Ehrenbürgerwürde fuhr die Hauptstadtgruppe, Vera und Otto Nuschke eingeschlossen, zurück nach Berlin. Das ungleiche Paar verbrachte die Nacht und den folgenden Sonntag in Ostberlin und wohnte im versteckt gelegenen *Hotel Johannishof* seitlich der nördlichen Friedrichstraße, Jahre später Gästehaus der DDR-Regierung. 1992 kam ich dort eine Woche unter, als ich in der Staatsbibliothek Unter den Linden einige mir fehlende Jahreschroniken von Frohburg durchsah und wichtige Details herausschrieb und mich bei der Stasi-Unterlagen-Behörde durch Aktenstöße arbeitete, auf der Suche nach Namen aus Verwandtschaft, Freundschaft und Bekanntschaft. Wenn ich frühmorgens im *Johannishof* zum Frühstück ging, machte ich an einem Flurfenster Station, von dem aus ich das *Tacheles* auf der anderen Seite des Brachlandes mit dem halb eingegrabenen Wrack des Düsenjägers beobachten konnte, die aufgerissenen Etagen des ehemaligen Kaufhauses, die immer bunteren Kunstwerke. In der Gauckbehörde in der Behrenstraße traf ich auf eine ältere Kollegin in Begleitung eines sehr viel jüngeren Mannes, die beiden kamen die Treppe herunter, er führte sie. Gegen Ende des Jahres 1956 war sie mit ihrem Mann nach dem KPD-Verbot aus Düsseldorf in die DDR gegangen, man hatte sie mit drei kleinen Kindern, darunter einem Säugling, ins Abseits nach Osterburg geschickt, jotwede, sie sollten Artikel über die Trockenlegung der Wischeniederung schreiben, ein FDJ-Projekt, eine Wohnung gab es nicht, sie wurden auf einem Gasthaussaal untergebracht, der sich so gut wie gar nicht heizen ließ, die Federbetten waren klamm und glauch, die Windeln wurden nicht trocken. Jahrzehnte später, die Ehe war längst geschieden, und eine zweite Ehe mit einem NVA-Offizier war ebenfalls gescheitert, reiste die KPD-Anhängerin von ehedem mit ihren drei Söhnen in den Westen aus, gehbehindert inzwischen, denn einige Jahre vorher war sie im Kreis Bitterfeld von einem Motorrad angefahren und überrollt worden. Und nun geisterte sie bei Gauck herum, auf der Suche nach Unterlagen über den Unfall, wegen einer zusätzlichen Rente, die sie genauso bitter nötig hatte wie ihre inzwischen erwachsenen Söhne. Kam dann in Schrampe unter, wo sie ein ehemaliges Ferienlager der DDR übernahm, auf welche Weise auch immer. Doch zurück zu Nuschke. Der neugebackene Ehrenbürger von Frohburg verbrachte die folgenden Monate der fortdauernden Abrechnung der Macht mit ihren tatsächlichen oder angeblichen Gegnern auf seinem Gut, er hatte den Grundbesitz von siebzig Morgen vor dreiunddreißig Jahren gekauft, 1920, als infolge des Versailler Vertrages der Flugplatz bei Nieder Neuendorf, zwischen Teufelsbruchwiesen und Neuendorfer Heide, aufgegeben werden mußte und in Bauernland umgewandelt wurde. Kurz vorher war er Abgeordneter der Weimarer Nationalversammlung gewesen, vielleicht hatte die damit verbundene herausgehobene Bedeutung seinen Etablierungswillen verstärkt und seine Ansiedlung erleichtert. Zwei Häuser, einen

Stall und eine Scheune ließ Nuschke erbauen und nannte das so entstandene Anwesen 1926 *Gertrudenhof*, nach seiner gestorbenen ersten Frau. In den nächsten knapp zwanzig Jahren heiratete er noch zweimal, beide Male hatte er kein Glück mit der neuen Partnerin, auch mußte er, der Erbhofbauer, Verfolgung durch die Nationalsozialisten erdulden, er hatte verbotenerweise mit ausländischen Wertpapieren und Devisen hantiert. Mit überlegener Ruhe, so die Jubelschrift von 1953, wies er vor einem Sondergericht alle Vorwürfe zurück und kam ungeschoren davon. Ein andermal sollte er Nahrungsmittel verschoben haben, man fand eine Liste der mutmaßlichen Empfänger oder Geschäftspartner, aber als erfahrener illegaler Arbeiter, der er laut Festschrift zum Siebzigsten auch war, hatte er keine weiteren Aufzeichnungen gemacht, so daß er lediglich den Status als Erbhofbauer verlor, mit der Auflage, die Landwirtschaft zu verpachten. Solcherart in den Ruhestand versetzt, habe er nun um so mehr Zeit für illegale Arbeit gehabt. Unklar, worin die bestand. In den letzten Apriltagen 1945 floh der Pächter des *Gertrudenhofs* vor den Russen, zurück blieben Nuschke und seine dritte Frau sowie sieben, acht Flüchtlingsfrauen aus Ost- und Westpreußen mit zahlreichen Kindern, fünfzehn Köpfe insgesamt. Drei Tage hindurch lag das Gut mit seinen Bewohnern im Zug der Einschließung Berlins im Kampfgebiet, hinter dem Kanal hatte sich der Volkssturm verschanzt. Am zweiten Tag waren es deutsche Flugzeuge, die den *Gertrudenhof* angriffen, aber sowjetische Flak trieb sie zurück, konnte man in der Festschrift lesen. Nach dem Wochenende im *Johannishof* hat sich das Ehepaar Nuschke von einem Chauffeur des Fuhrparks seiner Partei nachhausefahren lassen. Diesmal war es kein F 9 wie am siebzehnten Juni, sie saßen auf der Rückbank eines standesgemäßen schwarzen EMW aus Eisenach, der sie nach dem Erreichen von Nieder Neuendorf in westlicher Richtung über einen unbefestigten Weg wieder aus dem Ort trug und schaukelte. Nuschke lehnte massig in der Fondecke und hielt die Hand seiner Frau. Er hatte schon immer sehr gerne und möglichst gut gegessen, und er war auch seit jeher ein Freund der Frauen gewesen. Obendrein soll er leutselige Züge gehabt haben. Wenn er mit seinem Dienstwagen an einem Bauern vorbeifuhr, der vom Feld kam, dann konnte es passieren, daß er den Fahrer halten ließ und eine Mitfahrgelegenheit anbot. Oder er brachte einer Nachbarin, die die Tonseife der Zuteilung nicht vertrug, ein parfümiertes Stück Seife mit, vermutlich aus westlicher Quelle. Liest sich wie die Anekdoten über den Alten Fritz. Vera Nuschke, 1927 geboren, war die Tochter des Verwalterehepaars auf dem *Gertrudenhof* nach dem Krieg. Nuschke hatte erlebt, wie das Mädchen heranwuchs, im Alter von zwanzig Jahren wurde Vera vom kommenden Vorsitzenden der christlichen Ostpartei als persönliche Haushälterin angestellt, sie schlief in seiner Wohnung, er hatte längst Gefallen an ihr gefunden, sie vielleicht auch an ihm, allmählich, die beiden kamen sich näher, 1948 war Hochzeit. Die junge Ehefrau, die vierte für Nuschke, konnte durchaus als das gelten, was die gehobenen Parteifreunde in der Jägerstraße hinter seinem Rücken die Freude seines Alters nannten. Sie war vierundvierzig Jahre jünger als ihr Mann, hellblond, nicht sehr groß, in der Ausdrucksweise von Mutter hätte man sie stattlich genannt, was großen Busen und breite Hüften bedeutete. Dazu war sie patent, tüchtig, praktisch und zierte sich kein bißchen, sie wußte, was sie wollte und was ihm guttat. Und wenn nicht, dann wirkte ihre Mutter auf sie ein. Schließlich war sie durch die Eheschließung ganz oben angekommen. Kein Wunder, daß Vera bald nach der Hochzeit schwanger wurde und 1949 einen Sohn zur Welt brachte, der sechsundsechzigjährige Vater war überglücklich. Schöne, vielleicht sogar erfüllte späte Jahre hätten das für Nuschke werden können. Wenn er nicht als Betätigungsfeld die Politik im zertrümmerten Deutschland Mitte des zwanzigsten Jahrhunderts gewählt, auf sie gebaut hätte, beinahe zwangsläufig mußte es die schlimmsten Wendungen geben. Den zu Ende gehenden Winter und das beginnende Frühjahr dreiundfünfzig zum Beispiel, mehr als acht Wochen, in die sein siebzigster Geburtstag fiel, hatte Nuschke im Regierungskrankenhaus in der Scharnhorststraße verbracht, in einer taschenförmigen Ausstülpung des Ostsektors Richtung Wedding, in der auch das Oberste Gericht der DDR und das neue *Walter-Ulbricht-Stadion* lagen. Von einem schweren grippalen Infekt war in den Zeitungen die knappe Rede, aber die Ärzte mit der Chefin Dr. Helga Wittbrodt an der Spitze, alle SED, wußten es besser, ein totaler Kollaps, ein Nervenzusammenbruch. Unmittelbar vor der Einlieferung Nuschkes in das vom Wachregiment des Staatssicherheitsdienstes abgesicherte große Haus, in dessen Eingangshalle ein Wahlspruch von Clara Zetkin hing, die beste Prophylaxe sei der Sozialismus, war völlig überraschend Georg Dertinger verhaftet worden, der Außenminister der DDR. Dertinger kam aus einer Nebengliederung der *Deutschnationalen Volkspartei* und hatte mit Nuschke, Jakob Kaiser und Ernst Lemmer die Ost-CDU gegründet. Im Verein mit Nuschke hatte er sodann auf die Absetzung Jakob Kaisers als erstem Vorsitzenden der Partei durch die Russen hingearbeitet und nach der im Dezember siebenundvierzig erfolgten Absetzung von der Vakanz profitiert, sein Mitstreiter Nuschke wurde neuer Vorsitzender, und er, Dertinger, konnte als Geschäftsführer der Partei sein Süppchen kochen, das war in Stalins Nachkriegsreich nicht ohne Risiko, bei großen Aufstiegschancen allerdings. Ganz richtig rückte er nach kurzer Zeit zum Stellvertreter Nuschkes in der Parteiführung auf und wurde 1949 erster Außenminister der neugegründeten DDR. Nicht viel Außenpolitik, doch glattes Parkett und dünnes Eis und knappe Luft ganz oben konnten das Leben kosten, wie an Koçi Xoxe, Trajtscho Kostow, László Rajk und Rudolf Slánský zu sehen war. Gleichwohl. Ein schönes Wort. Erst einmal bauen wir zusätzlich zum Dienstsitz im abgeschirmten Majakowskiring in Pankow ein neues Haus, Kleinmachnow, Ernst-Thälmann-Straße 8, dann sieht man weiter. Wie aus dem Nichts war plötzlich der runde Geburtstag Dertingers da, der fünfzigste, am ersten Weihnachtsfeiertag zweiundfünfzig, in kalter Zeit. Doch war die Feier sehr erhebend, in edelstem Ambiente, kostbare alte Möbel, echte Teppiche vom feinsten Flor, Gemälde in goldschimmernden Rahmen, Aufwärter mit Tabletts, auf leisen Sohlen. Den Heiligen Abend hatte man im engsten Kreis in Kleinmachnow verbracht, am späten Abend hatte sich die Familie noch nach Pankow fahren lassen, zur Villa im Landhausstil, um für den Empfang am nächsten Vormittag bereit zu sein. Die hohen Herren, die zum Gratulieren kamen, mußten am Weihnachtsmorgen ihre Wagen nicht bemühen, sie gingen zu Fuß, mit Leibwächtern. So wie auch Dertinger seit zwei Jahren schon drei junge Männer hinter sich und um sich hatte. Unterhielt sich gern mit ihnen. Der erste Gratulant war Wilhelm Pieck, fünf Häuser weiter, der Präsident, Herr Bauch, Herr Weißhaar genannt, jovial anscheinend, für die Ahnungslosen, hatte allerdings in Moskau, in der Komintern die eigenen Genossen reihenweise, listenweise über die Klinge springen und nach Butowo am südlichen Stadtrand transportieren lassen, auf ein NKWD-Schießgelände. Und Otto Grotewohl trat zum Gratulieren an, aus dem übernächsten Haus, früher SPD, Zwangsvereinigung, Zwang aber nicht für ihn und seinesgleichen, jetzt Politbüro der SED, Regierungschef. Mit einem Riesenstrauß, den sein Hausmeister hinter ihm herschleppte. Ging nach einer Stunde wieder und kehrte bald zurück, erst kam ich als Ministerpräsident, jetzt komme ich als Freund und Nachbar. Und Nuschke tauchte auf, natürlich, auch er, ließ sich vom *Gertrudenhof* herüberfahren. Zuletzt Auftritt des sowjetischen Botschafters oder des Hohen Kommissars, Puschkin, Semjonow, ganz egal, das ist die Krönung und vor allem Schutz. Launige, untergründig angespannte Reden. Schnaps. Die zigsten Verbrüderungen. In Kleinmachnow der Weihnachtsbaum, der Tisch mit den zurückgebliebenen Geschenken, die neue Pikobahn aus Sonneberg hinter der Schiebetür des Salons im erstmals leeren Haus. Ein Vorgriffbild. Keine drei Wochen später, Mitte Januar dreiundfünfzig, man kennt die kurzen Tage um die Jahreswende bei uns, die nassen Winterstraßen, die funzlige Beleuchtung, die eigenen Tiefpunktgefühle, wurde Dertinger abgeholt. Ja, das war der Ausdruck damals: abgeholt. Nicht festgenommen, nicht verhaftet, sondern abgeholt, klang eigentlich gemütlich, bitte abholen, hol mich doch ab. So Werner Zeidlers Verlobte, wenn sie mit anderen jungen Frauen aus der Textildruckerei, mit Mutter auch, in einer Wohnküche in Frohburg abends zusammengesessen und Handarbeiten gemacht hatte, o Gott, wenn uns nur der Mörder nicht schnappt, keine Angst, der Werner holt mich ab, wir nehmen euch mit. Sieht man heute die Unterlagen, die Akten durch, ist man geneigt zu fragen, ob Nuschke nicht schon vor der Verhaftung wußte, daß etwas im Busch war. Gerade in den Ministerien häuften sich Fluchten in den Westen einerseits und auf der anderen Seite Verhaftungen. Die Schrauben wurden angezogen. Eben erst, am fünfzehnten Dezember 1952, war Nuschkes Kollege Karl Hamann von der LDPD eingebuchtet worden, der Minister für Handel und Versorgung. Urteil später: lebenslänglich. Seit Mitte zweiundfünfzig hatte zudem der Staatssicherheitsdienst mit Dertingers persönlichem Referenten Gerold Rummler Gespräche geführt, liefern Sie Material, wichtig ist der kleinste Schnipsel, dann sind Sie aus der Sache raus für uns. Und in der Tat kam Rummler raus, doch anders als gedacht, er türmte in den Westen. Und tauchte schon im folgenden Jahr wieder auf, in Bonn, als Wahlkampfleiter Adenauers bei der Kampagne für den zweiten Bundestag. Blindes Vertrauen war da, lange vor Guillaume, es folgten in der Betreuung durch Rummler Erhard, Kiesinger und Barzel, zuletzt Helmut Kohl. Rummler war ein untersetzter Mann, mit allen Wassern gewaschen, dem Kohl, seinem Chef, wie er ihn nannte, brachte er bei gegebenem Anlaß ein großes Glas heiße Milch mit Honig gegen Heiserkeit ins Arbeitszimmer.

Man verhaftete Dertinger, den Außenminister, nicht allein, sondern nahm in den Fall die Familie, die Sippe und die Geliebte und Mitarbeiterin mit hinein, ganz im bewährten Stil der Säuberungen. In der Nacht zum fünfzehnten Januar dreiundfünfzig, gegen vier Uhr früh, wurde Dertinger im Beisein des Staatssicherheitsministers Wilhelm Zaisser, Deckname in Spanien General Gomez, in seiner Pankower Dienstvilla verhaftet. Nachbarin Hilde Benjamin, Vizepräsidentin des Obersten Gerichts der DDR und kommende Justizministerin, hörte die Autos, ich bin sicher, die Männerstimmen, das Klopfen vom Nachbargrundstück. Wenn sie nicht überhaupt eingebunden war, denn dann hat sie vielleicht am Fenster gestanden, als die Nachtaktion begann. Dertinger, um den es ging, lebte seit Frühjahr einundfünfzig zumindest die Woche über getrennt von der Familie im Majakowskiring. Alkohol, Zigaretten im Übermaß. Erste Zweitfrau Käthe Zinsser, Jahrgang 1908, Hauptreferentin im Außenministerium. Ihr Mann Eberhard war nacheinander Wehrmachtsoberst, Kriegsgefangener in der Sowjetunion und Verwaltungsleiter unter Dertinger. Zweite Zweitfrau Ilse-Ruth Bubner, elf Jahre jünger als der Minister, unverheiratet, in der zweiten Häfte der vierziger Jahre CDU-Kreisvorsitzende in Altenburg, dort war sie meinen Eltern einmal in einer Theaterpause vorgestellt worden, durch Oberkirchenrat Krieger aus Eschefeld, sie nahm Vater gleich beiseite, ich brauche was, sagte sie, an einen Arzt hier in der Stadt will ich mich nicht wenden, das geht sofort herum. Vater hatte ein heikles Medikament für sie. Russenkontakte, in Thüringen und in Berlin. Anbindung an den NKWD, Aufträge von da, wer weiß wie lange. Es gab noch weitere Begegnungen, Beziehungen Dertingers zu Frauen. In seinem Ministerium in der Luisenstraße, bei Staatsakten, auf Empfängen, Festen, Einladungen, davon bekam er nie genug. Im Zuchthaus Bautzen erzählt er im Frühjahr dreiundfünfzig, drei Monate nach der Verhaftung, seinem Kammeragenten, wie der Zellenspitzel bei der Stasi hieß, seine Frau habe ihm in der Vergangenheit bereits mehrere Male vergeben, jetzt sei er bei der Verhaftung wieder in flagranti erwischt worden. Bei ihm im Bett lag nämlich auch in jener Nacht die Ilse, nunmehr Leiterin des Sekretariats West in seinem Haus, neununddreißig, vierzig

Jahre alt, in den Personalpapieren Fräulein genannt. Beide, der Minister und die Referentin, landeten, voneinander getrennt, in Hohenschönhausen und wurden, *gomm se mid*, in Einzelzellen gesteckt. Zeitgleich, vier Stunden nach Mitternacht, waren auch Autos in der Thälmannstraße in Kleinmachnow vorgefahren, alle Fenster dunkel, die Randgemeinde schlief. In Dertingers Privathaus hielten sich nur drei Personen auf, seine Frau Maria, eine geborene Freiin v. Neuenstein-Rodeck aus Österreich, sein jüngstes Kind Christian, acht Jahre alt, und seine Schwiegermutter Helene v. Neuenstein. Ich muß weg, bis morgen, sagte Maria Dertinger nach dem Ankleiden und einem überwachten Toilettengang zu ihrem kleinen Sohn, schon war sie abtransportiert, acht Jahre blieb sie weg, bis er sie wiedersah. Auch die Spur ihrer Mutter verlor sich in diesen Stunden für anderthalb Jahre. Sie kam wie die Tochter auf Nummer Sicher. Christian war übrig, die letzten fremden Leute nahmen ihn nach Pankow mit. Das Haus in Kleinmachnow blieb, wie probeweise an Weihnachten geübt, leer und verlassen, aber überwacht zurück, wozu gab es denn Nachbarn, Genossen, auf die man sich verlassen konnte, Zimmer mit Aussicht sozusagen, gerade in Kleinmachnow waren die zu finden, wo später Christa und Gerhard Wolf sich ansiedelten und Maxi und Fred Wander, deren zwölfjährige Tochter alsbald in der vollgelaufenen Baugrube für ein Einfamilienhaus ertrank. Der achtjährige Christian Dertinger wurde dem Hausmeister in der Dienstvilla übergeben, der schon am Eingang stand, höchstwahrscheinlich eingeweiht, ein Stasimann. Im Lauf des Tages trafen auch die beiden anderen Kinder der Dertingers in Pankow ein, die Tochter Oktavie, dreizehn Jahre alt, war am vierzehnten Januar von ihrer Mutter zum Bus gebracht worden, mit dem sie in ein Ferienlager in den Ostharz fuhr, noch in der ersten Nacht, um sechs Uhr früh, holten sie zwei Männer aus dem Bett, luden sie in ein Auto und verschwanden. So ging es auch dem älteren Sohn Rudolf, sechzehn. Bis vor einem halben Jahr war er noch im Nachbarstadtteil Lichterfelde zur Schule gegangen, im Westen also, es hatte ohne Ende Druck gegeben, bis Vater Dertinger ihn aus der Schußlinie nahm und ins Eichsfeld schickte, viel weiter weg von Berlin war in der DDR kaum möglich. Nicht umsonst wurde er als CDU-Oberer *Pate des Eichsfelds* genannt, der katholischen Gegend südöstlich von Göttingen, in alten Zeiten Gebiet des Mainzer Bischofs, mit Wucht und List der Gegenreformation zurückgewonnen, eine widerständige Gegend bereits im Dritten Reich, in der dann auch die neue Zentrumspartei, die Nachkriegs-CDU nicht auf große Begeisterung stieß, einzelne Funktionäre ausgenommen, man kann den Vater von Dieter Althaus nennen, der nach dem Krieg in Heiligenstadt Mitbegründer der Partei war. Aus dem Eichsfeld kam übrigens auch der langjährige letzte Frohburger Bürgermeister vor der Wende, ein CDU-Mitglied, aus Kirchgandern, unmittelbar an der Grenze zu Südniedersachsen. Weil Frohburg die Geburtsstadt Nuschkes war, wurde der Gemeinde ein Bürgermeister aus seiner Partei zugestanden, während in der nahen Kreisstadt Borna, aus der der Parteiführer Wilhelm Külz von der LDPD stammte, die Liberaldemokraten ein Monopol auf den Posten des Stadtoberhaupts hatten. Kosmetikübung. Hatte nicht wirklich was zu sagen.

Gleich in meinem ersten Frühjahr in Göttingen, 1964, nahm ich eines Nachmittags im Mai den Bummelzug über Friedland nach Eichenberg, mit Dampflok noch. Kaum stand ich auf dem Bahnsteig, kein Mensch zu sehen, hing über mir auf dem Hang im Osten der Wachturm. Gang auf einem Feldweg parallel zur Grenze, bis nach Besenhausen. Kamillesteppe, unklare Markierungen, Minengefahr, Lerchengesang, alles nahebei. Blick über das Leinetal Richtung Kirchgandern, Uder und Heiligenstadt Welten entfernt, für alle Zeit. Ich wußte, seit sieben Jahren von Frohburg weg, etwas, wenig, fast nichts und hätte mir auch den Knabenkonvikt in Heiligenstadt nicht vorstellen können, der Rudolf Dertinger für ein halbes Jahr aufnahm. Vor zehn Tagen aus dem Berliner Weihnachtsurlaub bei den hochgestellten prominenten Eltern zurückgekommen, mit welchen Bahnverbindungen, in welchen Zügen, durch wieviel Stunden, wurde er ebenso geweckt wie seine Schwester in der gleichen Nacht, *middgomm*. Die Leute vom Konvikt blieben unsicher, unberaten zurück, wir wissen heute, daß es vielen, den meisten Augenzeugen vor fünfundvierzig und auch danach die Sprache verschlug, für lange Zeit, wenn nicht für immer, Anekdoten ließen sich gut erzählen, wie die Geschichten, die ich als Kind vorgesetzt bekam, mein Glück, daß ich zumindest manchmal weiterfragte. Der Junge wußte nichts, nicht warum, nicht wohin, Fahrt durch die Dunkelheit, ich weiß die Strecke genau, von vielen Touren neunundachtzig, neunzig, einundneunzig, zweiundneunzig her, Leinefelde, Worbis, Nordhausen, Sangerhausen, Eisleben, Halle, die Dörfer stockdunkel bei Nacht, Schichtbusse, hin und wieder ein Poltern, Krachen, da lagen anscheinend ein paar Bretter, Ziegelsteine, Balken auf der Fahrbahn, und einmal ging auch um vier am Morgen ein einsamer Wanderer auf der Straße, einen Koffer mit sich schleppend. Dann Autobahn Berlin, die halbe Elbebrücke bei Dessau, Bohlenbelag, im Schritt, Berliner Ring, auf schnellstem Weg nach Pankow. Die drei Kinder Dertinger wurden am Nachmittag in der Villa im Majakowskiring zusammengebracht, das Hausmeisterehepaar versorgte und überwachte sie. Viele Jahre später erzählte Christian, daß sein Bruder sich gleich am ersten Abend an den Alkoholvorräten des Vaters gütlich tat, und er selber habe die erste Zigarette seines Lebens geraucht. Tag für Tag, Woche für Woche verging, keine Schule, keine Nachricht von den Eltern, auch keine Auskunft, was ihren Verbleib anging, nur ein kurzer Hinweis, Klärung eines Sachverhalts, Schluß aus, vor allem kein Rundfunkgerät, die Radios, früher in beinahe jedem Zimmer, waren alle weg, auch Zeitungen wurden ferngehalten, *Neue Zeit, Morgen, Neues Deutschland, Junge Welt*, kein Kontakt nach draußen. Nur gegen Abend, wenn es schon dunkel war, durften sie für eine Weile in den Garten, da gab es eine Bank unter der Pergola, dort saßen sie und rauchten, solange sie im Haus noch Zigaretten fanden. In Heiligenstadt war ich so nahe an der Grenze, sagte Rudolf halblaut, Bescheid hätte ich wissen müssen. Andererseits ist es auch gut so, fuhr er nach einem Zug an seiner Zigarette fort, sonst wärt ihr Kleinen hier allein. Einmal ließ Mielke, Zaissers Staatssekretär, der auch in Pankow wohnte, sie abends zu sich bringen, ein paar Häuser weiter, in die Stille Zeile. Er saß in seinem Herrenzimmer am Schreibtisch, Zerrbild eines Familienvaters, und verwarnte sie, ihr könnt jetzt gar nichts tun, gar nichts bewegen, nur gehorchen, das nützt vielleicht auch euren Eltern, die haben sehr viel gutzumachen, mehr sage ich nicht. Nach vier langen Wochen, einem Monat trennte man das Trio. Der kleine Christian blieb im Majakowskiring, während Oktavie und Rudolf nach Sachsen, ins nördliche Erzgebirge, in das Freiberger Gebiet gebracht wurden, in einem Bus mit abgedeckten Fensterluken, wie wir ihn 1954 auf der Fahrt in den Ahlbecker Ostseeurlaub einmal kurz hinter Neustrelitz beim Überholen gesehen haben, Häftlinge, sagte Vater. Zwischen Freiberg, Bergakademie, und Hainichen, Gellert kam dort zur Welt, liegt am Talhang der Großen Striegis, Straßenbrücke demoliert zweitausendzwei durch das Augusthochwasser, der Achthundertseelenort Bräunsdorf, früher Silberbergbau in zweiundzwanzig Gruben, ab Anfang des neunzehnten Jahrhunderts Waisenhaus, Aufbewahrungsanstalt, Kinderheim, die Übergänge fließend, einen Monat vor meiner Geburt starb in Bräunsdorf, in der dortigen *Einrichtung*, einem Ortsteil für sich, im Alter von vierundsiebzig Jahren Elsa Arsenijeff, die Lebensgefährtin Max Klingers, eine stolze herbe Bulgarin, anfangs noch verheiratet mit einem Diplomaten, die sich ihm, dem bildnerisch begabten gutgestellten Sohn eines Leipziger Seifenfabrikanten, zuwandte und ihm eine Tochter gebar, Desiree, Jahrgang 1900. Sechzehn Jahre lebte Klinger mit seiner Geliebten zusammen, dann Trennung, nachdem eine Sommerfrischlerin, die Witwe Bock, bei einem seiner Arbeitsaufenthalte in Großjena, im Landhaus oberhalb des Weinbergs, mit ihren beiden Töchtern von Kleinjena her in einem Kahn über die Unstrut gekommen war und dem berühmten Maler die Mädchen als Modelle angeboten hatte. Klinger entschied sich für die achtzehnjährige bildschöne Gertrud, die er umgehend zu seiner Geliebten machte. Elsa Arsenijeff erlitt einen Zusammenbruch, bekam einen Knacks, von dem sie sich nie wieder ganz erholte. Haßerfüllte Briefe, Rufmordannoncen, Denunziationen, Anzeigen. Krankenhäuser, Kurheime, Bewahranstalten. Mittellosigkeit, Orientierungslosigkeit, Hilflosigkeit. Am Ende Bräunsdorf. Wer dort einundvierzig starb, mußte nicht unbedingt an einer Krankheit, an Altersschwäche gestorben sein, nicht selten wurde nachgeholfen, ärztlicherseits, von oben angestiftet. Ich hatte längst dem Schicksal der abgeschobenen Geliebten Klingers nachgespürt, war in Großjena, Leipzig, Bräunsdorf auf den Spuren der dramatischen Beziehung gewesen, ohne posthumen Vorwurf, hatte wissen wollen, was zwischen Menschen möglich ist, da fand ich nicht nur im Kunstmuseum in Leipzig das Gemälde *Elsa im Abendkleid* von 1903, sondern stieß unvermutet auch im Vestibül der Künstlerstätte *Villa Romana* in der Via Senese in Florenz, Hümmi Burmeister war noch Direktor dort, mit einer bildschönen durch das Haus flirrenden Tochter, auf Klingers Büste der Arsenijeff, die mich in ihrer makellosen toten Kühle durch die schlaflose erste Nacht, Sonnabendnacht, verfolgte, als drüben bei den Reihenhäusern, jenseits des überwucherten ameisenverseuchten Parks, in dem sich nur Max Uhlig mit seiner Staffelei und seinen schwarzen Kritzelpanoramen behaupten konnte, eine Megaparty mit Trommeln aus Afrika erst gegen Morgen zu Ende ging. Dann zwei Stunden Stille endlich und kühles Wehen am Ende der Nacht, bis die beinahe afrikanische Hitze zurück war und das überdrehte Heulen der Autos wieder einsetzte, die in endloser Kette von der Porta Roma heraufkeuchten. Die DDR hatte aus den Bräunsdorfer Heimen, großen viergeschossigen Kästen von 1841 mit nachträglichen Dachaufbauten, und weiteren älteren Häusern nebst Wasserturm einen Jugendwerkhof gemacht, für Vierzehn- bis Achtzehnjährige, die

die Schule nachhaltig geschwänzt, von Flucht in den Westen geredet oder Diebereien begangen hatten, manche waren auch nur hartnäckige Lobredner der westdeutschen Nietenhosen, Zigarettenmarken, Stahlsorten oder Autos gewesen, das nannte sich dann etwa Paßvergehen, Staatsverleumdung, asoziale Lebensweise. Im nahen Brand-Erbisdorf, in Freital, auch nicht weit entfernt, in Klaffenbach bei Chemnitz und im *Wismut*ort Johanngeorgenstadt, Nachbarorte nach heutigem Gefühl, gab es weitere Einrichtungen dieser Art, im ganzen republikweit etwa dreißig, darunter den *Werkhof Rudolf Harbig* in Römhild. Sonst hießen Stadien nach dem antifaschistischen Sportler, hier eine Art Gefängnis, von dem mir Harald Gerlach kurz vor seinem Tod erzählte, sein Vater sei dort Erzieher oder sogar Chef gewesen, in der Sperrzone des Grenzgebiets, wenn der Sohn von Berlin aus zu Besuch kommen wollte, Ostern, Pfingsten, Weihnachten, wurde der Antrag, sechs, acht Wochen vorher einzureichen, durchaus nicht immer genehmigt, dann reiste Harald mit dem Zug in die letzte Stadt außerhalb der Hinterlandabriegelung, nach Meiningen, und wartete hinter dem Bahnhof auf den Vater, der ihn bei Dunkelheit in den Kofferraum seines Wartburgs packte und durch die Kontrollen schmuggelte. Es gab Erzieher, Haupterzieher, Ausbilder, im *Jugendwerkhof Gerswalde* waren von dreiundzwanzig Mitarbeitern fünf in der NSDAP gewesen, darunter der Heim-, der Schulungs- und der Erziehungsleiter, wobei der auch noch zwei Jahre wegen Sittlichkeitsdelikten abgesessen hatte. Ausbildung in den ersten Jahren meistens Fehlanzeige, doch eine Bibel in zwei Teilen hatte man: *Flaggen auf den Türmen* und *Der Weg ins Leben* vom hochverehrten Makarenko. Der *Jugendwerkhof Bräunsdorf*, 1949 gegründet, wurde aber nicht nach Makarenko, sondern nach dem dänischen Schriftsteller Martin Andersen Nexö benannt, Verfasser des bekannten *Pelle der Eroberer* und einiger Lobhudeleien auf Stalin, er war drei Jahre jünger als mein Großvater. Im eher friedfertigen Dänemark nach dem Krieg stark angefeindet, hatte er kurz nach dem Krieg wie häufig schon vor dreiunddreißig Deutschland besucht, mehrmals, zumeist den Osten, die sowjetische Zone, die DDR, er wurde hochgeehrt, betreut, verwöhnt, wie hätte er da nicht die Patenschaft über den Jugendwerkhof, was ist das eigentlich, übernehmen sollen, er war auch, ein einundachtzigjähriger Besucher der DDR, in Bräunsdorf zu Besuch gewesen, wahrscheinlich wurde er genauso durchgeführt, ist er genauso durchgegangen, wie Nuschke uns Schulkinder dreiundfünfzig im Rathaus Frohburg passierte, mit verhaltenem, aber zielbewußtem Schritt, Gespräch nicht vorgesehen. 1972 stellte einer der Erzieher dort, ein ehemaliger Offizier der NVA, den Antrag, seine Pistole in der Einrichtung tragen zu dürfen, er fühlte sich bedroht. Eine alte Frau in Bräunsdorf, die ich letzten Oktober, auf der Heimfahrt von Freiberg bei einem Zwischenstop ansprach, sie hatte gerade ihr Beet umgegraben und machte den Spaten sauber, holte mir auf meine Frage nach ehemaligen Werkhofzöglingen einen Zettel aus dem kleinen Umgebindehaus, auf dem die Adresse ihrer Großnichte stand. Diese Großnichte, eine sechzigjährige Leipzigerin, die ich eine Woche später per Brief um Auskunft über ihre Zeit in Bräunsdorf bat, schrieb mir zurück: Ein Viertel, wenn nicht ein Drittel von dem, was wir zu essen kriegten, waren Fettbemmen, nie wieder habe ich später eine runterbekommen. Wenn wir zum UTP auf Arbeit gefahren wurden nach Halsbrücke, und es ging durch Freiberg durch, war das immer ein komisches Gefühl, eher schon traurig, wenn man die Leute draußen gesehen hat, wie sie auf Arbeit oder in die Schulen gingen. Ob noch jemand weiß, was unsere Arbeit beim UTP war, kann mich absolut nicht dran erinnern, aber ich weiß noch genau, daß Halsbrücke die höchste Esse auf der ganzen Welt hatte, einhundertvierzig Meter, ich glaube, die steht heute noch, fünfzehn war ich. Soweit die Einrichtung, der Nexö seinen guten Namen abgetreten hatte. 1951 siedelte sich Nexö, mit Riesenauflagen bei *Dietz*, endgültig in der DDR an, in Radebeul am Fuß der Weinhänge bekam er ein Haus zugewiesen. Diese staatlich gewährte Residenz am Lößnitzgrund gefiel nicht restlos, im folgenden Jahr schon folgte der Umzug auf den Elbhang von Dresden, auf den Weißen Hirsch, in ein geräumiges Einfamilienhaus mit Blick auf die Elbe und die ausradierte Altstadt mit ihren enormen Trümmerwüsten. Seltsame Nachbarn hatte Nexö da oben, im Umkreis von ein paar hundert Metern, Paulus zum Beispiel, Ludwig Renn, *Adel im Untergang*, Spanienkämpfer, Museumsdirektor, und Max Seydewitz, Befürworter der Moskauer Prozesse, in deren Folge auch sein eigener Sohn für Jahre verschwand. Später, 1954, kam auch Ardenne auf den Weißen Hirsch, Mitwirkender an der sowjetischen Atombombe. Nach entsprechenden Gerüchten war Vater der festen Meinung, Ardenne habe als Dank von den Russen ein Konto mit unbeschränktem Überziehungskredit bekommen. Ardenne machte sich im Westen als Verwandter der realen Effi Briest bekannt, er soll sogar in den Zeiten der Spaltung, mit Genehmigung höchster Stellen hier und dort, ihren nackten Grabstein in einer Nacht- und Nebelaktion von West nach Ost geholt haben, als die Friedhofsstelle erloschen war. Seine Phantasie von der Sauerstofftherapie. Zur gleichen Zeit arbeitete er an der Entwicklung fester, immer festerer Panzerstähle, noch im Alter.

Oktavie und Rudolf Dertinger, nach der Leibesvisitation, in Arbeitskleidung. Vom Ministerkind mit Dienstwagennutzung und scheuer Bewunderung durch die Altersgenossen zum Spielball fremder Männer, Weinkrämpfe und Lethargie waren die Reaktion. Da paßte es gut, daß das Krankenrevier im Haus der unverheirateten Erzieher untergebracht war. Dort wurden die Geschwister einquartiert, von dort aus beobachteten sie, was los war in Bräunsdorf. Zweihundertfünfzig junge Leute beiderlei Geschlechts, jünger als achtzehn, sperrst du nicht einfach weg, und dann herrscht Ruhe im Karton. Die Freistunden, die Brückenzeiten, nur zehn, zwanzig Minuten meist, waren voller Leben, Rennen, Rufe, Gespräche, Geheimnisse, Intrigen, Rangeleien, manchmal auch ernster, Gesang, von Mädchen, mehrstimmig, Rudolf und Oktavie waren wenn nicht eingebunden, so doch von der Gemeinschaft gestreift, berührt. Einmal wurde Rudolf auf dem Rückweg von der wöchentlichen Buchausgabe von einer losgelassenen Horde mitgerissen, die johlend über das Gelände tobte und in das Haupthaus stürmte, in einen Mädchenschlafsaal. Kopftücher her, ihr *Ritzen*, schrien alle und wühlten in den Spinden, die Mädchen kreischten, weinten, lachten, die Tücher, die sie mit aller Kraft festhielten, mußten ihnen entrissen werden, so war das Spiel, wenn jeder Junge seine Beute hatte, raste die wilde Jagd wieder nach draußen, die Mädchen hinterher, jenseits der Scheunen, wo die ineinandergewachsenen verwucherten Bäume und Büsche eine sichtgeschützte Wirrnis mit kleinen versteckten Lichtungen und Nischen bildeten, kam die Hatz zum Stehen, jetzt mußte jedes Mädchen den Jungen suchen, der ihr Kopftuch erbeutet und sich umgebunden hatte, so bildeten sich Paare. Solche Überfälle, dieser Mummenschanz, zu dem manchmal auch noch das Tragen von eroberten Blusen und Röcken kam, waren den Jungen streng verboten. Maske, Maskerade, Rollentausch. Die Frau aus Leipzig, die den Jugendwerkhof Bräunsdorf von innen kannte, erzählt in ihrem Brief davon. Und mir fällt, als ich den Brief spätabends, in der Stille noch einmal lese, unser Zeltlager bei Nonnevitz auf Rügen ein, südlich von Kap Arkona, in den großen Ferien 1956, wir mußten jeden zweiten Tag der heruntergekommenen LPG des Dorfes bei der Getreideernte helfen, ein Foto setzt die Erinnerung ingang, sieben, acht Klassenkameraden aus der Oberschule Geithain, nicht die sympathischsten, will ich mal sagen, sind vor den Mannschaftszelten im Kiefernwald zu sehen, in weiblicher Verkleidung. Vor allem die Kopftücher verblüffen mich, auch hier als Beute heißbegehrt, die Röcke und die Blusen. Gerangel, Scheingefechte mit den Mädchen aus Ludwigslust und Zittau, denen die Sachen gehören. Noch lächeln alle, noch fassen wir uns an den Oberarmen und schieben uns belustigt hin und her. Alles nur Spaß. Laß dich nicht irreführen, keine Handvoll Jahre dauert es, dann wird es ernst, dann wirst du Ehemann, machst Kinder und bist bei der Fahne. Oder nichts von alledem, sondern im Westen. Weihnachten dreiundfünfzig wurden die beiden abgeschotteten Dauergäste im Bräunsdorfer Krankenrevier getrennt, das Mädchen von dreizehn Jahren und der junge Mann von siebzehn, zwei Staatsgefangene, in Sippenhaft, auseinandergerissen. Oktavie blieb vor Ort zurück, im Werkhof, ihr Bruder Rudolf aber wurde auf Transport geschickt, er landete in U-Haft bei der Staatssicherheit in Karl-Marx-Stadt. Vier Monate brachte er in der Haftanstalt Hohe Straße zu, dann kam ohne Anklage und Verhandlung ein Urteil, drei Jahre, abzusitzen im Jugendzuchthaus Dessau. Seine Schwester war nicht viel besser dran, am ersten März vierundfünfzig hatte sie Geburtstag, sie wurde fünfzehn, In Bräunsdorf nicht unbedingt ein Grund zum Feiern, doch abends fanden sich bei ihr zwei Erzieher ein, ein junger aus dem oberen Stockwerk und ein alter, der mit Frau und Tochter im Gutshaus wohnte. Sie brachten zwei Flaschen Krimsekt mit, eine Kostbarkeit im Werkhof, wo Alkohol für die Erzieher und erst recht für die Insassen absolut verboten war, laß uns auf deine Gesundheit trinken. Nach einer Stunde waren die Flaschen leer, der jüngere der beiden Besucher machte sich auf die Runde durch die Schlafsäle, der ältere, der anscheinend vorher schon an einem weitaus stärkeren Wässerchen genippt hatte, rückte näher heran, drückte und betatschte und begrapschte sie, Bedrängung und Abwehr, ein verbissener Kampf, zeitweise Hände, Finger unter ihrem Rock, seine knurrenden Befehle, stell dich nicht an, halt still, das ging so zehn Minuten, eine halbe, eine ganze Stunde, mit kurzen Pausen immer wieder, mit Bequatschversuchen, dann wieder Angriff, bis sein Kollege zurück war, das hohe Fräulein spinnt, sagte ihr Quälgeist verächtlich, was glaubt die, wer sie ist. Wie weggetreten hing sie erst mal auf dem Sofa, total erschöpft, beinahe apathisch, doch hellwach, fast überdreht, sie zitterte, sie weinte, schrie. Drei Monate nach dem Alptraum starb in Dresden Nexö, der Namengeber und Patron sehr vieler Schulen, des Jugendwerkhofs und der altbekannten Offizin in Leipzig, in der einmal die schönsten frühen Bücher des *Insel Verlages* gedruckt worden waren, Raritäten allesamt und in besonderen Fällen fast Zimelien, die Offizin hieß ursprünglich *Drugulin*, nun, sechsundvierzig schon enteignet, firmierte sie als *Offizin Martin Andersen Nexö*, ein Großbetrieb entstand, der sich immer neue enteignete Druckereien in Leipzig einverleibte, am Ende, neunundachtzig, hatte der VEB OAN über tausend Beschäftigte in fünfzehn Betriebsteilen. 1995 übernachtete ich in einer Pension im Dresdner Stadtteil Wachwitz. Frühstückstisch am Fenster, unten die Elbe zwischen Fluß und Haus der Weinberg, es kamen noch zwei andere Gäste an den Tisch, er alt, mit kurzgehaltenem grauem Bart, tastendes Gespräch, er hatte, stellte sich heraus, mit Schreiben zu tun. Ich fragte die Wirtin, Lehrerin im Ruhestand, nach Nexö, der hier oben gewohnt haben mußte, der Bärtige neben mir wußte einige Daten anzumerken, und die Wirtin erzählte, sie habe als Studentin Nexö im Liegestuhl auf seinem Balkon gesehen, wie er sich sonnte, während sie auf dem Weg zur Hochschule durch die kurze Straße mit den schönen Häusern ging. Der alte weißhaarige Herr, ihr vom gelegentlichen Sehen her durchaus vertraut, starb kurz darauf. Frage an mein Gegenüber: Wieso wissen Sie über den Dänen so gut Bescheid, es stellte sich heraus, daß es Werner Liersch war, auf Dichters Spuren, und ich hatte ihn wegen seines Bartes und der viel jüngeren Begleiterin nur nicht wiedererkannt. Nexö war zwei Monate tot, auch in Bräunsdorf Trauerfeier, da wurde Oktavie zum Heimleiter gerufen, deine Zeit bei uns ist um, du kommst zu deiner Oma. Neunzehn Monate habe ich hier durchgezählt, sagte sie, wo ist mein Bruder. Und Mutti, wo ist die. Die Mutter blieb verschwunden, nur die Großmutter, Helene v. Neuenstein, kam wieder zum Vorschein, sie war genauso lange wie die Enkelin festgehalten worden, ebenfalls ohne Anklage und Urteil, allerdings in Stasihaft, sie wurde im Sommer 1954 freigelassen, aber was heißt hier frei, man wies ihr zwingend einen Wohnsitz zu, in Annaberg-Buchholz, der Kreisstadt kurz vor dem Kammgebiet um Bärenstein, Scheibenberg und

Oberwiesenthal, wir wissen: Sekten- und Schwarmgeistergegend, Uranbergbau, abgelegen, mit einer restlos dichtgemachten Grenze zum Bündnisbruder ČSR im Süden. Dazu ließen sich die Straßen nach Norden, ins Unterland, mit Kurven, Steigungen, Gefällestrecken gut versehen, problemlos kontrollieren, Sicherung der staatsgeheimen *Wismut*, man war in Übung. Nach zwingenden Anweisungen der Leute aus der Hohen Straße 35 in Karl-Marx-Stadt, ein paar Jahre später, nach grünem Licht aus Moskau, Dr.-Richard-Sorge-Straße, brachte das Wohnungsamt die aufgehaltenen Neueinwohner Helene v. Neuenstein und Oktavie Dertinger in einer Zweizimmerwohnung in der steil ansteigenden gepflasterten Großen Sommerleite unter, in der ich Jahrzehnte später das örtliche Antiquariat suchte, von dem Windhausen gesprochen hatte, nach seinem Besuch in Sachen Leihgaben für das neue Carlfriedrich-Claus-Museum im Souterrain unter dem Annaberger Kino. Ich fand den Laden im Hochparterre erst nach einer halben Stunde. Neue Dächer, neue Fenster, die Mauern frisch verputzt und frisch gestrichen, kein Mensch zu sehen, den ich fragen konnte. Um die Ecke starker Autoverkehr auf der Wolkensteiner Straße, stadteinwärts zum Markt, stadtauswärts Richtung Bundesstraße 95, die, nach Joachimsthal und Karlsbad führend und von Leipzig kommend, auch uns hinreichend bekannt, durch Frohburg geht, am Amtsgericht vorbei. Linkerhand in der Wolkensteiner Straße eine Filiale der Deutschen Bank, rechts weiter oben eine winzige Buchhandlung. Hier, im Antiquariat, Stille, drei Räume voller Bücher. Die Heftchenreihe *Das neue Abenteuer*, die Serie *Blaulicht* und die grünen Bände der *Werte unserer Heimat* waren separat aufgestellt. Anzeichen dafür, daß es am Ort Sammler, frühere Vopos, Funktionäre oder meinetwegen auch ganz normale Leute, für die Art von Verlagsprodukten aus dem Ebenerstgestern gab, Liebhaber. Hinter dem Schreibtisch am Fenster eine Frau Mitte Vierzig, ich fragte nach dem Band *Von Annaberg bis Oberwiesenthal* aus der Reihe Werte unserer Heimat. Fehlanzeige. Es gab den Titel damals auch nicht beim ZVAB im Internet, im Angebot der zwanzig Millionen Bücher. Als ich die Regale mit der alphabethisch aufgestellten Literatur durchforschte, kam der Inhaber des Antiquariats von der Post zurück, er hatte, um die am Computer bestellten Bücher auf den Weg zu bringen, lange in der Schalterschlange gestanden, wie er seiner Frau oder Lebensgefährtin erzählte, die er abzulösen gekommen war, sie verschwand die Haustreppe hinauf, oben anscheinend die Wohnung mit der Küche. Inzwischen hatte ich den Fotoband *Das Erzgebirge und sein Handwerk* aus dem Regal genommen und wollte ihn bezahlen. Während ich auf das Ausschreiben der Quittung wartete, fiel mir ein Bücherstoß auf dem Schreibtisch ins Auge, neben dem Antiquar. Ganz oben lag, was man die Ruine eines Buches nennen konnte, der Rücken fehlte, und der Deckel war so abgewetzt, fast speckig, daß seine grüne Farbe mehr zu ahnen als zu sehen war. Trotzdem gaben mir das Format des Bandes und eben das ansatzweise Grün des Deckels eine Vermutung ein, ist das Karl May. Ja, sagte der Antiquar, ein Fall fürs Altpapier. Aha, überlegte er, Sie könnens mitnehmen. Wie heißt das Buch denn. Der Antiquar wußte es nicht, die Titelseite fehlte, auch das Inhaltsverzeichnis. Vielleicht, daß die Bogennumerierung uns aufklärte. Wir suchten, blätterten. Und tatsächlich, *May Weihnacht sieben*, konnte man winzig klein auf Seite siebenundneunzig rechts unten lesen, na bitte, Radebeuler Ausgabe, ganz wie vermutet. Früher, in Frohburg, hatte ich viele, fast alle fünfundsechzig Bände Karl Mays einschließlich des vorletzten und letzten, die von Euchar Albrecht Schmid mundgerecht aufbereiteten Kolportageromane mit den Titeln *Das Buschgespenst* und *Der Fremde aus Indien,* durchgelesen, ausgerechnet an *Weihnacht* konnte ich mich nicht erinnern, nicht an das kleinste Bruchstück der Handlung, keine Figur. Das glatte feste Vorkriegspapier, die Frakturschrift, der vertraute Satzspiegel aus den vielen der Wachsamkeit meiner Mutter abgetrotzten abgeluchsten spätabendlichen und frühmorgendlichen Schmökerstunden. Kein Vergleich mit den billigen Bamberger Nachkriegsdrucken der Brüder Schmid, von denen ich 1959 bei der Auflösung der Leihbücherei in der Plockstraße in Gießen dreißig auf einen Streich gekauft hatte, je zwei Bände eine Mark. Schlechtes schäbiges Papier, lieblose einfallslose tote Deckelbilder, alles auf möglichst großen Verdienst getrimmt. Und was war mit der Stiftung Karl Mays für junge Berufskollegen. Jahrzehnte nichts. Dann kratzte vor zwei Jahren der rührigste der Brüder Schmid aus seinem Archiv im Bamberger Villenviertel, heute die Häuser voller Anwaltskanzleien und Beratungsgesellschaften, diverse Skripte Karl Mays, auch ein paar Briefe und Fotos zusammen und verlangte dafür vom Freistaat Sachsen, angeblich zuständig für Radebeul, sieben Millionen Euro. Aber Karl May in Einzelteilen ist nicht so viel wert wie der ganze Brecht, der seiner Tochter und dem Schwiegersohn Schall dreißig Millionen des Senats von Berlin einbrachte.

Sommer 1945. Nach dem Rausschmiß aus der halben Amtsrichterwohnung durch die Rote Armee Mitte Juni fünfundvierzig, die örtlichen Kommunisten, den Eltern seit jeher bekannt, vom Spielen auf der Straße, vom Baden im Straßenteich, aus der Schule, man duzte sich, *aua Wolf, du duhst mir weh*, schrie Bachmanns *Latsch* meinen Vater an, als der ihm einen Furunkel aufschnitt, die Genossen strömten herbei, sie wünschten der *suffjäddschen Gommandanduhr* eine rasche Etablierung und halfen beim Umzug, anschließend fehlten laut Mutter Teile des Hausrats wie Töpfe und Bestecke und auch ein paar Bücher, darunter Karl Mays *Durch die Wüste* und der Roman *Boston* von Upton Sinclair über den Fall Sacco und Vanzetti, der Vater in jungen Jahren so gefesselt hatte, daß er sich das Buch 1929 als Student in Leipzig kaufte, *Malik Verlag*, Riesenauflage, bei seinem winzigen Wochenwechsel ein deutliches Bekenntnis. Vom Fall der beiden zum Tode verurteilten und trotz weltweiter Proteste hingerichteten Anarchisten war bei uns in Frohburg fast so oft wie von den drei Morden Zeidlers und von den Moskauer und Nürnberger Prozessen die Rede. Und, apropos

Todesurteil, hatte Vater nicht einen Bundesbruder und Berufskollegen namens Rickel oder Rickl gehabt, der in Landsberg am Lech in der Todeszelle der Amerikaner gesessen hatte, bis zur Hinrichtung. Medizinversuche an Probanden, die die Experimente nicht überlebten, nicht überleben konnten. Man wußte manches, schon in den ersten Jahren danach. Mit Burrmanns aus dem Amtsgericht ausgewiesen, kamen wir in der Braunsbergschen Villa am Kellerberg unter, die vom Ehepaar Pfitzner, er ehemaliger Prokurist der Brüder Braunsberg, für die emigrierten jüdischen Besitzer der *Frohburger Textildruckerei* in Schuß gehalten wurde, den ganzen Krieg hindurch und auch danach, bis zur Enteignung. Für uns waren drei Räume im ersten Stock freigemacht worden. In dem allzeit stillen, totenstillen Haus rutschte ich trotz Verbot das Treppengeländer hinunter. Wenn die alte Pfitzner mich hörte, unklar, was sie hörte, trat sie aus ihrem Wohnzimmer in die Dielenhalle und sah mich im Halbdunkel mit großen Augen regungslos an, ein Eulenblick. Von der Haustür zum Gehweg und zur Bahnhofstraße ging es durch den Vorgarten drei Stufengruppen abwärts, die abfallenden Begrenzungsmauern boten mit ihrer Putzabdeckung Bahnen an, auf denen man, hockend, die Sohlen der knappen Nachkriegsschuhe abhobeln konnte. Im Hochsommer sechsundvierzig, die Zeiten waren unnormalnormal, schickte Mutter mich, versehen mit einem Tonkrug und einem Fünfreichsmarkschein, den Kellerberg hinunter Richtung Stadt, mein ältester Freund Jörg Meißner aus der Apotheke ging mit. Wir sollten Eis bei Döhlers in der Piatscheckschen Villa holen, neben dem *Gasthaus Grüne Aue*, der Weg führte erst über die Weiße, dann über die Rote Brücke, dort machten wir Station und lehnten am Geländer, tief unten floß die Wyhra. Ich schmeiße gleich den Krug da runter, sagte ich. Das machst du nie. Schwups, trat das Ding die Reise an, schlug auf dem Wasser auf und verschwand. Was willst du jetzt noch mit dem Geld. Ja wirklich. Ich zerriß den zusammengelegten Schein je einmal kreuz und quer und ließ die Schnipsel von der Brücke flattern. Und jetzt, was machen wir. Wir gehen erst mal an das Wehr der Bornschen Mühle und sammeln Steine auf der Kiesbank. Was ich bei der Heimkehr von Mutter hörte, nicht die geringste Erinnerung. Dagegen weiß ich noch genau, wie die vom Wyhrawasser umströmten Kieselflächen unterhalb des mittleren der drei Frohburger Mühlenwehre blendend weiß unter der Sommersonne lagen. Knirschen, Klingen der abgeschliffenen Steine, wenn wir drüberliefen. Hinter den Schützen das hoch angestaute Wasser, das den Mühlgraben versorgte. Der Blick zurück, nach oben. Wenn die Wehrbretter aufgezogen wurden, mit Kurbelwinden, schoß die Wasserwalze tosend das Flußbett entlang und riß alles mit. Davor Angst und nicht vor Mutter. Allerdings wagte ich beim sonntäglichen Kaffeetrinken in der Greifenhainer Straße den Griff nach einem zweiten Stück Kuchen nicht, wenn sie mich wortlos ansah, *anfunkelte*, wie mir damals schien. Die Döhlersche Eisdiele, die dieses Mal auf mich als Kunden verzichten mußte, war in der ehemaligen Villa des Braunkohlegrubenbesitzers Piatscheck untergebracht, der seine ertragreichsten Zeiten kurz vor der vorletzten Jahrhundertwende erlebte, im Himmelreich seitwärts des Frohburger Bahnhofs arbeiteten dreißig Leute in seinen beiden zehn, fünfzehn Meter tiefen Tagebauen, ohne Maschinen, nur mit Hacken, Schaufeln, Brechstangen, mit Feldbahngleisen und Kipploren, die man schieben mußte, bei Regen wühlte man im schwarzen Schlamm, bei Trockenheit im Kohlengrus. Nahebei hatte der junge Zeidler den Viehhändler in einer Sommernacht mit der Axt erschlagen, als der Alte angesäuselt aus der *Grünen Aue* nachhause kam, er taumelte durch seine eingezäunte Plantage und in das kleine Haus, dort wartete der Mörder schon auf ihn. Piatscheck hatte sich nördlich der Stadt, auf dem Hochufer der Wyhra ein klassizistisches Wohnhaus mit Aussichtsturm bauen lassen, hellgelb angestrichen. Seine hübschen Töchter galten als sehr gute Partien, keine der drei heiratete merkwürdigerweise. Und eines Tages, kurz vor Ausbruch des Ersten Weltkrieges, die Gruben und die Villa hatte man heimlich verkauft, verschwand die Familie so plötzlich aus Frohburg, wie zwanzig Jahre vorher Piatscheck als junger Mann bei uns in der Stadt aufgetaucht war, woher, wußte man nicht. Auch wohin jetzt, war nicht bekannt. Die neuen Besitzer richteten im Erdgeschoß der Villa ein Café ein und nannten es *Waldschlößchen*. Das Nachbaranwesen Richtung Stadt, ein Vorposten am Nordrand der alten Bebauung, war seit jeher die *Grüne Aue*, ein ehemaliger Ausspann mit angebautem Tanzsaal. Hier wurde zwischen den Kriegen und auch nach fünfundvierzig geschwoft, im Wechsel mit dem *Schützenhaus* und dem *Café Otto*. Wenn du mal nach Frohburg kommst und auf dem Kellerberg, in Höhe des Hauses meiner Eltern, von der Bundesstraße 95 nach links abbiegst, kannst du nach den beiden Brücken anhalten, aus dem Auto klettern und die Lage peilen. Du wirst kaum Leute sehen, keine Passanten, ein Gesicht hinter Gardinen vielleicht, nur ein paar Autos kommen vorbei, aber laß dich nicht täuschen, du bist, wie beinahe immer, wenn nicht auf historischem, so doch auf biographischem Gelände. Beachte zum Beispiel die Postmeilensäule von 1727 an der *Bornschen Mühle*. Eigentlich gehört sie auf den Marktplatz. Niemand vor Ort kann dir sagen, wie sie ausgerechnet in diesen toten Winkel an der *Bornschen Mühle* geraten ist, seitab und leicht zu übersehen. Sie verstellt, bewacht eine versteckte Ecke für den angewehten Straßendreck. Dort hinten, hörte ich einmal von Vater, erlebte sein Freund Bachmann eine ulkige Sache. Im Sommer vierunddreißig, kurz vor dem Röhmputsch, in dem in Lichterfelde auch der Schwiegersohn v. Stetten der Frohburger Schloßherrschaft erschossen wurde, ohne daß das in Frohburg groß beachtet wurde, ohne daß es groß ins Bewußtsein drang, war Wob Bachmann sonnabends während einer Pause, die die Tanzkapelle in der *Grünen Aue* kurz vor Mitternacht machte, mit einem Mädchen, das er keine zwei Stunden vorher kennengelernt hatte, in der Dunkelheit verschwunden, so wie andere Paare, die sich schon länger kannten oder sich eben erst gefunden hatten, lichtscheu in Hauseingängen, auf Höfen oder in den Wyhrawiesen untertauchten. Bachmann landete mit seiner Begleiterin hinter der Postmeilensäule. Man küßte sich, man preßte sich aneinander, wie es üblich und durch das gemeinsame Abschieben in die Ungestörtheit auch verabredet war, man langte in die tieferen Regionen und legte bloß, worauf es ankam, Bachmann schob, sagte Vater, und das Mädchen, vom Geländer im Kreuz gestützt, hielt dagegen, kaum war das Paar am Ziel, kaum hatte es sich gefunden, da kippten beide im Ansturm der Bemühung und Betätigung nach hinten über das Geländer, sie fielen die anderthalb Meter Mauerhöhe runter ins Gras, rollten über die Böschung abwärts und landeten im flachen Mühlgraben. Die Rückkehr der beiden Pechvögel, die auf dem Weg zu den Aborten den Saal durchqueren mußten, von Freunden und Freundinnen begleitet und umringt, unter Hinterlassung zweier Wasserspuren, sorgte für Lachen und Kreischen in der *Aue* und für Belustigung im ganzen Kreis Borna, endloser Spott, auch nach dem Röhmputsch, jahrelang, fast bis zum Ausbruch des Krieges, Bachmann, runtergekugelt ins Wasser, hieß jetzt *Kullerbummser*. Kaum war der Krieg zu Ende, zwei Jahre war das her, was war das schon, das alte Geld war noch im Umlauf, die Städte blieben ausradiert, die meisten Soldaten wurden von den Siegern noch zurückgehalten, da stand ich mit fünf, sechs anderen Kindern im Saal der *Grünen Aue* auf der gleichen Bühne, auf der vierunddreißig und viele Jahre davor und auch danach die Tanzkapellen gesessen hatten, zu meiner Zeit Melodia, Neubert mit seinen Freunden und sogar Kurt Henkel, ich stand da oben, und unten im Saal saß dicht an dicht unsere halbe Schule, alle zweiten bis vierten Klassen, fast vierhundert Kinder, dazu alle Lehrer, viele Eltern, Mutter darunter, und in den beiden ersten Reihen die neuen ABC-Schützen. Unklarer Vorlauf, wann ausgewählt, von wem, ich sehe mich nur auf der Bühne stehen, vorn und hinten schwere, beinahe bodentiefe Tafeln aus dicker Pappe umgehängt, mit Tragebändern, die über meine Schultern liefen. Die Tafeln waren mit stumpfer Farbe bunt bemalt, mit Schriftproben und Einfachbildern, sie markierten Seiten aus einem Lesebuch. Und ich hatte, ganz sicher schon am Vortag eingeübt, am Ende der festgelegten Choreographie mit angehobener Stimme in den vollen Saal zu rufen: *Aber ich das Lesebuch bin viel gescheiter ich kann euch sagen was ihr nicht wißt daß heute erster Schultag ist.* Viel gescheiter, das sollte ich heraustrompeten, Cousine Lachtari hatte es mir vorgemacht, aber der Erfolg des Auftritts war mir egal, ich hatte Spaß am Rhythmus meiner Strophe wie an manchem Kinderspruch vorher, ich sehe was, was du nicht siehst, und das sieht rot aus. Merkwürdig aus der Rückschau, wie wenig man vergißt von diesen Anfangssachen, *Nina Nina tam kartina eto traktor i motor.* So ähnlich ist es Vater mit seinen lateinischen, vereinzelt auch griechischen Zitaten gegangen, zum Beispiel mit den Anfangszeilen der Ilias, wir waren immer beeindruckt. Mit seinen Englischkenntnissen aus dem Realgymnasium war es dagegen nicht so weit her, in meiner *Tom-Prox-* und *Billy-Jenkins*-Phase führte er mich in die falsche Richtung, indem er glaubwürdig behauptete, Colt würde wie Coult ausgesprochen. Mit dieser neuen Weisheit kreuzte ich im Stadtbad auf und wurde von den älteren Jungen ausgelacht, die auf die Oberschule in Borna gingen und es besser wußten. Enttäuschung, die mich zukünftig bei Vater ein bißchen auf der Hut sein ließ, bei Fragen jedenfalls, die mit neuen Trends und Übersee zusammenhingen. Und hatte er mir nicht, wie Mutter zwei-, dreimal zum besten gab, im Mai fünfundvierzig, wir wohnten noch im Amtsgericht, verboten, mit den vielen anderen Kindern aus den Straßen und Gassen zwischen Kirchplatz und *Wind* auf dem Kantstein vor unserem Nachbarhaus herumzulungern, dem örtlichen Gefängnis, in dem seit drei Jahrzehnten schon der alte Lohr die Aufsicht als Gefängniswärter führte. So auch jetzt noch, in den ersten Wochen nach Kriegsende, als die amerikanische Besatzung Frohburgs seine Zellen mit ungebärdigen Soldaten der US-Army füllte. Die Häftlinge, die ein, zwei Tage einsaßen, ernst war das nicht gemeint, zog es vor Langeweile an die niedrigen, nicht unmenschlich eng vergitterten Fenster, wir konnten die Gesichter erkennen, dort der *Nähscher*, dann riefen alle nach oben *plihss*, bis endlich Kaugummistreifen, kleine Tafeln Schokolade und einzelne Zigaretten im Sommerstaub der Straße landeten, Auffangen in der Luft gelang nur den Älteren, ich war vier Jahre alt. So gierig war die Straßenjugend in Frohburg nicht, daß nicht auch für die Kleinen wie mich vier, fünf der begehrten Flugobjekte abgefallen wären, Zwölf-, Dreizehnjährige hatten die Verteilung übernommen, wobei die gleichaltrigen Mädchen ihnen auf die Finger sahen. Fünf Wochen gab es jeden Nachmittag bei schönstem Sonnenschein den Kinderauflauf vor dem Gefängnis, solange die Amerikaner bei uns waren, in der Falkenstein-Straße, die einen Monate später, mit dem Einzug der Russen, *Straße der Roten Armee* hieß, die nächsten fünfundvierzig Jahre lang. Ich kam nachhause und legte die Geschenke, meine Schätze, meine Kostbarkeiten auf den Tisch, Vater, der sonst nie etwas verlangte oder vorschrieb, das überließ er Mutter, Vater saß im englischen Sessel mit dem rotbraunen Lederbezug und sagte, nein, das wollen wir doch nicht, er nahm mich bei der Hand und führte mich auf den porphyrgepflasterten Hof zwischen Amtsgericht und Gefängnis, zum Aschenhaus führte er mich, in das sonst unser Abfall kam, jetzt landeten Kaugummi und Schokolade dort in Schmier und Dreck. Es dauerte noch mindestens acht Jahre, bis ich tatsächlich Schokolade essen, Kaugummi kauen konnte, während des ersten Westberlinbesuchs. Etwa zur gleichen Zeit, im Sommer 1954, wurde in der Greifenhainer Straße die Hochzeit meiner Cousine Mari mit dem Sohn der Lohrs gefeiert. Die Brautleute reisten aus Hannover an, komplizierte Angelegenheit, nach einer Kriegslaufbahn als Berufsoffizier, letzter Rang Oberleutnant, studierte der Bräutigam Veterinärmedizin, Mari war MTA. Später drei Kinder. Kein Kontakt zu ihnen seit der Sache mit dem Familiengrab. Die Heirat war auf einen Sonnabend gelegt worden, damit die Verwandtschaft aus Borna, Altenburg und Pegau, aus Freiberg, Leipzig, aus Köln und auch aus Westberlin über Nacht bleiben konnte. Die Festtafel für vierzig, fünfundvierzig Gäste zog sich vom Eßzimmer der Großeltern ins

Wohnzimmer, es gab warmes Abendessen, niedersächsische Mockturtlesuppe, mitgebracht von Mari, Rinderzunge, vielleicht aus einem Freibankangebot, das Großvater selbst untersucht hatte, als Beilage Leipziger Allerlei, und der Nachtisch war eine Eiskreation vom Bäcker Stahlmann am Markt, dem Nachfolger Müllers. Auf Wunsch wurde auch Mokka serviert, fünf, sechs Frauen halfen in der Küche und beim Auftragen, darunter Ursula Heinze, mein früheres Kindermädchen, auch Frau Biller aus Greifenhain war angetreten, über die ich viele, viele Jahre später in Zusammenhang mit Vaters älterem Bruder Jonas Seltsames hörte, von Mutter, von Vater oder von Doris-Mutti. Am Abend der Hochzeit fand jenseits der Straße, im Schützenhaus, einer der häufigen Tanzabende statt, auf dem Saal, der sich entlang des Gehwegs bergauf erstreckte, hinter einer niedrigen roten Ziegelmauer, mit einer Saaltür, dem Not- und Pausenausgang, und sechs großen Rundbogenfenstern, die einem, wenn man sich an die Mauer preßte und auf den Sockel stieg, Einblick in den Saal gewährten, auf das Gewühl der Tanzenden sah man, nur ein paar Meter weg. Auch die Kapelle und ihr Saxophonsound waren ganz nahe, alle Fenster standen offen, drückende Frühsommerschwüle. Kein Wunder, daß es uns Kinder, zwölf oder dreizehn war ich schon, gleich nach dem festlichfetten Abendessen quer über die Greifenhainer Straße zum Saal zog, wo wir auf geballte Zuschauertrauben, auf Zaungäste im überhitzten Dunkel stießen, lange vor uns gekommen, aus anderen Vierteln, Webergasse, Teichgasse, Stadtbadsiedlung, Dörfchen. Wie einen das taktmäßige Gewoge faszinierte, die sich abzeichnenden Schenkel, Bäuche, Hintern der Tänzerinnen, ihre nackten Arme, Schultern, Rücken. Als hätte man schon geahnt, gewußt, was folgte, was sich zwei, drei Stunden später zwischen den jungen Männern und Frauen, die im Saal umeinanderwirbelten, ereignen würde, mit Rascheln von Kleidung, Schniefen und Stöhnen. Nee, nix davon, es war einfach das bunte Durcheinander, das einen fesselte. Allerdings, im Untergrund, da gab es was, da rumorte doch schon die verwischte

Vorstellung, wie es in etwa zuging zwischen den Geschlechtern, was wirklich Sache war bei Dunkelheit, bei Nacht. Zumal mir Reiner Tschetschorke gerade erst von seiner Cousine erzählt hatte, die mit ihrem Mann im Kalkbruchhaus hinter dem Ziegelteich wohnte, mehr schlecht als recht. Bei den beiden Einsiedlern da draußen vor der Stadt lebte auch noch eine betagte Verwandte, Reiners Großmutter, die er gewöhnlich sonnabends besuchte. Der Sonnabend war Badetag. Einmal, kurz vor Maris Hochzeit, ergab es sich, daß Reiner erst in der Dämmerung den Rückmarsch in die Stadt antrat. Auf dem Weg von der Haustür zur Fahrstraße kam er an der Werkstatt- und Garagenhalle des Kalkbruchs vorbei, der 1931 während der Wirtschaftskrise stillgelegt und in den schlechten Zeiten wieder in Betrieb genommen worden war. In der Halle schwaches Licht, er hörte Stimmen. Zwischen den Bohlen des Schiebetors waren Spalten, klafften sogar Lücken, mühelos konnte er in die spärlich erleuchtete Halle spähen. Ganz hinten in der Ecke, wo ein Wasserhahn war und wo man, wie er wußte, mit Hilfe eines Gartenschlauchs und einer Gießkannenbrause eine Dusche improvisiert, zusammengeschustert hatte, standen seine Cousine und ihr Mann, splitternackt und naß, die hellen Körper schimmerten, sie seiften sich ein. Das nie gesehene Bild. Und dann trat zu allem Übel und zu allem bangsüßen Schreck die Cousine auch noch dicht an ihren Mann heran und griff ihm an den Leib und zwischen die Beine, sie rieb ihn, bis sich seine Stärke zeigte. Leises Murmeln, unterdrücktes Gurren, Umschlingung und Verrenkungen, ganz klar, was da passierte. Schwer, sich loszureißen, aber morgen, in der Messe, beim Kaplan, was dann, in der allwöchentlichen Beichte, er machte, daß er an den Fischteichen vorbei nachhause kam. Nicht reden über das Gesehene. Zu mir, dann doch. Als die älteren Hochzeitsgäste, die Großeltern als erste, langsam Richtung Betten und provisorische Schlafstätten verschwanden, die über das ganze Haus verteilt waren, in jedem Zimmer Platz für vier, fünf Leute, erschien das Brautpaar mit Lachtari und ihrem Grzewski und mit dem älteren, aber unverwüstlichen Franz Roscher auf dem Schützenhaussaal, Beifallklatschen, Tusch, die Schwestern Mari und Lachtari in ihren von der alten Liebing genähten Ballkleidern wirkten vor dem Hintergrund der damals üblichen Klamotten wie von einem anderen Stern, gleich stimmte die Kapelle einen Walzer an, und die Neuvermählten mußten tanzen. Und sie genossen es, die blonde große Mari und der noch größere ebenfalls hellhaarige Lohr. Ein volles Vierteljahrhundert später postulierte er in Lüneburg, als Amtstierarzt, der er geworden war, mit Reihenhaus am Stadtrand, man müsse den Russen nur nachdrücklich die Meinung sagen, selbst wenn man Kriegsgefangener bei ihnen sei, dann kuschten sie, das habe immer funktioniert. Er war schon zweiundvierzig einmal kurzfristig in Gefangenschaft, relativ dicht hinter der Front, da habe er ein Messer in die Hände bekommen, wie, sagte er nicht, das habe er eingesetzt, nachdem er mitten in der Nacht vom Dach auf den Posten gesprungen sei. Guck doch mal richtig hin, sagte mein zwei Jahre älterer Cousin Wend aus Pegau, auf dem Rittergut seiner Großeltern in Bosberg geboren, und weil ich nicht kapierte, was er meinte, fuhr er, den Rhythmus der Musik aufnehmend, fort: *Lohr und Mari so was Dummes vor der Hochzeit schon was Junges*. Geradezu begeistert klärte er mich auf, Tante *Hühnchen*, die hatte gesagt, was da zu erwarten ist, was da unterwegs ist, das ist *der spanische Prinz*. Was denn für ein spanischer Prinz. Na die sind doch letzten Herbst in Spanien gewesen, mit dem Flugzeug, am Mittelmeer, die erste Reise zusammen, und da ist es eben passiert. Wie bei ihm selber, dem Cousin, auch, nebenbei gesagt, vier Jahre später, nur einmal geküßt, schrieb Großmutter mir, das verstehe ich nicht, dabei hatte sie mit achtzehn geheiratet und ein halbes Jahr später, mit neunzehn, ihren ersten Sohn bekommen, Bernhard. Nur auf der Bank gesessen und geküßt, der Wend, und nun muß der arme Junge büßen, während seine Altersgenossen das Leben genießen, ungebunden. Das war die Art, in der Großmutter nicht nur redete, mit ihrer leisen warmen Stimme, sondern auch ihre Briefe schrieb. Nie habe ich mitbekommen, daß sie auch anders konnte. Mutter sagte das. Nicht zu mir, zu Heidrun. Wohlweislich.

Im Sommer siebenundfünfzig, meinem letzten im Kleinstadtosten, ging ich dreimal tanzen. Einmal im Wirtshaus *Zeisig* oberhalb von Penig, wir fuhren zum Tanztee am Sonntag mit den Rädern hin, über die Fernstraße 95, die zwanzig Kilometer waren uns nicht zu weit. Es ging nicht um die Mädchen, es ging um die Musik, wir wollten die Kapelle Neubert hören, Bornaer Oberschüler, die von der Oberschule geflogen waren, wegen Westmusik. Das nächste Mal Tanzen war ich im *Schützenhaus*. Kann sein, die Eltern waren auf ihrer letzten Zweiwochentour im Westen, bei Vaters Freund und Bundesbruder Eberhard Lorenz in Bad Nauheim, mit abschließenden Vorbereitungen für unsere Flucht beschäftigt. Bevor ich ins *Schützenhaus* hinüberging, saß ich noch bei Großmutter und Doris-Mutti, Krawatte um, grüngraues Tanzstundenjackett, entsetzliche Klamotte, wie Fotos überliefern, und aß mit ihnen Abendbrot. Wir sprachen über die Novelle *Nichts in Sicht* von Jens Rehn, die uns der neue frischverheiratete Pfarrer Tannert drei Tage vorher vorgelesen hatte, auf dem Abend der *Jungen Gemeinde* in der Parterrestube des Pfarrhauses, im Wechsel mit seiner Frau, aus gutem großstädtischem Haus, ging es bei uns herum, der Vater in Leipzig oder Dresden Professor. Die Novelle der Tannerts handelte von einem Rettungsboot auf dem Atlantik, während des Krieges, *Nichts in Sicht*, außer dem Tod, Großmutter war das zu viel Nihilismus, zur Entkräftung Rehns führte sie ein Erlebnis aus dem Mai fünfundvierzig an, Beispiel für glückliches Überleben in der Katastrophe, sie saß gegen Abend neben dem Kachelofen in ihrem Sessel, in dem sie auch später immer saß, die Fenster standen offen, Frühsommerluft, Amselgesang, die Kinder spielten vor dem Haus, zum ersten Mal im Jahr kam die späte tiefstehende Sonne aus Nordwesten an die hintere Wand, in ihre Ecke, da klopfte es an die Schiebetür, sie rief herein, drei Männer traten ins Zimmer, verbeugten sich, die Käppis in der

Hand, Brot bitte, sagten sie, und Großmutter sah mit Schrecken die gestreiften Anzüge, die abgeklapperten Gestalten, die gelben Gesichter, Holländer, wie sie Auskunft gaben, KZ-Häftlinge, aus einem Außenlager, auf dem Weg in ihre Heimat. Auch Erna, die, um nach dem Rechten zu sehen, aus der Küche kam und die an sich das war, was Vater einen harten Knochen nannte, wischte sich die Augen. Was wußte man, was ahnte man, was hatte man in sich gehabt. Oder auch nicht. Wir stritten nicht, damals, am Abend meines zweiten Tanzsaalbesuchs, wie wäre ich dazu auch gekommen, die beiden Frauen, mit denen ich zusammensaß, liebte ich sehr, ihre Worte wogen etwas und umfingen und schützten mich auch für den Rest des Abends. Dann Abgang rüber auf den lauten Saal, wo ich mit fünf, sechs Klassenkameraden verabredet war. Wir redeten, wir tranken Bier, wir tanzten und hatten um uns Hunderte von Leuten, die genau das gleiche machten, bis plötzlich auf der dichtbesetzten Tanzfläche ein Wirbel, ein Sog nach innen entstand, eine Zusammenballung von jungen Männern, und gleich darauf eine konzentrische Absetzbewegung aller Weiblichkeiten zwischen die Tische, an die Theke, zum Ausgang. Man sah das von außen, man nahm das wahr, aber es dauerte einen Moment, bis mir klar wurde, daß in der Mitte des Saals, im dichtesten Gewühl eine Schlägerei begonnen hatte, Schnucki Geyer aus der Marktgasse, den ich von der Ferienarbeit in der Textildruckerei her kannte, schwang dort gegen zwei, drei, vier oder sogar fünf Gegner die Fäuste, ein Stier von einem Mann, das fraß sich fort, breitete sich aus, bis der halbe Saal beteiligt war. Die Woge der Erregung, die sich blitzschnell ausgebreitet hatte, schwappte zurück, aufhören, riefen alle Mädchen, die wieder vorwärtsrückten, und der Gaststättenleiter sprang auf die Bühne, jetzt ist das Wettspiel dran, rief er, jeder kann mitmachen, wir wollen mal sehen, wer von uns der beste Vater wird, kommt rauf zu mir. Ich weiß nicht, was mich antrieb, was mich anstachelte, aber mit einemmal stand ich da oben, einen Meter über dem Tanzparkett, neben einer Handvoll Mitbewerber, ungelenk und unbeholfen, aber auch erhitzt und aufgeputscht. Wir sollten Babypuppen auf dem Tisch vor uns um die Wette cremen, pudern, wickeln und mit dem Fläschchen versorgen. Mann, das war doch reines Kinderspiel. Ich hatte den ganzen Sommer über Florian Lohr, den von Tante Hühnchen getauften *spanischen Prinzen*, der bei Doris-Mutti und Großmutter untergebracht war, betreut und im Kinderwagen ausgefahren, in den Eisenberg, über die Wyhrabrücke bis zum Markt, ich hatte intus, wie man Babys handhabt, angreift, hält. Dieses Programm spulte ich in Windeseile oben auf der Bühne ab, und sieh da, ich war der Erste, der Sieger, unter Beifall wurde mir eine Flasche Eierlikör in die Hand gedrückt, den, wie es hieß, die Schwiegermutter des Schützenhauswirts selbst angesetzt hatte. Man sagte damals in einer Art Verzögerung noch *Schützenhaus* und Schützenhauswirt, wie zu Zeiten Pöhlmanns, abgeholt, auf Nimmerwiedersehen, in Wahrheit handelte es sich inzwischen um das *Kulturhaus Wyhratal* des VEB Textildruckerei und um den Kulturhausleiter. Ich federte mit meinem ersten Preis von der Bühne in den Saal zurück, an unserem Tisch wurde die Flasche entkorkt und rumgereicht, das süße Zeug tat seine Wirkung bei mir so nachdrücklich, daß ich erst vor Hitze meine Jacke abwerfen mußte und dann, die Kapelle machte Pause, in weiblicher Begleitung hinter der Schießhalle landete, in der Großvater in einem anderen Leben einmal Schützenkönig geworden war, die buntbemalte Scheibe mit den Treffermarkierungen hatte uns beim Messerwerfen auf dem Heuboden viele Male als Ziel gedient. Mit meiner letzten Tänzerin, kräftig geschminkte Lippen, wachsames Gesicht, wie bei einer Großstadtpflanze, stand ich in der bodenlosen Dunkelheit zwischen Wyhra und Eisenberg am Rand der weitgestreckten Wiese, die zwanzig Jahre später mit dem Erweiterungsteil der Textildruckerei und mit dem höchsten Schornstein des Kreises bebaut wurde, Exportbetrieb für den NSW-Handel, Werk soundso mit der Zentrale in Mittweida, längst wieder abgerissen, das Gelände renaturiert, mit Geldern der EU, auch alle alten Bauten, die Sheddachhallen mit den

Druckmaschinen für die Stoffe, die Kesselhäuser, die alte Esse und die Verwaltung mit den Büros, in denen Mutter gelernt hat, sind inzwischern verschwunden, jetzt große öde Fläche bis ins Stadtzentrum, bis an den Rand des Marktes. Wir lehnten an der hinteren Wand der Halle, ich drückte mein Knie zwischen ihre Beine und rieb sie dort, ihr lautes Atmen und mein lautes Atmen, das waren Zeichen für den jeweils anderen, wir küßten uns, sie setzte ihre Zunge ein, bewegte dabei ihren Unterleib an meinem Oberschenkel, aha, sie hatte Ahnung, mehr als ich, kein Wunder, sie war Feldbaulehrling im Volksgut Sahlis, wohnte im Lehrlingsheim im Schloß, stammte aus Leipzig und hatte ein Jahr Jugendwerkhof hinter sich. In Torgau, wie sie betonte, dem geschlossenen geheimen Laden, gegen den die normalen Werkhöfe nach ihren Worten Erholungsheime waren. Ein feiner schwach stechender Geruch, Ammoniak oder ähnlich, ging von ihr aus, vor allem, wenn ich mit meinen Lippen ihre Haut berührte, im Gesicht, am Hals. Neben uns, im Schutz der Halle, auch weiter weg, am Waldrand und am Wyhraufer, standen noch andere Pärchen, aus dem Dunkel hörten wir von links und rechts das Rascheln, Kichern, Murmeln, nach einer halben Stunde hatten alle erst einmal genug und zogen wieder ab in Richtung *Schützenhaus*, wir auch, was hatte ich von ihr gewollt, mit meinen sechzehn Jahren. Als ich in den Saal kam und auf die ersten Freunde stieß, hörte ich gleich, ach Gottchen, wie siehst du denn aus. Auf dem Abort entdeckte ich im Spiegel die Bescherung, mein blütenweißes Hemd war am Kragen, auf der Schulter und der Brustpartie voller roter Flecken, voller Lippenstift. Ich ließ mir das abgestreifte Jackett aus dem Saal holen, schlug die Revers hoch, machte eine Runde durch den Saal, sah die Feldbaupflanze am Tisch der *Wismut*arbeiter hofhalten und ging nachhause. Beim Ausziehen in der Stille der vertrauten Wohnung die Probleme mit dem Hemd, das mir beschmutzt, besudelt vorkam, nur nicht Mutter sehen lassen. Wohin damit, im ganzen Kinderzimmer, sieben oder acht Quadratmeter, gab es nur ein Versteck. Das war das Hängeregal für meine Bücher, das infrage kam, zwei Böden und zwei Seitenwangen. Hinter die bescheidene Wand an Gedrucktem und Gebundenem zwängte ich das Hemd, wobei ich Mühe hatte, weil in dem fraglichen Geheimbereich auch noch vier leere Weckgläser deponiert waren, die eingekochte Erdbeeren enthalten hatten, eine dauernde Verlockung, ich hatte sie an ruhigen Nachmittagen aus unserem Kellerabteil nach oben geholt und ausgelöffelt. Soll ich dir was sagen, es war Heißhunger, kaum zu bezähmen, wenn ich den Gummiring aus der Rille unter dem Glasdeckel zog und der leicht muffige Geruch nach Erdbeeren aufstieg und ich die polstrig aufgequollenen Früchte mit der Zunge an meinem Gaumen zerdrückte. Die eingeweckten Früchte waren jahrealt, sie sollten zur Konfirmation des jüngeren Bruders aufgetragen werden, Ostern 1958, als es soweit war, strengten wir uns gerade an, dreihundert Kilometer weiter westlich, hinter der Grenze, die zwei Welten trennte, Fuß zu fassen, mit dem Inhalt von zwei, drei Koffern. Vier, fünf Wochen nach dem Tanzabend im *Schützenhaus*, die Eltern waren längst von ihrer Westreise zurück, kam Mutter morgens in das Kinderzimmer, um mich zu wecken, so gegen zehn, an einem Sonntag. Sie stand zwischen Regal und Bett und sagte plötzlich, was ist denn das, griff wie zufällig hinter meine Bücher, zielstrebig, wie ich heute weiß, und förderte das versteckte Hemd zutage. Ertappt. Sie hatte den Fund, der mich bloßstellte, als großen Stoffknäuel in den Händen, nach einer Weile aber breitete sie ihn auch noch aus und hielt mir die Hemdfront fragend hin, ich schnappte innerlich nach Luft, aber zu meinem Erstaunen, meiner grenzenlosen Verblüffung konnte ich nicht den geringsten Schimmer von Lippenstiftrot erkennen, nur Weiß, nur Fleckenlosigkeit, ein Wunder. Ich ratselte noch lange dran herum. Sollten die einheimischen Lippenstifte wirklich von so mieser Qualität sein, daß ihre Farbe sich nach ein paar Wochen bis zur Spurlosigkeit auflöste und verschwand. Erst heute ist mir klar, daß Mutter Komödie mit mir spielte, daß mein Hemd viel früher gefunden und gewaschen und dann wieder zurückgesteckt worden war.

Ganz sicher haben damals Mutter und unser Mädchen Lisa hinter meinem Rücken über mich gelacht, mal sehen, was für ein Gesicht er macht.

Zu meinen gediegenen Zwischenkriegsausgaben des *Karl-May-Verlages*, die mein Lippenstiftgeheimnis so unvollkommen gehütet hatten, gab es viel, viel später noch einen wertvolleren Seitentrieb in sogenannter Luxusausstattung. Im Antiquariat der einstmals großen und vielleicht wichtigsten Göttinger Buchhandlung *Brechbühler* in der Franziskanerstraße, nach Insolvenz und Weiterverkauf des Hauses ist dort nach einem jede Spur des Gestern tilgenden Umbau ein Kleiderladen untergebracht, fischte ich aus dem Plastikkorb mit den täglichen Angeboten, um elf Uhr wurde aufgeschlossen, die gierigsten Interessenten, Langzeitstudenten und Zwischenhändler standen schon zehn, fünfzehn Minuten vorher an der Tür und hetzten die Treppen hinauf, den zweiten Band von *Im Reiche des silbernen Löwen*, Halbledereinband mit überreicher Goldprägung, Lederecken und Rotschnitt, sogar der Schutzumschlag, nie einen gesehen vorher, war, wenn auch leicht eingerissen, noch vorhanden. Sechzig Mark kostete die Rarität. Und weil ich in Frohburg nach unserem Besuch in Radebeul und nach den Verhandlungen der Eltern mit Patty Frank in der Villa Bärenfett alle vier Bände *Im Reiche des silbernen Löwen* zu Weihnachten bekam, ungelesen, verlagsfrisch, Titel auf Deckel und Rücken in Silber, legte ich in Erinnerung an das Geschenk der Eltern die verlangte Summe auf den Ladentisch und zog mit meiner Neuerwerbung beschwingt davon, wie so oft in den vielen Jahren ab Herbst 1963, die ich in der Franziskanerstraße Kunde war. *Der Heizer*, erste Auflage. *Der Landarzt*, erste Auflage, Halbledereinband, *Baedeker St. Petersburg*, Ausgabe von 1901. Dort mußt du hingehen und ein Konto einrichten lassen, sagten gleich am Anfang meine Freunde Christoph Derschau und Reinhard Rock, beide seit Jahren tot, die mahnen nie. Die Freunde kannten sich aus, sie waren Göttinger, allerdings ganz woanders geboren, sie wohnten in zwei benachbarten Häusern im Schlözerweg bei ihren Müttern, Kriegerwitwen, und unterhielten zusammen einen alten Käfer, mit dem sie hin und wieder zu den Rixdorfern und einmal zu Bobrowskis Begräbnis fuhren. Das *Antiquariat Brechbühler*, in dem ich gleich am Anfang, im April vierundsechzig, Sternes *Tristram Shandy* in der deutschen Übersetzung von Bärmann, 1839 bei *Westermann* in Braunschweig erschienen, für zwei Mark kaufte, war lange Jahre geschlossen, dann wurde es plötzlich wieder aufgemacht, nunmehr betrieben von dem kleinen Herrn Schall, verheiratet seit langem mit der Inhaberin von *Brechbühler*, die die Neubuchhandlung im Erdgeschoß mit ihrem ersten Sortimenter Friedhelm Koch betrieb, der deutlich jünger, füllig, rothaarig, auch ihr Geliebter war, in der Stadt berühmt durch seine Hüte und seine sagenhafte Trinkfestigkeit. Manchmal kam Frau Schall, die nach der Insolvenz weinselig, von Bechterew gebuckelt, starb, nach oben ins Antiquariat und flüsterte vertraulich mit ihrem Mann, wer in die eigenen Ehenetze verstrickt war, konnte sich nur wundern. Von ihm, dem Antiquar, gab es erfrischende Bekundungen, zum Beispiel: unser Fahrer für die Buchhandlung ist dumm, ein dummer Mensch, dümmer geht nicht. In voller Lautstärke ausgesprochen, er konnte jederzeit unter der Tür erscheinen, eine Plastikwanne voller Bücher schleppend. Oder: ich sage immer zu meiner Frau, wenn ein Kunde unten reinkommt und ein Buch bestellen will, gib ihm lieber gleich zwei Mark und sag ihm, er soll zur nächsten Buchhandlung gehen, das kommt dich billiger. Von Zeit zu Zeit plauderte er auch aus dem buchhändlerischen Provinzstadtleben, so erzählte er in Zusammenhang mit dem Erscheinen der letzten großen *Brockhaus-Enzyklopädie*, ein Lehrstuhlinhaber, Villenbesitzer im alten oberen Ostviertel, habe den ersten Band zur Ansicht bestellt, seine Frau sei mit dem Fahrrad, den Lexikonband im Schuber auf dem Gepäckträger, die Herzberger Landstraße hinaufgestrampelt, vom Markt an Steigung, ununterbrochen, zweihundertfünfzig Höhenmeter, und habe das Gewünschte abgegeben, als nach zwei Jahren noch keine Rückmeldung eingegangen war, habe man per Telefonanruf an die Lieferung zur Ansicht erinnert, nein, hieß es, man könne sich für einen Kauf doch nicht entscheiden, der Band läge zur Abholung bereit. Wieder mühte sich seine Frau, zwei Jahre älter und atemloser als bei der ersten Tour in gleicher Sache, den Berg hinauf und klingelte am frischverzinkten Gartentor mit Wechselsprechanlage und wartete, bis die polnische Aufwartung das dicke schwere Buch ohne den Schuber durchs Gitter zwängte. Erst am Abend, als der Laden zu war und man Muße hatte, stellte sich heraus, daß Kinderhände die Seiten mit den Saurierbildern großzügig nachkoloriert hatten. Aber nicht bei uns, sagte der Professor eine halbe Stunde später am Telefon, ein bißchen ungehalten, weil er wegen einer Lappalie, wie er sagte, vom warmen Abendessen abgehalten wurde. Die Unlust des Ostviertelprofessors, ein neues vielbändiges Lexikon zu kaufen, deutete schon auf einen Abstieg des redaktionell verwalteten gedruckten Wissens hin. Seine halbwüchsigen Sprößlinge hatten ihm beigebracht, was mir ab 2008 ebenfalls klar wurde, nach Unterweisung durch Wolfram und unendlich vielen unendlich langen Telefongesprächen mit Freiburg jedesmal dann, wenn mein Computer abgestürzt war. Daß alle brandneuen Informationen und alle abseitigen Themen besser im Netz zu suchen, dort zu finden waren, wo die in Schnellschüsse Vernarrten und die in ihre fixen Ideen verbohrten Endlosschreiber zu Recht den Ton angaben. Da nützte auch, Rückzugsgefecht, das noble Jubiläumsheft nicht viel, das *Brockhaus* zum zweihundertsten Bestehen des Verlages 2005 unter die Leute brachte, eine Eloge auf das Lexikon als Speicher des Abgesicherten. Wobei mir, einem Überläufer, hundert unüberprüfte Zeilen zu einem Thema lieber sind als vier gesicherte oder, noch schlimmer, eine Fehlstelle, ein weißer Fleck trotz vierundzwanzig Bänden. Einer meiner Freunde, Name egal, ein paar Gedichtbände, was heißt das hierzulande, hat vor sieben Jahren einen Brief an die Geschäftsleitung des Verlagsverbundes von *Brockhaus* und *Biblio-*

graphischem Institut geschrieben: In ihrem Jubiläumsmagazin *Zweihundert Jahre Brockhaus* finde ich auf Seite dreiundzwanzig unter einem seitengroßen farbigen Foto des von mir geschätzten Marcel Reich-Ranicki eine Auslassung des vor einem Bücherregal Abgebildeten zum Thema Lexikon. Er sei zwölf Jahre alt gewesen, als er, angestoßen von einer aus dem Papierkorb gefischten Gebrauchsanweisung für Kondome, im elterlichen *Großen Brockhaus* unter anderem das Stichwort Vagina nachgelesen habe. Mehr Dichtung als Tatsache, Der Brockhaus, von dem die Rede ist, müßte ein Unikat gewesen sein. Denn Reich-Ranicki war 1932 zwölf Jahre alt, der neunzehnte Band des *Großen Brockhaus* mit dem Stichwort Vagina erschien zwei Jahre später, 1934, da war Reich-Ranicki vierzehn und bei seiner Wißbegier gewiß längst bei ganz anderen Stichwörtern und Quellen angekommen. Mich wundert, daß in Ihrem Haus, in dem Lexikalisten und Lexikographen die allergrößte Rolle spielen, niemand die Unstimmigkeit bemerkt hat. Der nette kokette Beitrag von Reich-Ranicki mit der Verknüpfung von Kondom, Brockhaus und Vagina zum Lob Ihres Lexikons läßt vermissen, worauf es einem Lexikon und seinen Benutzern vor allem ankommt: Genauigkeit. Die Mannheimer Verlagsleitung, erzählte mein Freund, schrieb zurück, vielen Dank für den Hinweis, Professor Reich-Ranicki läge derzeit im Krankenhaus, wenn er wieder wohlauf sei, wolle man ihm den Brief unterbreiten. Schluß aus, kein Echo weiter, keine Antwort.

Im Reiche des silbernen Löwen, zweiter Band, Luxusausgabe, sechstes Tausend, ungelesen, die Seiten hafteten am roten Schnitt noch aneinander, beim Umblättern das feine Zirpen. Da keine Aussicht bestand, die übrigen drei Bände des Werks in gleicher Ausstattung zu finden, kam mir der Gedanke an Verkauf. Den seltenen Karl May wollte ich nicht dem Handel überlassen, eher war mir danach, das rare Stück in der *Villa Shatterhand* in Radebeul zu wissen, genau dort, wo ich mit den Eltern und mit Bruder Ulrich 1953 gewesen bin und wo sich damals noch unter der Hand Jahrbücher, Rollbilder und Lesezeichen mit der Aufzählung aller Bände des Verlages erwerben ließen. Deshalb machte ich während unserer sechs Monate in Dresden dem Karl-May-Museum ein Angebot, per Postkarte, vierhundertachtzig Mark verlangte ich, es hätten nach dem Marktwert gut und gerne auch sieben-, achthundert sein können. Telefonisch angekündigt, besuchte uns nach einer Woche in unserer Einzimmerwohnung im ersten Stock der Grohmannschen Remise in der Goethestraße in Klotzsche ein Mitarbeiter des Karl-May-Archivs in Radebeul, farblos, wie gedämpft, mit Aktentasche. Er begutachtete den Band, ich merkte, daß er sein Interesse herunterspielte, wenn man selber an bestimmten Büchern einen Narren gefressen hat, weiß man Bescheid. Na gut, sagte zögernd der Besucher, machte langsam die Aktentasche auf und nahm acht Fünfziger und dann vier Zwanziger heraus, eine Quittung brauchte er anscheinend nicht, was zur Folge hatte, daß ich in der Nacht drauf gegen vier Uhr morgens, nachdem ich durch den lautgestellten Anrufbeantworter der Studenten direkt vor unserer Zimmertür wach geworden war und nicht mehr einschlafen konnte, die Ahnung, die Vermutung hatte, der Besucher könnte meinen zweiten Band des *Silbernen Löwen* für sich selbst an Land gezogen haben. In Radebeul war manches zweifelhaft und zwielichtig. Das wußte ich von Siegmar Faust. Mitte der achtziger Jahre hatte ich ihn in Vlotho an der Weser kennengelernt, den Autor aus Heidenau bei Dresden, der in der DDR bis zu seinem Freikauf eingebuchtet war. Während der zwei Wochen in Berlin, im Sommer neunzig oder einundneunzig, als ich mit dem Fahrrad, vom Wannsee kommend, die Stadt kreuz und quer erkundete, stieß ich eines späten Nachmittags am Rand des wüsten noch nicht wieder bebauten Hausvogteiplatzes, heute sieht es dort anders aus, auf einen aufgelassenen schmalen Altbau, der den Bombardierungen entkommen war und in dessen Erdgeschoß sich eben erst eine wie es hieß *Gedenkbibliothek für die Opfer des Stalinismus* aufgetan hatte, in guter Mittellage, nämlich keine zweihundert Meter vom ehemaligen

Zentralkomitee der SED entfernt und ebenfalls keine zweihundert Meter vom *Aufbau-Verlag* in der Französischen Straße, dessen Leiter Janka, als er sich von Theorie und Praxis à la Stalin um Millimeter absetzen wollte, einige Jahre in Bautzen aufgebrummt bekam. Für den Abend war auf einem Zettel an der Ladentür ein Vortrag von Geiger aus der Gauckbehörde angekündigt. Ich radelte schnell durch die Friedrichstraße bis zur Ecke Oranienburger, aß am Kiosk gegenüber dem *Tacheles* eine Bockwurst und strampelte zurück, vorbei an der Zusammenballung aufgedonnerter Rentner, die vor dem neuen Friedrichstadtpalast auf den Einlaß warteten. Da war linksab der *Johannishof*, rechts sah ich die *Bärenschenke*, das Stammlokal der Fremdarbeiter, denen dort Libertas Schulze-Boysen 1942 Flugblätter in die Hände gedrückt hatte, dann kam die Weidendammer Brücke, hier stockte Anfang Mai fünfundvierzig die Absetzbewegung der letzten NS-Promis aus dem Führerbunker unter der Reichskanzlei, auch Dara Christian war mit von der lebensgefährlichen Partie, besonders aktiv, das sah sie, war am Bahnhof Friedrichstraße ein Generalmajor Bärenfänger, Jahrgang 1915. Noch keine dreißig Jahre alt, wollte er mit einem Panzer, in dem auch seine Frau saß, in Höhe Ziegelstraße einen Durchbruch Richtung Norden, zum Stettiner Bahnhof erkämpfen, vergeblich, der Panzer flog in die Luft. Oder er hat seine Frau und dann sich selbst erschossen. Chaos des Höllensturzes, der Befreiung, das Zehntausende Namenlose so gut wie Bormann oder Hitlers Diätköchin, ein Fräulein Constanze Manziarly, verschlang. Wieder in der *Gedenkbibliothek* angekommen, war ich unter den ersten Besuchern, die zum Vortrag kamen, ich verzog mich auf die Galerie, zwischen die Bücherregale, dort schlug ich im Biographienband der Jahrbuchreihe SBZ *von A bis Zet* den Familiennamen der alten Frau nach, die mich im Grotewohlhaus in Pankow wegen Bernhard Bechler, dem Hitler-Anhänger, Stalingradmajor und Organisator der Kasernierten Volkspolizei, angegiftet, angegeifert hatte, ich fand den Namen tatsächlich. Durch die Übereinstimmung der Daten, so der Wohnadresse

Brandströmstraße, ergab sich, daß ihr Mann Hauptparteisekretär im Kombinat VEB *Elektro-Apparate-Werke Treptow* gewesen war, mit zehntausend Beschäftigten der größte Betrieb in ganz Nachkriegsberlin. In der Brandströmstraße übrigens wohnte nach der Rückkehr aus dem Exil auch Friedrich Wolf. Ich hatte damals in Berlin neben der Kontokarte der Sparkasse Göttingen immer auch ein genau so großes Spiralheft in der Hemdtasche stecken, ich zog es raus und machte mir Notizen, unterdessen füllte sich der Raum. Dann sprach der Hausherr eine kurze Einleitung, ich traute meinen Augen nicht, der schwarzhaarige Mann dort unten sah aus wie Siegmar Faust, vom dem ich noch vor kurzem in Edenkoben an der Weinstraße gehört hatte, daß er im benachbarten Winzerdorf St. Martin lebte, unterhalb des Jugendgästehauses, in dem Helmut Kohl mit Gorbatschow zusammengesessen hatte. Geiger, vielleicht schon den Bundesnachrichtendienst im Blick, dessen Chef er in Bälde werden sollte, referierte über Organisationsaufbau und Strukturen der Staatssicherheit, Abteilungen, Zuständigkeiten, ich war, an Lebenswegen, Wendepunkten und Auswirkungen interessiert, eher gelangweilt und, von meiner Radtour durch den Berliner Osten leicht erschöpft, zeit- und ansatzweise weggetreten. Nach dem Ende des Vortrags stieg ich die Treppe runter ins Erdgeschoß und sprach den Leiter der Bibliothek an, es war tatsächlich Siegmar Faust, er hatte unter Zurücklassung von Frau und Tochter seine Zelte in der Pfalz abgebrochen und war nach Berlin gegangen. Sechs, sieben Jahre später, ich habe Tagebuch geführt, die Blätter sind verschwunden, unser Aufenthalt in Dresden, oben in Klotzsche, von der ausradierten, spärlich neubebauten und dünnbesiedelten Altstadt mit ihren einsamen Touristenmonumenten Zwinger, Oper, Schloß und Frauenkirche noch weiter entfernt als Hellerau. Flughafennähe, Goethestraße, Remise, von unserem Gastgeber Grohmann *Haus auf der Grenze* genannt, weil das weitläufige parkähnliche Areal hinter Grohmanns Mauer zum Marienhospital gehörte, einer psychiatrischen Klinik. Grohmann hatte in die Rückwand der

Remise eine Tür brechen lassen, so daß die Patientengruppen den großen Raum im Erdgeschoß, genau unter unserem Zimmer, für ihre Sitzungen nutzen konnten, manchmal hörten wir frühmorgens, aus dem Tiefschlaf kommend, wie unter uns Stühle gerückt, Tische geschoben wurden, während der Sitzungen dann drang kein Laut zu uns herauf. Gleich zu Anfang unserer Dresdner Zeit, im April 1997, las ich beim Frühstück das neuabonnierte ehemalige SED-Bezirksorgan *Sächsische Zeitung*. Unter unserem Fenster brachen indessen, vor ein paar Tagen aufgetaucht, zwei überaus fleißige Polen, die die Nummernschilder ihres *Ford Fiesta* hinter Pappestücken versteckt hielten, mit Preßluftbohrern die Erde auf, um die Streifenfundamente für vier neue Garagen der Wohnungsbesitzer aus dem Vorderhaus zu legen. Das ganze Unternehmen dauerte keine drei Wochen, dann standen die Garagen, gemauert, mit elektrischen Schwingtoren und eingesäten Flachdächern. Kunststück, die direkten Auftraggeber waren zwei aus dem Westen zugewanderte Architekten, die ein *Käfer* Cabrio fuhren, wie wir es auch einmal besessen hatten, bis uns auf der Rückfahrt aus dem im Hannoverschen Wendland verbrachten Sommerurlaub in der großen Bergabkurve der Autobahn bei Nörten-Hardenberg, wir waren so gut wie zuhause, ich überholte gerade einen Lastzug, die vordere Haube aufkrachte, vor mir schlagartige Dunkelheit, und sich das Gepäck, unsere Softballschläger, Schuhe, Regenjacken, auf der linken Fahrspur verteilte. Ich saß am Fenstertisch mit Blick auf die Baustelle der Polen, auf die Grundstückseinfahrt mit drei hohen im Morgenlicht rotschimmernden Kiefern und das grundsanierte Nachbarhaus, in dem ein amerikanischer Manager mit seiner Frau und zwei halberwachsenen Söhnen eingezogen war, noch weiter außerhalb, in Weixdorf, baute er das große Werk von AMD für Spreichermedien auf, mit enormen Subventionen, so hoch pro Arbeitsplatz, daß ein einfacher Beschäftigter Jahrzehnte davon hätte leben können. Wunderwelt der Strippenzieher. Der kluge Biedenkopf. Der auch im nachhinein alles bestens gewußt und selbstredend bestens gemacht hat. Lenkte die Investoren und die Investitionen und die Riesenzuschüsse und freute sich mit seiner Frau über sieben Prozent Rabatt bei *Ikea*. Einer der amerikanischen Söhne von nebenan feierte siebzehnten Geburtstag und lud die neuen sächsischen Mitschüler ein. Großes Gelage. Hin und her, Zusammenballungen auf dem Balkon, schon erstes Grölen, erste Nazilieder. Und nach dem Ende der Feier lange nach Mitternacht die Goethestraße rauf und runter erst recht. Bis Grohmann auf die nächtliche Straße rannte. Er hatte mal im Stuttgarter Stadion während eines Bundesligaspiels ein großes Spruchband entfaltet, *der VfB grüßt den Vietkong*, er kannte keine Furcht. Jetzt raste er den Burschen nach, er hielt erst einen, dann einen zweiten fest und rief, Schluß aus, Leute, zieht ab, verschwindet. Sie zogen wirklich ab. Doch war am nächsten Tag der Grohmannsche Volvo ringsherum total zerkratzt. Und als ich ein Jahr später unseren alten Mercedes mit fast dreihunderttausend Kilometern auf dem Tacho wusch, kam unter dem Dreck auch bei uns die eingeritzte Bescherung zum Vorschein, ich mußte lachen. In der *Sächsischen Zeitung* stand, als ich sie erstmals las, die Mitteilung, Siegmar Faust sei ein paar Wochen vorher gegen den Widerstand von SPD, PDS und Grünen zum *Landesbeauftragten für die Hinterlassenschaft der Staatssicherheit* ernannt worden. Völlig rätselhaft für mich, woher der Mut kam, im Landtag zwischen Semperoper und Elbe gegen jemanden zu stimmen, der seiner Gedichte wegen dreiunddreißig Monate eingebuchtet war. Ich rief Faust in seiner neuen Arbeitsstelle an, *Gedenkbibliothek* und so weiter, er wußte gleich Bescheid. Während unseres Telefongesprächs kam die Rede auch auf den Dresdner Maler, der mit Baselitz zusammen ein paar Semester an der Ostberliner Kunsthochschule Weißensee studiert hatte, bis beide wegen Disziplinlosigkeit und Außenseitertum rausflogen. Baselitz ging nach Westberlin, und der Dresdner Geschasste zog sich nach Dresden zurück und saß viele Jahre am Lastwagensteuer. Man konnte aber auch linientreu bei der Stange bleiben, als Maler Karriere machen und sich später, achtundachzig vielleicht, überlegen, aus der SED auszutreten, wenn der realsozialistische Weg zur Sackgasse wird. Das war die Entwicklung von Wolfgang Mattheuer gewesen, wie er mir gleich nach Neujahr neunzig in seiner großen Altbauwohnung in der Hauptmannstraße in Leipzig erzählte. Ich war drei Tage in Leipzig, Espenhain und Frohburg und sammelte Eindrücke aus der Kindheitsgegend, den Wyhrahügeln und der Kohlenebene. Endlich fotografieren können, ohne Scheu und Selbstzensur, sichtbar, nicht nur aus dem Auto heraus. Die Baracken der Fremdarbeiter am Werk Espenhain zum Beispiel, oder den verlotterten Schloßpark in Sahlis. Ich skizzierte den beiden Mattheuers meine Pläne. Zu dritt tranken wir im Wintergarten Tee und hatten eine ungestörte Aussicht auf den menschenleeren Clara-Zetkin-Park im Winter. In Dresden waren sie gewesen, im Vorjahr, er und seine Frau, hörte ich, und durch die Stadt gegangen, erst durch die Altstadt, von deren barocken Gassen und hohen schmalen Häusern nach den beiden Bombenangriffen kurz vor Kriegsende nichts, aber gar nichts übriggeblieben war, dann durch die Neustadt jenseits des Stroms, die nun als eigentliche Altstadt gelten konnte, weil ihre Königstraße und zwei, drei Gassen des Barock den Krieg und die DDR überdauert hatten, zwar angekratzt, gefährdet, doch nicht zerstört, nicht abgeräumt. Um von einem Ufer zum anderen zu kommen, überquerten Mattheuers die Elbe auf der Augustusbrücke, die noch, was war eigentlich der Grundgedanke dabei, Georgi-Dimitroff-Brücke hieß, und bemerkten vor sich links einen neuen Gebäudekomplex über den Flußwiesen, den es bei ihrem letzten Besuch noch nicht gegeben hatte. Statt auf der Neustädter Seite am *Goldenen Reiter* vorbei und geradeaus weiter in die Hauptstraße zu gehen, zum Kügelgen-Museum, das sie eigentlich besuchen wollten, hatte doch Goethe dort 1813 am Fenster gestanden und dem Einzug des preußischen Königs und des Zaren an der Spitze ihrer Armeen zugesehen, bogen sie nach links ab und standen am Rand der überbreiten Straße plötzlich vor dem großen blaßgelben Kasten, der sich als

Hotel entpuppte, kaschierter Plattenbau mit historischem Kerngebäude, *Bellevue* genannt. Die vor dem Verkehrslärm geschützten Zimmer, deren Fenster nach Westen gingen, guckten über die Elbe hinweg auf das berühmte freilich leicht reduzierte Canalettopanorama, auf die Brühlsche Terrasse, den Turm der Schloßkirche, den Zwinger und vor allem auf die Semper-Oper, mit deren Premiere nach dem Wiederaufbau war auch die Eröffnung des *Bellevue* erfolgt, als Devisenhotel, vorzugsweise für Busreisende aus der BRD, Axel Kahrs und Christiane Beyer machten eine der Fahrten mit, die auch in Uelzen oder sogar in Dannenberg und Lüchow starteten, sie sahen und hörten *Die Hochzeit des Figaro*, als sie nach der Vorstellung noch etwas trinken wollten, ein Bier, einen Schoppen Wein, fanden sie in der ganzen Innenstadt nicht eine geöffnete Kneipe, nur die Bar im *Bellevue* konnte sie am Ende des einstündigen Herumirrens retten. Mattheuers sahen das Hotel, in dem im gleichen Jahr die Lüchower gewohnt hatten, es gefiel ihnen über die Maßen, also traten sie in die Halle, die ihnen ebenfalls sehr gefiel, allerdings verspürten sie sehr wohl eine leise Beklemmung, in guten Hotels im Westen waren sie fast zuhause, aber wenn ihnen daheim ein solches Westhotel begegnete, war eher Vorsicht am Platz, sagte ihre Erfahrung. Wolfgang Mattheuer wandte sich dennoch an die beiden Frauen in dunkelblauen Kostümen, die an der Rezeption Dienst taten, angetan mit rotblauen Halstüchern, bitte, sagte er, wir möchten ein Doppelzimmer. Leider nein, sagte die ältere der beiden Hotelangestellten, während die jüngere sich abkehrte, alles belegt, tut mir leid. Die Floskel des Bedauerns war schon ein ortsfremder Hauch, der aus westlicher Richtung in das Interhotel herüberfächelte. Heute nicht, na gut, dann will ich für den kommenden siebenten April bei Ihnen ein Zimmer bestellen, meinen Geburtstag. Geht nicht, wir sind auch dann belegt, kam die Antwort, anstandshalber nach einem flüchtigen Blick in eine Kladde. Und wie ist es mit einer Reservierung im nächsten Sommer, zwölf Monate im Voraus. Hören Sie, wir dürfen keine Bürger der DDR aufnehmen, nur aus dem NSWG, dem Nichtsozialistischen Währungsgebiet. Daran soll es nicht scheitern, sagte Mattheuer, ich habe Westgeld, dann zahle ich eben mit dem. Nein, geht nicht, ist verboten. Nun hören Sie mal zu, brauste der Maler auf, ich bin zweifacher Nationalpreisträger, einmal sogar Erster Klasse, meine Bilder hängen im Palast der Republik, und Mitglied der Partei bin ich auch, bis jetzt jedenfalls. Verstehen Sie doch, wir können nichts machen, sagten die beiden Frauen, beim besten Willen nicht. Mattheuer: Dann will ich den Direktor sprechen. Der Direktor kam von hinten, eine Frau, unklar, ob vom Beherbergungs- oder Überwachungsgewerbe, das ungebärdige Leipziger Ehepaar wurde zur Seite gebeten und ebenso verständnisvoll wie unnachgiebig behandelt. Das, sagte Mattheuer zu mir, war einer von tausend Gründen, warum ich vergangenen Monat nach Dresden gefahren bin und Kohl an der Frauenkirche zugejubelt habe. Gegen Ende meines Besuchs bat ich um einen handschriftlichen Eintrag, eine Widmung in die Mattheuer-Monographie von Schönemann, die ich mitgebracht hatte. Der Maler nahm das großformatige Buch, verschwand im Nebenzimmer und kam nach ein paar Minuten zurück, jetzt habe ich mich auch noch verschrieben, sagte er. Dann hol doch ein neues Exemplar, sagte Ursula Mattheuer-Neustädt, du hast doch noch welche. Nein, das wollte er nicht, vogtländische Sparsamkeit, vogtländisches Haus- und Maßhalten, wie auf seinen Bildern, er hatte recht. Siebzehn Jahre später, Mattheuer lebte seit drei Jahren nicht mehr, war ich wieder in Leipzig, zum wievielten Mal seit neunundachtzig, neunzig. Bei *Hugendubel* in der Petersstraße blätterte ich, während ich auf Heidrun wartete, einen der vielen Bildbände mit Leipziger Fotografien der fünfziger Jahre durch und stieß auf die Aufnahme einer Demonstration zum ersten Mai neunzehnhundertfünfzig oder neunzehnhunderteinundfünfzig, in der ersten Reihe des Marschblocks vier, fünf sogenannte Kulturschaffende, ganz rechts jemand, der mir bekannt vorkam, jung, breitschultrig, Jackett der Nachkriegszeit, am Jackenaufschlag ein undefinierbares Abzeichen, das *Bonbon* vielleicht. Es war Wolfgang Mattheuer. Mit einem Gesicht, einer Körperhaltung, die nicht mehr ins Vogtland gehören und noch nicht ganz nach Leipzig, er ist unterwegs, mit erhobenem kantigem Kopf, den Parolen der Transparente hinterher, mag sein, vor allem aber auf seine kommenden Bilder zu, *Geh aus deinem Kasten*. Gleich mußte ich wieder an die Umzüge in Frohburg denken, in denen ich halb ahnungslos, halb wider besseres Wissen mitgelaufen, mitgezogen, mitgetrieben war. Zum Beispiel wurde der Mähdrescher Stalinez, der im Sommer zweiundfünfzig auf einer Plattformlore auf dem Bahnhof weit draußen vor der Stadt ankam, in einer Art Reklamefeldzug für die Kollektivierung der Landwirtschaft eingeholt, mit Fahnen, Spruchbändern und Kapelle. Mutter sah mich vom Küchenfenster im ersten Stock der *Post* aus unten in der Thälmannstraße, eingesprengt in Demonstrantenreihen, mit dem blauen Tuch der Jungen Pioniere um den Hals, so trieb ich zwischen den übrigen Halstuchbehängten heran, sie riß das Fenster auf und rief mich wie hilfeheischend nach oben, Junge, komm rauf, ich brauche dich, es ist was passiert, mach schnell. Drei Jahrzehnte später kam sie noch einmal auf den Umzug und auf ihren Notruf zurück, im schlimmen Herbst siebenundachtzig, als sie Vater mit einer der Ebnertöchter auf dem nächtlichen Balkon überrascht zu haben glaubte und ihrer Empörung freie Bahn ließ, an jenem Abend, in jener Nacht hätte ich nicht in Reiskirchen sein wollen, wie sie, die kleine magere Frau mit den ungeliebten Altersflecken im Gesicht und an den Händen, bis in jede Faser erregt im Bett lag, ich stelle es mir vor, so viele Jahre danach, merkwürdigerweise, unentschuldbar verspätet, wie sie keinen Schlaf fand, weil das Mühlrad in ihrem Kopf nicht zur Ruhe kam, hintergangen, wie sie sich vorkam, verraten, verlassen, auch für dumm verkauft natürlich. Seit Anfang der dreißiger Jahre war sie mit Vater, wie es nicht nur für uns Kinder aussah, ein Herz und eine Seele gewesen, aber wer weiß, es gab Andeutungen, wenn auch sehr selten, nun brach es aus ihr heraus, jetzt, wo sie beinahe fünfundsiebzig war, schwer zu entschlüsseln. Möglich, daß mit ihrer Empörung in Verbindung stand, was mir Vater kurz vor ihrem Tod, also drei Jahre nach dem Ebnerauftritt, anvertraut hatte, als sie, ihre letzten Tage überhaupt, mit Pankreaskrebs wehrlos, fast bewußtlos im *Balserischen Stift* in Gießen lag. Die Aufwartung Elvira Ladisch, die nach der Heirat ihrer Halbschwester Doris bei den Eltern die Nachfolge als blutjunge Hausgehilfin angetreten hatte und nach der eigenen Eheschließung und der Geburt ihrer Söhne nur noch zweimal in der Woche kam, Mutter versteckte ihre Bleichungscreme vor ihr im abgeschlossenen Badezimmerschrank, hatte im Herrenzimmer, in dem der Bücherschrank, die grünsamtene Sitzgruppe, der Fernsehapparat mit vier Füßen und Doppeltür und der Dinett als Ablage für die vielen Briefe aus Frohburg standen, die Fenster geputzt, von denen aus man auf die auch schon wieder angejahrten Neubauten der Nachbarn *Am Stock*, auf die Reiskirchener Eisenbahnstraße, die gedrungene Backsteinkirche, den Friedhof, auf dem nur Einzelgräber zugelassen waren, und auf den Hoherodskopf ganz hinten am Horizont gucken konnte. Die Aufwartung, nicht gerade eine Schönheit, keine eindrucksvolle Figur, mit Mutter in deren guten Jahren auf keine Art, in keiner Hinsicht zu vergleichen, aber deutlich jünger auf jeden Fall, hatte auf der Treppenleiter gestanden, und Vater war seinen Worten nach zu ihr getreten, er wollte ihr, sagte er mir, ein Geschenk für ihre Söhne übergeben, keine Ahnung, warum gerade für die Söhne der Aufwartung, wo er doch als Empfänger milder Gaben einen Enkel hatte, keine Ahnung auch, warum ausgerechnet an jenem Tag, jedenfalls wußte er nicht recht, wie er die Übermittlung bewerkstelligen sollte, also steckte er einen Zwanzigmarkschein kurzerhand in ihre Schürzentasche. Im gleichen Augenblick kam Mutter ins Zimmer und sah nichts anderes, als daß er seine Hand, seine Hände an der jüngeren Frau, an ihren Klamotten, ja sogar unter ihnen hatte. Mein letzter Besuch vor dem Vorfall lag keine drei Wochen zurück. Einmal im Monat mindestens fuhren wir damals, in den Achtzigern, die hundertsiebzig, zweihundert Kilometer

Autobahn von Göttingen durch das hessische Bergland, durch die Kasseler Berge, durch Knüll und Vogelsbergausläufer nach Oberhessen, erst nach Reiskirchen, dann, nach drei, vier Stunden, weiter nach Steinheim, wo wir den späten Nachmittag, den frühen Abend verbrachten, Fotos, Wäschekorb, Badezimmer, nimm dir aus dem Schrank, was du brauchst, du weißt ja Bescheid, manchmal. Die Rückfahrt im dunklen dröhnenden Auto immer so, daß wir kurz vor Mitternacht wieder in der Herzberger ankamen. Unterwegs auf der Strecke, die ich durch viele hundert Touren an Kassel, Kirchheim und Alsfeld vorbei aus dem Effeff kannte, geriet ich in eine Stimmung, die bis zum Einschlafen anhielt und die dazu führte, daß ich schon am nächsten Vormittag am Tisch saß und mein Notizheft vollkritzelte mit dem, was ich gehört, und erst recht mit dem, was ich beobachtet hatte, in Reiskirchen, in Steinheim, von Besuch zu Besuch, von Aufenthalt zu Aufenthalt war die Zeit weitergegangen, die ersten Jahre hatten mit den letzten Jahren nichts mehr zu tun. Einmal war es mit der Rückfahrt nach Göttingen deutlich später geworden, ein runder Geburtstag wahrscheinlich. Volles Haus nicht in der Untergasse 7, seit neuestem, nämlich seit der Eingemeindung nach Hungen, in Katharinenstraße umbenannt, sondern Feier gegenüber, in der Wirtschaft Fischer, deren kleinen Saal ich von meinem ersten Besuch in Steinheim Pfingsten 1960 kannte, der kleine spillerige Kittelmann, aus Stendal gebürtig, und ich kamen von der Wiese am Inheidener See, auf der für drei Tage unser altes DDR-Zweimannzelt aus dem HO-Kaufhaus in der Petersstraße in Leipzig stand, über den Wingertweg ins Dorf, zum Mittagessen mit Heidruns Eltern. Sonntagstisch, Servietten, Heidruns Mutter, Jahrgang dreiundzwanzig, dunkles Haar, helle Haut und schwarze Augen, nicht klein, nicht dünn, mit weißer gestärkter Schürze, erhitzt vom Stehen am Herd, es gab Sauerbraten, blühte im Gespräch während des Essens vollends auf. Anschließend setzten wir uns zu dritt in die Kneipe gegenüber ab, Musikbox, Groschen einwerfen, mit Heidrun *hotten*, Cola trinken. Das war im gleichen

Frühsommer, in dem Heidrun mit ihren Eltern und Armin, dem jüngeren Bruder ihrer Mutter, und dessen Verlobter, der älteren Tochter des Pitzewirts aus der Obergasse, an den Bodensee und ins Kleinwalsertal fuhr, im sogenannten großen DKW drei gleich sechs, Spitze hundertdreiundzwanzig, Verbrauch zehn Liter, von Heidruns Großvater. Die Viertagetour nach Süddeutschland ist von Bedeutung für mich, weil es ein Foto von Heidrun gibt, das Armin mit der Familienbox gemacht hat, in Schwarzweiß natürlich, Anfang Juni sechzig, mittags, am Schiffsanleger in Lindau. Wenn ich es aus der braunen Brieftasche hole, die Möring mir zur Konfirmation geschenkt hat, sehe ich Heidrun neben ihrer Mutter vor der Menge der Ausflügler nebeneinanderstehen, Sommerkleider, mit blauen Tupfen auf weißem Grund das eine und das andere mit Blumenmuster, weite Röcke, breite Gürtel, ihre Oberarme bloß. Die Mutter siebenunddreißig, die Tochter fünfzehn Jahre. Heidrun mit Sonnenbrille und goldenem Judenstern am Kettchen um den Hals, die neue Zeit betonen, gegen die Eltern, halblanges Haar, leichte Dauerwelle, der Pferdeschwanz abgesäbelt schon seit Ostern. Im Moment der Aufnahme gerunzelte Stirn, abweisender unwirscher Blick, Mund leicht geöffnet. Und doch, die glatte Haut, die festen Arme, der frische, eben erst ausprobierte Gesichtsausdruck. Ein schönes junges Tier vielleicht, womöglich. Die Mutter dagegen eine Spur abgeklärter, anpassungsbereit lächelnd, mit leicht geneigtem Kopf, die Hände übereinandergelegt. Am rechten Unterarm die Tasche, auf der ein dünnes Jäckchen hängt. Volle Oberarme, frauliche Formen überhaupt. Achtundzwanzig Jahre später, zum runden Geburtstag, gratulierten und blieben zum Kaffee und zum Abendessen bei Fischers Pfarrer Brummhardt vom Ponyhof in Rodheim und Lehrerwitwe Böttcher, früher Steinheim, dann Langd, mit ihrem Lieblingsspruch vom Ohr, das sie am Mund des Volkes hatte. Auch Mutter und Bruder Ulrich waren aus Reiskirchen gekommen, ohne Vater, der zuhause blieb, über die Gründe ließ sich spekulieren. Zum ersten Mal sahen wir Kerstin Bolsen wieder, die Adoptivtochter von Heidruns Eltern, zu deren Hochzeit wir dreiundachtzig nicht gefahren waren, Feindschaft ein Leben lang. Kind ihrer dänischen Mutter und eines amerikanischen Armyvaters, war sie Anfang der Sechziger in Wiesbaden auf die Welt gekommen, eines von drei Kindern aus der Verbindung, alle drei wurden freigegeben zur Adoption. Sie kam im Alter von einem Jahr als Pflegekind nach Steinheim und wurde adoptiert, als Heidrun fünfzehn war. Nach dem Kaffeetrinken, man ließ den Kuchen sacken und bereitete sich innerlich auf das warme Abendessen vor, den Spießbraten und die Jägerschnitzel, ließ ich mir von Heidrun den Schlüssel zu ihrem Elternhaus, zur Untergasse sieben geben, überquerte die Straße, schloß die Hintertür auf und hatte freie Bahn im Fachwerkhaus und im Anbau hinten, in dem meine ausrangierten Bücher auf hohen ineinandergebauten Stößen in den Ecken saßen, unter einer groben Tischdecke, die Heidruns Mutter darübergeworfen hatte, Schimmelpilze und Stockflecken waren die Folge. Ich kam über die Waschküche ins Haus, links das Klo, Erinnerungen an Heidruns erste Party, von der ein Foto überkommen ist, das entstand, als wir nach unserem halbstündigem Verschwinden wieder auf der Treppe saßen, eng umschlungen, die Berührungen zitterten in uns nach, selten ging etwas tiefer als diese zwei, drei Minuten. Über die hintere, die Steintreppe stieg ich nach oben zu unseren zwei Zimmern über Werkstatt und Lager, im vorderen mit dem Blick auf den Scheunengiebel der Nachbarn Niklas hatte ich zwölf Sommer hindurch je sechs, acht Wochen am runden Eßtisch gesessen und geschrieben, im ganzen Land kann ich keinen anderen Platz nennen, an dem ich intensiver am Werk gewesen bin, ab elf am Vormittag, manchmal bis drei Uhr nachts. Von unserer kleinen Wohnung mit der braungebeizten Schiebetür und den braungelben Scheiben ging ich durch das Schwarze Stübchen, in dem Wolfram immer schlief, stieg am Übergang vom Anbau in das alte Fachwerkhaus der Hofreite drei Stufen hinauf und kam in das niedrige Schlafzimmer der Schwiegereltern mit den beiden Fenstern rechts von mir und mit den Ehebetten links, die übliche Kammer der Kleinbauern in der Gegend zwischen Wetterau und Vogelsberg, von Weidig und Büchner im *Hessischen Landboten* gemeint, Steuern zahlen, Abgaben rausrücken, Rekruten stellen und zeitlebens in der Erde wühlen, auf den Handtuchäckern. Bei Fischers auf der anderen Straßenseite war ein Fenster geöffnet worden, wahrscheinlich wegen des Zigarettenqualms, mindestens Mutter und Bruder Ulrich rauchten, ich hörte die Stimmen und das Lachen der Geburtstagsgesellschaft und ging über den engen Flur zum Bad. Hier im ersten Stock mit der Schlafkammer und der Eckstube, die Heidruns Mädchenzimmer gewesen war, als ich sie kennenlernte, hatte nach dem Krieg und auch noch in den beiden ersten Jahren nach dem Kauf des Hauses durch die Schwiegereltern und ihrem Einzug ins Erdgeschoß eine Flüchtlingsfamilie gewohnt, eine ganze Weile lebten also zwei Familien, sechs Personen insgesamt, in dem kleinen hellhörigen Haus. Der Mieter des Oberstocks war Büchsenmacher, mit Frau und Tochter war er aus Hirschberg am Riesengebirge ausgetrieben worden, unter den Ringarkaden beim Rathaus hatte er ein gutgehendes Waffengeschäft gehabt, den Angaben war laut Heidruns Vater kaum zu trauen, wenn man die angeblichen Läden der Flüchtlinge zusammenzählt, kommen mehr heraus, als es in ganz Deutschland gibt. Im späteren Hühnerhaus ganz hinten im Garten, unter den Apfel- und Mirabellenbäumen, hatte er sich eine neue Werkstatt eingerichtet, von ihm bezog Heidruns Vater einen Drilling für die Fleischversorgung der eher unkonventionellen Art, außerdem eine diskrete Walther PPK, wofür, für alle Fälle, für den Notfall nur, und selbstgemachte Munition für beide Waffen. Ein guter Drilling, pflegte der schlesische Mieter den alten Jägerspruch zu wiederholen, ersetzt einen ganzen Waffenschrank, und so ein handliches Ding aus Zella-Mehlis solltest du immer in der Tasche haben. Der verlorene Krieg hatte die Begeisterung für Schießgewehre in Steinheim, in der ganzen Wetterau und auf dem Vogelsberg nicht wirklich wegradiert. Nach den ersten beiden Nachkriegsjahren mit den scharfen Durchsuchungen der Amerikaner auf Waffen hatte man im Dorf, und nicht nur in dem einen, das Risiko abschätzen gelernt, ein Viertel der Steinheimer Männer ging in manchem Jahr heimlich auf die Jagd, manchmal unten in der Aue, im weitausgedehnten Horloffschilf, durch das sich vor Zeiten der Limes von Köppel zu Köppel gezogen hatte, meist aber in den großen Waldbezirken zwischen Kaltem Rain und *Haubenmühle* und jenseits von Langd und Stornfels, bis zum Hoherodskopf hinter Schotten zogen sich die Forsten. In den Ritzen jeder Kleinstadt, jedes Dorfes lauerten und lauern Eigennutz und schneller Zugriff, schnelles Zuschlagen sogar und hofften und hoffen auf eine Gelegenheit, die sich in größerem Stil nur ganz ganz selten, nur ausnahmsweise ergab, so zum Beispiel einmal in Perleberg in der Prignitz. Dort, in der biederen Ackerbürgersiedlung mit kleiner Garnison, in deren Gebäuden sich nach fünfundvierzig die Russen einnisteten, bis heute hat die PDS die Mehrheit, traf an einem frostigen Vormittag Ende November 1809 der sechsundzwanzigjährige englische Lord Bathurst mit einem Begleiter auf einer Extrapost ein, die Reisenden kamen aus Berlin und wollten über Lenzen nach Hamburg. Aus Angst vor streifenden französischen Soldaten verzögerten die beiden Engländer, die inkognito waren und sich deutscher Namen bedienten, Kaufmann Koch mit Begleiter, die Weiterfahrt, ließen die frischen Pferde wieder ausspannen und begaben sich von der *Post*, vor der ihre Kutsche stand, in den benachbarten *Gasthof Zum Weißen Schwan*, wo sie den Tag verbrachten. Auffällig die kostbaren mit violettem Samt überzogenen Zobelpelze, die sie in der überheizten Gaststube ablegten, wo ein älterer Hausknecht Scheit auf Scheit in den rotglühenden Ofen packte. Gegen neun am Abend, es war längst dunkel, die Pfützen auf den Straßen froren zu, ordnete Bathurst das Aufladen des Gepäcks und erneutes Anspannen an, als alles zum Aufbruch bereit war, der Kutscher schon auf dem Bock saß, fand sich nur der Reisegefährte an der Kutsche ein, vom Lord selbst keine Spur, er ist nie wieder aufgetaucht. Vergeblich alles stundenlange Suchen, alle tagelangen, wochenlangen Nachforschungen, die lediglich ergaben, daß der Sohn des Wagenmeisters, ein arbeitsscheuer Nichtsnutz und Gelegenheitsgauner, sich beide Pelze angeeignet hatte, auf Reklamation der Ortsbehörden gab die Familie nur einen Pelz, den weniger wertvollen, wieder heraus, der andere blieb anfangs ebenso verschwunden wie sein Besitzer. Erst zwei Wochen später förderte eine Haussuchung beim Wagenmeister unter einem Holzstapel einen Sack zutage, in dem der zweite Zobelmantel steckte. Bathursts unerklärliches unaufgeklärtes Verschwinden, das ganz Perleberg in Bewegung setzte, mit Gerüchten, Spekulationen, Beschuldigungen und Denunziationen, war, man konnte das getrost sagen, eine europäische Sensation, schon deshalb, weil man Napoleon beschuldigte, die Hand im Spiel gehabt zu haben, wie bei der Entführung des Herzogs v. Enghien aus Ettenheim und seiner Erschießung in Paris, erst nach vier Jahrzehnten löste sich das Perleberger Rätsel, bei Abbrucharbeiten in der einsamen Vorstadt an der Hamburger Chaussee fand man unter der Schwelle eines Stallgebäudes ein Gerippe mit zertrümmertem Schädel. Das Anwesen mit der abseits liegenden Kate, der kleinen Scheune und dem Ziegenstall hatte 1809 dem Hausdiener des *Gasthofs zum Weißen Schwan* gehört. Der Mann war in der Stadt für hochanständig, aber auch für einen Ausbund an Geiz gehalten worden, von eiserner Sparsamkeit befallen. Anders konnten sich seine Mitbürger die Mitgift einfach nicht erklären, die er seinen beiden Töchtern mitgegeben hatte, der einen achthundert, der anderen sogar tausend Taler, für einen Gasthofknecht ganz märchenhafte Summen. Es sei denn, er wäre, allein oder im Bund mit anderen Schnapphähnen, eines schnellen Entschlusses zum Raubmord fähig gewesen: anlocken, zuschlagen, verscharren. Vor der Steinheimer *Wirtschaft Fischer* auf der anderen Straßenseite, konnte ich erkennen, hatte sich endlich der schon vor Tagen angekündigte Rodheimer Kirchenchor aufgestellt, zwölf, fünfzehn teils mittelalte, teils alte Frauen, dunkle Röcke, lila Blusen mit großer Schleife, und stimmte, während die Festgesellschaft aus der Tür trat und oben an der Treppe stehenblieb, *Am Brunnen vor dem Tore* an, die Stimmen scharf und schrill, gefielen mir besser als das Baritongeorgle deutscher Sangesbrüder. Die zwölf überreifen Kanzellerchen erinnerten mich mit ihrem beinahe schneidenden Gesang an die ukrainischen Lieder, die der Taxifahrer im Dezember 1968 auf der Fahrt vom Flughafen Kiew in die Stadt dem Autoradio entlockt hatte, ich sagte etwas Lobendes in unbeholfenem Russisch zu ihm, *is gutt, net woar*, gab er auflachend zurück, im Krieg hatte er in Deutschland gearbeitet, in Ludwigshafen, bei I.G. Farben, er hatte, wie er sagte, keine wirklich schlechten Erinnerungen. Wie gut das tat. Einmal nicht hören, was anderen vor fünfundvierzig widerfahren war. Sich nicht verantworten müssen. Ich war doch selber Kind, vier Jahre alt. Vom Festtagsständchen unten auf dem Hof eingehüllt, von den Melodien fast wie von Watte umfangen, hing ich meinen Gedanken nach, was mir Heidruns Mutter in den vergangenen zwanzig Jahren immer wieder einmal unter dem anfangs nichtssagenden Stichwort Wasserbiblos angedeutet und ausführlich, besonders ausführlich erst vor fünf Wochen erzählt hatte, in der letzten Schneenacht des zu Ende gehenden Winters. Es war nach den *Tagesthemen* von Sabine Christiansen, wir waren, wie sag ichs, unter uns, draußen auf der Gasse, im Dorf absolute Stille, kein Auto, keine Schritte, keine Stimme, für eine schnelle Zigarette stand ich, noch Raucher, unter dem Vordach, hörte den Schnee rieseln, die Flocken knistern und mich selber den Rauch einziehen, *Pall Mall*, aus der ochsenblutroten schlanken Packung, die filterlosen überlangen Zigaretten mit dem höchsten Nikotingehalt. Nachdem ich einmal am Heiligen Abend zwischen zehn und Mitternacht auf der Suche nach einem mit *Pall Mall* bestückten Automaten im Schneetreiben durch das menschenleere weiße Göttingen geirrt war, anderthalb, zwei Stunden lang, erst am Bahnhof wurde ich fündig, kaufte ich jedesmal zwei Stangen, wenn ich nur noch eine hatte, der Vorrat wuchs und wuchs, und überall da, wo es im Regal hinter der ersten Bücherreihe keine zweite gab, brachte ich meine eisernen Rationen unter, hamstern und horten, ganz ähnlich Mutter, die in den ersten acht, neun Nachkriegsjahren jeden Sommer mit unseren Mädchen, mit Lisbeth, Ilse, Lisa oder Irmgard, unter Trubel und Geräusch Erdbeeren, Kirschen und Pflaumen einkochte, für eure Konfirmation und die Silberne Hochzeit, sagte sie, wenn wir die überhaupt erleben, die ganze Küche war tagelang voll Klirren und Klappern, Hitze und Dampf. Wuchtig der große, sehr große verzinkte Topf, der, wasser- und gläsergefüllt, mit einem Deckel versehen, auf den angeheizten halbhohen Kohleherd, Sommermaschine genannt, gesetzt wurde, man konnte ihn kaum hochheben, zwei, drei Helferinnen waren nötig, notfalls kam auch Frau Bader von nebenan, wenn das Wasser im Topf brodelte, fingen die Einmachgläser an zu zittern, zu poltern und zu wummern. So weit so gut, fanden wir, Jahre und Jahrzehnte hätte das Einkochen am Sommerausgang weitergehen können. Irgendwann hieß es dann weg von Frohburg, und die brechend vollen Kellerregale mit dem Nachkriegseingemachten, unser Zentner Russenzucker im Leinensack und ein Riesenglas mit jahrealtem Sirup, in hungrigen Oktoberwochen auf dem *Posthof* mühsam aus Zuckerrübenschnitzeln gekocht, blieben hinter uns zurück. Wie auch Vaters, ich hatte einmal nachgezählt, vierzehn Zwanzigliterkanister aus Wehrmachtsbeständen, aufgefischtes Strandgut des Zusammenbruchs. Vierzehn Kanister, Sparbüchsen, in den ersten Jahren nach dem Krieg von Vater randvoll mit Benzin gefüllt, literweise, Abzweigung aus der Zuteilung, die er als Arzt bekam, ein Vorrat insgesamt, der gut geeignet war, die Lebenstüchtigkeit eines Familienvaters zu belegen. Man mußte ihn gesehen haben, den Vater, den wir *Vator* nannten, wie er, besorgt um jeden Tropfen, hinter dem spaltweit geöffneten Schuppentor das kostbare Naß aus dem Kanister in die Mischkanne goß, vornübergebeugt, konzentriert, als würde er reinen Alkohol abfüllen, das kostbare Gut, aus dem sich mit Essenzen was Gutes brauen ließ. Glucksend und gluckernd floß der Sprit aus dem

Kanister in den Trichter, anschließend gab er noch Motoröl in die Kanne, in einem vorbestimmten Anteil, mit der Mischstange, die aus Gründen der Sorgfalt heftig auf und ab gestoßen werden mußte, verwirbelte er Benzin und Öl zu genau dem Treibstoff, den sein DKW, *Reichsklasse*, *Meisterklasse*, und auch das Leichtmotorrad *Panther* brauchten. Fehler in der Mischung konnten den Motor ruinieren, durch Blockieren des Kolbens im Zylinder, Vorsicht also.

Ich hatte draußen zu Ende geraucht und zog, wieder im Haus, die Eingangstür mit dem gelben Riffelglas hinter mir zu, unvergeßlich bis heute der Zweiklang, das Scheppern der Scheiben und das dumpfe Schlagen der schweren Tür, mit dem sie ins Schloß fiel, solange ich in der Untergasse aus und ein ging. In den folgenden zwei Stunden erzählte mir Emmi von ihren anderthalb Jahren auf dem Gut Wassserbiblos im hessischen Ried, wie der Landesbauernführer Richard Wagner und seine Frau sie, das neunzehnjährige Mädchen aus Oberhessen, im Rahmen des Landjahres für die Betreuung ihrer beiden Kinder angenommen hatten. Was sie in Wasserbiblos gesehen, gehört, beobachtet und erlebt hatte, insgesamt, sagte Emmi, ein Roman für sich, erzählte sie mir, deutete sie an, verrätselte sie, Genaueres vielleicht später einmal, sagte sie am Ende, nie kam es dazu. Wenn ich das hier in Göttingen, im Grenzgebiet zwischen Südniedersachsen, Nordhessen und Nordwestthüringen, in einer zentralen Position Deutschlands in einer kalten Dezembernacht 2013 kurz vor halb zwei und in Überarbeitung in einer mehr als schwülen Sommernacht des Jahres 2014, ebenfalls um ein Uhr dreißig, aufschreibe, in der Stille der Nacht, in der Verkehrspause, jedesmal ein Glas Wein, Chardonnay von *Aldi*, weiß ich nicht, was solche Sätze taugen oder bringen, auf alle Fälle verspüre ich einen Anhauch Rührung, eine Nähe zu Mutter, aber auch zu Vater, vielleicht der Wein, leider war ich vor fünfzehn, zwanzig Jahren noch nicht so weit und nicht so kühl und nicht so wach, daß ich Fragen nach den offenen Stellen,

Partien im Frohburger, Reiskirchener, Steinheimer und Göttinger Gewebe, nach den blinden Partien im Bild hätte stellen können, wie war das mit anderen, mit fremden Frauen, und Mutter, warum mußtest du unbedingt aus Frohburg fort und wolltest auch nach neunundachtzig dort auf keinen Fall begraben werden, auf dem Friedhof an der Altenburger Straße, fünf Steinwürfe von deinem Elternhaus entfernt, der Schmiede *Auf dem Wind*. Und was hat dich genaugenommen davon abgehalten, nach dreiunddreißig in die Partei zu gehen, der Ariernachweis, die Patentante Israel oder Großmutter, die ihre uneheliche Geburt im fernen Zittau auf keinen Fall mit dem Ariernachweis unter die Frohburger Leute gebracht haben wollte.

Was mir der Dresdener Aktenbeauftragte Siegmar Faust am Telefon über die *Villa Shatterhand* in Radebeul erzählte, hatte verblüffende Parallelen zum Werk des Meisters selbst, zum *Verlorenen Sohn* vor allem. Als hätte jemand nach der Lektüre der Romane, aufs höchste angetan vom Stoff, ein Drehbuch für die Gegenwart geschrieben. Das kleine bescheidene Karl-May-Museum, das außer dem Wohnhaus des Schriftstellers noch das *Blockhaus Bärenfett* mit der indianischen Sammlung weiter hinten im Grundstück umfaßte, bekam, die überwiegende DDR-Zeit nur geduldet, in den achtziger Jahren einen Direktor und gleich auch noch einen wissenschaftlichen Leiter. Beide waren vor der Etablierung in der Karl-May-Straße in hervorgehobenen Positionen im *Arzneimittelwerk Radebeul* angestellt gewesen. Der Museumsdirektor, ein ostspezifischer Diplomingenieurökonom, hatte überdies zeitweise die Kreisparteischule der SED geleitet und war von der Dresdner Staatssicherheit als IM *Runge* angeworben worden, der wissenschaftliche Leiter, von Haus aus Chemiker, hatte sich als Spitzel im Sektor Karl May des Literaturbetriebs selbstverpflichtet. Wen wunderts, daß er seine Berichte mit dem Wahldecknamen Karl unterschrieb. Das kam, als es 1992 bekannt wurde, allen Karl-May-Verehrern und Winnetoujüngern wie eine besonders niederträchtige Entweihung vor. Übrigens hing auch der stellvertretende Direktor der Einrichtung an den Fäden der Staatssicherheit. Kein Wunder also, daß das edle Dreigestirn, gegeneinander abgeschottet nach den Regeln der Untergrundarbeit, *Konspiratsia* genannt, nichts dagegen hatte, als die zuständige Kreisdienststelle aus der Bautzner Straße mit einem Oberst an der Spitze Anfang der achtziger Jahre den Plan entwarf und unter vier Augen mit dem Museumsdirektor und dem wissenschaftlichen Leiter besprach, in der Villa von Karl May eine geheime Anlaufstelle, eine konspirative Wohnung einzurichten. Im ersten Stock hatten sich das Arbeitszimmer und die Bibliothek des Exzuchthäuslers befunden, der aus eigener Vorstellungskraft nicht nur zu Old Shatterhand, sondern, im Deutschen Reich Wilhelms II. kaum zu toppen, auch noch zum Dr. May geworden war. Sein Schreibtisch, in der Frühzeit des Vielschreibers aus zweiter oder dritter Hand erworben, bei einem jüdischen Trödler in Dresden, wie er in den frühen Kolportageromanen Mays als Altwarenhändler und Pfandleiher oft genug beschrieben wird, und die Bücher, beinahe dreitausend Exemplare, mit Anmerkungen übersät, waren 1960 und 1961 von der DDR verhökert worden, an den Bamberger *Karl-May-Verlag* der Brüder Schmid. Die Erben und Nachfolger Euchars nahmen neben den Möbeln und der Bibliothek alle Rechte an den Büchern mit, ihr Vater hatte ohnehin mit dem Ziel Lesbarkeit das meiste neugeschrieben, und ließen die untätige Stiftung mit ihren fiktiven und tatsächlichen Vermögenswerten im realen Sozialismus zurück. Arbeitszimmer und Bibliothek am authentischen Ort, denkste. Die Räume im ersten Stock waren nun leer, also richtete man sie als Büro und als Versammlungsraum ein. Was für Versammlungen denn, bei nur fünf Leuten, von denen auch noch drei Leitungsfunktionen hatten. Im Erdgeschoß, wo die Küche der Mays, ihr Salon, ihr kleiner Saal gewesen waren, wurde ein Kinderhort einquartiert, in dem die Arbeiterinnen, die in drei Schichten rund um die Uhr im Arzneimittelwerk an den Tablettenmaschinen standen, ihren Nachwuchs abgeben konnten, ab sechs am frühen Morgen. Das Versammlungszimmer des *Karl-May-Museums*, zum Empfang von Spitzeln, zur Berichterstattung und zur Auftragsvergabe vorgesehen, hatte ein Fenster zur Straße, direkt unter den damals verwitterten und heute wieder vergoldeten Antiqualettern an der Front des Hauses, *Villa Shatterhand*, und ließ sich durch das Büro erreichen, das war der Weg, den die drei leitenden Herren des Hauses und alle von außerhalb zum Treff bestellten Zuarbeiter nehmen mußten. Es hatte aber auch noch einen zweiten Eingang, der besonders wichtig war, direkt vom Treppenhaus aus. Durch diese Tür traten, ohne das Büro durchqueren zu müssen, die Abgesandten der Bautzner Straße ein, wenn der Delinquent, zum Zutritt auf dem anderen Weg berechtigt als Mitarbeiter des Hauses oder angebliches legendiertes Mitglied der Museumsbeiräte, längst wie verloren in der Zimmermitte am langen Sitzungstisch saß und wartete und wartete. Ich erinnerte mich bei dem, was ich von Siegmar Faust hörte, gleich an die weißvermummte geheimnisvolle Gestalt des *Buschgespensts*, das an der sächsisch-böhmischen Grenze seine Gefolgsleute, die Pascher, in ein altes Gewölbe bestellt hat und wie aus dem Nichts plötzlich unter ihnen steht, niemand weiß, woher, niemand weiß auch, wohin, und erst recht nicht, wer sich unter der Verkleidung verbirgt. Die Tuchverleger und Heimarbeiterschinder Seidelmann, Vater, Sohn und Onkel, stellt sich heraus, am Ende. Dem *Buschgespenst*, ja den Buschgespenstern ganz ähnlich, agiert auch der Gegner des Fremden aus Indien, der verbrecherische *Hauptmann*, auch er ruft seine Räuberbande in einem verborgenen Gelaß in der Residenz Dresden zusammen, auch er kommt als allerletzter, verkleidet, maskiert, durch eine Falltür, seine Spießgesellen ahnen nicht, daß ausgerechnet der hochangesehene einflußreiche Bankier Baron v. Helfenstein sie anführt. Wenn er Sitzung hält, wird Bericht erstattet, werden Pläne geschmiedet, Befehle erteilt, es gibt Anerkennung, Belobigungen, Geschenke, dir Lump möchte man beinahe einen Orden verleihen, sagt der Hauptmann einmal. Nicht nötig, Genosse

Hauptmann, ich diene, wem denn gleich, na bitte, dem sozialistischen Vaterland. Knappe Hosen, Mäntelchen mit Gürtel, Baskenmütze, Aktentasche, so sahen die Spitzel aus, einige Typen jedenfalls, Kulturschaffende, wenn ich mir die Fotos angucke der an die Spitze gesetzten hochgehievten Karl-May-Verehrer beim Gang zum Radebeuler Grab seines, ihres Idols am fünfundsiebzigsten Todestag, zwei Jahre vor der Wende, Getue um den albernen Kranz mit verlogener Schleife, verschlossen wachsame Gesichter.

In der steilansteigenden *Großen Sommerleite* in Annaberg hatten anderthalb Jahrhunderte hindurch die kleinen Handwerker der Stadt gewohnt, wie in der Fleischergasse, der Mandelgasse, Siebenhäusergasse, Haus an Haus, Familie neben Familie, vielleicht noch mit der einen oder anderen Mietpartei aus Tagelöhner- oder Heimarbeiterkreisen. Doch nach dem letzten Krieg atemberaubende Enge, auch im Gebirge, die Stadt war im Gegensatz zu Chemnitz und Dresden unzerstört. Unterbringung, Einquartierung der Evakuierten, Ausgebombten, Flüchtlinge, der Vertriebenen, der *Wismut*leute waren das Gebot der Stunde. Nicht zu übersehen, später kaum noch vorstellbar, das Hin und Her der Handwagen, Tragekörbe, Rucksäcke, der Leute und der Tauschobjekte, in Annaberg so gut wie in der Straße der Freundschaft und der Thälmannstraße in Frohburg und in der Speckstraße, der Düsteren Straße und der Turmstraße in Göttingen. Vor den Häusern, auf allen Gassen und Höfen Kinder, ab Mittag, bis weit in den Abend. In diesem Gewimmel ging die zwangseingewiesene Erscheinung der Freifrau v. Neuenstein, unwirklich zumal mit einer Enkelin weiß wie Schnee, rot wie Blut und schwarz wie Ebenholz, beargwöhnt und bewundert durch die zehn ansteigenden Straßen und Gassen der inneren Stadt, nur der Marktplatz war eben und schoß nicht in die Beine und ließ die Lungen nicht pumpen. Verbindungsaufnahme nach Berlin oder dem Westen war streng untersagt. Was hätten Briefe, Telefonversuche auch gebracht, nicht ein einziger aus dem

Außenministerium oder der Partei fragte nach den Gründen des Verschwindens von zehn mehr oder weniger nahestehenden Personen, nach den Zusammenhängen, niemand wußte oder wollte wissen, wohin die Dertingers gekommen waren, die Zinsser und ihr Mann, in jeder Straße konnten die sitzen, in jeder Villa und in Hunderten von Kellern, es war nicht gut, zuviel zu wissen. Umgehend verurteilte der CDU-Vorstand mit Nuschke an der Spitze in seiner Zeitung *Neue Zeit* mit größter Empörung Dertingers hinterhältige Spionage- und Zersetzungstätigkeit und sein verräterisches Treiben. In Wahrheit wurde Nuschke krank. Und auch mein Vater hatte an solchen Nachrichten zu kauen. Schon der Slánský-Prozeß gegen die jüdischen Parteiführer in Prag, ihre Verurteilung zum Tod und ihre Hinrichtung hatten ihn niedergedrückt, verbittert und erbittert und jetzt wurde auch noch im eigenen Land der Dertinger durch den Wolf gedreht, aus der bürgerlichen Ecke. Schon damals sprachen die Eltern über Flucht. Der vom *Minister für Auswärtige Angelegenheiten der DDR*, vom stellvertretenden Vorsitzenden der CDU und vom Abgeordneten der Volkskammer von einer Stunde zur anderen zum Schwerverbrecher umgestempelte Georg Dertinger wurde auf Vorrat bereitgehalten, anderthalb Jahre mußte er warten, bevor mit ihm wahrhaft kurzer Prozeß gemacht wurde, vor dem Obersten Gericht, drei, vier Steinwürfe entfernt vom Regierungskrankenhaus, in dem sich Nuschke volle zwei Monate vom Schock der Verhaftung seines Parteifreundes und Ministerkollegen hatte berappeln müssen. Die Verhandlung im Juni vierundfünfzig, ein volles Jahr nach dem Juniaufstand, Nuschke hatte sich von der Entführung längst erholt, fand unter dem Vorsitz von Hilde Benjamin statt, Vizepräsidentin des Gerichts und Schwägerin Walter Benjamins. Ihr Einfamilienhaus im Pankower Sperrbezirk lag gleich neben dem Haus von Grotewohl, in dem es im Dachgeschoß zwei schmale Kammern gab, Dienstbotenzimmer, Leibwächterschlafstatt, Chauffeursunterkunft, was weiß ich, dort war ich nach 1989 mehrmals untergebracht. Kürzlich habe ich

Filmaufnahmen in Schwarzweiß gesehen, Gerichtsverhandlung, mit Kamera im Saal, für die Wochenschau *Der Augenzeuge*, Hilde Benjamin in einer ihrer Schauprozesse, schwarze Kostümjacke, dunkle Haare, geflochten und zum Kranz gelegt, wie sie sich schräg zurücklehnt in ihren Richtersessel und mit einemmal elektrisiert den Oberkörper nach vorne schnellt, die Stimme eifernd gehoben, schneidend, die Ähnlichkeit mit Freisler, ich war verblüfft. Nur wer sich restlos, aber wirklich restlos sicher fühlt, führt sich so auf. Die fünfzehn Jahre Zuchthaus, die sie Dertinger zudiktierte, waren natürlich nicht auf ihrem Mist gewachsen, sondern von Ulbricht und den Russen festgesetzt. Dertingers Frau, zweite Ehe, die geborene Freiin, bekam acht Jahre, aber das waren noch nicht alle Opfer, die man hatte. Da gab es noch den fünfzehnjährigen Sohn Rudolf. Was machen wir mit dem. Vier Jahre. Und haben wir nicht auch die dreizehnjährige Oktavie, war gefragt worden. Die haben wir, mit ihrer Großmutter sogar, wenn wir sie ein paar Monate schmoren lassen, bleiben sie vernünftig, dann siedeln wir die beiden, die Alte und das Mädchen, in einer Kreisstadt im Gebirge an, die gut zu kontrollieren ist. So weit so gut, doch was ist mit dem dritten Kind. Genau, frage ich mich, was war mit dem, mit diesem dritten Kind. Und wie alt ist es überhaupt gewesen. Acht Jahre, Christian hieß der zweite Sohn, er hatte eben noch mit der Familie Weihnachten gefeiert, Silvester, und plötzlich keine Spur mehr von den Eltern und Geschwistern, das mußt du einmal ausgehalten haben. Es gab den neuen Namen Müller, denn die Eltern seien gar nicht seine Eltern gewesen, sondern Pflegeeltern, die schrecklich schlimme Sachen gemacht hätten, die echten Eltern hießen Müller und seien leider bei Kriegsende umgekommen. Der Junge wurde in ein Kinderheim spezieller Art gesteckt, ein Mitglied des Zaisser-Vereins baute eine Beziehung zu ihm auf, ein Onkel Heinz, der öfter zu Besuch kam. Er brachte den Jungen nach Schönebeck an der Elbe zu einer Tante Lieschen und ihrem Mann Emil, einem linientreuen Ehepaar, dessen Sohn, wird überliefert, an der Ostfront gefallen war, wenns stimmt, in der Scharade stimmte vieles nicht. Emil arbeitete als Pförtner, das jedenfalls war zutreffend. Und auch, daß drei Brüder von Tante Lieschen zum Staatssicherheitsdienst gehörten, der eine war sogar Stasi-Chef von Magdeburg, der andere immerhin noch von Schönebeck, Bild, das die Mehrheit der Schönebecker von der Familie hatte, Hundertfünfzigprozentige. Acht Jahre lebte der kleine Dertinger bei ihnen, er gewöhnte sich schnell ein und hing an seinen Pflegeeltern, ihnen verdankte er im Lauf der Zeit das Pioniertuch, Jugendweihe, Oberschule, FDJ und das bißchen Wärme, das er auch brauchte. Volle acht Jahre waren vergangen, als plötzlich Onkel Heinz noch einmal aus den Kulissen auf die Bühne kam und eine mehr als verwirrende Botschaft mitbrachte, du bist gar kein Müller, eröffnete er dem Sechzehnjährigen, du heißt Dertinger, und deine Mutter ist wieder da und verlangt, daß wir dich zu ihr bringen. Maria Dertinger war tatsächlich aus der Haft entlassen und nach Annaberg-Buchholz verfrachtet worden, ihre beiden älteren Kinder, Rudolf und Oktavie, waren schon 1957 in den Westen geflüchtet, jetzt wollte sie wenigstens ihren Jüngsten um sich haben. Doch gab es Schwierigkeiten, zueinander zu finden, die Bindung Christians an die Pflegeeltern war groß, und auch von dem Ehepaar in Schönebeck wird gesagt, es sei über die Trennung nicht hinweggekommen, Tante Lieschen starb wenige Monate nach dem Weggang des Jungen, woraufhin sich Onkel Emil einen Stein um den Hals hängte und in die Elbe ging, angeblich. Dagegen ist sicher echt, wenn von Christian Dertinger berichtete wird, er habe schon beim ersten Besuch mit der fremdgewordenen, fremdgebliebenen Mutter beim Vater in Bautzen eine große Nähe gespürt. Doch dauerte es noch vier volle Jahre, bis Georg Dertinger nach zwölfjähriger Haft begnadigt wurde, anfangs mußte er noch mit Frau und Sohn in Annaberg-Buchholz leben, dann durfte er nach Leipzig umziehen und bekam eine Anstellung im katholischen *St. Benno-Verlag*.

In den Monaten vor und nach der Konfirmation verbrachten wir, Bitterweg, Carl-Hugo und ich, die Nachmittage auf der halb zusammengestürzten Scheune von Fänglers, mit Vorstößen, Raubzügen in die Fänglersche Wohnung und auf den Oberboden über der Waschküche immer dann, wenn die Luft rein war und wir uns von den Obstweinvorräten bedienen konnten. Einmal drangen wir, vom Alkohol beflügelt, in das unverschlossene Untermieterzimmer von Hilde Rossegger ein, einer unverheirateten fülligen Dreißigjährigen, die uns in Gegenwartskunde unterrichtet hatte. Es war kaum vier Wochen her, daß sie mich zur Abschlußprüfung in ihrem Fach vor die Prüfungskommission gesetzt hatte, der mein angeheirateter Cousin Grzewski, als Vorsitzender angehörte. Eine halbe Stunde vor meinem Auftritt bekam ich im Zeichensaal einen handschriftlichen Zettel mit dem Thema, über das ich in der Aula nebenan ein Kurzreferat halten sollte. Sprich über das Wohnungselend in Westdeutschland, wurde von mir verlangt, und lege dar, wer daran schuld ist und welche Klasse besonders darunter leidet. Produkt jener Jahre, hatte ich nicht die geringsten Schwierigkeiten, ein wahres Horrorbild von Siedlungen, Städten und Landstrichen zu zeichnen, die ich nie gesehen hatte, in denen ich nie gewesen war, Westberlin allerdings, das ich von Tagesbesuchen her kannte, sah bei allen Bombenschäden und Provisorien für mich nicht unbedingt verelendet aus, eher Leipzig mit seinen Ruinenstraßen und vor allem Dresden mit dem ausradierten Zentrum. Ich schwelgte förmlich in Schreckensgemälden der imperialistischen Zone, wie berauscht war ich von meinem eigenen Unsinn, dabei hatte ich selber mitten im vertrauten Frohburg mindestens drei Freunde, die wirkliches Wohnungselend kannten, wie es schlimmer auch im Westen nicht sein konnte. Das waren Winfried Plutte und Reiner Tschetschorke, der mich auf dem Marktplatz zum ersten Mal auf die Hunde aufmerksam machte und *ficken* und *vögeln* sagte und unsere Blicke auf die zusammenhängenden Köter lenkte, guck doch, der kommt nicht los von ihr. Während ich mich in der Abschlußprüfung fast schon in einen Rausch über die miese westdeutsche Wohnungssituation hineinsprach, bemerkte ich, wie mein Vetter Grzewski lächelte. Kaum war ich fertig, fast ein bißchen stolz auf meine sozialkritischen Phantasien, fragte er mich: Ja glaubst du denn wirklich, was du gerade gesagt hast. Ich bejahte, mit dem Brustton der Überzeugung. Aber doch auch merkwürdig berührt, sonst würde ich mich nicht mehr daran erinnern. In der Sechzehnquadratmeterkammer unserer Lehrerin im Fänglerschen Haus guckten wir uns um, wie sah ihre Bettstatt aus, in der sie im Winter unter das schwere Federbett kroch, was für Bücher lagen auf dem Nachttisch, gab es sonst etwas Interessantes im Zimmer. Sofort fiel uns ein großes Backblech auf einem Stuhl am Fußende des Bettes ins Auge. Auf dem Blech ein ausgebackener Kuchen, anscheinend zum Abkühlen in das Nordzimmer gesetzt, eine appetitlich duftende Landschaft aus Berg und Tal, die sich in fünf Zentimeter hohen Wellen von links nach rechts zog, Prasselkuchen war das. Bitterweg bewunderte das frische Backwerk, schnuppernd beugte er sich über Stuhl und Blech, verlor, vom Obstwein leicht benebelt, das Gleichgewicht und krachte auf den Kuchen, der knackend in viele Stücke zerbrach. Schreck laß nach, hatten wir ruiniert, was der Rossegger gehörte, es waren doch schon Ferien, bestimmt war sie für die nächsten acht Wochen nach Saalfeld zu ihren Eltern gefahren. Na wenn der Kuchen deiner Oma gehört, sagte Bitterweg zu Carl-Hugo, dann ist es ja gut. Tage später erzählte mir Carl-Hugo, das verlassene Zimmer der Rossegger habe ihn nicht losgelassen, er konnte nicht anders, er mußte nachts hinschleichen und sich wie ferngesteuert kurze Zeit in ihr Bett legen und versuchen, ihren Geruch zu erspüren und sich vorzustellen, sie liege neben ihm. Dabei wußte ich genau, daß er zu bestimmten Leistungen in der angedeuteten Hinsicht noch gar nicht fähig war. Dennoch. Als wir einmal einen Regennachmittag auf der Scheune seiner Großeltern verbrachten, entdeckten wir den Durchstieg zum benachbarten Stall des Fuhrmanns Schramm, bei dem im ersten Stock der SSD-Mann

Mäser mit seiner Frau wohnte, Carl-Hugo schlug vor, seine Klassenkameradin Angelika Schramm, die Enkelin des Fuhrmanns, vom abendlichen Füttern der Ziege weg auf unseren Scheunenboden zu locken, dann können wir sie abtasten, vielleicht sogar etwas sehen. Ein andermal, in den gleichen großen Ferien, war ich mit ihm morgens im Freibad, viel war nicht los. Wir kamen aus den Umkleidekabinen, in denen es immer nach sommertrockenem Holz roch und in denen alle Trennwände einen knappen halben Meter über dem Boden Gucklöcher hatten, ein einzelnes Mädchen, schon ausgezogen, ging über die Liegewiese zum Wasser, die Junghans aus meiner Klasse, sagte Carl-Hugo, wetten, daß ich ihr an die Brust fasse. Nie und nimmer, sagte ich. Er gleich hinter ihr her, am Nichtschwimmer sprachen die beiden zusammen, keine Spur von Anfassen. Auf der Schafbrücke zeigte ich Bitterweg am gleichen Nachmittag eine bei Großmutter erbeutete Halbliterflasche mit Weinbrandverschnitt vor, die muß heute noch leer werden, waren wir uns einig, wir nehmen die *Lippe* mit. Längst habe ich vergessen, wie die *Lippe* wirklich hieß. Der jüngere Mann von fünfundzwanzig, dreißig Jahren war geistig zurückgeblieben, jeden Tag stand er ab Mittag zerlumpt vor dem *Roten Hirsch* am Markt, unter den beiden Aushangkästen für das Kinoprogramm, und wartete auf den Beginn der Nachmittagsvorstellung um fünf. Erst jetzt überlege ich mir, daß er, da er kaum arbeiten konnte, dauerhaft freien Eintritt gehabt haben muß. Manchmal allerdings nahmen ihn junge Burschen mit ins Kino, um sich an seinen Reaktionen auf die Filmszenen zu ergötzen, auch Bitterweg machte da mit und beschrieb mir, spielte mir vor, wie die *Lippe* zum Beispiel beim westdeutschen Film *Schwarzwaldmädel* mit Sonja Ziemann das Lied mit dem Refrain *Mädel aus dem Schwarzen Wald* mitgesummt, mitgesungen und dirigiert hatte. Und im Mosfilm *Flammende Herzen*, von einem Pferdezüchtersowchos im Partisanenkampf gegen die deutschen Faschisten, wurde erzählt, war er aufgesprungen und hatte seine Maschinenpistole in einer Rundumbewegung auf die herbeiphantasierten Wehrmachtssoldaten abgefeuert. Noch hingerissener stieg er auf den Kinoklassiker *Sturm über Asien* ein. Der Gewalttritt der Kämpfer gegen die englischen Kolonialherren, Hufe donnerten, Säbel blitzten, Mauserpistolen mit langem Magazin wurden geschwungen, brachten ihn dazu, in grenzenloser Begeisterung aufzuspringen und zwei der Kinosessel in der nächsten Reihe aus der Verschraubung zu reißen. Auf unklare Weise war Mutter mit der *Lippe* verwandt, wahrscheinlich durch die zweite Ehe ihrer Urgroßmutter. Sie konnte das nicht präzis nachzeichnen, aber eine gewisse Verbundenheit wurde empfunden. Von beiden Seiten. Wie gelegentliche Klobesuche bei uns belegten. Das Klo war eine Toilette mit Wasserspülung, das schmale Fenster ging auf den *Posthof*, im Vorraum hing ein kleines Waschbecken, in dem von Schwester Edeltraud, Vaters Sprechstundenhilfe, die Uringläser und Urinflaschen gespült wurden. Für Patienten war das Klo in der Regel tabu, sie benutzten wie selbstverständlich die für jedermann offenen stinkenden Abortverschläge und das Pissoir der *Gaststätte Post* im Erdgeschoß, Anlaß für dauernde Beschwerden des Pächters Kuntz. Geheizt wurde mit Briketts, sie kamen per Pferdefuhrwerk aus der *Brikettfabrik Neukirchen* und wurden vor dem Haus auf den Gehsteig gekippt, ungefähr in Höhe unseres Kellers. Die dreißig, vierzig Zentner mußten dann von unserer Hausgehilfin Reni und mir Stück für Stück durch das niedrige Fenster in unser Kellerabteil geworfen werden, damit die Leute nicht mehr vom Gehweg runter zu treten brauchten. Hotelier Kuntz zu Lisa, im Vorübersegeln, wie nebenbei: Sie Arme, das muß unser Mädchen nicht machen. Vater schrieb ihm einen Brief, will sagen, er diktierte, im Wohnzimmer auf- und abgehend, Mutter, die im Klubsessel saß und Steno schrieb und den Text später tippte, seine Botschaft an den Mitbewohner, in dessen Gaststube die Eltern nicht ungern saßen. Wenn Reni mit unserem Sohn, diktierte Vater, auch die Kohlen einräumt, so muß sie doch nicht wie Ihr Mädchen die Abortschüsseln auswischen und die Pissoirrinnen scheuern. Wenn die *Lippe* bei uns durch war, musste jedesmal fürs Aufwischen Frau Bader zur Verstärkung geholt werden. Das Paar war kinderlos, und ich hörte einmal, wie Frau Bader, eine blühende schwellende Frau von fünfunddreißig Jahren, zu Mutter sagte, wir geben uns ja alle Mühe, wir versuchen wirklich alles, aber es will einfach nicht klappen. War es ein Wunder, wenn ich mir vorstellte, wie sie alles, was sie alles versuchten. Ihr Mann ist mir nur dadurch in Einnerung geblieben, daß er es war, der jedes Jahr unseren Weihnachtsbaum, der in der Größe der Höhe der Altbauzimmer in der *Post* entsprach, in den Ständer setzte. Beschwingt von der Aussicht auf einen unterhaltsamen Nachmittag, kamen wir mit der Flasche Schnaps vor dem *Roten Hirsch* an. Die *Lippe* stand schon an der Marktecke, unter den Kinoplakaten. Heute Westfilm, sagte er. Quatsch, wir haben was, komm mit, mehr brauchten wir nicht zu sagen, zu dritt ging es ins Hölzchen, damals gab es noch die Bänke des Verschönerungsvereins, es gab noch die Spazierwege und Wiesenplätze unter Eichen und Eschen, heute alles verwildert, zugewuchert, verschlammt. Wir suchten eine Bank aus, die abseits lag. Zwischen mir und Bitterweg die *Lippe*, die Flasche mit dem Weinbrandverschnitt ging hin und her, dadurch bekam die *Lippe*, von uns nicht unbedingt geplant, doppelt so viele Züge aus der Flasche ab wie wir, die Stimmung stieg. Bis die *Lippe* ganz plötzlich, unsere Flasche war fast leer, mir war drehend, aufheulte, den Abhang Richtung Garten meiner Großeltern hinunterschoß und auf dem Weg liegenblieb, der zur Haltestelle Schützenhaus hinaufführte. Erschrocken kamen wir ohne die Flasche nach, der ist ja weggetreten, schnell fort, sagte Bitterweg, und wir machten, daß wir in die Stadt kamen. Glück gehabt, am nächsten Nachmittag wartete die *Lippe* wieder an ihrer Ecke auf den Beginn der ersten Vorstellung im Kino.

Unsere Flucht nach dem Schnapsexzeß erinnerte mich am Abend beim Einschlafen an ein Erlebnis Jahre vorher. Es war im eiskalten Winter zweiundfünfzig auf dreiundfünfzig gewesen, unsere Bande aus acht oder zehn Jungen hatte einen Streifzug in das verschneite Himmelreich gemacht, für uns eher fremdes Gelände, unsere angestammten Jagdgründe hießen Eisenberg, Hölzchen und Harzberg, wir waren durch den Kiefernwald und durch das Dickicht gestromert, ein Wildschwein, das im Unterholz rumorte, ein Fuchs, der zwischen uns hindurchschoß, hatten für Herzklopfen und Triumphgeschrei gesorgt, als wir uns auf den Heimweg machten, war der Himmel im Südwesten blutrot, wie Feuer lag der Widerschein auf der dünnen Schneedecke der Felder an der Wolfslücke. Gegenüber der Einfahrt zum Arbeitsdienstlager, Flüchtlinge und Vertriebene wohnten dort, zartfühlig Umsiedler genannt, ein zugefrorener Straßengraben, wir schlidderten auf dem Eis, bis Jörg Meißner unversehens einbrach, bis zum Kopf stand er im Wasser des überraschend tiefen Grabens, er machte den Mund nicht auf, er gab keinen Laut von sich, schrie nicht, gurgelte nicht, um so tiefer erschrocken rannten wir los, weg von dem entsetzlichen Bild, durch den Eisenberg, über den Markt, nur weg, nachhause, nur dorthin. Irgendein Helfer hat den eingebrochenen Freund aus dem Graben gezogen, ich weiß bis heute nicht, wie das zuging, wer das war. Wir kamen nicht darauf zurück, selbst Jörg sprach nicht davon, drüberweg geht auch.

Oder auch nicht. Kaum ein Jahr ist es her, daß ich rausmußte, etwas anderes sehen, in anderer Umgebung den Laptop aufklappen, loslegen. So mein Gefühl am 29. März 2015, zwei Wochen vor Ostern, wegen der stockenden Arbeit an einem umfangreicheren Vorhaben, bei manchem meiner Kollegen würde vielleicht vom großen Projekt die Rede sein, bei mir war es nur der ausufernde Frohburgroman. Schon am nächsten Tag fuhr ich auf eine Woche ins sächsische Erzgebirge, nach Oberwiesenthal. Ich wollte im Hotel *Sachsenbaude* am Kleinen Fichtelberg wohnen, zum wievielten Mal seit 2005, elfhundert Meter hoch, zweihundertfünfzig Meter über Oberwiesenthal, der seit der Wende abgestürzten Kaderschmiede für Skisprung und Biathlon, fast die Hälfte der Einwohner war weggezogen. Am Vormittag im leeren Gastraum und vielleicht auch am Abend oben im stillen Zimmer, Dachgeschoß, Nordwestfenster, Blick auf das Waldmeer der Fichtelbergflanke und den fernen Auersberg, wollte ich schreiben und nachmittags Erkundungsfahrten über die vier oder fünf Steinwürfe entfernte Grenze machen, zu den tschechischen Uransiedlungen bei Joachimsthal, Abertham und Schlackenwerth und zu den überwucherten Schutthaufen der erst entvölkerten, dann abgerissenen böhmischen Dörfer und Weiler, den Geisterort Reischdorf, ehemals dreitausend Einwohner, die eine Hälfte der Männer Wandermusikanten, die andere Fuhrleute, kannte ich schon, seinen auf der Hochfläche liegenden einsamen Bahnhof mit dem eingestürzten Dach und einem handgeschriebenen Fahrplan an der morschen Tür, drei Abfahrten Richtung Komotau pro Tag, für wen, und das k.u.k.-Kriegerdenkmal in der wüstliegenden ehemaligen Dorfmitte weiter unten, Richtung Preßnitzstausee. In der Nacht vor der Fahrt ins Erzgebirge, ich war halb drei wach geworden und konnte nicht wieder einschlafen, fiel mir beim Durchgehen, Durchsuchen, Durchforsten von Erinnerungen ein Erlebnis ein, das Jahrzehnte zurücklag, verblaßte über- und unterbelichtete Bilder, ein kaputtes Fahrrad, ein am Straßenrand liegendes weinendes Mädchen, mehr nicht, dazu ein paar Beschriftungen, sich absetzen, stiften gehen, Ende offen. Diese Erinnerung an das verletzte Mädchen hatte mit Frohburg zu tun und mit der Straße, die von Frohburg nach der benachbarten kleinen Töpferstadt Kohren-Sahlis führte, dort, unterhalb des hochgelegenen Alten- und Pflegeheims *Waldblick* am Kohrener Stadtrand, gab es eine steile Abfahrt ins Tal des Lochmühlenbachs, auf diesem Abschnitt der Strecke war das fremde Mädchen verunglückt, dort lernte ich es nach einem ersten Wahrnehmen, einem ersten Blickkontakt am Lindenvorwerk kennen. In der schlaflosen Nacht zuhause in Göttingen sah ich das Heim *Waldblick* viel deutlicher vor mir als die abfallende Straße davor. Denn in meinem ersten Jahr im

Internet hatte ich unter den vielen Ansichtskarten eine Aufnahme des langgestreckten Gebäudes entdeckt, erbaut als Heim *Sonnenwiese* Ende der dreißiger oder Anfang der vierziger Jahre im Heimatstil des Dritten Reichs, gekalkte Mauern, steiles schiefergedecktes Dach, eine Vielzahl von Gauben. Um meinen nächtlichen Wachtraum mit einem aktuellen Bild zu ergänzen, wollte ich auf der Fahrt zur *Sachsenbaude* das abfallende Straßenstück, auf dem das Mädchen damals vom Fahrrad gestürzt war, wiedersehen, Frohburg und Kohren lagen an der Strecke von Göttingen nach Oberwiesenthal, erst neue A 38, dann, im Süden Leipzigs, noch neuere A 72, ich nahm die Abfahrt Borna, von dort aus ging es über Zedtlitz, Neukirchen und Bubendorf, alles hatte mit den Kindheitsjahren zu tun, über jedes Dorf ließ sich viel sagen, im *Gasthof Bubendorf* war ich zum Beispiel im Sommer 1957 auf einem Tanzabend dem Mädchen nähergekommen, dessen Vater im *Kombinat Espenhain* am 17. Juni von den Russen erschossen worden war. Die Fahrt ging weiter über Frohburg, wo ich nicht anhielt, nur einmal kurz den Markt runter, über die Wyhra und durch die Greifenhainer Straße, an meinem Geburtshaus vorbei, den Schützenhausberg hinauf und an der *Gärtnerei Barthel* wenden, jedesmal das Minimum, wenn ich in der Gegend war. Der nächste Ort hieß Wolftitz, oben am *Jägerhaus* fing der Streitwald an, sechs Kilometer nur Buchen und Eichen, darunter wahre Baumriesen, die in einem Waldwinkel, am oberen Ende einer Schlucht den Abholzungen für die Russen und die *Wismut* entkommen waren, rechts unten die Wyhra, die sich von Gnandstein und dem Gautenberg her durch den Wiesengrund schlängelte, an den Ufern Weiden und Erlen dicht an dicht, schwierig, ans Wasser zu kommen, zu den Untiefen und Sandbänken der Nachkriegszeit, im Kies Flußneunaugen, unter den Steinen Krebse, verschwand alles in den sechziger Jahren im Schlamm, nach dem Talsperrenbau oberhalb, bei Altmörbitz. Zwischen Wyhra und Straße der Damm der Bimmelbahn von Frohburg nach Kohren, 1906 trassiert, Zugverkehr 1967 eingestellt, Schienen entfernt, nach der Wende das emporgewucherte Buschwerk abgesäbelt, Fahrradweg, inzwischen wuchert das Haselnußdickicht wieder. Kurz vor dem Ende der Strecke durch den Streitwald überquerte ich die Brücke über den Lochmühlenbach. Hier fing, wie ich jetzt sah, die Steigung an, die das Mädchen in entgegengesetzter Richtung bergab gefahren, auf der es mit dem Rad hingekracht war. Während mich das Auto mühelos surrend aus dem Tal nach oben zum Heim *Waldblick* trug, kam mir der Höhenunterschied nicht dramatisch vor, wahrscheinlich hatte man in den letzten Jahren den Fahrdamm im Bachgrund erhöht. Ich bemühte mich, mir im Vorbeifahren die Brücke und das Straßenstück bis zum Heim so fest einzuprägen, daß ich die Bilder jederzeit abrufen konnte. Kaum war ich zwei Stunden später, nach der Weiterfahrt über Chemnitz und Annaberg, im Hotel angekommen, saß ich schon, von der Fahrt durch den Streitwald nicht nur angeregt, sondern angetrieben, an meinem altgewohnten Tisch in der *Loipenklause*, unter dem seitenverkehrten Wandbild mit Schwarzenberg, Scheibenberg und Annaberg, und klappte meinen Laptop auf. Ich versuchte, das Kohrener Erlebnis zeitlich festzumachen. Es ging um Pfingsten, soviel wußte ich. Und am nächsten Tag war Schule gewesen. Also konnte es sich nur um den zweiten Pfingstfeiertag gehandelt haben. Fraglich nur, in welchem Jahr. Siebenundfünfzig kam nicht infrage, da machte ich den Motorradführerschein. Und fünfundfünfzig paßte ebenfalls nicht, wegen der Konfirmation an Palmarum, bis über Pfingsten hinaus war ich Sonntag für Sonntag zu Fuß unterwegs in der Stadt, um mich an diversen Haus- und Wohnungstüren für zig Paar Socken und eine Batterie von Blumentöpfen mit Kreppmanschetten zu bedanken. Blieb nur 1956. Daraufhin suchte ich bei Google nach dem zweiten Pfingstfeiertag des Jahres. Es war der 21. Mai gewesen, genau eine Woche vor meinem fünfzehnten Geburtstag. Ein Frühsommertag, mit angekündigten achtundzwanzig Grad im Schatten. Als ich um zehn aus unserem Eßzimmerfenster im ersten Stock der *Post* guckte, warteten meine Freunde schon vor dem *Roten Hirsch* am oberen Ende des Marktes, hintereinander aufgereiht, im Fahrradsattel sitzend, den rechten Fuß auf dem Bordstein, ungeduldig klingelten sie in den Feiertagsmorgen hinein. Zwei von ihnen hatten nach der achten Klasse eine Lehre angefangen, der Reiner Tschetschorke vom Markt beim VEB *Sternradio* Rochlitz, von ihm hatte ich nicht wenige Wörter zum ersten Mal gehört, und der Peter Schlichter vom Kirchplatz in der Brikettfabrik Neukirchen, dort wurde er nur ein paar Jahre später zwischen zwei Selbstentladewaggons für Rohbraunkohle zu Tode gequetscht. Lehrwerkstätten, eine andere Welt, die Verbindungen lösten sich zunehmend, man merkte es kaum. Zwei weitere Freunde waren im Anschluß an die Konfirmation in den Westen gegangen, abgehauen, rübergemacht, wie das hieß, und kamen, Bitterweg war Lehrling bei der *Autounion* in Ingolstadt und Carl-Hugo bei *Boehringer* in Ingelheim, nur für ein paar Feiertage im Jahr zu den Frohburger Großeltern, mit Interzonenvisum, auch diese Pfingsten. Täuschte ich mich, oder rochen die wirklich jetzt anders. Die restlichen drei oder vier, vielleicht auch fünf Jungen, die vor dem *Roten Hirsch* auf mich warteten, waren wie ich seit knapp einem Jahr Fahrschüler der Oberschule in der Kreisstadt Geithain. Man hatte mir 1955 den Besuch der Schule dort zugestanden, auch in Anerkennung des Referats, das ich über das westdeutsche Wohnungselend gehalten hatte. Die Söhne des Pfarrers am Ort und des Apothekers, meine besten Freunde, hatten nicht soviel Glück. Jörg Meißner wich nach der Absage gleich nach Westberlin aus, Reinhardt v. Derne kam in ein kirchliches Internat nach Moritzburg und landete nach einem Probejahr dann doch im Westen.

Auch ich bewegte mich auf dünnem Eis, nützliches, aber bekanntermaßen feindliches Elternhaus, der Vater Arzt, brauchen wir, na klar, doch das ist kein Freibrief für alles, die Mutter Hausfrau, äußert sich zustimmend, wenn nicht begeistert über Adenauer, auch auf der Straße, beim Gespräch mit ehemaligen

Kolleginnen aus der *Braunsbergschen Textildruckerei*, bei jeder Wahl oder Volksabstimmung marschiert das Ehepaar erhobenen Hauptes in die Wahlkabine, eine solche Provokation wagen selbst von den alten Akademikern in der Stadt nicht alle. Außerdem wurde kürzlich inoffiziell bekannt, daß der Doktor wieder einmal mit dem Motorrad in Westberlin war, seinen Worten nach, um neue Kreuzgelenke für seinen kaputten DKW zu kaufen, natürlich zum Schwindelkurs. Auf der nächtlichen Rückfahrt geriet er bei Dessau an der Auffahrt zur provisorischen Autobahnbrücke über die Elbe in eine Fahrzeugkontrolle der Freunde, die uns hinzuzogen, weil die funkelnagelneuen Kreppsandalen des Motorradfahrers auffielen. Nach kurzem Disput, ohne die Kreuzgelenke Hausbesuche im Winter nicht möglich, schimpfte der Doktor erregt, und nach fernmündlicher Rücksprache mit Leipzig ließen wir es bei einer ernsthaften Ermahnung und Verwarnung bewenden. Noch schwerer fällt ins Gewicht, was er als behandelnder Arzt im *Altersheim Wolftitz* treibt. Um den Geisteszustand der Insassen zu untersuchen, stellt er vor allem zwei Fragen, wer war Hitler, wer war Stalin. Hitler, Stalin, in einem Atemzug. Darüberhinaus verstrickt er sich fast bei jedem Besuch in Diskussionen mit dem Heimleiter Herberg, Mitglied unserer Partei. Neulich hat er sich besonders weit vorgewagt und den in England eingekerkerten Friedenskämpfer Klaus Fuchs als schäbigen Agenten und widerlichen Spion bezeichnet, der den Engländern mit Betrug und Verrat vergolten hat, daß sie ihn, den deutschen politischen Flüchtling, aufgenommen und damit vor dem KZ und Schlimmerem bewahrt haben. Bei dieser ungeheuerlichen Behauptung angekommen, hatte der Doktor wohl selber den Eindruck, sich zu weit vorgewagt zu haben, Herr Herberg, sagte er, ich fahre von hier aus gleich nachhause und erzähle meiner Frau, was wir eben gesprochen haben, wenn ich verhaftet werde, weiß sie, wem ich das zu verdanken habe, das geht dann nicht nur in Frohburg herum, das könnte auch noch Leute hinter der Sektorengrenze interessieren, Sie wollen Ihren Namen doch nicht im Radio hören. Gründonnerstag 1956 war das. Am zweiten Pfingstfeiertag stieß ich kurz nach zehn auf dem Markt zur Gruppe meiner wartenden Freunde. Wir fuhren mit den Rädern zum *Lindenvorwerk*, einem Ausflugslokal hinter Kohren, mit Kaffeegarten und Ruderteich, der Gastwirt hieß Zöllner. Früher einmal hatte der große Vierseitenhof mit dem breithingelagerten biedermeierlichen Landhaus und mit der benachbarten Lindenmühle und dem Ruder- und Karpfenteich der Gutsbesitzerfamilie Crusius im nahen Sahlis gehört, die ganze Gegend bis nach Leipzig hin war mehr als froh, neben der *Obstweinschänke* in Rötha ein zweites Ausflugsziel zu haben, wo man sich, wenn man nicht genau hinsah, fast wie zwischen den Kriegen fühlen konnte. Zumal Zöllner den Laden wie ein Patriarch führte und an Wochenenden und Feiertagen wie Gottvater über dem halben Dutzend dörflich rekrutierter Serviererinnen thronte und die Schar dirigierte. Wer ihn an Herbstabenden während des Abfischens einmal bei früher Dämmerung erlebt hatte, wie er, in Wathosen und mit einem Riesenkescher bewaffnet, auf dem großen Hof des *Lindenvorwerks* zwischen den mannshohen Bottichen mit den sommerfetten Karpfen umherstampfte und die Helfer, die vielen Käufer in der Schlange und die Wand der Schaulustigen andröhnte, der konnte leicht ahnen, daß er zwischen der Geschmeidigkeit des althergebrachten Gastwirts und der Bestimmtheit des Kleinunternehmers jede Tonart draufhatte, daß er sich die Butter so schnell nicht vom Brot nehmen ließ. Die Terrasse des *Lindenvorwerks* war, als wir am zweiten Pfingstfeiertag 1956 kurz vor elf am Gasthaus ankamen, bis auf den letzten Platz besetzt, auch die Ruderkähne schwammen alle schon draußen auf dem Wasser, und unter den uralten Kastanien standen acht oder zehn angegraute Vorkriegsautos und das funkelnde *Wartburg Coupé* des Friseurs Boronowski vom Frohburger Markt, während vor dem Tanzsaal ein Kremsergespann gerade eine aufgeregt schnatternde Frauenbrigade aufnahm, meine Fresse, die Ärsche, wie Ackergäule, sagte jemand hinter mir, schon waren wir vorbei. Denn wir rollten den Dammweg entlang bis zu der Badestelle mit dem schmalen gelbroten Lehmstrand an der Ostseite, erinnere dich an Jutta Sämisch. Kaum hatten wir die Fahrräder ins Gebüsch unter den Sommereichen kippen lassen, waren wir auch schon im Wasser. Der Schlamm glitschte unter den Füßen, aber nur zwei Meter, dann konnte man nicht mehr stehen, unglaubliches Gefühl, wenn man sich hinausstieß in das kühle grünliche Wasser, wie es einen umschloß und umschmeichelte, man wollte mehr und mehr davon haben, ich streifte die Badehose ab und preßte sie in der Faust zusammen, Kraulen, Schmetterling, Tauchen, in jeder Körperfalte Kühlung und Frische, wunderbar. Und dann das Gerangel mit den Freunden, Versuche, den anderen unterzutauchen, Haut gegen Haut, Haut auf Haut. Hör auf, laß los, ich krieg einen Steifen. Hat das Tschetschorke damals wirklich gerufen. Ich bin mir nicht sicher. Als wir genug davon hatten, am Nachmittag, gingen wir nach vorn zum *Lindenvorwerk* und mieteten an der Anlegestelle beim ruppigen Stalingradinvaliden mit dem zernarbten brandzerfressenen Gesicht, Panzerkommandant war er angeblich gewesen, einen Kahn, den allerletzten, der, ein halbes Wrack, abseits vertäut lag und den wir erst ausschöpfen mußten, *ihr krischdn fihr de Hällfde*, sagte unser Gönner, *e Groschn de Schdunnde, doadorrzuh zwee Marg Fand*. Wir stießen ab und ruderten einer bunt herüberleuchtenden Gruppe hinterher, Mädchen in unserem Alter, die in einem Boot, das genauso überladen war wie unseres, über den Teich stümperten, im Zickzackkurs, weil sie sich mit dem Rudern nicht einigen konnten, *Weiborr ähm*, meinte Tschetschorke, der nicht nur das letzte, sondern auch das erste Wort liebte. Auf Steinwurfweite herangekommen, sprangen wir mit Kopfsprung ins Wasser, nacheinander, vom höherstehenden Heck aus, weil der Hechter sich nur durch den Absprung mit beiden Beinen gekonnt machen ließ, und kraulten zu den Mädchen hinüber, wir hängten uns an die Bordwand und guckten nach oben. Direkt über mir, zum Greifen nah, ein feingeformtes Gesicht, hochstehende Wangenknochen, fast schwarze Augen, kleine Nase, kleiner Mund, alles unter dunklem Haar, so kurz, wie ich es bei einem Mädchen in der Zeit der Zöpfe, der Pferdeschwänze und des chinesischen Bubikopfs noch nicht gesehen hatte, die Luft blieb mir weg, unter dem leichten Stich erst im Kopf, dann in der Brust. Während ich mich, durch das schutzlos offene Gesicht angerührt und beunruhigt, fast erschrocken ein paar Meter wegtreiben ließ und da erst das weiße sparsam blaugepunktete Hemdblusenkleid mit der roten Krawatte wahrnahm, drückten die Teichpiraten um mich die fremde Bordwand, an der sie hingen, nach unten und wippten und schaukelten, die Mädchen, ausgenommen die Kurzhaarige, fast Geschorene, die trotz des auf- und niedergehenden Bootes unverwandt zu mir herübersah und einmal sogar die Hand leicht hob, kreischten und klammerten sich aneinander, meine Freunde hörten nicht auf, bis der erste und zweite Schwall Wasser in den Kahn schwappten und die Mädchen um Hilfe riefen. Die waren nicht aus unserer Gegend, das hörte man gleich. Klang irgendwie höher angesiedelt, städtischer, Altenburg vielleicht, die ehemalige Residenz, oder das Grimma der Fürstenschule, aus Borna, unserm *Zwibbelborrne*, kamen sie jedenfalls nicht. Bestimmt waren sie auch nicht allein unterwegs, irgendwelche Betreuer oder Aufsichtspersonen saßen ganz sicher auf der Kaffeeterrasse und hatten den Teich im Blick, ganz richtig waren Leute in der Nähe der Anlegestelle von den Stühlen aufgesprungen und guckten zu uns rüber und gestikulierten, *los abhaun, nischd wie weg*, wir schwammen zur Badestelle und überließen die Rückgabe des Kahns und die Einkassierung des Pfands Bitterweg, *dir bassierd doch nischd*, meinte der lange Graichen, der Riese, *du bisd joa vonn drihm jedsd*. Bitterweg stieß erst an der eingestürzten Brücke im Buchenwald hinter der *Lindenmühle* wieder zu uns, *de Weiborr ham sich schnell beruhschd, se beschdälln glei Eis*. Wenn du in Ingolstadt so redest, verstehen die Bayern dich denn, fragte ich. *Doa rehdsch doch andorrsch*, sagte er, ich hatte Zweifel.

Wir schoben die Räder durch den Bachgrund und machten,

um den Begleitern der Mädchen aus dem Weg zu gehen, lieber einen Umweg am versteckt liegenden Ölteich vorbei und über den Lenkersberg mit seinen Kirschbäumen. Oben die rotbraune Porphyrsäule, die Inschrift verwittert, aber ich wußte, Landvermessung 1864. Wir konnten, die Sicht war ausnahmsweise bestens, über vierzig, fünfundvierzig Kilometer hinweg im Norden das trapezförmige Völkerschlachtdenkmal erkennen, das massig über der blaugrauen rauchfahnendurchzogenen Tieflandsbucht hockte. Dann ging es abwärts, und unvermittelt landeten wir, es gab schon lange kein Tor mehr, im Schloßpark von Sahlis. Vater hatte am Vortag beim Mittagessen erzählt, daß die mehr als überschaubare Ortsgruppe des Kohrener Kulturbunds zwischen Ostern und Pfingsten den kleinen Barockpark der Familien Crusius und Münchhausen herzurichten versucht hatte, Sandsteinfiguren abschrubben, Hecken stutzen, wieder einmal, sagte Vater, aber ein Park, so ein Park braucht mehr, viel mehr als einen Subbotnik alle paar Jahre, der braucht Zuwendung und Treue und auch ein bißchen Professionalität.

Nicht oft hörte man bei Vaters Pragmatismus von ihm Sätze, die aus einer Predigt so gut wie aus einem Leitartikel der *Leipziger Volkszeitung* stammen konnten. Er schaltete auch gleich wieder um und kam, immer noch beim Thema Sahlis, auf den Balladendichter Münchhausen zu sprechen. Daß der, drei- oder vierfacher Rittergutsbesitzer, Dr. jur. und Rittmeister a. D., im Frühherbst 1923 die Spitzen der Reichswehr, die in drei offenen Tourenwagen aus Berlin gekommen waren, auf Schloß Sahlis, dem Besitztum seines Stiefsohns Friedel Crusius, begrüßt und beherbergt hatte, zur Zeit der Aufstandsvorbereitungen von KPD und NSDAP und zweieinhalb Monate vor der Volksfrontregierung in Sachsen, den nachfolgenden Inflationskrawallen und innerstädtischen Schießereien und letztlich vor dem Einmarsch der Reichswehrtruppen in Dresden, Freiberg und Chemnitz. Nach Vaters Worten konnte man sich fragen, was die Generäle mit Münchhausen zu besprechen hatten. Es konnte doch schwerlich um die Balladen des Gastgebers gegangen sein. Und die paar Landarbeiter, die er und sein Stiefsohn auf ihren Rittergütern im hintersten Winkel der Frohburger Gegend und im Osterland, dem sächsisch-thüringischen Grenzgebiet um Windischleuba, in Lohn und Brot hatten, konnten doch weiß Gott keine Gefahr für den Staat von Weimar sein. Rätselhaft also, was dem hohen Besuch zugrunde lag, was hinter der Begegnung steckte, womöglich, mutmaßte Vater, nicht mehr als das Aufwärmen von Kriegserinnerungen. Am gleichen Tag war Vater ausnahmsweise beim Abendbrot zuhause. Das kam selten vor. In der Regel hatte er von morgens acht bis mittags um eins, halb zwei Sprechstunde, bis zu hundert Patienten wurden dann, so gut es ging, behandelt, beraten, versorgt. Nach einer Stunde Mittagsschlaf und einer schnellen Tasse Tee nebst Zigarette fing die Besuchstour durch die Stadt und auf die Dörfer an, die erst um neun, um zehn endete, dann lief er abgespannt zuhause ein, aß zwei belegte Brote und saß mit Mutter noch eine Weile im Herrenzimmer zusammen, bei einem Glas Schnaps oder Grog und einer Flasche Bier, manchmal schlug er einen der Gedichtbände Münchhausens auf und las vor, *Schloß in Wiesen* liebte er besonders und merkwürdigerweise auch die *Pagenballaden*. Das mußte für meine Eltern noch nicht der Abschluß des Tages sein. Da Vater auf seinem Praxisschild auch als Geburtshelfer ausgewiesen war, konnte zu jeder Nachtzeit ein Anruf kommen und sein Beistand bei einer komplizierten Geburt verlangt werden. Auch an nächtlichen Auto- und Motorradunfällen war damals kein Mangel. Beim Abendessen, vielleicht wollte er etwas Beunruhigendes loswerden, etwas Fesselndes bieten, keine Ahnung, kam Vater noch einmal auf Sahlis zurück. Dreißig Jahre nach den Generälen, erzählte er, hatten andere, ganz andere Durchreisende und Besucher in Sahlis Station gemacht. Zuerst waren es geheimnisvolle Bemerkungen Herbergs gewesen, die Vaters Interesse geweckt hatten. Sie ahnen nicht, was für eine Hetzjagd das war, wieviele Schüsse gefallen sind. Einzelheiten verriet der Heimleiter nicht, er konnte dann doch erst einmal nicht über seinen Schatten springen. Aber wozu hatte Vater in vierzehn, fünfzehn Dörfern Patienten, auch in Sahlis und Kohren. Die meisten waren ahnungslos oder hatten nur vage von einer Großfahndung auf Westagenten und Diversanten gehört. Drei oder vier der von Vater unter der Hand Befragten aber wußten mehr, in einem Fall durch einen angeheirateten Volkspolizeirat in der Verwandtschaft, in einem anderen durch einen Sohn in der Kreisdienststelle. Sie erzählten Vater, daß es sich bei den ungebetenen Gästen auf der ehemals Crusiusschen Besitzung um fünf Tschechen gehandelt hatte, ein Brüderpaar und seine drei Freunde, der jüngste neunzehn Jahre alt, bewaffnet mit vier Pistolen. Vor zweieinhalb Jahren, im Oktober 1953, hatten diese Männer, von Karlsbad kommend, heimlich die Grenze auf dem Erzgebirgskamm überschritten und waren in langen Märschen, meist bei Dunkelheit, nach Norden vorgestoßen, Unterschlupf in der Sahliser Orangerie, Schießrerei in Böhlen, wochenlange Hetzjagd, wir wissen, drei kamen durch.

Einer der Tschechen tat nach der Schießerei in Böhlen so, als hätte er den Anschluß verloren, er ließ sich verhaften. Ein zweiter Flüchtling fiel dem Aufgebot schwerverwundet in die Hände, mit halb abgerissenem rechtem Arm. Beide, der Verräter und der Invalide, wurden an Prag ausgeliefert und dort mit dem Onkel der am Ende doch nach Westberlin durchgebrochenen Brüder hingerichtet, man war in Übung an der Moldau, nicht nur von Slánský und seinen Genossen her. Noch in der DDR, im Zuchthaus Brandenburg, hatten die Gefaßten den Vernehmern die Namen ihrer drei Kameraden genannt und die Ermittlerstäbe erst nach Chemnitz und dann auch nach Sahlis geführt, in den Park und zu der Orangerie, wieder rasten, wie dreißig Jahre vorher, drei schwere schwarze Limousinen, diesmal aus sowjetischer Produktion, durch Kohren, von einer Lastwagenkolonne gefolgt, die Hundertschaften, die absprangen, riegelten das Volksgut bis weit in die Felder ab. Alle auf dem Gut Beschäftigten und die meisten Dorfbewohner wurden verhört, das Mißtrauen, der Verdacht legten sich Haus nach Haus, Gasse auf Gasse, Straße für Straße auf die meist ahnungslosen Leute, wer hatte den tschechischen Mördern Essen gegeben, raus mit der Sprache, wer hatte ihnen am Schalter in Kohren die Fahrkarten verkauft, los, wirds bald, und wer hatte auch nur von der Anwesenheit der Verbrecherbande gewußt, das langt schon für Zuchthaus. Die bedrohlichen Einbestellungen nach Geithain, Borna und sogar nach Leipzig, immer in getarnte Wohnungen, hielten den Winter und das folgende Frühjahr hindurch an, ebenso die Vorladungen in die Staatsanwaltschaft, die forcierten Verhöre, wenn jemals wieder ein unbekanntes Gesicht in der Gegend auftaucht, kann die Staatsmacht sicher sein, daß sie spätestens nach einer Stunde die erste Meldung bekommt. So Herberg, der auch anders konnte als nur Gesprächsberichte liefern, nachdem er Vater die Tschechengeschichte doch noch in allen Einzelheiten erzählt hatte, unter dem Siegel absoluter Verschwiegenheit. Und er hatte hinzugefügt: Druck aufbauen, drohen, die Instrumente vorzeigen, so machte und macht man das bei uns, egal, was vom Obergenossen in Moskau seit dem Frühjahr zu hören ist. Herr Herberg, aufpassen, Sie versündigen sich an der reinen Lehre, war Vaters Antwort gewesen. Wofür halten Sie mich denn, Herr Doktor, rief der Heimleiter, ich bin doch nicht blöd. Und nach einer Weile sagte er, deutlich leiser: Und Sie sinds doch auch nicht, oder. Anderswo scheint auch die Sonne, weht auch der Wind, ich muß Ihnen das nicht sagen. Was soll das heißen, hatte Vater gefragt. Keine Antwort. Als ich mit meinen Freunden auf der Heimfahrt vom *Lindenvorwerk* durch den Park kam, erwähnte ich den Ausflug der Reichswehrführung nach Sahlis mit keinem Wort und erst recht nicht die Tschechen, ich schielte nur kurz nach dem Bretter- und Balkenhaufen der inzwischen vollends eingestürzten Orangerie hinüber. Sosehr das Schicksal der jungen Männer, seit Vater davon erzählt hatte, mich auch beschäftigte, so deutlich trat es trotz des Anblicks der Ruine hinter die Begegnung am *Lindenvorwerk* zurück, alle paar Minuten kam mir das Mädchen mit den kurzen Haaren und der roten Krawatte in den Sinn, als hätte ich etwas Schönes gesehen oder ein Geschenk bekommen. Ich zeigte auf die bemoosten Sockel seitlich der kaum noch erkennbaren Wege, die zugehörigen Sandsteinfiguren, heruntergefallen, heruntergestoßen, ragten aus den verfilzten Hecken und mannshohen Wucherungen von Giersch, Brennesseln, Goldrute und Pestwurz. Man sieht es dem Dschungel nicht an, aber hier haben einmal die Familien *Vonundzu*, während auf dem Gutshof hinter der Parkmauer die Knechte und Mägde und die Tagelöhner schufteten, fröhliche Wochen mit Freunden gefeiert, sagte ich, Teestunden, Krocketspiel, das hatte mit dem Leben unserer Großeltern und Urgroßeltern rein gar nichts zu tun, da waren Abgründe dazwischen, immerhin verdanken wir den Sippschaften den Park, wenn er heutzutage auch mehr Last als Lust ist, wie jeder sehen kann, der nicht die rosarote Brille aufhat. Indem ich das sagte, wußte ich, daß einer aus unserer Gruppe, der Klassenkamerad, der erst am frühen Nachmittag zu uns gestoßen war und mit dem ich am wenigsten zu tun hatte, die Ohren spitzte. Von seiner Zugehörigkeit zur FDJ-Kreisleitung hatte ich nur hintenherum gehört, gerüchteweise, das hängten die nie an die große Glocke. Allerdings hatte ich schon vorher kein Bedürfnis gehabt, groß mit ihm zu sprechen, das Gesicht schon, fettglänzende Stirn, merkwürdig schwellender Mund, und wie er sich anzog, kurze Hosen, Gürtel, irgendwie HJ, dazu die ruckartigen Armbewegungen und ein unruhiger Blick, wachsam, flackernd. Da er in Kohren wohnte, schwenkte er zehn Minuten später, auf halber Höhe des steilen grobgepflasterten Marktes ab, dort, wo der Töpferbrunnen stand, nach rechts in die schmale Bachgasse ab, die auf die von zwei Riesentannen eingerahmte Villa des Lederfabrikanten Schwabe zuführte. Der ungeliebte Mitschüler war in der Mündung der Gasse verschwunden, die Mathearbeit morgen, ich muß noch was machen, hatte er gerufen. Wir restlichen acht quälten uns, in den Pedalen stehend, weiter den Markt hinauf, am Töpferbrunnen und an der Apotheke mit dem Sitznischenportal vorbei. Mal sehen, wer erster wird, rief die *Sprotte*, der Kleinste und Leichteste von uns, mit der klapprigsten Schmette. Und dennoch überholte er alle und kam zuerst oben am Wegekreuz an, spillerig, zäh und willensstark, wie er war, ein Donauschwabensprößling mit magyarisiertem Namen, der Vater gefallen, der Großvater nach Kriegsende im Heimatdorf in der Fünfkirchener Gegend von den neuen Kräften erschlagen, jungen Burschen aus der Stadt, die von einem Lastwagen sprangen, Knüppel schon in der Hand, gleich darauf, sie hatten den Schock noch nicht im Ansatz bewältigt, wurden die beiden Töchter des Totgeschlagenen, Mutter und Tante der *Sprotte*, beide hatten zusammen fünf Kinder, für mindestens drei Jahre nach Osten verschleppt, in die ukrainische Kohle, unter Tage. Oberhalb des Kohrener Marktes ging es rechts zum Friedhof und nach Terpitz, geradeaus zur *Lochmühle* und links zur Lungenheilstätte *Waldblick* und weiter durch den Wald zum *Jägerhaus* und nach Frohburg. Hinunter zum Heim gab es ein erstes Stück Schußfahrt, die ganze Strecke durch den Streitwald war nicht befestigt, schon wenige Wochen nach jeder Ausbesserung wurde der auf dem Schotter verteilte und festgewalzte Sand von Lastern und Gespannen weggedrückt und vom ersten und zweiten Regen fortgespült, tiefe Schlaglöcher und Querrinnen alle Meter, nur dicht am Rand hatten die vielen Fahrräder wie auf jeder Straße, auf jedem Verbindungs- und Wiesenweg eine glatte doppelt handbreite Bahn zurechtgefahren, Glückssache, sie zu treffen, man tat gut daran, ein Fahrradrahmen konnte auch brechen. Die losen Schutzbleche, die wackligen Gestängebremsen, die durchgebogenen Gepäckträger klapperten, es schepperten die laschen Ketten, und unter den Fahrradreifen knirschte der Schotter, Split spritzte zur Seite, unsere vom Sonnentag am Wasser und von der Anstrengung der Marktbezwingung geröteten glühenden Gesichter wurden vom Fahrtwind gekühlt, so ging es hintereinander und manchmal, den Schlaglöchern kunstvoll ausweichend, auch nebeneinander bergab, in wechselndem Reigen, in einer Wolke aus Staub und Lärm, mit Rasseln, Geklingel, mit Rufen und Pfiffen. Uns entgegen, wie im Zeitraffer vorübergewischt, ein alter Mann, er schob ein Damenrad, quer auf dem Durchstieg, das konnte ich erkennen, ein Sack, kantig ausgebeult, Feuerholz, bestimmt geklaut, *beglobbde Bannde*, rief er hinter uns her, *soon Grach*. Wir rauschten weiter bergab, dem ebenen Stück Straße zu, über dem sich das Heim *Waldblick* erhob. Der ehemalige Name *Sonnenwiese* war in der Gegend im gleichen Tempo in Vergessenheit geraten, wie Buschwerk und aufgeschossenes Stangenholz den Hang vor dem Haus verdunkelt hatten, bis man von der Straße aus nichts mehr erkennen konnte und *Waldblick* die angemessene Benennung war. Aus *Sonnenwiese* aber konnte zehnmal *Waldblick* geworden sein, die Kohrener hielten nichts von poetischem Geklingel und nannten die Einrichtung für die Lungenkranken aus Leipzig *Hussdnbuhde*. Ursprünglich war das Haus ein Lebensbornheim der ss für uneheliche und außereheliche Kinder deutscher Besatzungssoldaten gewesen. Als junger dienstverpflichteter Arzt, der die Praxis seines an die Front eingezogenen älteren Kollegen Schwedt in der Schulgasse in Frohburg zu versorgen hatte, mußte Vater auch die meist norwegischen Kinder des Heims betreuen. Seit Jahrzehnten kenne ich das Foto aus dem Schuhkarton mit den Familienbildern, Sommerszene, Vaters DKW-Motorrad, vor dem Heim *Sonnenwiese* aufgebockt, drei flachsblonde Kinder, drei, vier Jahre alt, die beiden Jungen mit Badehosen, das Mädchen im Luftanzug, turnen auf der Maschine herum, während Vater lächelnd an der Seite steht, einen Knirps zu seinen Füßen, der noch nicht in den Sattel klettern kann, aber neugierig das Profil des Vorderrades betastet. Leider kann ich nicht mehr fragen, wann das Foto entstanden ist und wer es aufgenommen hat, ich tippe auf eine weißgekleidete Rotkreuzhelferin mit gestärkter Haube. Immerhin weiß ich von Vater, daß einer der kleinen Jungen, die man auf dem Bild sieht, Ingurd ist, Mitschüler von mir in den ersten Klassen. Mit ihm verhielt es sich wie mit den Tschechen in Sahlis, auf der Rückfahrt vom *Lindenvorwerk* wurden

Orangerie und Lebensborn überlagert von der Erinnerung an das Mädchen im Kahn, mit dem weißen Kleid und der roten Krawatte. Alle paar hundert Meter dachte ich an sie, dann pulste kurz Freude auf. Ich mußte allerdings beim Fahren aufpassen, wo der Zaun des Heimes aufhörte und der Wald anfing, begann auch die lange und steile Abfahrt ins Tal des Lochmühlenbaches, erst eine Links-, dann eine Rechts- und dann wieder eine Linkskurve, unsere Ordnung hatte sich aufgelöst, wir fuhren endgültig nicht mehr hintereinander, sondern im wilden Pulk, über Stock und Stein und auf Teufel komm raus durch die Löcher, wir ließen die Räder laufen so schnell sie konnten und halfen durch Treten noch nach. Am Ende der dritten Kurve, fast waren wir an der Brücke im Bachgrund angekommen, bemerkte ich im Vorbeischießen rechts von mir etwas Helles, Weißes am Straßenrand, mit einer Beimischung von Rot, zu flüchtig, um den Augen Halt zu geben. Aber ich war irritiert, auf unerklärliche Weise angestoßen, nach ein paar Metern, unten an der Brücke, bog ich aus, bremste voll und machte mit blockiertem Hinterrad eine komplette Wende, ich fuhr, während die Meute wie aufgezogen weiterraste, zwanzig, dreißig Meter zurück, bis zu dem Mädchen, das am Rand der Straße auf der Erde lag. Es war die Unbekannte vom *Lindenvorwerk*, das sah ich gleich. Ihr weißes Kleid, dreckig bis zum Gehtnichtmehr, hatte einen langen Riß am Saum, die Krawatte, staubig, fleckig, hing über ihrer Schulter. Neben ihr auf der Schotterpiste das Rad, Lenker verdreht, die Kette lose. Kein Blick zu mir, nur abgewandtes, halb unterdrücktes Weinen, ich sah das aufgerissene blutende Knie, die Schürfpartie am Oberschenkel, und auch der eine Ellenbogen und Unterarm waren böse mitgenommen. Vor kaum zwei Stunden hatte sie mich angesehen, eine Folge von Augenblicken, zwei, drei, höchstens vier Minuten lang, staunend, ungeschützt und rückhaltlos, verstärkter Herzschlag meinerseits, jetzt vor mir am Straßenrand nur Hilflosigkeit, Unglück, Schock, beschädigtes Bild, entweder war beim zu starken Bremsen mit dem Rücktritt das Hinterrad weggerutscht, oder die schlecht gespannte Kette war abgesprungen, ich guckte zu ihr runter, was ist los, was ist passiert, fragte ich, nur um etwas zu sagen, kannst du aufstehen, versuchs, ich helfe dir. Keine Antwort, sie schluchzte weiter, Kopf weggedreht, was machen. Ich hockte mich neben sie, und plötzlich lag meine Hand auf ihrer Schulter, noch stärkeres Schluchzen, wo sind die anderen, fragte ich weiter, Aufweinen als Antwort. Krampfhaft, als würde sie ersticken, holte sie immer wieder hastig Luft, dazwischen ein paar hervorgegurgelte Worte, die ich nicht verstehen konnte, die Not war groß, nicht nur bei ihr. Denn es wurde langsam dunkel, das knappe Licht, das unter die Bäume kam, von den nahen Wyhrawiesen im Westen, die bis zum Gautenberg und an die Felswand von Burg Gnandstein reichten, war fahl und schattenlos und löschte die letzten Umrisse, die allerletzten flachen Farben aus. Wir müssen weg hier, gleich wird es restlos finster, sagte ich und zog sie hoch, ich habe keine Beleuchtung dran. Stocksteif stand sie neben mir, wie nicht ganz da, während ich ihr Fahrrad untersuchte, vorne ne Acht und hinten Plattfuß, stellte ich fest, kannst du vergessen. Sie gab keine Antwort, auch als ich vorschlug, das kaputte Rad jenseits des Straßengrabens im Brombeergestrüpp zu verstecken. Nachdem das erledigt war, richtete ich mein Rad auf, setzte mich auf den Sattel und schob sie an die Querstange heran, im Damensitz rauf, forderte ich sie auf, so schräg, es geht nicht anders, und als sie quer auf der Stange saß, faßte ich die Lenkergriffe und umschloß und stützte sie mit meinen Armen, so fuhren wir, auf den ersten Metern in Schlangenlinie schwankend, in die Dunkelheit hinein, zuerst noch zur Brücke hin ein kleines Stück abwärts, dann deutlich bergan, bis wir, vom schwachen Schimmern der sandigen Straße geleitet, hoch über dem Wyhratal ankamen, kein Auto, kein Radfahrer, niemand außer uns, am felsigen Steilabfall entlang ging es weiter, immer durch den Hochwald, bis zu den ersten Häusern der Siedlung Streitwald, die Försterei rechts, dann das *Jägerhaus*, alles dunkel, nur der große Hund des Försters stand, als hätte er uns erwartet, an der Einfahrt, lange trabte er mit leise wetzenden Krallen hinter uns her, ein achtsamer Begleiter oder ein mißtrauischer Wächter, der unserer Weiterfahrt gewiß sein wollte, erst an der *Abtmühle*, als ich anhielt, machte er kehrt. Wohin mit dem Mädchen, war die große Frage. Ohne Überlegung, aus einem Impuls heraus hatte ich mich um sie gekümmert, jetzt kamen die weitergehenden Gedanken. Geradeaus führte der Weg durch die Wiesen nach Frohburg, immer an der Wyhra entlang, bis zum Dörfchen, von dort aus kam man am Stadtbad und am Schloß vorbei schnell zu unserer Wohnung am Markt. Trotzdem wollte ich das fremde Mädchen, Name unbekannt, nicht mit nachhause nehmen. Erst vor zwei Tagen, am Pfingstsonnabend, war ich nachmittags um fünf auf dem Markt, vor dem *Roten Hirsch*, direkt unter unseren Fenstern, zusammengesackt und zehn Minuten, eine Viertelstunde auf dem Bürgersteig liegengeblieben, nach einer halbe Flasche Weinbrandverschnitt, erst war mir wohlig zumute, dann wurde mir schwindlig, dann sterbenselend, dann kippte ich um, unter dem Fenster des buckligen Hallerfred, da lag ich und kam nicht hoch, bis mich ein paar Freunde, die vorsichtiger genippt hatten, aufhoben und nachhause schleppten, Mutter übernahm mich an der Korridortür. Mein Guthaben bei ihr, an sich nicht unbeschränkt, war für Wochen, vielleicht sogar Monate erschöpft, fiel mir an der *Abtmühle* ein, mit der Verunglückten auf der Querstange. Knapp fünfzehn war ich. Alt genug, um im Haus der Großeltern in der Greifenhainer Straße eine Flasche Hochprozentigen oder eine Packung *Golddollar* aus dem kostbaren Bestand der Westwaren mitgehen zu lassen, schließlich war ich oben in der Mansardenwohnung auf die Welt gekommen und beanspruchte daher in Haus, Hof und Garten ein größeres Heimatrecht als die vielen anderen Cousinen und Cousins, aber Mädchen waren ein ganz anderes Thema. Der erste Kuß lag noch nicht lange zurück. Meine Eltern waren über das zurückliegende Ostern weggefahren, Dresden, *Don Carlos*, Gemäldegalerie, die aus der UDSSR zurückgelieferten Bilder, gleich am Sonnabend lud ich drei Mädchen aus meiner

Klasse und zwei Mitschüler zu uns ein, darunter die *Sprotte* und ihre Cousine Theresia und auch die Klassenbeste Monika Sittner. Herrenzimmer, Klubsessel, auf dem Bücherschrank der lebensgroße schwarze Uhu aus Gips, das Radio war angestellt, einmal drang, weiß ich noch, durch das Jaulen und Knattern des Störsenders hindurch Freddy Quinn, *Brennend heißer Wüstensand fern so fern dem Heimatland*, als ich in der Küche Tee aufbrühen wollte, kam Monika, mit der ich im Jahr davor schon einmal zusammengefaltete Zettelbotschaften gewechselt, die ich für fünf fast wortlose Minuten auf dem Friedhof getroffen hatte, zu mir raus, wir küßten uns, was mir auf eine zuvor unbekannte Art so bittersüß vorkam, daß mir schlecht wurde.

Wie heißt du eigentlich, fragte ich die Unbekannte, die ich mir im wahrsten Sinn des Wortes aufgeladen hatte. Sie murmelte etwas, brachte Anna oder Anne zwischen den zusammengebissenen Zähnen hervor, bestimmt hatte sie noch Schmerzen. Ich entschied mich für Anne. Vielleicht, weil ich eine Tante Anna hatte, die mir nicht lag. Anne, aus Leipzig, ergänzte sie. Die ganze Strecke mit dem Rad, war meine nächste Frage. Nein, sie war mit den Mädchen ihrer und einer anderen zehnten Klasse bis Frohburg mit dem Zug gefahren, erst dort hatten sie die Räder ausgeladen, und weiter war es nach Kohren und zum *Lindenvorwerk* gegangen, ohne Lehrer, ohne Gruppenleiterin, einmal ganz unter sich sein, von Herzen herumalbern, gickeln, Späße machen können, ohne die Ermahnungen oder auch nur Erwartungen der Freundschaftsleiterin, mit denen sie sonst rechnen mußten. Während sie das erzählte, belebte sich ihr Ton, sie lachte sogar leise auf, das machte mir Mut, nach dem Fortgang der Dinge zu fragen, und jetzt, wollte ich wissen, wie weiter. Sie zuckte mit den Achseln, wie ich am leisen Ruckeln der Lenkerenden in meinen Händen spürte, wo die anderen geblieben waren, wußte sie nicht, hatten die ihren Sturz überhaupt mitbekommen, anscheinend nicht, der letzte Zug war längst weg, vielleicht schon am *Bayerischen Bahnhof* inzwischen, den ganzen Tag hatte niemand durchgezählt, warum auch, sie waren ein lockerer Haufen gewesen, den ganzen Tag gut drauf, da fiel bei vierzig, fünfundvierzig Mädchen ihr Fehlen nicht auf, zumal sie, wie sie sagte, in ihrer Klasse eher am Rand mitlief. Sie war nicht nur verletzt, sie hatte nicht nur ihre Gruppe verloren, auch den letzten Zug nach Leipzig hatte sie verpaßt. Wie automatisch, um Zeit zu gewinnen, entschied ich mich nicht für den kürzeren Wiesenweg, sondern für die viel längere, im oberen Teil auch noch ansteigende Strecke über das Dreieck am Grauen Wolf und durch den Ochsengrund. Zwischen Hahnenteich und Mauerteich erreichten wir an der Rückseite des ehemaligen Rittergutes die ersten Wohnhäuser *Auf dem Wind*, weil die in Richtung Penig Mauer an Mauer aneinandergebauten bescheidenen Häuser ungeschützt, jedem Windstoß, jedem Nordweststurm, jedem Unwetter ausgesetzt, auf der ebenen, nur von einer Kette Teiche durchsetzten Lößplatte standen, die sich kilometerweit zwischen Wyhra im Osten und Pleiße im Westen erstreckte, Ackerland höchster Güte, zudem um das nächste Dorf Eschefeld herum mit Braunkohlenflözen bis dicht unter die Oberfläche. Die äußere Peniger Straße saugte uns ein wie ein stockdunkler Tunnel. Dabei betonte die einsame Gaslaterne am Ortseingang nur die lichtlose Zone, die vor uns lag. Plötzlich sie, mit leicht gedrehtem Kopf: Frag mich nicht, wie spät es ist, meine Uhr ist weg. Bestimmt elf durch, sagte ich, vielleicht schon Mitternacht. Kein Fenster erleuchtet, nur Rabenschwärze, durch die ich uns keuchend vorwärtstrat. Bis am Ende der Straße, rechts von der Stelle, an der man die Plautsche Schmiede vermuten konnte, mit einemmal ein einsames gelbes Funzellicht auftauchte, guck mal, wie im Märchen, sagte ich, gleich kommt auch die alte Frau und ruft: *Kehr um kehr um du junge Frau du bist in einem Mörderhaus*. Anne lachte. Die trübe Funzel über der Tür zur Polizeiwache, das einzige Licht weit und breit, kam schnell auf uns zu, eine andere Möglichkeit als die Wache, wußte ich, Schalterdienst im Bahnhof, Sanitätsstation, Krankenhaus, gab es in der ganzen Stadt nicht, ich stoppte, schob das Mädchen von der Querstange, hier müssen wir rein, sagte ich. Keine Antwort, Anne sah mich von der Seite her an und zog ihr Kleid nach unten und versuchte die verrutschte und gelockerte Krawatte zurechtzurücken. Als ich die schwere Eichentür aufhielt, trat sie an mir vorbei in die Wache, blieb aber gleich wieder stehen und ließ mich vor. Das Revier bestand aus einem großen schwach erleuchteten Raum voller Schlag- und Halbschatten, nur eine Schreibtischlampe brannte. Hohe Zimmerdecke, Dielenboden, links eine Registratur mit Rollverschluß, rechts ein schmaler mannshoher Blechspind, in ihm, ich war mir sicher, griffbereit die Gewehre und Maschinenpistolen für ernste und todernste Lagen, durch die halboffene Tür dahinter konnte ich in einer anschließenden Kammer etwas wie ein Feldbett an der Wand erkennen. Vor den beiden mit abgenutztem rissigem Verdunklungspapier verhängten Fenstern ein wuchtiger Schreibtisch, dunkles Holz, verschnörkelt, vielleicht noch aus dem Arbeitszimmer des Amtsrichters. Hinter dem Schreibtisch hockte in einem Sessel mit hoher Lehne vornübergebeugt ein junger Mann in der Uniform der Volkspolizei, dunkelblau, wie Reichsbahn und Feuerwehr, mit spärlicher Silberlitze. Anscheinend hatte er im Schein der Schreibtischlampe gelesen, er klappte das Heftchen zu und schob es unter eine Zeitung, blaugrauer Umschlag, erkannte ich, Tom Prox oder Billy Jenkins, hatte ich auch, *Notruf aus Cheyenne*, *Der Mann der zweimal starb*, *Der Verräter*, *Der Teufel von Snaketown*, *Die Unglücks-Ranch*. Ich machte einen halben Schritt zur Seite. Als der Polizist Anne sah, richtete er sich auf, blieb aber sitzen. *Wasn*, fragte er. Ich erzählte von dem Unfall, von dem verpaßten Zug, sie hängt hier fest, sagte ich. Meine einzige Verbindung nach draußen ist das Diensttelefon hier, habt ihr auch einen Anschluß, fragte er Anne. Sie bejahte, nannte das Amt Leipzig und sagte die Nummer auf. Und der Name, fragte er weiter. Harzendorf, sagte sie und ergänzte: Ist mein Stiefvater, ich heiße Kurio. Und deine Mutter. Lebt nicht mehr, ist tot. Also, sagte der Polizist, der keine zehn, vielleicht noch nicht einmal acht

Jahre älter war als wir, nachher, wenn mein Dispatcher in Leipzig seine Mitternachtspause gemacht hat, rufen wir bei deinem Vater an und sagen Bescheid, daß du vor morgen früh von hier nicht wegkommst und auf der Wache bleibst. Und du, wandte er sich zu mir, du bist doch aus Frohburg, vom Sehen kenn ich dich, du dampfst nachhause ab, ich mach das alles schon. Die sind vorgestern bei uns gewesen, murmelte Anne neben mir. Beim Gehen an der Tür mein kurzer Blick zu ihr zurück, das zerrissene Kleid, die lose hängende beschmutzte Krawatte, sie guckte auch, drehte sich aber gleich wieder weg. Zehn Minuten später stand ich vor unserer Korridortür. Ich mußte ein paarmal auf den Klingelknopf drücken, bis im Flur das Licht anging, Mutter machte auf, na was, rief sie und haute mir eine rein, beim Einschlafen heißes Gesicht, von der Ohrfeige, der Sonne, aus mir heraus.

Am nächsten Morgen weckte sie mich wie an jedem Schultag kurz nach fünf und stellte mir das Frühstück auf den Küchentisch, ich schlang das Marmeladenbrot hinunter und kippte Kaffee nach und sah im Ausschnitt zwischen Dallmers und Fänglers Häusern den Kirchturm in der allerersten Morgensonne wie eine rötlichgelbe Fackel leuchten, die große Kirchturmuhr zeigte an, wieviel Zeit mir blieb, fünf nach halb sechs mußte ich auf dem Weg zum Bahnhof sein, wenn ich den *Sechser* genannten Sechsuhrzeug nach Geithain kriegen wollte. Kaum hatte ich die beiden Wyhrabrücken und das *Café Otto* hinter mir, schloß am Beginn des Kellerbergs mit großen Schritten *der Riese* zu mir auf, wo bist du denn geblieben, gestern auf der Rückfahrt, wollte er wissen. Reifenpanne, mußte schieben, die ganze Strecke bis nachhause. Am Bahnhof angekommen, gingen wir gleich durch die Sperre. Draußen auf dem Bahnsteig fröstelten in der Morgenkühle ein paar Männer, die in die Emaillefabrik und in die Ziegelei nach Geithain wollten, dazu vier, fünf Frauen mit flachen blassen Gesichtern, unbekannt, wo die genau arbeiteten, Obrigkeit auf alle Fälle, sie warteten am Ausweichgleis auf den Gegenzug nach Leipzig, dort, in der Messemetropole, der Bezirkshauptstadt, verschwanden langsam die letzten, die allerletzten Altgedienten aus den Ämtern und Behörden, die neuen Leute rückten vollends ein. Ich sah mich um, wer außer dem *Riesen* war schon da aus meiner Klasse, plötzlich entdeckte ich seitlich der Frauen, wie in Deckung gegangen hinter einem Paketkarren, Anne, ich hatte noch nicht wieder an sie gedacht, schlechtes Gewissen sofort, irgendwie. Ungekämmt stand sie neben dem Polizisten der vergangenen Nacht, die rote Krawatte war nicht mehr da, im Frühlicht sah man erst, wie dreckig und zerrissen ihr Kleid war, auf den Abschürfungen der Arme und Beine und auch am Kinn hatte sie braune Flecken, Jodtinktur. Wie von Fäden gezogen, machten wir ein paar Schritte aufeinander zu, zögernd, mein Vater ist bei denen da, sagte sie leise, ohne den Mund groß zu bewegen, und zeigte mit dem Kinn fast unmerklich in Richtung ihres Begleiters, der mir jetzt noch jünger vorkam als bei Lampenlicht. Der Polizist sah sich schnell um, dann gab er sich, schien mir, einen Ruck und kam zu uns herüber. In der Beethovenstraße, sagte er mit runtergedrückter Stimme, zur Klärung eines Sachverhalts. Und noch leiser, mehr zu Anne als zu mir: Nichts Schlimmes hoffentlich, *dahmidd se disch nisch* nach Bräunsdorf schaffen. Kaum hatte er das gesagt, tauchte jenseits des Bahnübergangs am Nenkersdorfer Weg unser Zug, aus Borna kommend, auf, Dampflok, fünf Waggons, nur schwach besetzt. Als wir aus dem Bahnhof fuhren, stand ich am offenen Fenster und sah Anne unter dem Vordach stehen, von den Frauen halb verdeckt, den Kopf mir zugedreht. Hat sie noch einmal wie im Ruderkahn die Hand gehoben, frage ich mich heute. Verwischt, verblaßt der Einminutenfilm. Halb drei am Nachmittag war ich aus der Schule zurück. Ich stieg gleich nach dem Essen aufs Rad und fuhr zur Brücke über den Lochmühlenbach. So sehr ich hinter den Brombeerhecken suchte, von dem versteckten Fahrrad war nichts mehr zu entdecken. Auch auf der Straße keine Spuren eines Sturzes. Meine Vorsicht, Ängstlichkeit gestern, war das geträumt. Aber die Erinnerung an das Leipziger Mädchen ließ mich nicht los. Nach zwei Tagen hatte sich das Verhältnis zu meiner Mutter leicht entspannt, was wünschst du dir zum Geburtstag, fragte sie. Etwas zu lesen, wie immer, gab ich zur Antwort, und eine Krawatte, eine rote. Halstücher, Fahnen, Spruchbänder, alles rot, kam es zurück, reicht dir das nicht. Am Ende schlug ich sie doch breit, aber in den beiden Frohburger Kurzwarenläden, die infrage kamen, bei Mühlers und bei Tapperts, war kein roter, noch nicht einmal ein rotgestreifter Schlips zu finden. Und extra nach Leipzig deshalb, für Mutter unmöglich, es war Erdbeerzeit, sie kochte mit unserem Mädchen ein, für Bruder Ulrichs Konfirmation in zwei Jahren, Ostern 1958. Da ich nicht lockerließ, wurde schließlich die schwerhörige Nähfrau Wally Ulbrich eingespannt, die mehrmals im Jahr für ein paar Tage zu uns kam und in der Küche, an der aufgebauten Nähmaschine sitzend, Bettwäsche, Tischtücher, Hemden und Nachthemden ausbesserte. Sie zog nicht nur reihum durch die Familien, sie nahm auch kleinere Aufträge mit nachhause. Im Zug eines solchen Auftrags ließ sie am späten Sonntagabend, sechs Tage nach dem Unfall, durch einen Nachbarsjungen ein handliches Seidenpapierpäckchen abgeben, das ich ein paar Stunden später auf meinem Geburtstagstisch vorfand, neben, ich weiß es noch wie heute, Stanisław Lems *Planet des Todes*, mit dem langen Eingangskapitel über den Tunguska-Meteor. Das Buch war zwei Jahre vorher im Verlag *Volk und Welt* erschienen, die Eltern hatten es im Antiquariat in der Katharinenstraße in Leipzig aufgetrieben, mit einem unschönen Krakel auf der Titelseite, der erst den Antiquar, dann meine Eltern und zuletzt auch mich störte. Bis es mir fünfunddreißig, vierzig Jahre später beim Wiederaufschlagen des Buches wie Schuppen von den Augen fiel, das war kein Krakel, kein Gekritzel, das hieß Lem, in seiner eigenen Handschrift, wie mir Unseld, Lems Verleger, dem ich das Titelblatt einmal zeigte, bestätigt hat. Ich nahm das Buch vom Geburtstagstisch, schlug es anstandshalber auf und legte es gleich wieder weg, das kleine flache Päckchen war wichtiger. Tatsächlich schälte ich aus dem Seidenpapier etwas Rotes, Bläulichrotes aus Stoff, es war keine Krawatte, sah einer Krawatte aber ähnlich. Aus dem Inlettstoff eines Kopfkissens, wie Mutter anmerkte, hatte die Nähfrau eine aufgefaltete Krawatte geschnitten, sie mit feinem Papier gefüttert und umgenäht. Als am Nachmittag Großmutter und Doris-Mutti zum Kaffeetrinken kamen, hatte ich mir das Geschenk umgebunden. Ich begrüßte sie an der Korridortür, *heuja*, sagte die Tante, und Großmutter umarmte mich, du guter Junge wirst langsam erwachsen. Das war am Montag. Am Dienstag besorgte ich mir in Dallmers Schnaps- und Zigarettenladen gegenüber eine Zigarrenkiste und verpackte die Krawatte, am Mittwochnachmittag fuhr ich mit dem Rad, meine Aktentasche mit der in Packpapier gehüllten Zigarrenkiste an der Querstange, die siebenunddreißig Kilometer nach Leipzig, quer durch die qualmende stinkende Braunkohlenwüste mit den quietschenden polternden Abräumern und Förderbrücken in den Tagebauen und mit den giftschwitzenden Schwelereien an der Straße. Gleich an den ersten Häusern von Leipzig, in Probstheida, stand eine Telefonzelle. Ich rein, kein Telefonbuch. An der Messe eine weitere Zelle. Hier fehlte nicht nur das Buch, hier war auch der Hörer verschwunden. *Da wirrsde gee Gligg hahm*, rief mir ein Mann zu, der auf der anderen Straßenseite, am Ostplatz, Bierfässer von einem Laster wuchtete, *am ehsden noch im Hauptbahnhof.*

Dort fand ich im Quergang zwischen den beiden haushohen Hallen tatsächlich einen Schalter der Post. Die Frau dahinter händigte mir das Leipziger Telefonbuch aus, gegen die Aktentasche als Pfand, das Ding wird bei uns mit Gold aufgewogen, sagte sie, ich nahm die Zigarrenkiste heraus, aber schön in der Nähe bleiben, ermahnte sie mich. Ich suchte unter H. Zu Harzendorf gab es nur einen Eintrag. Anne Kurio, bei Harzendorf, Probsteistraße 11 in Leipzig W 31, schrieb ich auf die Packpapierumhüllung, dann gab ich der Frau das Telefonbuch zurück und brachte bei ihr das Päckchen ohne Absender auf den Weg.

Das Eßzimmer der Großeltern. Alle runden Geburtstage, der Achtzigste von Großvater 1946 und der Achtzigste von Großmutter 1955, alle Feste, die Hochzeit meiner Eltern, meine Taufe und die Hochzeiten von Lachtari mit Grzewski und von Mari mit Lohr und vor allem die Diamantene Hochzeit der Großeltern 1953 wurden im Eßzimmer gefeiert. Die lange Tafel wurde bei Bedarf, wenn es nötig war, durch die offene weißlakkierte Schiebetür mit den Eisglasscheiben ins Wohnzimmer hinein verlängert, bis vierzig, fünfzig Leute sitzen konnten, wenn auch beengt, auf zusätzlichen Stühlen aus dem Schützenhaus. An normalen Tagen dagegen war das Eßzimmer die Schleuse, der Puffer zwischen draußen und drinnen. Einen Tag nach meinem fünfzehnten Geburtstag, die Eltern waren zu Besuch im Westen, kam ich in die Greifenhainer Straße, überraschend, befremdlich die gedrückte Stimmung, Doris-Mutti mit Erna in der Küche, am Küchentisch, wortlos, Unterarme auf der Platte, in Wartestellung, Großmutter still, niedergedrückt in ihrem Sessel, und im Hintergrund des Wohnzimmers lag Großvater klein und schmal auf dem Sofa, zwischen Klavier und Radiotisch, unter der stehengebliebenen Wanduhr, und rasselte und röchelte bei jedem mühsamen Atemzug. Bis gestern hat er noch Fleischbeschau gemacht, sagte Großmutter, mit Lottrichs, seines Kollegen Hilfe, Friedrich war auch schon da, sie meinte Möring, er kümmert sich rührend um uns. Am nächsten Nachmittag, kaum aus Geithain zurück, hetzte ich wieder in die Greifenhainer Straße. Zu spät, Großvater lebte nicht mehr, gestorben am Vormittag, *hinübergeglitten*, sagte Großmutter, drei Monate vor seinem neunzigsten Geburtstag, über sechzig Jahre ist er Tierarzt in Frohburg gewesen. Ich stieg aufs Fahrrad, fuhr zu Bartlepps in die Druckerei und lieferte einen Zettel mit dem Text für die Trauerkarten ab, zuhause legte ich mich ins Bett, die Geschäfte, die Läden und Verkaufsstellen waren noch geöffnet, beim Einschlafen hörte ich das Getrappel, die Stimmen unter dem Fenster, erst am nächsten Mittag wurde ich wieder wach.

Großvaters Ahnung, daß es zu Ende ging. In Kohren, Lina, hatte er laut Doris-Mutti gemurmelt, Großmutter verstand nicht, was er wollte. Jetzt war er tot, in der Garage aufgebahrt, von draußen kamen die Leute die Einfahrt hoch und verharrten kurz am geöffneten Sarg, Nachbarn, Frohburger aus den entfernteren Straßen und vor allem Bauern von den Dörfern. Unbewegte Gesichter, denen man nichts ablesen konnte, welche Lina denn, fragte Großmutter, während der Sarg auf den Leichenwagen gewuchtet wurde.

Bei Großvater in letzter Minute die unbekannte Lina, bei mir der ins Eis eingebrochene Freund, die *Lippe* und ganz sicher das Mädchen mit der roten Krawatte.

Was für ein Bild die Nachwelt von uns hat, hängt von vielen Umständen ab. Vielleicht haben wir Glück und kommen mit unserem Doppelgesicht und unseren Gemeinheiten durch, und man redet hauptsächlich gut über uns. Vielleicht haben wir aber auch Pech, und gerade unsere Unzulänglichkeiten stehen im Vordergrund und bekommen das Gewicht von Niedrigkeiten und Schlimmerem. Was soll man machen, es gibt Minuspunkte, die die Zukunft entschuldigt, und Pluspunkte, die eines Tages nicht mehr zählen. Teufelin. Oder Weichei. Harter Knochen. Vater, nicht leicht zu vergessen, sprach einmal so von mir. Zu mir. Was biete ich noch an. Verräter. Verräterin. Denk nur an *Libs*.

Richtig, Libertas Schulze-Boysen hat in der Haft nicht als einzige, aber als erste gesprochen.

»Das Werk von Guntram Vesper
ist ein eminenter Versuch, durch
Erzählen, Sammeln, Wiederholen
zum Unverbrüchlichen vorzudringen.«

Wiebke Porombka, *Die Zeit*

Guntram Vesper
Nördlich der Liebe und
südlich des Hasses
Die Prosa
Mit einem Nachwort
von Helmut Böttiger
688 Seiten. Leinen
Bedruckte Vorsätze
Lesebändchen
€ 32,00 / € [A] 32,90
ISBN 978-3-89561-634-1

Auch als E-Book!

www.schoeffling.de

Schöffling & Co.

Frank Witzel

Die Erfindung der Roten Armee Fraktion durch einen manisch-depressiven Teenager im Sommer 1962

Roman

832 Seiten, btb 71423

Deutscher Buchpreis

Gudrun Ensslin eine Indianersquaw aus braunem Plastik und Andreas Baader ein Ritter in schwarzglänzender Rüstung? Die Welt des kindlichen Erzählers dieses mitreißenden Romans, der den Kosmos der alten BRD wiederauferstehen lässt, ist nicht minder real als die politischen Ereignisse, die jene Jahre in Atem halten und auf die sich der 13-Jährige seinen ganz eigenen Reim macht.

»Dies ist keine Saisonware.
Dies ist ein Roman mit Langzeitwirkung.«
Helmut Böttiger, SZ

btb